彩蝶

COLOR BUTTERFLY

上册

陈士全／著

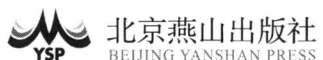

北京燕山出版社

BEIJING YANSHAN PRESS

图书在版编目（CIP）数据

彩蝶 / 陈士全著 . —北京：北京燕山出版社，2017.4

ISBN 978-7-5402-4500-9

I.①彩… II.①陈… III.①长篇小说—中国—当代 IV.①I247.5

中国版本图书馆 CIP 数据核字（2017）第 063583 号

彩蝶

责任编辑：	金贝伦　王　迪
责任校对：	石书贤
出版发行：	北京燕山出版社
地　　址：	北京市西城区陶然亭路 53 号
邮政编码：	100054
联系电话：	（010）65243837
印　　刷：	三河市灵山红旗印刷厂
开　　本：	710mm×1000mm　1/16
印　　张：	44
字　　数：	800 千字
版　　次：	2017 年 9 月第 1 版
印　　次：	2017 年 9 月第 1 次印刷
书　　号：	ISBN 978-7-5402-4500-9
定　　价：	68 元

版权所有　违者必究
如有印刷质量问题，请与印厂联系退换

愿这世间每个平凡的蛹，经过风雨，经过寒冷，经过黑暗和痛苦，都能破茧而出，蜕变成在阳光下和花朵上翩翩飞舞的蝴蝶，改变命运，实现美丽的梦想。谨以此书献给来到城市里打拼的草根族，千千万万的你和我。

——题记

作者简介

陈士全,山东省泰安市东平县人,大学本科学历。先后在中国人民解放军济南军区、海军北海舰队服役,历任班长、排长、干事、政治协理员、政治部副主任、政治委员等职务。海军上校军衔。

内容提要

这是一部描写共和国历史上第一代打工者的作品。书中描述的是,二十世纪九十年代,出生在贫穷落后小山村的三姊妹,被逼无奈,背井离乡,在观海市打工的坎坷经历。通过叙述三姊妹在打工岁月中的酸甜苦辣咸和悲欢离合,向人们讲述了一群离开了乡村,漂泊在城市,在社会最底层摸爬滚打的弱势群体和草根族——打工者。既反映了他们面临的现实压力和各种困惑,以及艰难困苦的生活,也诉说了他们的所思所想和喜怒哀乐,以及内心的诉求和期盼。他们怀揣着丰满的理想,面对着骨感的现实,努力打拼和抗争,在苦苦地追寻着自己的打工梦。在他们中,有的选择了正确的打工之路,终于梦想成真,破蛹化蝶,改变了自己的命运,在成就自我的同时,为观海市和家乡的发展做出了贡献;有的则误入了歧途,就好像做一场不该做的噩梦,最终成为时代的弃儿和罪人。他们的经历和事迹,不仅令人怦然心动,受到鞭策和启迪,还会令人感悟到人性的真谛和人生的哲理。

序 言

在二十世纪八十年代，随着改革开放的深入发展，在共和国的历史上，出现了一次史无前例的劳动力的大转移——打工潮。

在这一支数以亿计的浩浩荡荡的打工者的队伍中，有我的家人，也有我的亲朋好友。他们作为共和国历史的第一代打工者，被人们称为农民工。

他们背井离乡，离开了贫穷落后的农村，离开了祖祖辈辈赖以生存的黄土地，离开了从来没有离开过的家，离开了难舍难分的亲人，来到人生地不熟的城市里打工。他们没有技术，以农民的名义，从事着工人的工作；以微薄的工资收入，干着最苦最累最危险的活；在陌生的社会环境中和恶劣的生存条件下，过着无固定收入、无固定住所、无社会保险、无劳动保障的艰难生活。他们漂泊在城市里，在社会最底层摸爬滚打，是名副其实的弱势群体和草根族。

他们怀揣着发家致富的美好而丰满的梦想，信心百倍、雄心勃勃地来到城市里打工，面对的现实条件，却是那么骨感和艰难。他们努力打拼和抗争着，在苦苦地追寻着自己的打工梦。在他们当中，有的成功了，有的失败了。有的选择了正确的打工之路，终于蛹化蝶飞，梦想成真，改变了自己的命运，成为了农民企业家和发家致富的带头人，在成就自我的同时，为城市和家乡的发展做出了贡献。有的则误入歧途，就好像做了一场不该做的噩梦，最终蛹腐蝶烂，成为时代的弃儿和罪人。可以肯定地说，他们中的绝大多数人，都为共和国的昨天、今天和明天，贡献出了自己的青春和汗水，有的还献出了自己的鲜血和生命，成为当之无愧的共和国城乡建设的生力军。

今天，当我们赞叹改革开放以来，共和国日新月异，飞速发展，经济腾飞，已经成为世界上第二大经济体的时候，不应该忘记他们为此付出的心血和汗水，更不应该把他们遗忘在历史的尘埃里。常言道，饮水思源，吃水不忘打井人。我们能过上今天这样的生活，应该铭记他们为此做出的重要贡献。

他们的打工之路，是共和国发展的一段历史。他们的打工岁月，是一个时代的故事。他们的付出，是一代人的奉献。今天，我们应该把他们的事迹写出来，留在人们的心目中和记忆里，教育启迪和激励鞭策后来的人们。

他们的事迹一直激励着我。每当想起他们的时候，我的心情就久久不能平静。每当空闲和夜深人静的时候，他们的音容笑貌，他们的欢乐、痛苦、无奈和遭遇，就会一幕一幕地浮现在我的脑海里。

我作为他们的家人和亲朋好友，有责任有义务把他们的事迹写出来。这几年，尽快把他们的事迹写出来，也成了我的期盼和心愿。我的亲朋好友们，也一再支持、鼓励和帮助着我，要求我尽快把他们的事迹写出来。这期间，我写写停停，断断续续，历时十年，终于一个字一个字地把这本书写了出来。

为了写这本书，我熬了那么多夜，流了那么多汗水。不管大家是否认可和喜欢这本书，但它毕竟是我的劳动成果。为了表达我的敬意和感激之情，谨以此书献给：昨天、今天、明天的打工者，以及我的亲朋好友和所有的读者！

作　者

2016年6月7日

目 录

第一章　背井离乡　流落街头	1
第二章　忍无可忍　被迫离开	8
第三章　孤僻老太　很难伺候	15
第四章　相见恨晚　互帮互助	23
第五章　跳出火坑　掉进虎口	30
第六章　救助老人　遇到色狼	37
第七章　大难不死　又躲一劫	45
第八章　崭露头角　惨遭强暴	53
第九章　摆脱淫魔　重整旗鼓	61
第十章　市霸敲诈　大妮拒婚	68
第十一章　山穷水尽　柳暗花明	76
第十二章　满腔热情　挽救小帆	84
第十三章　童军求婚　熊哥找碴	92
第十四章　报仇雪恨　送别兰凤	100
第十五章　三妮扬名　小帆出走	109
第十六章　喜结良缘　勇救房东	117
第十七章　常健求婚　二妮唱红	125
第十八章　积劳成疾　教授病倒	133

第十九章	喜迎新年　流氓上门	140
第二十章	二妮成功　白花失踪	148
第二十一章	杀回山村　救出小帆	157
第二十二章	无赖讹诈　歹徒暗杀	165
第二十三章	寻找白花　劝说柳叶	173
第二十四章	三妮赠书　陆鹏示爱	181
第二十五章	大妮康复　宴请好友	189
第二十六章	庆祝生日　二妮醉酒	197
第二十七章	单枪匹马　虎口拔牙	205
第二十八章	养精蓄锐　国内游玩	213
第二十九章	二妮订婚　新房初吻	222
第三十章	勇闯狼窝　三妮负伤	230
第三十一章	餐馆开张　恶棍死刑	238
第三十二章	二妮赶海　白花死了	246
第三十三章	战胜毒魔　出国散心	255
第三十四章	寇哥闹事　海宁制止	262
第三十五章	落叶归根　安葬白花	269
第三十六章	新年立志　准备高考	276
第三十七章	餐馆被盗　大妮被拘	284
第三十八章	心心相印　难舍难分	291
第三十九章	三妮赴宴　陆鹏传经	299
第四十章	恶人诬陷　贪官勒索	307
第四十一章	常健辞职　柳叶出家	315
第四十二章	金榜题名　旗开得胜	323
第四十三章	大妮成功　甜甜自杀	331
第四十四章	蜜月旅行　甜甜蜜蜜	339

第一章 背井离乡 流落街头

第一章　背井离乡 流落街头

　　这是二十世纪九十年代初，春节刚刚过后，一天深夜，一列从内地来的火车，呼啸着向观海市奔驰。车厢内，人挤人，水泄不通，要想找一个立足之地，十分困难。

　　火车刚刚停稳，人们像潮水般涌了出来。刚才还静悄悄的火车站内，立刻喧闹、沸腾起来。男男女女的人群中，几乎全都是来观海市打工的中青年农民。他们肩上扛的、背上背的、手上提的，大多是用化肥袋子做成的大大小小的、花花绿绿的包。他们的脸上，写满了新奇、期盼、忧虑、茫然……

　　摩肩接踵、熙熙攘攘的人群，前呼后拥地出了车站，有的争先恐后地挤上了公交车，还有的匆匆忙忙步行，转眼之间就向着这个城市的四面八方散去。

　　三姊妹随着人群出了火车站，沿着观海市最繁华的一条马路，忐忑不安、漫无目标地走着……

　　三姊妹姓成。成大妮二十二岁，头扎两条短辫，围一条花格子方巾，穿一件红底碎花棉袄和一条黑色棉裤，脚上是一双方口平底布鞋。成二妮二十岁，齐耳短发，围一条蛋黄色围巾，穿枣红色棉袄和深蓝色棉裤。成三妮十八岁，头上翘着个马尾巴，上身穿奶油色面包服，下身穿深灰色学生裤。姊妹三人那清秀单薄的背上，都背着鼓鼓囊囊的铺盖卷儿。

　　与这座城市里的女孩子相比，三姊妹的衣着打扮显得有些另类、土气和不协调。但是，她们那清纯自然和超凡脱俗的美，是许多城市女孩子无法比拟的。

　　三姊妹遗传了父母的美貌，被村里的人们誉为三朵金花，还继承了祖辈们的传统美德：心地善良，诚实守信。大妮温柔贤惠，老实忠厚，任劳任怨。二妮心直口快，乐于助人，疾恶如仇。三妮通情达理，聪明伶俐，勤奋好学。

　　观海市的夜，还散发着浓浓的年味，美得醉人。它像一座飘浮在空中的海市蜃楼，也像是一座金碧辉煌的海上王宫，流光溢彩，五彩缤纷，千姿百态……走在大街上，就仿佛步入了一个梦幻世界，令人惊叹不已。

　　四通八达、宽阔平坦的马路上，车水马龙，川流不息。一眼望不到边的路灯和车灯,那一排排一栋栋造型奇特、错落有致、风格各异、美轮美奂的高楼大厦,灯光闪烁,色彩斑斓,犹如置身灯的海洋,令人目不暇接,眼花缭乱……

海边,争奇斗艳的霓虹灯,倒映在波光粼粼的海水里。水面上光怪陆离,婀娜娇丽,就像是一幅流动的彩色画卷……

空中回荡着优美动听的旋律,一阵阵清新温柔的夹杂着海腥味道的微风扑面而来,令人心旷神怡,久久不忍离去。

五颜六色的灯光和繁星交相辉映,夜空就像鸡尾酒一样被清晰地分为几层。浅浅的蓝,暮色的黄,火烧的红……景色之浪漫,令人如痴如醉;景色之妖娆,令人心花怒放;景色之美妙,令人心驰神往……

从来就没有走出过大山旮旯儿的三姊妹,初次来到这座美丽的城市,虽然心里有这样那样的"疙瘩",也不由得被眼前时隐时现、似梦非梦、亦真亦幻的美丽景色惊呆了。"啊,太美了,太漂亮了!这是人间吗?这是天堂吧?"她们走走停停,停停走走,指指点点,比比画画,仿佛置身于仙境,漂流在梦幻里。

不知道走了多少路程,也不知道走了多长时间,她们顺着滨海路,来到了一家宾馆的旁边。这家宾馆的外面,有一个旋转楼梯。在旋转楼梯的下面,有一个一平方米多一点的空间,能稍微遮挡一下迎面扑来的寒风。此时此刻,夜深人静,她们饥寒交迫,也筋疲力尽了,就躲藏进了这个小小的空间里。

滴水成冰的时节,寒风刺骨的深夜。在这个能够避风的角落里,她们紧紧地挤在了一起。

楼上就是宾馆,就有温暖舒适的现代化房间。但是,她们没有那么多钱,连想都不敢想去住宾馆。

现在,她们满打满算还有二百七十元钱。在没有找到工作,没有领到工资之前,这些钱就是她们的救命钱。她们恨不得一分钱掰成两半花,哪里有钱住宾馆啊,只能流落街头。

从离开老家到现在,她们已经两天两夜没有睡过一个囫囵觉,吃过一顿像样的饭了。现在,她们虽然疲惫不堪,困得要命,但饥寒交迫,心事重重,怎么也睡不着。

"二妮、三妮,天快亮了,明天还要去找工作,你们俩睡一会儿吧。"大妮一手搂着一个妹妹,心疼地说。

"姐,这鬼天气太冷了,冻得睡不着,也饿得睡不着。"二妮打着牙巴骨说。

"妹妹,等找到了工作,我们就有吃饭和住的地方了,你们再忍一忍吧。"大妮耐心地安慰着两个妹妹。

"大姐,既然来到了城里,就要在这里扎下根。我要在这里一边打工,一边学习,考上大学,不达目的,决不罢休!"三妮信誓旦旦地说。

"三妮,我支持你,相信你一定会成功。你现在别想那么多了,迷糊一会

第一章 背井离乡 流落街头

儿吧。"大妮轻轻地拍打着妹妹,哄劝道。

"大姐,我满脑子都是问题,睡不着。"三妮浮想联翩,有点激动地说。

"姐,同样都是人,为什么城里人这么幸福,咱们就这么苦啊?为什么他们住高楼大厦,咱们要流落街头啊?"二妮心里不服,愤愤不平地问。稍停片刻,她好像是在赌气,也好像是在表决心,气呼呼地说:"姐,我要挣很多钱,在这里买房子、买车。让城里人看看,他们能办到的,我也能办到。"

见大妮还是默默不语,二妮又接着问道:"姐,你是不是已经困了?"

大妮心不在焉地回答:"没……我也睡不着。"

三妮心神不定地问:"大姐,我们能找到什么样的工作呀?"

"我也不知道。"大妮漫不经心地回答说。愣了一会,她又忧心忡忡地说:"我们初来乍到,人生地不熟,无依无靠,找个称心如意的工作,很难啊!"

见大妮一副愁眉苦脸、心烦意乱的样子,二妮小心翼翼地问:"姐,你在想什么呀?"

大妮心事重重,使劲把两个妹妹往怀里揽了揽,沉默了一会,唉声叹气地说:"这个时候,我还能想什么啊?我在想天明了去哪里找工作,我在想老家里的那些事,我还担心三狗蛋会不会找到这里来。"

……

三姐妹出生在一个十分偏僻和贫穷落后的小山村——半棵树。那里,四面是绵延不断的光秃秃的大山。进出这个小山村,只能沿着仅有的一条崎岖不平、蜿蜒曲折的羊肠小道,连跪带爬,翻山越岭。熟悉这条小道的人,进来或者出去一次,也需要整整一天的时间。不熟悉这条小道的人,根本就进不来,也出不去。

传说在很久很久以前,在这个荒无人烟的山坳里,半山坡上长着一棵大槐树。青天白日,突然一声惊雷,把大槐树从上到下齐刷刷地劈去了一半。令人不可思议的是,剩下一半的大槐树不但没有死,反而奇迹般地活了下来,并且越长越茂盛。不知道是哪个朝代,一个被朝廷通缉捉拿的官吏,带着家眷逃进了这个几乎与世隔绝的山坳里,在这棵大槐树下住了下来,不断地繁衍生息。后来,人们就把这里称为半棵树。

日月如梭,斗转星移。这里虽然也随着外面的世界不断地变化着,但是,总是慢了很多很多。这个小山村,与解放前相比,虽然发生了天翻地覆的变化,但是,仍然十分贫穷落后,这是不容置疑的客观事实。

大妮四岁那年,妈妈怀着身孕的肚子鼓了起来。按照当地的规定,二妮就是超生的,被罚得倾家荡产。要是再超生一个,不知道是什么样的结局。但是,为了生一个男孩,为了传宗接代,顾不了那么多了。爸爸躲到了很远的地方,在一个小煤矿里挖煤炭。妈妈挺着大肚子,去山沟里割麦子。麦子没有割完,

妈妈一头栽到地上，昏迷了过去。

大妮哭喊着叫来了二爷爷，二爷爷和村里的两个年轻人轮流背着妈妈，沿着大山中那一条崎岖不平、蜿蜒曲折的羊肠小道，连跪带爬地向山外赶去……

"妈妈……你醒醒……你不能死……你死了，我们怎么活呀？妈妈……"大妮那撕心裂肺的哭喊声，在山坳里回荡着……

妈妈死在了医院里。她临死前生下来的三妮，奇迹般地活了下来……

爸爸失魂落魄地赶回家里。两岁多的二妮饿得哇哇乱叫，刚出生的三妮嗷嗷待哺。看着土炕上的这两个孩子，他心如刀绞，泪流满面。他跪在院子里，一遍又一遍地对着苍天呐喊："老天爷啊，你叫我怎么养活她们啊！"

为了不把三妮饿死，爸爸卖了家中所有能卖的东西，买回来一只奶羊。

爸爸既当爹，又当娘，带着三个孩子艰难地挣扎着……

谁也没有想到，大妮十一岁那年，爸爸吃什么吐什么，到医院一检查，食道癌已经到了晚期。这一突然降临的噩耗，如同晴天霹雳，一下子把爸爸击垮了，他躺在床上不动了。

常言道，穷人家的孩子早当家。年幼的大妮，本应是无忧无虑充满幸福欢乐的年龄，却过早地饱尝了艰难生活的酸甜苦辣。她用她那幼嫩弱小的肩膀，支撑着这个支离破碎的家。她为爸爸煎药喂饭，拉巴着两个妹妹，到山旮旯拾柴种地……她流着眼泪和汗水，在艰难困苦中挣扎着……

老天爷不长眼，雪上加霜。三年后的除夕夜，爸爸两腿一蹬，眼睛没有闭上，就永远地停止了呼吸。他在临死前的一个月，让大妮找来了二爷爷，两个人商量了半天，给大妮订了婚，男方是同一个村的三狗蛋，目的是让三狗蛋家里的人，帮助照顾孤苦伶仃的三姊妹。

"爸爸呀……你撒手不管了，叫我们怎么活啊……"三姊妹撕肝裂肺的哭喊声，在大山里久久地回荡着……

爸爸没有上过一天学，斗大的字不识一个。他深知上学的重要性，咬着牙关供三个孩子上学。姊妹三个都很争气，学习很好。但是，生活太苦太难了，根本没有办法让她们继续读下去。大妮只上了三年学，二妮断断续续、勉勉强强上到了小学毕业。爸爸去世以后，三妮在两个姐姐的支持下，一直坚持读到了高中二年级。

再苦再难，大妮也能忍受，她唯一不能忍受的是三狗蛋。在订婚的时候，大妮还是个不懂事的孩子，大人说什么是什么。后来，她渐渐懂事了，坚决不同意这门婚事。

三狗蛋的两个哥哥都是光棍。与大妮订婚的时候，三狗蛋十七岁，看上去还算说得过去。谁知道他越长越不走正道，坑蒙拐骗、偷鸡摸狗什么都敢干，变得越来越令人厌恶和恐惧。更让大妮愤怒和无法忍受的是，他强暴了大妮。

第一章 背井离乡 流落街头

在这个封建意识和传统观念十分浓厚的贫穷落后的小山村，对于一个女孩子来说，被人强暴过是丢人现眼、人人唾弃的奇耻大辱和难言之隐。大妮多次想到了死，但是，为了抚养两个年幼的妹妹，她忍气吞声，忍辱负重，顽强地活着。

三狗蛋三天两头来逼婚，三姊妹忍无可忍，再也没有办法在村里住下去了。二爷爷求亲告友，给她们借了四百多块钱。春节刚刚过后，在一个伸手不见五指的夜里，二爷爷帮助她们偷偷逃出了这个小山村。

……

天刚蒙蒙亮，三姊妹匆匆忙忙去找工作。

随着改革开放的深入发展，农民工像潮水一般从四面八方涌进了观海市。由于保障农民工权益的法律、机构和社会组织还很不健全、很不完善，再加上农民工没有技术，来到城市里人生地不熟，想找一个合适的工作很难，想按时足额地领到工资也很难，甚至能不能保障人身安全也是一个未知数。

在这个城市里，有很多大大小小的酒店、饭店、宾馆，还有许多夜总会、歌舞厅、洗浴中心，并且都在招聘年轻漂亮的女孩子，工资待遇要比去工厂优厚得多。但是，三姊妹像躲瘟疫一样，远远地避开了这些场所。

离开老家的时候，二爷爷千叮咛万嘱咐："城里那些吃喝玩乐的地方乱得很，挣的钱不干净，良家女孩进去就会学坏，会丢人现眼，在人们面前抬不起头来，亲戚邻居也会跟着倒霉，打死饿死也不能去。"三姊妹的打算是，靠力气吃饭，找个正儿八经的活，苦点累点无所谓，钱多钱少也不是很在乎。

海天商场六楼，人事部女经理心不在焉地问了几句，摇着头对三姊妹说："对不起，我们已经招满了。"

海源超市一楼，三姊妹苦苦哀求了半天，女老板不耐烦了，气呼呼地说："我很忙，没有闲工夫听你们啰唆。我再跟你们说一遍，我们这里不缺人，你们快点走吧！"

某单位疗养院大门口，门卫急急忙忙拦住三姊妹："你们脑子进水了，不登记就往里闯。我们这里闲人免进，更不招工，你们赶快离开！"

劳务介绍中心，里里外外，被前来找工作的农民工挤得水泄不通。三姊妹好不容易挤到登记窗口前，把求职登记表递了进去。里面的中年妇女漫不经心地在表格上扫了一眼，随手丢进桌子旁边一大堆表格中，头也不抬地甩出一句："没有合适的工作，过几天再来。下一个……"三姊妹急忙哀求，被旁边的人挤到一边去了。

在一条很宽很长的大沟里，前来应聘和招工的人们，摩肩接踵。这里地处城市和乡村的结合部，比较偏僻，原来是一条河。随着城市发展，河水改了道。许许多多的外资企业和个体企业，在附近建起了工厂。这一条沟里，自然而然

成了一个自发的劳务市场。

　　大妮领着两个妹妹，在人群中挤来挤去。她们突然看到一个打扮时尚的年轻女子，举着一块"外资服装厂招聘缝纫工"的牌子。她们像是发现了救命稻草，挤了过去。

　　年轻女子询问完情况，微笑着说："我们厂是外资企业，条件好，待遇高，讲信誉，不拖欠工资。我们主要招聘熟练缝纫工，名额有限。你们不会缝纫，不好办啊。"

　　三姊妹把恳求帮忙照顾的话说了一火车。年轻女子对一手拿着大哥大、一手拿着招工表格、西装革履的年轻男子说："张主任，我看这三个女孩挺可怜的，能不能照顾照顾她们啊？你是厂办公室主任，你说了算，你决定吧。"

　　年轻男子打量了一下三姊妹，面带难色地对她们说："赵秘书给你们求情，我还能说什么啊？不过，你们必须先参加培训。你们三人，需要交六百元培训费。如果你们同意，现在就交钱，填写表格，然后坐我们的专车去工厂。"

　　三姊妹从家里逃出来的时候，二爷爷给她们借了四百块钱。现在，她们身上满打满算还有二百块钱。年轻男子嫌钱少，不同意招聘她们。三姊妹再三恳求，年轻男子终于同意，将欠的四百块钱，从她们第一个月的工资里扣除。三姊妹高高兴兴地填完表格，交上二百块钱，心里的一块石头落了地。年轻男子说，他去把工厂的车叫过来，转眼就消失在人群里。

　　三姊妹左等右等，没有年轻男子的踪影，也看不到车，急忙寻找年轻女子，可是她也消失得无影无踪了。她们心急如焚，惊愕不已，在人头攒动的人群里找来找去，只找到地上那一块骗人的牌子。

　　三姊妹知道上当受骗了，顿时怒火冲天，泪流满面，坐在大沟的旁边，伤心痛苦地哭泣着……

　　夜幕降临，华灯初放，寒风刺骨，空中飘起了雪花。三姊妹饥寒交迫，筋疲力尽，眼睛里含着愤怒和悔恨的泪水，背着鼓鼓囊囊的铺盖卷，拖着沉重酸痛的双腿，摇摇晃晃地向着她们赖以栖身的那个旋转楼梯走去……

　　深夜，天寒地冻，滴水成冰，灰蒙蒙的天空中，鹅毛大雪纷纷扬扬，吼叫着的狂风，像愤怒的鞭子一样恶狠狠地抽打在大地上。

　　在旋转楼梯的下面，饥寒交迫，瑟瑟发抖的三姊妹，紧紧地抱成一团，不停地哭泣着……

　　"二妮、三妮，你们俩一定要打起精神来，千万不能睡着了，要是睡着了，就会被冻病，就会被冻伤！"大妮哭泣着一遍又一遍地嘱咐着两个妹妹。

　　"大姐，我们马不停蹄地东奔西跑，已经整整四天了，就像火柴盒里的苍蝇，到处碰壁，不但没有找到工作，还被骗得身无分文，今后怎么办呀？"三妮泣不成声地问道。

第一章　背井离乡 流落街头

"姐，我们现在举目无亲，无依无靠，又身无分文，再加上饥寒交迫，怎么活下去啊？"二妮抽抽泣泣地问道。

沉默了很长时间，大妮呜呜咽咽地回答："妹妹啊，天无绝人之路，我们明天再想办法。"

……

夜里下的这一场大雪，使观海市变成了银色的世界。清晨，连奶奶和明爷爷出来散步，来到旋转楼梯的旁边，看到了眼泪巴巴、被冻得瑟瑟发抖的三姊妹。老两口急忙问明了情况，同情之心油然而生。

连奶奶六十五岁，是一名退休教师。她的丈夫明爷爷，是位战斗英雄，海军离休干部，六十九岁。老两口住在海军干休所，四个女儿已经成家立业。老两口心地善良，乐于助人，是出了名的热心肠和好心人。他们都出生在农村，从小在苦水里泡大，对刚刚从深山沟里逃出来的三姊妹十分同情。他们把三姊妹领到自己家里，给她们做了一桌子热气腾腾的饭菜。

从逃离老家一直到现在，三姊妹已经六天六夜没有吃过一顿热乎饭了。看着眼前这一桌子丰盛的热气腾腾的饭菜，她们热泪盈眶。

连奶奶和明爷爷让三姊妹住在家里，并给她们联系工作。经过反复联系，三姊妹的工作终于有了着落：大妮和二妮到一家快餐店里当服务员，三妮去胡太太家当保姆。

连奶奶和明爷爷对这样的工作并不是很满意，三姊妹更是担心快餐店里"不干净、不正经"。但是，三姊妹人生地不熟，又没有技术，一时很难找到合适的工作。为了找工作，饥寒交迫的三姊妹，马不停蹄地奔波了四天时间，已经被折腾得筋疲力尽和身无分文了。考虑来考虑去，大妮和二妮决定，先在这家快餐店里落落脚，然后再慢慢联系合适的工作。

三姊妹上班前，连奶奶和明爷爷让四个女儿把穿不着的衣服、用不着的生活用品，拿来送给三姊妹。听说三妮打算考大学，她们还送来了高考辅导材料。

三姊妹初来乍到，举目无亲，人生地不熟，没有容身之地，在饥寒交迫、冷嘲热讽和坑蒙拐骗中度过了四天四夜。现在，她们遇上了两位老人，住进了这个温馨舒适的家里。她们从内心里把这两位老人当成了自己的亲人，把这里当成了自己的家。

……

第二章　忍无可忍　被迫离开

观海造船厂大门口的西边，有一个小快餐店。

这个小快餐店，原来是建筑工地上的施工人员，搭建起来的临时用的工棚子。施工人员走了以后，不知道为什么没有拆掉它，反而被改造成了一个小快餐店。快餐店后墙的外面就是波涛汹涌的大海，风大浪高时，海水甚至会灌进房子里来。

观海的正月，冰天雪地，滴水成冰。人们都说，今年春节前后，天气有点反常和邪乎。寒流一个接着一个地来，狂风暴雪就好像赖着不走了。

一阵阵狂风暴雪，吼叫着不停地扑向快餐店，好像要把这个不是很牢固的小房子吹到大海里去。房顶上，结了一层又一层厚厚的冰。好像它已经快要支撑不住了，随时都想趴下来。

这家小快餐店，虽然面积不大，条件也很差，因为靠着造船厂，附近都是建筑工地，前来就餐的人们还真不少，生意十分红火。

连奶奶和明爷爷之所以同意大妮和二妮来这家小快餐店当服务员，是因为这家小快餐店的老板是连奶奶的亲戚，老两口对他知根知底，把大妮和二妮放在这里，心里踏实。谁也没有想到的是，大妮和二妮来了没有几天，这位老板因为父亲突然病重，不能继续干下去了，就把快餐店转让给了工地上的一个小包工头。

这个小包工头，二十六岁，来自内地一个兔子不拉屎的穷山村。农民那种心地善良、老实淳朴的传统美德，他不但没有传承下来，反而学得油头滑脑和阴险狡诈。

他来到观海以后，在造船厂附近捡废品。他抓住造船厂搬迁的时机，偷了很多废铜烂铁，发了个不大不小的财。手里有了几个钱，他不但当起了小包工头，还租下了这个小快餐店，人们都叫他小老板。

小老板虽然年龄不算大，个子也不高，长相和脾气却很古怪。他长得和武大郎差不多，但脾气性格与武大郎相比有天壤之别。不发火时，他整天吊丧着脸，挺着个大肚子，总是皮笑肉不笑地咧着个蛤蟆嘴。稍微不顺眼，他瞬间瞪起两个小得不能再小的三角眼，破口大骂，秽言污语脱口而出。

老板换了，经营理念和经营方式不一样了，再加上附近工地上的人越来越少，快餐店的生意渐渐冷清下来。

快餐店里，除了大妮和二妮，还有小老板的两个姐姐和一名小厨师。小老板的两个姐姐，一个已经结婚生孩子，另外一个虽然没有结婚，肚子却已经鼓了起来。她们俩虽然与小老板是一奶同胞，但与小老板的关系并不是很好。她们俩干活偷懒，偷快餐店里的东西从来都不手软。按照农村人的说法，她们俩有点好吃懒做。

小老板对两个姐姐有几分惧怕，敢怒不敢言。平时，他不但偏向和袒护两个姐姐，对她们俩睁一只眼，闭一只眼，而且常常和两个姐姐合起伙来欺负大妮和二妮，把那些莫名其妙的无名火全都发泄在她俩身上。大妮和二妮与好事沾不上边，出了问题要全兜着，成了他们的出气筒。

……

在这个小快餐店里，说是当服务员，实际上烧水做饭、买菜洗碗、端盘子提壶、打扫卫生，什么都要干。不管刮风还是下雪，大妮和二妮都要一天三次，给造船厂和附近的四个建筑工地送盒饭。

每天，大妮和二妮两眼一睁，忙到熄灯。她们俩走进快餐店，就好像上了发条，忙得团团转，连喘气的机会都没有。

这一天，天刚蒙蒙亮，二妮和姐姐起了床，来到快餐店里。她们俩先打扫完卫生，然后和小厨师一起洗菜淘米做盒饭。盒饭做好后，二妮骑着那一辆除了铃铛不响，其他地方都吱吱嘎嘎响个不停的破自行车，带着一个装满盒饭的大塑料箱子，顶风冒雪，急急忙忙向附近的建筑工地奔去……

每次给海边的建筑工地上送盒饭，最让二妮头疼和胆战心惊的是无路可走。有的地方，空着手也很难走过去。风雪交加，天寒地冻，加上海水的侵蚀，地上结了厚厚的一层冰。她骑着破自行车，后面带着满满当当一箱子盒饭，一不小心，就会滑进波涛汹涌的大海里。

二妮的脸上、手上、脚上全都冻裂了，渗出了一道道血丝。狂风暴雪像鞭子一样抽打在身上，就像刀割一样钻心地疼痛，她不由自主地瑟瑟发抖。

老天好像发怒了，它阴沉着脸。周围的一切，都变得模模糊糊、朦朦胧胧起来。暴风雪好像也变得更加疯狂起来，它怒吼着扑了过来，恨不得一下子就把二妮吹进大海里。

二妮骑在自行车上，全身都被冻得麻木了，就连大脑也被冻得不好用了。她迷迷瞪瞪地使劲蹬着自行车，就好像梦游一般。不知道怎么搞的，她连人带车滑进了大海里……

"救命……救命啊……救命……救命啊……"二妮拼命地呼喊着，挣扎着……

她不会游泳，又穿着一身棉衣服，越挣扎越往下沉。一个个像小山一样的大浪，向着她压了过来……

在惊涛骇浪快要把二妮一口吞没的时候，附近建筑工地上的几个农民工听到了呼救声音，迅速赶了过来，把二妮救上了岸。

听人们说二妮掉进了大海里，大妮像疯了一般，哭喊着二妮的名字，拼命地向海边狂奔。大妮奔到海边，背起已经奄奄一息的二妮，跟跟跄跄地向附近的一家医院奔去……

医院里，经过两个多小时的抢救，二妮虽然脱离了生命危险，但一直发着高烧，昏迷不醒。

大妮陪伴在妹妹身边，她泪流满面，在心中一遍又一遍地呐喊着："二妮啊，你不能死。你死了，我也活不成了！"她在心里一次又一次地自责和埋怨自己："我无能，没有一点本事，连自己的妹妹都保护不了。"

连奶奶和明爷爷来到医院，给二妮交上了住院费。老两口几乎每天都来看望二妮。刚刚清醒过来的二妮，抱住连奶奶号啕大哭："奶奶，我差一点就见不到你了！"

连奶奶安慰着二妮，劝说道："二妮啊，你命大，阎王爷不会让你死。俗话说，大难不死，必有后福。孩子啊，你是个有福之人，将来肯定会美满幸福。大妮啊，二妮啊，奶奶知道你们姊妹俩吃了很多苦，心里有很多委屈。小老板是个恶人，快餐店就好像个火坑。奶奶正在给你们联系新的工作，等联系好了，就马上离开那个小老板，跳出快餐店那个火坑。

二妮住院抢救，小老板不肯出一分钱。他瞪着一对三角眼，蛮不讲理地对大妮说："我是让二妮来干活的，不是让她来跳大海的。那一辆自行车的钱我自认倒霉，那四十五盒盒饭的钱，要从她的工资中扣。"

……

再苦再累，二妮都不怕。因为，她从小就是从苦和累中熬过来的。让她满腔怒火和忍无可忍的是，整天要受小老板和他两个姐姐的窝囊气。

一上班，二妮就拼命地干活，不让小老板挑出毛病来。但是，小老板为了不付给二妮这个月的工钱，就吹毛求疵，处心积虑地要把二妮气走。平时，他有事没事就吹胡子瞪眼地找碴，二妮防不胜防，想躲又躲不开。

二妮性格外向，是个急性子。她心直口快，疾恶如仇，遇到不公平的事，就着急上火。她的脾气虽然不是十分火暴，但是，遇到不公平的事，要想让她忍气吞声，也很难做到。

平时，二妮看见小老板就气不打一处来。特别是看到小老板那盛气凌人、

第二章　忍无可忍　被迫离开

装腔作势的样子，她就恶心得想吐。二妮经常想，也经常给姐姐说："小老板有什么好嘚瑟的啊，不就是有几个臭钱吗？就烧得忘乎所以，不知道自己姓什么了，典型的小人得志。我咽不下这口气，也不吃他那一套。"二妮憋了满肚子火，随时都会爆发出来。

大妮性格内向，不多言不多语，很少看到她发脾气。每当看到二妮要发火，她就赶紧劝说和安抚二妮。

自从来到快餐店，二妮与小老板和他的两个姐姐之间吵吵闹闹、疙疙瘩瘩的事就没有消停过。有的时候，甚至达到了唇枪舌剑、水火不容的程度。

大妮一再劝说她："妹妹啊，我们出门在外，能忍的就要忍。常言道，人在屋檐下，不得不低头。我们现在身无分文，等干满了一个月，领到工资，就离开这里。"要不是姐姐护着她，一再劝她，她早就离开这个火坑了。

这天夜里，天空和大地好像被一块大黑布严严实实地盖了起来，一片漆黑。远处有一只忽明忽暗的小灯，像鬼火一般跳动着。空中飘扬着鹅毛大雪，刺骨的寒风吹着口哨，不停地扑打过来。一个接着一个的大浪，不断地拍打着岸边，发出震耳欲聋的哗啦哗啦的声音。不远处的小树林里，偶尔传来几声凄惨的鸟叫声，令人毛骨悚然。

二妮坐在海边的礁石上，身上落了一层雪。她的身体好像被冻僵硬了，失去了知觉，一动不动地坐在那里。

二妮出院不久，十分憔悴。现在，她恍恍惚惚，好像快要崩溃了。她想痛痛快快地大哭一场，把满肚子的委屈和痛苦都吐出来。但是，她没有，只是哗哗地流着泪水。

这时候，在附近的建筑工地上，**断断续续地飘荡过来一阵阵歌声……**

北风那个吹
雪花那个飘
雪花那个飘飘
年来到
……

二妮是听着这首歌长大的。在她的老家半棵树，大队部房子顶上有一个大喇叭，一年四季，从早到晚，播放这首歌。没有别人在身边的时候，她也常常跟着学唱这首歌。

以前，二妮每当听到这首歌，总会产生一种欢快喜悦的心情，至少听前几句歌词的时候是这样。

现在，二妮刚刚听到这一首歌的旋律，心里就翻江倒海地难受起来，像针扎，像刀绞，像火燎。她想到了爸爸，想起了爸爸去世的那个除夕夜……

除夕夜，山坳里铺天盖地的狂风暴雪，不停地向着这一间低矮阴暗的小屋扑打过来。不远处传来的那一阵阵噼里啪啦的鞭炮声，在一遍又一遍提醒着三姊妹，现在是大年三十的晚上，是辞旧迎新的时刻。

屋内，窗台上放着一盏忽明忽暗的小油灯。一个大土炕，占了房间的一大半。炕上，爸爸盖着一条破被子，直挺挺躺在那里。他患食道癌且已到了晚期，吃什么吐什么。要不是姐妹三人轮流着给他喂热水，恐怕他早就被冻僵了。他一会昏迷，一会清醒，已经到了弥留之际。

为了给爸爸买药，她们把仅有的那一点点粮食也卖了。没有了粮食，她们就吃野菜。没有了野菜，她们就扒野菜根子吃。冰冻三尺，地扒不动了，她们又吃晒干了的胡萝卜缨子。现在，胡萝卜缨子也吃完了，她们不知道该怎么办。

这是大年三十的晚上啊。别人家，再苦再难，也会在这时候吃上几片子肉和一顿团圆饺子。但是，她们家做不到。她们已经一天没有吃东西了，饿得心里发慌。她们听着从邻居家传来的鞭炮声，流着眼泪，陪伴着奄奄一息的爸爸。

深夜，爸爸又一次醒了过来。他看着泪流满面的三个女儿，想说什么，却说不出一个字来。他看了看大妮，又看了看屋门。大妮明白了爸爸的意思，她抓着爸爸的手说："爸爸呀，你是不是担心，大雪会把我们的屋门封住啊？爸爸，你放心吧，我已经把雪扒开了，我不会让大雪封住我们家的屋门。"

她们不停地呼喊着："爸爸呀，你要坚持住啊，再过一会儿，就是新年了！"。

爸爸听了，慢慢地闭上了眼睛，永远地停止了呼吸。他没有熬到新的一年，就永远地离开了这个世界。

"爸爸啊，你不管我们了，我们怎么活啊！……"她们那悲惨凄凉的哭喊声，在除夕之夜的空中，在风雪交加的山坳里，不停地回响着……

每当想到那个除夕之夜，二妮都心如刀绞，泪如雨下。现在，她在心里一遍又一遍地呼唤着，呐喊着……

"苍天啊，你让我怎么办啊？"

"老天爷啊，你太不公平了，为什么让我这么苦啊？"

"爸爸呀，小老板是个恶人，快餐店是个火坑，这样的日子，我怎么熬下去呀？"

……

小老板的两个姐姐不但偷懒耍滑，而且经常偷店里的东西。每当小老板发现丢了东西，他的两个姐姐就一推六二五，全都推到二妮的身上。

二妮是在苦水里泡大的，受尽了贫困的煎熬。但是，她十分正直和诚实，贫穷得有骨气。她为人处世的原则是，不是自己的东西，白白送也绝不能要。哪怕是饿死，也绝对不能偷别人的东西。在她的思想观念里，偷别人的东西不是人干的事。

第二章 忍无可忍 被迫离开

每当小老板和他的两个姐姐向二妮身上泼污水,污蔑和陷害二妮偷东西时,二妮就感到蒙受了奇耻大辱,玷污了自己的人格,败坏了自己的名誉。每一次,她都寸步不让,与他们大吵大闹,一直闹得他们败下阵来,承认错误为止。

一天深夜,二妮和姐姐刷洗完碗筷,打扫完卫生,回到了自己的住处。

这是一个不足七平方米的小铁皮屋,是用一个废弃的集装箱改造而成的。里面没有任何取暖设备,海水还经常灌进来。

劳累了一天的二妮,筋疲力尽,身子好像散了架,与姐姐一起挤在一张小床上。

二妮脸上、手上、脚上裂开的那些口子,越裂越深,渗出的血丝也越来越多。一不小心碰一下,好像针扎一样,痛得钻心。

"妹,你再忍一忍吧。按照节气来说,现在已经是春天了,寒冷很快就会熬过去,温暖眼看着就要到来。"大妮轻轻地拍着怀里的二妮,安慰着她。

大妮想了想,又说道:"妹,以后你的手少沾水,洗菜洗碗这些活,都留给我。"

二妮向姐姐怀里钻了钻,心疼地问:"姐,你的手上脚上裂的口子比我还多,难道你就不怕痛?"

大妮微笑着说:"姐是大人,当然不怕。"

大妮看着妹妹那红肿的脸颊上,布满了一道道血口子,心里一阵阵发酸。这时候,二妮掉进大海里那令人心惊胆战的可怕一幕,又浮现在大妮的脑海里。大妮越想越后怕,不由自主地泪流满面,把妹妹紧紧地抱在了怀里,哭了起来。

二妮一惊,忙问:"姐,你怎么哭了?"

"姐是怕你……唉,我眼睁睁地看着你受苦受累,心里不好受。"大妮擦着泪水说。

"姐,你别哭了,我没有事,我能顶得住,你就放心吧。"二妮帮姐姐擦了擦眼泪,说:"其实,再苦再累我也不怕,我是受不了窝囊气。"

"惹不起,躲得起。视而不见,听而不闻,不搭理他们。"大妮轻轻拍着二妮的肩膀说。

提到小老板和他的两个姐姐,二妮又来了气,气呼呼地说:"姐,他们现在是没事找事,故意找我的碴。世界上怎么会有这么卑鄙无耻的小人?"

"妹,眼看着快到月底了,等发了工资,我们就离开快餐店,跳出这个火坑。"大妮比谁都了解妹妹那直来直去、宁折不弯的性格和脾气,又劝说道:"常言道,林子大了什么鸟都有,世界大了什么人都有。妹,你要学会忍耐,学会慢慢地去适应。"

姐妹俩你一言,我一句,说着说着就睡着了,很快就进入了梦乡……

小铁皮屋的外边,好像被扣在了锅底下,漆黑一片。狂风吼叫着,好像随时都想把这个像火柴盒一样的小铁皮屋,吹进波涛汹涌的大海里。小铁皮屋旁

边的那棵大树,被吹得来回摇曳,发出咿咿呀呀的哭声。

突然,小铁皮屋的门被怒气冲冲的小老板一脚踹开,他气急败坏地吼叫:"妈的……你们俩吃豹子胆了,敢偷老子的钱,乖乖地把二百块钱还给老子……"

在快餐店里,小老板专门管收钱。他在快餐店里间隔出了一间小房子,成了他的卧室。平时,他收的钱都放在他的卧室里。刚才,他算来算去,少了二百块钱,顿时勃然大怒。他问过两个姐姐,都说没有拿。于是,他就怒气冲冲地来到小铁皮屋,向大妮和二妮兴师问罪。

梦中的大妮和二妮,被突然惊醒,慌慌张张套上衣服,打开灯。听到小老板的叫骂声,她们俩马上就明白了,是小老板认定她们俩偷了钱。

二妮怒火万丈,腾地从床上跳了下来,大声叫骂:"你这个浑蛋,你这个畜生……谁稀罕你那几个臭钱啊!你血口喷人……"

小老板大声吼叫:"我的两个姐姐没有拿,那二百块钱,难道长翅膀飞走了?"

"你诬赖好人,你不得好死,你是个畜生,你……滚蛋!你……"二妮一边叫骂着,一边向外推小老板。

"你想钱想疯了,去做小姐啊……"小老板满嘴喷粪,越骂越难听。

"狗娘养的,你欺负好人,你伤天害理……"二妮以牙还牙,寸步不让。

越骂火气越大,小老板一把抓住二妮的衣服领子,挥起巴掌,恶狠狠地抽了二妮一个耳光。

二妮哪里能受这个气啊。她一把推开小老板,狠狠地踹了小老板一脚。这一脚力气不小,正好踹在小老板的命根子上。

小老板瞬间倒在地上,痛得哇哇大叫。他爬起来照着二妮的脸上就是一拳。

二妮被打晕了,也被打火了。她压抑了很久的满腔怒火,一下子喷发了出来。她像发了疯的狮子,眼睛里喷着火,鼻子里流着鲜血,愤怒地向小老板撞去。

小老板立马应声倒地,仰面朝天。他恼羞成怒,爬起来向二妮扑去。

大妮冲上来,从背后死死地抱住了小老板。小老板拼命挣脱,怎么也挣脱不开。

二妮扑上去,先是狠狠地扇了小老板一顿耳光,紧接着又踹了他几脚。

小老板动弹不得,又无法还手,被二妮打得头晕眼花,又一次倒在了地上,半天没有爬起来。

二妮见小老板躺在了地上,大声哭喊着向外面跑去……

漆黑的夜,好像怪兽一样张着黑洞洞的大口,是那么狰狞,是那么恐怖。没有了白天的喧闹和车水马龙,只有那狂风暴雪肆虐着。偶尔传来几声野狗的悲哀的嘶叫声音,是那么瘆人和可怕,令人心惊肉跳。

二妮在狂风暴雪的夜幕中,声嘶力竭地哭喊着,在黑沉沉的海边,磕磕绊绊地奔跑着。

……

第三章　孤僻老太　很难伺候

三妮去胡太太家当保姆，是吴大爷给介绍的。吴大爷在海军干休所看大门，认识连奶奶。但胡太太家的具体情况，吴大爷也不是很了解。他只知道这个退休干部叫胡莉莉，退休以前是市工商局的一名处长，与县长一般大。

三妮长这么大，还没有见过县长。她只是在电影中看见过旧社会的县太爷，掌握着全县老百姓的生杀大权。三妮见过的最大的官是乡长，还不是近距离接触。那是三妮上初中的时候，为了迎接他的视察，全校师生忙活了好几天。还没等三妮看清楚他的模样，前呼后拥的一大群人就簇拥着乡长进了学校办公室。

这天早晨，吃过早饭，三妮告别了连奶奶和明爷爷，跟着吴大爷，向胡太太家走去。

这个胡太太，六十多岁，因为身体不好，刚满五十岁就提前退休了。她患有高血压和心脏病，中年后又由气管炎发展成了肺心病。她一米八零的个子，再加上过于虚胖和身体有病，走路都有一定困难。她那上气不接下气的样子，别人看了也会替她难受。她的丈夫是海军的一名副军职干部，十多年前去世。她只有一个儿子，名字叫孙军，平时很少回来。

胡太太以前的脾气还算可以，自从老伴去世以后，特别是她退休以后，发生了很大变化，变化得使人不敢相信，也不愿意接近她了。在她看来，这个世界对她太不公平了。老伴去世早，撇下她和孩子就撒手不管了，对不起她。儿子不孝敬她，还不务正业，也对不起她。不到退休年龄就让她退休，违反了党的干部政策，更是对不起她。物价翻着跟头向上蹿，退休金几年才长了那么一点点，还是对不起她。就连老天爷和中央电视台那个天气预报播音员也对不起她，原因是天气忽冷忽热，一会儿刮风，一会儿下雪，变化得太快，使她的病情越来越严重。她对现实社会看不惯，甚至渐渐发展到了忍无可忍的程度。她还咸吃萝卜淡操心，什么事都想管一管，不让她管她晚上睡不着觉。她认为当今世界急需办两件事：一是办培训班，把全世界的人都分批分期培训一次，目的是提高全人类的基本素质和道德观念；二是扩大劳动教养所的规模，把全世界百分之六十以上的人都送进去改造一遍。

　　胡太太家究竟换了多少个保姆，连她自己也记不清楚了。胡太太挑选保姆的标准和条件，也是田教授家没有办法比拟的。田教授家算什么啊，充其量是一个知识分子家庭。胡太太的丈夫是共和国的将军，她是国家干部，她找的保姆，自然而然要比田教授家找的保姆上一个档次。

　　胡太太住的是一栋欧式建筑风格的两层小楼，据说是德国的一个重要人物留下来的。依山傍海，独门独院，十分幽静和雅致。一进大门，是一群外国小孩戏水打闹的汉白玉雕塑。院子内，一棵怀抱不过来的雪松，像一把大雨伞，把整个院子遮盖了一大半。

　　……

　　胡太太坐在一楼客厅的沙发上，她板着脸，慢悠悠地品着茶，目不转睛地盯着三妮，看了足足十多分钟……

　　这个女孩子，一米七一的个子，不胖也不瘦，身体各部位完美组合，搭配得恰到好处，真乃是巧夺天工、浑然天成。她那优美可爱的鹅蛋形的娃娃脸，不大不小的一双黑亮眼睛，小巧玲珑的鼻子，迷人的樱桃小嘴，配上那洁白如雪的皮肤，给人一种不食人间烟火的感觉，看上去就好像一个瓷娃娃。她那乌黑闪亮的秀发，用几条五彩缤纷的橡皮筋，系成了一个马尾巴，又增添了几分灵秀和俏皮。她外穿一件枣红色面包服，里穿一身普普通通的运动服，往那里一站，整个人洋溢着一种朝气蓬勃、活泼可爱、充满活力的气息。

　　胡太太不由得暗暗惊奇，这个小女孩怎么长得这么漂亮啊？你就是拿着放大镜，也很难找到她在长相方面的遗憾和不足。

　　三妮第一次见这么大的官，她本来就很紧张，被胡太太这么盯着看，心里更是发毛，有点忐忑不安。

　　"你叫什么名字？"

　　"成三妮"

　　"籍贯？"

　　"岭碧县"。

　　胡太太一惊，欠了欠身。她的老家与这个县只一河之隔。偶然之间遇上了一个小老乡，不由得产生了一些亲切感，她脱口而出："我们俩是老乡。"

　　三妮听了，一阵惊喜，急忙问道："我们俩是老乡，真的吗？"

　　胡太太一听火了，使劲拍了拍茶几，火辣辣地说："随便插言，不懂礼貌，没有教养！"

　　三妮顿时一惊，心里凉了半截，更加惴惴不安。

　　"年龄？"

第三章 孤僻老太 很难伺候

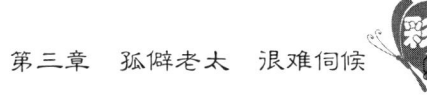

"十八岁。"

胡太太又是一惊,欠了欠身体,心想,她还是一个小孩子,现在就当面辞了她,对她打击太大,肯定会想不开。她摇了摇头,又不冷不热地问起来。

"为什么这么小就出来打工啊?"

三妮一时间不知道怎么回答,只好保持沉默。

"家庭成员?"

"有两个姐姐。"

"爸爸妈妈呢?"

"我出生的时候,我妈妈就去世了。我十岁的时候,我爸爸也去世了。"

胡太太心里一动。这是一个苦命的孩子,应该给予照顾。

"你会家政服务吗?"

三妮不知道她是什么意思,只好再次保持沉默。

"你会做饭吗?"

"我从六岁时就给家里人做饭。"

胡太太的脸上,终于阴转多云,露出了一丝笑容:"穷人家的孩子早当家啊。"

"你的理想和奋斗目标。"

"上大学。"

胡太太想笑,但没有笑出声音来。她用了那么多保姆,第一次听到想上大学的。

"早恋吗?"

三妮聪明伶俐,性情活泼,又肯动脑子,还机智乖巧。她现在已经看出来了,这个老太太可不一般,她脾气性格很孤僻,很不好伺候。在她这里当保姆,整天提心吊胆,绝对不会是一件轻松愉快的事。她越听越不顺耳,越听越来气。心想,这是干吗呀,找一个保姆,还要刨根问底,查祖孙三代啊?不过,她还是保持沉默,一声不吭。

胡太太见对方不回答,场面一下子僵持下来,她一时也忘记了接下来还需要审查些什么。

三妮灵机一动,笑着问道:"奶奶,您是不是要提拔我当国家干部啊?"

胡太太一愣,感到莫名其妙,忙问:"当什么国家干部?"

三妮说:"奶奶,您刚才审查得那么仔细,肯定要提拔我当国家干部。我要是当上国家干部,一定听您的指挥,好好孝敬您老人家。奶奶,我现在就想给您磕个头。"

胡太太被三妮逗笑了,她也不知道自己有多长时间没有笑过了,脸上多云转晴,又渐渐地阳光灿烂,心里也顿时比过去亮堂了许多。

春节前,她聘请的那个小保姆,突然不辞而别。到现在已经三个月了,再也没有找到保姆。春节前后这一段时间，天气就像猴子脸，说变就变，她的病情也跟着变得越来越严重。她的那个宝贝儿子，也不知道跑到哪里去了，根本见不到人影。她已经忍无可忍，没有办法再坚持下去了，亟须找到一个保姆。眼下，刚刚过完春节，人们都在忙着走亲访友，还没有正式上班，上哪里去找保姆啊？

胡太太美滋滋地品着茶，再一次仔仔细细地端详三妮，心里想到，小姑娘长得眉清目秀，聪明伶俐，很招人喜欢；关键是她年龄小，不会像去年那个保姆那样，整天惦记着她家的东西，还琢磨着勾引她的宝贝儿子，试图来与她竞争这个家庭主人的位置；现在这个社会，找个保姆比找个合适的儿媳妇都难，她必须权衡再三。

"好吧，你就留下来试试吧。"胡太太琢磨了半天，终于拍板定案。三妮悬着的心总算是有了着落，直挺挺站了两个多小时的她，终于可以坐下来休息一会了。……

第二天，胡太太按照惯例，要对新来的保姆进行一系列的考查了解和岗前培训。因为对三妮的初步印象比较好，又是小老乡，考查了解可以适当简化程序。但是，岗前培训不能马虎。这几年，她为家政服务人员，制定了《行为守则》《工作细则》和《作息时间表》，并不断地进行充实和完善。她把这些规章制度拿了出来，絮絮叨叨地给三妮讲解起来。

三妮惊呆了，胡太太制定的这些细则和规定，可能要比对飞行员驾驶飞机的要求还严格、详细。

讲完了守则、细则和作息时间表，胡太太开始现场教学。她现在正在品茶，现场教学就从品茶开始。

"中国人的饮茶习惯，历史悠久，始于汉，盛行于唐……你记住了吗？"

"记住了。"

"中国的第一棵茶树，出现在云南省的西双版纳……你记住了吗？"

"记住了。"

"中国人饮茶有四大讲究……你记住了吗？"

"记住了。"

"中国人总结出饮茶有十四大好处……你记住了吗？"

"记住了。"

"中国人饮茶有八大误区……你记住了吗？"

"记住了。"

"中国的茶叶有六大类……你记住了吗？"

"记住了。"

"中国人泡茶的方法有十步……你记住了吗？"

第三章　孤僻老太　很难伺候

……

关于饮茶，胡太太确实有很深的造诣，三妮不得不佩服得五体投地，聚精会神地听着。问题是她讲起来不但反反复复、颠三倒四，而且还断断续续、啰啰唆唆，一会一个"你记住了吗"。三妮听得头越来越大，心里越来越不耐烦。她抬头一看墙上的钟表，已经十一点了。胡太太讲了三个多小时，还没有要停下来的意思。三妮心里有点着急了，因为中午饭还没有准备哪，还有很多事没有做啊。

"奶奶，我刚刚来，以前也没有当过保姆。您能不能给我一段时间，让我学习学习、适应适应啊？再说，我现在应该去准备中午饭。要不然的话，您老人家今天中午就会饿肚子了。奶奶……"

胡太太听了，立马怒气冲天，急忙打断三妮的话，使劲拍着茶几说："你这个人怎么回事，不但不虚心，还竟敢随便打断主人说话，不懂规矩！我警告你，下次再犯，我立马让你走人！"

三妮急忙解释："奶奶，我是……"

胡太太又急忙打断三妮的话，气急败坏地说："闭嘴，我不听你啰唆！"

三妮有口难辩，委屈地眼含泪花。她真想马上离开这里，但是，她深知这份工作来之不易，不能就此放弃。她灵机一动，急忙拿过来一个扫把，交给胡太太。胡太太摸不着头脑，急忙问："你要干吗？"

三妮破涕为笑，笑吟吟地说："奶奶，从今以后，我要是干的不好，你就用这个打我的屁股。"

胡太太哭笑不得，摇着头说："好吧，我给你一段时间，你就慢慢适应吧。"

……

这一段适应时间里，三妮忙得不亦乐乎。胡太太家的脏和乱，确实达到了一定的"水平"。自从上一个保姆走了以后，她家的卫生就没有人再彻底打扫过。

三妮真的是超水平发挥。她不但高标准高质量地做饭炒菜洗衣服，还把楼上楼下十多个房间，彻彻底底打扫整理了一遍。

眼睁睁地看着三妮清理出来的那一大堆破烂和垃圾，胡太太目瞪口呆。要不是亲眼看见，她说什么也不敢相信，平时看着干干净净的家里，竟然藏污纳垢，有这么多废品和垃圾。她也不得不佩服眼前的这个小女孩，干起活来手脚这么麻利，这么肯下力气。

在清理出来的一大堆破烂中，有前几任保姆留下来的杂志，内容五花八门。三妮把一本《家政服务大全》挑了出来，放在自己枕头下面，一有空就拿出来学习研究一番。三妮心想：自己刚开始当保姆，没有参加过专门培训，很多专业知识都不知道，必须尽快学会它。

三妮勤快，又肯出力，每天把胡太太的家收拾得窗明几净，井井有条。她还肯动脑子，不但学会了家常菜的做法，还掌握了时尚菜的制作技巧。以前知之甚少的家庭护理和保健常识，她也掌握了不少。

三妮每天紧张地忙活着，胡太太也没有闲着。胡太太不可能闲着，因为她闲着心里就不舒服，这是多年养成的习惯。在这一段时间中，她虽然没有对三妮进行现场教学，但明察暗访、跟踪追击，一刻也没有放松和停止过。

一天晚上，胡太太坐在客厅里的沙发上，慢悠悠地品着茶，调换了几个电视节目，越看越打不起精神来。磨磨蹭蹭到了晚上九点多钟，她无精打采，要回房休息。

三妮先服侍胡太太回到卧室，吃了药，上了床；然后把胡太太用过的杯子、勺子洗净擦干，放到她伸手就能拿到的地方；再把胡太太夜里可能要用的暖水瓶、药片、痰盂、便盆等，放在规定的位置上；最后仔仔细细检查一遍，道声晚安，轻轻地关上了卧室的门。

按照惯例，耐心周到地服侍胡太太睡了觉，三妮把每个房间打扫一遍，再把胡太太换下来的衣服洗干净晾上……

忙完这些，只要是三妮的床头上那一个小电铃不响，就说明这一天的工作基本上结束了，三妮就可以坐在自己的床边，安心看书学习了。

……

深夜，床头上那一个小电铃突然响了起来。正在专心看书的三妮，吓了一跳，心想："这么晚了，胡太太按电铃，是不是病情加重了？"她急急忙忙来到胡太太的床前。

"奶奶，您怎么了？"三妮慌慌张张地问道。

胡太太躺在床上，似睡非睡，眯缝着眼，不紧不慢地看了看三妮，慢条斯理地说："也没什么大事，我叫你过来，是因为我睡不着觉。"

三妮一听，一颗悬着的心落了下来，笑着问："奶奶，您需要我给您做点什么啊？"

胡太太脸色凝重，停了很长时间，十分严肃认真地说："三妮，自从你来到我的家里，总体表现还不错，也很有发展前途。但是，也暴露出一些非常严重的缺点和错误。不及时给你指出来，我放心不下，寝食不安。"

三妮听了，哭笑不得，说："奶奶，这么晚了，您还想着工作，责任感和事业心真强，我一定好好向您学习。奶奶，您……尽管说，我保证虚心接受，立即改正。"

胡太太问："你在听我说话和讲课的时候，有点不虚心，还有点心不在焉，对吧？"

"是。"三妮想了想，点着头说。

第三章 孤僻老太 浪难伺候

"你回答问题时，有时候不看着我，心不在焉，对吧？"

"嗯。"三妮再点头回答。

"你今天早晨买回来的黄瓜不脆，比昨天买回来的一斤贵了一毛钱，还少了三两多，对吧？"

三妮一愣："这……有可能是吧。"

"你上午洗衣服的时候，放了三勺洗衣粉。应该放两勺，浪费了一勺，对吧？"

"这……可能是吧。"

"你洗脸的时候，不注意节约，没有用盆子接着水，再二次利用，对吧？"

"可能是吧。"

"你每次上完厕所，经常冲两次水，造成了不必要的浪费，对吧？"

"这……"

开始的时候，三妮还很虚心，因为胡太太提出的问题，有一些确实需要改正。但是，胡太太滔滔不绝，好像她的缺点和错误，三天三夜也说不完，她就有点按捺不住。三妮更加吃惊的是，她上厕所时的具体细节，胡太太也一清二楚。三妮开始怀疑胡太太在什么地方安装了监控设备，她的一举一动、一言一行，都在胡太太的监控之下。

三妮心想："胡太太不但冷漠、小气、苛刻、疑心重，还喜怒无常，不尊重人。伺候这个孤僻的老太太，除了感到孤独和痛苦，还会感到压抑和郁闷，而且没有尊严。这样下去，用不了多长时间，她就会被这个老太太折腾成神经病。"她越想越生气，眼泪夺眶而出。

三妮心里很憋屈，又不能明确地表达出来。她想了想，说道："奶奶，我要去告你。"

胡太太听了，十分惊讶，忙问："告我？你告我什么？"

三妮流着泪水说："奶奶，你偷看我上厕所，还偷看我洗澡，这是侵犯人权。"

胡太太一听就火啦，腾的一下坐起来，拍着床吼叫："你这个人怎么搞得，不但不虚心，还顽固不化，拒绝别人的批评教育！"

"我……"三妮有口难言，委屈的哭泣起来。

胡太太怒气冲冲，很不耐烦地说："哭什么哭，有则改之，无则加勉，这是毛主席他老人家的谆谆教导！"

"奶奶，我真的不想在您这里干了！"三妮说完，头也不回地出去了。

三妮的言行，出乎胡太太的意料，她顿时愣住了。

三妮回到自己的房间，躺在床上，翻来覆去睡不着。她在心里一遍又一遍地问自己："是走啊，还是留啊？"她犹豫不定，拿不定主意。好不容易睡着了，她又做了一个梦。梦到了那一年过小年，她和爸爸一起去挖打碗花的根子……

腊月二十三，是小年。按照风俗习惯，家家户户要煮肉蒸白面馒头，欢送

灶王爷上天,向玉皇大帝汇报一年的工作。可是她家穷,家里能卖的东西,全都卖完了,哪里还有钱买过年的东西啊?

这天中午,爸爸流着眼泪对三妮说:"孩子啊,今天是小年,我们家没有肉,也没有白面馒头,但是,总要让你们姊妹三个吃上一碗菜吧!"

爸爸说完,擦了一把眼泪,拿起一把镐头,向外走去。三妮知道爸爸要去挖打碗花的根子,便跟着爸爸来到山沟里。

爸爸得病以前,每到寒冬腊月,家里没有菜吃了,他就带领着女儿们去山沟里挖打碗花的根子。

打碗花,是一种野菜,生长在潮湿的荒地里。它的根子好像一根根白色的粗线,有甜甜的味道,可以做菜吃。

山沟里,寒风吹着口哨,带着雪花,像鞭子一样不停地抽打在脸上,针扎一样痛。大地结了冰,像石头一样坚硬。三妮年龄小,再加上长期吃不饱,身体虚弱,没有力气。她使出了全身的劲,刨了半天,才刨出了那么一点点。

看着三妮那艰难的样子,爸爸几次要镐头,都被三妮拒绝了。爸爸的食道癌已经到晚期,面黄肌瘦,她哪里能让爸爸干这样的力气活啊。

爸爸再也控制不住自己的情绪了,泪流满面,说:"孩子啊,今天,别人家有大鱼大肉吃,我连一碗菜都让你们吃不上,我对不起你们,连累了你们……"爸爸没有说完,就大口大口地吐起鲜血来,不一会就昏迷了过去。

三妮心如刀绞。她一边抢地呼天地哭喊着,一边背着爸爸向家里跑去……

三妮被惊醒了,出了一身冷汗。她感到很奇怪,为什么刚刚睡着,就梦到了爸爸,就梦到了那一年过小年去挖打碗花的根子啊?是不是爸爸在提醒我,要我克服困难,继续留在胡太太家当保姆啊?我应该怎么办啊?三妮又翻来覆去想起来,还是一筹莫展,拿不定主意。

……

第四章 相见恨晚 互帮互助

第四章 相见恨晚 互帮互助

  风雪交加的深夜，在小铁皮屋里，二妮好像发了疯的狮子，一头把小老板撞倒在地。小老板恼羞成怒，急忙爬起来，向二妮扑去。大妮从背后死死地抱住了小老板，小老板动弹不得。二妮扑上去，先是狠狠地扇了小老板一顿耳光，紧接着又踹了小老板几脚。小老板无法还手，被二妮打得头晕眼花，又一次倒在地上，半天没有爬起来。二妮见小老板倒在地上，哭喊着向外面跑去……

  大妮见二妮跑了出去，急忙追了出来，声嘶力竭地呼唤着："二妮，你在哪里？妹妹，你在哪里啊……"

  这里不是灯火通明的闹市区，这里是偏僻荒凉的海边。没有灯光，没有行人，更没有车辆。漆黑的夜空中，只有那肆虐着的狂风的吼叫声，还有那惊涛骇浪撞击岸边发出的惊心动魄的可怕声音，哪里还有二妮的踪影啊？

  大妮沿着海边，磕磕绊绊地奔跑着，心急火燎地寻找着、呼唤着。她心里只有一个念头，一定要找到二妮，绝对不能让二妮出事。她那令人揪心的凄凉悲惨的喊叫声音，在海边的夜空中飘荡着……

  天刚蒙蒙亮，快餐店的厨师童军，在距离快餐店十多公里外的沙滩上，找到了大妮。大妮躺在沙滩上，披头散发，昏迷不醒，身上的衣服全都被海水湿透了。童军把大妮背上岸，打了一辆出租车，回到了大妮居住的小铁皮屋里。

  大妮病倒了，她发着高烧，迷迷糊糊地躺在床上，嘴里不停地念叨着二妮。童军跑前跑后，给大妮喂水喂药，精心地守护着大妮。

  ……

  童军是个孤儿，他的老家在观海市郊区的一个农村。他比大妮小一岁，细高个，浓眉大眼，高鼻梁，白白净净，文静得像个书生。他十岁那年，爸爸因车祸去世了。他十四岁那年，妈妈因病去世了。他十七岁那年，唯一的一个姐姐也去世了。姐姐去世以后，他来到了观海市。他先是学了一年多的武术，然后参加厨师培训班，当了一名厨师。

  快餐店很小，用工也很少，只有童军一名厨师。平时，服务员和厨师的工作很难分清楚。忙起来的时候就不分彼此，什么都要干。

童军和大妮、二妮一样，对小老板和他的两个姐姐看不惯，除了在一块干活以外，基本上不和他们交往。

同是天涯沦落人，相逢何必曾相识。童军与大妮的家庭出身、个人经历、脾气性格都差不多，再加上有共同语言，心灵相通，自然而然有一种同病相怜、相见恨晚的感觉。平时，他和大妮朝夕相处，姐弟相称。他们俩互相关心，互相帮助。虽然谁都没有明确说出来，但他们俩在自己的心目中，都把对方当成了可以信赖的好朋友。他们俩的相识和相处，就好像是在痛苦中有了一丝甜蜜，在黑暗中看到了一点光明，在无助中找到了一些寄托……

一天晚上，小老板发现打碎了两个盘子，他不问青红皂白，马上指着二妮破口大骂："妈的，打碎了我的盘子，要加倍赔钱！"

还没有等到二妮还口，童军瞪着小老板，愤怒地说："你骂谁啊？那两个盘子是你大姐打碎的！"

"童军，你胡说八道……不是我！你……狗拿耗子，多管闲事。你……"小老板的大姐叫骂着。

童军冷笑了几声，怒视着小老板的大姐说："你厚颜无耻，撒谎不脸红，就这么巴掌大的地方，我是亲眼看到你打碎了两个盘子，你还能赖掉？"

小老板的大姐像个泼妇，跳起来歇斯底里地骂道："童军，你放狗屁！你不得好死……你和二妮什么关系啊？你为什么护着她啊？她是不是你老婆啊？"

童军气得咬牙切齿，上去就是一个耳光，把小老板的大姐打得一屁股蹲在了地上。她顿时被打蒙了，再也不敢咋呼了。

小老板看到大姐被打了，暴跳如雷，破口大骂："童军，你狗拿耗子多管闲事，是不是活得不耐烦了！"他叫骂着就冲过来打童军。

"怎么着，你想动手啊，老子奉陪到底！"童军顺手使劲推了一把，就把小老板推了个四腿朝天。

小老板恼羞成怒，像一条疯狗一样，马上爬了起来，向童军扑了过来。童军身子一闪，伸手用力一推，紧接着来了个扫堂腿，小老板又来了一个仰面朝天。

小老板狗急跳墙，嚎叫着再一次爬起来，随手抓起一个凳子，恶狠狠地向童军砸过来。童军先闪过凳子，又飞快地抓住凳子使劲一拉，小老板立马摔了个嘴啃泥。

小老板爬起来，又向童军扑过来。童军火冒三丈，一个扫堂腿过去，小老板又被摔了个嘴啃泥。童军紧接着踏上一只脚，小老板再也爬不起来了。

童军冷笑道："哈哈，就凭你这个熊样子，还和我动手动脚，你想找死啊！"

小老板大吃一惊。他虽然听说过童军会一点武功，但没有想到文文静静、瘦弱单薄的童军竟然如此厉害。才刚刚交手，他就丢盔卸甲，溃不成军了。要

第四章 相见恨晚 互帮互助

是真打起来,他肯定很快就会丢掉小命。他胆战心惊,结结巴巴、语无伦次地说:"童军,我……对你够意思,你……不识好歹,你小子……不想干了?"

童军咬牙切齿地说:"你们不讲良心,欺人太甚,老子看不下去,早就不想再伺候你们了。你以为这个快餐店是个人人向往的天堂啊?这里是个名副其实的火坑,老子早就想跳出去了!"他指着趴在地上的小老板,骂道:"你个狗娘养的,手里有了几个臭钱,就想横行霸道!你不是想打架吗?老子现在就送你上西天!"

小老板害怕了。他心里很明白,打架肯定不是童军的对手。童军要是甩手不干了,大妮和二妮肯定也会随着走。春节刚刚过去,很难招聘到人,快餐店只能关门。快餐店关了门,他就断了财路,损失就太大了,他不能做得不偿失的傻事。想到这里,他马上挤出了一丝笑容,冷笑着说:"童……老弟,你……你小子开什么玩笑啊,还跟我动手动脚的。你……真不够意思啊,咱们俩骑驴看唱本,走着瞧!"说着,他从地上爬起来,拍了拍屁股,骂骂咧咧,灰溜溜地走了。

看着小老板灰溜溜地走了,小老板的姐姐也夹着尾巴,很不情愿地离开了。

多少天的冤枉气,多少次的窝囊气,积压在心里的满腔怒火,现在,终于一下子全都发泄出来了。

二妮激动得热泪盈眶,大声喊道:"童哥,你太厉害了,帮我出了气,谢谢你!"

以前,在大妮眼里,童军文静老实得像个温顺听话的小姑娘,与一个风风火火、打打杀杀的男子汉相比,有天壤之别。现在,在大妮的心目中,童军的形象突然变得高大起来。童军不但心地善良,有正义感,还敢于担当。他是一个路见不平、敢于拔刀相助的男子汉。大妮激动地含着泪水说:"弟,好样的,你是一个真正的男子汉!"

大妮从小就做饭,快餐店上的都是家常菜,她一看就会,做起来比童军还得心应手。大妮的烹饪技术,不但童军和顾客们都很佩服,就连吹毛求疵的小老板也不得不心服口服。平时,大妮不但帮着童军做菜,还手把手地教给他做菜的技术。

童军感冒发烧,大妮不但给他送药送饭,还把他的工作顶起来,让他安心休息。看到童军穿的那一件毛衣实在是太脏太破了,大妮就让童军买来毛线,给他织毛衣。

一天夜里,顾客都走了,小老板和他的两个姐姐也走了,二妮也回去休息了。打扫完卫生,大妮坐在灯光下,开始给童军织毛衣。童军坐在一边,一边慢悠悠地喝着啤酒,一边静静地端详着大妮。他看呆了,两只眼睛直勾勾地盯着大妮,一眨也不眨……

大妮的脸上、手上和脚上冻得裂开了一道道血口子。忙起来的时候,也就顾不上痛了。现在,坐了下来,感觉好像针扎一样疼痛。痛得实在忍不住了,她先用双手捂一捂那红肿的脸颊，然后又向红肿的手背上吹一吹热气，再使劲跺一跺双脚，又一针一线、全神贯注地织起毛衣来……

她一米六八的个子，凹凸有致，恰到好处。她有一张精美绝伦的瓜子脸，柔柔细细的肌肤，洁白无瑕。双眉修长如画，双眸闪烁如星，明净清澈，水波荡漾。那小巧玲珑的鼻子下面，有一张美妙可爱的小嘴。嘴唇薄薄的，嘴角微微上翘，一笑就有两个可爱的小酒窝。

她满脸都是温柔，浑身上下都充满着清纯和靓丽。她如此超凡脱俗，简直不带一丝一毫的人间烟火味。她穿着一件粉红色的面包服，坐在那儿，是那么端庄美丽和文静优雅，纯纯的，嫩嫩的，就好像一朵含苞出水的芙蓉，纤尘不染。

她是那么美，美得像仙女一样。她的美和其他女孩子不一样，她的美没有一点修饰，也用不着梳妆打扮。她美得淳朴自然，清澈透明，浑然天成。

她来到这个世界上，好像是专门来为别人服务的，很少计较回报和个人得失。对于那些不公平、不顺心的事，她特别能忍耐，也特别能包容，甚至给人一种逆来顺受的感觉。她性格温顺，温顺得就好像一只可爱的小羊。

在童军眼里，大妮既像一位慈祥的妈妈，又像一个可爱的姐姐，还像是他的什么人，他一时还说不清楚。

发现童军目不转睛地盯着自己看，大妮有点不好意思。她搓了搓手，跺了跺脚，娇羞地瞪了童军一眼，问道："弟，你干吗呀？为什么这样看我啊？"

童军一愣，回过神来，有点不好意思，连忙说："姐，你真美，像个仙女！"

大妮听了，羞得满面桃花，笑嘻嘻地说："我可爱的小弟弟啊，你没有发烧吧？你这是夸我呀，还是损我啊？你是不是吃饱喝足了撑得慌，又找不到话题，就跟我胡诌八扯，拿我开涮说笑话啊？告诉你，我是一个土里土气的村姑，土得掉渣渣，没有一点气质和风度。"

童军红着脸说："姐，我不是开玩笑，我说的是真的。在我眼里，你是世界上最漂亮的女孩，别的女孩没有办法和你比。"童军说完，把凳子向大妮身边挪了挪，接着说道："姐，这是我的真心话，我不骗你。"

"你就胡说八道吧，我没有闲工夫理你。"大妮含嗔带羞地说完，飞快地看了童军一眼，又织起手中的毛衣来。

童军看着大妮，触景生情，想起了自己的姐姐。他和姐姐同甘共苦、相依为命的情景，又浮现在脑海里，展现在眼前……想着想着，他眼睛一热，鼻子一酸，泪流满面。

大妮见了，顿时一愣，急忙问："弟，你是个男子汉，怎么突然哭了？"

童军抹了一把眼泪，抽泣着说："我想起了我的姐姐，可惜她已经死了。她要是还活着，那该多好啊！她……"童军再也说不下去了。

"你的姐姐是怎么死的啊？"大妮没有多想，脱口而出。

第四章 相见恨晚 互帮互助

"这……"童军听了,顿时一激灵,又接着摇了摇头。

大妮见童军不愿意回答,又马上改口说:"弟啊,人死不能复活,你就不要再想那些伤心流泪的事了。过去的事都让它过去吧,你要向前看,好好地生活。"

童军含情脉脉地盯着大妮的眼睛,郑重其事地说:"我要是有你这样一个亲姐姐,那该多好啊。姐,我已经反复考虑过了,我想按照农村的风俗,与你结拜为异姓姐弟,你同意不同意啊?"

在大妮眼里,童军是一个还没有长大的男孩子。平时,她像对待两个妹妹那样对待他,有时还哄着他。听到童军这样问,她笑盈盈地问:"你不是一直都在叫我姐吗?"

童军马上回答说:"我说的是按照农村的风俗,与你结拜为异姓姐弟。"

大妮曾经听童军说过,他的姐姐雪梅非常疼爱他,可惜已经死了。至于他的姐姐怎么死的,童军不愿意说,大妮也不便多问。现在,童军提出要与她结拜为异姓姐弟,她以为童军触景生情,心血来潮,只是随便说说。她没有多想,就非常爽快地答应道:"那好吧,以后你就叫我亲姐姐吧。"

见大妮还是没有真正明白他的意思,童军脸色凝重,认真地说:"姐,在我的老家,祖祖辈辈流传着义结金兰的风俗习惯。现在,在我们村里,与我年龄差不多的男女青年,因为情投意合,许多人都结拜为异姓兄弟姐妹。我是个孤儿,更是想结拜一个异姓兄弟姐妹。我考虑再三,觉得你很合适,很想和你结拜为异姓姐弟。"

大妮嘻嘻哈哈,半真半假地说:"我有两个妹妹,就缺少一个弟弟,你现在给我磕个头,我就认你为亲弟弟。"

此时此刻,童军浮想联翩,他想到了爸爸妈妈,想到了与姐姐雪梅朝夕相处的往事。愣了半天,童军眼睛里含着泪花,说:"姐,我是认真的,不是开玩笑,也不是心血来潮。我看见你,就想起我的爸爸妈妈,想起我的姐姐。我很羡慕二妮,她虽然没有了爸爸和妈妈,但是,她有一个好姐姐,在时时刻刻呵护着她,牵挂着她。我孤苦伶仃,像一个流浪狗,漂泊在外,没有人亲,没有人爱。姐,你要是不嫌弃我,我就和你结拜为异姓姐弟,让你一辈子给我当姐姐。"

常言道,心有灵犀一点通。听了童军的肺腑之言,看到童军那郑重其事又可怜兮兮的样子,大妮心里一阵发酸,不由得流出泪水。

大妮和童军的人品和经历差不多,两个人同病相怜。更重要的是,大妮特别喜欢童军。面对童军那认真和恳求的目光,大妮沉思了一会,然后点了点头,庄重地说:"弟,在我的老家,也有义结金兰的风俗。你是个好人,我愿意与你结拜为异姓姐弟。我有两个妹妹,再有你这个弟弟,就两全其美了!"

童军没有想到大妮答应得这么爽快,他破涕为笑,高兴得不知所措,激动地说:"好,君子一言,驷马难追,谁也不能反悔!姐,谢谢你!按照我老家

的风俗习惯,我们俩还要举行一个结拜仪式。"

大妮急忙说:"弟,那个结拜仪式就免了,只要我们俩且行且珍惜,别忘记自己的承诺就行了。"

童军想了想,笑嘻嘻地说:"姐,这是一生一世的大事,马虎不得。正规的结拜仪式,可以等到以后再举行。现在,我们俩必须先简单地拜一拜。"

大妮一愣,忙问:"现在怎么拜啊?"

"姐,你难道就没有看见过电影上的结拜仪式吗?"童军说完向对面的百货店跑去。

不一会,童军买回来很多东西。他把烧鸡、熟鱼、熟肉和水果摆放在桌子上,点燃了一炷香,倒上两杯红酒。然后,他拉着大妮面向正北,跪在桌子前面。他磕了一个头,双手合十,念念有词地说:"苍天在上,我童军,自愿和成大妮结拜为姐弟。今生今世,有福同享,有难同当。不求同年同月生,但求同年同月死。义结金兰,苍天为证。如有反悔,天诛地灭。"说完,他又磕了一个头,然后端起一杯红酒,一饮而尽。

大妮虽然感到有点滑稽,但看到童军那虔诚的样子,也不好马虎。她学着童军的样子,很虔诚地磕了个头,发过誓,然后喝了一杯红酒。

童军激动地说:"姐,我们俩已经对天发誓,结拜为姐弟,我保证要信守这一生一世的庄严承诺。"

大妮也激动地说:"弟,我也会信守这一生一世的庄严承诺。"

童军好像完成了一件庄严神圣的大事,也好像从此有了希望和寄托,高兴得眉开眼笑,激动地说:"我现在有亲人了,我以后有姐姐了!"

大妮被童军的情绪感染,高兴得不知道说什么好,她含着泪花说:"苍天啊,我感谢您赐给了我一个好弟弟。"

……

自从童军在沙滩上找到昏迷不醒的大妮,把她送回到小铁皮屋里,到现在已经三天三夜了。大妮躺在床上,一直高烧不退,昏迷不醒。看到吃药打针都没有用,童军就把大妮送到了医院里。医生检查化验完后,告诉童军,大妮的肺部发炎,造成胸腔积水,必须马上动手术,否则有生命危险,费用最少四千元。

"最少四千元?"童军惊呆了,对他和大妮来说,这是一个天文数字。大妮姊妹三人,来到观海打工不到一个月,还没有领到工资,无亲无故,而且二妮至今下落不明,哪里能有这么多钱啊。他当厨师时间不长,存的钱满打满算还不到六百元。

童军看着病床上昏迷不醒的大妮,心如刀绞,泪流满面,思绪万千……

他和大妮虽然非亲非故,认识的时间也不是很长,但是,他们俩情投意合,已经结拜为异姓姐弟。人活在世上,必须言而有信,一诺千金;必须仁慈善

第四章 相见恨晚 互帮互助

良,积德行善,绝不能见死不救。

经过这一段时间的交往,童军被大妮的心地善良和貌美温柔打动了。在他的心目中,大妮是一个不可多得的好女孩。大妮帮他炒菜、做饭、洗衣服、织毛衣,往事历历在目。

童军在心里一遍又一遍地问自己:我能眼睁睁地看着这么好的一个女孩子死去吗?不能,绝对不能!但是,要救活她,就需要一大笔钱,怎么办啊?童军想到了老家的房子,那是他爸爸妈妈留给他的唯一遗产。

按照童军老家的风俗习惯,老祖宗留下的遗产,不到万不得已,绝对不能卖。否则,就是弃家荡产、大逆不道的败家子。现在,他顾不了那么多了。他认为,卖掉老家的房子,换来大妮一条性命,值得。

童军把身上的四百元钱和自己的身份证作为住院押金,交给医院,给大妮办理了住院手续。然后,他连夜回老家卖房子……

这是两间破旧的老房子,门和窗都用木板封上了。房顶上虽然有一层很厚的积雪,也没有压住那一片干枯的杂草。不算很高的院墙,有一处已经塌了个大口子。院墙的门楼,已经掉了一个角,另一个角随时都要掉下来。院子里面,有一盘多年不用的石磨,上面也长满了杂草。石磨的旁边,是一棵干枯的老槐树。老槐树的上面,有一个很大的鸟窝,一只乌鸦,在不停地哭叫着……

童军心里好像针扎一样难受,他流着泪水,面朝房门,磕了三个响头,泣不成声地说:"爹、娘,我……急等着用钱,要把这个房子……卖掉。孩儿不孝,请你们……原谅我!"说完,他又磕了三个响头。

"吱……呀……"随着那个摇摇欲坠的破大门,那有气无力的响声,几个想买房子的人走了进来。

童军擦着泪水,对他们说:"这房子太破旧了,不能住人,只是一堆烂石头,不值钱。不过,这个院子很大,地脚不错,可以盖新房子,你们给个价吧。"

一个想买房子的人若无其事地在院子里溜达了一会儿,又围着房子转了几圈,漫不经心地说:"这个破房子啊,我看最多值四千元。"

另一个想买房子的人,把这个破房子使劲地臭贬了一阵子,又琢磨了一会儿,不冷不热、不紧不慢地说道:"乡里乡亲的,抬头不见低头见。我出个最高价吧,五千元,多一分钱我也不要。"

童军心里很明白,这个价钱太低了。除了房子不说,这毕竟是一大片宅基地啊,并且地脚这么好。他犹豫了一会儿,狠了狠心,然后使劲一拍大腿,激动地大声喊道:"好!成交,我要现钱!"

停了一会儿,童军擦了擦眼泪,又说道:"我要是不急着用钱,这个价格,我绝对不会卖给你们。"

……

第五章　跳出火坑　掉进虎口

　　在阴森森、黑洞洞的深夜，三个女孩子，顶着狂风暴雪，沿着海边的一条路，艰难地行走着……

　　朦朦胧胧中，她们发现前面有一个人，在海边跌跌撞撞地奔跑着。不一会，这个人就跌进了波涛汹涌的大海里。她们急忙奔跑过去一看，顿时吓出了一身冷汗。这个落水人不会游泳，正在拼命地挣扎着，眼看着就要被大浪卷走。

　　在三个女孩中，长得人高马大的那个女孩会游泳，她奋不顾身，急忙跳进海水里，一把抓住了落水人。三个女孩奋力营救，终于把落水人拉上了岸。原来，落水人也是一个女孩子，与她们的年龄差不多，已经处于半昏迷状态。

　　这样的鬼天气，又是三更半夜，举目无人，总不能见死不救吧。她们商量了一下，拦了一辆出租车，把这个落水女孩带到了她们的住处。

　　这是一个典型的城中村，还是一个典型的农家小院。这三个女孩子，住在一间不到十五平方米的小平房里。一进门，两面都是上下床，中间是一个煤炉子，还有一个吃饭用的小桌子。房间内，凡是能挂东西的地方，都挂满了五颜六色的女孩子们的衣物。窗台上放着一盆仙人球，特别引人注目。

　　这三个女孩子都是热心肠，她们又是铺床，又是给落水女孩换衣服，七手八脚忙活了一阵子，把落水女孩安顿在空着的床上，给她盖上一床厚厚的被子，让她休息。时间不长，落水女孩醒了过来。她心事重重，愁眉苦脸地观察着眼前的一切。她好像明白了，又好像什么也没有弄明白，怯声怯气地问："我……你们……"

　　"你叫什么名字啊？"

　　"成二妮。"

　　三个女孩子乐了："这个名字挺时髦的。"

　　"你家在哪里啊？"

　　"半棵树。"

　　三个女孩子又乐了："这个名字也很时髦。"

第五章　跳出火坑　掉进虎口

"多大了？"

"二十岁。"

"深更半夜，你到处跑什么啊？"

"小老板欺负我。"

"小老板是干什么的？"

"快餐店。"

三个女孩子来了气："娘的，这个世界怎么了？大小是个老板，就想欺负农村来的女孩子，真该阉了他们！"

二妮想起她在海里拼命挣扎那可怕的一幕，又想起三个女孩奋力营救她的那感人一幕，感动得泪流满面，泣不成声地说："没有你们及时营救，我就……活不到现在！你们三个人是我的救命恩人，我……谢谢你们，我……一辈子不会忘记你们的救命之恩！"

人高马大的女孩笑呵呵地说："小妹妹，是你自己福大命大，阎王爷不要你。"稍停片刻，她又问二妮："还有别的地方吗？"

二妮哭泣着回答："没有。"

三个女孩子看到二妮疲惫不堪、迷迷瞪瞪的样子，就不再问了。她们很同情二妮，七嘴八舌地商量了一阵子，决定让二妮暂时住在这里。

可能是筋疲力尽了，二妮迷迷糊糊地睡了一天一夜才想起床。现在，她的衣服正挂在煤炉子旁边，还没有烤干。三个女孩子看到二妮想起床，忙着把自己的衣服找出来，送给二妮。她们还给二妮炒了一盘土豆丝，做了一碗鸡蛋面。

危难之中见真情。二妮好像在伸手不见五指的万丈深渊中看到了光明，感动地泪流满面，决心一定要报答她们。

三个女孩子上班去了，二妮也没有闲着，她要给她们做点事。她把房间内外彻彻底底打扫了一遍，又把三个女孩子放在床底下的一大堆脏衣服找出来，洗得干干净净，晾晒在院子里。三个女孩子下班回来，色香味俱佳、热气腾腾的饭菜立马端了上来。三个女孩子第一次享受这样的待遇，心里高兴得乐开了花。她们喊喊喳喳地说："二妮不但长得漂亮，还心灵手巧，干活麻利，绝对不能让她走了。"她们还半真半假地商量着，要让二妮给她们当保姆，还打算把二妮包养起来。

二妮现在才弄明白，这三个女孩子在海浪洗浴城上班。人高马大的叫兰凤，来自黑龙江省，二十六岁。她有一张混血儿的脸庞，十分漂亮，一米七七的高个子，白白胖胖。她性格爽快中带点粗野，说话办事大大咧咧。

不高不矮的叫柳叶，来自江苏省，二十三岁。她亭亭玉立，脸庞洁白如玉，一双黑黑的大眼睛，骨碌碌地不停地转动。她非常漂亮，也非常聪明。

小巧玲珑的叫白花，来自河南省，十六岁。她瘦瘦的，身高不到一米四，留着 Q 型头发，嫩白皮肤下血管清晰可见。她那单薄的样子，一看就是个刚刚开始发育的孩子，好像一阵风就能把她吹跑。她并不美丽，更说不上妖艳。她给人的感觉就是特别地消瘦和弱小，年龄小，身体小，就连眉眼、鼻子、薄薄的嘴唇都很小。当她看人时，目光清澈，毫无城府。她还养成了依附别人、随声附和的习惯。她见人就期期艾艾、唯唯诺诺，总是想挽着别人的胳膊，往人家肩膀上靠。

第三天，兰凤她们下班回来，领来了一个三十多岁的女人，说是她们的老板，都称呼她郭姐。郭姐长得白白净净，一米六七的个子，瓜子脸，看上去是一个斯斯文文的女子，但心狠手辣，老谋深算，在赚钱做生意方面，使很多男老板佩服得五体投地。

郭姐打量了一下二妮，顿时眼前一亮。啊，这个女孩子太美了，美得让人不敢相信！她走南闯北，见过很多美女，但从来没有见过这么美的女孩子。直觉告诉她，这么清纯清秀的女孩子，肯定是一个处女。她想，如果能把这个女孩子留下来，再给她洗洗脑，想方设法逼她去卖身，她摇身一变，就会变成金凤凰、摇钱树和聚宝盆。想到这里，她笑眯眯地说："小妹妹啊，我一看就知道你是个聪明人，也是个勤快人，我打心眼里喜欢你，你愿意不愿意到我的洗浴城上班啊？"

二妮听别人说起过，在城市里，洗澡的场所乱的很，与旧社会的洗澡堂子和妓女院差不多。她心里想，我不能刚刚跳出快餐店那个火坑，又马上掉进洗浴城这个虎口啊。但是，她又不知道怎么回答好，张口就来了一句："我姐姐不同意。"

兰凤感到很奇怪，问："二妮，你又没有和你姐姐商量，你怎么知道她不同意啊？"

"我想去工厂。"

"工厂又苦又累还很脏，拼死拼活才给那么一点点钱，你傻啊？"柳叶说。

"洗澡堂子不干净，就好像……老虎口。"

兰凤一时没有反应过来，笑眯眯地说："二妮，你睁开眼看看吧，我们三个人哪一个不比你干净啊？哪一个不比你舒服开心啊？"

"我说的是……钱脏。"

兰凤明白了，有点上火，气呼呼地说："二妮，钱怎么得罪你了！告诉你，我想拥有很多很多钱。我想去贪，把全世界的钱都弄到手。可惜啊，老娘没有那个权力。我也想去抢，把全世界的钱都抢过来。可惜啊，老娘没有那个本事。"

二妮急忙解释："兰凤姐，我不是说你。"

兰凤有点不耐烦，摆了摆手说："小妹妹，咱们也不用揣着明白装迷糊。实话告诉你吧，我就是个三陪女，说得时尚点叫小姐和性工作者。我一不偷二

第五章 跳出火坑 掉进虎口

不抢,用自己的身体挣点钱,给老妈看病,养活自己,还能给客人们带来快乐,节水、节电、节能源,不污染环境,何乐而不为啊。"

柳叶乐呵呵地说:"二妮啊,都什么时代了,你还榆木疙瘩不开窍?能挣会花,吃喝玩乐,轻松加愉快,潇潇洒洒走一回,这就是人生。告诉你,谁也不能活两辈子,要及时行乐,懂吗,小丫头?"说完,她还很潇洒地打了个响指。

白花像一只温顺可爱的小猫,抱着二妮的一条胳膊,依偎在二妮怀里。她瞪着圆圆的一对小眼睛,看了看二妮,怯声怯气地说:"二妮姐姐,我也不想干这个。可是,我爸爸跟我要钱,两个哥哥也跟我要钱。我什么也干不了,就……只能这样了。"她边说边抹眼泪。

二妮听了,大吃一惊。这两天,她一直在怀疑她们干的工作。她没有想到,兰凤她们直截了当,自己亲口说了出来。原来,这三个人是卖淫女,她和卖淫女们住在了一起。她顿时头就大了,浑身直冒冷汗。在她的思想观念里,卖淫等于犯罪,比洪水猛兽还可怕。她绝对不能与这些人沾上边,绝对不能刚刚跳出火坑,又马上掉进虎口里!

二妮一时不知道说什么好,又脱口而出:"我听别人说过,谁和那个沾上边,谁就会倒霉一辈子!"

兰凤一听更加来气,火辣辣地说:"岂有此理,胡说八道!我走南闯北,亲朋好友有几火车。洗浴城有几百个员工,我整天与他们在一栋大楼里上下班。大家都活得很潇洒,比你幸福快乐多少倍。二妮,你这是啥意思啊?你是不是把我看成了瘟疫和癌症?你是不是把我当成了老虎和扫把星啊?"

二妮急忙解释道:"兰凤姐,你又误会了,我不是说你。你是我的救命恩人,我要一辈子报答你!"

兰凤很不耐烦地说:"你拉倒吧!我要是知道你是个花岗岩脑袋,顽固不化,我当时就会懒得救你!我……"

郭姐看到兰凤还想说什么,马上抢着说道:"小妹妹啊,人各有志,我不为难你。我现在急需清洁工,月薪二百元,每个月可以休息三天。如果干得好,我每个月再给你发奖金一百元。常言道,敲锣卖糖各干一行,大路朝天各走半边。小妹妹啊,你只管打扫卫生,别的不沾边,你看怎么样?"

二妮不敢再随便说话,沉默了半天,支支吾吾地说:"我……我怕名声不好,怕别人说三道四,我……"

兰凤打断二妮的话,怒气冲冲地说道:"怕什么怕,名声是什么破东西,值几个钱啊?洗浴城里有那么多清洁工,人家都不怕,就你毛病多。"

见二妮又默默不语,郭姐笑嘻嘻地说:"小妹妹啊,我看你是多虑啦。我的洗浴城既不是老虎口,也不是虎狼窝。我那里有二十个清洁工,都工作生活得很开心。俗话说,井水不犯河水,出污泥而不染,身正不怕影子斜。我想,这些道理你肯定懂。小妹妹啊，我现在急需清洁工，请你帮帮大姐的忙，到我那里干几天吧。几天后你愿意干就继续干，不愿意干就另谋高就。小妹妹，你看怎么样啊？大姐求求你，这个面子你不会不给我吧？"

柳叶说："二妮，你在快餐店和工厂上班，辛辛苦苦一个月，才一百多块钱，要是再七扣八扣，到手的更少。在海浪洗浴城当清洁工，待遇好，还不累，多少人求之不得啊。郭姐给你面子，你一定要把握住这个难得的机会。"

白花更是一百个不愿意让二妮走，哀求道："二妮姐姐，我求求你，你就先干几天试一试吧，如果不行再换地方。"兰凤和柳叶听了，马上随声附和。

大家都把话都说到这个份上了，二妮也不好再说什么。二妮想，如果再不答应，就太固执和不给大家面子了。郭姐她们总不能无法无天，强人所难，逼良为娼吧。想到这里，二妮点了点头，然后说道："我谢谢你们的好意，可以去试一试。但是，我只管打扫卫生，绝对不干那样的事！"

……

海浪洗浴城，生意很红火，在观海也很有名气。这是一栋十分漂亮的五层大楼，南面是海，北面是一条繁华的大马路，地理位置十分优越。除了洗浴外，还有美容、按摩、健身、休闲、会客等服务项目，简单地说就是一条龙服务。这里有四十多个小姐，大部分都在包间内为客人服务。

二妮负责打扫一楼和院子里的卫生，虽然很累，但与在快餐店上班相比，轻松多了。她十分勤快，手脚麻利，不会偷懒，一上班就马不停蹄地干活，每天都把分管的区域打扫得干干净净，郭姐和员工们都交口称赞。郭姐还当众宣布，每个月给二妮发二百元奖金。

时间过的真快呀，一晃十多天就过去了。

这十多天，虽然不再受小老板的窝囊气，但二妮的心情并不爽。原因是，在洗浴城这种环境中工作，那些淫秽的场景，放荡的声音，不管你愿意不愿意，会时不时地呈现在你的眼前，灌输进你的耳朵里，想躲也躲不开，想逃也逃不了。每当看到小姐们与客人们打情骂俏，二妮就会马上联想起，在电影里看到的旧社会的那些女奴。她们在头发上插上几根草，客人们像对待牲口一样对待她们，她们还没有忘了对客人微笑。对此，二妮感到有说不出的反感和不适应、不顺心、不舒服。面对这种情况，二妮始终坚持井水不犯河水、充耳不闻、视而不见的原则，倒也互不相干，相安无事。

这十多天，二妮与兰凤她们同住一室，朝夕相处。二妮正直诚实，心地善良，与兰凤她们将心比心，以诚相待，渐渐地把兰凤她们当成了亲姐妹。二妮知恩图报，关心同情别人，烧水、做饭、洗衣服……她基本上全都包了。二妮十分勤快，每天把小平房整理得井井有条，打扫得干干净净。二妮的一言一行，在渐渐地感动着兰凤她们，兰凤她们也渐渐地把二妮当成了自己的好朋友。兰

第五章 跳出火坑 掉进虎口

凤她们对玩弄她们的那些人，是那样的放荡、虚伪和俗气，有时还那么阴险和狡诈。但是，她们对自己的好朋友二妮，又是那样的诚实、关心和直率。二妮认为，兰凤她们走上这一条路，除了她们自身的原因以外，更多的是社会原因和被逼无奈。过去，二妮把卖淫女与杀人犯和魔鬼画等号。现在，二妮就和卖淫女们住在一起，并且相处得还不错。二妮越来越理解和同情兰凤她们，与她们的感情越来越深，相互间的关系越来越融洽。当然，二妮不会羡慕兰凤她们，更不会向兰凤她们学习，二妮有自己的做人原则和底线。

每天下班回来，没有电视，也没有其他娱乐项目。兰凤她们躺在床上，总是天上人间、山南海北地胡吹海侃一通。她们美其名曰：这是她们自己办的新闻联播。她们除了开玩笑，说笑话，大多是淫秽放荡的语言和内容。二妮听了很反感，她不愿意插言，也很难插上言，只能无可奈何地保持沉默，成了她们的听众。

这天晚上，兰凤她们躺在床上，又乱七八糟地胡诌八扯了一阵子，说笑累了，就把矛头对准了二妮。

兰凤："二妮，你死过去啦，怎么连个屁也不放呀？"

柳叶："二妮，你一言不赞，装什么清纯呀？"

白花："真是的，二妮姐又没有得罪你们俩，你们俩欺负她干吗呀？二妮姐，你不要搭理她们俩！"

兰凤："二妮，你是不是想洁身自好，出污泥而不染，看不起我们啊？"

二妮："兰凤姐，你们是我的救命恩人，我感谢你们都来不及，哪里能看不起你们啊？"稍停片刻，她又说："不过，作为好朋友，我实话实说。我不能认同你们走的这一条路，我奉劝你们尽快找一个正儿八经的工作，过正常人过的生活！"

兰凤："二妮，你的意思是我们三个人不正常？"

二妮："兰凤姐，我是好心好意劝说你们。"

柳叶："二妮，你是不是想当活雷锋，把我们三个人从水深火热之中解救出去啊？"

二妮："柳叶姐，我没有那个本事，我只是劝劝你们。"

白花："我早就不想干这个了！二妮姐，今后，你走哪里，我就跟你到哪里。"

兰凤："二妮，我今天晚上的好心情，被你几句话给搅黄了，真他妈倒霉。马上换频道，马上换节目，别再谈这个沉重烦人的话题！"

……

二妮在海浪洗浴城打扫卫生，引起了黑老板的注意。黑老板的名字叫黑炎，是观海市某房地产开发总公司的总经理，和郭姐是多年的朋友，又是洗浴城的第一大股东，自然也是这里的常客。

黑老板四十多岁。他长得和他的姓一样，黑得有点邪乎。有人怀疑他有非洲黑种人的血统，像个黑煞神。他的五官和身体各部位的组合比例，有一些严重变形和不协调。特别是他那圆滚滚的脑袋特别大，眼睛、鼻子和嘴又特别小。满脸横肉，还有一道很深的伤疤。除了头上寸草不生外，其他部位的毛发长得特别茂盛。他那令人望而生畏的大肚子，好像随时都会掉下来。看他一眼，会有一种很恐怖的感觉。

黑老板长相不怎么样，玩女人却是个高手。他是海浪洗浴城的常客，当然也就和这里的小姐们很熟悉。

一天下午，他在会客厅里和几个小姐胡吹海侃地聊天，问小姐们最近来没来新鲜货。一个小姐指了指在院子里打扫卫生的二妮，说：“她叫二妮，刚来时间不长。人们都说她是个处，还说她不肯卖。”

黑老板向外一看，眼睛突然一亮，这个女孩子是美女中的极品。她全身的每一个部位，优化组合得是那样恰到好处，简直是巧夺天工和无与伦比，仙女也会自叹不如。他以前玩过的那些女人，和这个女孩子相比，根本不是一个档次。用他玩女人的经验来判断，这个女孩子绝对是百分之百的处女。他越看心里越发痒，越看越控制不住熊熊燃烧的欲火。他随手丢给这个小姐二百块钱，让她把二妮骗进了一个包间里。

黑老板色眯眯地盯着二妮，问：“你叫什么名字啊？”

二妮看了黑老板一眼，吓了一跳，她从来没有见过长得这么恐怖的人，慌慌张张地回答：“二妮。”

“多大了？”

“二十岁。”

“以前玩过吗？”

二妮不明白什么意思。

“你是个处女吗？”

二妮一激灵，顿时明白了，急忙说：“老板，我不卖身！”

“嘿嘿，我很喜欢你，你说个数吧，我有的是钱。”

二妮愤怒了，大声说道：“老板，我再说一遍，我不卖身，给金山银山也不卖！”说完，转身就走。

黑老板顿时一愣。在他玩女人的生涯中，失手的情况不多见。他不可能放过二妮，更何况他现在欲火难耐，已经红了眼，也顾不了那么多了。他一把抓住正向外走的二妮，抱到床上，一只手捂着二妮的嘴，另一只手急忙撕扯二妮的衣服。二妮急中生智，立马在黑老板手上狠狠地咬了一口。黑老板疼得哇哇大叫，不由自主地放开了手，二妮乘机跑了出去。

……

第六章 救助老人 遇到色狼

第六章 救助老人 遇到色狼

最近这几天，三妮心情不好，有点心烦意乱，坐立不安。她一有空就在琢磨，是离开胡太太家，还是留下来继续干啊？她犹豫再三，拿不定主意，就打电话问大姐。

接到三妮打来的电话，大妮泪流满面，她考虑了半天，嘱咐道："妹妹啊，姐姐体谅你的难处。但是，你要知道，找一份工作很不容易。再说，干什么工作都会遇到困难。你能忍就再忍耐一下吧，能坚持就再坚持一下吧。我们姊妹三个，什么样的苦和难都经历过，我相信你能挺得住。胡太太年龄大了，糊涂了，你应该理解和原谅她。妹妹啊，你要是真想离开，也必须干满一个月，领到工资后再说。我们现在是身无分文，寸步难行啊！"

给大姐打完电话，三妮心潮起伏，浮想联翩，久久不能平静。她想起了爸爸，想起了前几天做的那个与爸爸一起挖打碗花根子的梦，想起了熬过来的那一个个令人心酸流泪的艰难岁月。每当想起这些，她就感觉身上好像有了无穷无尽的力量。大姐说得对，应该理解和原谅胡太太。其实，胡太太并不是一个坏人，只是脾气有些古怪。什么样的艰难困苦都挺过来了，难道还怕眼前这么点困难吗？她决定继续在这里干下去，用自己的实际行动来感化胡太太！

这天深夜，房子外面，天空就好像被一块黑色的大幕布盖了起来，阴森森的，黑洞洞的，伸手不见五指。越来越疯狂的狂风夹着暴雪，不停地吼叫着，一阵接着一阵地扑了过来。房子里面，床头上的小电铃，突然急促地尖叫起来。正在梦中的三妮被惊醒了，她急急忙忙穿上衣服，向胡太太的房间跑去。

三妮推开门一看，立刻惊呆了：胡太太正大口大口地吐着鲜血，眼看着就要昏迷过去。

三妮急忙打电话叫救护车，打不出去，可能是电话线路断了。这个独门独院的小楼，幽静得有点太过分了，附近连个邻居都没有。自从三妮来到这个家，还从来没有见过胡太太的儿子，更不知道怎么样与他联系。

在这人命关天的时刻，偏偏又孤立无援。三妮心惊胆战，吓得哇哇大哭。

她紧紧地抱着胡太太，一遍又一遍地呼喊着："奶奶……你要坚持住！奶奶，我……一定把你送到医院去……"

人们常常说，到了危急关头，往往会有超乎寻常的发挥，这话一点也不假。三妮那柔嫩弱小的身体，竟然背起了身高体胖的胡太太，艰难地、摇摇晃晃地、一点一点地向房子外面挪动着……

阴森森、黑洞洞的夜幕下，三妮背着已经昏迷不醒的胡太太，就好像背着一座山，顶着狂风暴雪，踏着厚厚的积雪，穿过一片小树林，向着那一条马路的方向，一步三喘……

三妮心里很明白，此时此刻，她绝对不能倒下去。一旦倒下去，她就很难再把胡太太背起来。她必须咬紧牙关，顽强地坚持下去……

谢天谢地，三妮终于把胡太太背到了马路上，等来了一辆出租车。

……

医院里，胡太太被抢救了过来。她躺在病床上，慢慢地清醒了。她睁开眼睛，看了看床前的医生，又看了看头上的吊瓶，有气无力地说："我……还活着啊，这……是真的吗？"

医生微笑着说："老太太，你已经脱离危险了，安心养病吧。这一次，多亏了你们家的小保姆。要不是她及时把你送了来，你就活不到现在了。"

胡太太一愣，急忙问："小保姆？"

医生指了指站在一边的三妮，对胡太太说："就是这个小姑娘，是她救了你的命。"

胡太太把目光停留在了三妮的身上，问道："你……是怎么把我送来的啊？"

三妮忙回答："奶奶，您当时把我吓坏了。我找不到别人帮忙，手忙脚乱，把您背到了马路边，打了一辆出租车。然后……"

胡太太有点不敢相信，忙问："你……能背动我？"

三妮不好意思地说："我也不知道哪里来的那么大的劲。"

胡太太看到三妮眉头上和左手上都受了伤，包着纱布，心疼地问："孩子，你怎么受伤了？"

三妮微笑着说："我也不知道是怎么弄的，可能是小树林里的树枝子划的吧。"

胡太太泪流满面，激动地说："孩子，你是我的救命恩人，我不知道怎么样感谢你！"

三妮不好意思，急忙说："奶奶，我是您家的保姆，这是我应该做的。"

深夜，胡太太睡醒了，她看到三妮趴在床边睡着了，顿时心潮起伏，思绪万千……

三妮把她送进医院里，到现在已经六天六夜了。这六天六夜，三妮跑前跑

第六章 救助老人 遇到色狼

后，洗衣买饭，喂水喂药，端屎端尿，整天忙得团团转。这六天六夜，三妮没有吃一顿热乎饭，也没有睡一个囫囵觉，她确实太累了。

自从来到她的家里，三妮像对待自己的家一样，来对待她的家，像对待自己的亲奶奶一样，无微不至地关心照顾她。在她生命垂危、命悬一线的时候，又是年仅十八岁的三妮，奇迹般救了她。

三妮与她非亲非故，不是亲人胜似亲人。三妮做的这些事，她的亲朋好友很难做到，她的儿子更是做不到。她有一个独生子，母子俩关系很僵，如同仇敌一般。她的儿子整天惦记着她的钱，巴不得她马上死去，好早点把她的家产捞到手。在她的心目中，她的儿子是个畜生，她不愿意提起他，更不愿意看见他。

她用过很多保姆，与以前的保姆相比，三妮不但聪明漂亮，肯吃苦，很勤快，而且拥有一颗正直善良的心。这样的好女孩子，打着灯笼也很难找得到。

三妮年龄这么小，没有了爸爸妈妈，背井离乡出来闯荡，多不容易啊。她不但没有体谅和同情三妮，反而对她那么刻薄和冷漠。自从三妮来到她的家，到现在还没有领到一分钱，也没有得到一点好处，得到的是无端的批评、指责和怀疑。

想到这些，胡太太感到心里十分愧疚，不由得流出了惭愧的泪水。她坐了起来，把被子盖在了三妮身上。

三妮被惊醒了，忙问：" 奶奶，您怎么起来了，还把被子盖在我的身上？"

胡太太擦了擦眼泪，抽泣着说："孩子，我已经睡醒了，不困了。你……太累太困了，盖上被子好好睡一觉吧。"

三妮急忙拿起被子，重新盖在胡太太身上，问："奶奶，您怎么哭了？"

胡太太擦着泪水，十分愧疚地说："孩子啊，奶奶刚才想了很多事。自从你来到我家，出了那么多力，干了那么多活，对我这么好，我不但不体谅和理解你，还经常为难你。我心情不好，脾气也越来越坏。我有的时候控制不住自己的情绪，就不由自主地把心中的不满、怨气和烦恼，都发泄在你的身上，无缘无故地找你的麻烦，把你当成了出气筒，有时还故意刁难你。孩子啊，我这是怎么啦，怎么变成了这个样子啊？孩子啊，我老糊涂啦，做出了这些不应该做的事。"

擦了擦眼泪，胡太太又哭泣着说："三妮啊，我心里很后悔，感到对不起你，我给你赔礼道歉。你还生我的气吗？你能原谅我吗？你……"

三妮听了，怦然心动，急忙打断她的话，激动地说："奶奶，您别想那么多了。其实，我做得很不够。"

胡太太不放心，又接着问道："孩子啊，你不会真的要离开我吧？"

三妮笑着说："奶奶，只要您不赶我走，我就不离开您。"

胡太太高兴地把三妮揽在怀里，激动地说："奶奶离不开你，奶奶不让你走！"

39

……

在胡太太住院的第八天,她的儿子来到了医院里。

胡太太的儿子叫孙军,刚刚过完三十二岁生日,是出了名的花花公子和色狼。他长得人高马大,虎背熊腰,浓眉大眼,留着很标准的板寸头。说他十分英俊潇洒有点过分,因为他长期沉迷于酒色,肚皮发福得有点夸张。他好歹混到高中毕业,胡太太托门子找关系,把他安排在了观海市商业银行工作。几年后,胡太太又请客送礼,让他当了一名部门经理。孙军认为他在官场上不得志,原因是他老爸去世早、老妈退休早,没有了后台,不可能有什么大的出息,更不可能光宗耀祖。他常常说,男人在这个世界上混,最终目的就是追求金钱和美女。他决心要在这两个方面成就一番业绩,混出点名堂来。

为了捞钱,他挖空心思,不管是正当的还是不正当的,也不管是白道来的还是黑道来的,都拼命地捞上一把。

要说眠花宿柳玩女人,他算得上名副其实的行家里手。他有一肚子花花肠子,脸皮也特别厚,还能说会道。除此之外,他还有一股韧劲,不达目的,决不罢休。这些年来,凡是他想得到的女人,不管经过多少波折,都没有逃出他的魔掌。

他性早熟,从小就拈花惹草。自从上初中到现在,一共玩过多少女人,他很难记清楚。他有一个很漂亮、很贤惠的妻子,因为容忍不了他走马灯似的玩女人,两年前和他离了婚。

孙军来到病床前,看了胡太太两眼,把提来的几个苹果放在了床头柜上。

胡太太知道孙军来了,故意面朝墙,不搭理他。

"你怎么搞的啊?怎么又住院了?"孙军很不耐烦地问道。

胡太太不理不睬。

"你没有事吧?"孙军又漫不经心地问道。

胡太太还是一声不吭。

"你留着那么多钱干什么呀?典型的守财奴!你为什么不多买点营养品,把自己的身体保养好啊?"孙军气呼呼地问。

听到这里,胡太太再也忍不住了,马上转过身来,愤怒地瞪着孙军说:"你没有给过我一分钱,我去偷啊?"

"我估摸着,你已经存了一百多万元了吧。你舍不得花,想送给谁啊?"孙军怒气冲冲地问。

胡太太勃然大怒,大声骂道:"你这个畜生,是谁告诉你我有一百多万元啊?我现在明确告诉你,我一分钱也没有,你别惦记着!"

孙军恶狠狠地说:"你这个老不死的守财奴,整天像防贼一样防着我,还唠唠叨叨,让人受不了,我看见你就来气!"

第六章 救助老人 遇到色狼

胡太太听了，怒火万丈，指着孙军骂道："你这个畜生，我没有请你来，你给我滚出去！"

三妮看到母子俩针尖对麦芒，越吵劲越大，马上走过来，递给孙军一杯水，说："叔叔，你喝口水吧。"

孙军抬头一看，怦然心动，顿时被三妮的美貌惊呆了。他放下水杯，一边向外面走，一边向三妮招手。三妮以为他有什么事，就跟着走了出来。

"你是刚来的保姆吧？"

"是，我叫三妮，已经来了三十天了。"

"你老家是什么地方？"

"岭碧县。"

"太巧了，我们是老乡啊。"

"我听奶奶说起过。"

"你救了我家老太太一命，我真诚地谢谢你！"

"我是保姆，这是我分内的事。"

"我家老太太脾气很古怪，整天神经兮兮的，就像防贼一样防着别人，絮絮叨叨没个完。以前的那些保姆，都是被她气跑的。你一定要坚持住，千万不要被她气跑了。她现在生病住医院，你要是再被她气跑了，我到哪里找人伺候她啊？"

"前一段时间，我曾经想过要走。后来，我改变了主意，打算继续干下去。"

"太好了，我一定要好好地谢谢你！"

"叔叔，你不用客气，这是我应该做的。"

在和孙军的交谈中，三妮感觉到他的眼睛老是盯着自己看，眼神中有一种怪怪的令人琢磨不透的东西。对于这样的眼神，她虽然一时难以读懂，但有一种说不出来的不舒服，浑身上下都不自在。

孙军做梦也没有想到，眼前的这个小保姆这么漂亮。他如痴如醉，就好像欣赏一件完美无缺、价值连城的艺术品那样，直勾勾地盯着三妮看。

孙军在玩弄女人方面，见多识广，阅历丰富。他不但在外面玩弄女人，他妈妈找来的保姆，他也不放过。被他玩弄过的几个保姆中，有的是保姆主动勾引他，更多的是他千方百计欺骗人家，最终把人家给糟蹋了。

孙军被三妮的美貌征服了……她清纯、清新、清秀，全身散发着清香淡雅的薰衣草的味道。她超凡脱俗，纯真得就像一个可爱的小精灵。孙军以前玩弄过的那些女人与三妮相比，有天壤之别，根本不是一个档次。三妮这样的女孩子，就好像一件不可多得的稀世珍宝。

从医院回到自己家里，孙军的脑海里一直浮现着三妮的影子。他春心荡漾，意乱情迷。天上掉馅饼，千载难逢啊。不把三妮弄到手，他感到会遗憾终生。

一天中午，孙军来到医院，把三妮从病房里叫了出来，笑眯眯地说："三妮，为了感谢你救了我家老太太，我送给你二百元奖金和一件衣服。这是我的一点心意，请你务必收下。你背井离乡来到观海，举目无亲，人生地不熟，很不容易。我们俩是老乡，我应该多多关心帮助你。"说着，他把二百元钱和一件枣红色的面包服，硬塞到了三妮的手里。

三妮连忙说："叔叔，你的心意我领了，我绝对不会收你的钱和衣服。"说着，她把钱和衣服又推给了孙军，孙军说什么也不肯收回去。

孙军巧舌如簧，能言善辩。他口若悬河，滔滔不绝地说了一阵子，然后又强调说："三妮，你是我家老太太的救命恩人，又是我的老乡。按照祖祖辈辈留下的规矩，你应该给我个机会，让我表示点心意。我是个男子汉大丈夫，又是个国家干部。如果连这点道理都不知道，连这么点小事都办不成，别人会指着脊梁骨骂我，我自己也会后悔一辈子。三妮，你要是过意不去，等以后有钱了，你就请我喝啤酒吧。"

三妮被说得有口难辩，她想了想，笑吟吟地说："叔叔，我来了已经一个多月了，奶奶还没有给我发工资。你的这些钱和衣服，就算是我的工资吧。多出来的钱，我还给奶奶。"

回到病床前，三妮把钱和衣服放在胡太太面前，又把事情的来龙去脉给她说了一遍。

胡太太脸色凝重，她知道孙军这是在打三妮的主意，但不方便挑得太明，忧心忡忡地说："三妮啊，当娘的最了解自己的儿子。你是我的救命恩人，有些事我不能瞒着你。我打开天窗说亮话，你遇到了一个畜生和色狼。他这是黄鼠狼给鸡拜年，没安好心。他一肚子花花肠子，今后，你千万要提防着他。"

三妮一愣，急忙问："什么……我遇到了一个畜生和色狼？你的儿子……"

胡太太点点头说："对！我的儿子孙军是个畜生和色狼，他糟蹋了很多女人，他会千方百计算计你。孩子啊，今后，你要记住奶奶的话，时时刻刻防备他！"

三妮感动地说："奶奶，您的话我记住了！"

……

一天傍晚，孙军又来到医院，把三妮从病房里叫了出来。他夸夸其谈，又是一阵子花言巧语，说："三妮啊，我的几个好朋友听说你救了我家老太太，都特别想见见你。现在，他们已经在海滨大酒店点了一桌子美酒佳肴，要敬你一杯酒。"

三妮想起胡太太的提醒，婉言谢绝，微笑着说："叔叔，谢谢你们的好意。我要照顾奶奶，绝对不会去！"

孙军摇动着三寸不烂之舌，又高谈阔论了一阵子，然后说道："三妮，你是我的老乡，我年龄上是你的叔叔，你应该给我个面子。我的那些朋友，都是

第六章　救助老人　遇到色狼

有头有脸的人物，你更应该给他们个面子。医院离海滨大酒店才几步远，你去坐十分钟，喝一杯啤酒就回来，这个请求，不算过分吧？三妮啊，你是不是要让我给你磕个头，才肯赏给这个面子啊？"

三妮被他说得没有一点回旋的余地，她左右为难，无可奈何地说："我去坐十分钟就回来。"

三妮跟着孙军来到海滨大酒店一个包间里，打过招呼，坐了下来。

孙军的朋友中，三个中年男子，年龄和孙军差不多。三个女孩子，年龄和三妮差不多，好像都是学生。

几个穿着大红旗袍、开衩到臀部的小姐，热情周到地为他们服务着。

孙军讲究排场，为了女人出手阔绰。他点的是台湾冻顶乌龙茶、法国红酒，下酒菜是卤鹅掌、烤乳鸽、京江肴肉等，每人一份印度尼西亚燕窝、菲律宾鱼翅和四个头的鲍鱼煨饭……

三妮第一次参加这么高档的宴席，显得有点拘谨和别扭，手足无措。

三个中年男子和三个女孩子争先恐后地吹捧着孙军，简直要把他吹上天，好像孙军一句话，就能让他们荣华富贵一辈子。

孙军不提喝酒的事，却讲起了品茶五要素，并现场演示起白鹤沐浴、乌龙入宫、悬壶高冲、春风拂面、关公巡城、韩信点兵、品尝甘露……

演示完茶艺，孙军的这六个朋友一下子缠上了三妮。他们一齐上阵，频频给三妮敬酒。三妮哪里能顶得住这么多人的花言巧语、软缠硬磨和狂轰滥炸啊，不一会就被他们灌了好几杯红酒，感觉有点晕晕乎乎。

手中的酒杯还没有放下，他们又拉着三妮跳舞。三妮不会跳舞，想乘机溜走，被他们团团围住。三个女孩子你推我拉，把三妮送进了孙军的怀里。

不知道三个女孩子是不是真的热了，不一会就脱得只剩下了内衣。那内衣也太小了，只象征性地挂在了胸部和臀部，和赤身裸体差不多。

三妮从一开始就知道，孙军今天的所作所为，是黄鼠狼给鸡拜年——没安好心，她一直在寻找机会离开这里。但是，她不想强行离开这里，让孙军和他的朋友下不了台。因为她毕竟是他们邀请来的客人，要给他们留点情面。再说，有这么多人在场，孙军也不敢太放肆。

酒后的三妮，面若桃花，吐气如兰，秀色可餐。与在场的其他女孩相比，她鹤立鸡群。

此时此刻，孙军已经如醉如痴。他就像一只饥肠辘辘的老虎，发现眼前有一只小白兔，虎视眈眈，恨不得一口把三妮吞下肚子里。他那一对色眯眯的眼睛，一直紧紧地盯在三妮的脸上和胸部。他越看越色心荡漾，欲火中烧，两只咸猪手，也开始蠢蠢欲动。

孙军是拈花惹草的老手，按照以往的经验，到了这个份上，如果不出什么意外状况，怀里的这个女孩子，就已经被搞定得八九不离十了。但是，他不想霸王硬上弓，因为他知道心急吃不了热豆腐。

三妮不会跳舞，她就好像一个木偶，心不在焉地跟随孙军转动着。

"当保姆很难吧？"

"嗯。"

"我们俩是老乡，我想帮助你，让你到银行工作。"

"谢谢叔叔。这……不可能吧？"

"没有问题，我给你办。"

"叔叔，这是不可能的事。"

"小事一桩，包在我的身上。"

"这……怎么可能啊？"

"你在学习高中教材，是不是想考大学啊？"

"嗯。"

"我和观海大学的校长是铁哥们，我帮你办。"

"不可能吧？"

"没有问题。"

"叔叔，上大学要参加全国统一高考,还要达到录取分数线,别人帮不了我。"

"傻帽，这里面的猫腻多了。只要你听我的话，我保证让你上大学。"

"这……"

孙军把三妮紧紧地搂在怀里，又飞快地在她的脸蛋上亲吻了一口。

三妮羞得满面通红，感觉身上瞬间起了一层鸡皮疙瘩，恶心得想呕吐。

孙军欲火难耐，百爪挠心，一只手在三妮的身上放肆地抚摸起来。

三妮惊醒了："绝对不能再待下去了，必须马上离开这个鬼地方。"

"你……拿开你的手！"三妮愤怒地说。

孙军流着口水，色眯眯地淫笑着说："傻帽，不懂生活，跟三个小妞学学。"说着，那一只手更加不安分起来。

"浑蛋，我不是她们，你找错人了！"三妮想推开孙军，没有推动，她狠狠地给了孙军一个耳光，一下子就把孙军打蒙了。她乘机一把推开孙军，向外面跑去。

……

第七章　大难不死　又躲一劫

第七章　大难不死　又躲一劫

　　医院里，病床旁边的床头柜上，放着一些水果和食品，一个空啤酒瓶子上，插着一枝含苞待放的玫瑰，还有两枝似开非开的百合。

　　手术后，大妮醒了过来，她慢慢地睁开眼睛，先看了看床头柜上的鲜花，又看了看上方的吊瓶，然后把目光停留在童军的脸上，似乎明白了什么。她满面流淌着感激和幸福的泪水，想说什么，又不知道从哪里说起。

　　看到大妮醒过来，童军高兴得热泪盈眶，一只手给大妮擦着泪水，另一只手紧紧地和大妮的手握在了一起。

　　"弟，我这是怎么了？"

　　"姐，你是发高烧引起的肺炎，又引起胸腔积水。"

　　"我没有事吧？"

　　"没有事，医生说手术很成功，你很快就会好起来。"

　　愣了一会，大妮问："花了多少钱？"

　　"四千多块。"

　　大妮大吃一惊，不敢相信自己的耳朵："啊，四千多块？"愣了一会，她又急忙问："你从哪里弄来这么多钱啊？你……把我卖了，也不值这么多钱啊？"

　　童军脸色凝重，愣了一会，说："我把老家的房子卖了。"

　　大妮又是一惊："啊！那是老祖宗们留给你的遗产，你怎么能卖啊？"

　　停了很长时间，童军微笑着说："姐，用那个破房子，换来你一条命，值！"

　　大妮被感动得哭了起来。

　　她和童军认识还不到两个月时间，又非亲非故。在她命悬一线，又身无分文、孤立无援的时候，为了救她的命，童军把老家的房子卖了。这样的事不多见，这样的好人更是不多见。能遇到童军这样的好人，是她的福气，她能不感动得哭吗？

　　她泪流满面，泣不成声地说："弟，你是我的救命恩人，我一辈子不会忘

记你的恩德，一定要报答你。等我出院以后，一定要使劲挣钱，尽快把这四千多块钱还给你。我……"

童军马上打断她的话，说："姐，自从我们俩结拜为异性姐弟，对苍天发了誓，有福同享，有难同当，我就感到自己从此有了一种责任，也有了一种义务和担当，我要信守诺言，像对待自己的亲姐姐一样来对待你。"愣了下，他接着说："姐，当我决定去卖房子的时候，就没有想过要你报答，也没有打算让你还一分钱。"

大妮紧紧地抱着童军的一条胳膊，哭着说："弟啊，人们常说，路遥知马力，日久见人心，患难见真情。我是哪辈子修来的福气啊，遇到了你这个好人。我……不知道怎样报答你。我……"大妮感动得再也说不下去了。

童军给大妮擦了擦眼泪，开玩笑说："姐，你与阎王爷打了一仗，阎王爷不要你，又把你送了回来。你是大难不死，必有后福啊。姐，过去的事都过去了，你就不要再去想了。你应该高兴起来，想今后的事，尽快康复出院。"

大妮感动得泪水哗哗地流淌着。此时此刻，她想了很多很多，也不由得想起了爸爸……

爸爸被查出食道癌以后，她自己和亲朋好友多么渴望着他住院动手术，渴望着他尽快战胜病魔，来支撑这个支离破碎的家啊。但是，她们家没有钱给爸爸看病。二妮和三妮都是超生的，接二连三的罚款，妈妈住院和去世，再加上要抚养年幼的孩子，家里能卖钱的东西全都卖光了，哪里还有钱去给爸爸看病啊。

从检查出癌症，到爸爸去世，爸爸没有住一天医院，也很少去买药，因为他知道家里没有钱。

每当被病魔折磨得忍受不住的时候，爸爸就跑进寥无人烟的深山沟里，对着苍天，不停地喊叫着。

爸爸走不动了，他痛得在炕上打滚，把自己的衣服撕碎了，把自己头发也扯光了。

看到爸爸被病魔折磨得奄奄一息，死去活来，大妮和两个妹妹心如刀绞，泪如雨下。她们没有钱送爸爸住院动手术，只能眼睁睁地、无可奈何地看着爸爸在炕上等死……

此时此刻，大妮越想心里越难受，越想对童军越感激。她泪流满面，紧紧地抓住童军的手，激动地说："弟，能遇到你这个好心人，我三生有幸。你的大恩大德，我一辈子也报答不完！"

……

自从大妮生病住院以来，她时时刻刻挂念着两个妹妹，恨不得插上翅膀，马上飞到她们俩身边。

那天深夜，二妮从小铁皮屋里跑出去以后，第二天给大妮打电话说，她和兰凤她们住在一起，要大妮放心。第四天，二妮又给大妮打电话说，她在海浪

第七章 大难不死 又躲一劫

洗浴城当清洁工，很轻松，也很安全，要大妮不要挂念她。这一段时间，三妮也给大妮打电话说，胡太太很难伺候，不想在胡太太家干了。

最近这一段时间，大妮已经被二妮的事折腾得焦头烂额，筋疲力尽了。况且，她自己也已经生病住院动手术，泥菩萨过河自身难保。她只能在电话中安慰和劝说两个妹妹，没有办法去看望她们俩。她对自己生病住院动手术的事，对两个妹妹只字未提，免得她们俩担惊受怕。

大妮的手术很成功，康复得也很快，转眼之间她就可以下床到外面活动了。这天晚上，她给两个妹妹打电话，约她们俩第二天中午在医院附近的海边见面。

第二天中午，大妮和两个妹妹，来到了海边的沙滩上。

那赖着不走的寒冬，终于被春天赶走了。风和日丽，春光明媚，万物复苏。天蓝了，树绿了，草青了，花红了，小动物们苏醒过来了，到处生机勃勃，一派欣欣向荣的景象。

阳光灿烂，微风徐徐，空气清新，海水湛蓝。一群海鸥，在海面上自由自在地玩耍着。一眼望不到边的沙滩上，游人如织，有的在放风筝，有的在玩沙子，有的在嬉水……

大妮和两个妹妹找了一个僻静的地方，坐了下来。姊妹三个这么长时间没有见面，又都各自经历了那么多的磨难，自然百感交集。

二妮泣不成声地说："姐，你生病住院动手术，这么大的事也不告诉我们。姐啊，你……要是有个好歹，我和三妮还怎么活啊。你……"

大妮擦了擦眼泪，打断二妮的话，说："你们俩别再哭了，我这不是好好的吗？你们俩应该为我高兴才是。"愣了会，她忧心忡忡地问道："二妮，你给我说实话，你在洗浴城当清洁工，到底怎么样？"

"姐，我不是已经跟你说过了吗？我挺好的，你不用担心我。"二妮怕姐姐担心，报喜不报忧。

"那种地方不干不净，很不安全，不是正派女孩子待的地方，你必须尽快离开那里。"大妮很不放心地说。

"姐，我已经是大人了，知道应该怎么做，你就放心吧，不会出事的。"二妮急忙说。

大妮心事重重地说："二妮啊，我现在最不放心的就是你。连奶奶和我正在给你联系工作，一旦有了合适的工作，你就马上离开那种地方。在没有找到合适的工作以前，你千万要小心。有什么事，你要马上打电话告诉我，记住了吗？"

二妮急忙回答："姐，我记住了。"

"三妮，你上次给我打电话，说你不想在胡太太家干了，现在情况怎么样了？"大妮问道。

"大姐，你上次说得很对，我应该理解和原谅胡太太。其实，胡太太人不错，很善良。现在，我和她相处得挺和谐，我打算继续在她家干下去。"怕大姐担心，三妮也是报喜不报忧。

大妮沉思了一会，深情地看着两个妹妹，意味深长地说："看到你们俩像小鸟一样，都慢慢长大了，我心里像蜜一样甜。今后，我应该让你们自己去飞翔了。"

姊妹三个正聊着，童军找来了。他买来了一箱啤酒和一些食品，还买来了一个大风筝。他们喝着啤酒，欣赏着海边的风景，又继续聊起来。

"童哥，你是个好人。在我姐姐生命垂危的时候，是你慷慨相助，挽救了她的性命。你是我们姊妹三个的恩人，我们永远不会忘记你的恩情，也会报答你。"二妮感动地说。

"童大哥，你的事迹太感人了，我一定写成稿子，送到电视台和报社，进行宣扬。"三妮激动地说。

童军有点不好意思，乐呵呵地说："二妮、三妮，我和你们俩的姐姐义结金兰，已经拜为异姓姐弟，还按照老祖宗流传下来的风俗习惯，举行了结拜仪式。她遇到了危难，我出手相救，这是理所当然、天经地义的事，不存在报答不报答的事。"

三妮忙问："什么，你们俩已经结拜为异姓姐弟？大姐，这是真的吗？"

"是真的。"大妮点点头，微笑着回答。

"姐，你真有眼光，真有福气，结拜了这么个好弟弟！从今以后，我和三妮也有了一个好哥哥。"二妮高兴地说。

"童大哥，感谢你救了我大姐的命，我祝贺你和我大姐结拜为异姓姐弟，现在，我要敬你一杯酒！"三妮激动地说着，与童军碰了一下啤酒瓶子，喝了一大口啤酒。

"姐，快餐店就好像一个火坑，你打算什么时间离开啊？"二妮对姐姐放心不下，问道。

大妮回答："等找到合适的工作，我就离开那里。不过，你们俩不用再担心我受小老板的窝囊气了。自从上次童军教训了小老板，小老板再也不敢欺负我了。"

二妮高兴地说："童哥，你那次教训小老板，太过瘾了，真是大快人心啊。"

童军若有所思，说："我早就不想在快餐店干了，大妮姐要是走人，我也跟着走人。"

三妮很久没有这么开心了，她喝完一瓶啤酒，提议去放风筝。童军买的这个大风筝，是个彩色蝴蝶，头上有两个长长的触角，一对美丽的大翅膀，外面有蓝色的花边，里面有紫色、黄色和粉色的花纹，一双水汪汪的大眼睛，可爱极了。他们牵着这个大风筝，在沙滩上来回奔跑着。

跑累了，他们躺在洁白柔软的沙滩上休息。身边的沙子上，有很多沙滩螃

第七章 大难不死 又躲一劫

蟹打出的小洞洞。一些可爱俏皮、样子怪怪的小螃蟹，时不时跑出来，偷偷地看上他们两眼，又赶紧逃进了小洞里，有趣极了。他们听着大海编织的交响乐，心旷神怡，陶醉在这仙境一般的世界里。

到了下午，因为二妮和三妮要回去上班，就提前告辞了。

二妮和三妮走了以后，大妮和童军继续在沙滩上喝酒聊天。童军靠在大妮肩膀上，幸福得就要冒泡泡。他是一个无依无靠、孤苦伶仃、四处漂泊的孤儿，现在身边有了一个既像妈妈、又像姐姐的大妮。他的衣食住行，大妮全都给他想到了，也提前给他打理好了。他身上穿的衣服，从上到下，里里外外，全都是大妮给他买来的。在大妮跟前，他有时候很俏皮，俏皮得就像个淘气的孩子。他常常对大妮撒娇、耍贫嘴："姐，我这辈子算是缠上你了，你别想甩掉我，你走到哪，我就跟你到哪。"他说到做到，自从认识大妮以来，他就成了大妮的跟屁虫。

此时此刻，童军又想到老家的那个对象，心情顿时变得沉重起来。

大妮看到童军那默默不语、心事重重的样子，问道："弟，你怎么又在发呆呀？在想什么呢？"

童军沉默了很长时间，吞吞吐吐地说："姐，我妈妈活着的时候，给我定了个对象。"

"我知道，你以前跟我说过，她是你家的邻居，她爸爸想让你当倒插门女婿。"大妮说完，见童军还是沉默不语，又问道："弟，你是不是想结婚了？"

"我想退婚。"童军垂头丧气地说。

大妮一愣，急忙问："那女孩不好？"

"不是。"

"她家不好？"

"不是。"

"那是为什么啊？"

"我对她没有感觉。"

大妮想了想，笑了起来，说："原来是这样啊。你回家把她叫来，你们俩在一块，朝夕相处，时间长了，就自然而然有感觉了。说实话，我还真想见见未来的弟媳妇呢。"

童军听了，急忙说道："姐，我不会拿这种事开玩笑，这是真的。最近这一段时间，我心烦意乱，一直在苦思冥想，怎么样才能把这门婚事退掉。"

大妮沉思了一会，说："弟，婚姻大事，要三思而行，不能说退就退。再说，世上没有十全十美的人，也没有十全十美的事，你不能要求太高。"

童军眼睛里闪烁着泪花，半天才回答："订婚的时候，我还不懂事，我妈妈躺在床上，病得快不行了，就把我托付给了人家。其实，我并不在乎改名换

49

姓给人家当儿子，也不在乎当倒插门女婿。关键是我与那个女孩子没有共同语言，我不想别别扭扭地凑合一辈子。"

"女孩子什么态度啊？"大妮想了想，问道。

"女孩子现在长大了，懂事了，她也不同意这门婚事。但是，她顶不住社会舆论和她爸爸妈妈的压力。"

大妮不由得联想到她和三狗蛋订婚的事，顿时心潮起伏，她含着泪花，推心置腹地对童军说："弟，你的情况和我差不多，我理解你的心情和处境。这是终身大事，不能凑合，一定要自己做主。一念之差，走错半步，就会毁了一辈子的前程和幸福。你如果真想好了，已经拿定了主意，我支持你。"

听完大妮的话，童军十分坚定地说："姐，我想好了，也已经拿定主意，我要退掉婚约。"

"你家用了女孩子家多少钱啊？"

"好像没有用过。具体情况，我也不知道。"

大妮嘱咐道："弟，我们俩现在就要准备钱，越多越好。女孩子家不要也要给，这是对女孩子家的一点补偿。你给女孩子家讲清楚道理，我相信女孩子家会理解你，原谅你。"

停了一会，童军说："退掉这个，我还要找。"

"那是当然，男大当婚嘛。你这么好的条件，什么样的好女孩子找不到啊。弟，你尽管放心，我一定会帮着你找一个世界上最好最好的女孩子。"

沉默了很长时间，童军好像终于鼓起了勇气，他羞红着脸，吞吞吐吐地说："姐，我喜欢你，我……想娶你。"

大妮听了，顿时羞得满脸通红，说："你胡说什么啊，我是你姐。"

……

五一节的中午，大妮和童军来到了观海公园。

这里是樱花的海洋。那姹紫嫣红、如霞似火的粉樱，像羞面含春的佳人。那如雪如云、竞相绽放的白樱，像冰清玉洁的少女。空中，花瓣飞舞，纷纷扬扬。树下，诱人芬芳，鸟语花香。远望，似雪似絮，层层绯红。近看，浓淡相宜，美不胜收。坐在索道车上，放眼望去，漫山遍野，鲜花烂漫，仿佛在花的海洋中航行。站在樱花街上，抬头看去，五彩缤纷，满目灿烂，好像置身于童话世界。

在一个十分幽静的地方，在一棵樱花树下，大妮和童军席地而坐，一群蜜蜂、一群彩色蝴蝶在他们身边飞来飞去。

童军依偎在大妮肩头上，一边欣赏着樱花，一边慢慢地品尝着啤酒。大妮细细地端详着童军，脸上露出了幸福的微笑。在大妮眼里，童军实在是太帅了，不但长相帅，心灵更美，他是一个十全十美的美男子。能有这样一个弟弟，她感到十分自豪和无比荣幸。

第七章 大难不死 又躲一劫

海风轻轻吹来，邓丽君的歌曲《北国之春》飘荡过来……

我衷心地谢谢你
一番关怀和情意
如果没有你给我爱的滋润
我的生命将会失去意义
我们在春风里陶醉飘逸
仲夏夜里绵绵细雨
聆听那秋虫它轻轻在
呢喃冰雪它飘满地
我的平凡岁月里有了一个你
显得充满活力
……

大妮能在快餐店里坚持下来，使小老板有点吃惊。按照以前的惯例，在他这里当服务员的女孩子，很少有干满一个月的，多的也就是二十天左右。他当然就不用付工钱，更不用兑现他那些发奖金的承诺。原因很简单：是你自己不愿意干了，影响了快餐店正常经营，又没有干满一个月，按照双方的约定还要罚款。他也曾经像对待二妮那样，鸡蛋里挑骨头，变着法找大妮的岔子。但是，他始终没有找到像模像样的把柄。再后来，他就不敢了。原因是那次他和童军交手时，被童军狠狠地教训了一顿。他越想越后怕，更加坚信童军的身手不一般。他心里很明白，要是再惹火了童军，麻烦就大了。从那以后，每当看见童军，他就有点胆怯。他更加担心的是，要是童军和大妮两个主力甩手不干了，他一时很难找到合适的人选，快餐店很可能会关门，在经济上的损失肯定小不了。

小老板对大妮的态度，发生了一百八十度的转变，变得令人不敢相信，除了是怕童军以外，还有一个更重要的原因，那就是他打起了大妮的主意。

小老板十分好色，平时，他一有空就去附近一家洗头房找小姐。这几年，他辛辛苦苦挣来的钱，被小姐们大把大把地掏了去，他心疼极了，开始琢磨着要找个媳妇。找谁呢？他琢磨了好几天，眼前突然一亮：大妮！大妮人长得非常漂亮，仙女似的，里里外外都是一把好手。要是娶到这样的媳妇，把快餐店交给大妮打理，他还不整天捋着胡子喝香油啊。他打定主意后，改变了对大妮的态度，绞尽脑汁向大妮展开了一波又一波的爱情攻势。送钱，送衣服，送首饰，让大妮当店长，能用的手段，他都用上了。

大妮不吃这一套，绝对不会与小老板谈对象，因为大妮对小老板十分反感和厌恶。大妮拒绝得很坚决，没有给他留下一点点希望和余地。小老板虽然一次次碰了一鼻子灰，但他并不灰心丧气，他始终很固执地坚信功到自然成。

小老板的反常表现，引起了大妮的警惕：黄鼠狼给鸡拜年，没安好心。她本来就对小老板很反感，现在看见他那流里流气的样子，就恶心得想吐。童军对小老板的做法也很反感，经常提醒大妮要防着他。小老板的两个姐姐，虽然对大妮没有多少好感，但也不反感。她们俩虽然看不惯小老板处处巴结讨好大妮的样子，但是，考虑到小老板成家立业的大事，只好忍气吞声，做出让步。

一天夜里，送走了客人以后，童军买来蛋糕，又做了几个菜，在快餐店里给大妮过生日。童军的一个好朋友，家在快餐店附近，听说大妮过生日，就带着他的三个哥们前来捧场。小老板很大方，提着两瓶白酒和一只烧鸡，前来凑热闹。

大妮长这么大，这是第一次过生日，从来没有见过这样的场面，有点不知所措。大家轮流着给大妮敬酒，她推辞不掉，只好硬着头皮喝。大家都很高兴，又都是朋友和熟人，喝得特别爽快。不知不觉，两瓶白酒和一箱啤酒全干了。大家喝得烂醉如泥，一个个东倒西歪、横七竖八地躺在沙发和地板上，呼呼大睡。大妮也喝醉了，她趴在餐桌上睡着了。

按说，今天晚上，大家喝了这些酒，不应该全都醉成这个样子。原因是，小老板在两瓶白酒里放了安眠药。

小老板当然不会喝醉，他在喝白酒时作弊，全都偷偷地吐掉了。还有一个人没有喝醉，他就是童军。当童军看到平时一毛不拔的小老板提着两瓶白酒和一只烧鸡走了进来，立马就起了疑心。他在喝白酒的时候，也作了弊。童军的那个朋友有个习惯，喝醉酒不睡觉，又哭又闹，还到处乱跑。童军怕他出事，只好提前把他送回家。

迷迷瞪瞪中，大妮感到有一个人撕扯她的衣服。大妮被惊醒了，睁开眼睛一看，她躺在小老板的床上，小老板好像一条疯狗，正在迫不及待地撕扯她的裤子。她又气又恨又恶心，哇哇大叫着把胃里的东西，全都吐了出来，吐得小老板头上、脸上到处都是。小老板恼羞成怒，气急败坏地要打大妮。

正在这时，童军回来了。他一脚把门踹开，举着一把明晃晃的菜刀，扑向小老板。小老板见了，吓得魂飞魄散，一把推开窗子，跳了出去，如丧家之犬灰溜溜地跑了。

大妮心如刀绞，痛哭流涕，她紧紧地抱住童军，先是号啕大哭，然后泣不成声地说："弟，你是天下最好的人。当我奄奄一息、命悬一线的时候，你出手相救，使我死里逃生，大难不死，活到了今天。现在，你又及时赶来，赶跑了那个禽兽不如的东西，使我免受强暴，保住了名节，又躲过了一场劫难。弟啊，你的大恩大德，我这一辈子也报答不完！弟……"

……

第八章　崭露头角　惨遭强暴

第八章　崭露头角　惨遭强暴

那一天，黑老板要强暴二妮，情急之中，二妮在黑老板手上狠狠地咬了一口，乘机跑了出来。

二妮跑回住处，趴在床上，一把鼻涕一把泪地痛哭起来。她恨黑老板，也恨自己没有听姐姐的话，早点离开洗浴城这个老虎口，结果出了这样的事。

前几天，大妮两次给她打电话，说："二妮，连奶奶给你联系了一家服装厂，让你过去面试。二妮啊，找个工作不容易，你赶快准备一下，到服装厂面试。"

兰凤她们舍不得与二妮分开，异口同声地坚决反对二妮去服装厂。

兰凤说："服装厂又苦又累钱还少，不是人待的地方，我不能让你去受那个罪。"

柳叶说："二妮，你姐姐的脑袋太封建、太保守了，她把洗浴城看成了虎狼窝，你不要听她瞎指挥。二妮，我告诉你，这个世界上根本就没有净土和桃花源，走到哪里都会有好色之徒，在时时刻刻惦记着你。"

白花哭着说："二妮姐，你在这里干得挺好的，就不要走了。我离不开你，我不让走。你要是非走不可，我也跟着你走。"

小姐妹们七嘴八舌一阵劝说和软缠硬磨，二妮没了主意。尽管大妮苦口婆心地劝说了半天，二妮支支吾吾，推三阻四，最终还是没有去服装厂。

大妮最后有点着急上火，气呼呼地说："二妮，你要好自为之，千万不要做出丢人现眼的事来！"

现在，发生了黑老板强暴未遂这件事，二妮又气又恨又后悔，深深体会到，这风花雪月的场所，就好像大染缸和老虎口，要做到洁身自好和出污泥而不染，确实很难。不是你想不想去沾染那污泥，而是那污泥千方百计、处心积虑要沾染你，使你防不胜防。此时此刻，二妮再一次面临走和留的问题。

兰凤、柳叶和白花下班回来，看到二妮趴在床上哭。她们先是一愣，等问明情况，你一言我一语地说起来。

兰凤义愤填膺，咬牙切齿地说："这个黑老板也太花心了，连个清洁工也不放过。我明天就去会会他，乘机阉割了他，出出这口恶气。"

柳叶听了，扑哧一笑，说："好啊，你去吧。他不是一直在打你的主意吗？你一直不让他沾边。你主动送上门，他正好求之不得。他就像个外星人，力大无比，不折腾死你，也要脱几层皮，你还想算计他啊？"

白花有些不满，埋怨道："你们俩怎么能这样啊？二妮姐都哭成这样了，你们俩还有闲心说笑话，我鄙视你们俩。"

兰凤急忙解释说："我不是胡咧咧。我一定要想办法修理修理姓黑的，让他长点记性，不敢再打二妮的主意。"

"二妮，那个姓黑的让你咬了一口，你一点也不吃亏，不要再哭了。"柳叶说。

白花依偎在二妮怀里，抹着眼泪说："姐，我被饭店老板欺负时，三天三夜不能动，我也忍了，没有离开。你也没吃什么亏，你就不要走了。你走了，谁给我洗衣服做饭啊，谁给我买好吃的啊？你要是走，我也跟你走。今后，你走到哪，我就跟你到哪。"

二妮听了，心里热乎乎的，使劲搂了搂白花，激动地说："妹，我也舍不得离开你。"

兰凤回忆起这一段与二妮朝夕相处的日子，动情地说："二妮，我们相识很巧合，更是缘分。你要是不愿意去洗浴城上班，你就每天给我们做饭、洗衣服，我们出钱养着你。"

白花拍手称快："这办法不错。"

柳叶冷笑着说："二妮，就为这么点屁事，你就生气不干了，值得吗？会让别人笑掉大牙。今后，你躲着他，防着他，不就得了吗？常言道，兵来将挡水来土掩，车到山前必有路，船到桥头自然直。只要你提防着他，我看阴沟里翻不了船。再说了，天下乌鸦一般黑，不管你走到哪里，都会有色狼找你的麻烦。"

兰凤信誓旦旦地说："柳叶、白花，你们俩给我听好了。从今以后，我们三个一定要保护好二妮。特别是要把姓黑的盯得死死地，绝对不能再让他靠近二妮半步。"

白花立马郑重其事地表明态度："兰凤姐，你放心，我保证完成你交给的任务。"稍停片刻，她又接着说："二妮姐，你一时很难找到合适的工作，就先在这里干着吧，等找到了合适的工作再说。"

姐妹们的话，情真意切。二妮听了，深受感动。她想了想，忧心忡忡地说："常在河边站哪有不湿鞋啊。我必须抓紧找工作，尽快离开这里。你们三个人是我的救命恩人，又是我的好朋友，我再次奉劝你们离开这个鬼地方，并且越快越好。"

兰凤考虑了一会，心事重重地说："二妮，你的好意我们都知道，谢谢你！

第八章 崭露头角 惨遭强暴

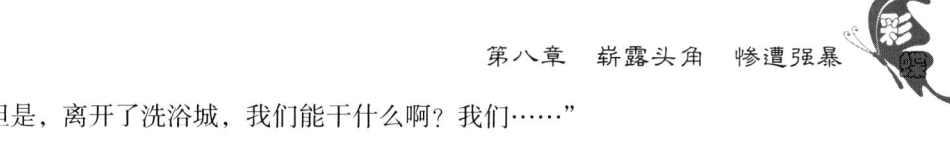

但是，离开了洗浴城，我们能干什么啊？我们……"

兰凤正说着，郭姐推开门走了进来。她一手提着一袋子水果，听到兰凤说要离开洗浴城，她心里顿时一惊，急忙说："你们都是我的好妹妹，谁也不能离开洗浴城，我舍不得和你们分开！"稍停片刻，她又说："二妮啊，都是我一时疏忽大意，让黑老板钻了空子，冒犯了你。今天，我专程来给你赔礼道歉。我今后一定会保护好你，绝对不会再让黑老板靠近你。我现在还没有找到清洁工，请你一定再干一段时间。"

……

在大家的反复劝说下，二妮终于答应留下来再干一段时间。她打定了主意，要是姓黑的再招惹她，她就与他拼个鱼死网破。

……

经常光临海浪洗浴城的，除了黑老板，还有一个人，他叫常健，是海龙娱乐城的总经理。

常健，二十七岁，一米八的高挑个儿，皮肤细腻有点白，乌黑茂密的头发，浓浓的眉，一对清澈明亮的大眼睛，高挺的鼻梁，薄厚适中的嘴唇。说话时，眉宇间会偶尔浮动着淡淡的忧伤。看他那温文尔雅的样子，很难把他和一个总经理联系起来。

常健的老家在黑龙江省一个偏僻的小县城。他是个独生子，爸爸妈妈都是中学老师。

上初中时，常健的女同学，也是他的同桌，迷上了他这个英俊潇洒的小帅哥，变成了他的女朋友，两个人爱得难分难解。高中毕业后，他恋恋不舍地告别了女朋友，来到了观海市，在海军某部当了一名水兵。

常健实在忍受不了那长相思的煎熬，一年多以后，他请假回家探亲。没有想到的是，他的女朋友被一个五大三粗的中年男人勾引下水，已经染上了毒瘾。为了弄钱买毒品，他女朋友先是偷，后来又卖淫。当他心急火燎地推开女朋友住处的门时，眼前的情景让他疯狂了：他的女朋友和一个五大三粗的中年男人在床上纠缠在一起。这个中年男人，正是把他女朋友拉下水的人。他顿时火冒三丈，扑上去与这个中年男人拼命。几个回合下来，他被打得天旋地转，口鼻流血。他顺手拿起一把水果刀，向中年男人捅去。这一刀不偏不斜，正好捅在中年男人的心脏上。中年男人挣扎了没几下，就玩完了。

常健被判了八年刑。由于他在监狱中表现不错，被提前两年释放出来。在他坐牢期间，他的女朋友上吊自杀了，他的爸爸妈妈感到没脸见人，也双双喝了农药，等到人们发现时，早就浑身冰凉了。

常健在监狱中结拜的大哥——龙哥，在观海市开办了一家娱乐城，名字叫海龙娱乐城。常健出狱后，龙哥找到了他，让他在这家娱乐城当总经理。龙哥之所以选中常健，一是看上了常健的聪明能干，可以大把大把地给他挣钱；二是看上了常健的正直诚实，可以放心地把娱乐城交给他经营。常健当总经理以后，娱乐城的生意红红火火，十分火爆。现在，娱乐城的软件和硬件在观海市都是一流的。

龙哥常说："在娱乐圈里混，离不开色情和毒品。"常健恰恰对这两样很反感，甚至恨之入骨。他以前的那个女朋友，因为吸毒和卖淫，使他坐了六年大牢，还搭上了爸爸妈妈的性命。这件事，对他心灵的创伤太大了，真可谓刻骨铭心。因此，对龙哥提出的色情和毒品交易，他一直拖着没有办。他以不适合在娱乐行业工作为由，多次请求龙哥给调换工作。但因龙哥一时找不到合适的接替人选，一直没有答应他。

常健一直没有结婚。他虽然谈过几个对象，但都没有走进婚姻的殿堂。在他的娱乐城里，有唱歌、跳舞、游戏、健身、餐饮、住宿等服务项目，真可谓美女如云。在这个酒绿灯红的花花世界里，他一直洁身自好，既不色，更不淫，做到了出淤泥而不染。

常健之所以经常来海浪洗浴城，除了他和郭姐是打了多年交道的熟人，还有一个更为重要的原因，他和兰凤既是老乡，又是远房亲戚。两个人年龄差不多，从小在一块长大，有共同语言。现在，他们俩都孤身一人，漂泊在外，又在同一个城市打工，自然而然会经常来往。当然，常健对兰凤卖身很反感，也多次劝说兰凤改邪归正。但兰凤破罐子破摔，不思回头。随着时间的推移，常健慢慢地开始理解和同情兰凤。

一天下午，常健洗完澡，边做按摩边和兰凤聊天，不知不觉到了五点多，常健要请兰凤吃饭。按照以前的惯例，常健请兰凤吃饭，都要带上兰凤的小姊妹柳叶和白花，这次又多了一个人，那就是二妮。

海虹大酒店，三楼包房内，彩灯闪烁，旋律悠悠。兰凤她们点了满满当当一桌子美酒佳肴，两个打扮时尚的小姐端茶递水。常健出手大方，他不在乎钱，图的是个高兴。二妮长这么大，第一次来这么豪华的酒店，第一次享受这么高的礼遇，有点紧张和不自然。

常健第一次和二妮见面，眼前突然一亮：啊，这个女孩子太漂亮了！推杯换盏，几杯酒下肚，常健情不自禁地仔细打量起二妮来。

这个女孩子貌若天仙。她一米六九的个子，苗条优美的身姿，不高不矮，不胖不瘦，恰到好处，浑然天成。一张再标准不过的椭圆形脸蛋上，有一双清澈黑亮会说话的大眼睛。弯弯的柳眉，长长的睫毛微微地颤动着。小巧玲珑的鼻子，秀气绝妙的樱桃小口。薄薄的柔柔的双唇，如玫瑰花瓣，娇嫩欲滴。一头飘逸乌黑的秀发，就好像瀑布抛洒在微削的香肩上。白皙无瑕的皮肤，透出淡淡的粉红……她美得超凡脱俗，好像现实中不存在。她美得光彩照人，令人

第八章 崭露头角 惨遭强暴

目眩和窒息。她的美,只有惊叹,没有办法来形容。她的美,审美大师和美学专家也很难表达清楚。

常健走南闯北,见识过各式各样的美女。但是,这么完美雅致,这么清纯清新的女孩子,他还是第一次遇到。他内心里产生了一种强烈的震撼。就在这一瞬间,他决定要与这个女孩子继续交往下去。

"哥,干吗啊?老是盯着二妮看。"兰凤看到常健呆呆地盯着二妮,笑嘻嘻地问道。

柳叶早就看出来了,笑吟吟地说:"常哥啊,二妮不但是个美人坯子,还是个货真价实的原装货。你要是看上了她,我可以给你牵线搭桥。"

兰凤一本正经地说:"哥,二妮和我们姐妹可不一样。人家不但人长得仙女似的,而且洁身自好,卖力不卖身,百分之百的处女身。"

柳叶调侃道:"常哥,你打二妮的主意可要小心。她是一朵带刺的玫瑰花,只能看,不能摸。上一次,黑老板摸了她一把,被她咬掉了两个手指头。"

兰凤开玩笑说:"二妮,我哥是全世界第一美男子,也是全世界最好的男人,要地位有地位,要模样有模样,要人品有人品,名副其实的白马王子。他至今未婚,孤身一人。谁要是能嫁给他,肯定会荣华富贵一辈子。你给他当"压寨夫人"吧,以后我就叫你嫂子啦。"

兰凤和柳叶的话,就好像机关枪和连珠炮似的,二妮根本就插不上言。二妮被她们说得哭笑不得,又不知道怎么样才能打断她们的话。她羞得满脸通红,不敢抬头,那样子更加楚楚动人。她低着头,愣了半天,羞羞答答地说了一句:"我求求你们了,你们行行好,不要再拿我开玩笑了。"逗得大家哄堂大笑。

看到柳叶又要说什么,常健马上抢过话题:"兰凤、柳叶,你们俩快闭上嘴。我与你们是老朋友,平时经常说笑话,开玩笑,谁都不在乎。但是,二妮刚刚来,彼此还不了解,你们不能没轻没重地拿二妮开涮,让二妮下不来台。我提议,我们共同干一杯,欢迎二妮加入我们的圈子。"他说完,与大家干了一杯啤酒。

常健几句话,为二妮解了围。二妮感到常健与别的老板不一样,他不摆架子,在他跟前没有恐惧感和压抑感。

兰凤和柳叶今天很高兴,兴高采烈地比赛完酒量,又接着兴致勃勃地比赛唱歌,还非要拉着二妮一起唱。二妮从来没有在别人面前唱过歌,羞得满脸通红,说什么也不肯唱。兰凤和柳叶故意捉弄二妮,软硬兼施,说什么也不肯放过她。看来,二妮不唱是不行了。常言道,酒壮英雄胆。几杯啤酒下肚,二妮少了几分羞怯,多了几分勇敢。她破天荒地第一次在众目睽睽之下,唱了一首《我想有个家》……

我想有个家

一个不需要华丽的地方
在我疲倦的时候
我会想到它
我想有个家
一个不需要多大的地方
在我受惊吓的时候
我才不会害怕
谁不会想要家
可是就有人没有它
脸上流着眼泪，只能自己轻轻擦
……

听到二妮那优美动听、感人肺腑的歌声，酒店里的人们都不约而同地围了过来。人们十分诧异，议论纷纷。这么美丽清新的女孩子，这么美妙动人的歌声，肯定大有来头，她是不是从北京来的大歌星啊？大家齐声喝彩，一再要求二妮再唱一首歌。盛情难却，二妮又唱了一首《真情永远伴着你》。

兰凤、柳叶和白花大吃一惊，她还是不是原来那个只知道默默干活的二妮啊？这么优美动听的歌声，是不是发自二妮之口啊？

常健更是惊愕不已。一个从山旮旯里走出来的女孩子，具有这么优美的嗓音，这么好的唱歌天赋，真是难能可贵，令人难以置信。这么多年来，他一直在苦苦寻觅，想为娱乐城找一名合适的青年歌手。常健做梦也没有想到，他要寻找的这名青年歌手，现在就站在他的眼前。这真是踏破铁鞋无觅处，得来全不费功夫啊。

常健欣喜若狂，说："可喜可贺啊，我今天遇上了一个十分难得的人才，今后肯定能成为一名优秀歌手。二妮，你是一块未经雕琢的璞玉，稍稍加工，就会成为一块稀世珍宝。我邀请你到我的娱乐城唱歌，我保证把你捧红！"

兰凤她们高兴地和二妮拥抱在一起，异口同声地问道："二妮，你唱得这么好听，是跟谁学的啊？"

二妮羞红满面，不好意思地说："我不会唱歌，也没有人教我唱歌。只是……在老家的时候，闲着没事的时候，我……就跟着村里的大喇叭瞎哼哼。"

常健自从认识二妮以后，二妮的影子就如同刻在了他的脑海里。二妮的一颦一笑，一举一动，整天在他的脑海里跳来跳去，像精灵一般，赶不走，也抹不去。

随着与二妮的交往渐渐地多起来，常健发现，二妮不但人长得漂亮，而且很聪明，很诚实，很善良。二妮提出的问题，有时他也张口结舌，回答不上来。

第八章 崭露头角 惨遭强暴

他打定主意，一定要动员二妮，尽快来娱乐城唱歌。但是，他也告诫自己，这件事不能操之过急，要顺理成章，水到渠成。接下来的日子里，常健一有空就到洗浴城，找二妮她们聊天，带她们出去吃饭。当然，他每一次都要听二妮唱歌。

二妮和常健越来越熟悉，她发现常健是一个诚实的人，也是一个可以信赖的人。在常健面前，她感觉无拘无束，心情舒畅。在她的心目中，渐渐地把常健当成了大哥哥。她敞开心扉，把自己心中压抑已久的郁闷、烦恼和困惑，向常健诉说了出来。她不但给常健讲了自己的过去，还给他讲了自己的现在。

……

黑老板被二妮咬了一口，心里那个窝囊上火啊，很难用语言形容出来。偷鸡不成蚀把米，还被鸡啄了一口，真是岂有此理。他怒气冲冲地打电话，把郭姐叫了过来。郭姐弄明白情况以后，马上拿出十二分的热情，款待黑老板。

"黑哥呀，你真是眼观六路耳听八方啊。那个小丫头刚刚从农村来，我还没有来得及调教，就被你盯上了。不过，你也太心急了。黑哥啊，她有眼无珠，冒犯泰山，我会惩罚她。现在，小妹我给你赔礼道歉了。黑哥大人有大量，宰相肚里能撑船，不要和她一般见识，你就消消气吧。"

"一个黄毛丫头，不知道天高地厚，让人上火。"

"黑哥顶天立地，走南闯北，什么样的好女人没见过啊，看上她，是她的福分。她不领情，说明她不知道好歹。不过，也情有可原啊。她刚刚从山沟里来到大城市，没见过世面，才二十岁，是个处女，还没有开窍。过几天，我让她登门拜访，亲自给你赔礼道歉。"

郭姐一番巧语花言，黑老板的火气消了一大半，急忙问："你怎么知道她是处女啊？"

郭姐向他抛了个媚眼，娇滴滴地说："哎哟，黑哥啊，你是心知肚明，揣着明白装糊涂，小妹我看女孩子走过眼吗？"

黑老板嘿嘿一笑："那是，那是。"

郭姐很了解黑老板。他什么样的女人没有玩过啊。他想得到又得不到的女人，绝对不会留给别人，他会毫不留情地灭了这个女人，任何人也阻挡不住他。

黑老板见郭姐不说下文，催促道："郭妹子，这事你也不用太着急。"

郭姐顺水推舟，笑吟吟地说："还是黑哥高见，放长线，钓大鱼。这样的事，心急吃不了热豆腐。逼急了，她要死要活的，不值得，要水到渠成。以前那些不卖身的女孩子，到后来还不是乖乖地伺候你。再说了，把她放在我这里，她就成了瓮中之鳖，早晚都是你的。不过，二妮这样的美女加处女，是货真价实的稀世珍宝。那韭菜长得快吧，还要两三个月才能吃一茬。我问过她，这个女孩子刚烈得很，她贵贱不肯卖。"

黑老板越听心里越痒痒，恨不得马上把二妮吞进肚子里，色眯眯地说："妹

子，老哥什么时候亏待过你啊！"

说完，黑老板推过去一张一万元的支票。郭姐看了一眼，笑眯眯地说："黑哥，你见外了不是。"稍停片刻，她又向黑老板抛了一个媚眼，接着说道："黑哥呀，你真是好眼力，艳福不浅啊。"

一天傍晚，快要下班的时候，郭姐让二妮给她打扫办公室，说是要迎接市领导的检查。二妮打扫了一会，就到了吃饭时间。郭姐要二妮一块出去吃饭，说是吃完饭再回来继续打扫。恭敬不如从命，再说二妮也找不到推辞的理由，只好跟着郭姐来到海梦大酒店的一个套间里。

这个套间有餐厅、卧室和卫生间，布置得非常豪华。墙上挂着几张裸体女人的彩色照片，一个个搔首弄姿、妖媚艳丽。

郭姐点了一瓶法国红酒和几盘山珍海味。她巧舌如簧，先滔滔不绝地把二妮表扬了一番，然后给二妮敬酒，感谢二妮做出的贡献。二妮受宠若惊，不能不喝，也不敢不喝，更不敢多喝，硬着头皮喝了三个半杯。

这红酒太厉害了，三半杯下肚，二妮就晕晕乎乎起来。她越是想保持清醒，就越来越迷糊。二妮蒙蒙眬眬、恍恍惚惚感觉到，她身上有无数条虫子在爬、在咬、在钻，痒得钻心，痒得火烧火燎。

似梦非梦之中，二妮感觉到，一只大黑猩猩紧紧地抱着她，穿过无边无际的森林，涉过波涛汹涌的大海，翻过高耸入云的山峰，来到了荒无人烟的大草原上。

大黑猩猩把她放在厚厚的枯草上，用它那肮脏的爪子，一条一条撕下她的衣裳。然后，张开它那腥臭的大嘴，好像要把她的每一寸肌肤，都吸进它的肚子里去。

她那血肉模糊的身躯，像一具僵硬的空壳，直挺挺地躺在大草原上。一群秃鹰飞来，围着啄食她的肉体。有一只正在啄食她的眼睛，痛得她肝胆撕裂。

二妮一惊，醒了过来。

她看到自己一丝不挂。旁边，赤条条的黑老板正在酣睡。

她惊得目瞪口呆。羞辱、委屈、愤怒，像熊熊燃烧的烈火，直冲脑门。她好像疯了，哇哇大叫着，拼命地撕打黑老板。

美梦中的黑老板像受惊的兔子，腾地一下跳了起来。看到身上一道道血口子，顿时恼羞成怒，照着二妮脸上就是几拳头。

二妮眼前一黑，又昏迷过去。

……

第九章　摆脱淫魔　重整旗鼓

第九章　摆脱淫魔　重整旗鼓

最近，花花公子孙军，心情糟透了。他一直在苦思冥想制服三妮的方法，挖空心思寻找拿下三妮的机会。但是，他无计可施，无从下手，一无所获，一筹莫展。他恨三妮，恨她不开窍，不懂男女之情，软硬不吃。他更恨自己上次喝酒跳舞时，疏忽大意，弄巧成拙，连一个黄毛丫头都没有拿下。越是得不到三妮，就越想得到她。他每天心烦意乱，坐立不安，在欲火中煎熬着、挣扎着……

这天中午，三妮安顿好胡太太，提着一大包脏衣服，离开了医院，回到了胡太太家里。她先把每个房间都仔细打扫了一遍，然后倒了一杯凉开水，咕咚咕咚喝了下去。她来到洗漱间，开始洗那一大包脏衣服。时间不长，三妮感觉到越来越困，大脑渐渐地变得晕晕乎乎，两只眼睛越来越睁不开，昏昏欲睡的她，不知不觉就歪倒在了地板上。

迷迷糊糊之中，三妮一听声音，知道是孙军来了，顿时大吃一惊。她强打着精神，睁开眼睛，愤怒地瞪着孙军，有气无力地问："你……你想干什么？"

孙军欲火燃烧，淫笑着说："嘿嘿……告诉你，老子在这里恭候你多时啦，还在你喝的凉开水里下了迷药。哈哈……小美人，你没有想到吧？"

三妮听了，如五雷轰顶，惊诧万分，不敢相信这是真的。自从发生上次喝酒跳舞时、孙军对她动手动脚事件以后，三妮一直像防备瘟神和魔鬼一样，时时刻刻防备着孙军。她做梦也没有想到，防不胜防啊，她最终还是没有逃出孙军的魔掌。她再次强打精神，想爬起来，但身体好像不是自己的，一动不动。她怒视着孙军，凝聚所有的精力，断断续续地说："你……滚……，我……要杀了你……"

接下来发生的事，三妮就什么也不知道了。

孙军淫笑着，急急忙忙地把三妮抱上床，火急火燎地撕扯三妮的衣服……

正在这时，突然，一根又长又粗的红木拐杖，狠狠地抡在了孙军的后背上。孙军大惊失色，急忙回头一看：胡太太怒目而视，正抡着龙头拐杖，恶狠狠地

向他打来……

孙军顿时被打蒙了,一边慌慌张张躲过拐杖,一边气急败坏地大声骂道:"你这个老不死的东西,狗咬耗子多管闲事。你找死啊,还不赶快点滚开!"

胡太太咬牙切齿地骂道:"你这个无恶不作的败家子,你这个禽兽不如的败类,你这个丧尽天良的畜生,我今天要打死你,替列祖列宗清理门户!"她一边叫骂,一边怒气冲冲地用拐杖抡孙军。

孙军又气又急,疼得哇哇大叫。他无可奈何地从床上跳下来,如丧家之犬,嗷嗷大骂着仓皇逃窜了……

胡太太怒视着仓皇逃走的孙军,一屁股坐在地上,伤心痛苦地放声大哭起来……

胡太太了解自己儿子的德行了。孙军给三妮发奖金,买衣服,请三妮吃饭,绝对不是为了感谢三妮。他是黄鼠狼给鸡拜年,没安好心,目的是想糟蹋三妮。孙军打三妮的主意,是因为他玩别的女人玩腻了,想找一个嫩的新鲜的,来刺激他那麻木的感官。以前,胡太太对孙军玩弄女人,敢怒不敢言。为了少生闲气,她只能揣着明白装糊涂,装聋作哑。三妮是她的救命恩人,心地善良,年龄这么小,纯洁得就好像一朵含苞待放的小白花。胡太太打定了主意,绝对不能让孙军这个畜生糟蹋三妮。

最近,胡太太一直在注意着孙军的动静,暗中保护着三妮。今天上午,三妮一个人回家洗衣服。胡太太躺在病床上,越想越不放心。她赶紧打车回到家里,就出现了刚才那一幕。

不知道睡了多长时间,三妮醒了。她看到胡太太坐在她身边流眼泪,急忙问道:"奶奶,你怎么了?"

"我那一个畜生儿子,想糟蹋你,我没有让他得逞!刚才,我……把他打跑了。"胡太太擦了擦眼泪,咬牙切齿地说道。

三妮听了,目瞪口呆,半天说不出话来。孙军淫笑着抱着她向卧室里走去那可怕一幕,又浮现在她的脑海里。她急忙掀开被子一看,自己衣衫不整,顿时就明白了。愤怒、耻辱、羞愧,一齐涌向心头,她号啕大哭:"奶奶……孙军是个淫魔,是个畜生,他给我下了迷药,想欺负我!奶奶……我想杀了他!"

三妮哭了一会,又泣不成声地说:"奶奶,我谢谢你!奶奶,我不能留在你身边了,我要离开这个家,我要摆脱孙军这个淫魔!"

胡太太泪流满面,语重心长地说:"孩子啊,我养了这么一个猪狗不如的畜生,我家里有这么一个幽灵一般的淫魔,他会时时刻刻算计你。我不能让他害你,我不能再留你了,也不应该再留你了。孩子啊,你……快点走吧,走得越远越好,彻底摆脱这个淫魔,去找一个合适的工作,从头再来。三妮啊,在你有空的时候,在你方便的时候,一定回来看看奶奶,或者给我打个电话,我……

第九章 摆脱淫魔 重整旗鼓

想你啊!"

"奶奶……"三妮紧紧地抱着胡太太,又号啕大哭起来。

……

离开了胡太太家,三妮回到了连奶奶家,在连奶奶家住了下来。其实,三妮并没有打算在这里长住,只是想在这里歇歇脚,喘口气,重整旗鼓,再找个工作,从新上路。

三妮聪明伶俐,嘴也甜,又十分勤快。她每天奶奶好、爷爷好地挂在嘴上,把两个老人伺候得舒舒服服,把这个家收拾得干干净净,使两个老人整天乐得合不上嘴。她和两个老人相处得其乐融融,彼此的感情越来越深厚。

老两口太喜欢三妮了,他们俩担心三妮年龄还小,出去干活容易吃亏上当,更是担心再遇到胡太太的儿子那样的淫魔。老两口一商量,决定把三妮留下来,让三妮长期住在这里,安心学习,准备考大学。这样的好事,三妮当然一百个愿意,高兴地答应下来。

老两口身体都很好,四个女儿都住在附近,经常回来照顾老人,家里基本上没有多少家务活。三妮住在连奶奶家里,感觉太清闲太舒服了,有点适应不了和过意不去,就想方设法说服两个老人,恳求他们再给自己找工作。两个老人经不住三妮的软缠硬磨,只好再次托人,又给她联系了一份工作,让她去观海大学教授刘一鸣家当保姆。

临行前,连奶奶拉着三妮的手,千叮咛,万嘱咐。三妮含着泪水,恋恋不舍地告别了两个老人。

……

清晨,一阵阵夹杂着海腥味的微风扑面而来,耳边传来一阵阵欢快悠扬的旋律。清澈湛蓝的海平面上,太阳羞羞答答地露出红彤彤的脸,慢慢地、恋恋不舍地、一点一点地上升着。在离开海水、冲破云雾的一瞬间,浅蓝色的天空中突然放射出一道道霞光,给天空、大地披上了一层五彩缤纷的衣裳。

三妮迎着朝霞,迈着轻盈的步子,向一座住宅小区走来。这里依山傍海,风景秀丽。一进大门,迎面是一个很大的喷泉水池,中央是一个美人鱼和一群孩子在戏水的雕塑。院子内,绿树成荫,鸟语花香,清静幽雅。院子中间是一个大花坛,里面万紫千红,百花争艳。靠近海边的地方,是一个大广场,有很多健身器材。

小区的早晨,一派温馨祥和的景象。人们都在愉快、紧张地忙碌着,有的在锻炼身体,有的在打扫卫生,有的在挨家挨户送报纸……

三妮来到十号楼101户,迎接她的是一名中年男子。他就是刘一鸣,三十六岁,是观海大学的一名教授。他一米七五的个子,不胖也不瘦,光洁白皙的皮肤,和蔼可亲。浓浓的眉毛,高高的鼻梁上戴着一副宽边眼镜,一对明亮而又睿智的大眼睛，给人一种多才多艺、温文儒雅的感觉，但眼神里常常流露出一点淡淡的忧伤。

刘一鸣的妻子是观海市歌舞团的一名演员，长得非常漂亮。在女儿五岁那年，他的妻子经不住金钱的诱惑，背叛了他，与他离了婚，跟着一个外国商人去了美国。他一直没有再婚，一个人含辛茹苦地抚养着女儿。

刘一鸣的女儿叫刘小帆，聪明伶俐，活泼开朗，能歌善舞。她十三岁，一米六多的个子，亭亭玉立的身段，洁白细嫩的皮肤。一头乌发，束成了一个马尾巴。

以前，刘一鸣家用过五个保姆。其中，有一个欺负刘小帆，还偷他家的东西，还有一个勾引刘一鸣，想当这个家的女主人，理所当然都被他辞掉了。还有三个保姆，都是农村来的女孩子，人品很好，与他们父女俩相处得也很好，在这里干的时间也很长。但是，因为她们的年龄渐渐大了，要回家结婚生孩子，离开了刘一鸣家。

因为找不到合适的人，刘一鸣家已经一年多没有用保姆了。刘一鸣整天忙着上课搞研究，根本没有时间和精力拾掇这个家。刘小帆年龄小，又天天去上学，不管家务事，也不知道怎么管家务事。平时，他们父女俩除了回来睡觉，很少待在家里。一百四十多平方米的套房里，用脏乱差来形容，一点也不过分。

三妮来了以后，除了每天洗衣做饭，她紧张地忙活了十多天，把里里外外彻彻底底地打扫整理了一遍。现在，每个房间都干干净净的，东西也摆放得井井有条的，给人一种焕然一新的感觉。

……

一天晚上，三妮忙完，回到自己的房间，一边看书学习，一边想心事……

三妮很尊重刘一鸣。她虽然说不准确教授是多大的官，但是，她知道那些为人类社会做出突出贡献的知名人物，很多都当过教授。她渴望知识，渴望上大学，渴望将来当一名教师。她对当教授的刘一鸣，更是崇拜有加。

三妮很喜欢聪明漂亮的刘小帆，特别喜欢她的俏皮和直率，她自觉不自觉地把刘小帆当成了自己的亲妹妹。但是，她也隐隐约约地感觉到，在刘小帆的眼神和言行里，除了纯真之外，还有一种飘忽不定、说不清道不明的东西。

经过这一段时间的观察，三妮发现刘一鸣和刘小帆之间，有不和谐不协调的地方。父女俩之间缺乏亲情感，平时很少交流和沟通。两个人住在同一个家里，却像是陌生人一样，井水不犯河水，各行其是。每天除了几句必不可少的问答话，谁都不多说一个字。下班回到家里，刘一鸣一头扎进他的房间里，看书学习，除了吃饭，很少出来。放学回来，刘小帆除了在自己的房间里写作业，就是在客厅里打那个固定电话，从来没有看到过她主动走进刘一鸣的房间。更有甚者，父女俩看电视也不在一起，都有意躲开对方。

刘小帆喜欢打扮，星期六和星期天经常外出，有时候晚上很晚才回来。她

第九章　摆脱淫魔　重整旗鼓

上学经常迟到早退，学习成绩很不稳定，班主任老师很恼火，常常把电话打到家里来。她一有空就给一个男孩子打电话聊天，聊起来就没完没了，还大呼小叫地喊叫着"亲爱的""老公"。他们家的邮箱里，会时不时地收到一枝玫瑰花。刘小帆看到以后，总是如获至宝，大大方方地将玫瑰花插在她房间的那个花瓶里。

在刘小帆的房间里，那些用料少得不能再少、暴露得无法再暴露的内衣、那些言情小说、流行歌曲卡带，还有那些说不上名字的化妆品，堆放得到处都是。

最近几天，刘小帆的班主任老师多次来电话，反映刘小帆早恋的问题，要家长好好地管一管。刘小帆十分坦然，从来不隐瞒自己正在谈恋爱，她好像根本就不拿这个当回事。对刘小帆早恋的事，刘一鸣心里应该一清二楚。特别是刘小帆的班主任老师，多次打电话提醒他。但是，刘一鸣不管不问，放任自流，好像根本就没有把这件事放在心上。

刘一鸣为什么装聋作哑，对刘小帆早恋不管不问呢？三妮一时难以想明白。三妮感到，刘一鸣家的情况与胡太太家的情况大不一样，她今后要面对许多新问题、新情况。但是，究竟要面对哪些新问题、新情况，三妮一时说不上来，也没有弄清楚，她只能走一步看一步。三妮心中很明白，除了当好保姆，完成自己分内的工作，其他的事情，她想管也管不了，甚至能不能在这个家里站住脚，她心里也没有底……想来想去，三妮最终还是下定了决心：要重整旗鼓，在这里站住脚扎下根！

对于三妮能不能在这个家里站住脚，刘一鸣一开始就有点担心和怀疑。他认为，三妮的年龄和刘小帆差不多，还是个孩子，不可能吃得了这样的苦，也坚持不了多长时间。对于三妮想一边打工、一边考大学的理想和愿望，刘一鸣认为那是小孩子心血来潮，过不了多长时间就会没了热度。

但经过一段时间的观察，刘一鸣发现，三妮不但正直善良，聪明伶俐，而且吃苦耐劳，勤奋好学，特别是她对文化知识的强烈渴求，是很多同龄女孩子无法比拟的。这么优秀的女孩子，来到他的家里当保姆，他感到有点惊奇，也十分敬佩。刘一鸣现在考虑的是，是不是应该帮一帮三妮……

刘小帆对三妮的到来，既不喜欢，也不反感。以前，刘小帆对来她家当保姆的那些人，除了感谢她们给她洗衣服、做饭以外，总有一些戒备心理和恐惧感。她担心她们惦记她家的钱和东西，她还担心她们算计她的爸爸，想当这个家的女主人。她特别担心、害怕和反感她们像摄像头一样，在时时刻刻监控着她的一举一动。

三妮的到来，没有给刘小帆带来那么多的担心和恐惧。她很淡定很坦然地面对三妮，甚至有点不把三妮放在眼里。刘小帆认为，三妮年龄上和自己差不多，又是一个农村女孩子，没有见过世面，不论哪一方面，三妮都不如她。刘小帆信心满满地断定，三妮不敢也没有那些本事来与她过不去，或是算计她家的钱和东西，更不敢勾引她爸爸。

但是，刘小帆也有一些疑问和不理解。三妮这么小就出来当保姆，为了挣那几个钱，每天吃苦受累，有时还要忍气吞声，这样做值得吗？她能坚持多长时间啊？三妮每天超负荷运转，还要挤时间自学考大学，有必要这样做吗？一个高中没有毕业的人，想一边打工一边自学考上大学，可能性有多大啊？现在这个社会，一切向钱看，就算她考上了大学，能有多大出息啊？

……

这是一个星期天的下午，刘一鸣和刘小帆都没有出去。三妮先采购回来一些蔬菜和一箱啤酒，然后像变戏法一样，一会工夫就摆上了满满当当一桌子饭菜。

现在，三妮的烹饪技术虽然不能和大厨师相提并论，但是，肯定要比一般的小厨师好。她从小就学习做饭，又在胡太太家强化学习了一段时间，后来又不断地刻苦琢磨练习，进步非常快。

三妮做的这些饭菜，刘一鸣和刘小帆特别喜欢吃。

刘一鸣好奇地问："三妮，这么短的时间，你就做出这么多美味佳肴，是不是参加过专门培训啊？"

三妮微笑着回答："我从来没有参加过专门培训。我从六岁就给家里人做饭，只会胡乱做，不知道你们喜欢不喜欢。"

刘一鸣会做饭菜，并且做得很不错。他慢悠悠地喝着啤酒，津津有味地品尝着桌上的饭菜，赞不绝口："色香味俱佳，不错……很好……"

刘一鸣若有所思，感动地说："三妮，你来了以后，为我家做了那么多事，出了那么多力，谢谢你！"

三妮急忙说："老师，你太客气了，这是我应该做的。其实，我一直担心做不好，怕你们不满意。"

刘一鸣微笑着问："三妮，你年龄这么小，每天要干这么多活，还要熬夜自学，能吃得消吗？能坚持得住吗？"

三妮笑盈盈地说："这点活算什么啊？我从小就干活，还常常熬夜，已经习惯了。"

刘小帆第一次听三妮讲自己的身世，顿时一愣，忙问："怎么，你的童年比我还不幸？"

提起自己身世，三妮脸色凝重，她沉默了一会，心里沉甸甸地说："我妈妈生下我就去世了，我十岁那年，我爸爸也去世了，我现在连个家都没有。"

刘一鸣和刘小帆听了，都很同情三妮。刘一鸣说："三妮，以后家里的活，你能干多少就干多少，不要让自己太苦太累。"

三妮感激地说："谢谢老师！"

第九章 摆脱淫魔 重整旗鼓

刘一鸣说："小帆啊，从今以后，家务活不能全靠三妮一个人干，我们俩应该多干一些。"稍停片刻，他接着说："三妮，你一边打工，一边自学，准备考大学，这是好事，我们支持你。但是，要考上大学可不那么容易。"

刘小帆喝着啤酒，漫不经心地说："每年那么多应届高中毕业生，挤得头破血流，也很难挤上那个独木桥。你高中都没有毕业，还做什么大学梦啊，别异想天开了。再说，上大学有什么意思啊，还不如早点挣钱。"

听了刘小帆的话，三妮愣住了，她一时不知道说什么好。她沉思了一会，说："我一直很想上学，因为家里贫穷，高中没有毕业就没有办法再读下去了。但是，我一直在自学。我唯一的梦想就是上大学，将来当教师。我不知道我的想法对不对，不知道我有没有这个本事，不知道能不能实现这个梦想。但是，我要为这个梦想做出自己的努力。"

三妮说完，刘小帆摇了摇头，不冷不热地来了句："老巴子，没劲！"

刘一鸣狠狠地瞪了刘小帆一眼，无可奈何地摇了摇头，他沉默了一会，又高兴地说："三妮，你的梦想很好，我完全支持你。观海大学办了一个高考辅导班，你可以每天晚上去听课。另外，我可以给你找一些辅导材料，帮助你学习。"

三妮听了，激动地连声道谢，给刘一鸣敬了一杯酒。

刘小帆越听越不顺耳，很不耐烦地摆了摆手，又甩出了一句："烦人！"

三妮对刘小帆的举动不理解，忙问："小帆，你不想上大学吗？你想干什么啊？"

刘小帆爱答不理地说："都什么年代了。上大学有什么鸟用啊？什么赚钱快就去干什么，来点实惠的。"

刘一鸣气不打一处来，他瞪着刘小帆说："我希望你不要早恋，我希望你也能考上大学！"

刘小帆的火气越来越大，她瞪了刘一鸣一眼，气呼呼地说："早不早恋是我的事，能不能考上大学也是我的事，既不违法也不犯罪，别人管不着！"她边说边气鼓鼓地站了起来，头也不回地向自己的房间走去。

刘一鸣气得脸色铁青，不停地摇头，一句话也说不出来。

……

又是一个星期天，吃完早饭，刘一鸣到单位加班，三妮去看望大姐。三妮回来的时候，已经是中午十一点多了。她轻轻地推开房门，立刻被眼前的一幕惊呆了……

客厅里面，飘荡着一股刺鼻的烟味。烟灰缸里，堆着一堆烟屁股。

电视上，正在播放着淫秽录像……

客厅的长沙发上，刘小帆和一个流里流气、贼头贼脑的男孩子，赤身裸体地搂抱在一起。

……

第十章 市霸敲诈 大妮拒婚

那天夜里,大妮过生日,小老板在白酒里下了安眠药,大家都喝醉了,小老板乘机要强暴大妮。在这千钧一发之际,童军举着一把明晃晃的菜刀,冲了进来。小老板吓得屁滚尿流,一把推开窗子,跳了出去,如丧家之犬,灰溜溜地逃跑了。

大妮和童军毅然决然地离开了快餐店。两个人背着铺盖卷,提着衣物,来到海边,坐在一块大礁石上。

大妮脸色凝重,沉默了很长时间,忧心忡忡地问:"弟,今后怎么办啊?"

童军心事重重地说:"姐,我也没有想好。不过,我不想再给别人打工了,我想自己干,当老板。"

大妮低着头琢磨了一会,然后抬起头来说:"弟,我的想法和你一样,也想自己干,但不知道干什么好。"

童军问:"姐,我们俩能不能去卖菜啊?"

大妮听了,眼前顿时一亮。自从来到快餐店,她每天早上都和童军一起去菜市场买菜,早就萌发了有朝一日去卖菜的念头。她马上高兴地回答:"弟,太好了,我们俩不谋而合!"

立说立行,大妮和童军来到菜市场,先在附近租了一个小房子,又急急忙忙来到一个旧货市场,用二百三十元钱买了一辆脚蹬三轮车。第二天,他们俩做起了摆摊卖菜的生意。

……

这一天,天刚蒙蒙亮,狂风暴雨中,童军在前面蹬着、大妮在后面推着一车菜,蹚着没膝深的水,艰难地从蔬菜批发中心走出来,向菜市场走去……

"要是下一天雨,蔬菜烂了咋办啊?"童军大声问。

大妮回答:"不会。老话说,早晨下雨一天晴。今天卖菜的人少,能卖个好价钱!"

"什么——我听不清!"

第十章 市霸敲诈 大妮拒婚

"能卖个——好价钱!"

……

还真让大妮说准了,这天早上的暴风雨来得快,去得也很快,接着就是一个艳阳天。来卖菜的人少了很多,来买菜的人却一点也没有减少。大妮和童军的摊位前,前来买菜的人络绎不绝。

这是一条并不宽阔的街道,还有点偏僻。以前,附近的居民们要到很远的蔬菜店去买菜,很不方便。刚刚开始的时候,只是几个菜农偶尔来这里卖菜。后来,众多的外来打工者加入到了卖菜的行列中,逐渐发展成为现在的菜市场,使昔日冷冷清清的小街道,变得热闹起来。

大妮胸前挂着一个装钱用的旧军用挎包,学着菜贩们的样子,不停地吆喝着,手忙脚乱地称着菜,收着钱……

"芹菜……美国实心芹菜,味道鲜美,营养丰富……"

"大妈,这是地沟黄瓜,与架子上结的不一样,刚刚摘下来的,多新鲜啊,又脆又甜,您要几斤啊……"

"韭菜……法国紫根韭菜,口味香甜,又嫩又鲜……"

"大姐,您买菜花吧,这是意大利品种,养分多,口味佳,我给您挑几个吧。"

……

大妮和童军批发回来的满满当当一三轮车蔬菜,不到五个小时就卖光了。大妮掏出兜里的钱数了数,哇,净挣了三十多元钱。他们俩高高兴兴地收了工,在马路对面的小饭店里,一人吃了一碗兰州拉面,喝了三瓶观海啤酒,然后决定自己给自己放半天假,去看电影。

……

大妮和童军,除了在菜市场卖菜,还每天早上去公园门口、车站附近摆摊。他们俩和其他小摊小贩一样,怕城管罚款,更怕市霸敲诈勒索。

这一天,他们俩天不亮就把蔬菜批发回来,早早地在菜市场占了一个好位置,然后匆匆忙忙地在对面拉面馆,一人吃了一碗拉面,开始卖菜。

"滚,这是老子的地盘,没有老子允许,你就在这里摆摊,吃豹子胆了!"

童军抬头一看,来人是市霸熊哥。自从大妮和童军卖菜以来,熊哥已经找过好几次麻烦了。熊哥,名字叫熊柱子,二十八岁。因为打架,初中没有毕业就被学校开除了。家里人求亲告友让他进了一家工厂当工人,又因为要流氓被工厂开除了。他在社会上游荡了好几年,后来就在这个菜市场当了欺行霸市、敲诈勒索的市霸。他长得人高马大,肥头大耳,圆圆的脸上,小眼睛,小鼻子,嘴也很小,嘴唇却厚得出奇,怎么看都很别扭。他在这个菜市场上当市霸,已经三年多了。警察和工商管理人员顾不上管他,小摊小贩们都敢怒不敢言,不敢招惹他。他为非作歹,横行霸道。

童军想,摆摊卖菜也不是一件容易的事。不经过一番努力和抗争,摊也摆不成,菜也卖不成。为了生存,为了能站稳脚跟,必须教训一下熊哥。

熊哥见童军置若罔闻,对他不理不睬,勃然大怒。他怒气冲冲地踹了一脚三轮车,然后大声骂道:"真他妈邪门了,你是从哪里冒出来的一棵葱啊?不懂规矩的小毛孩子,快他妈滚蛋爬开!"

大妮看到童军怒不可遏,想要出手,忙过来拉住他。童军把大妮推到一边,悄悄地说:"姐,我心里有数,你放心,不会吃亏,你躲到一边去。"

童军转过身,没有等熊哥反应过来,三拳两脚就把他打倒在地。童军边打边骂:"老子来观海一年多了,还没有遇到过对手,你不怕死就来试一试。"

旁边一个卖菜的老头,被熊哥欺负了好几年,看了刚才令人眼花缭乱的一幕,扬眉吐气地大声喊道:"小伙子,好身手,是不是在少林寺学的功夫啊?"

童军微笑着说:"不好意思,我八岁就进了武术学校。"

熊哥被打蒙了,也被打火了。他"嗖"的一下从地上爬起来,恶狠狠地向童军扑过来。童军眼疾手快,很轻盈地一闪而过,紧接着就是一个扫堂腿,熊哥立马来了个嘴啃泥。

还没有等熊哥反应过来,童军一脚踏在他的背上,任凭他使劲挣扎,怎么也爬不起来。

两次过招,熊哥连还手的机会都没有。不好,今天遇到了一个可怕的对手!他被打得清醒了,也有点害怕了。他想,童军这小子虽然长得单薄,功夫却是了不得,是一个高手。自己是来收钱的,不是来玩命的,孰轻孰重他还能弄明白。他从地上爬起来,怒气冲冲地吼叫道:"妈个巴子,你活腻了!"

童军冷笑了两声,爱答不理地说:"哈哈,老子已经开过几次瓢了,你要是不想活了,我也给你开个瓢。"

"你他妈搞突然袭击,使阴招,老子绝不会放过你,你等着瞧吧!"熊哥吼叫着,灰溜溜地走了。

……

一天下午,大妮和童军卖完菜,高高兴兴地来到观海市第一海水浴场,洗海水澡。

这是亚洲最大的海水浴场。三面环山,绿树葱茏,现代化的高层建筑与传统的别墅建筑,非常巧妙地结合在一起,周围的景色十分秀丽。浴场内,造型各异、新颖别致、色彩斑斓的建筑物,使人心旷神怡,浮想联翩。沙滩上和海水里,人头攒动,像是在下饺子。

身着泳装的大妮,让童军眼前突然一亮。她那美丽成熟的丰姿,非常洒脱地展现出来。高挑的身材,宽宽的肩膀,皮肤如绸缎,白里透红。解开辫子,一头黑发如瀑布飘洒在肩头。弯弯如月的眉毛下,两只忽闪忽闪的大眼睛,流露出聪明和犀光。挺直的鼻梁下，小巧的嘴唇旁，一笑一对深酒窝。一对高耸、坚挺的乳峰，颤颤抖抖，充满性感。

童军会游泳，并且技术很不错。大妮是个旱鸭子，还有点怕水。童军租来一个彩虹游泳圈，套在了大妮身上，然后推着大妮往深水区游去。

深水区，水是那么清，天空好像也比岸边蓝，四周人不多，比岸边安静了许多。大妮漂浮在深不见底的海面上，有点虚无缥缈的感觉，心里忐忑不安，紧紧地抱着童军。

"弟，我不会游泳，好恐惧，快点回去吧！"

"姐，你带着游泳圈，还有我在身边，你怕什么呀？"

"不行，我心里发慌，快往回游！"

"你放心吧，我不会让你淹死，我还要娶你做老婆哪。"

"小坏蛋，这个时候还拿我开玩笑。"

"姐，我不是开玩笑，我考虑很长时间了，也下了决心，非你不娶。"

"娶你个头啊！小坏蛋，我告诉你，我是你姐，绝对不会嫁给你，从今以后不许你再胡说八道！"

……

大妮渐渐地适应了，她少了几分恐惧，变得轻松自然起来。两个人说说笑笑，在深水区慢慢地、自由自在地游玩着。

两个人抱得那么紧，肌肤贴着肌肤，仅仅隔着一层薄如蝉翼的泳装。童军先是盯着大妮那桃花般的脸蛋、让人馋涎欲滴的樱桃小口，然后又盯着大妮那雪白丰满、晃晃悠悠、展翅欲飞的乳峰……他看得神魂颠倒。

大妮见童军盯着自己看，羞得满面通红。她想推开童军，但又不敢松手。因为这是在深不见底的大海里，她不会游泳。

"小坏蛋，看什么看啊，非礼勿视！我是你姐，别花花肠子，想那些乱七八糟的事。你要是想娶媳妇了，我马上就给你介绍一个。"

"姐，你真美，真漂亮，我……有点忍不住！"

大妮娇羞万分，笑靥如花，欲言又止。这时候，她感到好像有一条小鱼在咬她的大腿，立马喊道："弟，不好，有东西在咬我的腿，快走！"

童军一听，急忙拉着大妮往岸边游去。

……

这天夜晚，大妮和童军拖着疲倦的身体，推着剩下的菜，回到了他们居住的小平房。

这是一个独门独户的小院子。一进门，院子中间是一棵很高很大的雪松，对面是三大间很漂亮的堂屋。堂屋的东面是一间大平房，西面是一间小平房。大门的旁边是厨房，西南角是厕所。

大妮和童军就住在堂屋西边那一间小平房里。这是一间不到十五平方米的小房子。小平房内，一个用粉红色布帘围起来的上下床，占去了房间的一半，另外还有一个煤气灶和一张吃饭用的小桌子。房子虽然小，却收拾得干干净净。

大妮从院子里提来一桶水，倒进大铁盆里，让童军洗澡，自己做饭。

童军耍贫嘴："姐，你一个花姑娘在跟前，我怎么洗澡啊？"

"穿裤头。"大妮想了想，又说："你揣着明白装什么迷糊啊？男女有别，该回避的要回避。"

童军笑着问："姐，你怎么洗澡啊？"

"穿内衣。"大妮停了一会，又补充说："我洗澡时，你必须躲到院子里去。"

童军摇着头，唉声叹气地说："哎呀呀，就这么巴掌大的地方，又睡上下床，还真有点别扭。"

大妮乐了："你想住小别墅啊？你就耐着性子慢慢等着吧，等姐有了钱，给你买一栋，然后再给你娶个漂亮媳妇。"

童军瞪了大妮一眼，笑嘻嘻地说："姐，我说的是孤男寡女，共居一室，不方便。"

大妮也瞪了童军一眼，说："我是你姐姐，你是我弟弟，有什么问题啊？"

过了一会，大妮想到了什么，羞答答地说："我睡下床，你睡上床。以后，不应该看的，你不要看，别长歪心眼。"

童军洗着身子，故意装神弄鬼，学着香港的娘娘腔："小姐啊，不好意思了，失礼了，知道了……"逗得大妮笑弯了腰。

深夜，童军躺在上床，翻来覆去睡不着……

前几天，他回老家一趟，把他和那个女孩子的婚约退掉了。那个女孩子和她爸爸妈妈还算通情达理，没有太难为他。作为对女孩子家的感谢和补偿，他给了女孩子家三千块钱。为了凑够这三千块钱，大妮和童军把所有的积蓄都拿了出来，还是不够，大妮又向连奶奶借了六百元钱，终于凑够了这个数。

现在，他和那个女孩子的婚约退掉了，多年来压在他心头上的那一块大石头，终于被搬掉了，心里有说不出的顺畅和轻松愉快。但是，他现在已经到了谈婚论嫁的年龄，也应该考虑自己的终身大事了。

找一个什么样的女孩子啊？他把自己认识的女孩子全都回忆了一遍，然后又仔仔细细分析比较了一番，最后还是锁定了大妮。他也感到很奇怪：他和老家那个女孩子从小就订了婚，那个女孩子长的什么模样，他的脑海里好像没有留下一点印象，根本就想不起来；他和大妮认识的时间虽然不长，但是，大妮的音容笑貌，却牢牢地刻在了他的脑海里，想抹都抹不去。他需要妈妈，他需要姐姐，他更需要一个特别爱他又年轻漂亮和温柔贤惠的妻子。现在，不早不晚，老天爷把这么一个称心如意的妻子送来了，她就是大妮。有缘千里来相会。

第十章 市霸敲诈 大妮拒婚

他深信,他与大妮相遇、相知又相爱,这是百年修来的缘分,这是上苍的安排,这是他命中注定的事。

他已经拿定了主意,下定了决心,这一辈子非大妮不娶。最近,他在多个场合,利用多种方式,反复向大妮求婚:他爱她,要娶她为妻。但是,大妮却把他的求婚,当成了他耍贫嘴和心血来潮,好像没有往心里去。在大妮的言谈举止中,表现出浓浓的姐弟之爱,看不出一点点恋人之爱的意思。

大妮这么聪明,不可能不明白他的意思。大妮是不是不同意啊,是不是不喜欢他啊,是不是看不上他啊?他感觉好像都不是,大妮是那么无微不至地关心着他,爱护着他。大妮到底是怎么想的,他还摸不准。

童军想,这件事不能再拖时间了,必须尽快问个明白,免得夜长梦多。

他心事重重,睡不着,在上床翻来翻去,自然影响到了下床的大妮。此时此刻,大妮也没有睡着,她也在浮想联翩……

童军是那么正直善良,那么有爱心,那么英俊潇洒……哪一个女孩子要是能嫁给童军,是上辈子修来的福气。说心里话,她是多么想嫁给童军啊!但是,她不能这样做。原因很简单,她认为自己配不上童军,她不能让童军吃亏。所以,每当童军向她求婚的时候,她都装聋作哑,进行搪塞和婉言谢绝。不过,这么优秀的小伙子,拒之门外,拱手让给别人,实在是太可惜了。俗话说,肥水不流外人田,她首先想到了二妮。她认为,童军和二妮十分合适,她决定给他们俩撮合撮合。不过,童军和二妮的年龄都不大,这件事也不用太着急。

"弟,怎么还不睡啊?"

"睡不着。"

"怎么了?"

"考虑找对象的事。"

"弟,你对二妮的看法怎么样啊?我已经反复考虑过很多次了,感到你和二妮在人品、性格、年龄方面都很合适,是天生的一对,地造的一双。你要是有这个意思,我就给二妮说说。"

童军做梦也没有想到,大妮会有这样的想法,一时不知道怎么样回答。但是,有一点他很清楚,他必须旗帜鲜明地表明自己的态度,绝对不能含糊其词和模棱两可。

沉默了一会,童军说:"二妮是个难得的好女孩,但我爱的人不是她。"

"你爱的人是谁啊?"

"你能让我说真心话吗?"

"当然可以,你说吧。"

童军严肃认真而又十分坚定地说:"我已经说过很多次了,我爱的人是你!我反复考虑过了,也拿定了主意,下定了决心,我这一辈子非你不娶!"

大妮听了，先是一愣，又马上说道："弟，你又在胡说八道。你是不是已经忘记了，我们俩是结拜的姐弟？"

"我绝对不是胡说八道，也没有忘记我们俩是结拜的姐弟，更不会拿求婚这样的事开玩笑。我这一辈子只爱你一个人，我一定要娶你为妻，和你白头到老。"

大妮斩钉截铁地说："弟，我也已经反复说过了，这是不可能的事，你以后就不要再这样想了。"

童军十分惊讶，急忙问："姐，这是为什么啊？难道你看不上我，你不爱我？"愣了一下，他接着说："我知道我不好，有很多毛病，配不上你。但是，请你相信我，我一定会改正！"

大妮脸色凝重，沉默了很长时间，语重心长地说："弟，你英俊潇洒，心地善良，是个非常优秀和十分难得的男青年。你是我的救命恩人，也是我心中的白马王子，我哪里能看不上你呀？能嫁给你，是修来的福气，我是求之不得啊。我不能答应嫁给你，不是你的原因，是我自己配不上你。我不漂亮，年龄还比你大，我……"她欲言又止，又沉默了半天，然后再次斩钉截铁地说："我们俩不般配，我绝对不可能嫁给你！"

童军越听越糊涂，十分坚定地说："姐，这算是什么原因啊？在我的心目中，你是世界上最美丽漂亮、最温柔善良的女孩子。只要你不反感和讨厌我，我就会一直追求你，直到你答应嫁给我为止。"

又沉默了很长时间，大妮哭着说："弟，你不要再逼我！"

童军一愣，恳求道："姐，我不想逼你，但是，我已经深深地爱上了你，我求你答应我！"

大妮明白了，事到如今，她已经没有办法再拐弯抹角继续搪塞下去了，必须把事情的真相说出来。此时此刻，她的眼泪像断了线的珠子，泣不成声地说："我……身子，不干净！"

童军大吃一惊："啊，这是怎么回事？"

大妮哭着说："弟，你这是逼我揭开我的疮疤啊，逼我说出我最不想说的奇耻大辱啊。"沉默了一会，她说："我实话告诉你，我被人强暴过……"

"啊……"童军听了，如五雷轰顶。

大妮陷入了痛苦的回忆之中……

那是盛夏的一天，骄阳似火。深山沟里，空气好像凝固了，热得喘不动气。地上被太阳烤得发烫，闲花野草都奄奄一息了，庄稼叶子垂头丧气地耷拉着头。往日里那些喊喊喳喳的小鸟，也不知道躲藏到什么地方去了，周围静得有点瘆人。大妮在砍柴，热得汗流浃背。砍刀碰在岩石上，冒出一串串火星子，发出清脆的声音。

突然，一双粗野的手臂，像老鹰捉小鸡一样，从背后抱住了大妮。大妮惊

第十章　市霸敲诈　大妮拒婚

得魂飞胆丧，回头一看，是三狗蛋。她勃然大怒，厉声喝道："三狗蛋，你……你要干什么？"

三狗蛋淫笑着说："嘿嘿……老子和你订婚这么长时间了，你老是躲着我，我连个腥味都没有闻到。今天，老子要闻闻味道，尝尝鲜！"

大妮火冒三丈，她怒视着三狗蛋，厉声说道："畜生，流氓，你要敢动我，我就杀了你！"她拼命挣扎，在三狗蛋肩膀上狠狠地咬了一口。

"哎呀呀……你敢咬老子，胆大包天。"三狗蛋恼羞成怒，一顿拳打脚踢，大妮昏了过去。

三狗蛋迫不及待地把大妮抱到一块大石板上，撕扯下她的裤子……

傍晚，突然一阵狂风，天空中黑压压的乌云翻滚着涌了过来，几道闪电过后，紧接着就是一声惊天动地的响雷，瓢泼大雨瞬间倒了下来。

大妮被惊醒了，在狂风暴雨中号啕大哭着。她想一头撞死在大石板上，又放心不下两个妹妹。"老天爷啊，你让我怎么见人啊……"大妮那凄惨悲凉的呼叫声，伴随着一个个震耳欲聋的惊雷，在山谷中回荡着……

夜里，大妮就好像一个落汤鸡，披头散发，拖着僵硬的身子，恍恍惚惚、摇摇晃晃地回到家中。她一头栽倒在炕上，又昏了过去。

"姐……你怎么了？姐……你醒醒啊……"在两个妹妹的哭喊和摇晃中，大妮又醒了过来，她长长地喘了一口气，有气无力地说："妹，我没有事，你们睡觉吧。"

两个妹妹一边一个，依偎着大妮睡着了。大妮瞪着两只大眼睛，面前始终悬挂着山沟里大石板上那可怕的一幕，耳朵里有无数个声音在不停地咒骂着她："破鞋，破鞋，破鞋……"

她不想再活下去了，也没有办法再活下去了。她轻轻地爬起来，来到院子里，借着一个个刺眼的闪电，在那一棵歪脖子枣树上，搭上了一根绳子。这一棵枣树比她的年龄还要大，因为它是歪脖子，不值钱，被留了下来。每年枣子熟了，她爬上去，摘下红红的枣子，扔给下面两个争着抢枣的妹妹。这一个树杈她更熟悉，每当有好吃的和需要晾晒的东西，怕鸡和老鼠糟蹋，她就放在篮子里，挂在这个树杈上。只要树杈上挂着个篮子，她们姊妹三人就好像是有了企盼和希望。

大妮哭成了泪人，她跪在枣树下，磕了三个响头："老天爷啊，枣树啊，我没有脸再活下去了。我求求你们了……照看好我的两个妹妹。"

说完，大妮上了凳子，把头伸进了绳子套里。

这时，随着一道闪电和一声惊雷过后，二妮哭喊着跑了出来："姐，你不能死，你不能撇下我和妹妹……"

……

第十一章　山穷水尽　柳暗花明

那天深夜，二妮醒了过来，发现被黑老板强暴了，顿时火冒三丈。她哇哇大叫着，拼命地撕打黑老板。黑老板恼羞成怒，一顿拳打脚踢，二妮又一次昏了过去。

兰凤她们下班回来，左等右等不见二妮回来，马上心急火燎地四处寻找。她们在离住处不远的小公园里，发现了昏迷不醒的二妮，直挺挺地躺在一个长凳子上，就把她背回了住处。

小平房里，二妮躺在她的那个小床上，不吃不喝，昏昏沉沉、迷迷糊糊地睡着……

老天爷像是发怒了。刚才，月明星稀，深蓝色的夜空中，有几朵白云在自由自在地飘荡着。突然，狂风大作，一团团乌云张牙舞爪地翻滚着从四面八方聚拢过来。瞬间，天地之间像是被一口大黑锅笼罩起来。一道道愤怒的闪电，似一条条火龙，在疯狂地抽打和撕扯着夜空。一阵阵愤怒的滚雷，震耳欲聋，惊天动地，像是要把天地之间的万物击个粉碎。怒吼着的狂风，像是要把阻挡它的所有东西连根拔起，全都吹跑。漆黑一片的天空好像是很快就要崩塌下来了，愤怒地把天空中所有的雨水，铺天盖地地倒了下来，恨不得刹那间就把大地变成一片汪洋。

院子里，狂风暴雨，电闪雷鸣，几棵大树被吹得东倒西歪，地面上白花花的水，像开了锅似的冒着泡泡。

二妮被惊醒了。她看了看外面的狂风暴雨，又看了看身边的兰凤她们，突然碎心裂胆地号啕大哭起来："兰凤姐、柳叶姐、白花妹妹，我……被黑老板强暴了！我……什么都没有了！老天爷啊，你让我……怎么活啊！老天爷啊，你……睁开眼睛看看吧，姓郭的和姓黑的丧尽天良，你应该惩罚他们俩！老天爷啊，我……求求你了……"二妮肝肠寸断，悲痛欲绝。兰凤她们听得万箭穿心，潸然泪下。

哭着哭着，二妮又一次昏迷了过去……

第十一章 山穷水尽 柳暗花明

二妮再一次被兰凤她们唤醒了。她想哭喊，嗓子已经嘶哑了，再也哭喊不出声音来，眼泪也流干了。她想坐起来，身体像散了架，连一丝一毫的力气也没有，一动就像针扎一样疼痛难忍。她痛不欲生，心里在流着血。她已经崩溃了，直挺挺地、迷迷瞪瞪地躺在那里。

兰凤她们问事情发生的经过，二妮只记得郭姐请她吃饭的场景以及黑老板强暴她的几个可怕画面。至于她被黑老板打昏迷以后，是什么人把她抛弃到了小公园里，又是怎么样回到了自己的住处，她都一概不知道。

在二妮的老家，女孩子的贞洁，比什么都重要。一个女孩子失去了贞洁，就意味着她失去了一切。摆在她面前往往只有一条路，那就是去死。你就是不想死，也很难幸免，因为众人的唾沫星子会淹死你。就算你勉勉强强活了下来，也只能苟且偷生，生不如死。现在，二妮满脑子想的都是怎么样去死。

白花泪如雨下，她使劲抓着二妮的一只手，说："二妮姐姐，你喝点水吧，你已经很长时间没有喝水了。"停了一会，她又说："姐，你……再不喝点水，就会被渴死。姐，我……求求你了！"

兰凤满腔怒火，吼叫道："姓黑的和姓郭的丧尽天良，应该遭到报应，天打五雷轰。他们狼心狗肺，欺人太甚，我要去告他们，把他们绳之以法！"

柳叶义愤填膺，但默默不语。听到兰凤这样说，她瞪了兰凤一眼，追问道："你要去告谁啊？难道你要去和法院说，一个大老板，强奸了一个清洁工？你有什么证据啊？谁能够相信你啊？现在，我们没有证据，就连二妮被什么人抛弃到了小公园里，她自己都不知道。空口无凭，这官司怎么打啊？这件事，只能打掉牙往肚子里咽，自认倒霉。"

兰凤吼叫着问："难道海梦大酒店那个套间还不算证据吗？"

柳叶大声说道："你是笨蛋一个！姓黑的和姓郭的早就与海梦大酒店的人串通好了，你去告他们，他们会倒打一耙，正好反过来告你一个诬陷罪。他们再用钱把办案人员买通了，使你哑巴吃黄连，有口难辩，到时候你就吃不了兜着走吧！"

兰凤哪里能咽得下这口恶气啊，又吼叫起来："难道姓黑的和姓郭的就可以逍遥法外，无法无天吗？"

柳叶气呼呼地说："无法无天的人多得是，你能拿他们怎么样啊？"兰凤被柳叶说得哑口无言，气得用拳头狠狠地砸床。

白花强行把二妮拉起来，哽咽着哀求道："二妮姐姐，你无论如何要喝点水，我……求求你了！"

二妮心如刀绞，无精打采地靠在床头上，有气无力地抽泣着说："兰凤姐、柳叶姐，我……现在什么都没有了，我没有脸……再活下去了。我……不想活了，我想去死！"

兰凤瞪着二妮说:"二妮,你这个不争气、没有出息的东西,真窝囊,动不动就寻死觅活,没有一点骨气!我警告你,你必须好好地活着,想办法去弄死他们,为自己报仇雪恨!"

柳叶怒气冲冲地说:"二妮,都什么年代了,你还想抱着个贞节牌过一辈子啊?不就是那一层膜吗,到医院一会工夫就给你修补好了,有什么大不了的事啊,还又死又活的,值得吗?我告诉你,你死了倒霉活该,这年月没有人再给你立个贞节牌坊。"

白花泪如泉涌,她使劲摇晃着二妮的胳膊,苦苦哀求:"二妮姐姐,你可不能犯迷糊,千万不能想着去死,好死不如赖活着。我被饭店老板强暴以后,没有去死,活了下来。其实,这样的事,兰凤姐姐和柳叶姐姐也都经历过,她们俩谁也没有去死。二妮姐姐,你一定要想开点,好好地活下去。"

柳叶想起了自己的过去,心里一阵阵发酸,含着眼泪说:"二妮,要是为被人强暴这样的事去死,我应该早就死了。但是,我没有去死,我认为这样死了不值得。"

兰凤泪流满面,哭诉道:"二妮,你是被一个男人强暴,我是被三个。我没有选择死,我选择了活着,我还把那三个男人都送进了监狱。从现在开始,你绝对不能再提'死'这个字。你一定要坚强地活下去,要等着姓黑的和姓郭的遭到报应那一天。"

兰凤、柳叶和白花,谁也没有去上班。她们陪伴在二妮身边,苦口婆心地、一遍又一遍地开导和劝说着二妮。

听着兰凤她们的话,二妮陷入了深思。是啊,兰凤她们说得没有错,要是为这样的事去死,她们应该早就死了。

兰凤有三个姐姐,她最小。她父亲去世早,母亲几乎整天躺在病床上。十七岁那年,她被三个男人劫持到一个山洞里,糟蹋了两天两夜。三个男人虽然都被判了刑,她的名声也臭了。从此,她破罐子破摔,开始卖淫。从黑龙江到海南岛,她在沿海城市来回转。她患过性病,堕过胎,还做了一年牢。她也像其他女孩子一样,轰轰烈烈地谈过两次恋爱。她想结婚生子,成家立业,但最终都失败了。她不但被骗去了感情,还被洗劫了所有的钱物。从此,她好像是想开了,也看开了。她认为这个世界上,什么东西都是假的,只有金钱才是真的。

柳叶的爸爸是县文化局的局长,妈妈是县剧团的团长,她是个独生女,并不缺钱花。因为她长得十分漂亮,又贪图虚荣,被黑社会老大强暴了。后来,她又傍上了一个大老板,被金屋藏娇包养起来。几个月后,大老板的夫人发现了,她被暴打一顿,扫地出门。她两次卷入黑社会团伙,被砍伤了一条胳膊。她常常说,名誉和脸面算什么东西啊,狗屁不是,分文不值。能让男人们把身上的

第十一章 山穷水尽 柳暗花明

钱全都掏出来，这才是真本事。赚钱又赚快乐，这就是人生。

白花出生在一个很贫穷的小山村，她上过三年学，很小的时候妈妈就去世了。她的爸爸老实得连句话都不敢说，两个哥哥，一个残疾，一个患病。村里有个女孩子在外面赚了很多钱，白花羡慕得不得了。她找到这个女孩子，跟着这个女孩子来到了观海市。这个女孩子把她卖给了一个饭店的老板，然后拿着八百块钱跑了。当天夜里，她被这个饭店的老板强暴了，当时她还不满十三岁。从此，她成了这个饭店老板的奴隶。饭店老板玩腻了，又把她转手卖给了洗浴城的老板郭姐。从此，她又变成了一名卖淫的小姐。

现在，白花的心灵和身体都麻木了，在别人鄙夷的目光中，得过且过，稀里糊涂地活着。她既不漂亮，也不懂人情世故，天真单纯得有点浑浑噩噩。洗浴城的小姐们，有的不愿意搭理她，有的把她当成了开心逗乐的开心果。有的时候，客人们看到她年龄太小，有点不忍心和不好意思要她，她就挺着胸脯说，我已经是大人了，可以生孩子了，惹得客人们哭笑不得。也有的客人专门点她，特别喜欢玩弄她那还没有发育成熟的身体。

姐妹们的开导和劝说，二妮似乎听明白了，也听进去了；又好像什么都没有听懂，一句话也没有听进去。她迷迷糊糊、似懂非懂地思考着。

兰凤她们说的有道理，不能就这么轻易地去死，不能放过姓黑的和姓郭的，不报仇雪恨，死不瞑目。要是像兰凤她们那样坚强地活下去，难道也要走她们的路，破罐子破摔，去卖身，去捞钱吗？不！绝对不能走她们的路。她们不但心灵受到了严重创伤，人生观和价值观都产生了扭曲和变形。她们走的是一条自暴自弃的路，是一条不归之路，这一条路的尽头就是万丈深渊。人来到这个世界上，不应该全是为了金钱，还应该有人格、尊严和良心。自己的做人原则和底线，坚决不能改变。但是，自己已经被黑老板强暴了，已经是破罐子了，不破罐子破摔，又如何啊？今后，自己的人生之路应该怎么走啊？二妮越想脑子里越乱，越想越理不出个头绪来。

二妮又一次想到了姐姐。她十分后悔没有听姐姐的话，早点离开洗浴城这个老虎口，结果铸成了无法挽回的大错。此时此刻，她多么想趴在姐姐的怀抱里，痛哭一场啊，把自己心里的委屈和苦水全都倒出来。但是，她怕姐姐经受不了这么残酷的打击，不敢将这件事告诉姐姐。

二妮痛不欲生，越想越心烦意乱，不知不觉就迷迷糊糊地睡着了，她做了一个梦……

大海上，天昏地暗。海面上怒涛翻滚，咆哮奔腾。一阵龙卷风卷过来，一直把她卷到了遥远的雾暗云深的宇宙之中。这时候，龙卷风又突然间消失得无影无踪。她顿时从宇宙之中坠落下来，一直坠落到了阴森森、黑洞洞的万丈深渊里。忽然，一条大鲨鱼冲了过来，张着血盆大口，一下子就把她吞进了肚子

里……

二妮惊出了一身冷汗，醒了过来。她睁开眼睛一看，常健坐在她的床前。她好像在伸手不见五指的黑夜里，突然看见了光明和希望。她有一肚子的痛苦和委屈，想给常健诉说，但又不知道从何说起。她眼睛一热，泪如泉涌。她想坐起来，被常健轻轻按下。

看着二妮那痛苦、憔悴、委屈、心事重重的样子，常健心疼地说："二妮，你不用再说了，我都知道了。天有不测风云，人有旦夕祸福。人生在世，不可能一帆风顺，总会有磕磕绊绊的事。你要想开点，就当是被毒蛇咬了一口，要坚强勇敢地活下去。"

停了一会，常健又语重心长地说："二妮，出了这样的事，你绝对不能再去洗浴城了。你要是相信我，把我当成好朋友，就跟着我去娱乐城工作，我绝对不会亏待你。如果你同意，现在就可以搬过去。"

兰凤她们虽然从内心里不愿意和二妮分开，但是，事到如今，想到二妮现在的处境，只好赞同常健的决定。

二妮想了一会，抽噎着说："常大哥，我真诚的谢谢你！我现在是上天无路，入地无门，已经绝望和崩溃了。在这种时候，你能收留我，给我一个立足之地和喘息的机会，我永远不会忘记你的大恩大德！"

沉默了一会，二妮又忧心忡忡地说："兰凤姐、柳叶姐、白花妹妹，我要离开你们了！临走前，我再劝说你们一次，请你们猛然醒悟，悬崖勒马，赶快离开洗浴城这个虎狼窝，赶快离开姓黑的和姓郭的这两个恶魔！"

兰凤激动地说："二妮，我谢谢你！我已经反复考虑过了，决定尽快离开洗浴城，回到老家去，过正常人的生活！"

柳叶心事重重地说："二妮，我的情况和你不一样。我怕苦怕累，干不了出力的活。离开了洗浴城，我不知道自己能干什么。我犹豫不定，还没有拿定主意。不过，我会尽快离开洗浴城，告别过去，开始新的生活。"

白花哭哭啼啼地说："二妮姐，我早就不想干这个了。但是，我一没有技术，二没有力气，什么都不会干。我现在犹豫不定，左右为难。不过，我会尽快按照你说的去做。"

……

兰凤她们泪流满面，一边和二妮交谈着，一边帮助二妮收拾东西。临别的时候，她们与二妮恋恋不舍，抱头大哭起来。

……

海龙娱乐城，坐落在半山坡上，是一栋十四层的高楼，三面环海，周围簇拥着花草树木，前面是海水浴场，环境十分优美。常健把二妮的住处安排在十二楼一个单人小套间，离他的办公室不远。

第十一章　山穷水尽　柳暗花明

安排好二妮的住处，常健又在海湾大酒店包间内点了一桌丰盛的酒菜，为二妮压惊和接风洗尘。

席间，常健开门见山地说："二妮啊，人要活着，就要学会忘记那些痛苦和悲哀。只有忘记昨天那些伤心痛苦的事，才能勇敢地面对今天，创造幸福美好的明天。常言道，人们不能总是在回忆中生活。二妮啊，过去的事就让它过去吧，从现在开始，你应该振作和高兴起来，跳出万丈深渊，开拓新的人生之路。"

二妮什么都吃不下去，哭着说："常大哥，这两天，我一直在想着去死。兰凤她们一直在劝说我，批评我。我现在已经想明白了，我不能死，我现在死了，太窝囊了，不报仇雪恨，我死不瞑目。"

常健懊悔不已地说："二妮，自从我认识你以后，就决定要让你来娱乐城唱歌。可惜啊，我没有让你早一点过来。听兰凤说你出事了，我一直在后悔和自责。我恨我自己办事太拖拉，晚了一步，铸成了大错。"

二妮更是后悔莫及，哭哭啼啼地说："我……后悔没有听我姐姐的话，后悔没有早点离开洗浴城。"

常健拿出来一幅画，对二妮说："你来到娱乐城，我没有什么礼物送给你。我现在送给你一幅画，希望你喜欢，也希望你真正理解这幅画的含义。"

这幅画并不大，二妮打开一看，精美绝伦，画面构思十分奇特，上面题写着"山穷水尽 柳暗花明"几个刚劲有力的大字。

二妮看了，爱不释手，激动地说："常大哥，这是一件十分难得的珍品，你的心意和这幅画的含义，我都明白啦，会铭记在心，谢谢你送给我这么贵重的礼物！"

稍停片刻，二妮忧心忡忡地说："黑老板和姓郭的都是阴险毒辣的人，他们俩不会轻易放过我。现在，你收留了我，把我保护起来。这件事会不会牵连到你呀？他们俩会不会找你的麻烦啊？常大哥，这件事要是把你牵连进去，我可担当不起。"

常健胸有成竹地说："他们俩作恶多端，政府不会不管，兔子尾巴长不了，秋后的蚂蚱蹦跶不了几天。常言道，做贼心虚。他们俩不敢把事情闹大了，引火烧身。二妮，你担心的事，我会摆平，你就不要胡思乱想、杞人忧天啦。"

常健喝着一杯啤酒，微笑着说："二妮，你先休息几天，然后去参加观海市青年歌手培训班，我已经给你报上名了。等参加完培训班，你就在娱乐城唱歌。"

兰凤她们的劝说开导，常健的热情帮助，给了二妮活下去的信心和力量，使她的心情渐渐地开朗起来。但是，常健让她去学习唱歌，她感到有些突然，更是顾虑重重。

二妮忐忑不安地说："常大哥，你多次劝说我来娱乐城唱歌，这是为了我好，

81

你的好意我领了，我真诚地谢谢你！但是，我不是唱歌的料，我不能白白浪费你的钱。你还是给我安排个体力活吧，最好是负责打扫卫生。"

常健开诚布公地说："二妮，我的这个决定不是心血来潮，是经过慎重考虑才做出的。我给你提供条件，把你捧红，不光是为了你，也是为娱乐城创造财富。实话告诉你，你唱红了，会给娱乐城带来丰厚的经济效益。这件事，对我们两个人来说，都是一个机遇。能不能把握住，就看你是否去努力。只要你去努力了，我保证你很快就会成为一名歌手。"

二妮想了很长时间，忧心忡忡地说："常大哥，我担心最后的结果是竹篮子打水一场空，会令你很失望。"

常健微笑着说："常言道，当局者迷旁观者清。你有一个天生的好嗓子，这是一个得天独厚的优越条件。我第一次听你唱歌时，就发现你是一个十分难得的人才。当然，要把歌唱好，还需要有一定的文化知识。我发现你掌握的文化知识，不亚于一个中学生。二妮，我感到很奇怪，你是一个小学毕业生，怎么掌握了这么多文化知识啊？"

二妮不好意思地说："常大哥，你就别夸奖我了，我哪里有你说得那么好啊？我不会唱歌，更没有学习过唱歌。我家里很穷，妈妈去世早，爸爸又患病，小学毕业以后就没有办法再去上学。我和姐姐买回来一本字典，一有空我们俩就查字典，学习认字，学习写日记。时间长了，我们俩就养成了习惯。"

常健高兴地说："二妮，你不简单，自学成才。"稍停片刻，他又说："二妮啊，学习唱歌的事，你应该去试一试，如果不行就回来，再另做打算。"

二妮感动地说："常大哥，在我人生最困难的时候，你满腔热情地帮助我，我终生难忘。关于学习唱歌的事，我可以去试一试。不过，请你放心，我会尽最大努力。但是，丑话说在前头，你不要抱什么希望。"

常健端起酒杯，高兴地说："二妮，我祝你旗开得胜，马到成功！"说完，他们俩共同举杯，一饮而尽。

……

对二妮来说，参加这次青年歌手培训班，是她人生之中的一次蜕变。每天学习的知识，都是以前从来没有接触过的，她感觉自己走进了一个全新的世界。过去，她只是喜欢唱歌。现在，她开始迷恋上了唱歌。俗话说，师傅领进门，修行在个人。她除了上课时间刻苦学习，还充分利用休息时间，反复琢磨练习。

二妮天资聪明、悟性高、嗓子好，再加上刻苦学习，进步非常快。经过四十天的基础训练和技能训练，二妮不但唱歌水平有了一个质的飞跃，而且言谈举止也少了几分羞怯，变得落落大方起来。

青年歌手培训班结束了。在海龙娱乐城歌舞厅内，伴随着舞台的缓缓升起，所有光束都打在二妮身上。她美丽的身姿，优美的歌声，洒脱的台步，使整个

第十一章　山穷水尽　柳暗花明

歌舞厅顿时沸腾起来。她像一块吸引力巨大的磁石，把人们的注意力全吸引在了自己身上。光彩照人的她，身穿洁白的薄纱，犹如一个仙女，伴随着优美的旋律，在绚丽多彩的灯光和渺渺烟雾中，如痴如狂地边歌边舞。她唱的第一首歌是《愤怒的我》……

> 我心伤了
> 心碎了
> 我已经一无所有
> 剩下的是空洞的躯壳
> 血泪纠缠的梦，何时才能醒
> 所有一切都是空……
> 啊……这苦海的深渊
> 早已是爱的终点
> 啊……让愤怒的火焰，燃烧那伤心的昨天
> 点燃我新生的起点
> 挣脱他的锁链，擦干我的血泪
> 我的生命会重来，要挺起胸，昂起头
> 抛开心碎梦魇
> 让所有的耻辱都死去
> ……

二妮唱得如痴如醉，柔肠寸断，泪水模糊了双眼，一串串顺着双颊流到嘴边。她把满肚子的愤怒、烦恼、忧虑和期盼全部倾吐了出来。那幽怨凄婉、如泣如诉的旋律，那美妙动听、扣人心弦、催人泪下的歌声，在大厅里，在夜空中飘荡着……

二妮唱完，大厅里先是一阵寂静无声，然后是雷鸣般的掌声和欢呼声，人们喊叫着让她再来一首。盛情难却，二妮接连演唱了《雾里看花》《月亮代表我的心》两首歌，人们还是不让她走下舞台。

在震耳欲聋的掌声和欢呼声中，常健手捧鲜花，快步走上舞台，献给了二妮。他紧紧地握住二妮的手，激动地说："二妮，你已经成为一名歌手，我祝贺你！"

二妮激动得热泪盈眶，情不自禁地抱住了常健。

……

第十二章　满腔热情　挽救小帆

那个星期天上午，三妮去看望大姐，回到刘一鸣家里，推开房门一看，顿时目瞪口呆：客厅里，电视里播放着黄色录像，长沙发上，刘小帆正和一个流里流气、贼头贼脑的男孩子赤身裸体地搂抱在一起……

三妮从来没有见过这样的场景，不敢相信这是真的。羞臊，惊愕，愤怒，一齐涌向心头。她蒙了，不知道怎么样应对，一动不动地待在那里。

"下流……无耻……浑蛋……"

三妮怒火万丈，声色俱厉地怒吼了几声，感到头晕目眩，一下子瘫坐在地板上，眼泪像断了线的珠子滚落下来。

刘小帆和那个男孩子好像在梦幻中被突然惊醒，先是呆若木鸡，久久回不过神来，然后犹如惊弓之鸟，恨不得马上找个地缝钻进去。

片刻，那个惊魂未定的男孩子，胡乱套上衣服，慌慌张张向外跑去，正巧与刚刚进门的刘一鸣撞了个满怀。刘一鸣大吃一惊，立马蒙了。那个男孩子吓得魂飞胆丧，夺门而出。

刘一鸣看到那个衣衫不整逃之夭夭的男孩子，看到电视上不堪入目的淫秽画面，看到沙发上一丝不挂的刘小帆，马上就明白了，顿时又被气昏了。他眼前突然一片黑暗，天地旋转起来，差一点晕倒在地上。他痛苦地闭上眼睛，有气无力地靠在了门框上。

客厅里鸦雀无声，空气像是凝固了。三妮怒视着刘小帆，气得浑身发抖。她满腔怒火，冲了过去，几次举起巴掌要打刘小帆，都停在了半空，没有落下去。她紧紧地抓住刘小帆的肩膀，使劲摇晃着，怒气冲冲地吼叫："小帆，你这个丢人现眼的东西，你这个不知羞耻的东西，你这个不争气的东西！小帆，你这样做，会毁了你自己！你……"

刘一鸣稍微一冷静，马上清醒了过来。他气得五官也变了形，脸色一会儿惨白惨白，一会儿蜡黄蜡黄。他像一头发怒的狮子，疯了似的冲过来，一把扯掉电视线，抓住刘小帆的头发，狠狠地甩过来几个巴掌。

第十二章　满腔热情　挽救小帆

刘一鸣突然出现在眼前，并且发了疯似的打刘小帆，三妮和刘小帆惊恐万分。情急之中，三妮急忙把刘小帆按在了自己身下。

此时此刻，刘一鸣已经气红了眼睛，失去了理智，他那疯狂的巴掌，有的打在了刘小帆身上，有的打在了三妮的头上和脸上，三妮的鼻子顿时流出了鲜血。

三妮急忙转身抱住了刘一鸣，哭喊道："老师……你不能打……她还是个孩子，她还不懂事！要打，你……打我吧，我没有看管好她！"

刘一鸣气得瑟瑟发抖，哆哆嗦嗦地指着刘小帆，半天才说出话来："你……丢人，你堕落，你……可耻！我……打死你！"他几次要打刘小帆，都被三妮紧紧地抱住了。

惊魂未定的刘小帆，胡乱穿上衣服，慌慌张张地跑出了家门。

……

一大清早，蝉就扯开嗓子，放声大叫起来，它告诉人们，一个少有的火热的一天开始了。太阳刚一出头，大地上就像着了火。小鸟不知道躲藏到什么地方去了，树木花草都低垂着头……烈日炎炎，热浪滚滚，人们好像钻进了一个大蒸笼里，热得心烦意乱，喘不过气来。

今天，三妮心烦意乱，她一边忙着家务活，一边在苦思冥想，对刘小帆早恋的事，对刘一鸣与刘小帆关系紧张的事，她作为一个保姆，该不该管啊？

现在看来，刘小帆早恋的问题，要比原来想象的严重的多，刘一鸣与刘小帆之间的关系，要比原来想象的紧张的多。俗话说，冰冻三尺非一日之寒，滴水石穿非一日之功。她来到这个家里当保姆的时间不长，能不能在这个家里站住脚，都很难说。做好一日三餐，打扫好家里的卫生，是她的本职工作。常言道，事不关己高高挂起，多一事不如少一事。对分外的事，她应该躲的越远越好。

但是，作为一个有良知的人，应该有所担当，应该有同情心和责任感。她绝对不能袖手旁观，漠不关心，眼睁睁地看着刘小帆走下坡路，眼睁睁地看着这个家毁于一旦。想来想去，她打定了主意，下定了决心：要满腔热情地挽救刘小帆，要想方设法挽救这个家。

……

刘小帆离家出走了，刘一鸣也病倒了。他心力交瘁，软弱无力地躺在床上。这几年，为了刘小帆，他心里伤痕累累，在流着血。他眼睛里含着泪花，看着书橱上刘小帆的照片，往事如潮水一般涌现在眼前……

一转眼，刘一鸣和妻子离婚已经八年多了。当时，刘小帆五岁，他二十八岁。一个二十多岁的小伙子，带着一个不懂事的小孩子，还要每天加班加点工作，真的是含辛茹苦、度日如年啊。没有别人的时候，夜深人静的时候，他不知道偷偷哭过多少回。正值风华正茂，他是多么想去谈情说爱啊，他是多么渴望再找一个年轻漂亮的妻子啊，他是多么羡慕同龄人其乐融融的夫妻生活啊。但是，

他要照看他的女儿,他要忙着上班,他没有时间,也没有那个精力。

八年多了,他既当爹,又当娘,天天盼望着女儿快快长大,成为一个出类拔萃的人才。虽然女儿一天天长大了,但她却是越来越不听话了,越来越不争气了。现在,她竟然做出了这种伤风败俗、丢人现眼的事。十三年的心血啊,换来的竟然是这样的结果,让他怎么去面对啊,让他怎么对亲朋好友交代啊,真的很悲哀啊!酸甜苦辣咸,五味杂陈,他心里有说不出来的滋味,也有难以形容的痛……

三妮端着饭走进来,心疼地说:"老师,你一天没有吃饭了,身体受不了,多少吃点吧。"见刘一鸣不说话,她又说:"老师,你要是把身体弄坏了,让小帆咋办啊?"

此时此刻,触景生情,三妮想起了她的爸爸,眼泪夺眶而出,抽泣着说:"一个孩子没有了妈妈,如果再没有了爸爸,真的连一棵草也不如了。她孤苦伶仃,没人亲,没人爱,还常常受人欺负。她……太可怜了。"

刘一鸣看到三妮哭了起来,先是一愣,然后激动得不知道说什么好,急忙坐起来,连忙说:"三妮,你不要哭。你的心意我知道,谢谢你。我听你的,一定吃饭!"

刘一鸣端着饭碗,一口也咽不下去。他看着三妮红肿的脸颊,心里愧疚得不知道怎么办才好,悔恨地说:"三妮,实在对不起你。我当时气昏了头,本来要打小帆,结果打到了你,我给你赔礼道歉。"

三妮急忙说:"老师,你不是有意的,不要再道歉了。现在,你应该赶快想办法找小帆。"

刘一鸣眼睛里挂满了鲜红的血丝,他摇了摇头,唉声叹气,无可奈何地说:"由她去吧,我已经无能为力了。"

"老师,你既然知道小帆早恋,为什么不早点制止她呀?"三妮迷惑不解地问。

刘一鸣再次摇了摇头,唉声叹气地说:"小帆的情况我都知道,她早恋的事我也一清二楚。为了这件事,老师找过我很多次。我绞尽脑汁,苦思冥想,应该用的办法都用过了,都没有效果。我也骂过她,还打过她,不但没有阻止住她早恋,我们俩的关系反而越来越僵,她在错误的道路上越滑越远。"

刘一鸣越说越生气,浑身颤抖:"三妮,你来到我家之后,可能早就看出来了,我现在是装聋作哑,对小帆不管不问,放任自流。因为我已经心灰意冷。我知道,作为一个家长,作为一个爸爸,这样做很不称职,很不负责任。但是,到目前为止,我想不出好的办法。"

"那个男孩子是干什么的?"

"那个男孩子叫尹小强,是职业中专的学生,已经被学校开除了,他比小帆大三岁。"

第十二章　满腔热情　挽救小帆

"你应该去找他的家长。"

"我去找过很多次了。他的爸爸开工厂，在外面包养二奶，与他的妈妈离了婚。他名义上跟着他爸爸生活，实际上他爸爸对他不管不问，也管不了他。他一个人住着一套房子，整天游手好闲，想干什么就干什么。前一段时间，他爸爸还找到我，恳求我帮助他教育尹小强。"

三妮想了一会，说："老师，小帆还小，你不把她找回来，万一出点事怎么办啊？我求求你，你快点想办法把她找回来吧。"

看到三妮痛哭流涕的样子，刘一鸣心里一阵发酸，眼圈一红，也流出了泪水。

接下来的几天里，刘一鸣和三妮马不停蹄地寻找刘小帆。他们俩把观海应该找的地方都找遍了，应该问的人都问过了，没有刘小帆的踪影和消息。一天，有人说在省城看见过刘小帆和尹小强。刘一鸣和三妮立即乘火车，来到了省城。

他们俩心急如焚，夜以继日地寻找了三四天，几乎把省城的宾馆、饭店、车站、公园、大街小巷全都找了一遍。他们俩还报了警，到处张贴寻人启事。既没有发现刘小帆的踪影，也没有打听到刘小帆的消息。他们俩已经筋疲力尽，实在是走不动了，只好无可奈何地回到了观海市。

回到了家里，刘一鸣和三妮像热锅上的蚂蚁，急得团团转。几天以后，老师和同学们把刘小帆送了回来。原来，刘小帆从家里跑出去以后，找到了尹小强。他们俩在省城玩了两天，又到广州玩了九天。身上带的钱花光了，他们俩只好回到了观海。老师和同学们发现以后，就把刘小帆送了回来。

刘小帆回来了，刘一鸣悬在心中的那一块石头虽然落了地，但脸上仍然阴云密布。他对刘小帆视而不见，充耳不闻，不但不搭理她，甚至不正眼看她。

这几年，父女俩发生过无数次的激烈争吵。因为刘小帆早恋的事，刘一鸣甚至多次动手打了刘小帆。

以前的时候，每当刘一鸣追问刘小帆早恋的事，她就诚惶诚恐、战战兢兢。她既不敢面对，更不敢承认，总是千方百计地藏着掖着，想方设法予以否认。后来，刘一鸣渐渐地不管不问了，她的胆子才慢慢地大起来。

现在，刘一鸣和三妮已经亲眼看见了，她和尹小强在客厅里沙发上的那些事。她这次和尹小强私奔，在外面同床共枕了十多天。她与尹小强的关系，已经是秃子头上的虱子，在那里明摆着了。所有的一切都赤裸裸地暴露在了光天化日之下，她不用再隐瞒，也不用再支支吾吾和躲躲闪闪了，她可以毫无顾忌地去面对这一切了。

刘小帆心里很清楚，摊牌的这一天终于到来了。刘一鸣肯定会大发雷霆。他们俩之间，肯定会爆发一场暴风骤雨似的冲突。她还知道，这一场冲突迟早都会发生，没有办法去阻止，只能听天由命，爱怎么着就怎么着吧。此时此刻，她感到自己终于快要解脱了，心里反而有一种前所未有的坦然和轻松。

刘小帆低着头，阴沉着脸，一动不动地坐在客厅里的沙发上，用沉默表示自己的不屑一顾，摆出了一副死猪不怕开水烫、满不在乎的样子。

刘一鸣一直强压着心中的怒火，看到刘小帆那种无所谓和不思悔改的样子，心中的怒火腾的一下蹿了上来，怎么压也压不住了。他指着刘小帆怒吼道："你……不要脸，你……伤风败俗，你……怎么能干这种丢人现眼的事啊！你……"他边骂边冲上来要打刘小帆。

三妮急忙从背后紧紧地抱住刘一鸣，然后把他推到沙发上，大声喊道："老师，你不能这样。你只有冷静下来，心平气和地讲道理，才能解决问题！"

刘小帆的身体颤抖了一下，马上又使自己镇定下来，轻描淡写地甩出一句："我的事，不用你管！"

"什么，不用我管？你……堕落，你……下流，你……道德败坏，你……"刘一鸣一听，更是火冒三丈，又腾地一下站起来，一边骂一边向刘小帆扑过去。三妮急忙从背后抱住刘一鸣，再一次把他推到沙发上。

父女俩四目相对，僵持着，对峙着。一双眼睛充满了愤怒、疑虑、忧伤……另外一双眼睛含着迷茫、彷徨、无奈……

看到刘一鸣暴跳如雷的样子，三妮正颜厉色地问道："老师，你为人师表，又是一个堂堂正正的大学教授。如果你的学生犯了错误，你也这样教育她吗？"

刘一鸣被三妮问得张口结舌："这……她是我的女儿。"

三妮毫不客气地对刘一鸣说："她是你的女儿也不能大打出手，要说服教育，以理服人！"

三妮接着疾言厉色地对刘小帆说："小帆，你做错了事，就应该敢于承认错误。他是你的爸爸，管教你是他的义务和权利。你应该尊重他，虚心接受他的批评教育。你满不在乎，不虚心接受他的批评教育，这是你的不对！"

因为三妮说得情真意切，句句在理，刘一鸣哑口无言，他强压着怒火，努力使自己冷静下来。刘小帆也哑口无言，她不但佩服三妮说得句句在理，还更佩服三妮敢于担当。以前的那些保姆，看到他们父女俩发生矛盾和冲突，就马上回避，躲得远远的。三妮不回避不躲藏，敢于担当，她与以前的那些保姆不一样。

三妮马上给刘一鸣倒了一杯茶，说："老师，小帆已经回来了，有的是时间，你有话慢慢说，不要着急，也不要生气。"

三妮又立马给刘小帆倒了一杯茶，抚摸着她的肩膀头，耐心地劝说着："小帆，这十多天时间，你爸爸四处奔波，找遍了观海和省城的大街小巷。他吃不下饭，睡不着觉，已经病倒了。他批评教育你，对你发脾气，是关心你，心疼你。你已经懂事了，应该理解体谅他的一片苦心。"

听完三妮一席话，父女俩少了几分火气。

刘一鸣眼圈发红，手哆哆嗦嗦地指着刘小帆说："我含辛茹苦上班挣钱，

第十二章 满腔热情 挽救小帆

千辛万苦把你养大，就是为了让你成为一个有用的人才，让你有个光明的前程。我没有想到你偏偏不走正道，变成了这么一个不争气的东西。"

刘小帆心里不服，气呼呼地问："你整天口口声声说为了我，你为我做什么了？"

刘一鸣的火气又开始上蹿下跳："难道我给你做的还不够吗？"

刘小帆寸步不让，说："你根本就不爱我，更不关心我。"说完，她号啕大哭，哭得不能自制，浑身不停地颤抖，头上的马尾巴辫，也跟着不停地哆嗦着。

"你……还有理了？"刘一鸣气得说不出话来。

三妮赶紧劝刘一鸣喝口水，消消气。

"好吧，我……今天就说出来！"刘小帆像打开了闸门的水库，一下子把积压在心里的话，全都倾吐了出来。

"自从我记事起，你和我妈妈就忙着闹离婚。你们整天吵嘴打架，哪里有工夫管我啊？人家的孩子是爱情的结晶，是爸爸妈妈的心头肉。我是你们俩乱性的苦果，是你们俩想甩也甩不掉的包袱和累赘。我是听着你们俩没完没了的争吵成长的，我是看着你们俩无休无止的打闹长大的。别人家的孩子生长在幸福祥和的环境中，我生长在冷战僵局的阴霾里。这十多年，你知道我哭过多少次吗？你知道我为什么哭吗？你知道我天天在想什么吗？你根本不知道，你什么也不知道。你只是知道检查我的作业，你只知道给我买吃的穿的。"

三妮听了，心里一阵阵发酸，自己流着眼泪给刘小帆擦眼泪。

刘小帆哭了一会，继续说道："我需要有一个说话的人，我需要爱，我需要爸爸宽大的肩膀，我需要妈妈温暖的怀抱，我……这些，我都没有，我什么也没有。你上班了，我只能一个人发呆。你下班回来，一头钻进你的书房里，不让我打扰，我还是一个人发呆。我待在空空荡荡的房间里，连一个说话的人都没有，我很孤独。我也有心事和烦恼，我需要倾诉和发泄出来。但是，我找不到机会倾诉，我找不到地方发泄，我只能憋在心里。我……"她越说越激动，嗓子变了声。

"爸、姐，我跟你们希望的不一样，我不是一个好孩子。你们不了解我，现在的我已经不值得你们关心了，也不值得你们同情了。今后，你们也不要再对我报什么希望了。我……很坏，很无耻，很下流。我就好像一个烂苹果，已经无可救药了。"刘小帆不想说了，停了下来。

三妮给刘小帆擦了擦泪水，催促道："小帆，把你憋在心里的话都说出来吧，也好让我们理解你，帮助你。"

"你说啊，说吧……"刘一鸣强压住心里的怒火，竭力使自己的声音不因为颤抖而变调。

刘小帆陷入了沉思，看上去比实际年龄要大很多，一副少年老成的样子。她狠了狠心说："事到如今，也没有必要再隐瞒了，我全告诉你们。"

停了会，刘小帆说："我在家里得不到爱，孤独寂寞，心里冰冷，活得很郁闷。我认识了尹小强，他比我大三岁，已经不上学了，他就是你们看到的那个男孩子。他爸爸是个大老板，与他妈妈离婚了。他爸爸包二奶，有了新欢，他成了一个多余的人。我们俩有共同语言，在一起有说不完的话。他很爱我，我也很喜欢他。我们俩经常一块看电影，一块吃饭……他一个人住着一套房子，我们俩在那一套房子里看光盘，控制不住，就……那个了。"

"这是什么时间的事？"刘一鸣怒气冲冲，瞪得眼珠子都快要掉出来了。

"一年多了。"

"你……"刘一鸣又要发火，被三妮劝说住。

"我……也是一个有血有肉的人哪！我也有心事，我也有烦恼，我也需要个伴，我也需要个陪我说话的人。"刘小帆说完，感到解脱了一些。

三妮抚摸着刘小帆的头说："小帆，以后，你爸爸会陪着你，我也会天天陪着你，再也不会让你孤独寂寞了。"

"姐，谢谢你。"刘小帆说完，站了起来，毅然决然地向自己的房间走去。

现在的刘一鸣，脑子里像一锅糨糊，不知道应该怎么办。他双手抱着头，不断地长叹着。

刘小帆回到卧室，一头扑在床上，把头深深地埋在枕头里，呜呜地哭着，浑身上下哆嗦成一团。

三妮俯身抱着刘小帆的肩膀头，泪水滴在刘小帆的脖子上，说："小帆，都是我不好。那天，我要是不出门，在家一直陪着你，那个男孩子也不敢来，也就不会发生那样的事。"

刘小帆猛地翻过身来，抱住三妮，痛哭流涕地说："姐，发生那件事不能怨你，都是我的错。因为那件事，还让你代替我挨了我爸爸的打。姐，我对不起你，你骂我吧，你打我吧！姐，你是个好人，谢谢你！"

……

这几天，三妮感到刘一鸣家的气氛太压抑、太沉闷、太紧张了，几乎使人快要窒息了，必须改变一下。于是，她提议星期天去洗海水澡，父女俩都表示赞成。

星期天，他们来到了观海市开发区金色港湾海水浴场。

这里背依山峦，三面环海。一眼望不到边的金色沙滩，沙质柔软，洁白细腻。海水清澈明净，波平浪静。在前方的海里，耸立着一个绿树成荫、形态奇异的小岛。相传王母娘娘每年要在这里开两次蟠桃盛会，七仙女每月都来这里洗海水澡。史书记载，这里原来称为东海瑶池，秦始皇、汉武帝、杨贵妃都在这里洗过海水澡。

今天，来此游玩的人特别多，沙滩上，海水里，人头攒动，非常热闹。三妮穿红色泳装，刘小帆穿绿色泳装，一人套着一个彩色的小鸭子形状的救生圈，

第十二章 满腔热情 挽救小帆

在海水里开心地、尽情地玩耍着。刘一鸣是个游泳高手,先是教她们俩学习蛙泳和仰泳,然后,他一手推着一个,带着她们俩在深水区转了一大圈。

岸边的沙滩上,太阳伞下,刘一鸣坐在沙子上,悠闲自在地喝着啤酒,三妮和刘小帆在旁边玩沙子,捉沙滩螃蟹,做沙滩雕塑。

这是一个天赐的人间仙境,这是一次放飞心灵的绝佳机会。他们心旷神怡,陶醉着……

刘一鸣诗兴大发,拿出笔和纸来,现场赋诗一首……

东海瑶池
碧水蓝天
天连水
水连天
云雾缭绕
天上人间
玉帝游玩
王母沐浴
仙女戏水
嫦娥梳扮
……

刘小帆拿起爸爸写的诗,大声朗读起来。朗读完了,她突然在爸爸的脸颊上亲吻了一口,咯咯大笑着说:"教授就是有水平,写的诗也是高品位、高档次。"

自从和妻子离婚以后,刘一鸣一边照看孩子,一边搞教学和学术研究。这两件事都是第一要务,不敢有半点懈怠。平时,他每天忙忙碌碌,已经累得筋疲力尽了,哪里还有时间和心思带着刘小帆去游玩啊。

今天,他突然发现刘小帆已经长大了,已经长成大姑娘了。当刘小帆抓着他的胳膊、抱着他的脖子,在海水里玩耍的时候,他感到他和刘小帆之间久违了的父女之情和天伦之乐,又慢慢地回来了。

在刘小帆模模糊糊的记忆中,在她很小的时候,爸爸带着妈妈和她洗过一次海水澡。今天,当她再一次和小时候那样,趴在爸爸背上,紧紧抱着爸爸的脖子,让爸爸带着她在深水区游玩的时候,她激动地哭了。妈妈虽然不要她了,她还有一个爱她的爸爸。她感到爸爸的背是那样坚实,那样可靠。

三妮长这么大,这是第一次洗海水澡。她欣赏着眼前如诗如画的美景,看着兴高采烈、其乐融融的刘一鸣和刘小帆,高兴地微笑着。

……

第十三章　童军求婚　熊哥找碴

那天夜里，大妮泣不成声地向童军诉说完自己被三狗蛋强暴的事，好像已经解脱了，她深深地叹了一口气。

童军听得泪流满面，说："姐，你的遭遇，怎么和我姐姐雪梅的遭遇一样啊？"

大妮一愣，不敢相信自己的耳朵，忙问："什么……你姐姐雪梅……和我一样……我怎么没有听你说过啊？"

童军说："我妈妈去世以后，我姐姐雪梅，被住在我们家隔壁的村长强暴了，还怀上了孩子。我姐姐受不了这样的屈辱，她跳井自杀了。"

愣了一会，童军接着说道："我姐姐死了以后，我来到观海，干的第一件事就是学武术，我想给姐姐报仇。还没有等到我去报仇，村长因为又强暴别人家的女孩子，被抓进了监狱。我不愿意提起我姐姐，她太可怜了，死得太冤枉了。我想起她，心里就像针扎一样痛。我做梦也没有想到，天底下有如此巧合的事。我姐姐的遭遇，也发生在了你的身上。"

大妮以前听童军说过，他有一个姐姐，已经死了。至于他姐姐怎么死的，童军没有说，大妮也不便问。听完童军的哭诉，大妮不敢相信这是真的。现在，她什么也不想问了，什么也不想说了，只是不停地哭着。

童军心疼地说："姐，我错了，我不应该逼你揭开疮疤，说这些令人心碎的事。"

过了一会，听到大妮还是不停地哭，童军哽咽着说："姐，你不要哭了。你老是哭，我心里也很难受！"

又过了很长时间，童军泪流满面地说："姐，这件事不能怪你，你没有错。在我心目中，你是世界上最干净、最漂亮的女孩子。姐，以前发生的事，就当是被狗咬了一口，我不在乎，我要的是现在的你，我一定要娶你为妻！"

这时候，房东养的那两只大公鸡，扯开嗓子，高亢嘹亮地叫了起来。

……

自从上次教训了熊哥，大妮和童军在菜市场上成了知名人物。人们赞不绝

第十三章　童军求婚　熊哥找碴

口，不仅佩服他们俩的正义和勇敢，而且还佩服他们俩会做生意。

大妮和童军自从卖菜以来，一直童叟无欺。他们俩的回头客特别多，生意也特别红火。

平时，大妮和童军喜欢动脑子，琢磨事情。什么时间进什么样的菜，早晨、中午、下午分别要多少价钱，怎么样吆喝，怎么样满足人们的不同需求，他们俩都总结得头头是道，在实践中应用得也很娴熟。

一个月下来，大妮一算账，他俩挣的钱，比在快餐店干多了七八倍。两个人心里美滋滋的，计划着在不远的将来，要在观海买一个小房子。

大妮和童军居住的小平房，对面就是一家歌舞厅。这天晚上，华灯齐放，歌舞厅里那旋转着的五颜六色的灯光，照射进了小平房里，那悠扬欢快的旋律，也飘荡了进来，把这一个小小的空间，变成了一个梦幻世界。

大妮兴高采烈，轻轻地哼着小曲，做着饭。

"哇，哼起了小曲，还做了这么多菜，看来你的心情特别好，今天有什么大喜事啊？"童军推门进来，高兴地问道。

大妮："你猜猜。"

童军："今天是节日——没有啊。"

童军："你中大奖了——不会吧？"

童军："你是不是捡钱包了——也不可能吧？"

见童军想不起来，大妮用手指头在他鼻子上刮了一下，笑吟吟地说："你没头没脑，连自己的生日都忘记了。"

大妮变戏法似的拿出衣服、手表、皮鞋、蛋糕、红酒和一对活泼可爱的玩具猫，笑眯眯地说："弟，这些都是我送给你的生日礼物。"

童军看了看礼物，又看了看满满当当一桌子美味佳肴，最后把目光停留在了大妮脸上，激动地说："哎，可怜人啊，我长这么大，这是第一次过生日。姐，你是第一个给我过生日的人。"说完，飞快地在大妮脸上亲了一口。

大妮一愣："哎，你这是干吗？又没样子了。"

大妮笑盈盈地端详着童军，点上蜡烛："小帅哥，许个愿吧。"

童军端坐在桌子前，闭上眼睛，双手合十，嘴里念念有词，一副严肃虔诚的样子。

大妮好奇："你乱嘀咕什么，许的是什么愿啊？"

童军装神弄鬼地扮了个猴脸："不能告诉你。"

大妮轻轻地拍了童军一下："我给你送了这么多生日礼物，还给你做了这么多好吃的，还对我保密，你真好意思啊？"

童军伸过头来，趴在大妮耳边，悄悄地说："我——要——娶——你。"

"嘴上没有把门的，又在胡诌八扯。"大妮说着，在童军的肩膀上捶了一下。

童军:"这是我许的愿,很神圣,也很崇高,怎么能是胡诌八扯啊?"

大妮:"你从今以后不要这样想了,也不要这样说了。"

童军:"为什么?"

大妮:"你明知故问。我已经跟你说过很多次了,我不同意。"

童军:"为什么?"

大妮:"你揣着明白装糊涂。我三番五次说过了,我配不上你,我不能让你吃亏。"

童军:"我不管那些,我就要娶你!"

大妮:"弟,你不要一时冲动,头脑发热,还是冷静现实点好。你的终身大事,我已经给你反复考虑过了,我感到你和二妮很合适。"

童军:"姐,我已经跟你说过了,二妮虽然是个好女孩,但是,我爱的人是你。"

此时此刻,大妮心潮起伏,思绪万千,她泣不成声地说:"弟啊,婚姻大事,不能儿戏,不能心血来潮。你……想过没有啊,你娶了我,别人会指着你的脊梁骨说三道四。说你……找了个……二手货,找了个……破鞋。弟啊,到那个时候,你就会感觉低人一等,一辈子抬不起头来。我……不能那样做,我不能连累你一辈子!我……"她再也说不下去了。

童军也哭了,他抽泣着说:"姐,自从我知道你的事以后,心里一直不平静。我唯一的姐姐雪梅,被人欺负了,她走了,不管我了。你是我最心爱的人,也被别人欺负了。世界上巧合的事都让我摊上了,我的命运怎么这样苦啊?老天爷,你怎么能这样捉弄我啊,我应该怎么办啊?最近这段时间,我一直在苦思冥想。现在,我终于想通了,也下了决心。姐,你和我的亲姐姐都是无辜的,你们是世界上最漂亮、最干净、最纯洁的女孩子。我不管别人怎么想,也不管别人怎么说,我一定要娶你为妻。姐,我心意已决,海枯石烂,永远不会改变,我一辈子也不会后悔。"

大妮沉默了很长时间,她擦干眼泪,微笑着说:"弟,今天是你的生日,我们应该高兴。我敬你一杯酒,祝你生日快乐!"

童军破涕为笑,高兴地说:"姐,谢谢你给我过生日,我们俩共同干一杯!"

这时候,对面歌舞厅里,优美动听的歌曲《给我的弟弟》的声音,飘荡进了他们俩居住的这个小平房里……

生日快乐,我的弟弟
我们的生命排列在一起
纵使路上狂风暴雨
每朵幸福因你而传奇
生日快乐,我的弟弟

第十三章 童军求婚 熊哥找碴

谱写彼此梦想，祝福奇迹
有过欢乐泪水的记忆
说好的永远在身边陪着你
徘徊流连的街头
两小碗馄饨相依
在这小小的铺子里
生日快乐，我的弟弟
……

这一天，大妮和童军很快就把菜卖完了。看了看时间，才下午四点多。难得收工这么早，他们俩一商量，决定晚上请房东姜春娟和安东方吃饭。

姜春娟，五十六岁，中等个子，微微发胖，一张普普通通的圆脸，一双淳朴的眼睛，一个端正的鼻子。平滑的额头上，爬满了水波痕一样的皱纹。她待人诚恳，心地善良。她在观海市纺织品进出口总公司工作，因为患心脏病，提前退休了。

安东方，五十八岁，身材高挑，宽宽的肩膀，四方脸庞，浓浓的眉毛下面闪动着一对明亮、深沉的大眼睛。他说话不紧不慢，给人一种正直、睿智和稳重的感觉。他在观海市工商局工作，是一名处长。

自从大妮和童军住进姜春娟和安东方家里，老两口就把他们俩当成了自己的孩子。他们俩用的各种生活用品，基本上都是老两口送的。每逢到了星期天和节假日，老两口就把他们俩叫过去一块吃饭。家里有了好吃的东西，老两口总是给他们俩留着。有的时候，他们俩回来晚了，老两口就把热气腾腾的饭菜送了过来。

大妮和童军很感激姜春娟和安东方，把老两口当成了自己的亲人。自从大妮和童军来了以后，老两口家里买煤、买面、换煤气罐这些力气活，都叫他们俩承包了。买菜就更不用说了，他们俩每天从菜市场上带回来的蔬菜，老两口吃不完。老两口病了，他们俩跑前跑后，一直陪伴在身边。他们俩把院子里多年失修的下水道进行了一次彻底改造。另外，他们俩还把小院子进行了美化，栽上了花草，建了一个养鱼池。现在，一走进小院子，给人一种焕然一新的感觉。

大妮和童军做饭做菜都是行家里手。他们俩在市场上采购完东西，回到家里忙活了一阵子，一桌子色香味俱全而又很丰盛的饭菜，很快就摆到了院子里大树下面那个石头桌子上。

大妮和童军请客，天公也作美。

一轮明月高挂在空中，满天星星不时地眨巴着眼睛。偶尔一颗流星从夜空划过，拖着长长的尾巴向天边落去。

清爽温柔的一阵阵海风吹过来，树叶发出沙沙的响声。树枝上的知了美美地喝着露水，偶尔悠闲自在地哼上一两声小曲。

对面歌舞厅照射出来的绚丽多彩的灯光，在小院子里不停地翻滚着。那欢快优美的歌曲，顺风飘荡过来……

今天，大妮的心情特别好，她端起酒杯说："姜阿姨、安叔叔，谢谢你们俩的关心和帮助，我和童军敬你们俩一杯酒。"说完，大家共同举杯，一饮而尽。

老两口很喜欢这对年轻人。姜春娟高兴地说："大妮、童军，自从你们俩来了，我们家的重活，都让你们俩包了，连菜也不用去买了，这小院子也变了个样。我应该好好谢谢你们俩，敬你们俩一杯酒。"

安东方干了一杯酒，高兴地问："大妮、童军，你们俩什么时间结婚啊？我等着喝喜酒哪。"

大妮顿时羞红了脸，不好意思地说："安叔叔，童军不是我的男朋友，我与他是结拜的异姓姐弟，他是我认的干弟弟。"

老两口不相信。姜春娟微笑着说："大妮，这有什么不好意思啊？男大当婚，女大当嫁，我还想给你们俩看孩子哪。"

童军也不好意思起来，羞红着脸说："姜阿姨，这是真的。我和她义结金兰，她是我结拜的干姐姐。"

老两口还是不相信。安东方微笑着问："奇怪，你们俩……住在一块？"

大妮听了，面红耳赤，羞羞答答地说："安叔叔，您误会了。我们俩没有住在一块，我们俩住的是上下床。"

姜春娟想了想，笑着说："现在的年轻人，开放得很。像你们俩这样的，不多见。"

安东方笑着说："我想给你们俩当介绍人，不知道你们俩是否同意。"

大妮和童军听了，顿时一愣，不知道怎么回答好。

姜春娟笑嘻嘻地说："我看你们俩很般配，是天生的一对，地造的一双。难道……你们俩不同意？"

童军鼓了鼓勇气，羞怯地说："叔叔、阿姨，谢谢你们俩！"

安东方笑呵呵地说："童军，你是个男子汉大丈夫，别扭扭捏捏、羞羞答答的，痛快点，你同意还是不同意？"

童军想，这是向大妮求婚的大好机会，岂能放过，他急忙说："叔叔、阿姨，你们俩当介绍人，我是一百个同意！在我的心目中，大妮就好像仙女下凡，是全世界最漂亮最贤惠的女孩子。我已经下了决心，我这一辈子非她不娶。我已经多次向大妮求婚，但是……她一直没有答应我。今天，当着你们俩的面，我再一次向大妮求婚！"

沉默了一会，安东方乐呵呵地说："大妮啊，我看童军不错。这么帅气潇

第十三章　童军求婚　熊哥找碴

酒的小伙子，人品又好，到哪里去找啊？你不要眼眶子太高，错失良缘绝配。"

大妮忙解释，吞吞吐吐地说："叔叔，我不是眼眶子高，是我年龄比他大，是我……是我配不上他。我……不能拖累他，我……"

姜春娟笑嘻嘻地说："大妮啊，年龄差几岁很正常。你不要推三阻四，错过了好姻缘，遗憾终身。"

大妮有苦难言，欲言又止。

童军心领神会，马上接过话题说："姜阿姨、安叔叔，这事不着急，以后再慢慢说，我再敬你们俩一杯酒，真诚地感谢你们俩当介绍人。"

安东方笑眯眯地说："千里姻缘一线牵，当月下老人能长命百岁。大妮、童军，你们俩的媒人我当定啦。"

……

这天夜里，天气出奇地闷热。大妮和童军躺在床上，热得汗流浃背，心烦意乱，喘不过气来，一点睡意也没有。他们俩商量了一下，来到附近的第六海水浴场洗海水澡。

这个海水浴场，虽然面积不算很大，但位置处在观海市最繁华的地角。西面的人工海堤像一条长长的火龙，腾飞在海面上，东面是巨大的半圆形的披着绚丽衣衫的海上王宫，北面是一个耸立在大海中的不停地发射着彩色光芒的小岛，南面是美轮美奂的火车站大楼和火车站广场。四面八方，灯火通明，整个海水浴场像是漂浮在五颜六色的灯光的海洋里。

空中，群星璀璨。地上，海风悠悠。

夜深人静，大妮和童军在海边戏水。大妮不会游泳，让童军教她。童军一只手托着大妮的胸部，一只手托着大妮的腹部，教她学习鸭子浮水，然后又教她学习老汉划船。不知不觉，他们俩来到了深水区。大妮一不小心喝了一口海水，她顿时惊慌失措，两条胳膊紧紧地抱着童军的脖子，两条腿紧紧地盘在了童军的腰间，童军把大妮紧紧地把抱在了怀里。两个朝气蓬勃的青年男女，脸贴脸、胸贴胸、腹连腹地紧紧地抱在了一起，谁也不想分开。他们俩就这么静静地、幸福地、甜甜蜜蜜地陶醉着……

不知道过了多长时间，大妮心慌意乱，气喘吁吁地说："弟……快上岸！"

童军一愣，清醒了几分，喘着粗气问："姐，怎么了？"

大妮芳心已乱，慌忙说道："弟，不……不能这样，我……受不了！"

童军意乱情迷，语无伦次地说："怕什么呀，我……很难受！"

大妮急忙推开童军，说："我们……不能这样！"

童军又是一愣，急忙问："你……难道真的不喜欢我？"稍停片刻，他又哀求道："姐，我求求你，答应我，嫁给我！"

大妮摇着头说："不……是我不配。"

童军前言不搭后语地说:"你又来这一套,我……控制不住了。我求求你嫁给我,我……很想现在就结为夫妻,我……"

大妮羞臊地说:"你是年轻气盛,好奇,一时冲动。"

童军斩钉截铁地说:"不……我一直在等你,渴望得到你!你什么时候才能相信我啊?你什么时候才能嫁给我啊?"

大妮愣住了,她一时不知道怎么回答,也不知道接下来应该怎么去做。她像犯了错误等着大人批评的孩子,惭愧地低着头说:"弟,我这个人很固执,也很保守,认准的事很难改变观点。弟,都是我不好,我没有办法答应你,请你谅解我。"

大妮正值花样年华、怀春多情的年龄。她与正处于这个年龄段的女孩子们一样,那健康成熟的心理和生理,对异性的渴望十分强烈。童军是她的救命恩人,也是她心目中梦寐以求的白马王子。她每天和这个心爱的男孩子生活在一起,心中自然时不时地产生一阵阵性的躁动。特别是夜深人静的时候,她每当听到上铺童军那翻来覆去的动静,每当听到童军那香甜的鼾声,她浑身的每一寸肌肤、每一个细胞都好像要熊熊燃烧起来。她实在忍受不了这种折磨,也实在经受不住这样的考验和煎熬。有的时候,她真想扑到童军怀里,紧紧地抱着他,和他甜甜蜜蜜地、轰轰烈烈地、永永远远地在一起。但是,她最终还是拼命地控制住了自己。因为,她一直很固执地认为,自己配不上童军。

她十分同情和理解童军,知道童军和她一样,也在忍受着爱的折磨和煎熬。每当童军向她提出这方面的要求时,她都想方设法进行解释和搪塞。但是,所有的那些解释和搪塞,都显得是那么苍白无力。童军很爱她,也很同情和理解她。童军一直在拼命地控制着自己的欲望,等待着大妮回应。

一个大浪打过来,他们俩一下子清醒了许多。大妮无可奈何地说:"弟,咱们还是回家吧,明天还要去卖菜。"说完,她拉着童军,向岸上走去。

……

又是一个烈日炎炎的中午,空气像是凝固了,使人喘不过气来。随便摸一下什么东西,都烫手。刚刚摆出来的新鲜蔬菜,眼看着就奄奄一息了。平时十分喧闹的菜市场,一下子平静下来。偶尔来几个买菜的人,匆匆忙忙买上菜,又急急忙忙离去。哎,今天的菜不好卖。

"你他妈还不快点滚蛋,想找死啊!"大妮抬头一看,心里咯噔一下,是熊哥骂骂咧咧地来了。

上一次,童军在菜市场上教训了熊哥一顿,熊哥很长时间没有来找麻烦。这一次,他是有备而来,胆子壮大了很多。他带来了两个打手,手里都拿着打架的家伙。附近摊位上的人们,看到这个阵势,都躲闪到了一边。

大妮一看来者不善,赶紧挡在童军身前,大声说道:"你们不要欺人太甚,

第十三章 童军求婚 熊哥找碴

惹火了,我就到派出所告你们。"

熊哥冷笑几声:"嘿嘿,你告去啊,还磨蹭什么呀!老子在这里恭候着你!"

童军把大妮推到一边,悄悄地说:"你放心,不会有事,我知道应该怎么办。"

熊哥不耐烦了,骂道:"别啰唆,快点滚蛋!"

童军看了他们一眼,不紧不慢地说:"你这么急干吗?我马上就走。"他一边说,一边解拴在三轮车上的铁链子。这铁链子有两米多长,是用大拇指一般粗的钢筋焊接而成的。

熊哥看到童军在解铁链子,以为他害怕了,要推车走人,得意忘形地奸笑起来。还没等他奸笑出两声,那铁链子嗖的一声向他们三个人的头上飞了过来,吓得他们胆战心惊,急忙向后退了一步。幸亏他们反应快,才躲过一劫。那铁链子砸在了三轮车的车把上,溅起来一团火星子。

眨眼间,童军嗖的一下跳上了三轮车,厉声骂道:"狗娘养的,老子今天要给你们的脑袋开个瓢。"他一边叫骂,一边又抡起了铁链子。

熊哥和两个打手还没有站稳脚跟,那铁链子又向他们头上飞了过来,他们又急忙向后退了一步。铁链子砸在附近的一棵水泥电线杆子上,又溅起了一团火星子。

熊哥他们惊出了一身冷汗。那铁链子要是打在头上,估计和打在西瓜上差不多,脑浆肯定向四处飞溅。他们手里虽然拿着家伙,但相比之下有点太短小精悍了,根本抵挡不了那两米多长的铁链子,连靠近童军的机会都没有。

他们在社会上混了这么多年,见过玩命的,但是,像童军这样能玩到这个水平的,还是第一次见到。如果和这样的人打起来,很可能等不到还手,自己的脑袋就先搬家了。什么金钱啊,什么面子啊,那些都是次要的。小命只有一条,关键时候还是保命要紧。他们聪明得很,不会吃眼前亏。他们再也不敢恋战,一边虚张声势地叫骂着,一边屁滚尿流地向后退去。

童军抡着铁链子,一边叫骂着,一边追赶。那烫人的水泥路面上,溅起了一团团火星子。

……

第十四章　报仇雪恨　送别兰凤

这天凌晨，天刚蒙蒙亮。一阵急促的敲门声，惊醒了二妮。二妮急忙开门一看，是常健。常健急乎乎地告诉她，兰凤被车撞了，正在医院抢救。二妮一听，胆战心惊，慌慌张张拿上钱，和常健一起打车向医院赶去。

二妮提心吊胆地来到医院，急忙把常健发给她的两千元工资，一分不少地掏出来，给兰凤交上了住院押金。经过七个多小时的手术，兰凤的性命虽然保住了，却截去了一条小腿。看到年轻漂亮的兰凤，变成了残疾人，大家心如刀绞，痛哭流涕。

一辆黑色轿车故意撞向兰凤，很显然这是杀人灭口。二妮、常健和兰凤她们心知肚明，都很清楚这是黑老板和郭姐一手策划出来的。但是，他们空口无凭，拿不出证据来，只能打掉牙咽到肚子里，自认倒霉，忍气吞声。

那天夜里，二妮被黑老板强暴以后，黑老板和郭姐之所以把昏迷不醒的二妮，丢在二妮住处附近那个小公园里，是因为他们俩各有盘算。黑老板的盘算是，二妮回到她居住的小平房里，哭闹够了，气也消了，会乖乖地伺候他。郭姐的盘算是，让二妮在小平房里哭闹两天，消消气，然后再趁机给二妮洗洗脑，二妮就会乖乖地接客，变成她的聚宝盆和摇钱树。他们俩谁也没有想到，二妮突然之间就消失得无影无踪了。快要煮熟的鸭子又飞了，他们俩的如意算盘，到头来竹篮子打水一场空，心里那个窝囊和上火啊。

黑老板和郭姐心里十分清楚，兰凤与二妮亲如姐妹，又是二妮她们的头头，对二妮的去向肯定一清二楚。第二天一上班，郭姐就把兰凤叫到办公室里，打听二妮的情况和下落。

兰凤重情重义，疾恶如仇，又是个火暴性格和犟脾气。现在，她已经决定要离开洗浴城，回到老家去。她打算在回老家之前，要找个机会教训一下黑老板和郭姐，出一出心中的恶气，为二妮报仇雪恨。这几天，她早就憋了一肚子火，已经忍无可忍了。

"妹子，我听别人说，二妮出事了，我心如刀绞，一晚上坐立不安，就好

第十四章 报仇雪恨 送别兰凤

像热锅上的蚂蚁。妹子，你快快告诉我，二妮现在怎么样啦？她现在去了哪里啊？我马上去看看她！"郭姐装腔作势，虚情假意地说。

兰凤两眼冒火，咬牙切齿地骂道："姓郭的，你他妈口是心非，黄鼠狼给鸡拜年，没安好心，我不会告诉你一个字！"

"兰凤，我一直待你不薄，你怎么翻脸不认人，指桑骂槐啊？兰凤，你不知好歹，还想不想在我这里干啦？"郭姐一愣，火辣辣地问道。

兰凤火冒三丈，声嘶力竭地大骂："你这个披着人皮的狼，你这个吃人不吐骨头的魔鬼，你害了二妮，老娘我绝对不会放过你！告诉你，老娘早就不想伺候你这个畜生啦！老娘早就想离开这个虎狼窝啦！"

"兰凤，你……怎么血口喷人啊？你……不知道天高地厚，我不会放过你！"郭姐恼羞成怒，恶狠狠地威胁道。

兰凤暴跳如雷，指着郭姐的鼻子，歇斯底里地骂道："姓郭的，我奉陪到底！"她一边大骂着，一边冲上去打郭姐，被两个保安拉了出去。

……

郭姐是何等人物啊，竟然受到一个卖淫女的如此羞辱，她岂能善罢甘休。她满腔怒火，对兰凤恨之入骨。过去，她一直看着兰凤不顺眼，看在常健的面子上，她一直没有动兰凤。这一次，她绝对不会再放过兰凤。她决定借刀杀人，除掉兰凤。

……

兰凤在洗浴城一干就是两年多。她年轻漂亮，长得人高马大，白白净净，还有俄罗斯人的血统，黑老板早就想尝一尝这个混血儿的滋味了。有几次，黑老板指名道姓要兰凤伺候他。在兰凤眼里，黑老板长得就好像一个怪物，特别反感他，看见他就想吐，从来不买他的账。为此，黑老板对兰凤恨得咬牙切齿，早就想对兰凤下手，因为顾忌常健这层关系，一直没有找到合适的机会。

黑老板秉性难移，整天缠着郭姐要处女。郭姐到哪里去弄那么多的处女，来满足他的欲望啊。再说，郭姐也看得出黑老板是一个贪得无厌的变态狂，怕他弄出乱子来，就想方设法应付和回避他。

黑老板很长时间没有尝到新鲜了，急得两个眼珠子发红。找不到处女，他就找年龄最小的白花来泻火。

白花特别害怕黑老板，见了他就好像老鼠见了猫，吓得浑身发抖，恨不得钻到地下去。白花越是害怕他，躲着他，他越是点名要白花，往死里折腾白花。

一天下午，黑老板又开始折腾白花，白花痛得大哭小叫。在隔壁房间的兰凤，越听越上火，越听越忍无可忍。她想："黑老板强奸二妮，这个账还没有算。现在，他又折腾白花。他伤天害理，欺人太甚！今天豁出去了，要教训教训这个狗娘养的东西！"

兰凤怒气冲冲，一脚把门踹开，厉声骂道："姓黑的，你这个畜生，老娘今天要管管你，让你长长记性！"她说着就冲了上去，狠狠地扇了黑老板几个耳光。黑老板正要飘飘欲仙，没有想到半路杀出个程咬金，打得他措手不及，晕头转向，口鼻流血。等到他反应过来，要打兰凤时，被白花、柳叶和随后赶来的几个小姐紧紧地抱住了。

黑老板在众目睽睽之下，吃了亏，丢了面子，虽然气得脸都变了形，身子却动弹不得。他指着兰凤声嘶力竭地骂道："臭娘们，新账老账一起算，你就等着瞧吧……"

黑老板哪里能受得了这样的窝囊气啊！一个三陪小姐，竟敢如此放肆，岂有此理。就算兰凤的后台是皇亲国戚，黑老板也不可能再放过她。

一天凌晨，兰凤下班回家，被突如其来的一辆黑色轿车撞倒在地。黑色轿车的司机发现没有把兰凤当场撞死，正想倒车再次撞兰凤，看到柳叶和白花大声呼叫着从后边追赶上来，只好驾车仓皇逃窜。

兰凤躺在病床上，二妮、柳叶和白花每天轮流陪伴照顾着她，常健三天两头来看望。

……

两个月以后，兰凤拄着双拐能下床活动了，常健在海湾大酒店包间内安排了一桌酒菜，要大家放松一下心情。

兰凤泪流满面，说："大哥、二妮、柳叶、白花，你们都是我的救命恩人，谢谢你们！"说完，她端起一杯白酒，和着泪水，一饮而尽。

二妮也哭了，哽咽着说："兰凤姐，姓黑的姓郭的要杀害你，与我有关系。是我连累了你，害得你差一点丢了性命。你的恩情，我一辈子也报答不完！"

白花哭成了个泪人，一句话也说不出来。

平时，很少看到柳叶哭，她今天也哭了，流着泪水说："咱们四个同是天涯沦落人，就不要再说那些客气话了。现在，我们成了一根绳上的蚂蚱，必须抱团取暖，共同对付黑老板和姓郭的，报仇雪恨。"

提到黑老板，兰凤气得用拳头狠狠地砸了一下桌子，愤怒地说："娘的，只要我还有一口气，我就不会放过他！"

常健微笑着说："我告诉你们一个好消息，黑老板已经死了。"他说着拿出来一张《观海市中级人民法院布告》读了起来……

罪犯黑炎，男，1956年6月20日生，海山区人，观海市某房地产开发总公司总经理。经本院审理查明，罪犯黑炎，在1989年至1997年期间，累计强奸并杀害妇女31人，性质特别恶劣，犯罪情节极其严重，严重危害社会安全稳定。本院依据《中华人民共和国刑法》规定，以强奸罪和故意杀人罪，判处罪犯黑炎死刑，剥夺政治权利终身……

四个女孩子听了，都不敢相信这是真的，但是，布告上白纸黑字写得清清

第十四章 报仇雪恨 送别兰凤

楚楚,这是千真万确的事实。

兰凤情不自禁地拍着桌子仰天长叹:"苍天有眼啊,恶有恶报啊,姓黑的终于有了今天!"说完,她又端起一杯白酒,一饮而尽。愣了下,她又给自己倒了满满一杯白酒,激动地:"仇人死了,大快人心,我们要好好地庆祝一下。"她边说边和大家碰杯,又一口干了。

黑老板这个恶魔被政府除掉了,压在二妮心头的一块大石头,现在终于被搬掉了,二妮喜极而泣,泪水像小河一样,哗哗地流淌着。她趴在桌子上哭起来。哭了一会,她抬起头来,泣不成声地说:"我……终于等到这一天了!我……谢谢苍天,谢谢大家!我……谢谢政府为我们报了仇,雪了恨!"说完,她端起酒杯,一饮而尽。

白花高兴地说:"现在,黑老板这个畜生已经死了,要是姓郭的这个恶魔也死了,那该多好啊!"

常健信心百倍地说:"黑老板和姓郭的是一丘之貉,是拴在一条绳子上的两只蚂蚱。现在,黑老板已经死了,姓郭的肯定也蹦跶不了几天啦。"

二妮激动地说:"现在,黑老板死了,我们已经报仇雪恨了,应该好好地庆贺一下。这个星期天,我请客,先请各位去公园看菊花展,然后再请大家到酒店开怀畅饮。"

兰凤兴奋地说:"二妮,一言为定,谢谢你!"

柳叶高兴地说:"黑老板那个畜生已经死了,谁也不许再提他了。从现在开始,我们换个话题,说高兴开心的事。"

二妮还是过意不去,又给自己倒了满满一杯白酒,激动地说:"常大哥,我虽然不会喝酒,但是,今天这酒我要喝。话在酒中,我再敬你一杯酒。"说完,她与常健共同举杯,又一口干了。

柳叶笑眯眯地说:"哎哟哟,二妮啊,你一口一个常大哥,还话在酒中,叫得那么多情,说得那么甜蜜。依我看,你们俩干脆喝个交杯酒,再来个夫妻对拜,今天晚上就洞房花烛,你意下如何呀?"

二妮听了,羞得满面通红,急忙说:"柳叶姐,你怎么又要欺负我啊?"

兰凤郑重其事地说:"大哥、二妮,我感到你们俩郎才女貌,是天生的一对,地造的一双,非常般配,非常合适。现在,我决定给你们俩当红娘,不知道你们俩同意不同意?"

二妮羞答答地说:"兰凤姐,你是不是喝醉了,怎么也跟着柳叶拿我开涮,胡说八道呀?"

兰凤急忙说"大哥、二妮,这件事,我深思熟虑了很长时间,绝对不是信口开河,更不是胡说八道。"

白花眉开眼笑,抱了抱二妮的胳膊,笑盈盈地说:"二妮姐,我看常大哥不错,你们俩好般配，很合适。"

柳叶挤眉弄眼，阴阳怪气地说："常哥，你也不再是什么童男了。二妮，你也不再是什么玉女了。挺般配，挺合适，我看行。"愣了一下，她接着说："可惜啊，可惜，我要是先下手为强，早就和常哥生一火车孩子了，还能轮得上你二妮啊？可惜啊，可惜，老天不长眼，这是缘分不到啊。"

常健哈哈大笑着说："柳叶，你胡说些什么啊？快快闭上嘴。来，大家一块喝酒。"

酒足饭饱，常健开车先把兰凤送回医院，又把柳叶和白花送回住处，然后回海龙娱乐城。

二妮坐在车上，回首往事，心潮起伏，热泪盈眶，激动地说："常大哥，这几个月，你为我做了那么多，我谢谢你，我一定要报答你！"

常健笑容满面，亦真亦假地说："二妮啊，你要是想报答我，你就给我当老婆吧。"

二妮笑吟吟地说："讨厌，你和柳叶她们一个鼻孔出气，都拿我开玩笑。刚才，柳叶她们欺负我，你也不制止她们，羞得我恨不得钻到地下去。"

常健乐呵呵地说："她们说笑话，开玩笑，你害什么羞啊？常言道，笑一笑，十年少。每天有个好心情，比什么都重要。"

……

星期天，二妮邀请常健和兰凤她们，到观海公园看菊花展。这个公园依山傍海，占地上百公顷，是观海最大的公园。吃过早饭以后，大家来到公园，眼前一亮，惊叹不已。

天高云淡，秋风瑟瑟。路两边，草地中，山顶上，山脚下，到处摆满了菊花。从大门口向山顶望上去，繁花似锦，飞流而下。从山顶向大门口看下来，花浪翻滚，波光闪闪。周围，娇艳朵朵，万紫千红，美丽芬芳。整个公园像菊花的海洋，菊花的世界。

各种菊花的摆放，构思巧妙，造型奇特。有的像高山，有的像流水，有的像花篮，有的像宝塔，令人眼花缭乱，目不暇接。更让人拍案叫绝的是那些独具匠心、别具一格的造型：有"龙腾虎跃""凤凰展翅""孔雀开屏"，还有"鸳鸯戏水""花狮戏球""鲤鱼跳龙门"，一个个奇思妙想，活灵活现，令人赏心悦目，心旷神怡。

菊花五彩纷呈，千姿百态，美不胜收。有的秀丽淡雅，有的鲜艳夺目，有的昂首挺胸，有的羞羞答答，有的像千手观音，还有的像天女散花。

那一团团、一簇簇、一丛丛的花朵，争奇斗艳，竞相绽放。有的拔蕊怒放，有的含苞待放，红的像火，白的像雪，黄的像金，粉的像霞，绿的像玉。一阵阵微风吹来，五颜六色的花瓣中，花香四溢，清香宜人。

人逢喜事精神爽，花不醉人人自醉。黑老板死了，报仇雪恨了，压在大家心

第十四章　报仇雪恨　送别兰凤

头的大石头搬掉了。这几天，大家一直沉浸在喜悦之中。大家坐在山顶上的一棵大树下，尽情地饱览着眼前迷人的美景，高兴得心花怒放，不知不觉都陶醉了……

二妮爱花，尤其喜欢菊花。欣赏着眼前的美景，她的思绪又回到了从前，回到了大山里。她在老家的时候，每年都在院子里种很多菊花。秋天来临百花凋谢时，满院子都是竞相绽放的菊花。更加壮观的是，在大山里，那五颜六色的野菊花，开得漫山遍野。有的铺在山坡上，有的立在山脚边，远远看去，如繁星，如瀑布。每当这个时候，二妮一有空，就跑到山里看菊花，一看就是大半天。

二妮虽然见过很多种菊花，但是，她从来没有见过像眼前这样这么多、这么漂亮的菊花。她高兴得眉开眼笑，手舞足蹈，赞叹不已："太漂亮啦，这好像不是人间，这是天堂仙境吧！"

常健笑着说："二妮，这不是天堂仙境，这是人间美景！"停了一会，他又接着说："这几年，观海每年都在这里办一次菊花展览，每次我都来观看。"

柳叶笑容满面，连忙问："常大哥，以后，你再来看菊花展的时候，能不能叫上我们四个人啊？"

常健爽快地答应道："只要你们愿意，我一定邀请你们来观赏。"

二妮观赏着美景，心花怒放，高兴地说："我从小就特别喜欢菊花，因为菊花不张扬、不娇贵、不怕寒。我更喜欢它那种不畏艰难、百折不挠的性格。"

说到菊花，常健打开了话匣子。他从菊花的种植，到菊花的种类，再到菊花的习性和价值，滔滔不绝地讲了起来，而且讲得头头是道，绘声绘色。

兰凤听得全神贯注，笑吟吟地说："大哥，你是真人不露相，多才多艺啊。我没有想到，你还是个菊花专家啊。"

常健不好意思地摇着头说："让你们见笑了，我最多只能算一个菊花爱好者。"

时间过得真快啊，不知不觉到了中午十二点钟，大家只好恋恋不舍地告别了观海公园，高高兴兴地来到海霞大酒店。二妮点了满满当当一桌子美酒佳肴，让大家开怀畅饮。

……

从海霞大酒店喝完酒，回到自己的住处，已经是深夜，二妮高兴得还是久久不能平静。她一把推开窗子，兴致勃勃地欣赏夜景。

这是一个十分迷人的夜晚。明镜一般的月亮悬挂在天幕上，那银色的清辉普照开来，把整个大地打扮成了银灰色的梦幻世界。幽蓝幽蓝的天空中，点缀着无数的小星星，眨巴着眼睛在向人们问好。

在月光和灯光的遥相辉映下，一条条大街变成了波光闪烁的银河，一栋栋高楼披上了五颜六色的衣服。海边灯火通明，海水像一片片燃烧着的彩色火焰，不停地闪烁着、滚动着。一个接一个的海浪轻轻地拍打着岸边，发出动听的哗啦哗啦的声音。一阵阵海风携带着悠扬欢快的音乐扑面而来，既清新凉爽，又

心旷神怡。

二妮欣赏着迷人的夜景,心驰神往,浮想联翩……

她首先想到了黑老板。是黑老板这个禽兽不如的畜生,把她这个含苞待放的花骨朵给糟蹋了,一下子把她推向了万丈深渊。她恨黑老板,恨得咬牙切齿,恨不得吃了他。现在,黑老板已经死了,她的深仇大恨已经报了。从今以后,她可以甩掉思想包袱,去开拓新的人生之路了。

她想到了常健。在她最痛苦最困难的时候,常健出手相助,帮助她渡过了难关。常健花钱让她参加青年歌手培训班,让她在娱乐城唱歌,使她成了一名名副其实的青年歌手。常健的大恩大德,要永世不忘,今后要好好报答他。

这个月,常健给她发了两千元工资。这个数字对她来说确实太大了,她做梦也没有想到一个月会挣这么多钱,说什么也不肯要这么多。常健反复进行解释,说这是她应该得到的报酬,以后还会更多。

常健虽然是一名总经理,但没有看不起她这个从小山村里走出来的打工妹,反而主动关心她,帮助她,使她非常感动。她感到,常健与那些财大气粗的老板不一样,他正直善良,有同情心和正义感。她现在更加认定,常健是她今后可以信赖、可以依靠的人。

她想到了大妮和三妮。姐姐现在和童军一块卖菜,她能不能受得了那样的苦,能不能赚到钱啊?三妮在刘教授家当保姆,她能不能适应得了?会不会受欺负啊?

她想到了爸爸妈妈。如果家里有钱,爸爸就不会去小煤窑挖煤炭,妈妈也不会挺着临产的大肚子去山沟里割麦子,更不会突然死去。如果家里有钱,爸爸检查出病以后,就会及时住院动手术,很可能他现在还健健康康地活在人间。可是,爸爸和妈妈已经走了。

她还想起了那一只奶羊……

妈妈去世后,爸爸抱着刚刚出生、饿得哇哇乱叫的三妮,呆呆地流着泪水。

爸爸求亲告友借了几个钱,买回来一只奶羊。三妮能不能活下来,就全靠它了,它成了三妮的命根子。这一只奶羊,陪伴了三妮很多年。

那是一个烈日炎炎的中午,二妮在山沟里放这一只奶羊。天气说不上来地闷热,烫人的空气像是凝固了,使人喘不动气。树叶、小草无精打采地垂着头,小鸟、蚂蚱也不知道躲到哪里去了。奶羊慢吞吞地、很不情愿地半天吃一口草。二妮穿着破旧的背心和短裤,汗水像小溪一样顺着头发、胳膊向下流淌着。山坳里的天气,就好像猴子的脸,说变就变。一阵狂风过后,一堆堆乌云,黑压压地翻滚过来。几道刺眼的闪电划过,震耳欲聋的霹雳在头顶炸开。紧接着,冰雹夹杂着暴雨,噼里啪啦地向山沟里砸下来。

二妮惊慌失措,哭叫着拼命地拉奶羊。奶羊像是吓呆了,任凭怎么拉,就是不肯走。二妮大声哭喊:"奶羊,你……不能死啊!你……快点走啊!你……"

第十四章 报仇雪恨 送别兰凤

惊心动魄的山洪，咆哮着冲了过来，瞬间卷走了二妮和这一只奶羊……

山坡上，爸爸和大妮在狂风暴雨中跌跌撞撞地奔跑着，碎心裂胆一般呼叫着："二妮……你在哪里……二妮……"

山洪过后，失魂落魄的爸爸和姐姐在一块大石头缝里找到了二妮，她遍体鳞伤，已经奄奄一息，怀里还紧紧地抱着这一只奶羊。

……

秋天，天上一片片七零八落、残缺不全的白云，在慢慢地、死气沉沉地飘浮着。地上，一阵阵寒风吹来，树上的叶子旋转着、轻舞飞扬着、很不情愿地潸然落下。

一天，兰凤的两个姐姐从黑龙江来到观海，要接兰凤回老家。二妮和常健又在海湾大酒店包间内，摆了一桌美酒佳肴，与兰凤送别。席间，四个女孩子难舍难分，抱头痛哭。

兰凤声泪俱下，哭得一把鼻涕一把泪，抽泣着说："我这一辈子，能交到你们这些好朋友，死了也知足了。我已经成了残疾人，行动不方便。我这次回老家以后，就再也不能回来看望你们了。我希望你们有机会的时候，去看看我，我在老家盼望着你们啊！"

停了一会，兰凤又哽咽着语重心长地说："二妮，我为了挣钱，从十七岁就出来闯江湖，跑遍了半个中国。应该和不应该吃的苦，我都吃过了。应该和不应该受的罪，我都受过了。到头来，我丢掉了一条小腿，成了残疾人。我至今形单影只，孤苦伶仃，爱情、家庭、孩子……我什么也没有得到。今后，更得不到了。回首往事，我体会最深的是，一个女孩子如果走上卖身之路，前面就是万丈深渊，就是死路一条。二妮啊，你千万不要学习我，千万不要钻进钱眼里，走卖身挣钱这条路。你一定要走正常人走的路，过正常人过的生活。妹妹啊，我十分敬佩你，相信你，衷心祝福你！"稍停片刻，她又哭泣着说道："柳叶啊、白花啊，你们俩应该猛然醒悟，悬崖勒马，马上离开洗浴城。你们俩现在告别卖身，重新做人，还为时不晚。可是，我……"兰凤哭得再也说不下去了。

常健听了，心里发酸，含着泪花说："二妮，你给大家唱一首歌吧！"

二妮有千言万语，不知道从何说起，她哭着为兰凤唱了一首《送别》……

长亭外
古道边
芳草碧连天
晚风拂柳笛声残
夕阳山外山

天之涯
地之角
知交半零落
一壶浊酒尽余欢
今宵别梦寒
……

第十五章　三妮扬名　小帆出走

第十五章　三妮扬名　小帆出走

　　星期天晚上，三妮上完高考辅导课，从观海大学里走出来。刚刚走到学校大门外面，脚下被什么东西绊了一下。她低头一看，是一个黑色皮包。她拿起皮包，打开一看，里面有很多现金、存折和支票，还有一些证件和单据。她马上返回学校，把皮包交到了学校办公室，留下自己的住址和联系电话，就匆匆忙忙离开了学校。

　　三妮刚刚回到刘一鸣家里，学校办公室的电话打了过来，说三妮拾到的皮包里，有十一万元现金、十六万元存折、十五万元支票，还有各种证件和单据，失主也找到了。

　　一时间，三妮成了观海市的新闻人物，电视上、报纸上都报道了她的事迹，真可谓名声在外。她还被观海市青年联合会评选为观海市优秀青年。大姐、二姐和连奶奶等人，都先后打来电话，表扬她拾金不昧。

　　又是一个星期天，失主在海霞大酒店八楼设宴，答谢三妮。三妮推辞不掉，又不好意思一个人去参加，就邀请刘一鸣和刘小帆一同前往。

　　失主是观海市某房地产开发总公司的老板，名字叫陆建，四十六岁，中等身材。他蓄着一头短发，眼睛深邃有神，鼻梁高挺，再加上那微微上翘的嘴唇，无不张扬着干练、冷静、沉着和勇敢。他那有些发福的将军肚，并没有影响他的气度和风范。

　　陆建的妻子叫宋一平，四十六岁，在观海市教育局工作。她不胖不瘦，不高不矮，白嫩细腻的瓜子脸，细长的眉毛下，闪动着一双乌黑发亮的大眼睛，流露出聪颖的目光。

　　他们的儿子叫陆鹏，二十岁，在观海大学上大一。他一米七八的个子，身材匀称，白白净净。一张超级可爱的圆圆的娃娃脸，一双忽闪忽闪的大眼睛，流露出聪明和几分幼稚气。他心直口快，大大咧咧，爱说爱笑，给他的阳光帅气和直率中，加入了一丝桀骜不驯和放荡不羁的影子。

大家先自我介绍，然后入座，一会工夫，美酒佳肴上了满满一桌子。

陆建开场白，高兴地说："上个星期天，我急急忙忙到施工单位结账发工资，喝了点酒。回来时已经晚上八点多，又急急忙忙送陆鹏回学校。忙乱之中，再加上头脑不太清醒，把皮包丢在了观海大学的大门外面。皮包内有十一万元现金、十六万元存折、十五万元支票，还有那些对我来说特别重要的各种证件。多亏是三妮姑娘拾到了，及时送还给我，使我避免了一次重大的损失。也可以说，使我避免了一场灾难。为了表达我的敬意和感恩之心，我要敬三妮姑娘几杯酒。这第一杯酒，我要衷心感谢三妮姑娘。"说完，他和三妮碰杯，一饮而尽。然后，他又给初次见面的刘一鸣和刘小帆敬酒。

宋一平激动地说："在三妮身上，体现了中华民族拾金不昧的传统美德，是当代青少年学习的榜样，我要在全市学生中好好进行宣扬。"

品尝着美酒佳肴，观看着窗子外面风平浪静的大海上那迷人的景色，聆听着优美的歌曲和人们的赞美之言，三妮长这么大，第一次享受到这么高的礼遇，心里虽然十分高兴，但也有点受宠若惊的感觉，有些不自然和忐忑不安。她微笑着，很不好意思地说："叔叔、阿姨，就那么点小事，真的是不足挂齿。什么美德呀，什么榜样呀，我当时根本就没有想那么多，我哪里有你们说得这么好啊？从今以后，大家就不要再提这件事了。"

第一眼看到三妮，陆鹏眼前就突然一亮，他是第一次见到这么清纯漂亮的女孩子。听完三妮说的话，陆鹏感到有些不理解，急忙问道："三妮，当时你就没有想点什么，比如说要点好处和回报？"

三妮摇了摇头，笑吟吟地说："不是自己的东西，理所当然不能要，就应该及时还给人家，这是天经地义的事，也是人之常情，为什么还要好处和回报啊？"

陆鹏有点不相信，微笑着说："不可能吧，要是我，最起码要让失主请我吃一顿。"

三妮乐了，笑盈盈地说："那好啊，你明天也去捡个皮包吧，让失主请你吃一顿，我们也沾你的光，跟着你一块去吃。"大家听了，哄堂大笑。

宋一平若有所思，她仔仔细细端详着三妮，问："三妮，听说你一边打工，一边自学，准备考大学？"

三妮被她看得有些不好意思，羞红着脸，低着头回答："我一直在自学，上大学是我的梦想。"

陆建看着三妮，郑重其事地说："三妮，我已经考虑过了，也和我的家人商量好了，我准备资助你上大学。这也算是对你的一种回报，希望你能同意。"

三妮一愣，急忙说："谢谢叔叔的好意，不麻烦你了，我可以打工挣钱。再说，还有两个姐姐帮助我，我花钱不多，足够了。"

第十五章 三妮扬名 小帆出走

陆鹏又是感到不理解，说："现在这个时代，一切向钱看。上大学干吗？没有意思。你应该找个来钱快的工作，去挣大钱。"

三妮笑嘻嘻地说："我没有本事挣大钱，也不想挣大钱。我只想考上大学，将来当个老师，去教那些孩子们。"

宋一平高兴地说："三妮，我在市教育局工作，专门负责高考。以后，你在自学和高考方面有什么困难，就及时告诉我，我一定会尽力帮助你。"

三妮听了，非常高兴，急忙说："谢谢阿姨，我现在敬你一杯酒！"

宋一平再一次仔细端详着三妮，并详细询问三妮的家庭情况。问完以后，她沉思了一会，又接着问道："三妮，你找对象了吗？"

三妮红着脸，摇了摇头，说："没有，我还小。"

初次见到三妮，宋一平有些吃惊，她没有想到，从贫穷落后小山村走出来的这个打工妹，不但人品好，而且非常聪明，非常清纯，非常漂亮。宋一平笑嘻嘻地说："我喜欢农村的女孩子，一直想找一个农村的女孩子当儿媳妇。农村的女孩子朴实，能吃苦，会持家，让人放心。"稍停片刻，宋一平像是开玩笑，半真半假地说："三妮，你要是不嫌弃陆鹏，你们两个谈一谈，看看能不能合得来。如果合得来，你将来就给我当儿媳妇吧。"

陆鹏听了，深受启发，欢欣鼓舞，马上高兴地说："我也喜欢三妮这样的农村女孩子。我妈妈刚才说的千真万确，我举双手赞成！"他的直率，引起一阵哄堂大笑。

三妮满面通红，羞羞答答地说："阿姨，你不要拿我开玩笑了。"

宋一平满面笑容，一本正经地说："三妮，我不是开玩笑，我说的是心里话。"

稍停片刻，三妮说道："我是一个打工妹，一个小保姆，出生在穷山村，我的爸爸妈妈都去世了，现在连个家都没有，既没有钱，也没有特长和学历，谁也不会看上我。再说，我还小，现在不考虑这样的事。"

"三妮，我看你这个人很不错，我喜欢你，真的很想跟你谈一谈。"陆鹏脱口而出。

三妮羞得不知道说什么好，愣了一会，开玩笑说："你要是真的想跟我谈，你就等五年之后再找我吧，因为我还要上大学，大学毕业以后，我才能考虑找对象的事。"

"这时间也太长了吧，有没有商量的余地啊？"陆鹏又是脱口而出，逗得大家又一次哄堂大笑。

"没有一点商量的余地。"三妮回答得也很干脆利落，大家又大笑起来。

……

黄昏时分，夕阳染红了天空，变成了火烧云。那燃烧着的云彩，从西边烧到东边，好像天地之间都着了火。火烧云色彩斑斓，就好像在天空中展示着一个巨大的调色板,一会儿红彤彤的,一会儿黄灿灿的,一会儿蓝莹莹的,一会儿又把这个巨大的调色板打碎了,那五颜六色的颜色都搅和在了一块,呈现了一种如梦如幻、说不清道不明的色彩。那火烧云的形状,更是变幻莫测,五花八门,千奇百怪,一会儿像山川,一会儿像河流,一会儿像森林,一会儿像动物……

三妮和刘小帆在海边的沙滩上,一边玩耍着,一边观看着火烧云,如梦如幻,如痴如醉。她们俩高兴得手舞足蹈,又唱又跳……

夜幕降临,华灯齐放,三妮和刘小帆意犹未尽,恋恋不舍地离开了海边。回到了家中,刘小帆一屁股坐在沙发上,累得不想动了。

三妮一遍又遍地催促着她:"小帆,你满身都是汗水和沙子。我放好水了,你快去洗澡吧。"

刘小帆懒洋洋地躺在沙发上,很不情愿地回答说:"姐,我累得快要死了,浑身痛,不想洗了。"

三妮把刘小帆拉起来,哄劝道:"这么个大姑娘了,身上脏乎乎的,丢不丢人啊?"

刘小帆哀求道:"姐,我真的太累了,不想洗了。"

三妮温柔地劝说道:"小帆,听话,我跟你一块洗,给你搓搓背。"

一听说给她搓背,刘小帆来了情绪。在她的记忆中,在她上小学以前,爸爸给她洗过澡,还给她搓过背。以后,再也没有人给她搓过背。

洗漱间内,大浴盆里,三妮坐在刘小帆身边,轻柔地给她搓着身体。刘小帆幸福得不得了,笑得合不上嘴,美滋滋地感慨道:"我的天啊,真舒服呀,真享受呀,我是第一次享受皇帝的待遇啊!"

三妮听了,顿时一愣,感到莫名其妙,也有点摸不着头脑:"你胡说些什么啊,乱七八糟的。"

刘小帆鬼头鬼脑地笑着说:"我听说,皇帝洗澡,都要美女搓背。现在给我搓背的不但是一个仙女似的大美女,还是观海市的优秀青年,我现在飘飘然,有点当皇帝的感觉。"

三妮被她逗乐了:"你想找死啊。"

刘小帆神秘兮兮地问:"姐,你最近发现秘密没有?"

三妮忙问:"什么秘密?"

刘小帆装神弄鬼地说:"姐,我说了你千万不能跟别人说。"

三妮笑眯眯地说:"那好吧。"

刘小帆装模作样地说:"姐,我越来越崇拜你,现在已经爱上你了!"

三妮乐呵呵地说:"油嘴滑舌,你快点洗澡吧。"

刘小帆心不在焉地洗着澡,不知道想起了什么,流出了泪水。三妮一愣,

第十五章 三妮扬名 小帆出走

慌忙问道:"小帆,你怎么像猴子似的,喜怒无常,说变脸就变脸,说掉泪就掉泪啊?"

刘小帆心事重重,可怜兮兮地说:"姐,我真的很想有一个无话不谈的知心朋友,我也很想有一个疼我爱我的亲姐姐。可是,我什么都没有,很孤单,也很寂寞。"

三妮疑惑不解:"你不是有爸爸,还有同学吗?"

刘小帆哭着说:"姐,你都看到了,我爸爸把我当成了恐怖分子,看着我哪里都不顺眼,还时时刻刻戒备着我。同学们像躲瘟疫那样躲着我,很少有人愿意搭理我。我想到同学家里去玩,同学的家长都变着法儿不让我去,怕我把他们的孩子带坏了。有些男同学阿谀奉承我,挖空心思跟我套近乎,想方设法接近我,目的是想占我的便宜,跟我上床。秦桧还有三个好朋友,我混得连秦桧都不如,真悲哀。"

三妮听了,心里发酸,深情地说:"小帆,从今以后,你就把我当成你的知心朋友,当成你的亲姐姐。你有什么心事和烦恼,就跟我说,我一定会给你出主意想办法。"

刘小帆眼泪巴巴地问:"姐,你真不嫌弃我啊?"

三妮使劲点了点头:"我很喜欢你这个小妹妹。"

刘小帆使劲抓住三妮的手,激动地说:"姐,你真好!"

刘小帆端详着自己的身体,又看了看三妮的身体,若有所思,问道:"姐,我的身体怎么和你不一样啊?"

三妮问:"怎么了?"

刘小帆一脸茫然,指着自己的身体问:"姐,我的年龄比你小,身体却比你肥胖这么多,是不是不正常啊?"

三妮不假思索地说:"小帆,你又在胡扯。可能是好东西都让你给吃了,有点营养过剩。"

刘小帆忧心忡忡,沉思了一会,吞吞吐吐地说:"姐,我最近吃得不多,有时还恶心呕吐,乳房和肚子胀胀的。会不会……是长病了吧?"

三妮看了看刘小帆的乳房和肚子,确实比自己的大了一些,但她没有多想,不以为然地说:"小帆,你太肥胖了,从今以后,你应该减肥。"

……

最近,刘一鸣找了一个对象,给死气沉沉的家庭氛围带来了几分喜气。介绍人是陆鹏的妈妈。上一次,在海霞大酒店认识以后,宋一平感到刘一鸣条件不错,就忙着给他物色对象。她给刘一鸣介绍的对象,是一名初中老师,姓迟,二十八岁,未婚,人长得很漂亮,脾气性格也不错。双方见面以后,都很满意,同意继续谈下去。

这一段时间，迟老师经常到刘一鸣家来。三妮很尊敬迟老师，对她特别热情，两个人很快成了朋友。三妮感到迟老师和刘一鸣很般配，很合适，她很想促成这件美事。迟老师每次来，三妮都热情招待，把家里打扫得干干净净，把饭菜做得特别丰盛好吃。

观海市说大也大，说小也小。谁也没有想到，事情就这么巧合，迟老师和刘小帆不但在同一个学校，而且迟老师与刘小帆的班主任老师还是好朋友。刘小帆心想，这位迟老师既然是班主任老师的好朋友，她那些丢人现眼的破烂事，迟老师肯定早就知道得一清二楚了。刘小帆对班主任老师很反感，关系弄得很紧张。她对班主任老师的好朋友迟老师，自然也产生了几分厌恶和不喜欢。

前几天，刘小帆经常肚子痛，她让尹小强陪着去医院做检查。医生告诉她，她怀孕了，并且已经三个月了，必须马上让家长签字做人流。听到这个消息，刘小帆如五雷轰顶，惶惶不可终日。对于自己怀孕的事，她既不敢跟别人说，也不敢去医院做人流，因为她既怕丢人又害怕痛。有几次，她鼓了半天勇气，想找个没有第三者在场的机会，与三妮偷偷商量一下怎么办，结果都被形影不离的迟老师和刘一鸣给冲断和打乱了，刘小帆气得咬牙切齿。

这几天，刘小帆坐立不安，心情很烦躁，也很恐慌。她还是个未成年的女孩子，突然遇到这样的事，又得不到大人的帮助，感到天就要塌下来了。她度日如年，急得好像热锅上的蚂蚁，不知道怎么办才好。她上课时恍恍惚惚，经常迟到早退。回到家就躲进自己的房间里，怎么叫也不出来。

平时，刘小帆很反感别人拿她早恋来说事。现在，她看着自己的肚子一天比一天大起来，越来越心慌意乱，更加反感别人提起她早恋的事。迟老师不明就里，偏偏在她早恋的事上大做文章，一有机会就滔滔不绝地说个没完没了。

迟老师对刘小帆早恋的事，真可谓心急如焚啊。多年的教师生涯养成的事业心和责任感，她不可能对刘小帆放任不管。如果按照目前的发展速度，她很可能很快就会成为刘小帆的后妈。她感到自己肩上的担子很重，责任重大，恨不得一夜之间就把刘小帆培养教育成一个栋梁之材。

这是一个星期天的上午，迟老师把刘小帆叫到客厅里，开始上课。她从青少年产生早恋的八个主客观原因，到早恋的九种表现，再到走出早恋误区的十一个方法，循循善诱，讲得深入浅出。迟老师苦口婆心和耐心细致的教育，不但没有收到好的效果，反而引起了刘小帆更大的厌恶和反感。

对于刘小帆对迟老师的不理解，不尊重，三妮看在眼里，急在心里。但是，三妮不知道怎么样处理这样的事。她只能时不时地耐心劝说刘小帆几句："迟老师批评教育你，都是为你好，你要理解老师的一片苦心。俗话说，良药苦口利于病，忠言逆耳利于行。你现在是大人了，懂事了，应该学会尊重别人，不要动不动就上火，耍小性子。"

第十五章 三妮扬名 小帆出走

现在，学校已经放了假，迟老师更是有了时间，她几乎每天都来教育刘小帆。刘小帆总是想方设法躲着迟老师。但是，迟老师就像口香糖一样粘上了她，怎么躲都躲不开。刘小帆把迟老师那微笑的脸庞、柔和的语调、幽默的语言看成是在讽刺她，把迟老师讲的那些观点鲜明、通俗易懂、富有哲理的内容，看成是在挖苦她，在揭她的疮疤。她心不在焉，神不守舍，有时根本不知道迟老师在讲什么。

这一天，迟老师又来了。话匣子一打开，她滔滔不绝地讲了两个小时，还耐心细致没完没了地继续讲着。这次，迟老师讲的重点很突出，那就是早恋的十大危害性。刘小帆越听越上火，头都大了。她现在关心的不是早恋不早恋的问题，而是急需解决掉肚子里的早恋孽种，并且十万火急，越快越好。

对于刘小帆的不虚心、不耐烦和厌恶反感，迟老师早就看出来了，她一直在忍耐着，压抑着心中的火气，没有表现出来。现在，她看到刘小帆那心不在焉、魂不守舍的样子，实在是忍无可忍了。她越说越上火，越说嗓门越大，声音都变了调。

三妮看到迟老师和刘小帆情绪不对头，赶紧劝说她们喝水、吃水果。她急忙插话和迟老师聊了一会别的事，又坐在刘小帆的身边，轻轻地拍了拍她的肩膀，暗示她要冷静。

以前，刘一鸣下班回来，把门一关，就躲在书房里搞他的学术研究，外面的事很少管。现在，每当迟老师给刘小帆上课，他都开着书房的门，随时听着外面的动静。刚才，他听到迟老师的声音有点不对头，就马上走了出来。

刘小帆想，在学校，那个可怕的班主任老师像看犯人一样，整天盯着她，管着她。回到家里，又来了这个可怕的迟老师，同样像看犯人一样盯着她，管着她。更可怕的是，这个迟老师，很可能很快就会成为她的后妈，成为这个家庭的女主人。以前，这个家里虽然冷冰冰的，也很压抑，但是，这毕竟是自己的窝。累了，可以躺在自己的小床上休息。心里有了委屈，可以躲在自己的房间里流泪。以后，这个迟老师如果真成了这个家的女主人，她很可能被扫地出门，连这个立足之地也没有了。她越想心里越害怕，越想越生气。早晚都要说开，迟早都要摊牌，晚痛不如早痛，还不如现在就来个快刀斩乱麻。她再也控制不住自己的情绪了，心中的怒火终于爆发出来。

"你少在我面前提早恋！"刘小帆吼叫道。

此时此刻，迟老师早就忍无可忍了，厉声问道："怎么，你早恋还有理了？"

刘小帆吼叫道："姓迟的，实话告诉你，我不但早恋了，我还怀孕了。我现在肚子里就怀着一个早恋的孽种，已经三个多月了，你能把我怎么样啊！"

听到刘小帆的话，大家顿时惊得目瞪口呆。

三妮心里很着急，也很紧张。刚刚有了一点点暖意的家庭氛围，又蒙上了一层冰霜,看来还要面临一场狂风暴雪,这可怎么办啊?她无可奈何,想不出一点办法。

刘小帆声嘶力竭地吼叫道:"告诉你,这个家,有你,就没有我。你要是想留在这个家里当女主人,我立马就走人!"

迟老师气得浑身发抖,白净柔嫩的脸蛋变得蜡黄,一双明亮而又锐利的大眼睛中含着泪水。她指着刘小帆,断断续续地吼叫道:"你……不可理喻,你……不可救药!你……"

刘一鸣被气晕了,脸都变了形。他哆哆嗦嗦地指着刘小帆骂道:"你……堕落!你……浑蛋!"

刘小帆现在已经无所顾忌了,她冲着刘一鸣吼叫道:"你是什么破眼光啊,找这样的疯女人。你还是个男子汉吗?我都替你嫌丢人。什么狗屁教授啊,我看不起你!"

刘小帆当着迟老师的面,揭开了刘一鸣最不想让别人看到的那血淋淋的疮疤,把他的尊严、名声和面子统统摔了个粉碎。

"我打死你,你……滚蛋!"刘一鸣被气疯了,一边骂,一边冲过来打刘小帆,被三妮拉住。

"你以为这里是什么好地方,我早就不想待在这里了,我现在就立马走人!"刘小帆对刘一鸣吼叫完,哭着摔门而去。

三妮跑过去想拉住刘小帆,刘小帆一把推开三妮,飞快地向大街上跑去,不一会就消失的无影无踪了。

迟老师被气得一屁股坐在沙发上,擦了擦泪水,抬头看了看刘一鸣,又马上站起来,气呼呼地说:"刘教授,我不能一进你家的门,就先伺候你家这个小祖宗。我没有那个本事,那样的日子我一天也受不了,我走了!"她说完,头也不回地走了。

……

第十六章　喜结良缘　勇救房东

风和日丽，秋高气爽。这天下午，大妮和童军卖完菜，爬到海边一个山头上，登高望远，兴致勃勃地观赏着那如诗如画的美丽景色。天上，白云悠悠。远望，天水相连。脚下，云雾缭绕。身边，那一棵大树上，两只喜鹊叽叽喳喳叫个不停。

童军喜气洋洋，含情脉脉地说："姐，我今天要送给你一样礼物，你一定要收下。"

大妮满面喜悦，眉开眼笑地问："弟，是什么宝贝东西啊？搞得这么神神秘秘，快拿出来给我看看吧。"

童军马上严肃认真起来，一本正经地说："这可不是一般的东西，你必须先承诺，答应我的请求，我才能拿出来。"

大妮笑逐颜开，急不可待地问："到底是啥宝贝东西啊，还要我先承诺？"

见童军笑而不答，大妮想了想，爽快地说："那好吧，我答应你的请求，你快点拿出来吧。"

童军听了，心花怒放，他从兜里掏出来一个精美的小盒子，又从小盒子中拿出来一枚金光灿灿的戒指，然后小心翼翼地戴在了大妮手指上。

大妮喜出望外，不由自主地一阵惊叹不已："哇，真好看，太漂亮了！"

童军既兴奋又神色庄严地说："我今天正式向你求婚！"

大妮先是一愣，马上笑吟吟地说："弟，这可是一辈子的终身大事，你一定要慎重考虑。"

童军顺手把大妮揽在怀里，在她的脸上轻轻亲吻了一下，激动地说："你还让我怎么考虑啊，我已经考虑一千遍了。"

大妮神色凝重，沉思了很长时间，然后盯着童军的眼睛，一字一句地问道："你真的想好了，你真的一辈子不后悔？"

童军也盯着大妮的眼睛，斩钉截铁地回答道："我真的想好了，我真的一辈子不后悔！"

这时候，大妮心潮起伏，思绪万千。她沉默了，低着头默默无语，不知道

该说什么,也不知道该做什么。

童军一愣,急忙问:"怎么,你还是不同意,还是不答应我?"

大妮哭了,抽泣着说:"弟,我同意,我一百个同意。只不过,我总是感觉我不干净,配不上你。我……不敢答应你。"

童军激动得浑身颤抖,诚心敬意地说:"我已经跟你说过多少次了,在我心里,你和我姐姐雪梅一样,是这个世界上最纯洁、最漂亮的好女孩,我一定要娶你为妻。"

大妮又沉思了很长时间,然后推心置腹地说:"这一段时间,我心里七上八下,一直很不平静。你姐姐雪梅与我有相同的遭遇,你与我又阴差阳错地走到了一起,这太不可思议了。伤心痛苦的事,偶然巧合的事,都让我们俩遇上了,这是不是老天爷在故意捉弄我们俩啊?"

童军诚恳地说:"我不管什么阴错阳差,也不在乎什么捉弄,我自豪和荣幸的是遇到了你这个好人。今后,我要像爱我的亲姐姐一样,一辈子都爱着你。"

大妮认真地说:"你对你姐姐的爱,那是亲情。你对妻子的爱,那是爱情。两者不一样,不能混为一谈,你知道吗?"

童军急忙说:"我不管那么多,我要把亲情和爱情都给你!"

此时此刻,此情此景,大妮还能说什么啊?她高兴得说不出话来,激动得热泪盈眶……

近来,大妮已经预感到会有这么一天,但她没有想到这一天来得这么快。是啊,童军爱她,她也爱童军。结为夫妻,白头到老,永不分离,这是他们俩梦寐以求的事。童军一直在苦苦地追求着她,也不知道向她表白过多少次了。因为她太爱童军了,总是感到自己配不上童军,一直没有答应童军的求婚。

现在,大妮感到,如果再不答应童军的求婚,就太固执了,也太不近人情了,对童军是一种痛苦和折磨,对她也是。此刻,她不想再犹豫,也不愿再犹豫,她决定答应童军的求婚。

童军看到大妮又哭了,心里又是一惊,急忙问道:"你怎么又哭了,难道你还是不答应,难道你要让我给你下跪吗?"

大妮破涕为笑,娇羞地说:"我求之不得,这是高兴得哭呀。我……"

童军一阵狂喜,急不可待地问:"你同意了?你答应了?"

精诚所至,金石为开。大妮笑靥如花,眼睛里流淌着幸福的泪水,羞羞答答地、柔情蜜意地说:"只要你不嫌弃我,我听你的,我……答应你。"

喜从天降,童军心花怒放。他紧紧地把大妮抱在怀里,先是在大妮脸上使劲亲吻了一口,然后语无伦次、结结巴巴地说道:"你……你真好,真英明,真伟大!今后,我……叫你什么呀?我……应该叫你老婆吧?"

大妮热泪盈眶,激动地说:"叫我姐,你要一辈子叫我姐!"

第十六章 喜结良缘 勇救房东

童军脸上乐开了花,他想了想,兴奋地说:"从今以后,你就是我的老婆了,我如果再叫你姐,别人会笑话我。"

"那……你想叫我什么呀?"大妮满面桃花,含情脉脉,笑盈盈地问。

童军想了想,笑眯眯地回答:"在别人面前,我就叫你大妮。没有别人的时候,我就叫你姐,还可以叫你老婆、亲爱的、心肝宝贝、小乖乖……"

"去你的,耍贫嘴!"大妮满脸通红,打断了童军的话,羞赧地、开心地微笑着。

在蓝天白云之下,在风平浪静的大海边,在鸟语花香和静悄悄的山头上,两个年轻人火热的嘴唇,迫不及待地、紧紧地亲吻在了一起。这是他们俩朝思暮想的、轰轰烈烈的、甜甜蜜蜜的初吻,忘记了时间,也没有了空间。

……

这天中午,秋高气爽,在菜市场上,大妮和童军兴高采烈地卖着菜。

仰望天空,瓦蓝瓦蓝的,一尘不染,晶莹剔透,宽阔舒畅了许多,温馨恬静的阳光,飘逸悠扬的白云,满是自然和美丽,是那么娴静和轻盈。凉爽的秋风,清爽的空气,携带着清清淡淡的蔬菜瓜果以及泥土花草的甜味和幽香,轻轻柔柔地扑面而来,滋润着人们的心田,令人神清气爽。摊位旁边又高又大的银杏树上,一群小鸟欢快地叽叽喳喳地叫个不停。伴随着一阵阵温柔的秋风,那一片片黄灿灿的叶子,轻舞飘扬着落在地上,尽情地渲染着秋天的魅力。菜市场上,人头攒动,熙熙攘攘,一眼看不到头的摊位上,蔬菜瓜果比比皆是,五谷杂粮目不暇接,鸡鸭鱼肉应有尽有……处处洋溢着秋天的气息,彰显着秋天五颜六色和硕果累累的景象……

银杏树上的大喇叭,突然高歌嘹亮起来……

各位听众,下面播送《观海市中级人民法院布告》罪犯熊柱子,男,1968年3月生,观海市海北区人,无业人员。经本院审理查明,三年多来,罪犯熊柱子,在菜市场上欺行霸市,敲诈勒索,强行收取保护费,共造成一人死亡,十三人重伤,情节严重,性质恶劣,严重危害社会安全稳定。本院依据《中华人民共和国刑法》有关规定,判处罪犯熊柱子,有期徒刑15年……

听到市霸熊柱子被判了刑,卖菜的人们和买菜的人们,欢欣鼓舞,奔走相告,还有的兴高采烈地燃放起了烟花爆竹。

童军喜出望外,欣喜若狂,急忙跑到对面的小饭店里,买来几瓶啤酒,高兴地一边卖菜,一边喝起来。他一边喝着啤酒,一边眉开眼笑地说:"熊柱子进去了,大快人心!姐,今天晚上,你多做几个下酒菜,我们要好好地庆贺庆贺!"

大妮高兴地扬眉吐气,热泪盈眶,笑逐颜开地说:"恶有恶报,不是不报,时候未到。姓熊的横行霸道,无法无天,那么嚣张,没想到也有今天。从今以后，我们在这里卖菜，再也不用担惊受怕、忍气吞声了！"

……

熊柱子被判了有期徒刑，大妮高兴地心花怒放。晚上，回到家里，她和童军做了满满当当一桌子酒菜，把房东安叔叔和姜阿姨请了过来，热热闹闹庆贺了一番。这天夜里，大妮做了一个梦。在梦里，她和童军举行了一个十分隆重的婚礼。婚车里，大妮幸福地靠在童军怀里，优美动听的歌声和音乐响了起来……

甜蜜蜜，你笑得甜蜜蜜
好像花儿开在春风里
开在春风里
在哪里，在哪里见过你
你的笑容这样熟悉
我一时想不起
啊——在梦里
梦里，梦里见过你
甜蜜，笑得多甜蜜
……

婚车前面的车上，摄像师从天窗里探出身子，向后趴着拍摄着挂着彩带的婚车队。

大妮喜气洋洋，身穿洁白的婚纱，怀里抱着一束鲜花，挽着童军的胳膊，在伴郎、伴娘和亲朋好友的簇拥下，徐徐走进殿堂里。顿时，歌声、掌声、欢笑声沸腾起来，礼炮声震耳欲聋，响彻云霄。

咔嚓……咔嚓……闪光灯对着他们俩响个不停，几部摄像机从不同的方向对着他们俩狂摄。一群少男少女，大把大把地向他们俩撒着鲜花。

随着女主持人优美动听的声音，伴郎、伴娘把结婚戒指交到他们俩手中。他们俩互相给对方戴上戒指，喝了交杯酒，在一片欢呼声中，幸福地拥抱在了一起。前来参加婚礼的人们，共同为他们俩见证了这最庄严、最神圣的时刻。

喜宴上，美若天仙、光彩照人的大妮，换上大红色的晚礼服，颈上戴着白金项链，兴高采烈地给客人们敬着喜酒。

五彩缤纷、万紫千红的鲜花丛中，阳光明媚、暖风徐徐的大海边，穿着婚纱的大妮与童军手拉着手，甜蜜地欢笑着，开心地奔跑着……

大妮做着甜甜蜜蜜的梦，在梦中幸福地笑了起来。这笑声，把童军惊醒了。他一愣，马上打开灯，轻轻地从上铺下来，又轻轻地拉开了大妮的床帘子，呈

第十六章 喜结良缘 勇救房东

现在眼前的一幕，顿时令他热血沸腾，意乱情迷……

睡梦中的大妮，面带甜蜜的微笑，一头乌黑发亮的秀发，撒在雪白的绣着一对鸳鸯的枕头上。盖在身上的毛巾被已经滚到了一边……那完全舒展开来的优美、修长、恰到好处的肢体，那细腻、光滑、嫩白无瑕的皮肤……这是一个貌美如花、倾国倾城、活生生的、迷人的睡美人。

童军血气方刚，他越看越陶醉，情不自禁地在大妮脸上亲吻了一下。

大妮一惊，醒了。她看到童军正在火辣辣地盯着自己看，羞红满面，急忙拉过毛巾被盖住身子。

童军看到大妮醒了，回过神来，气喘吁吁地说："姐，我是听见你的笑声，以为有什么事，才下来看你。"

大妮一愣，忙问："笑……笑什么笑？"

童军含情脉脉，急忙解释："姐，你刚才可能是在做梦，老是在笑，而且声音还那么大，把我惊醒了。我……担心你……所以，我就下来了。"

大妮想到刚才做的梦，又想到刚才赤身露体的样子，被童军看了个一览无余，顿时羞得脸像红布，全身燥热，心慌意乱，语无伦次地说："你……真坏，你……全都看见了？"

童军心里就好像有七八个小兔子，在上蹿下跳，慌忙说："对不起……我不是故意的。"

大妮柔情似水，羞羞答答地说："我……没有怪你。"

童军气喘吁吁地说："老婆……你真好，你真美，你真漂亮，我……"

此时此刻，面对此情此景，他们俩再也控制不住自己了，迫不及待地、紧紧地拥抱在了一起……

这时候，对面歌舞厅里，那优美动听的歌曲《喜结良缘》的声音，伴随着五彩缤纷、上下翻滚的灯光，飘荡进了大妮和童军居住的小平房里来……

前世的擦肩
换来今生的相见
记得一千年以前
就见过你的脸
时间燃烧着思念的火焰
承诺刻骨铭心不会改变
……

这几天，天气就好像猴子的脸，说变就变。刚才还是阳光明媚，晴空万里，一转眼忽然刮起了狂风，翻滚着的乌云很快就罩住了天空。一阵阵电闪雷鸣过后，紧接着铜钱一般的雨点砸在了大地上。

大妮急急忙忙从菜市场赶回家中，手忙脚乱地收拾晾晒在院子里的衣服和被子。

她无意之中，发现姜春娟的厨房里，向外面流淌着水。她顿时一愣，急忙跑过去大声喊叫，使劲敲门，里面没有人回应。她顿时一惊，急忙用力推门，怎么推也推不开，好像在里面锁住了。她更加吃惊，又急忙趴在窗子上向里看，里面拉上了窗帘子，什么也看不到。

姜春娟患心脏病和高血压，她是不是犯病了，是不是出事了？想到这里，大妮顿时害怕了，慌忙找来一把镐头，把窗子上的玻璃砸碎了，顿时，浓烈的刺鼻的煤气味扑面而来。大妮向里一看，瞬间惊呆了：厨房里面，姜春娟躺在浴盆旁边，淋浴喷头正向外喷着水……

"不好，姜阿姨煤气中毒了！"大妮惊得目瞪口呆，自言自语地大声喊叫。

大妮想从窗子里钻进去，但是，窗子外面安装着防盗用的铁棍子，怎么砸也砸不开。

大妮拼命用镐头砸厨房门。厨房门终于被砸开了，大妮冲进去，背着姜春娟向附近的医院奔去……

因为发现和抢救及时，姜春娟得救了。她在医院住了十多天，就出院回到家里。

一天夜晚，姜春娟和安东方在海风大酒店设宴，答谢大妮。前来赴宴的人，除了他们俩的儿子安磊和儿媳妇辛婷婷，还有童军和安磊的老同学海宁。

安磊，三十岁，一米七八的个子，仪表堂堂，风度翩翩。一头乌黑发亮的短发，高高的鼻梁，又黑又长的眉毛下，镶嵌着一对明亮而又睿智的大眼睛。他穿着一件干干净净的白色衬衣，衬衣上板板整整扣着扣子。总体上，他给人一种正直、成熟、稳重的感觉。三年前，他从部队转业以后，先是在政府机关工作，后来辞职自谋职业，现在是"海鲜楼"的老板。

辛婷婷，二十七岁，高挑的身材，亭亭玉立，皮肤白里透红，瓜子脸，一双黑亮的大眼睛，俊秀的鼻子，漂亮的樱桃小口，是个典型的东方美女。她戴着一副眼镜，给人一种稳重大方、温柔贤惠的感觉。她在"海鲜楼"担任财务部经理。

海宁，三十岁，中等个子，浓眉大眼，戴着一副很漂亮的金丝眼镜，一看就是一个聪明机智、文质彬彬的人。他是观海电视台的著名记者。

席间，大家兴高采烈，开怀畅饮，频频地互相敬酒，气氛非常热烈，不一会就喝了十多瓶观海啤酒。

姜春娟满面笑容，笑眯眯地问："大妮，你是我的救命恩人，我应该怎么样感谢你啊？"

第十六章　喜结良缘　勇救房东

大妮马上摆着手说:"姜阿姨,你以后千万不要再提这件事了。谁遇到这样的事,都会这样做。自从我和童军来到你们家里,你们一家人无微不至地关心和帮助我们俩,我们俩应该感谢你们。"

海宁高兴地说:"大妮,我与安磊从小玩到大,亲如兄弟,姜阿姨就如同我的亲妈妈。今天,我借花献佛,一心一意敬你一杯酒,感谢你救了姜阿姨。"

大妮急忙说:"海大哥,我们俩是初次相见,我应该先给你敬酒。"说完,她与海宁一饮而尽。

姜春娟沉思了半天,感慨万千,激动地说:"我年轻的时候,一直想生一个女儿。但是,老天爷偏偏不给我,成了我一生中的最大遗憾。大妮啊,你来了以后,就像对待自己的亲妈妈一样对待我。这一次,你又救了我的命。我很感激你,也十分喜欢你。我们俩能相认相识相知,这是缘分,这是命中注定的事,也可能是老天爷有意安排的。如果你不嫌弃我,我就认你当干女儿,不知道你是否同意?"

大妮听了,先是一愣,又马上高兴地说:"阿姨,你对待我就像对待亲闺女,我求之不得,完全同意!有个妈妈多好呀,有人疼有人爱。我从小就没有了妈妈,看见别人家的孩子有妈妈爱着护着,我就眼馋羡慕得不得了。"

安东方悠闲自得地抽着烟,乐呵呵地说:"大妮,你不要忘了,还有我。你要是认她为干妈,理所当然要认我为干爸。"

大妮乐不可支,笑嘻嘻地说:"那是当然!今后,我有妈妈了,也有爸爸了,谁也不敢欺负我了!"

安磊高兴地说:"大妮,你不要忘了,你还有一个干哥哥和一个干嫂子。"

大妮激动地说:"我有两个妹妹。现在,我不但有了爸爸妈妈,还有了哥哥和嫂子。人生中应该有的亲人,我全都有了,很美满幸福!"

辛婷婷笑吟吟地说:"大妮,我很喜欢你这个妹妹,安小丫也会很喜欢你这个姑姑。"安小丫是安磊和辛婷婷的女儿,才一岁多。

大妮兴奋地说:"谢谢嫂子!"

姜春娟郑重其事地说:"大妮,义结金兰不仅是缘分,也是祖祖辈辈流传下来的风俗习惯,是亲情友情和人际关系的升华与定格。一旦举行了结拜,就要准备着一辈子的奉献和付出,并且不能计较个人得失,要无怨无悔地兑现自己的承诺。大妮啊,结拜是个很严肃很庄严很神圣的事,你要认真考虑。"

大妮听了,心潮澎湃。她想起了自己的爸爸妈妈,心里一阵发酸,含着泪花说:"我四岁时妈妈就去世了,我十四岁时爸爸也去世了。爸爸去世以后,我一个人带着两个妹妹过日子。我是多么羡慕别人家的孩子啊,无忧无虑,吃穿不愁,有爸爸妈妈爱着疼着,像个宝贝似的。冷了,躲进妈妈温暖的怀抱里。累了,靠在爸爸坚实的肩膀上。有了心事给妈妈说说,有了烦恼给爸爸谈谈。

我无依无靠，什么都没有，只有两个年幼无知、靠我养活、靠我看护的妹妹。生活再苦再累，我都不怕，我咬咬牙，都能挺得过去。但是，我忍受不了别人的欺负和侮辱，我忍受不了那种鄙视的眼光。我曾经几次想到了死，但是，为了两个年幼的妹妹，我只能选择活下来。"

停了一会，大妮又流着泪说："我渴望有爸爸妈妈，我渴望有哥哥和嫂子，我渴望有个亲人能帮帮我。"

愣了一下，大妮接着说道："我和童军住到你们家里以后，经过这一段时间的交往，我感到你们全家都是好人，能结识你们是我的荣幸和福分。如果你们不嫌弃我，我会像对待亲爸爸妈妈、亲哥哥嫂子一样来对待你们。"

姜春娟听了，感动得流出了眼泪，她高兴地拍着桌子说："大妮，既然你同意，这件事就这么定了。以后，你就是我的干闺女了。感谢苍天啊，我现在已经儿女双全了！"

海宁笑嘻嘻地说："安叔叔、姜阿姨，认干闺女是一件大喜事，按照传统的风俗习惯，应该选择一个良辰吉日，举行一个庄严隆重的认亲仪式。"

安东方笑呵呵地说："下个星期天，我们在海鲜楼摆上一桌酒菜，举行认亲仪式，好好庆贺一下。我要准备一个大红包，送给大妮。"

辛婷婷笑嘻嘻地说："我和安磊也要准备一个大红包，送给我们俩的干妹妹。"

大妮听了，笑逐颜开，激动地说："从现在开始，我一定牢牢记住，要像对待自己的亲人那样，来对待你们。至于仪式和红包，就全都免了吧。今后，我要是给你们添麻烦，你们不嫌烦就行了。为了表达我的决心和敬意，我现在就改变称呼，一心一意敬爸爸妈妈和哥哥嫂子一杯酒。"说完，她举起酒杯，给大家敬了一杯酒。

大家兴高采烈，喜气洋洋，轮流着互相敬酒。轮到童军敬酒时，姜春娟笑眯眯地问："大妮、童军，我上次说过，要给你们俩当媒人，你们俩考虑得怎么样了？"

童军脸色羞红，不好意思地说："阿姨，我同意，大妮她……也已经同意啦。"

姜春娟一听，喜出望外，忙问："大妮，你真的同意啦？"

大妮粉面桃花，羞羞答答地说："妈，我……同意。"

安东方笑得合不上嘴，说："哈哈……双喜临门，好事成双。我不但有了干女儿，还有了干女婿。哈哈……可喜可贺啊，我们今天要开怀畅饮！"

……

第十七章　常健求婚　二妮唱红

忽如一夜春风来，千树万树梨花开。这是观海入冬后的第一场雪，从昨天晚上就飘飘洒洒地下，天已经亮了，还在纷纷扬扬地下个不停。那雪花从空中飘落下来，像漫天飞舞的蝴蝶，像洋洋洒洒的鹅毛，像飘飘荡荡的柳絮……天地之间，浑然一体，白茫茫的一片。大地穿上了一件洁白的盛装，分外妖娆，就好像变成了一个洁白的童话世界。瑞雪兆丰年，来年肯定是个红红火火的好年景。

新春佳节快要到了，经历了挫折和磨难的二妮，决定放松一下疲惫的身心，到附近郊区游玩一天。

大雪过后的一天早晨，二妮和常健来到了海华山。

这座山，三面环海，一面连接陆地。它屹立在黄海之滨，拔地崛起。它高大雄伟，山光海色，峻峰险峡，水秀云奇。

二妮和常健登上主峰，放眼眺望，一眼看不到边的蜿蜒曲折的山川大地上，银装素裹，白雪皑皑，就好像置身于一个幽雅恬静、洁白如玉、晶莹剔透的梦幻世界。

一望无际的大海上，一轮红日跃出海水，冉冉升起，染红了天空，染红了大海，染红了大地……过了一会，那燃烧着的太阳，又给天空、大海、大地披上了万道彩霞，银白色的天地之间，顿时变得金碧辉煌，色彩斑斓。

高山峻岭之间，穿上了一件斑斑点点的银白色的外衣。在阳光的照耀下，一层淡淡的如烟如云的薄雾，伴随着一阵阵海风游来荡去。隐隐约约、若有若无的峰峦叠嶂，在虚无缥缈间时隐时现。

郁郁葱葱的苍松翠柏上，都自豪地绽放着满树梨花。枝头上的小鸟竟然陶醉于迷人的雪景之中，一动不动地观赏了半天，才恋恋难舍地飞了起来，蹬落了一片雪霰，然后便叽叽喳喳地欢叫起来。

二妮兴高采烈地观赏着这如诗如画的美景，情不自禁地赞叹着："太美了……太漂亮了……这是人间吗？这是天堂吧！"她陶醉了，情不自禁地奔跑着，呼唤着："啊——我——来——了，我——在——这——里！"

离开了主峰，他们俩来到一个瀑布下。这里峭壁环绕，瀑布飞腾着从天而降，山谷轰鸣，声如怒潮，水如玉龙，吐雾喷雨，跌落于深潭。潭中碧水凝寒，清澈见底，景色蔚为壮观。

观赏完瀑布，二妮和常健踩着咯吱咯吱的积雪，漫步在山间小道上。一边是碧海蓝天，惊涛拍岸。另一边是白雪装扮下的青松怪石，幽谷深涧。

不知不觉，他们俩来到了狮子峰。抬头看去，几块巨石互相叠加，侧看成岭，竖看成峰，状若雄狮，横卧在皑皑白雪之中。海风吹来，空中的白云宛如游龙，翩若惊鸿，在狮子峰上飘来飘去。阳光一照，景色十分绚丽。

二妮和常健兴致勃勃，来到一个由几块巨石叠加而成的山洞里。洞外，白茫茫的山坡上，蔚竹成林，怪石奇秀，涧溪成韵，泉水叮咚。背面，石峰耸立，山高林密。洞内，隐隐约约听见流水的声音，偶尔还能听见几声鸟鸣。从洞内向外看，广阔的蓝天变成了一条线。

在幽暗的山洞中，二妮全神贯注，只顾了观赏，忘了脚下，一脚踏空，摔倒在地。随着二妮哎呀一声喊叫，常健一惊，急忙跑过来扶二妮。

"怎么了？"

"我的脚崴了。"

"痛吗？"

"哎呀……痛……痛得要命。"二妮坐在地上，痛得龇牙咧嘴，满脸痛苦，咬着嘴唇说道。

常健小心翼翼地给二妮揉着脚，心疼地说："看来，是肌肉拉伤了，要疼好几天啊。我们玩不成了，我背你下山吧。"

二妮一愣，很惊讶地问："什么……你背我？"

常健笑嘻嘻地问："难道不行吗？你要是能飞下山，我还懒得背你呢。"

二妮红着脸，扭扭捏捏地说："那……多不好意思啊。"

常健不以为然，蹲下身子，若无其事地说："这有什么不好意思啊？我又不会吃了你。快来吧，别婆婆妈妈了。"

二妮犹豫和扭怩了半天，很不情愿又无可奈何地趴在了常健背上，抱着他的脖子，让他背着下山。

大雪过后，本来就崎岖不平的羊肠小道，加上湿滑，更是寸步难行，步履维艰。再背着一个人下山，实在不是一件轻松的事。时间不长，常健就累得气喘吁吁了。

背着仙女一样的二妮下山，肌肤贴着肌肤，而且贴得是那样紧，常健虽然很辛苦，心里却是暖洋洋、美滋滋的。尤其是看到游客和路人时不时投过来的

第十七章　常健求婚　二妮唱红

那种疑惑、暧昧和羡慕的目光，他心里有一种说不清也道不明的甜甜蜜蜜的味道，脑子开了小差，不由得浮想联翩。

要是能娶二妮为妻，那该多好啊。最近这一段时间，常健一直在苦苦思索着这个问题。此时此刻，虽然累得上气不接下气，他又想到了这个问题。想着想着，他不由得偷着笑了，顿时感到神清气爽，身上有使不完的劲，于是脚下生风，不由自主地加快了脚步。

二妮趴在常健背上，让常健背着下山，本来就不好意思，看到沿途人们投过来的那种目光，更是羞得无地自容。她想下来，又不能下来。她无可奈何，只能视而不见，把头尽量埋得低低的。她心里七上八下，无所适从，思绪万千。

小的时候，爸爸背过二妮。长大以后，她是第一次趴在男人背上，让男人背着走。她被常健身体上散发出来的那种男子汉特有的气息刺激得晕晕乎乎。二妮感到脸上发烧，心跳加快，产生了一种以前从来没有过的、说不清道不明、也无法形容的冲动和欲望，有一种云里雾里、飘飘欲仙的感觉。趴在这么宽大、结实、温暖的背上，真舒服，真安全，真幸福。要是一辈子就这样趴着，那该多好啊。

看到常健累得上气不接下气，二妮心头一热，心疼地说："常大哥，我太沉了，你歇会吧。"

正在浮想联翩、想入非非的常健，满面喜悦和幸福，听到二妮的话，回头看了看二妮，不假思索，脱口而出："猪八戒背媳妇，不觉劳累，心甘情愿。"

二妮一听，脸唰地一下就红了，急忙用粉拳在常健的肩头轻轻捶了几下，羞恼地说："你坏，谁是你的媳妇啊！"

犹豫了很长时间，常健像是下了很大决心，忐忑不安地说："二妮，有件事，我已经考虑了很多次了，也考虑了很长时间了，一直没有勇气说出来，怕你不同意，更怕你听了以后生气。但是，不说出来，我又憋得心里很难受。"

二妮一愣，忙问："常大哥，什么事这么严重啊？我们俩又不是外人，你想说什么，就痛痛快快地说吧。"

常健还是不放心，又犹豫了很长时间，支支吾吾地问："二妮，我……要是说了，你……真的不会生气吗？"

看到常健那心神不定、吞吞吐吐、欲言又止的样子，二妮扑哧一声笑了起来。她不假思索，十分爽快地说："常大哥，你以前说话干净利索，从来不拖泥带水。你今天这是怎么了？啰啰唆唆的，婆婆妈妈的。有什么大不了的事啊？天又塌不下来，你尽管直截了当、开门见山地说，我生哪门子气啊？"

常健憋得脸红脖子粗，他吞吞吐吐地说："二妮，我……从第一次见到你，就喜欢上你了。现在，我……已经爱上你了。只要你不嫌弃我，我一定娶你为

妻，与你白头到老。我……现在向你求婚！"

二妮听了，顿时就愣住了。她脑子里一片空白，一点思想准备也没有，不知道怎么样回答常健。看到常健那严肃认真、一本正经和紧张兮兮的样子，二妮知道常健不是在开玩笑。常健是认真的，肯定经过了深思熟虑。二妮没有想到，常健会在这个时候说出这样的事，而且说得这么直截了当和明明白白。以前，兰凤和柳叶经常提起这事，二妮都当成了她们是在说笑话和开玩笑，根本就没有往心里去。在二妮的心目中，常健是她的恩人，也是她可以信赖的大哥哥。但是，能不能把自己的终身大事托付给常健，能不能嫁给常健，与常健白头到老，二妮还从来没有考虑过。

见二妮默默不语，这么长时间无应答，常健心里没了底，开始发慌，垂头丧气地说："二妮，你不要往心里去，更不要生气，就当我没有说过，就当我是异想天开和胡说八道。其实，我有自知之明，不会埋怨你，更不会责怪你。今后，我们俩还是好朋友，我还是你的大哥哥。"

见二妮还是默默不语，常健更加灰心丧气，无精打采地问道："二妮，你真的生气了？"

二妮羞得满面通红，羞羞答答地说："常大哥，我没有那么小心眼，也没有生气。只是……我还从来没有考虑过这样的事。我……"她不知道下面的话应该怎么说，欲言又止。

此时此刻，他们俩没有了话题，都沉默了。

常健默默地背着二妮，来到山脚下的海味酒楼。这家饭店里顾客不多，十分安静。他们俩找了个靠窗的桌子，点了几瓶啤酒和几盘海鲜，欣赏着外面大海上迷人的美景，慢慢地品尝着啤酒和海鲜。

二妮举起一杯啤酒，十分感动地说："常大哥，谢谢你背我下山，我敬你一杯啤酒。"

常健端起酒杯，笑着说："上山容易下山难，背着一个人下山更是难上加难。实话实说，我多少年没有出过这样的力了，差一点把我累死。还好，你总算有点同情心，没有忘记敬我一杯啤酒。"

二妮乐了，脱口而出："你不是说猪八戒背……"她发现自己说漏了嘴，马上改口说："你不是说不觉累吗？"

常健白了她一眼，调侃道："谁说不累啊？你背着我走一圈试一试？"

二妮笑嘻嘻地说："好吧，下次爬山的时候，你要是崴了脚，我保证背着你下山。"

他们俩一边喝啤酒，一边聊天。二妮想起了什么，突然没头没脑地问："常大哥，你是不是找过很多对象啊？"

常健听了，先是一愣，然后陷入了痛苦的回忆之中。他沉默了很长时间，

第十七章　常健求婚　二妮唱红

心情沉重地说:"我爱过一个女孩,她是我的同学,后来成了我的女朋友。我当兵以后,她背叛了我,先是吸毒,后来又卖淫。我请假回老家看望她,发现她和一个五大三粗的中年男人在鬼混。正是这个中年男人,把我女朋友拉下水。当时,我……"

二妮打断他的话,急忙说:"常大哥,你那个女朋友的事,你坐牢的事,还有你爸爸妈妈的事,兰凤姐已经跟我说过了。我想知道的是,这些事情已经过去那么多年了,你怎么没有再找一个对象成家啊?"

常健摇着头,唉声叹气地说:"一个杀过人坐过牢的人找对象,谈何容易啊。这几年,我确确实实谈过几个对象,都没有谈成。我看上的人,人家看不上我。看上我的人,我又看不上人家。我渐渐地越来越没有了激情,心里也越来越凉了。"

二妮很同情常健的遭遇,安慰道:"常大哥,你是一个好人,一定会有好报。我相信,你肯定会找到一个十分优秀又称心如意的好妻子。"

常健又摇了摇头,苦笑着说:"我不是好人,我是一个罪人,我杀过人坐过牢,我……"

二妮再一次打断他的话,急忙说:"常大哥,你不要说了,你杀那个人,是他罪有应得。要是我遇到这样的事,也会这样做。一个人活在世界上,要有骨气,不能让别人欺负。一个正直善良的人,就应该爱憎分明,大义凛然,除暴安良。对我来说,你不但是个好人,还是一个大恩人。"

"二妮,你真的是这么想的吗?你说的都是心里话?"常健听了,顿时一愣,急忙问。

二妮急忙回答:"我是这样想的,说的都是心里话。"

常健找到了知己,深有感触地说:"人生在世,朋友易得,知音难寻。二妮,你能理解和同情我,我真诚地谢谢你!"

自从二妮和常健认识以来,这是第一次推心置腹的长谈。他们俩从自身经历,到兴趣爱好,再到理想追求,谈了那么多内容,谈了那么长时间。当常健背着二妮,来到海边停车场的时候,天早就黑了。

这时,天地之间,好像一切都凝固了,四周万籁俱静,掉一根针也会听到声音。光洁的月亮被一团金辉托出水面,溶溶月色倾洒在海平面上,浮光潋滟,玉壶冰镜。岸边微风掠竹,细浪轻拍,景色幽奇绝伦。置身于这梦幻一般的仙境,二妮久久不愿离去。

回到住处,已是深夜。二妮躺在床上,翻来覆去,一点睡意都没有。常健的影子一直浮现在她的眼前,赶也赶不走。

常健正直诚实,心地善良,有正义感和同情心。他性格开朗,和蔼可亲,尊重和关心别人。他长得英俊潇洒,风度翩翩,十分帅气,充满着阳刚之气和男子汉的迷人魅力。当今社会，这样的男人不多见，打着灯笼没处找。能嫁给这样的男人，应该是求之不得的美事。

人们常说，当今社会，有钱的男人，有很多都好色，喜欢玩女人。常健当然也属于有钱男人的行列，但是他不好色。平时，常健每天都和形形色色的女孩子们打交道，可以说他身边美女如云，充满诱惑，但从来没有发现他有过不检点和越轨的行为，做到了出淤泥而不染。常健与他那个女同学有过那种关系，但只能说明他的以前，不能代表他的现在。可以肯定地说，常健绝对不是一个好色纵欲和寻花问柳的人。兰凤和柳叶也多次说过，常健不是好色之徒，他的品位很高，一般的女孩子他看不上。二妮认为，性爱是自私的、排他的、神圣的，只能在两个相亲相爱、两情相悦、厮守终生的人之间才能发生。她对那些拈花惹草、玩弄女人、在性生活上不检点不负责任的男人，十分痛恨和反感。她对常健洁身自好，十分敬佩。

二妮十分清楚自身的情况。她是一个从贫穷落后的小山村走出来的打工妹，是一个平平凡凡的弱势小女子，没有了父母，没有了家，也没有技术和学历，更没用什么经济基础和社会地位。她已经被黑老板强暴，失去了贞洁。条件好的男人，绝对不会娶她。她只能嫁给那些家庭条件差的、离过婚的、身体残疾的男人。在人海茫茫的大都市，能遇到尊重她、关心她、爱护她、理解她的常健，她感到十分荣幸和自豪。

二妮一遍又一遍地问自己："我能答应常健的求婚吗？我能嫁给常健吗？"答案当然是否定的。常健杀过人，坐过牢，是个罪人，绝对不能嫁给他。如果真的嫁给常健，别人会指着她的脊梁骨说三道四，亲朋好友也不会同意。但是，常健杀人事出有因，不能全怪他。二妮认为，常健是她的恩人，她应该感谢和报答常健。如果能嫁给常健，这是天意和缘分，是她修来的福气，她应该心满意足了。

"我应该怎么办啊？"二妮辗转反侧，苦思冥想着，越想越心烦意乱。她脑子里就好像一团乱麻，越理越乱，越理越理不出个头绪来。

……

要过年了，观海赫赫有名的海之梦夜总会，要举办一场迎新春歌舞晚会，给常健送来了两张贵宾票，常健邀请二妮一块去参加。

歌舞厅里，旋转着的五彩缤纷的灯光，快速地在渺渺烟雾中翻滚着，欢快热烈而又使人震撼的音乐，扑面而来，令人心旷神怡，热血沸腾。穿着暴露而性感的领舞小姐，十分夸张地扭动着肢体。留着嬉皮士长发、叉着双腿、弯着瘦腰的歌手，嘶叫一般地唱着。较暗的角落里，一对对青年男女旁若无人地紧紧地搂抱在一起，亲吻着。迷离的景象，暧昧的情调，空气中还有怪异的香水味，刺激着人们的神经和视线。在这里，人们的情绪好像得到了充分的宣泄和

第十七章 常健求婚 二妮唱红

恣意的挥洒。

二妮第一次走进这样的环境和场所之中,像是来到了另外一个世界里。她除了感到新奇和不理解,还感到害羞和特别地别扭。她的心跳开始加快,有点喘不过气来。在参加青年歌手培训班时,她只学习过演唱歌曲所需要的那些简单舞步。她不会跳舞,她想尽快学会跳舞,但是,她不想在这种场所学习跳舞。

"常大哥,我不是跳舞的料。你去和别人跳吧,我当观众。"二妮羞羞答答地说。

常健像是知道她的心思,没有等她说完,一把拉住她的手,走进舞池里,非常诚恳地说:"二妮,你现在已经是歌手了,要想尽快唱红,成为一名名副其实的歌手,除了刻苦学习唱歌以外,还必须尽快学会适应各种环境,特别是要尽快学会跳舞。我今天之所以带你来这里学习跳舞,就是这个目的。在这种场所学习跳舞,又不是干什么坏事,你不要紧紧张张、扭扭捏捏的,要放开手脚,尽情地跳,我来教你。"

二妮第一次被男人搂着跳舞,羞得面若桃花,心里七上八下,手脚僵硬得不知道应该怎么放。她连连踩在常健的脚上,一遍又一遍地说着对不起。

常健微笑着说:"二妮,这不是战场,你别这么紧张。你放松一下,抬起头来,眼睛看着我,全神贯注地听音乐。"

跳完一曲,二妮的心情慢慢放松下来,身子渐渐柔软灵活了许多,两只脚也听使唤了。

常健调侃逗乐说:"二妮,你真的不简单,这么快就学会跳舞了,不愿意再'亲吻'我的脚了,把我的脚给解放了。"

二妮扑哧一笑,不好意思地低下了头。她笑得很甜,很美,也很开心。

……

二妮自从走上了唱歌之路,在观海越来越有名气。但是,她没有飘飘然,更没有骄傲自满。她心里十分清楚,要完成一个打工妹到一名专业歌手的蜕变,还有很长的路要走。她做人很朴实,也很真诚和低调。她学习唱歌很勤奋,也特别能下功夫。她每天都在刻苦学习,她在用心唱歌。天不亮,她就跑到山上去练习。晚上,她常常练到很晚才回来。她很珍惜每一次唱歌的机会,对每一首歌曲、每一个词、每一个字,她都反复揣摩,一遍又一遍地练习,力求做到精益求精。

在观海市举办的迎新春文艺晚会上,二妮被邀请参加演出。她喜出望外,一个从山沟里走出来的打工妹,能够走上这个舞台,怎么能不欣喜若狂呢?二妮暗暗告诫自己,一定要争口气,让观众的心随着自己的歌舞飘动,让自己的歌声在这座城市的上空回荡。

舞台后面,二妮手托着草绿色曳地长裙,连连旋转了几圈,情不自禁地自

言自语:"啊,太美了,太漂亮了!"

这时,主持人清脆的声音响起来:"下面请打工妹——成二妮小姐为大家演唱。成二妮小姐是一位从深山沟里走出来的女孩子,她不仅歌声优美动听,舞步赏心悦目,而且美丽漂亮,风姿绰约。她演唱的第一首歌曲是《望星空》。"话音刚落,台下顿时响起一阵雷鸣般的掌声。

一股烟雾袅袅升起,二妮从容不迫地走上舞台,舞台下的掌声更加热烈。闪烁的灯光从四面八方忽明忽暗地从她周围划过,她美若仙女,更加光彩夺目。经久不息的掌声,又一次响起来。

《望星空》这一首深情、欢快、悦耳的歌曲,二妮唱得温婉动听,扣人心弦……

夜蒙蒙,望星空
我在寻找一颗星,一颗星
它是那么明亮,它是那么深情
那是我早已熟悉的眼睛
我望见了你呀,你可望见了我
天遥地远息息相通,息息相通
即使你顾不上
看我一眼,看上我一眼
我也理解你呀此刻的心情
……

观海市电视台现场直播了这场文艺晚会,一夜之间,二妮唱红了观海市。她的歌声和她的名字,迅速在观海市传播开来。

……

第十八章　积劳成疾　教授病倒

第十八章　积劳成疾　教授病倒

年关将至，人们都在紧张地忙着准备过年。刘小帆又一次离家出走了，而且还怀着三个多月的身孕。她不但自己离家出走了，还把刘一鸣谈的正热热乎乎的对象给搅黄了。刘一鸣越想越生气，快要发疯了。

刘一鸣愁眉苦脸，心烦意乱。他闷闷不乐，不吃不喝，只有泪水在眼睛里打转转。

三妮感到很后悔，一再埋怨自己无知和粗心大意。上一次，她和刘小帆一块洗澡时，看到刘小帆的身体胖得有点不正常，当时怎么就没有想到刘小帆怀孕了呢？要是那时发现刘小帆怀孕了，就可以动员刘小帆去做人流，刘小帆也不会离家出走。她想到刘小帆目前的处境，看到刘一鸣那伤心痛苦的样子，心里一阵子难受，不由自主地流出了泪水。

"老师，都怨我无知和粗心大意，要是我早发现小帆怀孕了，就不会造成这样的后果。"三妮十分惭愧地说。

"三妮，这件事与你无关，你就不要再愧疚了。"刘一鸣说。

"老师，既然事情已经发生了，你就别再生气了。再说，光生气也解决不了问题。现在，当务之急是尽快把小帆找回来，免得节外生枝，再出别的事。"三妮哽咽着说。

刘一鸣好像一夜之间苍老憔悴了很多。他咳嗽了一阵子，垂头丧气地说："三妮，小帆的事你都看到了，也都知道了。我现在是束手无策，无可奈何，一点办法也没有。她已经长大了，就由着她去吧。"

"小帆才十三岁，还是一个孩子，不懂事理，你应该原谅她。"三妮抽泣着说。

刘一鸣伤心痛苦地说："这么多年了，我一再原谅她。可是，她能理解我的苦心吗？她能体谅我的难处吗？她没有，她一再向我的心头上插刀子！我辛辛苦苦这么多年，换来的是这种结果和回报，我十分心寒啊！"

刘一鸣身为教授，也算得上桃李满天下了。他的学生中有成功者，也有失败者。有争气的，也有不争气的。有走光明大道的，也有走歪门邪道的。有英才，也有败类。老师和家长的培养教育固然很重要，但是，起决定作用的是学

133

生自己。常言道，恨铁不成钢。如果学生本身就不是一块铁，或者说是一块废铁，无论你怎么恨，他也成不了钢，因为他根本就不是一块能成钢的材料。现在，刘一鸣伤透了心，对刘小帆已经失去了信心，不再报什么希望了。

自从与妻子离婚以后，刘一鸣又当爹又当娘，一把屎一把尿地把刘小帆拉扯大。他上有工作压力，下有孩子和家务事缠身。这八年来，他生活得太辛苦、太艰难了。

刘一鸣比谁都爱自己的女儿。别人家的孩子有妈妈，刘小帆没有。他怕刘小帆有失落感，怕刘小帆受委屈，就想方设法让刘小帆高兴，千方百计满足刘小帆的各种要求。他捧在手里怕把她摔了，含在嘴里又怕把她化了。这些年来，他为刘小帆付出的心血太多了。

刘一鸣在培养教育女儿方面，真可谓绞尽脑汁，煞费苦心。可以说，应该用的办法都用上了，什么样的措施都采取了。到头来，竹篮子打水一场空，他一败涂地，输得一干二净。他由希望变成了失望，由失望变成了伤心，由伤心变成了绝望，由绝望又变成了愤怒。他现在已经身心交瘁、筋疲力尽了，也已经无可奈何、心灰意冷了。他感到，他的面子、自尊和荣誉，通通被刘小帆打碎了。他多年的心血，都付诸东流了。作为一名大学教授，没有培养教育好自己的女儿，他怨恨自己失职，更怨恨自己无能。

三妮很理解刘一鸣的心情，但她更担心刘小帆出事。她流着眼泪说："老师，小帆做得确实太过分了，太令人伤心了。但是，她还是一个未成年的孩子，你应该原谅她。你不能眼睁睁地看着她把肚子里的孩子生下来，毁了她一辈子。小帆是你唯一的女儿，她现在怀着身孕，要是一时想不开，有个三长两短，你就鸡飞蛋打，什么都没有了。到那时候，你后悔也来不及了。在这个关键的时候，你不能与一个孩子怄气，造成不可挽回的可怕后果。老师啊，时间不等人，不能再拖延时间了，你应该担当起父亲的责任，马上把小帆找回来！"

三妮的话，像醍醐灌顶，让刘一鸣立马清醒了许多。三妮说得很对，现在不是分谁对谁错的时候，最重要最迫切的是，要尽快找到刘小帆，带她去做人流，保证她的人身安全。

可怜天下父母心啊。尽管刘一鸣心里有一百个不情愿，他不得不心焦火燎地去找刘小帆。

这哪里是过年啊，这分明是在逼命。别人过年都往家里跑，刘一鸣和三妮却要往外面跑。

刘一鸣和三妮在观海和省城马不停蹄地找了三天三夜，没有发现刘小帆的踪影。正当他们俩一筹莫展的时候，尹小强的同学提供了一条重要线索：看到尹小强和刘小帆进了火车站，很可能去了尹小强的老家。

尹小强的老家，在甘肃省一个既偏僻又贫穷落后的小山村，交通十分不便。眼下正是春运高峰，返乡过年的农民工把火车站售票大厅都挤爆了，一票难求。

第十八章 积劳成疾 教授病倒

刘一鸣和三妮在火车站排了两天两夜的队，总算买到了两张火车票，挤上了去甘肃的火车。他们俩在水泄不通的火车上，站了两天一夜，终于到达了兰州。他们俩在兰州长途汽车站，又排了一天一夜的队，才挤上了去县城的汽车。在县城下了车，到那个小山村，还有三十多公里的山路，什么交通工具都没有，只能靠步行。他们俩在县城住了一夜，第二天早上，心急如焚地向着那个小山村赶去。

他们俩在崇山峻岭中，顶着狂风暴雪，沿着崎岖不平的羊肠小道，急急忙忙地、跌跌撞撞地向前行进着。天已经黑了，他们俩终于找到了尹小强的奶奶家。

尹小强的爷爷已经去世多年，奶奶八十多岁了，患老年痴呆症。尹小强的堂妹小翠陪伴照顾着奶奶。刘一鸣和三妮刚刚坐下一会，小翠就把尹小强的大伯和叔叔叫来了。尹小强的大伯和叔叔好像商量好了，异口同声地说尹小强没有回来，更没有听说过刘小帆这么一个人。他们的话，像一盆凉水从头顶浇下来，刘一鸣和三妮的心里凉透了。小翠端上来三个黑乎乎、凉冰冰的窝窝头，一盘子咸菜疙瘩条。刘一鸣和三妮看了看那三个窝窝头，谁也没有吃。尹小强的大伯阴阳怪气地说了一句："两位领导，对不起了，我们这里很穷，不能和大城市里相比，你们就将就将就吧。"说完，和尹小强的叔叔一起，头也不回地走了。

这是一间阴暗潮湿的土房子。一个大土炕占去了房间的一大半，旁边有一个土灶和一张小桌子。土房子的屋梁上，悬挂着一个小灯泡。据小翠说，自从今年夏天洪水冲倒了电线杆子，就再也没有来过电。晚上照明，就靠那个萤火虫似的小煤油灯。

刘一鸣的住处，被尹小强的大伯安排在了另外一间小土屋里。这一间小土屋里，只有一个快要倒塌的小土炕。门窗都掉了下来，用几块木板子挡着。小土炕上有一块破烂不堪的凉席，凉席上有一层厚厚的尘土。很显然，这一间小土屋，已经很久没有住过人了。住在这个小土屋里，和住在野外差不多。

夜深人静了，小土屋的外面，从大山顶上扑下来的狂风，带着纷纷扬扬的暴雪，发出十分恐怖的声音，好像随时都要把这个小土屋刮倒，令人毛骨悚然，胆战心惊。

黑暗中，刘一鸣裹着一条又脏又破的旧棉被，和衣蜷缩在小土炕上，冻得瑟瑟发抖。最近，刘一鸣心急如焚，日夜奔波，已经九天九夜没有吃过一顿像样的饭、睡过一个囫囵觉了。他身心憔悴，疲惫不堪，再加上饥寒交迫，再也坚持不住了。在这个天寒地冻、滴水成冰的深夜，他病倒了，发起了高烧。

三妮与小翠和她的奶奶住在一起，睡在那个大土炕上。小翠十三岁，上初中一年级，学校就在村子西边的山坡上。她学习很好，从上小学就一直当班长。现在，学校已经放了寒假，她每天陪伴照顾着奶奶。三妮把从观海带来的衣服和食品送给了小翠，小翠感动得不得了。小翠聪明伶俐，又是初中生，她与她的长辈们相比，思想观念明显不一样。她和三妮年龄差不多，又都生长在小山村，有很多共同语言。夜间，两个人躺在被窝里，越说越近乎，几乎说了整整一夜。每当说到刘小帆的事，小翠总是支支吾吾，遮遮掩掩，欲言又止。三妮断定，刘小帆肯定来到了这里。

天亮了，三妮来到刘一鸣的住处，把刘小帆十有八九来到了这里的想法，告诉了刘一鸣。刘一鸣也有同感，决定继续在这里寻找刘小帆。看到刘一鸣病了，三妮打算自己去寻找刘小帆，让刘一鸣休息，刘一鸣坚决不同意。不一会，小翠背着她的家人，做了一碗热气腾腾的鸡蛋面，送到了刘一鸣面前。刘一鸣十分感动，但他一口也吃不下去。他拖着发烧的身体，顶着狂风暴雪，艰难地向街上走去。

这个小山村，有六十多户人家，三三两两地分散在弯弯曲曲的山梁上。刘一鸣和三妮，先找到了村长家。村长回答得很干脆："没有看见。"村里的人们好像早就串通好了，都躲着刘一鸣和三妮，任凭他们俩怎么喊，谁都不开大门。在冰天雪地里，在空空荡荡的街上，只有一只骨瘦如柴的老黄狗，一直跟在刘一鸣和三妮的后面，有气无力地不停地叫唤着。

刘一鸣和三妮走了十多里山路，来到了乡派出所。他们俩说明来意以后，一位领导答复，这样的事构不成案件。

刘一鸣想找观海大学的朋友们帮忙，但他没带手机，无法联系。他和三妮来到乡邮电所，排了半天队，终于排到了。他拿起电话，还没有说完一句话，就没有了声音，服务员说可能是线路断了。

天黑了，刘一鸣和三妮又疲惫不堪地回到了尹小强奶奶家里。三妮把从乡政府驻地买回来的学习用品和一些食品送给了小翠，小翠感动得热泪盈眶。她偷偷地告诉三妮，刘小帆确实来到了这里，但具体在什么地方，小翠不敢说。

在这个山高皇帝远的地方，天大地大，不如传宗接代大。计划生育抓得那么紧，也没有能改变老祖宗留下来的多子多福的传统观念。刘小帆的到来，使尹小强家族的人们奔走相告，皆大欢喜。他们认为，两个未成年人玩出来个孩子，不违反国家的政策。刘小帆这么聪明漂亮，肯定会给老尹家生一个大胖小子。这是天上掉馅饼啊。在刘一鸣和三妮到来之前，他们早就商量好了对策。现在，刘小帆由尹小强陪着，正在尹小强的七大姑八大姨家中，玩得乐不思蜀哪。尹小强的家人和亲戚，恨不得马上把刘一鸣和三妮赶出这个小山村。这两天，尹小强的大伯和叔叔，多次找到刘一鸣和三妮，说要过年了，要刘一鸣和三妮马上离开他们家。

明明知道刘小帆就在这里，却找不到刘小帆的踪影。刘一鸣心急如焚，决心一定要找到刘小帆。自从开始寻找刘小帆，到现在已经整整十一天了。这期间，刘一鸣一直吃不好，睡不好，十分憔悴和疲惫。这两天，他一直发高烧，吃不下饭，睡不着觉，拖着正在发高烧的身子，在暴风雪中奔波。腊月二十九的晚上，当刘一鸣回到他住的小土屋后，一头栽倒在小土炕上，就再也爬不起来了。他面色苍白，大口大口地吐着鲜血，不一会就昏迷了过去。

第十八章 积劳成疾 教授病倒

三妮见了，顿时就吓坏了。她抱着刘一鸣，不停地哭叫着……

小翠急忙喊来了尹小强的大伯和叔叔。小山村不大，人们听到三妮那凄凉悲惨的哭叫声，不一会就来了很多人。但是，人们就好像躲瘟疫一样，躲着刘一鸣和三妮，谁都不敢往前靠。

三妮跪在地上，给在场的人磕了一个头，大声哭喊道："大伯叔叔们，大娘婶子们，你们知道这个人是谁吗？他就是观海大学的刘教授，他的官比你们的县长还要大，他在全国都很有名气。他的女儿刘小帆，才十三岁，还是个未成年的孩子，因为上当受骗，怀了孕。现在，刘小帆被骗到了你们这里，欺骗她的人，还要她把孩子生下来。刘教授怕丢人现眼，不想弄得满城风雨，不想经官动府，他低三下四、忍气吞声地跑到你们这里来，寻找他的女儿。我现在明确告诉你们，如果让刘教授不明不白地死在这个小土炕上，我就到北京打官司，告你们拐骗和强奸未成年少女，告你们谋杀了刘教授。如果你们现在把刘教授送到医院，把他抢救过来，你们还能说清楚，还能脱开身。否则，如果他死在这里，你们跳进黄河也洗不清，只能偿命和坐牢。孰轻孰重，你们自己应该能够想明白！"三妮说完，又给在场的人们磕了一个头。

尹小强的叔叔暴跳如雷，气势汹汹地说："你空口无凭，血口喷人！你有什么证据能证明我们拐骗了你说的那个小丫头？你有什么证据能证明那个小丫头就在我们这里？"

三妮理直气壮地说："要想人不知，除非己莫为，我说的都是事实。不用我来证明，到时候，北京的公安部和你们县的公安局会调查得一清二楚，法院肯定会给你们说得一清二楚，明明白白。"

这时候，一个中年男人冷笑着说："嘿嘿，就凭你这个小丫头片子，还想去打官司，还想告倒我们，你吓唬谁啊？"

三妮瞪着这名中年男子，厉声说道："我势单力薄，可能告不倒你们。但是，你不要忘记，他是观海大学的教授，观海大学有几万名师生，他们能善罢甘休吗？能放过你们吗？一个大学教授不明不白地死在你们这个小山村，人命关天啊，政府能不管不问吗？"

三妮的话，句句在理，字字重千斤，他们听了，开始害怕了。要是刘一鸣真的死在这个小土炕上，他们就算满身都是嘴，也说不清道不明了。弄不好，真的要倒霉，吃人命官司。明天就是大年三十了，绝对不能让刘一鸣死在这里，弄得全年不吉利。村长和尹小强的大伯权衡再三，决定马上把刘一鸣送到县医院去。他们看了看外面，狂风暴雪，漆黑一片，又犹豫起来。

看到他们犹豫不定，三妮又大声吼叫起来："你们不能再耽误时间了，刘教授快不行了。他要是死在这里，他的女儿肯定会以死相拼，到时候，你们要偿还两条人命！"

三妮的话，让他们更加害怕了。这是人命关天的大事啊，他们不敢再耽误时间了。他们手忙脚乱地把刘一鸣抬上地排车，顶着狂风暴雪，急急忙忙向县城奔去……

来到县医院，已经是第二天的凌晨四点。刘一鸣奄奄一息，医院马上进行抢救。

医生从急救室里跑出来，急忙问："病人胃部大出血，必须马上手术，需要抽血，谁是他的亲人啊？"

三妮马上撸起袖子说："他的亲人没有来，我是他家的保姆。抽我的吧，我是O型血。"

医生检验完血型，抽完血，让三妮躺在床上休息。三妮忧心忡忡地躺在床上，越想越不敢想，越想心里越害怕："现在，还没有找到小帆，要是刘教授再有个三长两短，她可怎么办啊？"过去，遇到天大的难事，有两个姐姐顶着，她心里有主心骨。现在，她人生地不熟，举目无亲，无依无靠，孤立无援，真的到了叫天天不应、叫地地不灵的时候了。

这次出来找刘小帆，三妮马不停蹄地奔波了整整十一天，吃不好，也睡不好，已经被折腾得筋疲力尽了，再加上刚才又抽了那么多血，她头晕眼花，四肢无力，再也坚持不住了，不一会就迷迷糊糊地睡着了。

当三妮醒过来的时候，刘一鸣已经做完了手术。医生告诉三妮，刘一鸣的手术很成功，已经脱离了生命危险。

看到病床上的刘一鸣慢慢地苏醒过来，三妮高兴地对他说："老师，医生说了，你的手术很成功，很快就会好起来。"

男人有泪不轻弹，只因未到动情处。现在，刘一鸣看着疲惫不堪的三妮，感动得泪流满面，一句话也说不出来。

自从来到他的家里，三妮就把这个家当成了自己的家，给这个冷冰冰的家带来了温暖和希望。三妮像对待自己的爸爸那样对待他，像对待自己的亲妹妹那样爱护刘小帆。所有这些，他都看在了眼里，记在了心里。他这次生病，如果不是三妮逼着尹小强的家人把他送到医院里，如果不是三妮及时给他献血，他就不可能活到现在。这些事，一般的人很难做到，三妮作为一个女孩子，她都做到了。能遇上这么心地善良、聪明伶俐的女孩子，他真是三生有幸啊。以前，他一直把三妮看成一个和刘小帆差不多大的女孩子。现在，他对三妮刮目相看，从内心里十分尊重和敬佩三妮。

愣了半天，刘一鸣流着泪水说："三妮，能遇到你，找到你这样的保姆，是我的荣幸。你为我家付出了那么多，为小帆和我付出了那么多，现在又救了我的性命，成了我的救命恩人，我永远不会忘记你的恩情，我……"

三妮马上打断他的话，笑盈盈地说："老师，你说什么呀，婆婆妈妈的。我是你家的保姆，这些事都是我应该做的。"

刘一鸣看到三妮满脸憔悴，眼睛里布满了血丝，非常心疼地说："三妮，你已经奔波了十一天了，又给我献了那么多血。我不能眼睁睁地看着把你累病

第十八章 积劳成疾 教授病倒

了，我们俩还是打道回府，早点回观海市吧。"

三妮摇了摇头，心事重重地说："老师，我没有事，我已经习惯了，能坚持住。要回观海市，也要等到你身体康复得差不多了再说，还要等找到了小帆，我们三个人一块回去。"

提到刘小帆，刘一鸣的气就不打一处来，他摇着头唉声叹气地说："三妮啊，应该做的我们都做了。天要下雨，娘要改嫁，就由她去吧。"

三妮非常坚定地说："老师，我们不能前功尽弃。如果不找到小帆，不把她带回去，尹小强家的人们，一定会千方百计让小帆把孩子生下来。如果是这样，小帆这一辈子就彻底毁了。我们不能眼睁睁地看着她往绝路上走，往火坑里面跳。我已经考虑好了，你在医院里安心养病。我要再去那个小山村，一定要把小帆找回来。"

刘一鸣忧心忡忡地说："小帆是我唯一的女儿，她出了这样的事，我心如刀绞。但是，偏偏就在这个节骨眼上，我动了手术，躺在这里。我现在已经是山穷水尽，无路可走，陷入了绝境。三妮啊，你一个人再去那个小山村，太危险了，我放心不下，坚决不同意。你要是再有什么闪失，让我怎么活下去啊！"

三妮微笑着说："老师，我已经考虑好了，你就放心吧，我不会出事。"

天渐渐黑了。

现在是除夕之夜，病人和医生们都回家过年了，空荡荡的大病房里，只剩下刘一鸣一个病号。三妮买来水饺和几盘熟菜，摆在床头柜上。她和刘一鸣脸色凝重，忧心忡忡，一边慢慢地吃着水饺，一边默默地想着心事，等待着新的一年的到来。

外面，狂风暴雪继续肆虐着，医院里静悄悄的，看不到一个人影，只有急诊室里还亮着灯。大街上响起了一阵阵噼里啪啦的鞭炮声，夜空中时不时地绽放着一朵朵烟花。

刘一鸣夹着一个水饺，怎么也吃不下去，他含着泪花说："三妮，现在，家家户户都欢天喜地地团聚在一起，看着电视节目，吃着年夜饭。可是，你……为了小帆和我，却来到了这个小县城，来到这个冷冰冰的病房里，守着我……"他心里一阵发酸，眼泪流了下来，再也说不下去了。

听了刘一鸣的话，三妮再也忍不住了，流着眼泪说："老师，现在是辞旧迎新，你应该想高兴的事，说喜庆的事，你应该……"她也说不下去了。

刘一鸣哽咽着说："三妮啊，今天晚上，我应该给你发红包，应该给你压岁钱。可是，我……"

三妮泣不成声地说："老师，你别说了，你……"

此时此刻，此情此景，三妮心潮起伏，浮想联翩，她想到了爸爸，想到了爸爸去世时的那个除夕之夜。

……

139

第十九章 喜迎新年 流氓上门

快过年了,人们都在忙着买年货,自然少不了多买一些蔬菜,也忙坏了那些卖菜的人们。这几天,大妮和童军为了卖菜,没黑没白地忙得团团转,连饭都顾不上吃。

腊月二十五的晚上,突然来了一场暴风雪。到了腊月二十六的凌晨,还在铺天盖地、纷纷扬扬地下个不停。看来,今天不能去卖菜了,可以美美地、舒舒服服地睡个懒觉了。这是一个十分难得的放松身心、养精蓄锐的大好机会。忙碌了这么长时间的大妮和童军,已经疲惫不堪,岂能放过。他们俩一直睡到上午九点多钟,还是不愿意离开这温暖舒服的被窝,仍然似睡非睡、迷迷瞪瞪地睡着。

刚刚醒来的大妮,那美丽的脸庞,好像正在绽放的荷花,又蒙上了一层红云,更是艳丽妩媚,娇艳欲滴。长长的睫毛,圆圆的大眼睛,闪烁着圣洁的光芒,仿佛笼罩在一层美妙的淡淡的雾气之中。那黑亮的眼珠轻轻一转,春意浓浓,柔情似水。

童军两眼直勾勾地盯着大妮的脸蛋看,像是在欣赏一件梦寐以求的稀世珍宝和艺术品。他情不自禁地、柔情似水地亲了亲大妮的脸蛋,然后又轻轻地、温柔地抚摸着大妮。

看到童军那傻呆呆的样子,大妮嫣然一笑,似睡莲盛开。她从被子里伸出修长的玉臂,好像蛇一般缠绕在童军的脖子上,将他的头轻轻地拉下来,凑到他耳边轻声说:"你真坏,敢偷袭我。"

童军一听,心比蜜甜,明知故问:"亲爱的,你怎么知道我偷袭你呀?"

大妮心花怒放,甜蜜蜜地说:"你揣着明白装糊涂。我在睡梦中,朦朦胧胧感觉到了,你……太那个了。"

童军甜蜜地亲吻着大妮:"心肝宝贝,我没有,是你睡迷糊了。我告诉你,那不叫偷袭,那叫……"

大妮听了,轻轻地揪着童军的耳朵,撒着娇说:"你真坏,占了人家的便宜,还耍赖皮,不搭理你了。"

第十九章 喜迎新年 流氓上门

童军捏着大妮的鼻子,笑眯眯地说:"老婆,你太漂亮了,太迷人了。"

大妮轻轻地捶了童军一下,温柔地说:"去你的,没有一点出息。别人都在忙年,你在忙这个,丢不丢人啊?"

二人相依相偎。良久,大妮缓缓抬起头来,将下额靠在童军胸前,眼睛里万般柔情,深情地注视着童军那漂亮的脸蛋。大妮感到,童军的胸膛是那么宽广,那么温暖,那么令人陶醉。这是上天赐给她的恩惠,她幸福甜蜜地微笑着。

大妮想起了什么,笑眯眯地问:"弟,等我年龄大了,人老珠黄了,你会不会就不喜欢我了,就不要我了?"

童军笑盈盈地说:"傻丫头,没头没脑,我这一辈子爱你,我下一辈子还爱你,我怎么能不要你啊?我永远都爱你。"

"真的吗?"大妮两只晶莹的大眼睛紧盯着童军,仿佛要得到某种承诺。

"真的!海枯石烂,我永不变心!"童军用力点了点头,然后紧紧地抱住怀中的大妮:"老婆,我永远和你在一起,除非我不在这一个世界上了!"

"不许乱说!"大妮听了,急忙用手捂住童军的嘴,接着抱住童军的脖子,含情脉脉地说:"弟,我永远爱着你,我们俩永远不分离。"

沉默了一会,大妮心事重重地说:"再过四天就要过春节了,这是我和两个妹妹来观海打工,过的第一个春节。这一年磕磕绊绊,风风雨雨,总算是熬过来了,很不容易。我作为当姐姐得,应该把两个妹妹都叫过来,好好地聚一聚,好好地乐一乐。可惜啊,三妮去了尹小强的老家甘肃省。不过,还有二妮哪。我一定多准备点年货,多买点好吃的东西,把二妮叫过来,过一个温馨、欢乐、祥和的春节。现在大雪纷飞,年前这四天,我们就不去卖菜了,集中精力忙年。"

童军高兴地问:"老婆,我们应该怎么忙呀?"

大妮胸有成竹地说:"满打满算还有四天时间,需要干的活有一大堆,你要勤快点,绝对不能偷懒。首先,讲卫生是第一位。该洗的洗,该刷的刷,该擦的擦,要干干净净过大年。另外,要赶快去采购年货。吃的食物,穿的衣服,用的东西,送人的礼品,还有烧香上供用的物品,该买的都要买回来,一样也不能少。辛辛苦苦忙了一年,应该花的就要花,不要心疼钱。过去,我们穷,手里没有钱,省吃俭用,凑凑合合。现在,我们有钱了,过年就应该像模像样,出手大方点。还有,蒸馒头,炸丸子,包饺子,煮肉,煎鱼,炖鸡,做供品,挂灯笼,贴对联,放鞭炮,还有好多活哪,你就使劲干吧。"

童军惊叹道:"我的天啊,你怎么像个大管家,一套一套的啊?"

大妮回答说:"这有什么大惊小怪的啊。我十岁那年,我爸爸病倒在床上,我的两个妹妹年幼无知,从那个时候起,每到年底,我就考虑着怎么样过年,愁的睡不着觉。我家里很穷,再加上爸爸病重,吃了上顿没有下顿,没有钱买过年的东西。每当过年,我做梦都想让病重的爸爸和年幼的两个妹妹,吃上几

片肉,吃上几块鱼,再吃上一个白面馒头……可是,我没有钱,我做不到。我……"她泪如泉涌,再也说不下去了,哭了起来。

大妮哭了一会,擦了擦眼泪,又泣不成声地说:"每当过年,别人家欢欢喜喜过大年,我们家哭哭啼啼……这哪里是过年啊?这分明是过关啊!别人家都盼望着过年,我们家……都害怕过年!每到年关,我心里就……"她又说不下去了。

看到大妮那伤心痛苦的样子,童军也动了感情。回首往事,他泪流满面,抽抽泣泣地说:"姐,你不要再说了,那种滋味,那种感受,我全都知道。我十岁没有了爸爸,十四岁没有了妈妈,十七岁又没有了姐姐。我的姐姐去世以后,我无依无靠,没人管没人问,就好像一条流浪狗。每到过年,邻居家团团圆圆,大鱼大肉,欢天喜地。我是孤苦伶仃,家徒四壁,以泪洗面。姐,你再苦再难,还有两个妹妹陪伴着。我是形单影只,孤孤单单。为了给我的姐姐报仇雪恨,我来到了观海市。过大年了,观海市家家户户张灯结彩,喜气洋洋,亲朋好友团聚在一起,喝着美酒,看着电视,到处充满着欢声笑语。我背井离乡,举目无亲,人生地不熟,只能流落街头。除夕之夜,在狂风暴雪中,我手里拿着一瓶白酒,喝得半醒半醉,流着眼泪,四处流浪。我找不到应该去的地方,我也不知道应该去哪里,我……"

大妮急忙打断童军的话,伤心痛苦地说:"弟,你别说啦,我心里难受!"稍停片刻,她擦了擦眼泪,哭哭啼啼地说:"弟,要过年了,我们不要再想这些令人心酸的事啦。今天,我们要去采购年货,把过年的东西,全都买回来。"

……

腊月二十六上午,他们俩顶着狂风暴雪,来到观海市最大的购物商场。在商场的一楼,他们俩选购了一些食品和水果,采购了几箱饮料、啤酒和白酒,还挑选了一些节日用品。他们俩决定要买点礼品,送给姜春娟和安东方。转悠了一大圈,选择来选择去,最后给姜春娟和安东方买了一棵长寿树和两个大红灯笼。

在四楼精品部,他们俩精心挑选了两块风情时尚的情侣表。看到那两个"爱情之果"情侣吊坠,大妮眼前突然一亮:"哇,太美了,太漂亮了!"她不由自主地赞叹起来。这两个吊坠的造型,是两颗活蹦乱跳的心,构思十分奇妙,做工也十分精细,用料是两块晶莹剔透的翡翠。大妮虽然爱不释手,但价钱太贵,又舍不得买。童军见了,微笑着说:"老婆,这两个吊坠我买了,是送给你的节日礼品。爱情这东西是无价之宝,出手就是要狠一点。"童军的话,逗得两个营业员笑了起来。接下来,大妮又给童军买了一个名牌剃须刀,童军还给大妮买了一个新颖别致的爱情玫瑰音乐盒。

来到五楼的时装部,大妮为童军挑选了一套西装和一双皮鞋,又给二妮和

第十九章 喜迎新年 流氓上门

三妮精心挑选了几件衣服。童军挑选来挑选去，给大妮选择了一条时尚漂亮的丝巾。快要离开的时候，童军目不转睛地盯上了两件女生内衣，他大大咧咧地、不停地跟营业员砍价钱。这两件内衣太小、太性感了，大妮羞得满面桃花，拉过童军小声说："太暴露了，多不好意思啊，不能买，快走吧。"童军一边让营业员给包装好，一边满不在乎地对大妮说："老婆，你穿这东西是专门给我看的，越暴露越好，我喜欢。"童军话音一落，逗得附近的人们哄堂大笑。

……

腊月二十七，狂风暴雪不知道跑到哪里去了，天空中艳阳高照。观海市处处洋溢着喜迎新年的气氛，就连空气中也弥漫着喜迎新年的味道。大妮和童军准备完过年的物品，又打电话通知二妮，要她回来过年。然后，他们俩兴致勃勃地在海边散步。

夕阳西下，满盈盈的无边无际的海面上，天连着水，水连着天，天水之间，全都披上了金灿灿的霞光。不远处，数叶白帆，像几片雪白的羽毛，在金光闪闪的海面上，轻悠悠地漂荡着。岸边，不时飞过来一波又一波的浪花，撞在礁石上，迅速地爆炸开来，发出清脆悦耳的声音。沙滩上，五颜六色的小鹅卵石，随着波浪，在水中碰撞着、推搡着、雀跃着。一阵阵寒风吹来，树上仅有的几片干枯的叶子，飞舞着、飘荡着、慢慢悠悠地落在了水面上。

大妮和童军依偎着，坐在海边的礁石上，观赏着这迷人的景色。

大妮含情脉脉地看着童军，笑吟吟地问："弟，你知道我们俩现在有多少钱吗？"

童军漫不经心："不知道，我不管钱，也不关心钱。"

大妮撒娇："那，你猜一猜。"

童军心不在焉，他很调皮地捏了捏大妮那漂亮的鼻子："一万多元吧？"

大妮微笑着："不对，你再猜一猜。"

童军揪了揪大妮的耳朵："两万多元吧？"

大妮刮了刮童军的鼻子："也不对，你正儿八经地好好地猜一猜吧。"

童军微笑着摇了摇头："猜不到，不猜了。"

大妮眉开眼笑："小笨蛋，告诉你，是五万八千多元。"

童军惊得目瞪口呆："我的妈呀，一年还不到，怎么挣了这么多钱啊？"

大妮瞪了他一眼："我还能骗你吗。"

童军想了想："照这样干下去，我们俩再干上几年，就可以在观海买个房子了。"

大妮眯着眼睛，笑得比蜜还甜："我看行。"

童军若有所思："我们俩先结婚吧，我可不想等买到房子再结婚。"

大妮："你什么意思？"

童军:"我想尽快举行婚礼。"

大妮:"为什么这么急啊?"

童军:"我想拥有你。"

大妮满脸羞红,她轻轻地抚摸着童军的脸颊:"你天天都把我抱在怀里,你还想怎么样拥有我啊?"

童军使劲搂了搂大妮:"我要娶你为妻,要你名正言顺地当我的老婆,还要你再给我生一个大胖小子。"

大妮用手指头使劲点了点童军的眉头:"淘气的小馋猫,你哪天晚上闲着了?"

大妮想起了什么:"弟,你还不到结婚年龄啊。"

童军在大妮头上亲了亲:"老婆,你真是个大傻瓜。我们可以先举行婚礼,等到了结婚年龄,抱着我们的大胖小子,再去领结婚证。这样的事,在我的老家多得是。老婆,在你的老家有没有这样的事啊?"

大妮往童军胸膛上靠了靠:"先结婚后恋爱,抱着孩子去领结婚证,在我们那里也不稀罕。"

童军欣喜若狂:"亲爱的,你同意了?"

大妮面若桃花,微笑着点了点头。

……

腊月二十九,半夜三更,天上下着鹅毛大雪,黑得伸手不见五指,静得有点瘆人。院子里偶尔传来几声野猫互相撕咬的惨叫声音,令人毛骨悚然。

"咚……咚……咚!"有人在使劲砸院子的大门,一阵比一阵响,一阵比一阵急促。大妮和童军住的小平房,离院子的大门近,那声音先惊醒了大妮。要过年了,又是深更半夜,这是谁在砸院子的大门啊?她急忙推醒童军,打开灯,匆匆忙忙套上衣服,来到院子门口,先打开门灯,然后打开了大门……

"啊……怎么……是你啊?三狗蛋……你来干什么呀?"大妮开门一看,门外这个满身是雪的人正是三狗蛋,顿时不知所措……

三狗蛋,比大妮大四岁,用虎背熊腰来形容他,也算是比较恰当。不过,美中不足的是,他身体的某些部位的比例搭配不算太合适。当然,这不能怪他。首先,他的头和脸有点太长了,比毛驴的头和脸还长了点,就好像一个长冬瓜。他那小得不能再小的一对眼睛,还有点斜。其次,他那小得很可怜的小嘴有点歪。还有,他的上身太长了,两条腿又太短了,走起路来有点像企鹅。不过,这些都不影响他的身体健康,他的力气还真的不算小。

那一年夏天,三狗蛋在山沟里那一块大石板上,强暴了大妮。他尝到了甜头,从此一直在打大妮的主意。他挖空心思,绞尽脑汁,想再次占大妮的便宜。大妮像防瘟神一样时时刻刻防备着他,使他根本没有机会再接近自己。每当欲

第十九章 喜迎新年 流氓上门

火难耐,实在憋不住了,他就像一条发疯的癞皮狗一样,偷偷摸摸地跟踪着大妮。

大妮已经豁出去了,连死都不怕了,哪里还怕三狗蛋啊。每当三狗蛋要对她实施暴力的时候,大妮都与三狗蛋拼命,铁锨、镐头、菜刀,抓到什么就用什么。大妮从小就在地里摸爬滚打,练就了一副健健康康的好身板。再加上年龄越来越大,大妮渐渐地长成了一个亭亭玉立的大姑娘。大妮与三狗蛋拼起命来,三狗蛋很难占到便宜。

三狗蛋的目的是发泄兽欲,绝对不想与大妮拼命。在兽欲与性命之间,他理所当然地选择了后者。他认为,他和大妮已经生米煮成了熟饭,大妮已经成了他的女人和囊中之物,别的男人不会要大妮这个破鞋和二手货。他心里很清楚,心急吃不了热豆腐,绝对不能把大妮逼急了。如果把大妮逼急了,大妮除了与他拼命,还可能去寻死。到头来,他会得不偿失,人财两空。他还认为,大妮已经到了结婚生子的年龄,用不了多长时间,就会服服帖帖地来伺候他。常言道,好事多磨。他决定要放长线钓大鱼。这些年,每当忍耐不住了,他就跑到村子西头孙寡妇那里待上半天。

三狗蛋做梦也没有想到,大妮不辞而别,偷偷摸摸地逃走了。煮熟的鸭子又飞了,他能不着急上火吗? 现在,村里的年轻人几乎全都出去打工了,剩下的都是老人和小孩子。他在孙寡妇那里也待腻了,在村里再继续待下去感到没有意思,就千方百计打听大妮的下落。听别人说在观海市看见过大妮,他就来到了观海。

三狗蛋先是在观海的大街小巷游荡,从老家带来的那几个钱花光了,又开始找活干。他长得那个熊样子,再加上他那疯狗一般的脾气,很少有人愿意雇用他。有个小包工头雇用了他,让他在建筑工地上搬砖推水泥。他好吃懒做惯了,受不了那样的约束,吃不了那样的苦,干了不到两天就偷偷地跑走了。他找来找去,最终选定了给一家渔民看鲍鱼池子。不过,他并没有把心思放在看鲍鱼池子上,而是到处打听和查找大妮的下落。听说大妮在一个菜市场上卖菜,他经过一番打探,就顺藤摸瓜找上了门。

三狗蛋喝得酒气冲天,似醉非醉。他横眉竖目地看了看面前的大妮和童军,先是一阵冷笑,接着气势汹汹地吼叫道:"你以为跑到这里来养汉子,老子就找不到你了? 告诉你,老子早就盯上你了!"

大妮从突如其来的惊吓中回过神来,心中的满腔怒火,腾地一下就熊熊燃烧起来,她吼道:"三狗蛋……你想干什么!"

"哼哼……想干什么? 你知趣点,乖乖地跟着老子回家去!"三狗蛋暴跳如雷,歇斯底里地吼叫着。

大妮顿时气得七窍生烟,斩钉截铁地说:"三狗蛋,我告诉你,你就死了这条心吧,想让我跟你走,没门! 我就是一头撞死,也不会跟你这个禽兽不如

的东西回去！"

"哎呀，几天不见，你胆子见长啊？不修理修理你，你身上就痒痒啊，你忘记老子是谁了！"三狗蛋咬牙切齿地叫骂着，冲过来一把抓住大妮，抡起拳头就要打……

这个时候，童军已经明白了怎么回事，也知道了这是个什么人。他大吼一声："住手！"一个箭步冲上来，把大妮挡在了后面，然后出其不意地用力一推，把三狗蛋推了个仰面朝天。

三狗蛋没有想到，看上去那么单薄的童军，竟然那么有劲，心里开始打怵。他马上从雪地上爬起来，又怪笑了几声，给自己壮了壮胆，摆出一副趾高气扬、不屑一顾的样子，恼羞成怒地说："哎呀，嗑瓜子嗑出来一个臭虫。你算老几啊？快滚到一边去！"

童军毫不畏惧，厉声警告："三狗蛋，你嘴里干净点，大妮是我的老婆，不许你胡说八道！你要是敢动她一指头，我马上让你脑袋搬家！"

"真奇怪了，邪门了，从阴沟里钻出来个臭虫，还霸占我的老婆。小白脸，你真没有出息，我穿过的破鞋，你也要。小子，老子我告诉你，我和她订婚时，你还不知道躲藏在谁的腿肚子里。知趣点，快滚到一边歇着去！"三狗蛋气势汹汹，指着童军的鼻子，恶狠狠地威胁道。

大妮怒不可遏，咬牙切齿地骂道："三狗蛋，你这个臭流氓，你伤天害理，禽兽不如，会遭到天打五雷轰！我……要去法院告你，告你强奸罪！"

三狗蛋阴阳怪气地冷笑道："嘿嘿……你真的够狠，害老子独守空房，这么多年连个腥味都没有闻到。要不是你浪费老子的青春，老子的儿子都上小学了。"

大妮火冒三丈，咬牙切齿地骂道："三狗蛋，你浑蛋，你无耻，你畜生，你快点滚蛋……"

"你还有脸骂我。拿了我的彩礼，跟我睡过觉了，又跑到城里来养野汉子。你脸皮真厚。今天不揍得你屁滚尿流，老子就出不了这口恶气！"三狗蛋叫骂着，又举起拳头向大妮打去。

说时迟，那时快。童军一把抓住三狗蛋伸过来的手脖子，顺势一拉，又飞脚向三狗蛋的两条腿扫荡过去。三狗蛋还没有弄明白怎么回事，就被重重地摔了个嘴啃泥，趴在了雪地上。

三狗蛋恼羞成怒，又腾地一下蹿起来，恶狠狠地向童军撞去。童军飞速一闪，左脚一扫，挥拳向三狗蛋的后背打去，一拳把他打趴在了雪地上，半天没有爬起来。

三狗蛋在村子里横行霸道，无法无天地混了这么多年，从来没有吃过这样的亏，丢过这样的脸。他气得像一条疯狗，大叫着爬起来，恶狠狠地向童军扑

第十九章　喜迎新年　流氓上门

过来。童军飞快地闪到三狗蛋背后，狠狠地踹了他一脚。这一脚可能太重了，三狗蛋在雪地上爬了好几次，也没有爬起来。

这时候，姜春娟和安东方也被惊醒了。他们俩一听，马上就明白了是怎么回事，急急忙忙走了出来。

姜春娟怒目而视，指着趴在雪地上的三狗蛋，厉声问道："你是什么人啊，要过年了，竟敢深更半夜闯到我的家里瞎胡闹？小伙子，我警告你，这是城里，不是在你们村里。你闯到我家里瞎胡闹，这叫私闯民宅，这是在犯法，你懂吗？我要是告你，你现在就要进看守所蹲几天！"

"哎哟，你这个老不死的东西，你算老几啊？你狗拿耗子多管闲事，是不是吃饱了撑得难受啊？老不死的东西，这里没有你的事，赶快滚蛋爬开，到一边歇着去！"三狗蛋恼羞成怒，气急败坏地对姜春娟说。

安东方大发雷霆，怒斥道："小伙子，你怎么张口就骂人啊？这里是我的家，大妮是我认的干女儿。你胆子也太大了，简直是无法无天，竟敢三更半夜跑到我的家里撒野。你要是不马上滚蛋，我立马就打110，让你去蹲几天！"

刚才，三狗蛋被摔得头晕眼花，不知道怎么办才好，现在又被两个老人训斥了一顿，心里开始打鼓，有点害怕了。他想，童军这小子肯定学习过武功，而且功夫不一般。要是和他再交手，自己的这条小命，可能今天就到此为止了。他又想，站在面前的这两个老家伙，绝对不是什么善茬子和等闲之辈。要是他们俩报了警，他被抓进公安局，肯定会把他当年强奸大妮的事抖出来，他肯定要去蹲几年大牢。他权衡利弊后，立马打定了主意，那就是好汉不吃眼前亏，留得青山在不愁没柴烧。这时候，他好像泄了气的皮球，忍着疼痛，龇牙咧嘴地从雪地上爬了起来，死皮赖脸地说："她和我订了婚，还收了我家的彩礼。"

姜春娟气呼呼地问："多少钱啊？"

三狗蛋乖乖地回答："一千块。"

童军马上回到屋子里，拿出来三千块钱，怒气冲冲地说："这是三千块钱，连本带利足够了，你快滚蛋吧！今后，你要是再来胡闹，我就让你脑袋搬家！"说完，他狠狠地把钱甩在了三狗蛋的脸上。

"哼哼，老子很忙，现在没有闲工夫搭理你们。"三狗蛋说着，急忙拾起雪地上的钱，又一张一张地数了数，然后拍了拍身上的雪，灰溜溜地走了。

……

第二十章　二妮成功　白花失踪

　　二妮成功了。她在观海市举办的青年歌手大奖赛上，被评为观海市十佳青年歌手。她成功地完成了一个打工妹到一名专业歌手的华丽蜕变，成了观海市一名优秀的青年歌手。

　　这次青年歌手大奖赛，分为初赛、复赛和决赛三个阶段。从报名到最后结束，前后用了一个多月的时间。参加这次比赛的选手，来自观海的各行各业以及驻观海的院校和军队，经过了层层选拔和推荐。比赛过程中，评委们对参赛选手进行了艺术、表演、音乐等方面的综合素质考核。

　　对于每一个参赛选手来说，能参加这次比赛，争取拿到名次，是放飞青春梦想，展示艺术才华，提升声乐水平的重要舞台。比赛中，二妮的歌声打动了在场的观众和评委，在众多的选手中脱颖而出。这次青年歌手大奖赛的决赛，在观海市电视台举行，进行了现场直播。

　　常健说的没有错，二妮的成功，给他的公司带来了丰厚的收益。前来娱乐城听二妮唱歌的人络绎不绝，几乎场场爆满。邀请二妮唱歌的单位和个人，也接踵而来。

　　对二妮来说，这段时间的变化实在是太大了，可以算得上是悲喜交加，大起大落。她被黑老板强暴以后，当时想到的是去跳海，去结束自己的生命。她根本没有想到能有今天，更没有想到能当上一名歌手。从绝望到希望，从悲伤到欢乐，从低谷到坦途，发展之快，变化之大，真可谓天翻地覆，使她不敢相信这是真的，也使她感到有点适应不了。

　　……

　　二妮成功了。她的名气越来越大，邀请她唱歌的单位和个人也越来越多。一年一度的观海市梨花节隆重开幕了，二妮应邀在开幕式上演唱歌曲，常健开车把她送到了现场。

　　开幕式的舞台，在一眼望不到边的梨园里。那盛开着的梨花，一簇簇，一

第二十章　二妮成功　白花失踪

层层，像云似锦地漫天铺去，在明媚的春光映衬下，如雪如玉，洁白万顷，流光溢彩，璀璨晶莹。空气中飘荡着淡淡的梨花的香甜气息，沁人肺腑，令人似醉非醉，轻飘飘、晕乎乎的。

在五彩缤纷的大舞台上，二妮激情万分，光彩夺目，她含着泪花演唱了一首《梨花又开放》……

忘不了故乡，年年梨花放
染白了山冈，我的小村庄
妈妈坐在梨树下，纺车嗡嗡响
我爬上梨树枝，闻那梨花香
摇摇洁白的树枝，花雨满天飞扬
落在妈妈头上，飘在纺车上
给我幸福的故乡，永生难忘
……

舞台上，二妮唱得委婉动听，感人肺腑，撼动心灵。舞台下，人们听得心潮起伏，思绪万千，百感交集，欢呼雀跃。

二妮唱完歌，和常健顺着梨园中的一条小路，向一个小山顶走去。一路上，他们俩拍了很多照片。来到山顶上，他们俩坐在一片又高又大的梨树下，一边品尝着啤酒，一边全神贯注地观赏着眼前醉人的美景。

举目远望，漫山遍野的梨花，就像一眼看不到边的白色的海洋。密密麻麻的梨花，融成了一个个涌动着的白色浪花，在阳光的映照下，在春风的吹拂下，跳跃着，舞动着，洁白如雪，银光闪闪。

抬头看去，洁白的梨花，千姿百态。有的羞涩地打着骨朵儿，好像一颗颗洁白无瑕的小珍珠，挂满枝头。有的已经张开了喇叭形的小嘴，花瓣环抱着戴着小红帽子的花蕊。有的已经盛开了，那雪白的花瓣就好像一只只白色的蝴蝶，在空中翩翩起舞。

蜜蜂哼着悦耳的小曲，在花丛间飞来飞去。小鸟高兴地在枝头跳来跳去，叽叽喳喳叫个不停。微风吹过，阵阵花香，沁人心扉，令人心旷神怡。

"啊，美如仙境！"二妮如痴如醉，聚精会神地观看着这迷人的景色，不由得脱口而出。

常健兴致勃勃，由衷地感叹道："太美了，太漂亮了，这好像是童话世界！"

二妮慢悠悠地喝着啤酒，笑眯眯地说："常大哥，你在百忙之中送我来唱歌，谢谢你啊。"

常健乐呵呵地说："二妮啊，你现在已经功成名就，成了名声在外和家喻户晓的人物。能为你效力,我感到荣幸和自豪。能聆听你那美妙动听的歌声,能观赏到眼前这么漂亮的景色,这是一种美的享受和陶醉,我不虚此行,也求之不得。"

二妮笑嘻嘻地问:"常大哥,你这是夸奖我,还是讽刺我啊?"

常健急忙回答:"名副其实,千真万确,发自肺腑,当然是夸奖你。"

常健默默地喝着啤酒,若有所思。他犹豫了很长时间,终于鼓起勇气,忍不住问道:"二妮,上次爬山的时候,我给你说的那个事,你一直没有明确表态。我不知道你是怎么想的,想问问你,你是同意还是不同意啊?"

自从上次爬山,常健向二妮求婚以后,二妮一直在苦苦思索着这件事。她一直犹豫不决,心里很纠结。答应常健,她下不了这样的决心。不答应常健,她也下不了这样的决心。她一会儿想,应该嫁给常健。她一会儿又想,不能嫁给常健。她心烦意乱,举棋不定。

现在,常健又一次提起这件事,二妮还是犹豫不决,不知道怎么样回答常健。她装聋作哑,明知故问:"常大哥,你说的是什么事啊?我怎么不记得了?"

常健一愣,心里一颤,马上问道:"什么,你不记得了?二妮,你装什么迷糊啊?这样的事,你怎么能忘得了呢?"

沉默了一会,见二妮还是不回答,常健心里没了底,他琢磨了半天,开门见山、直截了当地说:"二妮,我说的是上次爬山的时候,我向你求婚的事。我今天之所以再次提起这件事,是想得到你的明确答复。如果你不同意,我也好死了这个心,以后再也不想这件事,不提这件事了。"

二妮脸上瞬间飘起了一片红晕,犹豫了半天,羞羞答答地说:"常大哥,我们俩不是外人,彼此都很了解,没有必要拐弯抹角兜圈子,我现在给你实话实说。自从你上一次提出这件事以后,我一直犹豫不定,左右为难,拿不定主意。我……不知道怎么样回答你,心里就好像一团乱麻,理不出头绪。"

听完二妮的话,常健眼前顿时一亮,好像又看到了光明和希望,心里一阵狂喜,急忙说:"二妮,我今天再一次向你求婚。不过,我还要再一次向你声明,我有自知之明。你现在是个名人,我配不上你,也十分理解你的处境和心情。如果你同意,我求之不得。如果你不同意,我会一如既往地给你当大哥哥。"

又沉默了很长时间,二妮说:"常大哥,没有你慷慨相助,就没有我的今天,我会铭记在心。"稍停片刻,她又问道:"常大哥,这是终身大事,应该深思熟虑、慎之又慎,你是不是真的考虑好了?"

常健一愣,急忙回答:"二妮,我已经绞尽脑汁、翻来覆去考虑过无数次了,也已经拿定了主意,我这是郑重其事地向你求婚。我还下定了决心,只要你不讨厌我,不明确拒绝我,我就一直等着你,一直追求你。"

二妮羞涩地说:"常大哥,你是我的恩人,我不会忘记你的恩情,也一定

第二十章 二妮成功 白花失踪

会报答你。但是,我不一定要嫁给你。"

常健听了,心里咯噔一下,顿时有点凉了,愣了半天,说道:"二妮,我以前为你做的事,都是我应该做的,从来就没有想过让你报答。你是否同意嫁给我,这是你的自由和权利,我会理解和尊重你的选择。"

二妮想了想,羞怯地问:"常大哥,你条件这么好,什么样的好女孩找不到啊?远的不说,就说眼前吧,你的娱乐城里美女如云,追你的女孩子恐怕有一火车吧?"

常健摇摇头,苦笑着说:"二妮,你想错了。我是一个杀过人坐过牢的罪人,优秀的女孩子谁肯嫁给我啊?我虽然是娱乐城的总经理,表面上很风光,其实,我和你一样,都是在给别人打工,说了不算,随时都可能会被炒鱿鱼。这几年,也确实有几个女孩子追过我。但是,她们看上的是我的外貌和金钱,都被我拒绝了。我也看上了两个女孩子,她们知道了我的详细情况以后,都害怕了,打了退堂鼓,悄悄地离开了我。我一直渴望着尽快找个合适的女孩子,成家立业。但是,我不想凑合,不想降低条件。所以,我一直没有找到适合我的女孩子,就这么拖着。"

此时此刻,常健放开了,不吐不快。他咕咚咕咚地喝了一罐啤酒,接着说道:"我不是个花心萝卜,我的思想观念很保守,特别在两性方面。我从不拈花惹草,玩弄女人。但是,我与以前的那个女同学同床共枕过。知道我底细的女孩子,谁还愿意嫁给我啊?我年龄这么大了,早就过了谈婚论嫁的年龄。所谓的条件好,无非就是我当这个总经理,有几个臭钱,还有一个不是很难看的长相。我想过了,也想通了,我绝不随随便便找一个女孩子结婚,我要找一个志同道合、一生一世爱着我、能和我白头到老的人生伴侣。我对我的人生伴侣,绝对不会隐瞒什么,更不会欺骗她。我要把我的心交给她,与她心心相印,同舟共济,同甘共苦……"

二妮听了,心里五味杂陈,有一种说不出来的滋味,急忙打断常健的话,激动地说:"常大哥,你不要再说了!"

常健越说越激动,眼睛里含着泪花,继续说:"二妮,有很多话,我以前都跟你说过了。今天,还想再跟你说一遍。我憋在心里,堵得很难受。二妮啊,我对你什么都不隐瞒,也不怕什么丢人不丢人。坦白地说,你是我这辈子第二个动情的女孩子。第一个女孩子你已经知道了,她是我的同学。这几年,我虽然和其他女孩子交往过,但都没有那种心动和来电的感觉,更没有那种牵肠挂肚的感觉。我第一次见到你,就有一种一见如故、相见恨晚的感觉。你就像从太空中突然飞来的一块陨石,一下子把我吸引住了,把我的灵魂都抓去了,我渐渐地产生了非你不娶的想法。我满脑子里都是你,眼前总是晃动着你的影子。看不到你,我就像丢了魂一样,恍恍惚惚,坐立不安。这一段时间,我把你与我过去交往过的所有女孩子都比较了一遍，你和她们不一样，有天壤之别。你不但美若天仙，聪明伶俐，而且心地善良，不贪图名利。你的人品，你的美貌，你的气质，你的性格，是你自己独有的，是别的女孩子不具备的。在茫茫人海中与你相遇相知，我就好像找到了知音、找到了依靠、找到了归宿。我感到，我这一辈子属于你了，也离不开你了。我做梦都想娶你，都想拥有你。但是，我缺乏信心和勇气。我担心你不同意，担心我没有这样的福气。开始的时候，我不敢表白，怕你看不起我，怕你直截了当地拒绝我。我知道我配不上你，给你提这种事，是在委屈你，是在难为你。但是，我控制不住自己，我……"

二妮听得满面羞红，再次打断常健的话，羞答答地说："常大哥，我哪里有你说的那么好啊。我是一个土里吧唧的村姑，是一个普普通通的打工妹。我两手空空，一无所有，连个家都没有。我……不干净，我……配不上你。我……"

常健急忙打断她的话，动情地说："二妮，在我的心目中，你是最善良、最漂亮、最纯洁的女孩子。你的过去我不管，我要的是现在的你。"

二妮脸色凝重，沉思了一会，忧心忡忡地说："常大哥，我这个人很保守，一不图名，二不图利，只图一辈子顺顺利利，平平安安。"

常健马上说："二妮，你的意思我很明白。其实，我的思想观念和人生追求和你差不多。实事求是地说，自从当了这个总经理，我一直很苦恼。我以前的那个女同学，因为吸毒卖淫，导致我杀人坐牢，差一点毁了我的一生，还搭上了我爸爸妈妈的性命。我对吸毒卖淫特别反感，可以说是恨之入骨，也早就不愿意在娱乐城干了。这几年，我已经多次向龙哥提出辞职，请求他给我换一个工作。龙哥虽然答应了我的请求，但一直没有派人来接替我，他说还没有找到合适的人选。龙哥很快又要来观海市了，我已经下了决心，等见到他，我一定好好地跟他说说。不管他同意还是不同意，我都不在娱乐城干了。我要找一个适合我的工作，安安稳稳过一辈子。"

二妮一愣，又急忙问："此话当真？"

常健斩钉截铁地回答："快马一鞭，决不食言！"

常健说的都是肺腑之言。二妮听了，热泪盈眶，不知道说什么好，只是默默地喝着啤酒。

常健又咕咚咕咚地喝完一罐啤酒，激动地说："二妮，你拐弯抹角不直说，我知道你很为难。看来，很可能是我自作多情了。我这一辈子，很可能只能给你当大哥哥了。"他说完了，好像是解脱了，长长地叹了一口气，又默默地喝起了啤酒。

听着常健感人肺腑的真情告白，二妮感动的心潮起伏，热泪盈眶。二妮想到："她是一个普普通通的打工妹，经过拼搏，跻身到观海市十佳青年歌手的行列，在事业方面已经成功了，如果好事成双，找到一个称心如意的终身伴侣，相亲

第二十章　二妮成功　白花失踪

相爱，同甘共苦，白头到老，实现事业和婚姻双丰收，那该多么美满幸福啊！"

一阵凉风吹过来，二妮不由自主地打了一个寒战。常健见状，急忙张开双臂，把二妮揽在了怀里。

……

这一天，二妮刚刚吃过早饭，柳叶突然来了，她气喘吁吁地告诉二妮："白花失踪了。我已经找了一天一夜了，没有找到白花的踪影。"

二妮听完，猛地一惊。她和柳叶一起，先到公安局报案，然后打了一辆出租车，急急忙忙去找白花。

二妮感到很纳闷，心事重重地说："前两天，白花给我打电话，说她已经考虑好了，也下了决心，要离开洗浴城，还让我马上给她找工作。我告诉她，常大哥已经给一家商场的老板说好啦，让她去这家商场当营业员。白花听了非常高兴，说很快就会到这家商场报到。这才两天时间，白花怎么就突然失踪了呢？"

柳叶忧心忡忡地说："前两天，白花给你打完电话以后，高兴得不得了，还反复劝说我，要我和她一块去这家商场当营业员。她突然失踪，我也感到很奇怪。"

二妮急忙说："柳叶姐，你再好好想想，看看白花突然失踪，是什么原因，有没有蛛丝马迹啊？"

柳叶想了想，十分肯定地说："白花绝对不会不打招呼就回老家，绝对不会不说一声就私自出走，也不可能被人绑架走，很有可能是姓郭的把她卖掉啦！前几天，姓郭的给小姐们开会时，旁敲侧击地警告威胁白花和我，说想离开洗浴城没那么容易，不要打错算盘，拿自己和家人的生命开玩笑。"

二妮急忙问："白花不该她的，也不欠她的，与她无亲无故，她有什么权利卖白花啊？"

柳叶说："姓郭的心狠手辣，为了钱，什么事都会干出来。"

二妮咬牙切齿地说："姓郭的蛇蝎心肠，太狠毒啦！"

……

二妮和柳叶把观海市的洗浴、保健、娱乐场所以及比较大的饭店、酒店、宾馆几乎全都找了一遍，还是没有发现白花的踪影。

柳叶回忆了半天，然后说："前一段时间，那个养海参鲍鱼的小老头，来找过白花几次。姓郭的会不会把白花卖给那个小老头啊？"

那个小老头名字叫李保柱，已经六十多岁了，一米六多一点的个子，走起路来慢腾腾的，迈着标准的八字步。他又黑又瘦，头发全都掉光了，脸上和身上长满了老年斑。也不知道他得的是什么病，身上的筋都鼓了出来，手上、腿上更为突出。他的两个大眼珠子也鼓了出来，令人有点恐怖。

听人们说，李保柱是一个孤儿，在他很小的时候，他的爹和娘都去世了。他三十多岁了，连一个说媒的都没有，找媳妇没有一点希望。他年轻气盛，耐不住寂寞，就引诱欺骗邻居家一个十二岁的小女孩。后来，他把那个女孩的肚子弄大了。女孩家告到法院，他坐了十四年大牢。他出狱以后，时来运转，奇迹一般发了财。他的爹和娘虽然没有给他留下一间像样的房子，却给他留下了一个大院子。前几年，观海进行城中村改造，他分了三套一百多平方米的楼房。他卖了两套，把另外一套也租了出去。他承包了五个池子，专门养殖海参鲍鱼，这两年又挣了不少钱。

李保柱手里有钱了，堂而皇之地成了海浪洗浴城名副其实的常客。不过，他好像有点恋幼癖，对幼女有特殊的嗜好。他每次来洗浴城，大多数都是专门点白花给他服务。海浪洗浴城的小姐们，不知道他叫什么名字，都叫他小老头，还知道他养海参鲍鱼，挣了很多钱。

二妮在海浪洗浴城当清洁工时，也多次看见过那个小老头。每当看到他拉着白花走进包间，二妮的心里总是酸酸的，好像针扎一样痛。一个那么幼嫩，一个那么苍老。二妮一想到他们两人在一起搂搂抱抱，就好像吃了一把苍蝇，恶心得想呕吐。每次小老头走后，白花都高兴一阵子，好像小老头又给了她很多小费。

经柳叶一提醒，二妮豁然省悟。白花的失踪，虽然现在还不能完全肯定与小老头有直接关系，至少小老头能提供出一些线索。二妮和柳叶一商量，决定顺着海边，去找那个养海参鲍鱼的小老头。

观海市三面环海，海岸线五百多公里。那些养海参鲍鱼的人，有的住在海岛上，有的住在山海相连的岸边。住在海岛上的，没有船肯定进不去。住在岸边上的，想进去也很困难。他们选择的位置，一般都在偏僻险要人们很少去的地方，有的地方根本就没有路，只能在蜿蜒曲折的悬崖峭壁上攀登爬行过去。他们住的房子也很特殊，有的是洞穴，有的是把大石头之间的缝隙，加工改造成了小房子。这些小房子沿着海岸线星星点点地分散开来，而且相互之间的距离都很远，也很少有相互来往。要找到那个小老头，就好像是大海里捞针。

已经是春暖花开的季节了，观海却突然之间来了个倒春寒。这种乍暖还寒、春寒料峭的善变天气，使人们有点难以适应和措手不及。

这两天，天黑沉沉的，刺骨的寒风没完没了地刮着，淅淅沥沥的雨夹雪没完没了地下着，看不出一点要停下来的意思，带给人们一种很压抑很烦躁的感觉。

二妮和柳叶穿着雨衣，顶着一阵阵寒冷的海风，翻过山冈，攀过悬崖，来到了一个奇形怪状的小屋子前面。里面有四个男青年，正在热火朝天地打扑克。他们看到突然来了两个仙女似的美女，一阵惊喜，马上放下手中的扑克，像迎接天外来客一般，把二妮和柳叶迎接进了小屋里。二妮和柳叶说明了来意，这

第二十章　二妮成功　白花失踪

　　四个男青年满口答应，一定会帮着她们俩找到那个小老头。这四个男青年对二妮和柳叶热情得没法说，他们好像变戏法一样，手忙脚乱地整理好桌子，先端上来一盆子热气腾腾的各种各样的海螺，又端上来一盆子热气腾腾的螃蟹和海参、鲍鱼，接着打开了两箱啤酒。他们说，来的都是客，一定要二妮和柳叶尝一尝他们刚刚煮熟的土特产。看着那满满当当一桌子海味，柳叶兴奋得两眼直放电。

　　柳叶跟着二妮找白花，顶风冒雨，跋山涉水，到现在已经三天多了。她筋疲力尽，坚持不住了，早就想找个地方歇歇脚，放松放松。现在，天上掉馅饼，好不容易逮住这么好的机会，她岂能放过。她柔情蜜意地和他们握了握手，把自己的名片送给了他们，坐下来，阿谀奉承了他们一阵子。然后，她一边美滋滋地喝着啤酒，品尝着那一桌子海鲜，一边和他们山南海北地胡吹海侃起来。

　　在雨雪交加的海边，在这个十分偏僻的地方，突然来了两个如花似玉的美女，对这四个血气方刚、压抑了很久的男青年来说，就好像是天上掉下来了林妹妹。

　　二妮闷闷不乐地坐在一边，她既没有喝啤酒，也不吃他们的海参、鲍鱼。她十分担心柳叶喝多了，吃亏上当，但又不便上去阻拦，只能不断地提醒着柳叶。四个男青年见二妮对他们不理不睬，知道二妮不好对付，就把目标移向了柳叶。

　　他们与柳叶兴高采烈、大呼小叫地划着拳，一杯接一杯地喝着啤酒。两箱啤酒很快就下了肚，四个男青年嘴上和手上也越来越不规矩起来。为首的那个男青年，一边和柳叶拼酒，一边时不时地用胳膊蹭柳叶的胸部。

　　二妮一看事不好，担心再不马上离开就会出事，一把拉起柳叶就向外走。这四个男青年已经欲火难耐，哪里能让快要煮熟的鸭子再飞走啊，马上围住了二妮和柳叶。为首的男青年色眯眯地说："小妹妹，既然来了，何不好好玩玩啊，我们有的是钱。"另一个男青年阴阳怪气地说："小妞，实话告诉你们俩，既然你们自己送上了门，想走没有那么容易，放聪明点，别自找麻烦！"

　　二妮早就观察好了，顺手抓过一根大铁棍子，紧紧地握在了手里，厉声说道："各位大哥，实在对不起。我们俩今天是来找人的，不是来陪你们玩的。我们来了十多个人，他们现在都在山冈后面的面包车上，在等着我们俩回去。请你们赶快闪开，我们俩要回去找他们。"

　　四个男青年虽然着急上火，但看了看怒目而视、威风凛凛的二妮，又看了看二妮紧握在手的大铁棍子，再联想到山冈后面她们俩的那些朋友，顿时清醒了几分，不敢轻举妄动。

　　柳叶现在已经酒足饭饱了，正在琢磨着怎么样脱身。她挤眉弄眼、风情万种地说："各位大哥呀，真的不好意思了，今天一块来的朋友太多了，商量好的必须一块回去。不过啊，小妹我今天能交上你们这些大哥哥，真的是缘分啊，我高兴得没法说。明天就是星期天，小妹我一定来找你们玩，大哥哥们要多准备点海参鲍鱼。从今以后，大哥哥们要经常给我打电话，有空一定要去找我玩。"

稍停片刻，柳叶又抛了几个媚眼，柔情似水地说："各位大哥哥啊，我明天上午十点准时来，你们一定要等着我啊，不见不散。不过，你们最好能多弄点带辣味的海螺，我特别喜欢吃那个味道。"

柳叶说完，一边抛着媚眼，一边拉着二妮向外走，还一边向他们挥手告别："拜拜了，明天见……"

这四个男青年有点蒙了，一时没有反应过来，迷迷瞪瞪地目送着二妮和柳叶走了出去。

……

第二十一章 杀回山村 救出小帆

第二十一章 杀回山村 救出小帆

农历正月初三，天刚蒙蒙亮，三妮把刘一鸣安顿好，从县城医院里走出来，顶着狂风暴雪，又一次向那个小山村走去……

看来，这个兔子不拉屎的穷地方，天气很不正常。狂风加上暴雪，从年前就不停地刮，不停地下。到了今天，不但没有要停下来的意思，反而越刮越大，越下越大。俗话说，瑞雪兆丰年。在这个年年怕干旱的穷地方，多下点雪，预示着麦子的丰收，也预示着一个好年景。但是，这场狂风暴雪持续的时间太长了，令人感觉有点太过分了，弄得人们烦躁不安，给人们的出行带来了诸多不便。

在通往那个小山村的羊肠小道上，平时就人迹稀少，再加上狂风暴雪和人们都团聚在家里过年，一路上，三妮连个人影也没有看到。

吼叫着的狂风暴雪，就好像鞭子一样，不停地抽打在三妮身上。她喘不动气，也很难睁开眼睛。她如履薄冰，沿着山梁上这一条崎岖不平、弯弯曲曲的羊肠小道，一边用一根又粗又长的树枝子试探着路，一边艰难地、摇摇晃晃地、战战兢兢地向前走着。

上一次，三妮走这条羊肠小道的时候，雪没有这么大，还能隐隐约约找到小道的影子。这一次，没完没了的大雪，已经下得沟满壕平，这条羊肠小道被厚厚的积雪埋了起来，变得无影无踪了。不知道雪的下面是羊肠小道，还是深不见底的山谷。要是一不小心，滑进了深不见底的山谷里，那就等于掉进了万丈深渊和地狱。在这冰天雪地、荒无人烟的深山里，那就甭想再活着走出来了。

在风雪交加的天气里，走在崎岖不平的羊肠小道上，三妮并不陌生。因为进出她老家的那条羊肠小道，与眼前的这条羊肠小道差不多。但是，她老家的那条羊肠小道，她了解得一清二楚。眼前的这条羊肠小道，她一点也不了解。稍有不慎，就会跌入深谷，摔得粉身碎骨。

光秃秃的半山腰上，有几棵老枯树，孤零零地、凄凄惨惨地挂在那里。偶尔传来一两声乌鸦凄凉悲惨的叫声，但始终看不到它躲藏在什么地方。

这一次寻找刘小帆，从观海到省城，再到这个兔子不拉屎的穷地方，一路走来，已经整整十五天了。这期间，三妮马不停蹄地四处奔波。她吃不好，也睡不好，再加上给刘一鸣献了那么多血，身体虚弱，疲惫不堪。此时此刻，她感到两条腿越来越沉重，眼前一阵阵发黑，再也走不动了。她蹲下来喘了几口气，又继续向前走去……

现在，三妮有一种回老家半棵树的感觉。她触景伤情，百感交集。她越想心里越委屈，越想越不是滋味，眼泪哗哗地流了下来……

她想到了爸爸。现在，她和两个姐姐都在打工挣钱，生活条件与以前相比，发生了翻天覆地的变化。要是爸爸还活着，那该多好啊。她们姊妹三个，肯定会好好伺候爸爸。

她没有办法想到妈妈，因为妈妈生下她就死了，连一张照片都没有留下，她不知道妈妈长什么样子。

她想到了两个姐姐。两个姐姐为了支撑这个支离破碎的家，为了给爸爸治病，为了让她上学，付出的太多了。她现在已经长大了，应该自己管好自己的事，让两个姐姐放心，绝对不能再给她们俩增加负担。

她想到了小时候的经历。别人家的孩子遇到了困难，受到了委屈，有爸爸妈妈帮着护着。她除了给两个姐姐说说以外，只能憋在心里，默默地忍受着。别人家的孩子可以无忧无虑地去上学，而她不得不放弃学业，过早地走向社会，品尝人生的酸甜苦辣。

她想到了自己现在的处境。今天是大年初三，别人家的孩子都依偎在爸爸妈妈身边，吃着水饺，看着电视……而她却独自一人，顶风冒雪，在这恐怖可怕的深山里，在这一条羊肠小道上，胆战心惊地、一点一点地向前挪动着……

她还想到了刘一鸣和刘小帆目前面临的困境。现在，他们父女俩遇到了前所未有的危机和困难。如果不能化险为夷，渡过难关，后果和结局十分可怕。在这个紧要关头，她必须咬紧牙关，绝对不能倒下去。但是，她能不能担当起如此重任，心里一点把握也没有。她孤身一人去这个小山村，能不能找到刘小帆，就算是找到了刘小帆，能不能把刘小帆带走，她心里一点底也没有，甚至还有点胆怯和害怕。但是，事到如今，她没有退路。

三妮翻山越岭，艰难地行进着。天快黑的时候，终于再次来到了这个小山村里。但是，这一次，她没有去尹小强奶奶家，而是直接来到了这个小山村西边的学校里，然后找到了小翠的班主任老师。

小翠的班主任老师姓荣，是个四十多岁的中年妇女。她心地善良，有正义感。当三妮说明来意后，她非常同情刘小帆和刘一鸣的遭遇，马上派人找来了小翠，并安排三妮晚上住在学校里的一间单身宿舍里。

在来这个小山村之前，三妮专门去了一次县百货大楼，给小翠买了一身衣

第二十一章 杀回山村 救出小帆

服、一些文具和食品。一见面，三妮把这些礼品拿出来，送给了小翠，小翠很高兴。

晚上，三妮在这一间单身宿舍里，请小翠喝啤酒。她把从县城里买来的凉菜和啤酒都摆了出来。

三妮喝着啤酒说："小翠，你心地善良，是个好人。那天深夜，要不是你暗中帮助我，那些人不可能送刘教授去医院，他很可能活不到今天。现在，我代表刘教授和刘小帆谢谢你，敬你一杯酒。"

小翠马上说："姐，我一直担心你们会恨我。因为我们家里的那些人，那样对待你们，太过分了。姐，我感觉对不起你们，心里很惭愧。我……"

三妮微笑着说："妹，你和他们不一样。你心地善良，有正义感和同情心，我和刘教授都很感激你。"

小翠高兴地说："姐，你对我这么好，给我买了这么多东西，我要敬你一杯酒。"说完，她和三妮碰杯，喝了半杯啤酒。

三妮给小翠夹着菜说："妹，我上次住到你们家，你帮了我那么多，我一直记在心里。"

停了一会，三妮又说："小翠，我们俩能认识，这是缘分啊。要不是为了小帆的事，我就不会到这里来，我们俩更不可能相识。等到你高考的时候，一定要报考观海大学。毕业以后在观海找工作，成家立业，我们俩永远不分开。等你到了观海，刘教授、小帆和我，一定会帮助你。"

小翠高兴得不知道说什么好，问："姐，到时候，你们会不会因为小帆的事怀恨在心，不搭理我啊？"

三妮笑盈盈地说："妹，绝对不会，因为这件事与你无关。你是个好人，一直在帮助我们，我们都很感激你，怎么会恨你啊？我们恨的是他们，不是你。这辈子，我想永远与你做好姐妹。"她边说边拿出笔和纸，把自己的住址和联系电话写下来，递给小翠，说："以后，你有什么事就打电话找我，我一定想方设法帮助你。"

小翠兴奋地说："姐，以后，我肯定会去找你。"她想了想，又说："我要是考不上观海大学，我也一定会去观海打工。到时候，你一定不要嫌麻烦。"

三妮爽快地回答："没有问题。不过，我还是希望你能考上观海大学。因为我现在正在自学，也准备考观海大学。如果我们俩都考上观海大学，就成为校友了，那该多好啊。"

小翠挥了挥拳头，说："姐，我一定加倍努力！"

三妮说："以后，你学习上有什么困难，需要什么辅导材料，找我也行，找刘教授也行。刘教授人品很好，乐于助人。他现在正在辅导我学习，他也会辅导你学习。"

小翠高兴得差一点跳起来，连声说："太好了……"

小翠突然想到什么，马上低下头来，怯声怯气地问："姐，小帆的事怎么办啊？"

三妮说："我今天来这里，还是为了小帆的事。"

"其实……我很反感他们这样做。但是，他们不会听我的话，我……拿他们没有办法。"小翠垂头丧气地说。

三妮忙说："妹，小帆和你一样，都是未成年人，还是个孩子。如果小帆稀里糊涂地生出个孩子来，她这一生就彻底毁了。对于小帆来说，我和你一样，都是局外人。但是，我们不能眼睁睁地看着他们做伤天害理的事，把小帆推到火坑里。如果我们袖手旁观，不管不问，良心就会谴责我们一辈子，使我们一辈子不得安宁。"

愣了一会，三妮拍了拍小翠的肩膀说："妹，你放心，我绝对不会牵连到你，绝对不会给你带来麻烦。"

"那……我能做点什么？"小翠问。

三妮说："我一定要找到小帆。只要你告诉我，她现在在什么地方就行了，别的不用你管。"

小翠低着头想了一会，抬起头来说："她在我三姑家。"

三妮高兴地紧紧握住小翠的手，说："妹，谢谢你！小帆一辈子不会忘记你，刘教授和我也不会忘记你！我……明天就去找她。"

小翠忧心忡忡地说："姐，上一次，你能逼着他们把刘教授送到医院，很了不起，我很佩服你的胆量和本事。但是，你明天一个人去，要对付那么多人，而且他们都是大人，我怕你吃亏。"

三妮信心十足，果断地说："我不怕。只要我有一口气，我就要把小帆带回观海市。"

小翠忐忑不安地问："姐，我明天应该帮你做点什么啊？"

三妮考虑了一会，说："妹，明天我去你三姑家以后，你要和你的同学一起，多找一些人去看热闹。去的人越多越好，把事情闹得越大越好。到时候他们如果把我控制起来，比如他们把我关了起来，你更要多找人去看热闹，你能做到吗？"

小翠想了想，使劲点了点头，说："姐，在我三姑村里，我有很多同学。我是班长，他们都听我的。你说的这件事，我保证能做到。"

这天晚上，三妮和小翠推心置腹，越说越亲切，有一种一见如故、相见恨晚的感觉。两个人一直谈到晚上八点钟，小翠才恋恋不舍离开了三妮。

第二天的早晨，三妮按照小翠说的地址，来到了小翠的三姑家里。

院子的大门开着，三妮直接闯进了院子里。对面堂屋的房门也开着，三妮

第二十一章 杀回山村 救出小帆

又直接闯进了堂屋里。刘小帆和尹小强就住在堂屋里，他们俩刚刚起床，被三妮撞了个正着。

三妮好像从天而降，突然出现在面前，刘小帆惊得目瞪口呆，说不出一个字来，她不敢相信这是真的。愣了半天，她扑上去，紧紧地抱住三妮，号啕大哭起来……

刘小帆离开了观海，跟着尹小强来到小山村。刘小帆从出生到现在，一直生活在观海。来到这个穷乡僻壤，就好像走进了另外一个世界。她满眼里都是稀奇古怪的新鲜事物，兴奋得久久不能平静。

在观海的时候，不论是在学校，还是回到家里，她认为老师、同学和她的爸爸，都戴着有色眼镜看她，把她看成了另外一类人，像送瘟神那样对待她。现在，尹小强的家人和他的七大姑八大姨，像敬神仙一样敬着她。她每天吃的喝的，都是闻所未闻的山珍野味。她被奉为贵宾，轮流着到每家去做客。

自从刘小帆来了以后，尹小强的家人和三个姑姑，轮番上阵给刘小帆洗脑，主要内容是：刘小帆肚子里的孩子已经长大了，不能再做人流了；这个孩子生下来以后，由尹小强的家人和姑姑们抚养成人；等孩子长大后，刘小帆愿意要，就领到观海去，刘小帆不愿意要，这个孩子就永远生活在老尹家；刘小帆什么都不用操心，生完孩子就可以马上回观海上学。经过反复洗脑，刘小帆逐渐打消了思想疑虑和后顾之忧。她乐不思蜀，玩得十分开心。

但时间一天天过去了，新鲜感渐渐淡薄了，刘小帆慢慢地感觉到了枯燥无味。人生地不熟，生活习惯不同，没有共同语言，刘小帆感到越来越寂寞和孤独。尤其是肚子里的孩子越来越大，身体上的反应也越来越厉害，刘小帆开始烦躁不安起来。刘小帆想："同学们都在无忧无虑地上学，我挺着个大肚子，躲在这里等着生孩子，这是为什么啊？尹小强能爱我一辈子吗？他要是不爱我了，与别的女人结婚了，这个孩子怎么处理呀？我还是一个未成年人，如果生出个孩子来，我怎么养活这个孩子呀？今后怎么办啊？未成年就生了个孩子，肯定会被众人谩骂、耻笑和歧视，这样的日子我怎么去面对啊？不行，绝对不能把这个孩子生下来。"刘小帆越想越心烦意乱，越想越感到可怕。特别是最近这两天，她吃不下饭，也睡不着觉，心里乱糟糟的，坐立不安。

现在，刘小帆突然看到了三妮，像是见到了久别重逢的亲人，也像是在水深火热之中盼到了救星。

刘小帆抱着三妮，痛哭流涕，泣不成声地说"姐，你……怎么来了？姐，你怎么才来啊？姐，我天天想你，我……"

终于找到了刘小帆，三妮再也控制不住了，瞬间泪流满面，说："小帆，你让你爸爸和我找得好苦啊。你爸爸和我来到这里已经七天了，一直在到处找你。尹小强的家人一直在欺骗你爸爸和我，说你没有来过这里。为了找你，你爸爸都累病了，腊月二十九的半夜，胃部大出血，差一点就丢了性命。小帆啊，你差一点就没有了爸爸。你不能只顾自己，不管你爸爸的死活啊！你……"她再也说不下去了。

刘小帆听了，又是一阵号啕大哭："我爸爸……他在哪里？他……现在怎么样了？"

三妮抽泣着说："你爸爸已经动了手术，现在正躺在县城医院里。"

刘小帆泣不成声地说："姐，他们瞒着我，我……什么都不知道。我……要去找爸爸！"

三妮愤怒地说："尹小强的家人瞒着你，也瞒着你爸爸和我。他们这样做，目的只有一个，就是让你把孩子生下来，为他们尹家传宗接代。小帆啊，你千万不要上当受骗，千万不能把肚子里的孩子生下来。你现在还是个未成年人，要是生下个孩子来，你这一辈子就彻底完蛋了！"

尹小强的三姑正在厨房里做饭，根本没有发现三妮的到来。她听到堂屋里有哭喊声，急忙跑进来。看到刘小帆抱着三妮哭天喊地，她马上明白过来，赶紧去喊人。不一会，尹小强的家人和亲戚们都来了，小翠找来的那些来看热闹的人也都来了，屋子里和院子里，被人们挤得水泄不通。人们七嘴八舌，议论纷纷，乱哄哄的。

尹小强的叔叔怒视着三妮，咬牙切齿地说："你一个姑娘家，一个小保姆，管这么多闲事干什么？吃饱了撑得啊！"

三妮想，他们人多势众，必须在气势上震住他们。想到这里，她怒气冲冲地厉声喊道："你们欺骗一个十三岁的女孩子，让她把孩子生下来，给你们家传宗接代。你们这是伤天害理，把一个未成年的女孩子，往火坑里推。我今天就算拼上性命，也要一管到底！"

尹小强的大伯不停地咳嗽着，强压着怒火，质问道："姑娘，你有没有听老人们说过，破坏人家传宗接代，让人家断子绝孙，这是要千刀万剐的，要天打五雷轰的。这不是人干的事，难道你就一点不知道吗？"

三妮不屑一顾，义正词严地大声喊道："小帆才十三岁，还是个孩子，你们把她蒙骗到这里，让她生孩子，为你们传宗接代，这是把她推进火坑里，要毁了她的一生。我要问你们，世界上有这样传宗接代的吗？你们这样做，还有天理吗？还有良心吗？还有道德吗？还有王法吗？你们这样做，是大逆不道，是伤天害理，是丧尽天良！伯伯叔叔们，大娘婶婶们，你们都有姐妹，都有儿女。我要问你们，小帆要是你们的亲生女儿，你们能让她把这个孩子生下来吗？为人处世，要光明正大，要将心比心，要对得起天地良心。传宗接代，这是天经地义、正大光明的事，不能偷鸡摸狗，不能坑蒙拐骗，不能不讲道德。你们这样做，天理不容，应该千刀万剐，应该天打五雷轰！"

第二十一章 杀回山村 救出小帆

一个中年男人冷笑几声，说道："这一个孩子生不生下来，是两个当事人的事，他们俩说了算，用不着你在这里咸吃萝卜淡操心。"

三妮瞪了中年男人一眼，愤怒地喊道："两个当事人年龄还小，可以不追究法律责任。但是，你们这些大人，却明知故犯，知法犯法，在想方设法蒙骗一个未成年的女孩子，让她为你们传宗接代。你们的这种做法，已经违反了未成年人保护法，是在以身试法，要负法律责任。如果造成了严重后果，你们就要去坐大牢。小帆的爸爸是小帆的法定监护人，他阻止小帆生下这个孩子，这是法律给他的权利和义务。为了这件事，他差一点丢了性命，现在还躺在县城医院里。他已经给观海大学打了电话，请求观海大学帮助他打官司。如果你们继续执迷不悟，还不痛痛快快放了小帆，过不了几天，他就会与你们在法庭上相见。"

尹小强的堂哥手持一根木棍子，气势汹汹地挤了过来，怒吼道："你算老几啊，敢在这里撒野。再不快点滚蛋，我一棍子砸扁你！"

三妮"嗖"的一下，从提包里抽出来一把明晃晃的西瓜刀，又伸手抓住了尹小强三姑的一条胳膊，大声喊道："我这把西瓜刀，是防身用的。如果有人欺负我，我绝对不客气。我的西瓜刀虽然没有你的棍子长，但是，这满屋子都是你们的人，我很容易找到几个垫背的！"

刘小帆听了三妮和尹小强家人的唇枪舌剑，彻底清醒和明白了。她看到尹小强的堂哥想对三妮动手，马上从桌子上拿起一把长长的水果刀，冲到三妮前面，愤怒地喊叫道："都给我滚开，谁敢动我姐姐一指头，我就和谁拼命！"

尹小强的三姑看了看眼前明晃晃的西瓜刀，吓得浑身发抖，哆哆嗦嗦地说："帆帆，有话好说，你……这是干什么呀！"

尹小强的堂哥暴跳如雷，紧紧地握着棍子，再次吼叫道："你真的不想活了？"

三妮大义凛然，怒目而视，针锋相对地喊道："实话告诉你，我敢来这里，就没有想活着出去！"

在场的人都惊呆了，他们没有想到，看上去文文静静的三妮，突然之间变得这么厉害。她理直气壮，据理力争，越来越占上风。

来看热闹的人们，议论纷纷，乱成了一锅粥。不知道小翠是怎么做的发动工作，她找来的这一群学生在起哄，有的在喊叫："不要把事情闹大了！"也有的在喊叫："要以理服人！"还有的在喊叫："计划生育是基本国策，人人都要遵守！"

尹小强的家人理屈词穷，越来越没有底气，一时乱了方寸，不知道怎么应对好。他们看到来了这么多人看热闹，担心闹得满村风雨，得不偿失。

尹小强的伯伯气得脸色蜡黄，颤颤巍巍地指着尹小强的堂哥说："你……

滚出去，用不着你插嘴！"尹小强的堂哥不肯离开，被小翠拉了出去。

这时候，村长挤了进来，对三妮说："姑娘，你先回去吧。我们村委会要开会研究这件事，一定给你一个满意的结果。"

三妮没有上当受骗，斩钉截铁地说："不带走小帆，我绝对不会离开这里半步！"

刘小帆大声吼叫道："你们都给我闪开……谁要是敢拦我，我就杀了谁！"她一手握着水果刀，一手拉着三妮向外走。

尹小强气得脸都变了形，怒气冲冲地喊道："小帆，你不能走，你肚子里有我们俩的孩子！"

刘小帆火冒三丈，吼叫道："闭嘴！我恨不得马上杀了这个孽种，我恨不得马上杀了你们全家人！"

尹小强想上来阻拦，刘小帆举着水果刀吼叫道："尹小强，你要是敢拦我，我就先杀了你！"吓得尹小强退了回去。

尹小强的家人和亲戚们都目瞪口呆，他们眼睁睁地、又无可奈何地看着刘小帆拉着三妮，向院子外面走去。

……

第二十二章　无赖讹诈　歹徒暗杀

第二十二章　无赖讹诈　歹徒暗杀

常言道，春雨贵如油。这一场春雨，老天爷下的太精心仔细和缠缠绵绵了，看上去有点小气吝啬的意思。这场雨已经断断续续、淅淅沥沥地下了一天一夜，还没有要停下来的意思。下雨天，出不了门，更不能出去卖菜。大妮和童军没有别的事干，除了吃饭，就是迷迷瞪瞪地使劲睡觉，恨不得要把去年亏欠的觉都补回来。

第二天早晨，大妮睁眼一看，已经是六点多钟。她从床上爬起来，趴在窗子前面，观看外面的景色。

灰蒙蒙的天空中，飘荡着毛毛细雨。那雨丝如烟似雾，密密麻麻，丝丝缕缕，迷迷茫茫，缠缠绵绵……像春姑娘的绣花银针，像漂浮在空中的柳絮，像湿漉漉的刚吐出来的蚕丝……眼前的一切都被封锁在密如蛛网的雨丝之中，远处的街道、楼房、大树、行人……都只剩下了一个模模糊糊的轮廓。

微风吹过，雨丝斜着从空中飘荡下来，在窗子上形成了密密麻麻、晶莹剔透的水珠，就像一个非常美丽的珠帘子。

似有似无的雨丝，悄无声息地落在花坛里，瞬间就变得无影无踪了。那些经历了冰天雪地摧残和煎熬的花花草草们，享受到雨丝的滋润，在欢呼雀跃着，有的迫不及待地钻出了脑袋，有的得意扬扬地挺直了腰杆，有的兴致勃勃地张开了双臂，有的喜气洋洋地绽放着笑脸……

小鸟们洗浴得干干净净，打扮得漂漂亮亮，高兴地飞来飞去，一大早就叽叽喳喳叫个不停。不一会，它们都聚集在院子里那一棵大树上，好像是在开大会，商量着今年的工作计划，喊喊喳喳地又说又笑，又唱又跳。

大妮看着这一群可爱的小鸟们，不由自主地笑了起来，自言自语地说："一年之计在于春，一日之计在于晨。一寸光阴一寸金，寸金难买寸光阴。小鸟们都知道惜时如金，我也不能虚度光阴。"

稍停片刻，大妮来到床前，温柔地推醒童军，笑盈盈地说："小懒猪，快快起床。"

　　正迷迷糊糊睡觉的童军，伸了伸懒腰，不耐烦地说："老婆，你干吗呀？不老老实实地睡觉。"

　　大妮又推了推童军，耐心劝说道："小懒猪，你不能再睡了。你现在把头都睡大了，会越睡越懒。今天，我们俩无论如何要去找点事干。"

　　童军很不情愿地爬起来，懒洋洋地看了看窗子外面，问："还在下雨，能干什么啊？"

　　三妮想了想，笑眯眯地问："弟，我们俩现在去批发点蔬菜，然后到儿童公园去卖，你看怎么样啊？"

　　童军看了看大妮，笑呵呵地说："老婆，你神经病啊？下雨天，谁去买菜呀？"

　　大妮微笑着说："弟，这场雨，已经不紧不慢地下了三天多了。我琢磨着呀，人们早就憋不住了，肯定会到公园里溜达溜达。我还估摸着，他们家里的蔬菜，早就吃得差不多了。他们在溜达的时候，发现有新鲜蔬菜，还不来个搂草打兔子，顺手牵羊，买点蔬菜带回家。再说了，现在下的雨很小，我们俩可以在蒙蒙细雨中卖菜，在毛毛细雨中观景。你想想看呀，一边卖菜挣钱，一边欣赏雨中的美景，既有情趣，还很实惠，那是多么逍遥自在和富有诗情画意啊。这一举两得的美差，何乐而不为啊？"

　　童军被大妮说得蠢蠢欲动，他一把抱住大妮，一边亲吻，一边十分惊讶地说："我的个天啊，我的老婆不但会卖菜，还是个大文学家，口吐莲花，出口成章。"

　　说干就干，大妮和童军很快就批发回来一三轮车蔬菜，在儿童公园里大花坛的前面，摆上了菜摊。下雨天，他们俩也不用担心城管来罚款，心里很踏实，也有几分悠闲自在。蔬菜的品种虽然不算很多，但都很新鲜。再经过毛毛细雨一淋，显得更加鲜嫩。

　　这个公园地处闹市区，是周围居民休闲玩耍的主要场所。虽然下着蒙蒙细雨，打着雨伞，穿着雨衣，来这里溜达和游玩的人们络绎不绝。大花坛的前面，正是进出这个公园的必经之地。人们看到有新鲜蔬菜，纷纷停下脚步，买点带回家。

　　大妮和童军穿着雨衣，一边卖着菜，一边兴致勃勃地观赏着花坛里的各种鲜花。今天，前来买菜的人们虽然很多，但挑挑拣拣和讨价还价的人不多，省去了很多时间和口舌，他们俩比以前轻松了很多。

　　年前年后这一段时间，大妮和童军光顾着卖菜了，忙得连季节的概念都模糊了，脑子里还停留在冰天雪地的冬天。观赏着大花坛里的那些花花草草，他们俩突然发现，春天已经来了，就在他们俩的身边。

　　常言道，春雨贵似油，下得满地流，麦收累死牛。它绵绵的、细细的、柔柔的、轻轻的，带着沙沙的响声，滋润着大地，唤醒了万物。

第二十二章　无赖讹诈　歹徒暗杀

花坛里，小草从地下探出青青的脑袋，五颜六色的鲜花争相绽放，周围的柳树也飘荡起了嫩绿的长发……

春风带着细细的雨丝，带着花儿的香气，带着泥土的芬芳，扑面而来，是那么温柔，那么舒服，那么醉人。

小鸟儿也憋不住了，展开压抑了一冬天的歌喉，尽情地欢唱着春天的赞歌。

这时，附近传来了那一首优美动听的儿童歌谣……

春天在哪里呀
春天在哪里
春天在那青翠的山林里
这里有红花呀
这里有绿草
还有那会唱歌的小黄鹂
……

"下雨天……也出来疯，吃饱撑……撑得啊！"三狗蛋上身穿着一件脏得看不出颜色的破衬衣，下身穿着一件破裤子，昏头花脸都是泥和水。他一条腿瘸了，一瘸一拐，东倒西歪，站都站不稳。他醉醺醺的，说话时舌头根子发硬，哩哩啰啰的。很明显，三狗蛋一条腿受伤了，还喝了不少酒。从他满身的泥和水来看，他一路上没少摔跟头。

大妮和童军先是吓了一跳：这个疯疯癫癫、奇奇怪怪、浑身都是泥水的人是谁啊？他们俩看了半天，终于看明白了：他是三狗蛋。他们俩随之心头一紧：三狗蛋怎么又来了？

三狗蛋上次找到大妮，虽然没有完全达到目的，但他拿到了三千块钱。在他的经历中，三千块钱可不是个小数目，他高兴得好几天没有睡着觉。

原先因为手里没有钱，他没有办法去找小姐。现在，手里有钱了，他当然要好好地潇洒一把。他一有空，就一头钻进海边那个小酒吧里，喝它个几分清醒再加上几分醉。然后，再一头扎进旁边的洗头房。

在轻松加愉快中，他享受了一段花天酒地、醉生梦死的生活。兜里的钱很快就花光了，小酒吧和洗头房的小姐们翻脸不认人，没有人再愿意搭理他。他就像一条癞皮狗，有空就去耍无赖。他兜里没有了钱，还想占小姐们的便宜，吃小姐们的豆腐，被小姐们叫人打断了一条腿。

三狗蛋的生存能力挺顽强，被打断了一条腿，也没有去医院里治疗。他像一条受了伤的野狗，趴在海边的小屋里，没有人管，也没有人问。谁也没有想到，他不吃不喝、迷迷糊糊昏睡了好几天，又奇迹般地爬了起来，几天以后，还能

一瘸一拐地行走了。

他苦闷了好几天，终于悟出来一个道理：钱是万能的，只要有了钱，要什么有什么。大妮让不让他玩已经无所谓，只要大妮能大把大把地给他钱就行了。

最近，老天爷心情不好，老是哭丧着脸，不停地下雨。没有人去海边游玩，当然也就用不着他看鲍鱼池子了。他憋屈了那么长时间了，实在是欲火难耐了，但他兜里缺少钱。他一个人在海边小屋子里喝着闷酒，越喝越来气。实在是忍无可忍了，他决定铤而走险，再去纠缠大妮，弄点钱回来。不过，大妮的住处他是不敢去了，因为他上一次在那里吃过苦头。这几天，他一直在菜市场附近转悠，没有想到在这里遇到了大妮。

看到三狗蛋，大妮心中的怒火又腾地一下熊熊燃烧起来，她怒气冲冲地问道："你……怎么又来了？"

三狗蛋抹了抹脸上的泥水，东倒西歪得站不住，哩哩啰啰地说："用几个臭钱就……想打发老子，没门。老子……没有钱了，快给老子钱！"

大妮又气又恨，恶心得想吐，咬牙切齿地骂道："三狗蛋，你赶快滚蛋，我不会再给你一分钱！"

三狗蛋站立不稳，摇晃了几下，一下趴在了地上，嘴里还不停地在骂："不……给钱，老子……不走！"

童军看着三狗蛋那一副癞皮狗的样子，哭笑不得。他心里十分清楚，对待这样的流氓无赖，不能有半点怜悯和同情。他还明白，绝对不能在众目睽睽之下教训三狗蛋。他想到，公园西北角那一片小树林里，有一个不大的男厕所，那里十分僻静，平时很少有人去，下雨天更没有人去。想到这里，他上去一把抓住三狗蛋的手臂，连哄带骗、连拉带扯地把三狗蛋弄进了那一个厕所里。

童军见里面正好没有别人，他上去就是一个扫堂腿，把三狗蛋重重地摔在了地上。他警告三狗蛋："你这个流氓无赖，你要是再敢胡搅蛮缠，我就把你的脑袋砸碎！"

三狗蛋不服气，嘴里不停地骂："小白脸，你……找死，老子……杀了你！"他刚刚爬了起来，又被童军狠狠地踹了一脚，他再一次趴在了地上。

三狗蛋挣扎了半天，终于再一次爬了起来，还没有站稳，童军上去就是一顿拳打脚踢。这一顿打，虽然没有要了三狗蛋的命，也没有让他头破血流。但是，那残酷的程度十分到位。什么叫伤筋动骨啊，三狗蛋现在才彻底领教了。他趴在地上，感到全身的筋骨都错了位，每一寸肌肤都火烧火燎地痛。

平时，三狗蛋咋咋呼呼的，其实外强中干。他喜欢在别人面前卖弄三拳两脚，那只是花拳绣腿，耍花架子，吓唬人。他欺软怕硬，遇到高手立马乖乖当孙子。他虽然和童军交过一次手，知道童军不是个善茬儿，但没有想到童军这么厉害。他现在被打清醒了：他根本就不是童军的对手，何况他现在伤了一条

第二十二章　无赖讹诈　歹徒暗杀

腿,连还手之力都没有,如果再纠缠下去,他的小命就会丢在这个厕所里,要点钱赶快走人才是正事。

三狗蛋痛得趴在地上,龇牙咧嘴地叫骂着:"小白脸,你霸占……老子的老婆,还……不想出钱。你……做梦娶媳妇,净想好事啊!你……"

大妮不放心,找了进来。她看着三狗蛋像一条半死不活的疯狗一样趴在地上,气得全身发抖,指着三狗蛋骂道:"你个畜生,你这个流氓,你这个伤天害理的东西,我恨不得现在就杀了你,你赶快滚蛋!"

"不……给老子钱,老子……杀了你们这对狗男女!"三狗蛋还是不甘示弱,又吼叫起来。

童军一手掐住三狗蛋的脖子,啪啪就是两个耳光,指着他的鼻子问道:"小子,就凭你这两下子,还想杀了我们俩啊?我看你脑子残废了,白日做梦。你再不滚蛋,我立马掐死你!"

三狗蛋感觉到,掐在他脖子上的那一只大手,在不停地加力,他已经喘不动气了,再不赶快离开,小命就随时没有了。长这么大,他是第一次经历这么心惊肉跳的时刻。他吓得浑身冒汗,屁滚尿流。他现在虽然活得像一条丧家之犬,但是他不想死。他知道,他现在唯一能做的就是赶快逃命。

三狗蛋就好像泄了气的皮球,战战兢兢地、断断续续地说:"我……走……"

这时,童军又啪啪给了三狗蛋几个耳光,掐着他脖子的那一只手又紧了紧,怒吼道:"小子,如果再让我看见你,我就立马让你去见阎王爷!你能记住吗?"

三狗蛋吓得魂飞胆丧,他彻底服了,有气无力地回答:"记……住了。"

童军放开了三狗蛋,拉着大妮,头也不回地离开了。

三狗蛋慢慢地从地上爬起来,哆哆嗦嗦、摇摇晃晃、连滚带爬地逃走了。

……

深夜,风雨交加,一阵阵抽打在窗子上,发出稀里哗啦的声音,令人产生一种心烦意乱的感觉。

大妮躺在床上,翻来覆去睡不着。三狗蛋的影子在她眼前晃来晃去,无限的惆怅和愁绪一齐向心头袭来。多少年了,三狗蛋就好像一块大石头,一直压在她的心头,压得她喘不过气来。三狗蛋也像一个魔鬼,时时刻刻都在吞噬着她的灵魂,怎么赶都赶不走。她每次看见三狗蛋,就好像在大庭广众之下揭一次自己的疮疤,恨不得一头撞死。三狗蛋是一个地地道道的无赖和地痞流氓,他要是没完没了地来纠缠自己怎么办啊?大妮越想越害怕,不由自主地抱紧了童军。

童军也没有睡着,他把大妮抱在怀里,问:"老婆,你在想什么啊?"

大妮突然哭了起来,说:"弟,我害怕,我……好害怕呀!"

童军又使劲抱了抱大妮,安慰说:"老婆,天塌下来有我顶着,你怕什么呀!"

大妮诚惶诚恐地问:"弟,三狗蛋要是没完没了地来讹诈,那可怎么办啊?"

童军胸有成竹地回答:"他要是敢再来,我就往死里修理他,让他长记性,再也不敢来讹诈。"

大妮忐忑不安地说:"弟,三狗蛋是一个癞皮狗,又是一条疯狗,他会狗急跳墙,还会耍花招,我怕你吃亏。"

童军拍了拍大妮,信心十足地说:"老婆,我心里有数,对付他是小菜一盘,绝对不会吃亏。"

停了一会,大妮哭着说:"三狗蛋把我害惨了,我恨不得杀了他。这么多年了,我想去告他,也想过自杀。但是,我怕坏了我的名声,还怕我死了以后,我的两个妹妹没有人照顾。所以,我一直忍气吞声地活着。现在,我已经下了决心,如果他再来胡搅蛮缠,我就去告他,绝对不能让他害我一辈子!"

大妮太软弱了,软弱得有点过分。三狗蛋强暴了她,对她来说这是一辈子的奇耻大辱。这么多年来,她虽然也想过要报仇雪恨,要惩罚他,但是,为了自己的名声,她首先选择的是去死。后来,她看到两个妹妹还小,需要她来抚养,她又选择了忍气吞声。现在,她终于醒悟过来了。为了她和童军今后能平平安安地生活,她决定不能再继续软弱下去了。她想去告三狗蛋,让法律来惩罚这个恶魔。

童军听了,高兴地说:"老婆,你现在终于坚强起来了!老婆,我们不说这些不愉快的事了,我现在就让你高兴高兴。"

大妮还想说什么,却被童军吻住了唇。

童军说:"老婆,等到我们结婚的时候,场面一定要搞得轰轰烈烈。"

大妮问:"你想怎么个轰轰烈烈法呀?"

童军想逗大妮开心,耍开了贫嘴:"我已经联系好了,我们俩的婚礼,全世界的著名人物都来喝喜酒。我们俩到月球上度蜜月,还要……"

大妮笑了,急忙用手捂住童军的嘴:"得了,你打住吧。小弟弟,你再吹就把我们俩吹到火星上去了。"

童军:"我要送给你很多很多礼品。"

大妮:"什么礼品呀?"

童军:"一千辆火车,一千架飞机,一千艘军舰,一千枚核武器。"

大妮:"扯淡,我又不是恐怖分子,要这些东西干吗呀?"

童军:"一千个美女,一千个帅哥。"

大妮:"更是扯淡,我要美女干吗呀?还是你自己留着用吧。再说了,有你一个小帅哥,我就应付不过来了,我要那么多帅哥干吗呀?"

童军:"我们俩生一千个男孩,一千个女孩。"

大妮:"打住吧,我又不是老母猪。再说了,我现在还不想要孩子。"

第二十二章　无赖讹诈　歹徒暗杀

童军:"我想要。"

大妮:"你现在还是一个没有长大的孩子,你怎么能再养活一个孩子呀?"

童军:"有你,我怕什么,我现在就想当爸爸。"

大妮:"去你的,谁给你生啊,你做梦去吧,想当爸爸你就自己去生吧。"

……

观海的春天,天气虽然很温柔,有的时候也喜怒无常。早晨的时候,阳光明媚,春风扑面,一派春意盎然、生机勃勃的景象。到了中午,突然来了一阵狂风,天空接着就变黑了脸,不一会就下起了大雨。这场雨不但来得快,还下起来就不想停了,把买菜的人们都赶跑了。

菜市场上空空荡荡,大妮和童军躲在棚子下面避雨,看着车上的蔬菜犯了愁。今天批发来的蔬菜,卖了还不到一半。这场雨要是这样没完没了地下,这些蔬菜一过夜,肯定会烂掉很多,剩下的明天也很难再卖出去。

今天的气温也忽冷忽热,很不正常。早晨还暖洋洋的,大妮忙着换上了单衣。现在,天上下着大雨,地上温度急剧下降,有了几分寒意。刚才,大妮忙着收拾蔬菜,全身的衣服都被淋湿了。一阵冷风吹来,她不由得打起了冷战。

童军看着被冻得瑟瑟发抖的大妮,心痛地说:"姐,天这么冷,你回家去吧。买菜的人不多,我能忙过来。"

大妮搓着手说:"我挺好的,回去干吗呀?"

童军深情地说:"姐,你的衣服湿透了,天这么冷,我怕冻坏你,于心不忍。"

大妮微笑着,含情脉脉地说:"弟,你已经长大成人了,知道疼自己的老婆了。"

童军得意扬扬,笑眯眯地说:"那是当然,谁不疼自己的老婆啊?我还指望着你给我生一个大胖小子啊。"

大妮羞臊地说:"你怎么知道我生儿子呀?我要是生个女儿怎么办呀?"

童军弄眉挤眼,美滋滋地说:"老婆,你生个女儿我也喜欢。不过,最好生一对龙凤胎,儿女双全,一下子全都有了。"

大妮羞涩地说:"我没有那个本事。"

棚子下面没有别人,他们俩说说笑笑,云里雾里地胡诌八扯着。时间过得也挺快,不知不觉天快黑了。今天剩下这么多蔬菜,怎么办啊?他们俩商量了一下,推着蔬菜来到了人来人往的公交车车站。下雨天,城管躲到办公室里喝茶聊天了,他们俩也不用再担心被罚款。

大妮:"卖菜……刚刚进来的新鲜蔬菜。天气不好,给钱就卖……"

童军:"走过路过,你千万不要错过。下雨天大甩卖,千载难逢……"

效果不错,上车和下车的人们,争先恐后地过来买菜。等到天完全黑了,蔬菜也卖完了。

......

风越刮越大，雨越下越大，不一会就变成了狂风暴雨，电闪雷鸣。大妮和童军的衣服全都湿透了，变成了落汤鸡。一阵阵冷风袭来，不停地打着冷战。

大妮提着装钱的提包，紧紧地跟在童军的身后，沿着一条崎岖不平的小巷道，急急忙忙地往家里走。

这是一条十分偏僻、而又崎岖不平的小巷道。平时很少有人走，在狂风暴雨、电闪雷鸣的夜里，更是见不到人影。这是一条捷径，每次回家，大妮和童军常常走这条小巷道。

四周静悄悄的，也黑洞洞的，伸手不见五指。前方有一盏路灯，在狂风暴雨中变成了一只黯淡无光的萤火虫。此时此刻，走在这条小巷道上，大妮和童军有一种阴森森的感觉。一道刺眼的闪电过后，紧接着一个惊天动地的霹雳，在头顶上方炸开，震的大地一阵颤抖。大妮吓得胆战心惊，紧紧地抓住了童军的一只手。

当大妮和童军来到右边的一个交叉路口时，突然窜出来一辆黑色摩托车，向童军迎面撞了过来。很显然，这是歹徒有预谋、有计划的暗杀行动，大妮和童军一看就明白了，顿时魂飞魄散，惊出了一身冷汗。

按照当时的情况，童军完全可以及时闪开。但是，如果童军闪开了，跟在他后面的大妮，一点思想准备都没有，肯定会被摩托车撞个正着，不当场毙命，也会终身残疾。

说时迟那时快，童军迅猛转过身来抱住大妮，奋力向路边扑去。但是，时间已经来不及了。就在童军抱着大妮向路边扑去的同时，飞奔而来的黑色摩托车，瞬间就撞在了大妮的一条腿上，然后飞奔而去，迅速消失在漆黑的夜幕之中。

......

第二十三章　寻找白花　劝说柳叶

第二十三章　寻找白花　劝说柳叶

　　天刚蒙蒙亮，二妮和柳叶匆匆忙忙吃过早饭，开始沿着海岸找白花。她们俩已经马不停蹄地寻找好几天了，始终没有发现白花的踪影，心里急得火烧火燎。

　　今天是个大雾天。浓浓的雾气，把天空和大地严严实实地笼罩起来，没有一丝缝隙。眼前的东西好像隔着一层厚厚的面纱，朦朦胧胧，模模糊糊。路边的花坛里，那红色的花朵被雾气弥漫着，一点也不再鲜艳。白色的花朵在雾气中若隐若现。空气中虽然也带着花草的清香和泥土的芬芳，但变得那么压抑，令人喘不动气。远处的山峦、树林和高楼大厦，时隐时现，变幻莫测，好像飘浮在空中的海市蜃楼。

　　越往海边走，大雾越浓。浓浓的雾气弥漫在二妮和柳叶身边，没有了天，没有了地，也没有大海。平时路上那流水般的车辆，拥挤的人群，现在一切都不见了，就连行走时摆出去的手臂，也消失在迷茫之中。四周静得可怕，偶尔传来一两声狗叫的声音，令人不寒而栗。

　　行走在大雾中的二妮和柳叶，有一种腾云驾雾的感觉。她们俩翻山越岭来到一个海湾，又沿着半山腰一条崎岖不平的羊肠小道，攀登过一片犬牙交错的岩石，来到了一个小屋前。柳叶刚想前去叫门，前面突然窜出一只大狼狗，张着血盆大口，狂叫着向柳叶扑了上来。柳叶大惊失色，急忙后退。她脚下一滑，从六米多高的悬崖上掉了下去。多亏一名中年男子及时跑出来，把大狼狗拦住，二妮才逃过狗咬。

　　柳叶多处受伤，昏迷过去。二妮在那个中年男子的帮助下，把柳叶背到了马路上，打了一辆出租车，来到了海安医院。经过七个小时的抢救，柳叶虽然保住了生命，但右腿粉碎性骨折，二妮给她办理了住院手续。

　　……

　　最近这一段时间，二妮的心情糟透了。白花就好像在人间蒸发了，找了这么长时间，一点踪影都没有。祸不单行，屋漏偏逢连夜雨。在这个节骨眼上，柳叶又把腿摔断了,还一直发高烧,需要人陪护。这可怎么办啊?二妮急得像热锅上的蚂蚁,坐立不安。

不管是白天还是夜晚,二妮只要一安静下来,白花的影子就在她眼前晃来晃去,赶也赶不走。自从认识了白花,二妮就把白花当成了亲妹妹,时时刻刻挂在心上。白花的音容笑貌,她那让人可亲可爱又可怜的样子,已经深深地印在了二妮的脑海里。找不到白花,她吃不下饭,睡不着觉。她心神不定,度日如年。她暗暗下决心,活要见人,死要见尸,再苦再难,也要找到白花。

白花失踪了,常健心里也很着急。他到处打听和寻找白花的下落,都一无所获。听说柳叶为寻找白花摔断了腿,他马上赶来医院看望。为了帮助二妮照顾柳叶,他还花钱请来了一名陪护工。

柳叶的病情基本稳定下来以后,二妮单枪匹马,重新踏上了寻找白花的行程。

二妮想,那个养海参、鲍鱼的小老头,经常光顾洗浴城,那就说明他住在附近的海边上,而且离洗浴城不会太远。洗浴城附近的海边全都找了一遍,既没有发现那个小老头的踪影,也没有发现有用的线索。小老头不可能在人间蒸发掉,他能躲到哪里去呢?他是哪个村的人啊?他的老家在哪个村啊?找到他的老家,不就打听到他的下落了吗?想到这里,二妮眼前突然一亮,决定寻找他的老家。

在海岸线上,观海市附近的村庄,大大小小有一百多个,寻找起来等于大海捞针。二妮决定,先到距离洗浴城比较近的渔村寻找。二妮马不停蹄地奔波了五天,终于在距离洗浴城三十多公里的一个小渔村,找到了小老头的老家。二妮又顺藤摸瓜,打听到小老头在距离岸边十多海里的一个无名小岛上,养海参鲍鱼。第二天,二妮拿出二百元钱,雇请了一个渔民,乘着一条小渔船,向那个无名小岛驶去。

二妮接受了以前的教训,手里拿着一根长棍子,防备被狗咬伤。她一登上这个小岛,就大声喊叫起来:"有人吗……"

这是一个不大的、孤零零的小岛,十分荒凉。岛上怪石林立,到处是犬牙交错的悬崖峭壁,没有淡水,也没有土,更没有花草树木。小岛的周围,分布着大大小小二十多个养殖海参鲍鱼的池子。

在小岛的北面,靠近对岸的地方,有一个很不显眼的小屋子,这是小老头居住的地方。这个小屋子建在一块大礁石上,下面就是波涛汹涌的大海。小屋子的旁边,蹲着一只大狼狗,被拴在了一块礁石上,它张着血盆大口,耷拉着长长的红舌头,两个鸡蛋大小的眼睛放射着恐怖的凶光,瞪着二妮不停地跳起来吼叫。小屋子内不到十平方米,收拾得还算干净。除了有一张床,还有一个小厨子、一个小桌子和一个煤气灶。

在小岛的南面,面向大海的方向,还有一个很不显眼的小屋子,两个年青小伙子居住着。这两个年青小伙子,一个二十五岁左右,长得虎头虎脑,另外

第二十三章 寻找白花 劝说柳叶

一个二十岁左右,长得眉清目秀。他们俩是小老头雇请来的农民工,负责养殖海参鲍鱼。

对于二妮突然出现在这个小岛上,小老头好像早就预料到了,他无动于衷,听而不闻,视而不见。他一直若无其事地蹲在小屋子前面的礁石上,旁若无人地、目不转睛地看着前方的大海,默默地、慢悠悠地、一支接一支地吸着烟。不管二妮怎么样盘查审问,不管二妮怎么样着急上火,也不管二妮怎么样斥责谩骂,他始终摆出一副死猪不怕开水烫、爱怎么着就怎么着的样子,总是爱答不理地、漫不经心地回答三个字:"没看见。"

二妮认定小老头很可能绑架拐卖了白花,白花很可能就被藏在这个小岛上。她先到两个小屋子里仔仔细细地检查了一遍,然后又在小岛上仔仔细细地搜查了一遍。就这么点屁大的地方,角角落落、旮旮旯旯儿全都找遍了,也没有发现白花的蛛丝马迹。这是怎么回事啊?这可怎么办啊?看来,必须在盘查审问小老头上下功夫。想到这里,二妮强压着满腔怒火,再一次来到小老头面前。

"我再问你一次,你把白花藏在哪里啦?"二妮指着白花的照片,火辣辣地质问小老头。

小老头仍然爱理不理,置若罔闻,连眼皮都没有抬一抬。

二妮本来就没有把这个干干瘪瘪、窝窝囊囊、肮肮脏脏、猥猥琐琐的小老头看在眼里,见了他就来气上火,恶心地想呕吐,对他一直不屑一顾,嗤之以鼻。二妮看着小老头这一副流氓嘴脸,心中的火苗子腾腾地往上蹿。为了能救出白花,她又压了压心中的火苗子,大声说道:"告诉你,我现在已经成为观海市十佳青年歌手,有的是钱,只要你把白花还给我,你要多少钱,我就给你多少钱!"

小老头还是不以为然,置之不理。

这两个年青小伙子都在电视上观看过观海市十佳青年歌手大奖赛,听说眼前的这个女孩子,是观海市十佳青年歌手,十分惊讶,不约而同地问道:"你是观海市十佳青年歌手?"

二妮看了看他们俩,回答道:"我叫二妮,我是观海市十佳青年歌手,欢迎你们经常听我唱的歌。"

听说她就是那个唱歌很好听的打工妹二妮,两个年青小伙子更是惊讶,但此时此刻,此情此境,他们俩不便多说什么。

二妮看着小老头那一副醒醒醍醍的无赖相,两只眼睛冒火,再也压制不住满腔怒火了,咬牙切齿地说:"小老头,我警告你,你必须老老实实地把白花交出来!"

小老头仍然视而不见,不闻不问,置之不理。

二妮已经忍无可忍,她暴跳如雷,嗖的一声从提包里抽出来一把明晃晃的杀猪刀,指着小老头的鼻子,声嘶力竭地怒吼道:"你这个伤天害理的老浑蛋,你这个天打五雷轰的老畜生,你这个流氓成性的老恶魔,你不乖乖地把白花交

出来,我现在就杀了你,送你上西天!"

小老头就好像是一个聋哑人和木头人,还是熟视无睹,充耳不闻,麻木不仁。他连眼皮也没有抬一抬,若无其事地嘿嘿阴笑了两声,使劲吸了几口烟,咳嗽了几声,又使劲吐了两口痰,用脚在礁石上搓了搓,然后不紧不慢地、慢条斯理地、阴阳怪气地又甩出来三个字:"没看见!"

两个年青小伙子看见,吓了一跳,慌慌张张跑过来,连哄带劝,总算把二妮拉到了一边。

"小妹妹,有事说事,你快把刀收起来!"

"二妮,杀人要偿命,你快住手!"

经过两个年青小伙子的一番劝说,二妮渐渐地冷静下来。她在小岛上又仔仔细细地搜查了一遍。看到小老头还是一动不动地坐在那里,两个年青小伙子已经回到了他们俩的住处,二妮想了想,然后再次走进两个年青小伙子居住的小屋子里。一进门,二妮扑通一声跪在两个年青小伙子面前,哭泣着说:"你们俩都是好人,我求求你们俩,帮帮我,救救我的妹妹白花,你们俩的大恩大德,我永世不忘,一定会报答你们俩!"

两个年青小伙子顿时一愣,急忙把二妮扶起来,想说什么,又不好说什么。二妮看到他们俩左右为难的样子,又急忙跪下给他们俩磕了一个头,然后留下自己的住址、联系电话和两千元钱,从小屋子里走了出来。

二妮在两个年青小伙子的注视下,在大狼狗的嗥叫声中,流着泪水,一步一回头地、无可奈何地离开了这个无名小岛。

……

离开那个无名小岛,回到自己的住处,已经是深夜,二妮躺在床上,翻来覆去睡不着。白花的音容笑貌,一直在她的眼前晃来晃去。到了凌晨,她总算是睡着了,又做了一个噩梦……

狂风暴雨,电闪雷鸣,巨浪滔天,无名小岛上,小屋子前面的那块礁石上,白花披头散发、赤身裸体,对着苍天歇斯底里地、一遍又一遍地呐喊着:"苍天啊,老天爷啊,你可怜可怜我吧,你救救我吧……二妮姐姐,我在这里,你快来救救我吧……"

白花本来长得就又瘦又小,又十分憔悴,连说话的力气都没有,就好像一只病病秧秧、有气无力、可怜巴巴的小赖猫,除了令人同情和可怜以外,还令人一看心里就会产生一种酸酸的滋味。现在,她已经骨瘦如柴,好像随时都会被狂风吹的崩溃和散了架。

二妮顶着狂风暴雨,飞了过来,紧紧地把白花抱在了怀里。突然,一个震耳欲聋的霹雳在头顶上方炸开,震得地动山摇。紧接着,一个滔天巨浪压了过来,把她俩卷进了波涛汹涌的大海里。然后,她俩快速向下坠落,就好像坠落

第二十三章 寻找白花 劝说柳叶

进了万丈深渊里……

一条大鲨鱼张着血盆大口冲过来,一个奇形怪状的魔鬼张着血盆大口冲过来,一个似虎又非虎的怪物也张着血盆大口冲过来……

二妮猛然惊醒,出了一身冷汗。

……

从无名小岛上回来以后,二妮时时刻刻牵挂和思念着白花,吃不下饭,睡不着觉,坐立不安,就好像大病一场,心力十分憔悴。常健看了,心里就好像针扎一样难受。柳叶为了找白花,摔断了一条腿,住在医院里,整天闷闷不乐。这天晚上,常健在海安医院附近的海青大酒店里,点了满满一桌酒菜,请二妮和柳叶喝酒,让她俩放松一下疲惫不堪的身心。酒菜虽然很丰盛,但二妮和柳叶心里都沉甸甸的,谁都不想动筷子。常健不停地劝说,气氛还是很压抑。

"二妮,自从白花失踪以后,你寝食不安,一直马不停蹄地四处寻找,心都操碎了,应该做的事,你都做到了。现在,我要劝说你几句。你要开心一点,劳逸结合,保重自己的身体,才能继续寻找白花。要不然,白花还没有找到,你就会先病倒。现在,柳叶已经受伤住院,你要是再病倒了,就更麻烦了。"看着二妮闷闷不乐的样子,常健耐心地劝说着。

常健看见二妮还是默默不语,又劝说道:"我感觉白花不会出什么大事,早早晚晚会找到她,只是时间长短而已。二妮啊,你不要杞人忧天,多愁善感,想那么多。你要多往好处想,该吃就吃,该喝就喝,该睡就睡,只有把自己的身体搞得棒棒的,才能有本钱去寻找白花。"

二妮哭泣着说:"我做不到。"

沉默了一会,二妮又说:"自从白花失踪以来,她的影子每时每刻都浮现在我的脑海里。每天晚上,我合上眼就做噩梦,脑子里和耳朵里,全都是白花求救和被杀害的情景和声音。怎么样才能营救出白花啊?我一直在苦思冥想,想的头都大了,还是一筹莫展。从无名小岛上回来以后,我整天迷迷糊糊的,就好像丢了魂似的。我感觉白花就在那个小岛上,小老头很快就会对白花下毒手。我一直很困惑,那个巴掌大的小岛,我仔仔细细搜寻了两遍,连白花的影子也没有看到,难道白花蒸发了?现在,应该找的地方都找过了,连白花的踪影和有用的线索都没有找到。下一步,我们应该怎么办啊?到哪里去寻找啊?这两天,我一直考虑这个问题。"

柳叶心事重重地问:"二妮,我们已经报案,公安局查到线索没有?"

二妮愁眉苦脸地回答:"没有。"稍停片刻,她忧心忡忡地说:"我现在困惑不解。我一直感觉白花就在无名小岛上,但那个小岛巴掌大,我仔仔细细地搜查了两遍,没有白花的踪影。白花不可能蒸发,很可能是我的感觉不对。下一步,我打算再扩大寻找范围。"

常健说:"我听别人说过,城市里流动人员这么多,有的人像小鸟一样满天飞,今天飞到这里,明天飞到那里,没有个固定的地方。失踪的人员不是一个两个,公安局人手有限,恐怕他们管不过来。"

二妮斩钉截铁地说:"我已经下定决心,活要见人,死要见尸,再苦再难,我要继续寻找下去,一直到找到白花!"稍停片刻,她问道:"柳叶姐,去商场当营业员的事,你定下来了吗?"

柳叶摇着头说:"没有,我一直在犹豫不决。"

愣了一下,柳叶接着说:"你和常大哥一直在苦口婆心地劝说我,兰凤回老家之前,也多次提醒我,白花失踪之前,也劝说我一块去商场当营业员。你们的话,语重心长,情深意切,都是为我的将来着想,都是为我的前途着急,我从内心里感激你们。以前,我们四个人住在一起。在那个不大的小屋里,充满着欢声笑语,充满着温情和快乐,令人回味无穷,难以忘怀。后来,你和兰凤、白花先后离开了那个小屋,剩下孤零零的我一个人。每天下班以后,回到那个冷清清的小屋里,我感到那么孤独,那么伤感。我昔日的好朋友,都告别了那个小屋,各奔东西了,我应该怎么办啊?我今后应该到哪里去呀?我的出路和归宿在哪里啊?我一遍又一遍地问自己。住院以后,我躺在病床上,辗转反侧,常常是彻夜难眠,还是一遍又一遍地问自己。我知道卖身是一条不归路,在前面等着我的是万丈深渊。我要是再执迷不悟,一条路走到黑,到头来肯定是粉身碎骨。我应该悬崖勒马,改邪归正,重新做人。我应该告别过去,与卖身一刀两断,一了百了。但是,我已经习惯了那种灯红酒绿、花天酒地、醉生梦死的生活。我没有技术,又不能吃苦,我能干什么啊?姓郭的心黑手辣,又与黑社会有一腿,神通广大,我很难跳出她的魔掌。她不放过你和兰凤、白花,肯定也不会放过我。为了阻止我们离开洗浴城,姓郭的已经对你和兰凤、白花下了毒手,肯定也会对我下毒手。我对不起我的爸爸妈妈,已经使他们俩伤透了心,我不能再给他们俩带来杀身之祸。所以,我思前想后,虽然找到了答案,但我一直举棋不定,左右为难。"

二妮恳求道:"当断不断,必受其乱。柳叶姐,你是个说干就干的爽快人,我恳求你当机立断,告别过去,开始新的人生之路。"

柳叶忧心忡忡地说:"二妮啊,我感觉我已经变成了另外一个人,变得黏黏糊糊、优柔寡断了。关于去商场当营业员的事,让我再考虑考虑吧。"

沉默了一会,常健说道:"大家心事重重,气氛太压抑了。二妮,我们难得相聚一次,我和柳叶很长时间没有听你唱歌了,你给我们俩唱首歌吧,也活跃一下酒桌上的氛围。"他的话音刚落,柳叶随声附和。

二妮本来没有心情唱歌,看到他们俩都在期待着,又想到最近发生的事,她心潮起伏,眼含热泪,激动地唱了一首《真情永远伴随你》。

第二十三章　寻找白花　劝说柳叶

听着二妮那优美动听、感人肺腑的歌声，柳叶感动得哭了。

在柳叶的人生旅途中，虽然交往了很多朋友，但像二妮这么善良、这么诚实又能为朋友两肋插刀的人不多，真正爱护她关心她的朋友更不多，欺骗玩弄她的人不少，她感到这个世界有点凉。她和二妮的脾气性格虽然有点不同，但是，这绝对不会影响她和二妮成为一生一世的知心朋友。她很庆幸自己能和二妮相遇相知，相亲相爱，使她有了一个时时刻刻关心牵挂着她、不是亲人胜似亲人的好妹妹。

听着二妮那宛转悠扬、动人心弦的歌声，常健感动得热泪盈眶。

常健感到，能遇上二妮这么漂亮、这么善良、这么有情有义的女孩子，这是天赐良缘，是他今生今世的一大幸事。要是能娶二妮为妻，他这一辈子也就心满意足了。想到这里，他情不自禁地说："二妮，能遇到你，是我最大的荣幸！"

柳叶是个话匣子，又喜欢开玩笑，说笑话，听了常健的话，她再也憋不住了。她举起酒杯，笑眯眯地说："二妮，我经常拿你开玩笑，请你原谅我，不要往心里去。我现在敬你一杯酒，给你赔礼道歉！不过，开开玩笑，说说笑话，放松一下疲惫不堪的心情，多好啊。常言道，笑一笑十年少，何乐而不为啊。"

二妮连忙说："柳叶姐，我没有那么小心眼，我从来没有生过你的气。"

柳叶很俏皮地吐了吐舌头，微笑着说："二妮宰相肚里能撑船，大家风范，谁要是能娶到这么好的女孩子，烧了八辈子高香了。我要是个男子汉，不把她弄到手，死不瞑目。"

二妮知道，想阻止柳叶开玩笑很难，她微笑着说："柳叶姐，你刚刚赔礼道歉，怎么又胡说八道呀？"

柳叶挤眉弄眼地说："常哥，你是不是个纯爷们啊？面对二妮这么一个如花似玉的美女，难道你就不动心吗？我要是个男人，早就生米煮成熟饭，让她给我生一大群孩子了。"

常健也明白，柳叶说起笑话来就没深没浅，没完没了。不过，他很愿意听柳叶山南海北、天上地下地神聊，也愿意听柳叶拿二妮开涮。他微笑着说："柳叶，你少说几句吧，多喝几杯啤酒，把嘴堵住。"

柳叶一本正经地说："二妮呀，我作为当姐姐的，今天要批评你几句。你不能这山望着那山高，吃着碗里的还看着锅里的。常哥这条件，难道你还看不上吗？"

二妮急忙说："柳叶，我懒得理你。不过，我……"她还想说什么，又不好说出来，急忙打住了。

柳叶想了想，问道："二妮，你是不是想说常哥蹲过牢呀？那算什么鸟事啊？别的男人把自己心爱的女人弄上了床，不杀了他，还算个男子汉大丈夫吗？就凭这一点，我对常哥佩服得五体投地。"

二妮急忙说："不……不是这个。"

柳叶又问:"二妮,你是说常哥以前玩过女人吧?这是正常现象,世界上没有不吃鱼的猫。不玩几个女人,不风流一把,这样的男人就等于白活了。关键是你们俩认识以后,你一定要把他管住,千万不能让他拈花惹草,到处惹是生非。"

二妮听了,羞得面红耳赤,急忙说:"柳叶,快快闭上你的那张臭嘴吧!"

柳叶打开了话匣子,就关不上了,眉飞色舞地说:"二妮,姐姐我忠告你,像常哥这样的好男人,全世界都快要绝种了,现在让你遇上了,希望你一定要把握住机遇,千万不要坐失良机。实话给你说,认识常哥这么多年,我和兰凤都绞尽脑汁想勾引他上床,千方百计想嫁给他。常哥坐怀不乱,就是不上钩,弄得我和兰凤到现在还是一头雾水,不知道他到底喜欢什么样的女孩子。常言道,肥水不流外人田。因为我们俩是好姐妹,所以我三番五次提醒你。以前的时候,兰凤想给你和常哥当红娘,没有撮合成就回老家了。从今以后,我给你们俩当红娘,一定把你们俩撮合到床上去。二妮啊,你要是看不上常哥,我立马给他介绍一大群女孩子。看着常哥憋的那个样子,我心里好像针扎一样疼。我……"

常健羞得无地自容,急忙打断柳叶的话,说:"柳叶,你又在胡说八道,赶快打住吧。来,我们先共同干一杯,然后换个话题。"……

此时此刻,二妮不由自主地又联想到柳叶的事,心情顿时变得沉重起来,她眼含泪花,语重心长地说:"柳叶姐,我本来不应该唠唠叨叨地老是说你的事。但是,我控制不了我自己,我一直思念和牵挂着你,我不知不觉就会想到你的事,不说出来心里堵得很难受。当初,我们四个人住在那个小屋里,亲如姐妹,情同手足。现在,兰凤丢掉了一条腿,回到了老家,白花失踪,生死不明。我不能再让你出事,我不能再失去你!柳叶姐,我求求你,请你当机立断,与过去一刀两断,开始新的生活!"

柳叶听了,感动地热泪盈眶,激动地说:"二妮,我的好妹妹,请你放心,我出院以后,马上到商场上班!"

二妮高兴地说:"柳叶姐,一言为定!来,我们共同举杯,提前庆祝庆祝!"

几杯啤酒下肚,大家的心情开朗起来,酒桌上的气氛也活跃起来。二妮笑盈盈地说:"我们聚会一次不容易,我现在很高兴,再给你们俩唱一首歌吧。"说完,她唱了一首《好人一生平安》……

有过多少往事,仿佛就在昨天
有过多少朋友,仿佛还在身边
也曾心意沉沉,相逢是苦是甜
如今举杯祝愿,好人一生平安
……

第二十四章　三妮赠书　陆鹏示爱

第二十四章　三妮赠书　陆鹏示爱

　　农历正月初四那一天，三妮从尹小强的三姑家找到了刘小帆。三妮理直气壮，经过一番唇枪舌剑，把尹小强的家人和亲戚说得理屈词穷，哑口无言。刘小帆听了，如醍醐灌顶，幡然醒悟。三妮和刘小帆一人拿着一把刀，手拉着手，在众目睽睽之下，毅然决然地走出了尹小强的三姑家。

　　三妮和刘小帆急急忙忙离开了那个令人心碎的小山村，来到了县城医院里。刘小帆一头扑到刘一鸣的怀里，号啕大哭起来。第二天，刘小帆在县城医院做了人流手术。十五天以后，刘一鸣的病情基本康复了。他们三个人告别了县城医院，高高兴兴地回到了观海市，开始了新的工作和生活。

　　这半年多时间，对刘一鸣和刘小帆来说，所发生的那些事情，真可谓大起大落，惊心动魄，令他们父女俩刻骨铭心，难以忘怀。经过这次挫折和磨难，父女俩都吸取了一些经验和教训。从那以后，父女俩平时说话办事，比以前冷静和理智了许多。家庭氛围中少了几分火药味，多了几分和谐和宁静。

　　现在，从表面上看，父女俩的关系好像风平浪静，一团和气。但是，父女俩心里的疙瘩，并没有真正解开。其实，他们俩心里都有一些疑虑、困惑和怨气，有很多话都憋在自己心里，忍着不说罢了。

　　……

　　这是烈日炎炎的盛夏，一个星期天的中午。空气好像凝固了，没有一丝风，闷热得使人喘不过气来。家里的三个风扇都打开了，身上还是不停地冒汗。房子外面，火球般的太阳挂在空中，大地被烤得直冒烟。树叶无精打采地耷拉着头，鲜花小草的叶子垂头丧气地卷了起来。平时那些叽叽喳喳叫个不停的小鸟，也不知道都躲藏到什么地方去了。那一条可爱的小白狗，心烦意乱地躲在树荫底下，张着嘴，不停地吐着舌头，气喘吁吁地喘着粗气。知了扯开嗓子，仿佛在拼命地喊叫着："热死了，热死了……"

　　刘一鸣在书房里看书，刘小帆在自己房间里写作业，三妮在洗漱间里洗衣服。

紧张忙碌了一个星期，今天总算是可以放松一下疲惫不堪的身心了，偏偏天公不作美，这么炎热，令人心情烦躁，坐立不安。

刘一鸣心神不定，想写点什么，几次拿起笔，又无可奈何地放下了。他又一次想到了在尹小强的老家发生的那些事情，不由自主地摇着头，唉声叹气。

刘小帆这次出事，对刘一鸣的打击太大了。如果刘小帆把孩子生下来，今后，他们父女俩的日子怎么过啊？要是那个腊月二十九的夜里，他死在了那个小山村，这个家真可谓家破人亡了，刘小帆今后怎么生活啊？他一有空，一静下心来，就想这些事，越想越感到后怕，越想越胆战心惊。

常言道，路遥知马力，日久见人心，患难见真情，刘一鸣从内心里十分感激三妮。要不是三妮拼命相救，他们父女俩的结局太可怕了，可怕得令他魂飞胆丧，不敢想象。以前，他总是把三妮看成一个与刘小帆差不多大的女孩子。现在，每当想到三妮，他都肃然起敬。在他的心目中，三妮既是他和刘小帆的救命恩人，还是一个聪明伶俐、心地善良、行侠仗义、舍己救人的女中豪杰。

"老师，吃块西瓜吧。天气太热，降降温。"三妮洗完衣服，打扫完卫生，端着一盘西瓜，走了进来。

刘一鸣正在全神贯注地想着心事，没有注意到三妮走了进来，他先是一愣，又马上回过神来，微笑着说："我走神了，你走进来吓了我一跳。"稍停片刻，他接着说："三妮，谢谢你！"

三妮微笑着问："老师，刚才你在思考什么重要事情啊？那么聚精会神，那么专心致志。"

刘一鸣心不在焉地吃着西瓜，苦笑着说："我还能想什么啊，又想起了在尹小强的老家发生的那些可怕的事。另外，我还在想，今后应该怎么样教育小帆，怎么样与小帆加强沟通，和谐相处。"

三妮急忙问道："老师，教育小帆的事，你是不是已经想好了，早就心中有数了？"

刘一鸣摇了摇头，苦笑着说："没有想好，仍然心中无数。常言道，没有坏孩子，只有坏方法，没有教育不好的孩子，只有不会教育的父母。从尹小强的老家回来以后，我绞尽脑汁，一有空就反思自己，不知道想过多少遍了，还是一团乱麻，理不出个头绪来。"

稍停片刻，刘一鸣垂头丧气地说："怎么样教育好子女，是每一个父母都面临的问题，也是一个老生常谈的问题，说起来容易，做起来很难，要真正做好，更是难上加难，只能摸着石头过河。在教育小帆这个问题上，我到底错在什么地方？这一段时间，我一直在苦思冥想，仍然百思不得其解。"

愣了会，刘一鸣接着说："三妮，你是旁观者。俗话说，旁观者清。你说说看，我到底是什么地方没有做好。"说完，他随手拿了个凳子，让三妮坐下。

第二十四章 三妮赠书 陆鹏示爱

三妮微笑着说:"老师,教育子女是个很复杂很麻烦的事,我可说不好。再说,你是大学教授,学识渊博,满腹经纶。我可不敢不自量力,班门弄斧。"

刘一鸣说:"现在看来,我能当一个合格的大学教授,却当不了一个合格的父亲,这就是事实,有点不可思议,有点悲哀啊。三妮,我希望你开门见山,怎么想的就怎么说,我洗耳恭听。"

三妮沉思片刻,说道:"老师,小帆走了一段弯路,你虽然在教育引导方面负有不可推卸的责任,但是,主要的责任和原因还是在小帆自身,你不应该太自责和埋怨自己,更不应该老是追悔莫及。其实,那些学识渊博的名人,他们的子女并不是个个都是出类拔萃的精英。在他们的子女中,也出了一些不争气的人,甚至是败类。这样的事例,古今中外,比比皆是。我想,这并不说明他们不重视教育子女。究其原因,很可能是他们的教育方法有点问题,更重要的起决定作用的原因,是他们的子女自身不争气。"

稍停片刻,三妮继续说道:"老师,我感觉培养教育小帆,应该顺其自然,不能对她要求太高,不能急于求成,更不能拔苗助长。小帆有很多缺点错误,不可能全都达到你的标准要求,不可能完全让你心满意足,更不可能一夜之间就变得完美无缺,你必须面对和接受这个现实。小帆渐渐地长大了,她不憨不傻,又经历了这么多挫折,她一定会明白和醒悟过来,改正自己的缺点错误。"

刘一鸣听了,感到情真意切,言之有理,不由得点了点头,好像是在自言自语地说:"这孩子怎么了?她有这么好的条件,放着光明大道不走,偏偏走歪门邪道。这到底是怎么回事啊?我苦思冥想,怎么也想不明白。"

三妮思考了一会,说:"小帆变成现在这个样子,有她个人的原因,有社会风气的原因,还可能有家庭的原因。我感觉,你为小帆提供了一个很不错的物质生活条件,却没有很好地教育引导她学会报恩,回报亲人和社会,也没有很好地教育引导她学会担当,担负起对亲人和社会的责任。另外,你们俩之间,可能缺少心平气和的沟通交流,这恰恰是一个女孩子在成长过程中最需要的。"

稍停片刻,三妮微笑着问:"老师,我要是说错了话,你不会生气吧?"

刘一鸣急忙回答:"三妮,你说得有道理,尽管说。在教育小帆这个问题上,我是个失败者,都快成罪人了。我感谢你都来不及,哪里还生什么气啊?"

三妮说:"我记得,小帆亲口说过,她需要爱,需要找个与她说话的人。你以为给她提供了这么好的物质生活条件,她就心满意足了,她就幸福了?其实,她不满意,也不幸福,她感到心里很痛苦。你放不下架子,整天像老子教训儿子那样,板着脸盛气凌人地对待她,不是批评就是训斥,她心里很不服气,又不敢反抗。她怕你批评,把很多话都憋在心里,不敢跟你说。有的时候,她可能迫不及待地想把心里的烦恼和苦闷倾诉出来。可是,因为你太忙了,可能没有给她说话的机会。平时,你们俩没有办法进行心平气和的沟通和交流,久而久之，亲情越来越淡薄，关系越来越疏远，共同语言也越来越少。在你们俩之间，渐渐地产生了隔阂，失去了理解和信任，形成了许多误解、责备和埋怨，也引起了很多次的争吵和舌战。长期生活在这样的家庭氛围之中，会感到十分压抑和苦闷。你是大人，社会交往圈子大，可能感觉不是太明显。小帆是个小孩子，交往的人很少。她什么事都需要依赖你，对你的一言一行和一举一动，都很在意。她在这方面的感触，肯定会很深刻。"

见三妮停了下来，刘一鸣急忙说："三妮，你说得很有道理，以前，我确实没有重视这些方面。你继续说，我很愿意听。"

三妮说："小帆平时心里的喜怒哀乐，你知道得不多，也没有主动去观察了解，更没有心平气和地去帮助她，去指点她。她把很多事都憋在了心里，又不知道应该怎么样去做。时间长了，她能不出事吗？"

三妮联想到自己的经历，含着眼泪说："我妈妈生下我就去世了，她长的什么样子我都不知道。我十岁时，爸爸也病死了。我家里很穷，穷得没有饭吃。但是，我们姊妹三个互相关心，互相疼爱，生活再苦再难，也没有压垮我们。一块地瓜，我们互相让着，谁也不肯先吃。肚子虽然很饿，心里却热乎乎的。困难虽然很多，生活虽然很苦，我们商量着一起去克服，心里很充实。我们相依为命，每天心里互相牵挂着，总是想着为对方做点什么。我也说不好，这是不是人们常常说的亲人之间的互相关爱、互相理解、互相沟通啊？小帆缺少的是不是就是这个啊？"

说到这里，三妮话题一转，说："老师，你和你的前妻，离婚已经这么多年了，小帆需要母亲的爱。你应该尽快找一个妻子，还给小帆一个完整和温暖的家。"

三妮说的这些，都是客观事实，刘一鸣听得口服心服。这么多年来，他一直很重视给刘小帆提供一个丰富的物质生活条件，并且一直在为此而打拼着。对于刘小帆精神方面的需求，以及平时与刘小帆交流沟通的态度和方式方法，他思想上确实重视不够，行动上更没有认真主动地去做，久而久之，引发出了大问题，他为此追悔莫及。

刘一鸣叹息着说："现在看来，我教育小帆的方法，确实存在问题。可是，她也不能……"他欲言又止。

三妮说："小帆还是个未成年人，是个孩子，难免是非不清，好坏不分。她对什么都好奇，都想尝试。再加上没有及时正确地帮助和引导她，她能不出问题吗？现在，出轨的青少年，难道还少吗？作为家长，总不能把他们都抛弃吧。"

刘一鸣听了，心里像被拳头重重地击打了几下，哑口无言。

天气闷热，家里的门窗都开着。刚才，三妮和刘一鸣的对话，刘小帆全都听到了，并且听得一清二楚。她虽然没有全都听明白，但她感悟到了三妮对她

第二十四章　三妮赠书　陆鹏示爱

的理解、同情和关心爱护。她憋在心里一直不敢说也没有机会说的那些话，三妮全都替她说了出来，她感到心里有说不出的敞亮和痛快。她认为，三妮既是她亲密无间的好姐姐，也是她的闺密和知心朋友。能与三妮相遇相知，相亲相爱，她感到无比的幸福和自豪。

刘小帆走了出来，激动地说："姐，刚才，你和我爸说的话，我全都听到了。不能全怪我爸，他也挺不容易的，主要是我自己不好。一个苹果它自己要烂掉了，谁也拿它没有办法。"她靠在三妮身上，抹起眼泪来。

三妮回到自己的房间，拿出来一本书，送到刘一鸣手中，微笑着说："老师、小帆，前几天，我到书城买辅导材料，找到了这本书。它专门介绍家长与子女之间怎么样进行沟通交流，我看完以后，感到讲的非常好，深受教育和启发。我把它赠送给你们俩，请你们俩有空的时候，仔细看一看。"

刘一鸣爱不释手，一边翻看着这本书，一边赞不绝口："不错……很好，好书……三妮啊，我和小帆真诚的谢谢你！嗯……讲的很有道理……很有针对性……我和小帆一定静下心来，好好地看一看，仔细研究研究它。"

……

上一次，陆建和宋一平在海霞大酒店设宴，答谢三妮。初次见面，他们俩就被三妮的人品和美貌吸引住了。后来，他们俩又以各种理由，先后多次与三妮见面，对三妮越来越喜欢。他们俩经过反复考虑，决定同意陆鹏与三妮谈对象。

在认识三妮之前，陆鹏已经有一年多不敢谈对象了。原因是，陆鹏的爸爸妈妈吸取了陆鹏以前谈对象的经验教训，对陆鹏今后谈对象，有约法三章：第一，爸爸妈妈没有同意不能谈；第二，城市里有钱有势人家的娇小姐不能谈；第三，大学毕业之前不能谈。这一年多，每当遇到漂亮的女孩子，他那颗骚动的心，就蠢蠢欲动。因为有约法三章，他不得不压抑和控制着。现在，爸爸妈妈的这个决定，为他谈对象开了绿灯。有了这个尚方宝剑，他就可以名正言顺地与三妮谈对象了。为此，他欣喜若狂。

陆鹏第一次见到三妮，眼前一亮，马上就被三妮的气质和美貌迷住了。哇，天上掉下来一个林妹妹，她比仙女还漂亮！尤其是陆鹏的妈妈，亦真亦假地要三妮当她未来的儿媳妇，使陆鹏深受启发和鼓舞。

陆鹏感到，三妮超凡脱俗，好像来自另外一个世界。在他认识的女孩子中，三妮是最漂亮的，也是最让他心动的。他感到，三妮的美与城市女孩子的美相比，有天壤之别。至于区别在哪里，他也没有办法形容出来。总之，三妮美若天仙，是别的女孩子无法比拟的。对三妮的做法，他感到有点新奇和难以理解。他认为，在一切向钱看的社会风气影响下，三妮拾金不昧，不图一点一滴的回报，这是当代青年人很难做到的。三妮一边打工，一边自学，准备考大学，这也是当代青年人很难做到的。

陆鹏自从认识三妮以后，每逢星期天和节假日，就给三妮打电话，约她出去玩。三妮确实很忙，有点时间还要自学。对于陆鹏的盛情邀请，她都婉言谢绝了。

又是一个星期天，陆鹏又一次打来电话，邀请三妮看电影，说电影票已经买好了，请三妮千万不要再推辞。三妮想，如果再推辞，就太不近人情了。于是，三妮按约定来到电影院门口，找到了陆鹏。

电影院里座无虚席，他们俩刚刚坐下，电影就开始了。今天放映的是《庐山恋》，这是一部经典爱情影片，也是中国第一部吻戏。影片中人物美，情节美，旋律美，场景更美。三妮和陆鹏看得如痴如醉，热血沸腾。看到动情之处，陆鹏情不自禁地把三妮搂在了怀里。三妮一愣，羞得满脸通红，赶紧挣脱。看着看着，陆鹏又兴奋起来，不由自主地紧紧握住了三妮的一只手。任凭三妮怎么挣脱，始终没有把那只手抽回来。

三妮长这么大，第一次被一个小伙子这样握住手。她羞怯万分，心里七上八下，身体一阵阵颤抖。但是，在这样的场合，她不可能做出过激的反应。她左右为难，不时地偷偷瞧一瞧陆鹏，看到陆鹏正在全神贯注看电影，好像没有别的意思，只好无可奈何地继续让陆鹏握着自己的那只手。她憋得满脸通红，喘不过气来，紧张得手心里全是汗水。

看完电影，三妮回请陆鹏喝啤酒，他们俩来到了海风啤酒吧。这是一栋二层小楼，坐落在一个小山头上，三面都是海。一进门，一边一面玻璃墙，被彩色灯光照耀得五颜六色的清水，不断地从透明墙上漫下来，就好像走进水帘洞似的，使人感觉神清气爽。大厅里面，是一个不是很大的舞池，一群打扮时尚的青年男女，伴随着优美悦耳的音乐和不断翻滚的彩色灯光，轻松欢快地跳着舞。舞池两边是一个个单间，隔三扇窗就是一道拱门。拱门的颜色是橘红色，上面绘着浮雕，每一帧都是一个遥远的故事。

三妮和陆鹏选择了一个紧靠海边的单间，点了几盘海鲜，一边看着大海的波涛，一边慢慢地品尝着啤酒。因为是三妮请客，她接连敬了陆鹏两杯啤酒。

陆鹏含情脉脉地看着三妮，几次把啤酒送到鼻子上，弄得嘴巴很不满意。看来秀色固然可餐，也容易惹是生非。三妮被他看得有点不好意思，不停地催促他喝啤酒。

"陆鹏，你今天怎么了，为什么老是看我？我身上有什么不对劲的地方吗？"三妮羞红着脸问道。

陆鹏情不自禁地说："三妮，你真的很美，比仙女还美，美得令人不敢相信，美得没法形容……"

三妮马上打断他的话，问道："陆鹏，你胡说什么啊？你这是夸我，还是骂我啊？"

第二十四章 三妮赠书 陆鹏示爱

"清纯清新,超凡脱俗,秀色可餐。"陆鹏答非所问,直勾勾地盯着三妮,在自言自语着。

三妮瞪了陆鹏一眼,说:"餐你个头,你神经病啊,你再胡说八道,我就不理你了!"

陆鹏心里一颤抖,急忙问道:"三妮,你是不是讨厌我啊?"

三妮气呼呼地说:"我希望你以后不要动手动脚。"

"什么?动手动脚,我怎么动手动脚了?"

"看电影的时候,你一直抓着我的手。"

"哈哈……这有什么大惊小怪的,都什么年代了,还男女授受不亲啊?"

"我不是那个意思,我是说我们俩不是恋人,不应该有过于亲密的举动。陆鹏,你要是想和我交往,就必须尊重我,按我说的去做。"

"好吧,今后我一定按照你说的办。不过,刚才看电影时,我抓住了你的手,那叫不由自主,也叫情不自禁,知道吗?你不要过分想象和解读。三妮,你实话实说,你喜欢我吗?"

三妮微笑着回答:"我不讨厌你。"

陆鹏高兴地拍着桌子,大声说道:"哈哈,你不讨厌我,就说明你喜欢我。三妮,谢谢你!"

三妮笑吟吟地说:"因为你不但长得很帅,还是个大学生,性格又很直爽,所以我不讨厌你。"

陆鹏听了,心里美滋滋的,脱口而出:"好!以后,我们俩就是朋友了。我第一次见到你,就喜欢上你了。这一段时间,我一有空就想见到你。来,为了我们俩成为朋友,共同干杯!"说完,他与三妮碰杯,一饮而尽。

三妮喝完一杯啤酒,严肃认真地问道:"陆鹏,你为什么要和我交朋友啊?"

陆鹏回答:"我感到你和别的女孩子不同,很新鲜,很另类,对我很有吸引力。我妈妈告诉我,我找对象不管家庭条件,也不管工作和学历,只要人品好,长得漂亮就行。"

三妮一愣,心如鹿撞,脸颊发烧,急忙问:"陆鹏,你是想跟我谈对象,让我做你的女朋友吗?"

陆鹏回答说:"对啊,我妈妈告诉我,像你这么好的女孩子,要是追不到手,会后悔一辈子。所以,我一定要先下手为强,把你追到手。"

三妮羞红着脸说:"追你个头啊!你是不是感冒发烧,把脑子给烧坏了?奇怪,你妈妈怎么教给你这个呀?"

陆鹏听了,满腔热血一下子凉了半截,说:"少见多怪,这有什么好奇怪的啊?男大当婚,女大当嫁。你刚才说喜欢我,就应该跟我谈对象。"

"陆鹏,你是个帅哥,家庭条件这么好,又是个大学生,什么样的好女孩找不到啊。追你的女孩子，恐怕要有一火车吧。我是个村姑，是个打工妹，是个保姆，连个家都没有。你和你的爸爸妈妈，怎么能看得上我呀？这是不可能的事，你们是不是在开国际玩笑啊？"

"三妮，我和爸爸妈妈不是开玩笑，我们是认真的。"

"不可思议，那么多门当户对的城市女孩子，你们为什么不去找啊？"

"我和爸爸妈妈都不喜欢城市女孩子。"

三妮摇摇头，笑着说："你们全家人的想法，我暂时理解不了。我现在还小，不能谈对象。"愣了会，她脸色凝重地说："陆鹏，我现在郑重声明，我们俩只能是朋友，不能谈对象。你要是不同意，我们俩就不能再继续交往下去。"

三妮没有谈过对象，也不想现在谈对象。上一次，在海霞大酒店，宋一平亦真亦假地要三妮当她未来的儿媳妇。三妮认为，那是酒桌上开玩笑，她根本没有往心里去。后来，陆鹏三番五次请她出去玩，她也没有往谈对象这方面想。三妮对陆鹏的印象不错，很喜欢陆鹏那种直爽得有点孩子气的性格，也很愿意和陆鹏交朋友。但是，要她现在和陆鹏谈对象，她绝对不能同意。

沉默了很长时间，陆鹏有点心灰意冷，垂头丧气地问："三妮，我还有一点希望吗？"

看到陆鹏那可怜兮兮的样子，三妮扑哧一声娇笑："陆鹏，你要是想跟我谈对象，就等我大学毕业以后吧。"

陆鹏听了，又看到了希望，急忙说："我一定等你！"他高兴得自己连干了几杯啤酒，情不自禁地又拉三妮的手。

三妮马上挣脱，严肃认真地说："陆鹏，我刚才说过了，我们俩只是朋友，不是恋人。以后，你要是再动手动脚的话，我就不能和你见面了。"

"三妮，你现在还没有考大学，也不知道你什么时间考上大学，要是等你大学毕业，还不知道是猴年马月，这时间也太长了吧。"

"陆鹏，你说的这些我知道，你可以不等我。在我大学毕业以前，你要是遇到你喜欢的女孩子，可以谈对象，也可以结婚，我们俩仍然是朋友。再说，比我好的女孩子多得是，你可以随便去找。"

陆鹏多么想冲破三妮设置的清规戒律啊，但他无可奈何。他一再告诫自己，心急吃不了热豆腐，绝对不能急于求成。他举起酒杯和三妮碰了一下，说："三妮，一言为定，我听你的！"

……

第二十五章　大妮康复　宴请好友

第二十五章　大妮康复　宴请好友

那天夜里，大妮跟着童军，沿着一条崎岖不平的巷间小道往家走。前方突然窜出来一辆黑色摩托车，撞在了大妮的一条腿上，然后飞奔而去，瞬间消失在漆黑的夜幕之中。童军急忙打电话叫来救护车，把大妮送进了附近的医院里。

深夜，医院里，大妮躺在病床上，挂着吊瓶，左小腿打上了石膏。

大妮渐渐地醒了过来，慢慢地睁开了眼睛。她的第一个反应，就是歹徒驾驶着那一辆黑色摩托车飞奔着向她冲了过来……那惊心动魄的一幕，又马上浮现在她的脑海里。她紧紧地抓着童军的手，问道："弟，我……没有死啊？我还活着？这……不是在做梦吧？"

童军见大妮醒了，十分高兴，急忙回答："姐，你没有事，只是左小腿骨折了，医生说，你很快就会好起来。"

大妮一愣，停顿了片刻，试着动了一下左腿，痛的脸都变了形，眼泪和汗水不停地流着，然后，她泣不成声地说："弟，你又一次救了我的命，我谢谢你！"

童军给大妮擦着泪水和汗水，激动地说："姐，歹徒驾驶着那一辆摩托车，本来是冲着我来的，要置我于死地，结果撞在了你的身上。你福大命大，阎王爷不敢要你，又把你赶回来了。俗话说，大难不死，必有后福。姐，你就等着享清福吧。"

大妮哭泣着问："弟，那一辆摩托车，为什么要撞我们俩，为什么要置我们俩于死地啊？歹徒是什么人啊？熊柱子虽然被判了刑，坐了牢，是不是他的同伙还没有被一网打尽，还有漏网之鱼，想杀害我们俩啊？"

童军咬牙切齿地说："我反复考虑过了，歹徒很可能是熊柱子的同伙，他们在报复我们俩，要杀人灭口，我绝对不会放过他们！"

大妮急忙说："弟，我们去报警吧！"

童军摇了摇头说："我已经报了警，但是，不会有用，因为证据不足，这个案子很可能会石沉大海。"

麻药的效力渐渐散去，疼痛侵蚀着大妮的神经。但是，自始至终，她没有大声哭叫，只有泪水和汗水在她苍白的脸上一串一串不停地流淌着。

看着心爱的人那痛苦的样子，童军心如刀绞。他想说点什么，但不知道说什么好。他俯下身，轻轻地抚摸着大妮，不停地为她擦着眼泪和汗水。

看到大妮又想活动腿，童军马上说：“姐，医生刚刚给你把腿固定好，现在不能动。医生说，过几天就不痛了，也可以活动了。”他不停地安慰着大妮。

看到大妮痛得不停地咬牙吸凉气，童军心疼地问：“姐，很痛吗？你能不能忍得住啊？要不要我去找医生，让他们再加上一些止痛药啊？”

"不要，我……能坚持住。"大妮使劲攥住一条毛巾，咬紧牙关说道。

大妮盯着童军的眼睛看了半天，忧心忡忡地问道："弟，你说实话，我会不会残废啊？"

童军急忙回答："姐，你放心，绝对不会残废。小腿骨折，是小伤，只要骨头长好就没有事了。我的右腿骨折过，也没有残废，现在比左腿还管用。"

童军怕大妮不相信，马上挽上裤子，拍打着自己的右腿说："姐，你能看出这一条腿当年骨折过吗？你再看看，现在不是好好的嘛，一点伤痕也看不出来。医生给你检查过了，你除了左小腿骨折，其他地方没有受伤。医生说了，你年纪轻轻，又是硬伤，康复得肯定很快，不会留下后遗症，更不会残废。"

童军在大妮脸上亲了亲，悄悄俯在她耳朵边，笑眯眯地说："老婆，就凭你这么棒的身体，这么一点点小毛病，很快就会痊愈出院。再说了，我整天给你熬鸡汤鱼汤喝，一定会把你养得健健康康、白白胖胖。"

大妮还是放心不下，再次盯着童军的眼睛，哭着说："弟，我怕……我害怕。"说着，又紧紧抓住了童军的手。

童军急忙从床头柜里拿出片子，指给大妮看："老婆，这是你受伤处拍的片子，你仔细看看，只是这个地方骨折了，很快就会长好。"

童军轻轻地给大妮擦了擦脸上的汗水，又飞快在她脸上亲了一下，微笑着说："老婆，听我的，不要再胡思乱想了，安心养病，快点好起来，好给我生个大胖小子。"

大妮听了，破涕为笑，抓着童军的手说："去你的，我都变成这个样子了，你还想着大胖小子，没有正形。"

大妮静静地躺在床上，心潮起伏，往事历历在目。她想到过去，也想到了现在和将来。在她的经历中，虽然遇到过很多伤心痛苦的事，但也遇到了一些高兴和幸福的事。她感到最幸福的是，今生今世遇到了童军，这是上天对她的眷恋和恩赐……

——在海边沙滩上，童军找到了昏迷不醒的她，把她送回小铁皮屋，给她喂水喂药……

第二十五章　大妮康复　宴请好友

——为了给她动手术，童军毅然决然卖掉了老家的房子……

——小老板想要强暴她，童军拿着明晃晃的菜刀冲上来，吓的小老板仓皇逃窜……

——童军向她求婚，把一枚金光闪闪的戒指戴在了她的手指上……

——面对迎面冲来的摩托车，童军奋不顾身，转身抱着她向路边扑去……

这一个个感人肺腑的画面，像放电影一样，不停地浮现在眼前。她再也控制不住了，眼泪像决堤的洪水，涌了出来。

"姐，你怎么又哭了？"

"弟，你多次救了我，我……这辈子，不知道怎么报答你！"

"姐，你比我的生命还重要。没有了你，我活着还有什么意思啊？我要爱你一辈子，保护你一辈子。"

"弟，遇上了你，是我三生有幸。"

"老婆，你不要老是想过去的事了，你想点高兴的事，想想你康复出院以后，早点给我生个大胖小子。想想我们俩……"

"去你的，三句话离不开你的大胖小子，你自己去生吧。"

……

住院的日子不好过。大妮在那个压抑烦闷和枯燥无味的病房里，心烦意乱，度日如年，心急火燎地数着手指头一天一天地期盼着、煎熬着。风和日丽、春暖花开的春天慢慢地过去了。烈日炎炎、热浪滚滚的盛夏时节，又慢慢地来到了。现在，她终于可以去户外活动了。

这天中午，她让童军搀扶着，走出了医院，打了一辆出租车，来到了美丽的观海公园。她就好像一只本来活蹦乱跳的小鸟，被关在了笼子里，一关就是这么长时间，心里那个苦闷和烦躁啊，真的是没法形容。现在终于解放了，她欣喜若狂，眉开眼笑。

昨天夜里，下了一场不大不小的透雨，今天又是个半阴半晴的天，少了几分闷热，多了几分凉爽。雨后的公园里，空气新鲜，清爽宜人，赏心悦目。小鸟在树枝上又蹦又跳，叽叽喳喳叫个不停。一阵阵微风冲过来，空气中飘荡着淡淡的沁入肺腑的花香。周围，百花盛开，万紫千红。层层叠叠的丁香花，洁白无瑕的茉莉花，婀娜多姿的大丽花，姹紫嫣红的蔷薇花，娇艳欲滴的蝴蝶花，红红火火的月季花……漫步在公园里，就好像走进了鲜花的海洋里。

大妮和童军东看看，西瞧瞧，走走停停，心旷神怡，流连忘返。

不知不觉，他们俩来到了小西湖旁边。这里偏僻寂静，游人不多。童军买来一顶小帐篷，支在岸边一棵垂柳下。这棵金丝垂柳，紧靠在水边，垂到地面的柳枝，就好像一把绿色的大伞，把小帐篷严严实实地遮盖在了下面，既遮阴蔽日，又遮挡住了人们的视线，是个僻静的避暑纳凉的绝妙地方。他们俩坐在里面，一边喝着啤酒，一边观赏着眼前的荷花。

　　大妮抬头看去，湖面上，那碧绿滚圆的荷叶，好像一把把雨伞，密密层层地亭亭玉立在碧波之上。微风吹来，荷叶翻滚，湖面上变成了波浪起伏的绿色海洋。微风过后，荷叶上面的水珠儿，滴溜溜地滚动着。在阳光的照耀下，一个个晶莹剔透，好像一颗颗洁白无瑕的珍珠。

　　大妮虽然喜欢荷花，但是，她不知道荷花的颜色有多少种。今天，她仔仔细细地数了数：白色的睡莲，金色的日莲，粉色的黛莲，红色的千瓣莲……有的洁白无瑕，有的白里透红，有的红中带绿……五颜六色，万紫千红，她越数越眼花缭乱，怎么也数不清楚。

　　更让大妮称奇的是，那荷花的样子，五花八门，千姿百态：有的像害羞的小姑娘，羞红了脸颊，躲在碧绿的荷叶下面；有的好奇地探出头来，展望着这漂亮可爱的人间；有的像美丽的仙女，正对着平静的水面，在细心地梳妆打扮着；有的……

　　更令大妮赞叹不已的是，一群大大小小的金鱼，在亭亭玉立的荷花之间，自由自在地游来游去，互相追逐嬉戏，时而吐出一串串水泡，时而用尾巴拍打着水面，发出"啪啪"的清脆悦耳的绝妙响声。

　　习习凉风夹杂着荷花淡淡的清香，一阵阵袭来，吹散了大妮一身的不安和烦躁，沁入肺腑，令她心醉。

　　大妮看呆了，陶醉了，嘴里不停地喊着："漂亮……真的太漂亮了！"

　　童军忍不住提醒说："老婆，别忘了喝啤酒。"

　　大妮半天才回过神来，一边喝啤酒，一边微笑着说："没有想到荷花这么赏心悦目，美丽动人。以后，我还要来看。"

　　童军笑嘻嘻地说："这好办，等你的腿好了，天天来看都行。"

　　大妮笑盈盈地说："弟，这几个月，把我憋死了。我现在已经能走路了，我们出院吧。"

　　童军考虑了一会，劝说道："老婆，还是听医生的吧。在医院多住几天，尽快把你的腿治好，我们俩好去卖菜。"

　　提到去卖菜，大妮心里咯噔一下，她沉思了很长时间，忧心忡忡地说："弟，自从出事以后，我一直认为，那一辆摩托车迎面撞我们，是有预谋的，是想害死我们俩。"

　　"我也这样认为。"

　　"弟，这肯定是熊柱子的同伙干的！"

　　"只有他们一伙人，才会这样丧心病狂地对付我们俩。"

　　"熊柱子虽然被判了刑，但是，他的同伙还在逍遥法外，如果我们俩再去卖菜，他们绝不会善罢甘休，肯定还会找我们俩的麻烦。弟，我害怕，我不想

第二十五章 大妮康复 宴请好友

再去卖菜了！"

童军拍了拍大妮的后背，安慰道："老婆，有我在，你不用怕。今后，只要我们俩小心行事，就不会发生问题。"

大妮脸色凝重，紧张得说不出话来，紧紧地抓住童军的一只手。她考虑了很长时间，然后斩钉截铁地说："弟，我们俩不能再去卖菜了！我不想整天担惊受怕、提心吊胆，我想安安稳稳地过日子！"

童军一愣，想了想，问道："姐，不去卖菜，我们俩去干什么啊？难道听到兔子叫，就不敢种萝卜了？"

大妮又沉思了一会，十分坚定地说："弟，今后我们俩去干什么，我现在还没有想好。但是，绝对不能再去卖菜。"

童军见大妮心事重重，胡思乱想，就想方设法让她高兴起来。他用眼睛飞快地扫了一遍周围环境，发现四周静悄悄的，没有一个人，就急急忙忙俯下身子，轻轻地吻了一下大妮的额头。迟疑了一下，他又深深地吻住了大妮的香唇。

……

大妮终于康复出院了，回到家中，已经是傍晚。她和童军烧了两大盆热水，舒舒服服地洗了个热水澡，吃过晚饭，打扫完卫生，就早早地上床睡觉。

对面歌舞厅里，那五彩缤纷的灯光，翻滚着照射进这个不足十五平方米的小平房里，把这个小小的空间，打扮成了一个奇思妙想的童话世界。伴随着优美动听的旋律，歌曲《偷一个月亮照亮天》飘荡进来……

偷一个月亮照亮天
月亮下面我把妹妹手儿牵
花开的小路弯又弯
踏着风儿飘来飘去
飘呀飘到小河边
……

此时此刻，此情此景，童军舒舒服服地躺在床上，怀里抱着温柔的大妮，情不自禁地感慨万千："啊，绚丽多彩的灯光，优美动听的歌曲，如梦如幻的小屋，浪漫温馨的爱巢，舒适温柔的小床，貌若天仙的老婆，美妙醉人的怀抱！啊，可爱的小屋，我又回来了！啊，迷人的小屋，不是天堂，胜似天堂！啊，我太幸福了，不是神仙，胜似神仙！啊……"

大妮听了，急忙捂住童军的嘴，笑眯眯地说："弟，你不要再说了，吓死我了，我以为李白来了，妙语连珠，出口成章，语惊四座。"

童军激动地说："老婆，我们俩终于回来了，我太兴奋了，太幸福了。"他一边说，一边亲吻着怀里的大妮。

大妮眉飞色舞地说："在医院憋屈了那么长时间，身上都快臭了，难受死我了。今天终于熬出来了，痛痛快快地洗了个热水澡，真舒服啊！"她一边说，一边不停地拍打着枕头。

"臭了，哪里臭了？我闻一闻……没有啊，你全身香喷喷的嘛！"童军装模作样地故意挑逗着大妮，在她身上闻着，然后又紧紧地把她抱在了怀里。

"呸……一边去，香什么香。这么长时间没有睡一个囫囵觉了，你难道还不累吗？老老实实睡觉去。"大妮说着，不轻不重地推了童军一下。

"嘿嘿……我怎么一点也不累啊？老婆，我想好好亲亲你。"童军嬉皮笑脸，不停地挑逗着大妮。

"小坏蛋，亲你个头啊，一边歇着去。我累了，要睡觉，明天还有很多事要做哪。"

"老婆，医生说了，你现在还没有完全恢复好，不能干重活。洗衣服，忙家务，有我哪。你今后的任务就是安心静养，多喝鸡汤鱼汤。"

"整天鸡汤鱼汤，我都喝腻歪了。我的腿已经没有事了，再也不喝了。"

"你想吃什么？"

"好想吃野菜。"

"老婆，这个好办，我明天一早就去买。"

"弟，我这次住医院，大家跑前跑后，又送东西又送钱。我想请大家吃顿饭，喝杯酒，表示一下敬意。再说，我这个当姐姐的，也应该找两个妹妹聚一聚。"

"老婆，我支持你。你打算怎么安排呀？"

"后天就是星期天，我们在海鲜楼摆一桌酒菜，邀请大家坐一坐，你看怎么样啊？"

"老婆，我完全同意，就按照你说的办。"

"弟，这一段时间，我一直在翻来覆去地考虑我们俩今后干什么。考虑来考虑去，我打算开个小餐馆，你看怎么样？"

"老婆，最近，我也一直琢磨这件事。我完全同意开餐馆。我们俩可以趁年轻闯一闯，长长见识，积累经验。不过，你刚刚出院，身体还没有完全康复，需要休息疗养一段时间。我想在开小餐馆之前，先放松潇洒一把。我们俩抽点时间，选择几个国内的旅游景点，去痛痛快快地游玩几天，你看怎么样啊？"

"弟，我这次住院，花了这么多钱。要是再去游山玩水，还要花很多钱。依我看啊，游山玩水的事还是以后再说吧。"

"老婆，这叫养精蓄锐，再创辉煌；这叫能挣会花，开拓进取；这叫劳逸结合，磨刀不误砍柴工；这叫……"

"弟，你打住吧，我服你了，我听你的。"

第二十五章 大妮康复 宴请好友

"老婆,你真好,我谢谢你。"童军说着把大妮抱在了怀里。

……

星期天中午,大妮和童军早早地来到海鲜楼,恭候大家。请来的客人中,除了连奶奶和明爷爷,还有姜春娟、安东方以及安磊和辛婷婷。二妮请来了常健,三妮也把刘一鸣和刘小帆请了来。大妮和两个妹妹来到观海打工已经一年多了,这是第一次这么郑重其事地聚会,还请来了这么多客人。

海鲜楼是一栋三千多平方米的大楼,坐落在市政府的后面。安磊把大家安排在了三楼一个大包间里,酒菜和服务质量都按高标准。

在座的人们中,除了三姊妹以外,大多数都是第一次见面。因为平时经常听到三姊妹说起彼此,所以,大家落座以后,很快就熟悉和热络起来,宴席上气氛十分活跃。今天,三姊妹心中有说不出来的高兴,她们从内心里十分感谢大家,不停地给大家敬酒。

"我和两个妹妹,在观海人生地不熟,无依无靠。一年多来,是在座的各位满腔热忱地关心着我们,无微不至地帮助着我们,使我们姊妹三个渡过了一个又一个难关。没有你们的关心和帮助,我们姊妹三个很可能……就没有今天。我……我和两个妹妹,真诚地说一声:谢谢你们!"大妮激动得热泪盈眶,说完开场白,深深地给大家鞠了一躬,然后举起酒杯说:"为了表达我们姊妹三个的心意,我敬大家一杯酒,感谢你们对我们姊妹三个的关心帮助。"说完,她和大家共同举杯,一饮而尽。

看到大姐要接着敬第二杯酒,三妮马上说:"大姐,你先吃点菜,让我敬大家一杯酒。"她举起酒杯,激动地对大家说:"认识你们,是我和两个姐姐的荣幸。你们都是心地善良、乐于助人、行侠仗义的好人,在我们姊妹三个遇到困难的时候,你们都挺身而出,出手相助。不是亲人,胜似亲人。我由衷地感谢大家,我敬你们一杯酒,祝你们万事如意,幸福快乐!"说完,她先喝为敬,干了一杯。

二妮回首往事,心潮澎湃,酸甜苦辣咸,一齐涌上了心头,她流着泪水,激动地说:"过去的一年多,风风雨雨,坎坎坷坷。在各位的关心帮助下,我们姊妹三个总算走了过来。为了表达敬意,我一心一意敬大家一杯酒!"说完,她举起酒杯,和着泪水,一饮而尽。

看到三姊妹还要继续敬酒,连奶奶马上说:"大妮康复出院,大家都很高兴。但是,酒不能喝多了。我想问一下大妮和童军,你们俩下一步打算干什么啊?"

大妮回答说:"奶奶,我和童军不想再去卖菜了,打算开个小餐馆,不知道能不能开起来。"

童军回答说:"大妮刚刚出院,身体还没有完全康复,需要休息疗养一段时间。在开餐馆以前,我们俩打算出去游玩几天。"

连奶奶笑呵呵地说:"不错,你们俩的想法不错。"

安磊听了,急忙说:"我现在正缺人手,忙不过来。大妮、童军,在你们俩没有开餐馆以前,欢迎你们俩来我这里干一段时间,给我帮帮忙。"

大妮急忙回答:"大哥,没问题,我和童军正好先实习一下,为开餐馆打基础。"

明爷爷高兴地说:"二妮,听说你唱歌很好听,到现在我也没有听过,你能不能给我们唱首歌啊?"话音未落,大家都随声附和,鼓掌欢迎。

二妮清了清嗓子,唱了一首《爱的奉献》……

  这是心的呼唤
  这是爱的奉献
  这是人间的春风
  幸福之花处处开遍
  这是生命的源泉
  再没有心的沙漠
  再没有爱的荒原
  死神也望而却步
  幸福之花处处开遍
  啊
  只要人人都献出一点爱
  世界将变成美好的人间
  ……

二妮心潮起伏,泪流满面。她唱得委婉动听,感人肺腑。在场的人听得如痴如醉,热血沸腾。

……

第二十六章　庆祝生日　二妮醉酒

这天夜晚，常健和二妮来到海上王宫大酒店，选择了一个包间，点了一桌子美酒佳肴，为二妮过生日。

这是一个"漂浮"在海面上的白色建筑。从正面看，它好像是一个张开大嘴的巨型扇贝。从背后看，它好像是一个巨大的白色的地球仪。从远处看，它好像是一颗漂浮在海面上的洁白无瑕的大珍珠。它的里面，中间是一个大厅和一个舞厅，四周是漂浮在水面上的一个个包间。

常健和二妮选择的包间，既舒适安静，又典雅漂亮。坐在包间里面，既能观看大厅和舞池里那迷人的景色，又能观赏大海上那醉人的风光，环境十分优雅温馨，令人心旷神怡。

温柔的海风，徐徐吹来。旋转的、忽明忽暗的彩灯，打着光圈闪来闪去。岸上那一长串绿莹莹的路灯的光晕投在海水里，海面变得五光十色，波光闪闪，就像匹匹柔软的绸缎，浮浮摇摇地舞动着。整个大厅里，弥漫着鲜花、咖啡、美酒和奶茶的清香味。

今天，二妮化了淡妆，本来就美若天仙的她，更加光彩照人。她穿着一件自己十分喜欢的粉红色羽绒服，飘逸乌黑的披肩长发上，扎着一个大大的红红火火的蝴蝶结，显得更加清纯可爱，楚楚动人。

乐队演奏着优美悦耳的曲子，少女们在翩翩起舞。二妮许完愿，吹灭蜡烛，切开蛋糕。常健献上一束红玫瑰，打开首饰盒，把一条金灿灿的项链，戴在了二妮的脖子上。

这是二妮有生以来第一次这么隆重地过生日，也是第一次接受男人送的这么贵重的礼物。她观看着昂贵漂亮的项链，呼吸着浓浓的花香，心潮澎湃。

从上次爬山，到参加梨花节，常健已经两次正式向二妮求婚了。在这半年多的时间里，二妮一直在纠结着。她犹犹豫豫，举棋不定，始终拿不定主意。

其实，二妮也经常埋怨自己。以前，自己说话办事，向来都是干净利索，痛痛快快，从来不拖泥带水。怎么遇到这件事，就变得优柔寡断、婆婆妈妈、黏黏糊糊了呢？

今天，常健在这么高档的酒店给她过生日，又送给她这么贵重的礼物，这其中的醉翁之意，她心里当然一清二楚。怎么办啊？答应还是不答应他啊？她考虑再三，还是犹豫不决，举棋不定。她想，这是终身大事，来不得半点马虎和草率，必须小心行事，慎之又慎。

常健两次郑重其事地向二妮求婚，二妮的态度一直不明确，既没有答应，也没有拒绝，模棱两可，使常健摸不着头脑，心里没有底。刚开始决定向二妮求婚的时候，常健心里忐忑不安，十分紧张，担心二妮不同意，会明确拒绝他。两次求婚以后，看到二妮始终不明确表态，他垂头丧气、心灰意冷了一阵子。后来，他平心静气地想了想，越想越有信心，越想心里越高兴。他认为，二妮刚满二十一岁，还没有来得及谈情说爱，更没有遇到过谈婚论嫁的事，肯定会彷徨迷茫一阵子，需要有一个分析思考的时间和过程。只要二妮不明确拒绝他，就说明他充满着希望。他相信精诚所至，金石为开，只要不急于求成，尽到最大努力，就一定会把二妮追到手。

二妮和常健都是爽快人，二人之间，说话办事向来都是开门见山，直来直去，很少拐弯抹角。随着他们俩的关系越来越密切，感情越来越深厚，他们俩之间更是无话不谈。

今天，二妮的心情特别好，她和常健连着干了三杯啤酒。三杯啤酒下肚，二妮更加兴奋起来，笑盈盈地说："老兄，我是第一次这么隆重地过生日，也是第一次享受这么高级的待遇，真是受宠若惊啊，不知道怎么样感谢你。你给我买的这个项链，这么贵重，这么漂亮，肯定要花很多钱，我更是诚惶诚恐。等我发了工资，一定还给你。"

常健笑呵呵地说："妹子，我要是打算让你还给我，就不会送给你了。"

二妮笑眯眯地问："老兄，你把这么贵重的礼物，送给我这个打工妹，值得吗？"

常健笑容满面，乐呵呵地说："妹子，值得，绝对值得，百分之百值得。在我眼里，你是个仙女，是个国宝大熊猫。"

二妮笑吟吟地说："去你的，你才是大熊猫。老兄啊，你绞尽脑汁，处心积虑，不惜成本，是不是黄鼠狼给鸡拜年——没安好心，想勾引我啊？"

"妹子，我不是黄鼠狼，也不是勾引你，应该叫追求。"

"老兄，我要是铁了心，死活都不肯上钩，你不就鸡飞蛋打、人财两空了吗？"

"妹子，你绝对不会那样做。我心中有数。"

"你太自信了，你怎么知道我会嫁给你呀？"

"我是孙悟空变成了小蜜蜂，已经钻到了你的肚子里，你的想法我都知道。"

第二十六章 庆祝生日 二妮醉酒

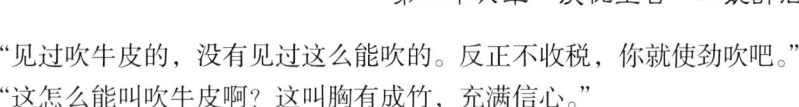

"见过吹牛皮的,没有见过这么能吹的。反正不收税,你就使劲吹吧。"

"这怎么能叫吹牛皮啊?这叫胸有成竹,充满信心。"

二妮摇摇头,唉声叹气地说:"哎,我这个人怎么这么命苦和倒霉呀?别的女孩子第一次谈恋爱找对象,都能遇上一个称心如意的白马王子。我没有谈过恋爱,更没有找过对象,却遇上了你这么一个不好不坏、不伦不类、不三不四、不清不白的东西,还像口香糖一样粘在了我的身上,怎么也摆脱不掉。别的女孩子谈恋爱找对象,都是一见钟情,甜甜蜜蜜,卿卿我我,难舍难分。我还没有来得及谈恋爱找对象,却遇上了你这么一根食之无肉弃之可惜的鸡骨头,弄得我整天心神不定,左右为难,坐立不安。你说我亏不亏、窝囊不窝囊、累不累啊?哎,不公平呀,命运怎么能这样捉弄我啊?"

常健听了,有点云里雾里,一头雾水,也有点哭笑不得,他先是一愣,然后又哈哈大笑着说:"妹子啊,你搞没搞错啊,我是个堂堂正正的男子汉大丈夫,怎么变成了一个'东西'和一根'鸡骨头'了?我告诉你,世界上没有十全十美的事,也没有十全十美的人。我光明磊落,胸怀坦荡,正直善良,英俊潇洒,又这么要死要活、死心塌地爱着你,你打着灯笼也没处找呀。妹子呀,天上掉馅饼,让你捡到了,你就知足和偷着乐吧,你就等着享一辈子清福吧。"

二妮扑哧一声笑起来,说:"你的脸皮真厚,老王卖瓜自卖自夸,没羞没臊。"

常健嬉皮笑脸地说:"这年月,要想不打光棍,要想把美女追到手,就必须脸皮厚一点,胆子大一点,花钱狠一点。"

二妮白了常健一眼,说:"这么个五大三粗的男子汉,还像个顽皮的小孩子,耍贫嘴,不害羞。"

二妮平时很少喝酒,她也不知道自己有多大酒量,但她从来没有喝醉过,所以不知深浅。再加上她今天特别高兴,不由得就放开了,一边胡吹海侃地与常健聊天,一边一杯接一杯地喝啤酒,不知不觉,她一个人就喝了五瓶啤酒,喝到了一半清醒一半醉的程度。此时此刻,她越喝越兴奋,越喝越来劲,越喝话越多。

常健怕二妮喝醉了,想拦住她,但怎么拦也拦不住。听着二妮说的那些似醉非醉、似对非对、亦真亦假的话,常健啼笑皆非,不知道怎么回答她。

"老兄,你跟我说实话,你真不想在娱乐城干了,想改行干点别的事情?"

"对啊,等龙哥来观海,我就辞职不干了。妹子,我不是已经跟你说过了吗?"

"你怎么老是把那个龙哥挂在嘴上呀?他是谁啊?你们俩真是铁哥们吗?我怎么感觉他不是个好东西啊?"

"他是我坐牢时结拜的大哥,他对待我够兄弟义气。不过,他对我多次提出辞职很不满意。另外,他这个人黑白通吃,是个响当当的人物。"

"依我看呀,你们俩也就是狐朋狗友的关系,和狼狈为奸差不多,哪里还有什么义气啊！老兄啊，上贼船容易，下贼船难，我希望你痛改前非，与他一刀两断，一了百了。"

"妹子，你先弄清楚，我没有与他狼狈为奸，我……"

"闭嘴，我没有想到，你与狼共舞，认贼作父，还执迷不悟，顽固不化，死不改悔！老兄啊，我这是为你好，不得不提醒你。我不能眼睁睁看着你走歪门邪道，成为人民的罪人！老兄啊，要想人不知，除非己莫为，你在娱乐城干的那些吸毒嫖娼的事，要是传出去，不但八辈子也找不到媳妇，还要再去坐大牢。现在这个社会，好女孩都讲究平平安安过日子，不在乎你那点不干不净的臭钱，谁愿意跟着你担惊受怕呀？"

"妹子，你弄错了。我……没有吸毒嫖娼！"

"老兄，有则改之，无则加勉。你就金盆洗手，好自为之吧。"

"妹子，你……"

"老兄，你要那么多钱干什么呀？钱不是个好东西，生不带来死不带去，还诱惑你去杀人放火，去……"

"妹子，你打住吧，我没有多少钱，也没有去……"

"我听柳叶说你很有钱，看来是她冤枉好人了。老兄，你还行，还没有钻到钱眼里去，可喜可贺。其实，你没有必要在娱乐城挣那些不干不净的钱。你要是去养海参、鲍鱼，说不定真的会有女孩子看上你。"

"你胡诌八扯什么呀？我……"

"柳叶说，有钱的男人都是花心萝卜，玩女人。老兄啊，这里没有外人，你跟我实话实说，你玩过多少个女人啊？我保证给你保守秘密。"

"除了我那个同学，没有第二个。"

"得了吧，你骗小孩子啊，娱乐城那么多漂亮的女孩子，个个花枝招展，貌若天仙，鬼才相信你真能坐怀不乱。老兄，坦白从宽，抗拒从严，这是个原则性问题，你必须如实招来。"

"妹子，天地良心，我真没有，我有我做人的底线。"

"哈哈，老兄，好样的，我相信你。你能出淤泥而不染，十分难得。不过，我听说你最近在追一个女孩子。我奉劝你要悬崖勒马，不要色迷心窍，执迷不悟，一条路走到黑。"

"为什么？"

"那个女孩子是个村姑，傻不拉叽的。你这么一个英俊潇洒的帅哥，有钱有地位，什么样的漂亮女孩子找不到，何必一棵树上吊死啊？实话告诉你，我要是没有对象，我就嫁给你。"

"什么，你有对象了？"

"那是当然，正在谈，成不成还不知道。要是谈不成，我就跟着你。老兄啊，

第二十六章　庆祝生日　二妮醉酒

说心里话，我也有点迷上你了，现在就有点春心荡漾、意乱情迷，真想和你潇洒一把。可惜啊，我这个人不开放，太传统。不过，你不要灰心丧气，只要你积极主动点，说不定我会以身相许……"

常言道，酒后吐真言。二妮这些似醉非醉、亦真亦假的话，虽然有点夸张，但情真意切，一针见血。常健听了，感受很深，震动极大，浑身冒汗，更加感到二妮可亲可爱。

二妮喋喋不休地说着胡话，一杯接一杯地喝啤酒。常健再也不敢让她喝了，急忙夺下她手中的杯子，劝说道："妹子，你已经喝醉了，不能再喝了，我们回去吧。"

二妮晃晃悠悠，醉醺醺地说："老兄，我……没有喝醉。我……海量，还早着哪。今朝有酒……今朝醉，明天没酒，喝……凉水。我……一醉方休，我……"

常健马上叫过来两个服务员，把摇摇晃晃、东倒西歪、絮絮叨叨的二妮，搀扶到了车上。

……

二妮一觉醒来，已经是早晨五点多。睁眼一看，她睡在自己的小床上，对面的那个长沙发上，常健盖着一条被子，正呼呼大睡，鼾声如雷。

二妮大吃一惊，马上掀开被子一看，自己赤身裸体。她瞬间出了一身冷汗。

昨天晚上，常健给她过生日，在海上王宫大酒店喝酒的情景，又浮现在她眼前。

二妮对昨天晚上发生的事，有的记得清清楚楚，有的模模糊糊有点印象。在她的记忆中，常健一直规规矩矩地与她喝酒聊天，没有发现不礼貌的言行。至于她怎么回到了自己的住处，又怎么赤身裸体地睡在了自己的小床上，她一点印象都没有。

二妮慌慌张张地寻找自己的衣服，发现床上一件都没有。她更加惊慌失措，不由自主地喊叫起来："常健，我的衣服哪？"

睡梦中的常健，被突然惊醒，一个鲤鱼打挺坐了起来，慌忙问道："二妮，怎么了？"

二妮抬头一看，常健只穿着裤头背心，她顿时火冒三丈，咬牙切齿地破口大骂："常健，你……这个畜生，你这个披着人皮的狼，我没有想到，你……"她一边骂着，一边扑过来，狠狠地扇了常健一个耳光，紧接着还要打。

常健被打晕了，先是一惊，紧接着就明白了，急忙使劲抱住二妮，大声说道："二妮，你误会了，你不能冤枉好人，你……"稍微一愣，他又接着说道："二妮，你不能这么冲动，你应该冷静一下。我堂堂正正，不是那样的小人。我清清白白，没有做亏心事。我……"

二妮怒目而视，大声问道："常健，我怎么脱成这个样啊？我的衣服哪？"

常健摇了摇头，苦笑着说："二妮，你昨天晚上喝醉了，醉得一塌糊涂，不省人事，是我把你弄了回来。你呕吐得昏头花脸，满身都是，还弄了我一身。你还好意思问，丢不丢人啊？我的衣服已经洗过了，晾在阳台上。我没有衣服穿，又担心你出什么事，所以不敢出这个门，只好留在这里陪着你。你的衣服我没有洗，放在洗漱间里，你自己去洗吧。"

　　二妮想了想，渐渐地醒悟过来，大声问道："你……脱了我的衣服？"

　　常健笑着说："你浑身上下都脏乎乎的，酒气熏天，你说我应该怎么办呀？告诉你，我不但给你脱了衣服，还给你擦干净了身子。"

　　"啊！你……什么都看到了？"二妮十分惊讶地说。她意识到自己现在还是赤身裸体，还被常健紧紧地抱在怀里，顿时羞得满面通红，无地自容，急忙跑回床上，用被子盖住身体，然后半信半疑地问："你说的都是真的吗？是不是在骗人呀？"

　　常健无可奈何地说："信不信由你吧。你可以给海上王宫大酒店打电话，问一问那两个服务员，是她们俩把你扶上车的。你还可以去洗漱间，看一看你那一身臭气熏天的脏衣服。再说了，身体是你自己的，我要是对你做了什么，能不留下点证据吗？你还能一点感觉都没有吗？"

　　二妮一听，马上疑神疑鬼、仔仔细细地查看自己的身体和床单，结果是一切正常，没有发现任何可疑之处。她还是不放心，羞答答地问："常大哥，你真没有做出格的事？真没有做对不起我的事？"

　　常健斩钉截铁地说："我对天发誓，我没有做一点亏心事，也没有做一点对不起你的事！"

　　二妮冷静了下来，心想，常健不会是那样的小人，这样的事绝对不能错怪他。她猛然醒悟，不好意思地说："常大哥，对不起，我误解你了，给你赔礼道歉。"

　　常健很憋屈，垂头丧气地说："我这是何苦啊？出力不讨好，跳进黄河也洗不清，真悲哀啊。"

　　二妮微笑着说："老兄，杀人不过头点地，我已经给你赔礼道歉了。再说，你……也没有吃什么亏。"

　　常健很尴尬地说："二妮，你已经给了我一个耳光，我脸上现在还火辣辣地疼痛，你还想让我吃什么样的亏呀？"

　　二妮满面通红，羞羞答答地说："我说的是，你……什么都看到了。我……丢死人了。"

　　常健笑呵呵地说："妹子，我也不想看你。不过，我要是闭上眼睛，就没有办法给你脱衣服，擦身子。"

　　"哎哟，我的妈呀，丢死人了，我已经说不清道不明了。你……让我以后怎么嫁人呀？"

第二十六章　庆祝生日　二妮醉酒

"这好办，你就嫁给我吧。"

"你这个坏家伙，我就知道你是黄鼠狼给鸡拜年，没安好心。你是不是蓄谋已久，图谋不轨啊？"

"二妮，我现在郑重宣布，本人堂堂正正，清清白白，什么也没有干。"

"谁相信你的鬼话啊？你平时看见我都色眯眯的，有这么好的机会，你岂能放过？"

"二妮，你怎么狗咬吕洞宾不识好人心啊？我没有吃到鱼，还惹了一身腥，我冤枉啊！"

"我看呀，你是赚了便宜还卖乖，鬼才相信你没有动歪心眼、干坏事。"

"一个美若天仙的女孩子赤条条地躺在眼前，要是不动点歪心眼，那还是个男子汉大丈夫？妹子，实话实说，我差一点就控制不住自己了。"

此时此刻，昨天晚上那美丽动人、激动人心的一幕，又浮现在常健的脑海里……

二妮那乌黑发亮的秀发，娇艳欲滴的脸蛋，雪白细嫩的皮肤，精美绝伦的身姿……

常健不敢相信，人世间竟然有这么美丽的女孩子。他看呆了，也惊呆了，一次又一次陶醉着，一次又一次蠢蠢欲动，一次又一次控制住了自己……

对于昨天晚上发生的事，二妮越是想不清楚，就越想弄清楚。她看到常健在呆呆地发愣，忙问："你发什么神经病啊？我再问你，你干没干亏心的事？"

常健回过神来，挤眉弄眼地说："当时，我看着你那美丽的胴体，我那个难受啊，百爪挠心，身上火烧火燎的……"

二妮羞臊得恨不得钻到地下去，急忙打断他的话："我没有问你这个，我问的是你对我动没动手脚。"

常健装憨卖傻地说："动了，我给你擦身子了。"

二妮满面羞红，哭笑不得地问："你……是不是那个了？"

常健马上一本正经地说："没有啊，我一个正人君子，哪能干那样的事呀？不过，我思想斗争了很长时间，最后还是决定不能那样。"

二妮半信半疑地问："不可能吧？"

常健笑着说："我有那个贼心，没长那个贼胆啊。没有经过你同意，我可不敢，我怕你杀了我。再说，如此美丽娇嫩的少女，像个含苞欲放的花骨朵，谁不怜香惜玉啊，谁忍心去碰她啊？你是我心目中的天使，我尊敬崇拜都来不及，哪里敢去亵渎啊。"

二妮娇羞地笑着说："你就使劲吹吧。"停了会，她点着头说："老兄，你还行，是个哥们。"又停了会，她羞红着脸调侃道："老哥，你也笨得够可以啊。送到嘴边的肥肉不吃，快要煮熟的鸭子又让它飞走了，你后悔不后悔啊？"

常健一愣，马上反应过来，扑上来就亲吻二妮，兴奋地说："现在也不晚。"

二妮急忙推开他，笑盈盈地说："老哥，你打住吧。这样的事，过期作废。"

……

二妮起床以后，坐在阳台上，观看鱼缸里的鱼。这是一个很大的鱼缸，十分漂亮，二妮专门跑了很多商店，经过精挑细选，才买回来的。鱼缸内，柔软的沙子、碧蓝的海水、翠绿的海草、洁白的珊瑚、五彩缤纷的海葵、海星，形态各异、叫不出名字的鱼类和贝类，还有几条鱼在不停地追逐着……看着看着，二妮不知道想到了什么，突然"扑哧"一声，笑了起来。

"你笑什么呀？"正在看电视的常健，感到莫名其妙，急忙问道。

"老兄，你快看看吧，真有意思，鱼儿为什么追逐着老是咬那里啊？有趣，真有趣。"二妮像发现了什么新大陆，眉飞色舞。

"你真是个小屁孩，少见多怪。告诉你，那叫交配，有什么好笑的呀，只能轻轻地碰一碰。它们哪能与人类相比啊，搞得轰轰烈烈，地动山摇。"常健说着，走过来抱住了二妮，在她脸上亲吻了一下。

二妮满脸潮红，用小手指点着常健的鼻子说："你这个坏家伙，真不害臊，还好意思说啊？"

……

第二十七章　单枪匹马　虎口拔牙

第二十七章　单枪匹马　虎口拔牙

凌晨，三妮起床以后，来到了阳台上。一阵刺骨的寒风，携带着雾气，扑面而来，使她不禁打了个冷战。

在秋天的尾声里，冬天紧随着秋天的脚步悄悄地来到了人间。空中弥漫着一层薄薄的云雾，白茫茫的一片。大地上好像被一条白色的丝巾笼罩着，让人捉摸不透那云里雾里到底是什么，令人遐想连篇。对面的山峰，就好像一个顽皮的孩子在玩捉迷藏，东躲西藏，若隐若现，扑朔迷离。山坡上那一大片银杏树，一夜寒风过后，枯黄的叶子纷纷落下，在地上铺了厚厚的一层，只有那光秃秃的枝条，在寒风中万般无奈地晃来晃去，呻吟哭泣着。门外花坛里，昔日那些五颜六色、争奇斗艳的鲜花，耐不住寒冷的折磨，已经香消玉殒了，变成了过去和人们的记忆。它们留下的只是那些干枯的秧蔓儿，在寒风中孤苦伶仃地摇曳着，有说不出的苍凉和凄冷。只有那些不畏严寒、傲视寒霜的菊花，在昂首挺胸、争奇斗艳地竞相绽放着，是那么端庄秀丽，光彩夺目，令人钦佩和欢欣鼓舞。

三妮观看着眼前这凄凄惨惨的情景，感觉心里沉甸甸的，一种莫名其妙的惆怅、忧郁和迷茫，油然而生，涌上了心头。她不由自主地摇了摇头，心事重重地回到了房间里。

三妮做好早饭，推开刘小帆的房门，喊她吃饭，却没有人影，桌子上有一封信：

爸、姐：

我走了，原谅我。我没有给你们俩打招呼，也没有办法给你们俩打招呼。你们俩为了我的事，已经很累很累了，也伤透了心。我很后悔，深深地感到对不起你们俩。

从尹小强的老家回来以后，我想了很多很多。我曾经发誓，要告别过去，重新开始。我是这样说的，也是这样做的。这几个月，我集中精力学习，进步很快，多次得到老师的表扬。我对自己又有了信心，也感到今后又有了希望。

我一直在千方百计地躲避着尹小强，断绝了和他的一切来往。但是，尹小强已经不再上学了，无所事事，游手好闲，有的是时间，每天都在盯着我。他还找了两个小兄弟，合起伙来跟踪、纠缠和威胁我。我防不胜防，到头来又落入到他们的魔掌之中。更为可怕的是，他们为了控制我，偷偷地给我下了毒，使我染上了毒瘾。我现在已经离不开毒品了，也彻底被他们控制住了。我不敢告诉你们俩，因为我要是告诉你们俩，他们就会对你们俩下毒手。

今后，你们俩就不要再找我了，因为你们俩不可能再找到我。我现在已经自暴自弃，彻底堕落了，走上了吸毒卖淫的不归路。你们俩就当我已经死了，彻底忘掉我吧。对于你们俩的恩情，我今生今世没有办法报答了。如果真有来世，我一定会报答你们俩……

下面还有很多字，都被泪水湿透了，模糊得看不清楚。

看了刘小帆的信，三妮出了一身冷汗。她慌慌张张地把刘一鸣叫出来，把刘小帆的信交给了他。刘一鸣看了刘小帆的信，如五雷轰顶，信还没有看完，就瘫坐在了沙发上。

从尹小强的老家回来以后，刘小帆就好像变了一个人，不但学习进步很快，还经常抢着干一些家务活。刘一鸣和三妮看在眼里，喜在心里。现在，她突然离家出走，还吸毒卖淫，比她前两次离家出走，情况更加严重和糟糕。这件事来得太突然了，刘一鸣和三妮既不敢相信这是真的，也难以接受和面对这样的现实。发生了这样的事，他们俩又一次感到后悔和自责，埋怨自己疏忽大意，没有及时发现蛛丝马迹，铸成了大错。对于刘小帆的这次离家出走，他们俩除了感到十分震惊之外，更加伤心和愤怒。事情已经发生了，怎么办啊？他俩没有别的选择，没有别的路可走，只能和以前一样，马不停蹄地四处找人。

这次寻找刘小帆，和前两次差不多，他们俩先报了警，发了寻人启事，然后分头在观海和省城寻找。转眼之间，十多天已经过去了，既没有发现刘小帆的踪影，也没有打听到刘小帆的消息。应该寻找的地方，都寻找过了，再继续寻找下去，已经没有了方向和目标。他们俩犹如热锅上的蚂蚁一般，心急如焚，坐立不安。刘小帆能跑到哪里去啊？怎么就无影无踪、杳无音信了呢？他们俩一商量，决定扩大寻找范围，分头去观海附近的一些城市和乡镇去寻找，重点是寻找那些吸毒的人，再通过这些人，顺藤摸瓜，寻找刘小帆的线索和下落。

一天，三妮来到了一个小县城。这个小县城，距离观海五百多公里，地处内陆地区，十分偏僻和贫穷落后。这里虽然经济不发达，但在周边的县城中，赌博吸毒却出了名。尤其是在县城里，赌博吸毒的人比较多，又大多是青少年。

三妮找了一家宾馆住下来。这家宾馆的男老板姓楼，三十岁出头，中等个子，圆圆的脸，聪明干练，比较诚实。晚上，三妮点了几个像样的菜，在宾馆里请楼老板喝酒。她说明来意，恳求楼老板帮助。她还拿出一盒观海海参，送

第二十七章 单枪匹马 虎口拔牙

给了楼老板。楼老板受人恩惠,十分爽快地满口答应下来,让三妮等他的消息。第二天早上,楼老板告诉三妮,县城东边的橡胶厂,已经倒闭了,一大片厂房,被改造成了小商品批发市场和小宾馆、小饭店,吸毒人员经常在那里活动。

吃过早饭,三妮向橡胶厂走去。这个橡胶厂与县城隔着一条河,在一个很偏僻的角落里。走进大院子一看,旧厂房确实不少,各种小商品摊位也很多,但前来买东西的人却寥寥无几,整个大院子内冷冷清清。比较热闹的是那家仙客来宾馆,从里面传出来一种刺耳的音乐。

三妮在外面打量了一下,拎着一瓶啤酒,大摇大摆地走进了仙客来宾馆。里面,既像一个旅馆,又像一个歌舞厅。窗子全都被封了起来,灯光昏暗,弥漫着一种令人窒息的怪味。大厅里,有一个很大的舞池,一群穿着暴露的青年男女,似醉非醉地伴随着刺耳的音乐,面对面、胸贴胸、胯连胯地搂抱在一起,十分夸张地扭动着腰肢和屁股,跳着一种说不出名字的舞。舞池的两边,各摆放着两排破沙发。沙发上,横七竖八地躺着十多个男孩女孩。有的在喝酒,有的旁若无人地接吻,还有几个瘾君子,轮流吸食着一根大麻……在大厅的周边,用装饰板隔开的大大小小的单间,足足有四五十个,不时地有男女青年进进出出。

三妮选择了一个偏僻的角落,坐在破沙发上,一边悠闲自在地喝着啤酒,一边泰然自若地观察着里面的人们。她观察了很长时间,发现大厅里没有刘小帆的踪影。大厅周边有那么多单间,她又不便前去逐一查看,这可怎么办啊?正在这时,一个身高不足一米六、单薄清瘦的男孩磨磨蹭蹭地靠了过来。三妮一看男孩那面黄肌瘦的样子,就断定他是个瘾君子。

男孩打量了一会三妮,问道:"朋友,你是第一次来吧?"

三妮又看了看男孩,欣然自得地喝着啤酒,漫不经意地说:"我是路过这里。"

"你不是当地人吧?"

"我住在观海。"

"观海是一个好地方,有美丽的大海。我没有看见过大海,早就想去玩了,可惜一直没有机会。"

"你没有去过观海,真是太可惜了。能认识你是缘分,我欢迎你去观海玩。我请你喝啤酒,吃海参、鲍鱼,还可以去坐军舰。"

"朋友,此话当真?"

"一言为定,决不食言!"

"朋友,我到了观海,怎么样与你联系啊?"

三妮从包里拿出纸和笔,两个人交换了联系电话,又相互通报了个人情况。这个男孩叫向小兵,十七岁,已经辍学,在仙客来当保安。

三妮从背包里拿出来一瓶啤酒递给向小兵。他们俩一边逍遥自在地喝着啤酒，一边热火朝天地聊了起来。两个人越聊越投机，越聊越近乎，越聊越无话不谈。聊来聊去，他们俩聊成了朋友。不知不觉，到了吃中午饭的时间。三妮请向小兵出去吃饭，向小兵求之不得。他们俩来到了县城，走进一家小饭店里。酒菜上齐，他们俩一杯接一杯地喝着啤酒，又继续海阔天空地聊了起来。

三妮高兴地说："向小兵，有缘千里来相会，我没有想到在这个地方认识了你，还成了好朋友。"

向小兵受宠若惊，激动得不得了，有点语无伦次地说："缘分，缘分，认识你很高兴。能交到你这个朋友，我求之不得，真是三生有幸。"

"向小兵，多个朋友多条路。今后，你有什么事需要我帮忙，尽管说，不要客气，我一定会尽最大努力帮助你。"

"三妮，谢谢你。你初来乍到，在这里人生地不熟，如果需要我帮忙，我会赴汤蹈火。"

"向小兵，我这次来这里，是要找个人，不知道你能不能帮上忙。"

"没有问题，我生长在这里，县城的人，我几乎全都认识，你尽管说吧。"

"我找的这个人，是观海人，是个女孩子，今年十四岁。"

"她叫什么名字呀？"

"她的名字叫刘小帆，她现在和一个叫尹小强的男孩子在一起。"

向小兵听了，先是一愣，不由自主地脱口而出："是他们俩啊，这⋯⋯"他愣了一会，然后慌忙问道："你⋯⋯与他们俩是什么关系啊？"

三妮急忙说："我是刘小帆的姐姐。"

向小兵又是一愣，欲言又止。看到向小兵的表情，三妮心中一阵暗喜，马上断定向小兵见过刘小帆和尹小强。

三妮笑嘻嘻地说："向小兵，我们俩现在是朋友了，我就跟你实话实说。我来找刘小帆，其实也没有什么大事，就是想让她跟着我回观海。作为朋友，我不会连累你，你只要告诉我她现在在哪里就行了。我不能白白麻烦你。"她说着，从包里拿出来五百元钱，放在向小兵手里，说："以后，你有困难，就给我打个电话，钱不是个问题。"

向小兵盯着手中崭新的五百元票子，两眼放光，兴奋得差一点就跳起来。这一段时间，因为没有钱买毒品，他急得火烧火燎、百爪挠心。每当毒瘾发作时，只要给他钱，让他去杀人放火，他都心甘情愿。对他来说，这五百元钱可不是个小数目，他辛辛苦苦干三个月，都挣不到这么多钱。有了这些钱，他就不用再忍受毒瘾的折磨了，可以高枕无忧、舒舒服服地享受一段时间了。今天这是怎么了？不但走桃花运，还走旺财运。天上突然掉下来一个林妹妹，她比仙女还漂亮，还成了他的好朋友，又是请客吃饭，又是送票子，不知道是哪位神仙在眷顾着自己。他心里乐开了花，不敢相信这是真的。

第二十七章　单枪匹马　虎口拔牙

向小兵陶醉了半天，终于回过神来，激动地说："三妮，我今天福星高照，红运当头，交上了你这位好朋友。你的事就是我的事，我一定会两肋插刀，全力相助。"

三妮高兴地说："向小兵，你重情重义，够朋友，我要敬你三杯酒。"说完，他们俩碰杯，接连干了三杯啤酒。

向小兵考虑了一会，吞吞吐吐地说："三妮，我要是告诉了你，你千万不要出卖我。他们一旦知道是我走漏了消息，肯定会杀了我。"

三妮信誓旦旦地说："向小兵，你尽管放心，我绝对不是那种无情无义的卑鄙小人。你为我两肋插刀，我感谢都来不及，怎么会忘恩负义啊？我只想知道刘小帆现在的位置，别的事不用你管，更不会连累到你。"

向小兵犹豫了半天，忐忐忑忑地说："其实，刘小帆……就在你去过的那个大厅里。"

三妮一愣，忙问："我怎么没有看到她啊？"

向小兵吞吞吐吐地说："她……在四十一号包房里。她和尹小强，已经在那个包房里住了十多天了。"

三妮激动地说："向小兵，谢谢你。吃完饭我就去找她，你可以回避一下。"

向小兵一听，十分惊讶，急忙问："什么……你一个人去，单枪匹马，虎口拔牙？"

三妮满不在乎，微笑着说："对啊，我单枪匹马，怎么啦？你放心吧，我会有办法，不会出事。"

向小兵又急忙说："三妮，你是吃豹子胆啦，还是活的不耐烦啦？我作为朋友，不得不提醒你，那里面的人都是亡命之徒，什么事都能干出来。那里是个虎口，你一个人去太危险啦，就好像虎口拔牙，拿着自己的小命开玩笑！你现在应该马上去搬援兵，或者立马去派出所报案，知道吗？"

三妮听了，先是一愣，然后斩钉截铁地说："我不管什么虎口不虎口，也不管什么拔牙不拔牙，我一定要去闯一闯！"

……

吃完中午饭，三妮拎着一瓶啤酒，慢悠悠地喝着，又一次走进了仙客来，直奔最里面的那个四十一号包房。

三妮一把推开包房门，一股刺鼻的烟味扑面而来。小床上，刘小帆和尹小强搂抱在一起。他们俩眯着眼睛，轮流吸着一个烟屁股，鼓起的嘴巴中，缓缓地吐出一缕又清又白的烟圈，脸上一副欢乐满足、飘飘欲仙的样子。

刘小帆打扮得十分怪异，头上那个可爱的马尾巴不见了，取而代之的是一撮细长的头发，高高地竖在前额，另外一撮足有半尺长，遮住了半只眼睛。

三妮看到这场景，惊愕、怨恨、愤怒，一齐冲上心头，顿时火冒三丈。她两只眼睛喷着火，像一只发疯的狮子，突然冲过去，抓住尹小强，啪啪就是一阵耳光。然后，又一把把尹小强从床上拉到地上，紧接着就是一顿拳打脚踢。这突如其来的打击，把尹小强打蒙了。他鼻口流血，呆呆地坐在地上。刘小帆也呆呆地愣住了，她做梦也没有想到三妮如同天降，突然出现在眼前。三妮一把抓住刘小帆，拉着她就向外走。

"你……不要管我！我……不要你管！"刘小帆反应过来，拼命挣脱。

"小帆，你……这个浑蛋！"三妮怒不可遏，啪啪给了刘小帆几个耳光。

"你……打我，你敢打我！"刘小帆被打得鼻青脸肿，惊愕地看着三妮。平时那个温柔可爱的姐姐，怎么突然之间变得这么凶狠吓人啊？她感到不可思议，大声哭叫起来。

"我打的就是你这个不争气的东西，我打的就是你这个只顾自己享受的东西，我打的就是你这个不管别人死活的东西……"三妮一边咬牙切齿地大声叫骂着，一边紧紧地抓着刘小帆向外面走去。

见刘小帆还想挣脱，三妮又一把抓住她的头发，吼叫道："小帆，我现在警告你，你要是不乖乖地跟我回去，我今天就打死你！"她说着，照着刘小帆的脸上，又狠狠地扇了几个耳光。

这几个巴掌打下去，好像把刘小帆打醒了。刘小帆心想，姐姐为了救自己，把性命都豁出去了，什么样的事她都能干出来。如果她不赶快离开这个是非之地，被这一伙人纠缠住，后果十分可怕。她是自己最亲的人，她要是有个三长两短，自己会后悔一辈子。现在，必须让她赶快离开这个虎狼窝。

喧闹的大厅里，瞬间平静下来。神态怪异的男女们，把目光盯在了三妮和刘小帆身上，把她们俩围在了中间。

一个满脸滚刀肉的男青年，阴笑着威胁三妮，恶狠狠地说："光天化日，胆敢抢人，你活腻歪了！"

三妮毫不畏惧，大声呵斥道："谁找麻烦，我绝不客气，都给我闪开！她是我妹妹，我要带她回家！"

那个男青年又阴笑着威胁道："小姐，你妹妹不愿意跟你走，你赶快放人，立马滚蛋，别惹老子上火！"

三妮愤怒地吼叫道："你少管闲事，我既然找到了她，就一定要把她带回去！"

那个男青年怒吼道："妈的，你不怕死吗？"

三妮寸步不让，大声吼叫："我要是怕死，还敢来这种地方吗？你以为出来找人，就我一个人单枪匹马吗？我警告你，刚才，我已经电话联系好了，我的几十个朋友马上就会赶到这里。如果你们不乖乖地放人，他们就会一把火烧了这里。"

第二十七章　单枪匹马　虎口拔牙

"哎哟哟，你这小丫头人不大，火气还真不小呀。哇，眉清目秀、细皮嫩肉，人见人爱，与我们一块玩玩吧，泄泄你的火气。"一个染着彩色头发、袒胸露背、妖里妖气的女青年嗲声嗲气地说。

"哇，这小妞是仙女下凡啊，真靓。你装什么正经啊？都什么年代了，你还这么顽固。不就是一块玩玩吗？有什么大惊小怪的呀？"一个胳膊上文着蛇和狼图案的男青年，一边死皮赖脸地说着，一边做着下流动作。

三妮满腔怒火，忍无可忍，大吼一声："闪开，不想死的都闪开！"她抓着刘小帆继续向外走。

这时，被打得口鼻流血的尹小强，咬牙切齿地冲了上来，举起拳头就向三妮打来。

三妮抓着刘小帆，急忙闪开，另外一只手嗖的一下从包里抽出一把长长的杀猪刀，顶在了尹小强的胸前，怒吼道："尹小强，你要是不怕死，就试一试这把刀！"

刘小帆一惊，马上大声吼叫起来："尹小强，你要是敢动我姐姐，我就杀了你！我现在告诉你们，我决定跟我姐姐回家，谁要是敢拦我，我就杀了谁！"

尹小强和三妮几次交锋，都败在了三妮的手下，他看到三妮就心里打怵。现在，他眼睁睁地盯着胸前那一把闪着寒光的杀猪刀，不由得瑟瑟发抖。他虽然有一肚子的恶气出不来，但是，让他与三妮玩命，他还没有那个胆量和勇气。他不由自主地向后退了一下，吼叫起来："小帆是我女朋友，你……吃饱撑得，狗拿耗子，多管闲事！"

刘小帆大声骂道："尹小强，你胡说八道，谁是你女朋友啊！你欺骗我，强奸我，还给我下了毒，我要去告你！"

这时候，一个中年男人大声喊叫着跑过来："谁也不能在这里动手，这是我的店，出了人命，我可担当不起！你们有本事，到外面去打！"

看来，这个店老板在这群人中很有权威。他们闪开了一条道，眼睁睁看着三妮抓着刘小帆走了出去。

来到大街上，刘小帆痛哭流涕地说："姐，我对不起你。以后，我一定听你的话，你让我干什么，我就干什么，绝对不会再惹你生气。姐，你放开我的胳膊吧，我再也不会离开你。"

看到刘小帆那可怜兮兮的样子，三妮心里一阵阵发酸，不由得松开了刘小帆的胳膊，说："小帆，你赶紧跟我回家，你爸爸找你找得好苦啊。"

刘小帆急忙问："我爸爸现在在哪里啊？"

三妮急忙说："他现在在另外一个城市里找你。小帆，自从你离家出走以后，你爸爸和我一直在四处奔波，到处找你。"

刘小帆听了，不停地抹眼泪。

三妮急忙劝道："小帆，你不要再哭了，知错改错就可以了。"她想了想，问道："小帆，你还没有吃饭吧？我们俩找个饭店，去吃饭吧？"

刘小帆想了想，说："姐，前面有个饭店很干净，我领你去。"停了会，她又说："姐，你胆子也太大了。你不了解那些人，他们都是地痞流氓、亡命之徒，什么事都能干出来。看到你出现在那种地方，我差一点被吓死。"

三妮没有想到，刚才发生的事，结局如此顺利。现在，终于找到了刘小帆，她心里的一块石头落了地，有说不出的轻松和愉快。

三妮十分高兴。她感到，今天的天气好像突然暖和了，就仿佛来到春天，御寒的棉衣再也裹不住女孩子们的青春靓丽。大街上，时尚又有个性的长靴、短裙、大衣、小袄，映着张张娇颜粉面，尽展青春风采，丝毫不见笨重。窈窕依然窈窕，活泼更显活泼，构成了一道亮丽的风景线……

三妮浮想联翩着，不知不觉来到了一个小学校的大门前。正巧赶上放学时间，大门前人山人海，被学生们和前来接孩子的人们挤得水泄不通。她突然发现身边的刘小帆不见了，急忙大声喊叫。刘小帆在人群的那一边大声喊叫："姐姐，我没有办法跟你回去了，你不要再找我了，赶快回家吧。姐姐，我对不起你，你忘了我吧！"

本来就很拥挤的人群，刚才被刘小帆连冲带撞，马上就炸了锅，乱成了一团。等到三妮挤过来，早就没有了刘小帆的踪影。三妮顿时明白了，她被刘小帆欺骗了。她垂头丧气地蹲在马路边，伤心痛苦地哭了起来。

……

第二十八章　养精蓄锐 国内游玩

秋高气爽，天高云淡。大妮和童军告别观海，高高兴兴地踏上了旅途。

大妮和童军长这么大，除了从老家来到观海打工，再也没有去过别的地方，更没有想过要到外地游玩。为了这次游玩，他们俩商量了好几次，也犹豫了好几天。出去游玩，当然是他们俩梦寐以求的事。但是，他们俩心疼的是要花钱。他们俩挣来的那点钱，都是用汗水换来的，来之不易，花起来心疼。大妮刚刚出院，身体还没有完全康复，还需要休息疗养一段时间，不能马上开餐馆。他们俩商量来商量去，最后还是狠了狠心，决定劳逸结合，养精蓄锐，趁着还没有开餐馆，出去游玩一次，也潇洒一把，游玩回来，再接再厉，再创佳绩。

他们俩游玩的第一站是北京。他们俩第一次来到首都，兴奋得不得了。他们俩在天安门广场观看了升国旗仪式和人民大会堂，然后进了午门，来到了紫禁城。哇！展现在他们俩眼前的是宽阔的广场，对面是气魄宏伟、规划严整、无与伦比的金銮殿。

"啊，终于亲眼看见皇帝的家了，太雄伟壮观了，太令人震撼了！"童军赞叹不已。

大妮兴致勃勃地看着眼前的壮观景象，笑吟吟地说："弟，这就是太和殿，也叫金銮殿，先后有二十四位皇帝在这里登基和举行大典，它是紫禁城中等级最高、面积最大、最为神圣的地方。它高三十五米，面积两千三百多平方米，其中，它的汉白玉石雕基座就高八米。"

童军听了，十分惊奇地问："老婆，你怎么知道这么多啊？"

大妮嫣然一笑，高兴地说："我小的时候在电影中看见过紫禁城，一直想亲眼看看皇帝居住的地方，为此，我里买了一本专门介绍故宫的书，所以知道一点点。"

沿着雕刻着栩栩如生盘龙图样的台阶，大妮和童军迫不及待地走进了金銮殿，眼前顿时一亮，惊叹不已。哇！这就是如梦如幻的人间天堂，这就是金碧辉煌的童话世界，这就是富丽堂皇的琼楼玉宇！他们俩全神贯注地观看着皇帝的龙椅和"正大光明"的匾牌，围绕着这把龙椅和这块牌匾，所发生的那些惊心动魄的宫廷秘史，又如往事般一幕幕浮现在脑海里，顿时心潮起伏，感慨万千……

大妮和童军兴高采烈地来到后宫，仔细观看着皇帝的寝宫和大婚时的洞房，以及那些价值连城、数不胜数、令人眼花缭乱的稀世珍宝，感到无比自豪和骄傲。

童军突然愤愤不平地说："皇帝腐败得有点太过分了！"

大妮不明就里，忙问："怎么了？"

童军气呼呼地说："姐，你看看皇帝的那个洞房，金屋藏娇，太腐败了。你再看看那个金发塔，为了专门存放皇太后生前梳落的头发，竟然用三千两黄金打造而成，还镶嵌着这么多宝石，腐败得触目惊心，要是发生在当今社会，肯定要判刑坐牢。"

大妮笑吟吟地调侃道："人家是真龙天子，你管得着吗？我很同情他们，感到皇帝和皇后挺可怜的。"

童军忙问："为什么？"

大妮笑嘻嘻地说："皇帝当了那么大一个官，卧室里连暖气空调都没有，床上连个席梦思床垫都没有，硬邦邦的，多难受啊，多遭罪啊！"

童军听了，不由得笑了起来。

大妮和童军说说笑笑，来到了御花园，这是皇帝和皇后以及宫女们茶余饭后休闲游玩的地方。御花园的面积虽然不算很大，古柏老槐与奇花异草，以及星罗棋布的亭台楼阁和纵横交错的花石子路，使得整个花园既古雅幽静，又不失宫廷的大气。他们俩流连忘返，久久不忍离去……

清晨，太阳刚刚升起的时候，大妮和童军来到长城脚下。抬头望去，那高高的台阶，蜿蜒曲折，仿佛是一条通向蓝天的云梯，又好像一条巨龙横卧在绵延起伏的山峰上。

大妮和童军手拉着手，一步一个台阶地往上冲，把为数不多的游人远远甩在了后面。

他俩兴高采烈地攀登着，观看着，很快就来到八达岭长城的最高点——好汉坡。大妮大口大口地呼吸着新鲜空气，兴奋得又蹦又跳，不停地呼叫着："啊——长城——我来了！"

站在好汉坡上，举目眺望：崇山峻岭，群峦耸立，雄奇险峻，连绵不断，气势磅礴。长城犹如一条飞舞的巨龙，昂首摆尾，欲腾空而起，咆哮着向天空飞去。

向东远眺，一轮红日给山川大地和腾云驾雾的长城披上了万道彩霞，天地之间变成了一个五彩缤纷的梦幻世界。向西望去，大地绿茵萋萋，水库波光闪闪。极目南面，北京城内的高楼大厦，千姿百态，无边无际。放眼北方，如烟

第二十八章　养精蓄锐　国内游玩

如云的高山峻岭中，公路和铁路如线如网，消逝在绵延曲折的群山峻岭中。

大妮无数次听别人讲起过长城，也多次从电影中看到过长城，还在梦中登上过长城。今天，她终于站在了长城之上。她被这古老、庄严、雄伟的天下奇观震撼了。她被长城内外的壮丽河山、万千气象和绚丽景色感动了。她心潮澎湃，浮想联翩，激动地流下了泪水……

童军兴奋得手舞足蹈，放声欢呼着："我——是——好——汉——了……"他情不自禁地抱起大妮，飞快地旋转起来。

"放下……快放下……你疯了！"大妮轻轻地捶打着童军，大声喊叫着。

童军抱着大妮，在她脸上使劲亲吻了几口："亲爱的，你应该为我高兴啊，从现在开始，我就是好汉了。"

"你臭美，你成了好汉，我成了什么了？"

童军不假思索，脱口而出："你是孟姜女。"

大妮秀眉一蹙，嗔怪地瞪了他一眼，嘴唇抿了抿，鼓起腮帮气呼呼地清唾道："呸……乌鸦嘴，谁是孟姜女啊，不吉利。"

童军马上反应过来，大声喊道："亲爱的……你是我的好老婆，我们俩永远健康，万寿无疆，一生一世不分离！"

大妮忍俊不禁，扑哧一声笑出来："油腔滑调，没脸没皮。谁是你老婆啊？我是你姐姐。"

童军继续拍马屁："对……应该叫姐姐老婆，老婆姐姐。"

大妮红着脸白了童军一眼："小滑头，姐姐就是姐姐，不要和老婆扯在一块。"

童军就坡上驴："姐姐，你真的是我的好姐姐，我爱你，我要好好地亲亲你。"他看到附近没有人，一把抱起大妮，急匆匆来到烽火台的一个角落处，迫不及待亲吻起来。

大妮担心别人看见，急得直跺脚。她挣脱了足足五多分钟，才把嘴唇解放出来，气喘吁吁地说："小馋猫，小坏蛋，你不怕别人看到啊？你别在这里丢人现眼了。"

童军紧紧地把大妮挤在墙角里："亲爱的，我看过了，附近没有人，你就放心吧。这是难能可贵的地方，这也是不可多得的机会。我要在这里好好地亲亲你，留下我们相亲相爱的见证，留下美好的纪念和回忆。"

……

游览完北京，大妮和童军马不停蹄地来到泰山。他们之所以这么匆匆忙忙，是因为他们没有过多的时间游玩，他们要急着回去开餐馆挣钱。

中午，两个人急急忙忙吃完饭，来到了泰山脚下。极目远望，大妮被眼前美丽壮观的景色惊呆了。群山峻岭，云雾缭绕，起伏连绵。奇峰突兀，雄伟挺拔，高耸入云。漫山遍野的苍松翠柏，郁郁葱葱。

大妮和童军一路观看，一路惊叹。他们俩来到十八盘，展现在眼前的是雄伟壮观、气势磅礴的天梯。那一千六百多级陡峭的台阶，弯弯曲曲地盘旋着飞上了云端，好似一条白色的带子从天而降。两边悬崖峭壁，云遮雾罩。大妮看了，既振奋，又胆怯。她紧紧地抓住童军的一条胳膊，不敢放松。

大妮站在海拔一千五百米的南天门上，感慨万千，心潮澎湃。南天门，架在两个山峰的连接处，像是在天上，是天宫的大门。远处，一眼看不到边的崇山峻岭，像是云海中的一个个小岛。近处，云雾在山腰飘来飘去。脚下，万丈深渊，惊心动魄。这时的大妮，感觉自己已经飘飘欲仙，来到了传说中的仙境——南天……

他们俩手拉手来到天街，走进一家小饭店，点了两瓶啤酒和两份泰山特色小吃。二人填饱肚子，然后继续游览。

夕阳西下，他们俩登上了泰山的顶峰——玉皇顶。放眼望去，那无边无际、飘浮在云雾中的大大小小的山峰，都被踩在了脚下。美丽的梦幻般的晚霞，把天地间打扮得多姿多彩，金光闪闪。那形态各异、瞬息万变、五颜六色的云朵，有的像万马奔腾，有的像神牛角斗，有的像凤凰展翅，有的像孔雀开屏……站在这五岳独尊、昂首天外的神圣地方，置身于这梦幻一般的仙境，大妮和童军心旷神怡。

晚上，他们俩住进一家小旅馆。虽然条件一般，但是还算干净。泰山顶上，气象瞬息万变，夜里奇冷。

第二天天不亮，两个人来到观日峰，抢了一个极佳位置，静静地观望着苍茫茫的东方。刺骨的寒风像刀子一样，不停地扑打过来。置身于云雾缭绕之中，大妮冻得开始打冷战。童军解开外衣，把她紧紧地裹在怀里。

童军亲了亲大妮的脸蛋："老婆，我听好多人说，在泰山看日出，不是那么容易，要有好运气。有的人来过很多次，也没有看到日出。"

大妮掐了一下童军："小屁孩，你别那么没有信心好不好。我是谁啊，我和一般的人不一样，我的运气和福气比他们好。我大老远跑来了，有泰山老奶奶保佑我，肯定能看到日出，你就跟着我占便宜吧。"

童军连连点头："那是，那是。谢谢老婆！"

大妮又掐了一下童军，然后噘着嘴说："小笨蛋，我跟你说过多少次了，不要整天把'老婆'两个字挂在嘴上，让别人听见，多难为情啊。"

童军急忙使劲抱了抱大妮，在她脸上亲了几口："对不起……老婆，今后不敢了。"

这时，灰蒙蒙的东方天边出现了一绺灰白色的亮带，渐渐地变成了暗红色、淡红色、橘红色、紫红色……天地之间慢慢裂开了一条裂缝，变得越来越长、越来越宽、越来越亮……忽而丹，忽而黄，忽而品红，忽而绛紫……各种色彩

第二十八章　养精蓄锐　国内游玩

不停地组合着、变幻着、流动着……

"看……太阳出来了!"随着大妮的呼叫,晨曦中突然泛出一轮金黄色的、鲜嫩的日弦。紧随着几道霞光射向天空,一个巨大的燃烧着的火球慢慢地、羞羞答答地、躲躲闪闪地跃出了地平面,冉冉升起。瞬间,天地之间云霞雾霭相映,岚光宝气闪烁。天上,霞光万道,金碧辉煌,彩云灿灿。下边,云海茫茫,波涛万顷,色彩斑斓。大妮和童军置身于这梦幻一般的世界,兴奋得又喊又叫……

他们恋恋不舍地告别了观日峰,来到碧霞祠。一路上大大小小的庙宇香烟缭绕,诵经之声不绝于耳。他们俩怀着最崇敬、最真诚的心情,给泰山老奶奶进香磕头,许了愿。

出了碧霞祠,童军见身边没有别人,悄悄地问大妮:"你许的是什么愿啊?"

"泰山老奶奶是天地间最慈悲最灵验的神仙,我请求她老人家保佑你和我还有两个妹妹平平安安。"大妮接着问:"你许的是什么愿?"

童军笑眯眯地回答:"你猜一猜。"

大妮白了他一眼:"去你的,不懂事。在这神圣的地方,许这神圣的愿望,怎么能随便猜啊?"

童军趴在大妮耳朵上小声道:"我求泰山老奶奶保佑你给我生个大胖小子。"

大妮脸上顿时飞起一片红霞,她轻轻刮了一下童军的鼻子:"美得你!"

……

人们都说:"桂林山水甲天下。"大妮和童军恋恋不舍地告别了泰山,兴致勃勃地来到了广西桂林。

第二天早上,大妮和童军乘坐着一条小木船,慢悠悠地荡漾在漓江上,观赏晨雾中的桂林山水……

漓江两岸,云雾缭绕,像蒙上了一层轻纱,显得那么朦胧和神秘……漓江就好像一条绸带,在山峰间蜿蜒盘旋,若隐若现。两岸的悬崖峭壁和奇峰怪石,就像一座座惟妙惟肖、精妙绝伦的屏风,也像一条条美丽的彩带,从云遮雾罩的天空中飘落下来,呼之欲出,目不暇接,令大妮和童军拍案叫绝,惊叹不已。

小木船在碧波荡漾的江面上轻轻地飘荡着……突然,太阳出来了。天空中,霞光万道,瑞彩千条,精彩绝伦。江面上,波光粼粼,五彩缤纷,美不胜收。两岸的层峦叠嶂,千岩万壑,五颜六色,绚丽多彩,应接不暇。此时此刻,他们俩就好像在观看一幅充满诗情画意的美丽画卷,也好像置身于美妙的童话世界。

大妮和童军乘坐着小木船,顺江而下,从桂林到阳朔,在一百六十里漓江水路上,一路山光水色,满眼都是鬼斧神工、活灵活现、栩栩如生的画山绣水。他们俩兴高采烈,如痴如醉地观赏着大自然的千古杰作。

大妮和童军一边观赏着眼前迷人的美景,一边时不时地看一看介绍桂林山

217

水的宣传册，与上面的介绍对照一番，情不自禁地指指点点，比比画画，心潮澎湃，感慨万千，不由自主地陶醉了！

大妮兴奋地笑逐颜开，手舞足蹈，激动地说："我的天啊，船在水上漂，人在画中游，这是名副其实的天堂仙景啊！"

童军高兴地眉开眼笑，乐呵呵地说："那是当然。宣传册上说，桂林凭着'山青、水秀、洞奇、石美'四绝，享有'桂林山水甲天下'的美誉。今日一看，果然名不虚传，真的是不虚此行啊。"

大妮笑呵呵地说："我出生在大山里，自幼经常攀登老家的那些山。来到观海市打工，又经常观看大海岸边的那些山。昨天，又刚刚游览完高大雄伟的泰山。但是，眼前的这些山，与我以前看到的那些山不一样，别有一番风趣。"

童军笑呵呵地说："老婆，你说说，有什么不一样啊？"

大妮瞪了他一眼，嗔怪道："明知故问，你自己看吧。"

他们俩放眼望去，赞不绝口，叹为观止……

这里的山是那么奇怪，一座座拔地而起，各不相连，像老人，像巨象，像骆驼……奇峰罗列，形态万千，千奇百怪，随着你的想象，可以变幻成各种各样神奇的物件，每一座山都有一个美丽的传说和精彩的故事。

这里的山是那么秀丽，沿江两岸攒聚的怪石奇峰，千姿百态，妩媚多娇，秀丽壮观，峰峰都是那样玲珑剔透，像翠绿的屏障，像新生的竹笋，像漂亮的翡翠，像美丽的宝石……色彩明丽，倒映水中，美妙绝伦。

这里的山是那么险峻，危峰兀立，怪石嶙峋，有的像摇摇欲坠，有的像岌岌可危，有的像危在旦夕，有的像天马腾空欲飞，有的像金蛇狂舞，有的像一不小心就会栽到下来……令人心惊肉跳，提心吊胆。

大妮和童军坐在小木船上，望着一座座向后移动的山峰，看着涟漪缓缓荡漾，行驶在这无边无际、巧夺天工、栩栩如生的画卷中，激动地热血沸腾，赞叹不已。

大妮低头瞧一瞧漓江的水，笑眯眯地说："我见过风平浪静的河水，也见过波涛汹涌的海水，这是第一次看见漓江的水。漓江的水美得醉人，美得不可思议。"

童军微笑着问："老婆，你说说，怎么个不可思议啊？"

大妮又瞪了他一眼，笑嘻嘻地说："你又在明知故问，我知道也不会告诉你。你要是想知道，就聚精会神、全神贯注地自己看吧。"

漓江的水是那么绿，仿佛是一块块无瑕的翡翠，时而是深沉的墨绿，时而是沉默的翠绿，时而是傲气的嫩绿，时而则是活泼的浅绿；漓江的水是那么静，静得让你感觉不到它在流动；漓江的水是那么清，清得可以看见江底的沙石。船桨激起的微波扩散出一道道水纹，才让你感觉到船在前进，岸在后移，就像

第二十八章　养精蓄锐　国内游玩

飘荡在一幅美妙绝伦的流动着的画卷里，充满了浪漫和诗情画意。水如镜面一般，倒映着江边的山。水上是山，水下也是山，就好像一幅迷离的山水景色画。这样的山围绕着这样的水，这样的水倒映着这样的山，再加上空中云雾迷蒙，山间绿树红花，江上竹筏小舟，真可谓"舟行碧波上，人在画中游"。

这般的山，这般的水，这般的风景，同时涌进了眼睛和心田，大妮和童军仿佛走进了连绵不断的山水画卷里，也仿佛来到了如梦如幻的童话世界，心旷神怡，如痴如醉，飘飘欲仙，恋恋不舍……

不知不觉，小木船儿渐渐漂荡进了阳朔境界，江上的景色越发奇丽。两岸都是悬崖峭壁，那些累累垂垂的石乳一直浸到江水里去，像莲花，像海棠叶儿，像一挂一挂的葡萄，也像仙人骑鹤，乐手吹箫……江岸两边常年碧绿的凤尾竹，随风摇曳，婀娜多姿，宛如向大妮和童军招手示意。

此时此刻，大妮和童军好像忘记了自己是在漓江上，觉得自己仿佛走进了一座极其珍贵的美术馆，到处陈列着精美无比的石头雕刻……

大妮眼前一亮，情不自禁地赞叹道："啊，桂林山水甲天下，阳朔山水甲桂林，更有仙境在前头！"

……

"请到天涯海角来，这里四季春常在，海南岛上春风吹，好花叫你喜开怀……"伴随着这甜美欢快的歌曲，大妮和童军来到了三亚，走进了天涯海角游览区。

步入正门，眼前是一望无际的大海。空中，蓝天白云，阳光明媚。海上，烟波浩瀚，帆影点点。沙滩上那一对拔地而起的巨石上，分别写着"天涯""海角"四个字。二石之左，有一巨石，大有擎天之势，上刻"南天柱"。大妮和童军抚摸着巨石，确实有置身于天之涯、海之角的真切感受。

连绵不断的海滩上，奇石林立，有的像猛虎，有的如海龟，有的似青蛙，还有的若野猪，千姿百态，栩栩如生。

大妮和童军在洁白无瑕、柔软如絮的沙滩上，兴高采烈地游玩着。来到一块刻有"情定天涯海角，相爱白头到老"的巨石旁，拍完照片，童军旁若无人，抱住大妮就吻。

大妮羞红满面，急忙推开童军："滚！人来人往的，你不怕丢人现眼啊？"

童军挤眉弄眼，鬼头鬼脑地笑着，小声道："这里是男女青年定情的风水宝地，也是情人们的人间天堂，我们俩不留下一点纪念，太可惜了。"

第二天一早，大妮和童军来到亚龙湾。一进大门，他们就陶醉在了这如诗如画的美丽景色之中。

这是一个八公里长的半月形的海湾。蓝蓝的天空，明媚温暖的阳光，温柔的海风，清新湿润的空气，连绵起伏的青山，形态各异的岩石，原始幽静的红树林，波平浪静的海湾，清澈透明的海水，洁白细腻的沙滩。在一眼望不到边的海岸线上，椰影婆娑，生长着众多奇花异草和原始热带植被。在造型奇特、各具特色、美轮美奂的建筑物点缀下，整个亚龙湾如一颗璀璨的明珠，更加风情万种，光彩照人。

夜幕降临，大妮和童军坐在白如雪、软如棉、细如面的沙滩上，一边喝着啤酒，一边欣赏夜景。

岸边灯火辉煌，海面上波平浪静，清新湿润的暖风扑面而来。五颜六色的霓虹灯映照在水面上，多姿多彩，色彩斑斓。墨蓝墨蓝的天空中，一颗颗小巧玲珑的不停地眨着眼睛的星星，亮着淡淡的光，似无数钻石，镶嵌在一块硕大的蓝宝石上。在群星的簇拥下，一轮圆月像一位羞羞答答的少女，用白纱遮住自己秀美的脸庞，慢慢地走上天幕。一开始，她的颜色很浅，还带着一圈淡淡的、万般娇态的红晕，接着，变得深起来，发出的光芒越来越亮。最后，她像一个巨大的盘子，高高地挂在深蓝色的夜空中。她那柔和的光芒，犹如一块漂亮透明的白纱，笼罩在大海上，是那么迷人，是那么神秘和美丽，令人陶醉。

大妮全神贯注地注视着月亮，好像看见了美丽的嫦娥正坐在桂花树下，遥望着美好的人间，思念着亲人。月亮离她太近了，仿佛她一伸手便可以把月亮摘下来。月亮太圆了，圆得似乎要凸出来。她被这美妙的景观陶醉了，不由得发出感叹："啊，这里的月亮太美了，这里的夜景太漂亮了！"

童军把大妮抱在怀里，高兴地说："老婆，我感觉这里的月亮特别亮，亮得清纯，亮得透明。"

"弟，这里美得像天堂。以后，我们俩有了钱，每年都来这里玩几天。"

"那是当然，明年抱着咱们的大胖小子一块来。"

"小坏蛋，你一个年轻小伙子，整天把大胖小子挂在嘴上，也不怕丢人现眼。"

"老婆，这怎么能叫丢人现眼呀？这是传宗接代，光宗耀祖，也是为四个现代化建设创造生产力。"

"你又在胡诌八扯。"

第二天上午，大妮和童军来到了海底世界。他们俩兴致勃勃地乘坐着海底游览船，像潜水员一样，欣赏海底那神奇美妙的景观。

奇形怪状、五颜六色的硬珊瑚和软珊瑚，有的像龙角，有的像花朵，争奇斗艳。

形态各异、千奇百怪、大大小小的鱼类，在蔚蓝透明、清澈见底的海水里和珊瑚间游来游去，追来追去。

一条两米多长的像蛇一样的鳗鱼，在珊瑚洞里鬼鬼祟祟地钻来钻去，探头探脑，就好像在捉迷藏。

一条石斑鱼不紧不慢、悠闲自得地游了过来，好像在高高兴兴地和大妮打

着招呼。

一只相貌丑陋的大章鱼，飞快地游过来，好像受宠若惊，迎接大妮的到来。

摇曳多姿的植物，五花八门的贝类，花枝招展的海葵，婀娜多姿的海草，多姿多彩的水母，色彩斑斓的海星，憨厚笨重的海龟，威风凛凛的龙虾，张牙舞爪的螃蟹，小巧可爱的小丑鱼，五彩缤纷的蝴蝶鱼……大妮看得眼花缭乱。

大妮和童军恋恋不舍地告别了海底世界，兴高采烈地来到了蝴蝶谷。一进门，他们俩就被蝴蝶谷的景色陶醉了，直到太阳已经落山，才恋恋不舍地离开蝴蝶谷，回到了旅馆里。

日有所思，夜有所梦。夜里，大妮做了一个梦。梦中，她和童军变成了象征爱情忠贞不贰、天长地久的一对玉带凤蝶，在空中自由自在地比翼双飞着……

他们俩在空中盘旋着，兴致勃勃地游览完亚龙湾，然后飞到了蝴蝶谷，落在蝴蝶谷大门口那一棵大树上，一边歇息，一边兴致勃勃地观赏着……

四周，群山峻岭连绵不断。蝴蝶谷内，云雾缭绕，清爽幽静。漫山遍野的龙血树、厚皮树和争奇斗艳的鲜花野草，把整个山谷打扮得郁郁葱葱，五彩缤纷。小桥流水，一步一景色，一步一回头。溪流潺潺，瀑布、温泉密布。鸟语花香，虫唱蝉鸣。大大小小的彩色蝴蝶，迎着霞光，自由自在地翩翩起舞。树叶上，花朵上，草丛中，有的蝴蝶在歇息，有的蝴蝶在戏闹……

时间不长，最娇贵的金斑喙凤蝶、最大的金裳凤蝶和最小的福来灰蝶，前来迎接他们俩，他们俩欢快地飞进山谷，加入到姐妹们的行列之中。

……

第二十九章　二妮订婚　新房初吻

上一次，常健在海上王宫大酒店设宴，为二妮过生日，二妮特别高兴，不知不觉就喝醉了，吐得一塌糊涂。二妮醒酒以后，发现自己赤身裸体地躺在床上，以为常健乘机占了她的便宜。经过常健耐心解释，终于发现误会了常健，她后悔莫及。自从发生了这件事以后，二妮对常健更是敬重有加。常健的影子渐渐地在她的脑海中扎了根，再也抹不掉，赶不走。

这一段时间，围绕着是否嫁给常健这个问题，二妮一直在苦思冥想，犹豫不定，也一直在纠结着。有的时候，她下决心不再想这一件事。但一转身，常健的影子又马上浮现在脑海里。为此，她整天心烦意乱，坐立不安，感到很累，也很苦闷。这件事到底怎么办啊？她决定马上找姐姐商量，让姐姐给拿个主意。

自从遭到黑老板强暴以后，二妮多么想趴在姐姐的怀抱里痛哭一场啊，把满肚子的愤怒、冤屈和苦水，全都倾吐出来。但是，她担心姐姐接受不了这个残酷的现实，也不想再给姐姐增加痛苦和负担。所以，她一直忍着悲痛，始终没有给姐姐透露半个字。随着时间的推移，她越来越不愿意再揭开这个血淋淋的疮疤，让她和姐姐的心里再次受到创伤。

自从常健第一次向二妮求婚以后，二妮就恨不得马上跟姐姐说说，让姐姐给参谋参谋，分析分析，拿个主意。但是，她没有这样做。原因是，提起常健的事，必然会拔出萝卜带出泥，牵扯到黑老板。她不想因为说起常健向她求婚的事，把黑老板强暴她的事扯出来。其次，常健到底是个好人，还是个罪人，她到底能不能嫁给常健，她自己都没有想清楚弄明白，一直在犹豫不决和举棋不定，对姐姐更是说不清道不明。另外，她还担心姐姐接受不了常健这个人，坚决反对她与常健的婚事，使她没有回旋的余地。所以常健向她求婚的事，她一直守口如瓶，至今没有告诉姐姐。

现在，二妮再也控制不住自己的情绪了，再也管不了那么多了。不马上把心中的悲伤痛苦和愤怒冤屈倾诉出来，她就会憋死。不马上让姐姐拿个主意，她就没有办法再去面对常健。

第二十九章 二妮订婚 新房初吻

这是狂风暴雪过后,阳光明媚的一天中午。

肆虐了整整一天一夜的狂风暴雪,终于停了下来。大地上,银装素裹,粉妆玉砌,晶莹剔透,分外妖娆,一派瑞雪兆丰年的景象。经过这一场狂风暴雪的摧残和折磨,大地上的一切,都得到了一次洗礼、更新和升华。害虫死亡了,鲜花凋谢了,小草枯萎了,树叶凋零了。阳光更加明媚了,天空更加湛蓝了,青松更加苍翠了,梅花更加芬芳了,就连人们的脸蛋上,也变得更加美丽漂亮和阳光灿烂了。

一望无际的大海,风平浪静。海边游人不多,只有不远处一群少男少女在堆雪人、打雪仗,正玩得兴致勃勃,不亦乐乎。

二妮本来打算把大妮和三妮都约出来,因为三妮正在外地寻找刘小帆,她只能和大妮一个人出来。

大妮和二妮踏着吱咯吱咯响的积雪,沿着海边的沙滩,不紧不慢地向前走着。她们俩来到一个三面环山的海湾里,在一块大礁石旁边坐了下来。这里既没有刺骨的寒风,也没有别人的打扰,是一个幽雅恬静的小世界。

大妮若有所思,她把妹妹揽在怀里,忧心忡忡地说:"二妮啊,这样的天气,你把我叫出来,来到这么个地方,肯定有什么重要的事情要给我说。看你那闷闷不乐、愁眉苦脸的样子,是不是发生大事了?"

二妮再也忍不住了,眼泪哗哗地流下来,她扑在姐姐怀里,泣不成声地说起自己的遭遇……

听了二妮的哭诉,大妮不敢相信这是真的。她泪如雨下,抱着二妮说:"妹妹呀,你的命运太苦了,怎么遇到这样的事啊?妹妹呀,这样的人祸,为什么让我们姊妹俩都遇上了?苍天啊,你太不公平了,为什么这样对待我们姊妹俩呀?老天爷呀,你发发慈悲吧,快把那些丧尽天良的畜生,都天打五雷轰吧!"

姊妹俩抱头痛哭,那凄凄惨惨的声音和情景,令人心碎。哭累了,也骂累了,她们俩哽咽着,不停地擦着泪水,默默地坐在那里。

大妮与二妮有相同的遭遇,她很同情和理解妹妹。二妮遭遇这样的不幸,已经过去一年多了。这一年多来,她不但在悲惨耻辱中活了下来,而且在伤心痛苦中熬了过来。这一年多来,她心里流着血,眼里含着泪,拼命地学习唱歌,终于跻身于观海十佳青年歌手的行列。应该做的她都做到了,还能对她说什么啊?再劝说她,再开导她,再鼓励她,已经是多余的了。

现在,大妮心里只有内疚自责和追悔莫及。她恨自己太无能了,连自己的亲妹妹都保护不了,让她受了这么大的痛苦和委屈。她后悔自己疏忽大意,让二妮在洗浴城当清洁工。

沉默了很长时间,二妮又把自己和常健的事一五一十地说了出来。当二妮说到常健求婚的事,大妮一开始态度很坚决,不同意二妮嫁给常健这样的人。

不过，大妮冷静地考虑了一会，态度又开始松动了。她抽泣着对二妮说："妹妹啊，都是我不好。我没有尽到当姐姐的责任，没有看护和照顾好你，让你受了这么大委屈。妹妹啊，你的遭遇和我的遭遇一样。你现在的处境、难处和心情，我都理解。婚姻大事，关系到你一辈子，必须慎重考虑。再说，你年龄还小，不用着急，要慢慢来。"

在和姐姐说常健求婚的事之前，二妮早就预感到姐姐不会同意，她想听一听姐姐为什么不同意，也做好了慢慢地向姐姐解释的思想准备。愣了一会，二妮哭着说："姐，是不是答应常健的求婚，我听你的。不过，我想知道，你为什么不同意啊？"

大妮脸色凝重，沉思了一会，忧心忡忡地说："二妮啊，我之所以不同意你和常健的婚事，是因为他以前杀过人，坐过牢，有过女人。嫁给他这样的人没有安全感，会担惊受怕一辈子，别人也会在背后说三道四。再说，他比你大七岁，年龄上也不太合适。"

二妮听了，心潮起伏，哭着说："姐，你说的这些，我已经反反复复、苦思冥想半年多了。这半年多来，我一直犹豫不决，举棋不定，拿不定主意。这半年多来，我心里很苦闷，每当想到这件事，我就心烦意乱，坐立不安。"

大妮听了，陷入了长时间的沉思之中。常健是个什么样的人，常健的过去和现在，能不能嫁给常健，二妮已经冥思苦想半年多了，她应该很了解常健，也最有发言权。自己是个局外人，应该平心静气地听一听二妮的意见，尊重二妮的选择。大妮想到这里，说道："妹，我对常健不是很了解，刚才说的都是些表面现象。你和他已经交往一年多了，肯定比我了解他，你感觉他这个人怎么样啊？"

二妮耷拉着脑袋，很坦率地说："他正直善良，有正义感，有同情心，乐于助人。他以前杀过人，坐过牢，事出有因，不能全责怪他。在我最困难的时候，他满腔热忱地帮助了我，使我看到了希望，有了活下去的信心和力量，才走出了困境，才有了今天。所以，我很感激他。他不嫌弃我，不在乎我的过去。他真心关心我，真心爱我。他不花心，也不好色。在他的身边有很多貌美如花的女孩子，我从来没有发现他与这些女孩子有不正当的关系。"

大妮沉思了一会，又问道："二妮，你对常健以前有过女人，是怎么看的啊？"

二妮解释道："他以前有过一个女人，不能代表他的现在。"

稍停片刻，二妮又说："常健多次告诉我，他不想与违法犯罪活动沾上边，也不想在娱乐城这个花花世界工作，已经多次提出辞职。龙哥最近就要到观海来，他打算再次向龙哥提出辞职。不管龙哥同意还是不同意，他决定坚决离开娱乐城，去做别的事情。"

大妮听了，又沉思了半天，然后问道："二妮，你和常健发生关系了？"

第二十九章 二妮订婚 新房初吻

二妮摇了摇头,说:"没有,他很尊重我。"

大妮又追问:"你真想嫁给他?"

二妮愣了一会,哽咽着说:"姐,我……感觉嫁给他,值得。再说,我……现在已经不干净了。姐,我还能……怎么样啊?"

大妮再次追问:"你真不后悔?"

二妮哭着说:"姐,我现在不后悔。以后……以后的事,我也不知道。"

大妮看着悲痛欲绝的妹妹,流着泪着说:"妹妹啊,我们俩的命,为什么都一样苦啊!"

哭了一会,大妮擦干眼泪,语重心长地说:"妹妹啊,世上没有十全十美的事,也没有十全十美的人。我经历过了那么多风风雨雨,现在终于和童军走到了一起。在婚姻大事方面,我的感受比你更深。一个女孩子要嫁给谁,这是缘分,是命中注定的事,别人想拆都拆不开。二妮啊,你与常健相识这么长时间了,他向你求婚也这么长时间了,能不能嫁给他,你已经前思后想地考虑了这么长时间,也可以说已经深思熟虑过了,绝对不是心血来潮和草率行事。鞋合不合适,只有脚最知道。你和常健合适不合适,你心里最清楚。二妮啊,你现在已经是大人了。你自己的事,你自己做主,你自己说了算,我尊重和支持你的选择。"

大妮又考虑了很长时间,直截了当地说:"二妮啊,如果你确实想好了,决定嫁给常健,我同意你的决定。但是,有个前提条件:你必须向我保证,绝对不能让常健与违法犯罪的事沾上边。如果你没有把握让常健这样做,你必须快刀斩乱麻,马上与他一刀两断一了百了。"

二妮先是一愣,想了想,又一阵惊喜,然后破涕为笑,激动地说:"姐,你真好!我保证能让常健做到,绝不参与违法犯罪的事!"

大妮心事重重地说:"婚姻大事,来不得半点马虎,必须慎之又慎。二妮啊,你回去以后,再慎重地考虑一下。如果你决心已定,不再改变,你就给我打个电话。我请常健喝酒,顺便把几句话跟他说清楚。妹妹啊,我希望你能嫁给一个实实在在、安安稳稳与你过一辈子的常健,至于他的金钱、地位和以前的那些事,你都不要太在乎。"

二妮听了,激动得热泪盈眶:"姐,我一定按照你说的去做!"

大妮还是不放心,又嘱咐道:"妹妹啊,人这一辈子不可能一帆风顺,都是磕磕绊绊走过来的。过去的事就让它过去吧,别再去想它了。你一定要打起精神来,走好今后的路。你现在已经是大人了,还成了一名歌手,我相信你会处理好自己的事。"

在往回走的路上,大妮又嘱咐道:"妹妹啊,今后不管遇到什么问题,你都要及时告诉我,我好帮助你。"

......

三天以后的中午,大妮在海洋大酒店点了一桌酒菜,请常健赴宴。

入席后,大妮端起一杯啤酒,开门见山地说:"常总的情况和为人,二妮已经跟我说过了,我深感敬佩。我和我的妹妹,在这个城市里举目无亲,无依无靠,能遇到你这样的好人,实属幸运。在我妹妹遇到困难的时候,你挺身而出,大力相助,我和我的妹妹永世不忘。为了表达我的谢意,我敬你一杯酒。"说完,大妮和常健共同举杯,一饮而尽。

常健喝完一杯啤酒,微笑着说:"我虽然年龄比你大,但我和二妮是同事和朋友,如果随着二妮叫,我应该称呼你大姐。刚才,你过奖了,我实不敢当。遇到二妮这样的好女孩,谁都会喜欢她,谁都会关心帮助她。我所做的只是举手之劳,微不足道。"

大妮笑吟吟地说:"常总,你和二妮的事,我已经听说了。不过,我有点不明白。"

常健一愣,忙说:"请讲。"

大妮说:"二妮是一个从山沟里走出来的农村姑娘,没有父母,没有地位,没有钱财,没有学历,连个家都没有。常总仪表堂堂,年轻有为,前途无量。凭你的社会地位和个人条件,什么样的好女孩找不到啊?怎么能看得上二妮啊?"

常健直截了当地回答:"我看上的是二妮的人品,其他的,我都不在乎。"

大妮笑了笑,接着说:"我们中国人很传统,很看重女人的贞洁。一个失去了贞洁的女孩子,条件好的男人就不会再娶她。如果娶了这样的女孩子,别人会说三道四,一辈子就会背上沉重的思想包袱。这件事,不知道你是怎么想的?"

常健回答得很坦率:"我不看重这件事。我不在乎她的过去,我也不在乎别人说什么,我在乎的是她的现在。再说,我的过去很不好,有很多污点。你可能已经听说过了,我曾经有过一个女同学,我杀过人坐过牢。"

大妮脸色凝重,她盯着常健的眼睛,很严肃地说:"常老板,你过去的事,二妮已经跟我说了。我想知道,你真不在乎二妮与黑老板的事?"

常健连忙说:"我再说一遍,我不在乎这件事。二妮是受害者,那不是她的过错。娶她为妻,我一辈子不后悔。在我的心目中,她是世界上最纯洁、最漂亮的女孩子,能找到她这样的人生伴侣,是我三生有幸。"

大妮沉思了一会,郑重其事地说:"你和二妮的婚事,只要你们俩商量好啦,也拿定了主意,我没有意见。"

常健听了,眉开眼笑,激动地说:"谢谢大姐!"

大妮稍停片刻,又严肃地说:"不过,我有一个前提条件。"

常健听了，心里有点惴惴不安，急忙说："大姐，你尽管说，我一定按照你说的去做！"

大妮脸色凝重地说："我的妹妹不图你的地位，也不图你的金钱，只想平平安安过日子。你要是想与她结为夫妻，共同生活一辈子，你就不能与违法犯罪的事沾上边。"

常健急忙说："大姐，我向你保证，我绝对不参与违法犯罪的事！我也不愿意在娱乐城干，等龙哥来到观海，我马上辞职，改行做别的事情。"

大妮紧追不舍："这是真的吗？"

常健信誓旦旦地回答："绝不食言。"

大妮听了，眉开眼笑，笑盈盈地说："常总，我今天记住你这句话了，我相信你会言而有信。"稍停片刻，她接着说道："常言道，有缘千里来相会，有情人终成眷属。婚姻大事，是老天爷的安排，是命中注定的事。只要你们俩没有意见，你们俩的婚事，今天就算定下来啦！"

此时此刻，常健心里的一块石头终于落了地，他欣喜若狂，兴奋地说："谢谢你，谢谢大姐！"

大妮端起一杯啤酒，笑眯眯地说："我祝福你们俩美满幸福，白头到老！"说完，她与常健和二妮共同举杯，一饮而尽。

……

这天中午，常健找到二妮，交给她一串钥匙和一个房产证。二妮一愣，感到莫名其妙，急忙问："老兄，你这是要干什么呀？"

常健微笑着说："这是你的房子。"

二妮顿时坠入了云里雾里，一脸茫然和问号："我哪里有什么房子啊？"

常健笑眯眯地说："你看看房产证吧。"

二妮打开房产证一看，上面居然是自己的名字，更加一头雾水，摸不着头脑，急忙问："老哥呀，你在搞什么鬼呀？开什么玩笑啊？"

常健笑呵呵地说："白纸黑字，还盖着钢印和大章子，绝对不是开玩笑。"

二妮再次看了看房产证上自己的名字，想了想，又白了他一眼，然后羞赧地说："你这个坏家伙，想勾引我呀。"

常健嬉皮笑脸地说："这怎么能叫勾引啊？多难听呀，这叫诱惑，知道吗？"

二妮噘着嘴，羞答答地说："我现在住得很好，不需要房子。我知道你没安好心，处心积虑拉我下水。"

常健一本正经地说："狗咬吕洞宾，不识好人心。二妮，你总不能在娱乐城住一辈子吧，你总要有自己的房子、有自己的家吧。再说，我想有个窝，好娶你当老婆。"

二妮瞪了他一眼，说："臭美，谁是你老婆呀！"

常健乐呵呵地说:"对不起,应该叫你夫人。"他一边说着,一边不由分说地拉着二妮去看房子。

这是一套两室一厅的房子,面积虽然不是很大,但地处海边附近的黄金地角,装修得十分典雅。摆放的家具虽然不多,但都很精致。推开窗子,轻柔的海风扑面而来,呈现在眼前的好像是一幅惟妙惟肖的山水画……

太阳高高地挂在空中,海鸥在自由自在地飞翔。远远望去,蓝天和大海之间,大大小小的海岛时隐时现,几艘轮船在海面上游弋着。离海岸不远,耸立着一个郁郁葱葱的半圆形小岛。顶部有一白色建筑物,像一位少女在翩翩起舞。右边,漂浮在水面上的海上世界,像一个巨大的白色扇贝,似张非张着大嘴,呼唤着人们前来游玩。左边,海湾内,五颜六色的帆船,像一只只彩色蝴蝶,在风平浪静的海面上,自由自在地追逐着、飞舞着。眼下,海水浴场内,人头攒动。有的冬泳爱好者在海水里自由自在地游泳,有的游客在沙滩上兴致勃勃地玩耍……

二妮陶醉了,她如痴如醉地观赏着。"啊,太美了,这里美得像天堂!"她不由自主地赞叹着。

常健拍了拍二妮的肩膀头,问道:"怎么样,喜欢吗?"

二妮急忙问:"老哥,这房子到底怎么回事啊?"

常健笑嘻嘻地说:"这是我一个朋友的房子,一直空着,十五万元就卖给我了。价钱很便宜,和白送差不多。过户的时候,我把房产证改成了你的名字。"

二妮听了,心里一阵惊喜,白了常健一眼,说道:"这么大的事,你也不跟我说一声。再说,我哪里有这么多钱还给你啊?"

常健诡秘地笑笑,挤眉弄眼地说:"什么你的我的啊,什么钱不钱啊,我们俩已经订婚,都快成两口子啦。"

二妮愠怒地瞪着常健,含嗔带羞地说:"滚蛋,谁和你是两口子啊!"

常健大呼小叫着说:"二妮,这是你姐姐判的案子,她已经把你判给我了,你可不能耍赖皮不认账!"

二妮温柔地捶了他一下,噘着嘴说:"你胡说八道,我姐什么时间把我判给你了?"

常健乐呵呵地说:"上一次,在海洋大酒店,你姐就像一个大法官,盛气凌人地审判我,弄得我很尴尬,很郁闷,也很紧张。当时,我要是一不留神说错一个字,就会立马被判打光棍。真的谢天谢地啊,我时来运转,没有露出一点破绽和马脚,你姐就把你判给了我。"

常健边说边飞快地在二妮脸上亲了一下,接着说:"我以前以为你姐姐老实巴交,少言寡语。没有想到,她铜牙利齿,能说会道,比阿庆嫂还厉害。"

二妮轻轻地踢了常健一下,说:"不许损我姐。"

第二十九章 二妮订婚 新房初吻

两个人说说笑笑,打打闹闹,把每一个房间、每一件家具都仔仔细细看了一遍,然后,坐在了客厅里的长沙发上。

二妮郑重其事地说:"老哥,这房子确实不错,也很便宜,不买下来太可惜,过了这个村没有这个店,我十分感谢你!不过,亲兄弟明算账,这十五万元钱,不是个小数目,我什么时间还给你呀?"

常健把二妮揽进怀里,笑嘻嘻地说:"我们俩已经订婚了,还分什么你的我的啊。再说,我对钱不感兴趣,我关心的是你想怎么样感谢我。"

二妮娇羞地问:"你想要什么?"

常健盯着二妮的眼睛,一字一句地说:"嫁——给——我!"

二妮羞得满面通红,不由得低下了头,不一会又抬起头来看着常健的眼睛,羞答答地说:"老哥,你这步伐太快了,我有点跟不上,我……还没有准备好哪。"

常健听了,心里咯噔一下,急忙问:"怎么,你还没有考虑好?你还在犹豫不决,举棋不定?"

看到常健那紧张兮兮的样子,二妮面若桃花,羞羞答答地回答:"才不是。自从上次我姐姐与你谈话以后,我就决定要嫁给你了。老哥,说实话,你应该感谢我姐姐。"

稍停片刻,二妮又摇着头,羞涩地说:"没有办法呀,我命该如此,碰上你这么一个不三不四、不伦不类的东西。"

常健笑呵呵地说:"亲爱的,我是你心目中年青潇洒的白马王子,我是你情投意合、心满意足的丈夫,怎么能叫东西啊!"

二妮笑眯眯地说:"老王卖瓜,自卖自夸。"

常健总算盼来了这一天,心里乐开了花,高兴得差一点跳起来,他呆呆地看着二妮那桃花般的脸蛋,兴奋得语无伦次:"亲爱的,你……太英明了,太伟大了!我太幸福了,我……现在就想拥有你!"说着,他突然在二妮脸上亲了一口。

二妮满脸羞红,刮着常健鼻子问:"坏家伙,没羞没躁,你丢不丢人呀?你……"

没有等到二妮说完,常健紧紧地抱住二妮,迫不及待地在二妮的脸上、嘴上……亲吻起来。二妮情不自禁地回吻着,这是她的初吻。这正是:志同道合,两情相悦,水到渠成,男欢女爱。两个人轰轰烈烈地亲吻着,忘记了时间,也忘记了空间,是那么甜甜蜜蜜,是那么刻骨铭心。

……

第三十章 勇闯狼窝 三妮负伤

为了寻找刘小帆，三妮顶风冒雪，四处奔波，终于找到了刘小帆，把她从仙客来营救了出来。三妮欣喜万分，心中一块石头落了地。她做梦也没有想到，刘小帆竟然欺骗她，乘机跑掉了。三妮泪流满面，越想越伤心，越想越懊恼，越想越感到窝囊和委屈。

三妮是个打工妹，是一名保姆，与刘一鸣和刘小帆非亲非故。自从进了刘一鸣的家门，她像对待自己的家那样对待这个家，像对待自己的亲人那样对待刘一鸣和刘小帆，她已经做到了仁至义尽和问心无愧。她才比刘小帆大五岁。为了寻找和营救刘小帆，她历尽了千辛万苦，被逼得整天背着一把杀猪刀，和那些亡命之徒打交道，稍不留神就有生命危险。到头来，刘小帆不但不领情，还想方设法欺骗她。她出力不讨好，这是何苦啊？

难道就此撒手不管了，回到观海去？不能，绝对不能半途而废，前功尽弃！刘小帆年龄小不懂事，绝对不能与她一般见识，不能眼睁睁地看着她走绝路。再困难再危险，也要把她找回来。

三妮哭着，跌跌撞撞地来到了邮电局。她先给刘一鸣打电话，说明刘小帆的情况，让他赶紧过来。然后，她又给向小兵打通了电话。

"向小兵，你今天帮了我的大忙，我会永远记着你的情谊。等你到了观海，我一定好好地感谢你。"

"三妮，我们俩是朋友，你没有必要这么客气。告诉你，你去找刘小帆的时候，我并没有回避。我怕你与那些人打起来吃亏，就赶快叫来了仙客来的老板。你的一举一动，我都看得一清二楚。三妮，你太厉害了，真是女中豪杰，巾帼英雄，你把那么多人全都震住了，我佩服得五体投地！"

"向小兵，你不要夸奖我了。我是个傻瓜蛋，是个窝囊废，现在恨不得一头撞死。"

"三妮，怎么了？发生了什么事了？"

"刘小帆不愿意跟我回去，她欺骗了我。我一时掉以轻心，疏忽大意，让

第三十章 勇闯狼窝 三妮负伤

她乘机跑掉了。现在，我心烦意乱，火烧火燎，正在郁闷纠结着，不知道怎么办好！"

"啊，怎么会这样啊？她跑到哪里去了？"

"我也不知道。"

"那……怎么办啊？你……还是打道回府吧。"

"我绝对不会半途而废！"

"这……"

"向小兵，我估计刘小帆肯定去找尹小强。只要你盯住尹小强，就能找到刘小帆的下落。"

"我……"

"向小兵，我初来乍到，孤身一人，在这里无亲无故，孤立无援，只有你这个朋友。我现在已经走投无路，陷入绝境。你一定要见义勇为，挺身而出，帮我渡过难关。向小兵，我知道办这样的事，需要花钱。你放心，钱不是问题，需要多少你就花多少，我会再送给你。向小兵，患难见真情，我永远不会忘记你这个好朋友。我求求你了，拜托你了，你一定要帮帮我！"

"这……好吧。"

"向小兵，你放心，我绝对不会连累你。"

"三妮，朋友情谊大如天。为了你的事，我肝脑涂地，在所不惜。我现在就去查，一有消息，我马上打电话通知你。"

……

打完电话，三妮摇摇晃晃地回到自己住处。她头昏脑涨，四肢无力，一头栽在床上，再也爬不起来了。

为了寻找刘小帆，三妮含辛茹苦，已经奔波了十多天。她吃不好，睡不好，每天马不停蹄，已经精疲力竭，再加上没有带棉衣，饥寒交迫，身体再也挺不住了。她病倒了，开始发高烧。此时此刻，她多么想好好地睡一觉啊。但是，她不敢睡觉，她要等着向小兵的消息。时间过得真慢啊，就好像停止了。她模模糊糊地感觉到，窗子外面好像刮起了大风，还下起了大雪。

现在，三妮满脑子都是刘小帆的影子。刘小帆现在跑到哪里去了？她如果已经离开了这个小县城怎么办啊？刘小帆如果躲藏起来，再也不出头露面怎么办啊？如果再次找到了刘小帆，她还是不回去怎么办啊？刘一鸣现在到哪里了呀？他如果不能及时赶过来怎么办啊？向小兵会不会耍滑头呀？……

现在，三妮满脑子都是问号，深深体会到了单枪匹马、孤立无援、叫天天不灵、叫地地不应的滋味。她昏昏沉沉地发着高烧，迷迷糊糊地躺在床上，越想越害怕，越想越心烦意乱，不知不觉就迷迷瞪瞪地睡着了。

三妮做了一个噩梦，吓出了一身冷汗，突然惊醒了。她睁开眼睛一看，天已经蒙蒙亮了。窗子外面，灰蒙蒙的，狂风呼啸，大雪纷飞。看来，这漫天飞舞的大雪，已经纷纷扬扬地下了整整一夜，一时半会还停不下来。地上、房子上、对面的山上，被厚厚的积雪包裹起来，天地之间变成了一个洁白的银色世界。

窗子外面的那一棵大树上，垒砌在树权上的乌鸦的巢，被狂风吹得摇摇晃晃，岌岌可危。突然，一只乌鸦从寒巢中冲出来，嘎嘎地哀鸣两声，绕树三匝，无所栖依，凄凄惨惨戚戚，向远处飞去。

这是入冬以来的第一场雪，来得这么突然，又下得这么大。一夜之间，冰封大地，银装素裹。这突如其来的剧烈降温，使三妮措手不及。她现在发着高烧，又没有棉衣，这可怎么办呀？要是这场大雪没完没了地下，怎么去找刘小帆啊？向小兵怎么还没有来消息啊？三妮心急如焚，坐立不安。

不一会，宾馆服务员来敲门，要三妮去服务台接电话，电话是向小兵打来的……

"三妮，我已经查清楚啦，刘小帆和尹小强现在住在长途汽车站旁边，一个叫夜来香的家庭旅馆里，可能很快就要离开那里，你必须马上采取行动。"

"向小兵，谢谢你，我马上赶过去！"

"三妮，作为朋友，我必须提醒你，尹小强现在和他的同伙住在一起，都是亡命之徒和地痞流氓，那里是个狼窝，你千万不要一个人去冒险！"

"我知道啦，谢谢你的好意！"

接完向小兵的电话，三妮马上给刘一鸣打电话，把刘小帆现在的位置告诉了他，然后又打电话报警。

等刘一鸣来到以后，再一块去找刘小帆，时间已经来不及了。等警察去解救刘小帆，恐怕时间也来不及了。三妮豁出去了，顾不了那么多了。打完电话，她马上打了一辆出租车，向夜来香家庭旅馆赶去。

夜来香家庭旅馆的服务员刚刚起床，头脑还不是十分清醒，房门开着，没有人阻拦三妮，三妮直接闯了进来。

这家旅馆，客厅比较大，放了四对双层床，另外还有四个单间。三妮进来寻找了一遍，没有发现刘小帆和尹小强。她心里顿时就凉了半截，难道向小兵的消息有误？难道刘小帆和尹小强已经离开了这里？她顿时愣住了，不知道怎么办好。

正在这时，一个又矮又胖的中年妇女，打量了三妮一眼，带着一脸的不高兴走过来，气呼呼地问道："你这个人怎么回事啊？大清早上，连个招呼都不打，就闯了进来，没有礼貌！你想干吗啊？"

"阿姨，对不起，打扰你了，我想找住的地方。"三妮突然灵机一动，急忙回答道。

中年妇女又打量了三妮一眼，马上笑脸相迎，高兴地说："哎哟，住店啊？

第三十章　勇闯狼窝　三妮负伤

欢迎，欢迎！"她停了下，和颜悦色地问道："姑娘，你是外地人吧？打算住几天啊？"

"是啊，我是外地人，来这里办事，遇到这样的鬼天气，刚刚下车。可能……最少要住十多天吧。"三妮随便说道。

"姑娘啊，算你找对地方了，我保证让你少花钱，又住得舒舒服服。"中年妇女满脸挂笑，乐得合不上嘴。

三妮用眼睛扫了扫每个房间，摇着头，很不满意地说："阿姨，你这房间……太……"

"姑娘，你是想要个高档房间吧？不瞒你说，我有的是房子，保证让你心满意足。"中年妇女乐呵呵地说。

三妮听了，一阵惊喜，急忙问道："在什么地方？"

中年妇女说："很近，就在后面楼上。"

三妮连忙说："阿姨，你现在就让我看看房间吧？"

"姑娘，你先喝口水。那边有两个房客，一会就退房走人，我马上就领你过去看房间。"中年妇女又是倒水，又是拿凳子，忙得屁颠屁颠的。

三妮一听，心里一阵紧张，急忙说："阿姨，我有急事要去办，我想先把住的房间定下来，你现在就领着我去看看房间吧。"

中年妇女想了想，招了招手，然后说："跟我走吧。"

三妮跟着中年妇女来到后面一栋楼上，走进二楼一套房子内，迎面碰上了正从卫生间出来的刘小帆。

"啊，你怎么又来了！"刘小帆大吃一惊，不由自主地喊叫了一声。

三妮心中的满腔怒火，腾地一下熊熊燃烧起来。她冲上去，一把抓住刘小帆，狠狠地扇了她两个耳光，咬牙切齿地说道："你这个不知好歹的东西，你这个忘恩负义的浑蛋，你以为你能跑得了吗？"

"你……是干什么的？"中年妇女慌里慌张地问三妮。

"阿姨，没有你的事，你不要害怕。她是我妹妹，我是来找她的，让她跟着我回家。"三妮对中年妇女解释道。

中年妇女一听，脸色变阴了，急忙挡在三妮面前，怒气冲冲地说："我不管你找谁，你不能在我的店里胡闹，你立马给我滚出去！"她一边说着，一边向外推三妮。

三妮顿时火冒三丈，从背包里抽出那把明晃晃的杀猪刀，大声喊道："我今天是来找我妹妹的，谁要是敢阻拦我，我就杀了谁！"

中年妇女吓得傻了眼，看了看胸前那把明晃晃的杀猪刀，顿时吸了一口凉气，战战兢兢地闪到了一边。

这一套房子内，除了客厅里有四个上下床，还有六个单间。房客们都刚刚起床，门都开着。刚才听到三妮和刘小帆的喊叫声音，人们全都涌到了客厅里。

三妮抓着刘小帆，站在客厅中间。她压了压心中的火气，尽量心平气和地说："小帆，你不要害怕。你回不回家，你自己说了算，我绝对不会再强迫你。我知道，强迫你也没有用，因为你身上长着两条腿，随时都会跑掉。我来一趟不容易，既然找到了你，有些话必须跟你说清楚。我把话跟你说清楚了，也算是做到了仁至义尽，从此再不干涉你的事，我立马回观海去。不过，我要警告你，你要是再敢耍花招，不等我把话说完就想跑掉，我对你决不客气。"

昨天下午，刘小帆乘机逃跑以后，心里一直七上八下，很不平静。三妮那疲惫不堪和脸色憔悴的样子，一直浮现在她的脑海里，心里好像针扎一样难受。三妮虽然与她非亲非故，但对她比亲人还亲，是她在这个世界上最亲的人。三妮为了挽救她，千辛万苦，连自己的生命都豁出去了。她现在已经破罐子破摔，是死是活都无所谓了。但是，她不能再连累自己最亲的人三妮，她不能把三妮也拖累死。如果三妮有个三长两短，她连个禽兽都不如了，会受到良心的谴责，会后悔一辈子，就算变成了鬼也不会得到安生。

刘小帆刚才挨了两个耳光，又听了三妮一番话，渐渐地冷静了下来。现在，她心里只有一个念头，那就是绝对不能让别人伤害三妮，要想方设法让三妮马上离开这个虎狼窝。想到这里，她怯声怯气地说："姐，我不会再跑了。我……我听你的。"

三妮两眼深情地逼视着刘小帆，激动地含着泪花，说："小帆，我冒着生命危险营救你，都是为了你好，绝对不会害你。大千世界，人海茫茫，我们俩能相认相识，相亲相爱，这是缘分，也是天意。自从认识了你，我就一直把你当成亲妹妹。至于你把我当成了什么人，我不知道，也不想知道。在你们家，我算是什么啊？我只是一个保姆。我自寻烦恼，多管闲事，出力不讨好。小帆，我上一辈子不该你的，也不欠你的，我这是何苦？大路朝天，各走半边，我离开你还不行吗？离开你们家还不行吗？你愿意干什么就干什么，那是你自己的事。我管不着，也不想再多管闲事了。我……"三妮心如刀绞，越说越难受，她再也说不下去了，伤心地抽泣起来。

三妮的话，字字句句敲打在刘小帆的心头。人活在世界上，要将心比心，不能不讲良心啊！刘小帆痛哭流涕地说："姐，都是我不好，我对不起你。你不要离开我们家，我和爸爸都离不开你。姐……我求求你了！"

两个人搂抱着哭了一会，三妮问道："小帆，我可以不离开你们家，我可以现在就回观海去，你打算怎么办呀？"

刘小帆一愣，垂头丧气地说："姐，我……现在已经离不开毒品了，我……也不知道怎么办。"

三妮耐心地说："小帆，你还是个孩子，人生之路才刚刚开始。你总不能

第三十章 勇闯狼窝 三妮负伤

这样人不人、鬼不鬼地活一辈子吧？你现在就像个犯人，就像个丧家之犬，整天东躲西藏，偷偷摸摸地活着，这样的日子，什么时候是个头啊？"

刘小帆泣不成声地说："姐，我现在已经控制不了自己，我……没有办法。"

三妮心平气和地说："小帆，我不是逼你。你想想，吸毒的不是你一个人吧，染上毒瘾的也不是你一个人吧，他们都选择了戒毒，你为什么就不能戒毒啊？"

刘小帆摇着头说："我……受不了。"

三妮大声问道："他们是人，你也是人。他们能受得了，你为什么受不了呀？"

刘小帆回答："这……我也不知道。"

三妮鼓励道："小帆，我相信你，你一定会成功。你不比别人差，别人能戒毒，你也一定能戒毒。我一定帮助你，给你买戒毒的药，每天陪伴着你戒毒。我说到做到，绝对不会骗你。"

见刘小帆不吭声，三妮语重心长地说："小帆啊，你应该醒醒了，不能再这样下去了。你如果继续执迷不悟，就会掉进万丈深渊，把自己彻底毁掉。你年龄这么小，现在悬崖勒马，还来得及。退一步说，你要是真戒不了毒，也应该回到家里去吸。因为家里有你爸爸照顾着你，有我陪伴着你。你如果吸毒吸死了，死在了家里，有人给你收尸，有人给你处理后事，总比死在外面好。你要是死在外面，连个收尸的人都没有，说不定会被野狗吃掉。小帆啊，你现在变成这个样子，总不能全都怨你爸爸不关心你、不爱你吧，你应该找找自己的原因。你要是有个三长两短，你爸爸还能活吗？你不能自己不想活了，也逼着你爸爸陪你去死。小帆啊，做人要讲良心，要有责任感，不能只顾自己。"

这段时间，刘小帆跟着尹小强到处流浪，连个野狗都不如。每当毒瘾发作，身体上就像有一万条虫子在钻来钻去，难受得恨不得一头撞死。为了弄到钱买毒品，她跟着尹小强一伙人，去偷过，去骗过，去抢过，她还多次去卖淫。她多次想到过去死，但她不甘心，因为她还有很多梦想没有实现。她很羡慕她的同学们，羡慕他们一个个过着无忧无虑、幸福快乐的生活，羡慕他们每天开开心心去上学……她虽然离不开尹小强的毒品，但她从内心里十分痛恨尹小强，恨不得马上杀了他。是尹小强毁了她，使她走上了这条路，变成了现在这个样子。

最近这几天，刘小帆的思想斗争十分激烈：难道我就这样执迷不悟，一条道走到黑，不见棺材不落泪吗？不，绝对不能这样！我年龄这么小，人生的路才刚刚起步，我不能让毒品把自己葬送掉。我一定要戒毒，我一定要摆脱尹小强这个魔鬼，我一定要重新做人。在刘小帆头脑清醒的时候，她的这个决心越来越坚定。

刚才，三妮的一番话，更加坚定了刘小帆的决心。她趴在三妮怀里，号啕大哭起来，泣不成声地说："姐……你不要再说了，我已经明白了。姐，我……再也不跑了，我……要跟着你回家戒毒。"

小旅馆里的其他人，眼巴巴地看着三妮和刘小帆说话，早就心不耐烦、忍无可忍了。一个流里流气、留着莫西干头的男青年，头发染成了红黄橙绿青蓝紫，真可谓五彩缤纷。他光着上身，那一身瘦排骨上还文了身，图案乱七八糟，不知道是啥玩意儿。他给人们的第一印象，就是神经不正常。他神经兮兮走上来，打了一个响指，嬉皮笑脸地凑到三妮身边，手舞足蹈，歇斯底里地又唱又说："小妹妹啊，你听哥言。哥看到妹啊，哥要触电。哥看不到妹啊，哥需要去充电。哥看到妹妹伤心啊，哥已经漏了电。妹不和哥玩啊，哥一定会断电。让哥抱着妹啊，哥立马就会发电。妹不让哥抱啊，哥现在就会停电……亲爱的，你跟我飞，飞到山南和海北。亲爱的……"这个家伙怪声怪气，一边唱，一边伸手摸三妮。

"流氓……无耻……滚一边去！"三妮厉声骂道，一脚把他踹了回去。

三妮大声喊道："各位朋友，我今天来，是想见见我的妹妹，和她说说话。她跟不跟我回家，她自己说了算，我不会去强迫她。她要是决定跟我回家，希望大家给我个方便，不要为难我。今天能和各位认识，这是缘分，我想和你们交个朋友。今后，你们如果去观海玩，给我打个招呼，我一定好好招待各位！"

"哎哟，你人不大，小嘴还挺会说啊。你也不撒泡尿照照，这是什么地方？这是老子的地盘，能让你这个黄毛丫头在这里瞎胡闹吗？看来，你脑子进水了，不给你点颜色，你找不到方向感！"一个满脸滚刀肉、独眼龙的青年男子，一边骂着，一边凑了过来，挥起拳头就要打三妮。

刘小帆一看事不好，她手疾眼快，一把夺过三妮手中的那一把明晃晃的杀猪刀，指在那个青年男子的脸上，声嘶力竭地吼叫道："你敢动我姐姐，我就先杀了你！谁敢阻拦我们俩，我就杀了谁！"

那个青年男子一愣，吓得马上后退。他不想玩命，也没有必要和这个红了眼的小丫头玩命，阴阳怪气地说："嘿嘿……真邪门了，今天一大早，就遇上了这两个疯疯癫癫的臭女人，老子懒得和你们玩了。"

这时候，尹小强已经气红了眼，他满肚子的恶气发泄不出来，吼叫道："小帆，你不能跟这个臭女人走！"

刘小帆破口大骂："尹小强，你这个流氓，你这个乌龟王八蛋，你一直在害我，你把我害成现在这个样子，我这一辈子只要活着，只要还有一口气，早晚会杀了你！"

尹小强喊叫道："小帆，我爱你，我离不开你！"

刘小帆两眼喷火，吼叫道："闭上你的臭嘴。我再也不上你的当了，我再也不受你的骗了，我现在和你一刀两断。你这个大流氓、大骗子，你回家去爱你的妹妹吧！"

尹小强哭喊道："小帆，你走了，我怎么办啊！"说着就上来要拉刘小帆。

刘小帆一脚把尹小强踹了回去，火辣辣地骂道："你猫哭老鼠，虚情假意。

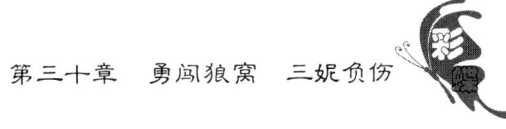

第三十章　勇闯狼窝　三妮负伤

你要是不想死，就滚蛋爬开！"

尹小强彻底绝望了，歇斯底里地吼叫道："小帆，我不会放你走！"

刘小帆像个发疯的豹子，声嘶力竭地嗷嗷大骂："去你的，你敢拦我，我就先捅死你！"

尹小强已经失去了理智，把所有怨恨都集中到了三妮身上。自从三妮插手他和刘小帆的事，他没有一件事顺利过，也没有一件事成功过。三妮就像他的克星和死对头，死死地纠缠住了他。现在，刘小帆也要和他分道扬镳了，他活着还有什么意思啊！他像疯子一般，抓起墙角里那个地板擦子，狠狠地向着三妮头上砸了过去。

三妮一直没有把尹小强放在眼里，把注意力都集中在了刘小帆身上。她一时疏忽大意，躲闪不及时，被那地板擦子砸在了她的头顶上，顿时血流如注，昏倒在地上。

刘小帆看到满脸是血的姐姐倒在了地上，她也失去了理智，举着杀猪刀，拼命地追赶着尹小强……

正在这时，刘一鸣风风火火地冲了进来，一把抱住了刘小帆。紧接着，两名警察也急急忙忙地冲了进来。

……

第三十一章　餐馆开张　恶棍死刑

　　大妮和童军游玩归来，就马不停蹄、紧锣密鼓地筹备开餐馆。

　　大妮和童军虽然在小老板的快餐店干过一段时间，对快餐行业有一定的了解，但是，要自己经营好一个餐馆，还没有多大把握。他们俩决定，在开餐馆之前，要先找个地方学习一下，一边给自己充电，一边做筹备工作。

　　这时候，正好安磊的酒店缺人手，邀请大妮和童军去帮忙。他们俩求之不得，于是高高兴兴地来到了海鲜楼。安磊让大妮在大餐厅当领班，让童军负责厨房的工作。

　　以前，大妮和童军在小老板的小快餐店里，干了将近半年时间。那个小快餐店，与海鲜楼根本没有办法相比。两者有天壤之别，根本就不在一个档次和水平上。海鲜楼一个餐饮部就有四十多名员工，工作程序、标准要求实行的是严格的正规化管理。在很多方面，他们俩都没有见过，更没有经历过。这一次，他们俩就好像进了一次专业培训班，既开阔了眼界，又对餐饮方面的专业知识进行了一次系统的学习。他们俩聪明伶俐，又虚心好学，很快就精通了业务，渐渐地成了餐饮业的行家里手。

　　安东方听说大妮和童军要开餐馆，就马不停蹄地帮着找房子。他打听到观海港务局大门口的旁边，国际海员俱乐部的一楼，有一个网点房要对外出租，就马上找到这家单位洽谈协商，又通知大妮和童军来看房子。他们考察论证了半天，把这个房子租了下来。

　　开餐馆，人手少了肯定不行。眼看就要到年终岁尾了，打工的人们都忙着回老家过年，很难招聘到员工。大妮和童军跑了好几次劳务市场，才招聘来三个服务员。

　　细高挑的叫何小云，二十一岁，身高一米七二，来自四川省的一个偏远山村。她稍微显瘦，长脸，一双丹凤三角眼，两弯有点上翘的柳叶眉。骨子里带着几分妖艳，明亮的眼睛里，时不时地流露出一种轻浮和不安分的眼神。她胆子比较大，也很有心计，给人一种城府很深和琢磨不透的感觉。

第三十一章　餐馆开张　恶棍死刑

不高不矮的叫冷小静，二十一岁，身高一米六七，家在观海市郊区。她瓜子脸，皮肤如雪，一头乌云般的秀发。有一双明亮的大眼睛，戴着一副宽边近视眼镜。她文文静静，不多言不多语，一有空就拿着一本书看，一看就知道她是个虚心好学、诚实善良的女孩子。

相对比较矮一点的叫葛甜甜，十六岁，身高一米六二，来自陕西省的一个贫困山村。她长得白白胖胖，圆圆的脸蛋上总是充满着微笑，像个可爱的瓷娃娃。她有一双水莹莹的大眼睛，一个很秀气的小鼻子和一个可爱的樱桃小嘴。她胆子很小，连小狗小猫都不敢碰。她往那里一站，就会给人一种清纯、清新、清秀的感觉。

三个女孩子虽然年龄、高矮、脾气性格不一样，但长得一个比一个漂亮，再加上大妮这个仙女似的大美女，餐馆里一共有四个漂亮的女孩子，被顾客们称为"四朵金花"。

另外，大妮和童军还招聘来一名厨师，名字叫吴涛，二十六岁，身高一米七五，来自江苏。他长得稍微有点胖，圆圆的脸盘，配上一对大眼睛，显得很阳光帅气。他的性格很直率，说话办事往往是直来直去。他和蔼随和，很少看见他发脾气，大家都叫他吴师傅。

大妮和童军到海鲜楼学习，一晃两个多月不知不觉地过去了。这期间，开餐馆的各项筹备工作，已经基本就绪，可以说是万事俱备只欠东风。大妮和童军恋恋不舍地告别了海鲜楼，开始经营自己的小餐馆。他们俩给小餐馆起了个名字，叫"大妮餐馆"。

这天中午，"大妮餐馆"隆重开业了。

人们都说，今年入冬以来，观海的天气有点反常，就好像川剧变脸，说变就变，还特别寒冷。大风降温和寒流接二连三不停地来，狂风暴雪隔三岔五不停地来。谁也没有想到，到了年底，天气又出奇地好了起来。气温也跟着节节攀升，大地上有了春天的气息。被严寒和暴风雪困扰已久的市民们，终于走出了家门，来到了户外。

大妮和童军开餐馆，天公也作美。大妮餐馆开业这一天，阳光明媚，晴空万里，天气特别好。大妮餐馆对面的公园里，旌旗招展，锣鼓喧天，人头攒动，欢声笑语。憋闷了一冬天的人们，有的在锻炼身体，有的在唱歌跳舞，有的在舞动龙狮，优美动听的歌曲《好日子》，在空中飘荡着……

餐馆的门头，用霓虹灯进行了精心装饰，"大妮餐馆"四个大字，格外引人注目。餐馆大门口的两边，各摆放着八个大花篮。中午十一点五十八分，随着一阵噼里啪啦、震耳欲聋的烟花爆竹声，大妮和童军迎来了第一批顾客。

餐馆的面积二百多平方米。一进门，是一个大厅，摆放着八个餐桌。大厅两边，各有五个包间，对面是厨房。餐馆的面积虽然不是很大，但装修得很精致，收拾得干干净净，各种物品摆放得井井有条，给人一种干净和温馨的感觉。

大妮和童军自己开店当老板，自己给自己打工，那敬业精神和事业心、责任感，自然就不用说了。经营理念和经营方式，也与那个小老板有天壤之别。在他们俩的心里，始终牢记的原则是四个字——实惠卫生。平时，他们俩的具体分工是，大妮当老板娘兼服务员，童军当老板兼厨师。

常言道，商场如战场，这话一点也不过分。在城市里干餐饮业，竞争十分激烈，每天都有开业的，每天都有倒闭的。为了打开局面，站稳脚跟，大妮和童军始终在实惠卫生上下功夫。他们给服务员和厨师发的工资，在附近同类饭店中是最高的，目的是调动他们的积极性，尽心尽力地工作。饭菜的质量、服务态度以及卫生条件，也是附近同类饭店中最好的。功夫不负有心人，大妮餐馆很快有了名气，回头客越来越多。

大妮餐馆，地处观海市港务局大门口，国际海员俱乐的一楼，对面又是个公园，地理位置非常好，人气特别旺。港口内，有员工近两万人。码头上，每天忙得热火朝天。餐馆门口，整天车水马龙，人来人往。那么多的工人和农民工都要吃饭，他们往往图个实惠和方便，就近来到大妮餐馆。离大妮餐馆不远处，还有一个海产品批发市场。由于大妮餐馆名气越来越大，很多小商小贩也经常来这里吃饭。隔三岔五，还常常有一些外国船员来这里就餐。有一些顾客虽然离这里比较远，也慕名而来。附近的几家饭店，冷冷清清。但是，到大妮餐馆就餐的人，几乎每天都要排队。

港口附近的大街小巷里，饭店、酒店和餐馆有几十家，规模都比大妮餐馆大，档次也比大妮餐馆高，但生意都没有大妮餐馆火爆。许多老板不服气，亲自来大妮餐馆打探。经过一番打探以后，他们感到大妮餐馆的服务态度和饭菜质量与他们的饭店差不多，没有什么很特殊的地方。他们有点丈二和尚摸不着头脑，为什么人们都愿意来大妮餐馆就餐呢？有的老板直截了当地向大妮请教，追问大妮有什么高招。大妮总是微笑着回答："每天上的都是这几个家常便饭，还有这几个普普通通的家常菜，我也不知道，为什么大家都愿意来吃。"还有的老板找不到原因，就把大妮餐馆生意红火归结为大妮有福气，运气好。

……

大妮餐馆旗开得胜，生意红红火火。但是，也发生了一件让大妮和童军闹心上火的事，这是何小云引起来的。

这天早晨，大妮餐馆刚刚开门，观海市警察学校的学生、在派出所实习的庄小军就找上门来，说昨天深夜，何小云在观海市国际海员俱乐部卖淫，被抓了起来，让大妮到派出所去一趟，把何小云领回来。

庄小军，二十五岁，高高的个子，圆圆的脸庞，配上那浓眉大眼，显得很阳刚帅气，一看就是个美男子。他虽然年纪轻轻，但从他的言谈举止中，会时

第三十一章 餐馆开张 恶棍死刑

不时地流露出一种老谋深算、令人不安和琢磨不透的东西,给人一种深藏不露、阴险狡诈和流里流气的感觉。他是个独生子,爸爸是观海市公安局的副局长,妈妈是观海市一家医院的院长,物质生活条件十分优越。由于他的父母整天忙于工作,对他疏于管教,再加上娇生惯养,衣来伸手饭来张口,自幼养成了怕苦怕累、好逸恶劳和游手好闲的生活方式。

庄小军英俊潇洒,一表人才,又会见风使舵,能说会道,再加上家庭条件和个人条件都不错,在一些女孩子的眼中,他是名副其实的白马王子,所以,在他的身边不乏女朋友。他十分风流和好色,满肚子花花肠子,喜欢沾花惹草,是个玩弄女人的高手。他从上初中就开始谈情说爱,走马灯似的换女朋友,已经记不清和多少女孩子上过床。

他不务正业,经常与几个地痞流氓和黑社会成员,勾勾搭搭,狼狈为奸,互相利用。他虽然聪明伶俐,但没有把精力用在学习上,学习成绩一直在中下游徘徊。他的父母望子成龙,期望他子承父业,光宗耀祖。他高中毕业以后,在爸爸妈妈的逼迫下,又复读了三年,终于考上了观海市警察学校。警察学校学制四年,两年理论课,两年实习期。他现在正在派出所实习,还不是正式警察。

两年前,庄小军的爸爸妈妈去新疆旅游,在乌鲁木齐市发生了车辆事故,二人身负重伤,抢救无效,双双离去。他的父母去世以后,不仅给他留下了一大笔存款,还给他留下了一栋很漂亮的小别墅,成了他的淫窝。他认为父母双亡,没有了靠山,当警察没有发展前途,还不如早点去经商赚钱。他好逸恶劳,从一开始就不想当警察,认为当警察又苦又累,不值得。他受不了严格的训练管理和规章制度的约束,恨不得马上离开警察队伍,去经商赚钱。因为学习和工作吊儿郎当,乱搞男女关系,他先后两次受到处分。受到处分以后,他破罐子破摔,更加无所顾忌,满不在乎。

大妮听说让她去派出所领何小云,心中虽然很窝火,但何小云毕竟是她招聘来的员工,她不能撒手不管。她请庄小军吃了一顿饭,好话说了一大堆,还送给了庄小军一条中华烟。

庄小军让大妮去派出所,实际上是让大妮去给何小云交罚款。何小云被行政拘留,罚款一千元。何小云来观海市还不到一个月时间,身上满打满算还不到一百元钱。大妮替她交上一千元罚款,她才被放了出来。

何小云回到餐馆,大妮把她叫进一个没有外人的包间里。她使劲压了压心头的火气,尽量心平气和地说:"何小云,你一个大姑娘家,怎么能干这样丢人现眼的事啊?"

"姐,我没有干,我……没有卖淫。他们……诬陷我。"何小云无精打采地低着头,不思改悔,狡辩着。

"什么?你没有干?他们诬陷你?警察怎么不诬陷冷小静啊?怎么不去抓

葛甜甜啊？警察专门诬陷你，专门抓你，难道看着你好欺负啊？要想人不知，除非己莫为，你就不要再倒打一耙，进行狡辩了！"大妮越想越生气，越说越上火。

何小云垂头丧气地沉默了很长时间，流着眼泪说："姐，我真没有卖淫。我和那个男人，只是……只是……"

"只是什么？"大妮十分憎恨撒谎的人，她见何小云吞吞吐吐，躲躲闪闪，气得浑身颤抖。

何小云又沉默了一会，支支吾吾地说："昨天晚上，我和那个男人喝了很多酒，控制不住，只是……随便玩玩，真不是卖淫。"

大妮一听火冒三丈："随便玩玩，你还想干什么啊？何小云，我警告你，你要是想在我这里继续干下去，必须老老实实、正正经经、清清白白地做人，绝对不能再干那些违法犯罪、丢人现眼的事。如果你做不到，你现在就可以走人，我绝对不会留你。"

"我孤身一人，刚到观海，没有熟人，也没有去处。姐，我知道你心眼好，是个好人。姐，我求求你……原谅我这一次吧。姐，我求求你，可怜可怜我吧……"何小云一听，顿时吓了一跳，急忙跪在大妮面前，一把鼻涕一把泪地哭起来。

"何小云，我想不明白，你这么聪明漂亮，又这么年轻，干什么不好啊，怎么能干出这样伤风败俗的事啊？"看到何小云那可怜巴巴的样子，大妮开始心软了。

"姐，我爸爸患了肝癌，急着用钱。我想多挣一点钱，好给他治病。再说，在我的老家，那样做……算不上什么大事，也不违法。"何小云擦着眼泪，哭哭啼啼地说着。

"何小云，我不管你有什么原因，也不想知道你以前干过什么。你现在给我听清楚，我再次警告你，你要想继续留在这里干，就必须按照我说的去做。"大妮不知道何小云哪一句话是真的，哪一句话是假的。她一听何小云还在狡辩，气得脸色蜡黄，她盯着何小云的眼睛，警告她。

"姐，我……错了。今后，我……一定听你的话，再也不干那样的事了。姐……"何小云泣不成声，不停地哀求着。

……

大妮餐馆开张一个月，大妮和童军一商量，决定放假三天，让大家好好休息一下。

这天下午，大妮和童军来到一家洗浴中心，要了一间情侣间。他们俩在一个很大的浴缸里，悠闲自在地泡着热水澡。这是他们俩第一次来这么高档的洗浴场所，心情特别爽。

"神仙啊……神仙，感觉就是不一样啊。"童军心里美滋滋的，嘴里不停地

第三十一章 餐馆开张 恶棍死刑

感慨着。

大妮感到莫名其妙,疑惑不解地问:"什么神仙?什么感觉不一样啊?你神经病啊?"

童军悠闲自得地向大妮身体上撩着水,笑嘻嘻地问:"老婆,你在家里用那个大铁盆洗澡,已经洗了一年多了,有没有现在这种轻松爽快、飘然若仙的感觉呀?啊……舒舒服服泡一泡,烦恼一下全忘掉,一身轻松加愉快,真的赛过活神仙呀!"

大妮笑眯眯地说:"我在家用大铁盆洗澡,虽然没有这么享受,但不用花钱。你来这里洗澡,虽然感觉美好,赛过活神仙,兜里的钱可遭罪了。"

"大铁盆呀,大铁盆,老子现在已经是大老板了,兜里有得是钱,从今以后,老子要和你拜拜了!"童军得意扬扬,油腔滑调地说着。

大妮秀眉一蹙,瞪了童军一眼,温柔地嗔怪道:"屎壳郎戴花——臭美。我问你,你才有几个臭钱啊,就忘乎所以,烧包得不知道怎么好受了?告诉你,我是看着你最近很辛苦,为了奖赏和鼓励你,才同意你到这种地方来洗澡。"

"哈哈,我老婆文武双全,是女中豪杰,巾帼英雄,说起话来口若悬河,出口成章。我做梦也没有想到,我老婆还是一个女汉子,说起话来口吐玫瑰,连讽带刺,真不简单啊,令人佩服。"

"小坏蛋,你这是在表扬我,还是在讽刺挖苦我呀?"

"老公不敢,当然是夸奖自己的老婆。老婆啊,看来这钱确实是个好东西,有钱能使鬼推磨,这句话千真万确。人活在世界上,缺什么也别缺少钱。今后,我一定要撅着屁股使劲挣钱,让老婆享受一辈子。"童军津津乐道,继续感慨着。

大妮瞪了他一眼,娇嗔道:"小笨蛋,你这才开窍啊?以后好好干吧,多挣钱,我整天领着你去买享受。"

童军就坡上驴,抱住大妮亲了一口,厚着脸皮说:"那是,我一定听你的话,努力工作,拼命赚钱,跟着老婆去享受荣华富贵,去……"

大妮娇媚地瞪了他一眼,又在他肩膀上轻轻地捶了一粉拳:"去……这么大了,没有一点正行。"

童军又抱住了大妮,小孩撒娇一般亲昵起来:"哎呀,你冤枉人,你欺负人,我说的是真心话。"

大妮忍俊不禁,笑了出来:"就欺负你,谁叫你油嘴滑舌。你……"

大妮还没有说完,童军的嘴就贴了上来。

两个人亲吻了一会,大妮想起了什么,突然说:"弟,我真不敢相信,这个月我们俩挣了七千多元。要是这样干下去,我们俩很快就会发家致富了。"

"我也没有想到能挣这么多钱。不过,我盼望的不是发家致富,我盼望的是尽快买个房子,早一天和你结婚,抱上一个大胖小子。"

"去……净想好事。我现在忙着开餐馆,谁有工夫给你生大胖小子呀!"大妮说完,幸福地闭着眼睛,想了想,问道:"弟,你说我们的生意为什么这么红火啊?别的饭店老板经常问我这个问题,还追问我有什么诀窍,我回答不出来。"

"哪里有什么窍门啊!我们上的饭菜都很大众化,关键是我们俩坚持了实惠卫生这个原则。"停了一会,童军接着说:"我们进的米和蔬菜,都是最贵的,也是质量最好的,做出来的饭菜,自然大家喜欢吃。我们给员工的工资比别的饭店多,他们积极性高,服务质量当然好。"

大妮深有同感,连连点头说:"看来,这些平常事,说起来很容易,但是,要真正落实到每一碗饭、每一盘菜上,持之以恒地坚持下去,也不是那么容易的事。我想,其他饭店在这方面,可能存在一些问题。"

童军给大妮搓着背说:"害人之心不能有,防人之心不可无。我总感觉何小云这个人妖里妖气,阴险毒辣,很不地道。以后,我们要多个心眼,防备着她。等找到了合适的服务员,我们就辞退她。"

大妮点头说:"好吧。我也看不惯她,感到她靠不住。"

两个人一边洗着澡,一边你一言我一语地聊着天,情不自禁地拥在了一起。

……

洗完澡回到家里,已经是傍晚,大妮做了几个拿手菜,要犒劳童军。童军到街上买了一箱啤酒,顺便买回来一份报纸。回到家里,放下啤酒,童军翻开报纸一看,不由得惊叫起来:"啊,三狗蛋……强奸幼女,被判了死刑!"

正在盛饭的大妮,听到童军的话,手中的碗掉在了地上,摔得粉碎。她不敢相信自己的耳朵,也不敢相信童军的话,连连追问:"真的吗?这是真的吗?"

童军指着报纸,一字一句地念道:"外来务工人员三狗蛋,深夜潜入一渔民家中,强奸了两名幼女。其中,一名九岁,另一名十三岁。罪犯实施犯罪的手段极其残忍,情节和后果特别严重。经法院审理,判处其死刑,剥夺政治权利终身……"童军一边念着,一边指着报纸对大妮说:"老婆,你快看看吧……报纸上白纸黑字,千真万确,这还能有假啊?三狗蛋是罪有应得。"

大妮高兴得热泪盈眶,颤抖的双手捧着报纸,一字一句地看了好几遍,然后丢下报纸,转身扑到床上,失声痛哭起来。

童军急忙过去,把大妮揽在怀里,心疼地说:"老婆,这是天大的喜事,你应该高兴才是,怎么哭了?"停了停,又劝说道:"老婆,你这一哭,弄得我心里也不是滋味。求求你,别哭了。"

大妮听了,赶紧抹了一把泪水,破涕为笑,激动地说:"弟,我不是哭,我这是高兴啊!"她擦了擦眼泪,接着兴奋地说道:"苍天有眼啊,这个畜生终于死了!三狗蛋啊,三狗蛋,你也有今天啊!这是报应啊……"

第三十一章 餐馆开张 恶棍死刑

大妮心花怒放。她一边说着，一边急急忙忙拿个酒杯，给自己倒了满满一大杯啤酒，端起来一饮而尽。

大妮接着又倒了一大杯啤酒，端起来又是一饮而尽。童军急忙拦住她，劝说道："老婆，啤酒有得是，不能喝太急。连着喝对身体不好，你慢慢来。"

大妮欣喜若狂，手舞足蹈，在童军额头上亲了好几下，兴奋地说："太好了……政府给我报了仇，雪了恨，搬走了压在我心中的大石头！我太高兴了……"她一边说着，一边抢过一杯啤酒，又是一饮而尽。

"弟，我终于解脱了，我现在已经解放了……从今以后，我可以挺起胸膛，堂堂正正地做人了。"

"大喜事……天大的喜事啊……我……要痛痛快快地喝个够，好好地庆祝一下。弟，今天是个好日子，我们俩要……一醉方休。来……干杯！"

大妮兴奋得不能自制，童军怎么拦也拦不住她。她一边语无伦次地说着，一边一杯接着一杯地喝着啤酒，不知不觉，她就醉倒了。

这天夜里，大妮做了一个梦……

狂风暴雨，电闪雷鸣。天要塌下来了，地要陷下去了。在深山沟里那块大石板上，三狗蛋变成了一个狰狞、恐怖、凶残的魔鬼。它张牙舞爪，残忍地强暴完大妮，吼叫着把大妮举起来，一下子抛进了令人毛骨悚然的万丈深渊。然后，它高兴地吼叫了一阵，躺在大石板上睡着了。

爸爸妈妈飞到了天宫，请来了天兵天将，把三狗蛋包围起来。天兵天将们施展法术，将一万个惊天动地的霹雳轰向了三狗蛋，山谷里瞬间山崩地裂，变成了熊熊燃烧的火海。三狗蛋在火海中拼命挣扎了一阵子，最后被烧成了一把灰。

突然，咆哮着的山洪冲了过来。眨眼间，大石板上那一把灰，淹没在波涛汹涌的洪水之中。

过了一会，云开雾散，晴空万里。天兵天将们冲进那可怕的万丈深渊，把大妮救了出来。

大妮迎着霞光，在漫山遍野的鲜花丛中，兴高采烈地奔跑着，手舞足蹈地欢笑着。

……

第三十二章　二妮赶海　白花死了

观海市经济技术开发区成立八周年，举办文艺晚会，邀请二妮参加演出。为了办好这场文艺晚会，主办方筹备了很长时间，也邀请了很多明星大腕。二妮十分珍惜这次表演机会，进行了精心准备。

这天晚上，开发区大剧院内，观众如潮。楼上楼下以及所有的空间，都挤得水泄不通。

随着美妙动听的音乐缓缓响起，舞台上的幕布徐徐拉开，五颜六色的灯光，随着音乐忽明忽暗，不停地旋转和变幻着。

二妮身穿洁白的长裙，飘然出场，好像一位从天而降的仙女，给人以清新、清秀和十分高雅的感觉。

她给观众演唱的第一首歌曲《军港之夜》，如一股清澈甘甜的山泉，静静地流进了观众的心田。她真诚地邀请观众配合和参与，台上台下，一唱一和，一下子拉近了与观众的距离，产生了很好的互动效应，使整个剧院的气氛更加火爆和热烈。在观众雷鸣般的掌声中，她又演唱了一首《彩蝶飞》……

美丽的彩蝶呀翩翩飞
悄悄带来爱恋的滋味
娇艳的花朵绽放花蕊
醉了美了甜甜的小阿妹
含羞的阿妹呀歌声脆
悠悠地飞过千山和万水
歌声让阿哥心儿美
阿哥阿妹同往前飞
……

第三十二章 二妮赶海 白花死了

二妮那美妙动听的歌声，如天上的仙乐，令人震撼和陶醉，把人们带入了一个美妙的境界。她在经久不息的掌声和欢呼声中谢完幕，台下的观众依然意犹未尽。

……

参加完文艺晚会，已经是晚上十点多，二妮和常健接着去海边赶海。他们俩披星戴月，翻过一个不大不小的山头，来到了一个十分偏僻的海湾里。

二妮特别喜欢大海，更喜欢赶海。来到观海以后，她多次赶过海。但是，在冰天雪地的寒冬腊月里、在杳无人烟的海湾里、在月明星稀的深更半夜里出来赶海，这是第一次。

午夜，微风徐徐，海面上风平浪静。一轮圆圆的明月，像一个巨大的银盘，高高地挂在蓝蓝的天空中，用她那皎洁的光辉，抚摸着人世间的一切事物，给大地、高山、大海披上了一层银色的面纱，驱散了黑暗，少了一些恐惧和不安，多了一些妩媚、神秘和梦幻。天地之间，是那么美妙、宁静、迷人和令人陶醉，就好像置身于梦幻般的仙境之中。

现在，正是退大潮的时间。潮水退出来的滩涂，一眼看不到边。这里十分偏僻，很少有人到这里来。正是因为来的人少，这里的海鲜特别多。尤其是冬天的夜间，赶上退大潮的时候，滩涂上的海鲜更多。

常健当年当海军的时候，就住在山头对面的营房里。他特别喜欢赶海，也是赶海的高手。每逢星期天和节假日，他经常来这里赶海，对这个海湾十分熟悉。

二妮和常健穿着大衣和水靴，戴着手套，一人提着一个大水桶，打着强光手电筒，兴致勃勃地在滩涂上拣着海鲜。

那大大小小、奇形怪状的海螺，躲藏在礁石缝里、海草窝里和岩石下面。有的一串一串的，有的一窝一窝的，有的一团一团的，还有的一堆一堆的……令人啧啧称奇，惊喜不已。

水沟里，礁石旁，那一棵一棵的海裙带，那一墩一墩的海麦子，那一片一片的石花菜，在浅水里晃晃悠悠，漂来漂去，一抓就是一大把……令人眼花缭乱，留恋不舍。

那翠绿色和深褐色的紫菜，那鲜红色和暗红色的海藻菜，牢牢地长在礁石上面，就好像铺上了一层厚厚的彩色地毯，滑滑的，软软的，柔柔的……令人赞叹不已，不忍离去。

那一片一片的岩石上面，长满了密密麻麻、整整齐齐的海虹，就好像披挂上了一层神神秘秘十分威武的铁盔甲……令人拍案叫绝，不可思议。

翻开大石头，下面是一个个圆圆的、满身长满硬刺的海胆，十分漂亮，十分奇特。多的地方，一群就有七八个，大的就好像一个个大鸡蛋……令人如获至宝，连连称奇。

浅水区，大大小小的螃蟹，被手电筒一照，马上原地蹲下，瞪着两个小眼镜，高高地竖起两个大钳子，随时准备迎击来犯者。如果出手快，出手狠，一下子就能把它抓住。如果出手不狠，再稍微一慢，眨眼间它就逃得无影无踪，弄不好还会被它夹一下子……令人望而生畏，惊慌失措。

水稍微深一点的地方，那一只只海参，看到手电筒的亮光，马上伸展开满身的肉刺，紧张地蠕动起来。伸手抓起来，柔柔的，滑滑的，黏黏的……令人爱不释手，十分惬意。

二妮以前赶海，都是在白天，又都是在市区的海边，只能抓一些小螃蟹、小海螺之类的东西。现在，这么多的海鲜，这么有趣的现象，她是第一次看到。她不敢相信自己的眼睛，好像在梦中一样。她高兴极了，一惊一乍地大呼小叫着。

两个水桶都装得满满当当了，二妮和常健恋恋不舍地回到了岸边，坐在一块大石头上休息。一阵冷风袭来，二妮不由得打了一个冷战，常健急忙把她搂在了怀里。

"太好了，太过瘾了，今天捡了这么多好东西。我长这么大，这是第一次。"二妮观赏着两水桶海鲜，心中有说不出的喜悦。

常健笑了笑，高兴地说："这里好东西多得是。那么多的石花菜、紫菜，都是好东西。很可惜啊，我们只有两个水桶，装不了那么多。"

二妮向常健怀里钻了钻，问道："老兄，这么多海货，太诱惑人了，我们过几天再来吧？"

常健点了点头，回答说："当然可以啊。"

二妮想了想，又问道："老兄，这里有这么多海货，怎么没有人来捡啊？"

常健回答说："这里太偏僻了，很少有人能到这里来。再说了，海湾里养着海参鲍鱼，养殖户也不会让别人来这个地方捡海货。"

二妮很纳闷，问："养殖户怎么让你来啊？"

常健微笑着："我以前当海军的时候就经常与他们打交道，还成了好朋友。现在，我每次来，都提前跟他们打个招呼。"

二妮高兴地说："老兄，你太棒了，以后我们俩可以经常来这里赶海了。"

见常健不说话，二妮问："老兄，你喜欢这个地方吗？"

常健兴高采烈地说："这地方很美，很静，依山傍海，环境优雅，空气清新，神仙住的地方啊。"

二妮想了想，说："我们要是能住在这里多好啊。"

常健顺水推舟，笑着说："我早就想好了，等我辞去娱乐城总经理，在这里盖个小别墅，我们俩就住在这里。然后，再建几个池子，专门养海参鲍鱼。"

二妮噘着嘴说："不靠谱，你就使劲吹牛皮吧。"

常健赶紧说："亲爱的，我真是这样设想的，我还打算在这里生儿育女哪。"

第三十二章　二妮赶海　白花死了

我们俩生十个男孩，再生十个……"

没有等常健说完，二妮用胳膊肘轻轻地捣了他一下，羞臊地说："生你个头啊，你自己生去吧。"愣了会，又说："大色狼，你想把我当成猪啊。"

常健使劲搂了搂二妮，然后美滋滋地问："亲爱的，你不想要孩子？"

二妮羞答答地小声说："我想要孩子，但不是现在。再说，我也生不了那么多。"

常健听了，心花怒放，顿时来了情绪，急忙在二妮脸上亲了一口，激动地说："亲爱的，我……快等不及了。"

二妮羞怯地说："老兄，这是两厢情愿的事，我现在还没有准备好哪，你就耐心等待吧。"愣了会，她笑盈盈地说："老兄，我跟你商量一件事，不知道你是否同意。"

"什么事？"

"湖南电视台要举办青年歌手大赛，还要举办培训班，我想参加，给自己充充电，也长点见识。"

"多长时间？"

"具体时间还没有定下来。"

"亲爱的，我全力支持你。"

"谢谢老兄！"

"亲爱的，你走了，我想你怎么办呀？我已经等不及了，恨不得马上和你结婚。"

"老兄，我年龄还小，你就耐心等着吧。"

"亲爱的，我现在心急如焚，百爪挠心，度日如年，生不如死。我烧香拜佛，求求你了，我给你……"

"大色狼，你就打住吧，你这是意乱情迷，欲火焚身，春心荡漾吧。"

"千真万确，知我者，老婆也！"

……

天亮了。这时候，大海和蓝天连接的地方，一轮红日慢慢地从海水里钻了出来，冉冉升起。顿时，天地间霞光万道，金光闪闪，二妮和常健沐浴在了绚丽灿烂的彩霞之中，幸福地笑着。

……

夜幕降临，华灯初放，一轮明月挂在空中。

二妮逛完商场，回到自己的家中。她打开精挑细选回来的时装和首饰，来到穿衣镜前，一件一件地穿戴着，欣赏着。

穿衣镜中的她，光彩照人，美如仙女。她不敢相信自己那么漂亮，高兴得手舞足蹈，自言自语地问："这真的是我吗？这真的是以前那个穿着破衣烂衫的山村丫头吗？"

二妮推开窗子，放眼望去。天上，明镜高悬，星光璀璨。浩瀚的大海上，波光粼粼，灯火点点。四周，造型奇特、错落有致的现代化建筑，流光溢彩，金碧辉煌……

在二妮的幻想里，仙境也不过如此。她不敢相信眼前的一切都是真的，再一次自言自语地问道："这真的是我的房子吗？这真的是我的家吗？"

此时此刻，二妮热泪盈眶，心潮澎湃。

她想到了爸爸。当年，要是有现在这样的条件，她绝对不会眼睁睁地看着爸爸在床上等死。她一定会把爸爸送到医院动手术，说不定爸爸现在还健健康康地活着。

她想到了妈妈。妈妈去世的时候，她才两岁多。妈妈的模样，她好像模模糊糊地有点印象。当年，要是有现在这个条件，妈妈就不会临产前还去割麦子，更不会突然死去。

她想到了自己居住了整整二十年的那个小屋。当年，要是有现在这个条件，有现在这个房子，那该多好啊！她可以把全家人都接过来住，让全家人不再为那个随时可能倒塌的小屋，整天提心吊胆，担惊受怕。

她还想到了自己的童年和少年。那些令人心酸的往事，又一一浮现在她的眼前……

这时候，一阵急促的门铃声，打断了二妮的思绪。她急忙打开房门，常健急匆匆地走了进来。

二妮一惊，急忙问道："这么晚了，你怎么来了？"

"白花死了！"常健边说边坐在了沙发上。

"你说什么？白花……死了？不……不可能！"这犹如一声晴天霹雳，惊得二妮目瞪口呆。

常健急忙把二妮搀扶到沙发上，安慰道："二妮，你不要着急，你……一定要想开点。"

"这……不可能，白花年纪轻轻，又没有病，怎么会死啊？"二妮愣了半天，还是不敢相信。

"刚才，一个二十岁左右的年青小伙子，来到了娱乐城，他让我把这封信交给你。"常健说着掏出来一封信，交给二妮。

"年青小伙子？他……人哪？"二妮难以接受这样的现实，急不可待地问道。

常健急忙回答："这个年青小伙子说，他是李保柱雇请的农民工，在无名小岛上养海参鲍鱼；前段时间，你去无名小岛上寻找白花时，给他和另一个年青小伙子，留下了两千元钱；昨天傍晚，白花跳海自杀了，李保柱也连夜逃跑了；今天下午，他和另一个年青小伙子，在大海中找到了白花的尸体，他们俩

第三十二章 二妮赶海 白花死了

已经打电话报案。这个年青小伙子说完，就匆匆忙忙地回无名小岛了。"

这一封信，装了三个信封，沉甸甸的，糊得很结实。二妮双手颤抖，急急忙忙打开这封信。信上的字体歪歪扭扭，还有很多错别字。在信中，还有一些奇形怪状的符号，二妮怎么也看不懂，只能去猜测是什么意思。很显然，这是白花在悲痛欲绝之中，查着字典写出来的一封信，并且写了很长时间。不过，这封信的大体意思，二妮还是能够弄明白。……

姐，等你看到这一封信的时候，我可能已经不在这个世界上了。我还不满十七岁，还是个孩子，一朵花还没有开放，人生的路才刚刚开始，我真不想死啊！

姐，那一天傍晚，小老头请我吃饭，他给我下了迷药。当我醒过来的时候，已经是深夜，躺在了小老头在无名小岛居住的小屋子里。小老头说，他花了一万块钱，从郭姐那里买了我。我也不知道，他说的是真是假。我被小老头囚禁在了这个荒凉的孤零零的小岛上，就好像小鸟被关进了铁笼子里。小屋子的下面就是惊涛骇浪，小岛的周围是一眼看不到边的波涛汹涌的大海，看不到船，小老头寸步不离地盯着我，我已经插翅难飞了。

姐，自从来到这个孤岛上，我就好像来到了人间地狱和魔鬼世界，也好像掉进了万丈深渊和阴曹地府，有说不出的恐惧和孤独。白天，我呆呆地、迷茫地看着小屋子外面无边无际的波涛汹涌的苍茫大海，一遍又一遍地回忆着往事，默默地呼喊着你们的名字，不停地流泪哭泣。夜里，我听着身子下面惊涛骇浪发出来的震耳欲聋的可怕声音，还是一遍又一遍地回忆着往事，默默地呼喊着你们的名字，不停地流泪哭泣。我犹如热锅上的蚂蚁，魂不守舍，坐立不安。我每天悲痛欲绝，以泪洗面，生不如死。叫天天不应，叫地地不灵，上天无路，入地无门，我已经彻底绝望和崩溃了！

姐，自从被拐卖到无名小岛上，我时时刻刻都在思念着你，盼望着你把我从苦海中营救出来。小老头已经知道你和柳叶姐一直在四处寻找我，早就做了防备。那一天，在你登上无名小岛之前，小老头把我捆绑起来，又用胶带纸封上了我的嘴，把我藏在了石头洞里，又用石块把洞口封了起来。那个石头洞，就在那一条大狼狗的旁边。你说话的声音，你骂小老头的声音，就连你走路的脚步声，我都听的一清二楚。当时，我是多么想喊住你啊，多么想趴在你怀里痛哭一场啊，把我满肚子的委屈和痛苦都吐出来，但是，我无能为力，无可奈何，我急得都要发疯啦！

姐，我不想死，我想活着啊，我想永远和你们在一起。你们找不到我，小老头不可能放过我，我已经没有出路，看不到继续活下去的前途和希望了，也已经心灰意冷，没有了信心。但是，我不死心，因为我还有幻想，我幻想着总有一天会逃出这个小岛，总有一天会逃出小老头的魔爪。所以，我必须活着。

现在，我已经不敢再继续幻想下去了，也不能再活下去了，因为我已经怀上了小老头的孩子。更加可怕的是，在怀上这个孩子的同时，小老头把那种可怕的性病传染给了我。我知道这种脏病很难治好，这是上天对我的惩罚，也是我命该如此，我自认倒霉。但是，这个孩子是无辜的，我不能把我的屈辱，把我的悲伤，把我的痛苦，再遗传给这个孩子。所以，在这个孩子还没有来到这个世界上之前，我必须带着他去另外一个世界。我听别人说过，那是一个无忧无虑的极乐世界。

姐，我来到这个世界上，长这么大，没有过一天开开心心、舒舒服服的好日子，好像与幸福快乐沾不上边。和我一样大的女孩子，一个个像公主，一个个像宝贝。她们都在开开心心地玩耍着，都在高高兴兴地上着学，都在快快乐乐地享受着美好生活，都在……我什么都没有，我什么都不是，还不如一棵草。为什么她们都能健康茁壮地成长着，为什么让我的生命才刚刚开始就走到了尽头？难道她们的命都很好，难道就我一个人的命不好？我实在想不通啊，我真的死不瞑目啊！

姐，在我很小的时候，我妈妈就去世了。我爸爸和我的两个哥哥，只知道向我要钱，从来不管我的死活。我来到这个世界上，能交上你这么一个好朋友，能找到你这样一个时时刻刻都在牵挂着我的好姐姐，这是我上一辈子修来的福气，我已经心满意足了，也死而无憾了。你的大恩大德，我今生今世无法报答了。人们都说，人有来生来世，如果真的是这样，我下辈子还当你的妹妹，也肯定会报答你。

姐，我离开这个世界之前，很想再见你们一面，哪怕是再看上你们一眼也好啊。可是，已经来不及了。我现在度日如年，生不如死。我已经崩溃了，再也坚持不住了，熬不到与你们见面的那一天了。今后，你见到兰凤姐姐和柳叶姐姐，一定要代表我给她们俩问个好，代表我谢谢她们俩。我来到这个世界上，犯的最大错误是走上了卖身之路。我最终选择跳海自杀，就是因为我走上了这一条不归路。回首往事，刻骨铭心，追悔莫及。请你转告柳叶姐姐，要悬崖勒马，痛改前非，告别过去，重新做人！请你告诉所有的女孩子们，要引以为戒，千万不要走我走过的路！

姐，我没有谈过恋爱，对这方面的事，我也说不好。不过，我感到常健大哥人品不错，是个好人，他是真心爱你，你们俩也很合适。你不要在乎他以前的事，也不要在乎别人说什么，只要你自己心里满意就行了。你要走自己的路，别人愿意说什么，就让他们说去吧。

姐，我死了以后，你不要告诉我的家人。告诉他们也没有用，他们根本不会来这里给我收尸。你在无名小岛上看到的那两个年青小伙子，很同情我，都是好人。他们俩说，你给他们俩留下了两千元钱，他们俩很过意不去。我走之

第三十二章　二妮赶海　白花死了

前,把这一封信交给他们俩,恳求他们俩一定转交给你。我没有身份证,也没有其他能证明我身份的东西,只有这一封信。我死了以后,尸体很可能被鲨鱼吃掉,这一封信很可能是我留在这个世界上的唯一遗物。我怕卖身的事传到老家,使我的家人和亲戚抬不起头来,所以,我老家的具体情况和地址,我只告诉了你一个人,其他人都不知道。我想我的妈妈,我想和她永远在一起。恳求你在方便的时候,悄悄地把我的骨灰盒,或者把这封信,埋在我妈妈的坟墓旁边,拜托你了!

姐,我是个多余的人,不应该来到这个世界上。我死了以后,你就当什么也没有发生,千万不要悲伤痛苦,因为我一钱不值,根本就不值得你那样做。我真诚地谢谢你,我衷心地祝福你。你是我最亲最亲的人,你是对我最好最好的人。我的好姐姐,永别了!

你的妹妹,白花

信的下面,还有很多字和符号。但是,都被眼泪打湿了,模糊得看不清楚了。

二妮泪如泉涌,看完了这一封信。她心如刀绞,悲痛欲绝,一头扑在沙发上,放声痛哭起来……

"二妮,你不要哭了……别哭坏了身体。"看到二妮那悲伤痛苦的样子,常健泪流满面,不停地劝说着。

二妮拍打着沙发,泣不成声地说:"都怨我……都怨我呀……我上次去无名小岛上,怎么就没有发现她啊!我该死……我太粗心大意啦!我……太傻了,我……太糊涂了,我……应该再去无名小岛!我……"

常健潸然泪下,紧紧地把二妮抱在怀里,一边给她擦眼泪,一边安慰道:"二妮,你对白花已经尽心尽力了。应该帮的,你都帮了。应该做的,你都做了。你对白花做的,她的家人也做不到。二妮啊,你已经仁至义尽了,就别再后悔和埋怨自己了。常言道,人死如灯灭,不可能再复活了。白花已经走了,无论你怎么样悲伤痛苦,她再也回不到这个世界上来了。二妮啊,你应该想开点,保重自己的身体。"

这一夜,二妮多次提出,要马上去那个小岛上看白花,都被常健劝下了。白花的影子,一直在二妮的眼前晃动着。白花的声音,不停地在二妮的耳边响起。她昏昏沉沉、迷迷糊糊、呜呜咽咽了整整一夜……

这一夜,常健一直没有合眼。他除了一遍又一遍地劝说二妮以外,心潮起伏,久久不能平静……

人生如梦,日月如梭,转眼之间,他即将进入而立之年。回首往事,酸甜苦辣咸,一齐涌向心头。他最大的、刻骨铭心的惨痛教训,就是看错了人,爱上了那个不应该爱的女同学,他为此付出了沉痛代价——杀过人、坐过牢,还永远失去了爸爸妈妈。悲惨的遭遇，痛苦的打击，使他差一点走上了悲观厌世、自暴自弃的道路。

吃一堑，长一智。血的代价，使他彻底明白了，找自己的人生伴侣，绝对不能以貌取人，最重要的是要看人品。时间不饶人，年龄不饶人，他应该成家立业了。这几年，他一直在苦苦地寻找着自己的另一半。阴错阳差，他遇到了二妮。他眼前顿时一亮，他要寻找的那个人，正是二妮。

他之所以深深地爱上了二妮，不仅仅是二妮的美貌吸引了他，更为重要的是，他被二妮的人品打动、吸引、征服、陶醉。二妮正直善良，重感情，讲情意，为朋友两肋插刀。二妮疾恶如仇，自己忍受不了被欺负，也看不下去别人被欺负。二妮诚恳实在，说话办事直来直去，从来不搞弯弯绕。二妮的这种人格魅力，不正是他这几年苦苦寻找、苦苦追求的吗？他为拥有二妮这样一个好女孩，感到无比荣幸和自豪。他暗暗下决心，一定要像爱护自己的眼睛那样爱护二妮，与她同舟共济、相亲相爱一辈子……

想到这里，常健不由自主地把二妮紧紧地抱在了怀里。

……

第三十三章　战胜毒魔　出国散心

第三十三章　战胜毒魔　出国散心

那天早晨，在夜来香家庭旅馆里，三妮的头部被尹小强打伤，顿时血流如注，昏倒在地，被及时赶来的刘一鸣送到了附近的医院里。

万幸的是，三妮的头部只是受了外伤。三妮年青，身体素质好，康复得很快。她在医院里治疗了四天，就和刘一鸣父女俩一起回到了观海。

与尹小强分手以后，刘小帆一直依靠服戒毒药来控制毒瘾的发作。刘一鸣和三妮咨询了很多人，决定在家里给刘小帆戒毒。

这天早上，吃过早饭，刘一鸣匆匆忙忙去学校上班。三妮洗完衣服，又接着打扫卫生。刘小帆坐在窗台前，先是心不在焉地看了一会书，又心烦意乱地把书丢在一边，呆呆地想了一会心事，然后摇了摇头，趴在窗台上，两手托腮，两只眼睛直勾勾地盯着远处……

窗子外面，暴雪不停地下。天空中灰蒙蒙的，好像随时都想散落下来。远处的大山、树林、高楼大厦，都被厚厚的积雪覆盖了起来，只留下了一个似有非有、扑朔迷离的轮廓。前方那一望无际、波涛汹涌的大海，也消失得无影无踪了，只有偶尔传来的轮船的汽笛声。大地上白茫茫的一片，没有了往日的繁华、喧嚣和勃勃生机，死气沉沉，让人感觉很压抑。一阵阵狂风吹着口哨扑打过来，发出来的那奇怪的声音，令人有点瘆得慌。

刘小帆一脸茫然，若有所思地凝视着窗子外面的景色。不知道看了多长时间，她触景伤情，突然哭了起来。

正在擦地板的三妮，看到刘小帆那伤心痛苦的样子，急忙问道："小帆，刚才还好好的，怎么哭了？"

刘小帆哭着说："姐，我是个废物，是个丧门星，什么也干不成，也戒不了毒瘾。我……"

三妮鼓励道："小帆，你这几天一直没有吸毒，也挺了过来。其实，你吸毒的时间不长，中毒也不深。医生说，只要你有决心，有毅力，咬紧牙关再坚持一段时间，就一定会把毒瘾戒掉。"

"姐，我……"刘小帆吞吞吐吐，欲言又止。

"小帆，我们的生命，只有今生，没有来世。健健康康地活着，快快乐乐地生活，幸福美满地享受人生，比什么都可贵。所以，我们应当好好地珍惜自己的生命。要是让毒品毁了我们的生命，那就太可惜了，太不值得了。小帆啊，你才十几岁，人生之路和幸福生活才刚刚开始，充满着光明的前途和希望，还有很多美好的理想，在等着你去实现。"

"姐，我不想死，我想好好地活下去！"

"小帆，你如果不想死，就痛下决心，与毒魔彻底决裂。我相信，你一定有毅力，战胜自我，战胜毒魔，告别昨天，走上明天，开始新的生活。"

三妮端来一杯水，又拿来戒毒药，和蔼地说："小帆，到服药时间了，你先把药吃了吧。"

刘小帆吃完药，默默不语，过了很长时间，心事重重地说："姐，我感觉这戒毒药越来越不管用。"

"小帆，最近这一段时间，我和你爸爸咨询了很多人，也看了一些介绍戒毒的书，都说戒毒没有什么灵丹妙药，关键是依靠自己的毅力，戒除心瘾。只有用坚强的毅力，除掉心理上对毒品的依赖，才能彻底战胜毒瘾。"

"姐，说起来容易，做起来很难。那种生不如死的折磨，常人很难扛得住。我担心我戒不掉毒瘾，因为我的毅力不坚强。现在，我的信心越来越不足。"

"战胜毒魔确实不容易，但也不是可望而不可及，无法战胜。有一本书上说，古今中外，吸毒的人们，百分之九十五以上都戒了毒，过上了正常人的生活。有很多人还为社会做出了重要贡献，比如，霍元甲和张学良就是很好的例子。"

"姐，等我毒瘾上来，坚持不住的时候，你一定把我牢牢地捆在床上。"

"这个好办。医生说了，只要你坚持十多天时间，就一定会戒掉毒瘾，变成一个正常的人。其实，十多天时间一晃就会过去，你一咬牙就能挺过去。"

"姐，我什么时间开始戒毒啊？"

"小帆，自从那一天你与尹小强决裂以后，你就已经开始戒毒了。"

"姐，我爸爸已经说了，让我们俩去澳大利亚旅游，换一个生活环境散散心，你打算什么时间出发啊？"

"小帆，出国旅游的事，要等到你戒掉毒瘾以后才行。我估计啊，再过十多天就可以启程了。"

刘小帆每一次毒瘾发作，都口吐白沫，全身起鸡皮疙瘩，还一阵一阵地抽筋痉挛。有的时候，她像疯子一样又抓又挠，又踢又咬，还大哭大叫。有一次，她不但把自己的手咬破了，还把自己头发扯下来一大把。三妮上去按住刘小帆，一不小心，胳膊也被刘小帆咬了一口。刘一鸣急忙找来几条丝巾，把刘小帆紧紧地捆在了床上。

第三十三章　战胜毒魔　出国散心

开始的时候，给刘小帆服戒毒药，还能有些作用。后来，好像效果越来越差。一连四天，她每天只吃很少一点饭。她身上忽冷忽热，头脑一会清醒，一会恍惚。再也想不出什么好办法了，刘一鸣就让刘小帆喝高度白酒，用酒精麻醉她的神经，让她喝醉了睡觉。

六天过去了，刘小帆的毒瘾反应越来越小。十五天以后，刘小帆的毒瘾基本上没有了。三妮和刘一鸣看在眼里，喜在心里，每天变着花样鼓励她。

这一段时间，三妮一直寸步不离地陪伴着刘小帆。她从方方面面无微不至地关心照顾着刘小帆，不厌其烦地安慰、劝说、鼓励着她。看到刘小帆那痛苦难受的样子，三妮心如刀绞，不知道流过多少眼泪。

……

为了改变一下生活环境，让刘小帆那被毒魔伤害过的身心尽快康复起来，刘一鸣买了两张去澳大利亚旅游的飞机票，让三妮带着刘小帆去国外散散心，充充电。

三妮和刘小帆都是第一次坐飞机，第一次出去旅游，又是到那么遥远的外国，自然高兴极了。

三妮和刘小帆来到了悉尼。她俩参观了举世驰名的悉尼歌剧院，欣赏了一场音乐会，亲身感受了澳大利亚浓厚的音乐文化氛围。她俩乘坐着豪华游轮，夜游悉尼港，欣赏着那景色醉人、如诗如画的美好风光；顶着那清新温柔的海风，攀登上世界著名的悉尼大桥，像小鸟一样俯瞰整个悉尼市的远景。她俩登上悉尼塔的制高点，把这个澳洲最大都市和全世界最佳旅游城市的全景尽收眼底，享受着那清新美丽、多姿多彩、令人沉醉的视觉大餐。

三妮和刘小帆观看完那亭亭玉立、相貌端庄、惟妙惟肖、栩栩如生的三姐妹峰，接着又观看了那白练垂空、银花四溅、欢腾飞跃、气势磅礴的温特沃思瀑布。她俩乘坐缆车，在空中观看蓝山的美景。尤加利树叶子上排出来的浓郁芬芳的油，在太阳光的照射下，幻化成美丽的蓝色烟雾，使群山峻岭笼罩在淡淡的幽蓝色的雾气之中，并飘浮于山巅，弥漫于沟谷，朝紫暮蓝，极其壮观美丽，令人陶醉。

从布里斯班渡口出发，三妮和刘小帆乘着游轮，七十五分钟以后来到了摩顿岛。晚上，一群群海豚如约而至，在岸边戏水，不停地欢快地鸣叫着。因为她俩是岛上的住客，免费体验着亲手喂海豚这一难得的经历。早晨，她俩迎着璀璨的朝霞，在码头上和鹈鹕一起玩耍。中午，她俩在热带植物环绕的山崖丘陵深处的大沙漠上，尽情地体验了一把滑沙橇。下午，她俩来到绿茵葱葱的海边，躺在海风徐徐、充满阳光的沙滩上，享受着日光浴……

告别了昨天的烦恼，远离了城市的喧嚣，来到这静静的海边，观赏着这天堂一般的仙境，感受着这无法形容的舒适和安逸，三妮和刘小帆好像进入了世外桃源的境界，思绪和心情无羁无绊地漫游着、遐想着……

"小帆,你在想什么呀?"三妮给刘小帆理了理被风吹乱了的头发,问道。

刘小帆若有所思,深有感触地说:"姐,这次出来旅游,使我豁然开朗起来。我眼前突然一亮,就好像来到了一个梦幻世界。这个世界很大,也很奇妙,太绚丽多彩了。我以前活得太没有意义了,追求的东西太低级乏味了,交往的空间和圈子太狭小了,想问题和说话办事的方式方法太偏激固执了……姐,我还有很多的缺点和错误,我现在还没有想好,也说不出来。"

三妮高兴地说:"小帆,你长大了,也成熟了,我真诚地祝贺你!"稍停片刻,她接着说:"有人说过,行万里路,胜过读万卷书。看来,这话有一定的道理。出来旅游,观山玩水,可以放飞心情,感悟人生。这两天,我也想了很多。这个世界确实很大,也很精彩,我们的生命又太渺小,太短暂了。我们来到这个世界上很不容易,一定要把握好这次机会,好好地享受生活,无愧于自己的一生。我这个人,没有什么远大理想。我总感到山里的那些孩子们上不起学,缺乏文化知识,太可怜了。所以我一直在自学,准备考大学,希望将来当一名老师,去教孩子们学习文化知识。我这样做对不对,值不值得啊?空闲下来,我也经常思考这个问题。有的时候,特别是遇到困难的时候,我彷徨动摇过,也后悔过。现在,我静下心来,再次考虑这个问题,我感觉自己做得对,决心更加坚定了。"

"姐,你说的这些事,我没有考虑过。我刚才还在胡思乱想,也可以说是异想天开,白日做梦。这里太美了,太漂亮了,我已经迷上了这里,如果永远住在这里,那该多好啊!"刘小帆满脸的希望和期盼。

三妮会心地笑着说:"小帆,这不是胡思乱想,也不是异想天开,更不是白日做梦。当今社会,飞速发展,什么事都可能梦想成真,变成现实。等你长大了,说不定就移民到这里,永远居住在这里。"

"姐,我不想再回观海了,不想再去面对那些人了,我想永远住在这里。我一想到旅游完了,就要回到观海去,心里就害怕。我……不知道回去以后怎么办。我……"刘小帆说着,抽泣起来。

三妮拿出手帕,一边给刘小帆擦泪,一边笑吟吟地说:"小帆,过去的事,就像做了一场噩梦,让它永远地过去吧。现在,你必须勇敢地面对现实。能不能永远居住在这里,那是以后的事。现在想这个问题,还不是时候。观海有你的家,你是在观海跌倒的,应该从观海再爬起来。"

刘小帆忧心忡忡,哭着说:"我的老师和同学们,还有我的那几个朋友,谁还能看得起我啊?谁还能把我当人看啊?我不知道怎么样去面对他们,我感到没有脸面再活下去了。"

"小帆,你胡说八道些什么呀?人活在世界上,谁不犯错误啊?这个世界上,根本就没有十全十美的人。知错就改,重新做人,大家都会理解和尊重你。吃一堑,长一智,浪子回头金不换。古今中外的那些知名人物,有很多人都走

第三十三章　战胜毒魔　出国散心

过一段弯路。他们幡然醒悟，改过自新，赢得了人们的赞誉，这样的例子比比皆是。就算有的人对你指手画脚，说三道四，你也没有必要去理会他们。今后，你堂堂正正地做人，光明正大地走自己的路，别人愿怎么说，就让他们说去吧。"三妮给刘小帆擦着眼泪，苦口婆心地劝说着。

沉默了一会，刘小帆心有余悸地说："我恨死了尹小强一伙人，恨不得杀了他们。我害怕再遇到他们，更害怕他们紧追不舍地继续纠缠我。"

"小帆啊，自从你认识了尹小强，你吃的苦，受的罪，还少吗？你差一点把自己的命给搭上，差一点把自己的一生给毁了。用鲜血和生命换来的教训，你应该一辈子铭记在心。你现在悬崖勒马，还来得及。从现在开始，你必须与他们一刀两断。绝对不能藕断丝连，死灰复燃。"停了一会，三妮继续说："人这一辈子，没有吃不了的苦，没有受不了的罪，也没有过不去的火焰山。以前，你说你已经离不开毒品了。现在，你戒了毒品，不是照样好好地活着吗？摆脱尹小强一伙人的方法很多，能不能做到与尹小强一伙人彻底决裂，关键看你的决心和行动。"

刘小帆忐忑不安地说："姐，我对他们恨之入骨，已经下决心与他们一刀两断，但他们都是地痞流氓和亡命徒，肯定不会善罢甘休。"

三妮斩钉截铁地说："小帆，事在人为。摆脱尹小强一伙人纠缠的方法，有很多。就算尹小强一伙人把刀架在你的脖子上，逼着你就范，你宁死不屈，与他们拼命抗争，他们不但拿你没办法，还会惧怕你，不敢靠近你，因为他们也不会轻易拿自己的生命开玩笑。"

刘小帆沉思了一会，然后点了点头，信心满满地说："姐，你放心吧，我一定会与他们一刀两断！"

三妮听了，高兴地使劲握了握刘小帆的手，说道："小帆，我相信你！"

……

告别了摩顿岛，三妮和刘小帆从北昆士兰州的艾利海滩乘旅游船，驶向全球最大的珊瑚礁和珊瑚岛群——大堡礁。它由近三千个不同阶段的珊瑚礁、珊瑚岛、沙洲和潟湖组成，面积二十多万平方公里，是成千上万种海洋生物的安居之所。在它的水域，有大小岛屿六百多个，从无人居住的幽静小岛，到豪华的海岛度假村，每个岛屿都像一颗明珠点缀其间，最终组成了这个透明清澈的海中野生王国。

不到半个小时，三妮和刘小帆乘坐的旅游船，来到了大堡礁中最大的也是最令人期盼和激动的岛屿——汉密尔顿岛。这一路上，她俩饱览了航程中的海天一色、不时飞过的海鸥、华丽的彩虹等奇特景观。

汉密尔顿岛，是一个令人惊叹不已的心形岛屿，没有任何人工的斧凿。三妮和小帆先是乘船出海，停靠在海中的平台上，近距离亲密接触和观看这个奇妙的心形珊瑚岛。然后，三妮和刘小帆又乘坐直升机，从空中观看它的全貌。这样一个巨大的心形宝石，镶嵌在墨绿色的海洋中，实为天下奇观，她们俩惊叹不已。

大量的珊瑚礁还吸引来了无数的海鸟，成群的海鸥遮空蔽日，为原本寂寞的小岛增添了无限生机。三妮和刘小帆，在岸边的海鸟群中，高兴地挥洒着鸟食，开心地逗着它们玩耍。

夕阳西斜，三妮和刘小帆沿着岸边小道，悠闲自得地散着步。两边，椰树、棕榈树遒劲挺拔，藤葛密织，郁郁葱葱，一派绚丽的热带风光。

宁静的夜晚，三妮和刘小帆静悄悄地坐在海边，一边欣赏着美景，一边聊天。不一会，海面上出现了难以形容的壮观景色。不知道受何种化学物质或者光线的诱发，所有的珊瑚虫一齐释放出一片片橙、红、蓝、绿色的卵子和精子，漂浮在水面上，构成了惊人的颜色。卵子和精子混杂结合在一起，产生出密密麻麻的幼小的珊瑚虫。它们随着潮汐向四处散开，寻找合适的空间建造新的珊瑚礁。三妮和刘小帆被这一奇观惊呆了，震撼了，心中久久不能平静。

三妮和刘小帆躺在沙滩椅子上，看着大海，听着涛声，安静地小憩。

三妮看了看刘小帆，问道："小帆，你困了吧？"

"姐，我现在满脑子都是珊瑚虫繁殖时的景象，这太神奇了。我兴奋得不得了，一点也不困。"刘小帆兴致勃勃地说。

"这好办，明年春天如果有机会，我们再来观赏。"三妮笑笑盈盈地说。

刘小帆想了想，突然伤感起来，心事重重地说："姐，你是在骗我吧？明年，你和我还不知道在不在一起哪。"

"鬼丫头，你是怕我离开你们家吧？"三妮笑吟吟地问。

刘小帆回答："姐，我想一辈子和你在一起。离开了你，我不知道怎么样生活下去。"

"我也想一辈子和你在一起。"三妮脱口而出。

刘小帆高兴地在三妮脸上亲了一下，激动地说："姐，你真好，你是世界上最好的人！"

"告诉你，我今年准备考大学。我已经想好了，外地的大学我不报，只报观海大学。这样，上了大学也不会离开观海，更不会离开你，两全其美。"三妮轻柔地拍着刘小帆的肩膀说。

刘小帆紧紧地抱住三妮的一条胳膊，激动地说："姐，太好了，谢谢你！"她凝思片刻，接着说道："姐，你几次营救我，没有你，就没有我的今天。"说到这里，她忍不住流出眼泪，抽泣着说："姐，你……是我最亲的人，是我的好姐姐。我这辈子……不知道怎么样才能报答你！"

三妮紧紧地把刘小帆抱在怀里，高兴地说："小帆，过去的事就不要再想了，也不要再提了。从现在开始，咱们俩想高兴的事，说今后的愿望和打算。"

第三十三章 战胜毒魔 出国散心

刘小帆看着三妮，深情地说："姐，今天我特别兴奋，对以前的事，我还想多说几句。我记得，我们俩刚认识的时候，我对你很不理解，还瞧不起你，认为你这个从穷山沟里走出来的打工妹，高中没有毕业，想靠一边打工一边自学考上大学，这是自不量力，肯定坚持不了多长时间。这一年多来，你辛辛苦苦地干家务活，无微不至地关怀照顾我们父女俩，拼命地挽救我，还一直坚持自学。姐，你用实际行动感动了我，给我做出了榜样。我现在从内心里十分感激你，佩服你！"

三妮用手指刮了一下刘小帆的鼻子，笑嘻嘻地说："鬼丫头，你今天怎么老是吹捧我啊？快说说你自己吧，你打算今后怎么办呀？"

"我……还能怎么办啊。我现在变成了这个熊样子，能不能继续上学，能不能熬到高中毕业，都很难说，我……更用不着考虑上大学的事。"刘小帆灰心丧气、吞吞吐吐地说。

"小帆，你又在胡说八道。我这样的破条件，还在努力考大学。你的条件这么好，要比我强一百倍，为什么不考虑上大学啊？"三妮质问道。

刘小帆哑口无言，支支吾吾了半天，说道："我……和你理想不一样，我想早一点去经商，去挣钱。"

"干什么工作都需要文化知识，经商也需要上大学。你现在的年龄，正是学习科学文化知识的黄金时期，正是为一生打基础的关键时候。基础不牢，地动山摇。你现在不打牢科学文化知识的基础，将来无论干什么工作，都不可能干好。你现在需要集中精力学习，千万不要心浮气躁，朝三暮四，浪费时光。人活在世界上，要争口气。别人行，你为什么就不行呀？小帆啊，我说的这些，都是些大道理，都是些老生常谈，你可能听不进去。但是，这些都是实实在在的道理，我劝你不要当耳旁风，最好能记在心里。"三妮苦口婆心、语重心长地嘱咐着。

三妮说的这些话，老师和刘一鸣不知道对刘小帆说过多少次，她听得都厌烦了，心里也很反感。今天，不知道怎么回事。刘小帆听得那么认真。经过了这么多风风雨雨，刘小帆慢慢长大了，也成熟了。现在，她又一次聚精会神地沉思起来。她想，自己确实到了应该悬崖勒马的时候了，今后再也不能稀里糊涂、浑浑噩噩地混日子了。她暗暗地下决心，要从人生的阴影中走从来，告别过去，重新做人，走正常人走的路，过正常人过的生活。

刘小帆越想越信心十足，她向三妮怀里靠了靠，胸有成竹地说："姐，你说的话，我都记住了。今后的路应该怎么样走，我现在也想明白了。姐，你就放心吧，我不会让你和我爸爸老是伤心，也不会让你们俩老是失望！"

三妮笑盈盈地说："小帆，好样的，我没有看错人，我相信你一定会说到做到。"

刘小帆信誓旦旦地说："绝不食言！"

三妮激动地大声说道："小帆，有志气，我祝愿你心想事成，马到成功！"

……

第三十四章 寇哥闹事 海宁制止

新年伊始,观海市港务局开展了争创世界港口十强的活动。尽管寒气袭人,港口里面一派欣欣向荣、蒸蒸日上的繁忙景象。

早晨,大妮站在餐馆的大门口,向港区里望去……

东方的海面上,一轮红日喷薄而出,冉冉升起。港区里霞光万道,金光闪闪。一串串红红火火的特大灯笼,悬挂着长长的红色条幅,条幅上写着醒目的标语口号,在港区的上空,迎风飘荡。优美动听的歌曲《今天是个好日子》,在港区的上空回荡着。歌声、马达声、汽笛声、喇叭声、轰鸣声……交织在一起,像雄壮美妙的交响乐,此起彼伏,响彻云霄。一眼看不到边的码头上,集装箱和各种货物,堆积如山。一个个流动的铲车,不停地来回穿梭。一排排巨大的龙门吊,不停地起伏升降,在隆隆的轰鸣声中,吊具画出一道道优美的弧线,如行云流水一般,将货物准确地安放在万吨巨轮上。港湾里,停泊着数不清的大大小小的轮船。一群群海鸥,迎着朝霞,不停地飞来飞去。不远处的海面上,波光粼粼,金光闪闪,各种各样的轮船,在排着队进出港口……

港口里面热火朝天,港口大门口旁边的大妮餐馆,生意也十分火爆,每天前来就餐的人们都络绎不绝。

今天是个星期天,前来就餐的顾客特别多。大厅里和每一个包间里,全部爆满。大妮带领着三个服务员,正在马不停蹄地忙活着。

中午,几个流里流气、摇头晃脑的年轻男子,气势汹汹地走了进来。为首的那个人叫寇彪,人们都叫他寇哥。他三十二岁,生得肥头大耳,膀大腰圆。他脖子有点短,满脸滚刀肉。特别是他那张驴长脸上,长着一对老鹰的眼睛和一只老鹰的鼻子,使人望而生畏。据说,他加入了一个什么组织,还很庞大,他自己手下就有几十号人。还有的说,他后台很硬,当地的派出所都怕他几分。人们很难说清楚寇哥一伙人具体从事什么工作,但可以肯定地说,凡是敲诈勒索、坑蒙拐骗、欺行霸市的事,他们几乎都有份。

寇哥带来的这四个小兄弟,餐馆里的员工们都不知道他们叫什么名字。何

第三十四章 寇哥闹事 海宁制止

小云、冷小静和葛甜甜，按照这四个人的身材特征和面部长相，分别给这四个人起了个外号，听起来还真符合实际情况。

寇哥一伙人来餐馆喝酒，这已经是第三次了。

他们第一次来餐馆喝酒，那是半个月以前的一天下午。他们就好像一群疯狗，一进门就骂骂咧咧，摔摔打打。更可恶的是他们时不时地对何小云、冷小静和葛甜甜动手动脚，吃女孩子们的豆腐。酒足饭饱以后，他们拍拍屁股就走人。大妮跟他们要钱，他们不但不给钱，还蛮不讲理，破口大骂。

寇哥一伙人第二次来餐馆喝酒，那是七天以前的一个晚上。这一次，他们表现得比第一次更加猖狂。大妮还是强压着心中的怒火，一忍再忍。当他们吃饱喝足以后，又拍拍屁股要走人，大妮急忙把他们拦在了大厅里。

对寇哥一伙人来说，白吃白喝是家常便饭，也早就习以为常了。他们这两次来餐馆喝酒，就是想给大妮来个下马威，逼迫她乖乖地就范，从此以后不敢再提要钱的事。他们没有想到，大妮不但没有被吓住，反而穷追不舍，紧抓不放。

大妮稳定了一下情绪，陪着笑脸说："各位大哥，我上一次就跟你们说过了，我是小本生意，不赊账，要交现钱。各位大哥都是明白人，请你们谅解。再说了，各位大哥上一次在我这里喝酒，还没有给现钱。如果这一次再不给现钱，就更说不过去了。谁都知道，各位大哥财源滚滚，腰缠万贯，不差我这几个小钱。"

听了大妮的话，寇哥一伙人先是一愣。紧接着，刀疤脸冷笑了两声，阴阳怪气地说："真邪门了，今天太阳怎么从西边出来了，还碰上了一个不懂规矩的大傻子？我告诉你，老子出来吃饭，还从来没有遇到过敢要钱的。你这个黄毛丫头，有眼无珠，不知道天高地厚。你敢跟老子要钱，是不是活腻歪了，想找死啊？"

大妮听了，不急不躁，从容不迫地说："各位大哥，别的人家大业大，财大气粗，不在乎这么一点点小钱。我是小本生意，蝇头小利，又刚刚开张，如果收不回本钱，就没有办法再买米进菜，明天只能关门停业。各位大哥财富如山，请你们高抬贵手，照顾一下我这个小店。等以后我的生意上了道，一定会好好地孝敬各位大哥。"

刀疤脸越听越不耐烦："老子没有闲工夫听你磨牙！"他一把推开大妮，又要往外走。

大妮忍无可忍，再一次把刀疤脸拦住，理直气壮地说："吃饭交钱，人之常情，天经地义。这位大哥，你走南闯北，应该知道这个道理吧。"

这时候，童军和餐馆的员工纷纷围过来指责寇哥一伙人。正在就餐的顾客，大多数都是常客，都很同情和支持大妮。大家看到寇哥一伙人专横跋扈，蛮不讲理，十分气愤，也都围了上来，七嘴八舌地批评寇哥一伙人。

寇哥一伙人没有想到，他们第一次来这里喝酒时，碰了一鼻子灰，这次来喝酒，又碰了一鼻子灰。他们虽然恼羞成怒，憋了一肚子的气，但在大庭广众、

众目睽睽之下，又不便明目张胆地发泄出来。

这时候，寇哥皮笑肉不笑地冷笑两声，若无其事地给瘦猴子使了一个眼神。

瘦猴子心领意会，马上觍着脸对大妮说："小妹妹，今天我们急着出来办事，确实没有来得及带钱，明天我们还来这里喝酒，一块结账。今后，我们会常来常往，绝对不会欠你的钱。再说了，观海谁不知道我们寇哥腰缠万贯，还能欠你这几个小钱啊？"

大妮不想把关系搞得太僵，沉心静气地说："各位大哥，你们能光临我的小店，是看得起我，我感激不尽。不过，亲兄弟明算账，请这位大哥写个欠条吧。"说着，她把笔和纸递到了瘦猴子面前。

瘦猴子哭丧着脸，偷偷地看了寇哥一眼，很不情愿地写了欠条。寇哥气得眼睛冒火，十分尴尬地冷笑了两声，然后趾高气扬地走了出去。

大妮两次与寇哥一伙人打交道，被他们气得火冒三丈，七窍生烟。但冷静下来一考虑，她还是决定要忍。

大妮对寇哥一伙人早有耳闻，知道他们是黑道上的地痞流氓，平时横行霸道、无恶不作，还知道他们这伙人势力很大，得罪不起。大妮对他们既恨又怕，为了做生意，只能委曲求全，忍气吞声。每当他们来了，她总是强压着心中的满腔怒火，硬着头皮笑脸相迎，好言相求，好酒好菜地伺候着他们。她没有想到，到头来不但没有要到一分钱，还与他们结下了梁子。

冷小静和葛甜甜刚离开家门，涉世未深，见了寇哥一伙人，就像老鼠看见了猫，吓得恨不得立即钻进地下去。与冷小静和葛甜甜相比，何小云就成熟、老练、油滑得多。何小云不但不怕寇哥一伙人，还时不时地和他们打情骂俏，搂搂抱抱。他们每一次来，都专门指定何小云给他们服务，不让其他人随便进他们的包间。为了保护何小云、冷小静和葛甜甜，大妮想方设法不给寇哥一伙人调戏女孩子的机会。

一次，大妮把何小云叫进一个包间里，郑重其事地说："小云，我要提醒你，姓寇的一伙人没安好心，想占你的便宜。你要防备着他们，不要和他们拉拉扯扯，免得吃亏上当。"

何小云不以为然，满不在乎地说："姐，你的好意我知道，谢谢你。不过，都不搭理他们，都躲着他们，我们的生意怎么做啊？打打闹闹、说说笑笑这样的事，在我的老家是家常便饭，不算什么事，都什么年代了，还榆木脑袋不开窍。再说了，谁占谁的便宜，还不一定哪。"

大妮严肃认真地说："小云，你老家的事我不管。你跟着我干，我就要对你的安全负责，你必须按照我说的去做。"

何小云好像没有听进去，轻描淡写地说："姐，你放心吧，我一定按照你说的去做，绝对不会出事。"

今天，寇哥一伙人第三次来餐馆喝酒，比前两次更加嚣张和猖狂。大妮看

第三十四章 寇哥闹事 海宁制止

到他们那蛮横霸道、流里流气的样子,心里就好像吃了几只苍蝇,恶心得想吐。她使劲压了压心中的怒火,急忙迎了上去,心平气和地说:"各位大哥,欢迎你们大驾光临!"停了一下,她又解释道:"寇大哥,真不好意思啊。您看看,真不凑巧啊,您来晚了一步。现在餐馆里人满了,插脚不下,还乱哄哄的。您和几位大哥先到对面公园里溜达溜达,散散步,看看风景,等我收拾出一个干净舒适的包间,给您留着,您看怎么样啊?"

寇哥好像什么都没有听见,不理不睬,连看都不看大妮一眼,撇了撇嘴,一脸的不屑,径直来到他们前两次来过的那个包间里。寇哥的小兄弟刀疤脸盛气凌人地对包间里的人们吼道:"没长眼睛啊,老子来了,还不快点滚蛋!"

正在用餐的是几位装卸工人,看到寇哥一伙人气势汹汹、横行霸道的样子,忍无可忍。一个五大三粗的装卸工人指着刀疤脸骂道:"你们是些什么东西呀?敢来这里胡闹,都给我滚出去!"骂完,愤怒地把一杯啤酒泼在了刀疤脸的身上。

刀疤脸恼羞成怒,面色瞬间就变成了酱猪肝,他从腰里抽出来一把匕首,抵在了这个装卸工人的脖子上,恶狠狠地威胁说:"你瞎了狗眼,敢在老子的地盘上撒野,我看你是活得不耐烦了!"

几个装卸工人哪里受得了这个窝囊气,怒气冲冲地抄起凳子,就要动手。

"住手!这是我的餐馆,谁要敢在这里打架,我马上打电话报警!"大妮早就被寇哥一伙人气得七窍生烟,大喊一声,冲了进来。

寇哥的另一个小兄弟歪脖子也抽出一把雪亮的杀猪刀,在面前晃了晃,插在了桌子上,杀气腾腾地对着几名装卸工人吼叫:"寇哥在此,如果你们的狗头不想搬家,那就滚蛋!"

大妮使劲压制着满腔怒火,冲到桌子前面,大声说道:"各位大哥,都是低头不见抬头见的熟人,有话好好说,有事慢慢商量。何必大动干戈,伤了和气啊。再说,这个小餐馆是我东借西借、七拼八凑开起来的,比我的命都重要,请你们高抬贵手,千万不要在这里打架!"

这几名装卸工人以前多次听别人说起过寇哥一伙人,知道这是一帮黑社会和亡命之徒。他们不想给大妮带来麻烦,也不想惹寇哥这个马蜂窝。他们互相交换了一下眼神,骂了几句,怒气冲冲地放下凳子,很不情愿地走了。

寇哥一伙人得意扬扬地坐下来,点了满满当当一桌子酒菜。刀疤脸把何小云叫进来服务,然后随手锁上了包间的门。

"小云啊,寇哥喜欢上你了,这几天老是念叨你,今天你就好好地伺候伺候寇哥吧。"刀疤脸边说边把何小云推进了寇哥的怀里。

何小云坐在寇哥的大腿上,飞了个媚眼,娇滴滴地说:"寇大哥呀,这是真的吗?你真的喜欢我吗?"稍停片刻,她又嗲声嗲气地说:"寇大哥,你这么久不来,早就把我忘得一干二净了。认识你这么长时间了,你一点也不关心我。"

寇哥眯缝着眼,咧着嘴坏笑着,端起一杯啤酒,一扬脖子干了。几个小兄弟见老大开了头，就咋咋呼呼地喝起来。

到了晚上八点多，前来就餐的顾客们早就换了好几波。寇哥一伙人还在包间里面大呼小叫地猜拳行令，嬉皮笑脸地与何小云打情骂俏，云遮雾罩地胡说八道，弄得包间里乌烟瘴气。

其实，寇哥他们早就酒足饭饱了。他们之所以赖到这么晚还不走，就是在故意找碴，想给大妮点颜色看看，泄泄他们心中的火气。

"老板娘，你是什么服务质量啊！"刀疤脸使劲敲打着盘子大声骂道。

大妮马上推门进来，急忙说道："各位大哥，小店刚刚开业不久，招待不周，请多多包涵。"

歪脖子阴阳怪气地说："包涵……嘿嘿……给老子上一盘子鲍鱼吧。"

大妮顿时明白了，这几个无赖赖着不走，是无事生非，故意找碴。说心里话，怎么样对付这些地痞流氓，大妮心里一点底也没有，甚至还有点胆怯。但是，她没有退路。她只能随机应变，勇敢地应对他们。她抑制住心中的满腔怒火，不卑不亢地说："这位大哥，我这个小店里，只有家常菜，没有高档菜。请大哥谅解，将就着用吧。"

这时，罗圈腿突然猛地拍了一下桌子，吼叫道："你少啰唆，立马弄盘海参端上来！"

大妮不慌不忙地说："这位大哥，你真会开玩笑，我这个小店里连鲍鱼都进不起，哪里还有钱进海参啊？"

"哈哈……嘿嘿……没有鲍鱼、海参，你就来瓶五粮液吧。"歪脖子怪笑着说。

"看来，这几位大哥到现在还不了解我的情况啊。实话实说，我是个村姑，家里很穷。我不懂礼节，也不会经营餐馆。我东借西凑弄了几个钱，开了这个小店。现在，挣的钱连还账都不够。这几天，我连进菜买米的钱也拿不出来了，人家还在催着我还债。这样吧，请几位大哥把这几次的账给我结了，我去给你们买瓶五粮液，让你们喝个痛快。"

"呵呵……臭美，你是谁啊，寇哥有闲钱给你？嘿嘿……给脸不要脸，不知道天高地厚！"罗圈腿阴笑着说。

刀疤脸拍着桌子问大妮："你吃豹子胆了，寇哥的钱你也敢要？"

大妮一边给寇哥倒茶水，一边微笑着说："几位大哥，你们真的是误会我了，寇大哥的钱我哪敢要呀？我还不至于糊涂到这种程度，我想巴结寇大哥还怕找不到机会哪。"

歪脖子狠狠地瞪了大妮一眼，急忙问道："你……这是啥意思啊？"

大妮倒上两杯啤酒，把一杯酒推到寇哥面前，笑嘻嘻地说："寇大哥，误会了，对不起，小妹我敬你一杯，给你赔礼道歉。"说完，大妮一饮而尽。

歪脖子越听越迷糊，一脸茫然，瞪着眼睛问大妮："别兜圈子了，你到底是啥意思啊？"

第三十四章 寇哥闹事 海宁制止

大妮微笑着说:"我想请寇大哥说句话,让你们四位大哥都出手相助,掏出一点钱来,帮助我渡过难关。"大妮也没有想到,此时此刻,她能说出这样的话来。

瘦猴子摇着头说:"扯淡,我们哪里有钱给你啊!"

大妮笑眯眯地说:"四位大哥,谁不知道你们个个是财神爷啊。对你们来说,我那几个小钱连九牛一毛都算不上。平时,寇大哥送给你们的是金山银山,你们应该知恩图报,慷慨解囊,好好地孝敬寇大哥。你们既然陪着寇大哥出来喝酒,就应该表现得大方点,主动替寇大哥埋单,不应该这么小气和抠门。我做梦也没有想到,你们四个人这么吝啬,连芝麻大的小钱都不肯拿出来,弄得寇大哥没有面子,下不来台。"

"臭丫头,滚一边歇着去,我有钱也不会给你!"刀疤脸有点尴尬,骂道。

大妮给寇哥换了一杯茶,说:"寇大哥,人们都说你是个正人君子,菩萨心肠。我现在遇到了困难,你肯定会出手相助。你就开开金口,替小妹说句话吧。"

在寇哥眼里,大妮只是一个初出茅庐的黄毛丫头,摆平她不费吹灰之力。他完全没有想到,大妮这么厉害,这么难以对付。大妮理直气壮,能说会道,绕来绕去,绕到了他的头上,还竟然将了他的军,使他无话可说,无路可退,十分尴尬。他有一个习惯,就是在外面的场合很少说话,目的是为了保持一种神秘感,让别人看不透他,也摸不到他的底。他眯缝着眼睛,嘿嘿冷笑了两声,慢条斯理地喝着茶。

见寇哥还是不理不睬,大妮一语双关地大声问道:"四位大哥,为了这么几个小钱,使寇大哥耽误了时间,丢失了脸面,你们自己感到值得吗?"

刀疤脸忍不住了,把一瓶啤酒狠狠地摔在地上,气急败坏地骂道:"你少啰唆,老子不会给你一分钱。惹火了,今天晚上让这里底朝天!"

这时候,童军带领员工们急匆匆地走了进来,正在就餐的顾客们也不约而同地围上来。顿时,包间内外被挤得水泄不通。大家都很气愤,你一言我一语地指责着寇哥一伙人。

"大妮,发生什么事了?"说话的是安磊的老同学海宁。今天晚上,他带着三个同事在港口里采访完加班加点的装卸工人,顺路进来吃饭,看到眼前的一幕,急忙大声问道。他边问边带领着三个同事挤了进来。

正在忐忑不安、不知所措的大妮,看到来了这么多人帮助自己,特别是看到海宁和他的三个同事突然出现在眼前,顿时喜出望外地大声喊道:"海宁大哥,这一伙人蛮不讲理,喝酒不给钱,这已经是第三次了。你们是电视台的记者,给评评理吧!"

海宁看了看寇哥一伙人,气愤地说:"你们是些什么人,这么胆大包天?告诉你们,大妮是我的妹妹,我绝对不允许你们在她的餐馆里瞎胡闹。你们要是不想上电视,不想在社会上曝光,就赶紧痛痛快快地结账走人。"说完,他与三个同事一起,拿出他们的长枪短炮,又是拍摄,又是照相。

寇哥原来打算今天晚上要教训一下大妮，杀杀她的锐气。他没有想到，这么晚了，餐馆里竟然还有这么多顾客。他不想因为这么点区区小事引起众怒。他更没有想到，观海电视台大名鼎鼎的记者海宁，带领三个同事，突然降临到这里，大妮还成了他的妹妹。这些无冕之王，神通广大，得罪不起啊。他在黑道上混了这么多年，有的时候有恃无恐、无法无天，有的时候做贼心虚、担惊受怕，他最担心的是被新闻媒体曝光。他不能因为这几个钱坏了名声毁了形象，断送掉前程。想着这里，他心里慌了，再也坐不住了。他用一只眼睛瞪着瘦猴子，用一个手指使劲敲了敲桌子。

瘦猴子心领神会，马上点头哈腰、涎皮赖脸地问："小妹妹，你要多少钱啊？"

大妮气呼呼地说："三次加起来，一共三千二。"

瘦猴子不敢再啰唆，急急忙忙掏出三千二百块钱，甩在桌子上，然后搀扶着寇哥，灰溜溜地走了。

大妮激动得热泪盈眶，大声说道："各位朋友，今天晚上，我请你们喝啤酒，你们要开怀畅饮。"稍停，她又喊道："童军，你马上去做一桌子好菜，我现在要请海宁大哥喝啤酒。"

不一会工夫，就上了一桌子热气腾腾的饭菜。大妮欣喜若狂，连敬了大家三杯酒。她扬眉吐气地说："海大哥，在座的各位，是你们帮助我出了窝囊气，谢谢你们！"

海宁乐呵呵地说："姓寇的一伙人是地痞流氓和亡命徒，白吃白喝是家常便饭，早就成习惯了。大妮，你敢虎口拔牙，让他们把钱掏出来，很不简单，我佩服你的胆量和勇气。"

"姐，你真棒，胆子真大。我看见他们，就心发慌，腿发软。你一点也不怕他们，把他们给镇住了，我很佩服你！"冷小静喜气洋洋地说。

"姐，你能说会道，聪明过人，比阿庆嫂还有本事。你一个人批驳得他们五个人有口难辩，比诸葛亮舌战群儒还厉害。"葛甜甜笑眯眯地说。

大妮急忙说："你们就不要再夸我了。其实，我一直心里打鼓，忐忑不安。我是被逼无奈，打鸭子上架，硬着头皮在与他们周旋。他们不是省油的灯，不会善罢甘休。我现在心里还是没有底，担心他们还会来找麻烦。"

童军忧心忡忡地说："姓寇的心黑手辣，贪得无厌，达不到目的，绝对不会罢休。他们什么样的缺德事都能干出来，我们以后要多加小心。"

海宁说："大妮、童军，他们的目的就是想白吃白喝，你们俩不要怕他们，要针锋相对地与他们斗下去。他们再来捣蛋找麻烦，你们就给我打电话，我来对付他们。"

这时候，吴涛在餐馆外面燃放起了烟花爆竹。那一朵朵五颜六色的烟花，在夜空中竞相绽放着。

……

第三十五章　落叶归根　安葬白花

二妮看着白花给她的信，恍恍惚惚、断断续续地哭了一整夜。第二天早上，她和常健打车来到海安医院，叫上正在住院的柳叶，一块来到那个小渔村，然后顶着暴风雪，乘坐着一条小渔船，向无名小岛驶去……

现在，柳叶的右腿已经康复得差不多了，生活已经能完全自理，但右腿已经残疾，走路有点瘸，不注意看不出来。

北风呼啸，天上纷纷扬扬地飘荡着鹅毛大雪。波涛汹涌的海面上，小渔船上下颠簸着摇摇晃晃地渐渐地靠近了无名小岛。

"白花，你不能死……白花，我来救你啦……白花，我的妹妹，你要坚持住啊！白花，你要等着我啊……"在二妮的意识中，白花还没有死，她还活着。二妮还没有登上小岛，就号啕大哭着喊叫起来。

这是二妮第二次登上这个无名小岛。与二妮第一次登上这个小岛不同的是，一直蹲在小屋子前面那一块大礁石上默默地吸烟、好像木偶和聋哑人、猥琐龌龊的干瘪老头——李保柱，已经畏罪潜逃了；拴在小屋子旁边的那一只令人毛骨悚然的大狼狗，也不知道跑到哪里去了；迎接她的是，李保柱雇请的农民工、在这个小岛上养海参鲍鱼的那两个年青小伙子。

二妮一踏上小屋子前面的那一块大礁石，扑通一下跪下来，给两个年青小伙子磕了一个头，大声哭喊着说："谢谢你们俩！"然后急忙爬起来，哭喊着冲进了小屋子。

白花的遗体放在小屋子里那张床上。由于被海水长时间浸泡，再加上与礁石的碰撞，白花的遗体已经面目全非，残缺不全，惨不忍睹。

"白花，你死的好惨啊……白花，你死的冤枉啊……白花，你的命怎么这么苦呀！白花，都怨我没有把你救出去！白花，我对不起你……"

二妮和柳叶看着白花的遗体，悲痛欲绝，声嘶力竭、撕心裂肺地号啕大哭，哭的天昏地暗，令人心碎……

苍天哭了……那一片片、一团团、一簇簇的雪花，像柳絮，像梨花，像羽毛，像玉蝴蝶，更像是洁白无瑕的鲜花，漫天飞舞，越下越大，越下越密，撒在了大海里，落在了礁石上，在上面铺了厚厚的一层。

大海也哭了……大海与天空之间，就好像挂上了连绵不断的、无边无际的白色灵幡。波涛汹涌的海面上，一个接着一个的排山倒海的惊涛骇浪，不停地哭喊着，拼命地撞击着岸边，发出来的声音惊天动地，令人心惊胆战。

那两个年青小伙子与几个年轻渔民一起，把白花的遗体抬上小渔船。伴随着惊涛骇浪和二妮、柳叶号啕大哭的声音，小渔船缓缓地离开了这个无名小岛。

深夜，一列南下的火车上，二妮脸色凝重，心如刀绞，怀里抱着用红布包起来的白花的骨灰盒，挤在人头攒动、水泄不通的车厢里，向着白花的老家驶去……

二妮坐了一天一夜的火车，来到了郑州，然后又坐了一天的客车，来到了一个偏僻落后的小县城。她花钱雇了一辆摩托车，沿着一条崎岖不平的羊肠小道，终于来到了白花的老家——簸箕峪。

这是一个十分偏僻而又十分贫穷落后的小山村。全村有八十多户人家，房子全都建在山沟上面的山坡上。一走进这个小山村，二妮就有一种回到老家半棵树的感觉。因为这个小山村，与半棵树差不多。

白花家的院子很小，几乎全被房子占满了。正面四间新盖的锁皮房子，白花的两个哥哥一人住一半。东面是一间厨房，白花的爸爸住在厨房对面的一间小屋里。从房子的情况和家里的摆设来看，与附近的邻居相比，白花家过得还算可以。

白花的大哥叫白大柱，二十四岁，一条腿残疾，拄着双拐才能行走。白花的二哥叫白二柱，二十一岁，从小患癫痫病，并且越来越严重。白花五岁那年，她的妈妈就因病去世了。白花的爸爸身高不到一米六，虽然刚过了五十岁，但看上去就好像六七十岁。

马上就要过年了，又大雪封山，人们好不容易清闲了下来。到外地打工的年轻人，大部分都回来了。昔日里死气沉沉的小山村，一下子变得热闹起来。二妮来到白花家，还没有坐稳，就来了很多看热闹的人们。二妮流着泪水，向大家说明了来意。她解开红布，把白花的骨灰盒摆放在了桌子上。

"白花死了！"

这个噩耗犹如一声晴天霹雳，在小山村的上空炸开了，震得地动山摇。人们奔走相告，全村的男男女女、老老少少一下子都涌到了白花的家里。房子里，院子里，被人们挤得水泄不通。人们从不相信这是真的，转变为目瞪口呆，又从目瞪口呆，转变为伤心痛哭，再从伤心痛哭，转变为接受和面对这个现实，紧接着从接受和面对这个现实，转变为商量着为白花处理后事。

白花的叔叔抱来一只被捆绑起来的红色的大公鸡，放在白花的骨灰盒一旁。人们燃放起鞭炮，摆上供品，不停地上香、烧纸。亲戚邻居们一批接着一批前来吊唁，有的号啕大哭，有的低声哭，还有的一边哭一边不停地大声喊叫着白

第三十五章 落叶归根 安葬白花

花的名字……

深夜，人们渐渐散去。二妮来到了白花的婶子家，住在一间小土屋里。自从收到白花的信，一直到现在，已经三天三夜了，二妮没有吃过一顿像样的饭，没有睡过一个囫囵觉。她已经筋疲力尽，十分疲惫和憔悴。现在，她躺在冰冰凉邦邦硬的小土炕上，一点睡意都没有。白花的影子在眼前晃来晃去，怎么也合不上眼睛。她心酸流泪，唉声叹气，翻来覆去睡不着。

小土屋的外面，一阵阵的暴风雪，卷着松涛，带着吓人的声浪，从崖头上直冲下来，撞击着小土屋的墙壁和门窗，发出恐怖的巨响。再仔细一听，那尖锐刺耳的悲鸣，好像是山中的妖怪在外面巡游一般，令人毛骨悚然，胆战心惊。

第二天早晨，二妮在白花的婶子家匆匆忙忙吃了几口饭，又来到白花的家里。这时，房子里已经坐满了人。除了白花家的几个人外，二妮都不认识。男人们都吸着用纸卷成的喇叭筒子似的旱烟，还不停地咳嗽着，毫无顾忌地向地上吐着痰。整个房间里，烟雾缭绕，怪味熏人，使人睁不开眼睛，也喘不动气。

"闺女，白花是怎么死的啊？"一个六十多岁的瘦老头，一边吸着旱烟，一边问二妮。看样子，这个瘦老头在这个小山村德高望重，是个主事的人。

"她不小心掉进大海里，淹死的。"自从来到这个家里，不知道有多少人问过白花的死因，二妮都一直这样回答。

白花出去打工，已经三年多了。这三年多来，虽然白花一次也没有回来过，但她寄回来不少钱。在乡亲们的眼里，她寄回来的这些钱，是一个很令人惊讶和不敢相信的数字。在亲戚邻居的心目中，白花自然成了财神爷和一个了不起的英雄人物。每当说起白花，人们都赞不绝口、羡慕不已。

以前，白花的家里穷得叮当响。一家五口人挤在一间漏风漏雨的破屋子里。白花的妈妈去世早，她的爸爸是个结巴，老实得三脚踹不出一个屁来，连句话都不敢说。两个哥哥，一个残疾，一个身体有病。村里评选困难户，白花家每年都是第一名。

这几年，白花的爸爸和两个哥哥用白花寄回来的钱盖了新房子，买了新家具，小日子刚刚开始有了点起色。眼下，白花的爸爸正盼星星盼月亮地盼望着白花寄回来更多的钱，给白花的两个哥哥找对象，结婚生子，传宗接代。在白花的家人和亲戚邻居的心目中，白花是这个家庭中唯一的希望，也是她的两个哥哥能不能成家立业、能不能发家致富的关键所在。每当亲戚邻居们提起白花，白花的爸爸和两个哥哥都引以为豪，心里有说不出来的高兴。但是，他们从来没有问过白花这些钱是怎么挣来的，累不累啊，苦不苦啊。眼看着就要过年了，他们正望眼欲穿，盼望着白花能寄回来很多钱。他们做梦也没有想到，眼巴巴地盼望来的不是票子，而是白花的骨灰盒。他们经受不住这突如其来的残酷打击，精神就要崩溃了。

二妮心里十分清楚，如果自己一不小心把白花这几年卖身挣钱的事说出来，把白花真正的死亡原因说出来，那就好像又来了一声晴天霹雳，很可能瞬间就会把白花的家人和亲戚邻居击倒在地。在这样一个十分封建落后的小山村里，这事所造成的可怕的灾难性的后果，将是难以想象的。所以，二妮拿定了主意，不管遇到什么样的情况，绝对不能把白花卖身挣钱和死亡真相说出来。二妮想，白花是可怜的，也是无辜的，她已经离开了这个世界，绝不能让她的名誉和尊严再受到一点一滴的玷污和伤害。白花的家人是可怜的、可悲的，也是无奈的，绝不能在他们的伤口上再撒上一把盐，一定要给他们留下继续生活下去的面子、信心和勇气。

"闺女，你和白花是什么关系呀？"瘦老头使劲吸了两口烟，瞪着两个小眼睛问二妮。

"我与白花是好朋友。"二妮含着眼泪说。

"白花在你们单位干了这么多年，没有功劳，还有苦劳，不能就这么完了吧？"瘦老头又使劲吸了两口烟，咳嗽了几声。

"白花是下班以后，去海边玩耍，一不小心就掉进了大海里，被淹死的。她的死与单位无关，单位没有责任，所以不管。"二妮流着泪水回答。

"白花是一个活蹦乱跳的大活人，给你们单位工作了三年多。你现在送回来一个骨灰盒，就想拍拍屁股走人，绝对没有门！"瘦老头瞪着二妮，拍着桌子，怒气冲冲地说。

二妮心里凉了半截。她做梦也没有想到，好心变成了驴肝肺，她不但没有得到感谢，反而被他们误解了，把她当成了出气筒。她连忙解释道："爷爷，我与白花不在一个单位工作，我也不是白花的单位派来的。我和白花是最好的朋友，好得像亲姐妹一样。我是自觉自愿地把白花的骨灰盒……"

"你少啰唆，我不听你那一套。白花去的时候是个大闺女，现在变成了一个骨灰盒，你们必须给赔偿。不拿出钱来，你休想离开这里半步！"瘦老头火冒三丈，打断二妮的话，使劲拍着桌子，大声吼叫着，不停地咳嗽着。

二妮听了，顿时惊得目瞪口呆，不知所措，她现在是哑巴吃黄连，有苦难言。愣了半天，她委屈地哭了起来，抽泣着说："爷爷，你……误解了我，你……冤枉我了！"

"不……能算完，你……要赔钱！"白花的爸爸一直蹲在桌子旁边的那个墙角里，低着头，不停地抹眼泪，手指中夹着一个已经熄灭了的旱烟屁股，双手哆哆嗦嗦。

"我现在警告你，我这个半死不活的样子，早就不想活了。如果你不赔钱，我就与你拼命，死给你看！"白花的大哥满腔怒火，恶狠狠地威胁二妮。

"你不拿出钱来，老子就杀了你！"白花的二哥破口大骂着，举起拳头就

第三十五章 落叶归根 安葬白花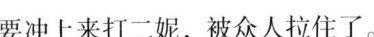

要冲上来打二妮,被众人拉住了。

二妮受到无端指责和破口大骂,成了人们发泄怨恨的替罪羊,心里有说不出的委屈和难受,她忍不住大声哭喊起来:"大爷大叔们,大娘大婶们,你们真的误会我了。现在,我再重复一遍:我确确实实与白花不在一个单位,也不代表白花的单位,更不是白花单位派来的。我和白花是情投意合的好姊妹,她死了,我不能不管。我不能让她的灵魂,孤苦伶仃地在外地到处流浪。我必须把她的骨灰盒送回来,让她落叶归根,回到亲人的身边。我说的字字句句都是实话,请你们相信我!"

"你装模作样,鬼话连篇,你以为我们这些人都是傻瓜蛋啊?我们绝对不会相信你这一套,更不会上当受骗。你要想活着离开这里,就乖乖地把钱拿出来。"白花的大哥怒火冲天,指着二妮吼叫道。

一个四十多岁的中年妇女阴阳怪气地对二妮说:"哎哟哟,我说你这个闺女啊,长得这么水灵,仙女似的,挺稀罕人的。我一看就知道你是个聪明人,是个通情达理的明白人。闺女啊,你可不能干糊涂事,干那些不知好歹的事。你可不能光替单位领导说话,不管这一家子人的死活。你可不能把骨灰盒一放,就想拍拍屁股走人。闺女啊,我一看你的面相,就知道你是个菩萨心肠,乐于助人,喜欢行善积德。你睁开眼睛看看吧,这一家子人,老的老,小的小,伤的伤,病的病,有多么可怜人啊!白花是这个家的顶梁柱,她突然就没有了,这一家人今后怎么活啊。你应该发发慈悲,伸出手来,拉他们一把。死个小鸡小狗还要赔偿哪,何况白花是一个活生生的人啊。闺女啊,你拍着胸口想一想,这样的事要是落在你的头上,你能咽得下这口气吗?闺女啊,做人要讲良心,要将心比心,绝对不能干那些伤天害理的事。你一个大闺女家,要多做善事,图个吉祥。如果你昧着良心说话,干那些缺德的事,就会遭到老天的报应,就会被天打五雷轰。"

一个男青年冷笑着对二妮说:"嘿嘿……你说的比唱的都好听。你要是得不到好处,能跑到这个地方来?鬼才信你的话,嘿嘿……"

"你快拿出钱来,你……"白花的二哥还没有骂完,就口吐白沫,四肢发硬,犯了癫痫病。众人一阵手忙脚乱,七手八脚地把他抬到了另外一间房子里。

此时此刻,二妮就算是满身都是嘴,也说不清道不明了。她从来没有经历过这样的事,做梦也没有想到会遇到这么尴尬的场面,酸甜苦辣一起涌向心头,有说不出来的委屈、郁闷、纠结和气愤。她心里没有底,七上八下,忐忑不安。她有口难辩,不知道如何去解释,也不知道如何去发泄,默默地擦着眼泪。

"小姑娘,你怎么不巧辩了?你刚才能说会道,小嘴吧啦吧啦的,现在怎么突然变成哑巴了?你不如实地把真相说出来,谁能相信你啊?"一个中年男人嘲笑着二妮。

听完这个中年男人的话，二妮眼前突然一亮，茅塞顿开。是啊，不把白花死亡的真相说出来，她跳进黄河也洗不清，这些人肯定不会放过她。想到这里，她擦了擦眼泪，大声说道："在座的各位，我是有很多话还没有说出来。但是，这些话，我只能跟白花的家人说，外人听到不合适。请白花的家人到另外一个房间里，我跟你们说个一清二楚。"

"你要什么花招啊，有屁快放！"不知道是哪一个人很不耐烦地骂了一句。

二妮忍无可忍，拍着桌子，大声说道："我现在明明白白地告诉你们，我不该你们的，也不欠你们的。我想走就走，你们能把我怎么着吧？我是好心好意把白花的骨灰盒送回来，你们不但不领情，还这样对待我。我现在已经受够了，不想再待在这里了。"说完，二妮腾地一下站起来，急匆匆地往外走，被众人拉住。

白花的家人和她的叔叔婶婶以及她的两个姑姑，还有那个主事的瘦老头，与二妮一起，来到了白花爸爸住的小屋里，关上了屋门。

二妮哭着把白花的事一五一十地和盘托出，然后，她把白花写给她的那一封信拿了出来，泣不成声地读了一遍。她最后强调说："我说的句句都是实话，人证物证都在，你们可以去观海调查，也可以去打官司！"

听了二妮的诉说和白花的信，在场的人们目瞪口呆。他们痛哭流涕，心如刀绞。他们商量了半天，然后来到了院子里，瘦老头摆着手对众人说："刚才，我们搞误会了。白花确实是自己不小心掉进大海里淹死了。她的死，与单位和别人没有任何关系。白花的死因，有医院和公安局出具的证明，白纸黑字。现在已经真相大白，没有别的事了，大家都回家忙年去吧。"

按照当地的风俗习惯，白花的骨灰盒要在家里供奉三天，才能安葬。经过白花的家人和亲戚们再三挽留，二妮决定，等安葬完白花的骨灰盒再回观海。

误会解除了，白花的家人对二妮感激不尽。他们再三跟二妮赔礼道歉。二妮十分同情和可怜白花的家人，总想帮助他们一把，但她形单影只，无能为力。

再过六天就要过年了，过年的东西还没有准备。后天就要安葬白花的骨灰盒，还要请亲戚邻居们吃饭，有很多事亟待处理。二妮忙里忙外，帮着白花的家人准备饭菜，打扫卫生。

这个家里，不知道有多少年没有打扫过卫生了。屋里屋外，角角落落，到处都是尘土和垃圾。白花的爸爸和两个哥哥的房间里，脏衣服塞得到处都是。穿过的棉衣，盖过的被子，脏得连布丝都看不见了，都堆放在床底下。厨房里，更是脏得不敢睁眼睛。二妮整整忙活了一天，也没有打扫整理完毕。

多少年了，这个残缺不全的家，一直被一种压抑和冷漠的氛围笼罩着。现在，虽然白花永远地走了，却来了一个聪明、漂亮而又贤惠的二妮，给他们洗衣做饭，收拾家务，给这个冷冰冰家带来了生机和温馨。白花的爸爸和两个哥哥感动得热泪盈眶。

第三十五章　落叶归根　安葬白花

第三天下午，寒风刺骨，鹅毛大雪漫天飞舞。按照当地的风俗习惯，白花的骨灰盒被安葬在了她妈妈的坟墓旁边。二妮泪流满面，蹲在坟墓旁边，不停地给白花烧纸钱。

这是一片乱石山岗，一大片坟茔都被厚厚的积雪埋了起来。风愈来愈猛，雪越下越大。寒风发出一阵阵呜呜的凄凉悲惨的哀嚎声音，就好像狼嚎一般瘆人。有几棵光秃秃的老槐树，在寒风和大雪中伤心痛苦得摇曳着。有几只乌鸦，在山岗上方飞了几圈，又无可奈何地落在了老槐树上，凄凄惨惨地哀鸣着。人们听了，心里一阵阵发酸。

安葬完白花的骨灰盒，天已经黑了。回到家里，二妮和白花的家人，以及白花的叔叔和婶婶，坐在饭桌旁边，默默无语地低头流泪，谁也不肯动筷子。

许久，二妮从兜里拿出一沓钱，递到白花的爸爸面前，含着眼泪说："大爷，我明天早上就要走了，你把这两千块钱收下吧，这是我的一点心意。"

白花的爸爸感动得哆嗦着嘴唇，不知道说什么好，愣了半天，才磕磕巴巴地说："姑娘，你的心意我……领了。这钱，我……一分也不能要。你留着路上用吧，谢谢你！"

二妮哽咽着说："大爷，两个哥哥，我和白花就像亲姐妹。白花离开了你们，还有我。以后，你们有什么困难，就给我打电话写信，我一定像对待自己的亲人那样来帮助你们。"她说完，把钱塞到了白花的爸爸手里。

白花的大哥感动地流着泪水说："二妮妹妹，你是个好人。你为我妹妹做了那么多，又为我们家做了这么多。我们没有办法感谢你，怎么还能再要你的钱啊？"

二妮激动地说："我和白花姐妹一场，这算是我代替她尽一点心意，你们无论如何也要收下。"

白花的爸爸感动得说不出话来，他从大衣橱顶上拿下一袋子花生，倒在地上，然后与白花的两个哥哥、叔叔和婶婶一块扒了起来。

二妮先是一愣，想了想，马上就明白了，急忙说："大爷、大叔、大婶，这是你们家留下来的花生种子，明年还要种地用哪，千万不能扒啊！"

白花的叔叔激动地说："闺女，快要过年了，你明天就要走了。我们这里贫穷，没有什么东西能送给你，只能送给你一点花生。这是我们的一点心意，你一定要收下。"

看着他们蹲在地上，默默地扒着花生，二妮激动地热泪盈眶。

第二天早上，白花的爸爸赶着毛驴车，顶风冒雪，把二妮送到了县城汽车站。

寒风不停地吼叫着，纷纷扬扬的鹅毛大雪越下越大。白花的爸爸一动不动地站在汽车站大门口，含着泪花，恋恋不舍地给二妮告别。

二妮坐在汽车上，看着车窗外面、暴风雪中的白花的爸爸，眼泪就好像断了线的珠子，不停地滚落下来。

……

第三十六章　新年立志　准备高考

元宵节晚上，刘一鸣在海星大酒店宴请三妮。这个大酒店位于观海市海风广场的旁边。坐在包间里，抬头望去，整个广场的景象，一览无余，尽收眼底。三妮、刘小帆和刘一鸣一边慢慢地品尝着元宵和美酒，一边兴高采烈地观赏着广场上醉人的美景。

天上，繁星点点，圆圆的月亮就好像一个巨大的明灯，高高地悬挂在蓝蓝的夜空中。广场周围的高楼大厦上，悬挂着一串串五颜六色、千姿百态的彩灯，就好像色彩斑斓的瀑布，从夜空中飞流直下。广场上张灯结彩，灯火辉煌，游人如织，欢声笑语。广场上到处悬挂着造型奇特、多姿多彩的彩灯，有摇头摆尾的火龙灯，有憨态可掬的熊猫灯，有形象逼真的莲花灯，有活灵活现的蝴蝶灯，有古朴典雅的宫廷灯。广场中央，栩栩如生的嫦娥手里提着一个活泼可爱的兔子灯，乘坐着一只金光闪闪的凤凰，从夜空中款款而降，绚丽多彩的衣摆随风飘扬着。隐式喷泉和阵式喷泉，还有海面上的百米喷泉，在五光十色的彩灯的映照下，不停地喷着花花绿绿的水花。周围的大电视屏幕上，播放着精彩纷呈的文艺节目。舞台上，锣鼓喧天，有的在舞狮子，有的在扭秧歌，有的在跑旱船。广场内火树银花，五彩缤纷，美不胜收。海面上波光粼粼，光怪陆离，眼花缭乱。

三妮仿佛置身于灯的世界，光的海洋，又好像走进了一个梦幻般的世界里。她看得心潮澎湃，情不自禁地说："太美了，太迷人了，太不可思议了！"

刘小帆被眼前的美景陶醉了，不停地感慨着："啊……这是人间吗？这是天堂吧？这是仙境吧？"

刘一鸣看呆了，自言自语地说："天上，疑是银河落九天；地上，火树银花不夜天。真乃美景的盛宴，可谓大饱眼福，不虚此行啊！"

刘小帆听了，喜洋洋地说："教授就是教授，一张嘴就口若悬河，妙语连珠。爸，我佩服你，我敬你一杯酒。"

第三十六章　新年立志　准备高考

刘一鸣急忙说:"小帆,你应该先敬三妮酒。在过去的一年里,她为你付出的太多了。"

刘小帆激动地说:"姐,在过去的一年里,你三次救了我。你是我的救命恩人,我敬你一杯酒!"

三妮马上说:"小帆,什么救命恩人不救命恩人啊,那是我应该做的。"

刘一鸣慢慢地喝着啤酒,若有所思。此时此刻,他心潮起伏,感慨万千,动情地说:"日月如梭,光阴似箭,眨眼间一年就过去了。过去的一年,风风雨雨,磕磕绊绊,很不平凡。在去年春节前后,我们三个人被困在尹小强的老家。小帆被软禁在小山村,我躺在小县城的医院里。三妮啊,要不是你出手相救,我们父女俩还不知道是什么样的结局哪。我回想起来就心惊胆战,浑身直冒冷汗。日久见人心,患难见真情。你救了我们父女俩的命,是我们父女俩的救命恩人。我们父女俩一辈子也不会忘记你的恩情,我……"

三妮急忙打断刘一鸣的话,说:"老师,我是你们家的保姆。我做的事,都是我应该做的。以后,你们父女俩就不要再提这件事了。今天……"

刘小帆马上打断三妮的话,激动地说:"姐,你是我最亲的人,比亲姐姐还亲。从今以后,我们谁也不能再提'保姆'这两个字。"

三妮笑吟吟地说:"新年伊始,万象更新。现在是美妙的元宵之夜,我们置身于这迷人的美景之中,应该说点开心高兴的事。"

平时,刘一鸣很少喝酒,话也不多,很低调。今天,他不但开怀畅饮,一杯接着一杯地喝酒,说起话来也滔滔不绝。他喜气洋洋,乐呵呵地说:"我们很久没有这么开心和高兴了。今天晚上就按照三妮说的办,说高兴喜庆的事,开怀畅饮。置身天堂般的仙境,观赏着如诗如画的美景,品尝着元宵和美酒,饱览着如梦如幻的风光,观看着令人陶醉的夜色,秀色可餐,赏心悦目,真乃神仙过的日子啊。"

三妮笑盈盈地说:"老师,我是第一次看到你这么开心和高兴,也是第一次看到你喝酒这么爽快,更是第一次发现你这么多才多艺。你不愧为教授,满腹经纶,出口成章,令人佩服。"

刘小帆笑嘻嘻地说:"姐,你还不了解他。他吹拉弹唱都会,上大学时还是个优秀的运动员。他高兴的时候,还是个'话匣子'和'酒罐子'。"

刘一鸣微笑着问:"小帆,你这是表扬我,还是批评我啊?"

刘小帆撇了撇嘴说:"你怎么理解都可以。"

三妮问:"小帆,你最近有什么开心和高兴的事啊?"

刘小帆先是摇摇头,然后说道:"我还能有什么开心和高兴的事呀?不过,老师最近经常表扬我,说我进步很快,落下来的课程很快就能补上,还让我当文艺委员。"

三妮高兴地说："小帆，祝贺你！只要你继续努力，肯定能考上观海最好的高中。"

刘小帆点点头说："我也是这么想的，但愿如此吧。"

刘一鸣兴奋地说："小帆，我发现你突然长大了，也懂事了。看到你告别了昨天，走向了明天，我心里有说不出的高兴。我现在又看到了光明和希望，感到浑身有使不完的劲。新年新气象，我要在事业和理家上更上一层楼，来个双丰收！"

三妮深有感触地说："小帆，我发现你最近就好像变了一个人，变成了一个成熟懂事的小大人。你不但学习上进步很快，回家来抢着干家务活，还……"

刘小帆打断三妮的话，说："姐，我没有你说得那么好，你就别表扬我了。要不是你，我哪里有今天啊！还是说说你自己吧，新的一年，你有什么开心和高兴的事啊？"

"我经过再三考虑，打算今年参加高考。"三妮沉思了一会，心事重重地说。

刘一鸣马上高兴地说："三妮，这是一件大喜事，我和小帆都会全力支持你。今年，观海大学要举办一个高考辅导班，我明天就给你报上名。今后，你就集中精力学习，所有的家务活，我和小帆全包了。"

"老爸，你真英明，真伟大，我一定按照你说的去办。"刘小帆高兴地说。

三妮微笑着说："老师、小帆，自从我来到你们家里，你们一直支持我自学，现在，你们又支持我参加辅导班，我已经感激不尽了。我考虑过了，在高考以前，我要与过去一样，家务活该怎么干就怎么干。观海大学离家这么近，我要合理安排时间，争取做到参加辅导班和干家务活两不误。最近以来，你们俩都抢着干家务活，这实际上是在抢我的工作和饭碗。我要是没有了活干，被你们父女俩炒了鱿鱼怎么办啊？"

刘小帆急忙在三妮脸上亲了一口，笑哈哈地说："姐，你放心，我爸要是敢炒你的鱿鱼，我就与他断绝父女关系，然后再把他扫地出门。我要像对待亲姐姐一样，一辈子与你在一起，永远不分离。"

三妮高兴地说："小帆，谢谢你。不过，我要提醒你，你现在正是关键时候，要集中精力学习，争取考上重点高中，这是最重要的头等大事。所以，我不希望你把时间和精力浪费在干家务活上。家务活由我来干，不用你管，你要把时间和心思都用在学习上。我考上考不上大学，都无所谓。今年考不上，还有明年，机会有得是。"

刘小帆想起了什么，问道："姐，你初次参加高考，心里是不是很紧张呀？"

三妮爽快地回答："我不紧张，也没有什么好紧张的。我认为，考大学没有必要搞那么紧张。干一些家务活，劳逸结合，不会影响我的学习和高考成绩。考大学是个独木桥，那么多全日制应届高中毕业生想挤过去都很困难。我高中没有毕业,已经走出学校大门三年多了。我依靠业余时间自学,与那些应届高中毕业生在一个起跑线上竞争,成功的希望非常渺茫,我根本不抱多大希望。实话告诉你,我今年参加高考,目的是试一试水深,蹚一蹚路子,摸一摸自己的底子,找一找参加高考的感觉,为今后自学和参加高考做准备,打基础。"

"姐,你这么聪明,学习又这么刻苦,我相信,你一定会水到渠成,马到成功。"

"小帆,谢谢你鼓励我,我一定会努力。"

"三妮,你辛辛苦苦这么多年,一边打工,一边自学,付出了那么多心血和汗水,一般人很难做到。你的毅力和精神,感人至深,深深地打动了我,我十分敬佩你。常言道,功夫不负有心人,铁棒也能磨成针,一分耕耘一分收获。我相信,你一定会心想事成,圆你的大学梦。"

"老师,你不要光表扬和鼓励我,还是给我点点步吧。"

"参加高考,也是一门学问。我没有负责过高考,对这方面也说不到点子上。其实,下一步应该怎么做,你刚才已经说过了,我感到,你的这些想法都很好。我想,不能一味地抓重点、难点,更不能图省事走捷径。还是要打好基础,在这个前提下,拾遗补缺,这是最重要的。另外,要注意学习方法。其实,参加高考辅导班,很重要的一点,就是先把学习方法搞正确。另外,要保持一个良好的心态,注意劳逸结合,不能搞疲劳战术。这样吧,你根据辅导班的学习计划,结合你自己的具体情况,制订一个详细的学习计划,我帮你斟酌一下。然后,你就按照这个计划去抓落实。我也按照这个计划,有的放矢地给你辅导。平时,你遇到什么问题,可以随时找我,千万不要客气。"

"老师,谢谢你,我再敬你一杯酒!"说完,两个人碰杯,一饮而尽。

"三妮,我和小帆敬你一杯酒。这一杯酒有两个意思:一是壮行酒,为你参加高考加油鼓劲;二是祝福酒,预祝你金榜题名!"说完,三个人共同举杯,一饮而尽。

这时候,烟花腾空而起,竞相绽放。顿时,夜空中万紫千红,绚丽多彩,璀璨夺目。

……

从海星大酒店回到家里,三妮躺在床上,辗转反侧,彻夜难眠。她心潮起伏,浮想联翩,往事历历在目……

屈指数来,三妮告别学校,已经三年多了。这三年多来,不管是刮风下雨,也不管是多忙多累,她始终没有放松自学。这三年多来,她一直期盼和憧憬着经过参加高考圆自己的大学梦。

三妮与两个姐姐,都是从五岁开始上学。她们和大山里的其他孩子一样,虽然上学早,但因为生活困难,往往坚持不了多长时间,就不能再上学了。大姐只上到三年级,就没有办法再继续上下去了。

三妮七岁那年，爸爸被查出了食道癌。这犹如晴天霹雳，瞬间把爸爸击倒了，同时也把她和两个姐姐击倒了。这个家，就好像他们家的这个摇摇欲坠的小屋子。现在，顶梁柱突然就要倒下了，这个小屋子还能支撑多长时间啊？

　　深夜，天黑沉沉的，好像就要塌下来。天地间的一切都低着头，闭着呼吸，慌乱地躲藏起来了。突然，一道闪电划破天际，发出了惊天动地的轰鸣声音。刹那间，那闪电像一把把金箭，一个接着一个地刺破夜空。黑压压的乌云燃烧着，喷射着可怕的蓝色火焰。紧接着，那轰隆隆的雷鸣，形成一阵阵排山倒海的霹雳声，咔嚓咔嚓地在夜空中、在大地上、在头顶上爆炸着，震得天空在颤抖，大地在颤抖，所有的一切都在颤抖，令人胆战心惊。顷刻间，倾盆大雨从天上倒了下来，天地之间，好像变成了一片汪洋。

　　小屋外，狂风暴雨，电闪雷鸣。小屋内，父女四人在土炕上抱头痛哭。

　　"爸爸呀……我们今后怎么办啊？"三妮和两个姐姐哭喊着，一遍又一遍地追问着爸爸。

　　爸爸不回答，他也不知道怎么样回答。他搂着三个年幼的孩子，无声地流着泪。许久，他抹了一把眼泪，说："孩子们，是爸爸没有本事，是爸爸……不争气，连累了你们，让你们……受这样的罪，吃……这样的苦！我该死，我真该死啊，我……对不起你们！我……"爸爸说不下去了，又放声痛哭起来。

　　过了一阵子，爸爸呜咽着说："孩子们啊，你们来到这个世界上，偏偏出生在这个家庭里，你们……好命苦啊！"说到这里，爸爸又忍不住哭叫起来："苍天啊，你……怎么能这样对待这三个孩子啊，你……不公平啊！老天爷爷啊，我求你了，我……给你磕头了！这三个孩子还小啊，我死了，你……让她们怎么活啊？你睁开眼睛看看，发发善心吧！你救救我，也救救我的孩子吧！"

　　这时候，一道闪电划过，一个惊雷在小屋子顶上炸开，震得小屋子一阵颤抖，发出了可怕的声音。

　　三妮和两个姐姐紧紧地抱住爸爸，哭叫着："爸爸啊，你不要再哭了，光哭有什么用啊，想想办法治病吧！"

　　爸爸听了，摆了摆手说："没有用，这样的病治不好。再说，咱们家穷得连锅都揭不开了，连肚子都填不饱了，哪里有钱治病啊！咱们听天由命吧，我能活几天就算几天。"

　　三妮和二姐哭喊着说："爸爸啊，我们俩再也不上学了，省下钱来给你治病。"

　　爸爸听完，气呼呼地说："孩子，你们俩糊涂啊，我这样的病，是几个小钱就能治好的吗？"他喘了几口粗气，继续说："我没有上过一天学，是个文盲，是个睁眼瞎子，斗大的字不认识一个，我不能让你们走我的路。我这一辈子，什么都没有给你们留下。我现在能为你们做的事，就是尽量多让你们上几天学。大妮没有办法去上学了，是我对不起大妮，我不能再对不起你们俩。我

第三十六章 新年立志 准备高考

已经想过了,只要我活一天,我就要看着你们俩每天都去上学。"

爸爸的病从发现到他去世,前前后后三年多时间。这三年多时间,为了能省下钱给两个孩子交上学杂费,他从来不去买药。他咬紧牙关,忍受着平常人难以忍受的病魔的折磨,顽强地和死神搏斗抗争着。实在忍受不住了,他到山沟里拼命地奔跑,碎心裂胆地喊叫。到了后期,他痛得在地上打滚,几天几夜不吃不喝,衣服全被他撕烂了,头发也被他薅掉了。

二爷爷和二奶奶看不下去了,就让在部队上当兵的儿子寄回来一箱子药,送给了三妮的爸爸。

三妮能坚持读到高中二年级,她除了感谢爸爸以外,还感谢两个姐姐。

在那个贫穷落后而又十分封闭的年代,在这个兔子不拉屎的穷乡僻壤,三妮和两个姐姐连肚子都填不饱,哪里有钱让她去上学啊。按照规定,每半年要交二十五元学杂费,这些钱,对三妮和两个姐姐来说,是一笔数目很大的开支。因为,那一分一分积攒下来的钱,都是三妮和两个姐姐用汗水换来的,都是她们从牙缝里节省下来的。

她们也想养头猪,但没有钱买猪仔,买了也没有东西喂养它。她们每年都买几十只小鸡仔,但因为每年都有鸡瘟,能活下来的很少。偶尔活下来几只,长大了每天下一两个鸡蛋,那就是她们的生活来源,买油买盐全靠它了。

为了给三妮交学费,两个姐姐干完地里的活,就去山上挖那些能卖钱的中草药。全村子的人们都去挖,附近的山上挖不到了,两个姐姐就到很远的深山里去挖。

那是盛夏的一天中午,两个姐姐在地里干完活,回到家里,顾不上吃饭,拿起两个菜团子,就匆匆忙忙地走了。她们穿过峡谷,翻过一座山峰,来到十多里以外的一个深山沟里,寻找那些中草药。

太阳像是在下火,烤得大地上烫人。空气好像凝固了,喘不动气。周围没有一点声音,好像整个世界都静止了,静得令人毛骨悚然。正在埋头挖中草药的大妮,抬起头看了看天气,急忙向不远处的二妮大喝一声:"妹,不好,要下大雨,赶快跑!"但是,已经来不及了。转眼间,狂风大作,电闪雷鸣,倾盆大雨倒了下来……

天渐渐黑了,狂风暴雨没有一点点要停下来的意思。山谷里,飞奔而来的洪水,咆哮着、浩浩荡荡地向下冲去……

山梁上,三妮和二爷爷、二奶奶,向着山谷的对面,碎心裂胆一般,不停地喊叫着大妮和二妮……

第二天中午,狂风暴雨总算停了下来。从昨天下午到现在,三妮和二爷爷、二奶奶一直寸步不离地守在这个山梁上,呼唤着大妮和二妮。他们早就没有一点点气力了,嗓子沙哑得再也喊不出一点声音了。他们眼巴巴地看着滚滚而下的洪水，在呆呆地流泪……

两个姐姐命不该死啊。她们俩一看跑出山沟已经来不及了，急中生智，钻进了一个大石头缝里，才躲过了一劫。

三妮很喜欢上学，更是十分珍惜这来之不易的上学机会。但是，当她看到爸爸痛得死去活来又坚决不让给他买药的时候，当她看到两个姐姐为了给她积攒学费吃辛茹苦、流汗流泪的时候，她再也不忍心继续上学了。每当这个时候，都是爸爸和两个姐姐硬逼着她重新走进学校大门。

三妮能坚持读到高中二年级，除了爸爸和两个姐姐的原因以外，也和老师的关心照顾分不开。

三妮天资聪敏，勤奋好学，人品好，又通情达理。从小学到高中，学习成绩一直都是全班第一名。老师都很喜欢她，也格外照顾她。

上三年级了，三妮没有钱买钢笔，一直用蘸水笔。蘸水笔的笔尖坏了，她不愿跟家里要钱买，就躲到操场上去偷偷地流泪。班主任老师发现以后，马上把自己正在用的一支蘸水笔送给了三妮。

上五年级的时候，三妮的钢笔坏了，怎么修也修不好。她知道家里没有钱，也不想再给家里添麻烦。她支支吾吾没有去上学，晚上班主任老师找到家里来了。老师问明情况以后，又掏出自己的钢笔送给了三妮。

爸爸去世了，家里连一分钱也拿不出来了。因为没有钱交学费，三妮连续三天没有去上学。几个老师知道以后，主动凑钱替三妮交上了学杂费，又一次把三妮叫回到学校里。

类似这样的事，还有很多。这些事，在别人看来都是一些鸡毛蒜皮和微不足道的小事。但是，在三妮心目中，这每一件事都是她人生的转折点，她已经牢牢地铭记在了心中。

三妮是在苦水里泡大的，她不怕吃苦，从小就养成了吃苦耐劳的习惯。上小学那几年，正是爸爸病重到去世的时间，也是家里最困难的时候。每到青黄不接，就经常吃不饱，饿着肚子去上学。有时饿得头晕眼花，她就喝点凉水压一压，继续坚持上课。她没有叫过一声苦，也没有影响过一节课。

贪玩，是孩子的天性。但是，在三妮的记忆中，她的童年好像和玩沾不上边。上学期间，她除了上课写作业，一有空就跟着两个姐姐到地里干活。每逢节假日，她风里来，雨里去，每天都和两个姐姐一起去地里干活。

小学毕业时，全班只有三妮一个人考上了初中。据老师们说，自从解放以来，全村一共有三个人考上了初中，三妮是其中之一。初中在乡政府所在地，要翻山越岭走三十多里羊肠小道才能到达。拿着通知书，她和两个姐姐犯了愁。去上吧，家里没有钱。不去上吧，又太可惜了。姊妹三个商量了好几天，也没能拿定主意。要开学的前几天，大妮咬咬牙，拍了板："三妮，这学一定要去上，

第三十六章 新年立志 准备高考

我和二妮就是去讨饭,也要让你去上学。"

初中三年,三妮每个星期天都回家拿干粮。所谓的干粮,实际上是存储下来的鲜地瓜。鲜地瓜没有了,就拿用地瓜干做出来的煎饼。那几年,每到晾晒地瓜干的季节,常常是连阴天,晾晒出来的地瓜干都发了霉。这样的地瓜干,做成煎饼以后,吃起来很苦。没有钱买青菜吃,也没有钱买咸菜吃,她每个星期都拿一瓶子糊盐。三年中,生活上虽然很苦,但她心里感到很甜,因为她能继续读书。

眨眼间,三妮初中毕业了,她又以全班第一名的成绩考上了高中。在上高中二年级的时候,二妮生病住医院了,需要交一大笔住院费。考虑到两个姐姐再也无法支撑她继续上学了,她偷偷哭了整整一夜。第二天早晨,她含着泪水,告别了她的老师和同学,也告别了她的学生时代……

想到这些,三妮仿佛增添了无穷无尽的信心和力量,她咬咬牙,又使劲握了握拳头,暗暗地发誓:拼了,我一定要考个好成绩!

……

第三十七章　餐馆被盗　大妮被拘

春节过后，一天凌晨，大妮和童军正在睡梦中，突然被一阵手机的声音惊醒。大妮拿过来一看，上面有一条信息："餐馆被盗，速回店里。"

看完信息，大妮刹那间就惊出了一身冷汗。她急急忙忙叫醒童军，又慌慌张张穿上衣服。她和童军火急火燎地来到马路上，打了一辆出租车，向餐馆赶去。他们俩来到餐馆，进门一看，顿时就惊呆了。

餐馆里乱七八糟，一片狼藉。冰箱、空调、电视机，全都不见了，地板上和桌子上全都是破碗、破杯子、碎瓶子……

大妮泪如泉涌，心里好像针扎一样难受。她一屁股坐在地板上，哭着喊叫起来："这……是谁干的啊？谁这么缺德，谁这么伤天害理啊？"

童军急忙把大妮搀扶到沙发上，劝说道："姐，你千万别着急上火，保重身体要紧。损失点东西算什么呀，我们可以再挣钱去买回来。"稍停片刻，他又安慰道："春节刚刚过去，这叫辞旧迎新，'碎碎'平安，是一件好事啊，预示着新的一年里，我们俩平平安安，财源滚滚。"

大妮被童军逗得哭笑不得，一边擦眼泪，一边埋怨道："你站着说话不腰疼，这几万块钱的东西没有了，你难道就不心疼，还在说风凉话。"

童军急忙说："姐，你再心疼也没有用，小偷不会把东西给你送回来。"

童军仔仔细细地观察了一会现场，对大妮说："姐，这不像是偷盗，很像是报复。因为偷盗不会砸碎这么多东西，只有报复才会这么做。"

大妮听了，心里顿时咯噔一下，脱口而出："我们没有仇人，只是与姓寇的有点过节，是不是他们干的啊？"

童军寻思了一会，点了点头，说："很可能是他们干的。去年，他们连续给我们来了三个下马威，没有吓唬住我们，也没有捞到好处。春节刚刚过去，新的一年刚刚开始，他们又给我们来了这么一个下马威。看来，达不到目的，他们绝对不会善罢甘休。"

想到寇哥一伙人，大妮心里就紧张起来，忐忑不安地说："弟，我很害怕，

第三十七章 餐馆被盗 大妮被拘

我怕姓寇的老是跟我们俩过不去，找我们俩的麻烦。"

童军拍着大妮的肩膀，温柔地说："老婆，你不要怕，怕也没有用。兵来将挡，水来土掩。我想，有政府在，姓寇的也不敢无法无天，横行霸道。"

大妮急忙说："弟，我们去报案吧。"

童军想了想，然后摇了摇头，苦笑着说："我们现在可以去报案，但证据不足。对能不能破案，我们不能抱太大希望。再说了，等警方查到证据，破了案，还不知道要等到猴年马月，黄花菜早就凉了。"

大妮和童军到派出所报完案，又赶回餐馆里。大妮再次看到眼前的情景，触景伤情，又伤心落泪起来。

童军再次安慰道："姐，想开点，坚强点。为这么点事伤心落泪，哭坏了身体，不值得。"愣了会，他又说："老婆，干什么事，都不可能一帆风顺，总会遇到一些波折。我们俩这么年轻，受到点挫折是好事，可以磨炼我们的意志，使我们坚强成熟起来。"

"弟，我们俩起早贪黑，辛辛苦苦干了这么长时间，付出了那么多心血和汗水，现在变成了这个样子，我心里难受。"大妮流着泪水，抽泣着说。

"姐，不就是丢失和损坏了一些东西吗？没有什么大不了的，小事一桩，你想开点。俗话说，破财免灾。我们可以从头再来，用不了多长时间，就会把损失补回来。"童军满怀信心，耐心地劝说着。

"弟，你怎么像吃了灯草灰似的，说话这么轻巧呀？"大妮瞪了童军一眼，埋怨道。

童军微笑着说："姐，我们应该面对现实，考虑下一步怎么办，尽快恢复营业才是正事。"他轻轻地刮了一下大妮的鼻子，撇着嘴调侃道："我的大小姐啊，你本来花容月貌，美若天仙，为了这么一点破事，弄得脸上一把鼻涕一把泪，像个花脸猫，丢不丢人啊？"

大妮破涕为笑，扑哧一声笑了起来，说："去你的，像个长不大的孩子。都什么时候了，还没正形。"

到了上班时间，派出所派来了两个人，一名是庄小军，另一名叫丁海涛，他们俩忙着勘查现场。

紧接着，吴涛和冷小静他们也来了。看到现场，大家心情都很沉重，默默地坐在大厅里，不知道怎么办好。

"姐，这是谁干的啊？"葛甜甜忍不住，流着眼泪问道。

"现在还说不准。已经报了案，派出所正在调查。"大妮擦着眼泪说。

"姐，我们怎么办啊？"冷小静含着泪花问。

大妮擦干了眼泪，心事重重地说："现在看来，有人不愿意让我们开这个餐馆，找我们的麻烦。这是个好事，它提醒我们，今后要时时刻刻小心谨慎。

旧的不去，新的不来。我们正好利用这次机会，更新一下设备，提高服务质量，把我们的餐馆办得更好。"

停了一下，大妮接着说道："今天，童军和吴师傅负责购买和安装家电，我和何小云、冷小静、葛甜甜负责购买餐具和打扫卫生。我希望，大家尽心尽力，大干一天，争取明天早上正常营业。"

稍停片刻，大妮继续说道："自从过完春节，餐馆开业以来，大家一直在紧张地忙活着，十分辛苦。我和童军一直想请大家坐一坐，放松一下身心，顺便敬你们一杯酒，但一直没有找到合适的机会。现在，这个机会终于来了。今天晚上，我和童军请你们到海鲜楼喝啤酒，大家要开怀畅饮。"

看到大家都高高兴兴地去忙了，童军来到大妮跟前，悄悄地说道："亲爱的，我现在对你刮目相看啊。刚才，你还哭哭啼啼，可怜巴巴的。没有想到，一转眼，你就变得胸有成竹，谈笑风生了。老谋深算，深藏不露，真乃高手啊，我很佩服你，佩服得五体投地！"

大妮瞪了童军一眼，愠怒地说道："你少啰唆，赶快老老实实地干你的活去。"

……

阳春三月，万物复苏，花红柳绿，欣欣向荣。大妮餐馆对面的公园里，鸟语花香，百花争艳，满园春色。桃树红得像火，杏树粉得像霞，梨树白得像雪，鲜花都睡醒了，只见它们伸伸腰，抬抬头，争先恐后地纵情怒放着。红色的、黄色的、蓝色的、白色的、紫色的，争奇斗艳，五彩缤纷。枝头上的小鸟放开喉咙，欢快地唱着那委婉动听的歌曲。成群结队的蜜蜂，呼扇着黄色的翅膀，嗡嗡地忙着采蜜。那五颜六色的彩蝶，也成双成对地在花间翩翩起舞。

大妮餐馆如同对面的公园一样，春意盎然，生机勃勃，生意红红火火。特别是清明节前后这一段时间，前来就餐的人们特别多，天天爆满。

最近，大妮餐馆楼上的国际海员俱乐部来了二十多个外国人，他们几乎每天都来餐馆里就餐。本来就很热闹的餐馆内，一下子来了这么多洋面孔，就更加热闹起来。

这二十多个外国人第一次来的时候，大妮一下子愣住了：他们叽里呱啦说的是什么啊？他们比比画画是啥意思？看来，招待这些外国人，不会点英语肯定不行。大妮才上过三年学，根本没有学习过英语。冷小静和葛甜甜虽然在学校里学过英语，但是，她们学的那点知识只是杯水车薪，解决不了燃眉之急。眼下，大妮不可能马上找到会说英语的人。这可怎么办呀？

正当大妮束手无策、一筹莫展的时候，何小云走了过来。只见何小云从容不迫，不慌不忙，她与老外们叽里咕噜交流了一阵子，很快就把老外们安顿了下来。

前几年，何小云在成都一家大酒店当服务员，常常接待外国人，为此，她参加了一个英语培训班，突击学习了一阵子英语。她那英语水平虽然不上档次，

第三十七章 餐馆被盗 大妮被拘

但与外国人进行简单的对话和交流，还能应付得过去。

大妮对何小云刮目相看，她没有想到何小云还有这个本事。何小云也没有想到，她以前恶补的那么点英语知识，今天又派上了用场。

老外们几乎天天来餐馆就餐，时间长了，自然与餐馆的员工们也成了熟人。特别是何小云，她很快成了老外们的好朋友。老外们每次来，都是何小云给他们服务。老外们高兴的时候，抱着何小云又亲又摸。何小云也很放得开，来者不拒，除了经常陪着老外们喝酒以外，还常常陪着他们去商场购物，去娱乐城唱歌跳舞。

对于何小云的一些做法，大妮当然看不惯，尤其是对何小在众目睽睽之下与老外们亲热、以及理直气壮地接受老外们给的小费很反感。大妮整天为何小云担惊受怕，经常好心好意地提醒她。何小云总是老调重弹，说她心里有数，不会出事，行动上依然故我。

最近经常来餐馆的还有一个人，他就是庄小军。因为何小云被拘留和餐馆被盗窃的事，他到餐馆来过几次，大妮还为此请他吃过两次饭。后来，他经常单独来餐馆吃饭。餐馆被盗窃的案子，犹如石沉大海，看不到破案的希望，但是，一来二往，时间长了，庄小军与餐馆的员工却自然成了熟人。

熟人之间，说话比较随便，彼此了解也渐渐地多了起来。无巧不成书，庄小军和葛甜甜是老乡，他们俩的老家是一个县，两个村子中间隔着一座大山，相距不到五十里。庄小军的老家虽然已经没有人，但是，这并不能改变他与葛甜甜是老乡的事实。老乡见老乡，虽然达不到两眼泪汪汪的程度，但多了一些共同语言和亲切感。

葛甜甜第一次离开家人出远门，千里迢迢来到了观海市。她在观海市人生地不熟，能遇到老家在同一个县、将来还是一名人民警察的庄小军，她既惊喜，又高兴。在葛甜甜的心目中，人民警察代表着国家，也是勇敢和正义的象征，她对庄小军十分崇拜和尊敬。

庄小军就好像一个大哥哥，对葛甜甜特别关心。他除了经常拿着礼物来看望葛甜甜，一有空就带着葛甜甜出去游玩。葛甜甜感激不尽，不知道怎么报答庄小军才好。

……

餐馆的生意火爆，效益好，收入逐月递增。为了进一步调动员工们的积极性，大妮除了给大家长工资，还经常带领他们到市区和郊区游玩。

这天中午，阳光明媚，海风徐徐，大妮带领大家，乘船来到近海中的一个岛上。

这里，郁郁葱葱，漫山遍野都是盛开着的鲜花。放眼四周，就像置身于花的海洋。这个海岛上的石头也特别有意思，有的像海龟，有的像企鹅，有的像兔子，还有的像一条大鲨鱼。草丛里，岩石下，到处有大大小小的螃蟹。礁石中，沙滩上，到处是奇形怪状的海螺和贝壳。

大家先是采集五颜六色的鲜花，每个人编织了一个花环，戴在头上，漂亮极了，然后，兴高采烈地在海滩上捡海鲜。捡累了，他们又围坐在海边的沙滩上，摆上食品，一边喝啤酒，一边猜谜语，做游戏。

大妮和童军爬到岛的最高处，坐在一块大礁石上，呼吸着淡淡的清香，陶醉在这梦幻般的景色之中……

头上，湛蓝的天空中，飘荡着几朵白云。海面上，碧波荡漾，一群一群的海鸥在自由自在地飞翔。远处，白帆点点，时隐时现。对岸的观海，那一排排、一栋栋、错落有致、造型奇特的现代化建筑，在蓝天白云、红瓦绿树装扮下，在大海的怀抱里，好似一幅美妙的仙境图画。四周，繁花似锦，好像置身于一个大花篮里。脚下，波浪拍岸，水花飞溅……

童军心旷神怡，情不自禁地把大妮拥抱在怀里，又在她的脸上亲了一下，笑眯眯地问："老婆，你在想什么啊？"

大妮兴奋地说："这里太美了，太静了，我们俩要是住在这里多好啊！"

童军美滋滋地说："老婆，你太有才了，太有眼光了。这个地方确实不错，犹如仙境。住在这里，肯定会延年益寿，长生不老。这样吧，等我们俩有了钱，在这里盖一栋小别墅，再建几个鲍鱼池子，我们俩住在这里，生儿育女，颐养天年。"

大妮瞪了童军一眼，笑盈盈地说："哈哈，没有想到你小子长进这么快，也学会拍马屁了。"

童军拍着大妮的屁股，乐呵呵地说："人在屋檐下，不得不低头啊。你现在是名声在外的大老板，我是个微不足道的小厨师，不学会拍你的马屁，能有好果子吃吗？"

大妮拍着童军的头，笑嘻嘻地说："我警告你，你小子要是耍滑头，不好好干，我就炒你的鱿鱼。"

童军油嘴滑舌地说："老板娘，你一定要手下留情，网开一面。我现在急需挣钱买房子，好把媳妇娶回家，再生个大胖小子，传宗接代。烧香拜佛，请你一定要高抬贵手……"

大妮打断他的话，故意板着脸说："我不管你娶不娶媳妇，更不管你生不生大胖小子，只要你不好好干，立马让你滚蛋。"

童军嬉皮笑脸地说："老板娘，就我们俩这关系，能不能通融通融，照顾照顾，能不能……"

"哎哟，小色狼，你的手……快……拿出来！我……"大妮满面羞红，急忙阻止童军那不老实的手。

正在这时，葛甜甜在沙滩上大声喊道："姐、童哥，你们俩快来喝啤酒吧！"

第三十七章 餐馆被盗 大妮被拘

夕阳西斜，晚霞染红了天空和大海。湛蓝的天空中，那一团团、一朵朵燃烧着的橘红色的飘忽不定的云彩，不停地变幻着各种形状，神秘莫测。海面上也被霞光染成了橘红色，比天空中的景色更加壮观。一排波浪涌过来，那映照在浪峰上的霞光，又红又亮，就像一片片熊熊燃烧着的火焰，闪烁着，渐渐地消失了。紧接着，后面的一排波浪又涌过来，燃烧着，闪烁着，滚动着，是那么迷人，令人心旷神怡。

大家披着晚霞，坐着小船，慢悠悠地回到了岸边。他们回到了餐馆里，一起动手，不一会就做了满满一桌子下酒菜。这一桌子下酒菜，全都是他们刚刚从海岛上捡回来的海鲜。有大大小小的螃蟹，有奇形怪状的海螺，有花花绿绿的海菜，还有为数不少的海参、鲍鱼。大家一边品尝着自己战利品，一边尽情地喝着啤酒。

葛甜甜喝着啤酒，若有所思，突然没头没脑地冒出了一句："姐，你和童哥是怎么走到一起的啊？"

大妮一愣，忙问："甜甜，怎么了，你怎么莫名其妙地问这个问题啊？"

葛甜甜急忙说："没……什么，我是好奇，随便问问。"

冷小静说："姐，我和甜甜好奇，都想听听你和童哥的恋爱史，你就跟我们说说吧。"冷小静说完，何小云也随声附和着。

大妮脸上飘来一片红云，微笑着说："这有什么好奇的啊。当初，我们俩在快餐店打工，小老板欺负我们，我们就……"她不好意思说下去。

葛甜甜脱口而出，说："姐，我听别人说，现在当老板的没有一个好东西。"

冷小静瞪了葛甜甜一眼，说："甜甜，你胡说些什么呀？难道大妮姐和童哥也不是个好东西？"

葛甜甜一愣，知道说漏了嘴，马上很抱歉地说："姐、童哥，对不起。我不是说你们俩，你们俩是大好人。"

何小云笑着摇了摇头，问："小老板欺负你们俩，你们俩就相爱了？"

大妮也乐了，说："这有什么奇怪的啊。小老板欺负我们俩，我们俩就离开了快餐店，一块去卖菜。然后……就慢慢地就走到了一起。"

何小云不信，追问道："不可能就这么简单吧？"

稍停片刻，大妮微笑着说："童军两次救了我的命。"

葛甜甜一惊，忙问："姐，你快说说，这是怎么回事呀？"

大妮沉思了一会，激动地说："第一次是我生病，没有钱住院。他回家卖了房子，给我交了住院费。第二次是摩托车撞我，他奋不顾身，把我推开了，我……"

童军马上插话，不好意思地说："都是一些陈谷子烂芝麻，你说那个干吗呀？"

葛甜甜哈哈大笑，急忙问："姐，你平时怎么叫童哥弟弟啊？真好玩，把

自己的老公叫弟弟。"

大妮羞红着脸说:"我年龄比他大。再说,我已经叫习惯了,也不想再改了。"

冷小静马上打圆场,说:"这有什么大惊小怪的啊,现在流行姐弟恋,我的同学就有好几对姐弟恋。这叫追求时尚。"

葛甜甜感动地说:"姐,你和童哥心心相印,同甘共苦,很感人。"

吴涛笑眯眯地看了看大妮和童军,高兴地说:"你们俩是天生的一对,地造的一双,祝福你们俩幸福快乐,百年好合。我们都盼望着早点喝喜酒哪,你们俩打算什么时间结婚啊?"

大妮微笑着说:"我们俩年龄不算大,还没有房子,结婚的事不着急。不过,到结婚的时候,我们俩一定把你们都请到,让你们喝个够。"

葛甜甜说:"姐,你一点架子都没有,不像是我们的老板,像是我们的亲姐姐,你为什么对我们这么好啊?"

大妮微笑着说:"我哪里是什么老板呀,我和你们一样,都是打工妹。我的两个妹妹,现在都在观海打工。"停了一下,她接着说道:"我四岁就没有了妈妈,十四岁又没有了爸爸。从此,我和两个妹妹相依为命。我的家里很贫穷,贫穷得你们都不敢相信。我和两个妹妹从记事起就是吃了上顿没有下顿,还受尽了欺负和凌辱。"她喝了口啤酒,又接着说道:"我们出来打工,背井离乡,人生地不熟,无依无靠,很不容易。我们应该互相理解,互相同情,互相帮助。我不想当什么老板,我只想当你们的姐姐。我会像对待我的两个妹妹那样来对待你们。我衷心希望,大家齐心协力,共同打拼,把这个餐馆经营好。等我们都有了钱,就成立一个姐妹餐饮公司,我们一人开一个连锁店,大家抱成团,共同发家致富。"

大妮的一席话,感人肺腑。大家听了,心里热乎乎的,久久不能平静。

正在这时,庄小军和丁海涛,突然来到了餐馆里。庄小军阴沉着脸,不冷不热地说:"大妮、何小云,你们俩被拘留啦,跟着我们去拘留所吧!"说着,他把拘留证拿了出来,递到了大妮和何小云的手中。

大家听了,顿时惊的目定口呆,不约而同地问道:"为什么啊……这是为什么啊?"

庄小军冷笑着,不咸不淡地说:"有人告大妮和何小云组织卖淫嫖娼!"

"不可能,这是诬告,这是血口喷人,这是陷害好人……"大家听了,十分气愤,又异口同声地大声说道。

庄小军又冷笑了两声,很不耐烦地说:"你们少啰唆!是不是诬告,是不是陷害好人,等到案子查清了,会给你们一个满意答复。大妮、何小云,跟我们走一趟吧!"

……

第三十八章　心心相印　难舍难分

第三十八章　心心相印　难舍难分

　　星期天，阳光明媚，暖风徐徐，二妮和常健乘坐着一条小游船，来到了鲍鱼岛上。这个小岛，四面环海。向北望去，对面的观海，山清水秀，红瓦绿树，高楼大厦，错落有致，就好像一幅美妙绝伦的山水画。周围的海面上，一群群海鸥在自由自在地飞翔。五颜六色的帆船，犹如一只只羽毛，成群结队地漂荡着。

　　小岛的中间，是一个花园。花园中间，是一个白色的高耸入云的灯塔。花园里，百花齐放，争奇斗艳。正在怒放着的那一大片月季花，显得是那么高雅，那么让人陶醉。那红艳艳的花朵，颜色是那么浓，那么纯，就好像一团团熊熊燃烧着的火焰。枝头上有一对红嘴相思鸟，叽叽喳喳地叫个不停，时而用细小的嘴尖轻轻地吻一吻花朵，又抖一抖翅膀，灵动的双眼看了看四周，然后放心地亲起嘴来，是那么温馨，那么甜蜜，好像这里就是它们俩的家园，不必再四处漂泊了。

　　二妮和常健坐在灯塔前面的花园里，闻着淡淡的扑鼻而来的花香，观赏着眼前的美景，慢慢地品尝着啤酒。

　　"啊，这个小岛太美了，太漂亮了，就好像世外桃源！"常健笑逐颜开，大声感叹着。

　　"嗯，不错，是很漂亮。"二妮心不在焉地观看着眼前的景色，心事重重地说道。

　　常健兴致勃勃，指着花丛中的那一对小鸟，兴奋地说："亲爱的，你快看啊，那一对相思鸟在干吗啊？"

　　"少见多怪，小鸟还能干出惊天动地的事来呀？"二妮漫不经心看了看那对小鸟，不假思索地说道。

　　"亲爱的，你仔细看看呀，它们俩在亲嘴，在……"常健好像发现了新大陆，一边说着，一边把二妮抱在怀里，在二妮脸蛋上亲吻了一下。

　　二妮急忙推开常健，愠怒地说："你这个坏家伙，光天化日之下也发情，动手动脚，没出息。"

常健喝着啤酒，感慨地说:"亲爱的，我们俩要是能在这里建个小别墅，住在这里，那该多好啊!"

二妮好像什么都没有听到，她拿着一罐啤酒，若有所思，两眼直勾勾地看着远方的大海，呆呆地，一动不动地坐在那里。

自从白花去世以后，二妮的心情一直不好，就好像丢了魂似的，整天闷闷不乐，还经常走神发呆。

"亲爱的，你怎么又发呆了？又在胡思乱想些什么啊？"常健拍了拍二妮的肩膀，关心地问道。

二妮一惊，回过神来，不好意思地微笑着说:"刚才，触景生情，我又想起了白花活着时住过的那个小岛，白花的影子，白花的音容笑貌，老是在我脑海里晃来晃去。"

常健听了，深情地劝说道:"亲爱的，我已经跟你说过多少次了，人死如灯灭，白花永远不会再回到这个世界上来了。她已经走这么长时间了，你应该从悲伤中走出来，快快乐乐地生活。我想，白花的在天之灵，肯定不希望你整天笼罩在悲伤和痛苦的阴影里。"

"老兄，你说的这些道理我都知道，但我控制不了自己的情绪，总是不由自主地想起白花。从今以后，我听你的，尽快从悲伤痛苦中走出来，每天有个好心情，快快乐乐生活。"稍停片刻，二妮又接着说:"老兄，不知道怎么回事，我最近有点多愁善感，整天胡思乱想。我老是在琢磨，人的生命太脆弱了，太短暂了。一个活蹦乱跳的人，一转眼就没有了，太可怕了。我刚才还想到，我们应该趁着年轻，抓紧时间享受人生，享受生活，死了不后悔。"

常健听了，高兴地说:"小丫头，你终于长大了，脑袋开窍了，祝贺你!"他喝了口啤酒，神秘兮兮地趴在二妮的耳朵上说:"亲爱的，你知道吗，多愁善感，胡思乱想，这是少女思春，正常现象，不必大惊小怪？你赶紧嫁给我吧，我帮助你度过少女思春的危险期。"他说着，又在二妮脸上亲了一口。

二妮娇羞地瞪了他一眼，又轻轻地推了他一把，噘着小嘴说:"莫名其妙，谁思春了？"愣了下，她又说:"你这个坏家伙，最近怎么了，老是想这些乱七八糟、低级下流、黄色淫秽的东西？丢不丢人啊？"

常健白了二妮一眼，一本正经地说:"小屁孩，你怎么什么都不懂啊？这不是低级下流，也不是黄色淫秽，这是科学，是正常的生理现象。我要是不想这些东西，那还算是一个正常男人吗？"

二妮很不服气地说:"就你知道得多，就你会胡诌八扯。你要是再胡说八道，小心我废了你!"

常健把二妮抱在怀里，笑眯眯地说:"老婆，你要是废了我，你不就守活寡了吗？"

第三十八章 心心相印 难舍难分

二妮又轻轻地推了他一把,愠怒地说:"滚蛋,谁是你老婆!我现在还不想结婚哪。"

常健急忙在二妮的嘴上亲吻了一口,恳求道:"亲爱的,我现在已经度日如年,迫不及待,每时每刻都想和你在一起,连做梦都想拥有你。亲爱的,烧香拜佛,我求求你,我们俩快点结婚吧,我实在熬不下去了。"

二妮向常健怀里靠了靠,娇羞地说:"你猴急什么呀,没出息,我又跑不了,早晚是你的。"

常健抚摸着二妮的头,温柔地说:"亲爱的,我都快三十岁的人了,当然急。我跟你说实话,我最近满脑子里都是你,白天恍恍惚惚的,晚上一闭上眼睛就是你。一天到晚心神不定,坐立不安,还腰酸背痛腿抽筋……"

"老兄,你打住吧,说得怪吓人的。"二妮急忙捂住常健的嘴,满面桃花,羞羞答答地说:"老兄,我也是一个正常的女孩子,也想早点和你结婚,也想……"

"亲爱的,我现在就想偷吃!"常健情不自禁地说着,又急不可待地要亲吻二妮。

"老兄,打住!"二妮急忙捂住了他的嘴。

三罐啤酒下肚,二妮感觉晕晕乎乎,特别舒服。一阵海风迎面吹来,她清醒了很多,觉得还没有喝够。她任凭海风轻拂着自己的长发,把头靠在常健的肩膀上,思绪开始漫游着。这肩膀真宽大,真温暖,靠在上面有说不出的安全感和幸福感。

常健心里美滋滋的,也甜滋滋的,他目不转睛地、呆呆地、直勾勾地凝视着娇媚的二妮,就好像在欣赏稀世珍宝。二妮面若桃花,浑身洋溢着勃勃的青春气息。二妮美丽娇艳得使人不愿离去,又不好意思靠近她,更不敢随随便便打扰她……

"哎呀,你发什么神经啊?我脸上身上又没有长花朵,你怎么老是盯着看啊?弄得我很不好意思。"二妮羞臊地捶了常健一下,笑盈盈地说道。

常健假装很不耐烦地说:"你烦不烦啊,别捣乱,我在看我的老婆。"

二妮一愣,忙问:"什么?看你老婆?"她马上明白受到了捉弄,羞得满面桃红,低头微笑着说:"你坏,你欺负人。"

……

风和日丽,天高云淡。今天是个周末,天气又特别好,海边沙滩上游人如织。有的在捉小螃蟹,有的在晒日光浴,还有的在玩沙滩雕塑……

令人惊叹不已的是,空中飘荡着各式各样的风筝:花蝴蝶、长蜈蚣、火凤凰、包公脸、大熊猫。更令人拍案叫绝的是:在海边,有四十多个人在放飞一条无比巨大的中国龙。其中,十多个人牵引着龙头,十多个人控制着龙身,还有十多个人调整着龙尾。他们喊着号子,整齐划一、协调一致地奔跑着,一条巨龙

腾空而起,在天空中翱翔着。此时此刻,蔚蓝的天空中,就好像一个美丽的万花筒。在中国龙的带领下,那些千奇百怪、多姿多彩、五颜六色的风筝,颤颤悠悠,互比高低,向着蓝天,向着白云,向着未来展翅飞翔……二妮和常健看得眼花缭乱,如痴如醉,情不自禁地大呼小叫着。

不一会,一个男青年牵来了一条金毛狗,一位少女抱来了一条京巴狗。两条小狗的主人互不认识,各自坐在沙滩上,全神贯注地观看着空中的风筝,两只小狗在沙滩上尽情地嬉闹着。

常健好像发现了什么新情况,急忙拍了拍二妮的肩膀头,神神秘秘地说:"亲爱的,你快看一看呀,前面的那两只小狗,在干什么啊?"

正在聚精会神观看风筝的二妮,顿时一愣,急忙向眼前的小狗看去:小公狗先是闻一闻小母狗的屁股,兴奋地用前爪子扒一扒沙子,然后又急急忙忙在小母狗的屁股上舔起来。小母狗兴奋地汪汪叫了几声,在原地转了两个圈,与小公狗亲吻了一阵子,然后把屁股高高地撅起来,尽情地让小公狗舔着。小公狗兴奋地汪汪叫着,又急急忙忙地、迫不及待地在小母狗的屁股上爬上爬下。不知道怎么搞的,就在二妮稍不留神的时候,两只小狗竟然在众目睽睽之下交配在了一起。

二妮看得面红耳赤,很不好意思地低下了头。周围的几个小孩子很好奇,千方百计想把这两只小狗驱赶开。两只小狗汪汪大叫着,拼命地向不同的方向挣扎。随着两只小狗不停地挣扎,屁股结合得越来越紧。两只小狗怎么也挣扎不开,急得不停地汪汪大叫着。

那位少女不明白这是怎么回事,几次走上前去,想把两只小狗分开,把自己心爱的宝贝抱回家去。在两只小狗的狂叫下,她胆战心惊地退了回来。在人们的哄笑声中,当少女茅塞顿开,豁然省悟这是怎么回事时,羞得满面通红。她再也顾不上自己心爱的小狗了,头也不回地跑走了。

二妮和常健坐在沙滩上,悄悄地观看着这两只狂躁不安的小狗。二妮向常健怀里靠了靠,捂着嘴,偷偷地小声笑着说:"有意思,真好玩。"

常健趴在二妮的耳朵上,悄悄地问:"亲爱的,这两只小狗是怎么回事啊?"

二妮知道常健明知故问,她瞪了常健一眼,噘着迷人的小嘴,低声说:"不知道。"

常健得意扬扬,捏了捏二妮的鼻子,悄悄地说:"小屁孩,不懂了吧,这叫交配。"

二妮很不服气,哼了一声,悄悄地说道:"你少见多怪,不懂装懂。告诉你,这叫狗恋蛋,知道吗?你现在就是用棍子把两只小狗打死,它们俩也分不开,反而会越挣越紧。"

常健又捏了捏二妮的鼻子,坏笑着悄悄地问:"为什么?"

二妮一愣，不知道怎么回答好，面红耳赤，支支吾吾地说："因为……小母狗有锁。"

常健听了，急忙捂住自己的嘴，怕笑出声音来，小声说："奇怪，你一个大姑娘家，怎么知道这个？羞不羞啊？"

二妮噘着嘴小声道："这有什么好奇怪的呀，我小时候经常看这个，还拿着棍子追赶哪。"

……

二妮报名参加了湖南电视台举办的青年歌手培训班和大奖赛，在长沙市住了一个多月时间。这一个多月时间，对二妮来说，真可谓归心似箭，度日如年啊。闲暇之时，她满脑子都是常健的影子，都快要挤爆了。电话也快打爆了，一有空就打，说起来就没完没了。她心地善良，人缘好，同伴们经常拉着她出去游玩。正值春暖花开的时节，美丽漂亮的长沙市，就好像是一个百花齐放、万紫千红的大花园。不知道怎么搞的，面对这如诗如画、梦幻一般的美景，她总是感觉身边少了个人，有点孤单和寂寞，常常走神和心不在焉。因为她脑子里只有常健，已经容不下别的东西了。她像丢了魂似的，白天想的是常健，晚上做梦还是和常健在一起。她恨不得插上翅膀，马上飞到常健的身边。要不是常健在电话中经常安慰和鼓励她，她很可能等不到比赛结束，就提前打道回府了。

这是一个星期天，吃过早饭，二妮与结识不久的同伴和好友江小燕，来到了著名的岳麓山。

江小燕，二十五岁，身材苗条，鹅蛋脸，柳叶眉，大眼睛，樱桃小口，她心直口快，爱说爱笑，非常聪明，是上海市人。这次来参加培训班和大奖赛，她和二妮住在同一个宿舍，两个人很快就成了无话不谈的好朋友。

二妮和江小燕兴致勃勃地游览完岳麓书院、云麓宫、爱晚亭、麓山寺、新民学会旧址等景点，爬到山顶上，一边喝啤酒，一边欣赏周围的美景。

放眼望去，岳麓山风景名胜区犹如一个巨大的盆景，"山、水、洲、城"尽收眼底，湘江作带，岳麓为屏，橘子洲静卧江心，漫江碧透，百舸争流，一派山光水色，清明灵秀，真可谓巧夺天工，如梦如幻，人间奇景！她好像一颗璀璨的明珠，焕发出华光异彩和勃勃生机，向来自五湖四海的宾朋好友尽展其无穷魅力。

饱览着眼前的美景，江小燕情不自禁地感叹道："啊，太美了，如诗如画，就好像置身于梦幻般的童话世界！"

二妮观赏着美景，脑子里突然跳动起常健的影子，不由自主地脱口而出："明年春天，我和常健一块来这里游玩。"

最近这一段时间，二妮有些迷茫，经常自己生自己的气，埋怨自己没有出息。这是怎么了，就算常健是一个白马王子，自己也不应该迷恋成这个样子啊？

她一遍又一遍地问自己，难道真的离不开常健了？难道这就是爱情的魅力吗？她说不准，反正她对常健有一种很特殊又说不清道不明、牵肠挂肚梦寐以求的感觉。每当想起常健的时候，她总是有一种特殊的情绪和内心躁动。这好似一缕淡淡的幽香，若隐若现，似有似无，赶也赶不走，驱也驱不散。

看见二妮又走了神，江小燕笑眯眯地问："二妮，又在想你的白马王子常健啊？没出息，小心得了相思病！"

二妮回过神来，羞答答地说："去你的，你才得相思病哪！"

江小燕微笑着说："小妹妹，我已经结婚了，是过来人，不会得相思病。二妮，给姐姐说说，常健是不是十全十美的白马王子啊，把你迷得魂不守舍？"

二妮不好意思地说："小燕姐，你真会开玩笑。常健是个食之无肉弃之可惜的'鸡骨头'。"

"哈哈……有意思……常健是个'鸡骨头'！"江小燕笑弯了腰。

……

又是一个星期天的上午，二妮和江小燕兴高采烈地漫步在橘子洲，如痴如醉地观赏着迷人的景色……

橘子洲，位于湘江江心，是世界上最大的内陆洲。西望岳麓山，东临长沙城，四面环水，浮袅袅凌波上，绵延数十里，被誉为"中国第一洲"。上面生长着数千种花草藤蔓植物，其中名贵植物就有一百四十三种。耸立在公园中央的巨型汉白玉纪念碑特别醒目，正面镌刻着毛泽东手书"橘子洲头"，背面是《沁园春·长沙》全文："独立寒秋，湘江北去，橘子洲头，看万山红遍，层林尽染……"

二妮和江小燕不知不觉来到了沙滩公园。看到沙滩上那一对一对的情侣，二妮不由自主地又开了小差，想起了常健……

现在，二妮已经决定要嫁给常健了。有的时候，她对自己的这个决定，感到有点奇怪可笑和不可思议，还在一遍又一遍地问自己：她这个普普通通的打工妹，怎么能爱上常健这个总经理呢？是图常健的金钱和地位吗？不，绝对不是！不是图常健的金钱和地位，那图的是什么啊？可能是常健的人品吧，也可能是命运，是缘分，使她在茫茫人海中，遇到了能与她白头到老的常健。在这漫长的岁月中，没有早一步，也没有晚一步，在自己最需要人帮扶的时候，很巧合地就碰上了常健，她认为这只能是天意。自己从什么时候爱上了常健啊？不知道，可能是不期而遇。这是一种跨越时空的机会，是一种心灵的交融，是上一辈子的愿望和延续。自己爱上了常健，会一辈子幸福吗？不知道，这样的事无法预测和控制。她管不了那么多了，也顾不了那么多了。她无力回避和抗拒那支丘比特神箭，因为这一支箭有一种神奇的无法抗拒的力量。二妮一遍又一遍地问自己，一遍又一遍地思索着。有的时候好像想明白了，有的时候好像

第三十八章　心心相印　难舍难分

什么也没有想明白。但是，她对常健的思念却是越来越强烈。

看到二妮又在发呆，江小燕笑盈盈地调侃道："二妮，你是不是又在想那个'鸡骨头'啊？"

二妮羞臊地说："小燕姐，你又在取笑我。"

……

周末下午，二妮和江小燕来到了月亮岛上……

月亮岛位于长沙市西北十四公里的湘江西岸，犹如一弯修长的新月吮吸湘水，两头银白的沙滩吻着湘水碧波。岛边的柳林随风起舞，群莺纷飞。岛上长满又厚又密匍匐的青草，像一张绿油油的无边的席梦思。南向滩头是一片青翠欲滴的芦苇林，清风吹来，摆弄着苇叶，习习有声，如箫声悠扬，偶然惊起鸥鹭盘旋而飞，引发人们无穷的诗情画意。

二妮漫步在月亮岛上，兴高采烈地观赏着迷人的景色，不由得想起了她与常健月夜赶海的情景。

江小燕见二妮默默不语，调侃道："二妮，你整天想'鸡骨头'，丢不丢人啊？"

二妮羞涩地说："去你的！"

江小燕乐呵呵地问："二妮，你和常健什么时间结婚啊？我盼望着吃你们俩的喜糖哪。"

二妮笑盈盈地说："小燕姐，到时候我一定寄给你，让你吃个够。"

江小燕高兴地说："一言为定！"

……

比赛的成绩还不错，二妮拿了个三等奖。比赛刚刚结束，她就急不可待地赶回了观海。

二妮春风得意，笑容满面，刚刚走出火车站大门口，常健就匆匆忙忙迎了上去。两个久别重逢的恋人，迫不及待地、紧紧地拥抱在了一起。

"老哥，想死我了！"

"亲爱的，我也很想你。"

"我不信。"

常健欣喜若狂，先在二妮脸上飞快地亲吻了一下，然后激动地说："亲爱的，这还能有假吗？"

他们俩笑逐颜开，相拥着来到火车站附近的公园里。刚刚坐下，两个人就急不可待地亲吻起来。

公园里，桃红柳绿，百花争艳，充满着浓浓的春的味道。地上的小草和鲜花，在相互攀比着发芽、开花，给人一种跃跃欲试的感觉。含苞欲放的花骨朵，憋屈得是那么难受，恨不得马上把自己的美丽脸蛋，痛痛快快地释放出来。一对对彩蝶，在花朵上酣畅淋漓地交配着，给人一种飘飘欲仙的感觉。成群结队的男男女女，一个个面带桃花，春意盎然。附近凳子上那个身材饱满而又穿着十分暴露的女孩子，与一个男孩子紧紧地纠缠在一起，旁若无人、放肆地亲吻着，给人一种难以抗拒的诱惑、渴望和冲动。

两个人不知道亲吻了多长时间，常健问："亲爱的，饿了吗？我们俩去吃饭吧？"

二妮想了想，笑眯眯地说："不，回家洗澡，脏死了。"

回到家里，常健急急忙忙往浴缸里放着热水。

此时此刻，二妮说不清楚是热血沸腾，还是忐忑不安，她有一种无法抗拒的期盼和渴望，也有一些害怕和害羞。时间一分一秒地过去了，距离那道防线越来越近，她感到自己的心脏紧张得快要跳出来了。

当常健放满热水，回头喊二妮洗澡时，他顿时惊呆了：二妮满面桃花，羞羞答答，脱下衣服，披上浴巾，急急忙忙走了进来，走进了浴缸里。

"老哥，你……帮帮忙，你……给我搓搓背。"二妮面红耳赤地低着头，一边往身上撩水，一边羞声怯气地说。

看着眼前仙女一般的少女，常健的大脑和眼睛都突然定格了。天啊，太阳怎么从西边出来了！他不敢相信自己的眼睛，也不敢相信自己的耳朵，惊讶得不知道说什么好，也不知道做什么好。他惊喜万分，愣了半天，激动地问："什么？我……帮你搓背？"

二妮默默不语，常健欣喜若狂，兴奋得语无伦次："我的二小姐啊，你……搞没搞错啊，你是不是忽悠我啊？我是个大男人，你……是个大姑娘，孤男寡女，你……不怕出事吗？"

二妮羞怯地看了他一眼，羞答答地说："笨蛋，我怕什么呀？上一次，你不是已经帮我洗过了吗？"

常健一阵狂喜，急忙说："上一次，我是尊重你，不忍心，有定力。这一次，可……不一定！"

二妮向他抛了个媚眼，羞怯地赶紧低下头。"你……真是个大笨蛋。我都不怕，你怕什么？送到嘴边的鱼，你还……"

……

第三十九章　三妮赴宴　陆鹏传经

第三十九章　三妮赴宴　陆鹏传经

听说三妮参加了高考辅导班，准备今年考大学，陆鹏的爸爸妈妈很高兴，亲自打电话，请三妮一定要去他们家吃饭。要是陆鹏出面邀请，三妮肯定能推辞掉。现在，陆鹏的爸爸妈妈亲自出面邀请，态度又是那么诚恳和热情，如果一再推辞谢绝，就有点不近人情，他们俩面子上也过不去。三妮见推辞不掉，只好答应下来。虽然已经接受了邀请，三妮心里很过意不去，总是感到有点别扭，还有一种受宠若惊和诚惶诚恐的感觉。她认为，自己举手之劳，做了那么一点小事，绝对不能接受人家的恩惠。

这是一个星期天的上午，三妮买了一些水果和一瓶红酒、一瓶白酒，如约来到了陆鹏的家里。

三妮穿了一件淡绿色的连衣裙，乌黑飘逸的长发上扎着一个漂亮的蝴蝶结，更显得清纯和清秀。

这是一栋紧靠着海边的独门独院的小别墅。院子中央，一棵硕大的雪松，就好像一把太阳伞，把院子遮住了大半。院墙上是枝条茂密的蔷薇，蔷薇中间，点缀着夹竹桃，那浓红、嫩黄、洁白的花朵，就仿佛千百只温柔的小手，欢迎着客人的到来。别墅上下两层，有十二个房间。全套的红木家具，装修得十分精致和典雅。

三妮来到客厅里，稍事休息，接着被请进餐厅里，入席就座。为了招待三妮，宋一平亲手做了满满当当一桌子饭菜，陆建把珍藏多年的一瓶法国名酒也拿了出来。

大家刚刚坐下，陆鹏就急不可待地给三妮介绍起来。他指着满桌子热气腾腾的饭菜，笑哈哈地说："三妮，我妈妈今天亲手做饭做菜招待你，你享受的是贵宾级的待遇。市长来了，也不一定有这么高的规格。"他拿起那瓶酒，接着对三妮说："三妮，这是一瓶法国名酒，是我爸爸多年的珍藏。他的很多老朋友都惦记着这一瓶酒，我爸爸一直都舍不得拿出来。今天，我爸爸为了招待你，把这瓶酒拿了出来，让你品尝，他给你的是国宾级礼遇。"

三妮本来就有点拘束，听陆鹏这么一说，紧张得手心里直冒汗。她红着脸，很羞怯地说："叔叔、阿姨，你们这么盛情，我真的很不好意思。我不知道说什么好，也不知道做什么好，谢谢你们。"

陆建微笑着说："三妮，要说感谢啊，我们全家人都应该感谢你。你是我们家的恩人，这一瓶酒让你品尝最合适，别人没有这个资格。"

三妮羞红满面，很不好意思地说："叔叔，那么一点点小事，是我应该做的。从今以后，你们千万不要再提它了。再说，我不会喝酒。"

陆建举起酒杯，笑呵呵地说："三妮啊，我这一杯酒有两层意思，一是感谢你，二是祝你金榜题名。我干了，你可以随意。"说完，他和三妮碰杯，一饮而尽。

宋一平一边给三妮夹菜，一边笑嘻嘻地说："三妮啊，我们听陆鹏说，你参加了高考辅导班，今年要考大学，这可是大喜事啊，我们高兴得不得了。再忙，我们也要请你吃一顿饭，给你鼓劲加油。"

停了一会，宋一平又语重心长地说："大千世界，人海茫茫。三妮啊，我们能相认相识，是巧合，也是缘分。我们全家人都很喜欢你，有一见如故、相见恨晚的感觉。说心里话，这么长时间没有见面，我十分想念你。这不，我借题发挥，就把你给请来了。我整天忙工作，很少动手做饭，也不会做饭。你是我们家的贵客，我今天亲自做了几个菜，不知道味道如何，也不知道你喜欢不喜欢吃。你要是不嫌弃，就多吃点吧。"

三妮一边给宋一平倒茶水，一边说："阿姨，你太客气了，谢谢你。是我做得不好，没有经常来看望你们。"

"三妮啊，在你参加高考之前，我想请个人给你辅导一次，不知道你愿意不愿意？"宋一平问道。

三妮一听，马上高兴地说："阿姨，你真好，我当然求之不得，谢谢你！"

陆鹏插言说："我妈妈在市教育局工作，专门负责高考，已经很多年了。她要请的人，可不是一般的人物，那是高考方面的专家和高手，一般的关系绝对请不到。"

陆建今天心情好，喝酒也很爽快，他自斟自饮着说："三妮啊，高考的事，我是门外汉，插不上手，你可以找你阿姨，她是这方面的行家里手。在后勤保障方面，如果遇到困难，你尽管找我，我责无旁贷，也义不容辞。"

宋一平瞪了陆建一眼，说："去你的，什么行家里手啊。我正和三妮说话，没有你的事，喝你的酒去，别胡乱插言。"逗得三妮和陆鹏笑了起来。

宋一平拉着三妮的手，亲切地说："三妮啊，以后你认识家门了，要经常来玩，不要让我再打电话请你。"

三妮连忙点头，笑吟吟地说："阿姨，只要你们不嫌麻烦，我就经常来玩。"

陆建急忙说："三妮，我们全家人都很喜欢你，希望你能常来常往。"

第三十九章　三妮赴宴　陆鹏传经

陆鹏高兴地说："三妮，你要是考上了观海大学，我们俩就是同学了，你应该叫我学哥。"

宋一平瞪了陆鹏一眼，说道："陆鹏，我不管你和三妮将来会不会成为同学，我要求你要关心爱护三妮，绝对不能欺负她，更不能让别的人欺负她。说心里话，我还期盼着三妮给我当儿媳妇哪！"

三妮听了，满面通红，羞羞答答地说："阿姨，你怎么又拿我开玩笑呀？"

宋一平微笑着说："三妮，我不是开玩笑。我实话告诉你，我期盼的就是你这样的儿媳妇。"

听完宋一平的话，三妮感到不可思议，她摇了摇头，迷惑不解地问道："阿姨，陆鹏这么好的条件，为什么不找个门当户对的城市女孩子？为什么要找个从农村来的打工妹啊？"稍停片刻，她又接着说道："阿姨，我是个保姆，没有文凭，没有父母，连个家都没有，各方面的条件都很差。我现在年龄还小，不考虑找对象这件事。城市里比我好的女孩子多得是，你们可以随便去挑选。"

"我宁愿打光棍，也不再找城市里的女孩子。"陆鹏直来直去，脱口而出。

陆鹏的恋爱史，陆鹏的爸爸妈妈不会跟三妮说，陆鹏更不可能跟三妮说，三妮也不想问这件事，她当然一点不知道。

听完三妮的话，宋一平欲言又止，往事又浮现在她的眼前……

陆鹏从小生活在观海，接触的都是城市里的女孩子。他发育早，风流潇洒，性观念也比较开放，从上初中就开始谈恋爱，找女朋友。他一共找过多少个女朋友，连他自己也记不太清楚了。其中的两个女孩子，一个是他的青梅竹马，一个是他的同班同学。这两个女孩子，都是城里有钱有势人家的娇小姐，家庭和个人条件都很好。用郎才女貌、门当户对来形容，一点也不过分。他和这两个女孩子，都谈了一场马拉松式恋爱，已经谈到了同床共枕的程度。

不管是男孩子，还是女孩子，家庭条件太优越了，就容易娇生惯养出一些缺点来；自身条件太好了，就容易清高，专门挑别人的毛病。陆鹏谈的这两场轰轰烈烈的恋爱，最终的结局是，昔日的一对恋人和两个常来常往的家庭，都陷入了激烈的没完没了的纠纷之中。其中一个女孩子为此跳海自杀了，陆鹏被女方家打断了左腿，留下了一个很大的永远没法去掉的伤疤，还差一点丢掉了性命。时至今日，陆鹏左腿上的那个大伤疤，阴天下雨时还隐隐作痛，好像在经常提醒着他，不能伤疤还没有好就忘记了疼痛。

被折腾得身心疲惫的陆鹏和他的爸爸妈妈，痛定思痛，虚心接受了用鲜血和生命换来的刻骨铭心的惨痛教训。从此以后，在给陆鹏找对象这件事情上，他和爸爸妈妈再也不敢随随便便打城市女孩子的主意了。

三妮的出现，就好像一道亮丽的风景线，使陆鹏一家人眼前突然一亮。三妮的人品、性格和美貌，感动和征服了他们。实事求是地说，他们不太在乎女孩子的才华，也不太在乎女孩子家的钱财和社会地位，他们注重的是女孩子的人品和美貌，他们想要的就是像三妮这样聪明漂亮、老实可靠、能守住这份家业的女孩子。他们经过反复商量，一致认为，三妮是他们家未来女主人的最佳人选。陆鹏如果能娶到三妮这样的妻子，那是他们全家人的福气和荣幸。

三妮看到宋一平默默不语、忧心忡忡的样子，就忙着给她倒茶敬酒。宋一平回过神来，摇了摇头，然后苦笑着说："三妮啊，实不相瞒，陆鹏以前谈过对象，都是城里的女孩子，都没有谈成。我看不惯城里的女孩子，也不会再让陆鹏和城里的女孩子谈对象。"

沉默了一会，宋一平又心事重重地说："三妮啊，第一次见到你，我就喜欢上了你，当时就请求你当我未来的儿媳妇。经过这一段时间的交往，我更加喜欢你了，我再一次请求你当我未来的儿媳妇。如果你和陆鹏经过相互了解以后，感到不合适，我就请求你当我的干闺女。我不知道你是怎么想的，更不知道你是否同意。我这样做好像有些草率和唐突，但是，绝对不是心血来潮和开玩笑，这是发自内心的肺腑之言。三妮啊，大千世界，人海茫茫，我们俩偶然相识，我对你一见倾心，一见如故，视为知己，这可能就是人们常常说的天意和缘分吧。三妮啊，你放心，我会尊重你的意见，绝对不会做违背你个人意愿的事，更不会做强人所难的事。"

没有等三妮开口，陆鹏抢着说道："妈，我特别喜欢三妮，我要三妮给你当儿媳妇，不要三妮给你当干闺女。"

三妮现在终于明白了，陆鹏想与她谈对象，不是开玩笑，也不是心血来潮，这是他们全家人商量好的。他们为什么不找一个门当户对的城里的女孩子啊？三妮感到迷惑不解，一时难以弄明白。陆鹏一家人都是好人，可以肯定地说，他们这样做，对她没有一点恶意。婚姻大事，必须慎之又慎，不能有半点马虎。此时此刻，她绝对不能含糊其词，支支吾吾，必须旗帜鲜明地表明自己的态度。想到这里，三妮笑吟吟地说："阿姨，你们都是好人，都是为了我好，你们的好意我心领了，谢谢你们。其实，我没有你们说得那么好，我条件很差，有很多缺点。我现在年龄还小，期盼着上大学，不想现在谈对象。要谈对象，也要等到我大学毕业以后再说。我从小就没有了妈妈，很羡慕别人家的孩子，有妈妈呵护着，像个宝贝，幸福得不得了。如果阿姨不嫌弃我，我愿意给阿姨当干闺女。"

宋一平听了，先是一愣，又马上高兴地说："三妮，我十分喜欢你，无论你给我当儿媳妇，还是给我当干闺女，我都一百个热烈欢迎。三妮啊，我这一辈子认定你了，也赖上你了，你想跑也跑不了。"稍停片刻，她又乐呵呵地说："三妮啊，陆鹏年龄不大，找对象的事不急，他可以等着你，一直等到你大学毕业以后。他……"

第三十九章 三妮赴宴 陆鹏传经

陆鹏急忙打断妈妈的话，信誓旦旦地说："三妮，我保证耐心等着你！"他的话，逗得大家笑起来。

在陆鹏家喝完酒，吃完饭，三妮和陆鹏沿着海边散步。他们俩来到一块大礁石上，坐了下来。

夕阳西沉，燃烧着的晚霞不断地变幻着颜色，一会儿百合色，一会儿金黄色，一会儿半紫半黄，一会儿半灰半红，一眨眼间，又变成紫檀色了，真是色彩缤纷，变幻无穷。

随着晚霞颜色的变化，海水也不时地变化着颜色，先是由灰红变成紫红，然后又变成了朱红，最后变成血红色。这血红色越变越深，越变越浓，逐渐缩小着范围，收集着光线，一会儿又变成了一片红彤彤的火焰，映红了半边天。

在晚霞的装扮下，成群结队的海鸥，金光闪闪。它们在霞光万道的天空中和大海上自由自在地飞翔着。

那一层层、一团团、一朵朵的云彩，被晚霞染得五颜六色。有的像仙女散花，有的像矗立的山峰，有的像奔腾的江河，有的像金红的苹果，有的像紫色的葡萄，有的像深蓝的宝石，千姿百态，变幻无穷，令人眼花缭乱，目不暇接。

灰色的天边渐渐地变成了暗紫色，天地之间慢慢地融入一片苍茫的暮色之中。

三妮坐在礁石上，抱着双膝，聆听着海浪唱歌。

坐在三妮一旁的陆鹏，用胳膊肘碰了碰三妮，问："你在想什么啊，这么痴迷？"

三妮一愣，回过神来，说："在海边看晚霞，太美了，太漂亮了，像是置身于梦幻世界，太迷人了。"

"那还不好办啊，以后，我每天陪着你来看，保证让你看个够。"陆鹏拍着三妮的肩膀说。

"大少爷，我可没有你那么多闲情逸致。我马上就要参加高考了，还有那么多的家务活等着我。"三妮白了陆鹏一眼。

陆鹏凝视着大海，想了一会，笑嘻嘻地拍着三妮的肩膀，深有体会地说："我的三小姐啊，高考是考心态，你懂吗？高考前最重要的是保持好一颗平常心，不能把自己搞得那么紧张。如果自己乱了方寸，神经兮兮的，你平时学习再好，临场也发挥不出来。"

三妮一愣，看着陆鹏的眼睛说："陆鹏，你还真行啊，一套一套的，有点深度，还有独到之处。你快说说你的高考经验，我也学习一下。"

"谈不上什么经验。不过嘛，和你相比，我是过来人，知道的肯定比你这个小屁孩多。"陆鹏挤眉弄眼，撇着嘴说。

三妮瞪着陆鹏问："你卖什么关子，拿什么架子啊，说你肥，你就喘啊？

少废话，你快快说。"

陆鹏摸着脑袋，装模作样地琢磨了半天，故弄玄虚地说："要想考上大学啊，这可是一门深奥的学问，也是一门复杂的艺术。这里面的道道可多了，一般的人很难悟透。这第一条嘛，就是要学会玩，要……"

没有等陆鹏再说下去，三妮用胳膊肘捣了他一下，气呼呼地说："我没时间和你磨牙，更没有闲工夫陪着你玩，你别拐弯抹角卖关子了，痛痛快快说吧。"

"哎呀呀，痛死了，我的三小姐，你想谋财害命啊？"陆鹏大呼小叫了一阵子，看到三妮不理不睬，就一本正经地说："我跟你说实话，我从来不搞疲劳战术。高考前，该怎么玩就怎么玩。说是临阵磨枪，不快也光，那是指最后几天的事。"

三妮听得渐渐入了神，见陆鹏停了下来，催促道："有道理，继续，你继续说。"

陆鹏接着说："我从来都不死记硬背，教材上说的什么定义、概念啦，我理解了就行了，重要的是自己能举出几个例子来，会灵活应用。所以，每次考试，我的答案都不是很标准很全面，也很少能拿到满分。但是，我也很少遇到一点不会、一分不给的情况。"他向三妮身边靠了靠，继续说道："现在的辅导材料太多，也太乱。按照那个去复习，太浪费时间，太累人，也容易把自己的脑子搞乱。"

"那应该怎么办啊？"三妮急忙问。

陆鹏咳嗽了几声，清了清嗓子，不紧不慢地继续说："对辅导材料，挑选一两份出来，分析研究一下就行了。整天泡在题海里，既浪费时间，又把自己弄得头昏脑涨，心烦意乱，最后肯定会被淹死。"他又清了清嗓子，然后语重心长地说："三妮啊，你一定要记住，要把主要精力用在分析研究教材上。我的体会是，把教材确实弄明白了，高考就基本上差不多了。"

一阵子海风吹来，陆鹏打了个冷战，连忙说："冷，有点冷啊，受不了。"他说着，随手把三妮揽进了怀里。

三妮一愣，想挣脱出来，没有挣脱动。她回过头来瞪了陆鹏一眼，很不情愿地说："我今天喝酒喝得到现在还浑身发热，一点也不冷。你今天喝的酒比我还多，冷什么冷啊，你就使劲装神弄鬼吧。"

陆鹏趴在三妮的耳朵上，神秘兮兮地说："小屁孩，不懂了吧。我是男人，脂肪少，怕冷。你是女人，脂肪多，不怕冷。人们都说女孩子美丽'冻'人，天寒地冻穿裙子，袒胸露背不怕冷，说的就是这个意思。"

"打住吧，别胡诌八扯了，你骗小孩去吧。我还不知道你那点小九九啊？你是变着法占我的便宜。不过，你一定要牢牢记住，你对我不能拉拉扯扯，不能有过分亲密的举动，这是我们俩的君子协定。"三妮冷笑着说。

陆鹏装模作样，一脸委屈地说："三妮，这回你真冤枉我了。我是一个堂堂正正的男子汉，正人君子。我现在对天发誓：苍天在上，我陆鹏要是对三妮

第三十九章 三妮赴宴 陆鹏传经

有一点点歪心眼，天打五雷轰，粉身……"

没有等陆鹏再说下去，三妮急忙用手捂上陆鹏的嘴，微笑着说："老哥，打住吧，不用再表白了，鬼才相信你。"

陆鹏嬉皮笑脸地说："我本来就是好人，还用得着表白吗？言归正传，我们还是说正事。你要想考上大学，还有很重要的一条，你必须做到。"

见陆鹏说到这里打住了，三妮急不可待地问："你快说啊，别装神弄鬼、故弄玄虚了。"

陆鹏飞快地在三妮脸上亲了一口，马上说道："三妮，你必须请我妈妈找个人，给你辅导一次。这一点，很重要，我有亲身体会。"

三妮急忙从陆鹏的怀里挣脱出来，羞恼地说："你讨厌，说话不算数，变着法欺负我。"

陆鹏兴奋得不得了，他极力控制住自己的冲动，说道："真的，我不骗你。我妈妈要找的那个人，我知道是谁，但我现在不能告诉你，因为这是秘密。我妈妈负责高考工作已经很多年了，具体情况我不能细说，只能意会，不能言传。"

三妮想了想，很难为情地说："这可怎么办啊？我也不好意思去求她啊。"

陆鹏看到三妮为难的样子，笑呵呵地说："这有什么难办的啊，我妈妈不是已经答应你了吗？她的脾气我了解，凡是她答应的事，她一定会办到。到时候，你多到我家来几次就行了，我会提醒和催促她。"

三妮笑眯眯地说："陆鹏，我要是能考上大学，一定要好好地感谢你。"

陆鹏急忙问："你打算怎么样感谢我啊？"

三妮反过来问他："你想让我怎么样感谢你呀？"

陆鹏说："你猜一猜。"

三妮想了一会，说："给你买纪念品，你也不稀罕。这样吧，我请你喝啤酒，请你喝个够，怎么样？"

陆鹏捏了捏三妮的耳朵，笑嘻嘻地说："小气鬼，我不想喝啤酒，我想让你亲亲我。"

三妮板起脸来说："陆鹏，你这么大人了，怎么还像个小孩子啊？没有一点正形。你要是再动手动脚，我真生气了，不再理你了。"

陆鹏马上赔着笑脸说："对不起，不敢了。不过，我告诉你一个最好的学习方法。"

三妮急忙问："什么方法？"

"你在辅导班上完课以后，定期到我家里来。我按照我的学习方法，帮助你厘清思路，固强补弱。这样，可能效果会好一些。因为我是旁观者，旁观者清嘛。"

三妮想了想，点了点头，然后吞吞吐吐地说："这样好是好，只是……"

陆鹏见三妮吞吞吐吐的样子，急忙问道："三妮，只是什么呀？你快说啊。"

三妮羞红着脸，低着头，羞羞答答地说："孤男寡女，我怕别人误会。"

陆鹏听了，哈哈大笑着说："这算什么啊？你小小的年纪，也太封建，太不开放了。"他诡秘地笑了笑，又说道："三妮，我现在正好有一个很重要的事要告诉你。你要想考出好成绩，必须做到。"

三妮急忙问："怎么做？"

陆鹏趴在三妮耳朵上，小声说道："学习累了，你就想一想帅哥，想一想我，放松放松。"

三妮听了，急忙用粉拳捶了陆鹏两下，说："去你的，狗嘴里吐不出象牙来。"

……

第四十章　恶人诬陷　贪官勒索

第四十章　恶人诬陷　贪官勒索

那天夜里，大妮和何小云跟着庄小军和丁海涛来到拘留所，被分别关进两个房间里。

庄小军负责讯问大妮，丁海涛负责记录。大妮刚刚坐下，庄小军冷冰冰地板着脸，突然盛气凌人地甩出来一句话："你的姓名、年龄、职业？"

大妮和庄小军虽然算不上什么朋友，但两个人已经多次见面，大妮为了何小云卖淫的事和餐馆被盗窃的事，还请他吃过两次饭，应该算是熟人了。以前，两个人说话的时候，都是客客气气，大妮对庄小军的总体印象还算可以。现在，庄小军突然摆起了官架子，变成了这么一副面孔，说话的声音也变得这么刺耳，大妮感到很别扭，一时难以适应。大妮想，自己堂堂正正，光明磊落，身正不怕影子斜。她理直气壮，无畏无惧，不慌不忙地回答着庄小军提出的问题。

庄小军多次受到处分，已经预感到很快就会告别警察学校了。再说，他早就想离开警察学校，去经商赚钱。不过，他打算在离开警察学校之前，尽量捞上一把。自从接手大妮和何小云这个案子，他心里一直美滋滋的，决定趁机敲一敲大妮。

庄小军装腔作势地问完那些官话和套话，又突然没头没脑地甩出来一句话："大妮，现在有人举报你组织卖淫嫖娼，你认罪吗？"

"莫名其妙，这是谁举报的？有什么证据啊？"大妮先一愣，马上平静下来，义正词严地问道。

庄小军突然使劲一拍桌子，咄咄逼人地喊道："大妮，我警告你，你必须老实交代！"

大妮受到无端指责，心里很上火，理直气壮地大声说道："庄警官，我行得正，走得直，光明正大，问心无愧，没有什么可交代的事。"

庄小军冷笑两声，从抽屉里拿出几张照片，使劲甩在了大妮面前的桌子上，然后阴阳怪气地说："嘿嘿……大妮，我看你是不见棺材不掉泪啊。谁举报的，现在还不能告诉你。证据嘛，你自己看吧。"

大妮拿过来一看，照片上全是何小云与几个老外赤身裸体搞在一起的镜头。她顿时气得七窍生烟，恶心得想呕吐。她把照片狠狠地甩在了桌子上，咬牙切齿地说："何小云这个不争气的混账王八蛋，竟然干出禽兽不如的事！"

"哈哈……这不仅仅是禽兽不如，这是在犯法，这是在犯罪，你应该知道啊。嘿嘿……"庄小军装腔作势，阴笑着，恶狠狠地对大妮说。

何小云上一次卖淫，被派出所拘留，大妮虽然十分气愤，但看到她那信誓旦旦和可怜兮兮的样子，大妮不但原谅了她，还替她交了一千元罚款。大妮没有想到，何小云不思悔改，不可救药，在犯罪的道路上越走越远。大妮最恨何小云这种言而无信、谎话连篇的小人，感到受到了莫大的欺骗和侮辱。大妮再也不能原谅何小云了，决心与她一刀两断，一了百了。

"庄警官，何小云已经是大人了，她要干什么事，那是她自己的选择。我和她井水不犯河水，她做的事与我无关。从今以后，我与她断绝任何关系，再也不会与她有任何瓜葛。"大妮词严义正，说完起身就要向外走。

庄小军看到大妮要走，先是一愣，马上又虚张声势地吼叫道："你给我站住！大妮，这次没有上次那么简单，有人告你组织卖淫嫖娼。何小云也已经坦白交代，供出了你的问题。你的罪名如果成立，你就会被判刑坐牢。"

大妮听了，心里咯噔一下，先是一惊，马上又气愤地问道："有人指控我组织卖淫嫖娼，有什么证据啊？何小云供出我来，这是信口雌黄，污蔑陷害我。庄警官，你要是抓我，总不能空口无凭吧？"

庄小军冷笑几声，得意忘形地说："哈哈，没有人想抓你，我们是在办案。至于你说的证据嘛，等案子调查清楚了，会给你一个满意的答复。"

大妮不以为然，毫不客气地说："庄警官，我坦坦荡荡，清清白白，无畏无惧，正等着你们尽快拿出证据来抓我。对不起，在你们没有找到证据之前，我要告辞了。"她说着，站起来又要向外走。

"你站住！大妮，你太猖狂了，简直是无法无天。"庄小军一拍桌子，又装腔作势地大声喊道。

大妮襟怀坦荡，厉声问道："我没有犯法，你们也没有我犯法的证据，难道你们现在就要把我抓起来？"

庄小军恶狠狠地瞪了大妮一眼，气呼呼地说："大妮，你可以随便理解，那是你的自由。我们这样做是办案的需要。我警告你，今天你走不了了，必须老老实实地待在这里，坦白交代你的犯罪事实。"

大妮听了，十分惊讶。她对庄小军的蛮不讲理和翻脸不认人，感到难以置信和无法理解。她直言不讳地说："庄警官，你们这样做，是随便抓人，执法犯法，冤枉好人！"她强压住满腔怒火，坐了下来。

庄小军没有想到，一个从农村出来的打工妹，竟然这么难对付。他使劲拍

第四十章 恶人诬陷 贪官勒索

着桌子，装模作样地怒吼道："大妮，你给我老实点，别自找麻烦！我警告你，你现在只有一条路，那就是坦白交代，争取宽大处理。"

大妮根本就不理庄小军这一套，连看都不看他一眼。

"我问你，何小云是你聘请的员工吗？"

"是。"

"何小云五个月以前，因为卖淫被罚款一千元，你知道这件事吗？"

"知道，她没有钱，是我替她交上了一千元罚款。"

"照片上，与何小云搂抱在一起的那几个外国男人，你认识他们吗？"

"他们经常到我的餐馆里吃饭。"

"这不就了结吗？别人指控你组织卖淫嫖娼，何小云又供出了你，你还有什么话可说啊？"

大妮一愣，想了想，理直气壮地问道："庄警官，我不懂法律，我想问问，何小云是我的员工，她空口无凭地栽赃陷害我，我认识那几个外国男人，难道这些就是我组织卖淫嫖娼的犯罪证据吗？"

庄小军一愣，意识到自己太小看大妮了，马上咳嗽两声，拍着桌子，虚张声势地叫道："坦白从宽，抗拒从严！大妮，你必须老实交代！"

这时候，门外有人喊正在做记录的丁海涛到值班室接电话，丁海涛闻声急忙走了出去。

看到丁海涛走了，庄小军突然变了一副面孔，皮笑肉不笑地说："大妮啊，我们俩认识这么长时间，是老熟人了，抬头不见低头见，平时相处得一直都不错。请你相信我，我绝对不会亏待你。其实，我也不想管这件事。但官身不由己啊，请你一定要理解我，谅解我。"

大妮没有想到，庄小军的脸变得这么快，猜不透他葫芦里装的是什么药，只好保持沉默。

庄小军倒了一杯水，放在大妮面前，故弄玄虚，压低声音，神秘兮兮地说："大妮啊，你放心，我一定会千方百计帮助你。就看你……"他看到丁海涛回来了，又马上打住。

接下来，庄小军板着脸，虚张声势，装模作样，东一榔头西一棒槌地问了起来。大妮理直气壮，据理力争，拒不承认对自己的指控，庄小军只好草草收兵。

……

讯问结束，大妮被关进了一个不到七平方米的小房间里，铁门外上了锁。这个小房间里，只有一个破沙发，房顶上有一个不亮的小灯泡，墙上有一个连头也伸不出去的小窗子。房间内，漆黑一片，伸手不见五指。闷热潮湿的空气好像凝固了，想喘口气都很困难。那饿狼一般的蚊子，嗡嗡叫着不停地往身体上扑，一巴掌拍打下去，就能打死好几只，但怎么打也打不完。

突然，小房子外面风雨交加，电闪雷鸣。一串串的惊天动地的霹雳，好像恋着小房子不愿意离开，一个接着一个地在小房子顶上爆炸着，震得小房子不停地"瑟瑟发抖"。

大妮坐在破沙发上，思前想后，浮想联翩，整整一夜没有合眼……

这是什么人在诬陷自己啊？她分析来分析去，最后认定是寇哥一伙人。怎么样才能摆脱寇哥没完没了的纠缠啊？她苦思冥想，想得头都大了，也没有想出一个好的办法。

何小云太可恨了，太阴险毒辣了，她竟然恩将仇报，污蔑陷害好人。今后，必须与何小云一刀两断，绝对不能再可怜她。

法院真会像庄小军说的那样，给自己判刑吗？她相信政府不会冤枉好人。

庄小军演的这场变脸戏，目的是什么啊？她考虑半天，认定庄小军这样做的目的，是趁机敲诈一把，捞点好处。以前，她对庄小军虽然没有多少好感，但也不是特别反感。现在，她不但对庄小军特别反感，而且开始恨他。她没有想到，庄小军作为警察学校的实习生，竟然贪图便宜，徇私枉法，是一个阴险狡诈的卑鄙小人。

童军他们现在怎么样了？他们现在肯定心急如焚，不知所措。大妮决定，给童军他们写个条子，告诉他们，自己没有事，很快就会回去；要他们稳住神，不要自己乱了手脚；还要特别提醒他们，绝对不能因为这件事影响餐馆的正常营业。

……

大妮和何小云被庄小军带走以后，童军他们马上关了店门，一起来到了拘留所。拘留所的人告诉他们，大妮涉嫌组织卖淫嫖娼，正在接受讯问和调查，很可能要劳动教养或者判刑，要他们马上离开拘留所，回家等消息。童军他们一直等到深夜，还是没有大妮的影子和消息，一个个垂头丧气，只好回家休息。

第二天一早，童军他们又不约而同地来到拘留所。快到九点钟的时候，庄小军出来了，他把大妮写的纸条递给了童军，并一再劝说他们回去等消息。童军他们看完纸条，商量了一下，一块回到了餐馆里。

中午十二点钟，童军和葛甜甜提着两瓶茅台酒、两条中华烟和一些水果，来到了庄小军的家里。这是一栋很漂亮的小别墅，上下两层，有十多个房间，独门独院，靠近海边。家里的东西不少，放置得很乱。除了客厅里收拾得还算可以，其他房间里乱七八糟，插脚不下。一看就知道，这个家已经很长时间没有打扫整理了。

"童老板，你到我家里来，还带着东西，这就有点见外了。我们都是低头不见抬头见的老熟人，你这样做，弄得我很难为情。"庄小军虚情假意，装模作样地打哈哈。

第四十章 恶人诬陷 贪官勒索

"庄警官，大妮的事给你添麻烦了，我来谢谢你。不知道买什么东西合适，随便买了点，不成敬意。等大妮出来以后，再好好地答谢你。"童军毕恭毕敬地说。

"童老板，你太客气了，我们谁跟谁啊。大妮的事我不会袖手旁观，应该关照的我一定会关照。不过嘛，这次还真有点麻烦了，上边已经立了案，我说了也不算啊。再说，何小云又主动供出了大妮，这……"庄小军摇头晃脑，摆出了一副很为难的样子。

葛甜甜插话："大妮姐遵纪守法，为人正直，是个好人。她绝对没有干违法犯罪的事，肯定是有人故意陷害她。我们几个员工，天天和大妮姐在一起，可以为她做证。庄大哥，我求求你，请你主持正义，快点把大妮姐放出来。"

"小妹啊，你太见外了，什么求不求啊。我们俩是老乡，你都亲自发了话，我不敢不办。这样吧，我再想想办法，找找老熟人，求求情，通融通融。"庄小军笑眯眯地看着葛甜甜，故弄玄虚地说。

"谢谢你，庄大哥！"葛甜甜感激不尽。

庄小军递给葛甜甜一根香蕉，嬉皮笑脸地说："小妹啊，你怎么又客气啊，我们俩谁跟谁啊。说实话，我也不需要你感谢，你有空来帮助我整理一下这个家，我就感激不尽了。我工作太忙，没有时间。你们看看我这个家里乱成什么样子了，脏成什么样子了，就像个猪窝，我都不好意思让你们进家门。"

"小事一桩，包在我的身上。"葛甜甜痛痛快快地答应下来。

庄小军听了，心中暗喜，他想敲诈大妮，没有想到葛甜甜自投罗网。他高兴地说："一言为定！我一定想方设法把大妮放出来。"

……

第二天下午，庄小军安排大妮和何小云见了面。还没有坐下来，何小云就急忙说："姐，真的对不起，我……又连累了你，给你添了麻烦。"

看到何小云，大妮的满腔怒火燃烧起来，她咬牙切齿地说："何小云，你这个忘恩负义、禽兽不如的东西，你自己做丢人现眼、伤风败俗的事，还污蔑陷害我，你的良心是不是让狗吃了！"

何小云马上痛哭流涕，说："姐，我……这是被逼无奈啊。我爸爸躺在病床上，急等着用钱动手术，我……没有办法呀。他们逼我承认卖淫，还逼着我说你组织卖淫嫖娼，我……无可奈何，无路可走啊。姐，请你一定要原谅我。今后，我……再也不敢了，一定听你的话。"

大妮满腔怒火，愤怒地说："何小云，你来到我的餐馆以后，我一直拿你当亲妹妹对待。我没有想到，你不知好歹，把好心当成驴肝肺。你屡教不改，竟然干出这么丢人现眼、伤风败俗的事来。你忘恩负义，恩将仇报，污蔑陷害我。你言而无信，谎话连篇，一再欺骗我。我最恨你这样的卑鄙小人，从今以后，我再也不会上当受骗了。"

何小云哭得一把鼻涕一把泪，说："姐，我……不能让我爸爸就这么死去。姐，你就行行好，可怜可怜我那已经病入膏肓的爸爸吧，我……给你磕头了！"说着，她给大妮磕了一个头。

大妮知道她又在说谎，气呼呼地问："你想怎么样？"

何小云哭得更加卖力了，抽泣着说："姐，派出所罚我四千块钱。我的钱……都寄回家了，求求你先替我交上，我……有了钱一定还给你。"

大妮明白了，庄小军让她与何小云见面，目的是让她替何小云交罚款。她想到这里，顿时火冒三丈，对何小云说："上一次，我上当受骗，替你交了一千罚款。这一次，我再也不会上当受骗了，绝对不会再拿一分钱。你枉费心机，不要做梦和演戏了！"

何小云愣了一下，瞬间变脸，她恶狠狠地瞪着大妮，咬牙切齿地问道："大妮，难道你就这么绝情，难道你就不给自己留下一条后路？"

大妮一听，更是火冒三丈，她斩钉截铁地说："何小云，不是我绝情。是你走歪门邪道，干禽兽不如的事。是你忘恩负义，嫁祸于人。从今以后，我和你井水不犯河水，一刀两断！"

何小云翻脸不认人，阴笑着威胁道："哼哼……我参与卖淫，犯的不是重罪，不会被判刑坐牢。我要是一口咬定你组织卖淫嫖娼，那可是重罪，是要判重刑坐大牢啊。嘿嘿……大妮啊，这样的后果，孰轻孰重，你不会不知道吧？"

大妮一听何小云威胁自己，大发雷霆，咬牙切齿地说道："何小云，我没有做亏心事，就不怕鬼敲门，你有什么本事，就尽管使出来吧！"

何小云判若两人，露出了阴险可怕的真面目，怪笑着说："哼哼……大妮，你不知好歹，给脸不要脸，得罪老娘没有好果子吃，你就等着瞧吧！"

大妮怒火冲天，说："何小云，我奉陪到底！"

……

第二天晚上，童军和葛甜甜又一次来到庄小军家里。这一次，童军没有给庄小军送烟酒，而是送给了他五千块钱。葛甜甜答应庄小军，明天就来他家里，帮助他打扫卫生。庄小军故技重演，阴阳怪气地东拉西扯了一阵子，最后答应尽快把大妮放出来。

第三天晚上，大妮被放了出来。她回到家里，越想越窝囊，一头扑在床上，放声痛哭起来。

童军看了，心如刀绞，劝说道："姐，事情已经过去了，你现在已经平安无事了，何必再这样伤心痛苦啊。"

大妮痛哭流涕，哽咽着说："弟，我怎么这么倒霉，什么乌七八糟的窝囊事，都让我给碰上了。"

童军安慰说："姐，这不是你的错，都怪何小云这个卑鄙小人，恩将仇报，

第四十章 恶人诬陷 贪官勒索

嫁祸于你。"

提起何小云，大妮就气不打一处来，她愤怒地说："何小云这个没有良心的东西，我对她那么好，她狼心狗肺，不知好歹，不但恩将仇报，还恐吓威胁我。"

童军也来了气，气愤地说："何小云这样的人，蛇蝎心肠，根本就不值得同情和可怜她。都怪我们俩心肠太软，才上当受骗。"

大妮说："这一次，我发现庄小军这个人很阴险。他把我抓进去，一是想让我替何小云交罚款，另外就是乘机敲诈我们俩。我们俩辛辛苦苦挣来的五千块钱，结果被他敲诈走了。我……心里很难受，你不应该给他那么多钱。"说着，她又哭起来。

童军把大妮揽在怀里，温柔地劝说道："姐，钱算什么东西呀，花完了我们俩可以再去挣。你比我的生命都重要，我宁可拿出全部家财，也不能让你在那里吃苦受罪。大家都知道你是冤枉的，庄小军心里应该一清二楚。他阴险狡猾，心黑手辣，既然把你关起来，捞不到好处，他能轻易放你出来吗？"稍停片刻，他眼睛里含着泪花，心疼地说："姐，自从开餐馆以来，我心里一直很不平静。每当看到你那筋疲力尽和十分憔悴的样子，每当看到你那忍气吞声和伤心痛苦的样子，我心里就好像针扎一样难受。你太累了，我担心把你累垮了。我想帮助你，又不知道怎么样去做。以前，我不怕小老板、姓熊的和三狗蛋那些人找麻烦，是因为我心里有底，我能对付得了他们。现在，我不知道怎么样对付姓寇的和庄小军。今后，还不知道会遇到什么样的更加难对付的人。这些人心机太重，我看不透他们，也摸不到他们的底，弄不清他们的势力到底有多大。他们不会善罢甘休，还会找我们的麻烦。面对他们，我感到势单力薄，力不从心。虽然开餐馆比干别的挣钱多，但是，太操心费力了，还树大招风，引来了这么多麻烦。姐，我很害怕，我担心今后帮不了你，更担心今后保护不了你。昨天晚上，我考虑了整整一夜。我不想开餐馆了，不想挣那么多钱了。我要保证你健健康康、平平安安地过一辈子。我求求你，不要再开餐馆了，我们俩去干别的事吧！"

听了童军感人肺腑的一席话，大妮热泪盈眶，说："弟，你的心意我都知道。嫁给你，我感到幸福和荣幸得不得了！其实，你每天不停地做饭菜，累得胳膊都抬不起来，比我还累。我看在眼里，也很心疼你。"

大妮向童军怀里靠了靠，抽泣着说道："弟，我的情况，你都知道。我从小就侍候别人，是看着别人的脸色长大的。遇到问题，前怕狼，后怕虎，唯唯诺诺，没有主见。自从开了这个餐馆，我感觉我和以前不一样了，就好像变了一个人。我感觉我独立了，可以当家做主了，也不需要再看别人的脸色行事了。当然，遇到困难的时候，特别是姓寇的一伙人找麻烦的时候，我也很打怵。能不能对付得了他们，我心里也没有数。但是，我常常想，姓寇的一伙人无法无天，不走正道，整天干伤天害理的事，政府不会不管，他们总有一天会得到报应。我们堂堂正正做人，规规矩矩干事。政府会支持我们，大家也会帮助我们。他们做贼心虚，我们理直气壮，我们为什么要怕他们啊？我们现在虽然斗不过他们，但我不想打退堂鼓，半途而废，我想与他们斗一斗。他们就好像兔子的尾巴，长不了。"

大妮凝视着童军的眼睛，含情脉脉地说："弟，关于餐馆的事，我昨天晚上，也翻来覆去想了一夜。最后，我下定决心，再苦再难，也要继续开下去，而且还要越开越好。以前，你经常跟我说，干什么都不容易，不可能一帆风顺，不管遇到什么样的困难，都要坚持住，不能轻易放弃。现在，我要用你说过的话，来劝说你。眼下，餐馆的生意这么红火，不开下去，太可惜了。再说了，我还指望着餐馆发家致富呢。哪怕再来十个姓寇的和庄小军，我也不怕。我一不偷，二不抢，三不犯法，四不招惹他们，他们能拿我怎么着啊？还能吃了我？"

大妮轻轻地拍了拍童军的脑袋，又轻轻地刮了刮他的鼻子，笑眯眯地说："你这个胆小鬼，遇到这么点困难和挫折，就想当逃兵。一个堂堂正正的男子汉大丈夫，还不如我这个小女子。你真没有出息，丢不丢人啊？"

童军思考了一会，突然乐了，他一边亲吻着大妮，一边微笑着说："老婆，我现在说服不了你，只能按照你的指示办。你是巾帼英雄，女中豪杰，将来飞黄腾达了，千万手下留情，不要一脚把我踹到大海里去。"

大妮轻轻地捶了童军一粉拳，笑盈盈地说："去你的，淘气鬼！"

……

第四十一章　常健辞职　柳叶出家

这一天，龙哥终于来到了观海，常健和二妮在海燕大酒店设宴，为龙哥接风洗尘。

龙哥四十六岁，中等个子。他长得肥头大耳，扁平的圆脸上，眼睛和鼻子都不算小。他看人的时候眼光有点邪，给人一种难以捉摸和阴森森的感觉。嘴和嘴巴显得小了一点，脖子也稍微短了一些，看上去有点别扭和不协调。他说话时虽然慢条斯理，闷声闷气，声音还有一点沙哑，但语气中夹杂着几分霸道之气。

常健作了介绍，二妮和龙哥握了握手，互致问候。初次相见，龙哥眼前突然一亮，心中涌起一层波浪，顿时就想入非非。他走南闯北，见识过无数女人，还从来没有见过如此漂亮的美女，用美若天仙来形容二妮，应该是恰如其分。他打量了二妮半天，笑眯眯地说："弟妹啊，我早就听说你是个大美人，今日一见，果然名不虚传。我有点不敢相信自己的眼睛，也不敢相信世界上竟然有如此漂亮的美女。弟妹国色天香，倾国倾城，真乃人世间难得一见的仙女。弟妹还是观海十佳青年歌手，是一位十分难得的人才，令人肃然起敬。今后，我一定好好地聆听你的优美歌声，欣赏你那美妙的天籁之音。我首先要感谢常老弟，给我的公司引来了一只金凤凰，种下了一棵摇钱树。常老弟独具慧眼，找了这么一位才貌双全的女子，真是三生有幸，洪福齐天啊。你们二人郎才女貌，地作天合，天生一对，可喜可贺。我祝福你们俩万事如意，白头到老！"

二妮看见龙哥就不由自主地联想到一个人，那是在电影上经常看到的一个著名演员，她顿时就有点拘束和不安。她发现龙哥老是盯着自己看，更是感到十分别扭和不好意思。对龙哥这番赞美之词，她越听越不顺耳，越听越感觉这是言不由衷的阿谀奉承，感到浑身起了一层鸡皮疙瘩。她微红着脸，很羞涩地说："龙大哥，你过奖了，我羞愧难当。我是个平平凡凡的村姑，普普通通的打工妹，哪里有你说得那么好啊？大哥把我说得天花乱坠，弄得我诚惶诚恐，忐忑不安。大哥要是再继续夸奖我，我只好钻到地下去。大哥德高望重，重情重义，菩萨心肠，令人敬仰。特别是大哥对常健亲如兄弟，关怀备至，情深似海，恩重如山，常健和我都感激不尽。大哥的为人和大恩大德，我早有耳闻，十分钦佩。大哥远道而来，车马劳顿，一路辛苦。我与大哥初次相见，理应先敬大哥一杯酒，祝福大哥吉祥如意，洪福齐天，财源滚滚，心想事成！"说完，她和龙哥碰了杯，一饮而尽。

接下来，常健与龙哥相互敬酒，推杯换盏，开怀畅饮。几轮过后，常健直截了当地说："大哥，我这个人思想观念太僵化，太保守，跟不上时代的步伐，不适合在娱乐行业干，更是不适合当这个总经理。我提出的辞职请求，请大哥尽快批准。"

龙哥微笑着，开门见山地说："常老弟啊，我就知道你会老调重弹，再提此事。我们俩患难之交，比亲兄弟还亲，我能理解和体谅你的心情。人各有志，不能强求。按理说，我早就应该答应你的请求。但是，我是左右为难啊。俗话说，千军易得，一将难求。老弟聪明能干，为人正直，又重情重义，对我更是忠心耿耿。你这样的人才，我打着灯笼也找不着。实不相瞒，我舍不得你这个十分难得的人才，也很难找到合适的人选来接替你的工作。"

常健一愣，开诚布公地说："大哥，我已经多次给你汇报过了。这几年，我在总经理这个位子上，既诚惶诚恐，又难以适应，还力不从心，实在是无可奈何、度日如年啊。由于我缩手缩脚，工作不得力，已经造成了很大的经济损失。如果我再继续干下去，造成的损失会越来越大，严重影响公司的长远发展。我辜负了大哥的期望，心里忐忑不安，深感对不起大哥。经过反复考虑，我提出辞职，这是无奈之举。请求大哥根据我的实际情况，给我调换一个工作。"

龙哥很不情愿地笑了笑，慢条斯理地说："常老弟啊，我们俩亲如兄弟，弟妹也不是外人，我们可以直来直去，打开天窗说亮话。据我所知，你说的思想观念太保守，不适合在娱乐行业干，指的是你一直坚决反对在娱乐城上色情和毒品两个服务项目，坚决反对在娱乐城搞色情和毒品交易，所以，在海龙娱乐城里一直没有色情和毒品交易，确确实实少赚了很多钱。其实，时代发展到今天，毒品和色情交易已经不算什么大问题。再说，干娱乐行业，要想挣钱，离不开毒品和色情交易。我实话实说，这几年，虽然我对你不太满意，但是，我很理解你的心情，体谅你的难处，原谅你的不足。"

常健紧追不舍，急忙说："大哥，我的情况你都知道。因为我以前找的那个女朋友吸毒和卖淫，我差一点丢了性命，坐了六年大牢，我的爸爸妈妈双双上吊自杀。每当想起这些，我就心如刀绞。一朝被蛇咬，十年怕井绳，我心灵上的创伤已经难以愈合了。"

龙哥喝着啤酒，慢悠悠地说："老弟啊，你说的这些，我都知道。你不愿意在娱乐城干，对毒品和色情交易那么反感，是因为那一件事对你的打击太大

第四十一章　常健辞职　柳叶出家

了，让你心有余悸，刻骨铭心。不过，你应该与时俱进，尽快从阴影中走出来，跟上时代发展的步伐。"

二妮察言观色，急忙插言道："龙大哥，今天见到你，心里特别高兴，我再敬你一杯酒。"

二妮敬完酒，单刀直入，说道："龙大哥，我把我的情况给你介绍一下。我出生在一个十分封建落后的小山村，从小就受封建伦理的熏陶，思想观念很落后，还特别保守。我脑子一点都不开窍，还喜欢认死理和钻牛角尖。我胆小怕事，经不起一点风浪和波折。在常健向我求婚的时候，我已经明确告诉他，我不图他的地位和金钱，只求与他平平安安地过一辈子。我给他提出的唯一的条件是，要他辞去娱乐城的总经理，改做其他工作。对我提出的这个条件，常健已经满口答应了我，所以，我才同意嫁给了他。常健曾经多次给我说，龙大哥走南闯北，见多识广，学识渊博，通情达理，肯定会同意他辞职，也肯定会成全我们俩。龙大哥，我现在正式请求你，答应常健的辞职请求，你不会不给我这个面子吧？"

龙哥听了，顿时一愣。他没有想到二妮这么难对付，将了他一军。以前，常健给他挣大钱，他不能放常健走。现在，常健又给他的公司引来了一只金凤凰，这真是天上掉馅饼啊。他不但不能放走常健，更不会放走二妮。二妮不但美若天仙，还是青年歌星，前途无量。自从二妮来到娱乐城，就好像一棵摇钱树，也好像一个聚宝盆，为他挣来了那么多的钱。今后，要是再把二妮的潜力和能量全都挖掘和发挥出来，那就如同天上掉金元宝，地上财源滚滚来，他不想发财都不行。

龙哥心里打着小算盘，悠然自得地品尝着美酒，言不由衷地说："弟妹啊，你不愧为女中豪杰，巾帼英雄。你不但美若天仙，还聪明绝顶，能说会道，我从内心里十分佩服。你的意思很明白，就是不让常老弟与违法犯罪的事沾上边。这是人之常情，可以理解。弟妹当面相求，如果我再不答应，那就太不近人情和顽固不化了。如果因此影响了你们俩的美满婚姻，更是十恶不赦，不但老天爷会惩罚我，我自己也会受到良心的谴责。现在，我答应你们俩的请求。不过，你们俩也必须答应我一件事。"

常健听了，先是一阵惊喜，紧接着又一愣，忙问："大哥，你尽管说。只要我能做到的事，我会竭尽全力。"

龙哥微笑着说："我在泰国的那个娱乐城，正在扩建，工程比较大，急需派人去组织施工，但是，我一时找不到合适的人选。这个工作与色情和毒品交易沾不上边，也没有风险，很适合老弟。我想请老弟出马，去负责这个工程。等我找到合适的人选，你们俩回国工作也行，留在那里工作也可以。具体干什么工作，你们俩自己决定。如果你们俩同意，老弟从明天开始，就不用再去海龙娱乐城上班了。然后，你们俩可以到世界各地去旅游。老弟自从当了娱乐城的总经理，兢兢业业，勤勤恳恳，一直没有机会休息。对此，我十分感动，心里一直过意不去。这次旅游，也算是我对你的一点补偿。你们俩不要怕花钱，这次旅游所有的花费，我全部支付。你们俩一定要痛痛快快地玩，好好地放松一下身心。等你们俩旅游回来，就去泰国走马上任。这样的安排，不知道两位意下如何啊？"

　　常健很了解龙哥。龙哥说一不二，十分霸道，他决定的事，别人很难改变。再说，龙哥对他有恩，他不能不给龙哥面子。常健和二妮不约而同地微笑着点了点头。常健高兴地说："大哥，我一定按照你说的去办。现在，我和二妮再敬你一杯酒，表达我们俩的谢意！"

　　龙哥笑呵呵地说："痛快，够意思。今天，我们要开怀畅饮，一醉方休！"

　　……

　　这天晚上，二妮收到了一封挂号信。她打开一看，是柳叶的来信。她先是一惊，急忙看起来……

　　二妮，我本来不想让你知道，但又怕你找不到我担惊受怕，我考虑再三，只好给你写这一封信。我康复出院以后，选择了削发为尼。现在，我已经出家，在霞光寺里当了一名尼姑。

　　我与你的脾气性格不一样。刚刚认识你的时候，我看不起你，还经常口无遮拦，故意嘲弄你。随着时间的推移，交往的增多，我终于发现，你才是我这一生最值得信赖的好朋友。能有你这样的好朋友，我感到十分欣慰和荣幸。

　　今后的路应该怎么走啊，我的归宿在哪里啊，我现在应该怎么办啊？自从你和兰凤、白花先后与我分别以后，我一直在反复思考着这些问题。我受伤住院以后，整天心烦意乱，坐立不安，还是在一遍又一遍地苦思冥想这些问题。这一段时间，你们一直在语重心长地开导我，苦口婆心地劝说我，情真意切地提醒我。我知道你们都在为我的现在着急，都在为我的将来和前途着想。我知道卖身是一条不归路，是死路一条，如果我仍然执迷不悟，前面等着我的就是万丈深渊。我知道我必须猛然醒悟，悬崖勒马，与过去一刀两断，重新做人。我曾经多次信誓旦旦地答应你和常大哥，我康复出院以后去商场当营业员。但是，我从小娇生惯养，已经过惯了花天酒地、醉生梦死的生活。我怕苦怕累，好逸恶劳，又没有技术，什么都干不了。我担心姓郭的不会放过我，会对我和我的爸爸妈妈下毒手。所以，我一直犹豫不决，举棋不定。过去，我说话办事干净利索，很爽快。现在，我感觉我已经变了，变得拖泥带水、黏黏糊糊、优柔寡断了。

　　我最终选择削去青丝，遁入佛门，绝不是一时的冲动和心血来潮。我喜欢

第四十一章　常健辞职　柳叶出家

佛门净地，经常到寺院游玩，由此和几位僧尼成了好朋友，她们还送给我一些经书。开始的时候，我是出于好奇，常常听她们诵经。后来，每当听到她们诵经时，我的心灵就会突然一阵子颤抖。我不敢相信，佛经通过她们念出来，竟然变得那么神秘、肃穆、震撼人心。

在那个无名小岛上，告别了白花的遗体，回来以后，我心神不定，忐忑不安，好几天吃不下饭，睡不着觉。白花那残缺不全的遗体，经常浮现在我的脑海里，我感到十分害怕和恐惧。晚上，我找出从寺院里带回来的经书，看了起来。没有想到，我突然有种茅塞顿开的感觉。我闭目凝思，感觉到被一种冥冥之中的力量所感动。我苦思冥想了很长时间，最终决定脱离凡尘，出家为尼。

以前的我，表面上嘻嘻哈哈，无忧无虑，快快乐乐。其实，那不是真正的我，我一直戴着假面具生活。我不但生活得没有自由、没有人格、没有欢乐，而且我的身心始终在耻辱和痛苦中煎熬着。我终于发现，我以前追求和向往的那些东西，都好像是凡尘世界的过往云烟，到头来都是竹篮打水一场空。现在，我已经在人欲横流的生活中打拼累了，想找一个宁静的地方休息一下，想找一个心灵的港湾，我不由自主地就选择了佛门圣地。感谢佛祖的大慈大悲，给了我人世间最好的结局和归宿，带着我来到了极乐世界。

以前，我经常拿着你和常健的婚事开玩笑，弄得你很尴尬和下不来台。我感到你是个好人，常健也是个好人，你们俩很合适，是天生的一对。我一直想给你们俩当红娘，把你们俩撮合在一块，但我采用的方式方法很滑稽，弄得你常常很尴尬，下不了台，请你一定原谅我。我衷心希望你们俩能走到一起，我衷心祝愿你们俩幸福快乐，白头到老！

回首往事，人世间的悲欢离合，酸甜苦辣咸，应该尝试的我都尝试过了。我感到，我想拥有的都有了，什么都不缺了，也没有什么遗憾了，已经心满意足。我在出家之前，把我多年的存款，一部分留给了我的父母，一部分捐给了佛门。现在，我已经看破红尘，心静如水，没有烦恼，无欲无求。我真诚地希望你把我彻底忘掉，更不要来打扰我……

二妮流着眼泪看完了这一封信，她感到非常惊讶，做梦也没有想到柳叶会选择走这一条路。

以前，二妮多次劝说过柳叶，要她不要再卖身了，要成家立业，过正常人的生活。特别是白花去世以后，二妮先后两次找到柳叶，苦口婆心地劝说她。二妮还与常健商量了好几次，给柳叶找了一个比较合适的工作，让柳叶出院以后到一家商场当营业员，柳叶信誓旦旦地答应了。令二妮无法面对和接受的是，柳叶出院以后竟然遁入空门，出家当尼姑。

柳叶十分聪明，长得也非常漂亮。虽然误入歧途，走上了卖身之路，但是，她那么年轻，又那么聪明漂亮，只要她痛改前非，重新做人，前途会一片光明。但是，她现在选择了落发为尼，守着青灯古佛过一生。二妮躺在床上，翻来覆去想了一夜。她怎么也想不明白，柳叶为什么这样做，为柳叶感到可怜和惋惜。她在反复琢磨着怎么样才能劝说柳叶回心转意，返回俗家。

第二天早晨，二妮和常健来到了霞光寺。

霞光寺坐落在珠山脚下，由七座山峰三面环抱着，一面是一望无际的大海。它始建于一千多年前，占地两万余平方米，建筑面积一千五百多平方米，由多个院落组成，井然有序，房舍八十余间。院子内有银杏、牡丹、耐冬等古树名花，树龄最长的一千余年。

二妮和常健迎着满天朝霞，沿着一条石阶路蜿蜒而上，来到了烟雾缭绕、鸟语花香、钟声悠荡的霞光寺。在一个大殿内，二妮找到了正在诵经打坐的柳叶。

柳叶慈眉善目，端坐在蒲团上，微闭双眼，一手敲着木鱼，一手轻捻着佛珠，嘴里默念着佛经，洁净的剃度代替了一头乌黑飘逸的秀发。一身宽松的黄色僧侣服，依然难掩她那青春漂亮的傲人身材。

二妮眼睛含着泪花，急忙走到柳叶身边，激动地叫道："柳叶姐，我来看你了。"

柳叶一愣，马上抬头看了二妮和常健一眼，眼睛里瞬间含满了泪水。她慌忙低下头，不由自主地轻轻地叫了一声："啊，你们怎么来了！"紧接着，她慌慌张张念了几句经文，微闭上眼睛，说："这位施主，你认错人了，小僧叫了凡。对不起，我很忙，请施主走吧。"说完，她又继续诵起经来。

"柳叶姐，我在院子里等着你。"二妮流着眼泪看了柳叶一会，低声说完，走出大殿，来到院子里一棵大树下，坐在石凳子上等着柳叶。

二妮心烦意乱，坐立不安，足足等了一个多小时。柳叶终于出来了，她的神情镇定了很多。她们沿着一条幽静的山间小道，慢慢悠悠地向前走着，谁都没有先开口。

天空蓝得有点发暗，有几片残缺不全的白云，七零八落地飘忽着。一群大雁排着人字形的队伍，凄凄惨惨地哀鸣着，无可奈何地向南方飞去。风虽然不是很大，但已经没有了夏天的温柔，带着一丝丝刺骨的寒意。山坡上，树叶纷纷扬扬地打着旋儿落在地上，闲花野草都枯萎了，露出了光秃秃的石头。

她们来到一个山口处，坐在一块很大的石头上，迎着扑面而来的海风，瞭望着一望无际、波涛汹涌的大海，心潮起伏，思绪万千。

二妮激动地说："柳叶姐，我告诉你一个好消息，姓郭的已经被公安局抓了起来，海浪洗浴城已经被查封了，小老头李保柱畏罪潜逃，也被公安局缉拿归案。他们俩罪大恶极，一定会受到法律的严惩。从今以后，你再也不用提心吊胆、担惊受怕了。你可以扬眉吐气，开开心心、快快乐乐地生活了！"

第四十一章 常健辞职 柳叶出家

柳叶听了，先是一愣，不敢相信自己的耳朵，然后泪如泉涌，呜呜咽咽地哭起来。哭了一会，她使劲擦了擦眼泪，又破涕为笑，激动地说："苍天有眼，恶有恶报，善有善报，这都是报应啊！天网恢恢，疏而不漏，政府不会放过他们，但是，我做梦也没有想到，这一天来的这么快！"

"柳叶姐，我再告诉你一个好消息，你这个红娘当成了，我与常健已经走到了一起，结为夫妻。我们俩都很感谢你，今天给你送来了喜糖，到举行婚礼的时候，一定请你喝喜酒。"二妮说着，把一包喜糖送到柳叶手上。

柳叶双手捧着喜糖，高兴得热泪盈眶，激动地说道："我……没有想到真成了你们俩的红娘。我……祝福你们俩美满幸福，白头到老！我……"

"柳叶姐，你为什么要选择出家啊？"二妮忍不住问道。

柳叶好像什么都没有听到，既不回话，也没有什么表情，她旁若无人，只是默默地看着大海。

"柳叶姐，你不能走这一条路，这样会毁了你一生的幸福。"见柳叶不理不睬，二妮又急急忙忙地说道。

等了一会，看到柳叶还是无动于衷，没有一点回应，二妮又继续说道："柳叶姐，我们是朋友，你走这一条路，应该和我们打个招呼，应该和我们商量商量。"

看到柳叶还是面无表情，一言不发，二妮有点着急上火，大声问道："柳叶，你这么年轻漂亮，真的能守着青灯过一辈子吗？你难道就不后悔吗？现在，姓郭的已经被公安局抓了起来，压在你头上的大石头被搬走了，插在你心头的尖刀被拔掉了，你可以无忧无虑地开始新的生活了，为什么要走削发为尼这一条路？"

此时此刻，看到柳叶还是一副旁若无人、不理不睬的样子，二妮更加着急上火，气呼呼地埋怨道："柳叶，你这个人太自以为是了。这么大的事，你连个招呼都不打，就自作主张。你自以为是，办事也不考虑后果，就喜欢走极端。你回头看看吧，你走的这是什么路啊，不是风尘，就是空门！"

面对柳叶的麻木不仁和无动于衷，二妮有些吃惊。她没有想到，皈依佛门的柳叶竟然这么快改了脾气性格。面前的这个人，还是那个性格豪爽、敢说敢干、说话办事干脆利落、雷厉风行的柳叶吗？还是那个心直口快、口若悬河的柳叶吗？

常健看着柳叶，深情地说："柳叶啊，二妮是你的好朋友，看到你的信以后，她一整夜都没有合眼，天不亮就跑来看你。她刚才说的，都是肺腑之言，都是为了你好，你要理解她的一片苦心。其实，我也不同意你出家当尼姑，希望你慎重考虑。按照你的条件，你应该生活得十分美满幸福。"

柳叶看着大海，凝思了很长时间，两行热泪不停地流淌下来。她用手背擦了擦泪水，哽咽着说："我出家当尼姑，是深思熟虑的理性选择。我感到能在佛门圣地了此一生，是我最理想最神圣的选择。我心已决，你们不必再劝我。"

柳叶脸色凝重，愣了一会，继续说道："我是一个风尘女子，多年以来，我学会了把真实的自己伪装起来，把自己的喜怒哀乐掩饰起来。经历了那么多风风雨雨，也尝遍了人生的酸甜苦辣，我现在已经累了，已经厌倦了，我需要休息和回避。我想找回真正的我自己，找回真实的我自己，我想得到心灵的宁静和精神的解脱。所以，我选择了佛门。"说到这里，柳叶微笑了，笑得是那样开心，那样灿烂。

事到如今，二妮还是想劝说柳叶回心转意，她紧紧地握住柳叶的两只手，情真意切地说："柳叶，我的好姐姐，我求求你了，你再慎重考虑考虑吧，免得后悔一辈子啊！"

柳叶微笑着，激动地说："二妮，我的好妹妹，你的心意我理解，我真诚地谢谢你！常言道，人各有志，不能强求。我选择这条路，不是心血来潮，不是异想天开，我绝不后悔，会一辈子走到底。现在，我离开了甚嚣尘上的浮华世界，来到山上与日月星辰、山风朝露为伴，埋头于念经诵佛，把尘世间的烦恼全都抛弃了，我感到无比幸福和快乐。"

事已至此，二妮虽然不同意柳叶出家，但应该说的话都已经说过了，不好再絮絮叨叨说什么了。再说，柳叶那么聪明，也用不着再多说什么了。

要分别了，二妮和柳叶依依不舍，难舍难分。常健提议二妮唱一首歌，送给柳叶。二妮想了想，含着泪水唱了一首歌《知音》……

山青青

水碧碧

高山流水韵依依

一声声如泣如诉

如悲啼

叹的是

人生难得一知己

千古知音最难觅

……

听着二妮那委婉动听、感人肺腑的歌声，柳叶心潮澎湃，浮想联翩，泪如雨下。她再也控制不住自己了，一头扑到二妮怀里，失声痛哭起来。

……

第四十二章　金榜题名　旗开得胜

第四十二章　金榜题名　旗开得胜

　　三妮考上了观海大学。开始的时候，她不敢相信这是真的。当刘一鸣把红彤彤、金灿灿的入学通知书交给她时，她惊喜万分，不知道说什么好。她看了又看通知书上自己的名字，急急忙忙跑进自己的房间里，又慌慌张张关上房门，一头趴在床上，情不自禁地哭了起来。

　　自从决定参加高考以来，三妮心里一直很淡定。说心里话，她对第一次参加高考根本就没有抱多大希望。她心里很清楚，每年参加高考的人那么多，几乎全都是应届高中毕业生，能金榜题名的真可谓凤毛麟角。她高中没有毕业，一边打工，一边自学，与他们站在同一个起跑线上竞争，成功的可能性更是微乎其微。在她的心目中，这一次参加高考，只是投石问路，目的是为今后的自学和再次参加高考作准备。上大学是她梦寐以求的期望和理想，她为此付出了那么多汗水和心血。她做梦也没有想到，喜从天降，一炮打响，自己的理想实现了，自己的梦想成真了！此时此刻，她能不高兴吗，能不激动得哭吗？她在心里一遍又一遍地呐喊着：爸爸、大姐、二姐，我没有辜负你们的期望，我终于成功了！

　　这几天，三妮眉开眼笑，一直被欢乐喜庆的气氛包围着。观海的报纸和电视台，把三妮作为打工妹自学成才的典型，进行了报道。大妮和二妮专门设宴，感谢各位好友对三妮的关心帮助。刘一鸣父女俩和陆鹏的爸爸妈妈，也分别设宴，对三妮表示祝贺……

　　这天夜里，三妮做了一个梦……

　　旭日东升，霞光万道，三妮来到了泰山顶上。她笑逐颜开，心旷神怡，高兴得手舞足蹈。放眼望去，天地之间五彩缤纷，金光闪闪。她周围有成千上万只喜鹊叽叽喳喳地欢笑着。

　　三妮心花怒放，神采飞扬，不由自主地飞了起来，加入了喜鹊们的行列，和喜鹊们一起载歌载舞。顿时，天地之间，锣鼓喧天，鞭炮齐鸣，变成了欢乐的海洋。

　　这时候，嫦娥带领着十位仙女和数不清的凤凰飘然而至，盛情邀请三妮到月宫做客。三妮喜出望外，欣然同意。她眉飞色舞，兴高采烈地跟随着嫦娥和仙女们，由凤凰和喜鹊们簇拥着，踏上了五颜六色的祥云，迎着万道霞光，向月宫飞去。

月宫上，云兴霞蔚，金碧辉煌，美轮美奂。广寒宫的上空，凤凰和喜鹊欢声笑语，遮天蔽日，自由自在地飞舞着。五百丈高的桂花树下，摆满了数不清也说不出名字的奇珍仙果和美酒佳肴，嫦娥和众仙女不停地给三妮敬酒。三妮心花怒放，高兴得流下了一串串热泪。

……

开学以后，在学校举行的新生入学典礼上，三妮代表全体新生发了言。一时间，三妮成了老师和同学们关注的重点对象。

这天夜晚，教室里，欢声笑语，灯火辉煌。黑板上那几个鲜红漂亮的大字，特别醒目和格外耀眼："欢迎你——新时代的大学生"。

这是跨进大学校门以后的第一次班会。同学们来自四面八方，彼此都在用新奇的目光打量着，探寻着。

"同学们，从今天开始，你们就是这个班的一名成员了。在班委会没有正式选举出来以前，经过老师们商量，决定请成三妮同学担任你们班的代理班长。下面，请成三妮同学走上台来，做自我介绍。"

辅导员田禾青那甜美和蔼的声音刚刚出口，喧闹的教室里一下子变得鸦雀无声。

听到让自己担任代理班长，三妮先是一惊，紧接着就是羞怯和紧张。她受宠若惊，忐忑不安，不敢担当如此重任。她连忙摆着手说："老师，不行……我可干不了！我……没有这个本事，真的干不了！我……"

田禾青微笑着说："三妮同学，你还没有走马上任，怎么就知道自己干不了啊？老师们一致认为，你会干得很好。再说，这是指定你临时负责，希望你不要辜负大家的期望……"

在一阵阵热烈的掌声中，在田禾青的一再鼓励下，三妮很不好意思地走上讲台。她羞羞答答地说："我……叫成三妮，老家在……半棵树。不过，我……现在已经没有家了。我在观海市打工……"

三妮紧张得支支吾吾，语无伦次，引起同学们一阵哄笑。一个调皮的男生大声说道："哈哈……你的名字叫成三妮，老家在半棵树，又好记，又新鲜，还有创意，帅呆了，不知道我们学校里有没有与你重名的？"他还没有说完，同学们又是一阵哄堂大笑。

三妮羞得满面通红，面对这么多新面孔，又被大家取笑，她紧张得浑身冒汗，不知道说什么好。田禾青含笑示意她："三妮，你慢慢说，不要慌。"

"这……有什么好笑的啊？从我记事起，人们都这样叫我。我妈妈生下我就去世了，我十岁那年，我爸爸也去世了……"三妮眼圈一红，鼻子一酸，流

第四十二章 金榜题名 旗开得胜

出了眼泪,她喃喃地说不下去了。喧哗的教室里,一下子平静下来。

"听说你是个打工妹,给人家当保姆?"

"听人家说,你是一边打工,一边自学,考上了大学,这是真的吗?"

"你现在靠什么生活啊?"

"你家里还有什么人啊?"

同学们很惊讶,七嘴八舌地提出了一大堆问题。三妮擦了擦眼泪,深深地吸了一口气,努力使自己平静下来。

"我只有两个姐姐。村子里有人逼我大姐成婚,住不下去了,我们姊妹三人就逃了出来,来到这个城市打工。到目前为止,我先后在三户人家当过保姆。"

停了一下,三妮继续说道:"我喜欢上学,做梦都想考上大学。我爸爸得了癌症,从发病到去世,都不让去买药,更没有去住医院动手术,就是为了省钱让我上学。我的两个姐姐,不知道吃了多少苦,也不知道流了多少汗水。可是,因为家里太穷了,我高中没有毕业就辍学了。我一直在自学,一有机会就去上辅导班。但是,我做梦也没有想到,我第一次参加高考,就圆了我的大学梦。"三妮泪流满面,激动得身体微微颤抖着。

三妮刚刚说完,一名女生问道:"你的学费和生活费怎么办啊?"她的话音刚落,一名男生接着问道:"三妮,用不用我们大家来资助你啊?"

三妮听了,十分感动,她看了看大家,微笑着说:"我有两个姐姐帮助着,我还会利用星期天、节假日去打工挣钱。我花钱不多,足够了,谢谢大家对我的关心。"

"三妮,你大学毕业以后,打算干什么啊?"又有一名女同学问道。

三妮扬了扬头,满怀信心地说:"我要当一名教师,教孩子们学习知识……"三妮的话还没有说完,雷鸣般的掌声立即响了起来。

与其他同学相比,三妮的自我介绍朴实无华,算不上精彩。但是,她的话发自肺腑,触动心灵。同学们发现,三妮身上有一种超凡脱俗的气质和美:高高的个子,苗条的身材,嫩白的皮肤,弯弯的长眉,大大的眼睛,端庄秀丽的面容;清纯、善良、温柔恰到好处地融合在一起,十分漂亮,十分可爱;在她身上蕴含着一种正直、坚强、执着的力量;另外,还偶尔流露出一丝隐隐约约的淡淡的哀愁。正是这种气质和美,造就了她具有一种与众不同的魅力。

……

这天早晨,旭日东升,朝霞洒满了天空和大地。三妮和田禾青漫步在校园后面的山坡上。

微风轻轻地吹过,金黄色的银杏树叶子和红彤彤的枫树叶子跳跃着,旋转着,轻舞飞扬,飘然落下。

一片片争芳斗艳的菊花,红的如火,粉的似霞,白的像雪,美不胜收,令人眼花缭乱。

一棵棵桂花树，随风摇晃着，繁华满枝，清香四溢，沁入肺腑，令人神清气爽，心旷神怡。

三妮兴致勃勃地观赏着眼前的美景，深深地呼吸着清爽芬芳的空气，不由自主地感叹着："漂亮……太美了！"

田禾青高兴地说："再往山顶上走，还有更漂亮的美景哪。我每天早上都到这里来散步，今后，你和我一块儿来吧？"

三妮爽快地回答："好啊，今后，我每天早上都陪着你来观看风景。不过，明天不行，因为明天起床以后班里有活动。"

田禾青想起了什么，高兴地说："三妮，你这个班长当得不错，老师们很满意，同学们也很服气。"

三妮急忙说："老师，要不是您帮助我，我可干不了，谢谢您。"

田禾青停下脚步，回过头来，微笑着问："三妮，对班里的工作，你有什么打算啊？"

三妮兴高采烈地说："老师，您不是说山顶上更美吗？咱们继续向山顶上走吧。咱们一边观看风景，一边谈班里的工作，来个两不误，您看好吗？"

"那好吧。"田禾青微笑着回答。

她们俩来到半山腰，放眼望去，顿时被眼前的景色陶醉了。红艳艳的大苹果撩开绿叶探出了身子；黄澄澄的柿子像金灿灿的灯笼压弯了枝头；红彤彤的枣子密密麻麻地挂满了树枝；大豆丰满成熟得撑破了肚皮；玉米笑得露出了金光闪闪的牙齿；一串串葡萄在架子上悠然自得地荡着秋千；一棵棵红高粱高傲地举着一把把胜利的火炬……

"啊，满眼都是丰收的景象，真可谓硕果累累，太迷人了！"三妮情不自禁地赞叹着。

"三妮，我希望你们班就好像眼前的景色一样，经过不懈努力，取得丰硕成果。"

"老师，关于班里的工作打算，我另外找时间给你详细汇报。不过，我现在有个想法，不知道行不行。我打算根据课程安排，以及每个同学的特长和兴趣爱好，分成几个攻关和帮教小组，把每个同学的积极性都调动起来，不让一个人掉队。眼下，要开展好互帮互学活动，圆满完成军训任务。"

田禾青听了，高兴地说："三妮，你的想法太好了，我会全力支持你！"

……

立秋已经这么长时间了，按说应该是秋高气爽的天气了。可是，没想到秋老虎发了威。人们都说观海的秋老虎很厉害，正在参加军训的三妮和同学们，这一次亲身领教了一把。

中午，烈日炎炎，地上烫人，热浪滚滚，酷热难耐。运动场旁边的树木和

第四十二章 金榜题名 旗开得胜

花草,都无精打采地耷拉着头。树林里的知了,天气越炎热越来了精神,在尽情地引吭高歌着。三妮和同学们一个个被热得汗流浃背,那一张张年轻的脸蛋被晒得火辣辣地痛。

——队列训练。

运动场上,三十多个班的新生们,在教官们的指挥和严格要求下,正在进行队列训练。有的在站军姿,有的在练齐步,有的在练跑步,有的在踢正步,还有的在练停止和行进中的三种转法。三妮和同学们一个个朝气蓬勃,生龙活虎,练得汗流浃背。那场面真的是热火朝天,如火如荼。

刚开始训练的时候,三妮和同学们认为,队列训练,无非是立正、稍息,三种转法,三种步伐,太简单了。几天下来,他们渐渐地认识到,队列训练并不那么简单。比如,三种步伐的训练,不是普通的走路,要求也不一样。齐步要求是迈出,正步要求是踢出,跑步则是跃出,它们的步速要求也不同,每一个动作,都是力量和美的集中展现。

紧张艰苦的训练,对那些从小娇生惯养的同学来说,可能是有生以来,最困难、最困惑、最无助的日子!他们不仅无可奈何地一点一点地蜕变着,而且很不情愿地一天一天地超越着自我。他们在一个个"不适应"和"受不了"之中,磕磕绊绊地熬了过来。

经过训练,三妮和她的同学们,不仅学会了如何走路、如何吃饭、如何睡觉……而且思想、气质、体魄和一举一动都发生着根本的变化。更为重要的是,他们认识到了团结协作的重要性,增强了集体观念和团队意识,培养了整齐划一、令行禁止和吃苦耐劳的精神。

——内务卫生。

寝室里,教官们正在不厌其烦地、一遍一遍地、示范着整理内务卫生。军训期间,根据大学生寝室的实际情况,制定了内务卫生规定和流动红旗,定期检查评比。走进大学生寝室一看,房间内明亮整洁,被子叠成了豆腐块,各种生活物品摆放的井然有序,整齐划一,给人一种清洁干净和温馨舒适的感觉。

——紧急集合。

三妮和同学们顶着烈日,在运动场上训练了一整天,腰酸腿疼,疲惫不堪。到了晚上,他们多么想痛痛快快地睡上一觉啊?但是,他们不敢睡着,躺在被窝里,拼命地与困魔抗争着。因为按照这两天的经验,今天晚上很可能还要搞一次紧急集合。他们的紧急集合,不要求打背包,更不要求全副武装,只要求黑暗中穿好衣服,三分钟之内跑到操场上。虽然很简单,对他们来说,已经很不容易了。

深夜,三妮和同学们都进入了梦乡。突然,一阵急促刺耳的哨声响了起来。教官们在寝室外面大声喊叫:"快,紧急集合,时间三分钟!"

三妮和同学们就好像惊弓之鸟，一个个从睡梦中慌里慌张地爬起来，在黑灯瞎火的房间里，手忙脚乱地穿上衣服，然后匆匆忙忙跑到操场上。清点完人数，整理好队伍，然后开始长跑。几圈下来，一个个大汗淋漓，气喘吁吁，一屁股蹲在地上，再也爬不起来了。

——迎接考核。

总教官是一名海军上校，他神采奕奕地站在主席台，吹响了紧急集合的哨音。各班立即整理好队伍，跑步来到主席台前面的广场上。

负责各班军训的教官们报告完毕，总教官对军训情况进行了讲评。他表扬了好的班级和个人，指出了存在的问题，对下一步迎接军训检查考核，提出了严格的要求。在讲评中，他重点表扬了三妮和她带领的班，希望他们班再接再厉，在检查考核中拿个好名次。讲评完毕，他宣布解散，让大家休息。

在运动场周围的小树林里，同学们三三两两地坐在草地上休息。三妮与同一个寝室里的五个室友，围坐在一起，东拉西扯地聊着天。

"妮子，你是班头，你要拿名次，你就自己去拿吧，我可不陪着你玩了。本小姐从来没有受过这样的洋罪，要是早知道军训这么苦，我肯定不会来上这个破学校……"说话的叫甄倩倩，她一米六七的个子，长得非常漂亮，漂亮中还带着妖艳和风骚。甄倩倩一边龇牙咧嘴地揉着脚，一边气呼呼地对三妮说。甄倩倩之所以称呼三妮"妮子"，是因为她感觉"三妮"这个名字太土了，太不给力了，全班同学都跟着她这个班长没有面子，于是她就和几个同学商量着给三妮改个名字，琢磨了半天也没有想出合适的，最后大家一致决定叫三妮为"妮子"。同学们也给甄倩倩起了个外号，叫她"真欠扁"。

"哼哼……谁也没有请你来上这个破学校。你那么有本事，学习又那么出类拔萃，怎么不去上剑桥大学啊，那里不搞军训。什么玩意啊，穷摆和，还充什么娇小姐，真欠扁！"没有等到甄倩倩说完，肖苹苹狠狠地瞪了甄倩倩几眼，愤愤不平地说道。肖苹苹性格有点内向，平时不多言，不多语。她和甄倩倩都是本地人，从上初中就是同班同学。按说她们俩的关系应该不错，可偏偏两个人谁也看不惯谁，就好像一对冤家对头。肖苹苹一米六四的个子，身材十分匀称，圆圆的脸蛋非常俊秀，大家都叫她"小苹果"。

看到甄倩倩和肖苹苹又要开始打嘴仗，马兰急忙摆着手说："你们俩烦不烦人啊，见面就吵。实话实说，军训虽然苦点累点，我感觉挺给力。我看见你们这副娇生惯养的熊样子，就恶心得想吐。我要是说了算，就把你们这些娇小姐赶到大草原上去放牧，让你们尝一尝那孤独荒凉的滋味，知道什么叫累，什么叫苦。"马兰来自内蒙古，她虽然是汉族人，但从长相上看，她好像还有俄罗斯人的血统。人如其名，她长得人高马大，又白又胖，说话大大咧咧，整天乐呵呵的。在全班女生中，她年龄也最大，大家都叫她"大洋马"。

第四十二章 金榜题名 旗开得胜

马兰刚说完，叶子青阴阳怪气地开了腔："一帮大傻瓜。睁开你们的眼瞧瞧，我的脚都肿了，痛得不敢沾地。尼玛还卖关子，唱高调，站着说话不腰痛。实话告诉你们，老娘正在纠结哪，打算等一会就去请病假。"叶子青来自成都，瘦高个，白白净净的鹅蛋脸，看上去很舒服，就是脾气有点古怪，她看什么都不顺眼，并且说出来的话有点黄，大家都叫她"叶子黄"。也有的叫她"黄叶子"。

三妮刚要说话，听到背后有人叫她，急忙扭过头来看去，顿时就惊呆了：陆鹏一手提着一个大西瓜，一手提着一袋子饮料和食品，大呼小叫着三妮的名字，急急忙忙走了过来。

"哇，来了个帅哥！"卜小苗那一对圆圆的大眼睛瞪着陆鹏，还不停地放着电，情不自禁地喊了起来。卜小苗来自观海郊区，个子一米五多一点，长得小巧玲珑，有一张人见人爱的娃娃脸。她十分聪明，心直口快，能说会道，又十分活泼。全班同学中，她年龄最小，同学们都叫她"小不点"。

随着卜小苗的一声喊叫，女孩子们的眼睛齐刷刷地盯上了陆鹏。陆鹏一米七八的个子，恰到好处的身材，那一张漂亮的脸上充满了微笑和阳刚之气，再配上一身洁白的运动服，更加阳光和帅气，活脱脱的一个白马王子。

看着突然到来的陆鹏，三妮先是有些惊讶，马上又羞得面红耳赤，不由自主地脱口而出："陆鹏，你怎么来了？"

听到三妮这样问他，又看到周围的女孩子们都在向他"行注目礼"，陆鹏有点尴尬。他把东西放在三妮面前，摸着头，不好意思地说："我妈妈早就催促我来看看你，只是……我怕影响你军训，一直拖到现在才来，你不会生气吧？"

"妮子，你快给我们介绍介绍，这个帅哥是你什么人啊？"卜小苗大呼小叫地说道。

三妮很尴尬，刚想说什么，就被马兰打断："对……妮子，你要如实交代……"

甄倩倩两只眼睛都看直了，不停地在放电，好像要冒出火星子。她没有等马兰说完，就马上抢着问道："妮子，这么潇洒漂亮的帅哥，是不是你的男朋友啊？哇，太迷人了，你……能不能把他让给我啊？"大家听了，一阵欢笑。

三妮哪里经历过这样的场面啊，她满脸通红，紧张得满头大汗，尴尬得不知道说什么好。

叶子青大声咳嗽了几声，怪声怪气地说："妮子啊，你不愧能当上班头，干什么都率先垂范，捷足先登。平时伪装得那么清纯，就像个处女。老娘我佩服得你五体投地……"

陆鹏一直想解释，但他一直插不上嘴。听到叶子青竟然在大庭广众、众目睽睽之下明目张胆地侮辱三妮，他顿时就火冒三丈。他急忙打断叶子青的话，怒气冲冲地冲着她说："这位同学，我不知道你的名字。我现在告诉你，我叫陆鹏，是本校的大三学生。我和三妮之间清清白白，我绝对不允许你侮辱三妮，请闭

上你的嘴巴！"

叶子青听了，十分尴尬，哑口无言。

"帅哥，妮子是你的亲戚，还是你以前的同学啊？"甄倩倩紧追不舍。

"都不是。"陆鹏回答得很干脆。

"帅哥，妮子是你女朋友吧，你们恋爱多长时间了？"卜小苗急不可待地问道。

"没错，她是我女朋友，我们俩谈恋爱快两年了。"陆鹏脱口而出，直截了当地回答。

这时，三妮尴尬得无地自容。她忍无可忍，再也顾不上害羞了，腾地一下站起来，大声问道："陆鹏，你怎么胡说八道啊，我什么时间成你女朋友了？我什么时间和你谈恋爱了？我再次告诉你，我们俩只是普普通通的熟人和朋友，我以前没有与你谈恋爱，我今后也……"

这时候，过来看热闹的人越来越多了，把三妮他们几个人围了个水泄不通。田禾青急急忙忙挤了进来，看到怒气冲冲的三妮和陆鹏，急忙大声说道："同学们，陆鹏同学的爸爸是观海市房地产开发公司的老总。一年多以前，在一天晚上，他的爸爸把十多万元现金、三十多万元存折和支票，还有一些证件，丢在了我们学校的大门口。三妮同学拾到以后，马上交到了学校办公室。这件事，观海市电视台和报纸都进行了报道。打那以后，三妮与陆鹏一家人自然而然成了熟人。至于三妮与陆鹏谈没谈恋爱，那是他们俩的隐私，别人不应该过问，更不应该打破砂锅问到底。"

陆鹏找到了下台的台阶，一边给大家分饮料，一边高兴地说道："对……老师说的都是事实，三妮是我家的恩人。各位同学，我们都是校友，你们应该叫我学哥。今后，我们友好相处，很可能成为好朋友。"

正在周围围观的男生们，再也沉不住气了，有的在起哄："陆学哥，好样的，艳福不浅啊，把我们的班花弄到了手，小弟我祝贺你啊！"还有的大声调侃道："学哥啊，你不能只犒劳这几个小学妹，忘了我们这些正在受苦受难的小学弟啊！"

陆鹏高兴地挥着手大声说道："亲爱的学弟们，你们放心吧，我们是同甘苦共患难的铁哥们，绝对有福同享有难同当。我现在就去买一车西瓜、一车烧鸡、一车啤酒，送到你们宿舍去！"他还没有说完，就引起了一阵捧腹大笑。

三妮迈进大学校门以后的第一堂课，为期二十天的军训，转眼之间就要结束了。学校领导和教官们检阅完各班的方阵，总教官十分庄严地宣布了获奖名单。三妮带领的班获得了军训第一名，三妮被评选为军训先进个人。这是这个班成立以来，获得的第一个荣誉。全班同学欢欣鼓舞，增强了责任感和荣誉感，对班长三妮更加信任和尊敬。

……

第四十三章　大妮成功　甜甜自杀

大妮成功了！

大妮餐馆的生意越来越火爆，名气也越来越大，引来了很多有头有脸的人物前来就餐。一些来观海旅游、出差和休假的歌星、影星和知名人士，也时常慕名而来。在观海市开展的创建美食名城活动中，大妮餐馆被评选为观海市特色小吃店，大妮被评选为观海市餐饮行业先进个人。

这天中午，两辆彩车来到了大妮餐馆门口。人们敲锣打鼓，舞动龙狮，五颜六色的气球腾空而起。市政府有关部门的领导讲完话，把观海市颁发的牌匾和证书发给了大妮。当天晚上的电视节目和第二天的报纸，都对此进行了报道。

一个月之后，观海市餐饮行业协会发来邀请函，邀请大妮参加观海市餐饮行业经验交流会，并在会上介绍经验。大妮十分渴望有个学习交流的机会，这是她第一次在这样的公共场合抛头露面，高兴得一夜没有睡着觉。

……

一天中午，秋高气爽，艳阳高照，天空就好像刚刚洗过的蓝宝石。大妮和童军吃过中午饭，来到餐馆对面的公园里，悠闲自在的散步聊天。

在这里，他们俩虽然看不到田野里和山岗上，那硕果累累的丰收景象，也闻不到果园里和大棚里，那沁人肺腑的迷人香气，但是，他们俩深深地吸一口那清爽温馨的空气，顿时就感受到了那一股浓浓的醉人的五谷杂粮和瓜果梨枣的气息和味道。

大妮放眼望去，公园里，东边的银杏林一片金黄，西边的枫树林一片火红，秋风一吹，树叶子就好像一群群蝴蝶，轻舞飘扬着飘荡下来，给大地铺上了一层彩色的地毯。

各种各样的菊花，千姿百态，尽情绽放，异彩纷呈。红的似火，黄的如金，绿的像玉，白的若云……有的秀丽淡雅，有的亭亭玉立，有的昂首挺胸，有的似高山流水一泻而下，有的如妙龄女子妩媚动人。微风吹来，菊花摆动着婀娜的身姿，散发出来的阵阵幽香，虽然比不上茉莉那么浓郁，也足以令人心醉。

随着一阵阵微风,那迷人的桂花的香味,扑面而来。大妮抬头一望,前面那一大片桂花树,繁花满枝,清香四溢。那一丛丛、一簇簇的花团,好似金色的蜜蜂,宛如银色的彩带,仿佛红色的星星,犹如一串串小铃铛……大妮忍不住走过去闻一闻,芬香扑鼻,沁人肺腑,顿时神清气爽,心旷神怡。

啊!秋天迈着轻盈的步子,带着收获的希望和喜悦,承载着人们一年的寄托和梦想,已经悄无声息地来到了大地上。大妮和童军如痴如醉地观赏着周围的美景,不由自主地感叹着。他们俩相依相偎着坐在桂花树下,高兴地眉开眼笑。

"弟,这是我写的经验材料,你要仔细看看,然后提出修改意见。"大妮掏出经验材料,放到童军手中。

童军看着经验材料,十分惊讶,急忙问道:"老婆,你到底是小学毕业,还是中学毕业啊?"

大妮笑吟吟地说:"我上了三年学,应该说小学也没有毕业。"

童军还是不相信:"老婆,你骗谁呀,鬼才相信。一个小学没有毕业的人,不可能写出这么精彩的文章,也不可能写出这么漂亮的字。"

大妮故弄玄虚,卖着关子说:"小笨蛋,不懂了吧。我虽然小学没有毕业,但我花钱买了个'老师',把它带在身边,一有空就跟着它学习。这么跟你说吧,本姑娘虽然数理化知识不咋地,但语文知识还算过得去,与你这个初中毕业生相比,很可能不差上下。"

童军没有反应过来,迷惑不解,急忙问:"什么……你买了个'老师',怎么回事呀?"

大妮不紧不慢地说:"小笨蛋,你是真迷糊,还是装迷糊啊?告诉你,我买的是一本字典。"

童军豁然顿悟:"老婆,你太厉害了,太英明伟大了,我这个初中毕业生,望尘莫及,自愧不如!佩服……这是老天爷在眷顾我呀,给我送来了一个仙女似的漂亮老婆,还是一个大作家,我真是三生有幸,洪福齐天啊!"他一边说着,一边在大妮脸上亲吻起来。

大妮急忙推开童军,笑嘻嘻地说:"去你的,没有正形,就知道拿我开涮。我警告你,这里是公共场所,你要注意影响。你快给我说说吧,怎么修改啊?"

童军答非所问:"老婆,你去参加经验交流会时,能不能带上我啊?让我这个傻不拉叽的土老帽,也在电视上露露脸,出出名,风光一把啊?"

大妮故意逗乐:"你的想法不错,这个应该可以。这样吧,到开会那天,我把你装进我的裤子里,把你带进会场去。"

"老婆,你敢耍我,看我怎样教训你。"童军说着,又要亲吻大妮。

大妮急忙推开童军,说:"小坏蛋,你别捣乱,我还要修改发言材料呢,你……还没有给我提修改意见呢。"

第四十三章　大妮成功　甜甜自杀

童军笑嘻嘻地说道："你写得不错，我现在应该奖励犒劳你。至于修改意见嘛，我就不提了。不过，我给你放假两天，让你集中精力好好修改。"

……

在观海市餐饮行业经验交流会上，大妮用二十分钟介绍了经验体会，多次被掌声打断。她说的都是自己的亲身经历和感受，既生动感人，又便于别人学习运用，受到了与会人员的一致好评。

通过参加这次会议，大妮开阔了眼界，增强了信心，明确了今后的努力方向。大妮感到自己的人生之路，又跃上了一个新的台阶，她决心在餐饮行业打拼出自己的一片天地来。

……

这天深夜，大妮和童军正在酣睡，突然被一阵手机铃声惊醒，打开一听，是冷小静的声音，她哭着说："姐，你快点来吧，我找不到甜甜了！姐……我很害怕！姐……"

大妮急忙把童军喊起来，打了一辆出租车，来到冷小静和葛甜甜的住处。这是大妮为她们租的一室一厅的套房，自从何小云走了以后，只有她们两个人住。

刚刚进门，冷小静就扑到大妮怀里，边哭边诉："姐，今天下班回来以后，我和甜甜就熄灯睡觉了。我一觉醒来，发现甜甜不见了。我就急急忙忙到处去找，一直找到现在，也没有发现她的影子。姐，我担心她出事了，你快点想想办法吧！"

大妮急忙问："你们平时经常到哪里去玩儿啊？"

冷小静回答："小公园里，还有附近的小山上。但是，这些地方我去找过了，没有看见甜甜。"

大妮说："小静，你不要着急，再好好想一想，你们还经常去哪里玩啊？"

冷小静想了想，然后说："我们还去过第一海水浴场。"

大妮二话没说，马上和童军、冷小静打了一辆出租车，来到了第一海水浴场。海水浴场的执勤人员告诉他们，刚才一个年轻女孩子从海水浴场北面的悬崖峭壁上，跳进了大海里，想要自杀，被夜间巡逻的两个民警救了上来，现在已经被送到了海军医院。

大妮他们听了，心急如焚，又火烧火燎地来到了海军医院。在急诊室里，他们终于找到了葛甜甜。看到生命垂危、奄奄一息的葛甜甜，他们心如刀绞。经过三个多小时的抢救，葛甜甜终于脱离了生命危险。此时此刻，悬在他们心中的一块大石头，总算是落了下来。

最近这段时间，葛甜甜的情绪很反常。以前那个整天又说又笑、活泼可爱的葛甜甜不见了，好像变成了另外一个人。她就像丢了魂似的，整天闷闷不乐，沉默寡言。她干什么事都心不在焉，还经常偷偷地抹眼泪。

大妮发现以后，感到纳闷和奇怪，多次耐心细致地劝说她，苦口婆心地开导她，让她把原因和真相说出来。但葛甜甜守口如瓶，始终不肯透露一个字。葛甜甜自己不肯说，那就说明她有难言之隐，不想让别人知道，大妮也不便老是刨根问底地追问她。大妮除了自己注意观察葛甜甜的言行之外，还一再嘱咐冷小静，要时时刻刻盯着葛甜甜的一举一动，免得她一时想不开，做出什么傻事来。

大妮一直迷惑不解，反复分析琢磨着葛甜甜反常表现的原因。琢磨来琢磨去，她认为，很可能是葛甜甜的老家出了不愉快的事，也可能是葛甜甜本人遇到了麻烦事。

葛甜甜在观海举目无亲，也没有同学朋友。她来到观海才九个月，平时接触和交往的圈子很小，除了餐馆里的几个人之外，在外面只有庄小军一个人。葛甜甜和餐馆里的几个人相处得都很好，肯定不会发生问题。她和庄小军之间，会不会出什么事啊？

以前，大妮对庄小军的印象虽然不是很好，但总体上还算过得去。自从上次在派出所里与庄小军较量了一番，大妮改变了对庄小军的看法。她感到庄小军这个人不但贪图钱财，而且还十分阴险狡猾。但是，庄小军毕竟是警察学校的实习生，又是葛甜甜的老乡，还比葛甜甜大九岁，他能对葛甜甜做出什么样的事啊？

大妮坐在病床前，看着昏迷不醒的葛甜甜，心如刀绞，浮想联翩。她认为，葛甜甜之所以选择走绝路，说明问题十分严重，很可能还十分复杂。在没有弄清楚真相以前，她必须寸步不离地守护在葛甜甜身边，免得再发生意外。另外，绝对不能让外人接近葛甜甜，也不能让外人知道葛甜甜现在的情况，以免节外生枝，把事情搞得更加严重和复杂。尤其要防备着庄小军，绝对不能让他知道葛甜甜的情况和下落。

"姐，甜甜为什么要自寻短见，跳海自杀啊？是谁在害她啊？"冷小静一遍又一遍地问大妮。

大妮也没有预料到葛甜甜会跳海自杀，她感到十分惊讶。听到冷小静的问话，她摇了摇头，忧心忡忡地说："我也不知道甜甜为什么要跳海自杀。不过，现在还不是问这个事的时候。等到甜甜清醒过来，情绪稳定下来，我会问个一清二楚。"

大妮脸色凝重，她沉思半天，心事重重地对童军和冷小静说："在这个谜团没有解开之前，为了避免节外生枝，我们对任何人都不要说甜甜跳海自杀的事，也不要提甜甜正在住院治疗的事。从现在开始，我们进出这个医院，都要避开可疑的人，不要被他们跟踪上。等到甜甜的病情稳定下来，我就马上把她

第四十三章　大妮成功　甜甜自杀

转到观海郊区的医院里。你们俩一定要记住，千万不要把我和甜甜的去向告诉别人。"

愣了一会，大妮又说道："现在看来，甜甜一两天出不了医院。这样吧，你们俩回到餐馆去上班，我留在医院里照顾甜甜。以后有什么事，我们电话联系。"

童军和冷小静看了看仍然昏迷不醒的葛甜甜，恋恋不舍地走了出去。

中午，葛甜甜渐渐地醒了过来。她好像迷迷糊糊地从梦中走了出来，浑浑噩噩地愣了半天，突然紧紧地抓住大妮的手，哭了起来。

值得庆幸的是，葛甜甜除了喝了很多海水、一条胳膊受了轻伤，其他部位都没有受伤。她年青，身体素质好，恢复得很快。当天晚上，大妮带着葛甜甜离开了海军医院，打了一辆出租车，来到了观海市郊区，住进了一家医院里。

……

一天中午，大妮和葛甜甜散步，来到这家医院后面的小山上，找了一个十分僻静的地方，坐下来休息。

死气沉沉的天空中，飘浮着几片乱七八糟的白云，还不停地变来变去。不远处有几棵光秃秃的老槐树，几只乌鸦围着飞了几圈，又无可奈何地落在了树枝上，在有气无力地哀鸣着。满山遍野的鲜花不见了，只剩下一片片已经干枯的野草。一阵阵刺骨的冷风袭来，令人不寒而栗。大妮目睹着眼前这凄凉悲惨的景象，勾起了无限的惆怅和愁绪，顿时心烦意乱，坐立不安。

"姐，我……给你添了这么大麻烦，还花了你这么多钱，我……对不起你。"葛甜甜泣不成声。

大妮把葛甜甜揽到怀里，给她擦了擦眼泪，语重心长地说："甜甜，我与你一样，背井离乡，出来打工，很不容易，应该互相帮助。你在观海举目无亲，无依无靠，现在遇到了困难，我绝对不会袖手旁观。甜甜，你不要再胡思乱想了，要安心养病。我希望你早日康复，跟着我回去上班。"

"姐，我……不想活了，我想死，我……再也不能去餐馆上班了。"葛甜甜悲痛欲绝。

大妮心疼地说："甜甜啊，我知道你遇到了伤心痛苦的事，不是天灾，就是人祸。现在，你心上插着一把刀子，痛不欲生。我很同情你，也很理解你的心情和处境。这段时间，我是多么想拉你一把啊，但是你一直不肯告诉我事情的真相。我虽然心急，但不知道怎样帮助你。妹妹啊，我年龄比你大，经历的事比你多，我可以给你出主意、想办法。我一直把你当成亲妹妹对待，你应该相信我，把事情的真相告诉我，把憋在你心里的委屈都说出来。"

葛甜甜号啕大哭着说："姐……我已经没有脸面再活下去了，我……只能去死。姐……我不敢说啊，我……害怕连累到你！"

大妮听了,心里咯噔一下子,就好像被猫抓了一把。愣了一会,她劝说道:"甜甜啊,你好糊涂啊,你就是去死,也不能死得稀里糊涂、不明不白啊!妹妹啊,你不要怕连累我,我什么都不怕,我愿意陪着你一块儿去死,但是我们俩必须死个明明白白!"

此时此刻,葛甜甜再也控制不住自己了,她号啕大哭着说:"庄小军不是人,他是个魔鬼,他……强奸了我,我……恨不得马上杀了他!"

葛甜甜如乱箭穿心,泪如雨下,泣不成声地诉说着庄小军强奸她的经过……

那次,大妮被关在拘留所里,童军和葛甜甜先后两次到庄小军家送礼。当时,葛甜甜满口答应庄小军,帮助他打扫家里的卫生。从那以后,葛甜甜就隔三岔五到庄小军家里打扫卫生。她做梦也没有想到,庄小军设下圈套,用卑鄙无耻的手段,对她下了毒手。

葛甜甜来自陕西省一个十分贫困的山区。她有两个哥哥、一个妹妹。因为家里贫穷,她初中没有毕业,就不再上学了,独自一人来到观海打工。

葛甜甜来到大妮餐馆当服务员,大妮像对待自己的亲妹妹那样无微不至地关心照顾她,她为此感动得不得了。她和大妮相处得越来越好,感情也越来越深,把大妮当成了亲姐姐。大妮被关在拘留所里,葛甜甜心急如焚。她想帮助大妮,自然而然想到了向庄小军求情。

葛甜甜很尊敬和感激庄小军,因为庄小军不仅是警察学校的实习生,将来是一名警察,还是她的老乡,十分关心她。自从认识庄小军以后,庄小军经常拿着礼物来看望她,还请她吃饭,带着她出去游玩,她为此十分感动。在举目无亲的观海市,她把庄小军当成了靠山和可以信赖的大哥哥。

葛甜甜认为,拘留所能把大妮放回来,是庄小军帮了大忙。她帮助庄小军打扫家里的卫生,既是回报庄小军,也是在报答大妮的恩情。她尽心尽力,把庄小军家里上上下下、里里外外、旮旮旯旯、彻彻底底打扫整理了一遍。过去那个又脏又乱的家,变得干干净净、井井有条。

俗话说,画龙画虎难画骨,知人知面不知心。庄小军虽然仪表堂堂,阳光帅气,但内心却肮脏、黑暗得不得了。他是个独生子,从小娇生惯养。他除了贪图钱财,还特别好色,看到漂亮女人就拔不动腿。他从上初中就开始谈情说爱,走马灯似的换女朋友。他长得一表人才,又能说会道,手里从来不缺钱,身边从来不缺女人。他玩过很多女人,多得自己也记不清了。他爸爸妈妈去世以后,他更加肆无忌惮地玩女人,把这一栋漂亮的小别墅,变成了他寻欢作乐的淫窝。

庄小军第一次看到葛甜甜,就被她那美丽漂亮的脸蛋、小巧玲珑的身材、清纯无瑕的气质、活泼可爱的性格、温柔和蔼的脾气迷住了。他虽然玩弄过很多女人,但像葛甜甜这么清新的少女,他还是第一次遇到,恨不得一口把这个

第四十三章　大妮成功　甜甜自杀

小仙女吞到肚子里。正当他苦于无从下手时，知道了葛甜甜与他是老乡，他为此兴奋得热血沸腾。他虽然很贪图钱财，但为了能把看上的女人骗到手，他挖空心思，大把大把地花钱。就这样，他一步一步地骗取了葛甜甜的好感和信任。

葛甜甜才十六岁，在来观海市打工之前，去的最远的地方就是县城，那是跟着爸爸去卖过两次菜。她没有社会经验，单纯得就好像一张白纸。她没有谈过恋爱，对男女之间的两性之事，知道得少之又少。在和庄小军交往过程中，她对庄小军只有尊敬和感激之情，没有一点点戒备之心。对庄小军那些过于亲昵暧昧的言行和眼神，她都没有往坏处想，更没有想过要采取防范措施。

那是一个星期天的上午，葛甜甜在庄小军家里打扫卫生。庄小军买回来很多水果和啤酒，还打电话让饭店送来了一桌子十分丰盛的饭菜。正在给庄小军洗衣服的葛甜甜，感到很奇怪，问道："庄大哥，你买这么多酒菜干什么啊？"

庄小军色眯眯地看着葛甜甜说："小妹，今天是我的生日，我们俩要好好地乐和乐和。"

葛甜甜急忙说："庄大哥，我不知道今天是你的生日，我现在就去给你买个生日蛋糕。"她边说边往外走。

庄小军马上揽住葛甜甜，暧昧地说："小妹啊，我不喜欢吃蛋糕。这一桌子酒菜，足够我们俩吃了。再说，有你这个小仙女陪着我过生日，我已经心满意足，感激不尽了。"

"庄大哥，你又拿我开玩笑。"

"小妹啊，今天我们俩都不用去上班，又恰逢我过生日，真可谓千载难逢，我们俩要开怀畅饮，一醉方休。"

"庄大哥，我不会喝酒，也没有喝过酒。这样吧，我就负责给你倒酒吧。"

"小妹啊，按照咱们老家的礼数和规矩，你今天最少要敬我六杯酒，并且还要先干为敬。不过，大哥我心疼你，绝对不会让你多喝酒。"

庄小军巧舌如簧，口吐莲花。葛甜甜架不住他的花言巧语和软缠硬磨，只好硬着头皮陪他喝酒。四大杯啤酒下肚，葛甜甜感觉有点晕晕乎乎，说什么也不敢再喝了。庄小军满嘴甜言蜜语，他给葛甜甜倒了一杯饮料，哄骗葛甜甜说，喝了这一杯饮料能醒酒。葛甜甜信以为真，喝完饮料以后，感觉四肢无力，还特别困，不知不觉就趴在桌子上睡着了。

当葛甜甜醒过来的时候，已经是夜里。她看到自己一丝不挂地躺在床上，赤身裸体的庄小军在一旁打着呼噜。她猛然醒悟：庄小军给她下了迷药，乘机强奸了她。她脑子里一片空白，不知道怎么办才好。她只有一个念头，赶快离开庄小军这个吃人不吐骨头的魔鬼，赶快离开这个虎狼窝。她套上衣服，慌慌张张地跑了出去。……

葛甜甜泣不成声地说完庄小军强奸她的事，又接着说道："姐，这段时间，我是多么想趴在你怀里痛哭一场啊,我是多么想把憋在心里的苦水都吐出来啊!但是,我怕连累到你,一直不敢告诉你。我知道,你要是知道了这件事,肯定不会放过庄小军。庄小军心黑手辣,禽兽不如,什么伤天害理的事,他都能干出来。我要是把你牵连进来,庄小军肯定也会对你下毒手。所以,我只能忍气吞声,一个人偷偷地哭。"

葛甜甜哭诉完自己的悲惨遭遇,就好像终于解脱了,她趴在大妮怀里,抹着眼泪,抽泣着。

葛甜甜的哭诉,就好像晴天霹雳,一下子就把大妮震蒙了。大妮犹如万箭穿心,泪如泉涌。她哭着说:"甜甜啊,你的命怎么这么苦啊!妹妹啊,你不能死,你不明不白地死了,太便宜庄小军这个畜生了!你要坚强地活下去,要想办法报仇雪恨!"

稍停片刻,大妮抽泣着说:"甜甜呀,你是为了给我求情,才引火烧身,掉进了虎口。都是我不好,是我连累了你。我没有看出庄小军是一条披着人皮的狼,也没有提醒你要防备着他,更没有把你保护好,我对不起你,感到很后悔。"

葛甜甜抽噎着说:"姐,这不能怨你。庄小军是个笑面虎,是个笑里藏刀的两面派,是个伪装成正人君子的大流氓。因为他披着警察学校实习生的外衣,我没有看清楚他的真面目,更没有防备他。出了这样的事,都怪我自己太无知了,与你没有关系。"

此时此刻,此情此景,大妮联想到自己的悲惨遭遇,哭着说:"甜甜啊,你的命和我一样苦。我十四岁那年,也被一个畜生强奸了……"

葛甜甜听了,不敢相信这是真的,急忙打断大妮的话,大声问道:"姐,你是不是被气糊涂了,这是真的吗?"

大妮抽泣着说:"甜甜,这是真的,这是我永远都不想揭开的疮疤。今天,我又一次把它揭开了。当时,我也想到了去死。但是,我放心不下两个年幼的妹妹。我没有去死,我活了下来。我……"她再也说不下去了。

葛甜甜号啕大哭着说:"姐,老天爷不公平啊。为什么这样的事,让我们俩遇上了?"

大妮紧紧地抱着葛甜甜,斩钉截铁地说:"妹妹,你不能死,你要像姐姐一样,坚强地活下去!"

……

第四十四章　蜜月旅行　甜甜蜜蜜

第四十四章　蜜月旅行　甜甜蜜蜜

前几天,常健和二妮在海燕大酒店为龙哥接风洗尘时,龙哥终于同意常健辞去海龙娱乐城总经理的职务,并且要求常健和二妮去世界各地旅行,然后到泰国走马上任,负责工程施工。常健和二妮很爽快地答应了龙哥的要求。

现在,二妮和常健已经同居一个多月了。下一步,他们俩除了要出去旅行,还要一块去泰国负责工程施工。他们俩一商量,决定在出去旅行之前,先举行婚礼。

常健原来打算,结婚的时候要买一栋海边的小别墅。因为他已经答应龙哥,旅游回来以后要去泰国工作,所以就打消了这个想法。举行婚礼前,他和二妮将现在居住的房子进行了装修,更新了一些家具。这套房子,面积虽然只有九十多平方米,但位于黄金地段,装修得很精致。室内的家具虽然不是很多,但全部都是用上等红木雕琢而成的。一进门,令人眼前一亮,整体效果十分温馨。格调上也令人耳目一新,有一种独树一帜的感觉。古朴典雅中透露着张扬大气,活泼欢快中包含着宁静优雅,朴实无华中蕴藏着富丽堂皇,高贵雅致中体现着新颖时尚。营造出来的室内环境,不仅给人一种舒适优美的感觉,也充分体现出主人的修养和品位。

举行婚礼前,很多人劝说二妮和常健要把婚礼搞得隆重、热闹一点。他们俩商量来商量去,最后决定越简单越好。一是他们俩都喜欢静,认为兴师动众,讲排场比阔气,没有实际意义,也太麻烦;二是他们俩生活上都养成了朴实节俭的好习惯,怕场面大了铺张浪费。

他们俩邀请的嘉宾和客人中,除了大妮和三妮以外,还有三十多个好友。举行婚礼这天,他们俩先请大家参观新房,拍婚纱照,然后在海霞大酒店摆了四桌婚宴,请大家喝喜酒。婚礼虽然很简朴,但也很温馨很热闹。

举行完婚礼,二妮和常健带着柔情蜜意,带着幸福和喜悦,带着亲朋好友的美好祝愿,开始了浪漫愉快的蜜月旅行。

……

二妮和常健蜜月旅行的第一站是北京。

他们俩站在雄伟的天安门广场上,瞻仰人民英雄纪念碑,观看庄严的升国

旗仪式，感到无比的自豪，增添了无穷的力量。

他们俩走进金碧辉煌的故宫，观赏着一件件珍贵的文物，领略着中华民族的悠久历史和博大精深的传统文化，犹如在梦幻和神奇中穿越，心灵受到极大震撼。

漫步在颐和园，湖光山色，亭台楼阁，十步一景，百步一画。他们俩仿佛来到了天堂，被眼前这如诗如画、如梦如幻的美景陶醉了，流连忘返。

登上蜿蜒起伏、气势宏伟的长城，欣赏着巍峨险峻、秀丽苍翠的景色，他们俩心潮澎湃，热血沸腾，对古代人的坚强毅力和聪明智慧，惊叹不已。

住在北京最高的大酒店里，怡然自得地品尝着美酒佳肴，逍遥自在地观看着窗子外面，那如真似幻的迷人夜景，他们俩如痴如醉……

"老公，百闻不如一见啊。北京名不虚传，美丽得无与伦比，真是天堂啊。等我们俩有了钱，在这里买个房子，每年来住上一段时间，那多潇洒啊。"

"老婆，我现在已经存了九十多万元，再使劲挣上两年，在这里买个房子应该没有问题。从今以后，我把所有的钱都交给你，你管好家、理好财。"

"啊，你从哪里弄来这么多钱？"

"小屁孩，你没有想到吧。我大小也是个老总，而且还当了这么多年，这是我的劳动所得。"

"啊……你怎么有这么多钱呀！我这个人不贪钱，要那么多钱干什么啊？你的钱还是你自己管吧。另外，我这个人喜欢清静，嫌麻烦，不想管钱。"

"小笨蛋，这叫按劳取酬，知道吗？什么你的我的啊，我们俩是夫妻，是两口子。你是我老婆，是内当家，应该把我的所有家当和钱财都管起来，你懂吗？"

"常言道，亲兄弟要明算账。老公，在钱的问题上，你一定要与龙哥分清楚，不能不清不白，一笔糊涂账，最后说不清道不明，没法解释。"

"老婆，你放心，我不是个贪图钱财的人。我与龙哥在钱财的问题上分得一清二楚。"

观看着窗外的夜景，二妮不知道想到了什么，不由自主地"扑哧"一声，笑了起来。

常健把二妮拥入怀里，亲吻着二妮的头发，问："老婆，你莫名其妙地笑什么呀？"

"前几天，我们俩属于非法同居，还偷偷摸摸的。举行了个简简单单的婚礼，一转眼就变成夫妻了，不但名正言顺地住在一起，还要把一生托付给对方，绑在一块过一辈子。变化之快，真是不可思议。"二妮沉醉在无比幸福和喜悦之中，笑眯眯地说。

常健看着二妮娇艳的脸蛋，喜洋洋地说："这有什么好奇怪的啊？这就叫生活，这就叫人生。我轻而易举就娶了一个国色天香的媳妇，得到了一个倾国倾城的老婆，这才是不可思议啊。"

第四十四章 蜜月旅行 甜甜蜜蜜

二妮用手指点了点常健的眉头，微笑着说："美得你，天上不会掉馅饼。我要给你约法三章，要你一辈子听我的，一辈子疼我爱我，一辈子不欺负和背叛我。你要是不遵守，我就立马废了你。"

常健亲吻着二妮，信誓旦旦地说："老婆，你放心，我一定会严格落实你的约法三章，一辈子给你当牛做马。"

……

二妮和常健恋恋不舍地告别了北京，来到了离天最近、离神最近、离香巴拉最近的雪域高原——西藏，这是他们俩魂牵梦萦的纯净而神秘的地方。

初到拉萨已近黄昏时分，二妮和常健顾不得饥肠辘辘，就匆匆忙忙来到布达拉宫。放眼望去，屹立在红山之巅的宫墙，红白相间，那般威严，那般静穆，那般高不可攀，夕阳的余晖将她涂抹得异常耀眼，如神话中的天国圣殿，以高天厚土之上的神圣和威严，迎接着每一双仰望它的目光。

一座座金顶在蓝天的映衬下，似修持的佛陀祈福着众生安泰，万民吉祥。祥和美丽的宗角禄康公园里，炜桑炉轻烟升腾，藏族信众一遍遍围绕着回廊，掀动转经筒噜噜作响，圆满着来世的功德。此时，澄碧的天空上，几朵孤云飘飘荡荡，让蓝更蓝，让白更白，引诱着他们俩不由自主地伸出手去……

晨曦刚刚照临，大昭寺门前已满是磕头叩拜的男女老少，他们双手合十自头顶、额头、前胸依次而下，然后双手伸展向下铺倒身子五体投地，并且一遍遍地重复着同样的动作。而更多的藏人手持经筒或孑身独行、或喃喃低语、或三俩结伴，以顺时针方向沿大昭寺外的八廓街转经修德。

二妮和常健入乡随俗，也依着藏人的方向绕八廓街一周而行，然后，登上大昭寺的金顶，极目远望，碧天阔阔，白云朵朵，艳阳下的法轮金光灿灿……目睹此情此景，他们俩十分感动，感慨不已。

上午，二妮和常健再次瞻仰雪域之都的象征布达拉宫。穿行在幽暗狭窄的楼梯，闪烁的酥油灯、袅袅的藏香、厚重的围幔、静卧的经书、古朴精美的唐卡、高高在上的法座、无处不在的的佛像、诵经的红衣喇嘛……使整个布达拉宫给人一种森严、神圣、神秘以至压抑之感，似乎他们俩的整个身心都被包裹其间了。

二妮和常健来到藏传佛教的三大圣湖之一纳木措。在这里，湖水更加深邃地蓝着，湖底卵石上的斑纹清晰可见，湖岸划出一道优美的弧线向远方伸展，水天相接处如天地的折痕，亦如天书的两面。似乎每一波浪涌、每一片云朵，甚至每一丝风、每一缕空气中都写满了经文，引领着他们俩步向灵魂的新的高处，使整个身心都如婴孩般浸淫在一种简约与至纯、至净当中。

……

在香港迪士尼乐园、海洋公园、中环，二妮和常健在摩登大都市里沉醉着。

夜幕降临，维多利亚港内，风平浪静，除了偶尔响起几声鸣笛，寂静无声。

斑驳的月光如淡淡的灯光，挥洒在水面上，波光粼粼。偶尔吹来一阵微风，撩起一层层绚丽的波澜。

他们俩站在太平山上，放眼望去，一栋栋高楼大厦，在霓虹灯的装扮下，变得五彩斑斓，绚丽多彩。一条条街道，就好像五颜六色的绸带，把香港分割成一片片灯的海洋、光的世界。中国银行和国际大厦屹立在城市中间，在五彩缤纷的灯光照耀下，好像镶嵌着无数的珍珠和宝石。

他们俩来到新界与九龙半岛一看，一座座高楼大厦，矗立在水面上。五彩缤纷的灯火，闪烁着七彩光芒。一簇簇繁星般的万家灯火，排列得不很整齐，每一束灯光也不尽相同。有的黄得亮丽，有的粉得可爱，有的绿得清新，有的蓝得自然，各有特点，各有味道。

香港的夜景太浪漫、太美丽了！二妮和常健仿佛置身于一片浪漫和温馨的气氛中，走进了一个绚丽梦幻的世界里。他们俩恋恋不舍，久久不愿离去。

……

二妮和常健告别了香港，兴致勃勃地来到了日本。他们俩先在东京游玩了两天，然后来到了著名的富士山脚下。放眼望去，山峰高耸入云，山巅白雪皑皑，散发着银色的光芒，就好像一把倒挂着的银扇子。山脚下有五座湖泊，映照着皑皑白雪，湖光山色，风景幽美，如诗如画，令人陶醉。

从富士山上下来，他们俩来到一个十分幽静的山谷里，然后又走进了一个不大不小的情侣温泉中。他们俩逍遥自在地泡着温泉，悠然自得地品尝着热辣的当地美酒，兴高采烈地欣赏着周围的美景。

空中，雪花纷飞。四周，崇山峻岭，绵延不断，苍松翠柏，郁郁葱葱。温泉在树木花草的盘缠围绕之中，空气清爽，景色醉人，环境幽静，好似走进了世外桃源里。温泉散发出来的热气和山谷里飘荡着的雾气融合在一起，云雾缭绕，飘飘悠悠，朦朦胧胧，又好像来到了如梦如幻的天堂。温泉里，水清澈见底，下面有大大小小的鹅卵石。躺在上面，十分惬意。举目四望，周围的一切就好像无声的电影，只有影子的移动和淡淡的硫黄味道。

二妮和常健泡在温泉里，尽情享受着大自然带给的那种舒服亲切之感。

"啊，神清气爽，太舒服了。日本人真有福气，享受神仙一般的生活！"

"老婆，这是火山和地震形成的。在日本国内，大大小小的温泉星罗棋布，是名副其实的温泉王国。泡温泉，能养颜健身，是日本人生活中必不可少的一部分，形成了一种悠久的温泉文化。"

"老公，我现在终于弄明白了，日本女孩之所以体型好，美丽漂亮，原来是经常泡温泉啊。"

"老婆，日本女孩再漂亮，也没法与你相比。你貌美如花，比仙女还漂亮，与她们不在一个档次上。"

第四十四章 蜜月旅行 甜甜蜜蜜

"老公，你言过其实，故意臭我。我是村姑一个，哪有你说的那么好呀？"

"媳妇，我是实事求是，你确实比仙女还漂亮。用如花似玉、国色天香、出水芙蓉来比喻你，一点也不过分。用倾国倾城、绝代佳人、秀色可餐来形容你，更是恰如其分。"

"餐你个头啊，你还是餐日本料理吧，我怎么听着你这是在阿谀奉承，拍马屁啊？"

常健急忙把二妮抱在怀里，轻轻地拍打着她的屁股，温柔地说："你冤枉好人，我不是在拍马屁，我是在抚摸我老婆的屁股。我老婆长得太漂亮了，太迷人了，太性感了，太……"

二妮打断常健的话，推开常健的手，说："胡说八道，没有正行，去你的。"愣了会，她笑眯眯地问："老公，等我人老珠黄了，你会不会甩了我，去找别的女人啊？"

常健急忙说："我的小姑奶奶啊，你比我的生命都重要，我怎么能舍得甩了你啊？"

二妮笑吟吟地说："你就使劲吹吧，鬼才相信你。你就好像一个大馋猫，看见了鱼，能不去吃吗？你那么好色，看见路边有野花，能不去采吗？"

常健急忙说："我对天发誓，海枯石烂，永不变心！我要是背叛老婆，就天打五雷轰，就……"

二妮急忙捂住常健的嘴，笑嘻嘻地说："老公，打住，你别说了，不吉利。"

常健吻着二妮，还不停地问："老婆，你信不信啊？"

二妮气喘吁吁地说："老公，这是在野外，你注意点影响吧，别这么放肆。泡得差不多了，你给我搓搓背吧。"二妮说着就坐到了常健怀里。

……

二妮和常健来到马来西亚，在吉隆坡游玩了一天，第二天来到了兰卡威度假海岛上。

他们俩踏上这个仿佛与世隔绝的海岛，顿时就被眼前仙境一般的景色陶醉了。他们俩乘坐着游船出海，观赏各种珊瑚，探究神秘的海底世界；骑着小马，兴高采烈地在葱郁繁茂、烟雾弥漫的原始森林里漫步，欣赏着隐藏在翠绿之中的雄伟壮观的瀑布；手拉手地在独具魅力的海岛上探险，欣赏各种各样的稀有的野生动物和植物，观看五亿年形成的神秘壮观、扣人心弦、叹为观止的奇岩怪石；肩并肩地坐在洁白细腻的水晶沙滩上，欣赏周围迷人的美景，观看不远处几只猴子在沙滩上玩耍，享受着阳光和海风的亲吻……

早晨，他们俩乘坐缆车，迎着朝阳，披着彩霞，兴致勃勃在空中欣赏这个风景秀丽、景色宜人、天堂一般的海滨度假胜地，感到神清气爽，心旷神怡。

中午，他们俩在蔚蓝恬静、清澈透明、一眼见底的海水之中，尽情地游玩着，亲身感受阳光和海水的亲吻和抚摸，不时地响起一串串笑声，掀起一朵朵浪花。

夕阳西下，晚霞漫天，天地之间，就好像一幅上帝亲手绘制的风景画。他们俩漫步在海边，观赏着风景秀丽的迷人风光，悄悄地说着没完没了的情话，陶醉在对未来美好生活的向往和憧憬之中。

入夜，明月当空，繁星点点，海风吹拂，树影婆娑。海边的夜晚实在是太美丽了！夜深人静的时候，周围静悄悄的，只有浪花轻轻地拍打着沙滩，发出像音乐一样有节奏的美妙声音。海边的夜晚太舒服了，令人有一种飘飘欲仙、如梦如幻的感觉。

二妮和常健躺在洁白细软的沙滩上，迎着轻柔温暖的海风，聆听着海潮的声音和委婉动听的歌曲，仰望着星光灿烂的夜空，品尝着美酒佳肴，在诗情画意和梦幻般的仙境之中陶醉着……

"老婆，你在想什么啊？"

"我在想龙哥。"

"他有什么好想的啊？"

"我感觉他这个人老奸巨猾，令人捉摸不透，好像不是个好东西。"

"闯荡江湖的人，谁没有点个性和脾气啊？你不要少见多怪，胡乱猜疑。他对我不错，我很感激他。"

"你辞职这件事，他虽然言不由衷，最后不得不答应。"

"老婆，你能言善辩，终于把他说得哑口无言，我很佩服你。"

"老公，今后你与他打交道，要多个心眼。"

"你的意思我明白。"

"老公，我打算跟着你到泰国玩几天，就马上回观海，继续唱歌挣钱。我这个人闲不住，更不会坐吃山空。"

"老婆，我一天也离不开你。再说，我们俩要那么多钱干什么啊？我现有的钱能养活你，你就安心在泰国陪伴着我吧。等工程完工以后，我们俩一块回观海。"

"老公，这件事还是以后再说吧。"

……

在法国巴黎，二妮和常健观看了凯旋门、埃菲尔铁塔、卢浮宫和巴黎圣母院。然后，他们来到一家城堡式酒店。这家酒店内，从家具到装修，甚至是酒店的服务，都充满了古城堡气息。这样浓厚的古典气息，正是二妮和常健喜欢它的原因之一。

他们俩洗完鸳鸯浴，二妮把精心挑选来的时装和首饰拿出来，一件一件地进行试穿。

一袭粉色拖地烟笼长裙，裙子上绣着淡淡的百合，裙摆上有一层淡如清雾的绢纱，腰间配着淡粉色的流苏绢花。内衬淡粉色的锦缎裹胸，肩上有一条淡

第四十四章　蜜月旅行　甜甜蜜蜜

淡的黄色丝绸披风。袖口绣着精致的金边蝴蝶，胸前衣襟上钩出蕾丝花边，耳朵上戴着一对银色的蝴蝶耳坠。上层头发盘成圆状，插着几根镶着绿宝石的簪子，下层将三千青丝散落在肩膀上。嫩白的玉颈上，戴着珍珠和绿宝石相间的项链。肌若凝脂气若幽兰，娇媚无骨入艳三分，一颦一笑动人心魂。再配上那美妙的脸蛋和迷人的身段，宛如步入凡尘的仙子，美得不食人间烟火，美得到了极致。

二妮穿戴好，对着镜子自我欣赏了一会，转过身来问常健："老公，你看看，漂亮吗？"

常健在一旁早就看呆了，半天没有说一句话。听到二妮问他，回过神来，一把抱住二妮。他一边亲吻，一边说："难以置信，人世之间竟然有这么漂亮的女人。老婆，你是仙女下凡。"

二妮急忙推开常健，笑盈盈地说："老公，我是问你这样打扮漂亮吗？"

常健马上回答说："老婆，太漂亮了！以后你再上舞台，就穿这身衣服，肯定能把所有的人都震住和迷倒。"

二妮对着镜子又自我欣赏了一会，笑吟吟地说："是很漂亮。不过，这衣服的价钱也很'漂亮'。"

常健急忙说："老婆，为了把你打扮得漂漂亮亮，在花钱方面，就应该下手狠一点，狠得'漂亮'一点。"

……

来到奥地利，二妮和常健在蓝色的多瑙河边，手牵着手，兴高采烈地观赏着飞架在河上的八座各具风采的大铁桥。第二天，他们俩参观了莫扎特故居和维也纳音乐厅。晚上，他们俩在维也纳国家大剧院，观看了一场音乐会。

灯光渐渐地暗了，只剩下几束银光，照射在舞台上钢琴和小提琴演奏者身上。他们在灯光的照耀下，犹如上帝派来为人类传诵福音的天使一般，是那么纯洁和神圣。

一曲结束，台下响起雷鸣一般的掌声。演奏者起身致谢后，开始了今晚的正式演奏。

慢慢地，二妮仿佛置身于九霄云外的天空，享受着风和雨的滋润。那天外传来的音乐，时而高昂，时而低沉；时而热情，时而含蓄；时而激进，时而平静。那声音犹如甘甜怡人的清泉，汩汩地流入二妮的心田。

忽然，一阵万马奔腾、狂风呼啸——莫扎特呕心沥血谱写的气势磅礴的协奏曲，如上帝的声音，在大厅里奏响，震撼着二妮的心灵。

《小步舞曲》《梦幻曲》《小夜曲》《蓝色多瑙河》，在世界历史上最悠久、素质最高超的乐团——维也纳爱乐乐团的演奏下，是那么高雅、轻松、豪华和热烈。二妮听得如痴如醉，陶醉在这美妙的天籁之音中。

……

COLOR
BUTTERFLY

彩蝶

下册

陈士全／著

北京燕山出版社
BEIJING YANSHAN PRESS

图书在版编目（CIP）数据

彩蝶 / 陈士全著 . —北京：北京燕山出版社，2017.4
 ISBN 978-7-5402-4500-9

I.①彩… II.①陈… III.①长篇小说—中国—当代 IV.①I247.5

中国版本图书馆 CIP 数据核字（2017）第 063583 号

彩蝶

责任编辑：金贝伦　王　迪
责任校对：石书贤
出版发行：北京燕山出版社
地　　址：北京市西城区陶然亭路 53 号
邮政编码：100054
联系电话：（010）65243837
印　　刷：三河市灵山红旗印刷厂
开　　本：710mm×1000mm　1/16
印　　张：44
字　　数：800 千字
版　　次：2017 年 9 月第 1 版
印　　次：2017 年 9 月第 1 次印刷
书　　号：ISBN 978-7-5402-4500-9
定　　价：68 元

版权所有　违者必究
如有印刷质量问题，请与印厂联系退换

目　录

第四十五章　捷报频传　把酒言欢…………………………………………… 1

第四十六章　甜甜遭难　大妮心碎…………………………………………… 9

第四十七章　告别观海　来到泰国…………………………………………… 17

第四十八章　上午赶海　下午请客…………………………………………… 25

第四十九章　餐馆乔迁　恶霸捣乱…………………………………………… 33

第五十章　　同病相怜　同忧相助…………………………………………… 40

第五十一章　约法三章　接风洗尘…………………………………………… 47

第五十二章　乔迁新居　共谋发展…………………………………………… 56

第五十三章　无可奈何　被迫登台…………………………………………… 63

第五十四章　欢度国庆　帮助马兰…………………………………………… 71

第五十五章　大妮怀孕　甜甜疯了…………………………………………… 81

第五十六章　拜师收徒　出岛旅游…………………………………………… 88

第五十七章　新春佳节　严守底线…………………………………………… 96

第五十八章　员工婚礼　黑帮挑衅…………………………………………… 103

第五十九章　二妮拍片　常健住院…………………………………………… 110

第六十章　　祸从天降　童军去世…………………………………………… 118

第六十一章　海岛观光　三妮救人…………………………………………… 125

第六十二章　鸣鸣降生　夫妻出院…………………………………………… 132

第六十三章　转危为安　深夜捉奸…………………………………………… 139

I

第六十四章	大妮郊游　安磊遇险	146
第六十五章	休闲度假　唇枪舌战	155
第六十六章	三妮醒悟　陆鹏忏悔	163
第六十七章	慷慨相助　化险为夷	170
第六十八章	准备回国　大祸临头	178
第六十九章	康复出院　海边野炊	186
第七十章	安家感恩　童月出生	194
第七十一章	雪上加霜　祸不单行	201
第七十二章	斗智斗勇　营救小帆	209
第七十三章	喜上加喜　好事连连	217
第七十四章	二妮被辱　齐盛被打	224
第七十五章	照顾小帆　看望陆建	232
第七十六章	广州一行　成果丰硕	240
第七十七章	如坐针毡　度日如年	248
第七十八章	小帆说媒　煞费苦心	255
第七十九章	研发小吃　餐馆被砸	264
第八十章	小红得救　二妮疯了	272
第八十一章	志同道合　三妮定亲	279
第八十二章	节日盛会　酒店被烧	288
第八十三章	齐家相助　二妮康复	295
第八十四章	教授庆生　陆鹏杀人	302
第八十五章	谴责小云　寻找小丫	311
第八十六章	水到渠成　除夕订婚	318
第八十七章	珠联璧合　春节探监	327
第八十八章	小丫获救　罪犯被惩	336
结　局		344

第四十五章　捷报频传　把酒言欢

金秋时节，观海大学举办了一次别开生面的秋季运动会。

开幕式那天，秋高气爽，风和日丽。运动场上，彩旗飘扬，人山人海。优美动听的《运动员进行曲》，在空中飘荡着。一阵阵微风，带着桂花淡淡的芬芳扑面而来。

开幕式上，每个学院都组成了一个有自己特色的方队，在彩旗方队的带领下，浩浩荡荡地通过主席台，接受上级领导和学校领导的检阅。

三妮和班里的二十多名同学，参加了师范学院组成的方队。他们个个朝气蓬勃，英姿飒爽，精神抖擞。他们身穿鲜艳的衣服，手持鲜花，踢着正步，呼喊着"发展教育，振兴中华"的口号，雄赳赳气昂昂地向主席台走去。远远望去，这个方队就好像一片涌动着的鲜花的海洋。

比赛场上，龙腾虎跃，热火朝天。呐喊声、喝彩声、欢呼声惊天动地，震耳欲聋。

在老家上学的时候，三妮参加过学校组织的运动会，也报名参加过一些项目的比赛，除了拿过一个第一名，还拿过两个第二名、两个第三名。不过，她以前参加的那些运动会，与现在这场运动会相比，不论从人数和规模上，还是从比赛层次和水平上，都有天壤之别。

在这场运动会开幕之前，开始组织报名的时候，三妮有点胆怯和信心不足，她没有打算上场参加比赛。但是，作为一班之长的她，应该起模范带头作用。她想了又想，最终还是决定报名参赛，她报的是女子1500米长跑比赛。

从报名参赛的那一天起，老师和同学们给了她很多鼓励，她当然也很想给自己和班级赢得荣誉。但是，她认为自己只能起个积极报名参赛的带头作用，根本就没有奢望拿到名次。原因很简单，她认为自己不具备拿名次的实力。她想，在这么大型的运动会上，与这么多的高手竞争，只要自己能坚持跑到终点，只要不是倒数第一名，只要输得不是那么太难看，她就心满意足了。但是，有一点她很明确，也很坚定，那就是：只要上了比赛场，就要尽自己的最大努力进行拼搏，绝对不能留下后悔和遗憾。

"叭"的一声，发令枪响了，三妮与其他十六名选手，就好像离弦之箭，向前方冲去，向终点冲去，一场激烈的白热化的比赛开始了。

瞬间，比赛场上，"加油！加油"的呐喊助威声和"三妮，第一……"的喝彩欢呼声，响彻云天。

从枪响起跑，到不断加速，三妮只有一个念头：拼了，绝对不能落在最后！跑了几圈以后，三妮感到呼吸困难，两条腿沉重得抬不起来，眼睁睁地看着两名选手就要超越自己。三妮急了，念头还是一个：拼了，绝对不能让她们超越自己！当一步步向终点冲刺的时候，三妮看到了胜利的曙光。她信心倍增，念头还是一个：拼了，一定要拿个好名次！她竭尽全力向着最终目标冲去……

三妮不知道自己是怎么样冲过终点线的，她只是记得，当她冲过终点线以后，很多同学都冲上来搀扶她、赞扬她。

当广播中宣布比赛成绩、她取得了第一名的时候，她再也控制不住自己，激动地哭了。同学们紧紧地把她围在中间，最里面的马兰、卜小苗和肖苹苹几个女生，兴奋地把她举了起来，抛向空中。

三妮成功了。她做梦也没有想到，她这个从山旮旯走出来的打工妹，不但登上了高等学府的领奖台，还获得了第一名。当学校领导把金光闪闪的冠军奖牌挂在她胸前的时候，她热泪盈眶，感到无比欣慰、满足和有成就感。她笑得就好像一朵盛开的鲜花，是那么美丽，是那么灿烂。

当三妮兴高采烈地从颁奖台上走下来的时候，陆鹏突然冲过来，一把抱住三妮，激动地说："三妮，你真棒，真伟大，真可爱，我为你感到自豪和骄傲！"他一边说着，一边情不自禁地在三妮脸上亲了一口。

沉浸在成功与喜悦之中的三妮，没有想到陆鹏突然出现在身边，竟然在众目睽睽之下拥抱亲吻自己，感到十分尴尬。她羞得满面通红，使了很大劲才挣脱出来。

"啊……陆鹏，你……"三妮不知道说什么好，先瞪了陆鹏一眼，又使劲推了陆鹏一把，在同学们的起哄声中，飞快地跑开了。

……

运动会结束后，已经是下午四点多钟，马兰她们要为三妮庆功，买了两箱啤酒、一些鱼片和肉干，还买了一些水果，来到了海水浴场。大家往沙滩上一坐，一边逍遥自在地观赏着风光，一边悠闲自在地把酒言欢。

"啊，你们快看呀，太壮观了，漂亮的火烧云！"随着卜小苗的一声惊呼，大家向西边的空中看去……

夕阳西斜，太阳燃烧了起来，天空中好像着了火，映红了群山和树林，也映红了大海。最令人惊叹不已的是，就好像老天爷不小心打翻了调色盘，各种

第四十五章 捷报频传 把酒言欢

颜色都搅和在了一块,把天空中那一朵朵、一片片、一团团白云染得五颜六色、色彩斑斓,还不断地变幻着各种各样的颜色。玫瑰红、桃花粉、金菊黄、山茶绿、梨花白、丁香紫、毛茛橙、睡莲青、曼陀罗黑,还有那从来没有看见过也说不清道不明的颜色,五彩缤纷,绚丽多彩,令人眼花缭乱。就算是把全世界最好、最鲜艳的水彩都洒上去,也没有这么壮观和绚丽。更让人拍案叫绝的是,那彩云的形状变幻无穷,一会儿像人,一会儿像动物,一会儿像怪兽,一会儿像高山,一会儿像森林,一会儿像大海,千姿百态,栩栩如生。还有的千奇百怪,妙不可言。

今天是周末,天气又好,劳累了一周的人们蜂拥而来。一眼看不到边的沙滩上和浅水里,人头攒动,密密麻麻,就好像是下饺子。在三妮她们旁边的沙滩上,有几个小学生在玩沙雕,有几个小孩子在抓沙滩蟹,有几个青年男女在放风筝,还有十多个外国青年男女在玩游戏……

卜小苗举着啤酒罐,大呼小叫地说:"各位,我们班成立以来,在学校组织的军训、运动会、歌咏比赛等活动中,都取得了好名次,在卫生和纪律评比中,也名列前茅,真可谓捷报频传,大快人心啊。我们的班头妮子,领导有方,率先垂范,功不可没。我提议,大家敬妮子一罐啤酒!"还没有等大家拿到啤酒罐,她就咕咚咕咚一口气干了一罐,然后又随手拿起了另外一罐。

马兰一看,急忙夺过卜小苗手里的啤酒罐,说:"小不点,你悠着点吧。妮子为我们班争了光,劳苦功高。这些啤酒是我买来的,是敬妮子的。你一点不客气,喝得这么痛快。你要是把这些啤酒都承包了,我怎么敬妮子呀?"

卜小苗气呼呼地说:"大洋马,你真吝啬,是个小气鬼。我口渴了,先润润嗓子,你也有意见,没劲。"

甄倩倩喝着啤酒,阴阳怪气地说:"妮子啊,我为你呐喊助威,嗓子都喊哑了,手掌也拍肿了,疼得要命。你拿了个第一名,也不感谢我,真不够意思。"

肖苹苹恶狠狠瞪了甄倩倩一眼,气呼呼地对她说:"真欠扁,你说得比唱得都好听。你泡帅哥都忙不过来,再给你十个眼珠子都不够用,你哪里还顾得上为妮子呐喊助威啊!"

甄倩倩骂道:"小苹果,你吃饱撑得没事干,狗拿耗子多管闲事!"

三妮笑嘻嘻地说:"真欠扁,谢谢你。这两箱啤酒我出钱,你多喝点。"

卜小苗一边喝啤酒,一边不停地抚摸着三妮的腿,好奇地问:"妮子,你这两条腿是吃什么东西长的呀?这么长,这么亭亭玉立,跑起来还那么有劲,真神了。"

三妮被她抚摸得不好意思,说:"小不点,你滚蛋,小心我揍你。"

叶子青一言不发,她喝着啤酒,两眼直勾勾地看着旁边那一对纠缠在一起的老外。这是一对外国青年男女,他们也太放肆了,在众目睽睽之下就抱在一

起亲吻起来。

马兰看了老外一眼,拍着叶子青的肩膀说:"黄叶子,你有点出息好不好?两个眼珠子都快掉出来了。"

卜小苗抬头看了看那一对老外,马上面红耳赤地说:"姐妹们,不得了了,太震撼了,少儿不宜,咱们还是赶快回避吧。"说着,她拉起大家,向海边跑去。

浅水里,大家又说又笑,兴致勃勃地玩着水……

甄倩倩满面春色,眼睛放着光,喋喋不休地说:"各位,你们刚才看到没有啊,那个男老外真是个雄性动物,看着就来情绪,看着就上火……"

还没有等甄倩倩说完,卜小苗突然一把把甄倩倩推倒在海水里,笑嘻嘻地说:"真欠扁,你真没有出息,看见个男人就欲火焚身,拔不动腿。哈哈……姑奶奶现在让你海水里凉快凉快,泄泄欲火!"

甄倩倩急忙爬起来,又气急败坏地把卜小苗拉倒在海水里。卜小苗爬起来,又突然把马兰推倒在海水里……大家乱成一团,高兴得手舞足蹈,在浅水里玩耍着,打闹着,不时响起一阵阵银铃一般的笑声。不一会,大家的衣服全都湿透了,一个个成了落汤鸡,干脆洗起了海水澡。

不知不觉,一轮明月缓缓地爬上了夜空。她在一朵朵乌云之中穿行着,一会儿圆得像玉盘,一会儿弯得像一把弓,一会儿又像一叶小船,一会儿又像一个苹果被虫子咬了一口,变化多端,千姿百态。月光静静地洒下来,给大地和海面披上了银灰色的纱裙。沙滩和海边上,密密麻麻的人群不见了,变得是那么宁谧和朦朦胧胧,显得那么妩媚和神秘。

三妮带领着大家,恋恋不舍地离开海边,向学校走去。

……

中秋节前夕,三妮和肖苹苹在学校组织的读书演讲比赛中,都获得了一等奖,马兰与卜小苗一商量,决定为她俩举行一个沙滩庆祝会。中秋节这天,学校放假。傍晚,马兰和室友们来到第一海水浴场,选择了一个明亮和僻静的地方,在沙滩上铺上一块塑料布,摆上啤酒、月饼、水果、罐头和小食品,大家围成一圈,把酒言欢。大家先给三妮和肖苹苹敬酒,表示祝贺,然后一边吃着月饼,一边观赏着夜色美景,一边胡吹海侃。

夜幕渐渐落下,海边上亮起了一盏盏霓虹灯,海水浴场内灯火通明。蓝幽幽的夜空中,有几颗明星乍现,偶尔有一颗流星划破了夜的沉静,在夜空中留下了一道美丽的长弧,继而消失在天边。随着点点星光渐渐增多,大海悄悄地融入了一片温馨的夜色之中。海面上风平浪静,岸边的霓虹灯倒映在海水里,波光粼粼,色彩斑斓。浪花轻轻地亲吻着沙滩,发出美妙的唰啦唰啦的声音。一阵阵温柔的海风扑面而来,送来了温馨清爽的气息。

"一年月色最明夜,千里人心共赏时"。"海上生明月,天涯共此时"。天上

第四十五章　捷报频传　把酒言欢

明月，人间情怀。中秋节，也叫月亮节和团圆节。此时此刻，人们都回到了家中，与自己的亲人团聚在一起，其乐融融地共同赏月。白天熙熙攘攘的海水浴场里，现在变得静悄悄的。

"大家快快看，月亮出来啦！"卜小苗指着东边的海面，兴奋地手舞足蹈，不停地大呼小叫着。

月亮羞答答地从东方的大海中露出了半个笑脸，又突然像害羞似的拉了块黑幕，把美丽的笑脸藏了起来。过了许久，也许她再也耐不住寂寞了，又偷偷地溜了出来，冉冉升起，于是绽放了她那美丽甜蜜的姿态。

今天的月亮特别亮，也特别圆，像一个巨大的雪球，也像一个巨大的银盘，还像一盏巨大的圆圆的明灯，高高地悬在洁净如洗的夜空中，那皎洁如玉的月光，像水似的泻向大海，给大海蒙上了一层如梦如幻的轻纱。几朵奇形怪状的灰白色的云彩，陪伴在她的身旁，宛如仙女舞动着纱巾在翩翩起舞。一颗颗星星像调皮的孩子，不停地使劲地眨巴着眼睛，更加增添了中秋之夜迷人的无穷魅力。

这时，不远处的公园广场上，燃放起了烟花爆竹。随着一阵阵轰隆轰隆的巨响，那五颜六色、争奇斗艳、千姿百态的烟花腾空而起，把夜空装扮的五彩缤纷，绚丽多彩。

三妮和室友们，如痴如醉地观赏着迷人的夜景，那感受，如梦幻，似仙境，多么美啊，美的令人无法呼吸！不知不觉，意识逐渐模糊了，整个身心好像在不断地弥散着，仿佛要融化在这美丽的月夜之中，大家都不由自主地陶醉了……

"我提议，大家围绕着月亮和中秋节，每人都表演一个节目！"三妮情不自禁地大声说道。"

在一阵阵喝彩声中，三妮唱了一首《十五的月亮》，马兰背诵了苏东坡的词《水调歌头·明月几时有》，肖苹苹背诵了李白的诗《古朗月行·小时不识月》，叶子青说出了十多个关于月亮和中秋节的成语，甄倩倩背诵了李白的诗《静夜思·床前明月光》。

轮到了卜小苗，她一时想不起表演什么好，灵机一动，摇头晃脑地说："我今晚要露一手，让你们开开眼界。"

马兰说："小不点，你别装神弄鬼，快说说表演什么节目？"

卜小苗美滋滋地喝着啤酒，装腔作势地说："我啊……今晚来点绝活，喝个团团圆圆。"

肖苹苹忙问："小不点，你什么意思啊？"

卜小苗不屑一顾，说："笨蛋，连团团圆圆都不知道。告诉你，是连喝八瓶啤酒。你知道八字怎么写吗？告诉你，两个圆圈摞在一起，叫团团圆圆。"

马兰急忙说："小不点，我们是 AA 制，今天轮到我出钱请客，我只买来

一箱啤酒,你都喝光了,我们喝什么呀?"

卜小苗满不在乎地说:"小气鬼,没出息,马路对面的商店里有的是。告诉你一个秘密,我床铺底下藏着一箱啤酒,还没有开封,回去就还给你。"

马兰说:"我不信。"

卜小苗信誓旦旦地说道:"君子一言,快马一鞭!"

大家有说有笑地观赏着月色美景,高高兴兴地吃着月饼,美滋滋地喝着啤酒。突然,窜过来一个年青小伙子,手里举着一把明晃晃的水果刀,一边破口大骂着,一边恶狠狠地向甄倩倩头上砍去。

大家惊得目瞪口呆,心惊胆战,惊慌失措。

甄倩倩先是一愣,马上连滚带爬地拼命躲闪,被砍伤了左肩膀。

三妮一惊,马上冲上去,从背后死死地抱住了这个年青小伙子,被砍伤了左胳膊。

这个年青小伙子,二十多岁,中等个,蓬头垢面,一条腿已经瘸了,看样子神经有点不正常。他一边拼命地挣脱,一边歇斯底里地叫骂:"甄倩倩,你这个狐狸精,我要杀了你……甄倩倩,你这个破鞋,把老子害成这个样子……甄倩倩,老子找你很长时间了,今天终于找到了你,我要杀了你……"

肖苹苹稍微一冷静,马上明白了,急忙大声喊叫:"阎大勇,你冷静点,快放下刀子……阎大勇,杀人偿命,有话好说,快放下刀子……"

原来,这个年青小伙子叫阎大勇,是肖苹苹和甄倩倩高中时的同班同学。阎大勇的女朋友是肖苹苹的闺中密友。甄倩倩看上了阎大勇,就想方设法把阎大勇追到了手。甄倩倩玩厌烦了,又一脚踹了阎大勇。阎大勇人财两空,不肯善罢甘休,被甄倩倩的爸爸打断了一条腿。阎大勇想不开,变得有点神神道道。

此时此刻,三妮心里很清楚,阎大勇已经失去理智,手里挥舞着刀,一旦让他挣脱,后果不堪设想。三妮忍着胳膊上的伤痛,死死地抱住阎大勇的后背,大声喊叫:"快……大家一起动手,制服他……"

阎大勇挣脱不开,急的不停地挥舞着手里的刀子,哇哇大叫。

沙滩上没有石头,没有棍子……阎大勇挥舞着长长的明晃晃的水果刀,大家赤手空拳,无法靠近,不知所措。

卜小苗灵机一动,抓起一把沙子撒在了阎大勇的脸上,又趁阎大勇搓眼睛之机,抢起啤酒瓶子,狠狠地向阎大勇头上砸去。阎大勇大叫一声,血流满面,倒在了地上。

这时候,警察冲了过来,急忙把三妮、甄倩倩和阎大勇送到附近的医院里。
……

经过抢救,阎大勇已经没有生命危险。因为三妮和甄倩倩都穿着秋天的长衣服,伤势并不严重,不需要住院治疗,包扎完伤口,就回到了学校里。

第四十五章　捷报频传　把酒言欢

女孩子们哗哗啦啦洗漱完毕，又手忙脚乱地忙活了一阵子，已经到了晚上十点多钟。三妮先关了灯，然后督促大家快点睡觉。女孩们舒舒服服地躺在床上，怎么也睡不着。

"今天晚上的好心情，被阎大勇这个疯子给搅黄啦，真他妈倒霉！小不点，你床底下不是还藏着一箱啤酒吗，马上拿出来。老娘不尽兴，意犹未尽，要继续把酒言欢，边喝边聊！"马兰气呼呼地说道。

卜小苗一听，急忙爬起来，打开啤酒箱，给三妮、马兰和肖苹苹每人两罐，就是不给甄倩倩和叶子青，然后躺在床上，美滋滋地喝起来。

"真欠扁，今天是你惹的祸，你明天必须请我们喝啤酒，给我们赔礼道歉！要不然，老娘扒了你的皮！"卜小苗咋咋呼呼地骂道。

马兰调侃道："小不点，你他妈下手也太狠了点，要是真的把阎大勇砸死了，你肯定要去蹲大牢。"

卜小苗嘿嘿一笑，不以为然地说："笨蛋，那叫正当防卫，知道吗。不过，阎大勇的脑袋也太脆弱了，就好像鸡蛋壳，一碰就破。"

肖苹苹火辣辣地说："真欠扁，你真是个扫把星，害了这个害那个，现在又害的三妮伤了一条胳膊，还差一点把命搭上。"

三妮急忙说："甄倩倩已经认识到了错误，以后谁也不能再提这件事。"

寝室里刚刚安静了一会儿，卜小苗又突然大呼小叫地来了一嗓子："喂，都死了，还有没有会喘气的呀？"

"小不点，喘你个球啊，老娘正在为英语犯着愁呢。你一惊一乍的，吓我一跳。"马兰气急败坏地埋怨道。

卜小苗马上追问道："大洋马，对不起，英语怎么了？"

马兰灰心丧气地回答："考不及格，再这样下去，老娘很可能要挂了。"

"嗯，是个问题。"卜小苗若有所思地说。

"肖苹苹，你英语成绩最好，你帮一帮马兰吧。"三妮想了想，说道。

肖苹苹很痛快地回答："只要大洋马诚心敬意拜我为师，我心甘情愿收徒弟，义不容辞传绝活。"

马兰立马回答道："我明天就打电话，让老爸寄五张狼皮来，孝敬肖师傅。"

肖苹苹高兴地说："大洋马，一言为定，五张狼皮到手，你就是我的徒弟了，保证你英语过关。"

卜小苗想了想，说："妮子啊，你虽然让全班同学都结成帮教对子，但没有经常开展活动，效果不明显。你应该多组织活动，不让一个人挂科。"

肖苹苹附和道："妮子，小不点说得很对。你还可以组织一些专题演讲会，激发大家的学习兴趣。"

三妮高兴地回答道："小不点、小苹果，你们俩说的这些事，我已经与老师商量好了，马上就组织实施。不过，我要谢谢你们俩的建议。"

卜小苗得意扬扬地说："妮子，都是好姐妹，你客气什么呀，只要你下次请客时，别忘了我就行了。"

三妮说："我忘了谁，也不会忘记你小不点。"她说完，又督促大家快点睡觉。

马兰说："妮子，你伸长耳朵听听吧，现在其他寝室里也是欢声笑语，热火朝天。你别忘记，今天放假，应该让大家乐一乐，放松放松。不过，姐妹们都调一调自己的开关，把音量调小点。"

"各位，不知道你们看到没有，刚才，对面寝室的那几个宝贝，一个个叼着烟，吞云吐雾。还有两个喝醉了，几乎赤身裸体，那个吐呀，还鬼哭狼嚎的，弄得臭气熏天，乌烟瘴气。我的天啊，大四的女生怎么能这个样啊？我真是服了。"说话的是肖苹苹。

"可能是失恋了，心里烦，发泄发泄呗。"马兰说。

"年幼无知，少见多怪。现在的大学生，大一忙学习，大二忙对象，大三忙同居，大四忙分手。她们马上就要毕业了，要与男朋友分手了，心里不舒服。"说话的是甄倩倩。

肖苹苹不服气，气呼呼地对甄倩倩说："谁敢和你比啊，上小学就谈情说爱，刚刚十三岁就火急火燎地与男人开房间，真可谓久经沙场，情场老手。我发现你入学以来，根本就不把学习放在心上，好像不是来上大学的，而是专门来泡帅哥的。"

甄倩倩阴阳怪气地说："哎哟，世界上还真有这样的人，吃不到葡萄就说葡萄酸。我泡帅哥又不犯法，你咸吃萝卜淡操心。你要是眼馋也去泡呀，又没有人拦着你。不过，你想泡也泡不到，因为帅哥看不上你……"

肖苹苹打断甄倩倩的话，气愤地骂道："厚颜无耻，反咬一口，不思悔改，不可救药！我见过不要脸的，但没有见过像你这么不要脸的。你……"

没有等肖苹苹说下去，卜小苗立马打断她的话，插言道："我的小乖乖，十三岁就尝过男人了，真罗曼蒂克。真欠扁，你如实招来，啥滋味啊？"

"嘿嘿……小不点，我明天给你介绍个帅哥，让你好好尝尝那个滋味。"甄倩倩坏笑着说，一点也不感到难为情。

"谢谢你，真欠扁，我没有你那个嗜好，你还是留着自己慢慢品尝吧。"卜小苗乐呵呵地回敬道。

"小不点，你以后出去玩，千万不要东张西望到处乱出溜，更不要到学校后面的山上去。"马兰神秘兮兮地说。

卜小苗云里雾里，马上跺着床板问："为什么啊？"

马兰故弄玄虚，说："小妹妹，我告诉你，那里是红灯区，少儿不宜……"

……

第四十六章　甜甜遭难　大妮心碎

　　庄小军心黑手辣，诡计多端。他利用何小云卖淫一事大做文章，最后一箭双雕，不仅逼迫童军乖乖地给他送了两瓶茅台酒、两条中华烟和五千元钱，还乘机设下圈套，强奸了葛甜甜。

　　这天中午，大妮和葛甜甜草草地扒拉了几口饭，匆匆忙忙来到医院东边的池塘旁边，坐在一棵大树下。

　　池塘边上的花草树木都枯萎了，一阵冷风袭来，树叶子就仿佛一只只翩翩起舞的蝴蝶，飘飘悠悠地落在水面上，转眼间又变成了一条条小船，在水面上轻轻地漂着。水的颜色有些暗淡，鱼儿也不知道躲到哪里去了，没有了夏天的生气。池塘中的荷花不见了，只剩下几片已经腐烂了的叶子。池塘中间的那一大片芦苇，叶子已经落光了，光秃秃的茎上举着一朵朵白色的芦花，在冷风中无可奈何地摇曳着。

　　这两天，大妮和葛甜甜心神不定，坐立不安，一直为是否报案的事犹豫不定，左右为难。她俩想得头昏脑涨，心烦意乱，还是拿不定主意。

　　去报案，让庄小军受到法律的惩罚，这是天经地义、理所当然的事。但是，这官司能打赢吗？案发已经过去十多天了，葛甜甜没有保留证据，几乎是空口无凭，这样的官司怎么能打得赢啊？

　　庄小军老奸巨猾，又是警察学校的实习生，打官司办案是行家里手。他好色成性，伤天害理的事不知道干过多少回，应对这样的事肯定是轻车熟路，小菜一盘。葛甜甜身单力薄，年少单纯，又拿不出像样的证据来，与庄小军对簿公堂，很明显这是以卵击石。阴险狡诈的庄小军，很可能要倒打一耙，弄不好葛甜甜被判个诬告罪。

　　话又说回来，就算是葛甜甜侥幸打赢了这场官司，庄小军被判刑坐牢，葛甜甜最终的结局又能如何呢？

　　在葛甜甜的老家，人们把贞洁、廉耻、门风、名声和脸面，看得比什么都重要。女孩子一旦被强暴了，不但很少有人去报案，还要千方百计把这件事隐瞒起来。就算是罪犯自己交代了，受害人也不敢承认，更不敢举证。如果这样的事让别人知道了，张扬开去，唾沫星子就能把受害人淹死。人们在仇恨和抨击罪犯的同时，往往也在鄙视和伤害受害人，怪罪受害人无能、弱智、不争气。还有的人喜欢猎奇，把这样的事当成茶余饭后谈论的话题，拿受害人的名声和脸面，来说事，往受害人的伤口上再撒上一把盐。

据葛甜甜说，她的村子里，几年前曾经发生过这样的事。有个叫小凤的姑娘，被附近村子里一个男的强暴以后，她一气之下，到县公安局告发了这个男的，这个男的被判了刑。在封建落后的农村，出了这种事，犹如平地一声惊雷，人们七嘴八舌到处议论，弄得沸沸扬扬，满城风雨。结果，凡是知道这件事的年轻男子，尤其是条件相对好一点的年轻男子，都不愿意娶小凤为妻，小凤一直没能嫁出去。强暴小凤的那个男的出狱后，就托人向小凤提亲，小凤无可奈何，只好嫁给了他。因为小凤的告发使这个男的坐牢，这个男的把所有的愤恨都发泄在了小凤身上。因为受不了这个男的的虐待和蹂躏，小凤最终跳井自杀了。

在葛甜甜的老家，一个女孩子遇上这样的事，即使自己降低身价，嫁了出去，也难以忍受别人的冷眼和歧视。就算是自己的丈夫不计较这件事，也很难忍受住亲戚、邻居的讽刺挖苦和冷眼相待。再退一步说，就算这件事被隐瞒了下来，外人都不知道，受害人也会心神不定、惴惴不安，时刻担心这件事会露出马脚。其结果是，受害人难以摆脱自责和屈辱的心理压力，终身背上沉重的思想包袱。

大妮当年被人强暴，权衡再三，选择了忍气吞声不报案这条路。这两天，大妮和葛甜甜商量来商量去，决定不去报案。但是，这个决定马上又被推翻了。她们俩怎么也咽不下这口气，不甘心让庄小军逍遥法外，再肆无忌惮地去祸害别人。

正当两个人犹豫不决、举棋不定的时候，大妮的手机响了起来。她打开一听，是童军打来的电话。童军来电话说："葛甜甜的爸爸、妈妈和大哥，已经来到了观海市，现在住在庄小军家里，要马上见葛甜甜。"

接完童军的电话，大妮和葛甜甜大吃一惊，这是怎么回事啊？庄小军这是唱的哪一出戏？他葫芦里卖的是什么药？一波未平一波又起，这真是火上浇油，乱上添乱啊！

大妮和葛甜甜商量了半天，决定让童军把葛甜甜的爸爸、妈妈和大哥带到观海市郊区的这个县城来，但是，绝对不能让庄小军跟着来。

当天晚上，葛甜甜的爸爸、妈妈和大哥来到这个县城，大妮安排他们住进了一家宾馆。

葛甜甜的爸爸五十多岁，少言寡语，一米六五的个子，干瘦得像个六十多岁的老头。她的妈妈四十五岁，中等个子，有点偏胖，是个典型的勤劳朴实的

第四十六章　甜甜遭难　大妮心碎

农村妇女。她的大哥二十五岁，身高一米七五，虎头虎脑，说话有点结巴。

葛甜甜一头扑到妈妈的怀里，泣不成声地说："妈……你怎么来了？"

葛甜甜的妈妈一听，顿时愣住了，马上回答："是庄小军给我们打电话、发电报，说你们俩要订婚，让我们来参加你们俩的订婚仪式。他给咱们家寄去了一万块彩礼钱，还说给你哥哥在城市里安排了个工作。我们这次来这里，是他到火车站接的我们，还让我们住到了他的家里。"稍停片刻，葛甜甜的妈妈接着说道："我们已经商量过了。庄小军长得不错，是个城市人，又是老乡，将来还是个公安，一个人拥有一栋小别墅，缺点就是年龄相差大了点。甜甜啊，咱们家祖祖辈辈没有一个当官的，咱们家的亲戚也都是平民百姓，你能嫁给庄小军，也算是烧高香了，这是你一辈子的福气。我和你爸已经答应了庄小军的求婚，还收了他的彩礼。过两天，你们俩就举行订婚仪式。"

葛甜甜听了，犹如五雷轰顶，顿时就蒙了。她半天说不出一句话来，也不知道说什么好，一阵头晕眼黑，昏了过去。她的妈妈看到她这个样子，大吃一惊，紧紧地抱着她，急忙哭喊起来："甜甜……你怎么了？孩子……你这是怎么了？"

葛甜甜渐渐地清醒过来，她声嘶力竭地哭喊着说："妈，你们……好糊涂了，你们……都上当受骗了。庄小军是个畜生，他……欺负了我！"

葛甜甜的话，犹如晴天霹雳，她的爸爸妈妈和大哥顿时就蒙了，不敢相信自己的耳朵，半天说不出一个字来。

葛甜甜的妈妈愣了半天，急忙问道："孩子，你……刚才说什么啊？妈妈没有听清楚，你……"

葛甜甜痛哭流涕地说："妈，我……被庄小军这个畜生欺负了。我不想活了，我没有脸再活了。我……"

葛甜甜的妈妈还是不敢相信这是真的，慌忙问："什么？这……不可能啊。"

葛甜甜碎心裂胆地哭喊着说："妈，庄小军是个披着人皮的狼，他的话你们也相信啊？他欺负了我，我跳海自杀，被别人救了上来，住进了医院，这才活到今天。"葛甜甜说完，母女俩抱头痛哭起来。

常言道，女儿是妈妈的心头肉。女儿受了这么大的委屈，葛甜甜的妈妈犹如万箭穿心，她悲痛欲绝，泣不成声地说："孩子啊，都是妈妈不好。你年龄这么小，我不应该让你出来打工。结果……让你遭受了这么大的罪！甜甜啊，我的心肝宝贝啊，我对不起你。我该死……"

葛甜甜的妈妈哭了很长时间，然后抬起头来问道："他爸，这事到底怎么办啊？你快拿个主意吧！"

葛甜甜的爸爸铁青着脸，一直低着头，一声不吭，坐在沙发上大口大口地抽烟。知道自己的女儿被庄小军强暴了，他气得咬牙切齿，恨不得马上把庄小军千刀万剐。但是，事已至此，覆水难收，木已成舟。他前思后想，权衡再三，

无可奈何，不得不面对和接受眼前这个残酷的现实。他认为，他们一家人与庄小军斗，只能是以卵击石，得不偿失；为了他们一家人的名誉和面子，绝对不能与庄小军撕破脸皮；现在，摆在他们面前的唯一出路，就是忍气吞声，打掉牙往肚子里咽。沉默了很长时间，他抬起头来，擦着眼泪说："事到如今，生米已经煮成熟饭，没别的办法了，只有一条路，甜甜老老实实地嫁给庄小军。"

葛甜甜一听，马上大声哭叫起来："不……我宁愿去死，也不会嫁给这个畜生！"

葛甜甜的大哥满腔怒火，他铁青着脸，结结巴巴地说："我……要杀了他！"

葛甜甜的爸爸听了，急忙说："老大，你真糊涂啊。庄小军手里有枪，你能杀得了他吗？就算你能杀了他，甜甜的名声能恢复吗？"

葛甜甜的大哥磕磕巴巴地说："我……杀不了他，我就去……告他，让他去……坐牢！"

葛甜甜的爸爸气呼呼地问道："老大，你有什么证据能告倒他啊？就算是你告倒了他，让他去坐牢，会弄得人人都知道，将来谁还愿意娶甜甜啊？"

沉默了很长时间，葛甜甜的妈妈痛哭流涕地说："甜甜，你不能死。你死了，你爸和我还能活吗？你的两个哥哥都老大不小了，还没有成家立业，你的妹妹年龄还小。如果你死了，这个家怎么办啊？"

葛甜甜哭喊着问道："妈、爸，你们是不是让我走小凤的路，让我往火坑里跳啊？"

葛甜甜的妈妈哭着说："孩子啊，这是无可奈何和迫不得已啊。现在，你已经失去了贞洁，条件好的男人不会娶你为妻，你只能嫁给庄小军，这可能是最好的选择，也可能是你命该如此啊。甜甜啊，你是妈的心肝宝贝，是妈的心头肉，妈不会欺骗你，更不会伤害你，你就认命吧！"

此时此刻，葛甜甜已经精疲力竭了。她十分憔悴，眼泪已经流干了，也哭不出声音了。她精神恍惚、心不在焉地听着亲人们不停地、苦口婆心地劝说，渐渐地变得麻木了，脑子好像变成了一盆糨糊，混混沌沌，糊里糊涂，什么也不愿再想，什么也不想再说了。

看着老实巴交的这一家人，听着他们说的那些话，大妮心如刀绞，早就碎了，她泪流满面，有说不出来的难受。她想大声呐喊，但不知道要喊些什么。她想放声大哭，又哭不出声音来。她恨庄小军，恨不得把他千刀万剐。她做梦也没有想到，葛甜甜的命运如此悲惨。她也没有料想到，庄小军比她想象的更阴险、狡猾、狠毒；庄小军布下的这张网，下的这个圈套，就这么轻而易举地把葛甜甜捆绑了起来，成了他的囊中之物。此时此刻，她多么想帮助葛甜甜跳出庄小军设下的圈套啊，多么想阻止葛甜甜往火坑里跳啊，但是，她是那么无能为力，那么无可奈何。

第四十六章 甜甜遭难 大妮心碎

……

三天以后，庄小军在海风大酒店举行了一个隆重的订婚仪式。

接到庄小军的请帖，大妮和童军就好像接到了一个烫手的山芋和炸弹，不愿意去参加。但是，顾及葛甜甜一家人的面子，他们俩不得不很不情愿地硬着头皮去参加。

订婚仪式在三楼二号大厅里举行，舞台装饰、音响、服装和主持，由海风大酒店负责，程序和结婚仪式差不多。在舞台两边，各摆了三桌酒席。庄小军邀请来的客人中，除了葛甜甜的爸爸妈妈和大哥、大妮和童军，还有庄小军的十多个同学，其余的三十多个人，全都是寇哥的一伙人。寇哥的一伙人中，还有十多个年青女子，一个个袒胸露背，妖里妖气，搔头弄姿。不知道庄小军是怎么想的，大妮和童军与寇哥和何小云安排在了一个桌上，葛甜甜的爸爸妈妈和大哥与刀疤脸和歪脖子安排在了一个桌上。

寇哥趾高气扬，眯缝着眼睛，悠闲自在地喝着啤酒，一只手在何小云的胸部不停地忙活着。何小云盘了个高高的飞机头，画了一对很夸张的熊猫眼和一个血红血红的小嘴，看上去有点瘆得慌。她身上穿着一件白色的透视迷你裙，脚上穿着一双白色的高的不能再高的钉子型高跟鞋，跟赤身裸体差不多。她盛气凌人，对大妮和童军嗤之以鼻，连看都不看一眼。她旁若无人地坐在寇哥的怀里，一边吸烟，一边嗑瓜子，那烟圈和瓜子皮几乎全都飞到了大妮的脸上。

寇哥的这一伙男男女女，还没有等到订婚仪式正式开始，就大呼小叫着喝了起来。这些人流里流气，一个个满嘴污言秽语，打情骂俏，还烟酒不分家，弄得房间里乌烟瘴气。

葛甜甜穿着一件白色的纱裙，看上去就好像一个木偶。她目光呆滞，不声不响，缩手缩脚、唯唯诺诺地跟在庄小军的身边。她心神不定，战战兢兢，还一惊一乍的，就好像在陪伴着魔鬼和老虎，脸色比痛哭流涕还难看。

庄小军西装革履，油头粉面。他得意扬扬，目空一切，对大妮和童军视而不见，不屑一顾。他春风得意，欣喜若狂，笑得那么阴险，笑得那么吓人。

自从庄小军第一眼看到葛甜甜，他就预感到，这个漂亮可爱的小美女，已经逃不出他的手心了。从此，他就张开了一张网，布下了一个圈套，不仅把葛甜甜网住了，也把葛甜甜的家人套住了。

在强奸葛甜甜的那天，当庄小军看到慌慌张张跑出家门的葛甜甜，他没有去追赶，他得意地奸笑着。因为他已经断定，葛甜甜全家人，只要还有一点点理智，就不会选择去报案。他们无路可走，只能哑巴吃黄连有苦难言，忍气吞声，让葛甜甜乖乖地嫁给他。退一步说，就算是葛甜甜全家人昏了头，去告发他，他们也拿不出像样的证据来。到头来，他还可以倒打一耙，反咬一口，告他们诬告陷害罪，照样会让葛甜甜服服帖帖地伺候他。再退一步说，如果葛甜甜选择了自杀，他虽然失去了这个可爱的小美女，也为此搭上了一些钱财，但他已经占有了这个可爱的小美女，也舒舒服服地享受过了。

当庄小军打听到，有个女孩子在第一海水浴场跳海自杀，被警察救了上来，送进了海军医院，当天晚上，这个女孩子又离开了海军医院，去向不明，他马上断定，这个女孩子肯定是葛甜甜。他还断定，大妮已经找到了葛甜甜，并且把葛甜甜转移到了别的地方。他根本就没有把大妮当回事。直觉告诉他，他与葛甜甜缘分未了，他还可以继续玩弄葛甜甜。这个时候，他感到可以收网了。于是，他马上给葛甜甜家打电话、发电报求婚，寄去了一万元彩礼钱，许诺给葛甜甜的哥哥安排工作，邀请葛甜甜的爸爸妈妈来观海，参加他和葛甜甜的订婚仪式。他心中十分清楚，这一万元彩礼钱，再加上许诺给葛甜甜的哥哥安排工作，还有他的这个警察学校实习生的身份，对祖祖辈辈生活在贫穷落后小山村的葛甜甜一家人，会产生很大的吸引力和震撼力，足以把葛甜甜全家人的嘴都封起来，乖乖地听他摆布。他十分明白，他用这样的代价，抱回来一个貌若天仙似的小美女，长期享用，真可谓稳赚不赔，一本万利。

现在，庄小军轻而易举就成功了。他没有想到葛甜甜自投罗网，使这一天来的这么快。他看着身边的小美女，美丽漂亮得就好像一个小仙女，温顺可爱得就好像一只小羔羊，他能不心花怒放吗？

看着葛甜甜那呆若木鸡、可怜巴巴的样子，大妮犹如万箭穿心，已经碎了。她多么想拉葛甜甜一把啊，多么想助葛甜甜一臂之力啊。但是，她再一次感到是那么无可奈何和无能为力，不知道自己应该怎么做。她一直认为，葛甜甜如果不去找庄小军给她求情，就不会引火烧身，走到现在这一步。她心里十分自责和悔恨，感到对不起葛甜甜，对葛甜甜的恩情无法进行回报。

看着庄小军那沾沾自喜、得意忘形的样子，大妮恨得牙根痛，也好像吃了无数只苍蝇，忍不住要呕吐出来。当年，她遇上了三狗蛋。现在，葛甜甜遇上了庄小军。这个庄小军要比三狗蛋阴险毒辣一千倍，葛甜甜的命怎么这么苦啊！

看着寇哥和何小云一伙人那盛气凌人、流里流气的样子，大妮气的满腔怒火，恨的咬牙切齿。她恨不得马上把他们全都抓起来，绳之以法。

这哪里是请大妮和童军来喝喜酒啊？这分明是鸿门宴！这是庄小军和寇哥、何小云一伙人，在明目张胆地威胁和羞辱他们俩。

大妮和童军如坐针毡，心如刀绞。订婚仪式还没有正式开始，他们俩就再也坐不住了。他们俩深情地看了葛甜甜一眼，然后，毅然决然地、头也不回地离开了海风大酒店。

回到家里，大妮一头倒在床上，眼泪好像决堤的洪水，一下子涌了出来。她感到身体好像散了架，再也爬不起来了。她迷迷糊糊、昏昏沉沉地睡了一天一夜，不停地念叨着葛甜甜的名字，说着胡话，做着噩梦。

第四十六章 甜甜遭难 大妮心碎

……

俗话说，立秋三场雨，麻布衫子高挂起。前几天，连着两场大雨，就把秋老虎给赶跑了。干燥闷热的天气，一下子变得有了几分寒意。

太阳高高地挂在蓝蓝的天空上，那一堆堆、一片片、一朵朵白云，不停地变幻、组合着惟妙惟肖、千奇百怪的形状和图案，给人一种高深莫测、变化多端的感觉。天空中，北来的大雁排着"人"字形，唱着那有点凄凉的歌，很不情愿地向天边慢慢飞去。大地穿上了一件金黄色的毛衣，枯黄的野草随着寒风不停地摇晃着。树叶伴随着一阵阵寒风，轻轻地飘落下来，好像是几只彩蝶，很无奈地、有气无力地飞舞着。柿子树上的叶子全落光了，黄澄澄的柿子挂在枝头上，好像大大小小的橘黄色的灯笼，在冷风中晃来晃去，显得那么孤独和寂寞。

大妮和葛甜甜来到一个山坡上，在一个小水库旁边坐了下来。水库里，昔日那一对对、一群群、喊喊喳喳的鸟儿不见了，剩下几只白鹅在漫无目的地漂动着。大妮和葛甜甜心不在焉地看着那几只白鹅，想着心事，唉声叹气地说着话。

葛甜甜与庄小军订婚，转眼间过去一个多月了。自从和庄小军订了婚，葛甜甜就好像被囚禁了，失去了人身自由。庄小军的家成了人间地狱，庄小军成了人间魔鬼。没有庄小军的批准，葛甜甜不敢走出家门半步。实际上，葛甜甜成了庄小军的奴隶。庄小军是个虐待狂，他稍有不高兴，就对葛甜甜拳打脚踢，有时候还往死里打。庄小军还是个变态狂，变着花样把葛甜甜折磨得死去活来。白天，葛甜甜除了不停地干家务活，就是哭泣、发呆。她想妈妈，想大妮，多么想听听她们的声音啊。但是，庄小军不让葛甜甜与外界交往。家里的电话被庄小军上锁了，他也不允许葛甜甜出去打电话。庄小军的话就好像圣旨，葛甜甜稍有不从，就会招来一顿毒打。葛甜甜这次能出来，是她哭着向庄小军苦苦哀求了好几天，庄小军才批给她半天假。

大妮不敢相信，短短一个多月的时间，葛甜甜好像变成了另外一个人。看着葛甜甜那呆滞木讷、颜色憔悴、面容枯槁的样子，大妮犹如万箭穿心，就要碎了。她再也忍不住了，眼泪哗哗地往外流。

"甜甜，庄小军对待你怎么样啊？"大妮忍不住问道。

听到大妮问自己，葛甜甜再也控制不住自己的情绪了，她扑到大妮怀里，号啕大哭起来。哭累了，她泣不成声地说："姐，庄小军是个虐待狂，他经常往死里打我。他还是变态狂，往死里折磨我。姐，我过的不是人过的日子，每天在暗无天日的地狱中挣扎着，每天在水深火热中煎熬着。我……度日如年，生不如死。姐……我只能混天度日，过一天算一天。我只能等死……"葛甜甜再也说不下去了。

"庄小军这个败类，这个披着人皮的狼，这个恶魔和畜生，我要去告他，

15

让他去坐牢。绝对不能让他无法无天，逍遥法外！"大妮满腔怒火，咬牙切齿地说。

葛甜甜听了，急忙说："姐，你千万不能去招惹庄小军。他是个心狠手辣、吃人不吐骨头的魔鬼，我们都不是他的对手。姐，你要是牵连进来，他肯定会对你下毒手。"

大妮心疼地说："甜甜，我不能眼睁睁地看着庄小军害你，我不能眼睁睁地看着你受罪啊。"

葛甜甜使劲抱着大妮的胳膊，哽咽着说："姐，我求求你，你千万不要管这件事。姐，你没有那么大的能力和本事管这件事。你要是牵连进来，不但救不了我，反而害了你自己。你为了我，操了那么多心，花了那么多钱，已经仁至义尽，我不能再让你引火烧身。姐，我求你了，你不要再牵挂着我了，你一定要答应我。这段时间，我已经想通了，我命该如此，我认命了！"

大妮给葛甜甜擦了擦泪水，哭着说："甜甜，你年龄这么小，这样的日子，你什么时间才能熬到头啊？你这样熬下去，也不是个办法啊。"

葛甜甜哭喊着说："姐……我是上天无路入地无门啊。不知道老天爷什么时候能可怜可怜我，惩罚庄小军这个畜生。不知道政府什么时候能发发善心，除掉庄小军这个败类，把我救出火坑。我……不知道还能不能等到报仇雪恨的那一天。"

愣了一会，葛甜甜又接着哭喊道："姐……我现在什么都没有了。我多次想死，但我牵挂着我的家里人，我也舍不得离开你们。我大哥用庄小军给的彩礼钱娶了个媳妇。庄小军把我二哥安排到了铁路局，当了装卸工人。庄小军已经把我们全家人都'绑架'了。如果我死了，我家里的人怎么办啊？我只能咬着牙，熬下去。现在，我的心已经死了，只剩下一具躯壳，并且这具躯壳也已经失去了知觉，变得麻木了。"

葛甜甜停了一会，又接着说道："姐，我现在已经别无所求，只能稀里糊涂，得过且过，过一天算一天了。"

听完葛甜甜的话，大妮的心都碎了。她除了自责悔恨和埋怨自己无能之外，更加感到无可奈何，万般无奈。她有满肚子的话要说，但又不知道说什么好。她与葛甜甜紧紧地抱在一起，放声痛哭起来。那声音在荒凉的山坡上空飘荡着，在一阵阵呼啸而至的寒风中飘荡着，是那样凄凉悲惨。

……

第四十七章 告别观海 来到泰国

第四十七章 告别观海 来到泰国

星期天，房间里飘荡着温馨欢快的乐曲，二妮懒洋洋地躺在客厅的长沙发上，观看着对面墙上那幅很大的油画。这幅油画选材新颖，构思独特，画技巧夺天工，画面宁谧清逸，风景优美和谐，一看就知道是出自大师之手。二妮正全神贯注地观看着，突然感到一阵恶心，急忙爬起来，跑到洗漱间里呕吐起来。正在书房看书的常健，听到动静，马上来到了洗漱间。

"老婆，怎么了，你病了？"常健急忙问。见二妮没有回答，他又接着说："老婆，我现在带你去医院看看吧。"

二妮擦了擦嘴，摇了摇头，然后笑眯眯地说："真是个大笨蛋，亏你还是个大男人，连这么点事都不知道。这不是病，去医院干什么啊？"

常健顿时一愣，一脸茫然："这……"

二妮满面通红，羞赧地说："都是你这个坏家伙干的好事，把我的肚子给弄大了。"

常健又是一愣，马上反应过来，急忙抱住二妮，兴高采烈地问："老婆，这是真的，还是假的？你什么时间怀上的啊？这……不可能吧……怎么能这么快啊？"

"大笨蛋，这样的事还能有假啊？告诉你，我已经去医院检查过了，医生说，我已经怀孕两个月了。"二妮羞羞答答笑着说。

常健听了，更加惊讶，急忙问："这么说，我们俩举行婚礼以前，就……已经种上了？啊，太神奇了！"

二妮用手指轻轻地点了点常健的鼻子，羞答答地说："你这个大色狼，还好意思吹嘘啊？还没有等到结婚入洞房，你就偷尝禁果……"

常健高兴得眉飞色舞，手舞足蹈，他像个孩子，兴奋地把二妮抱了起来，快速旋转了几圈，不停地大呼小叫着："啊……我有孩子了……我要当爸爸了……"然后，他又急急忙忙抱着二妮来到卧室，轻轻地把二妮放在床上，温柔地在二妮脸上亲吻起来。亲吻完了，他又掀开二妮的衣服，轻轻地趴在二妮

的肚子上听了起来。

二妮一愣,急忙问:"你这是干吗啊?"

"你别捣乱,让我听一听孩子的声音。"

二妮急忙推开常健的头:"笨蛋,你昏头了,才几天啊,哪里有什么声音啊?"

常健挤眉弄眼,油腔滑调地说:"嘿嘿……哈哈……这完全有可能,因为我们俩的孩子是个超人。"

"你就使劲吹吧!"二妮笑吟吟地说。

"哎呀,大喜事……喜从天降啊。我们俩这么快就制造了一个孩子,真乃兵贵神速!神奇啊,太神奇了,我要当爸爸了!老婆,你是有功之臣,应该重赏。从今以后,你什么活也不用干了,我全都承包了。"常健高兴得语无伦次。

常健轻轻地抚摸着二妮的肚子,琢磨了一会,乐呵呵地问:"老婆,你说说,这个孩子是男孩,还是女孩啊?"

二妮故意逗他,笑呵呵地说:"我知道也不能告诉你,你去问问他吧。"

常健情不自禁地在二妮肚子上亲了亲,高兴地说:"很有可能是龙凤胎,一男一女。也有可能是四胞胎,两个男孩子,两个女孩子。"

二妮轻轻地捶了常健一下:"滚蛋,我又不是猪,你自己去生个四胞胎吧。"

"老婆,从现在开始,你就在家里安心静养,我每天给你买营养品。"

"你想让我变成个大肥婆啊?"

"变成大肥婆有什么不好呀?只要对孩子的生长发育有好处,再肥再胖也值得,我喜欢。"

……

这天早晨,二妮和常健被一阵急促的手机声音惊醒。常健打开一看,是龙哥来的电话。龙哥在电话中告诉常健,他现在在上海,邀请常健和二妮到上海玩几天,顺便参观一下龙哥在上海新开办的娱乐城,然后一块去泰国。龙哥还派了一辆专车,来观海接他们俩,叫他们俩准备好。

二妮和常健虽然早已答应龙哥去泰国工作,但当这件事真的到来的时候,二妮心里仍然七上八下,乱糟糟的,很不是滋味。实话实说,二妮不愿意离开观海,更不愿意到泰国去。观海有她的亲人,有她和常健的家,她怎么舍得离开自己的亲人和自己的家,离开祖国,到那个人生地不熟的异国他乡去漂泊啊?但是,她和常健已经答应了龙哥,不能再反悔了。再说,以前龙哥有恩于常健,以后还要靠龙哥帮助,他们俩不能不给龙哥面子。

二妮心事重重,闷闷不乐,她先匆匆忙忙跟亲朋好友们告别,然后又紧紧张张地做准备工作。到了第二天晚上,她和常健坐上龙哥派来的专车,恋恋不舍地告别了大妮和三妮,告别了观海,风驰电掣一般向着上海的方向驶去。

车窗外,黑洞洞的,寒风不停地呼啸着。一座座城市,一个个乡村,一片

第四十七章　告别观海　来到泰国

片山川，一条条河流，像是害怕见人似的，急匆匆地向后面躲去，迎接他们的总是那漫长的伸手不见五指的黑夜。二妮被颠簸得晕头转向，分不清东南西北。

车窗内，心神不定的二妮，满脸茫然、迷惑和疑虑。她依偎在常健的怀里，恋恋不舍地回头望着这一座座灯火通明的城市，不由自主地流出了泪水。

最近这段时间，二妮妊娠反应十分厉害，经常恶心呕吐，几乎不能进食。她一上车就不停地恶心呕吐。因为吃不下东西，什么也呕吐不出来。她脸色蜡黄，感觉心里堵闷得发慌，难受得不知道怎么办才好。在她的脸上和心里，就好像蒙上了一层厚厚的冰冷的灰尘。看到她那憔悴难受的样子，常健十分心痛。常健不停地劝说她喝饮料，想方设法给她讲笑话，千方百计使她高兴起来。其实，她不想把心情搞得这么压抑和糟糕，她也想使自己开心高兴起来。但是，她无论如何也做不到。她心烦意乱，浮想联翩……

光阴似箭，日月如梭，二妮跟着姐姐从深山沟里逃出来，来到观海打工，一转眼就两年多了。回首往事，心潮澎湃，有令她痛心疾首的事，也有让她高兴愉快的事。

刚刚来到观海的第一天深夜，在那家宾馆旋转楼梯的下面，她就曾经发誓，要在这个繁华漂亮的大都市里打拼出自己的一片天地来，成家立业，扎下自己的根。

经过两年多的打拼，她在观海挣了不少钱，有了自己的房子，有了自己的家。在唱歌方面，经过自己的不懈努力，她还成了市十佳青年歌手。今天，可以毫不夸张地说，她已经成功了，已经梦想成真了。为了实现这个梦想，她吃了那么多苦，流了那么多汗水。

现在，她已经离开了观海，告别了自己的亲朋好友和自己的家，到一个遥远陌生的国家去闯荡和打拼。此时此刻，她百感交集，酸甜苦辣咸一起涌上心头。今日一别，什么时间再回到这个美丽漂亮的城市啊？什么时间再回到自己那个温馨的小家啊？什么时间再和姐姐和妹妹团聚啊？她要去的那个国家和城市是个什么样子？在那个举目无亲、人生地不熟、语言不同的地方，怎么样生活？摆在自己前面的路，是一条充满希望的阳关大道，还是一条坑坑洼洼、曲曲折折的羊肠小道？这一个又一个的问号，一遍又一遍地浮现在她的脑海里。

与常健相识相遇，相亲相爱，相约相守，最终结为夫妻，二妮认为这是天意和缘分，是命中注定的事，她感到十分幸运和心满意足。现在，她跟随着常健去泰国闯荡，虽然不知道将来还要漂泊到哪里去，更不知道在前面等着他们俩的是福还是祸，但是，她一点也不后悔。自从决定嫁给常健的那一刻起，她就下定了决心，要与常健同甘共苦，同舟共济，携手并肩一辈子。此时此刻，她躺在常健温暖的怀抱里，感到是那么欣慰和踏实。

这一路上，二妮和常健昼夜兼程，马不停蹄地向上海的方向赶去。他们俩在车子上颠簸了两天时间，终于在上海的一家宾馆前下了车。

早已赶来的龙哥，在宾馆里设宴为他们俩接风洗尘。席间，二妮脸色凝重，心神不定，闷闷不乐。她没有一点胃口，只吃了一点点菜，就放下了筷子。

"怎么，弟妹身体不舒服啊？"龙哥问。他见二妮点了点头，又接着问道："弟妹，要不要去医院看看啊？"

二妮不好意思地说："谢谢大哥关心，我不用去医院。"

常健马上解释说："二妮妊娠反应很厉害，老是恶心呕吐，再加上舍不得离开自己的亲人，舍不得离开自己的家，心情不好，所以她十分憔悴和虚弱。我想，好好地休息几天，她很快就会好起来。"

龙哥听了，先是一愣，接着哈哈大笑着说："恭喜恭喜，可喜可贺。今天，我图个吉利，来个六六大顺，敬你们俩六杯酒。这前三杯酒，祝福你们俩早生贵子，洪福齐天，光宗耀祖。这后三杯酒，给你们俩接风洗尘，祝福你们俩旗开得胜，马到成功，心想事成。我敬的这六杯酒，常老弟要连连干杯，弟妹可以随意。"龙哥高高兴兴地连敬了六杯酒，有些压抑的气氛顿时活跃起来。

"常老弟啊，观海那边的事，我都安排好了，你就不用再操心了。现在，你们俩先在上海玩两天，顺便看看我在这里新开的一家娱乐城。然后，我陪同你们俩一块去泰国。你们俩去泰国的一切手续，我都办理好了。你们俩到泰国以后的生活，我全都安排好了。"

常健听了，急忙说："大哥，让你费心了，我和二妮谢谢你。现在，我代表二妮给你敬六杯酒。"

"好，痛快，我们俩今天开怀畅饮！"龙哥一拍桌子，高兴地喊道。

敬完了六杯酒，常健激动地说："没有大哥的关心帮助，就没有我常健的今天。大哥的恩德，我常健永世不忘。今后，我在泰国人生地不熟，希望大哥继续关心帮助我。"

龙哥微笑着说："常老弟啊，你的心意我很明白。这么多年以来，你对我忠心耿耿，为我立下了汗马功劳，我永远不会忘记你，更不会亏待你。你和弟妹在泰国人生地不熟，语言不通，一开始肯定会不习惯。以后，遇到什么困难，你们俩尽管说，我会及时帮助你们俩。你和弟妹都是十分难得的人才，我一定会重用你们俩，让你们俩人尽其才，有用武之地。泰国很适合人们创业和发展。我认为，你们俩很快就会喜欢上这个国家，也一定会大展宏图，干出一番轰轰烈烈的事业来。"

常健马上说："大哥，我和二妮永远不会忘记你的大恩大德。"

赴完宴，二妮和常健来到客房，急急忙忙躺进了热气腾腾满是泡沫的大浴缸里。恍恍惚惚之中，二妮好像做了一个梦，脑海里浮现出了一对鸳鸯……

阳光明媚，春暖花开，风平浪静的湖面上，一对鸳鸯在戏水。一会儿，它

第四十七章 告别观海 来到泰国

们俩像是在比赛，飞快地在水中钻来钻去。一会儿，它们俩像一对恋人，依偎在一起，亲了亲嘴，然后自由自在地在水面上遨游。一会儿，它们俩又拍打着翅膀，在空中比翼双飞。一会儿，它们俩又悄悄地躲进水草中，缠缠绵绵着，像是在商量着什么事。一会儿，它们俩又急忙飞进岸边的草丛中，相互温存，亲吻着全身的每一根羽毛。它们俩幸福欢乐没完没了地缠缠绵绵，一直到夜幕降临，到第二天的黎明。

……

第二天早晨，二妮起床后，先给好友江小燕打电话。江小燕接到电话，马上赶了过来。二妮、常健和江小燕在宾馆里共进早餐，然后开始了第一天的游览。二妮第一次来上海，江小燕自告奋勇当导游。

他们首先来到了闻名遐迩的南京路。放眼望去，窄窄的马路两旁，矗立着六百多家大小不一的商店。马路上，商店里，熙熙攘攘，好一派热闹和繁华景象。二妮多次听说上海有个繁华的南京路，今日一见，果然名不虚传。

江小燕指指点点地介绍说，每天大约有一百七十万人次，在繁华的南京路上来来往往。它是中国现代商业的发源地，充满着令人震撼的传奇色彩。它以繁华著称，从上个世纪初开始，一直到现在，可谓长盛不衰！它的马路两旁商铺林立，主要以国货"一统天下"，上海乃至全国的许多名店和老字号，大都集中在这里。这里的商品可谓"国货精品"，而且应有尽有。每到夜晚，霓虹闪烁，把这里装扮得更加绚丽多姿。许多外地人来上海，最喜欢逛南京路了。

他们恋恋不舍地告别了南京路，来到了淮海路。这里，马路两旁的法国梧桐树遮天蔽日，商店的建筑大多是欧式建筑风格，全世界的品牌旗舰店和名牌服饰，几乎都集中于此，号称"贵族的天堂"。还有许多欧式情调的店铺，如西餐馆、咖啡厅、舞厅、酒吧，引来了无数"高鼻子、蓝眼睛"的外国人，来此消费和娱乐。

江小燕告诉二妮，淮海路最重要的特征，是体现出了西式浪漫、典雅的格调和浓郁的欧陆风情，它是西方文化和上海文化的结合体，也是最具有上海味道与精神的地方。正因为这种浪漫而富有情调，上海人和许多外国人特别钟爱这里，把这里当成最为理想的购物和休闲的场所。

离开淮海路，他们马不停蹄地来到了豫园城隍庙。江小燕说，这里保留了中国古老的建筑风貌，建筑物、街道、商铺都是中国明清时代的风格。这里是小商品世界的海洋，数量达几十万种，可谓应有尽有。这里的传统小吃也是一绝，如南翔小笼、宁波汤团、酒酿圆子、嘉兴粽子……真是数不胜数！这些制作精美又口味具佳的传统小吃，吸引着许多中外游客纷至沓来，常常人满为患。

他们兴致勃勃地挑选自己喜爱的小商品，聚精会神地观赏中国式园林建筑的典范——九曲桥，然后津津有味地品尝传统小吃。夜幕降临，他们兴高采烈

地来到了外滩。

夜色中的外滩，太漂亮了，太迷人了，令人心醉……

黄浦江西岸那一幢幢西洋建筑，透出浓浓的异国风情，不愧为远近闻名的万国建筑群，令人仿佛置身于欧洲。

浦江两岸霓虹璀璨，映照在江面上，波光粼粼，五彩缤纷，美轮美奂！浦江东岸的现代化建筑——东方明珠电视塔，高高的耸立在夜空中，就像一颗颗珍珠串联起来的宝塔，在夜空中闪闪发光，把浦江映衬得更为艳丽！

在迷人的美景中，一对对恋人正相拥在江边的围墙旁，浪漫地谈情说爱，诉说衷肠，这里就是上海著名的"情人墙"。

呜——呜——远处江面上传来一阵阵轮船的汽笛声，那声音显得那么悠扬和美妙，仿佛正在演奏着"浦江之歌"。铛——铛——外滩海关大楼的钟声又敲响了，这钟声听起来那么悠远，那么沧桑，仿佛在述说上海的百年历史。

"啊，太美了，太漂亮了，就好像是天堂！"

二妮置身于美丽的大上海，观赏着美妙的醉人的美景，感受着迷人的浪漫的独特韵味和风情，情不自禁地感叹着……

第二天晚上，二妮和江小燕应邀参加上海电视台主办的青年歌手演唱会，舞台搭建在外滩上。二妮极目远望，外滩上的景色，比昨天晚上还要醉人……

一轮圆圆的明月，高高的悬挂在洁净如洗的深蓝色的夜空中。高高矗立在夜空中的东方明珠塔、金茂大厦、环球金融中心……以及万国建筑群，霓虹闪烁，五彩缤纷，如梦如幻。浦江两岸五颜六色，绚丽多彩，如诗如画。外滩上灯火通明，熙熙攘攘，人山人海。一阵阵温柔的海风轻轻地吹来，令人神清气爽，心旷神怡。

二妮用她那美妙的歌喉，演唱了一首《羞答答的玫瑰静悄悄的开》，声音未落，外滩上响起了雷鸣般的掌声和欢呼声……

……

龙哥在泰国的娱乐城，在泰国南部的一个海岛上。这个海岛，由大小和形状几乎一模一样的两个山头组成。从远处看，海岛就好像两个挺拔圆润、惟妙惟肖的少女乳房，所以被当地人们称为双乳岛。北面的山头，被人们称为北乳岛。北乳岛上交通方便，比较繁华，来双乳岛的人们，都居住在这里。南面的山头，被人们称为南乳岛。南乳岛上，到处是悬崖峭壁，没有道路，很少有人过去。

龙哥给娱乐城起了一个很漂亮的名字——夜明珠。它坐落在北乳岛的中间，中心区域是三栋白色的具有欧式建筑风格的楼房，周围还有几栋小别墅和一些小平房。龙哥让常健负责建设的四栋楼房，就在夜明珠的周围，属于夜明珠的配套工程，已经开始施工。

在双乳岛上，原来居住着十多家渔民，龙哥买下双乳岛以后，他们都搬了

第四十七章 告别观海 来到泰国

出去。现在,夜明珠成了双乳岛上唯一的一片建筑物,显得格外耀眼和引人瞩目。

这个漂浮在海面上的半圆形的海岛,气候宜人,环境十分安静和清幽,是一个十分理想的旅游休闲胜地。它一年四季被热带植物覆盖着,花草树木郁郁葱葱,周围是洁白细腻的沙滩,一面背靠着城市,三面是一望无际的大海。娱乐城的附近,有一条面积不是很大的山谷。山谷两面的山坡上,除了椰子树、棕榈树、榕树,还有许多说不上名字的热带树木。这里的树木分层生长,在高大的树下有灌木,灌木下有草丛,层层叠叠,充分利用了每一寸空间。一些藤本植物缠绕于粗大的树木上,攀扭交错,横跨林间。谷底是一片小绿洲,小绿洲上有一条波光闪闪的小溪流过。小溪的两边,是五颜六色的鲜花。海岛的四周,是白皙柔软的沙滩。一些大大小小、奇形怪状的岩石,矗立在海水中。

双乳岛的北面,是泰国的Q城。两者隔海相望,相距五海里。Q城依山傍海,蓝天白云,红瓦绿树,十分美丽漂亮,是一座现代化的大城市。进出这个海岛,主要是靠Q城与海岛之间的游船。站在Q城的山顶上,远远望去,这个漂亮的海岛,就好像是Q城拱手托起的漂浮在海面上的翠绿色的闪烁着五彩缤纷光芒的一颗大珍珠。

夜明珠的服务项目,除了唱歌跳舞外,还有餐饮、住宿、洗浴、游戏、色情服务和毒品交易,是名副其实吃喝玩乐一条龙服务。它的服务和经营方式,既含有中国人的理念和特点,又蕴含着当地人的风土人情,还带着西方人的某些时尚。前来这个海岛上消费的人,除了外国的游客,主要是Q城有钱有势的人,其中有政府官员、社会名流和商界大款,还有不少黑社会成员。

二妮十分喜欢唱歌,也闲不住,但她不愿意在夜明珠唱歌,原因是她对这里的色情服务和毒品交易很反感。在国内的时候,她虽然知道有的娱乐城里有色情服务和毒品交易,但那毕竟是违法犯罪活动,只能偷偷摸摸地躲在幕后,不敢明目张胆地进行。这个异国他乡的小岛,好像是一个天高皇帝远谁也管不着的地方,色情服务和毒品交易好像不怎么违法,而且可以名正言顺、大张旗鼓地公开进行,和过去的妓院差不多。二妮认为,在这样的场所里唱歌,对她来说是莫大的耻辱。

自从二妮来到这个小岛,龙哥利用各种机会,三番五次邀请二妮到夜明珠唱歌。二妮心里虽然有一百个不愿意,但她最终还是屈服了,答应龙哥定期到夜明珠唱歌。这是因为,她与常健在这里无依无靠,受制于龙哥,人在屋檐下,不得不低头。龙哥是常健坐牢时结拜的大哥,有恩于常健,二妮不能不给龙哥面子。她和常健漂泊在异国他乡,不能坐吃山空。为了生存下去,她不得不渐渐地转变自己的思想观念,向现实低头。

夜幕降临,那一团团、一朵朵五颜六色的烟花,从海岛上腾空而起,把海岛、夜空和大海装扮得五彩缤纷,就好像一个时隐时现的梦幻世界。

歌舞厅里，变幻的灯光，迷离的景象，暧昧的情调，流转的音乐，杯中的烈酒，不同肤色穿着暴露而又十分性感的伴舞女郎，放肆地扭动着肢体……

几个当地的歌手唱完以后，二妮身穿美丽华贵的时装，风度翩翩地走上舞台。她尽情地展示着她那甜美的歌喉、迷人的身材和美丽的舞姿。二妮美妙的声音、中国少女特有的神韵和气质，震撼着每个人的心弦，台下不时响起震耳欲聋的掌声和欢呼声。她演唱的第一首歌曲是《月是故乡明》……

难忘故乡情
难舍亲人亲
天涯海角不能忘
月是故乡明
……

二妮那优美动听、扣人心弦的歌声，伴随着一阵阵温柔悠扬的海风，在这个海岛的上空飘荡着。
……

第四十八章　上午赶海　下午请客

这是一个星期天。一大早，三妮和往常一样，急急忙忙离开学校，来到了刘一鸣家里。她放下书包，就忙着做早饭。上大学以后，每到星期天和节假日，三妮经常到刘一鸣家里，帮助父女俩忙家务活。

自从三妮来到刘一鸣家里当保姆，她就一直把刘一鸣父女当成自己的亲人来对待，把这个家当自己的家。同样，刘一鸣父女也渐渐地把三妮当成自己的亲人来对待，把三妮当成了一名家庭成员。两年多来，他们三个人心心相印，同甘共苦，同舟共济，共同度过了那些风风雨雨的峥嵘岁月，彼此之间产生了很深厚的感情，已经达到了难分难舍的程度。

上大学以前，三妮是刘一鸣家的保姆，理所当然要在刘一鸣家里吃住。上大学以后，她虽然舍不得与刘一鸣父女分开，舍不得与这个家分开，但她心里十分明白，她已经不能再给刘一鸣家当保姆了，今后如果再经常来这个家里，就有点不合适和不方便了。她是这样想的，也是这样做的。刚上大学那阵子，每到星期天和节假日，她没有再来刘一鸣家里，而是到大姐的餐馆里帮忙。

三妮上大学，刘一鸣和刘小帆当然十分高兴和支持。但是，父女俩说什么也不同意就此与三妮分开。尤其是刘小帆，她已经把三妮当成了亲姐姐，当成了一辈子不能割舍的亲人。父女俩三番五次找到三妮，恳求她每到星期天和节假日都要到他们家里来，帮着他们俩干家务活。理由是，这个家离不开三妮，他们俩离不开三妮。三妮上大学以后，父女俩决定，这个家从此不再找保姆。父女俩一个是老师，一个是学生，平时都忙得团团转，没有多少时间干家务活。这个家里确实有很多家务活，需要三妮定期回来打理。刘小帆表现得有点霸道和蛮不讲理，她除了不厌其烦地苦苦哀求外，还一再扬言，如果三妮再不答应她的请求，她就不去上学了，三妮走到哪里，她就跟到哪里。

三妮经不住他们俩的再三请求和反复劝说，更架不住刘小帆的软缠硬磨，犹豫再三，最终还是答应下来。从此，每逢星期天和节假日，除了到大姐的餐馆里帮忙以外，大部分时间她都来刘一鸣家里干家务活。但是，自从上了大学，不能再给刘一鸣家当保姆,她再也没有要过刘一鸣家一分薪酬。

俗话说,浪子回头金不换。自从刘小帆戒了毒,从澳大利亚旅游回来之后,她好像一夜之间长大了,也懂事了,变了一个人。她彻底戒掉了毒瘾,断绝了和尹小强一伙人的一切关系。她天资聪敏,心收了回来,用在了学习上,进步非常快,班主任老师多次给刘一鸣打电话,表扬刘小帆。以前,刘小帆是甩手掌柜,对家务活基本不管不问。现在,她放学一回家,就放下书包,忙着干家务活。

过去,父女俩心里有疙瘩,相互看着不顺眼,话都不想说一句,更谈不上感情交流,动不动就吵架,家庭气氛非常紧张。现在,父女俩在一起,心平气和、有说有笑,其乐融融。常言道,家和万事兴。以前那种非常压抑和死气沉沉的家庭氛围不见了,取而代之的是充满了温馨和活力。父女俩好像从茫茫的夜幕中走了出来,迈步在光明和充满希望的康庄大道上。

三妮上大学以后,这个家虽然再也没有找保姆,但由于刘一鸣和刘小帆一有空就抢着干一些家务活,再加上学校离刘一鸣家比较近,三妮经常回来帮着忙家务,家里整理得井井有条、干干净净。三妮与刘一鸣父女相处得越来越和谐,越来越融洽,感情也越来越深。

今天,正巧赶上天文大潮,三妮与刘一鸣父女俩一商量,决定去前海沿赶海。于是,他们匆匆忙忙吃完早饭,拿着小铲子,提着小水桶,兴致勃勃地来到了前海沿。

抬头仰望,瓦蓝瓦蓝的天空,洁净得好像刚刚洗过的蓝宝石。暖洋洋的太阳挂在秋高气爽的空中,把温馨恬静的阳光尽情地挥洒在大地上。蔚蓝明媚的空中,偶尔飘过几朵白云,变幻着各种图形,令人浮想联翩。一群大雁,排着"人"字形的队伍,唱着歌儿,向南方飞去。

湛蓝的海面上,有几艘帆船,好像几片洁白的羽毛,在慢悠悠地漂荡着。远处,有一条白色的轮船,缓缓地驶过,偶尔传来几声鸣笛。在海边浅水区,一群海鸥紧贴着水面,不停地飞来飞去,寻找着食物。

今天,潮水退得特别快,也特别大,退出来的海滩和礁石,一眼望不到边。

三妮和刘一鸣父女挽起裤腿,穿着水鞋,跟随着慢慢退去的海水,来到一个僻静人少的海湾里,在浅水中挖蛤蜊。来到观海以后,三妮虽然跟着别人赶过几次海,但在浅水中挖蛤蜊,还是第一次,她高兴得不得了。

三妮学着刘一鸣和刘小帆的样子,弯着腰,一手提着水桶,另一只手在浅水下面的泥沙里挖出大大小小、滑滑溜溜的蛤蜊。

刘小帆挖着蛤蜊,笑眯眯地说:"姐,我现在是班里的文艺委员,最近正在组织同学们排练一个小品,名字叫《挖蛤蜊》,里面的插曲很有意思,你想不想听啊?"

第四十八章 上午赶海 下午请客

三妮高兴地说:"太好了,我很想听,你快点唱吧。"

刘一鸣笑呵呵地说:"哈哈,谁不知道我的女儿能歌善舞啊。小帆,你尽情地唱吧,正好给大家助兴,好多挖点蛤蜊。"

刘小帆挤眉弄眼,看到附近没有外人,清了清嗓子,然后手舞足蹈,又说又唱,唱完了一遍感觉不过瘾,又接着来了一遍……

小嫚、小哥周末去哪耍啊
提着小桶拎着小铲去前海沿儿挖蛤蜊
哇,又挖了一个蛤蜊
花蛤蜊、红蛤蜊、毛蛤蜊,还有臊蛤蜊
这个大的是蛤蜊它老爹
那个小的是蛤蜊它小人
哇,又挖了一个蛤蜊
蛤蜊可以吃
蛤蜊可以卖
蛤蜊是我最爱的下酒菜
挖蛤蜊洗海澡玩泥巴
俺们打小耍到这么大
哇,又挖了一个蛤蜊
……

三妮一边聚精会神地听刘小帆唱歌,一边手忙脚乱地挖蛤蜊,笑得前仰后合。挖着挖着,她突然摸到了一个椭圆形的、浑身是腿、拼命挣扎的东西。她心里顿时咯噔一下子,急忙拿出水面一看,是一只大螃蟹。她兴奋地喊叫起来:"啊……螃蟹……"她一边喊叫,一边往水桶里放。还没有等她把螃蟹放到水桶里,那螃蟹突然狠狠地夹住了她的手。她大吃一惊,随着一声尖叫,不由自主地松开了手,那只螃蟹瞬间逃得无影无踪了。

刘小帆眉飞色舞,一边尽情地唱歌,一边开心地挖着蛤蜊。当她看到三妮刚才那尴尬的一幕,笑得上气不接下气,腰都直不起来了。她一不小心,一屁股蹲在了海水里,把裤子湿了个透,顿时大呼小叫起来。

在前面的刘一鸣,正在美滋滋地听着刘小帆唱歌,不紧不慢地挖着蛤蜊,突然听到后面的动静,马上转过身来,急忙问道:"三妮,小帆,你们俩没有事吧?"

惊魂未定的三妮,面带羞涩,十分尴尬,笑着说:"没事……我戴着手套哪。可惜,螃蟹跑了。"

刘小帆笑眯眯地说："姐，抓螃蟹要下手快，下手狠，抓到了就不能松手，一松手它就会夹你，夹完你它就会马上跑掉，你甭想再找到它。"

三妮心有余悸，再也不敢像刚才那样放手去摸了。刘小帆像是鼓励三妮，也像是讽刺挖苦三妮，笑吟吟地说："姐啊，在我心目中，你是天不怕，地不怕，路见不平，拔刀相助。今天这是怎么了，一个大活人，被一只螃蟹吓成这个熊样子，丢不丢人啊？"

听了刘小帆的话，三妮更加感到不好意思，她苦笑着，又忐忑不安地摸了起来。不一会，她又摸到了一条软软乎乎、滑滑溜溜的东西。她心里一惊，马上松开了手，紧接着一声喊叫，站了起来。

刘小帆听到三妮喊叫，走过来，蹲在三妮身边，匆匆忙忙摸了起来。眨眼间，她摸出了一条大海参。她兴奋得一边拿着海参在空中摇晃，一边吆喝："发财了……今天我发财……"她吆喝了一阵子，笑眯眯地对三妮说："姐，你今天红运当头，招财进宝，好东西都往你手里跑。"

三妮和刘小帆手拉着手，又说又笑地跟着刘一鸣，蹚过一片浅水，来到一片礁石上。他们顺着一条条礁石缝，捡到了很多大大小小、奇形怪状的海螺。

在一块大石头下，三妮发现了一个大鲍鱼，心中一阵惊喜，急忙喊道："鲍鱼……"她一边喊，一边用手拿鲍鱼，用了很大劲，怎么也拿不下来。

刘一鸣和刘小帆听了，马上围了过来，用小铲子把鲍鱼撬了下来。

刘小帆双手捧着大鲍鱼，高兴得两眼放光，说："姐，你今天福星高照，财源滚滚，抓到了一个鲍鱼王。"

刘一鸣告诉三妮："鲍鱼的吸力很大，你要是用手拿，甭想把它拿下来，只能用坚硬的东西把它撬下来。"停了一会，刘一鸣又说："鲍鱼这东西，都是一群一群的，附近肯定还会有，我们分头去找吧。"果不其然，他们在附近又找到几个鲍鱼，还抓了几只大螃蟹。

开始上潮了，他们退到了一片沙滩上。

刘一鸣把三妮和刘小帆招呼过来，教她俩怎么样抓蛏子。他先是在沙滩上找到了几个小圆洞，铲起上面的一层沙子，然后，从口袋里掏出一个装满食盐的小瓶子，把食盐抹在圆洞口上。紧接着，他把大拇指和食指微微张开，就像一把镊子一样，放在了圆洞口上。不到十秒钟，一个圆柱形的伸着长舌头的蛏子蹿了上来。说时迟，那时快，刘一鸣两个手指头快速一捏，把一条肥肥嫩嫩的蛏子夹了出来。

三妮和刘小帆看得目瞪口呆，连连称奇。她们俩也学着刘一鸣的样子，忙着抓蛏子。折腾了半天，浪费了很多盐，结果一条蛏子也没有抓到。

刘一鸣看着她们俩困窘的样子，乐得哈哈大笑，说："蛏子蹿上来，是为了吃洞口的盐。它动作十分快，只蹿出身体的一点点。要想抓住它，既要把握

第四十八章 上午赶海 下午请客

好时机,又要手疾眼快。你要是一下子捏不住它,它再也不会出来了。你就是往下挖,也挖不到它。"

三妮和刘小帆不服气,顺着圆洞使劲往下挖,一直挖到接近半米深,还是没有蛏子的踪影。正当刘小帆垂头丧气时,三妮挖出来一个鸭蛋大小的东西。她琢磨了半天,也弄不明白是何物。刘一鸣走过来一看,告诉她:"这也是一种蛤蜊,名字叫臊蛤蜊,生长在很深的泥沙下面。"

今天,潮水退得快,涨得也很快。到了上午十二点钟,海水就把沙滩淹没了。三妮他们只好恋恋不舍地离开了沙滩,回到了岸上。

……

赶完海,回到家里,又吃完饭,已经到了下午四点钟,陆鹏打来电话,邀请三妮出去玩。三妮早就打算请大家乐一乐,就邀请陆鹏和寝室里的室友们一块去喝啤酒。三妮请客,美女帅哥早把酒言欢,大家高兴得手舞足蹈。

自从跨进大学校门以来,甄倩倩和叶子青两个人,虽然时不时地与寝室里的其他几个室友产生一些小摩擦,但在三妮的劝说调解下,大家都能原谅她们俩,不和她们俩一般见识。从总体上看,这个寝室里的六个女孩子相处得虽然不是很和谐,但是,到目前为止,还没有产生针锋相对、不可调和的矛盾,相互之间的关系基本上还算过得去。

来到小海豚啤酒屋,大家没有进房间,而是围坐在院子里一张大圆桌旁,喝着啤酒,吃着海鲜,听着音乐,观赏着海边的风景。

秋高气爽,晚霞染红了半个天空,也染红了半个海面。一群一群的海鸥,有的在空中飞翔,有的在海边玩耍。凉爽温柔的海风,夹杂淡淡的海腥味,一阵阵扑面而来。那美妙动听、轻松欢快的音乐,一波未平,一波又起。

今天是个星期天,天气好,氛围好,靠海边,环境好,女孩子们的心情更是特别好。几杯啤酒下肚,本来就很高涨的情绪,立马更加高涨起来。

这么多如花似玉的美女陪伴着喝酒,陆鹏有一种众星捧月的感觉,他一杯接一杯地给女孩们敬酒。敬完了一圈,他感觉不过瘾,又单独和卜小苗大呼小叫地飙起酒来。

"陆鹏,你就悠着点吧,千万别喝多了。我实话告诉你,你别看小不点长得小巧玲珑,喝起酒来可不含糊,是一个名副其实的酒篓子。要是论酒量啊,两个陆鹏加在一起,也喝不过一个袖珍可爱和短小精悍的小不点。"三妮担心陆鹏喝多了,笑嘻嘻地提醒着他。

卜小苗一听不干了,扯着嗓子喊叫:"妮子,你啥意思啊?你这是表扬我,还是在骂我啊?你怎么吃里爬外,胳膊肘子往外拐啊?"

三妮急忙打断卜小苗的话,说:"小不点,你不要过分解读,我绝对是在表扬你。你……"

马兰又急忙打断三妮的话，大笑着说："哈哈……妮子，狐狸尾巴露出来了吧？这一回露馅了吧？你心疼了是吧？你现在还敢嘴硬吗？还敢说陆鹏不是你男朋友吗？"

卜小苗咋咋呼呼地说："妮子，你不打自招，赶快如实交代吧，争取宽大处理。"

对于陆鹏是不是她的男朋友，三妮不想再解释。因为她越解释，同学们越不相信她。事到如今，她感到有口难辩。入学军训的时候，陆鹏提着西瓜和饮料，去训练场看望她，同学们无意之中看到了那一场精彩的喜剧。打那以后，传得沸沸扬扬，同学们都异口同声地说陆鹏是她的男朋友。现在，她跳进黄河也洗不清了。再费口舌，只能是劳而无功，越描越黑。

三妮之所以不想再解释这一件事，还有一个更重要的原因，那就是她越来越喜欢陆鹏。经过两年多的交往和反复思考，她感觉陆鹏这个人还不错。她虽然还没有决定和陆鹏谈对象，更谈不上已经爱上了陆鹏，但是，她打算让这种不明不白的关系顺其自然地发展下去。至于能不能和陆鹏谈对象，能不能嫁给陆鹏，那是以后的事，要根据发展结果再定。

看到三妮面带羞色，默默不语，马兰笑着问："妮子，你平时能说会道，口若悬河，那小嘴吧啦吧啦的，今天怎么哑口无言，不狡辩了？"

三妮知道，她现在不能保持沉默。她从容淡定不急不躁地微笑着，悠闲自得地品尝着啤酒，似是而非模棱两可地说："大洋马，你长着个大脑袋，喜欢胡思乱想，那是你的权利和自由，我懒得管你。"稍停片刻，她又不慌不忙地说："大洋马，你要是敢找事儿，我一定找个机会，使劲修理你。"

卜小苗是个话匣子，叽叽喳喳说个没完没了。她一边使劲灌啤酒，一边大声吆喝："妮子，陆哥不错，长得这么帅，一表人才。你们俩很般配。我给你们俩当介绍人吧，也弄个大猪头吃……"

肖苹苹喝了酒就脸红，现在红得像桃花。她平时话不多，喝了酒话也多起来，她打断卜小苗的话，说道："妮子，小不点说得很对，你要把陆哥抓得牢牢的，千万不要让别人抢了去。这个年月很疯狂，什么样的人都有，专门抢别人男朋友的小贱人，大有人在！"

甄倩倩听着不顺耳，恶狠狠地瞪着肖苹苹说："小苹果，你含沙射影，瞎咋呼什么，烦不烦啊！"

肖苹苹回答道："真欠扁，我又没说你，你多什么心啊？做贼心虚，真欠扁。"
看到她们俩又要打嘴仗，马兰急忙出面制止，要她们俩闭上嘴巴，就此打住。

三妮无动于衷，仍然不紧不慢地喝着啤酒。

陆鹏绝顶聪明，又是情场上的老手，早就听出了三妮的言外之意和弦外之音，知道三妮已经默认了他们俩的恋人关系，心花怒放。要不是在众目睽睽之

第四十八章　上午赶海　下午请客

下，他早就冲上去亲吻三妮了。他强压着那颗蠢蠢欲动的心，尽力保持着冷静和沉默。

甄倩倩本来就好色，见了帅哥就拔不动腿。这个嗜好，甄倩倩自己也"供认不讳"。她和陆鹏这样的超级帅哥坐在一起喝酒，早就春心荡漾。她浑身放电，恨不得立马化在陆鹏身上。

看到甄倩倩那挤眉弄眼、流里流气的样子，肖苹苹又开始上火，被马兰再次压下去。

甄倩倩心不在焉地喝着啤酒，五味杂陈一起涌向心头。她埋怨自己命不好，认识陆鹏晚了一步，让三妮捷足先登。她恨三妮才貌双全，鹤立鸡群，把她比了下去。她虽然很不服气，但又无可奈何。她按捺不住那颗蠢蠢欲动的心，情不自禁地向陆鹏身边蹭了蹭，嗲声嗲气地、言不由衷地说："陆哥啊，你才貌双全，是当之无愧的白马王子。谁找到你这样的丈夫，真是三生有幸啊。妮子啊，你是女中豪杰，貌美如花。你们俩郎才女貌，是天生的一对。俗话说得好，有情人终成眷属。我祝愿你们俩喜结良缘，白头到老。"

肖苹苹气呼呼地说："黄鼠狼给鸡拜年，没安好心。"

陆鹏想打破尴尬氛围，急忙说："难得聚会一次，我再敬大家一杯酒。"说完，他与大家碰杯，又一饮而尽。

叶子青平时与大家别别扭扭，说话阴阳怪气和连讽带刺。今天，她不多言不多语，一个人坐在那里，一杯接一杯地喝着啤酒，温顺得好像一只小猫咪。

寝室里的好几个女孩子都有点怕叶子青，平时很少招惹她。但是，卜小苗人小鬼大，一点儿也不怕叶子青，叶子青也拿她没办法。看到叶子青今天那么随和温顺，卜小苗感到很奇怪，她端着酒杯，凑过来问道："黄叶子啊，你今天这么温柔可爱，连个屁也不放，太阳怎么从西边出来了？"

叶子青一听，立马怒气冲冲地骂道："小不点，你听着，你要是惹火了老娘……"

卜小苗也不生气，嬉皮笑脸地说："嘿嘿……黄叶子，这样吧，只要你以后说话不再带脏字，我就不再叫你黄叶子。我……"

"闭嘴，都给我闭嘴！一个女孩子家，别在这里丢人现眼了！"三妮听不下去，大声制止她们俩。

停了一会，叶子青端起酒杯，对陆鹏和三妮说："学哥、妮子，都怪我这张臭嘴，上一次让你们俩难堪。现在，我敬你们俩一杯酒，给你们赔礼道歉。"说完，她与陆鹏和三妮碰杯，然后一饮而尽。

陆鹏笑着对叶子青说："学妹，那些都是老皇历了，你就不要再翻了。常言道，不打不相识，我们现在已经成好朋友了。"陆鹏说完，他和三妮一起，回敬了叶子青一杯酒。

马兰她们也没有闲着,她们一边喝酒,一边天上地上、山南海北地胡吹海侃。

看到大家都喝得差不多了,三妮站了起来,大声说道:"姐妹们,都打住吧,听我说几句。今天是我请客,我是主人,你们是客人,客随主便,我说了算。喝酒要恰到好处,喝多了不但伤身体,还容易出乱子。要是哪个姑娘喝醉了,弄出点什么事来,我可担当不起,也没法跟老师交代。现在,我宣布,今天的喝酒到此为止。谁要是不听话,下次我再请客,绝对不让她参加。"

几个姐妹虽然还没有完全尽兴,但是也不好再说什么,因为三妮不但是酒桌上的主人,还是她们的班长,并且说得句句在理。她们大眼瞪小眼,相互交换了一下眼神,只好点头同意,然后恋恋不舍地离开了这家啤酒屋。

……

第四十九章　餐馆乔迁　恶霸捣乱

第四十九章　餐馆乔迁　恶霸捣乱

　　大妮餐馆的生意蒸蒸日上，前来就餐的人越来越多，营业面积不足二百平方米，已经满足不了实际需求。大妮和童军一商量，决定扩大餐馆规模。正在这时,大妮餐馆旁边的一家饭店对外转让。他们俩商量过后决定租下这家饭店。这家饭店距离大妮餐馆不到一百米，营业面积六百多平方米，分上下两层。

　　餐馆的规模扩大了，工作人员当然也要增加。大妮和童军跑了好几家劳务市场，新招聘来一名厨师和五名服务员。

　　新招聘来的厨师叫方小宁，二十一岁，身材高挑、白净斯文，清秀帅气，来自武术之乡——河北沧州。他聪明伶俐，淳朴刚直。他从小就习武，在全市青少年武术比赛中，获得过第三名。他学习了一年厨师，又在五星级大酒店实习了一年，烹饪技术也不错。

　　说到能把方小宁招聘来，还真是有点巧合和缘分。那几天，童军在劳务市场上转悠来转悠去，都没有找到称心如意的厨师，有点灰心丧气。这天中午，童军溜达到海达立交桥旁边的小公园里，看到方小宁正在聚精会神地练剑。旁边的小树上，挂着一个用纸壳做的牌子，上面写着"找工作，会厨师"几个字。童军眼前顿时一亮，马上全神贯注地观看起来……

　　方小宁挥洒自如地舞着剑，越舞越快，手中的剑就好像一条银龙绕着他上下飞舞，左右盘绕。剑过之处，习习生风，吹动了一旁的桂花树，花瓣飘飘洒洒地飘落了满地。

　　外行看热闹，内行看门道。方小宁的这一套剑术，从技巧、程式到方式方法都很有章法。这一招一式都出自严格的正规训练，显示出他有扎实深厚的武术基础。他那快、准、狠的动作，更能说明他的武术造诣。童军喜欢武术，更喜欢眼前这个舞剑的小伙子。

　　童军走上前去，和方小宁热情地攀谈起来。两个人年龄和脾气性格都差不多，又有共同的兴趣和爱好，越谈越热乎，越谈越投机，大有相见恨晚的感觉。两个人又切磋了一会武术，不知不觉到了吃饭时间，童军邀请方小军到附近的小饭店开怀畅饮。天快黑的时候，方小宁跟着童军有说有笑地来到大妮餐馆。从此以后，两个人找到了知音，好得就像亲兄弟。平时，他们俩除了在一个厨房里抡勺子，一有空就一起练拳习武。

新来的五名服务员，都是大妮亲自挑选来的。

第一名叫风玲玲，十九岁，身高一米七三，瘦高个，性格开朗，活泼可爱，爱说爱笑，鸭蛋形脸蛋上有一对明亮的大眼睛，家在观海市郊区的农村。

第二名叫管丽丽，十九岁，身高一米六五，说话办事很稳重，长得眉清目秀，一对丹凤眼，脸蛋上有一对小酒窝，笑起来非常好看，她和风玲玲是亲戚，还是同班同学。

第三名叫来燕子，十八岁，身高一米六七，不胖不瘦，身材匀称，长着一对漂亮的大眼睛，非常聪明伶俐，她来自山西省的一个小山村。

第四名叫郝慧慧，二十一岁，身高一米七〇，浓眉大眼，挺拔俊秀的鼻子，樱桃小口，白白胖胖，心直口快，说话办事风风火火，她来自安徽省的一个农村。

最后一名叫令媛媛，十七岁，身高一米六一，胖乎乎的，圆圆的脸蛋，就好像一个大苹果，还有一对可爱的小虎牙，说话办事大大咧咧、直来直去，家在河南省的一个农村。

经过一段时间的精心准备，大妮餐馆很快就乔迁到了新址。为了庆贺大妮餐馆乔迁之喜，也为了借此机会请亲朋好友们聚会一次，星期天中午，大妮和童军在二楼客厅里摆了三桌酒席，邀请亲朋好友们前来赴宴。

因为是星期天，大家都不上班，前来赴宴的嘉宾还真不少。连奶奶和明爷爷家来的最多，四个女儿带着自己的丈夫和孩子全都来了，他们送来了四个大花篮。姜春娟和安东方全家都到齐了，安磊还请来了他的老同学、观海电视台的著名记者海宁，他们除了送来了两个大花篮，还送来了一尊财神。刘一鸣和刘小帆，以及陆鹏和他的爸爸妈妈也都来了，他们分别送来了一些字画和工艺品。

中午十一点钟，宴会正式开始。因为前来参加宴会的嘉宾大多数都是熟人，宴席上气氛十分和谐和热烈。

今天，是大妮餐馆乔迁之后第一天开张，再加上又是个星期天，前来就餐的顾客非常多，一楼大厅里和每个包间里全都爆满了。

宴席开始不久，正在给嘉宾们敬酒的大妮，被慌里慌张的冷小静叫了出来。

"小静，看你慌慌张张的样子，怎么了？"大妮急忙问道。

冷小静急忙回答："姐，姓寇的一伙人带着小云来了，玲玲把他们安排在一楼大包间里。他们胡搅蛮缠，故意找事，指名道姓要你亲自给他们服务。玲玲给他们讲理，还被他们踹了一脚。我怕事情闹大了，只好上来找你。"

大妮和冷小静边说边来到一楼大包间里。看到姓寇的一伙人那趾高气扬、气势汹汹的样子，大妮心里不由得咯噔一下子。大妮心想，他们前三次来餐馆

第四十九章 餐馆乔迁 恶霸捣乱

喝酒，没有赚到便宜，肯定是窝了一肚子火。今天他们再次来餐馆，分明是故意找碴，要进行报复。大妮冷静了一下，马上笑脸相迎，说："寇大哥，几位大哥，欢迎你们大驾光临。今天是餐馆搬迁过来第一次开张，来的客人比较多。刚才，我正在楼上招呼客人，不知道你们驾到，有失远迎，抱歉，抱歉！你们是贵客，今天，我要好好地敬你们几杯酒。"

寇哥耷拉着眼皮，歪着嘴角阴笑着，不理不睬，一只手揽着怀里的何小云，另外一只手在何小云的胸部乱摸着。

何小云化了浓妆，头发盘得像个烧鸡头，脸上抹了厚厚的一层白粉，煞白煞白的，画着一对熊猫眼和血红血红的嘴唇，看上去有点瘆得慌，让人不由自主地联想到《聊斋志异》中的狐狸精。天气变得这么寒冷了，她却穿着一件白色的镂空长裙，不但把整个后背全都暴露了出来，还把那小得不能再小的乳罩、裤头也全都暴露了出来，令人一看就会把她与妓女联系起来。她趾高气扬，旁若无人地嗑着瓜子，就连眼皮都没有抬一抬。

刀疤脸怪笑着对大妮说："嘿嘿……哼哼……你少废话，老子今天要你亲自伺候寇哥。老子还要告诉你，何小姐现在已经是寇哥的女朋友了，成了我们几个兄弟的嫂夫人，你要诚心诚意地伺候着。"

大妮听了，心里顿时一愣，何小云怎么又和姓寇的一伙人掺和在一起了，还成了他们的嫂夫人？她一琢磨，马上就想明白了，何小云与姓寇的一伙人臭味相投，是一路货色、一丘之貉，自然会同流合污，狼狈为奸。今天，他们来这里故意闹事找麻烦，就是想报一箭之仇，出口恶气。想到这里，大妮虽然有满腔怒火，但她不得不忍气吞声，保持冷静。因为今天是个特殊的日子，又邀请来那么多嘉宾，她不想因为这几个地痞流氓的耍赖捣乱，扫了客人们的兴。

大妮压了压心中的怒火，笑着问道："寇大哥，各位大哥，你们今天想用点什么啊？"

寇哥不屑一顾，还是不理不睬，他眯缝着色眯眯的眼睛，歪着嘴角哼哼了两声，大妮猜不透他是什么意思。

刀疤脸恶狠狠地瞪了大妮一眼，冷笑着说："嘿嘿，今天想用点什么嘛，你就看着办吧。"

大妮说："小店搬迁后第一天开张，各位大哥能来捧场，我倍感荣幸。今天我请客，请各位大哥开怀畅饮。"

她转身对冷小静说："你先去告诉吴师傅，让他上咱们餐馆的特色菜，时间要快。然后，你去楼上告诉童军，就说我要在楼下陪这几位大哥，让他好好陪着客人。"大妮一边说着，一边给他们倒上茶水。她随手拉了个凳子，坐了下来。

一会工夫，冷小静就上了好几个菜。大妮给他们倒上啤酒，端起酒杯，笑着说："寇大哥，各位大哥，餐馆刚刚搬迁过来，今天是第一天开张，条件还不具备，对大家招待不周，还望各位海涵。今天，我要一心一意敬各位大哥几杯酒。现在，我先喝为敬，请各位大哥开怀畅饮。"说完，她一饮而尽。

寇哥阴阳怪气地冷笑了两声，端起酒杯，一仰脖子，灌了下去。老大开喝了，刀疤脸他们也不敢啰唆，赶紧干杯。

看到大妮又要敬第二杯酒，刀疤脸火辣辣地说："你懂不懂规矩啊？敬酒要单个敬，不能一枪打一片。这样吧，你先敬寇哥和嫂子吧。"

大妮心中的怒火，腾腾地向上蹿。她咬了咬嘴唇，使劲往下压着怒火。"寇大哥、小云，我敬你们俩一杯酒。"大妮说完，端起酒杯，又是一饮而尽。

寇哥皮笑肉不笑地哼哼了两声，端起酒杯干了。何小云不理不睬，那瓜子皮不时地从她那血红的小嘴唇里飞了出来。

大妮气得脸色发白，呆呆地坐在凳子上。

"这'小云'两个字，是你能叫的吗？你应该老老实实地叫嫂子，真是土包子一个，一点规矩都不懂。"歪脖子气急败坏地说。

大妮没有说话，只是狠狠地瞪了歪脖子一眼。

瘦猴子骂骂咧咧地说："你有眼无珠啊？不识时务，何小姐现在已经不是你的员工了，已经变成了寇夫人，你应该恭恭敬敬地叫她主人，或者尊称她夫人。"

大妮气得眼睛里冒火，她还是不说话，又狠狠地瞪了瘦猴子一眼。

何小云很不情愿地抬起眼皮，瞧了大妮一眼，不紧不慢地嗑着瓜子，阴阳怪气地冷嘲热讽："大妮，老板娘，你财大气粗，盛气凌人，看来你近来混得不错，发了大财。不过呀，你很不仗义，过河拆桥，无情无义，竟然要和老娘一刀两断！"

大妮忍无可忍，愤怒地瞪着何小云，斩钉截铁地说："不错，我已经与你一刀两断！这是因为你自甘堕落，多次卖淫，丢人现眼，不走正道；这是因为你言而无信，谎话连篇，不思悔改，一再骗我；这是因为你不知好歹，忘恩负义，恩将仇报，落井下石。所以，我要与你一刀两断一了百了！"

何小云没有想到，大妮竟敢当着寇哥的面，在大庭广众之下，揭了她的疮疤，顿时恼羞成怒。她怒目而视，恶狠狠地问道："大妮，我给你出力不少，你怎么不知好歹，翻脸不认人啊？"

大妮义正词严，针锋相对地说："小云，翻脸不认人的不是别人，正是你自己。你第一次被派出所抓起来，我已经替你交了一千元罚款，至今没有让你还一分钱。你在我这里当服务员，我就像亲妹妹一样对待你。应该给你的，我全都给你了，一分钱也不欠你的。我一再劝说你，要你走正路，不要再干那些丢人现眼和违法犯罪的事。你当耳旁风，屡教不改，在违法犯罪的道路上越滑越远。你第二次被派出所抓起来，竟敢信口雌黄，污蔑陷害我，还要我替你交四千元罚款，我没有替你交，你就翻脸不认人，威胁恐吓我。我最恨不务正业

第四十九章 餐馆乔迁 恶霸捣乱

和言而无信的小人,我不想再看见你,所以,我理所当然要与你一刀两断!"

何小云理屈词穷,恶狠狠地瞪着大妮,气急败坏地问:"大妮,难道……你就不怕我报复你?"

大妮铿锵有力、落地有声地说:"何小云,我已经告诉过你了,我会奉陪到底!"

冷小静再也控制不住自己了,愤怒地大声骂道:"何小云,你这个臭妓女,你张狂什么啊?你还要不要脸啊?你……"

还没有等冷小静骂完,刀疤脸冲上来就狠狠地打了冷小静一巴掌。瞬间,冷小静的鼻子里鲜血直流。

看到冷小静被打,风玲玲急忙冲上来保护冷小静,被刀疤脸狠狠地踢了一脚。听到楼下闹了起来,连奶奶和众人匆匆忙忙来到一楼大包间里。

大妮看到冷小静和风玲玲被打,再也忍不住了,满腔怒火一下子爆发出来,她出其不意地冲上前去,一把抓住刀疤脸的衣服领子,狠狠地抽了他几个耳光。瞬间,刀疤脸被打得鼻青脸肿,嘴角流出了鲜血。

刀疤脸没有想到大妮会突然来这一手,他一点防备都没有,顿时就蒙了。他无法无天,横行霸道,打打杀杀是家常便饭,虽然也失过手,但在众目睽睽之下,被一个女孩子打得嘴角流血,这还是第一次。他认为受了奇耻大辱,无地自容,顿时恼羞成怒,一把抓住大妮,举起拳头就要打,却被突然冲上来的童军紧紧地抓住了两条胳膊。他用上了吃奶的力气,怎么也挣脱不出来。他狗急跳墙,又用头撞童军,童军一歪头,抬腿狠狠地顶在了他的命根子上。他立马疼得惨叫一声,趴在了地上,半天没有爬起来。

这时候,歪脖子挥拳向童军打来,被冲上来的方小宁一把抓住了手脖子。歪脖子一愣,紧接着又举起另一个拳头向方小宁打来。说时迟那时快,方小宁抓住歪脖子的另一只手顺势一拉,紧跟着来了一个扫堂腿,歪脖子立马就是一个嘴啃泥,重重地摔倒在地。瘦猴子冲上来打方小宁,被方小宁一脚踹了回去。

刀疤脸他们做梦也没有想到,童军和方小宁的功夫这么厉害。要是放开手脚打,他们肯定要吃亏。

正在这时,连奶奶大喊一声:"都放手,有话好说!"

海宁不愧为是个著名记者,他拿出摄像机狂拍起来。

三妮怒火万丈,冲上来大声问道:"你们无法无天,横行霸道,是些什么人?"

三妮刚刚说完,在场的人们七嘴八舌、异口同声地谴责姓寇的一伙人,安东方打电话报了警。

瘦猴子不甘示弱,骂骂咧咧地说:"你们吃饱撑得啊,狗拿耗子多管闲事,欠揍。"他指着寇哥说:"告诉你们,这就是观海大名鼎鼎的寇哥,你们还不滚蛋爬开,是不是活得不耐烦了?"

罗圈腿气急败坏，一把掀翻了桌子，盘子、杯子、酒瓶子瞬间碎了一地。

陆鹏怒气冲冲地说："我没有听说过什么寇哥，但是，我可以告诉你们，站在你们面前的这些人，有海军的老首长、全国著名的战斗英雄，有市工商局的处长，有观海大学的教授，有海鲜楼的老板，有观海市电视台的著名记者，有市教育局的处长，还有房地产开发总公司的老总。怎么样啊，用不用我一个一个地给你们介绍啊？"

此时此刻，寇哥心里开始发怵，担心把事情闹得满城风雨，不可收拾。其实，寇哥根本没把大妮放在眼里。虽然前几次来这里都让他憋了一肚子气，但他一直认为，大妮迟早会屈服于他，乖乖地伺候他。但是，亲眼看见了刚才的情景，他惊呆了。他做梦也没有想到，小小的大妮餐馆，竟然是个藏龙卧虎的地方。他是个有点武功的人，刚才，他看到这两个小厨师出手之快、下手之狠，就知道这两个小伙子身手不凡，功夫不一般。要是一对一单打独斗，他和他的这几个小兄弟都不是对手。他不敢相信，一个从农村出来的打工妹，竟然有这么强大的后台和靠山。站在他面前的这些人，都是有头有脸的人物，足以代表整个社会。他得罪了大妮，也就等于得罪了这些人。他没有想到，他来餐馆运气一次比一次差，简直就是倒霉透顶了，赫赫有名的他，竟然栽在了小小的大妮餐馆里。上一次来餐馆，他遇上了最不想见的著名记者海宁。这一次来这里，更是冤家路窄，他不但又遇上了海宁，还遇上了这么多政府官员和有头有脸的知名人物。

寇哥走南闯北，见多识广。他不能因小失大，得罪这么多人，做得不偿失的买卖。正当他寻找下台的台阶，想赶快走人的时候，庄小军来了。

庄小军气势汹汹地走上前来，大声吼道："都住手，我们是警察！"

庄小军进来一看，心里马上明白了，有了主意。寇哥是他黑道上的老朋友，他不能不帮忙。因为何小云的事，他和大妮之间产生了矛盾。因为葛甜甜的事，他和大妮之间又产生了仇恨。他早就想找个机会，收拾收拾大妮，出出心中的恶气。他心中暗暗惊喜的是，这个机会终于来了。但是，庄小军一时疏忽大意，没有把站在他面前的这些人放在眼里，因为他做梦也不会想到，大妮请来的这些人都是有头有脸的人物，他得罪不起。

庄小军盛气凌人地先指着刀疤脸、歪脖子、瘦猴子，然后又指着童军、方小宁、冷小静，恶狠狠地说："你们六个人带头闹事，破坏社会秩序，现在被拘留了。"他一边说着，一边指挥着其他警察上来抓人。

大妮一看就急了，冲过来大声质问庄小军："闹事的是他们，不是我们。是他们跑到我们餐馆来故意捣乱，还大打出手。你为什么不分青红皂白，抓我们的人啊？你……"

庄小军不屑一顾，不理不睬，很不耐烦地打断大妮的话，气急败坏地说："大

第四十九章 餐馆乔迁 恶霸捣乱

妮,我现在警告你,你要是敢妨碍我执行公务,我连你一块儿抓走。"

庄小军狂妄自大,目空一切,根本就不给人们说话的机会。他指挥着警察匆匆忙忙地把六个人押上警车,扬长而去。

庄小军走了,寇哥、何小云和罗圈腿在人们的一片谴责声中也灰溜溜地逃走了。

在场的人们个个义愤填膺,既恨寇哥一伙人横行霸道,无法无天,又恨庄小军独断专行,是非不分,执法不公。大家一商量,马上打了几辆出租车,一起来到了观海市公安局。

观海市公安局的值班人员一看来了这么多人,这些人来自观海各行各业,都不是一般的人物,感到事情严重,马上请示市局领导,一名副局长亲自接待大家。这些来人当中,有好几位与这名副局长是老熟人。这名副局长问明情况以后,马上跟领导汇报,然后给庄小军所在的派出所所长打电话,下达了两条指示:"第一,开除庄小军警察学校的学籍,等候调查处理;第二,向被拘留的餐馆人员赔礼道歉,并且马上把他们送回餐馆。"这名副局长下达完指示,又向大家赔礼道歉了一番,然后安排了一辆中巴车,把大家送回了餐馆。

大家回到餐馆以后,不到半小时,童军、方小宁和冷小静也被放了回来。

这一件事来得突然,结束得也快,不仅教训了寇哥一伙人,也同时开除了庄小军警察学校的学籍。大妮做梦也没有想到,这件事的结局如此之好,真是大快人心啊。她和童军重新摆上酒菜,请嘉宾们再次入席。

大妮感动得泪流满面,她端起酒杯说:"我真诚地谢谢大家。今天,要不是在座的各位鼎力相助,我的餐馆还不知道会变成什么样子。现在,我诚心诚意地敬大家一杯酒。"说完,大妮和着泪水干了一杯酒。

童军激动得热泪盈眶,他端着酒杯说:"各位长辈,各位同辈,我和大妮能结识你们这些好人,真是三生有幸啊。自从我和大妮开这个餐馆,就被姓寇的一伙人盯上了。以前,如果没有你们的关心帮助,这个餐馆就开不到今天。今后,如果没有你们的关心帮助,这个餐馆也很难再开下去。为了表达敬意,我也敬各位一杯酒!"说完,他端起酒杯,一饮而尽。

大妮又端起一杯酒,泣不成声地说:"法网恢恢,疏而不漏,政府绝对不会放过一个坏人。庄小军这个畜生,混进了警察学校。他流氓成性,无法无天,糟蹋了甜甜,是个败类。今天,政府把他从警察学校中清除出去,真是大快人心啊!我提议,我们共同干杯,庆贺一下!"说完,她和大家一起干了一杯酒。

这时候,海宁打开电视,让大家看观海市新闻节目。电视上正在播放的是刚才大家对付姓寇的一伙人和庄小军的画面。在场的人们,看到自己上了电视节目,扬眉吐气,喜笑颜开。

……

第五十章　同病相怜　同忧相助

　　二妮在泰国 Q 城华人华侨圈子中很快就唱红了。夜明珠歌舞厅内，前来听她唱歌的华人华侨几乎场场爆满。"二妮——夜明珠"，迅速在当地华人华侨中传播开来，并且引起了很大的轰动。当地的政府要员、社会名流，尤其是那些有钱有势的人，常常出高价请二妮唱歌。当地政府和社会团体的庆典活动，也常常请二妮去唱歌。夜明珠的生意越来越火爆。

　　二妮虽然唱红了，但她没有高兴起来，反而心情越来越糟糕。她整天心烦意乱，闷闷不乐。她对这种背井离乡和寄人篱下的生活很不习惯，尤其反感在夜明珠这个乌烟瘴气的地方唱歌。她想大妮和三妮，也想观海的那个家，恨不得插上翅膀，马上离开这里，回到观海，回到大妮和三妮身边，回到自己的家里去。

　　这天下午，二妮和常健在海边的沙滩上散步……

　　天空灰蒙蒙的，看上去是那么沉重和压抑。不远处的山峦和森林，失去了昔日的雄伟壮观和郁郁葱葱。空气好像要凝固了，没有一丝风，潮湿闷热得令人心烦意乱，令人窒息。大海也没有了往日的热闹和美丽，变得是那样死气沉沉和黯淡无光。海面上，平时那些来来往往的轮船都没有了踪影，就连那一群一群的海鸥，也不知道躲藏到哪里去了。四周是那样静谧，静得有点瘆人。

　　看到二妮那心不在焉、失魂落魄的样子，常健心疼地说："老婆，看到你整天愁眉苦脸、忧心忡忡的样子，我心里就好像针扎一样难受，又不知道怎么帮助你。"

　　二妮愁眉苦脸，心事重重地说："老公，我也不想这样，我也想高兴起来，但是我做不到。"

　　停顿了片刻，二妮又心烦意乱地说："老公，最近这段时间，我心里堵得慌，想找个没有人的地方大哭一场。"

　　常健心事重重地说："老婆，自从你来到这里以后，虽然越唱越红，但你从来没有高兴过，心情越来越差，整天心神不定，愁眉苦脸。现在看来，这都

第五十章 同病相怜 同忧相助

怨我啊。过去，是海龙娱乐城绑住了我。现在，夜明珠的扩建工程，不但绑住了我，也拴住了你。当初，我就不应该答应龙哥来泰国，更不应该带着你到泰国来。老婆，我现在很后悔。是我连累了你，我对不起你。我……"

二妮马上打断常健的话，脸色凝重地说："老公，这件事我也有责任，不能全怪你。当初，我想的是你负责工程施工，与那些违法犯罪的事沾不上边，时间也不会太长，所以没有拦你，就答应了龙哥的要求。现在看来，这样做太草率了。来到这里以后，龙哥邀请我到夜明珠唱歌，我虽然想了很长时间，最终还是答应了龙哥。回过头看，这样做也缺乏慎重考虑。我是一错再错，才造成了现在这种想回国回不了国、不想在夜明珠唱歌又不得不去唱歌的尴尬局面。"

常健心事重重地说："老婆，我们俩现在是骑虎难下，进退两难。我已经答应龙哥负责这个工程，他不派人来接替我，这个工程完不了工，我很难离开这里。你已经答应龙哥在夜明珠唱歌，并且一炮打响，一夜成名，在本地华人华侨中成了红人，也成了龙哥的摇钱树和聚宝盆。现在看来，我们俩想急流勇退和就此罢休，已经为时已晚。更为重要的是，你怀着孕，肚子越来越大，行动越来越不方便，越来越离不开我，越来越需要我的关心和照顾。这个时候，我不会让你离开我半步，更不会让你一个人回到观海去。"

沉思片刻，二妮忧心忡忡地说："这个夜明珠是个名副其实的妓院，我很反感在这种地方唱歌。每当我硬着头皮走进夜明珠的时候，我就有说不出的别扭和难受。当时，我之所以答应龙哥在这里唱歌，是因为我们俩受制于他，又不能坐吃山空。我想入乡随俗，尽快改变自己的思想观念，适应和融入这个社会。后来，我很快发现，我的这些想法都错了。其实，我根本改变不了自己的思想观念，也没有办法面对和接受这样的现实，更没有办法适应和融入这里的生活。"

常健把二妮揽在怀里，心疼地说："老婆，你的心情我明白，你现在的处境我也很理解。我和你一样，一刻也不愿意待在这里。我不想看见夜明珠，不想挣这样的钱，也越来越反感我干的这份工作。我想回到观海去，带着我们俩的孩子，过安宁温馨的家庭生活。可是，现在……"

听到这里，二妮打断常健的话，流着眼泪说："老公，你不要再说了，我知道你心里也很难受。"

常健紧紧地抱住二妮，喃喃地说："老婆，你让我把话说完。"他稍微愣了会，接着说道："老婆，我现在是左右为难啊。想走，走不了。留在这里，又不心甘情愿。我真的是度日如年啊。"

二妮沉思了半天，哭着问道："老公，这样的日子，我们怎么熬啊？"

常健沉思了半天，说道："老婆，你不要着急，我再去求龙哥，让他快点

找人接替我，我们俩早点回到观海去。"

二妮再也憋不住了，失声痛哭起来……

这时候，突然狂风大作，乌云翻滚着压了过来，天地之间顿时昏暗一片。紧跟着就是雷电交加，咔嚓咔嚓几个震耳欲聋的霹雳。一瞬间，铜钱一般大的雨点，就好像断了线的珠子，噼里啪啦地从天上落了下来。

……

一天傍晚，二妮和小红在沙滩上散步……

夕阳西下，晚霞烧红了天空和大海，青山和树林被笼罩上了一层淡淡的红晕。在海面上和半空中翩翩起舞的海鸟，突然间被染成了粉红色。远处的点点白帆，在天水相连、金光闪闪的海面上，就好像几片胭脂色的羽毛，轻悠悠地飘荡着。满盈盈的海水，好像沸腾的金水，在不停地闪烁着耀眼迷人的光芒。在海边，那些来小岛上游玩的人们，沐浴在余晖彩霞之中，有的人在拾贝壳，有的人在游泳，有的人在嬉戏……

欣赏着这梦幻般的迷人景色，二妮不由得喊叫起来："啊，真漂亮，太美了！"

"姐，我们走这么远了，休息一会吧。"小红说完，二妮点了点头，她们俩依偎着坐在了沙滩上。

小红是龙哥给常健和二妮派来的用人，十五岁，身高一米六多一点。她文文静静，性格有点内向，有张人见人爱的圆圆的娃娃脸。两只忽闪忽闪的大眼睛中，不时地流露出一些忧伤和恐惧。那单薄的身子骨，一看就是一个还没有发育成熟的少女。她的老家在云南省的一个边陲小村，离泰国不远。龙哥之所以派她来给常健和二妮当用人，是因为她的妈妈是泰国人，两个国家的语言她都会说。平时，她除了当用人，还给二妮和常健当翻译。

"姐，我听这里的渔民说，在这个岛上看海的时候，碰巧了还能看到海市蜃楼，就好像天堂一样金碧辉煌。我来这里已经两年多了，一有空就到海边玩，但还从来没有看到过海市蜃楼。"小红若有所思地说着。

二妮听了，顿时一愣，诧异地看着小红，急忙问："小红，你今年才十五岁，来这里已经两年多了。难道……你十三岁就来这里了？"

"对啊。"小红不假思索，点点头脱口而出。

二妮急忙问："你年龄那么小，怎么到这里来了？"

"姐……这……"小红欲言又止，很为难地低下了头……

小红来到二妮和常健身边已经两个多月了。开始的时候，二妮和常健认为小红是龙哥派来监视他们俩的探子，所以对小红很戒备，甚至有些冷淡和反感。经过一段时间相处和观察，二妮和常健发现，小红虽然少言寡语，但非常聪明能干。她很诚实，很正直，心地也很善良。二妮和常健渐渐地喜欢上了小红，改变了对她的看法和态度，把她当成了亲妹妹。二妮与小红姐妹相称，常健与

第五十章　同病相怜　同忧相助

小红兄妹相称，朝夕相处，默默地相互关心着。他们俩与小红的关系越来越融洽，感情也越来越深，有了一种相见恨晚的感觉。从小红平时的言谈举止和那忧伤恐惧的眼神之中，二妮和常健感觉到，小红肯定有心事，而且是难言之隐。小红自己不主动说出来，他们俩也不方便多问。

小红恨龙哥，恨不得把他千刀万剐。她刚来给二妮和常健当用人时，不但对二妮和常健很戒备，而且还恨他们俩，因为他们俩是龙哥的朋友。相处的时间长了，小红渐渐地感觉到，二妮和常健与龙哥不是一样的人，他们俩是诚实正直、心地善良的好人。在这个举目无亲的海岛上，能遇到这样的好人，她认为这是缘分，也是自己的福气。她感到自己看到了光明，今后的日子有了希望。她把二妮当成了可以信赖的大姐姐，把常健当成了可以信赖的大哥哥。对于二妮和常健这样的好人，为什么要与龙哥这样的恶魔搅和在一起，小红一直迷惑不解，想问又不敢问。对龙哥的罪恶行径，对自己的悲惨遭遇，她更不敢透露半个字。

此时此刻，小红沉思了很长时间，她再也忍不住了，终于鼓起勇气，支支吾吾地说："姐，有个问题，我想过很多次了，一直想不明白，也不知道该不该问你。"

二妮微笑着说："小红，我把你当成了亲妹妹。你有什么问题，尽管说，尽管问。"

小红小心翼翼、吞吞吐吐地问道："姐，你和常大哥，与龙老板是不是好朋友啊？"

二妮一听就明白了，小红话中有话，想知道她和常健与龙哥之间到底是什么样的关系。二妮脸色凝重，严肃地说："小红，你问的这个问题，我早就想跟你说了，一直没有找到合适的机会。我和你既然是好姐妹，我就要实话实说，我相信，你不会去给龙哥通风报信。"

小红一愣，急忙说："姐，你放心，我不是一个不知好歹、搬弄是非的小人。"

二妮沉思了一会，说道："其实，我和你常大哥与龙哥算不上是真正的朋友，更算不上是真正的好朋友，只能算是熟人。实际上，我和你常大哥是在给龙哥打工，龙哥是在利用我和你常大哥来赚钱。我和你常大哥与龙哥不是一路人，是两条道上跑的车，根本走不到一块去。尤其是，我和你常大哥对龙哥组织卖淫嫖娼和毒品交易很反感。我不想在这个像妓院一样的娱乐城里唱歌，你常大哥也不想在这里负责这个扩建工程。我们俩都不想在异国他乡漂泊，不想当海外游子，也不习惯这里的生活，想早点回到观海去。我们俩多次提出回国，龙哥一直不放我们俩走。所以，我们俩一时难以脱身。我们俩在这里人生地不熟，再加上语言不通，很难找到立足之地和合适的工作。我们俩不能坐吃山空，又受制于龙哥，只能委曲求全。不过，我和你常大哥已经商量好了，准备再去找龙哥，辞掉现在的工作，早日回到观海去。"

二妮详细说了她和常健与龙哥认识交往的过程……

听完二妮的话，小红如梦初醒，激动地说："姐，误会了，真的误会了，我误会你和常大哥了！我刚来到你和常大哥身边的时候，认为你和常大哥与姓龙的是同流合污，一路货色，很恨你和常大哥，时时刻刻提防着你们俩……"

没有等小红说完，二妮打断她的话，急忙说道："妹，我和你一样，也误会了。你刚来的时候，我把你当成了龙哥派来的奸细和探子，对你很反感，也是整天防备着你。"

小红再也控制不住自己了，她紧紧地咬着嘴唇，默不出声，全身都在颤抖，眼泪像小溪一般流了下来。她突然扑到二妮怀里，失声痛哭起来。

二妮十分惊讶，急忙问道："小红，你怎么了？"

"姐，我……恨姓龙的，恨不得杀了他！姐，我……怕姓龙的，我不敢说！"小红泣不成声地说。

二妮给小红擦了擦泪水，心疼地说："小红，你不要怕，天塌不下来，我一定会帮助你！你不要哭，慢慢说，把心里的苦水全都倒出来吧！"

"姐，我十三岁就被姓龙的欺负了。这两年多来，他一直像魔鬼一样控制着我，我恨不得把他烧成灰。我怕……怕一辈子都逃不出他的魔掌！我……"小红泣不成声地诉说自己的悲惨遭遇……

小红出生在云南省和缅甸、老挝交界处一个非常偏僻的边陲小山村。她没有上过学，因为小山村里世世代代就没有学校。她没有走出过大山，因为没有路，出一次山要翻山越岭走五天时间。她爸爸去世早，妈妈带着她和一个姐姐、一个哥哥、一个妹妹生活。

小红十三岁那年，一天中午，龙哥的两个保镖阿虎和阿彪来到村子里招工。招工简章上清清楚楚写的是到城市里一家服装厂当缝纫工，月薪一千元，应聘合格者预付一千元工资。这里的人们，祖祖辈辈生活在几乎与世隔绝的大山里，被这么高的月薪惊得目瞪口呆，对盖着大红章子的招工表格和红彤彤的各种证件深信不疑。不到一顿饭工夫，全村十六个女孩子全都来了。经过面试，小红和另外十名女孩子被录取，她们的年龄都在十三岁到十六岁之间。阿虎和阿彪给每个女孩子的家长发了一千元钱，带领着她们上了路。

走出大山以后，她们坐进了一辆面包车里，颠簸了三天三夜，又坐了好久的船，糊里糊涂地被带到了双乳岛上，关进了一个地下室里。她们都是第一次出山，更是第一次坐车。上车以后，她们很快都晕车了，呕吐得天昏地暗。对这几天发生的事，她们都模模糊糊，记不清楚。不知道在地下室里昏睡了多长时间，她们渐渐地清醒过来。看着地下室的大铁门，看着拴在大铁门外面的那两只张着血盆大口的大狼狗，她们心里产生了种种猜疑和恐惧。

咔嚓一声，大铁门被打开了，走进来两个凶煞彪悍的汉子。

第五十章　同病相怜　同忧相助

"大叔，不是让我们到服装厂做工吗？怎么把我们关在这里啊？"十六岁的小丽低着头，怯声怯气地问道。

"嘿嘿，想去做工啊？这好办，要先培训。嘿嘿……"一个汉子阴阳怪气地冷笑着说。

"培训？培训什么啊？"十五岁的小兰轻声轻气地问道。

"就培训这个！"另一个汉子色眯眯地奸笑着，随手打开了墙上的电视机。

电视上播放的是不堪入目的淫秽录像。那淫秽肮脏的动作和丑态百出的表情，令人作呕。没有见过世面、情窦未开、不懂男女之事的少女们，这才恍然大悟。她们知道上当受骗了，遇上了坏人，马上就会大难临头。她们个个满面羞辱，躲在墙角里，紧紧地抱成一团，身体在瑟瑟发抖。

一个汉子淫笑着说："哈哈……明白了吧，就培训这个。教你们怎么样伺候男人。"他说着向另一个汉子使了个眼色，两个汉子冲到少女们面前，一边拳打脚踢，一边撕扯她们身体上的衣服。尽管少女们拼命地哭喊和厮打，但哪里是这两个汉子的对手啊。在这两个恶魔面前，她们就像饿狼面前的羔羊。没费多大力气，少女们一个个被两个汉子打得鼻青脸肿，一个个被脱得赤身裸体。

两个汉子就好像见了血的苍蝇，流着口水，虎视眈眈、贪婪淫荡地盯着少女们那还没有发育成熟的胴体。

这时候，龙哥的保镖阿虎打开大铁门，走了进来。他色眯眯地观看完女孩们的身体，淫笑着说："嘿嘿，这批货不错，挺鲜亮，够味道，没白跑。嘿嘿……哈哈……"他伸了伸脖子，使劲咽了咽口水，大声说道："你们都他妈听清楚，这里是泰国，是老子的地盘。老子花钱买了你们，你们就要乖乖地给老子挣钱。哪个不识相，不听话，就别怪老子不客气。谁要是敢跟老子作对，老子就杀了她，去喂门外边那两只狼狗，还要杀了她的全家人。"

"大叔，你行行好，发发善心，放我们回家吧，我们一定还你的钱！"

"大叔，我们还是个小孩子，你就可怜可怜我们吧，放过我们吧！"

女孩子们挤在墙角处，哀求着，哭喊着。

"哼哼……放你们？白日做梦，没有门！"阿虎一边凶狠地说着，一边用手指着小丽，对两个汉子说："这个女孩子，你们俩可以随便玩，其余的几个，你们俩不能碰，都给龙哥留着。"说完，扬长而去。

在阴暗潮湿的地下室里，这些赤身裸体的女孩子们，已经三天三夜滴水未进了。她们饥寒交迫，魂飞魄散，慢慢地都昏迷了过去。

小红恍恍惚惚地记得，她发着高烧，被龙哥的保镖弄到了一栋房子里，扔在一张大床上……

小红声泪俱下，泣不成声地诉说着自己的遭遇，把满肚子的愤怒和委屈都倒了出来，二妮听得心如刀锯，泪流满面。她紧紧地把小红抱在怀里，呜咽着说:"妹妹啊,你的命怎么这么苦啊?这两年,你是怎么熬过来的啊?"

小红哭着说:"我逃跑过,每一次都被姓龙的抓了回来,打得死去活来。我想到过死,但都没有死成。我想妈妈,我想在离开这个世界之前,再见我妈妈一面,但不知道还能不能等到那一天。我想报仇雪恨,把姓龙的千刀万剐,但我恨自己没有那个本事。我每天处在水深火热之中,大脑和身体都渐渐地麻木了,没有了知觉。就这样,我慢慢地变成了姓龙的身边的奴隶和玩偶。姓龙的玩过的女人太多了,多得他都记不清有多少个了,多得他都有点顾不过来和不放在心上了。时间长了,他玩腻了,也渐渐地放松了对我的看管和戒备,再加上我妈妈是泰国人,我从小就跟着我妈妈学会了一些泰国语言,他就让我来给你们俩当用人和翻译。"

二妮忙问:"龙哥阴险狡猾,难道就不怕你把他的罪行告诉我和你常大哥?"

小红哽咽着说:"姓龙的多次威胁恐吓我,如果我把他的事告诉别人,他不但杀我,还要杀了我全家人。他可能认为我胆小怕事,绝对不敢把他的事告诉你们俩。另外,他很可能一时找不到会说泰中两国语言的人,只好把我派到你们俩身边来。"

二妮愤怒地说:"他太阴险毒辣了!"

小红擦了擦泪水,抽泣着说:"姐,我在这里无依无靠,恳求你一定想办法把我带回国,让我回家,让我去见我的妈妈。姐,我求求你了,你一定要可怜可怜我,你一定要救救我!"

二妮使劲握着小红的手,落地有声地说:"妹,你放心,只我活着,只要我还有一口气,我一定把你带回国,我一定把你送回家,让你见你的妈妈!"

小红听了,紧紧地抱住了二妮,激动地说:"姐,你真好,谢谢你!"

二妮想了想,又问道:"小红,这两年多,你与家里人联系过吗?你与小丽她们联系过吗?"

小红回答说:"姓龙的不让我与外人联系,他说我如果与外人联系,他就会派人把我的全家人都杀死。我很害怕,不敢与外人联系。他不让我离开他的小别墅,更不让我靠近外人半步,我不知道小丽她们去了哪里。"

二妮怒火万丈,咬牙切齿地说:"我以前虽然看着他不顺眼,但没有想到他是个披着人皮的狼,是个吃人不吐骨头的魔鬼。今后,只要有机会,我一定要惩罚这个禽兽不如的东西。"

二妮想了想,又嘱咐道:"小红,姓龙的心狠手辣,老奸巨猾,今后我们要时时刻刻防备着他。"

小红马上说:"姐,我听你的!"

……

第五十一章 约法三章 接风洗尘

这天中午,三妮和陆鹏爬上了观海大学后面的山。这是一座不小的山。山脉绵绵延延近十公里,大大小小的山头有十多个。他们俩来到两个山头之间的一个山坳里,坐在一块巨大的石头下。这里,十分安静,是恋人们幽会的好地方。

今天,天气特别好,蓝蓝的天空中,飘浮着一朵朵变幻莫测的白云。山脚下,那一栋栋、一排排、一片片井然有序,美轮美奂的高楼大厦,在蓝天白云的映衬下,显得更加美丽壮观。放眼眺望,这一座如诗如画的美丽漂亮的大都市,与无边无际的大海和蓝天白云十分巧妙地融合在一起,就好像置身于梦幻般的童话世界。

"啊,观海太美了,太漂亮了,太迷人了!"三妮聚精会神地欣赏着眼前的美景,情不自禁地赞叹着。

山高风寒,一阵寒风吹拂过来,三妮打了一个冷战,陆鹏马上把三妮揽在怀里,并且揽得那么紧。三妮羞得满面通红,心里就好像有几只小兔子在怦怦乱跳。

光阴似箭,日月如梭,转眼之间,三妮和陆鹏相识已经两年多了。这期间,陆鹏的妈妈多次提出,要三妮当她未来的儿媳妇,陆鹏也多次提出要和三妮谈对象。在相互交往过程中,陆鹏不但经常跟别人说三妮是他的女朋友,还像模像样地和三妮谈情说爱。三妮一直没有放在心上。三妮一直认为,陆鹏的家庭条件和个人条件这么好,她和陆鹏根本就不在一个档次上,是典型的门不当户不对。陆鹏和他的爸爸妈妈最终绝对不可能真的挑选上她这个打工妹。他们之所以这样说,这样做,是因为他们还没有找到门当户对的女孩子,只是心血来潮,一时兴起,开玩笑说笑话而已。每当陆鹏有过于亲热的举动时,三妮都委婉地拒绝和制止。

三妮一直拒绝与陆鹏谈对象,除了认为自己配不上陆鹏以外,还有一个重要原因,那就是她一直打算等到大学毕业以后,再考虑找对象的事。在这之前,她根本就不想考虑这件事。

两年多转眼就过去了，陆鹏的爸爸妈妈要三妮当未来儿媳妇的心情越来越迫切，行动越来越具体。陆鹏与三妮谈对象的心情越来越迫切，行动也越来越具体。看来，陆鹏和他爸爸妈妈绝对不是一时心血来潮，更不是开玩笑，他们经过了深思熟虑，是诚心诚意的。

这可怎么办啊？最近这一段时间，三妮一直在为这个问题苦思冥想。

三妮认为，陆鹏的优点明摆在那里，一目了然。要说他的不足之处嘛，就是有点孩子气，说话办事大大咧咧，显得有点不够稳重。再就是他喜欢和女孩子们打打闹闹，有时候还有那么一点点小过分。但是，没有发现他有出格的事。

三妮还认为，陆鹏存在的这些不足之处，都是大城市富二代和公子哥从小养成的不良习气。严格地讲，这些都算不上什么大问题。人无完人，金无足赤，自己不是也有那么多不足之处嘛！

三妮想，自己要是能找到陆鹏这样的对象，虽然明摆着是自己高攀，但是，如果陆鹏和他的爸爸妈妈，经过深思熟虑以后都一致同意，自己总不能不知好歹，不识抬举，给脸不要脸，非要往猪圈里拱吧？再说了，要是真找到陆鹏这样的对象，自己一辈子也就心满意足了，你情我愿，两全其美，皆大欢喜，何乐而不为呢？

三妮认为，自己原来打算大学毕业以后再找对象，这无疑是正确的。但是，绝不能过于刻板，搞绝对化。具体情况，要具体对待和处理。一旦遇到很合适的，就不应该拒之门外，失去机会。过了这个村，就很可能再也找不到这个店。再说了，答应和陆鹏谈对象，并不等于一定要嫁给他。从谈对象，到走进婚礼的殿堂，应该还有很长的路要走。

三妮想，现在的青年人，谈恋爱找对象比较早，这好像是一种普遍现象。有很多中学生都在谈情说爱，大学生谈恋爱找对象出双入对，更是比比皆是。她和陆鹏都到了男大当婚女大当嫁的年龄，他们俩现在谈恋爱，是人之常情，理所当然，无可非议，更不会在同学中产生不良影响。

看到三妮这么长时间一言不发，陆鹏又一次使劲揽了揽三妮的腰，趴在她的头上问："亲爱的，在想什么啊？"

三妮一愣，回过神来，羞红着脸说："有一个问题，我翻来覆去想了很长时间，一直犹豫不定。刚才，我又在想这个问题，还是没有拿定主意。"

陆鹏忙问："亲爱的，是什么重大原则问题，让你如此操心费神啊？"

三妮回过头来，面色凝重地看着陆鹏的眼睛，严肃认真地问道："陆鹏，你和我谈对象，是诚心诚意，还是心血来潮、一时兴起啊？这是一个原则性的重大问题，我希望你一定要说实话，说真心话。"

陆鹏没有想到三妮突然问这样的问题，不由得一愣，马上问道："三妮，你今天怎么了？我们俩谈对象已经两年多了，你怎么突然问这么莫名其妙的问

第五十一章　约法三章　接风洗尘

题啊?"

三妮又问:"陆鹏,难道你没有发现,这两年多来,我一直不承认和你谈对象吗?"

陆鹏一惊,急忙问道:"三妮,事到如今,难道你还不同意和我谈对象吗?"

三妮说:"陆鹏,是我先问的你,你应该先如实回答我提出的问题。"

陆鹏立马问道:"三妮,我要是心血来潮,三心二意,虚情假意,能一直苦苦地追求你两年多吗?"

三妮紧接着问道:"你的意思是,你和我谈对象,是经过深思熟虑以后做出的慎重决定,是真心实意在和我谈,是不是这样啊?"

陆鹏点点头回答:"对啊,一点不假,千真万确。"

三妮又问:"你爸爸妈妈是真的喜欢我给他们当儿媳妇,还是头脑发热,突发奇想,在开玩笑啊?"

陆鹏苦笑着说:"两年多来,我爸爸妈妈一直支持我和你谈对象。请问,世界上有这样头脑发热的父母吗?世界上有拿自己儿子的婚姻大事来开玩笑的父母吗?没有,绝对没有这样的父母,除非他们是神经病。实话告诉你,要是我的爸爸妈妈看不上你,不真心实意,早就不让我和你交往了。"

稍停片刻,陆鹏问:"三妮,你这是啥意思啊?弄得我云里雾里,摸不着头脑。我看你这个人啊,太谨小慎微了,太疑神疑鬼了,办事畏首畏尾,缩手缩脚,拖泥带水,很不爽快。"

三妮听了,心里顿时咯噔一下。是啊,陆鹏批评得有道理。这两年多来,在对待和处理与陆鹏谈不谈对象这件事上,自己确实有点太过分和太固执了,不但自己谨小慎微,黏黏糊糊,还一再怀疑陆鹏和他爸爸妈妈的诚意。事到如今,自己既然喜欢上了陆鹏,就不能再优柔寡断、模棱两可、含糊其词下去了,必须马上给陆鹏和他爸爸妈妈一个答复,明确告诉他们,自己同意与陆鹏谈对象。想到这里,三妮满面通红,含情脉脉、羞羞答答地说:"陆鹏,既然你和你爸爸妈妈都是真心实意,我……现在就答应你,我同意和你谈对象!我……"

陆鹏听了,欣喜若狂,差一点把三妮抱起来。还没有等三妮把话说完,他就兴奋地喊叫起来:"啊……太好了!两年多了,我终于修成正果,盼来了这一天!啊……我太幸福了!"

三妮羞得面若桃花,急忙从陆鹏怀里挣脱出来,一本正经地说:"陆鹏,我有一个条件,你要是想和我谈对象,必须约法三章,严格遵守。"

陆鹏满面春风,喜笑颜开,说:"亲爱的,你说吧,我保证严格遵守。"

三妮沉思了一会,说道:"第一条,不能影响学习;第二条,不能干涉对方的自由;第三条,在结婚之前,不能有过分亲热的举动。"停了片刻,她接着说:"陆鹏,你要是感觉很为难,做不到,就请你另找别的女孩子吧。"

"三妮,前两条我保证做到。就是第三条,能不能……通融通融啊,因为……等到结婚,还有很长时间哪。我是个血气方刚的小伙子,怕……一时控制不住自己。"陆鹏摸着头,很难为情地说。

"陆鹏,我明确告诉你,在那方面,我很保守。在结婚之前,我绝对不会和你发生那种关系。你要是愿意和我谈对象,就必须尊重我,这也是我的原则和底线。"三妮严肃认真地说道。

看到三妮毅然决然的样子,没有一点回旋和商量的余地,陆鹏确实感到左右为难,一时不知道怎么样回答三妮。

这两年多来,每当面对美若天仙、超凡脱俗的三妮,陆鹏都有一种春心荡漾、欲火难耐的感觉。陆鹏感到,三妮鹤立鸡群,她的美貌和气质,是那些城市女孩子无法比拟的。陆鹏年轻力壮,又有那方面的经历,他恨不得马上得到三妮。但是,他知道心急吃不到热豆腐,不敢轻举妄动。他心里也十分明白,绝对不能为一时的痛快,引起三妮的反感,把事情搞砸了,弄得不可收拾。所以,每次和三妮相处,他都使劲压抑着那颗蠢蠢欲动的春心,强忍着冲动和煎熬。说实话,在和三妮交往的过程中,他能把欲望压抑这么长时间,就连他自己都不敢相信这是真的。

看到陆鹏那左右为难、欲言又止的样子,三妮笑盈盈地说:"陆鹏,比我好的女孩子多得是。你也不用为难了,再另外找一个适合你的女孩子吧。我们俩虽然不能谈对象,还是好朋友,我十分理解和……"

听到三妮的话,陆鹏心里一惊,马上打断她的话,说:"三妮,你误会了。我刚才是在想,今后怎么样才能控制住自己的冲动,不失去理智,不伤害到你。我现在已经下了决心,一定按你说的办。"说到这里,陆鹏深深地喘了几口粗气,又苦笑着点点头,继续说道:"三妮,我已经深深地爱上了你,不可能再放弃。我尊重你,也同意你的约法三章。"

三妮听了,兴高采烈地说:"陆鹏,好样的,我没有看错人。"她满脸喜悦和幸福,情不自禁地向陆鹏的怀里靠了靠。

……

在老师和同学们的鼓励下,三妮报名参加了全国大学生读书演讲比赛,她演讲的题目是《我的求学之路》。听了她的演讲,老师和同学们评价说,她的演讲主题鲜明、内容充实、贴近生活、用词精练、声情并茂、富有感染力。

经过参加观海大学、观海市教育局和省教育厅举办的初赛,三妮一路闯关,终于闯进了国家教育部举办的决赛。她来到了北京,住进了一家宾馆里。在第二天下午举行的决赛中,她声情并茂,绘声绘色地畅谈了求学之路的艰难,真情抒发了对读书求知的渴望,对美好生活的热爱,对理想信念的追求,展示了当代年轻人的精神风貌。精彩的演讲,良好的风貌,真挚的情感,赢得了观众

第五十一章　约法三章　接风洗尘

一阵阵掌声。经过紧张激烈的角逐，她以鲜明的主题，生动的语言，饱满的激情，最终拔得头筹，获得了全国一等奖。她做梦也没有想到能取得这么好的成绩，兴奋得眉开眼笑，激动得热血沸腾。

来北京游览，是三妮从小的愿望和梦想。这是她第一次来北京，机会难得，她多么想在北京好好地游览几天啊。但是，她没有时间，她要急着回学校参加考试，并且已经订好了火车票。怎么办呀？她决定晚上打通宵，观赏一下北京的夜景。北京这么大，怎么能看的过来呀？她又决定，突出重点，马不停蹄，走马观花。

三妮吃过晚饭，夜幕已经降临。她抬头看着夜晚的星空，啊，真美啊！一轮明月冉冉升起，带来了繁星灿烂的夜空。轻纱般的云霭在天空上中飘浮不定，好似隐藏着殿阁宫阙的缥缈仙境。远方的天空与大地相连，形成了天地合一的美丽景象。夜空与那皎洁的月亮和那一眨一眨的星星，给她带来了无限的想象。那一片黑蓝黑蓝的天空就像一张纸，而那些一眨一眨的星星就像一朵朵美丽的花儿，又像一盏盏亮晶晶的灯，静静的躺在这张黑蓝黑蓝的纸上。

三妮打了一辆出租车，兴致勃勃地观看北京的夜景……

——长安街。十里长安街上，华灯齐放。川流不息的汽车，就像奔腾不息的长江水，又像一条闪烁着的长龙。来到天安门广场，极目远望，灯火辉煌，像灯的世界，像光的海洋。人民大会堂、人民英雄纪念碑、中国革命历史博物馆、毛主席纪念堂和天安门城楼，在霓虹灯的映照下，光彩夺目，金碧辉煌，显得更加雄伟，更加壮丽，更加庄严，令人肃然起敬！

——什刹海。夜色中的什刹海，水域宽阔，王府环绕，园林密布，寺庙林立，景色十分优美。在五颜六色的灯光装扮下，天上的月亮和岸边的景物倒映在水里，非常巧妙地浑然一体，美轮美奂，巧夺天工。放眼望去，微波荡漾，波光粼粼，一半像水，一半像火，更像仙境，如诗如画，如梦如幻。静静的水面，飘荡着不少游船，点点船火，阵阵琴声。游人们点燃河灯放入水中，灯浮水面，飘飘摇摇，忽明忽暗，灿烂一片……

———天坛路。天坛路上，华灯高照，灯火通明。一座座腾空而起的立交桥，犹如一道道漂亮的彩虹，在夜幕上划下一条条美丽的弧线。川流不息的汽车，灯光闪烁，交相辉映，像美丽跳动的音符，上演着光的旋律。马路两边的各种灯光，或近或远，或明或暗，或现或隐。四周的灯光重重叠叠，勾勒出一幢幢建筑物的不同姿态，让人浮想联翩。五颜六色的照明灯，千姿百态的装饰灯……装点着美丽的城市。

——王府井大街。夜色中的王府井步行街，灯火辉煌，熙熙攘攘。五花八门的广告，五颜六色的彩灯，装修独特的店面，琳琅满目的商品，栩栩如生的雕塑，把整条大街装扮得比白天还要美丽漂亮。鳞次栉比到处富丽堂皇，流光溢彩尽显泱泱大气。逛不完的商场，看不够的美景，数不清的游人，顾不及的变化。它是北京市一个耀眼的平台，展示了物华天宝的精致商品，弘扬着中国传统的和现代的商业文化。

——世贸天阶。夜幕下的世贸天阶，更加迷人。优雅的阶梯广场，现代气息的步行街，时尚舒适的购物环境，以及绚丽宏伟的天幕奇观，使每一位来到这里的人们，忘记时间与空间的存在，体验童话般的幸福感和全方位享受的饕餮盛宴。它凭借着独特的优势和魅力，将时尚、休闲、娱乐、文化、品牌、互动和体验很好地结合在一起，给人们带来了非凡的视觉享受和与众不同的休闲购物体验。

——中央广播电视塔。二百三十八米高的中央广播电视塔，矗立在夜幕之中，把整个北京城的夜景尽收眼底，也感受着北京城的迷人和神秘。它披着五颜六色的彩衣，是那么壮观，是那么美丽。它的造型完美地体现了中国古代建筑的风格和现代建筑的精湛，如同一个大灯笼悬挂在夜空中。塔身的灯光流光溢彩，分外妖娆，颜色不停地变换着，绿色表示大地逢春，红色表示火热的夏季，黄色表示秋意盎然，白色表示瑞雪兆丰年。"举国同庆""红灯高照"，展现出热烈欢快、欣欣向荣的时代风貌。

……

三妮观赏完北京市的夜景，第二天告别了北京市，乘坐火车，回到观海市，已经是傍晚。她刚刚走出火车站，陆鹏就急急忙忙迎上前去，来了一个紧紧地拥抱，然后迫不及待地问道："亲爱的，战果如何？"

三妮不好意思地推开陆鹏，笑眯眯地回答："战果辉煌，不但拿了个全国一等奖，还观赏了北京市迷人的夜景，大开眼界，大饱眼福，不虚此行。"

陆鹏高兴地说："老婆，你太厉害了，马到成功，真乃巾帼英雄。今天晚上，我给你接风洗尘，多敬你几杯酒，好好地祝贺一番。"说完，他拉着三妮上了出租车，来到了小海螺啤酒屋。

小海螺啤酒屋，在外面看普普通通。进去一看，别有洞天。这里面不但面积很大，装饰也标新立异。看上去，它就好像一个用玻璃钢罩了起来的大花园。一进门，就好像走进了一个四季如春、鲜花盛开的花圃里。这里面没有正规的房间，只有一个个面积不大而又相对独立和隐蔽的活动空间。那郁郁葱葱的植物和五颜六色的花草，就好像围墙，把每一个活动空间的四周包围和间隔了起来。每个活动空间里面，那奇思妙想的建筑，令人拍案叫绝。有的像瓜棚，有的像蜗牛，有的像茶楼，还有的像吊床。那一条条弯弯曲曲的幽静的林间小道，把一个个活动空间连了起来。天上，明月高悬，群星璀璨。空中，飘荡着温柔的暖风、一阵阵沁人肺腑的花香和轻松欢快的乐曲，令人仿佛来到了鲜花盛开的世外桃源。

第五十一章 约法三章 接风洗尘

三妮和陆鹏选择了一个比较僻静的活动空间，坐在一个小凉棚下，兴致勃勃地品尝着啤酒。

今天晚上，陆鹏为三妮接风洗尘，选择的这个环境特别好，他们俩的心情也特别爽。他们俩喝得很爽快，也很尽兴，不知不觉就喝了一提啤酒，渐渐地有了几分醉意，但仍然感觉意犹未尽，谁也不想到此结束。他们俩一边美滋滋地品尝着啤酒，一边海阔天空地聊起来。

陆鹏拍了拍三妮的脑袋，问道："亲爱的，你是吃什么好东西长大的呀，脑袋怎么这么聪明啊？一下子就拿了个全国一等奖，成了一名超级演讲家。"

三妮感到有点莫名其妙，笑嘻嘻地回答："我在老家的时候经常饿肚子，常常连野菜和地瓜也吃不饱。"

不知道怎么回事，陆鹏又突然想到了学校运动会，兴高采烈地问："亲爱的，运动会那天，你跑一千五百米的时候，我拼命给你加油，你听见了吗？"

"我多亏没有听见。我要是还有心思听你喊叫，肯定是倒数第一名。"三妮脸蛋红扑扑的，笑盈盈地说。

陆鹏美滋滋地说："我做梦也没有想到，我的老婆不但美若天仙，还是一个优秀运动员，初次上阵，就一炮打响，马到成功，拿了冠军。你真的很给力，我自豪幸福得好几天睡不着觉。你在台上领奖时，光彩照人，我兴奋得手舞足蹈，马上就要飞……"

三妮急忙打断陆鹏的话，举起粉拳，轻轻捶了他一下，气呼呼地埋怨道："你这个愣头愣脑的坏家伙，都怨你。在颁奖台下，在众目睽睽之下，你冲上去就吻我，全校都知道了我是你的女朋友，弄得我很尴尬。那几天，同学们都在取笑我，我有口难辩，丢死人了。"

陆鹏顺手把三妮拉过来，抱在怀里，又在她头上亲吻了一下，笑眯眯地说："亲爱的，我那是爱你，叫情不自禁，情有可原，知道吗？"说着，又在三妮脸上亲吻了一口。

"你这个坏蛋，快快放开我，旁边有人看着哪！"三妮一边说，一边用力推陆鹏。陆鹏的两条胳膊紧紧地把她抱在怀里，她怎么也推不开。

陆鹏目不转睛地看着三妮，笑嘻嘻地说："老婆，别人都在忙着，哪里有闲工夫看我们啊！你要是不相信，你就向对面看吧，那里有惟妙惟肖的西洋景。"

三妮听了，急忙向对面看去……

对面的活动空间里，是一座假山，有一对青年男女。那场面，在三妮眼里简直就是不堪入目。

三妮和陆鹏所在的这个活动空间，紧挨着这对男女的活动空间。这一对男女的一举一动，都清清楚楚地呈现在了他们俩的面前。近在咫尺，身临其境，他们俩想回避都回避不了。

三妮已经喝得晕晕乎乎，似醉非醉，看到对面的情景，顿时面红耳赤，羞羞答答地对陆鹏说："该死，羞死人了。咱们俩别当电灯泡了，快快走人吧。"

陆鹏嘿嘿一笑，趴在三妮耳边悄悄地说："不花钱看电影，合算。活灵活现，赏心悦目，演得不错啊。呵呵……"

三妮心慌意乱，感到左右为难。走吧，花了那么多钱进来了，就坐了这么一会，酒还没有喝尽兴，太可惜了；如果因为这样的事，就匆匆忙忙离开，未免有点太土老帽了，要是传扬出去，会让同学们笑掉大牙；不走吧，面对眼前这场有声有色的春宫戏，她羞得无地自容，浑身有说不出来的别扭和不自在。

陆鹏早就看透了三妮的心思，笑眯眯地说："老婆，今天晚上是为你接风洗尘，既来之，则安之。大路通天，各走一边，井水不犯河水。亲爱的，听我的，喝酒……"他倒上啤酒，两个人又一杯接着一杯地喝起来。

陆鹏兴奋得有点不知所措，东一榔头西一棒子地说："老婆，我想过了，我们的婚礼一定要轰轰烈烈。"

三妮迷迷荡荡，看着陆鹏，笑嘻嘻地说："你就白日做梦吧，我还没有决定要嫁给你，八字还没有一撇呢。"她喝了一口啤酒，问道："你说的轰轰烈烈是什么意思啊？"

陆鹏笑了笑，神神秘秘地说："起码要摆一千桌酒席，邀请全世界的国家元首和政府首脑都来参加，再……"

没有等陆鹏说完，三妮马上打断他的话，说："老兄，你打住吧。你没有喝多吧，我怎么听着都是醉话啊。"

陆鹏一本正经地回答："谁说醉话了，我是刚刚开始喝。告诉你，我们俩结婚的时候，我要买一栋很大的别墅，一人一辆凯迪拉克……"

"吹牛皮，不上税，你就拉倒吧……"三妮说笑着就伸过手来捂陆鹏的嘴。陆鹏顺手一拉，把三妮拉了过来。

三妮坐在陆鹏腿上，被陆鹏的两条胳膊紧紧地抱在了怀里，她心里紧张得就好像有七八只小兔子，怦怦乱跳。她使劲挣脱，但陆鹏哪里肯放过她。……

陆鹏低下头，拨开三妮脸上滑落的头发，轻轻地凑了过来，一直到他的脸紧紧地贴在三妮的脸上，还有几根发丝被他吸进了嘴里。

三妮被陆鹏越来越紧地箍在怀里，她听着陆鹏那越来越急促的呼吸声音和心脏跳动的声音，感到全身都在发烧发烫，就好像要融化在陆鹏的怀里。她把头低低地埋进陆鹏的肩膀里，不敢面对陆鹏。

他们俩就这样僵持着，谁也没有说话，时间就好像在空气中凝固了。

血气方刚、风流倜傥的陆鹏，本来就不是一个坐怀不乱的正人君子。他怡然自得地品尝着美酒，观看着对面那十分火爆的春宫戏，怀里还抱着一个花枝招展的仙女。早就春心荡漾的他，再也控制和压抑不住自己了。他喉咙里好像被什么东西堵住了，哆嗦着沙哑地说："亲爱的，你不知道我多么喜欢你，我离不开你了，我控制不住自己了，我……快要发疯了，我……"他兴奋得语无伦次。

三妮情窦已开，正处在少女怀春的年龄。今天晚上，她已经喝得一半清醒一半醉。自从来到这个活动空间，对面上演的春宫戏，一直强烈地刺激和诱惑着她。现在，陆鹏又不停亲吻抚摸着她。她感觉心脏快要跳出来了，喘不上气来，脸在发烧。

三妮想推开陆鹏，反而被他抱得更紧了，一点也不能动弹。他那高高的鼻子，碰到她的眼睛，她马上条件反射似的紧紧地闭上双眼。他的嘴唇轻轻地、一点一点地亲吻着她的耳朵、脖子、脸颊……她紧张得就好像木头一样一动不动，屏住呼吸，大气都不敢喘一声。她既希望永远靠在陆鹏那宽厚温暖的胸膛上，但心里又有些担心和害怕。

陆鹏见三妮不再阻止，得寸进尺，想掀开三妮的上衣。

正处在高度兴奋中的三妮，一下子清醒过来。她气喘吁吁地说："陆鹏，我们有约法三章，我希望你严格遵守！"说完，她毅然决然地奋力推开陆鹏，头也不回地跑了出去。

……

第五十二章 乔迁新居 共谋发展

前几天,大妮和童军买了一套房子,终于有了自己的家。这套房子在六楼,两室一厅,七十多平方米。它坐落在观海市海风广场附近,出门几十米就是大海。

这套房子,原来是安东方的一个朋友的。安东方的朋友跟着儿子去了美国,已经在美国定居,委托安东方把这套房子卖出去。这套房子没有电梯,上下楼不太方便,面积也小了一点,但是位置好,价钱便宜,可以分两期付款,装修得也不错,还送全套的家电和家具。

大妮和童军本来没有打算现在就买房子,因为他们俩还没有这么多钱。安东方带领他们俩看过房子以后,他们俩就动了心,认为机会难得,错过太可惜了。他们俩一商量,就把这套房子买了下来。

这套房子,原来的装修和家电家具就很上档次。大妮和童军买下以后,经过精心琢磨,在原来的基础上,又进行了一番装修和改进,更新和添置了一些新的家电和家具,使房间布局和东西摆放更加合理。进门一看,给人一种小巧玲珑、新颖别致、温馨舒适、焕然一新的感觉。

大妮和童军,挑选了一个黄道吉日,告别了姜春娟和安东方,也告别了他们俩居住的那个小平房,搬迁到了自己的家里。当天晚上,大妮和童军在自己家里,做了满满当当一桌子饭菜,宴请亲朋好友。席间,大家频频举杯,祝贺大妮和童军乔迁之喜。

客人散去,已经是晚上十一点钟,大妮打开了家里所有的灯,那五颜六色的灯光把家里打扮得五彩缤纷,就好像置身于童话一般的世界。她仔仔细细地观赏着每一个房间,每一件家具。然后,她来到阳台上,推开窗户,听涛观浪,凭栏眺望……

一面明镜,高高地悬挂在夜空上。满天星星,不停地向着人们眨着眼睛。一阵阵温柔的海风,轻悠悠地飘荡过来,送来了淡淡的腥味和甜味。

海湾里,岸边上那一排排霓虹灯,照射在海面上,色彩斑斓,波光粼粼。浪花拍打在沙滩和礁石上,不时传来哗啦哗啦的温柔悦耳的声音。

第五十二章 乔迁新居 共谋发展

西边,灯火辉煌,人头攒动。优美动听的乐曲,在空中飘来荡去。那造型别致的建筑物,在霓虹灯和大海的映衬下,显得更加美轮美奂,是那么奇妙和迷人。那熊熊燃烧的巨大火炬,映红了夜空,也映红了大海。

东边,伸进大海里的那个小岛上,人来人往,车水马龙。那一排排路灯,就好像一条条飞舞的火龙。那高耸入云的灯塔上,向着天空和大海,不停地发射出变幻莫测的彩色光芒……

看着这天堂一般的美景,大妮心潮起伏,思绪万千。此时此刻,她老家的那一间小屋,又一次浮现在她的眼前。

她出生在那一间小屋里,在那一间小屋里住了整整二十二个春秋。正是那一间小屋,陪伴着她熬过了一个又一个令人难忘的日日夜夜。

那是一间三面是土墙、背面是山坡的低矮潮湿的小屋。那是一间既像窑洞又不是窑洞的小屋。它孤零零地坐落在村子西边的山坡上。

下雨天,外面天晴了,小屋里还在不停地滴着水。夏天,每逢狂风暴雨,一家人提心吊胆地躲在小屋里,时时刻刻提防着山洪。每当山洪快要到来的时候,一家人早早地从小屋里跑出来,站在高处,瞪大眼睛,看着小屋会不会被洪水冲走。

冬天,吼叫着的北风,像是随时都要把小屋刮跑。铺天盖地的大雪,像是随时都要将小屋埋藏起来。

大妮清清楚楚地记得,爸爸去世的前几天,暴雪一直纷纷扬扬地下个不停。爸爸去世时的那天晚上,是除夕之夜。到了深夜,爸爸又一次从昏迷中醒了过来,他慢慢地睁开眼睛,有气无力地看了看大妮,然后又看了看小屋的门。大妮马上明白了爸爸的意思,他是担心大雪把小屋的门封起来,让大妮出去扒一扒。大妮告诉爸爸,已经扒过了,小屋的门没有被大雪封起来。爸爸听了,慢慢地合上了眼睛,再也没有睁开,他永远地走了,离开了这个世界……

爸爸和妈妈活着的时候,他们俩经常说,等有了钱,一定要盖一个很大很大的水泥房子。他们俩还挑选了两处备用房址,一处是小学的后边,一处是村委会办公室的前边。这两处房址,地势高,既宽敞,又平坦,还处在村子的中间,绝对不用再担心洪水和暴风雪。

在老家的时候,大妮不知道做过多少次房子梦。在梦中,她拥有过很多很多又大又漂亮的房子。但是,她做梦也没有想到,在美丽的观海,在如诗如画的海边,她有了自己的房子,有了自己的家,而且是这么温馨和漂亮。

看到大妮默默不语和心事重重的样子,童军走了过来,温柔地抱住大妮的腰,又在大妮头上亲了一下,问道:"亲爱的,你不言不语,又在胡思乱想些什么呢?"

大妮回过神来,笑盈盈地说:"弟,咱们这个房子很漂亮,咱们这个家很温馨。

你看这周围的环境，跟天堂一样，多美啊。"停了一会，她又十分感慨地说："刚才，我触景生情，想了很多很多。我又想到了老家那个小屋子，也不知道它现在塌了没有。"

童军笑了笑，说："老婆，那都是些陈谷子烂芝麻了，你还想那个干什么啊？你可不要学习林黛玉啊，整天多愁善感，患上青春期抑郁症。"

大妮用胳膊肘顶了童军一下，急忙说："滚！你才林黛玉，你才青春期抑郁症，乌鸦嘴。"

童军趴在大妮的后背上，欣赏着窗外的美妙景色，若有所思。他感慨万千，激动地说："老婆啊，现在看来，我当年卖掉老家的那个旧房子，做得完全正确。"

大妮马上问："那是老祖宗留给你的遗产，你把它卖掉，难道你一点不后悔吗？"

童军在大妮头上亲了一下，得意扬扬地说："我卖掉了一处破房子，抱回来一个仙女似的漂亮媳妇，给我挣了一大堆钱，买了这么漂亮的一处好房子，有了这个舒适的家，还要给我生个大胖小子。我洪福齐天，三生有幸，光宗耀祖。现在，我高兴还来不及呢，为什么要后悔啊？"

"滚！你就知道要大胖小子。"大妮想了想，说："弟啊，今后，咱们俩要使劲挣钱。等把买这个房子的钱还清了,我打算再把你老家那个旧房子买回来。"

"老婆，为什么啊？我已经卖给人家了，还能再反悔吗？"童军急忙问道。

"弟啊，那个旧房子是老祖宗留给你的遗产，我不能让它落在别人的手里。再说，你是因为给我治病，才把它卖给了别人。我现在已经成了你们童家的媳妇，我要对得起童家的列祖列宗，所以，我一定要把它再买回来，哪怕是出高价钱，我也不在乎。"

童军想了想，说："老婆，你的心情我理解，你的好意我也领了。不过，这件事不急，到时候再说吧。"

……

元旦就要到了，大妮和童军给餐馆的员工们发了红包，放假两天，并且邀请他们来家里喝酒。

自从大妮和童军买了这个房子，有了自己的家，餐馆的员工早就想来给他们俩烧炕，一块儿乐一乐。接到邀请，大家高兴得不得了，一块来到了大妮和童军的家里。为了招待好大家，大妮和童军从市场上买回来很多好吃的。他们俩亲自下厨，为大家做了满满当当一桌子好菜。

电视机里播放着精彩的文艺节目，甜美动听的歌声在房间里飘荡着。大家喜气洋洋，欢声笑语。

宴会开始，大妮打开了一瓶茅台酒。令媛媛一看就大呼小叫起来："哇，

第五十二章 乔迁新居 共谋发展

是茅台酒,这是招待外国总统的专用酒。我爸爸种一年的地,挣的钱也买不到一瓶。哇,我今天也成国宾了,享受一下国家元首的待遇,找一找当总统的感觉。"

大妮微笑着说:"不瞒你们说,我和童军也没有喝过茅台酒。在座的各位都是我和童军的好朋友,比贵宾还贵宾。大家都是第一次来我家,我和童军理所当然要用最高的礼遇,隆重欢迎你们,热情接待你们。"

冷小静说:"姐,喝这么贵的酒,又买来这么贵的山珍海味,有点太破费了。"

冷小静刚刚说完,吴涛接着说:"大妮、童军,我们大家都是好朋友,没有必要搞得这么破费。平时,你们俩为我们操了那么多心。再让你们俩花这么多钱,我们心里过意不去。"

大妮一边给大家倒酒,一边笑盈盈地说:"你们为餐馆出了那么多力,操了那么多心,都是有功之臣。我和童军早就想请你们坐一坐,敬你们一杯酒,表示一下我们俩的感激之情。"稍停片刻,她接着说道:"转眼到了元旦,新的一年就要开始了。再过一个月,大家就要回老家过春节。在辞旧迎新的时候,我和童军请大家聚一聚,还有一个目的,就是给你们拜个早年,送上我们俩的新年祝福。今天,大家要开怀畅饮,但绝对不能喝多了,特别是你们几个女孩子。"

大妮给大家倒上酒,请童军致祝酒词。童军没有思想准备,笑着说:"老婆,我受宠若惊,心情紧张,张口忘词,扶不起的阿斗,还是你来吧。"

大妮笑着说:"你少废话。我把你当个人看待,你怎么非要往猪圈里拱啊?"大妮一句话,逗得大家哄堂大笑。

童军想了想,端起酒杯说:"今天,各位大驾光临,令这套房子蓬荜生辉。我特别高兴,来个三三不断,敬大家三杯酒:第一杯,是欢迎大家光临;第二杯,是感谢大家的大力支持和关心帮助;第三杯,是希望大家有空常来坐坐,更希望大家和以前一样,继续关心支持我们俩。"童军说完,接连敬了大家三杯酒。童军敬完酒,大家开始互相敬酒。酒过六巡,本来就很热烈的氛围,更加高涨起来。

冷小静高兴地说:"姐、童哥,没有你们俩牵线搭桥,我和吴涛就不会认识,更不可能走到一起,我和吴涛从内心里感激你们俩。今天,我和吴涛借花献佛,敬你们俩一杯酒。祝福你们俩幸福快乐,万事如意!"

冷小静刚刚说完,风玲玲微笑着说:"小静姐,敬媒人不能敬一杯酒,要好事成双,你和吴师傅最少要敬红娘两杯酒。按照观海的风俗习惯,你们俩要举办谢媒宴,到你们俩结婚的时候,要送给媒人八包喜糖、八条喜烟、八瓶喜酒、八盒茶叶,还要送给媒人一个大猪头。"

冷小静马上说:"这些都不是问题,到结婚的时候,我和吴涛要给大姐送两个大猪头。"

大妮笑嘻嘻地问:"小静、吴师傅,你们俩准备什么时间结婚啊?"

冷小静回答:"姐,我和吴涛已经商量好了,春节以后举行婚礼,时间定

在正月十五,地点就在我们的餐馆里,不知道你同意不同意。"

大妮高兴地说:"太好啊,这是大喜事,我当然同意!春节以后,我们餐馆第一天开张,就给你们俩举行婚礼。我们一定要好好准备,把场面搞得轰轰烈烈,热热闹闹。"

吴涛激动地说:"大妮、童军,我在观海打工已经八年多了,先后在四家饭店当厨师,吃了很多苦,更是受了很多窝囊气。在你们俩的餐馆里当厨师,我就好像回到了自己家里,心情好,很温馨。你们俩把我们当亲人,没有一点架子,我深受感动。能遇到你们俩这样的老板,我感到很荣幸。"说完,他和冷小静一起,又敬了大妮和童军一杯酒。

风玲玲是个话匣子,又喜欢喝啤酒,早就憋不住了,她给自己倒上一大杯啤酒,端起来说:"姐、童大哥,买房子是人生中的一大喜事。农民工在大城市买房子,是个遥不可及的梦。现在,你们俩实现了,可喜可贺。我敬佩你们俩,羡慕你们俩,也祝福你们俩。前有车后有辙,你们俩敬我们三杯酒,我要回敬你们俩三杯酒,你们俩可以随便喝,我先干为敬。"说完,她气都没有喘,就把一大杯啤酒灌进了肚子里。

大妮看到风玲玲又要喝第二杯啤酒,马上按住她的手,嘱咐道:"玲玲,你可不要逞强好胜啊,要是喝醉了,就好像生了一场病,就要难受好几天哪,你知道吗?"

风玲玲听了,顿时一愣,马上笑着说:"姐,我也不知道我能喝多少酒,但我从来没有喝醉过。去年夏天的一个晚上,我口渴了,把准备招待客人用的一箱啤酒,当汽水给喝了,一点事也没有。第二天客人来了,啤酒没有了,我妈骂了我一顿。打那以后,我爸爸妈妈再也不敢让我上酒场。他们从来不担心我会喝醉,而是心疼我浪费他们的酒。"风玲玲说完,逗得大家又是一阵哄堂大笑。

大家说说笑笑,不知不觉喝到了下午。方小宁提议去海边钓螃蟹,大家一听,高兴地连连叫好,立马行动。

天高云淡,晴空万里,海风徐徐。今天的潮水退得特别大,退出来的礁石和滩涂一眼看不到边。

大妮带领着大家,拎着小桶,戴着手套,挽起裤腿,穿着拖鞋,每个人提着两个钓螃蟹的网子,来到了一大片礁石上。这种网子,是童军、吴涛和方小宁三个人,自己动手,用渔网和铁丝制成的钓螃蟹的专用工具。看上去,虽然不怎么美观,但钓螃蟹非常管用。每一个网子的中间,都拴着一包鱼头和鸡骨头。大家把自己手中的网子分别放进礁石旁边的海水里,开始了钓螃蟹比赛。

不到五分钟时间,童军提起网子一看,一只大螃蟹正贪婪地品尝着鱼头和鸡骨头。童军快速出手,把它抓住,放进了水桶里。

时间不长,方小宁钓上来三只螃蟹,吴涛钓上来两只螃蟹,大妮钓上来一

第五十二章　乔迁新居　共谋发展

只大螃蟹和一条黑头鱼。冷小静不但钓到了两只螃蟹，还捡到了两个大鲍鱼。来燕子虽然没有钓到螃蟹，但是她捡了三条海参。管丽丽不但钓到了两只螃蟹，还捡了五个鸡蛋大小的海胆。郝慧慧钓到了几只小螃蟹，还捡了很多海螺和海星。最可怜和狼狈不堪的是令媛媛，她把握不好提网子的时间，不是提得早就是提得晚。有两次，螃蟹已经跑进了她的网子中，但她不敢快速下手抓，眼睁睁地看着螃蟹跑掉了。她不但没有钓到螃蟹，还一不小心滑倒在海水里，把全身衣服湿透了，成了落汤鸡，急忙跑回大妮家里换衣服。

今天的潮水，退得很快，涨得也特别快。时间不长，潮水就淹没了礁石和滩涂，大家提着自己的战利品，恋恋不舍地退到了岸上。

回到大妮家里，将带回的海鲜简单烹饪后，大家一边品尝，一边喝啤酒。

令媛媛换上了大妮的衣服，津津有味地啃着一只大螃蟹，一杯接着一杯地喝着啤酒，问道："姐，钓螃蟹太好玩了，我们什么时间再去钓啊？螃蟹太可恨了，专门欺负我，下次，我一定把它们都钓上来。"

"当地的渔民们说，菊花香，螃蟹肥。眼下，海边的螃蟹又多又肥，黄多油满，正是钓螃蟹、吃螃蟹的最佳季节。只要大家高兴，等下一次退大潮时，我们再去过过瘾。"大妮笑逐颜开，高兴地说。

"哇，老板真伟大！姐，我听说当老板的都很牛，架子很大，你为什么对我们这么好呀？"令媛媛兴奋得手舞足蹈，脱口而出。

大妮说："从今以后，大家就不要再提什么老板了。我和童军和你们一样，都是出来打工的，应该像亲兄弟亲姐妹一样，互相关照，共同打拼。等我们都有了本钱，就联合起来，成立一个姊妹餐饮公司，一个人开一个连锁店，抱起团来，携手并肩，一起挣大钱。"

"姐，我这个人又懒又笨，胆子也小，遇到事没有主心骨，看见那些找碴闹事的人就腿肚子转筋。你白送给我一个饭店，我也不敢要。我没有当老板的命，想一辈子给你打工，你同意吗？"令媛媛问道。

"没有问题。"大妮点点头说。

"真的吗？"令媛媛瞪着两个大眼睛，半信半疑地问大妮。

大妮说："只要你愿意，不嫌跟着我挣钱少，我没有意见。再说，你是我的小妹妹，我肯定会帮助你。"

郝慧慧说："姐啊，我家里很穷，根本就不用做自己开店的梦。我也想跟着你打一辈子工，你要不要我啊？"

大妮马上回答："要，肯定要，我求之不得。我有了钱，不会亏待你们，会定期给你们涨工资。"

管丽丽说："我现在就想开个自己的店，可惜我家里没有钱。玲玲，你家里有钱，你能不能拿出钱来，我们俩合伙开个饭店啊？你什么事都不用操心，

挣的钱你分大头,我分小头,你看行不行呀?"

风玲玲马上回答:"我家的钱,是我妈妈一手把着,她是你亲姑姑,你去跟她商量去吧。"大家听了,又是一阵欢笑。

冷小静心事重重,愁眉苦脸地说:"姐,关于将来开连锁店的事,你以前也跟我和小云、甜甜说过。当时,她们俩还满怀信心。我没有想到,小云不争气,甜甜她……也走了。"

提到何小云,大妮的气就不打一处来。说到葛甜甜,大妮心里一阵发酸,有说不出来的难受。她脸色凝重,忧心忡忡地说:"我对小云已经仁至义尽,她自己不争气,随她去吧。我对甜甜始终放心不下,但是,我感到力不从心,不知道怎么样帮助她。我……"

没有等大妮再说下去,童军马上说:"上次,姓寇的一伙人来餐馆闹事,多亏大家出手相助,我再次谢谢大家。"说完,他和大妮又敬了大家一杯酒。

方小宁微笑着说:"童哥、大妮姐,你们俩太客气了。就那么一点小事,你们俩老是想着。我们都是好朋友,哪有袖手旁观的道理啊!以后,他们要是再来捣乱,我一定要好好地教训他们一下,让他们长长记性。"

来燕子问:"小方哥,我到现在还有个疑问。当时,你抓住歪脖子的手,他费了那么大劲,就是挣扎不开。我仔细观察过你的手,平平常常的样子,哪来的那么大的劲啊?真是不可思议。"

方小宁笑着问:"燕子,怎么着,你想试一试吗?"说着把手伸到了来燕子面前,吓得她赶紧往后躲。

管丽丽问:"姓寇的会不会再来捣乱啊?"

吴涛说:"上一次,姓寇的一伙人不但没有占到便宜,还吃了大亏。他们那种人,绝对不会善罢甘休,我们必须严加防范。特别是庄小军,他不但没有捞到好处,还被开除了学籍,他肯定怀恨在心,进行报复。他阴险狡诈,心黑手辣,什么样的坏事都能干出来。我们必须提高警惕,绝对不能掉以轻心。"

"我看何小云也不是个省油的灯,占不到便宜,她不会就此罢休。"郝慧慧说道。

大妮想了想,忧心忡忡地说:"我一直在担心这些事,但是想不出应对的好办法。今后,大家都要小心为上,避免吃亏。不过,我们堂堂正正地做人,正正经经地做事,不能怕他们。俗话说,善有善报,恶有恶报,不是不报,时候不到。他们无法无天,作恶多端,政府早晚会惩罚他们。"

晚上。方小宁和吴涛跑到楼下的院子里燃放起烟花爆竹。大家观看着那一朵朵竞相绽放的烟花,品尝着螃蟹和啤酒,喜笑颜开。

……

第五十三章　无可奈何　被迫登台

第五十三章　无可奈何　被迫登台

　　明镜高悬，繁星点点，夜色朦胧，树影婆娑，微风轻吹。银白色的月光洒在大地上，偶尔听到几声小鸟和小虫子的凄切叫声，还不时地传来一阵阵波涛的声音。在月光照不到的地方，点点萤火忽明忽暗。夜的气息和氛围，好像编织成了一个柔软的大网，把天地间的所有景物都笼罩在了里面，给人一种如梦如幻的感觉。

　　夜深了，二妮躺在床上，辗转反侧，没有一点睡意。小红的影子，一直在她的脑海里晃来晃去。她同情小红的悲惨遭遇，她恨龙哥这个人面兽心的魔鬼，后悔她和常健上了龙哥的贼船。她心里一阵阵发酸，眼泪不停地流淌着。

　　小红还是个孩子，遭到了这样的蹂躏和摧残，她今后怎么生活啊？今后，她和常健怎么样面对龙哥啊？怎么样处理与龙哥的关系？常健与龙哥是多年的朋友，如果把龙哥的罪恶和兽行告诉他，他会不会相信啊？龙哥是个禽兽不如的魔鬼，她和常健怎么能助纣为虐，为虎作伥啊？这一连串的问号，一股脑儿都跑了出来，就好像是一团乱麻，全都搅和在了一起，她越理越心烦意乱，怎么也理不出个头绪来。

　　二妮忧心忡忡，苦思冥想，睁着两只大眼睛，翻来覆去。

　　"哎，又要失眠了，看来今天晚上又睡不成了。"二妮轻轻地自言自语着，悄悄地从床上爬起来，又慢慢地拉开一半窗帘。她表情凝重，心神不定地观看着窗子外面那朦朦胧胧、寂静安谧的夜景，无可奈何地摇了摇头。

　　夜空中，不时地有流星划过，拖着长长的尾巴，眨眼之间消失得无影无踪。不知道是什么动物，偶尔发出一两声凄惨瘆人的哀嚎，令人不寒而栗和毛骨悚然。

　　她心不在焉，看了一会，又不由自主地想起心事来……

　　"哎呀，老婆啊，深更半夜，你怎么不睡觉啊？"不知道常健什么时间也醒了，他迷迷瞪瞪地问道。

　　正在聚精会神苦思冥想的二妮，突然听到常健的问声，顿时一愣，又马上回过神来，急忙说："老公，我现在还不困，你快点睡觉吧。"

常健爬了起来，来到二妮背后，轻轻地把二妮抱在怀里，温柔地抚摸着她那已经微微隆起的肚子，问道："老婆，怎么了？你哪里不舒服啊？"

二妮苦笑着摇了摇头，温柔地回答："老公，我没有事。你明天还要去上班，快点去睡吧。"

常健还是不放心，又问道："老婆，今天晚上，你在海边散步的时候，我就发现你心事重重。回来以后，你一直闷闷不乐，神不守舍，还愁眉苦脸。老婆，你这是怎么了？有什么心事啊？快跟我说说。"

二妮犹豫了很长时间，说："世界大了什么人都有，林子大了什么鸟都有。我没有想到，道貌岸然的龙哥，竟然是个禽兽不如的魔鬼。"

常健一听，愣了。他不敢相信自己的耳朵，急忙问道："老婆，你说些什么啊？龙哥怎么了？你快点说说！"

二妮咬牙切齿地说："龙哥强奸了小红，并且糟蹋蹂躏了她两年多！龙哥是个吃人不吐骨头的魔鬼，是个人面兽心的豺狼，应该千刀万剐！"

"你说什么……龙哥强奸了小红？这……不可能吧，你会不会搞错啊？"常健不敢相信这是真的。

"老公，你不要着急，我慢慢跟你说。"二妮扶着常健回到床上，靠在常健的肩膀上。然后，她一五一十地跟常健诉说着小红的悲惨遭遇。

听完二妮的诉说，常健感觉头上好像被人打了一棍子，顿时就蒙了，也好像被人从头到脚浇了一盆凉水，浑身起了一层鸡皮疙瘩，直打冷战。他吸了一口凉气，一句话也说不出来，也不知道说什么好，陷入了长时间的痛苦的沉思之中。

二妮见常健一言不发，呆头呆脑地坐着，就轻轻地推了推他，问："老公，你没有事吧？"

常健愣了半天才反应过来，说："老婆，我没有事。我是一时不敢相信这是真的，也不敢面对这个事实。老婆，你继续说，我听着呢。"

二妮靠在常健怀里，接着说："小红还告诉我，她在龙哥身边待了两年多，发现龙哥是个黑社会的头子。他手下有很多人，有泰国人，有中国人，还有缅甸人，都是黑社会成员和地痞流氓。为了钱，为了女人，他们杀人放火，无恶不作，什么伤天害理的事都敢干。龙哥还和当地的一些官员勾结在一起，狼狈为奸，横行霸道，谁也拿他没有办法。"

见常健还是默不作声，二妮又问："老公，难道你不相信小红说的话，也不相信龙哥能干出这样的事？"

常健沉默了片刻，苦笑着说："老婆，小红绝对不会拿这样的事开玩笑，我不相信能有什么用啊？我现在难以接受和面对的是，我一直尊敬和感激的大哥，竟然是一个畜生和恶魔。"

第五十三章 无可奈何 被迫登台

二妮感叹道："人们常说，画虎画皮难画骨，知人知面不知心，这句话真的是千真万确啊！"

常健沉思了很长时间，说："我是在监狱里认识并且与龙哥结拜为兄弟的，到现在已经整整十一年了。这十一年，我一直把龙哥当成尊敬的大哥。在监狱的时候，每当别人欺负我时，龙哥总是挺身而出保护我。我出狱以后，举目无亲，无依无靠，也找不到工作。在我最困难的时候，他伸出了援助之手，让我来到观海，在海龙娱乐城当总经理。没有他的关心和帮助，就没有我常健的今天。他是我的朋友，也是我的恩人。这十一年来，我一直对他感恩不尽，也一直想报答他。我做梦也没有想到，我心目中的好人和恩人，竟然是个魔鬼，干的是丧尽天良、令人发指的勾当。我……"常健眼含泪花，再也说不下去了。

二妮说："老公，小红说的都是千真万确的事实。你没有别的选择，只能勇敢地去面对。"

俗话说，男儿有泪不轻弹，只因未到伤心处。常健再也控制不住自己了，眼泪就好像断了线的珠子，滚落下来。他擦了一把泪水，伤心痛苦地说："这太可怕了，太令人难以置信了。这么多年来，我一直尊敬和信赖的人，竟然是一个人面兽心的恶棍，竟然是一个为非作歹的流氓。这样的现实，未免太残酷无情了吧。"

在二妮的心目中，常健是个真正的坚强的男子汉。看见常健如此伤心流泪，这是第一次。二妮心头一酸，也流出了眼泪，哽咽着说："老公，你一定要想开点。花花世界无奇不有。我们现在认清了龙哥的真面目，与他划清界限，避免以后吃亏上当，这是一件大好事，我们应该高兴才对啊。"

沉默了一会，二妮又说："我第一次看见龙哥时，就感到他眼神里有一种让人琢磨不透的东西。你和他交往了这么多年，难道就没有发现一点可疑的地方，难道就一直相信他，从来都没有怀疑过他吗？"

常健直截了当地说："他因为杀人进了监狱，与黑道上的人有关系，并且势力很大，在国内外一共开了六家娱乐城，这些我知道。他大部分时间都在国外，我与他很少见面，联系也不多。至于他具体干了些什么事，我不便多问，所以不太清楚。来到泰国以后，我看到夜明珠内那乌烟瘴气的样子，也感觉到龙哥这个人不地道，但没有往深处想。我总是认为，在黑白两道上混日子的人，经营娱乐行业的人，不可能清清白白。可是，我没有想到，他这么残暴无情，这么阴险狡猾，这么心黑手辣！"

二妮从床上下来，倒了一杯水，递给常健，语重心长地说："老公，你这个人太正直了，太重义气了。俗话说，害人之心不可有，防人之心不可无。龙哥用一点点蝇头小利，就蒙住了你的眼睛，你就是非不清，好坏不分，把魔鬼当成了恩人，心甘情愿地为他效劳，还念念不忘感恩报德。好在及时醒悟，没有铸成大错。吃一堑，长一智。今后，我们要吸取教训，免得一错再错。"

听完二妮的话，常健更加悔恨交加，无地自容。他沉思了半天，痛心地说："这么多年来，我为虎添翼，与狼共舞，再执迷不悟，就会掉进万丈深渊，后果不堪设想！"

二妮靠在常健怀里，忧心忡忡地问："老公，今后，我们俩应该怎么办啊？"

常健斩钉截铁地说："三十六计，走为上计，要想办法尽快离开这个恶魔，回到观海去。"

二妮急忙说："老公，我也是这么想的。当我知道了龙哥的罪恶行径以后，一直坐立不安。我恨不得马上离开龙哥这个恶魔，恨不得马上跳出夜明珠这个火坑。"

常健说："现在，我们俩既然知道了龙哥是什么样的人，就必须想办法尽快与他一刀两断。如果拖泥带水，藕断丝连，就会铸成大错，追悔莫及。"

听到这里，二妮心里又是一阵紧张，急忙说："老公，我已经考虑过了，这件事没有这么简单。龙哥这样的人，什么坏事都能干出来。我担心他不肯放我们俩走，害怕他对我们俩下毒手。上贼船容易下贼船难。我们俩必须多个心眼，做两手准备。"

常健忧心忡忡，沉思了半天，无可奈何地说："老婆，你的担心和害怕有道理。看来，这一件事，事关重大，我们必须三思而行，从长计议，绝对不能操之过急。龙哥这些在黑道上混的人，信奉的是顺我者昌，逆我者亡。现在，我们俩对龙哥来说都是有用的人。尤其是你，你现在是龙哥的摇钱树，他绝对不会放你走。如果我们俩操之过急，把关系弄僵了，他不但不会放我们俩走，很可能会对我们俩下毒手。就算是我们俩回到了观海，他也不会善罢甘休，放过我们俩。老婆，你现在怀着孩子，万一有个三长两短，让我怎么活呀？今后，我们俩必须小心为上，慎之又慎，走一步看一步。"

二妮越听心里越紧张，忐忑不安地问："老公，我们的孩子已经四个多月了，行动越来越不方便，这可怎么办啊？"

常健把二妮抱在怀里，又在她头上轻轻亲了亲，安慰道："老婆，别怕……我会把这件事处理好。"

稍停片刻，常健说："现在看来，我负责的这项工程，短期内竣不了工，龙哥要是不想放我们俩走，他肯定不会派人来接替我。回到观海生孩子，已经不太可能了，我们俩要做好在这里生孩子的准备。半年之内，我们俩不要再跟龙哥提回观海的事。等孩子出生以后，我们俩再郑重其事地跟他提这件事。老婆，从明天开始，你就不要再去夜明珠唱歌了，这件事由我来给龙哥解释。"

二妮忙问："他能同意吗？"

常健说："我估计，这个面子，他会给我。"

第五十三章　无可奈何　被迫登台

二妮说："老公，你说怎么办就怎么办，我听你的。"稍微一愣，她又说道："小红这孩子太苦了，太可怜了。今后，我们俩要多关心她。"

常健点点头说："我也是这么想的。"

二妮和常健你一言我一语地说着话，不知不觉到了凌晨。二妮拉开窗帘，推开窗户，浓浓的雾气扑面而来，她又急忙关上了窗户。

外面，昏天黑地，灰蒙蒙的大雾把天地之间的一切都笼罩了起来。对面的山峰和树林，都不见了。大门外面那一棵郁郁葱葱的大树，变成了模模糊糊的阴影。窗台外面那一片五颜六色、争奇斗艳的鲜花，都无精打采地低着头，变得暗淡无光和灰头灰脑。

二妮看了一会，更加心烦意乱，自言自语地说："唉，又是烦人的一天。"

……

这天中午，常健给龙哥打电话，说："大哥，我有一件事要向你报告。"

电话那边的龙哥，笑着说："常老弟，我们俩谁跟谁啊，有话你就直接说吧。"

常健说："二妮怀孕已经四个多月了，反应得很厉害。她现在吃不下饭，睡不着觉，身体很虚弱。昨天晚上，呕吐了整整一晚上。她不能再上台唱歌了，请大哥谅解。"

龙哥一听，脸上立马阴云密布，心中腾地一下就上了火，犹豫了片刻，哼哼唧唧地说："啊……这么严重啊？这……怎么好啊？常老弟啊，弟妹的健康是天大的事，你赶紧送她去医院，让医生给看一看吧。"

"大哥，现在雾太大，轮渡不通。等轮渡通了，我就送她去医院。"

"这……确实难为弟妹了，我表示歉意。不过，这也是迫不得已、万般无奈的事啊。弟妹现在名声在外，慕名而来和指名道姓点她唱歌的人那么多，我们无能为力、得罪不起啊。常老弟啊，你看这样行不行啊，从今以后，让弟妹减少出场的次数，你再给弟妹多加点营养。至于钱嘛，我不会亏待你们俩。老弟啊，请你好好跟弟妹解释一下，让她多多理解。"

以前，对龙哥说的事，常健从来都是言听计从，不敢打折扣。现在这件事，常健没有退路。他想了想，说道："大哥的恩情，我永远不会忘记。大哥叫我干什么，我赴汤蹈火，在所不惜。但是，这件事有点特殊。我已经咨询过多次了，医生告诉我，像二妮这样的情况，再不休息静养，大人和孩子都可能保不住了。大哥，请你理解我的心情，答应我的请求。"

龙哥一愣，气得咬牙切齿，脸都变了形。龙哥心想，你常健扯什么淡啊，二妮活蹦乱跳的，健康得很，老子没有那么好骗。常健醉翁之意不在酒，老子心知肚明。想与老子玩心眼，你常健还嫩了点。常健自从恋上了二妮，胆子越来越大，越来越不识时务，与老子渐行渐远。现在，竟然敢不听招呼，真是胆大包天，岂有此理！

龙哥强压着满腔怒火，对常健说道："常老弟啊，你现在万般无奈，左右为难，我十分理解你现在的处境和心情，人之常情嘛，情有可原啊。现在，有一件事比较难办。我有十多位朋友，元旦那天要来夜明珠玩，点名要听弟妹唱歌，我已经答应他们了。这些朋友分别来自东南亚各国，还有几位来自美国和英国。他们都是些有头有脸的人物，我得罪不起啊。常言道，说出去的话，如泼出去的水，覆水难收啊。老弟啊，你我都是男子汉大丈夫，应该一言九鼎，你看这事应该怎么办啊？"

常健没有想到，龙哥这个老滑头，把球又踢了回来。他心里很清楚，如果自己再坚持下去，他和龙哥的关系肯定会弄僵，对自己很不利。他摇了摇头，无可奈何地说："大哥，我按照你说的去办。"

龙哥阴沉着脸，很不情愿地说："谢谢老弟。"

放下电话，常健一屁股坐到沙发上，气得半天说不出话来。

"怎么了，他怎么说？"二妮急着问。

常健气愤地说："这个老狐狸，他已经把我们俩绑架了，成了他赚钱的工具。"

二妮又急忙问："他答应了吗？"

常健气呼呼地说："元旦那天，他的朋友要来这里玩，你必须再给他们唱一场。"

这是一件让他们俩左右为难的事，他们俩都沉默了。不去唱吧，与龙哥的关系就弄僵了，后患无穷。去唱吧，他们俩从内心里一百个不愿意，而且二妮还挺着个大肚子。唱好了，龙哥心满意足了，更不会放他们俩走，结果是事与愿违。唱不好，惹火了龙哥，很可能会对他们俩下毒手，后果更不堪设想。事到如今，他们俩无可奈何，只能走一步，看一步。他们俩商量了半天，决定两害相较取其轻，不但要去唱，而且还要唱好。二妮认为，这一场演出，很可能成为她在泰国的告别演唱会，一定要唱出自己的水平来，给当地的人留下一个好印象。

……

元旦这天，泰国全国放假，举国欢庆。Q城的华人华侨们，身穿节日的盛装，带着礼品，走亲访友，互致祝福。大街小巷和广场上，有的在舞狮子，有的在耍龙灯，有的在放烟花爆竹，精彩纷呈，非常热闹。傍晚，华人华侨们和很多当地的人们，又蜂拥到夜明珠，听二妮唱歌。

夜幕降临，二妮来到了夜明珠对面的大海边。再过一个小时，她就要再一次走进夜明珠，上台唱歌了。此时此刻，她观看着眼前的夜色，心潮起伏，浮想联翩……

死气沉沉的夜幕上，看不到星星，只有黯淡无光和残缺不全的月亮，很不情愿地挂在上面，显得那么孤独和凄凉。大海上灰蒙蒙的，什么也看不清楚，只有远方的灯塔眨巴着萤火虫似的眼睛。偶尔传来一声轮船的汽笛声，是那么

第五十三章 无可奈何 被迫登台

闷声闷气和有气无力。大海已经累了，看上去疲惫不堪，昏昏沉沉，好像随时都会昏迷过去。那一块大礁石，孤苦伶仃地立在海水里。它皱着眉头，好像在回忆着往事，也好像在垂头丧气地哀叹着。开始退潮了，海水心烦意乱地抚摸着沙滩，然后无可奈何地一点一点地向后退去……沙滩闷闷不乐，很不情愿地与海水挥泪告别……海水和沙滩恋恋不舍，好像在诉说着什么，有几分哀愁，也有几分苍凉。空气好像凝固了，还带着浓浓的海腥味，令人胸闷气短，烦躁不安，好像在提醒人们，一场暴风骤雨，很快就会到来了。四周静悄悄的，有一种阴森森的感觉。只有夜明珠内，在放肆地喧嚣着，是那么刺耳，显得那么别扭。

二妮越看越胡思乱想，越看越心烦意乱。她渴望唱歌，但是，她不愿在夜明珠这个乌烟瘴气的地方唱歌。为了尽快摆脱姓龙的这个魔鬼，尽快回到观海去，她迫不得已，不得不再次在夜明珠登台唱歌。如果今天晚上唱好了，姓龙的很可能不会放她和常健走。如果今天晚上唱不好，姓龙的不但不会放她和常健走，还可能加害于他们俩。二妮进退两难，一筹莫展，万般无奈。

今天晚上，是元旦之夜，来了那么多听二妮唱歌的华人华侨，二妮不能对不起这些人。今天晚上的这一场演出，很可能是二妮在Q城的告别演出。二妮思前想后，决定不但要去唱，还要用心去唱，要在Q城的华人华侨中，留下一个好名声……

夜明珠歌舞厅里，人头攒动，座无虚席。龙哥和他的十多位朋友，坐在最佳的观看位置。他们一边品尝着美酒，一边观赏着节目。

精美漂亮的舞台上，旋转着的彩色灯光，粗犷而又震撼的音乐，使人们不由得产生一种如梦如幻的感觉。

一群不同肤色、打扮怪异、穿着十分暴露的青年男女，尽情地、夸张地、有点疯狂地扭动着身体。两个袒胸露背的青年女子，在声嘶力竭地唱着当地的流行歌曲。

突然，舞台上的灯光渐渐地暗了下来，只剩下一束银白色的聚光灯，照射在舞台的中央。

这时，二妮身穿淡粉色的拖地长裙，风度翩翩地走上舞台，一点也看不出她已怀着四个多月的身孕。她微笑着来到前台，温柔优雅地、深深地给观众鞠了一个躬。

舞台上，聚光灯下的二妮，美得让人不敢相信：她那漂亮美丽的脸蛋，美妙绝伦的身材，洁白无瑕的皮肤……她清新靓丽，超凡脱俗，纯洁神圣，就好像刚刚下凡的仙女。

观众们眼前一亮，被二妮的美艳惊呆了。舞台下先是鸦雀无声，然后响起了一阵雷鸣般的掌声。

二妮演唱的第一首歌曲是《月亮代表我的心》。她那美妙动听的声音还没有落下来，台下就响起一阵震耳欲聋的掌声。

接着，二妮又为大家演唱了《一帘幽梦》《在水一方》两首歌曲，人们的情绪被完全激发出来，掌声和欢呼声经久不息。

当二妮演唱完第四首歌曲《明天是否依然爱我》退场时，台下沸腾起来，歌迷们再也按捺不住内心的兴奋和欢乐，打着 Rock 手势，用生硬的汉语声嘶力竭地呼喊着："二妮……我爱你……"

二妮不得不返回舞台，又为大家演唱了《花好月圆》《雾里看花》两首歌曲。这时候，歌迷们有点疯狂了，掌声、呼叫声如汹涌的波涛，一浪高过一浪。有的冲上舞台，给二妮献花、握手，让二妮签名，还有的抢着拥抱二妮。高度紧张的常健，指挥着保安们左围右堵，总算稳定住了局面。

此时此刻，此情此景，二妮眼含泪花。她又为大家演唱了《牧羊曲》和《祝你平安》两首歌。她是用心在唱歌，用情感在唱歌。她那甜美动听的声音，打动着人们的心弦。她唱得太棒了，人们听得热血沸腾，如痴如醉。

当二妮再次鞠躬退场时，舞台下又响起了经久不息的掌声和呐喊声。二妮只好再次返回，为大家演唱了一首泰国歌曲《欢乐天堂》。演唱完毕，她一边给观众鞠躬，一边向后台退去。这时候，歌迷们的情绪更加疯狂了。舞台下，人们几乎全都站了起来。整个大厅里，欢呼声、呐喊声此起彼伏，响彻云霄。

舞台上，主持人不停地解释着。一群青年男女，跳起了拉丁舞。大电视屏幕的下方，滚动播出着一行字："二妮小姐怀有身孕，敬请各位谅解！"大电视屏幕上，正播放着二妮唱歌的录像片，她演唱的是《思乡曲》……

  中秋月挂天上
  映木楼照小窗
  远山云烟渺渺
  近水碧波茫茫
  海外万千游子
  隔山隔水相望
  相望，相望
  眼泪无限惆怅
  椰子树风中唱
  诉离情话衷肠
  最忆故乡草木
  难忘慈母生养
  ……

第五十四章 欢度国庆 帮助马兰

第五十四章　欢度国庆　帮助马兰

　　国庆节，学校放假，吃过早饭，三妮就带领着她的几个室友，来到大妮餐馆帮忙。听说三妮她们到大妮餐馆帮忙，陆鹏也跟着来了。一进餐馆，大家就挑自己的拿手活忙活起来。有的端盘子上菜，有的打扫卫生，有的洗菜刷碗筷，忙得不亦乐乎。

　　来大妮餐馆就餐的人，平时就排着队。今天是国庆佳节，前来就餐喝酒的人更是排起了长队。正忙得不可开交的大妮，看到三妮带来了这么多援兵，高兴得眉开眼笑。

　　十二点钟，一个美国大学生旅游团，四十多个人，游完了大妮餐馆对面的公园，肚子饿了，就商量着找吃饭的地方。他们看到人们在大妮餐馆门前，排着队等待就餐，感到十分好奇，也加入了进来。顿时，大妮餐馆门前排起了长长的队伍，成了一道亮丽的风景线。

　　大妮向外一看，吓了一跳。以前，餐馆里来几个外国海员，因为风玲玲她们会说几句英语，还能应付得过去。现在，一下子来了这么多美国大学生，排着长队，等着吃饭，这可怎么接待他们啊？她赶紧让员工在大厅里和餐馆外面的院子里加桌子，又让三妮把她的同学全都叫过来，简单地嘱咐了几句话，把接待这些美国大学生的任务，交给了三妮和她的同学。

　　陆鹏和马兰她们，一看来了这么多美国大学生，感到是学习英语的大好机会，一下子就来了情绪。他们一边给美国大学生们服务，一边与美国大学生叽里咕噜地交流起来。

　　卜小苗看到露脸的机会来了，高兴得手舞足蹈。她不管自己的英语说得对不对，呱啦呱啦地说个没完没了。她除了与美国大学生们商谈重大的国际性问题，还没有忘记与他们加深个人友谊，一杯接着一杯地与他们互相敬酒，忙得脚不沾地。

　　肖苹苹义愤填膺，她紧紧抓住美国为什么要轰炸中国驻南斯拉夫联盟大使馆，这个原则性的重大问题，慷慨激昂地与几个美国大学生进行激烈辩论，双方争得脸红脖子粗。要不是三妮在一旁几次提醒她，恐怕她要与美国大学生争吵起来。不过，辩论来辩论去，美国大学生有点理屈词穷，肖苹苹理直气壮，越辩越占上风。

甄倩倩和叶子青一边陪着美国大学生喝啤酒，一边与其中几个男生聊得热火朝天。

这些美国大学生好像终于找到了知音，高兴得又唱又跳，那个喝啤酒的阵式，才叫真正的酣畅淋漓和开怀畅饮啊。在餐馆就餐的国内顾客们感到十分纳闷和惊讶，大妮怎么一下子吸引来这么多美国大学生和活泼可爱的翻译啊？

不知不觉天就黑了，美国大学生品尝完美味佳肴和观海啤酒，恋恋不舍地离开了餐馆。大妮又摆上一桌子很丰盛的酒菜，感谢三妮的同学。

卜小苗一边喝啤酒，一边大呼过瘾，装模作样地说："妮子，你作为一班之长，就应该有所担当。现在，我交给你一个重要任务，你马上去通知观海大学的校长，告诉他，我们学校那些教英语的老师，误人子弟，讲课狗屁不是。从今以后，全校的英语课，都到大妮餐馆来上。这里既有正宗的英语老师，还能一边学习，一边喝啤酒，一举多得，这多痛快啊！"她话音未落，就引起了一阵哄堂大笑。

……

酒足饭饱，从大妮餐馆出来，已经是傍晚，陆鹏提议大家一块去跳舞。三妮不会跳舞，也不喜欢跳舞，她不想参加。但是，她架不住陆鹏和其他几个人七嘴八舌的劝说，她又不想扫大家的兴，只好随大流，跟着他们来到了海风歌舞厅。

这家歌舞厅虽然面积不算很大，但地处闹市区，里面装修得比较豪华，生意很火爆。大厅里，扑朔迷离的灯光不停地旋转着，有些拥挤的人群，伴随着一支支令人陶醉的乐曲，尽情地扭动着身体。阴暗的角落里，一对对男女，旁若无人地纠缠在一起，胡乱地亲吻着、抚摸着。

歌舞厅里有点闷热，陆鹏领着大家来到一个靠近窗子又相对僻静的位置坐了下来。他们一人点了一杯咖啡，一边品尝着咖啡，一边欣赏着跳舞的人。

今天是国庆节，大家刚刚痛痛快快地喝完啤酒，心情特别爽，都想玩个尽兴。甄倩倩和叶子青是名副其实的舞迷，早就心里发痒，按捺不住了，迫不及待地加入到跳舞的行列之中。

马兰和卜小苗刚刚学会跳舞，正在兴头上，也摩拳擦掌，跃跃欲试。她们俩还没有坐稳，就火急火燎地冲进舞池，淹没在人群之中。

肖苹苹会跳舞，舞技还不错，但她不喜欢在这种鱼龙混杂的地方跳舞，她喜欢静静地观看别人跳舞。她认为，舞场就好像人生的大舞台，静静地坐在舞池的一边，悠闲自得地品尝着咖啡，心旷神怡地观看着形形色色的男男女女们在舞池里淋漓尽致地表演，别有一番情趣。

第五十四章 欢度国庆 帮助马兰

上大学以来，清闲的时候，三妮也跟着马兰她们学过跳舞。按说，聪明伶俐的她学会跳舞不成问题。但是，她对跳舞一直没有兴趣。她总是心不在焉，前边学，后边忘，有的时候学得还没有忘得快。她对跳舞不感兴趣，不过并不反对别人喜欢跳舞。她虽然至今也没有学会跳舞，但也不是一窍不通，一些基本的要领和动作，还是掌握了一些。

陆鹏不但喜欢跳舞，而且还是舞场上的老手，他早就坐不住了。一支伦巴曲子结束，接着一支曲子是慢三。陆鹏轻轻地拍了拍三妮的肩膀头，邀请道："亲爱的，咱们俩去跳舞吧？"

三妮摇了摇头，不好意思地说："陆鹏，对不起，我不喜欢跳舞，也不会跳舞。你去跳吧，我在这里等着你。"

陆鹏说："亲爱的，我来教你。"

三妮给了陆鹏一个白眼，笑着说："我不去！你想在大庭广众之下让我丢人现眼啊？"

这时候，甄倩倩、马兰和卜小苗从人群里钻了出来，又回到了座位上。听到陆鹏和三妮的对话，甄倩倩憋不住了，酸溜溜地说："哎呀，跳个舞又不是上刑场，还用费这么多劲啊？妮子啊，你要是不介意，我借用一会你的老公，跳完一曲，马上原样还给你。"她瞧了瞧三妮和陆鹏，又接着问道："两位，你们意下如何啊？不会那么小气吧？"

三妮和陆鹏一愣，一时不知道怎么回答好。

肖苹苹瞪了甄倩倩一眼，气呼呼地甩出三个字："不要脸！"

甄倩倩从初中到现在，就一直和肖苹苹是同班同学。她们俩针锋相对，一见面就唇枪舌剑。冤家路窄。她们俩虽然谁也不愿意看见谁，但是，在这么个大都市里，偏偏是狭路相逢，从初中到大学，两个人鬼使神差地一直挤在了一个班里，而且这一挤就是七年多。甄倩倩的那些破烂事，被肖苹苹攥在手里，她自然对肖苹苹既恨又怕，但她拿肖苹苹没有办法，只能不理不睬。

甄倩倩虽然脸皮厚，但她也不想在这种场合掉价和下了不了台，她喝了几口咖啡，见三妮和陆鹏微笑着不表态，马上嗲声嗲气地说："妮子啊，陆哥啊，赏个脸吧，就陪我跳一支曲子。哈哈，国庆佳节，图个高兴，这不应该是个大问题吧？"

陆鹏不置可否，问三妮："你看……"

三妮笑吟吟地说："陆鹏，这么点屁事，你问我干吗？来这里就是为了玩，你们俩尽情地跳去吧。"

陆鹏听了，不再言语，高兴地拉着甄倩倩走进舞池，很快就消失在人头攒动的舞池之中。

看到陆鹏和甄倩倩上场了，马兰和卜小苗哪里还能坐得住啊。她们俩也很

快邀请到了舞伴,淹没在舞池中。

　　三妮和肖苹苹一边观赏着人们跳舞,一边山南海北地闲聊着。不知不觉,杯中的咖啡喝完了。她们俩来到吧台,又一人要了一杯咖啡。三妮刚要往自己的座位走,被肖苹苹拉到了吧台的另一边。

　　三妮感到莫名其妙,问:"小苹果,你拉我到这里干吗?"

　　肖苹苹用手指了指,很不情愿地说:"妮子,你自己看看吧。"

　　三妮顺着肖苹苹的手看过去……

　　舞池中的陆鹏和甄倩倩,真的是如痴如醉了。他们俩脸贴脸、胸贴胸、胯连胯地抱在一起,在人群中慢慢地移动着身体。两个人的手也很不安分,放的那个地方,很显然不是应该放的地方。

　　三妮一看,脑子蒙了,一片空白,她急急忙忙回到自己的座位上。她恨陆鹏和甄倩倩偷偷摸摸地干对不起她的事,恨他们俩太放肆、太放荡。等稍微冷静下来,她又感到自己恨得有些小气和不应该,她还感到自己有点少见多怪。她想,她和陆鹏刚刚开始谈对象,都有选择的权利。现在,他们俩之间,谁对谁都没有什么承诺,更不需要承担什么义务和责任。想到这里,她又豁然开朗,开始原谅陆鹏和甄倩倩。

　　见三妮默不作声,肖苹苹有些愧疚和自责地说:"妮子,说实话,我也不想让你看到刚才那一幕。但是,我们俩是好朋友,我不能不保护你。我的目的就是要提醒你,你不要让甄倩倩在你和陆鹏之间插上一杠子,把你和陆鹏的恋情搅黄了,更不能让甄倩倩把你的陆鹏抢走了。我和甄倩倩从上初中到现在,一直都是同班同学,我十分了解她。她心狠手辣,又很放荡,脸皮比牛皮还厚。她就像个狐狸精,先后抢走了我两个闺密的男朋友。所以,我不得不一再提醒你。"

　　三妮已经平静下来,微笑着说:"小苹果,谢谢你的好意。我和陆鹏虽然认识了很长时间,确定谈对象还是最近的事。我和他还没有什么约定和承诺,都有挑选对象的权利,应该互不干涉,更谈不上什么抢不抢。"

　　肖苹苹一愣,急忙问:"妮子,难道你就眼睁睁地看着甄倩倩把陆鹏抢走?"

　　三妮微笑着说:"是我的,别人怎么抢也抢不走。不是我的,我怎么留也留不住。"

　　肖苹苹听了,有点着急上火,气呼呼地说:"你拉倒吧,别那么幼稚和天真了。甄倩倩就像个狐狸精,再正派的男人,也经不住她的诱惑!"

　　两个人正说着,一支舞曲结束了,陆鹏和甄倩倩绯红着脸,意犹未尽地回到座位上。马兰、卜小苗和叶子青不知道跑到哪里去了,没有了踪影。

　　肖苹苹斜着眼光瞧了瞧甄倩倩,喝了口咖啡,一语双关地说:"陆哥啊,你不但是个白马王子,还是舞场上的高手。今天是国庆节,我和妮子都很高兴,

第五十四章 欢度国庆 帮助马兰

很想学学跳舞,过一会,你就教教我们俩跳舞吧。"

陆鹏爽快地说:"好啊,没有问题。"

甄倩倩无话可说,气呼呼地瞪了肖苹苹一眼。

肖苹苹也瞪了甄倩倩一眼,连讽加刺地说:"真欠扁,你要是闲着没事干,也可以教一教妮子和我。"

甄倩倩恨得咬牙切齿,指桑骂槐地说:"真扫兴,我走到哪里,都有个乌鸦嘴跟着,甩都甩不掉!"说完,她无可奈何地站起来,去找别的舞伴了。

看着甄倩倩气鼓鼓地走了,肖苹苹笑嘻嘻地说:"陆哥,你别见怪。我和甄倩倩从上初中就是同班同学,她这人不要脸,曾经把我两个闺密的男朋友都勾引走了,我看见她就来气。"愣了会,她又接着说:"陆哥,甄倩倩是个狐狸精,很放荡,你千万不要上她的当。"

陆鹏笑眯眯地对肖苹苹说:"学妹,谢谢你的提醒!"

正说着,马兰和卜小苗不知道从什么地方钻了出来。卜小苗还没有坐下,就火急火燎地大呼小叫:"不得了了,不得了了!出事了,出大事了!"

三妮一惊,急忙问道:"出什么事了,你快说!"

卜小苗喘了口粗气,一惊一乍地说:"跳舞的时候,我看见叶子黄和一个五十多岁的老头进包间了。我的天啊,这可怎么办啊?妮子,你是班头,要是出了事,你吃不了兜着走吧!"

三妮听了,松了一口气。她哭笑不得,摇了摇头说:"小不点,你一惊一乍的,吓死我了。"

卜小苗一愣,急忙问:"妮子,你是班头,这么严重的问题,你不管啊?"

三妮笑着说:"我没有工夫,你去管吧。"

这时候,又一支舞曲慢四开始了,马兰和卜小苗又急急忙忙去寻找自己的舞伴了。陆鹏对三妮说:"亲爱的,我们俩也去跳舞吧?"

三妮很难为情,说:"陆鹏,我真的不会跳舞,也不喜欢跳舞。来这样的地方,我只能当观众。你想跳就去跳吧,我在这里和小苹果说说话。"

肖苹苹笑嘻嘻地说:"妮子,你以为你是国家领导人啊?我要欣赏节目,哪有闲工夫听你唠叨啊!陆哥邀请你跳舞,你还拿什么架子呀!你不会跳舞,就应该跟着陆哥好好学一学。"

陆鹏对三妮说:"亲爱的,我不想和别人跳,我只想和你跳。"没有等三妮开口,他又马上说:"亲爱的,这不是上战场,也不是运动会上长跑比赛。这是在玩,这是娱乐消闲。你怕什么啊,我来教你。"他一边说着,一边拉着三妮,向舞池走去。

陆鹏不愧为舞场上的高手,他心里很明白,这样的场合不可能按部就班地教三妮跳舞,只能带着她慢慢适应,让她跟着乐曲找感觉。

刚上场时，三妮怕出丑，心情紧张，舞步有点乱。待心情平静下来，她小心翼翼地踏着节拍，跟着陆鹏的舞步慢慢移动和调整。不一会她就找到了感觉，动作也渐渐地协调和放开了。

陆鹏高兴得不得了，趴在三妮耳朵上，悄悄地说："亲爱的，你怎么说不会跳舞啊？你这不是跳得很好吗？你是不是想和杨丽萍比个高低啊？"

"滚，谁想和杨丽萍比高低了，小心我踩掉你的脚。"三妮微笑着说。

"我老婆就是聪明，一学就会，佩服……真的佩服啊。"陆鹏得意扬扬地感慨着。

"滚蛋，谁是你老婆啊！"三妮瞪着陆鹏说。

三妮第一次和一个男人跳舞，而且手拉着手，身贴着身，又是在大庭广众之下。她羞臊得满面绯红，浑身燥热。她感到，陆鹏的肩膀是那么坚实，胸膛是那么宽阔强健。陆鹏偶尔扫过的鼻息，又是那么撩人心扉。陆鹏的手臂紧紧地围在她的腰际，就好像是拖着她的整个身体。看着陆鹏那火辣辣的目光，她有些羞赧，还有点胆怯，又想这样无休止地一直跳下去。

今天，三妮上身穿一件淡黄色的羊毛衫，下身穿一件牛仔裤，乌黑飘逸的长发披散在肩上，显得更加超凡脱俗，亭亭玉立。陆鹏搂着这么一个清纯可爱的仙女跳舞，又靠得这么紧，他那颗本来就不安分的心，又开始蠢蠢欲动起来。他呼吸急促，心跳加速。他几次想亲吻三妮，都被三妮巧妙地躲了过去。他箍在三妮腰际的手，也开始不老实起来。

三妮羞红着脸，悄悄地说："陆鹏，咱们出去走走吧。"

陆鹏听了，高兴地点了点头。

……

从海风歌舞厅出来，三妮和陆鹏沿着一条幽静的小路，穿过一片小树林，向着海边的一座小山走去。一路上，三妮一直在翻来覆去思考着一个问题："我是不是爱上陆鹏了？"

这个小山，三面环海，一面和陆地相连。以前的时候，三妮和陆鹏多次到这里游玩。他们俩来到山头上，在一个小亭子里坐下来。这里既背风，又十分安静。

自从答应与陆鹏谈对象以后，三妮变了，变得有点心神不定和多愁善感了。她心里多了一份牵挂，多了一份愁绪。虽然对是不是已经爱上陆鹏了这个问题她至今没有想明白，但是，她知道过去那个天真烂漫、纯洁无瑕的她已经长大了，开始谈情说爱了，自觉不自觉地加入了大学校园中的恋爱军团。

三妮感到，整天在她面前晃来晃去的陆鹏还不错。每次和陆鹏在一起，是那么开心，那么快乐。如果把自己的终身托付给陆鹏，应该不会有错。有的时候，她也很担心。她感到对陆鹏的了解还不够，在陆鹏身上，还有一些看不透

第五十四章　欢度国庆　帮助马兰

的东西。如果自己不慎重从事，很可能会上当受骗。在陆鹏的身上，还有什么东西没有看透呢？她说不清道不明。

一轮圆圆的明月，从东面山坡上慢慢地爬上来，把银色的光辉挥洒在了山上和海面上。暗蓝色的天空中，数不清的星星，不停地眨巴着快乐的眼睛，好像在祝福着人们节日快乐。海面上风平浪静，海水轻轻地抚摸着柔软的沙滩，发出来温柔的动听悦耳的唰唰的声音。

一阵冷风吹来，三妮打了一个寒战。陆鹏见了，急忙把她揽在怀里。

"亲爱的，你一路上默不作声，在想什么啊？"陆鹏问道。

"最近，我一直在想，我是不是爱上你了。"三妮诚恳地回答道。

陆鹏一听，一阵兴奋，马上问道："亲爱的，你想的结果如何啊？"

三妮看着陆鹏的眼睛，说："不知道。"

陆鹏用手指头轻轻弹了弹三妮的头，笑眯眯地说："笨蛋，猪脑子，你自己想的问题，还能不知道？再说，这个问题已经不是问题了，你何必再浪费脑细胞啊？"

三妮说："你才猪脑子呢。我自己还没有想明白，怎么能有结果啊？"

陆鹏亲吻着三妮的脸，温柔地说："亲爱的，别再胡思乱想了，快快嫁给我吧，我已经等不及了。"

三妮急忙推开陆鹏的头，说："你这个坏家伙，老是占我的便宜。"

……

这天中午，田禾青急急忙忙找到马兰，递给马兰两封电报。一封是马兰老家的公安局发来的，另外一封是马兰的姑姑发来的，这两封电报的主要内容是："观海大学师范学院马兰同学，昨天晚上，歹徒抢夺钱物，把你的父亲马超前、母亲苏小兰杀死了，望你速回老家处理父亲母亲的丧事。"

这个噩耗，犹如一声晴天霹雳，顿时就把马兰震蒙了。马兰看完这两封电报，先是不敢相信这是真的，呆呆地愣了一会，然后撕心裂肺地号啕大哭起来，不一会就感到天旋地转，昏了过去……

马兰是独生女，遇到这样的弥天大祸，一下子就被击倒了。看着马兰那悲痛欲绝的样子，三妮心如刀绞。马兰是三妮的同学，也是三妮的闺密和好友，马兰有难，三妮绝不会袖手旁观。三妮挺身而出，决定陪同马兰回老家，帮助马兰处理其父亲母亲的丧事。

她们俩坐了二十五个小时的火车，从观海市来到了呼和浩特市，又坐了六个多小时的汽车，来到了鄂尔多斯市，然后换乘马兰的姑姑派来的车，到了晚上九点多，终于来到了马兰的老家。一路上，马兰悲痛欲绝，不停地哭泣。看到马兰那痛不欲生的样子，三妮心如刀绞，含着眼泪，不停地安慰劝说马兰，寸步不离地陪伴照顾马兰。

车子一进马兰家居住的村子，三妮放眼望去，这里没有蒙古包，也没有大沙漠，展现在眼前的是一个欣欣向荣的现代化的小村庄。这个村有一百多户人家，村子里华灯齐放，灯火通明，宽阔平整的水泥路面，花草树木郁郁葱葱，一排排一栋栋的二层小楼，独门独院，井然有序，非常漂亮。三妮不敢相信，这里就是马兰念念不忘的老家，这里就是闻名中外的鄂尔多斯大草原。

马兰的家在村子东头，家里装饰的很漂亮，全套的实木家具，彩电、冰箱、空调等家用电器一应俱全，应有尽有，给人一种金碧辉煌的感觉。她的爸爸妈妈开办了一家养殖场，肉牛存栏四千多头。三妮经常听马兰美滋滋说，他们家的小日子过得很不错，在全村是数一数二的富裕户。

马兰的爸爸妈妈的遗体，安放在一楼客厅里。一进院子大门，车子还没有停稳，马兰就急忙跳下车，冲进客厅里，扑到爸爸妈妈的遗体旁，撕心裂肺地哭叫起来……

马兰的姑姑介绍说，杀害马兰的爸爸妈妈的歹徒有三个人，他们蓄谋已久，早就盯上了马兰的爸爸妈妈。他们逼着马兰的爸爸妈妈，把所有的积蓄、存款和值钱的东西全都拿了出来，然后杀人灭口。这三名歹徒作案后畏罪潜逃，已经被公安局缉拿归案。

马兰家是汉族，按照马兰老家的风俗习惯，马兰的爸爸妈妈的遗体，至少要在家里安放三天，才能入殓出殡；马兰至少要在家里守孝七天，才能返回学校。马兰守灵三天，三妮和白云一直陪伴在马兰身边。白云是马兰的姑姑的女儿，十七岁，正在上高中三年级，她聪明伶俐，性格开朗，长得很漂亮。

入殓出殡这天，马兰披麻戴孝，打着灵幡，由三妮和白云搀扶着，把灵柩引领到家族茔地安葬。马兰家的亲朋好友和全村的人，几乎都参加了葬礼。葬礼结束以后，马兰家请参加葬礼的人们吃饭。等到参加葬礼的人们吃完饭，陆陆续续散去，已经到了深夜。

看到马兰那哀痛欲绝的样子，三妮心急如焚，她端过来一盘子点心和一杯牛奶，心疼地劝说道："马兰，你已经好几天没有吃饭了，再不吃点东西，身体就会垮掉。马兰，你不能这样糟蹋自己的身体了。你一定要吃点东西，我求求你了！"

马兰摇了摇头，哭泣着说："我吃不下，我想死。"

三妮语重心长地劝说道："马兰，叔叔和阿姨已经走了，不论你怎么样哭，他们也不可能再回来了。你是他们留在这个世界上的唯一的亲生骨肉，他们的在天之灵，肯定希望你健健康康地活着，快快乐乐地生活，把他们的生命和事业延续下去。他们是被歹徒杀害的，太冤枉啦，死不瞑目，肯定希望你为他们伸冤，为他们报仇雪恨。马兰，你一定要保重自己的身体，好好地活下去，让他们的在天之灵，安息瞑目。"

第五十四章 欢度国庆 帮助马兰

马兰又摇了摇头，泣不成声地说："我什么都没有了，我只想去死。"

三妮不厌其烦地劝说道："马兰，你好糊涂啊！叔叔和阿姨虽然走了，你还有关心爱护你的亲朋好友，还有关心爱护你的老师和同学。常言道，天有不测风云，人有旦夕祸福。人死如灯灭，不可能再复活了，活着的人要继续活下去。人有悲欢离合，月有阴晴圆缺，此事古难全。逝者安息，生者奋发，我们祖祖辈辈都是这样过来的。马兰，你必须勇敢地面对和接受这个令人伤心痛苦的残酷现实。马兰啊，别人的劝说和开导，有的时候也起不到多大作用，关键是自己劝说自己。我希望你节哀顺变，尽快从悲伤痛苦的阴影中走出来，开始新的生活。现在，已经到了年底，你要调整好心态，集中精力迎接年终考试，争取拿个好成绩！"

三妮见马兰还是忧心忡忡，愁眉苦脸，默默不语，又接着劝说道："马兰啊，你要把我当成你的亲姐妹，有什么困难和心事，就及时告诉我，我一定会全心全意地帮助你。从今以后，我们俩要携手并肩，同甘共苦，共同开拓美好的幸福生活。你在学费和生活费方面如果有困难，我一定会千方百计地帮助你。我已经考虑过了，我大姐很善良，乐于助人，她一定会慷慨解囊，助你一臂之力！"

马兰听了，感动得热泪盈眶，她紧紧地抱住三妮，激动地说："三妮，我的好妹妹，你比我的亲妹妹还要亲。你为我做了那么多事，我永远不会忘记你的情谊，我真诚地谢谢你！"

白云激动地说："马兰姐，从今以后，我要像对待自己的亲姐姐那样对待你。三妮姐，你是个心地善良的好人，我认识你很荣幸，真舍不得和你分开。我打算报考观海大学，和你们在一起。"

三妮急忙说："白云，我也舍不得和你分开，我欢迎你报考观海大学，也欢迎你经常到观海市游玩。"

马兰说："三妮啊，这几天，你一直废寝忘食、寸步不离地陪伴着我，吃了那么多苦，受了那么多累，我感激不尽。你是第一次来到我的老家，按理说，我应该陪着你好好地看一看大草原，但是，按照我老家的风俗习惯，我要在家里守孝，不能出门。明天，你自己去看一看大草原的景色吧，也随便散散心。"

三妮急忙说："不，我要一直陪伴着你！"

马兰果断地说："三妮，你来一次不容易，不要留下遗憾，我意已决，就按照我说的去办吧。"

白云急忙说："三妮姐，我给你当导游。"

在马兰和白云的再三劝说下，第二天早晨，三妮吃了点茶食，就匆匆忙忙出发了。她和白云乘坐着一辆越野车，出了村子不多远，一望无际的鄂尔多斯大草原，就展现在了眼前……

蓝蓝的天空中，飘荡着朵朵白云，青山掩映着绿绿的草地，羊群像一朵朵棉花在四处飘动，牛儿在津津有味地啃着鲜嫩的青草，马儿在自由自在地奔跑着。漫漫沙洲之中，不时地传来驼铃的声音。黄河像一条洁白的哈达，弯弯曲曲地漂浮在大草原上。偶尔看到几个小巧玲珑的蒙古包，镶嵌在绿色的"地毯"上。那一簇簇生命顽强的骆驼草，像是茫茫沙海中的一片片绿洲。那五颜六色和香气袭人的奇花异草，引来了彩蝶在翩翩起舞。啊，这就是美丽的鄂尔多斯大草原！

　　三妮全神贯注地聆听着"沙沙沙""嗡嗡嗡"的歌声，已经置身于鄂尔多斯最为神奇的地方——响沙湾。她聆听过歌唱家高亢嘹亮的歌声，也聆听过百灵鸟美妙动听的叫声，但沙漠的响声却曲尽其妙，别有一番风味，如空谷幽兰，如莺声燕语，像清风拂过琴弦，像落花漂在水上，令人迷恋，令人陶醉。聆听着沙子唱歌，再看一看那许许多多的沙子雕塑，更是别有风趣。不错，这里的沙子会唱歌，这里就是鄂尔多斯别具一格的会唱歌的响沙湾。"沙沙沙"，"嗡嗡嗡"，它好像在为三妮讲诉那古老的神话故事。

　　三妮恋恋不舍地离开响沙湾，来到了美丽的七星湖。她极目远望，浩瀚的沙漠之中，湖水旖旎，水波不惊，水鸟翔集，景色迷人。碧绿的湖水，美丽的草原，起伏的沙丘，蔚蓝的天空，缥缈的云朵，七个明镜般的湖泊排列有序，星罗棋布，状如北斗。大自然的神工鬼斧使其众多的天然景观相互映衬，浑然天成。在这里，三妮既领略了"大漠孤烟直，神湖日月辉"的雄浑神韵，又观赏了"日出大漠红胜火，塞北金秋美如画"的风光。观赏着这如梦如幻的景色，她惊叹不已，不由得陶醉了。

　　……

第五十五章 大妮怀孕 甜甜疯了

第五十五章 大妮怀孕 甜甜疯了

  纷纷扬扬的鹅毛大雪，下了整整一夜。苍茫大地，变成了无边无际的银白色的世界。早上，雪停了，天也晴了，一轮红日从东方的海面上冉冉升起。天空中，霞光万道，给白皑皑的大地蒙上了一层梦幻般的色彩。院子里那几棵雪松树上，一群喜鹊叽叽喳喳叫个不停。优美动听的歌曲《好日子》，伴随着一阵阵微风，在空中飘来荡去。

  大妮起床以后，感到一阵恶心，急忙跑进洗手间里呕吐起来。童军一惊，跟了进来，急忙问："老婆，怎么了？你病了？"

  大妮愣了一会，微笑着说："可能是怀孕了，好长时间没有来那个了。"又愣了一会，她羞羞答答地说："这都是你这个小坏蛋干的好事，弄大了我的肚子。"

  童军听了，欣喜若狂，高兴地抱住大妮就亲吻了几口，然后兴奋地喊叫着："太好了，我有大胖小子了……"

  大妮急忙推开童军，说："你别高兴得太早了，我还要去医院检查呢。"

  两个人急急忙忙吃了几口早饭，打了一辆出租车，来到了医院里。医生检查完毕，告诉他们俩，已经怀孕一个多月了。童军和大妮喜出望外，又马上打车回到家里。

  童军就好像伺候皇帝老子一样，小心翼翼地把大妮搀扶到床上，又是端饭、倒水，又是拿水果，忙得不亦乐乎。

  大妮受宠若惊，笑盈盈地说："弟，你别大惊小怪，搞得这么紧张兮兮的，我很别扭。"

  "老婆，从现在开始，你哪里也不要去了，什么事也不用操心，老老实实地休息，安心在家里静养。"童军一脸幸福，眼神里充满了温情和浓浓的爱意。他轻轻地抚摸着大妮的肚子，絮絮叨叨地嘱咐道。

  "弟，你别不懂装懂，婆婆妈妈的。我告诉你，女人怀孕生孩子，水到渠成，瓜熟蒂落，没有那么玄乎和娇贵。当年，我妈妈生三妮的时候，挺着个大肚子，还到地里割麦子。结果……"无意之中提到了妈妈，大妮心里顿时一阵

81

发酸，差一点流出眼泪来。

童军马上在大妮脸上亲吻了一下，又喋喋不休地嘱咐道："老婆，从现在开始，我们俩只想高兴的事，不许再想过去那些令人伤心痛苦的事。你一定要让我们俩的大胖小子每天都高高兴兴、快快乐乐地成长着，知道吗？"

大妮含情脉脉地使劲点了点头。

下午，童军来到菜市场，买了鲫鱼和鸡，还买了莲子、桂圆和红枣。回到家里，熬了一锅营养靓汤。傍晚，他又跑到新华书店，买回来好几本有关生儿育女的书籍。

夜里，童军美滋滋地躺在大妮的身边，轻轻地抚摸着大妮的肚子，兴奋得久久不能入睡，问："老婆，你睡着了？"

大妮抓住童军的手，温柔地说："小坏蛋，你这是明知故问。你老是摸我的肚子，我怎么能睡得着啊？"停了一会，她又说："弟，你跑前跑后、里里外外忙了一整天了，快点睡觉吧，明天还要上班呢。"

童军高兴地说："老婆，我太兴奋了，激动得睡不着。"

大妮激动地说："我也是。"

对于他们俩来说，这一天来得太不容易了，太珍贵了。他们俩背井离乡，来到这个人生地不熟的城市，相识相知、相约相守、相亲相爱。他们俩心心相印，经受了那么多磨难，度过了那么多风风雨雨，终于结合到了一起。现在，又有了爱情的结晶——孩子。他们俩就要当爸爸妈妈了，能不激动吗？这突如其来的特大喜讯，既给他俩带了无比巨大的幸福、自豪和成就感，也使他俩感到有点措手不及。

童军温柔地在大妮脸上亲吻着，笑吟吟地说："老婆，我感觉自己今天突然长大了，成了堂堂正正的男子汉，成了名副其实的一家之主。从今以后，我任重道远，责任重大，肩上的担子很重。我必须振奋精神，勇敢地去担当和面对。"

大妮若有所思，愣了一会，说道："弟，我今天也心潮起伏，想了很多，也有那种突然长大了的感觉。"

"老婆，从明天开始，你就不要去上班了，在家休息，餐馆的事我全包了。"

"小笨蛋，你想把我憋死啊？怀孕生孩子，多走走，多活动活动，对大人和孩子都有好处。再说，我身体好，没有那么娇贵。应该怎么办，我心里有数。你就放心吧，我不会有什么事。我放心不下餐馆，每天都要去。"

"老婆，你每天去餐馆看看可以。但是，你不能再干活，也不能再管事，你能做到吗？"

"弟，我听你的。"

"老婆，真神奇啊，这一不留神就'制造'出来一个大胖小子。"

"滚蛋，怎么能叫'制造'啊，多难听呀。你怎么知道是大胖小子啊？我喜欢女儿。"

第五十五章 大妮怀孕 甜甜疯了

"我也不知道我下的是什么种子，听天由命吧，大胖小子和女儿我都喜欢。不过，很可能是一箭双雕，是龙凤胎，也可能是一箭四雕，是四胞胎。"

"滚蛋，你又胡说八道。"

"老婆，你给咱们的孩子起的什么名字啊？"

"我没有想过，还是你起吧。"

"老婆，我已经考虑过很多次了。要是个男孩，就叫童星。我们的儿子就好像一颗冉冉升起的明星，多伟大啊。要是个女孩，就叫童月。我们的女儿就好像月亮一样，多温馨，多温柔啊。老婆，你看怎么样？"

"不错，就这么定了。不过，要是龙凤胎更好，一男一女，星星和月亮都全了，金星合月，交相呼应，那多美满幸福啊。"

"太好了，太棒了！老婆，你既才高八斗，满腹经纶，还敢想敢干，有开拓进取精神，真乃文武双全，女中豪杰。"

"油嘴滑舌。我发现你进步很快，学会拍马屁了。"

"不敢，老婆过奖了。我们俩现在有了房子，也有了孩子，应该尽快举行婚礼。"

"你打算什么时间举行婚礼啊？"

"春天吧，不冷不热，百花争艳，我们俩举行一个隆重的婚礼，那多漂亮啊。"

"行，我同意，就这么办。"

"老婆，你真好，太英明伟大了！"童军心花怒放，抱住大妮就亲吻起来。

……

一天中午，葛甜甜的爸爸妈妈突然来到了餐馆里，找到了大妮。他们俩哭了半天，才把事情说明白。原来是，葛甜甜得了精神病，已经住进了观海市精神病医院。

听说葛甜甜得了精神病，大妮惊得一屁股坐在沙发上，半天没有说出一个字来。

冷小静马上跑到厨房里，喊来了童军。童军问明情况，打了两辆出租车，来到了观海市精神病医院里。

病房里，葛甜甜目光呆滞，神经兮兮地坐在病号床上。她不哭也不闹，目不转睛地呆呆地看着自己的两只手，不停地傻乎乎地笑着："嘿嘿……哈哈……好看……呵呵……好看……"她蓬头散发，脸色和身上的皮肤苍白得很吓人，那一条条血管看得清清楚楚。脸上浮肿得变了形，原来那一对圆圆的人见人爱的大眼睛不见了，只能看到两条细细的缝。裤子上、床单上到处是一片片的血迹。医生说，葛甜甜来医院之前小产过，下身一直流血不止。她已经失去了记忆，忘记了一切，连自己的爸爸妈妈也不认识了。

这就是以前那个美丽漂亮、温柔可爱的葛甜甜吗？大妮难以置信，也不敢相信自己的眼睛。她心如刀绞，愣在了那里。当她反应过来，一下子扑了过去，紧紧地把葛甜甜抱在怀里，不停地哭喊着葛甜甜的名字。任凭大妮怎么哭喊，葛甜甜旁若无人，一点反应也没有，连看都不看大妮一眼，只知道看着自己的双手，不停地傻笑和自言自语。

大妮又一次惊呆了，一遍又一遍地问："甜甜，你不认识我了？甜甜，你怎么把我忘记了？甜甜,你这是怎么了？"她反复问着，葛甜甜还是一点反应也没有。

大妮犹如万箭穿心，她没有办法接受这个现实。她想放声大哭，但哭不出声音来。她想大声呐喊，也喊不出声音来。她快要崩溃了，眼泪好像决了堤的水，哗哗地流淌着。

童军和冷小静担心有孕在身的大妮哭坏了身子，好说歹说把她搀扶出病房。

离开了病房，大妮和童军带领着葛甜甜的爸爸妈妈来到了医院附近的一家宾馆里。大妮先给葛甜甜的爸爸妈妈办理好住房手续，然后来到餐厅，点了满满当当一桌子热气腾腾的饭菜，让葛甜甜的爸爸妈妈吃饭。

六天之前，葛甜甜的爸爸妈妈接到庄小军的电话，就火急火燎地从老家出发，风尘仆仆地来到了观海市精神病医院。看到花朵一般的女儿被庄小军折磨成人不人鬼不鬼的样子，他们俩犹如万箭穿心，哭得死去活来。从接到庄小军的电话，一直到现在为止，他们俩没有吃一顿热乎饭，没有睡一个囫囵觉，也一直没有见到庄小军的人影。给庄小军家打电话，一直没有人接。到庄小军的家去找，他家的小别墅一直锁着门。到派出所和警察学校去找，派出所和警察学校的人们说，庄小军已经被开除了，不知道他跑到哪里去了，很长时间没有看到他了。葛甜甜的二哥，原来被庄小军安排在观海市铁路局当装卸工。不知道庄小军捣的什么鬼，葛甜甜的二哥辛辛苦苦干了几个月，被无缘无故地辞退了，他无可奈何地离开了观海市，又回到了老家。葛甜甜的爸爸妈妈这次来观海市，真可谓天寒地冻，风雪交加，叫天天不应，叫地地不灵。他们俩费尽周折，总算找到了大妮。

大家围着饭桌坐下后，大妮从包里拿出一沓钱，交到葛甜甜的妈妈手里，说："大婶，甜甜出了这么大的事，我也帮不了你们。这是六千块钱，请你收下吧。"

葛甜甜的妈妈泪流满面，泣不成声："姑娘，你为甜甜，为我们家做了那么多事，我们不能再要你的钱了。"

大妮哭着说："大婶，我和甜甜如同亲姐妹。你们有难，我不能不管。现在，你们需要钱，不要再客气了。"

葛甜甜的爸爸擦着眼泪，激动地说："姑娘啊，我种一年地也挣不了这么多钱，你挣个钱也不容易啊。你的心意我们领了，这钱我们不能要。"

大妮泪如雨下，泣不成声地说："甜甜为了救我，误入庄小军的圈套，被庄小军害成这个样子。甜甜的恩情，我一辈子也报答不完。从今以后，甜甜的基本生活费，我都全包啦。我要像对待亲妹妹那样，对待甜甜！"

大妮又劝说道："大叔、大婶，这些钱不仅是给你们俩的，也是给甜甜看

第五十五章　大妮怀孕　甜甜疯了

病用的。这是我的一点心意，你们就不要再推辞了，一定要收下。"

经过童军和冷小静反复劝说，他们俩终于答应收下钱，然后急忙跪在地上，要给大妮磕头，被大妮和童军搀扶起来。

葛甜甜的爸爸妈妈看着摆在桌子上的六千块钱，再看看一桌子热气腾腾的饭菜，感动得泪流满面。他们俩的眼睛里，充满了对大妮的感激之情，也充满了忧伤、无奈和茫然。

大妮给两位老人倒上酒，深情地说："大叔、大婶，你们俩出来这么多天了，天寒地冻，无依无靠，没有地方吃饭，也没有地方睡觉，十分辛苦。今天晚上，甜甜有我们照看，你们俩多喝点白酒，暖暖身子，多吃点饭，然后，再好好地睡一觉。"

看着两个老人不停地流眼泪，一口饭菜也吃不下去，大妮劝说道："大叔、大婶，你们俩这么大年纪了，天气这么冷，吃不好睡不好，再加上心情不好，我真担心你们俩的身体挺不住。要是你们俩再病倒了，有个三长两短，那可怎么办呀？"

葛甜甜的妈妈哭着对大妮说："姑娘，你是个好人，你是我们家的大恩人，我们家永远不会忘记你的恩德。甜甜能遇到你这样的好人，是她上辈子修来的福气。"

大妮流着眼泪说："大婶，你别这样说，这都是我应该做的。我和甜甜就像亲姐妹，她出事以后，我一直想帮助她，但是，我不知道应该怎么做。"

葛甜甜的妈妈哽咽着说："甜甜让庄小军给祸害成这个样子，我就是变成鬼，也不会放过庄小军。"

童军心事重重地问："大叔、大婶，甜甜以前跟你们打电话的时候，说到过庄小军吗？"

葛甜甜的爸爸哭着说："甜甜打过几次电话，只是哭，她什么也不说。"

葛甜甜的妈妈抽泣着说："都怨我啊，我应该去死！上次甜甜出了事，我就应该把她带回家。我相信了庄小军的花言巧语，逼着甜甜和庄小军订了婚，把甜甜推进了火坑里！我对不起甜甜，我后悔啊！我……"她再也说不下去了。

冷小静气愤地说："庄小军丧尽天良，把甜甜害成这个样子，我们应该去告他！"

葛甜甜的爸爸说："这几天，我和甜甜她妈一直商量这一件事。甜甜现在什么都不知道了，什么都想不起来了。告庄小军有什么用啊，我们手里没有证据，根本不可能告倒他。我们是庄稼人，没有本事与他打官司，也没有钱与他打官司。想来想去，我们只能自认倒霉。现在，我们也不想再去找庄小军了。我们就算找到了庄小军，他不会认账，不会再管甜甜的事，只能是伤口上撒盐，让我们更加伤心和痛苦。"

冷小静愤愤不平地问："那怎么办啊？你们这样做，也太便宜庄小军这个畜生了！"

葛甜甜的妈妈不停地摇头叹气，说："我的闺女命苦啊。事到如今，说什么都晚了。我们只能打掉牙咽到肚子里。后天，我就带着甜甜回家。甜甜就是死，也要让她死在家里，死在我的怀里。"

大妮听了，心如刀绞，抽泣着说："大婶，如果就这么不了了之了，甜甜太冤枉啊！"

葛甜甜的妈妈哭了一会，咬牙切齿地说："不报仇雪恨，不出这口冤枉气，我和甜甜死不瞑目。我们是平民百姓，拿庄小军这个恶魔没有一点办法。我们只能回到家里以后，给老天爷上供烧高香，求老天爷来惩罚他！"

童军忧心忡忡地说："大叔、大婶，你们劳累这么多天了，先吃饭，吃完饭好好地睡一觉。有什么事，我们明天再说。"

深夜，病房外面，暴风雪在伸手不见五指的夜幕中，疯狂地肆虐着……

狂风怒吼着从病房后面的山坡上和山谷里扑过来，无情地折磨着病房后面那一大片光秃秃的老槐树，老槐树被刮得摇来晃去，发出痛苦的哀鸣声，令人心碎。狂风席卷着漫天飞舞和纷纷扬扬的鹅毛大雪，吼叫着不停地撞击着病房，好像要把病房一下子撞个稀巴烂，也好像要把病房一口吞掉，发出来的可怕声音，令人心惊肉跳。在黑洞洞的夜空中，不时地传来几声乌鸦的哭叫声，还有狼嚎和野狗的嘶叫声音，令人心惊胆战，毛骨悚然……

狂风不停地吼叫着，不停地咆哮着，仿佛在向全世界宣布，地球上的一切，都被它征服了，都变成了它的奴仆和食物，它可以任意蹂躏和毁灭。

大妮坐在葛甜甜的床上，把葛甜甜紧紧地抱在怀里。她一会儿看看睡梦中的葛甜甜，一会儿看看窗子外面漆黑黑的夜空，犹如万箭穿心，哭了整整一夜。

童军几乎整整一夜没有合眼。看着葛甜甜那疯疯癫癫的样子，他心如刀绞。看着大妮那伤心痛苦和十分憔悴的样子，他又担惊受怕。他坐在葛甜甜的床边，不停地安慰劝说着大妮。

"姐，你怀着孩子，一定要想开点。千万不能因为过度悲伤和劳累，影响到你和孩子的健康。你哭哭啼啼，不吃不喝，我一直提心吊胆，心里就好像针扎一样难受。"

"弟，你放心吧，我没有事。"

"姐，有你这一句话，我就放心了。"

"看到甜甜这个样子，我的心都碎了。"

"姐，我的心情和你一样。"

"弟，我总是感觉甜甜是为了我，才上当受骗，中了庄小军的圈套，落了个这样的下场，变成这个样子。我感到心里有愧，对不起甜甜。"

"庄小军这样的人，心黑手辣，色胆包天。他既然盯上了甜甜，就不会再放过她，不达目的他绝对不会罢休。我们就是千方百计去阻拦他，也不见得有用处。"

"甜甜被折磨成了这个样子，应该怎么办啊？"

"没有好办法，只能按照甜甜的爸爸妈妈说的去办，忍气吞声，不了了之。"

第五十五章　大妮怀孕　甜甜疯了

"弟，我实在是咽不下这口气啊。甜甜太冤枉了，这样太便宜庄小军了！"

"上次，庄小军强暴了甜甜，都没有去告他。现在，甜甜已经疯了，什么都忘记了，再去告庄小军，打赢官司的可能性很小。"

"弟，庄小军丧尽天良，政府什么时候把他抓起来，绳之以法啊？"

"我也不知道，可能是政府还不知道他的罪行吧。不过，我可以肯定，庄小军作恶多端，兔子尾巴长不了，绝对没有好下场，法律早晚会惩罚他。"

"甜甜刚刚满十七岁，变成了现在这个样子，她这辈子怎么熬呀？她的命怎么这么苦啊？"

"姐，天快亮了，你也迷糊一会吧。"

"我满脑子都是甜甜，根本睡不着。"

第二天上午，大妮和童军打车来到一家商场，给葛甜甜和她的爸爸妈妈买了很多衣服、食品和生活用品。回到医院后，大妮和葛甜甜的妈妈把葛甜甜领到洗浴室，给她洗完澡，又把她换下来的衣服洗干净。下午，大妮和葛甜甜的爸爸妈妈详细咨询了医生，给葛甜甜买了一些药品。晚上，大妮带领着葛甜甜来到她爸爸妈妈住的宾馆里，点了满满当当一桌子饭菜，请她和她的爸爸妈妈吃饭。

在这期间，大妮一直在想方设法与葛甜甜进行沟通和交流，想唤起她的记忆。葛甜甜只是看着自己的双手傻笑，对大妮提出的各种问题，没有一点反应和表示。最终，大妮彻底失望了，心里更加悲痛。

第三天傍晚，大妮和童军以及餐馆里的员工们，哭着把葛甜甜和她的爸爸妈妈送上了西去的火车……

苍天哭了，它哭得混混沌沌。灰蒙蒙的天空中，漫天飞舞的鹅毛大雪，铺天盖地地下个不停，而且越下越大，不知道什么时间才能停下来……

大地哭了，它哭得悲惨凄凉。昔日生机勃勃、郁郁葱葱的花草树木，都枯萎凋谢了，是那么凄凄惨惨戚戚。那如梦如幻、如诗如画的山光水色，蒙上了一层灰蒙蒙的白纱，变得是那么死气沉沉和黯淡无光……

狂风也哭了，它哭得声嘶力竭。它吼叫着不停地抽打着大地，抽打着高楼大厦，抽打着天地之间的一切，尽情地发泄着它的悲伤和愤怒……

火车上，大妮紧紧地抱着葛甜甜，哭成了一个泪人。她不停地哭喊着："甜甜……你要快点好起来，甜甜……你要等着我，我有空就去看你，甜甜……"她那凄凄惨惨的哭声，令人肝肠寸断。

火车就要开动了，大妮还是恋恋不舍地紧紧地抱着葛甜甜，不肯放手，被童军和冷小静拉了下来。

站台上，大妮泪流满面，哭喊着葛甜甜的名字，看着缓缓驶去的火车，带着葛甜甜和她的爸爸妈妈，慢慢地消失在狂风暴雪之中。

……

第五十六章　拜师收徒 出岛旅游

一天早晨，小红带领着二妮到双乳岛的南面去玩。双乳岛的南面，也叫南乳岛。自从二妮来到双乳岛上，这是第一次去南乳岛上玩。

小红来到双乳岛上，就被龙哥囚禁在了他的小别墅里，成了他的奴仆。开始的时候，龙哥对她看管得十分严格，不让她离开小别墅，更不让她接近夜明珠。龙哥还派了一名保安，专门看管着她。时间长了，他发现小红不但温顺听话，少言寡语，而且胆小怕事，就渐渐地放松了对她的看管和警惕。平时，小红除了伺候龙哥，很多时间都是一个人孤零零地待在小别墅里。龙哥出岛，常常一两个月回来一次，有的时候三四个月才回来一次。小红寂寞孤独的时候，就想方设法找地方玩。北乳岛和夜明珠附近不能去玩，她就千方百计避开那名保安，偷偷地跑到南乳岛上去玩。

南乳岛上，荒无人烟，到处是悬崖峭壁，没有道路，很少有人能过得去。开始的时候，小红怎么也找不到路。时间长了，去的次数多了，她终于找到了一条别人都不知道的小路。严格说来，这根本就不是一条路。不用攀登悬崖峭壁，就能来到南乳岛上，这应该算是小红的一个不大不小的发现。当然，小红的这个发现，她没有告诉别人，居住在北乳岛的人都不知道。

小红带领着二妮，顺着一条弯弯曲曲的小溪，来到一片犬牙交错的礁石里面。她们沿着一条条曲曲折折的缝隙，先是转来转去，接着又拐来拐去，把二妮的头都弄迷糊了。正当二妮困惑和怀疑能不能走过去的时候，翻过一大块岩石，眼前突然一片光明。二妮急忙抬头一看，哇，前面花团锦簇，鸟语花香，已经鬼使神差一般来到了南乳岛上。二妮顿时欣喜若狂，不由自主地想起了南宋诗人陆游的两句诗：山重水复疑无路，柳暗花明又一村。

坐在山顶上，二妮呼吸着清新芳香的空气，放眼眺望，陶醉在眼前迷人的、美妙的、梦幻般的景色之中……

东面，一轮红日羞羞答答地跃出海面，恋恋不舍地向着空中冉冉升起。瞬间，天地之间，霞光万道，金光闪闪。

第五十六章　拜师收徒 出岛旅游

南面,是一望无际的大海,天连着海,海连着天。湛蓝的空中,那一朵朵云团,不停地变幻着形状和颜色。霞光映在海面上,一个接着一个的彩色波澜,不停地翻滚着,向着岸边涌动着。

西面,虚无缥缈的薄雾中,那雄伟壮观的山峦,那郁郁葱葱的树林,隐隐约约,若有若无,时隐时现。绚丽多彩的霞光挥洒在上面,就好像一个如梦如幻的童话世界。

脚下,千姿百态、五颜六色的鲜花,争相绽放,漫山遍野,被那金光灿灿的霞光一照,变成了一片争奇斗艳、万紫千红的鲜花的海洋……

"我的天啊,这个地方是仙境吧,怎么这么美啊!"二妮不由得感叹道。

"姐,我经常来这里玩,有的时候比现在还漂亮。"小红美滋滋地说。

二妮跟着小红,来到了鲜花丛中。那千姿百态、五彩纷呈的鲜花,有映山红,有蝴蝶兰,有百合花,有美人蕉……姹紫嫣红,争奇斗艳。她们俩边看边采,然后编制成花环,戴在头上。小红高兴得手舞足蹈,又喊又叫。二妮触景生情,不由自主地放声歌唱起来……

在那桃花盛开的地方
有我可爱的故乡
桃树倒映在明净的水面
桃林环抱着秀丽的村庄
啊,故乡
生我养我的地方
无论我在哪里放哨站岗
总是把你深情地向往
……

在这荒无人烟的地方,虽然只有二妮和小红两个人,二妮唱得热血沸腾,小红听得如痴如醉。

"姐,你真棒,你唱得太好了!"小红赞叹着,搀扶着二妮坐在一块大石头上,然后又递给二妮一瓶矿泉水。

"小红,你喜欢唱歌吗?"

"喜欢,但我不会唱歌。"

"我可以教你啊。"

"啊,太好了,真的吗?"

"是真的。不过,你先唱一首歌,让我听听,看看你适不适合唱歌。"

"那……多不好意思啊。再说,我五音不全,别人听见,一定会笑掉大牙。"

"唱歌，有什么不好意思呀。再说，这里又没有外人。小红，你就扯开嗓子使劲唱吧，就当是自娱自乐。"

小红想了想，又忸怩了半天，羞怯地唱了一首《姑娘生来爱唱歌》。由于害羞和紧张，她唱得跑了调，没有唱完就不唱了。二妮给小红加油鼓劲，鼓励她再唱一遍。这一遍，小红不那么害羞和紧张了，也放开了，唱得还算不错。

二妮听了，十分惊讶，她没有想到，平时不言不语的小红，嗓子这么好。她高兴地说："小红，你有一副天生的好嗓子。只要你认真学习，将来一定是一名好歌手。"她想了想，又说："小红，要想把歌唱好，就必须认识字。这样吧，我一边教你唱歌，一边教你认识字，你看怎么样啊？"

小红不敢相信这是真的，忙问："姐，我能行吗？"

二妮笑着说："只要你努力，肯定行。"

小红又问："姐，你真的愿意当我的老师？你真的愿意收我这个徒弟？"

二妮点点头，说："我愿意。"

小红听了，高兴地在二妮脸上亲了一下，激动地说："姐，你真好！"说完就要给二妮磕头，被二妮拉了起来。

二妮沉思了一会，说："我给你制订一个学习计划，今后，你每天按照计划进行学习。"

小红笑逐颜开，兴高采烈地说："姐，你放心吧，我一定按照你说的去做。"

二妮语重心长地说："小红啊，你年龄这么小，一定要多学习点知识。你学会了唱歌，再认识字，将来回到国内，好找一个你喜欢的工作。"

想到回国的事，二妮就心烦意乱起来。她喝了一口矿泉水，说："我一天也不愿待在这里，心里烦透了。"

"姐，我们什么时候能回国啊？"小红迫不及待地问。

二妮气愤地说："姓龙的这个魔鬼，他现在不放我们走。"

小红急忙问："那怎么办啊？"

二妮说："这件事不能操之过急，要是把他惹火了，不管我们走到哪里，他都会对我们下毒手。"

小红想了想，说："姐，你说得对，他什么样的坏事都能干出来。"稍停片刻，她又问道："姐，要是他一直不放我们走，那可咋办呀？"

二妮十分果断地说："我们绝对不能听他的摆布！"愣了一会，她又唉声叹气地说："我怀的这个孩子，已经快六个月了。要是再走不成，就只能在这里生了。哎，这个孩子来得真不是个时候啊。"

"姐，你别着急，会有办法。"

"妹，我和常健商量好了，我们俩走的时候一定带着你，绝对不会把你一个人留在这里。"

第五十六章　拜师收徒　出岛旅游

"姐，我相信你和常大哥。"停了会，小红又说："姐，我不想和你分开。等回国以后，看望了我妈妈，我还要跟着你，你愿意要我吗？"

二妮把小红搂在怀里，高兴地说："我一百个愿意！只要你愿意，我们俩一辈子不分离。"

小红高兴地说："姐，你真好！"

二妮和小红观赏着鲜花，顺着一条小山沟，来到山脚下。她抬头一看，又被眼前的景色惊呆了……

面前是一大一小两个山头，中间相隔不到十米。两个山头的外面，是波涛汹涌、一望无际的大海。两个山头的里面，却是一个天然的避风休息之处。有一条小渔船停靠在这里，两个渔民正在收拾着渔网。

二妮跟着小红，来到小渔船旁边。小红以前来这里玩的时候，经常见到来这里避风休息的渔民们，见的次数多了，彼此就成了熟人。小红和两个渔民打过招呼，又用泰语交谈了一会儿。然后，小红带领二妮来到一个山头下面，兴致勃勃地观看一个有泉水的小山洞。

离开小山洞，告别了那两个渔民，二妮和小红意犹未尽，恋恋不舍地往回走。走着走着，二妮突然发现脚前面有一条长蛇。她吓得头皮发麻，不由得尖叫起来。

这一条蛇有一米多长，它昂着头，瞪着绿豆似的两个小眼睛，闪动着蓝莹莹的凶光，那细长而又开叉的舌头，犹如一道发怒的闪电，不停地抖动着。

小红吓了一跳，急忙喊道："姐，别动，千万别动。你一动，它就咬你。我来治它！"

小红飞快地从身边的树上折下一根又粗又长的树枝，照着蛇的头部狠狠地打了过去，又瞬间将蛇挑了起来，抛进了山沟里。小红丢掉树枝，马上过来搀扶惊魂未定二妮，安慰道："姐，不要怕，已经没事了！"

……

春节期间，常健请了五天假，同二妮和小红一起离开双乳岛，到曼谷旅游。

小红从小生活在大山里，不知道外面的世界是什么样子。她迷迷糊糊地来到双乳岛上，接着被龙哥囚禁在他的别墅里。在这个牢房似的别墅里，她孤苦伶仃地熬了两年多。她做梦都想走出这个地狱，飞出这个牢笼，去看看外面的世界，过自由自在的生活。但是，龙哥不让她离开别墅，更不让她离开双乳岛。她望眼欲穿，只能眺望着大海对面的 Q 城，一次又一次地流泪。现在，她终于盼来了这一天。她好像一只从铁笼子里飞出来的小鸟，高兴得手舞足蹈。

来到曼谷，他们住进了万豪酒店。稍事休息，他们游览了皇家田广场和附近的一些旅游观光景点。晚上，他们在万豪酒店品尝了泰式自助火锅。

第二天上午，他们来到大皇宫。大皇宫集泰、中、西建筑艺术风格于一身，金碧辉煌，庄严典雅，雕刻工艺十分精湛。

那一座座奇妙别致、直插云霄、宏伟壮观的佛塔式建筑，在阳光下熠熠生辉。

他们恋恋不舍地离开大皇宫，来到了玉佛寺。玉佛寺是泰国所有寺庙中最崇高的代表。寺内供奉着一尊四面佛，用稀世珍宝翡翠雕刻而成，是泰国的镇国之宝。四面佛原名大梵天王，乃是创造天地之神和众生之父，掌握着人间生老病死和荣华富贵，法力无边。那美丽的宫殿和雄伟的佛寺建筑，洋溢着民族和宗教的和谐气氛。

一进门，他们买了十二柱香、一个蜡烛和四个茉莉花圈。从入口处的佛面开始参拜，插上三炷香和一个花圈，为自己和亲朋好友祈福许愿，求得一生健康平安和好运。参拜完第四个佛面以后，又回到第一个佛面再参拜一次，最后到旁边的水缸里舀一杯神水，拍在头上、脸上和脖子上。

参拜完四面佛，他们又兴致勃勃地观看了玉佛寺四周长廊上的一百七十八幅大型壁画，然后来到了附近的卧佛寺。卧佛寺内，那巨大的、全身金光闪闪的室内卧佛，使他们的心灵受到了极大的震撼。

下午，他们观看了东南亚最大的水族馆。置身于四十多个玻璃房中间，看到自己头上和身边那数百种海洋生物，他们好像在梦幻一般的海底世界漫游。

晚上，他们坐着湄公河快船，观看完两岸的美丽景色，来到了唐人街。他们在唐人街吃完小吃，坐在高空观景台，俯瞰曼谷夜景。观赏着那迷人的、天堂一般的景色，他们心旷神怡。

第三天上午，他们参观了东南亚最大的博物馆——泰国国家博物馆。那应有尽有的各种类型的珍贵文物，从不同的时代、不同的角度展现了泰国悠久的文化和历史。

下午，他们游玩完暹罗广场，来到皇权免税购物中心。这里物美价廉，是购物的天堂。他们在琳琅满目的物品中精挑细选。

晚上，他们品尝完泰国的海鲜烧烤，又兴致勃勃地欣赏了泰国文艺节目和精彩的人妖歌舞表演。

大年初一这天，他们回到了双乳岛对面的Q城。安排好住宿以后，他们来到海边沙滩上，迎着温柔的海风，悠闲地踏了一会海浪。累了，他们就躺在洁白干净、温暖舒适的细沙上，享受日光浴的乐趣。他们放松自我，忘掉一切世俗尘嚣和烦恼，陶醉在蓝天碧海的大自然的怀抱之中……

下午，他们在风光秀丽、郁郁葱葱、鲜花盛开的公园中，观赏完大象和其他动物的精彩表演，来到了公园旁边一家华人餐馆。

这家华人餐馆依山傍海，环境十分优雅。他们点完饭菜，慢慢地品尝着美酒。

在他们的邻桌上，正在就餐的八个人，说的是半生不熟的汉语。二妮、常健和小红感到好奇，就主动打过招呼，用汉语和他们交谈起来。

第五十六章　拜师收徒　出岛旅游

年龄最大叫齐中华，老家在中国的观海市，六十三岁，头发花白，气宇轩昂，满面慈祥。他十八岁就在国民党军队当兵，五十年代从云南省溃退到金三角。后来，他几经周折，又来到了泰国的Q城，并在这里成家立业，妻子是华人后裔，已经去世多年了。他现在是Q城华人老乡会的会长。他有两个儿子、一个女儿。今天，与他同桌吃饭的都是他的家人。

大儿子叫齐强，是一名高级督察，三十一岁，长得人高马大，已经结婚，妻子是一名律师，有一个六岁的男孩子。

二儿子叫齐盛，是泰中影视交流协会的秘书长，二十八岁，文质彬彬，潇洒帅气。他的妻子和女儿在一次空难事故中去世，现孤身一人。

女儿叫齐霞，是Q城一家医院的医生，二十五岁，身材苗条，十分漂亮，她的丈夫是一名法官，有一个三岁的儿子。

当齐中华得知二妮和常健来自中国的观海市，二妮就是在夜明珠唱歌的那个中国女孩子时，他欣喜万分，马上让服务员把两个饭桌合并在一起，重新添酒加菜。

酒菜上齐，齐中华说："今天是大年初一，是我们华人最隆重的节日——春节。俗话说，每逢佳节倍思亲。我做梦也没有想到，在此时此地，遇到了来自中国的老乡，而且二妮和常健还来自我的老家——中国的观海市。这样的巧合实属难得，更是缘分，真是可喜可贺啊，我们要开怀畅饮，好好地庆贺一下。现在，我提议共同干杯！"说完，他和大家共同举杯，一饮而尽。

偶然认识了齐中华一家人，二妮感到十分惊奇，她激动地说："齐大爷，您老人家是我们三个人来到泰国以后，认识的第一位本地华人、第一位德高望重的老乡。能认识您和您的家人，既是机遇和缘分，也是我们三个人的荣幸。按照老家的风俗习惯，我们三个人应该先给您敬酒。"说完，二妮、常健和小红一起，给齐中华一家人敬了三杯酒。按照礼节，齐中华一家人又回敬了三杯酒。

今天是新春佳节，在异国他乡，老乡相逢，大家都很高兴，气氛很热烈，话也越来越多。老乡之间，情感相通，有共同语言，越聊越投机，越聊越热乎，越聊越有感情，大家渐渐地有了一种一见如故、相见恨晚的感觉。

齐中华兴高采烈，他拿出自己的名片，给二妮他们每人发了一张，说道："你们出门在外，在这里人生地不熟。有需要我的地方，不用客气，及时告诉我。我在这里熟人多，一定会尽力帮助你们。"

二妮感动地说："齐大爷，谢谢您！"她想了想，接着说道："我们三个人都想尽快离开夜明珠，回到祖国去。"

齐中华听了，先是一愣，问道："为什么啊？"

说到夜明珠，提到想回国，就会自然而然牵扯出龙哥。二妮拿不准齐中华一家人与龙哥有没有关系，在这样的场合说龙哥合适不合适，但她不想失去这次难得的机会,就试探着问道:"齐大爷,我想问一下,您一家人与龙哥熟不熟啊?"

齐中华听了,马上明白了二妮的意思,急忙说:"二妮,你的意思我明白,你不要有什么顾虑,有什么事,尽管放心说。我和我的家人都不认识龙哥这个人,与他没有任何瓜葛。"

二妮说道:"齐大爷,我不会看错人。直觉告诉我,您一家人都是可以信赖的好人。我实话实说,我们三个人,都想尽快离开龙哥。"

齐中华听了,有些吃惊。他面色凝重,沉思了片刻,说道:"我们一家人虽然没有和龙哥打过交道,但对于龙哥的为人,我们早有耳闻。你们既然这样信任我们,我就对你们实话实说。龙哥这个人的情况很复杂,你们与他一起共事,一定要多个心眼,小心为上,免得吃亏上当。"

二妮听了,打消了顾虑,她先把他们三个人与龙哥认识和交往的经过,简明扼要地说了下,然后愤怒地说道:"姓龙的是吃人不吐骨头的恶魔,是披着人皮的狼。小红是他骗来的,他把我和常健当成了挣钱的工具,不放我们回国。那个夜明珠,是个名副其实的妓女院。现在,我们恨不得马上离开夜明珠,马上离开姓龙的。但是,我们初来乍到,人生地不熟,又受制于他,只能度日如年地熬着。"

听完二妮的诉说,齐中华沉思了很长时间,神情凝重地说:"你们遇到的问题比较复杂,应该怎么样处理,我一时说不好。以后,我们可以电话联系。你们现在的心情和处境,我都理解。处理这一件事,一定要三思而行,千万不要操之过急。如果你们和姓龙的闹僵了,不管你们走到哪里,他都会找你们的麻烦。"

二妮、常健和小红听了,连连道谢,给齐中华敬酒。

齐盛高兴地说:"二妮,我已经两次去夜明珠听你唱歌。你唱得真好,深深地打动了我,我现在已经成了你的粉丝。你是一个难得的人才,我邀请你来泰中影视交流协会工作。协会在泰国的Q城和中国的观海市分别建立了泰中影视交流基地,急需你这样的人才。在协会工作,经常在泰国的Q城和中国的观海市之间来回跑,我看你很适合。"

二妮一听,十分高兴,急忙说:"齐盛哥,太好了,谢谢你!不过,要等到我生了孩子以后,才能接受你的邀请。"

齐盛激动说:"二妮,自从协会成立以来,就一直缺少你这样的人才,没有想到今天终于找到了。这真是踏破铁鞋无觅处,得来全不费工夫啊。过几天,我要给你拍一个专题片,在Q城电视台播放,让这里的人们都认识和了解你。"

齐盛的话音未落,齐中华接着说道:"二妮啊,你现在名声在外啊。本地的华人华侨都知道,在夜明珠有个叫二妮的中国女孩子,歌唱得特别好听。我早就想到夜明珠听你唱歌了,一直没有机会。今天遇到了你,机会难得,你能不能给我唱一首歌啊?"

齐中华话音未落,他的家人马上热烈鼓掌欢迎。二妮想了想,高兴地为大家唱了一首《故乡的云》……

  天边飘过故乡的云
  它不停地向我召唤
  当身边的微风轻轻吹起
  有个声音在对我呼唤
  归来吧,归来哟
  浪迹天涯的游子
  归来吧,归来哟
  别再四处漂泊
  ……

第五十七章　新春佳节　严守底线

学校放寒假了，三妮住在大妮家里。她除了每天帮助大姐忙家务，还经常去餐馆里帮忙。

刘小帆也放了寒假，除了写作业，就干一些家务活。她虽然没有明说，但对三妮放假以后没有住到她家里十分有意见。她不时地给三妮打电话，一会说，家务活太多了，她忙不过来，要三妮快来帮帮她；一会说，她一个人在家孤独害怕，晚上老是做噩梦，要三妮快来陪陪她；一会又说，她感冒发烧了，吃不下饭，也睡不着觉，要三妮快来照看她。三妮被她折腾得哭笑不得，无可奈何，只好马不停蹄地在两家之间穿梭。

春节就要到了，刘一鸣忙着筹备学术研讨会，顾不上家。三妮带领着刘小帆，先是打扫卫生，该擦的擦，该洗的洗，把家里上上下下、里里外外彻底打扫整理了一遍；然后采购年货，准备过年的东西，蒸馒头、炸丸子、煮肉、煎鱼、剁馅子、包饺子。三妮紧紧张张忙了好几天，把过年的东西全都准备齐全了，刘小帆才放过了她。

越是到了年底，餐馆的生意越红火，大妮和童军忙得团团转，顾不上筹备过年的事。三妮在刘一鸣家忙完，回到大姐家里，又里里外外忙了好几天，总算是把过年的准备工作全都忙完了。

光阴似箭，日月如梭，转眼之间，三妮跟着两个姐姐来观海打工已有三年多了。以前，由于姊妹三个没有自己的房子，没有自己的家，一直没有在一起过春节。现在，大姐有了自己的房子，有了自己的家，她决定要和大姐一起，过一个像模像样的春节。但是，因为缺少二姐，她心里很不是个滋味。

除夕之夜，美丽的观海流光溢彩，家家户户欢声笑语，大街小巷灯火辉煌，噼里啪啦的爆竹声响个不停，天空中绽放着五彩缤纷的烟花。此时此刻的观海，如梦如幻，如诗如画，仿佛变成了一个巨大的电视屏幕，正在播放着千家万户欢庆新年的精彩节目！

三妮和大姐、童军在楼下放完烟花爆竹，回到家里，摆上满满当当十分丰

第五十七章 新春佳节 严守底线

盛的一桌子酒菜,一边慢慢地品尝美酒佳肴,一边观看着电视上的春节晚会。

今天晚上,三妮思绪万千。在老家的时候,她吃了那么多苦,受了那么罪,她没有低头,和两个姐姐一起,坚强地走了过来。来到观海以后,她经历了那么多风风雨雨和磕磕绊绊,她不但勇敢地走了过来,还靠自学考上了观海大学,成了一名大学生。忆往昔,看今朝,展望未来,她心潮澎湃。

今天晚上,大妮的心情和三妮一样激动。她抚今追昔,百感交集。三年前,她带领着两个妹妹,告别了那个令她心酸和心碎的小山村,来到这个举目无亲、人生地不熟的城市。经过三年多打拼,总算站稳了脚跟。现在,二妮已经成家立业,还成了观海市十佳青年歌手;三妮靠自学考上了观海大学,成了一名大学生;她和童军走到了一起,用自己的心血和汗水,换来了餐馆和这个家。

看到姊妹两个只动感情不动酒菜,童军提醒说:"今天是大年三十,我们应该高高兴兴,谁也不能想那些不愉快的事,谁也不能说那些不高兴的事。"

三妮回过神来,马上擦了擦眼泪,端起酒杯,激动地说:"大姐、大哥,在辞旧迎新之际,我敬你们俩一杯酒。我祝福你们俩在新的一年里,恩恩爱爱,美满幸福!"三妮说完,三个人共同举杯,一饮而尽。

童军端着酒杯,高兴地说:"三妮,你是咱们打工族中的佼佼者,我一直很敬佩你。今天,我敬你一杯酒,祝你在新的一年学业有成。"说完,他和三妮又共同举杯,一饮而尽。

酒过数巡,大妮问道:"妹,你和陆鹏的事怎么样了?"

三妮微笑着回答:"大姐,我不是已经跟你说过很多次了吗?我和他正在谈着。"

大妮心事重重地说:"妹妹啊,我还是那句话,找对象条件好点差点并不重要,关键是看两个人是不是合得来。我们不攀高枝,也不想攀高枝。但是,这并不等于说,条件好的我们就拒之门外,一概不谈。"

大妮喝了几口啤酒,又说道:"我感到陆鹏和他爸爸妈妈都不错,只要你和他们全家人都愿意,我没有意见。今后,你要好好和陆鹏谈,有空多和他联系。你要是与陆鹏谈成了,我就去了一桩心事。你现在是大学生了,是咱们姊妹三个当中最有出息的一个,也是我们祖祖辈辈唯一的一个大学生,祖坟上冒青烟了。姐姐相信你,你一定会处理好自己的终身大事。"

三妮说:"姐,你放心吧,我一定按照你说的去做。"

大妮神色凝重,犹豫了片刻,忧心忡忡地说:"妹妹啊,对于你和陆鹏的事,我一直在反复琢磨着。有一点我心里没有底,也始终放心不下,必须再次提醒你。我总是感觉你和陆鹏的生活经历和脾气性格差距太大,你们俩能不能取长补短、互相包容、和谐相处,我一直拿不准。这个问题,你一定要如实地跟陆鹏和他的爸爸妈妈说清楚,大家都要慎重考虑和认真对待这个问题。"

大妮刚刚说完,童军马上说:"陆鹏性格直爽,我喜欢这样的人。三妮和陆鹏都是大学生，我相信他们俩肯定会处理好自己的终身大事。再说，现实生活中，很多夫妻的脾气性格相差很大，他们都生活得十分美满幸福，这样的婚姻叫互补型，在婚姻之中占很大比例。"

三妮急忙说："大姐、大哥，你们俩的心意我明白，谢谢你们俩。我和陆鹏的事，我会慎重处理。"

说完三妮的事，大妮触景生情，又想到了二妮，也想到了爸爸。她心里一阵阵发酸，眼泪夺眶而出，不由得哭起来。

三妮急忙问："大姐，你怎么又哭了？"

大妮呜咽着说："我想到了二妮，不知道她在泰国生活得怎么样。我想到了爸爸，想到了他去世时的那天晚上，也是大年三十，我……"

童军马上劝说道："老婆，刚才我们不是都讲好了吗？今天过节，是个喜庆的日子，我们只想高兴的事，只说高兴的事。"他端起酒杯说："为了新的一年平平安安，心想事成，幸福快乐，我们三个共同干杯！"

这时候，电视上，演员们正在演唱《欢乐今宵》，那喜庆欢乐、优美动听的歌声，在房间里飘来荡去。

……

大年初一的上午，陆鹏给三妮打来了电话，说："亲爱的，你到我家来玩吧，我现在去接你。"

"不行，我还有很多家务活没有干。再说，大过年的，不能随便到别人家串门。"

"亲爱的，过年了，你就放松一下吧。再说，你是我女朋友，不是外人，我的家就是你的家。"

"不行，我没有你那么好命。再说，你家里还有阿姨和叔叔呢，我随随便便去，那多不好意思啊。"

"我爸爸妈妈去国外旅游了，就剩下我一个人。"

"那更不能去。"

"为什么呀？"

"没有那么多为什么。"

"亲爱的，这么大一栋房子，我一个人晃来晃去，空空荡荡的，连个说话的人都没有，太寂寞孤独了，你就过来陪我一会儿。亲爱的，我不会做饭，好几天没有动火了。今天是大年初一，别人都有享用不尽的山珍海味和美酒佳肴，我现在是食不果腹和饥肠辘辘，你就过来给我做一顿热乎饭吧。亲爱的，现在别人都穿着节日盛装，打扮得漂漂亮亮，我的衣服全都脏乎乎的，连门都不敢出，你过来帮我洗洗吧。亲爱的，拜托了，求求你了！"

"装神弄鬼，胡诌八扯。我怎么听着你好像一夜之间又回到解放前了，处

第五十七章 新春佳节 严守底线

在水深火热之中啊,可怜兮兮的,要不要派大军去解放你啊?"

"亲爱的,我说的千真万确,如有半句谎言,天打五雷轰!"

"那……好吧,我明天上午去。"面对陆鹏的盛情邀请,三妮感到再推脱就有点不近人情了。

"不,你现在就来吧。"

"我只能明天去。"

"那……好吧,明天不见不散。"

……

大年初二的上午,三妮坐公交车向陆鹏家赶去。

今天,三妮外面穿一件黑色风衣,上身穿粉色毛衣,下身穿加绒保暖打底裤,飘逸披肩的乌发上,扎着一个十分耀眼的蝴蝶结。她第一次化了淡淡的妆,原本十分漂亮的她,又增添了几分艳丽。

陆鹏的家,三妮并不陌生,她以前已经来过几次。来到大门外,三妮按响了门铃。翘首以盼的陆鹏,闻声屁颠屁颠地跑出来,打开大门,把三妮迎接进来。他匆匆忙忙关上大门,先是一个拥抱,然后拉着三妮来到客厅里。

客厅的茶几上,摆满了各种水果和零食,还有一个大花篮。花篮里,各种鲜花争相绽放,芳香扑鼻。

"哈哈,望眼欲穿啊,总算把你盼来了。"陆鹏笑呵呵地说。

三妮脱下外衣,挂在衣服架上,笑嘻嘻地说:"今天,起了床就有那么多事,差一点来不了了。"

陆鹏高兴得不得了,手忙脚乱地给三妮拿水果,冲咖啡,还把一袋袋小食品全都打开了,忙得不亦乐乎。

三妮忙说:"陆鹏,你别这么客气好不好啊,弄得我紧张兮兮的,多不好意思呀。看来,你的小日子过得很舒服啊,并不像你电话中说得那么水深火热恐怖可怕呀。"

陆鹏老王卖瓜自卖自夸,急忙表白:"亲爱的,为了迎接你的大驾光临,我从昨天上午一直忙到现在,真可谓废寝忘食,四处奔波。你看看我买回来这么多水果和零食,你就慢慢享用吧。我还买回来很多熟食,都放在了餐厅里。有你爱吃的烤鸡腿,还有你喜欢吃的熏鱼。这个大花篮,是我专门为你挑选的。我今天一大早就起来了,站在阳台上,看着表,心急火燎地盼望着你的到来。"

三妮受宠若惊。她趴在花篮上,仔仔细细地观赏着鲜花,闻着花香,兴奋得脸蛋像花朵,笑嘻嘻地说:"笨蛋,我又不是美国总统,你搞这么隆重干吗啊?"

"你这个小屁孩,一点不懂事。我为你做了这么多事,你不但不感谢我,还讽刺挖苦我,看我怎么教训你。"陆鹏说着,抱住三妮,亲吻起来。

三妮急忙推开他,气喘吁吁地说:"你这么大人了,怎么和小孩子一样呀,没有一点正行,还动手动脚的?告诉你,我今天是来干活的,不是来陪着你玩的。我干活的时候,你滚到一边歇着去,别来捣乱。"

陆鹏的爸爸妈妈到国外旅游,已经二十多天了,家里一直没有打扫过,也确实有些脏和乱。三妮喝完一杯咖啡,就开始忙起来。她从客厅开始,把每一间房子都彻底打扫拾掇了一遍。然后,她洗陆鹏的被罩床单和一大堆脏衣服。

三妮忙着干活,陆鹏也没有闲着,一直寸步不离地跟在三妮左右。他除了帮着三妮干点活,那色眯眯的眼神,一直在三妮的身体上游走着。

看到陆鹏的样子,三妮哭笑不得,很难为情地说:"老兄,你这是干吗啊?像个跟屁虫,老是跟着我,碍手碍脚得,影响我干活。你能不能滚蛋爬开,到一边玩去啊?"

陆鹏油腔滑调地说:"我亲爱的老婆啊,我是看着你干活太辛苦,于心不忍,怜香惜玉,前来帮助你。你可不能狗咬吕洞宾,不识好人心,把我的好心当成驴肝肺啊。"

三妮羞赧地说:"你一肚子花花肠子,哪里还有什么好人心啊?你那些鬼点子,我还能不知道吗?你那色眯眯的眼神,好像要把我吞下去,看得我浑身都起鸡皮疙瘩,很不舒服。"

陆鹏装神弄鬼,调侃道:"小屁孩,我告诉你,这不叫色眯眯的眼神,这叫爱的目光,叫含情脉脉,你懂吗?男人看自己的老婆,都是用这样的眼神。俗话说,情人眼里出西施,说的就是这种眼神。再说了,这也不能埋怨我啊。你长得太性感了,太迷人了,哪个男人见了不神魂颠倒啊?"

三妮笑着说:"你就使劲吹吧,我没有闲工夫听你胡说八道。我洗完衣服,还要去做饭哪。"

三妮忙了半天,白里透红的脸蛋上冒出一层淡淡的细汗,就像一朵刚刚出水、含苞待放、娇艳欲滴的粉红色的荷花。陆鹏在一旁看得直流口水,情不自禁地捧住三妮的脸蛋就亲吻起来。三妮急忙推开他,羞臊地说:"滚开,你还让不让我干活啊?"

陆鹏调皮地说:"老婆,对不起。情不自禁,情有可原,以后不敢了。"

三妮洗完衣服,来到厨房。她打开冰箱一看,里面有很多现成的熟食。她把熟食加了加热,又炒了几个青菜,很快就做了一桌子丰盛的饭菜。

陆鹏不喜欢在餐厅就餐。他把饭菜端到客厅的茶几上,又搬出来一箱子红酒和一箱子啤酒,打开大屏幕电视,然后和三妮肩并肩坐在长沙发上,一边品尝着美酒佳肴,一边欣赏着电视节目。

"哈哈……山中无老虎,猴子称霸王啊。老婆,今天,这里是我们俩的天下,要尽情地乐一乐。"陆鹏尽兴地喝着酒,兴高采烈地说着。

三妮慢慢地品尝着美酒,笑盈盈地说:"要乐你自己乐吧,我吃完饭就要

第五十七章 新春佳节 严守底线

回家。"

陆鹏急忙说:"亲爱的,过节了,就应该好好地放松一下,你回去这么早干吗呀?你走了,我孤孤单单一个人,多寂寞啊。老婆,我不让你走。你要是真的走,我就去跳海。"

三妮一听笑了起来,说:"你快去跳吧,没有人拦着你。"

陆鹏摇头晃脑地说:"我现在改变主意了,不去跳海了。老婆,你貌美如花,我舍不得让你当寡妇。"

"浑蛋,谁当寡妇啊?乌鸦嘴。陆鹏,你要记住,我还没有答应嫁给你呢。"三妮羞涩地说。

"对不起,我失言,给你赔礼道歉。我敬你一杯酒,先喝为敬。"说完,陆鹏喝了一大杯红酒。

三妮说:"陆鹏,我已经喝了好几杯了,不能再喝了。"

陆鹏说:"亲爱的,我是诚心诚意地敬你酒,你给我点面子好不好呀?再说了,新春佳节,应该开怀畅饮。"说着,他又给自己倒了满满一杯红酒。

三妮急忙按住他的手,说:"陆鹏,你也别喝多了,喝醉了对身体不好。"

陆鹏马上说:"这种红酒我以前喝过,它不醉人。这样吧,我们俩共同干了杯中的红酒,然后换啤酒。"

三妮不想再喝了,但架不住陆鹏的花言巧语和软缠硬磨,只好喝干了红酒,换上啤酒。觥筹交错,推杯换盏,两个人不长时间又喝了好几瓶啤酒。

三妮感到有点晕乎乎,浑身发热,摆着手说:"陆鹏,我不能再喝了。要是再喝,我就回不去了。"

"你才喝了几杯啊,就一惊一乍的。你回不去怕什么啊?我家里有的是房间。"

"我可不敢住在你这里。"

"为什么?"

"我怕别人说闲话,还……怕你不老实,不放过我。"

"哈哈,我没有想到你这么封建,这么不跟形势。你时尚一点好不好?你还想男女授受不亲,抱着贞节牌过一辈子啊?"

"陆鹏,你胡说八道些什么啊?你实话告诉我,你是不是一直在算计着我啊?"

"那当然,正常男人都这样。"

"陆鹏,我再次提醒你,我们俩有约法三章。在结婚之前,我不会与你发生那种关系。"

"老婆,你真是个土老帽,现在的青年人谁还在乎这个呀!"

"我在乎!"

"好吧,人各有志,不能强求,我尊重你的性权利。"

"滚蛋,什么性权利啊!你又在胡说八道!"

三妮感到有些头晕，到洗漱间洗了洗脸，感觉顿时清醒舒服了很多。她看了看手表，时间还早。她回到客厅里，看到陆鹏正在看美国三级片。她羞得满面通红，有点迷惑不解地问道："奇怪，你们家怎么有这种光盘呀？"

"亲爱的，你可不能借题发挥，过度联想啊。我是昨天晚上出去买水果时，顺便买回来的，还没有来得及看呢。老婆，怎么了，我看这个不会侵犯你的性权利吧？"

"大坏蛋，这是你的权利，我不会干涉。不过，我不喜欢看这些乌七八糟的东西。"

"老婆，你应该学会放松自己。整天上课，累得脑子痛。好不容易才有了点空闲时间，看点刺激的东西，松弛一下神经，有什么不好啊？再说了，你听听影片中那一对男女，英语说得多标准多有水平啊，比课堂上英语老师说的强一百倍，你就当跟着他们学习英语吧。"

"强词夺理，一派胡言！"

"老婆，我们俩不能光打嘴仗，影响了情绪。来，继续喝酒。"陆鹏说完，给三妮倒满酒，碰过杯，又接着喝起来。

三妮喝了不少酒，大脑有点晕乎。再加上看了三级片，也有一些冲动，但是，她在性这方面十分理智和清醒。她虽然也渴望性爱，但是，她不想这么草率地献出自己的贞节。她很理解陆鹏对性的渴望和冲动，但是，她绝对不能答应和容忍他出格的要求和举动，她必须严守自己做人的原则和底线。

喝着美酒，观看着三级片，陆鹏又控制不住性的冲动了，一把抱住三妮，迫不及待地亲吻起来。

三妮一把推开陆鹏，坐了起来，羞恼地埋怨道："陆鹏，你不能这样对待我！"

"我是个正常男人，实在是控制不住自己了，我……真的很难受。我每时每刻都想得到你，我……求求你了，答应我！"陆鹏气喘吁吁，语无伦次地哀求着。

三妮十分果断地说："我也有性爱的渴望和要求，我也很理解你。但是，我有我做人的原则和底线，在结婚之前，我绝对不会和你发生性关系，请你理解和尊重我。"停了一会，她接着说道："陆鹏，我答应和你谈对象的时候，我们俩就有约法三章，你不会忘记吧？你要是做不到，我只能与你分手。"

陆鹏好像被泼了一盆子凉水，渐渐地冷静下来。面对着眼前的这个冷美人，他束手无策，没有一点办法。他好像霜打的茄子，低头不语。

"陆鹏，你辛辛苦苦忙了这么长时间，早点休息吧，我现在要回家去了。"三妮说完，穿上风衣，毅然决然地走了出去。

陆鹏一惊，清醒过来，急忙说："亲爱的，你等一等，我马上去送你。"

"不用了，我打车回去。"三妮说着，头也不回地走了。

……

第五十八章　员工婚礼　黑帮挑衅

　　正月十五，元宵节，也是大妮餐馆在新的一年开门营业的第一天。这一天，服务员冷小静和厨师吴涛要在这里举行婚礼。餐馆的员工们都说，今天是三喜临门，要好好地庆贺一下。大妮决定，这一天，餐馆不对外营业，只接待冷小静和吴涛的家人，以及前来参加他们俩婚礼的亲朋好友。由于来参加婚礼的客人比较多，大妮怕忙不过来，又从海鲜楼借来了四名服务员和三名厨师。

　　春节前后，漫天飞舞的大雪断断续续下个不停。眼看着正月十五快要到了，天遂人愿，太阳终于露出了笑脸，并且接二连三是阳光明媚的好天气。那滴水成冰的寒冬，终于被暖洋洋的春天的气息赶走了。大地上，厚厚的冰雪慢慢地融化了，万物渐渐地复苏着，就连那寒冷的空气中，也有了几分暖暖的、甜甜的春天的味道。被寒冷和冰雪憋闷了一冬天的人们，纷纷来到户外，尽情地享受着大自然送来的恩赐。

　　正月十五这天，更是热闹非凡。人们喜气洋洋，打扮得漂漂亮亮，有的走亲访友，有的在广场上和公园里载歌载舞，有的在大街小巷尽情地燃放着烟花爆竹。抬头吸一口空气，都带着浓浓的喜庆味道。

　　大妮餐馆对面的公园里，彩旗飘扬，锣鼓喧天，人们欢声笑语，载歌载舞，正在举行文娱活动。大妮餐馆的大门口，高高地耸立着一个红色的高高大大的彩虹门，上面"吴涛先生冷小静小姐结婚庆典"几个大字，金光灿灿，两边摆放着礼炮和花篮，显得十分壮观和气派。

　　中午十一点钟，伴随着震耳欲聋的礼炮和烟花爆竹声，优美动听的歌曲《甜蜜蜜》在空中飘荡起来。

　　新郎吴涛、新娘冷小静以及双方的家人和亲朋好友，乘坐着几十辆婚车来到了大妮餐馆。风玲玲和管丽丽迎上前去，分别向新郎和新娘献花。大妮高高兴兴地把大家迎接到餐馆二楼的大客厅里。

　　今天，冷小静外面穿一件红色的毛呢大衣，内穿一件洁白的毛呢连衣裙，脚穿一双红色女靴，乌黑发亮的长发上，戴着一对蝴蝶结，原来就十分漂亮的她，显得更加光彩照人。吴涛身穿一套十分漂亮的黑色西服，配上一条红色的领带，脚穿一双锃光瓦亮的皮鞋，显得更加阳刚和帅气。

十一点二十八分，优美动听的《婚礼进行曲》响了起来，主持人宣布婚礼正式开始。

按照吴涛和冷小静老家的风俗习惯，婚礼要进行一天时间，有十多个项目，搞得既热烈，又很隆重。大妮作为介绍人和证婚人，讲话热情真挚。

按照婚礼的程序，上午需要进行的项目结束以后，参加婚礼的人们每个人吃了一碗宽心面，然后离开餐馆，陪伴着新郎、新娘去公园和海边录像、拍照片。

傍晚，吴涛、冷小静以及家人和亲朋好友们录完像，拍完外景，又重新回到了餐馆。晚上，大妮餐馆张灯结彩，灯火通明，人们欢天喜地，喜气洋洋，婚宴正式开始。

冷小静心花怒放，漂亮得像含苞待放的花朵。她激动地对大妮说："姐，我和吴涛相认、相知、相恋，都是在这个餐馆里。你既是我们俩的介绍人，又是证婚人。没有你，没有这个餐馆，就没有我和吴涛的今天。现在，我和吴涛要敬你一杯酒。"

大妮第一次当红娘，心里乐开了花，她高兴得喝完喜酒，对冷小静和吴涛说："祝福你们俩喜结良缘，甜甜蜜蜜，恩恩爱爱，白头到老。感谢你们俩为这个餐馆出了那么多力，受了那么多累。借此机会，我要敬你们俩一杯酒。这一杯酒，既是祝福酒，也是感谢酒。"说完，他们三个人共同举杯，一饮而尽。

大妮刚要给双方的家人敬酒，吴涛的爸爸高兴地站起来，激动地对大妮说："我多次听吴涛称赞你这个女老板，今天一见，果然名不虚传。祝福你万事如意，财源滚滚。感谢你对吴涛的关心帮助，感谢你为我介绍了一个温柔贤惠的儿媳妇。"他说完，和吴涛的妈妈一起敬了大妮一杯酒。

大妮笑盈盈地对吴涛的爸爸妈妈说："大叔、大婶，你们太客气了。你们是长辈，我应该先敬你们酒。"说完，她敬了吴涛的爸爸妈妈一杯酒。

欢声笑语，喜气洋洋，推杯换盏，觥筹交错，结婚宴席的气氛越来越热烈，大妮餐馆里越来越热闹。

今天，厨师吴涛成了新郎官，在厨房里做饭做菜的事，理所当然由童军和方小宁他们包了。在一个厨房一起抢勺子的好朋友结婚，童军和方小宁好像喝了蜜，心里甜滋滋的，有说不出来的高兴。他们俩把看家的本事全都拿了出来，做出来的饭菜色香味俱全，让人一看就流口水。

吴涛和冷小静也没有忘记正在厨房忙碌的好朋友。他们俩来到厨房，亲自把喜糖送到童军、方小宁和海鲜楼的三名厨师手上，一起给他们敬了喜酒。

吴涛和冷小静敬完酒，离开厨房以后，童军乐呵呵地说："各位，餐馆今天不对外营业，活不是很多。今天是个喜庆的日子，我们也破破先例，忙里偷闲，放松放松。这样吧，我们一边炒菜，一边喝啤酒，来个两不误，怎么样啊？"

第五十八章　员工婚礼　黑帮挑衅

方小宁一听就乐了，高兴地说："童哥，这是好事，我们求之不得啊。"说完，他搬过来一箱啤酒，起开啤酒瓶的盖子，随手递给了大家。五个人一边炒菜，一边拿着啤酒瓶子，咕嘟咕嘟地吹起来。转眼之间，一个人两瓶啤酒就下了肚，情绪更加高涨起来。他们山南海北尽情地聊着，就连那炒菜的动作也变得轻松愉快起来。

"吴师傅整天不声不响、不哼不哈的，艳福不浅啊，找了冷小静这么一个好媳妇。"方小宁一边忙着，一边很羡慕地说。

"方老弟，眼馋了？"童军笑眯眯地问。

方小宁有点不好意思，笑着回答："眼馋有什么用了，我没有那个福气。"

童军问："老弟，你春节回老家，就没有找一个？"

方小宁说："我妈妈和我的七大姑八大姨，给我张罗了好几个，都没有对上眼。"

"老弟啊，你是不是眼眶子太高啊？"

"不是我眼眶子高，是没有来电的感觉和滋味。"

童军装憨卖傻，故意问："方小弟，我有点丈二和尚摸不着头脑，这来电是什么感觉和滋味啊？"

方小宁很滑稽地笑了笑，说："哈哈，要说这种感觉嘛，只能意会不能言传。至于是什么滋味嘛，你和我心知肚明，心照不宣。童哥呀，我看你是在卖关子，揣着明白装糊涂啊。"

童军很开心地笑着，想了想，问道："老弟啊，咱们餐馆里的这几个小姑娘，要人品有人品，要长相有长相，个个仙女似的，有没有你来电的啊？"

方小宁笑眯眯地回答："童哥，你是不是想拿我开涮啊？就我这破条件，谁能看得上我啊？"

"老弟啊，你这条件怎么了？你正直善良，重情重义，长得阳刚帅气，一表人才，是名副其实的帅哥和白马王子，不知道有多少女孩子在梦寐以求啊。你要是想找对象，不敢说万里挑一，起码要百里挑一。"

"童哥，你真会开玩笑。"

"我不是开玩笑，我是实打实地说。老弟啊，你就跟我实话实说，咱们餐馆里的这几个小姑娘，有没有你对上眼的？"

方小宁支支吾吾了半天，也没有说出个子丑寅卯来。童军笑呵呵地问："男子汉大丈夫，还怕羞？"

方小宁吞吞吐吐，欲言又止："这……"他又支吾了半天，羞涩地说："不是怕羞，是怕人家看不上我，说出来丢人现眼，让大家跌破眼镜，笑掉大牙。"

童军再次追问："痛快点，是谁啊？"

方小宁面红耳赤,羞答答地说："是……风玲玲，我怕她看不上我，一口回绝，弄得我下不了台，让人耻笑。"

童军穷追不舍："你问过她了？"

方小宁扭扭捏捏地回答："没有。这是我一厢情愿，自作多情，剃头担子一头热。"

童军考虑了一会，突然哈哈大笑起来，然后问道："方老弟，你没有问过她，怎么知道她不同意啊？"稍停片刻，他又说道："方老弟啊，你眼光不错。玲玲这个小姑娘人品好，聪明伶俐，长得很漂亮，脾气性格也不错。我看你们俩很般配，很合适。"

童军又琢磨了一会儿，胸有成竹地说："这样吧，我让大妮当红娘，给你们俩撮合撮合。大妮的人缘比我好，小姑娘们都听她的话。她出面当红娘，我估计就八九不离十了。你看看冷小静和吴涛这一对，大妮一出面，旗开得胜，马到成功。再说了，如果玲玲不同意，我再让大妮给你介绍其他女孩子。"

方小宁一听，激动地说："童哥，你够哥们意思，小弟我谢谢你，现在就敬你一瓶啤酒。"说完，两个人拿起瓶子，碰了一下，又咕嘟咕嘟地喝了几口。

"俗话说得好，近水楼台先得月，肥水不流外人田。咱们餐馆里的这几个女孩子，个个仙女似的，一个比一个漂亮，一个比一个温柔和贤惠，让你随便挑选。方老弟啊，你艳福不浅，走桃花运了，应该心满意足了。"童军一边做菜，一边喝着啤酒，还不停地感慨着。

方小宁听了，心里美滋滋的，说："童哥，你要是给我介绍成了对象，我就学习吴师傅，婚礼也在这里举行，敬你八杯喜酒。不过，到了那一天，你也要像今天这样，亲自掌勺炒菜，怎么样啊？"

童军十分爽快地答应道："小菜一碟，没有问题，一言为定。保证让你们皆大欢喜，到时候别忘记给我送喜糖。"

方小宁急忙说："按照我老家的风俗习惯，要给你送一个大猪头，六个蹄髈，六斤喜糖，六瓶喜酒，六斤茶叶，六条喜烟，六双皮鞋，这叫六六大顺……"

童军急忙打断方小宁的话，笑呵呵地说："哇，有这种好事，这红娘我当定了。这六双皮鞋，是什么意思啊？"

方小军笑嘻嘻地说："媒人跑前跑后，把皮鞋都磨坏了好几双，男女双方要表示感谢。送六双皮鞋，是图个吉利，让媒人行善积德，多介绍对象，并且一帆风顺，马到成功。"

童军笑眯眯地说："哈哈……有意思。为了这六双皮鞋，我让大妮明天就做玲玲的思想工作。"

童军和方小宁有说有笑地做着菜，喝着酒，突然听到令媛媛在大门口和别人吵了起来，就急急忙忙走了出去。

童军出来一看，心里不由得咯噔一下，暗暗叫苦。来的是寇哥的几个小兄弟，除了刀疤脸和瘦猴子，还有罗圈腿和歪脖子。这一次，寇哥和何小云没有

第五十八章　员工婚礼　黑帮挑衅

亲自来，另外来了一个五大三粗、满脸横肉、留着"公鸡头"的男青年。明眼人一看就心知肚明，来者不善，善者不来。这一伙人身上都藏着家伙，很明显是处心积虑，有备而来。

童军笑脸相迎，马上说："不知道是几位大哥驾到，有失远迎，对不起……请你们谅解。"

刀疤脸一脸流氓相，冷笑着说："嘿嘿……不错啊，今天晚上你们这里张灯结彩，歌舞升平，很热闹啊。为什么不让老子进去，和老板娘一块玩玩啊？嘿嘿……哈哈……"

童军急忙说："各位大哥，实在是对不起啊。今天，餐馆里的两个员工在这里举行婚礼，所有的人员都给他们俩忙活去了，没有办法接待外人。所以，今天餐馆不对外营业。这样吧，我明天准备一桌子美味佳肴，请各位大哥大驾光临，我要好好地敬各位几杯酒。"

刀疤脸一伙人，这次来的目的就是用武力征服大妮和童军，服服帖帖地给他们当孙子，乖乖地伺候他们。刀疤脸冷笑着说："嘿嘿……今天晚上，老子就不走了，要老板娘和你这个小白脸亲自来伺候。"

公鸡头瞪了童军和方小宁一眼，怪笑着说："哼哼……我听寇哥说，这里有两个吃屎的小孩子，不知道天高地厚，很张狂，原来就是你们俩啊。真不知好歹，想找死啊，老子今天要教训一下你们俩，让你们俩长长记性。"他说着举手就要打童军，被方小宁一挥拳头挡了回去，震得他后退了一步。他顿时恼羞成怒，抬起脚就向方小宁踹去，方小宁一个扫堂腿过去，他重重地摔在了地上。他跳起来，气势汹汹地骂道："臭小子，你不想活了，老子现在就成全你！"

童军急忙上前，说道："这位大哥，你息怒……低头不见抬头见，有话好好说，有事好商量。我们与你们无冤无仇，井水不犯河水，你们为什么要与我们过不去啊？"

刀疤脸威胁道："哼哼，你明知故问，你和那个臭娘们得罪了寇哥，还能有安稳日子过吗？上一次，我们几个弟兄不但被罚了款，还被派出所关了十多天。告诉你，老子早就想跟你们算一算这笔账了。"

童军强压着满腔怒火，一字一句地说："各位大哥，我一直很敬佩你们。我求求你们，行行好，放我们一马吧！"

刀疤脸又是一阵奸笑，阴阳怪气地说："废话，要是放过你们，老子还用再杀个回马枪吗？哈哈……白日做梦。"

童军又忍气吞声地说道："各位大哥，我年轻气盛，以前有做得不对的地方，请你们高抬贵手，不要与我一般见识。以后，我永远不会忘记你们的恩德。"

刀疤脸不屑一顾，歪着嘴角冷笑了两声，眼皮都没有抬一抬，恶狠狠地骂道："异想天开，真啰唆！"

童军心里十分明白，这几个人蓄谋已久，是冲着他和大妮来的，是专门来找

碴报复的。除非大妮和他立马跪地求饶当孙子，任凭他们欺负和宰割，乖乖地伺候他们，否则，今天晚上在劫难逃，并且已经迫在眉睫。摆在童军面前的只有两条路。一是拖延时间，等警察来处理，这是上策。但是，这一伙人气势汹汹，迫不及待地要大打出手，不可能让童军拖延时间。二是与这一伙人交手，拼出个谁胜谁负和你死我活来，这是下策。能不能拼得过这一伙人，童军心里没有底，也无法预料。此时此刻，此情此景，童军心里很清楚，不管走哪一条路，都必须尽快离开餐馆，到外面去与这一伙人进行周旋和较量。之所以要到餐馆外面去，童军考虑的是，首先，不能因为与这一伙人交手，让怀着孩子的大妮担惊受怕；其次，不能因为与这一伙人较量，影响了婚礼，让吴涛、冷小静及他们的家人和亲朋好友们扫兴；另外，不能因为与这一伙人打斗，损坏了餐馆里的东西。

想到这里，童军大声说道："各位大哥，我不想跟你们过不去。但是，恭敬不如从命，我愿意奉陪到底！不过，今天晚上，餐馆里正在举行婚礼。各位大哥都是场面上的人物，通情达理，肯定不愿意扫别人的兴，让人家痛恨一辈子。马路对面是公园，我跟着你们到公园里去。你们稍待片刻，我换下工作服就跟着你们走。我们都是男子汉大丈夫，一言九鼎，你们不会担心我逃跑吧？"

刀疤脸看了看几位弟兄，冷笑着对童军说："跑了和尚跑不了庙。少废话，你已经插翅难逃了！"

童军脸色凝重，回到厨房，心情沉重地对方小宁说："方老弟啊，今天晚上这场恶斗，已经在所难免了。老弟，你要见机行事，千万注意自己的安全。另外，我们俩要想方设法，尽量拖延时间，等着警察来处理这件事。"

方小宁心领神会，忧心忡忡地说："童哥，你就放心吧。"他想了想，接着说道："他们身上都有凶器，我们俩也不能空着手去。那个公鸡头不是善碴子，很难对付。童哥，该出手时，你出手一定要狠要快。你不伤害他们，他们就会伤害你。"

童军激动地说："老弟，连累你了，对不起！"

方小宁急忙说："童哥，我们俩亲如兄弟，不必客气。你现在遇到了麻烦，我出手相助，义不容辞。"

童军感动地说："好兄弟，我衷心地谢谢你！"然后，他对令媛媛说："媛媛，我们俩出去以后，你要先打电话报警，然后再去悄悄地告诉大妮，记住了吗？"

令媛媛战战兢兢，紧张得连话都说不出来，点了点头。

童军和方小宁换好衣服，一人一把砍刀藏在腰间。童军又对海鲜楼的三名厨师交代了几句，然后出了大门，跟着刀疤脸一伙人，向马路对面走去。

二楼大客厅里，播放着乐曲，人们欢声笑语，热闹非凡。刚才，童军他们与刀疤脸一伙人在餐馆大门口争吵，大妮他们没有听见。

看着童军和方小宁跟着刀疤脸一伙人走了，令媛媛浑身颤抖，手哆嗦得连个报警电话也打不出去。她跑到楼上，一头扑到了大妮怀里，哭了起来。

第五十八章　员工婚礼　黑帮挑衅

大妮向令媛媛问明了情况，马上打电话报警。然后，她带领着大家，急急忙忙来到马路对面的公园里，火急火燎地寻找童军和方小宁。找来找去，连个人影也没有看到。大妮更加心慌意乱，急得好像热锅上的蚂蚁，不知所措。

原来，童军和方小宁跟着刀疤脸一伙人，来到马路对面，正要往公园里走，刀疤脸突然摆了摆手，大声说道："小子哎，跟着我走。"

童军一愣，急忙问："怎么，不去公园里？"

刀疤脸很不耐烦，骂骂咧咧地说："你少啰唆，乖乖地跟着老子去海边。"

童军大吃一惊，他没有想到刀疤脸突然变卦，改变去向。现在，已经来不及通知大妮了，只能跟着他们向海边走去。

今天是元宵节，狂欢了一整天，人们玩得有点累了。夜晚，燃放完烟花爆竹，人们都回到自己家里，喝酒看电视。海边静悄悄的，有点瘆人。

月亮高高地挂在空中，海边的沙滩上，明如白昼，非常寂静。岸边，没有了车水马龙，也没有了人来人往，悄无声息。此时此刻，好像整个世界都凝固了。

刚刚来到沙滩上，被方小宁教训过的那个公鸡头，早就按捺不住了，指着方小宁骂道："臭小子，你吃了豹子胆了，敢对老子动手动脚。我看你是活得不耐烦了，老子现在就给你放放血，送你上西天！"他一边骂着，一边从腰间抽出一把尖刀，向方小宁刺来。

方小宁急忙闪开。童军瞬间冲上来，抢起砍刀，向公鸡头手中的尖刀砍去，哐啷一声，那尖刀飞了出去。

刀疤脸乘机拔出尖刀，从背后刺向童军。方小宁大吼一声，冲了过来，砍刀一挥，把他手中的尖刀砍飞了。

这时候，刀疤脸一伙人，全都红了眼。他们拿出凶器，好像一群恶狼，把童军和方小宁团团围住。

童军一直在暗暗地告诫自己，不到万不得已，不能伤人。但是，看到眼前的阵势，他知道不开杀戒已经不行了。他大喊一声："方老弟，开杀戒！"

童军的话音未落，刀疤脸一伙人一齐扑了上来。猛虎架不住群狼咬，童军和方小宁的处境越来越危险。

厮杀中，方小宁的一条胳膊被刀疤脸刺了一刀。童军冲过来，挥刀向刀疤脸砍去，瞬间，刀疤脸捂着一条断胳膊，惨叫着向后退去。

这时，瘦猴子冲上来，他握住尖刀，狠狠地向童军后背刺去。童军躲闪不及，后背中刀，晃了几下，就倒在了血泊之中。

方小宁一看童军负伤倒下了，顿时就红了眼，他一只手提着砍刀，先砍倒了歪脖子，又接着砍倒了瘦猴子和公鸡头，然后向仓皇而逃的歪脖子罗圈腿扑过去……

这时候，一辆警车呼啸着飞驰而来。

……

第五十九章　二妮拍片　常健住院

　　大年初一那天，齐中华一家人在Q城公园旁边的华人餐馆吃饭，偶然遇到了二妮、常健和小红。齐盛邀请二妮到泰中影视交流协会工作，并且打算给她拍摄一个专题片，二妮十分高兴，欣然同意。

　　齐盛雷厉风行，说干就干。正月初五，他就带领着两名助手，登上了双乳岛，来到二妮家里，对二妮进行了采访，并且制定了一个详细的脚本。紧接着，他们用六天时间，马不停蹄地分别在双乳岛和Q城拍摄外景。然后，又用六天时间，紧锣密鼓地在泰中影视交流基地进行录音和合成。

　　——高山上。早晨，一轮红日跃出水面，冉冉升起。天空中，霞光万道，五彩缤纷。大海上金光闪闪，波光粼粼。屹立在大海边的群山峻岭，蜿蜒曲折，郁郁葱葱，笼罩在虚无缥缈、若有若无、如烟似雾的晨霭之中，又接着披上了五彩缤纷的万道彩霞，更加绚丽多彩，如梦如幻，令人迷恋，令人陶醉。二妮身穿洁白的"嫦娥奔月纱裙"，站在山顶之上，迎着朝霞，对着大海，引吭高歌《中国我可爱的家乡》……

　　——游轮上。中午，晴空万里，艳阳高照，微风徐徐，洁净如洗的蔚蓝色的天空中，飘荡着几朵变幻莫测的白云。一条漂亮的游轮，挂满了五颜六色的彩旗，轻轻地航行在风平浪静的海面上。一群海鸥在游轮的上方，自由自在的飞舞着。左前方有一个海岛，犹如一块宝石矗立在大海之中。海岛上面，苍松翠柏，生机勃勃，郁郁葱葱，杜鹃花似霞非霞，红红火火。甲板上，人头攒动，二妮身穿唐代彩色纱裙，纵情高歌《我的中国心》……

　　——公园里。下午，阳光明媚，风和日丽。五颜六色的鲜花，争奇斗艳，竞相绽放。叽叽喳喳的小鸟，飞来飞去，叫个不停。温柔的暖风，带着沁人肺腑的花香和泥土的芬芳，扑面而来。绿草茵茵的大草坪上，熙熙攘攘，摩肩接踵，除了来自世界各地的游人，还有Q城四百多个游园的小学生。二妮身穿西班牙斗牛舞蹈大摆裙，像一只美丽的彩蝶，在人群中一边翩翩起舞，一边放声歌唱《真情永远伴着你》，掌声和欢呼声震耳欲聋……

第五十九章　二妮拍片　常健住院

——渔船上。傍晚，夕阳西下，晚霞染红了西边的天空和大海。有几朵奇形怪状的浮云，不停地变换着形状和颜色，一会儿像山川，一会儿像河流……一会儿是红色，一会儿是紫色……瞬息万变，奇妙无比，令人目不暇接，浮想联翩，心旷神怡。一群海鸥，不停地变换着颜色，犹如"飞翔的花朵"，在自由自在地翩翩起舞。二妮乘坐着一条小渔船，漂荡在万紫千红的海面上。她身穿洁白的法国大摆拖地纱裙，在演唱《军港之夜》……

——舞台上。夜里，旋转舞台上，随着美妙动听的音乐缓缓响起，演出开始了。五颜六色的的灯光随着音乐忽明忽暗，令人眼花缭乱。红光像火，粉光像霞，黄光似电……把观众瞬间带入了快乐的世界。舞台下面，人山人海，水泄不通。二妮身穿英国彩虹飘逸蓬蓬纱裙，优雅大方地走上舞台。她先演唱了一首《牧羊曲》，在震耳欲聋的欢呼声中，她又演唱了一首《雾里看花》，她那优美动听的歌声在夜空中回荡着……

齐盛不愧是影视界的行家里手，从专题片的构思，到拍摄、录音和合成，不仅十分专业，而且有很强的艺术性和感染力。

在专题片中，二妮精心演唱了十六首歌曲。这些歌曲，都是二妮在这几年演唱过的歌曲中挑选出来的精品。很多人这样评价这个专题片：演员特别美，歌声特别美，外景特别美，服装特别美，效果特别美。

专题片在Q城电视台华语节目中进行了播放，在当地华人华侨中引起了巨大轰动。应广大观众的要求，电视台一连播放了三遍。二妮一举成名，几乎成了当地华人华侨家喻户晓的人物。Q城电视台还颁发聘请书，专门邀请二妮定期去电视台演唱歌曲。

……

这天凌晨，常健按照龙哥的指示，一大早就来到Q城飞机场，迎接龙哥的两位朋友。因为飞机晚点，一等就是两个多小时。接到龙哥的朋友以后，车子刚刚驶出飞机场，突然起了大雾，并且越来越大。

这场大雾来得特别快。天地之间的一切，都被迷迷蒙蒙的雾气笼罩着，缥缥缈缈，云山雾海，变得那么神神秘秘，那么变幻莫测。眼前的一切都放慢了步子，钻雾而来，隐雾而去。往日耸立在道路两旁的高楼大厦，以及不远处的山峦叠翠，时而清晰，时而朦胧，虚无缥缈，扑朔迷离，若隐若现。马路两边的那些花草树木，与雾气融为一体，变得黯淡无光，模模糊糊，分不清这是什么，那是什么。缓缓行驶的汽车，好像一只只甲壳虫，眨巴着萤火虫似的小眼睛，一点一点地向前爬行着，又慢慢地消失在浓浓的迷雾之中。

大雾使这座城市的交通几乎全部瘫痪了，造成了很多交通事故。

高速公路上，常健如履薄冰，屏气敛息，聚精会神地指挥着车辆，提心吊胆地向前移动着。不知道怎么回事，后面的车子突然撞上了常健坐的车子，常健坐的车子刹不住，又接着撞上了前面的车子。正在行驶的二十多辆车子，瞬间撞在了一起。常健坐的车子，正好夹在了中间……

等到救护人员赶来的时候，龙哥的一名朋友和司机已经当场死亡。常健和龙哥的另一名朋友，受了重伤，昏迷不醒，被送进附近医院进行抢救。

二妮接到医院打来的电话，心脏好像突然被猫狠狠地抓了一把，紧张得半天说不出话来，眼泪不停地哗哗地流淌着。她和小红一起，心急火燎地来到码头，坐上一条小轮船，忐忑不安地向Q城赶去……

周围的一切，都笼罩在灰蒙蒙的大雾中，几米之外什么都看不见了。眼前的一切都失去了鲜明的轮廓，一切都在模糊和变形之中。近在咫尺的东西，也都变得眩晕和怪异起来。就连挂在桅杆顶上的应急灯也看不见了，只是剩下了一团光晕。好像整个世界都凝固了，要不是小轮船在不停地鸣笛和颠簸摇晃，很难想到，这一条小轮船正在慢腾腾地航行。

当二妮来到医院，常健已经做完了手术。

病房里，常健紧闭着眼睛，直挺挺地躺在病床上，他那张阳刚帅气的脸，因为失血过多和剧烈疼痛，变得那么苍白和有些扭曲变形，流淌着的汗水把头发全都湿透了，左腿被固定住了，打着厚厚的石膏。

看到常健变成这个样子，二妮泪如泉涌。她扑上前去，紧紧地抓住常健的一只手，语无伦次地哭喊着："老公，你这是怎么了？你没事吧？老公，你快点醒醒呀……"

疼痛难忍的常健，听到二妮的哭喊声音，好像从噩梦中醒了过来，他慢慢地睁开眼睛，激动得泪水就好像小溪一样流淌下来。他那痛苦万分的脸上，流露出一丝淡淡的笑容，断断续续地说："老婆，我……差一点就见不到你了。是阎王爷……不要我，把我赶了回来。"

停了一会，常健又气喘吁吁地说："老婆，我……没有事，很快就会……好起来。"

二妮哭哭啼啼地说："老公，你要是有个三长两短，我也活不成了。"

常健忍着疼痛，轻声轻气地说："老婆，我真的没有事，你就放心吧。"

二妮心里还是七上八下，她盯着常健的左腿，问："老公，你的腿怎么了？"

常健疼痛难忍，龇牙咧嘴地说："医生说了，左腿上有两处骨折，很快就会好起来，别的地方没有什么大问题。"

二妮听了，那颗悬着的心总算有了着落，她轻轻地给常健擦着泪水和汗水，心疼地说："老公，从现在开始，你什么都不要想，安心养伤。我时时刻刻都陪伴在你身边，还要每天给你煲鸡汤，煲骨头汤。"

"老婆，你真好，谢谢你！"

"老公，我已经想好了，在你住医院期间，我和小红就不回双乳岛了。为

第五十九章 二妮拍片 常健住院

了方便照顾你,我和小红要在医院附近租个小房子,长期住在这里。"

常健听了,脸上露出了幸福的笑容,他高兴地点了点头,又使劲抓住了二妮的手。

稍停片刻,常健突然想起了什么,急忙说:"老婆,你不能这样做!"

二妮一愣,急忙问:"老公,为什么?"

常健解释说:"老婆,你怀着孩子,抵抗能力弱。医院里病菌多,很容易染上病。如果染上病,对大人和孩子都很危险。为了你和孩子,你不能经常来医院,我有医生照顾着就行了。"

二妮温柔地说:"老公,你不用担心这个。我身体素质好,抵抗能力强,我和孩子都不会有事。再说,我注意预防着,绝对不会出问题。"

常健看了看二妮的肚子,很愧疚地说:"老婆,你怀孕已经七个多月了,挺着个大肚子,行动不方便,正是需要人照顾的时候。本来应该我来照顾你,可是,我做梦也没有想到遇到这样的劫难,变成了现在这个样子,不但不能照顾你,还让你伺候我。老婆,我对不起你,感到十分惭愧,我……"常健热泪盈眶,再也说不下去了。

二妮轻轻地亲了亲常健的脸颊,含情脉脉地说:"老公,你比我的生命还重要。你健健康康地活着,就是我最大的愿望,也是我最大的幸福和福气。为了你,我赴汤蹈火,粉身碎骨,也心甘情愿。"

停了一会,二妮笑着说:"老公,我多活动活动,多干点活,对大人和孩子都有好处。再说,还有小红帮着我哪,你就安心养伤吧。"

小红眼含泪花,急忙说:"常大哥,你放心养伤吧,我会时刻跟在大姐身边,时刻帮助大姐,我也会好好地伺候你。"

常健激动地说:"小红,拜托你了,**谢谢你!**"说完,他又紧紧地抓着二妮的手说:"老婆,棘手难办的事情都碰到一块了,太难为你了,你一定要保重身体。"

二妮激动地说:"老公,只要我们俩在一起,什么样的难关都会过去。"说完,四只手紧紧地握在了一起。

说来也巧,齐中华的女儿齐霞,就在这家医院当外科医生。常健的伤腿,还是齐霞亲自给做的手术。她对二妮和常健非常关心,一有空就来病房看望他们俩。

齐中华听说常健受伤住了院,马上带着营养品来医院看望常健。第二天,他又带着齐强、齐盛和老乡会的几个成员,一起来到医院看望常健,他们不但送来了老乡会的捐款,还送来了一些生活用品。

医院的工作人员中,有很多华人和华侨。他们一有机会就请二妮唱歌,很热情地帮助二妮和常健。

自从常健住医院以来，龙哥来看望过两次。龙哥每次来，不冷不热地安慰几句话，就匆匆忙忙地离开了。明眼人一看就知道，龙哥对常健有看法，两个人的关系越来越冷淡。

两个多月终于熬过去了。常健的伤腿康复得很快，他挂着拐杖能到户外活动了。

这天早上，吃过早饭，二妮和小红搀扶着常健，来到医院前面的小公园里，找了一个十分安静的地方，坐下来休息。

小公园的中间，是一个不大不小的池塘，周围是郁郁葱葱的花草和热带植物。

暖洋洋的太阳，高高地挂在湛蓝如洗的天空中，有几片奇形怪状的白云，似烟又似雾地飘荡着。一阵阵微风扑面而来，送来了淡淡的醉人的清香。五颜六色、争奇斗艳的鲜花上，挂着一滴滴晶莹剔透的露珠，在阳光的照耀下闪闪发光。一群群色彩斑斓的蝴蝶、蜻蜓和蜜蜂结伴而来，有的落在花草尖上，随着微风摇来晃去；有的在花草之间钻来追去，好像是在做游戏。一大群说不出名字的小鸟，叽叽喳喳叫个不停，有的在池塘上自由自在地游荡，有的在小公园里飞来飞去。不远处，有几个顽皮可爱的小孩子，争先恐后地在花草丛中扑蝴蝶、捉蜻蜓、采鲜花，不时地传来一阵阵开心快乐的欢笑声。

看着眼前的美景，呼吸着清新的空气，二妮心旷神怡，情不自禁地赞叹道："啊……太美丽了！啊……太漂亮了，这才叫赏心悦目啊！"

常健就好像出了笼子的小鸟，兴致勃勃地观赏着美景，使劲呼吸着新鲜空气，兴高采烈地说："老婆，这两个多月，快把我憋闷死了，现在终于解放了！老婆，我做梦也没有想到，还能有今天啊！"

二妮喜气洋洋，笑盈盈地说："俗话说，大难不死，必有后福。老公，从今以后，你会福星高照，长命百岁。等你的腿痊愈以后，我们要好好地庆贺一番。"

小红兴奋地说："哈哈，从今以后，我们每天都可以出来玩了！"说完，她随手摘了一朵鲜花，哼着小调，蹦蹦跳跳地向前边的池塘跑去。

看到小红那天真可爱的样子，二妮触景生情，心疼地说："小红还是个天真烂漫的孩子，这几年的遭遇和磨难，对她太不公平了。"

二妮的一句话，引起了常健一阵伤感，他唉声叹气地说："唉，这孩子活得太难了！"稍停片刻，常健又说："我们答应带着她回国，带着她回家，也不知道哪一天能够兑现。"

二妮也变得忧心忡忡起来，说："龙哥这个人太阴险狡猾了，让人琢磨不透，摸不到底。到现在为止，我们不知道他葫芦里卖的什么药，也不知道他什么时候放我们回国。"

愣了会，二妮又心事重重地说："哎，我们俩现在这个样子，一个腿受了伤，

一个要生孩子。龙哥就是让我们回国，我们现在也回不去了。"

微风吹乱了二妮黑亮柔顺的长发，有一绺乱蓬蓬地纠结在一起。常健一边小心翼翼地为二妮整理着头发，一边伤心难过地说："老婆，都是我不好，是我连累了你，对不起。"

二妮向常健肩膀上靠了靠，说："老公，我不是埋怨你，我是恨龙哥。这一次，你为他差一点搭上性命。他不但不感谢你，反而对你阴阳怪气，那么冷淡。"

常健若有所思，说："我住院以来，龙哥虽然带着钱，带着东西，两次来看我，但时间加起来也不到一个小时。从他不冷不热的态度和表情来看，他不仅仅对我冷淡，而是很不满意，更多的是怨恨。事故的原因和责任虽然不在我，但这毕竟是我负责接人时发生的，而且造成他的两个朋友一死一伤，他特别喜欢的那个司机也死了。他嘴上虽然不说，心里肯定很恨我。他这样对待我，已在我的预料之中，我也能够理解他。另外，他对我们俩不愿意跟着他干，多次提出回国，肯定耿耿于怀，怀恨在心。我估计，今后，他对我们俩的态度会越来越冷淡，关系会渐行渐远，越来越僵。"

二妮问："老公，发生事故的原因和责任，都不在你。他两次来看你，你为什么不跟他解释啊？"

常健摇了摇头，然后说："解释有什么用啊？再说，我也不想解释。以前的时候，我想跟着他干，想报答他，总是想方设法让他高兴和满意。现在，我不想跟着他干了，想尽快离开他。他偏偏不放我走，我没有必要跟他解释，也没有必要再让他高兴和满意。"

稍停片刻，常健接着说道："说心里话，我现在很纠结，也很迷茫，不知道让他满意好，还是不让他满意好。我左右为难。这样的日子，我一天也不想再过了。"

二妮听了，忍不住眼泪又流了出来，心疼地说："老公，你别说了，我的心情和你一样。"

常健想了一会，意味深长地说："老婆，龙哥这个人诡计多端，很难对付。他想做的事，达不到目的，绝对不会善罢甘休。在龙哥眼里，我现在不但越来越没有了利用价值，而且渐渐地成了成事不足败事有余的绊脚石。但是，你和我不一样。在这一座城市里，你的名气越来越大，是个不大不小的知名人物。对龙哥来说，你就好像是摇钱树和聚宝盆，他绝对不会轻易放你走。对此，我们俩必须有足够的思想准备。"

二妮考虑了半天，心烦意乱地说："常言道，车到山前必有路，船到桥头自然直。老公，我们俩现在不要再为回国的事伤脑筋了。等你伤好了，等我生了孩子，我们俩直截了当地跟他提出来。不管他同意不同意，我们俩都要回国去。腿长在我们俩身上，他能对我们俩怎么样啊？以前，我们俩在这里举目无亲，无依无靠，只能受制于他。现在，我们认识了这么多人，又有齐大爷这样的好人帮助我们。我们俩不可能在一棵树上吊死，龙哥也不可能再一手遮天了。从今以后，我们俩不用再担惊受怕、看着他的脸色行事了。"

常健苦思冥想了半天，无可奈何地说："老婆，目前我们俩哪里也去不了，只能待在这里，见机行事，走一步看一步。今后，我们俩与龙哥的关系，尽量不要撕破脸皮，搞得太僵，免得节外生枝。"

这时候，二妮突然抚摸着肚子，咬着牙吸了几口凉气。常健急忙问："老婆，怎么了？"

二妮苦笑着说："这孩子不老实，老是踢我的肚子。"

常健马上把手按在二妮的肚子上，轻轻地抚摸起来。他惊喜地说："老婆，这小家伙的劲很大，是不是急着要出来啊？"

二妮微笑着回答："可能是吧。医生说，如果正常，下个月底就可能出生了。不过，人和人的情况不一样，有的可能提前，有的可能推后。"

常健在二妮的脸上亲了亲，很惭愧地说："老婆，真的对不起啊。你快要生孩子了，我不但不能照顾你，还让你照顾我，我心里很过意不去。"

二妮刮了刮常健的鼻子，调皮地说："生孩子是女人的事，你是一个大老爷们，有劲也使不上。到我生孩子的时候，你也不用陪伴在我身边，老老实实地在产房外面等着，等医生叫你的时候，你再进去看你的大胖儿子。"

常健说："这里的医生允许丈夫陪伴着妻子生孩子，我一定要陪伴在你身边。"

二妮说："我担心你的身体受不了。"

常健急忙说："老婆，你就放心吧，我的身体没有问题。不过，我现在想知道，你怎么知道是个大胖儿子？是不是医生告诉你的啊？"

二妮笑嘻嘻地说："医生没有告诉我，我是看你喜欢儿子，才这样说的。"

常健笑眯眯地说："老婆，不管是儿子，还是女儿，我都喜欢。现在，你给孩子起个名字吧。"

二妮琢磨了半天，摇着头说："我想不出合适的名字来，还是你起吧。"

常健思考了一会，胸有成竹地说："老婆，我已经想过很多次了，不管是男孩，还是女孩，都叫常鸣。这个名字有两层意思，一是一鸣惊人，我们的孩子是国家栋梁之材，一定会成就一番丰功伟绩；二是警钟长鸣，我们的孩子会时时刻刻提醒和告诫自己，要戒骄戒躁，洁身自好，要努力拼搏，建功立业，为我们的国家争光，为老常家光宗耀祖。老婆，你看这个名字怎么样啊？"

二妮考虑了一会，赞不绝口，笑吟吟地说："不错……这个名字既好听，又好记，还富有这么多内涵和深意，我完全同意，就这么定了。老公，你真了不起，太有文才了。"说着，她情不自禁地在常健脸上亲吻了一口。

第五十九章　二妮拍片　常健住院

过了一会,二妮又问:"老公,刚才我又想到一个问题,要是双胞胎怎么办?"

常健笑着说:"小笨蛋,这还不好办啊,你就是生四胞胎也没有问题,我多起几个名字,给你准备着。"说完,常健情不自禁地抱住二妮的头,在她的嘴唇上亲吻起来。

二妮和常健如痴如醉地亲吻着,突然听到孩子们一阵银铃般的欢笑声,他们俩顿时一惊,从陶醉中清醒过来,急忙向四周看了看,然后相视而笑,笑得是那么甜蜜。

这时候,小红挽着高高的裤腿,一手提着一双鞋,一手提着一串活蹦乱跳的鱼,从池塘边走了过来。她那天真烂漫的脸蛋上,笑逐颜开,就好像一朵含苞待放的鲜花。

"姐、常大哥,你们看……怎么样呀?"小红来到二妮和常健面前,用力晃了晃手中的那一串鱼,得意扬扬地问道。

二妮一阵惊奇,忙问:"小红,这些鱼是……"

小红笑眯眯地说:"姐,你猜一猜啊。"

二妮忙说:"小红,你就别卖关子了,我哪能知道啊。"

小红很自豪地说:"姐,你没有想到吧,这是我在池塘里抓的。"

常健听了,惊喜万分,急忙问:"小红,你刚才下水了?你还会抓鱼?"

小红美滋滋地说:"这有什么大惊小怪的呀,我从小就在我家附近的池塘里洗澡、抓鱼。你们看,这鱼多新鲜啊,正好给常大哥做鱼汤,补身子。"

二妮高兴地在小红脸上亲了一口,赞叹不已:"小红,好样的,你真厉害呀,我和常健谢谢你!"

……

第六十章　祸从天降　童军去世

正月十五那天晚上，在海边的沙滩上，童军和方小宁与刀疤脸一伙人那一场惊心动魄的恶斗，结局十分惨烈。童军、方小宁及刀疤脸、瘦猴子、歪脖子、公鸡头都受了重伤，被警车送进了附近的医院，进行抢救。罗圈腿受了轻伤，在仓皇逃窜中被警方捕获。

人们都说，观海的春天，天气就好像猴子的脸，说变就变。正月十五白天，阳光明媚，春风拂面，大地上暖洋洋的，一派生机勃勃、春意盎然的景象。谁也没有想到，就在正月十五的那天深夜，突然来了个春寒料峭。呼啸着的北风越刮越大，紧接着就是鹅毛大雪下个不停。刚刚有了春天味道的观海，一夜之间又回到了冰天雪地的日子。这突如其来的变化，使人们有些措手不及和难以适应。

为什么正月十五这一天晚上的天气突然剧变？有的人说，这是因为上一年的中秋节晚上，乌云遮月引起的，正如谚语所说的那样，八月十五云遮月，正月十五雪打灯。

看着突如其来的狂风暴雪，大妮泣不成声地仰天长叹："老天爷啊，你终于睁开了眼睛，你终于忍无可忍，你终于愤怒了！我现在求求你了，你发发慈悲，保佑童军平安无事吧！我求求你了，你伸张正义，马上把丧尽天良的姓寇的一伙人天打五雷轰吧！老天爷啊……"

正月十五的深夜，在医院手术室的大门口，当大妮看到生命垂危、浑身是血的童军时，她立刻就昏了过去。

在众人的呼喊下，大妮慢慢醒了过来。整整一夜，大妮满脑子都是浑身是血的童军。她一直失魂落魄地守候在手术室的大门外。

到了第二天早晨，医院宣布，童军和刀疤脸、瘦猴子因伤势太重，抢救无效，已经死亡。方小宁和公鸡头受了重伤，经过抢救，已经脱离了生命危险。

当手术室打开大门，医生推出童军的遗体时，大妮痛不欲生，立刻扑上前去，抱住童军的遗体，哭叫起来。她哭得天昏地暗，撕心裂肺，死去活来。

第六十章 祸从天降 童军去世

此时此刻，天好像塌下来了，地好像陷下去了，世界上的一切好像都不存在了……

大妮心如刀绞，肝肠寸断。她满脑子一片迷蒙，眼前漆黑一片。仿佛突然刮起了一阵狂风，把她吹进了伸手不见五指的万丈深渊。她一遍又一遍地呼喊着童军的名字。

人们把大妮从童军的遗体上拉了起来，她声嘶力竭地哭喊着，不一会就不省人事，又一次昏了过去。

……

人们把大妮送到家里，她趴在床上，泣涕如雨。泪水湿透了枕头，也湿透了胸前的衣服。她哭得精疲力竭了，泪水也流干了，迷迷糊糊地睡了过去。似睡非睡中的她，不停地做着噩梦。在一个又一个的噩梦中，又一惊一乍地醒了过来，接着没完没了地哭起来……

大妮浑浑噩噩，在床上哭泣和迷糊了整整三天三夜。这三天三夜，童军的音容笑貌，一直活灵活现、历历在目……

"姐，你真的很美，像个仙女，你是我见过的女孩子中，最美丽最漂亮的一个。"

"姐，我要的是你，我要那个破房子干什么呀？"

"姐，在我的心目中，你是这个世界上最干净、最纯洁、最善良的女孩子。"

"姐，你真的答应我的求婚了？我是世界上最幸福的人，我要一辈子爱着你！"

"三狗蛋，我警告你，大妮是我的老婆，你要是胆敢动她一指头，我就马上送你上西天！"

"大妮是我的老婆，谁要是不知好歹，敢欺负她，我就会让谁脑袋搬家！"

"老婆，我不想开餐馆了，也不想挣那么多钱了，我要你一辈子平平安安。"

"老婆，我们俩现在已经有房子了，有家了，你打算什么时间举行婚礼啊？"

"啊，这是真的吗？我有孩子了，我要当爸爸了，我有大胖小子了！"

"老婆，你要保重身体，保护好我们俩的孩子，让我们的大胖小子每天高高兴兴地、健健康康地成长。"

……

大妮不相信自己的眼睛，也不相信自己的耳朵。她认为与她相亲相爱、心地善良、英俊潇洒、朝气蓬勃的童军绝对不会离开这个世界，绝对不会与她永别。她认为童军没有死，童军还活着，童军的音容笑貌依然历历在目，童军每时每刻都陪伴在她的身边。

每当大妮睁开眼睛，看到童军的照片，看到身边的每一样东西，她都触景伤情，睹物思人，勾起她一段段的回忆。

大妮忽而死死地盯着桌子上那个水果搅拌机，好像她自己的心脏就在里面，已经被搅拌碎了，在不停地流血。

抚摸着童军的枕头,大妮感觉到,自己的心脏就好像被一把很钝的锉刀不停地锉着,有一种难以形容的滋味。

大妮看到床头柜上那两只喝水的杯子,好像全世界的蛇胆和黄连都被她喝进了肚子里,还不停地翻腾着,她想呕吐,又什么也呕吐不出来。

大妮神志恍惚,心乱如麻,童军已经走了,她活着也没有什么意义了,她多次想到了去死……

童军出事后,三妮心如刀锯。她吞声忍泪,一直寸步不离地陪伴和照顾着大妮。看到大姐那痛不欲生的样子,她凄然泪下,不知道怎么办才好。

"大姐,天已经明了,你不能再昏昏沉沉地躺着了,你必须起来坐一会。"三妮说着,硬是把大妮扶了起来。

"大姐,你很长时间没有喝水了,必须喝点水。"三妮端着一杯水,逼着大妮喝了下去。

停了一会,三妮端来一碗稀饭,一遍又一遍地耐心劝说着:"大姐,这是我给你做的,已经加热好几次了,你为了自己和孩子,必须喝几口。"

见大妮不停地摇头,一口也不肯喝,三妮心急如焚,苦苦哀求道:"大姐啊,你不能这么糟蹋自己了。常言道,天有不测风云,人有旦夕祸福。童大哥已经走了,他不可能再回来了,你必须勇敢地面对和接受这个现实,好好地活下去。你不吃不喝,要死要活,童大哥的在天之灵也不会同意你这样做。他是那么爱你,他希望你健健康康地活着。你现在怀着他的孩子,这是他留在这个世界上的唯一的骨肉,要是这个孩子有个三长两短,你对得起童大哥吗?他能原谅你吗?大姐啊,你好糊涂啊,你应该醒一醒了,为了这个孩子,你不能再这样折腾下去了!"

三妮语重心长的一席话,使大妮顿时清醒了很多。是啊,童军已经走了,她可以跟着童军一块走。可是,这个孩子怎么办啊?这个孩子是她和童军相亲相爱的结晶,也是童军留在这个世界上的唯一后代。要是这个孩子没有了,童家就断子绝孙了,她怎么向童军和他的列祖列宗们交代啊?她必须活下去,必须把这个孩子养大成人,以告慰童军以及他的列祖列宗的在天之灵。想到这里,她流着泪水,强忍着心中悲痛,一口一口地、十分艰难地把一碗稀饭咽了下去。

……

这天中午,连奶奶、姜春娟和安东方,带着很多水果和食品,来看望大妮。自从童军出事以后,他们每天都来看望大妮。大妮想起来迎接大家,被姜春娟按在了床上。看到大妮的情绪渐渐地稳定下来,大家悬着的心才慢慢地放了下来。

姜春娟坐在床边,紧紧地抓住大妮的手,劝说道:"孩子啊,天灾人祸,想躲也躲不过去。这是天意啊,这是一个人的命运。童军走了,你一定要想开,要好好地活下去。孩子呀,我们祖祖辈辈,都是这样过来的,你懂吗?"

大妮满面泪水,哽咽着说:"妈,我知道,你放心吧。"

第六十章 祸从天降 童军去世

连奶奶给大妮擦着泪水说:"大妮啊,人这一辈子不可能一帆风顺,谁都会遇到一些磕磕绊绊、伤心痛苦的事。人有悲欢离合,月有阴晴圆缺,此事古难全。孩子啊,你一定要想开,要尽快从悲痛中走出来。从现在开始,你不能再哭哭啼啼了,要打起精神来,面对和开始新的生活。"

大妮点着头,抽抽噎噎地说道:"奶奶,我……知道了,我……记住了!"

安东方告诉大妮:"餐馆的事,你不用担心。这几天,我和安磊每天都去餐馆,安磊还给餐馆派了三名厨师。现在,餐馆每天都照常营业,收入也很正常。"

"爸,谢谢你,也谢谢大哥!"大妮听了,十分感动。

提到了餐馆,连奶奶问道:"大妮啊,我年纪大了,存不住话,总是爱唠叨几句。我想问一问你,你的餐馆,下一步打算怎么办啊?"

大妮想了想,回答:"童军活着的时候,他看到我受到姓寇的一伙人的欺负,生窝囊气,还担心我吃苦受累,曾经多次劝说过我,要我不要再开餐馆了。当时,我没有同意。现在,童军虽然离开了我,我打算把这个餐馆继续开下去。这个餐馆,是童军和我用鲜血和汗水换来的。为了这个餐馆,童军又把性命搭上了。今后,哪怕是再苦再累再难,我也要开这个餐馆,而且要越开越好。"

安东方急忙说:"大妮,我赞成你的想法,我支持你继续开这个餐馆。这个餐馆,它来之不易啊。现在,餐馆的生意做得这么红火,又名声在外,在观海为数不多,不开下去实在是太可惜了。我已经和安磊商量过了,今后我们会尽力帮助你把这个餐馆管理好,经营好。最近这一段时间,你要安心在家里休息,不要再操心餐馆的事。今后,你有空去餐馆看看就行了,具体的事由我和安磊来处理。"

大妮听了,感动得热泪盈眶,她不知道说什么好,只是连声道谢。

说完了餐馆的事,又接着说起大妮怀的这个孩子。姜春娟问道:"大妮啊,我是你干妈,有些事我不能不问,你怀的这个孩子怎么办啊?"

提到这个孩子,大妮的泪水滚滚流淌下来,她十分坚定地回答:"妈,我已经想过了,也铁了心了,我要把这个孩子生下来。这个孩子,是童军的唯一骨肉。今后,再苦再难,我也要把他抚养成人。有这个孩子在我身边,也就等于童军一直和我在一起,我这一辈子也就心满意足了。没有了这个孩子,我就什么都没有了,我活着还有什么意思啊?"

姜春娟语重心长地说道:"大妮啊,我不是反对你要这个孩子。但是,有一些问题你必须想清楚。一个没有结过婚的女青年,身边带着个孩子,风言风语的责难,孤儿寡母的煎熬,生活中的艰难困苦,还有很多很多,那样的日子很难熬啊。一般的人都做不到,也挺不住,更熬不到头。再说,你这么年青,还要结婚嫁人,还要成家立业,这个孩子会成为你一辈子的负担和累赘。大妮啊,这些后果你都考虑过了吗?"

"妈,你的意思我明白。为了这个孩子,再苦再难我都不怕,就是天塌下来,

我……也不怕！"大妮呜咽着说。

姜春娟急忙说："大妮啊，我支持你要这个孩子。既然你已经考虑过了，也拿定了主意，从现在开始，你必须从悲伤和痛苦中走出来，有一个好心情和好身体。该吃饭就吃饭，该睡觉就睡觉。不然的话，你怀的这个孩子很难保住，你明白吗？"

大妮感动地说："妈，我明白了，我会按照你说的去做。"

连奶奶嘱咐道："大妮啊，你怀的这个孩子命大。你经受了这么大的打击，哭得死去活来，不吃不喝折腾了这么多天，这个孩子一点事没有，这也算是不幸之中的万幸啊。你要是想留住这个孩子，让他健健康康地长大成人，你就要牢牢记住你干妈刚才说的话，知道吗？"

大妮忙回答："奶奶，我记住了。"

姜春娟动情地说："孩子啊，你的命太苦了，从小没有了妈妈，又遇上了这么多伤心痛苦的事。今后，你就把我当成你的亲妈妈。遇到什么困难事，及时告诉我。我一定会像对待自己的亲女儿一样来对待你。"

大妮听了，一头扑到姜春娟怀里，痛哭起来……

正当大家苦口婆心地劝说大妮的时候，三妮已经在厨房里做了一桌子饭菜。她走进来对大家说："我们很长时间没有在一块吃顿团圆饭了，今天正好是个机会。现在，我已经把饭菜做好了，大家一块去吃饭吧。"

连奶奶有点不相信，问："三妮，这么短的时间，你就把饭菜做好了？"

三妮回答说："奶奶，都是一些现成的东西，一加热就成，还能不快？"

大妮坐在餐桌旁，看着满桌子的饭菜，一点胃口都没有，什么也不想吃。但是，为了肚子里的孩子，她还是强忍着，一点一点地慢慢吃着。

……

连奶奶、姜春娟和安东方走了以后，大妮强打精神，由三妮搀扶着，带着一些食品和生活用品以及一万元钱，来到医院里看望方小宁，迎接她的是方小宁的爸爸妈妈。

方小宁的爸爸四十六岁，瘦高个子，四方脸庞，说话坦诚直率，看上去很潇洒，给人一种正直善良、精明强干、敢作敢为的印象。

方小宁的妈妈四十四岁，中等个子，身材匀称，瓜子脸，非常漂亮，文文静静，一看就是一个贤妻良母。

大妮与方小宁的爸爸妈妈打过招呼，放下手中的东西，来到病床前。看到病床上的方小宁脸色苍白，一条胳膊打着石膏，大妮顿时泪如泉涌，说："小方弟弟，是我和童军连累了你，使你伤成了这个样子，我们对不起你。我和童军有难，你主动出手相救，差一点丢掉自己的性命。你的大恩大德，我永远不会忘记，一辈子也报答不完。"说完，她给方小宁深深地鞠了一躬。

第六十章 祸从天降 童军去世

方小宁急忙说:"大妮姐,你过奖了。其实,童大哥是为了营救我,才被瘦猴子刺中。我能活着,应该感谢童大哥。你和童大哥待我亲如兄弟,你们遇到了劫难,我理应出手相助,绝对不能袖手旁观。我所做的都是应该做的,每一个有良知的人都会这样做。"

大妮对方小宁的爸爸妈妈说:"大叔、大婶,我特别感谢你们俩,感谢你们俩养育了方小宁这个正直善良的好儿子。"说完,她又给方小宁的爸爸妈妈深深地鞠了一躬。

方小宁的爸爸激动地说:"大妮姑娘,我多次听小宁提起你。小宁能跟着你这样的老板打工,我一百个放心。听小宁说,你待他特别好,谢谢你!"

大妮激动地说:"大叔、大婶,方小宁是为了我和童军负的伤。他的大恩大德,我一辈子也报答不完。他住院期间和身体完全康复之前的所有花费,我全部包了。"说着,她拿出一万元钱,放在床头柜上,又接着说道:"大叔、大婶,花钱方面你们不用担心,花多少我给多少。明天,我让风玲玲来医院陪床,专门负责照顾方小宁。"

方小宁一听要让风玲玲来医院陪床,激动得不知道说什么好,语无伦次地说:"玲玲?她……来陪床?她……真的能来吗?"

大妮不明就里,感到有点莫名其妙,急忙问道:"玲玲为什么不能来呀?"

方小宁的妈妈急忙解释说:"大妮姑娘,是这么回事。今年春节期间,我们在老家给小宁张罗了好几个对象,他都没有看上。原来,他看上了你们餐馆的风玲玲。他担心风玲玲不同意,一直不好意思给风玲玲说,也不好意思给你提这事。我和小宁的爸爸早就想请你当红娘,出面跟风玲玲谈一谈,问一问她愿意不愿意。"

方小宁心情沉重地说:"童哥出事前,他告诉我,他一定请你出面当红娘,撮合我和风玲玲的事。我没有想到,童哥还没有来得及给你说,他就走了。"

大妮听了,恍然醒悟,急忙说:"这是好事,我很愿意给小宁和玲玲牵线搭桥当红娘。小宁个人条件和家庭条件这么好,很多女孩子都会求之不得。玲玲人品好,长得很漂亮,家庭条件也不错。我明天就跟玲玲说,估计问题不大。明天玲玲来医院,大叔大婶正好见见她。"

方小宁的妈妈听了,心里乐开了花:"玲玲来医院陪床,正好让小宁与她单独相处一段时间,两个人可以好好地谈一谈,增加了解,加深感情。大妮姑娘,我代表全家人谢谢你!"

……

那些赖着不走的令人讨厌的冰天雪地的日子,终于被春天赶走了。大地上,那厚厚的一层冰雪,悄无声息地融化得无影无踪。春回大地,万物复苏,百花争艳,到处呈现出一派生机勃勃和欣欣向荣的景象。

方小宁年青,身体素质好,又是外伤,胳膊上的伤口愈合得很快。不到两个月时间,就基本康复了。这一段时间,他不但身体基本康复了,而且还与凤玲玲确定了恋爱关系。

这是一个星期天,风和日丽,春暖花开,鸟语花香。暖风徐徐吹过,一阵阵清新、幽香、淡雅的气息扑面而来,令人神清气爽,心旷神怡。

这天晚上,大妮在餐馆设宴,答谢亲朋好友,客人们陆续来到了餐馆二楼大厅里。

因为是星期天,大家都休息,一下子来了三十多个人。今天来的亲朋好友中,除了连奶奶、姜春娟以及她们的家人,还有刘一鸣父女俩、陆鹏,以及他的爸爸妈妈。今天晚上,餐馆不对外营业,服务员和厨师们上完饭菜,也都入席就座。

这是童军出事以后的第一次聚会,大妮热泪盈眶,激动地说:"自从童军出事之后,在座的各位都伸出了援助和关爱之手,无微不至地关心帮助我。没有你们的关心帮助,我渡不过这个难关。我深深地感谢大家,谢谢你们!我特别感谢厨师方小宁,他的大恩大德我永世不忘。"大妮说完,给大家深深地鞠了一躬,然后给大家敬酒。

方小宁激动地说:"大妮姐,那是我应该做的,你以后就不要再提了。其实,我特别感谢你,感谢你对我的关心和帮助,感谢你给我介绍了一个称心如意的好对象——凤玲玲!"说完,他和凤玲玲一起,回敬了大妮一杯酒。

今天,吴涛也很激动,他站起来说道:"大妮,正月十五那一天,要不是我和小静在这里举行婚礼,童军就不会出事。自从童军出事以后,我和小静心里一直很愧疚。我们俩真诚地对你说一声'对不起!'。"

大妮急忙说道:"吴师傅、小静,童军出事与你们没有关系。姓寇的一伙人早就盯上我和童军了,你们不在餐馆举行婚礼,他们照样会来找麻烦。"

冷小静眼含热泪,哽咽着说:"姐,你和童哥都是好人,我和吴涛不知道怎么样报答你们俩。我和吴涛只能多出点力,多干点活,帮着你把餐馆经营好,让你少操点心。"

大妮感动得不知道说什么好,连声说:"谢谢……"

这时候,安磊高兴地大声喊道:"现在,我要告诉大家一个好消息!我的一个老战友,他在市公安局工作。他刚才给我来短信说,姓寇的和他的同伙都被抓了起来。我的老战友还说,等审判姓寇的一伙人的时候,一定会请大家去旁听。"

听到这个特大喜讯,大妮泪流满面。她呜咽了半天,大声说道:"苍天有眼,恶有恶报,这是报应啊!"

方小宁、吴涛和令媛媛几个人,高兴地跑到餐馆大门口,燃放起了烟花爆竹。顿时,噼里啪啦的声音,震耳欲聋,响彻云霄;一朵朵五颜六色的烟花,腾空而起,在夜空中争相绽放着,是那么美丽漂亮。

……

第六十一章　海岛观光　三妮救人

　　观海的人们都说，来观海观光游玩，没有去过神仙岛，就等于白来了一趟。三妮和住在同一个寝室里的姐妹们，早就想到神仙岛上玩了，一直没能找到机会。学校放假一天，三妮与室友们一商量，决定去神仙岛观光游玩。

　　神仙岛，在观海市西南方向的大海里。对于这个海岛，有很多美丽的传说。玉皇大帝和王母娘娘来人间巡视的时候，曾经在这个岛上住过两天。七仙女每年七夕节，都来这个岛上游玩。八仙过海的时候，在这个岛上住了十天。东海龙王的女儿水灵，因为喜欢这里的景色，在这个岛上住了五年，被东海龙王派人抓回龙宫。印度的一位高僧，坐着一头大象，来到中土传经，历尽千辛万苦，来到这个岛上，认为已经走到了陆地的尽头。他遥望前方碧波万里，感到已经功德圆满，在此坐化成仙，他坐的那头大象，也在此幻化成了一座大山。故此，人们称这个岛为神仙岛，又名水灵山岛。

　　这个岛，海拔五百多米，总面积七八平方公里，距离陆地二十多公里，是中国北方的第一高岛。它四面环海，有大小山峰五十六座，山高海阔，景象万千，峰峦起伏，郁郁葱葱，如锦似画。它宛如一块巨大的艳丽翡翠，巍然耸立在茫茫大海之中，构成了独特的海上奇观，有海上桃花源之美称。

　　天刚蒙蒙亮，三妮她们就来到了码头上，坐上轮船，向神仙岛驶去。

　　东方的天空露出了鱼白色，朦朦胧胧的海面上，风平浪静，微风吹来，飘荡着一层似烟非烟的薄雾。

　　"妮子，快看，海上日出！"随着卜小苗的喊叫声，三妮和同学们向东方望去……

　　东方的海面上，海水不停地变幻着颜色，先是暗红色，然后渐渐地变成了枣红色，接着又慢慢地变成了橘红色，最后，伴随着那一片海水的熊熊燃烧，一轮红日恋恋不舍地、羞羞答答地跃出了水面……

　　旭日东升，霞光万道，天空中，大海上，金光灿灿，五彩缤纷。屹立在大海中的神仙岛，仿佛涂上了五颜六色的梦幻一般的色彩，显得更加美丽和雄伟。

从远处望去，神仙岛就好像一幅醉人的山水画，在大海和天空之间泅了出来，漫天的朝霞金光灿烂，山影与水光交相辉映，满岛的翠绿与湛蓝的海水互相映衬，真可谓奇妙无比，如梦如幻，就像迷人的童话世界。

登上神仙岛，放眼望去，展现在她们面前的是大大小小、高高低低、连绵不断的山峰。在霞光的照耀下，有一条小溪，像一条飘逸的彩色缎带，盘旋在高耸入云、烟雾缭绕的崇山峻岭的峡谷之中。它曲曲折折、断断续续、若隐若现。它兴高采烈地跳下山岗，冲过岩石，哗哗啦啦地一路欢笑着，来到了三妮她们的身旁。接着，它又哗哗啦啦地唱着歌儿，高高兴兴地弹着琴弦，义无反顾地奔向大海的怀抱。

三妮她们被眼前的美景惊呆了，陶醉了……

"啊，这真是天堂美景啊，太漂亮了！"看着看着，卜小苗兴奋得手舞足蹈，情不自禁地喊叫起来。紧接着，她不由自主地哼起了歌曲《泉水叮当响》。卜小苗带了个头，大家不约而同地跟着她唱起了这首优美动听的歌曲……

大家唱着歌，欣赏着美景，顺着山谷，沿着小溪旁边的羊肠小道，悠闲自得地慢慢悠悠地向山上走去。

小溪的两旁，丛山峻岭，绿树成荫。五颜六色的鲜花，争奇斗艳，散发着一阵阵幽香。小鸟飞来飞去，叽叽喳喳地叫个不停。似烟如云的薄雾，在小溪上方游来游去。抬头远望，那溪水就好像从一幅山水画里源源不断地流淌出来。

这一路上，小溪在蜿蜒曲折的山谷中不停地流淌着，载歌载舞着。就好像是水环绕着山，又好像是山环绕着水，真是让人说不清，也道不明。它时而宽，时而窄；时而跌宕起伏，时而缓流如练；时而直脱脱地驰骋，汩汩潺潺；时而舔着悬崖峭壁静静地淌，文文静静；时而匆匆忙忙冲出一个漩涡，飞转几圈，然后向前流去，显得那么大大方方；时而弹出动听悦耳的叮咚叮咚的琴声，时而发出银铃一般哗哗啦啦的欢笑声音……

三妮和小姐妹们顺着弯弯曲曲、斗折蛇行的小溪，转过了几个山冈，来到一个平平坦坦的山坳里，眼前的小溪突然摇身一变，变成了一个平平静静、不大不小的池塘。山坳周围的岩石上，从上方流淌下来的溪水就好像一根根银线，静静地、缓缓地、悄无声息地流淌进了池塘。

池塘的周围，到处是竞相绽放的五颜六色的鲜花，给池塘编织了一个五彩缤纷的大花环。池塘的左边，是一片桃树，火红的桃花映红了池塘的一半。池塘的右边，是一片柳树，轻轻地甩着长发，随着春风婆婆起舞。

池塘里的水就好像一面透明的镜子，清澈见底。周围的高山峻岭、树木花草，倒映在宁静的水面上，就好像天堂仙景，是那么美妙，令人浮想翩翩。水面下，那五颜六色的鹅卵石，明暗斑驳，清晰可见。阳光洒在水面上，波光粼粼，金光闪闪，好像点缀着一颗颗璀璨的星星，美不胜收，令人流连忘返。

第六十一章　海岛观光　三妮救人

一条条透明的成群结队的小鱼小虾，在水中悠闲自得、自由自在地游来游去。它们好像在捉迷藏，一会儿浮出水面，一会儿潜入水中，一会儿聚集在一块，一会儿又纷纷散去，十分逗人喜爱。还有几条俏皮的小鱼，就好像参加比赛似的，突然跃出水面，又急急忙忙钻进水里，溅起了一朵朵美丽、晶莹的水花。这时，水面也被逗乐了，脸上泛起了一个个小酒窝，荡起了欢笑的涟漪，是那样地迷人。

池塘中间，有一片亭亭玉立、含苞待放的荷花。几对鸳鸯，不停地穿梭在中间。一群五颜六色的蝴蝶和蜻蜓，有的在荷花上小憩，有的在荷花上方翩翩起舞……

姐妹们被眼前梦幻一般的景色迷住了。她们坐在池塘边上，看得心旷神怡，如痴如醉，浮想联翩。

正在这时，心不在焉的甄倩倩，突然向池塘中扔了一块石头。随着水花飞珠滚玉一般向四周溅去，也打乱了大家的思路和情绪。

"真欠扁，你神经病啊，闲得蛋痛啊？吓了我一跳，坏了姑奶奶的情绪！"卜小苗气呼呼地骂道。

"哎哟哟，狗拿耗子多管闲事。这池塘又不是你家的，我想干什么就干什么，你管得着吗！"甄倩倩有点上火，也有点心烦意乱，阴阳怪气地回敬道。

卜小苗立马反击道："真欠扁，你是一条疯狗啊，到处惹是生非……"

没有等卜小苗说完，肖苹苹感慨道："哎呀，真的是无可奈何啊，再美丽再漂亮的地方，也会踩到臭狗屎，防不胜防啊，真倒霉！"

"小不点、小苹果，你们俩嘴里干净点，要是惹火了老娘，有你们俩好看的，我会让你们俩吃不了兜着走。"甄倩倩气急败坏地威胁道。

马兰忍无可忍，大声道："真欠扁，都怨你。如此美景，你不好好欣赏，还来捣乱！"

甄倩倩不服气，赌气道："大洋马，你真是个土老帽，就这么个破地方也叫美景啊？井里的蛤蟆，没有见过世面。告诉你，老娘我走南闯北，天下的美景都看烦了！"说着，她又捡起一块石头，向池塘中间投去，惊飞了几只水鸟。

肖苹苹气呼呼地骂道："真欠扁，你吃饱撑得啊，是不是犯贱啊？看烦了还来这里凑热闹，你脑袋里是有水，还是让驴给踢了？"

卜小苗笑嘻嘻地问："真欠扁，这几天没有看到你去泡帅哥，心里不痒了？还能不能忍得住啊？"

"痒你娘的头！哈哈……"甄倩倩恶狠狠地骂着，又嘻嘻哈哈地大笑起来。

没有等甄倩倩笑完，卜小苗骂道："真欠扁，你本性难移，狗改不了吃屎……"

三妮再也听不下去了，气呼呼地大声说："你们都给我闭嘴！这是公共场合，你们满嘴污言秽语，不嫌丢人现眼啊？"她停了停，又接着说道："我们来一次不容易，机会难得，你们要仔细观察和欣赏这里的景色。回去以后，要以《小溪》为题目，每人写一篇作文。"

肖苹苹马上随声附和："妮子，好主意，我赞成。"

叶子青很不耐烦地说："妮子，你还是饶了我吧，一听说写作文，我脑袋就大。"

卜小苗洋洋自得，卖弄着说："黄叶子，你真没出息。让你写一篇作文，就成了缩头乌龟。看姑奶奶的，现场赋诗一首，让你开开眼界，长长见识。"

叶子青瞪了卜小苗一眼，不屑一顾地说："人长得这么袖珍，牛皮吹得这么大啊！"

卜小苗瞪了叶子青一眼，看了看池塘中的荷花，灵机一动，然后装模作样、挤眉弄眼地说："黄叶子啊，姑奶奶触景生情，现在就作一首赞美荷花的诗。你伸长狗耳朵，仔细听好了——小荷才露尖尖角，早有蜻蜓立上头——怎么样啊，还有点韵味吧？"

叶子青琢磨了半天，支支吾吾地说："小不点，我……怎么听着有点耳熟啊？"

卜小苗一听，立马板着脸，装腔作势，一本正经地说："古今中外，也只有姑奶奶能作出这样的诗。黄叶子，你什么意思啊？难道你怀疑姑奶奶的文才？"

"这……"叶子青一时语塞，不知道怎么回答好。

三妮忍不住了，扑哧一声，笑着说："小不点，你的这首诗，前面应该再加上这么两句——泉眼无声惜细流，树荫照水爱晴柔。"

停了下，三妮又对叶子青说："叶子黄，你上当受骗了。这一首诗是南宋诗人杨万里的作品，名字叫《小池》。它句句是诗，句句如画，展示的小池风光，自然朴实，真实感人。描写的泉眼、细流、树荫、小荷和蜻蜓，是那么细致、温柔和富有情意，构成了一幅生动的山水画。这一首诗描写的景色，几乎和我们眼前池塘中的景色一模一样，很值得我们学习和研究。"

叶子青恍然醒悟，马上进行反击，阴阳怪气地说："嘿嘿……我说呢，小不点长得就好像个巴掌大小的宠物狗，她那嘴里怎么能吐出象牙来啊！"

卜小苗气得直跺脚，向三妮挥舞着拳头说："妮子，我没有想到你胳膊肘子向外拐，是个吃里爬外的小人，看我怎么样教训你。"她说着，冲过去就想踢三妮。

三妮笑着马上求饶："小不点，对不起，我投降。为了补偿你，我教给你一门绝活。"

卜小苗忙问："什么绝活？"

"打水漂。"三妮说着，从地上挑选了一块薄薄、平平、不大不小的石头，

第六十一章 海岛观光 三妮救人

弯下腰,平着向水面打了出去。那一块石头紧贴在水面上,飞行了很远的距离,溅起了一串串、一朵朵晶莹剔透的水花,足足有十多个,十分漂亮和精彩。

大家见了,拍手称快,纷纷学着三妮的样子,玩起了打水漂。

打水漂,看起来很简单。但是,要学会它,也不是那么容易。因为,它对选用的石头和动作要领,都有很严格的要求。大家跟着三妮学习了好一阵子,才渐渐地找到了门道。

玩完打水漂,大家沿着小溪,顺着鹅卵石铺成的小道,聆听着山涧里的潺潺流水和鸟语虫鸣的声音,观赏着眼前的苍松翠柏和鲜花野草,继续拾级而上。

她们转来转去,拐来拐去,眼前又突然出现了一个不大不小的山坳和池塘。

抬头一看,山坳里,三面环绕着悬崖峭壁,最高的地方有四十多米。上方的溪水沿着悬崖峭壁流淌下来,有的蜿蜒盘旋而下,有的一头扎进了下面的池塘里,形成了许多大大小小、千姿百态的瀑布。从顶端流淌下来的瀑布,就好像是潮水和水帘一般飞泻而来;从中间流淌下来的瀑布,就好像是白练飘然而下;从石缝里流淌下来的瀑布,就好像是银丝一绺一绺飘飘洒洒地倾泻下来……

瀑布有的撞击在岩石上,有的飞泻在池塘中,顿时抛洒出万斛珍珠,如飞珠碎玉一般晶莹剔透,似喷珠飞雪,状如玉龙飞舞,溅起千朵银花,形成团团水雾,激起湾湾涟漪。在阳光的照射下,泛起斑斑耀眼的光芒,显得更加雄伟壮观,光彩夺目,仿佛仙境。

瀑布好像天才的音乐家,欢快地演奏着大自然的交响乐。发出的声音,那么动听,那么美妙,那么温馨,那么震撼,那么琴韵悠扬。有的咆哮如雷,令人感受到惊天动地的力量;有的如万马奔腾,气势磅礴,催人奋进;有的像空谷回音,使人荡气回肠;有的余音袅袅,好像清风徐徐飘荡;还有的似百鸟争鸣,妙不可言,仿佛在欢迎人们的到来。

一阵阵微风吹来,把瀑布吹得如烟如雾,还没有走近它,细小的水珠就飘落在了身上,好似漫步在蒙蒙细雨之中,令人心旷神怡,恋恋不舍。

陶醉在眼前的梦幻般的美景之中,卜小苗情不自禁地喊叫起来:"我——来——了!我——在——这——里!"

就连平时不爱说笑的肖苹苹,也情不自禁地吟诵起李白的诗:"飞流直下三千尺,疑是银河落九天。"

忽然,扑通一声,吓了大家一跳。大家一看,原来是卜小苗光顾看风景了,踩在了池塘边那一块长满青苔的石头上,一不小心就滑进了池塘里,顿时变成了一只落汤鸡。

看到卜小苗落水,三妮马上喊道:"小不点,你会不会游泳啊?千万不要往里面走,要注意安全!"

卜小苗很尴尬,在水里扑腾了几下,急急忙忙站起来,苦笑着说:"妮子,

没有事,水不深,你就把心放在肚子里吧。"

看到卜小苗那惊魂未定和尴尬羞怯的样子,大家忍不住哈哈大笑起来。

"哈哈,小不点热昏头了,想洗个冷水澡清醒清醒。小不点,你就慢慢享受吧,要不要给你搓搓背啊?"马兰笑弯了腰,大声戏弄调侃她。

卜小苗满不在乎,一边玩着水,一边神秘兮兮地回答道:"大洋马,我告诉你,电视和报纸上多次介绍过这个池塘,传说这是东海龙王的女儿水灵和七仙女洗澡的地方。这里的水是圣水,能美容养颜,包治百病,还能减肥和延年益寿哪。你要是眼馋了,也下来沾沾这里的仙气吧,我保证让你减掉那一身肥马膘,变成一个苗条清秀的小姑娘。"

马兰听了,气呼呼地走上前来,伸脚就想踢卜小苗。

卜小苗笑着说:"大洋马,你还真想减肥啊?那好吧,你自投罗网,怪不得姑奶奶。"说着,她眼疾手快,伸手就把马兰拉进了池塘里。

甄倩倩幸灾乐祸地说:"众目睽睽之下洗澡,也不怕丢人现眼,老娘我真的是心服口服了。"

卜小苗听了,咬牙切齿地说:"真欠扁,你满嘴喷粪,敢骂姑奶奶,我现在就让你泻泻火!"说着,她腾地一下蹿上来,一把把甄倩倩拖进了池塘里。

叶子青见了,冷笑着说:"嘿嘿,活该!早就应该下去喂王八了。"

马兰听了,若无其事地从池塘里爬上来,突然一把把叶子青推进了池塘里,骂道:"今年天气大旱,你干旱得叶子都发黄了,早就应该下去喝点水了。"

愣了一会,马兰又微笑着对三妮和肖苹苹说:"常言道,有福同享。今天天气这么热,你们俩不要客气,也下来降降温,沾沾仙气吧。"说着,她一手抓着一个,把她们俩拉进了池塘里。

今天,天气特别热,就好像烈日炎炎的夏天。池塘里的水凉爽宜人,六个人兴高采烈,欢声笑语,打起了水仗……

告别了瀑布,她们沿着一条盘山小道,几经周折,终于爬到了一座山峰上。

这里,是一块巨大的平平坦坦的岩石,据当地的人们传说,这是东海龙王的女儿水灵从龙宫中背来的一块千年灵石。在上面坐一坐,可长命百岁,逢凶化吉。这里不仅是八仙过海时喝茶聊天的地方,还是七仙女唱歌跳舞的地方。从远处看,那一眼看不到边的石壁,就好像是海上的波浪,而这一块巨大的背来石,就好像是荷花的花蕾,构成了一幅独特漂亮的天然石版画。

三妮她们拿出包里的啤酒和食品,摆在大石头上,一边品尝着啤酒,一边聚精会神地观赏周围的风景……

极目远望,一眼看不到边的茫茫大海上,波光粼粼,金光闪闪。海面上,轮船好像树叶,在慢慢地飘荡着。脚下的神仙岛,就好像一块璀璨的绿宝石,镶嵌在茫茫大海之中。

第六十一章 海岛观光 三妮救人

四周，那高高低低、大大小小、奇形怪状的山峰，有著名的歪头山、老虎嘴、象鼻山，还有石秀才、巨笋峰、试刀石，每一座山峰都有一个感人的故事。再仔细一看，有的像乌龟，有的像狮子，有的像兔子，还有的像展翅欲飞的老鹰。千奇百怪，多姿多彩，十分壮观。

山冈上，云遮雾罩，若有若无，时隐时现。山谷里，云雾缭绕，隐隐约约，虚无缥缈。

那漫山遍野的杜鹃花和火炬树，像一朵朵染红了的云，似一片片燃烧着的火。

金光灿灿的阳光洒在了天地之间，周围是那么美妙，那么迷人，仿佛来到了绚丽多彩、如梦如幻的天堂。

"天堂啊，天堂！仙境啊，仙境！我要是能在这里安家立业多好啊！"马兰观赏着美景，心潮起伏，不由地感慨着。

肖苹苹笑嘻嘻地问："大洋马，难道你乐不思蜀，不想再回大草原，想在这里安家乐业吗？这太好办了。这个岛的南面，有一个村子，村里有一个老光棍，急等着要结婚抱儿子，用不用我给你牵线搭桥啊？"

马兰不以为然，乐呵呵地说："一言为定，你现在就去给我介绍吧。"引得大家一阵哄笑。

卜小苗一时插不上言，很不耐烦地站了起来，向前面走去。她一边走，一边埋怨："喊喊喳喳说个没完了，真无聊，真烦死人了，影响我观光和喝啤酒。"

卜小苗一边喝着啤酒，一边全神贯注地欣赏着周围的美景。她专心致志，陶醉在眼前如梦如幻的景色之中，不知不觉来到了悬崖峭壁的边上，一不小心就滑了下去……

"救命啊，救命啊！……"

卜小苗拼命地呼叫着，顺手抓住了岩石缝隙里长出来的一棵小树。

听到卜小苗的呼救声，大家急忙跑了过来。跑在最前面的三妮，低头一看，瞬间就出了一身冷汗……

卜小苗抓住的那一棵小树，眼看着就要从岩石缝隙里拔出来。卜小苗的下面，是数十多米深的山谷……

在这千钧一发之际，三妮急忙蹲下身子，一把抓住了卜小苗的一只手。

谁也没有想到，三妮不但没有拉住卜小苗，反而被卜小苗坠了下去，两个人一起跌入了山谷之中……

"三妮……卜小苗……"

大家顿时都惊呆了，吓坏了。她们站在悬崖峭壁的上面，声嘶力竭地呼喊着，哭叫着，令人心碎。

……

第六十二章　鸣鸣降生　夫妻出院

　　预产期已经过了好几天了，二妮和常健天天盼望着小天使的降临。肚子里的小家伙好像很沉得住气，一点没有要出来的意思。于是，他们俩只能耐心等待着那瓜熟蒂落的时刻。

　　在等待小天使降临的日子里，二妮和常健翻阅了几本家庭育儿方面的书籍，掌握了一些关于生儿育女方面的知识。他们俩还为即将出生的小宝贝准备了充足的生活物品。

　　现在，常健的腿虽然还没有完全痊愈，但已经康复得差不多了。前几天，他丢掉了手中的拐杖，也不再需要别人搀扶了。他不但生活上能够完全自理，还可以到户外自由自在地活动。医生们说，常健的腿康复得这么快，效果这么好，有点出乎意料。

　　一天傍晚，吃完晚饭以后，二妮、常健和小红在医院西面的小山上散步。

　　夕阳西下，一缕缕晚霞斜照着大地和空中的一切，给天地之间涂上一层梦幻般的色彩。夕阳旁边的云霞，形状一会儿变成了一团团棉花，一会儿变成了一个个波浪，一会儿又变成了一座座山峰。颜色一会儿金黄色，一会儿百合色，一会儿半紫半红色。变幻莫测，多姿多彩。

　　二妮一边走，一边看，正在陶醉着，突然感到肚子里一个劲儿地往下坠，并伴随着一阵疼痛，她马上蹲了下去。

　　常健急忙问："老婆，怎么了？"

　　二妮想了想，抱着肚子说："可能是快要生了。"

　　常健听了，一阵狂喜。他和小红一起，搀扶着二妮来到了妇产科。听说二妮快要生了，齐霞也匆匆忙忙来到了妇产科。医生做完检测，告诉二妮和常健，胎儿很正常，再过几个小时就要出生了，要他们耐心等待。

　　这时候，二妮和常健既高兴又紧张。高兴的是，马上就要当爸爸妈妈了，感到无比荣耀和自豪。紧张的是，马上就要迎接小宝贝的降临了，有点忐忑不安。

　　从破了羊水，到胎儿入盆，从开始时宫缩阵痛间隔每五分钟一次，到宫缩

第六十二章 鸣鸣降生 夫妻出院

阵痛间隔每三分钟一次，再到终于把婴儿生出来，前前后后折腾了五个多小时。这五个多小时，对二妮来说，似乎过了整整一年。她痛得浑身冒汗，把衣服和被子全湿透了。但是，她紧紧地咬着牙关，始终没喊叫一声。

常健紧张得满头大汗，他一直抓着二妮的手，感受着二妮手上传来的力度，默默地体会着二妮的痛苦。他感到在这样的时候，语言都是那么苍白，那么无力。他除了不停地重复着那几个安慰和鼓励的话，别的什么也说不出来。看到二妮那张花朵一般的漂亮脸蛋因为剧烈疼痛和过度用力，扭曲得有些变形；看到二妮那黑亮飘逸的秀发，被汗水湿得乱蓬蓬地纠结在一起，常健心里就好像针扎一样难受。此时此刻，此情此景，常健真正弄懂了"母亲"这两个字的含义和分量。母亲——她是世界上最伟大、最无私、最可爱、最漂亮、最辛苦的女人。

二妮始终拼命地抓着常健的手，她感觉到，只要紧紧地抓住常健有力的大手，她就有了靠山，产生了无穷无尽的力量；她就有了主心骨，不用担惊受怕了。为了她和常健的孩子，她豁出去了，拼命地用力。到了最后时刻，她感觉下身一热，突然哗的一下，好像五脏六腑全都流了出去，肚子里瞬间就被掏空了。

这时候，齐霞高兴地喊起来："孩子生出来了，是个女孩，很健康！"紧接着，是一声响亮的婴儿的啼哭声。常健惊喜万分，急忙抬头看了看墙上的钟表，时间正好是凌晨五点十八分。

二妮心花怒放。她含着泪花，深情地看着怀里的孩子，情不自禁地在孩子那粉嘟嘟的小脸蛋上，轻轻地亲吻了一下，幸福开心地微笑着。她当妈妈了，心中甜甜蜜蜜，有说不出的成就感和自豪感。她欣喜若狂，情不自禁地哭起来。

常健当爸爸了，笑逐颜开，浮想联翩，感到一夜之间长大成人了，又一下子拥有了整个世界，肩膀上压上了千斤重担，也多了一份责任和担当。他推开了眼前的窗子……

窗子外面，暖洋洋的微风，带着湿湿润润的雾气，夹杂着淡淡的、清清的花香和幽幽的泥土气息，扑鼻而来，沁人肺腑，令人心醉。天刚刚有点蒙蒙亮，还不到日出的时候。微白的天空中，月亮已经隐去，还散布着几颗眨巴着眼睛的星星。大地上朦朦胧胧，四处都笼罩在神秘柔和的薄明之中。有几只刚刚醒来的小鸟，叽叽喳喳欢快地歌唱着。

常健心潮澎湃，不知道说什么好。他深深地呼吸了几口新鲜空气，回过头来，激动地对二妮说："老婆，我们的孩子出生了，天也明了。"

二妮心里乐开了花，她笑得是那么甜，那么开心。她看了看窗子外面，又深情地看着常健，笑嘻嘻地说："老公，你给孩子起的名字叫常鸣，所以，她必须在黎明时分小鸟唱歌的时候出生，并且要一鸣惊人。"

二妮一遍又一遍情不自禁地亲吻着孩子的小脸蛋，说道："哈哈，天亮了，天明了，百鸟争鸣，新的一天开始了，我们的宝贝也降生了。我的小心肝，我的小天使，你不同凡响，一定会一鸣惊人。"

常健心潮起伏，他不由自主地在二妮的脸蛋上轻轻亲了一下，又在孩子的小脸蛋上轻轻亲了一下，心疼地说："老婆，我没有想到生孩子那么艰难，那么痛苦，还那么可怕，我刻骨铭心，永志不忘。你为了生这个孩子，吃了那么多苦，受了那么多罪，我十分感动。今后，我一定要好好地爱你，用实际行动来报答你。"

"老公，谢谢你。其实，天下所有的母亲都一样。生一个孩子，就要过一次鬼门关，就好像死里逃生。"

"老婆，刚才，你那么痛苦，为什么不哭，也不喊叫啊？"

"笨蛋！哭有什么用啊？喊叫有什么用啊？那样就能把孩子生下来吗？"

"老婆，你太伟大了。"

"伟大的不是我一个人，天下的母亲都很伟大。"

"与母亲的伟大比起来，父亲就显得太渺小了。"

"老公，你悟性不错，悟透了这么深的哲理。"

二妮和常健正在说着，小红来了，她高兴地趴在床前，仔仔细细地端详着孩子，笑眯眯地说："姐，这小家伙太可爱了，她叫什么名字啊？"

二妮微笑着说："她的大名叫常鸣，小名叫鸣鸣，也就是'一鸣惊人'那个'鸣'，'警钟长鸣'那个'鸣'。你不是经常听小鸟叫吗？就是小鸟叫唤的意思。"

小红听了，拍着手笑弯了腰，上气不接下气地说："姐啊，你真会逗笑呀！哈哈……鸣鸣，小鸟叫唤的意思……不错，很好听……"小红笑够了，又趴在床上，再一次仔仔细细地端详着鸣鸣，逗了逗她那紧紧握着的小手，笑盈盈地说："你叫鸣鸣，你的名字很好听。今后，我每天都带着你出去玩。"

……

七天以后，二妮和常健都出院了，夫妻双双带着鸣鸣和小红，回到了双乳岛，回到了他们居住的那个小别墅。

回到家里，已经是下午。二妮、常健和小红一起动手，很快就做好了一桌子丰盛的饭菜。

常健兴高采烈地说："今天，天气有点反常，太闷热了，使人喘不动气。在房间里吃饭，很不舒服。我们把饭菜端到小池塘旁边，一边吃饭，一边欣赏野外的风景，怎么样啊？"二妮和小红听了，都欣然同意。

小别墅的大门外面，是一个小池塘。小池塘两边的山坡上，是郁郁葱葱的热带植物。小池塘的周围，是五颜六色、竞相绽放的鲜花。小池塘里，是一大片盛开着的红莲花，如火如荼，十分壮观。小池塘的旁边，有一棵大树，大树的下面，是一个石头桌子。二妮、常健和小红把饭菜摆放在石头桌子上。

他们在医院里憋屈了这么长时间，今天终于解放了，心里有说不出的高兴。

第六十二章 鸣鸣降生 夫妻出院

三个人围坐在石头桌子旁边，呼吸着野外的新鲜空气，一边品尝着美酒佳肴，一边欣赏着周围如诗如画的美景。

"太美了……太漂亮了……"常健美滋滋地喝着啤酒，兴致勃勃地观看着周围的美景，不停地感叹着。

小红慢悠悠地喝着啤酒，全神贯注地看着小池塘中那一大片红莲花，十分惊奇地说："姐、大哥，你们俩快看呀，这个小池塘里有很多大鱼。"

二妮看了看池塘里，急忙问："奇怪，不可思议，你怎么知道小池塘里有很多大鱼啊？"

小红笑了笑，胸有成竹地说："姐，我从小就在家门前的池塘里洗澡抓鱼，这么点小事还能看不出来啊？你看呀，有的小鱼在顶水，有的小鱼在跳高，花草中间还有很多水泡泡，这就说明小池塘里有很多大鱼。"稍停片刻，她见二妮半信半疑，接着说道："姐，我现在就下去抓几条，给你做鱼汤。"

二妮急忙问："你穿着衣服，怎么下水啊？"

小红笑着说："正好洗个澡，也顺便洗洗衣服。"说完，她放下酒杯，走到小池塘边上，扑通一下跳了进去。

小红在小池塘中间的深水里扑腾了一阵子，把鱼赶到了浅水区。然后，她蹲在浅水里，不一会就摸到了一条大鲫鱼。她兴奋得不得了，急忙把鱼扔到岸上，又急急忙忙摸起来，还不停地大呼小叫着："哇……这个池塘里有这么多鱼啊。姐、大哥，我们今天要发财了！哈哈……今后我们不用再去买鱼了。姐、大哥，从今以后，你们俩想吃鱼的时候，我就进来抓。哈哈……这多方便呀，还新鲜……"她一边喊叫着，一边不停地向岸上扔着大大小小的鱼。

二妮看着身边一条条活蹦乱跳的鱼，眉开眼笑。她把鸣鸣放进婴儿车里，匆匆忙忙回家拿来一个大水桶，跑前跑后地拾着鱼。

常健再也经不住抓鱼的诱惑了，穿着衣服下了水。他学着小红的样子，摸起鱼来。他虽然很卖力，两只手碰到的大鱼也不少，但由于不得要领，都没有抓住，只摸了几条小草鱼和几个大河蚌。

小红正兴致勃勃地摸着，突然喊叫起来："大哥，你……快点去提水桶！"

常健一愣，急忙问："小红，怎么了？"

小红急忙说："哈哈……我今天运气好，摸到了一只大王八！"

二妮一惊，喊道："小红，你快快放开它，千万不要被它咬着手！"

常健一愣，急忙跑到岸上，提来了水桶。小红猛一使劲，把一只大王八搬出水面，快速放进了水桶里，然后提着水桶，跑到岸上，与常健一起，把这一只大王八装进了塑料袋子里。

二妮看得眼花缭乱，忐忑不安地问："小红，你就不怕它咬你啊？"

小红笑着说："王八在水中一般不会咬人，出了水才会咬人。只要动作快，

就不会被它咬着。"

小红和常健意犹未尽，还想继续到小池塘里抓鱼，二妮劝说道："以后，抓鱼的机会有得是，现在天色已晚，我们也都累了，到此为止吧。"

回到别墅里，常健和小红换了衣服，二妮哄睡了呜呜，重新摆放上饭菜，继续品尝美酒佳肴。

二妮给小红倒了一杯红酒，说："小红妹妹，这一段时间，你为了常健和我日夜操劳，我和常健从内心里感激你。在异国他乡，在我和常健最困难的时候，是你陪伴着我们，是你帮助着我们渡过了一个个难关，我们永远不会忘记你的恩情。"说到这里，二妮激动得热泪盈眶。她擦了擦泪水，又接着说道："小红妹妹，为了表达心意，我和常健诚心诚意敬你一杯酒。"

小红听了，既高兴，又感到有点受宠若惊，连忙说："姐、大哥，我可不敢喝你们俩敬的酒。要不是遇到你们俩，哪里有我的今天啊？还是让我敬你们俩吧。姐生了呜呜，大哥康复出院，双喜临门，我祝贺你们俩，我敬你们俩一杯酒！"

二妮和常健听了，也不好再说什么。三个人共同举杯，一饮而尽。

喝完小红敬的酒，常健赞叹着说："小红，你越来越聪明了，也越来越会说话了。刚才，本来应该我和二妮先敬你酒，结果你是反客为主，先敬了我们俩，真的是人小鬼大啊，我佩服你聪明机灵！说心里话，我和二妮特别感激你。今天，我和二妮一定要敬你一杯酒，表达一下我们的心意。"

小红听了，更加高兴起来，她半真半假地开玩笑："大哥，我村姑一个，傻乎乎的，一问三不知，什么都不懂。但是，我已经拜师学艺了，有了师傅。我师傅很厉害，她远在天边近在眼前，她就是我大姐。你要佩服，就佩服我师傅吧。你要敬酒，就敬我师傅吧。"

常健乐了，急忙问："老婆，你什么时间收了小红这个徒弟？我怎么一点也不知道啊？"

二妮也笑了，说："小红，你胡诌八扯些什么啊，我什么时间让你拜师学艺了？我什么时间收你为徒弟了？"

小红笑嘻嘻地说："姐，才几个月时间，你怎么就忘记了啊？就是那天早上，我们俩在南乳岛上看花的时候。当时，你亲口答应当我的老师，教我认识字，教我学习唱歌。回来以后，你还送给我一本字典和一个随身听，让我一边学习认字，一边学习唱歌。你帮助我制订了一个学习计划，还经常检查我完成学习计划的情况。"

常健乐呵呵地说："老婆，你真不简单呀，不声不响就收了一个徒弟。"

二妮微笑着说："小红，你别瞎咋呼了。我没有说要收你为徒弟，更没有说要当你的师傅。我是想让你多学习一点知识，将来好找工作。"

第六十二章　呜呜降生　夫妻出院

小红笑嘻嘻地说："姐，你的意思我明白。我们俩亲如姐妹，没有必要再举行那个拜师学艺的仪式。我们俩一声姐妹大如天，比师徒关系要亲近多少倍。我跟着你多学点知识，这才是正事，没有必要搞那些花架子。"

常健大笑着说："哈哈，三日不见，当刮目相看。我没有想到，以前那个少言寡语的小丫头，现在变得铜牙利齿，能说会道了。"

小红听了，有些不好意思，急忙端起酒杯说："谢谢大哥夸奖，我再敬你一杯酒。"

二妮想了想，问道："小红，我最近没有顾得上检查你的学习情况，你完成得怎么样啊？"

"姐，我按照学习计划，每天查字典学习认字，现在已经认识二百多个字了。我跟着随身听学习唱歌，进展还是不大，好像还是找不到感觉。"说着，小红急忙拿出练习写字的小本子，让二妮查看。

二妮仔细查看着小本子，赞不绝口："不错……很好……进步很快。照这样学习下去，你很快就能读书看报了。"她放下小本子，起身走到书橱前，从包里拿出一盒光盘，递给小红，说："这是一套学习唱歌的光盘，以后，你先跟着这一套光盘学习，主要是找感觉，有不明白的地方随时找我。等我休息几天以后，我从头开始给你辅导。我在国内的时候，看过这一套光盘，效果不错，也很适合你。"

小红高兴地问："姐，你是从哪里弄来的啊？"

二妮说："在泰国买不到这样的光盘，我告诉了齐盛哥，是他托人从中国带来的。"

小红很俏皮地在二妮头上亲了一下，乐呵呵地说："姐，你真好。"

二妮深有感触地对小红说："唱歌，是人的本能。绝大多数的人，都应该唱得很棒。就算嗓子不是很好的人，经过锻炼，也可以唱得很好。学习唱歌，其实并不难。只要你喜欢唱歌，又愿意花一些时间练习，完全可以在短期内收到明显效果。如果你能花很长时间去学习专业的声乐知识，比如到音乐学院学习深造，当然会更好。但是，对于绝大部分音乐爱好者来说，很难有这样的机会和条件，只能靠自学。"

谈到学习音乐知识这个话题，常健也来了兴趣，问道："老婆，你多次参加培训班，知道的比较多。像小红这样的新手，一点基础都没有，应该怎么样做才能尽快入门啊？"

二妮若有所思，深有体会地说："人会唱歌，这是天赋，但不一定就能唱得好。要把歌唱好，这是一门艺术。要想提高唱歌的能力和水平，必须进行一些基础方面的训练，主要包括唱歌的姿势、呼吸、发声、咬字、音准、节奏、情绪等方面的内容和要求。要想初步掌握这些内容和要求，至少需要四十多天时间；

要想熟练掌握和灵活运用，需要几年时间，甚至需要几十年时间。"

小红说："姐，学习唱歌这么复杂啊，我可学习不了。"

二妮忙说："小红，学习唱歌说起来复杂，做起来很简单，你可不能一开始就打退堂鼓。"

常健说："小红，我从来没有听过你唱歌，你能不能唱一首歌，让我也听听啊？"

小红不好意思，连连摆手，羞怯地说："不行……我斗大的字不识几个，五音也不全，不会唱歌。"

二妮微笑着说："小红，学习唱歌，要过的第一关就是不能害羞。常健对唱歌很有研究，还是个伯乐。我能走上唱歌这一条路，就是他发现和支持的。他刚才问我那么多，实际上是在考我。他现在又要考你了，你就放心大胆地唱给他听。"

常健不好意思地说："小红，你别听她胡扯。我哪里是什么伯乐啊，更不敢考你。我只是好奇，想听你唱歌，你就唱一首让我听听吧。"

盛情难却，小红羞羞答答，扭扭捏捏了半天，只好硬着头皮唱了一首《猜调》。

常健听了，很惊讶。小红由于害羞和紧张，唱得虽然跑了调，吐字也不是很清楚，但是，常健没有想到，小红的嗓音这么好，他高兴地说："小红，原来你是真人不露相啊。没有想到你的嗓子这么好，有这么好的唱歌天赋。"

二妮说："小红，你嗓子虽然不错，但由于害羞和紧张，没有放开，效果没有唱出来。要想唱好歌必须完全放开，全身心地投入，要用心去唱，不能有一丝一毫的杂念，你知道吗？这里没有外人，也没有什么好害羞的，你再唱一首吧。"

小红想了想，忸怩了半天，又唱了一首《姑娘生来会唱歌》。

二妮听了，鼓励道："小红，有进步。但还是没有完全放开，你再唱一首。"

小红又唱了一首《远方的客人请你留下来》。这次，小红虽然放开了，但她唱了一半，就停了下来，说是忘记歌词了。

常健听了，连声称赞："不错……小红自身条件不错。只要努力学习，将来肯定是一个歌星。"愣了一下，他对二妮说："老婆，你高瞻远瞩，收了一个前途无量的徒弟。"他美滋滋地喝着啤酒，又对小红说："小红啊，我意犹未尽，你能不能再给我唱一首歌啊？"

小红听了，急忙摆着手说："大哥，我只会唱这三首歌，再也没有了。"

这时候，呜呜醒了，二妮忙着去给她喂奶。

吃完晚饭，打扫完卫生，小红回到自己的房间休息去了。

……

第六十三章　转危为安　深夜捉奸

第六十三章　转危为安　深夜捉奸

在神仙岛的悬崖峭壁上，三妮和卜小苗紧紧地抓着手，一起坠入了数十米深的山谷之中，都受了重伤。岛上的管理人员接到报警以后，马上赶到现场，把她们俩救了出来，送到了观海市海安医院，进行抢救。

接到三妮被摔伤、正在海安医院抢救的电话，大妮惊得好大一阵子才缓过神来，急忙打了一辆出租车，来到了医院里。

大妮守在手术室的大门口。她心里火急火燎，坐立不安。

刘一鸣和刘小帆也急急忙忙来到了医院里。紧接着，陆鹏和他的爸爸妈妈也赶来了。时间不长，连奶奶和姜春娟一家人，也先后来到了医院里。

大家围坐在手术室外面的走廊里，心急火燎地等待着医院发布消息。

经过六个多小时的抢救，医生宣布："卜小苗左胳膊两处骨折，经过抢救，已经脱离了生命危险。三妮脑部受伤，脑血管出血，仍然昏迷不醒，生命垂危。"

医生宣布完消息，又把三妮的家人和亲朋好友叫进了办公室里。他告诉大家："三妮的伤势十分严重，随时都有生命危险。根据三妮的病情和医院目前的医疗条件，很难保证不发生生命危险。从目前的情况看，就算是保住了三妮的生命，很有可能会变成瘫痪，也不能排除会变成植物人。你们作为病人的家人和亲朋好友，要做好必要的思想准备。"

大妮一下子瘫坐在地上。她哭着哀求道："大夫，我求求您了，请您一定想办法救救我的妹妹！大夫，花多少钱都行，哪怕是砸锅卖铁，倾家荡产，我也要把我妹妹的病治好！大夫，您再想想办法吧，我求求您了！我……"说着，大妮就给医生磕头。

医生急忙拉住大妮，说："你们的心情我理解，我也很同情你们。但是，大家都必须面对现实。我们医院已经尽了最大努力，最终的结果怎么样，我们也无能为力。"

刘一鸣心急火燎地说："大夫，我是观海大学的教授。三妮是我的救命恩人，也是我女儿的救命恩人。现在，我和我女儿要报答她，愿意承担她住院期间的

全部费用。"

医生问:"她是你的什么人啊?"

刘一鸣急忙回答:"三妮以前是我家的保姆,现在是我的学生。大夫,我们一定要治好她的病,请你明确告诉我,还有什么好办法?"

医生一时不好回答:"这……我刚才已经说过了。根据我们医院的条件,已经尽到最大努力了。"

医生的话音未落,陆鹏的爸爸急忙说道:"大夫,三妮也是我们家的恩人。她治病的费用,我们家愿意承担。请医院想尽一切办法来抢救她,经费方面没有问题。"

医生问:"你是三妮的什么人?"

陆建忙回答:"我是市房地产开发公司的总经理。我曾经丢失了一大笔钱和各种证件,三妮拾到以后,马上归还给我,我们家也想报答她。"

"医生,三妮是为了救我的女儿,才伤成这个样子。她住医院动手术花的钱,我们家愿意出,请医院一定要把她的病治好。"陆建刚说完,卜小苗的妈妈接着说道。

连奶奶和姜春娟也都纷纷表示,愿意给三妮出钱,请求医院想方设法,竭尽全力进行抢救。

看到这么多人要慷慨解囊,出手相助,医生感动地说:"看来,这个女孩子不一般,是个好人。她的病情,我马上向医院领导汇报。"

刘一鸣马上追问道:"大夫,三妮这种情况,能不能转院啊?能不能请专家来给她会诊啊?"

医生想了想,回答道:"根据病人现在的状况,最好请专家来医院会诊,并且越快越好。不过,这样做,需要一大笔经费,你们要慎重考虑。"

医生刚刚说完,大妮马上心急如焚地说:"大夫,我不怕花钱。我可以把房子卖掉,把餐馆抵押掉,如果还不够,我还可以去借。大夫,请你快快想办法吧!"

大妮刚刚说完,刘一鸣接着问道:"大夫,我的同学是全国著名的脑血管方面的专家,我把他请来,让他亲自给三妮做手术,你看能行吗?"

医生忙问:"你同学在哪里?叫什么名字?"

刘一鸣立马回答:"他在北京医院,叫乐一山。"

医生一惊,急忙问:"什么?乐一山是你的同学?你能请动乐一山?他可不是一般的人物,一般人很难请动他,他是全国著名的脑血管专家。"

刘一鸣马上回答说:"我现在就给乐一山打电话,让他坐飞机赶过来。"

医生高兴得拍着桌子说:"太好了!我要亲自去机场迎接他,我们医院会做好各项准备工作。"

不到四个小时,刘一鸣的同学乐一山带着五个助手和一些医疗器材,坐飞

第六十三章 转危为安 深夜捉奸

机赶到了观海。又经过四个小时的手术，乐一山走出手术室，高兴地告诉大家："手术效果不错，病人已经脱离生命危险，很快就会清醒过来，估计不会留下后遗症。"

听完乐一山的话，大家悬着的那颗心终于落了下来。三妮终于转危为安，大妮破涕为笑，激动地说："谢谢大夫，谢谢刘教授，谢谢大家！"她一边说着，一边跪下，给众人磕头，被人们拉住。

……

三妮和卜小苗的手术都很成功，没有留下后遗症。两个月以后，都基本康复了。

三妮的住院费，刘一鸣父女俩、陆鹏的爸爸和卜小苗的妈妈，还有连奶奶和姜春娟，都争着要出钱，大妮婉言谢绝了。但是，请乐一山会诊做手术的十多万元钱，任凭大妮磨破嘴皮子，刘一鸣也没有让大妮出一分钱。

三妮住院期间，连奶奶、姜春娟以及陆鹏和他的爸爸妈妈都经常来医院看望三妮。刘一鸣和刘小帆几乎每天晚上都来医院看望照顾三妮。三妮的室友和辅导员田禾青每到周末和星期天，也都来医院陪伴三妮。

三妮舍己救人的事迹，在观海迅速传播开来。观海大学和观海市有关部门的领导以及观海大学的师生们，都纷纷前来医院看望三妮。观海市电视台和报纸也报道了三妮的事迹。

过去，卜小苗一直把三妮当成自己最好的朋友、知己和闺密。现在，三妮为了救她，差一点搭上性命，她理所当然又把三妮当成了救命恩人。她对三妮的人品佩服得五体投地。

卜小苗住的病房在一号楼，三妮住的病房在三号楼，她几乎每天都过来陪伴三妮。卜小苗天生好动，还是个话匣子，让她闭上嘴巴，安安静静地躺在床上休息，就好比要杀了她。一有空，她就缠着三妮去医院东边的小湖边散步聊天。

住院期间，三妮一刻也没有放松学习。她每天都认真学习马兰她们送来的课堂笔记，按时完成老师布置的作业。除了抓好自己的学习之外，她每天还要辅导卜小苗。自从住院以来，她和卜小苗的课程进度基本上没有受到太大的影响。

刘一鸣和刘小帆来医院看望三妮时，常常和三妮的室友和田禾青碰到一块。时间长了，次数多了，大家自然而然成了熟人和朋友。

这是一个周末的下午，刘一鸣和刘小帆来看望三妮，又和三妮的几个室友和田禾青碰在了一块。大家山南海北地聊着天，不知不觉到了吃晚饭的时间。刘一鸣要请三妮吃饭，邀请在场的各位一同参加。刘一鸣请客，彼此都是熟人和朋友，大家谁也没有推辞和谢绝。

傍晚五点多钟，大家来到医院附近的海市蜃楼大酒店。酒菜上齐以后，刘一鸣举起酒杯，高兴地说："三妮和卜小苗，大难不死，必有后福。她们俩转危为安，康复的这么快，用不了多长时间，就会痊愈出院。我提议，大家共同

举杯，祝福她们俩！"

刘一鸣说完开场白，先领了三杯啤酒，然后让大家随意。熟人和朋友相聚，免去了那些不必要的客套。几杯啤酒下肚，大家更加放开了。

三妮端起酒杯说："我能转危为安，健健康康地活着，多亏了刘老师和小帆及时相救。我住院以来，在座的各位一直在关心和牵挂着我。大家都跑前跑后地帮助照顾我，还给我买来了那么多好吃的东西。对于你们的深情厚谊，我终生不忘，也感恩不尽。为表达感激之情，我敬大家一杯酒。"

此时此刻，卜小苗心潮起伏，感慨万千，又不知道说什么好，看到三妮敬完酒，她摇头晃脑，唉声叹气地说："哎，人比人气死人啊。看人家妮子多风光体面呀，就连住医院也是前呼后拥的，还经常有人请客吃饭。我孤家寡人，狗屁不是。我很羡慕妮子，也佩服得五体投地。"

肖苹苹听了，感到不可思议，急忙问："小不点，你阴阳怪气、没头没脑地胡说八道，这是什么意思啊？"

卜小苗旁若无人，她好像什么也没有听见，不理不睬，自斟自饮，咕咚咕咚喝完一杯啤酒，接着又给自己倒满一杯，一边喝，一边喋喋不休地说："我这个人没有出息，上不得台面，就好像一个跟屁虫，整天跟在妮子的屁股后面转悠。就连住个医院，也是跟在妮子的屁股后面占便宜。哎，我这个人命不好，又没有什么本事，只能给妮子当一条哈巴狗，可怜巴巴地乞讨一根鸡骨头。我……"

没有等卜小苗再说下去，马兰气呼呼地说："小不点，你良心是不是让狗给吃了？你能转危为安，活到今天，多亏了妮子。妮子为了救你伤成这个样子，差一点把命搭上。她是你的救命恩人，你应该好好感谢她，报答她。你怎么忘恩负义，胡言乱语，讽刺挖苦她呀？你这个不知好歹的卑鄙小人，姑奶奶我看不起你！"

卜小苗若无其事，她不急不恼，悠然自得地品尝着啤酒，慢条斯理地说："最近，我妈妈蛮不讲理，限制我的人身自由，不让我喝啤酒，都快把我馋死了。"

看到卜小苗那一副满不在乎、答非所问的样子，肖苹苹更加来气："小不点，我没有想到你是个白眼狼。你知恩不报，忘恩负义，是不是还要过河拆桥啊？"

卜小苗还是不屑一顾，她慢悠悠地喝完一杯啤酒，然后抹了抹嘴，突然猛地拍打着桌子，怒气冲冲地说："大洋马，你良心才叫狗吃了！小苹果，你才是白眼狼！我郑重警告你们俩，妮子是我的救命恩人，姑奶奶比你们清楚，还用你们俩胡诌八扯啊？还要你们俩咸吃萝卜淡操心啊？姑奶奶告诉你们，我已经决定了，这一辈子非妮子不娶，我要和她同生死共患难，白头到老，幸福美满一辈子。姑奶奶刚才说的话，大体的意思是，我老是跟着妮子蹭酒喝，有点不好意思，我要报答她。你们这两个吃屎不懂事的孩子，是不是猪脑子啊？这么直白的话都听不明白，还不懂装懂，吹胡子瞪眼，胡咧咧！"

刘小帆听了，笑得上气不接下气，拍着胸口对三妮说："姐，你的这些同

第六十三章 转危为安 深夜捉奸

学真有意思,和你们在一起,好开心,真好玩。"

田禾青笑着说:"小帆,你要是喜欢她们,现在就可以搬到她们宿舍里去住。"

卜小苗一听来了情绪,立马说:"小帆,我敲锣打鼓热烈欢迎你。从今以后,我们俩结拜成铁哥们儿,携手并肩,一块修理大洋马和小苹果。"

三妮听了,哭笑不得,大声说道:"马兰、卜小苗,我要警告你们俩,今天有刘教授、田老师和小帆在场,你们说话要文明点,要注意点影响,千万不能胡言乱语,满嘴放炮。"

刘一鸣笑嘻嘻地说:"我们都是熟人和朋友,不要搞得那么严肃认真。今天大家都很高兴,可以畅所欲言,开怀畅饮。"

稍停片刻,三妮郑重其事地说道:"今天,我再次提醒大家,我没有把卜小苗拉上悬崖来,更不是卜小苗的救命恩人,请大家今后再也不要提什么救命恩人了。卜小苗和我没有被当场摔死,应该感谢山谷里那些密密麻麻的小树。"

田禾青高兴地说:"三妮,你虽然没有把卜小苗救上来,但是,你那临危不惧、舍己救人的精神和行动太感动人了,这是人间大爱思想品德的具体表现。前几天,学院领导把我找去,让我培养你加入党组织,希望你尽快写一份入党申请书。另外,你已经被评选为观海市最美大学生。"

三妮激动得不得了,不好意思地说:"田老师,你就饶了我吧。我什么也没有做,我可不够条件。"

"哇!你要入党了,还被评为最美的大学生,羡慕你,祝贺你!"肖苹苹激动地说着,先是在三妮脸上亲了一口,又接着和三妮碰杯,共同干了一杯啤酒。

自从住院以来,卜小苗和三妮紧紧地抓着手一起坠入山谷里,那惊心动魄的一幕,时常浮现在卜小苗的脑海里。每当想起这一幕,卜小苗就浑身直冒冷汗。同时,她被三妮奋不顾身、舍己救人的精神和行动感动得热泪盈眶,对三妮的敬佩和感激之情油然而生。刚才,当卜小苗听到大家谈论这件事,那刻骨铭心的一幕又一次浮现在她的脑海里。她先是心惊肉跳,紧接着又感动得热泪盈眶。她百感交集,情不自禁地哭起来:"妮子,谢谢你,我……一辈不会忘记你的恩德!"

三妮一愣,忙问:"小不点,你这是干什么啊?怎么像猴子变脸似的,说哭就哭起来了?"

马兰笑得前仰后合:"哈哈,今天这是怎么了?太阳从西边出来了?铁石心肠的小不点,也会痛哭流涕,还知道感恩戴德?真难得一见,稀奇古怪。"

看着眼前这几个活泼可爱、叽叽嘎嘎说个不停的女孩子,刘一鸣好像年轻了许多岁,他兴高采烈地说:"和你们在一起,很开心,会越活越年轻,长生不老。"

田禾青说:"她们宿舍里还有甄倩倩和叶子青,要是那两个活宝也来了,一定会闹翻天。"

三妮问道："小苹果，我好长时间没有看到甄倩倩和叶子青了，她们俩在忙什么呀？"

肖苹苹欲言又止，犹豫了半天，吞吞吐吐地说："她们俩在……"

没有等肖苹苹说下去，马兰急忙插言道："她们俩参加了英语辅导班，在忙着补习英语哪。"

肖苹苹沉思了一会，支支吾吾地说："妮子，你……什么时间出院啊？你快点出院吧，我……都快急死了。你再不出院，她就……"她闪烁其词，前言不搭后语。

看到肖苹苹含糊其词，欲言又止的样子，三妮急忙说："小苹果，你能不能痛快点？你……"

卜小苗破涕为笑，急忙打断三妮的话，喋喋不休地说："小苹果，你以为我和妮子不想早点出院啊？告诉你，这生病住院的日子很难熬，就好像蹲牢房，度日如年，生不如死。我都快憋死了，也快急疯了，恨不得立马就打道回府。我现在正式通知你们，我和妮子很快就要痊愈了，不久就会杀回学校去。大洋马、小苹果，你们俩要提前联系个大酒店，摆一桌美酒佳肴，一定要有山珍海味，给我和妮子接风洗尘。"

肖苹苹瞪着卜小苗说："没出息，你就知道蹭别人的酒喝。你整天装神弄鬼，胡诌八扯，骗吃骗喝。你又不是什么皇帝老子，我没有闲工夫伺候你。"

卜小苗说："小苹果,谁骗吃骗喝了？你怎么污蔑好人呀！你真是个小气鬼，还长了个猪脑子，给脸不要脸，还拿着粉往屁股上擦。姑奶奶好心好意给你个戴罪立功、重新做人的机会，你也抓不住。不过，我宰相肚里能撑船，不跟你一般见识。这样吧，我和妮子出院以后，我请客，到五星级大酒店喝啤酒，邀请刘教授、田老师一块参加，我的哥们儿小帆作陪。到时候，大家要开怀畅饮，一醉方休。"

刘小帆笑盈盈地说："哥们儿，到酒店喝酒多憋闷啊。我们一块去野炊吧，喝着啤酒，吃着烧烤，观光看风景，那多过瘾来情绪啊。"

卜小苗立马拍着桌子大声喊叫："哥们儿，好主意，就这么定了！到时候，刘教授要把野炊的工具和帐篷准备好。"

刘一鸣高兴地说："好吧，一言为定。"

卜小苗又笑眯眯地问："田老师，机会难得，你是不是也应该表现一下啊？"

田禾青笑吟吟地说："我一切行动听你指挥。"

卜小苗装腔作势，油腔滑调地说："哈哈……用人嘛，就要知人善任，还要做到人尽其才。呵呵……为了发挥你的特长，我看呀，你就多准备一些肉串和鱿鱼吧。"

田禾青听了，立马挤眉弄眼地表示："遵命，我保证完成你交给的任务！"

第六十三章　转危为安　深夜捉奸

马兰忙问:"小不点,是你答应的要请客。你总不能赤手空拳,又去蹭酒喝吧?"

卜小苗信誓旦旦地说:"我哪能像你那么小气啊?告诉你,我要带四箱观海啤酒,让大家开怀畅饮,一醉飘飘然。"

说着闹着,时间到了晚上九点多钟。送走了刘一鸣、刘小帆和田禾青,已经是深夜,三妮和大家顺着一条马路,一边散步,一边观看起夜景来。

"妮子啊,我们俩终于快要飞出牢笼了,快要解放了。今天夜里,我们俩回宿舍去住吧,召开个夜谈会,天上人间地吹吹牛,舒舒服服地睡一觉,再做个美梦,那多痛快啊!再说了,我身上都臭了,也顺便洗个澡。"卜小苗好不容易从医院逃出来,又喝了那么多酒,兴奋得不得了,手舞足蹈地说个不停。

听了卜小苗的话,肖苹苹慌慌张张地说:"妮子,你……今天晚上,你……不能回宿舍。你……"

看到肖苹苹欲言又止的样子,三妮有点纳闷,问道:"小苹果,你今天说话老是吞吞吐吐的,到底发生了什么事啊?你还想瞒着我吗?"

"这……"肖苹苹又欲言又止。

马兰直截了当地说:"妮子,我已经考虑过了,不想再瞒着你,也瞒不住你,你早晚都会知道。不过,我告诉你以后,你千万不能生气啊。"

三妮一愣,急忙说:"有什么大不了的事啊,搞得神神秘秘,你们就打开窗户说亮话,痛痛快快说出来吧。"

马兰犹豫了一会,吞吞吐吐地说:"真欠扁不是个东西,勾引男人,还同居了……"

三妮又是一愣,马上问:"你们是怎么知道的啊?"

肖苹苹急忙回答:"我跟踪她好几次了,发现她在学校东边的村子里租了个小房子。现在这个时间,她很可能正在那个小房子里鬼混。她……"

卜小苗一听,立马来了情绪,她打断肖苹苹的话,高兴地说:"我们现在闲着没事干,正好去看看西洋景,也开开眼界,长长见识。"说着,她招手打了一辆出租车,又不由分说地把大家推上车,直奔甄倩倩租的那个小房子。

小房子里还亮着灯。卜小苗轻轻地推了推门,没有推开。她又轻轻地敲了敲门,捏着鼻子,学着当地农村小姑娘的声音,细声细语地说:"大姐啊,学校送来一封信,让我交给你,说是十万火急。你把房门开个缝,我给你塞进去吧。"

"这……好吧,你等一下吧。"随着甄倩倩那有点气急败坏的话音,房门慢慢地开了一条小缝。

说时迟那时快,卜小苗猛地一把推开房门,闯了进去。三妮她们往里一看,顿时被眼前的情景惊得目瞪口呆:小房里,甄倩倩衣衫不整地站在床前,陆鹏赤身裸体地躺在床上,两个人大惊失色,呆若木鸡。

……

第六十四章　大妮郊游　安磊遇险

春暖花开，阳光明媚，大妮带领着员工们来到了观海郊区的清水湾，开始了为期两天的农家乐旅游。

清水湾，背靠陆地，三面环山，面积四十多平方公里，由大小七个山峰组成，南面是浩瀚的大海。山上的泉水顺着一条蜿蜒曲折的山谷，源源不断地流淌下来，在下面形成了一个很大的水塘，然后流入大海。

清水湾农家乐旅游，主要有景区游览、观赏日出、挖野菜、摘水果、水塘垂钓、做农家饭、泡温泉、出海打鱼、种庄稼、收蔬菜、抓土鸡、沙滩烧烤、海边赏月等二十多个旅游项目。这里，远离城市的喧嚣，空气清新，风景宜人，可以享受田园式生活，是休闲娱乐的好去处。

……

第一天，清晨，大妮和员工们爬上高耸入云的主峰，极目远望，展现在她们眼前的是梦幻一般的美景。

海面上，一轮红日冉冉升起，天地之间蒙上了一层朦朦胧胧、如梦如幻、五彩缤纷的面纱。大大小小、高高低低、奇形怪状的山峰，在隐隐约约、虚无缥缈、飘来荡去的云雾之中若隐若现。满山遍野的鲜花，五颜六色，千姿百态，竞相绽放，仿佛置身于鲜花的海洋之中。山脚下，繁花似锦，郁郁葱葱，生机勃勃，一个个漂亮的农家小院点缀在其中，山光水色，如诗如画，显得更加迷人。

大妮坐在一块大石头上，观赏着眼前这梦幻般的美景，呼吸着这清新芬芳的空气，心潮澎湃，不由得浮想联翩……

童军离开这个世界四个多月了。这一段时间，大妮终于从痛苦的深渊之中爬了出来。她化悲痛为力量，每天兢兢业业地经营着餐馆，使餐馆的效益蒸蒸日上，越来越红火。她和童军的孩子，发育很正常，再过三个月就要出生了。现在，大妮可以告慰童军的在天之灵了。

此时此刻，大妮情不自禁地在心中一遍又一遍地呐喊着："弟，你放心吧，我绝对不会辜负你的期望，一定会好好地生活下去！弟，不管遇到什么样的困

第六十四章 大妮郊游 安磊遇险

难,我绝对不会向那些坏人屈服,一定会竭尽全力、兢兢业业地经营好我们俩的餐馆,不断发展壮大,更上一层楼!弟,再难再苦,我也要把我们俩的孩子生下来,把他抚养成人,把他培养成栋梁之材,让他传承我们俩的生命和事业,为童家光宗耀祖!弟,姓寇的一伙人已经被绳之以法,政府已经为你报仇雪恨,你可以在九泉之下瞑目了!弟,我离不开你,我时时刻刻都在思念着你。我很孤独,也很寂寞。每当遇到困难的时候,我感到是那么身单力薄,心里空落落的!弟,我该怎么办呀?

"姐,好端端的,你怎么哭了?"冷小静急忙问道。

大妮一愣,回过神来,擦了擦眼泪,急忙说:"没什么,我在胡思乱想,又……想到了童军。"

"姐,童哥已经走了这么长时间了,你不应该再……"冷小静一时语塞,不知道说什么好。

大妮摇了摇头,苦笑着说:"今天出来游玩,不应该扫大家的兴。我们不说那些伤心的事了,继续爬山看风景。"

在山顶上欣赏完风景,大妮和员工们沿着一条曲曲折折的盘山路,一边挖着野菜,一边向山下走去。

大妮是挖着野菜长大的,也是吃着野菜长大的。什么季节能挖到什么野菜,什么野菜在什么季节最好吃,什么野菜喜欢生长在什么地方,什么野菜采用什么烹调方法,她了如指掌,一清二楚。她的员工们虽然都来自农村,但在挖野菜方面,都是一知半解的门外汉,远远不如大妮专业和内行。大妮首先给大家详细讲解示范了一阵子,然后让大家分散开,三三两两地分头去挖。

在山冈上,山苦菜,小根蒜,拳头菜,山苜菜,白毛菜,黄花菜,全都是他们的最爱。

在山沟里,马齿菜,山荠菜,蓬蓬芽,山薄荷,鸡爪菜,山蛋花,也都成了他们的宝贝。

大妮挖累了,来到了一条小溪旁边。这里碧草连连,白云、柳树和鲜花倒映在水中。她坐在岸边,用清凉的山泉洗了洗脸,打了几个水漂,闻着浓郁的花香和泥土的芬芳,看着蝴蝶、蜻蜓的倩影,观赏着水中那几条正在嬉水的小鱼儿,不由得思绪万千……

她想到了爸爸妈妈,想到了小时候在老家挖野菜时遇到的那些开心的事和心酸的事。现在,她再一次想到了童军。两年前的那个春天,她和童军踏青挖野菜的情景,又活灵活现地浮现在她的眼前……

春暖花开,草长莺飞。周末中午,她和童军来到山上,投入了大自然的怀抱中。

山坡上,徐徐春风送来浓浓的花香和暖意。各种各样鲜嫩的野菜都冒出了头，从松软的泥土里伸出了诱人的手脚来，还有的羞羞答答地露出了那迷人的笑脸。那似醒非醒的样子，惹得他俩心里痒痒。这是大自然送给他俩的第一份春天的礼物，他俩急急忙忙，寻寻觅觅，跑前跑后地忙起来。时间不长，他俩就挖了两塑料袋子野菜。

挖累了，他俩来到半山腰一块大石头上。这里，春风徐徐，小鸟唧唧。上面有几棵苍松翠柏像大伞一样遮盖着，周围被鲜花野草围了个严严实实，犹如世外桃源。躺在大石头上，就好像躺在了一个大花篮里。他俩喝着啤酒，欣赏着远天的朵朵白云和眼前的乡野美景，呼吸着清新芬芳的空气，或吹一吹柳笛，或捕捉几只蚂蚱，笑谈流年岁月和儿时野趣，其乐融融，令人陶醉，平日里的劳累和烦恼都随风而去。

在这个美丽幽静的地方，他俩约定，以后每年春天都要踏青挖野菜，尝一尝春天的滋味。从那以后，他俩忠实地履行着这个约定。因为每一次踏青挖野菜，尽情地悠闲逍遥一番，放飞一下心情，都让他俩享受到了无穷的乐趣。……

"姐，你一个人躲在这里干吗啊？没有什么事吧？"这时候，令媛媛她们一人提着一塑料袋野菜找了过来，打断了大妮的回忆。

大妮顿时一愣，羞红着脸说："我有点累了，在这里休息，现在已经好了。走吧，我们一块儿去摘樱桃。"

翻过山冈，展现在大妮她们面前的是满山遍野的樱桃树。樱桃熟了，正是丰收的时节。一棵棵樱桃树上，稀疏的叶子，遮挡不住那一串串、一簇簇红艳艳的樱桃。樱桃一个个胀鼓鼓的，圆溜溜的，就好像一张张小孩子娇嫩欲滴的红脸蛋，正在冲着大妮她们俏皮地笑着，非常惹人喜爱。在灿烂阳光的照射下，那一颗颗红樱桃，又好似无数个珍珠、玛瑙和红宝石，鲜红欲滴，晶莹剔透，闪烁着迷人的光彩，令人心旷神怡，看了就忍不住流下口水来。

大妮站在樱桃树下，观赏着樱桃，一阵喜悦涌上心头。她小心翼翼地摘一颗樱桃，放进嘴里，细嚼慢咽，仔细品尝——它是甜甜的，甜中带一点点酸味，散发着淡淡的清香——那滋味，那感觉，甜甜酸酸，沁人肺腑，美在心头，令她回味无穷。

大妮和员工依依不舍地离开樱桃园，来到山脚下，坐在水塘边上，兴致勃勃地钓鱼。以前，大妮跟着童军钓过几次鱼，所以她对钓鱼略知一二。员工们中，除了吴涛和方小宁有钓鱼的经历外，其他人都没有钓过鱼。不过，好就好在今天的钓鱼活动，是农家乐旅游的一个项目，钓鱼的用具和鱼饵都是现成的，水塘里的鱼也特别多。

这个水塘确实不小，环境十分优雅。中间除了有一大片竞相绽放、亭亭玉立的荷花，还有一大片芦苇和蒲草。在荷花、芦苇和蒲草中间，有一群水鸟悠闲自在地游来游去，五颜六色的蝴蝶和蜻蜓在上面翩翩起舞。水塘的岸边，是

第六十四章 大妮郊游 安磊遇险

随风飘荡的金丝垂柳，有几只知了在上面引吭高歌。周围，那五彩缤纷的月季花就好像一个大花环，把水塘围在了中间。

现在，前来钓鱼的人不是很多，显得十分幽静。大妮让大家一边品着观海啤酒，一边垂钓。她不紧不慢地先从包里拿出一个小馒头，掰了几小块，扔在前面的水面上，然后，挂好鱼饵，嗖的一下把鱼钩甩了出去。鱼线在空中画了一个漂亮的弧线，只听扑通一声，鱼钩落入前面的水中，水面上泛起了一圈圈涟漪。大妮放好鱼竿，悠闲自得地喝起了啤酒。

"姐，你的做法好奇怪啊？你先给鱼喂馒头，它吃饱了，还能吃你的鱼食吗？"令媛媛迷惑不解，好奇地问道。

大妮微笑着说："我只是用了几小块馒头，不会让鱼吃饱。这叫做先定位，目的是把鱼儿吸引过来，诱它上钩。"

"姐，现在看来，挖野菜是你的拿手好戏，在垂钓方面，你也是个行家里手啊。"令媛媛赞叹道。

大妮谦虚地说："我只是跟着别人钓过几次鱼。在这方面，我是囫囵吞枣、一知半解，哪里是什么行家里手啊。"

令媛媛第一次钓鱼，手忙脚乱地挂上鱼饵，迫不及待地把鱼钩甩了出去。然后，她双手紧紧地抱着鱼竿，全神贯注、目不转睛地盯着水面上的鱼漂。

大妮喝着啤酒，看到鱼竿晃动了几下，急忙收竿往上拉，那一条鱼拼命挣扎，使劲往里拽。大妮见状，顿时高兴地大声喊道："哈哈……开门红啊，要发财了，我钓到了一条大鱼！"

听到喊声，令媛媛和郝慧慧急忙跑过来帮忙，大妮说："不能使劲拉，要先把鱼遛一遛。如果现在使劲往上拉，说不定就会把渔线拉断，很可能会前功尽弃，上了钩的鱼又逃之夭夭。"

大妮拉着鱼竿，不紧不慢地在原地来回走动了一会，等那一条鱼没有劲了，才把它拉上岸来。原来这是一条大鲤鱼，足足有一斤半重。

看到大妮钓上来这么一条活蹦乱跳的大鲤鱼，大家欢欣鼓舞。吴涛和方小宁比赛放长线钓大鱼，看谁的鱼钩甩得远。不一会，他俩就钓上来好几条大鲫鱼。紧接着，风玲玲钓上来两条小草鱼，管丽丽钓上来一条小青鱼，来燕子钓到了一条一斤多重的鲤鱼。

听到别人捷报频传，令媛媛既非常羡慕，又急得抓耳挠腮，她更加聚精会神地注视着自己的鱼竿。看到浮漂稍微一活动，她马上提起鱼竿观看，鱼钩上的鱼饵完好无损，鱼的影子也没有。过了一会，她看到浮漂晃动了两下，又立马提起鱼竿观看，鱼钩上的鱼饵虽然被吃掉了，但还是不见鱼的踪影。这时候，她心里更加着急和郁闷。她左顾右盼，这山看着那山高，不停地换地方，换来换去还是没有钓到鱼。她忍无可忍，气呼呼地把鱼竿往地上一摔，灰心丧气地说:"姐,鱼也欺负我,我干脆不钓了!"

大妮笑盈盈地说:"媛媛,不是鱼欺负你,是你自己心浮气躁。你急于求成,沉不住气,稳不住神,提竿太勤,又老是换地方。我告诉你,要想钓到鱼,不但要专心致志,还要有耐心。心急吃不到热豆腐,心不在焉和三心二意也不行。"

在大妮的耐心指导下,令媛媛先是钓到了两条柳叶鱼,不一会又钓到了一条滑溜溜的白鲢鱼。她欣喜若狂,喊叫起来。

不知不觉两个小时就过去了。战果丰硕,大家钓的鱼加在一起,足足有十多斤。夕阳西下,大家带着战利品,离开了水塘。

他们来到村子前面的一个养鸡场,抓了两只土鸡;然后,又来到了村子里,走进了一个漂亮的农家小院。

大妮指挥着大家开始做农家宴。大家一起动手,先把战利品洗干净,然后进行加工,或凉拌或热炒,或生吃或煮炖,有条不紊地忙了起来。

看着满满当当一大桌子色香味俱全的野味佳肴,大家早就开始流口水了。

忙活完毕,各就各位,打开啤酒,共同举杯,大妮宣布农家宴正式开始。大家津津有味、迫不及待地品尝着自己的劳动果实。

"姐,我在老家的时候,吃过很多次野菜,都没有像现在这么好吃,这是为什么呀?"令媛媛问得有点莫名其妙。

"那是因为你吃饱饭撑得,没有了胃口,吃再好东西也没有味道。"大妮不置可否和模棱两可地回答道,逗得大家哄堂大笑。

令媛媛有些不好意思,笑着说:"姐,我不是开玩笑,我说的是真的,你做的特别好吃。"

"那是因为我从小就挖野菜,从小就吃野菜,所以对野菜比较了解。"大妮回答道。

"姐,听说吃野菜能治很多病,还能美容养颜,这是真的吗?"郝慧慧问道。

大妮品着啤酒,不紧不慢地说:"其实,每一种野菜,都是一种中草药。马齿菜能治胃肠炎和糖尿病,荠菜能清热止血、补虚健脾,婆婆丁能利胆保肝、消肿利尿,苦菜能消肿排脓、抑制白血病,小根蒜能防治脑动脉硬化,拳头菜可以安神补脑。说也说不完。"

"姐,你怎么像个乡村的土郎中,知道这么多啊?"风玲玲问道。

大妮解释道:"我的老家在深山里,十分偏僻,缺医少药,人们每当生了病就靠中草药和野菜。所以,我们那里的人,不论是大人,还是小孩子,都知道一些野菜的药用价值,都知道吃什么样的野菜能防治什么样的病。"

"姐,你说一说,吃什么样的野菜,能够美容养颜啊?"来燕子问。

"荠菜、马齿菜、水芹菜、蓬蓬芽,还有很多野菜,都有美容养颜的效果。"大妮如数家珍一般讲解着。

第六十四章　大妮郊游　安磊遇险

令媛媛喝着啤酒,狼吞虎咽地吃着野菜,抹了抹嘴问道:"姐,我长得这么矮,又这么胖,人家都叫我小胖猪,太丢人现眼了,吃什么野菜能减肥长个啊?"

大妮看了看她那吃相,忍不住笑起来,逗她说:"你这个样子啊,光吃野菜没有用,还应该多吃樱桃。"

令媛媛一时没有反应过来,信以为真,她一阵惊喜,傻乎乎地问:"姐,这是真的吗?我现在就去樱桃园,再摘几袋子,带回去慢慢吃。"

大妮哈哈大笑着说:"不用了,我把我摘的樱桃全都送给你。还有剩下的这些野菜,都能让你减肥长高,你要全都打包,拿回餐馆去。"

令媛媛听了,喜笑颜开,急急忙忙给大妮敬酒,逗得大家又是一阵哄堂大笑。

……

第二天早晨,太阳还没有出来,大妮带领着员工们,来到半山坡上,在一块空地上种地瓜。大妮从小就跟着爸爸妈妈种地瓜,自然是轻车熟路。她首先简明扼要地讲解示范了一下,然后让大家边学边干。大家学着大妮的样子,先翻地施肥,再平地起垄,然后刨坑浇水,最后插苗掩土。这个活说起来容易,看上去也不复杂,但真正干起来有很多技术问题,要想干好也不容易。

这块地不大,是房东家的,地瓜苗和肥料也是房东提前准备好的,用水到瀑布下面去挑。在大妮的指导下,大家七手八脚,干得热火朝天,不到两个小时,就把地瓜种完了。

大妮坐在地头那块大石头上,放眼望去,旭日东升,漫天朝霞,五颜六色的鲜花满山遍野,半山腰的那个瀑布更加绚丽多彩……她心旷神怡,情不自禁地感叹道:"啊,如诗如画,如梦如幻,美丽极了!"

"姐,我种的这些地瓜苗,能不能成活呀?"令媛媛问道。

"没问题。"大妮笑眯眯地回答。

"姐,到了秋天,我要亲自把这些地瓜刨出来,你会不会同意我来呀?"令媛媛又问道。

"没问题。"大妮又笑眯眯地回答。

中午,在房东戴叔叔和蔡阿姨的带领下,大妮和员工们乘坐着一条小渔船,出海打鱼。海面上,风平浪静,波光粼粼,小渔船好像一片树叶,飘飘悠悠地向前行驶着。

令媛媛第一次出海打鱼,看了看前方无边无际的大海,又看了看眼下深不见底的海水,犹如飘荡在云雾缭绕的天空里,心里越来越紧张。离开岸边不多远,她突然大呼小叫起来:"不好啦……我害怕,我晕船,快把我送回去!"

不一会,来燕子也大呼小叫起来:"我头晕,我想呕吐,快……把我送到岸上去!"

机会难得,谁也不想半途而废,但她们俩不停地喊叫,无可奈何,只好掉

转船头，恋恋不舍地向岸边驶去。

大妮和员工们回到岸上，戴叔叔和蔡阿姨乘坐着小渔船，在靠近沙滩的海水里，下了一个五十多米长的大渔网，让大妮和员工们分成两帮，在渔网的两头，同时往上拉。在沙滩上游玩的人们，也纷纷加入到拉网的队伍中。戴叔叔和蔡阿姨都是豪爽开朗的人，还特别喜欢唱歌，他们俩一边指挥大家拉网，一边放开嗓子，唱起了《拉网小调》。他们俩开了头，人们纷纷跟着唱了起来。顿时，沙滩上欢声笑语，歌声阵阵。

大妮和员工们在沙滩上赤着脚儿，唱着歌儿，喊着号儿，拉着网儿，那滋味，那感觉，那心情，就一个字——爽！

大家齐心协力，终于把渔网拉了上来。看着渔网中有那么多面条鱼，还有很多活蹦乱跳的大鲅鱼，大家高兴得眉开眼笑，手舞足蹈。

下午，大妮和员工们来到蔬菜大棚，兴致勃勃地摘了一些蔬菜和瓜果，然后来到海边挖嘎啦、捡海螺、抓螃蟹……由于正是退大潮的时间，海货特别多，不一会就装了满满一水桶。

傍晚，戴叔叔和蔡阿姨在沙滩上支起烧烤炉，指挥着大家进行烧烤，不一会就烧烤出二十多盘子色香味俱全的美味佳肴，有鱼类，有肉类，还有各种蔬菜，摆了满满当当一大片。大家美滋滋地喝着啤酒，津津有味地品尝着美味佳肴，兴高采烈地观赏着眼前美妙的景色……

夕阳西下，晚霞变得这边一缕，那边一缕，每一缕都那么色彩斑斓，有淡黄色的，有粉绿色的，有橘红色的，还有浅蓝色的……在日落红的天空映衬下，绚丽的晚霞是那样地烂漫，那样地姹紫嫣红。或许晚霞是因为天上的颜料瓶被打翻了，才洒落在天空中。那霞光的范围慢慢地缩小，颜色也逐渐变浅了，紫红变成了深红，深红变成了粉红，又由粉红变成了淡红……

晚霞未能留住夕阳，夕阳继续向下落去。晚霞也不只停留在一个地方，像调皮的孩子，一刻也闲不住。她依然穿着绚丽的彩衣，真可谓彩霞满天啊。晚霞把山染红了，山上呈现出醉人的色彩；晚霞把树林染红了，树林变得那么迷人；晚霞把大海染红了，海水已经熊熊燃烧起来……

大妮如痴如醉地观赏着周围如诗如画、如梦如幻的美景，就好像来到了童话世界。她心潮起伏，不由得又想到了童军，想到了他们俩依偎在海边，观看晚霞的情景……

"姐，你怎么又发呆呀，你在想什么啊？"冷小静看到大妮默默不语，问道。

"没什么，我又走神了，在胡思乱想。"大妮摇摇头，苦笑着说。稍停片刻，她举起酒杯说道："戴叔叔、蔡阿姨，这两天，你们俩跑前跑后，为我们做了那么多事，我代表我的同伴，谢谢你们俩。我提议，大家共同举杯，敬戴叔叔和蔡阿姨一杯酒！"说完，她和大家共同干了。

第六十四章　大妮郊游　安磊遇险

戴叔叔高兴地说："你们这些客人，说话办事实实在在，和和气气，不摆架子，我打心眼里喜欢你们，欢迎你们常来。"说完，他和蔡阿姨一块，回敬了大家一杯酒。

蔡阿姨高兴地说："以后，咱们就是朋友啦，你们什么时间想吃农村的土特产，就给我打电话，我保证及时给你们送过去，千万不要客气。"

大妮高兴地说："戴叔叔、蔡阿姨，我们种的那一片地瓜，请你们俩一定要看管好。到了秋天，我们一定来收地瓜。"

戴叔叔和蔡阿姨异口同声地说："一言为定，保证没问题。"

风玲玲喝着啤酒，感慨道："大城市有什么好啊，整天把人关在钢筋混凝土做的笼子里，就好像笼中小鸟，我是一点也不喜欢。还是这里好，每天和大自然亲密接触，空气新鲜，能享受到野味，神仙一般，多悠闲自在啊。"

令媛媛忙说："这还不好办吗？你和你老公在这里盖个房子，安家落户。"

风玲玲羞得满脸通红，说："小胖猪，你再胡说八道，小心我打断你的腿。"

大妮笑眯眯地问："玲玲，你和方小宁什么时间订婚啊？"

方小宁抢着说："姐，我和玲玲商量好了，国庆节订婚，订婚仪式就在我们餐馆举行。"

大妮高兴地说："太好了，我一定把你们俩的订婚仪式安排得热热闹闹。"

方小宁举起酒杯，激动地说："姐，我和玲玲敬你一杯酒，感谢你为我们俩当红娘。"

令媛媛说："姐，你应该多招聘几个帅哥来，好介绍给丽丽、慧慧和燕子当老公。"

令媛媛一石三鸟，管丽丽、郝慧慧和来燕子听了，马上七嘴八舌地反击令媛媛，逗得大家又是一阵大笑。

大妮开玩笑："这好办，我再开个分店，专门招聘帅哥当服务员，让你们四个女孩子每人挑选一个。"她的话音未落，又是一阵欢声笑语。

不知不觉，夜幕已经降临，沙滩上华灯齐放，灯火通明。在令媛媛的提示下，大妮发现，东方的海面上，一轮明月羞羞答答地露出水面，又扭扭捏捏地往上爬着，然后由几片飘忽不定的浮云，簇拥着冉冉升起……顿时，银河隐退了，星星疏落了，她犹如一盏洁白如玉的圆圆的明灯，高高地挂在了洁净如洗的深蓝色的夜幕之中。

月光如水，静静地洒在了大海上，给大海披上了一层银灰色的虚无缥缈的神秘面纱。她穿着洁白的衣衫，娴静而安详，温柔而大方。她那玉盘似的脸庞，透过浮云，露出温柔祥和的笑容。清辉把周围映成了一轮彩色的光圈，由深而浅，若有若无。不像晚霞那样浓艳，因而显得更加素雅。没有夕阳那样灿烂，只有淡淡的喜悦，还有一点点哀伤。

温柔的海风轻轻地吹过来,喧嚣的沙滩上变得那么恬静,只有浪花亲吻着沙滩,发出哗啦哗啦的美妙歌声。

"啊,太美啦,太漂亮啦!"大妮陶醉在迷人的夜色之中,不由自主地感叹着。

令媛媛问:"姐,农家乐旅游太好玩了。以后,我们能不能经常来啊?"

大妮十分爽快地回答:"没问题,你们想什么时间来,就什么时间来。"

冷小静马上说:"姐,这可不行,我们现在还不是玩的时候。餐馆是我们大家的,我们要把时间和心思都用在经营餐馆上。因为餐馆的效益好了,我们的工资就会跟着水涨船高。实话实说,我们这些员工,还要指望着餐馆发家致富呢。"

冷小静刚说完,吴涛接着说道:"大妮,餐馆不但是你的,也是我们大家的,我们一定会兢兢业业地经营它。你怀着孕,身体越来越不方便。以后,你要多休息,把餐馆交给我们来打理,保证不会出问题。"

"姐,餐馆开得这么红火,你应该再开几家分店,扩大经营规模,让我们这些老员工,也好弄个店长干干。"方小宁高兴地说道。

令媛媛说:"姐,我不想当店长,也没有本事当店长。我赖上你了,这一辈子都跟着你打工,整天和你在一起。"

听到大家的这些肺腑之言,大妮热泪盈眶,她举起酒杯,激动地说:"没有大家的相助,就没有餐馆的今天。谢谢你们,我真诚地敬你们一杯酒!"

正在这时,大妮的手机突然响起来,打开一听,是姜春娟的声音,她大声哭喊着说:"大妮,你……赶快回来吧。安磊……出了车祸,正在医院抢救……"

……

第六十五章　休闲度假　唇枪舌战

第六十五章　休闲度假　唇枪舌战

　　龙哥给常健放假三天，常健和二妮决定在附近的海边观光游玩。
　　这一天，吃过早饭以后，他们俩带着小红和鸣鸣来到北乳岛的沙滩上，找了一个十分僻静的地方，支起帐篷，换好泳装，然后来到了海水边。
　　这是一个连阴天，没有狂风，也没有暴雨，只是偶尔飘落几滴牛毛细雨。这样的天气，来到海边观光游玩，别有一番迷人的情趣。天空中，那火辣辣的太阳，被厚厚的云层掩盖起来。没有了阳光的蒸烤，没有了往日的燥热和烦躁，多了几分凉爽和心怡。天地之间的一切，都变得模模糊糊，就好像披上了一层朦朦胧胧、神神秘秘的面纱。那洁白细腻的沙滩，变得更加柔软起来。双脚踩在沙子上面，痒痒的，暖暖的，柔柔的，有一种说不出来的舒服和惬意。一阵阵清爽温柔的海风，带着淡淡的甜甜的海腥味，不时地扑面而来，使你忍不住要多吸上几口。一群海鸥，在水边忙忙碌碌地寻找着食物。它们不停地飞来飞去，但飞得比往日低了很多。海面上风平浪静，远处偶尔传来几声过往船只的鸣笛声，给人一种远离尘世的寂静感觉。
　　今天正巧赶上了天文大潮，现在又正是退潮的时间。潮水退得特别快，也特别大。一眼望不到边的海滩上，除了一些海沟里还有水，所有的滩涂和礁石全都露了出来。
　　来这个小岛上观光游玩的人们，大多数都是直奔主题，到夜明珠吃喝玩乐。平时，来这个僻静海滩上观光游玩的人很少，专门来这里赶海的人更是少之又少。
　　潮水退去以后，礁石上面，石头缝里，水草里面，岩石下面，到处是大大小小、奇形怪状的海螺，还有海参和鲍鱼。
　　二妮、常健和小红戴着手套，穿着拖鞋，一人提着一个小水桶，一人拿着一把螺丝刀子。另外，常健还带来了十个钓螃蟹用的网子。这些网子都是常健亲手制作的，每个网子中间都捆绑着一个鸡架子。常健当过海军，又是赶海的高手。他制作的这些网子，虽然样子不好看，钓螃蟹确实很管用。

呜呜第一次来海边，这小家伙很配合，不哭也不闹。她头上戴着一个花帽子，老老实实地坐在妈妈胸前的宝宝背袋里，兴致勃勃地观看着这崭新奇妙的世界。

二妮背着呜呜，提着小水桶，在礁石上面捡海螺。常健和小红每人拿着五个钓螃蟹的网子，分别下到了海沟里。每个网子之间，间隔有三四米。

五六分钟之后，常健把他下的第一个网子提出水面，高兴地喊叫起来："你们看啊，好兆头，开门红，今天要发财了！"网子里面有两只大螃蟹，正贪婪地吃着鸡架子，被常健迅速地抓进了水桶中。紧接着，他又去提另外的几个网子，每个网子里面都有螃蟹，多的有三四只。

小红在淡水里抓鱼是个高手，在海水里抓螃蟹却是个外行。她一连提起了五个网子，有的没有螃蟹，有的网子还没有提出水面，螃蟹就逃之夭夭了。她急得抓耳挠腮。

"大哥，是不是海里的螃蟹也欺负人啊？我怎么一个也抓不到啊？"小红不服气，急忙问道。

常健回答："不是螃蟹欺负人，是你不得要领，提得太早了，提得太慢了。"

小红听了，一头雾水，又问："大哥，你是什么意思啊？我怎么越听越迷糊啊？"

常健笑了笑，急忙解释道："网子下到水里面，要五六分钟才能提出水面。太早了，螃蟹还没有钻进去。太晚了，螃蟹吃饱了就会跑掉。往上提网子的时候，动作一定要快。太慢了，螃蟹就会乘机逃窜。"

小红聪明伶俐，她按照常健说的方法，一连抓了七八只螃蟹。她高兴得大呼小叫着。

这时，二妮在礁石上喊叫起来："老公，你快过来呀，我发现了几个鲍鱼，拿不下来。"

常健回答道："礁石上没有水了，鲍鱼也跑不动了，你就用螺丝刀子，慢慢地使劲撬吧。"

小红两手提着一个网子，里面有一条黑头鱼正在乱蹦乱跳，她急忙喊叫起来："大哥，我钓上来一条大鱼，你快点过来帮助我吧。"

常健一看，急忙回答："你把网子和鱼一块甩到礁石上去，然后再上去抓鱼。"

常健刚刚说完，二妮又喊叫起来："老公，石头缝里有两只大螃蟹，我不敢抓，你快来帮我呀。"

"好，我马上就去。"常健说着跑了过去。

常健刚刚把那两只螃蟹抓了出来，小红又在那边喊叫起来："大哥，我看见水里面有好几条大海参，你快过来抓吧。"

常健答应着，又跑过去抓海参。他顾了东头，顾不了西头，忙得团团转，

第六十五章 休闲度假 唇枪舌战

来回奔跑着……

不知不觉中,两个小时就过去了。这时候,海水开始上涨了,三个小水桶也都装满了。他们意犹未尽地离开海滩,回到了帐篷里面。

鸣鸣吃饱了,不一会就睡着了。二妮把她放到帐篷里面,给她盖上了一条小花被子。

安顿好鸣鸣,二妮找出酒精炉,把大个的海螺、螃蟹、海参和鲍鱼挑了出来,煮了满满一锅。常健和小红拿出啤酒和烤鸡腿,摆放在了帐篷外面的塑料布上。三个人一边吃着海鲜,喝着啤酒,一边观赏着海边的风景。

二妮有滋有味地吃着一只大螃蟹,嘴里还不停地感叹着:"过瘾……真过瘾!"

小红品尝着海螺,笑眯眯地说:"海螺肉真奇怪,有辣的,有香的,有苦的,还有咸的,味道美极了。"

二妮挑选了一个大鲍鱼,递给小红,笑眯眯地说:"小红,你多吃鲍鱼,还能长高十公分。"

小红一听,来了情绪,急忙问:"姐,这真的吗?"

常健也急忙问:"老婆,你是听谁说的啊?我怎么不知道吃鲍鱼能长个啊?"

二妮说:"这还能有假啊,观海的渔民都这样说。鲍鱼是山珍海味中的极品,小孩子吃了,不但能长个,还能增强智力。我还要告诉你们,女人吃海参、鲍鱼,不但能美容养颜,还能减肥,男人吃螃蟹能延年益寿。还有啊,多吃海螺肉能增强免疫力,不得癌症。"

小红忙说:"这好办,以后我们一有空就来海边捡海鲜,肯定能长命百岁。"

常健一边用竹签挑着海螺肉,一边乐呵呵地说:"老婆,吹牛皮不上税,你就使劲吹吧。"愣了一会,他又感慨道:"喝着啤酒,吃着海鲜,看着海边的迷人景色,真乃神仙过的日子,令人陶醉啊。"

二妮吃完一只螃蟹,抬头一看,突然发现前面的海水里不知道是什么东西在不停地跃出水面。她马上喊道:"你们快看,前面海水里有东西在跳跃!"

常健仔细观察了一会,突然一拍大腿,惊呼道:"哎呀,太好了。是海豚……海豚来了!"他话音未落,三个人不约而同地向水边跑去。

他们来到水边,立刻被眼前的情景惊呆了。几条宽吻海豚,在浅水里自由自在地玩耍着。它们好像训练有素的演员,排着整齐的队伍,不停地在水面上跃来跃去。它们时而跳高,时而跳远,时而翩翩起舞。它们的嘴里喷着水花,还不停地发出独特的欢笑声。

二妮和小红看见过海豚玩耍的场景,那是在电视上和水族馆。在大海里亲眼看见这样的场景,这是第一次,她们高兴地手舞足蹈。

二妮和小红飞快地跑回帐篷,拿来了很多小鱼、螃蟹和火腿肠,抛给了海豚。海豚们吃到了食物，更加高兴地玩耍起来。

常健早已来到了海豚们中间，他一边逗着海豚玩，一边向二妮和小红喊道："女士们，天赐良机，机会难得，千万不要坐失良机。太棒了，太刺激了，太好玩了！这里的水很浅，你们俩赶快下来玩吧！"

二妮和小红都特别喜欢聪明可爱的海豚。上次去曼谷旅游，在水族馆海底世界观看海豚表演节目的时候，她们俩还用手抚摸过海豚的头。但是，在大海里与没有经过人工训练的海豚做亲密接触，她们俩心里有点惴惴不安。

看到二妮和小红犹豫不定，常健又喊叫起来："你们不要怕，海豚不攻击人类，它是人类的好朋友。"说完，他抱住一条海豚，亲密地接了一个吻。看到二妮和小红还是不敢下来，他跑了上去，一手拉着二妮，一手拉着小红，把她们俩拉到了海豚中间。

海豚好像十分顽皮可爱的孩子，在二妮和小红身边游来游去，一会儿仰泳，一会儿潜泳，还不时地用它们的嘴巴，亲吻一下二妮和小红的身体。二妮和小红紧张得缩手缩脚，不停地一惊一乍地大呼小叫着。

二妮和小红战战兢兢地与海豚近距离接触了一会，发现这几只海豚确实没有敌意，而且对她们俩非常友好，心里渐渐地不再担心害怕了，手脚也慢慢地放开了。她们俩小心翼翼地和海豚亲密互动起来，一会儿摸一摸海豚那绸缎一般光滑细腻的皮肤，一会儿动一动它摇来晃去的尾巴，一会儿拍一拍它圆滑漂亮的脑袋……

他们虽然和海豚玩耍十分开心，但由于担心帐篷里正在睡觉的鸣鸣，只好恋恋不舍地告别了海豚，回到了帐篷旁边。还好，鸣鸣还在甜蜜蜜地睡着觉。

二妮一看时间，还不到下午四点钟。他们都不愿意这么早回去，重新摆上海鲜，继续喝酒赏景。

二妮若有所思，她慢慢地品尝着啤酒，心事重重地说："老公，我已经考虑过了，我们现在可以回国了。"

提到回国，小红马上兴奋起来，急忙问道："姐，太好了，我们什么时间走啊？"

常健忧心忡忡地说："可能很快，也可能还要继续等下去。"他喝了几口啤酒，接着说道："老婆，前几天，我又跟龙哥说起过这件事。"

二妮急忙问："他同意了？"

常健摇了摇头，回答："他还是老生常谈，说正在找合适的人来接替我的工作。"

二妮沉思了一会，气愤地说："我们俩来了一年多了，多次跟他提出回国的事，他总是用这一句话来搪塞我们俩。他诡计多端，会不会搞什么圈套啊？"愣了一会，她接着说："这样吧，找一个合适的时间，我们俩一块去找他，看

第六十五章 休闲度假 唇枪舌战

他怎么说。实在不行，我们俩就与他摊牌。"

常健考虑半天，说："老婆，我同意。不过，到时候不能与他闹僵了。"

小红说："姐、大哥，回国之后，我看完我妈妈，还要跟着你们俩走，你们俩不会不要我吧？"

二妮对小红说："你回国以后，看了你妈妈，你就去观海，继续帮着我看鸣鸣，然后我给你找一个合适的工作。"

小红高兴地说："姐，太好了，我听你的安排。"她想了想，又问道："姐，回国以后，你打算干什么啊？"

二妮考虑了一会，说："我现在还没有想好。不过，我打算办一个少儿艺术学校，专门教孩子们唱歌。"

常健高兴地说："不错，这个想法不错。和孩子们在一起，开开心心每一天，心情好，能活一百岁。"

小红又问常健："大哥，你回国以后打算干什么啊？"

常健喝着啤酒，拐弯抹角地说："我嘛……操心的活我不干，吃苦的活我不干，钱少的活我不干，伺候人的活我也不干。我嘛……与世无争，远离烦恼。"

小红想了想，问道："大哥，你就别卖关子了，你到底想干什么活啊？"

常健笑着说："我喜欢大海，打算在海边盖个小房子，每天住在海边，养海参、鲍鱼。"

小红拍手叫好："不错，海边空气好，还可以每天吃海参、鲍鱼，肯定能健康长寿。"

二妮称赞说："我同意，我和小红也跟着你占便宜，每天吃海参、鲍鱼。"

二妮想到小红学习唱歌的事，说："小红，要唱好歌，关键是靠你自己平时的勤学苦练。要持之以恒，不能三天打鱼，两天晒网。现在，你唱一首歌我听一听。"

小红想了想，唱了一首《小河淌水》。

二妮听了，说："小红，唱歌讲究的是字正腔圆，说的就是吐字一定要准确和清楚，唱腔一定要圆润。当然，这是个慢功夫，今后你要多加练习。"

小红又唱了一首《大理三月好风光》。

二妮听完，点评道："小红，唱歌要带着一种情绪，带着一种感情。要用心去唱，把自己的喜怒哀乐唱出来。"

二妮说完，喝了一口啤酒，微笑着对小红说："不错，你进步很快，希望你继续努力。"

这时候，鸣鸣醒了，二妮急忙跑进帐篷里，喂了喂她，把她抱了出来。

常健逗着鸣鸣玩了一会，说："老婆，我很长时间没有听到你唱歌了，你也唱一首吧。"

小红说:"姐,我也好长时间没有听你唱歌了,你就给我们唱一首吧。"
二妮抱着呜呜,唱了一首《摇篮曲》……

月儿明,风儿静

树叶儿遮窗棂啊

蛐蛐儿叫铮铮

好比那琴弦儿声啊

琴声儿轻

调儿动听

摇篮轻摆动

娘的宝宝,闭上眼睛

睡了那个,睡在梦中

……

这天下午,二妮和常健来到夜明珠,走进龙哥的办公室里,坐在了龙哥对面的沙发上。

"哈哈,常老弟、弟妹啊,你们俩是贵客,没有事不会光临我这里。今天双双驾到,肯定有什么重要的事情。"龙哥打着哈哈,阴阳怪气地说。

二妮直截了当、开门见山地说:"龙大哥,我们今天来找你,一是当面感谢你,感谢你对我们的关心和帮助;二是来问问大哥,什么时间让我们回观海去,我们好做好准备。"

"哈哈,还是老问题啊,我知道就会是这个问题,哈哈……"龙哥耍滑头,拐弯抹角,不直接回答。

"看来,龙大哥早就为我们安排好了,我们真诚地感谢你。在观海的时候,大哥就当面答应过我们,如果我们不愿意留在泰国,可以随时回观海。大哥说话办事,一言九鼎,令人佩服。我们马上准备一桌子酒菜,感谢大哥。"二妮单刀直入,紧追不放。

"这……哈哈,归心似箭啊,理解……"龙哥没有想到,上来就被二妮将了一军,心里一愣,一时不知道怎么样应对,只好模棱两可地兜圈子。

"还是大哥善解人意啊,能理解和体谅我们的心情。实话实说,我们不习惯这种背井离乡的生活,现在就好像热锅上的蚂蚁一般,度日如年,恨不得马上就飞回观海去。"二妮紧抓主题,穷追不舍。

"哎哟,弟妹啊,你真的会说笑话啊,没有你说那么严重吧?再说了,观海有什么好留恋的啊,挣钱没有这里多,生活没有这里自由。弟妹啊,我的脾气你们都了解。我不会亏待你们,钱更不是个问题。哈哈……"龙哥皮笑肉不

第六十五章 休闲度假 唇枪舌战

笑地说着,他藏头露尾,旁敲侧击。

"大哥,不瞒你说,我们俩十分恋家,又胸无大志,不思进取,更不看重钱,是扶不起的阿斗。我们不习惯这里的生活,也不愿意在这里工作,要马上离开这里。"二妮直来直去,不留余地。

"弟妹不愧是个女中豪杰,说话简明扼要,干脆利落,令人佩服。俗话说,千军易得,一将难求。你们都是打着灯笼也找不到的难得人才,我虽然是一介草民,没有什么本事,也算是一个求贤若渴的人。弟妹啊,我是真的舍不得让你们走啊。"龙哥甜言蜜语,软硬兼施。

"大哥过奖了。大哥手下人才济济,高手如林。像我们这样的平庸之辈,再继续留在大哥身边,只会碍手碍脚。如果耽误了大哥的生意,我们可担当不起。"二妮一语双关,点到为止。

"哈哈……弟妹啊,我是真的舍不得让你们走呀,你说这可怎么办啊?"龙哥绵里藏针,暗中威胁。

"明人不说暗话,我们的心已经不在这里了,留下来反而是个累赘。说不定出点差错和乱子,还会给大哥带来很多麻烦。再说了,心不在此,无论你怎么留,到头来还是留不住。大哥何不高抬贵手,顺水推舟,成全我们?我们不憨不傻,会一辈子牢记大哥的大恩大德。"二妮针锋相对,话中有话,软硬不吃。

此时此刻,龙哥感到,他遇到了一个前所未有、很难对付的谈判对手。撕破脸皮吧,有失自己的身份。不撕破脸皮吧,又难以威慑住她,让她乖乖就范。现在,他深深地陷入了左右为难的境地。他从橱中拿出一瓶法国名酒,给二妮、常健各倒了一杯,又给自己倒了一杯,然后端着酒杯说道:"常老弟、弟妹啊,我们很长时间没有在一块喝杯酒了。来,我们现在干一杯。"龙哥转变话题,以退为进,静观其变。

"大哥,你什么时间有空啊?我们走之前,要办一桌子酒席,敬你几杯酒,表达我们的感谢之意。"二妮围绕主题,步步紧逼,穷追猛打。

"这……常老弟呀,你看怎么办啊?"龙哥转移目标,把球踢给了常健。

"大哥,没有你的关心帮助,就没有我常健的今天。你的大恩大德,我会永世不忘,也一定会报答你。大哥的心意我知道,你是想让我在这里发财。但是,这种漂泊海外的生活,我实在不习惯。所以,我请求大哥高抬贵手,让我们回到观海去。"常健开宗明义,直言不讳,态度坚决。

"老弟啊,你回到观海准备干点什么啊?"龙哥绕来绕去,避其锋芒,以拖待变。

"大哥,我这个人没有本事,也没有志气。我已经打算好了,回到观海以后,要在海边养海参、鲍鱼。以后,我一个月给你寄一次观海的海参、鲍鱼,让你尝尝观海的海鲜。"常健寸步不让,再次紧逼。

"老弟呀,我们俩情同手足,亲如兄弟,我苦口婆心地挽留你,也是为了你好。你要慎重考虑,三思而行,不要错失良机,吃后悔药。"龙哥口蜜腹剑,笑里藏刀,暗中警告。

"大哥,你的好意我明白。但是,我心意已决,主意已定,绝不后悔。"常健毫不犹豫,斩钉截铁。

"人各有志,不能强求。既然这样,十天以后,我亲自送你们回观海。在送你们回观海之前,我要先去昆明办点事,顺便把我的一个朋友接过来,好接替老弟的工作。在这期间,我出门在外,请老弟再辛苦几天,不但要把工程管理好,还要抽点时间,经常来夜明珠看一看,以免发生问题。"龙哥被逼无奈,言不由衷。

"谢谢大哥,请大哥放心吧!"常健欣喜若狂,脱口而出。

"大哥宽宏大量,是个豪爽之人,令人敬佩。我还有一事相求,我和我的孩子都离不开小红,请求大哥一定让我把她带走。"二妮心里没底,忐忑不安。

"没有问题。弟妹提出来的事,我不敢不答应。"龙哥脱口而出,十分爽快。

"谢谢大哥!"二妮做梦也没有想到这么顺利,她满面笑容,喜出望外。

……

第六十六章　三妮醒悟　陆鹏忏悔

第六十六章　三妮醒悟　陆鹏忏悔

　　那天夜里，三妮跟着卜小苗她们，打车来到甄倩倩租的小房子。小房子里还亮着灯，卜小苗捏着鼻子，学着当地农村小姑娘的声音，说学校送来一封信，要送给甄倩倩，甄倩倩信以为真，把房门开了一个缝隙……说时迟那时快，卜小苗一把推开房门，闯了进去。

　　三妮她们往里一看，顿时惊得目瞪口呆：小房里，甄倩倩衣衫不整地站在床前，陆鹏浑身精光地躺在床上……

　　实话实说，刚才这突如其来的敲门声，虽然使他们俩受了一点点惊吓，但是，他们俩并没有惊慌失措。因为，他们俩知道，现在干的这种勾当，虽然属于偷鸡摸狗和男盗女娼的范畴，但与卖淫嫖娼是两回事，更不在违法犯罪的范围内，不用担心警察来扫黄。再说了，房东要的是房租，绝对不会狗拿耗子多管闲事，在自己出租的房子里捉奸。

　　正当他们俩心烦意乱，琢磨着怎么样应对的时候，门外传来了小姑娘的声音，说是要把学校的信从门缝里塞进来。此时此刻，他们俩巴不得门外的小姑娘赶快滚开，好巫山云雨，重温那没有做完的美梦。

　　甄倩倩很不情愿地下了床，伸手把房门开了一条缝隙。她做梦也没有想到，卜小苗如同从天而降，突然推门而入，冲到了她的眼前。

　　甄倩倩惊得失魂落魄，"啊啊"大叫着向后退去。她后退了几步，又一屁股瘫坐在了床边上。

　　床上，一丝不挂的陆鹏，抬头一看傻了眼，眼前是勃然大怒的卜小苗，门口站着的是怒火冲天的三妮、肖苹苹和马兰。他脑子里一片空白，瞬间出了一身冷汗。他羞愧难当，无地自容，腾地一下坐了起来。他瑟瑟发抖地提上裤子，手忙脚乱地套上上衣，慌慌张张地跳下床，提心吊胆地冲了门外，惊慌失措地狼狈逃窜了。

　　看到眼前的这一幕，三妮惊呆了。她不敢相信自己的眼睛，更不敢面对眼前的现实……

　　在来这里的路上，坐在出租车里，三妮心里一再埋怨卜小苗太莽撞，不由分说就把她推进了出租车里。一路上，她一直在反复考虑着，这样做是不是有点太草率和鲁莽了？是不是对甄倩倩有点不公平？会不会带来什么不良后果？

捉贼捉赃，捉奸捉双。三妮做梦也没有想到，她们捉奸在床的那个赤身裸体的男人，竟然是陆鹏。她眼泪唰地一下就流了下来。此时此刻，面对此情此景，犹如醍醐灌顶，她茅塞顿开，恍然大悟：陆鹏不仅是个沾花惹草的、玩弄女人的花花公子，还是一个言而无信、背信弃义的小人，从今以后，必须斩钉截铁，一刀两断，断绝与陆鹏的恋人关系。

三妮百感交集，心如刀绞。她泪流满面，跌跌撞撞、头也不回地向院子外边跑去……

卜小苗出于好奇，兴致勃勃地来看西洋景，原本是想作弄一番甄倩倩，让甄倩倩丢丑出洋相，她自己也顺便找点乐子玩。至于这样做对不对，合适不合适，她没有想那么多。当她看到被捉奸在床的男人是陆鹏时，大吃一惊，不知所从。她稍微一愣，心中的怒火腾地一下熊熊燃烧起来。她愤怒地冲上前去，一把抓住甄倩倩的头发，狠狠地扇甄倩倩的耳光。她一边打，一边大声叫骂："真欠扁，你这个流氓，你这个破鞋……你吃了豹子胆了，竟敢勾引陆鹏！你不想活了……"

惊魂未定的甄倩倩被打晕了，瞬间又被打醒了。她披头散发，慌慌张张地从床边上站了起来，恼羞成怒地还了卜小苗两个耳光，气急败坏地怒骂道："小不点，你狗拿耗子多管闲事。我愿意勾引谁就勾引谁，这是我的自由，不违法犯罪。小不点，你管得着吗？吃饱撑得啊……"她一边叫骂着，一边打卜小苗……

站在小房子门口的肖苹苹和马兰，亲眼看见了刚才那一幕，早就忍无可忍了。看到甄倩倩像个泼妇和疯子一样，气势汹汹地打卜小苗，她们俩更是怒火万丈，立马冲过来，围住甄倩倩就是一阵拳打脚踢。顿时，四个女孩子破口大骂着扭打成了一团……

正当她们叫骂着厮打的时候，女房东冲了进来，制止了这场冲突。

……

三妮泪流满面，跌跌撞撞地一口气跑回医院里，一头扑倒在床上，又一把拉过被子来，严严实实地把自己裹了起来。她躲在被子里面，泪水哗哗地流淌着。她咬紧牙关，低声哭着，恨不得把满腔的怒火、委屈和羞辱一下子全都发泄出来……

卜小苗、肖苹苹和马兰正在小房子里教训甄倩倩，被闻声赶来的女房东拉了出来。她们稍微一冷静，马上就想到了已经跑得无影无踪的三妮。她们担心三妮想不开，紧接着又匆匆忙忙向医院跑去。来到病房里，看到躲在被子下面的三妮，浑身上下哆哆嗦嗦地颤抖着，她们心如刀绞，泪如雨下。

马兰擦了一把泪水，心疼地说："妮子，你的伤病还没有痊愈，不能再哭了，这样会把身体哭坏。坐起来和我们说说话吧。"

第六十六章 三妮醒悟 陆鹏忏悔

肖苹苹端着一杯水，恳求道："妮子，我们心里和你一样，都很难受。我求求你，别再哭了，坐起来喝口水吧。"

卜小苗眼含热泪，一把掀开被子，不由分说地拉起三妮就向外面走去。她一边走，一边说："妮子，你不能再哭了，应该到院子里呼吸点新鲜空气，清醒清醒。"

她们来到医院东边的小湖旁边，坐了下来。

夏日的午夜，深蓝深蓝的夜空中，弯弯的明月散发着皎洁的光辉，数不清的星星在调皮地眨巴着眼睛。一群一群的萤火虫，闪烁着一团团、一簇簇的火花，在花草上、小湖边翩翩起舞。青蛙在小湖里纵情高歌，知了在树上哼着小曲，虫子躲藏在花草下呼唤着伙伴，蚯蚓钻进了泥土里说着悄悄话。那草丛中的蛐蛐，好像在唱歌，又好像在弹琴。微风吹来，树叶子发出沙沙、哗哗的美妙声音。

卜小苗使劲擦了擦眼泪，又使劲呼吸了几口新鲜空气，深情地说："妮子，我知道你心里很苦。现在，你想哭你就使劲哭吧，憋在心里会很难受。这里不是病房里，不会打扰别人。"

卜小苗心里十分惭愧，看到三妮泪流满面，黯然神伤，默不作声，她哭着说："妮子，都是我害了你。你要是不去救我，就不会负伤住医院。你要是不负伤住医院，你心爱的宝贝陆鹏，就不会让甄倩倩勾引走。今天晚上，我心血来潮，没事找事，拉着你去看什么西洋景，结果看成了这个样子，弄得你这么伤心痛苦。妮子，我对不起你，我该死！"

卜小苗稍停片刻，又抽泣着说："妮子，我成事不足，败事有余，是个废物，是个笨蛋，是个丧门星，老是给你添麻烦，让你倒霉，让你伤心痛苦。妮子，你揍我一顿吧，出出恶气，心里会好受一些！"

看到三妮还是满面泪水，低头不语，卜小苗更加愧疚，她擦了擦眼泪，接着说道："妮子，你放心吧，我会补偿你。我要狠狠地折腾真欠扁，给你报仇雪恨。我一定把这一对狐朋狗友搅和散，把陆鹏抢回来，让他重新拜倒在你的石榴裙下，乖乖地与你破镜重圆，重归于好，心甘情愿地为你当牛做马。"

听了卜小苗发自内心又不伦不类的一席话，三妮哭笑不得，她再也忍不住了，扑哧一声笑了起来，说："小不点，你又在胡诌八扯。我现在明确告诉你，这件事与你没有一点关系，你不要强拉硬扯，往自己身上揽。再说了，这样的事就好像泼出去的水，根本收不回来，你就不要瞎操心了，老老实实歇着吧。天要下雨，娘要嫁人，由他去吧。"

看到三妮破涕为笑，肖苹苹那颗悬着的心终于落了地，如释重负地说："妮子，我怕你想不开，弄出点事来，快把我吓死了。现在，我终于可以放心了。"

马兰心里也松了一口气，说："妮子，我和小苹果早就发现陆鹏和真欠扁不地道了。当时，想阻止已经来不及了，想告诉你，又怕你经受不住这样的打击。"稍停片刻，她接着向三妮介绍了这件事的来龙去脉……

原来，三妮住院后不久，肖苹苹和马兰就发现了甄倩倩和陆鹏勾勾搭搭的事。当时，她们俩气得咬牙切齿。三妮是她们俩的闺密和最好的朋友，陆鹏与甄倩倩不清不白，偷鸡摸狗，她们俩绝对不能无动于衷，袖手旁观，不管不问，更不能视而不见，装聋作哑，瞒着三妮。

开始的时候，她们俩商量着要阻止这件事，想方设法不让甄倩倩接近陆鹏。但是，她们俩很快就发现，甄倩倩和陆鹏一路货色。两个人干柴烈火，已经勾搭成奸，并且已经同居。木已成舟，生米煮成了熟饭，想阻止已经来不及了。她们俩又打算狠狠地教训一下甄倩倩，让她离开陆鹏，但又怕弄巧成拙，把事情越搞越僵，越弄越乱。她们俩恨不得马上去告诉三妮，但又担心三妮正在住院治疗，经受不住这样的打击。这一段时间，为了这件事，她们俩一直心急如焚，左右为难。

听完马兰的介绍，三妮长长地叹了一口气，激动地说："你们这样做，都是为我好，谢谢你们！"沉默了一会，她又说道："其实，失去了陆鹏，我并不太伤心。我伤心的是我有眼无珠，太天真和幼稚了。我认识他已经两年多了，答应和他谈对象也有半年多了，我竟然没有看透他是个花心萝卜，更没有怀疑过他。"停了一下，她接着说道："我现在已经想明白了，我与他脾气性格和兴趣爱好都不一样，不可能走到一起。这种没有结果的恋爱，早一天结束，就早一天解脱。现在，我心里轻松多了。"

卜小苗忙问："妮子，你和陆鹏就这么拜拜了？"

三妮微笑着说："对啊，就这么简单。"

马兰高兴地揽住三妮的肩头说："妮子，好样的，快刀斩乱麻，干脆利落，是个女汉子。我支持你，也佩服你。其实，我和小苹果早就看出陆鹏是个花花公子，拈花惹草，靠不住，他根本就配不上你。"

肖苹苹说："苍蝇不叮无缝的蛋，我早就感觉到陆鹏与真欠扁臭味相投，是一丘之貉。"停了下，她咬牙切齿地说："真欠扁这个狐狸精，太骚了，太霸道了，谁的对象她都敢抢。这件事就这样不了了之，太便宜她了，我咽不下这口气！"

卜小苗气呼呼地说："姑奶奶今天没有过足瘾，还要找个机会，再好好地修理她，出出心中的恶气！"

三妮听了，顿时一愣，急忙问："怎么，你们打真欠扁了，她现在怎么样了？"

卜小苗回答得很干脆："打了，没有过瘾。我扇了她一顿耳光，揪掉了她一把头发，还咬破了她的肩膀。大洋马和小苹果出手太快，我没有看清楚，我只看到真欠扁有点鼻青脸肿。不过，真欠扁只是受了点皮肉之苦，并没有伤筋动骨。我还要进一步教训她，让她长长记性。"

三妮一听，气冲冲地说："瞎胡闹，你们这是火上浇油，乱上加乱！年轻人找对象，都有挑选和追求的权利。真欠扁没有犯罪，也没有犯法，你们为什么要打她啊？"

第六十六章　三妮醒悟　陆鹏忏悔

肖苹苹说:"她流氓成性,我们忍无可忍!"

三妮严肃地说:"这是乱弹琴!你们不但要给真欠扁承认错误,当面赔礼道歉,还要写书面检查,交给学校。"

卜小苗听了,先是一愣,然后嬉皮笑脸地问:"妮子,有这么严重吗?你怎么胳膊肘子往外拐啊?"

三妮果断地说:"问题的性质很严重。"

肖苹苹不服气:"真欠扁这是自作自受,自食其果。"

三妮郑重其事地说:"真欠扁和她的爸爸妈妈都不是善碴子,你们打了真欠扁,他们绝对不会善罢甘休。为了不节外生枝,招惹是非,你们必须按照我说的去做。"

马兰急忙转移话题,说:"妮子,你早一天看清了陆鹏的庐山真面目,早一天与他一刀两断,这是一件大好事。明天,我请你喝啤酒,一起庆贺一下。"

卜小苗一听喝啤酒,立马来了精神,急忙问:"大洋马,几点啊?在什么地方啊?"

……

陆鹏洒脱不拘,聪明漂亮,阳刚帅气,算得上是一个风流才子。在很多女孩子眼里,他英俊潇洒,玉树临风,是名副其实的白马王子。风流才子多思春。自从上初中开始,他就轰轰烈烈地谈情说爱。他和那两个有钱有势、才貌双全的女同学,已经谈到了同床共枕的程度。分手以后,导致了男女双方家庭之间的激烈冲突,其中一个女孩子跳海自杀了。为此,陆鹏被打断了一条左腿,还差一点丢掉性命,至今左腿上还有一个大伤疤。从此,陆鹏开始收敛了,不敢再随便拈花惹草了。每当提到和城市女孩子谈情说爱,他就心有余悸。

三妮的出现,使陆鹏和他的爸爸妈妈眼前顿时一亮。他们被三妮的人品和美貌折服了,感到三妮是这个家庭中未来女主人的最佳人选。在陆鹏眼里,三妮清纯美丽得好像一个仙女,恨不得把她一口吞进肚子里。但是,三妮的庄重、检点和矜持,使陆鹏不敢轻举妄动和动手动脚。越是得不到就越想得到,每一次和三妮交往,陆鹏都使劲压抑着那熊熊燃烧的欲火。

轻浮淫荡的甄倩倩,见了陆鹏,就好像苍蝇见了血,也好像发现了梦寐以求的稀世珍宝,恨不得马上把陆鹏抱在怀里,化在陆鹏的身上。她每天垂涎三尺,苦思冥想,一直找不到合适的机会。三妮负伤住进了医院,这是千载难逢的好时机,岂能放过。她拿出浑身解数,软缠硬磨,终于和陆鹏黏糊上了……

陆鹏一直侥幸地认为,三妮正在住院,不会发现他和甄倩倩的事。他做梦也没有想到,那天晚上,正当他与甄倩倩巫山云雨难分难解的时候,三妮和卜小苗几个人如同天降,抓奸在床。他更是做梦也没有想到,他与甄倩倩的奸情败露得这么突然、这么快,还暴露在众目睽睽之下,是那么丢人现眼,令他无地自容。

事发之后，陆鹏陷入了没完没了的羞愧和苦恼之中。他为在众目睽睽之下被捉奸在床，感到羞愧难当，更为摆脱不掉甄倩倩的纠缠，感到十分苦恼。

陆鹏与甄倩倩勾搭成奸，很大程度上是侥幸心理和酒后乱性的结果，他压根儿就没有想与甄倩倩谈情说爱，更没有想跟甄倩倩成家。他做贼心虚，整天提心吊胆，害怕事情败露。当奸情败露以后，他心烦意乱，惴惴不安，担心爸爸妈妈知道这件事，更害怕三妮不原谅他，与他断绝恋爱关系。为了尽快摆脱困境，他就千方百计地甩掉甄倩倩。

甄倩倩是情场老手，绝对不是一个省油的灯。她从上初中就谈恋爱，走马灯一样换男朋友，与多少人上过床，她也记不清楚。更换的男朋友太多了，她渐渐地有点嫌烦了，于是就决定找一个固定的。这时候，她遇到了陆鹏。她经过深思熟虑和反复比较，认为陆鹏是她遇到过的男人中个人条件和家庭条件最好的一个，是名副其实的白马王子。于是，她决定不再挑挑拣拣了，嫁给陆鹏，把陆鹏和他家里的财产都牢牢地控制在手里，舒舒服服享受一辈子。至于搅黄陆鹏与三妮的恋情，她根本就没有当回事。

当被捉奸在床以后，甄倩倩发现陆鹏想摆脱和甩掉她，立马火冒三丈，凶相毕露，指着陆鹏的鼻子骂道："陆鹏，我警告你，你跟姑奶奶玩这一手，还太嫩了点！姑奶奶不是吃素的，你想玩就玩，想甩就甩啊？那是墙上挂帘子——没门，你也太天真无邪了！臭小子，我警告你，只有姑奶奶玩腻了，一脚踹了你，没有你踹姑奶奶的份！你要是不知好歹，你的小命就玩完了！"

甄倩倩立说立行，这几天，她就好像一贴狗皮膏药，牢牢地贴在了陆鹏的身上，而且越贴越紧。陆鹏走到哪，她就跟到哪，而且形影不离。除此之外，她生怕别人不知道她与陆鹏的恋人关系，到处张扬，弄得沸沸扬扬，全校师生几乎都知道了她与陆鹏的风流韵事。

陆鹏被甄倩倩折腾得焦头烂额，坐立不安，他在追悔莫及的同时，更加体会到三妮的难能可贵。他很了解三妮的脾气性格，知道三妮不会轻易原谅他，很可能会与他一刀两断。但是，他并不死心，他决定，他与三妮的恋人关系，只要还有一线希望，他就要尽百分之百的努力。

这天傍晚，陆鹏估计三妮的火气快消得差不多了，就想方设法甩开一直跟踪他的甄倩倩，鼓起勇气，硬着头皮，忐忑不安地来到了医院里……

陆鹏平时口齿伶俐，能说会道，这次来到三妮面前，却变得笨嘴笨舌，吞吞吐吐，前言不搭后语。他放下水果，说了两句问候的话，就再也找不到话题了。他呆呆地坐在三妮对面的小凳子上，羞得面红耳赤，耷拉着脑袋，不停地搓着两只手，两只脚不停地挪来挪去，好像放在哪里都不合适。他几次想说点什么，又欲言又止，不知道如何开口。

看到陆鹏那无地自容、手足无措的尴尬样子，三妮说："陆鹏，病房里空

第六十六章 三妮醒悟 陆鹏忏悔

气不好，我们出去走走吧。"

陆鹏听了，如释重负，急忙站了起来，跟着三妮向院子里走去。

陆鹏跟着三妮，来到医院东边的小湖旁边，坐了下来。他深深地吸了几口气，放松一下自己，鼓起勇气，支支吾吾地说："三妮，我……喝醉了酒，一时糊涂，做了错事。我……追悔莫及，向你忏悔，给你赔礼道歉，我……"

愣了一会，陆鹏又吞吞吐吐地说："三妮，我……不是个人，我罪该万死。我错了，对不起你，我低头认罪，请你……一定原谅我！"

陆鹏见三妮还是不理不睬，默不作声，他抹了一把眼泪，哭着说："三妮，我们俩已经交往两年多了，我一直忠心耿耿地对待你，没有做一点对不起你的事。这一次，我……没有顶得住甄倩倩的诱惑，酒后乱性。从今以后，我一定要悔过自新，痛改前非，与甄倩倩一刀两断，绝对不再犯这样的错误。三妮，我……求求你，一定要原谅我！"

这几天，三妮心潮起伏，很不平静。她与陆鹏交往的情景，活龙活现地浮现在她的脑海里。她思前想后，痛定思痛，感到十分欣慰。如果自己还蒙在鼓里，稀里糊涂地再继续与陆鹏交往下去，后果不堪设想。

现在，三妮心里已经解脱和平静了。听了陆鹏说的这些忏悔的话，看到陆鹏那尴尬、羞愧和紧张分分的样子，她哭笑不得，脸色凝重地说："陆鹏，谢谢你来医院看我，谢谢这几年来你对我的关心帮助。"

陆鹏见三妮终于开口说话了，激动地说："三妮，请求你一定要原谅我！"

三妮铁青着脸，落地有声地说："陆鹏，别的事，我都可以原谅你，唯独这件事，我不能原谅你！"

陆鹏一惊，马上苦苦哀求道："三妮，我求求你，原谅我这一次吧。今后，我一定悬崖勒马，我……"

三妮打断陆鹏的话，严肃认真地说："陆鹏，我们俩是两条道上跑的车，志不同道不合，走不到一块去，早分手早解脱，对你对我都是好事。"

陆鹏听了，像被泼了一盆子冷水，心里顿时凉了半截，愣了半天，垂头丧气地问道："三妮，你能不能再给我一次机会啊？"

三妮斩钉截铁地回答："绝对不可能！"稍停片刻，她又说道："一个巴掌拍不响，苍蝇不叮无缝的蛋，我奉劝你今后要好自为之！"

这时候，卜小苗找来了，她怒视着陆鹏，咬牙切齿地说："陆鹏，你这个喜新厌旧的陈世美，你这个荒淫无耻的大色狼，你这个流氓成性的小白脸，你这个拈花惹草的花花公子，你根本配不上妮子，你是癞蛤蟆想吃天鹅肉，我恨不得马上把你阉割掉。姑奶奶鄙视你，看见你就想吐，你快点给我滚蛋爬开！你……"

陆鹏羞愧难当，无地自容，心灰意冷，他低着头，红着脸，灰溜溜地走了。

……

169

第六十七章　慷慨相助　化险为夷

　　那一天的夜里，大妮和员工们，正在清水湾海边的沙滩上喝着啤酒赏月，突然接到姜春娟的电话，听说安磊出了车祸，她马上打了一辆出租车，急急忙忙向医院赶去。

　　大妮来到医院里，已经是晚上九点多钟了。这时候，手术室外面的走廊里挤满了前来看望的人。看到姜春娟哭成了泪人，大妮心如刀绞，泪流满面。她急忙上前抱住姜春娟，不停地安慰着："妈，你要保重身体……妈，你要放宽心，我大哥不会有事。妈，你要想开点……"

　　今天上午，安磊带着妻子辛婷婷，去观海郊区看望老战友。在回来的路上，发生了车祸。安磊的胸部和腿部都受了重伤，正在进行抢救。辛婷婷的头部受了重伤，在送往医院的路上，已经停止了呼吸。

　　安磊的手术，一直到第二天的凌晨三点钟才结束，大妮陪伴着姜春娟等了整整一夜。直到医生宣布安磊脱离了生命危险，她们心里悬着的那块大石头才算落了地。

　　就在安磊出车祸的第二天晚上，银行来人通知：海鲜楼账户上的钱，全都被边蓉蓉转移走了；现在，边蓉蓉和她的男朋友一起潜逃了，公安部门已经发出了通缉令。这真是祸不单行，雪上加霜啊。

　　边蓉蓉是安磊的妻子辛婷婷的高中同学。她聪明伶俐，能说会道，长得也很漂亮。她已经三十岁，找过很多对象，都没有走进婚姻的殿堂。她财会大专毕业以后，先是在一家国有工厂当会计，下岗后，为找工作的事多次求辛婷婷帮忙，还两次登门相求。安磊考虑到边蓉蓉精通财务工作，又是辛婷婷的同学，就答应了她的请求，让她担任海鲜楼财务部的副经理，协助辛婷婷工作。辛婷婷虽然是财务部的经理，但她是半路出家，对财务工作一知半解，再加上要照看年幼的孩子，没有时间和精力管财务工作，成了挂名不管事的财务部经理。海鲜楼的财务工作，实际上都是边蓉蓉一个人负责。边蓉蓉在海鲜楼一干就是三年多，这期间，财务工作没有出现过大的差错。安磊和辛婷婷对边蓉蓉越来

第六十七章　慷慨相助　化险为夷

越信任。俗话说，画虎画皮难画骨，知人知面不知心。谁也没有想到，边蓉蓉是个披着人皮的狼，是个吃人不吐骨头的魔鬼。她恩将仇报，乘人之危，落井下石。

观海说大就大，说小也小，什么巧事都能碰到。其实，边蓉蓉的男朋友不是别人，他就是胡太太的儿子孙军，胡太太就是三妮第一次给人家当保姆时，那一家的女主人胡莉莉。当时，孙军下迷药想强暴三妮，被胡太太及时赶到制止，孙军强奸未遂，三妮因此离开了胡太太家。

边蓉蓉是个淫荡的女子，孙军是个拈花惹草的高手，两个人一路货色。他们俩一个是海鲜楼实际上的财务部主管，一个是商业银行的部门经理，在业务上一来二往，很快成了熟人和朋友。物以类聚人以群分，臭味相投便称知己。他们俩如苍蝇见血，情投意合，又很快就成了如胶似漆的恋人。他们俩早就对那种醉生梦死、灯红酒绿的生活垂涎三尺，对洗钱和潜逃的事一拍即合，也早就做好了洗钱和潜逃的准备工作，只是没有找到合适的下手机会。现在，安磊和辛婷婷一伤一死，千载难逢的机会终于到来了，他们俩岂能放过啊。他们俩以最快的速度，对海鲜楼和银行的几家大客户同时下手。得手以后，就马上逃之夭夭了。现在，灾难已经降临，悔之已晚，大家对边蓉蓉和孙军恨之入骨。

这一连串突如其来的横祸，如五雷轰顶，一下子就把姜春娟和安东方击垮了。

安磊躺在病床上昏迷不醒，辛婷婷的后事急等着操办，海鲜楼面临着要破产倒闭的危险，还有安磊和辛婷婷年幼的女儿安小丫正在嗷嗷待哺。

面对此情此景，大家痛心疾首。这接踵而来的一连串打击，把大家打得晕头转向。现在，大家都乱了方寸，一筹莫展，不知所措。

夜里，安东方、姜春娟和大妮，还有安东方家的几个亲朋好友，围坐在一起，开了一个家庭会，商量下一步的工作。此时此刻，大家擦着眼泪，沉默了很长时间，不知道说什么才好。

"爸、妈，你们俩经历的事多，是这个家的主心骨，给拿个主意吧。"大妮含着泪花说。

"大妮啊,事到如今,我和你爸已经被弄得六神无主了,还能有什么主意啊？还是你先说说你的想法吧。"姜春娟擦着眼泪，泣不成声地说。

大妮心情沉重地说："现在，天灾人祸已经降临到了我们头上，我们再怎么伤心痛苦，再怎么痛恨和诅咒边蓉蓉，也于事无补了。事已至此，我们只能勇敢地面对现实，做好善后工作。我想，我们应该分分工，把急需办的事情处理好。"

稍停片刻，大妮接着说道："爸、妈，你们看这样行不行啊？你们俩和各位亲朋好友，主要负责给大嫂操办后事，照看大哥和小丫，我明天一早就去接

管海鲜楼。我……"

没有等大妮说完,安东方急忙问道:"大妮啊,海鲜楼现在不但分文没有,还是个大窟窿,一百多个员工在那里等着吃饭和发工资,运转一天需要大把大把的钱,你怎么去接管啊?这些你想过吗?"

大妮忧心忡忡地说:"爸、妈,海鲜楼发展到今天这个样子,不知道花费了大哥大嫂多少心血,它是大哥大嫂的成就和希望所在。现在,大嫂已经走了,大哥身受重伤,如果再失去用心血和汗水换来的海鲜楼,对他们俩太不公平了,对大哥的打击太大了。"

停顿了一下,大妮接着说道:"在我最困难的时候,你们都挺身而出,出手相救,帮助我渡过了难关。现在,你们遇到了天灾人祸,我不能袖手旁观,不能眼睁睁地看着海鲜楼破产倒闭。海鲜楼的经营管理和信誉知名度在观海市都是数一数二的,它现在唯一缺少的就是周转资金。我想,只要注入周转资金,保证它每天正常运转,它的效益就不会受到太大影响。这几年,我和童军挣了一些钱。我要把这些钱都拿出来,再用我的住房作抵押,到银行去贷款,来保障海鲜楼的正常运转。如果周转资金还是不够用,就请爸妈想方设法支援我。我琢磨着,只要挺过去一个多月,海鲜楼就会赢利挣钱。到那时候,我就把一个起死回生的海鲜楼,亲手交还给大哥。"

姜春娟担心地说:"大妮啊,你的心意我知道。眼下,海鲜楼的财务状况还没有查清楚,说不定是个无底洞。你现在去接管它,风险太大。弄不好你就会血本无归,倾家荡产。孩子啊,你那些血汗钱来得不容易啊。你怀着孕,挺着个大肚子,我不能让你去冒这个风险。"

大妮胸有成竹地说:"妈,干什么事都会有风险。时不我待,为了大哥的将来,我们冒这个风险,很值得。我反复琢磨过了,只要我们小心行事,这个风险就可以避免。我身体好,离生孩子还有好几个月时间。我在海鲜楼干过两个多月,那里的情况我也比较熟悉。再说了,还有你们俩给我压着阵,把握着方向盘,就一定会化险为夷。等大哥康复痊愈出了院,挣了钱,他会把我投入的钱,如数还给我。"

安东方虽然见多识广,深谋远虑,但当天灾人祸突然一齐袭来的时候,他也蒙了,一时乱了阵脚。刚才,听完大妮的一席话,他琢磨了半天,郑重其事地问道:"大妮,你真的考虑好了,下决心了,要去接管海鲜楼?"

大妮使劲点了点头,很坚定回答道:"爸,我已经考虑好了,也已经下决心了!"

安东方沉思一会,然后长叹一声,又使劲一拍大腿,激动地大声说道:"好,就这么定了,海鲜楼有救了!大妮,我们全家人都支持你这个决定。从明天开始,我就去筹措钱款。为了不让海鲜楼破产倒闭,我就是砸锅卖铁,也在所不

第六十七章 慷慨相助 化险为夷

惜。路遥知马力，日久见人心，患难见真情，大妮啊，我真诚地谢谢你！"
……

昨天夜里，大妮忧心忡忡，翻来覆去睡不着。她心烦意乱地来到窗子前，心不在焉地观看着外面的夜景。

午夜十分，窗子外面，月明星稀。不远处的海面上，风平浪静。夜幕下的一切，都静悄悄的。突然，风起云涌。不一会，夜空就好像被一口大黑锅扣了起来，伸手不见五指。紧接着，几道刺眼的闪电划破夜空，一声惊天动地的霹雳，震得窗子哗哗乱响。顷刻之间，铜钱一般大的雨点子砸了下来，砸的窗子砰砰乱响。顿时，外面的夜空中，风雨交加，电闪雷鸣，就好像炸了锅。一个接着一个的闪电，照的夜空亮如白昼。咔嚓咔嚓的惊雷，震得大地不停地颤抖。狂风暴雨中，院子里不一会就汪洋一片，那些大树被刮的东倒西歪，花坛里那些竞相绽放的鲜花也趴在了地上。不远处的大海上，波涛汹涌，大浪滔天，震耳欲聋。

啊，这是今年第一次惊雷滚滚！这是今年第一次狂风暴雨！大妮看得心惊肉跳，惊叹不已。

天亮了，狂风暴雨和电闪雷鸣不知道都躲藏到哪里去了。经过昨天夜间这一场惊心动魄的洗礼，天空中一尘不染，瓦蓝瓦蓝的，空气也变得更加清新了。院子里，那些大树变得更加挺拔苍翠和郁郁葱葱了，花坛里那些竞相绽放的鲜花，又雄赳赳气昂昂地挺起了腰，笑呵呵地昂起了头。小鸟们兴奋地不停地飞来飞去，兴高采烈地叽叽喳喳地唱着歌儿。不远处的海面上，风平浪静，海水变得更加湛蓝了，一群海鸥在自由自在地飞翔。

一轮红日喷薄而出，天地之间霞光万道，光彩夺目，如梦如幻。大妮和安东方，迎着朝霞，向海鲜楼走去……

大妮和安东方来到海鲜楼，召开了一个全体员工大会，大妮宣布了四条决定：一、在安磊住医院期间，由她代理安磊的工作，负责处理海鲜楼的所有事务。二、边蓉蓉虽然转移走了一部分经费，但是，海鲜楼在资金运转方面没有困难，所以海鲜楼要正常营业。三、从现在开始，员工的工资与海鲜楼的效益挂钩。这个月的工资，要提前发放。四、除了对财务部人员进行必要的调整以外，其他部门和员工分管的工作，一律不调整。大妮宣布完决定，又简明扼要地提了两条要求，然后请安东方讲话。不到四十分钟，会议就结束了。

会议一结束，大妮就接着走马上任了。她先是召集部门经理们开了个小会，对眼前的工作进行了安排。然后，她要求每个部门经理，提出具体的意见和建议，并结合本部门的具体情况，拿出切实可行的改进措施，三天以后进行汇报，经过研究决定以后，扎扎实实抓落实。

接着，大妮又急急忙忙回到大妮餐馆，开了个员工会，宣布冷小静为店长，负责处理大妮餐馆所有的事务。然后，她又马不停蹄地赶到银行，筹措钱款。

回到家里，已经是深夜了。大妮一头倒在床上，就再也爬不起来了。这几天，她太累了，也太困了，已经筋疲力尽了。但是，她躺在床上，翻来覆去，怎么也睡不着。她思前想后，满脑子都是问号……

大妮餐馆来之不易，是她和童军用鲜血和汗水换来的。从开业到现在，她一直辛辛苦苦地经营着餐馆。在她的心目中，餐馆比自己的性命都重要。现在，她要把餐馆交给别人来经营，真有点恋恋不舍和放心不下。

让冷小静当店长，负责餐馆的所有事务，会不会出问题啊？冷小静聪明伶俐，人品好，对餐馆的业务又那么熟悉，还有吴涛他们帮助着冷小静，不会出什么大问题。但是，她绝对不能撒手不管。因为冷小静他们毕竟经验不足，遇到棘手的事往往沉不住气，处理起来顾此失彼，不够圆满。

姜春娟身体不好，安东方每天还要忙着去上班，安磊重伤住院，辛婷婷身亡，安小丫年幼，需要人照看……今后，这一家人的日子怎么过啊？

这一家人都是好人，对她有恩。现在，他们遇到了灾难。她必须挺身而出，尽最大努力来帮助他们化险为夷，渡过难关。

海鲜楼有那么大的规模，有那么多的员工，实行的是正规化管理。她是一个从穷山沟里逃出来的打工妹，小学都没有毕业，能驾驭得了这么一个现代化的大酒店吗？

现在是非常时刻，她是临危上阵，这就好比赶鸭子上架，不行也得行，不上也得上。既然没有退路，那就只好勇往直前，放手一搏，想方设法使海鲜楼化险为夷，从困境中走出来。

要保证海鲜楼的正常运转，到底需要多少资金啊？能不能筹措到这么多资金啊？

海鲜楼实行的是正规化管理，但是，在经营管理方面还有没有薄弱环节和漏洞啊？她接管海鲜楼以后，应该从哪些方面入手，加强管理，完善制度，挖掘潜力，进一步调动员工们的积极性啊？

这一个又一个的问题，大妮想得头都大了，越想越头疼，越想越心烦意乱。此时此刻，她感到自己是那么孤独和身单力薄，不由自主地想起了童军。要是童军在，她就有了主心骨，有了靠山，也有了信心、力量和希望。在似睡非睡、迷迷糊糊和蒙蒙胧胧之中，童军的音容笑貌，又活灵活现地浮现在了她的眼前。她紧紧地抱着童军，伤心地哭了起来。……

在接下来的日子里，大妮马不停蹄，每天在海鲜楼、医院、餐馆和银行之间来回跑，忙得团团转。

辛婷婷的后事操办得很顺利，亲戚朋友们都很满意。安磊断了三根肋骨，左腿粉碎性骨折，但手术效果不错，康复得也很快。他的左腿有点瘸，但不是

第六十七章 慷慨相助 化险为夷

很明显。边蓉蓉把海鲜楼账户上的钱全都转移走了这件事,暂时没有告诉安磊,怕他经受不住这样的打击,影响身体康复。安小丫由姜春娟照看着,也慢慢地习惯了没有妈妈的生活。海鲜楼没有倒闭,它化险为夷,仍然按部就班、有条不紊地正常营业。

这一团乱麻,总算理得差不多了,大妮开始集中精力抓海鲜楼的经营和管理。其实,在这方面,大妮也没有什么过人之处。她的指导思想很简单:要像对待大妮餐馆那样来对待海鲜楼,要像对待冷小静他们那样来对待海鲜楼的员工们。大妮根据部门经理们提出来的意见建议和改进措施,经过反复研究,进一步完善了岗位责任制,使每一个员工都明确了自己的职责,使海鲜楼的经营管理更加正规化。在此基础上,她严格落实奖惩规定,充分调动每一个员工的积极性。

每天上班前,大妮先开个部门经理会,让他们简明扼要地汇报昨天的工作情况和今天的主要工作。然后,她简明扼要地提出要求。结束以后,她就分别到每一个部门,和员工们一块干活。她虽然挺着个大肚子,行动越来越不方便,但是,只要力所能及的活,她就和员工们一块干。

大妮每天面带笑容,和和气气,没有一点老板的架子。她好像不是来当老板的,也不是来领导谁的。她就好像一个知心朋友,来帮助大家干活,来帮助大家解决难题。当然,遇到那些不听提醒和劝告的人,她会果断地采取恰如其分又令人口服心服的处罚措施。

海鲜楼的员工们,虽然见识过很多老板,但是,还从来没有见识过大妮这样平易近人、真抓实干的老板。时间长了,他们越来越佩服大妮,越来越喜欢大妮。

海鲜楼每天的收益,不但没有因为边蓉蓉洗钱事件受到影响,反而有了大幅度的提高。不出所料,时间不长,海鲜楼就渐渐地开始赢利了。

大妮接管海鲜楼满一个月这一天,她兑现了自己的承诺,按照海鲜楼收益的增长幅度,向上浮动了全体员工的工资。当天下午,她在旋转餐厅订了一个包间,请部门经理们喝啤酒。

旋转餐厅在一个山坳里。山坳里面,是一个很大的水库,四周被连绵不断的崇山峻岭怀抱着。水库的中间,是一个拔地而起的小山,旋转餐厅就建在这个小山的山头上。

这天,大妮如释重负,心里特别高兴。她兴高采烈地带领着部门经理们,坐着悠悠荡荡的小船,观赏着身边竞相绽放的荷花和游来游去的鱼儿,来到小山的脚下,然后乘坐电梯,来到六十多米高的旋转餐厅里。

这个旋转餐厅,上下有七层,造型惟妙惟肖,就好像一朵巨大的正在绽放的荷花。坐在里面,抬头一看,暖融融的太阳,高高地悬挂在空中,湛蓝湛蓝的天上，飘忽着几朵奇形怪状的白云。极目远望，周围是蜿蜒起伏、郁郁葱葱的崇山峻岭。在四围的山坡上，到处是一望不到边的五颜六色的鲜花，红的似火，白的像雪，粉的如霞，争奇斗艳，五彩缤纷，漫山遍野。低头一瞧，脚下面的水面上，碧波荡漾，波光粼粼，小船悠悠。那一片片盛开着的亭亭玉立的荷花，随波漂荡。那一群群水鸟，在水面上自由自在地飞来飞去，翩翩起舞。

品尝着杯中的美酒，观赏着眼前美景，呼吸着清新芬芳的空气，就好像置身于鲜花的海洋之中，也好像来到了亦真亦幻的美妙仙境，大家不由自主地就陶醉了。

"姐，谢谢你的邀请！在这么美妙的地方喝啤酒，就好像置身于天堂。我是第一次来这么迷人的地方，享受这么高级的待遇。"冉冉情不自禁地连连赞叹，感慨不已。

冉冉，二十三岁，亭亭玉立，一双会说话的大眼睛，再配上一头飘逸的乌发，显得那么漂亮和潇洒。她在观海酒店管理学院毕业以后，又在一家五星级大酒店工作了一年。她的爸爸是安东方的老朋友，她被安东方聘请来，担任海鲜楼财务部的经理。

大妮心旷神怡，满面春风，激动地说："今天，是我来海鲜楼整整一个月的时间。这一个月来，你们在各自的工作岗位上，兢兢业业，努力工作，帮助我渡过了难关。没有你们的辛勤工作和真诚相助，海鲜楼就不可能走出困境，更不会有今天这个样子。你们都是好人，都是我可以信赖的好朋友。为了表达我的谢意，我把各位邀请到这里来，真心实意地敬各位一杯啤酒，也让大家放松一下身心。"

"大妮啊，说句心里话，听说安磊和辛婷婷出了车祸，又听说边蓉蓉乘机把海鲜楼的钱全都卷走了，当时，我们所有员工的手心里都捏了一把汗。那天早上，看到来接管海鲜楼的你，是一个怀着身孕、文文静静的姑娘，我们心里没有底，七上八下。我们没有想到，在你的领导下，在这么短的时间内，海鲜楼不但化险为夷，转危为安，还再创佳绩，更上了一层楼。作为安磊的老同学，也作为海鲜楼的老员工，我要诚心诚意地敬你一杯酒。"说话的人叫倪大伟，三十二岁，中等个，是海鲜楼采购部的经理。

大妮微笑着说："倪大哥，你别夸奖我了。我哪里有你说的那个本事啊，这都是大家共同努力的结果。我……"

没有等大妮说完，曾欣欣说："大妮啊，你是真人不露相啊，姐姐我佩服得五体投地。就拿员工的工资和企业的效益挂钩这件事来说吧，报纸上、电视上吆喝了这么长时间了，真正实行的寥寥无几。你来到海鲜楼，第一天就郑重宣布要兑现这个承诺，一下子就把员工的积极性调动起来了。"

曾欣欣，二十七岁，瘦高个，聪明伶俐，能说会道，长得很漂亮，是海鲜

第六十七章 慷慨相助 化险为夷

楼餐饮部的经理。

"欣欣姐,我当时那样子做,根本就没有想那么多。我在我的餐馆里,就是这样做的。"大妮解释道。

"大妮,你没有一点老板的派头和架子,才来了一个月的时间,海鲜楼的员工都成了你的熟人,还有很多成了你的好朋友,大家都愿意跟着你干,我很佩服你的魅力和好人缘。"说话的人叫左东强,二十七岁,长得人高马大,是海鲜楼保安部的经理。

大妮笑眯眯地说:"左大哥,在我的思想观念里,老板和员工没有什么区别。大家都是为了挣钱和生存,才出来打工和打拼,应该抱团取暖,互相帮助,共同发展,不应该人为地搞那么对立和生分。大家一块共事,将心比心,和和睦睦,有福同享,有难同当,那多开心啊,工作再累,心里舒坦。"

冉冉问:"姐,对今后的工作,你有什么打算和要求啊?"

大妮笑嘻嘻地说:"有你们这些人兢兢业业地工作,我没有必要操那么多心。我现在盼望的是安磊大哥早点康复出院,把海鲜楼交给他,我尽快回到我的餐馆去。"

冉冉听了,留恋不舍地说:"姐,我们舍不得让你走。现在,都实行强强联合。我建议,你的餐馆和海鲜楼也来个强强联合,把生意越做越大。"

"这……"大妮从来没有想过这个问题,一时语塞,不知道如何回答是好。

稍停片刻,大妮摇了摇头,笑眯眯地说:"常言道,背靠大树好乘凉,我当然求之不得。但是,我那个小餐馆,破破烂烂,就那么一点点,不上档次,我可不敢高攀,靠在海鲜楼这棵参天大树上。"

冉冉笑嘻嘻地说:"姐,你的餐馆,在观海数一数二,是窗户旁边吹喇叭——名声在外,一般的人可高攀不起。"

曾欣欣急忙说:"大妮,我是赖上你了。今后,你走到哪里,我就跟着你到哪里。我要跟着你挣大钱,发家致富。"

大妮急忙说:"欣欣姐,我那个小庙,可容不下你这尊大菩萨。"

这时候,数不清的五颜六色的大气球,飘飘摇摇地升到了天空中。抬头望去,阳光明媚,蓝天白云之中,犹如飘荡着一朵朵万紫千红的鲜花,就好像一幅美丽漂亮的图画,是那么醉人,是那么令人心驰神往。

……

第六十八章　准备回国　大祸临头

那天下午,二妮和常健来到龙哥的办公室,再一次郑重其事地向龙哥提出回观海的事。经过一番唇枪舌剑,龙哥不仅答应十天以后要亲自送他们俩回观海,还答应让小红一块回国。

十天以后就可以回观海了,就可以回家了,二妮和常健欣喜若狂。回到小别墅里,他们俩急急忙忙摆上酒菜,要庆贺一番。

二妮兴高采烈,激动地对小红说:"小红,我告诉你一个好消息,再过十天时间,我们就可以回国了,你就可以回家看你的妈妈了。"

小红不敢相信,急忙问道:"姐,这是真的吗?"

二妮点点头说:"是真的。我和你大哥刚刚找过龙哥,龙哥亲口答应的。"

小红听了,心花怒放,热泪盈眶,情不自禁地哭起来。哭着哭着,她抹了一把眼泪,端起一杯啤酒,一口气就喝干了。然后,她抹了抹嘴,又破涕为笑,不好意思地说:"姐、大哥,我怎么自己先喝起来了?对不起。我这是高兴糊涂了,应该先给你们俩敬酒。"

二妮和常健看见小红那天真可爱的样子,开心地笑起来。

"老婆,你不愧为巾帼英雄。我求了龙哥那么多次,他始终变着花样应付搪塞我,结果不了了之。你能言善辩,一出面就马到成功,太厉害了,我佩服得五体投地。"常健十分感动地说。

二妮笑盈盈地说:"老公,不是我厉害,这可能是水到渠成。以前,你去找龙哥的时候,很可能是磨不开情面,说话的力度和分量还不够。"

"老婆,我口才不行,笨嘴笨舌,以后要好好地向你学习。"常健说道。

二妮瞪了常健一眼,问:"你这是夸奖我,还是在讽刺挖苦我啊?"

常健赶紧回答:"老婆,我当然是在夸奖你了,我现在就敬你一杯酒。"

二妮若有所思,问道:"老公,我感觉龙哥言不由衷,答应得很勉强,很无奈,他会不会变卦和耍花招啊?"

常健琢磨了半天,然后摇了摇头,说:"龙哥虽然阴险狡诈,但毕竟与我

第六十八章 准备回国 大祸临头

兄弟一场,共事多年,这点面子他不会不给我。就算他是被逼无奈,但话已出口,他不可能再出尔反尔,自食其言。老婆,你是不是杞人忧天,想得太多了?"

二妮沉思了一会,心事重重地说:"但愿如此吧。这几天,我们除了做好回国的准备工作,还要去一趟 Q 城,跟齐大爷一家人告别。"

常健乐不可支,端起酒杯,笑呵呵地说:"老婆,我听你安排。今天太高兴了,我们要开怀畅饮。来,我们干杯吧。"

……

星期天,天刚蒙蒙亮,二妮和常健带着小红和鸣鸣,乘坐着驶向 Q 城的第一班轮渡,去跟齐中华一家人告别。

昨天晚上下了一场大雨,气温下降了不少,一阵阵冷风吹来,有了几分寒意。雨过天晴,空气清新,天空是那么湛蓝和洁净。海面上飘着虚无缥缈的雾气,远处的城市和崇山峻岭也蒙上了一层神秘的面纱,变得那么朦朦胧胧和扑朔迷离。天地之间,是那么静谧,只有偶尔响起一两声轮渡的汽笛声音,是那么清脆和悦耳。

一轮红艳艳的太阳,就好像一个燃烧着的大火球,恋恋不舍地跃出海面,冉冉升起。刹那间,天空中和大海上,霞光万道,金光闪闪。天空中的云彩,不停地变幻着形状和颜色,千奇百怪,五彩缤纷。海面上波光粼粼,五颜六色。二妮抱着鸣鸣,兴高采烈地站在轮渡的船头,如痴如醉地欣赏着美妙绝伦的美景,她心旷神怡,仿佛置身于一个梦幻般的世界中……

来到 Q 城,他们先到一家大商场,给齐中华一家人购买了一些礼品,也给国内的亲朋好友们购买了一些礼品。

他们购买完礼品,兴致勃勃地游览 Q 城植物园。这个植物园很有名气,他们早就想来观赏游玩,一直没有找到机会。

这个植物园,占地二百多公顷,园内有山谷、丘陵、洼地、湖泊、溪流,各种植物三千多种,不但建有现代化的展览馆,还有三十多个各具特色的专类园区,既是引进栽培实验的植物园,又是普及植物知识的博物馆。

园内林木苍翠,奇花异卉,花间藏径,绿拥回廊,加上碧波荡漾的人工湖,错落有致的亭台楼阁,显得格外秀丽,再加上湖泊、溪流、小桥、曲径、草地、亭台、水榭,与远山近水相互辉映,展现出一幅优美的热带园林风光,吸引着无数的游客。

他们首先来到了世界名花馆。走进大门,浓浓的花香扑面而来,顿时神清气爽。放眼望去,映入眼帘的是一眼望不到边的鲜花,就好像来到了鲜花的海洋。这个硕大无比的展馆里,全都是世界各地的名花异卉,千姿百态,比比皆是。真可谓百花齐放,争奇斗艳,万紫千红,令人眼花缭乱。

他们恋恋不舍地离开了世界名花馆,又兴致勃勃地参观了热带雨林馆、植物水族馆、奇异植物馆和沙漠植物馆。在这些展馆里，五花八门、千奇百怪、林林总总的各种植物，全都是世界上十分罕见、极为珍贵的品种和种类，真可谓千差万别，稀奇古怪，美不胜收，令人惊叹不已。

他们最感兴趣的是那些大大小小、奇形怪状的热带沙漠植物，其中，芦荟长得好像一棵大树，仙人掌有三米多高。更奇妙的是那一片面包树，它结出的果实形状和口味都好像一个大面包。它是许多热带地区的主食，波利尼西亚人在航海探险时，通常携带此树的根插，以便在其他海岛种植。它的果实淀粉含量非常丰富，食用前通过烘烤或蒸炸，味道与面包和马铃薯差不多，真是名不虚传，令人不可思议。

他们有点累了，来到了一棵大榕树下休息。这棵大榕树，三十多米高，树冠比一个篮球场还要大。它的主干上盘绕着许多树根，真可谓盘根错节，看上去就好像一个小山，一群孩子在上面爬来爬去。盘绕在主干上的树根与地面之间，有一个前后贯通的大洞，看上去就好像一个桥洞，非常奇妙，几个小孩子在里面钻来钻去。树枝上垂下来一根根树根，有的深深地扎根在地里，有的像蛇一样在地面上胡乱爬着，还有的悬挂在空中，鳞次栉比，密密麻麻。他们坐在树根中间，一边休息，一边观赏着周围的景色，是那么惬意。……

从植物园出来，已经是傍晚，他们来到华人餐馆，恭候齐中华一家人的到来。不一会，齐中华一家人准时赶来，宴会正式开始。大家互相赠送礼品，互相敬酒，然后，慢慢地品尝着美酒佳肴，聊了起来。

齐中华今天很高兴，想到二妮他们就要回国了，思乡之情油然而生，他喝着啤酒，心事重重地说："二妮啊，常健啊，我们刚刚熟悉不久，你们就要回国了，我真舍不得与你们分开啊。不过，回国是一件大喜事，我为你们高兴，也祝福你们平平安安，幸福快乐。"

常健激动地说："齐大爷，我们这次来泰国，能认识你们一家人，是我们的荣幸。半年多来，你们一家人无微不至地关心帮助我们，我们深受感动。你们一家人的恩情，我们永远不会忘记。今后，如果有机会，我们一定会来看望你们。"

齐中华乐呵呵地说："海外游子，思乡心切。我要趁现在还能跑得动，多回几次观海。观海还有我的两个弟弟、一个妹妹，明年夏天，我要回去看望他们。"

二妮高兴地说："太好了，到时候我和常健一定把您请到我们家里，要好好地伺候您老人家，还要陪伴着您老人家在观海好好地玩几天。"

齐中华高兴地说："好，一言为定！"

齐强若有所思，慢悠悠地喝着啤酒，问道："龙哥以前不同意你们回国，怎么现在来了个一百八十度的大转弯，又同意了？"

常健回答："这一次，是二妮把他逼到墙角，他无路可退，只好答应。"

第六十八章 准备回国 大祸临头

齐霞笑嘻嘻地问："二妮、常大哥，你们回到观海以后，打算干什么工作呀？"

二妮回答："我回观海以后，除了参加一些社会活动以外，打算办一个少儿艺术学校，教孩子们唱歌跳舞。"

常健说："我无所谓，也没有想好，打算先放松一下，在海边养海参、鲍鱼。"

齐霞微笑着说："不错，你们的打算都不错。不过，常大哥应该先帮助二妮办学校。"

常健爽快地回答："没有问题，我绝对服从大局。"

齐盛高兴地说："二妮会唱歌，常大哥既当过兵，又当过总经理，会管理，懂经营，你们俩都是十分难得的人才。现在，你们俩都离开了龙哥，我正式邀请你们俩来泰中影视交流协会工作。泰中影视交流协会在观海设有一个影视基地，里面有很多空余的房子和场地。二妮除了利用这些房子和场地开办学校以外，还可以为泰中影视作品配插曲。常大哥可以合二为一，既帮助二妮开办学校，还可以把影视基地管理起来，一举两得。平时，你们俩除了在观海市的影视基地工作以外，还可以经常来泰国Q城的影视基地看一看。对这样的安排，你们俩意下如何啊？"

二妮激动地说："齐盛哥，我正在为回到观海以后找不到房子办学校犯愁呢。你这是雪中送炭，谢谢你！"

常健笑嘻嘻地说："齐盛老弟，你的安排太好了，我完全同意。关于影视基地的管理工作，你就尽管放心吧，我会兢兢业业，保证不会出问题。"

齐盛高兴地说："这真是踏遍铁鞋无觅处，得来全不费工夫啊。天助我也，一下子得到两位难得人才。"

齐中华说："常健和二妮顺利回到观海，又有了称心如意的工作，齐盛得到两位难得人才，今后我们还可以常来常往，这是一举四得，大喜事啊。我们共同干一杯，庆贺一下！"

齐霞品尝着啤酒，恋恋不舍地说："二妮啊，你就要马上回国了，下次见面还不知道是什么时间，我心里有点难分难舍。机会难得啊，你再给我们唱一首歌吧。"

大家听了，都鼓掌欢迎，二妮欣然同意，她先唱了一首《沂蒙山小调》，接着又唱了一首《我的中国心》……

河山只在我梦里
祖国已多年未亲近
可是不管怎样也改变不了
我的中国心

洋装虽然穿在身
我心依然是中国心
我的祖先早已把我的一切
烙上中国印
……

  第二天，告别了齐中华一家人，回到双乳岛，已经是晚上。二妮和常健激动不已，没有一点睡意。等到小红和鸣鸣都睡着以后，他们俩来到海边，除去衣服，兴致勃勃地在浅水区洗澡。

  深蓝色的天空中，群星璀璨，光彩夺目，一轮明月，笑盈盈地，把淡淡的银雾般的月光，轻轻地洒向海面。远处的山峰、树林，都蒙在了一望无际的洁白朦胧的轻纱薄绡里，是那么缥缈和神秘。周围的一切都沉睡了，只有海水轻轻地亲吻着沙滩，发出哗啦哗啦的声音，显得那么安谧。

  二妮卸去一天的重负，轻轻地闭上眼睛，躺在暖暖的、柔柔的、浅浅的海水之中。身体下面的沙子，细细的，滑滑的。偶尔有一群小面条鱼围了过来，轻轻地咬着她的身子，痒痒的，麻麻的，是那么舒服和惬意。

  常健在深水区尽情地游了一圈，回到二妮的身边，问道："老婆，你真会享受啊，是不是已经睡着了？"

  "老公，我们俩就要回国了，以后再也不可能在这里洗澡了，机会难得，再痛痛快快地享受一次吧。"

  "老公，望着天上的明月和星星，躺在轻柔温暖的海水之中，太美了，太舒服了，有一种飘飘欲仙的感觉，你快躺下来找找感觉吧。"

  "老婆，我发现你变成诗人了，说起话来文绉绉的，富有诗情画意，令人浮想联翩，回味无穷。"常健躺在二妮身边，把她抱在怀里，轻轻地亲吻和抚摸着她。

  "老公，这两天，我一直在为回国以后的工作问题犯愁呢。一是犯愁我办学没有房子，二是犯愁你找不到称心如意的工作。我没有想到，齐盛哥在观海的影视基地，一下子把我们俩的后顾之忧全都解决了。"

  "老婆，我也没有想到这么顺利。其实，这几天我和你一样，也一直在考虑回到观海以后干什么。我想开公司，也想办工厂，还做好了去养海参、鲍鱼的思想准备。"

  "吹牛，你会养海参、鲍鱼吗？"

  "牛皮不是吹的，火车不是推的。我当海军的时候，一有空就在鲍鱼池子旁边玩，看都看会了。"

  "老公，你说我的学校能办成功吗？"

第六十八章 准备回国 大祸临头

"影视基地有房子和场地，我帮助你管理，你再聘请几个优秀老师，绝对没有问题，肯定是马到成功，一举成名。"

"谢谢你的鼓励。"

"老婆，从今以后，你要下功夫培养鸣鸣，让她出人头地，光宗耀祖。"

"小样，这还用你说啊。鸣鸣是我的女儿，我还能不下功夫培养啊？小红跟我说过很多次了，她以后要跟着我们，你看怎么办啊？"

"这还不简单吗？以后，你好好教她唱歌，教她学习文化知识，让她也成为一名歌手。"

"哎哟，你这是干吗啊？"

"老婆，看你一惊一乍的，怎么了？"

"大色狼，我警告你，这不是在床上，这是在大海里，你悠着点，别这么放肆。"

"老婆，你怕什么啊，又没有人看见。"

……

在准备回国的日子里，二妮虽然很高兴，但心里总是有个疙瘩，整天胡思乱想。

她隐隐约约地预感到，龙哥不可能让她和常健顺顺利利地回到观海去。龙哥虽然已经答应了让他们俩回观海，但是，答应得是那么勉强和无奈。龙哥是个心黑手辣的人，会不会在背后下圈套啊？

对这样的疑虑和预感，二妮跟常健提起过。常健不以为然，说二妮想得太多了。二妮不想破坏常健和小红的好心情，就把这种预感和疑虑压在自己心里，再也没有提这件事。

距离回观海的时间越来越近，二妮的这种疑虑和预感越来越强烈，怎么压也压不住。二妮甚至感觉到，龙哥在答应他们俩的时候，那种眼神和语气非常可怕，背后肯定隐藏着什么东西。龙哥隐藏的到底是什么呢？二妮也说不清，道不明。

这几天，二妮经常提醒和告诫自己：疑虑毕竟是疑虑，预感毕竟是预感，那都是胡思乱想引起的，不可能成为现实；很快就要回观海了，自己的愿望就要实现了，应该想高兴和大吉大利的事；不应该自寻烦恼，想那些莫名其妙、乱七八糟、倒霉不顺的事。说来也奇怪，二妮越是不愿意想那些倒霉的事，就越是想个没完没了，想得心烦意乱，头都大了。

这天凌晨，伴随着一阵狂风，黑压压的乌云从天际飞奔而来，就好像一个大黑锅，转眼之间就把天空和大地严严实实地扣了起来。紧接着，一道道刺眼的闪电，就好像一条条火龙在夜空中飞跃，把天地之间照得通亮。刹那间，一阵阵震耳欲聋的霹雳，一个接着一个地爆炸着，震得大地不停地发抖。狂风挟持着暴雨，铺天盖地从天空中倾泻下来，顷刻之间大地上就变成了一片汪洋。

突然，一阵刺耳的电话铃声响了起来，常健拿起来一听，是夜明珠保安部经理打来的，他告诉常健，从Q城来了十几个人，正在夜明珠歌舞厅里闹事，还打死了一个人，让常健赶快去处理。

常健和二妮说了一下，穿上雨衣就要往外走，被二妮一把拉住。

二妮说："老公，这几天，我心里好害怕，我不让你走。"

常健拍着二妮的肩膀说："老婆，别害怕，我去看看马上回来，你等着我。"

二妮还是不放手，她战战兢兢地说："老公，我这几天心里慌慌的，眼皮还老是在跳，我不能让你去。"

常健微笑着说："老婆，你怎么像个小孩子啊？疑神疑鬼，神经兮兮的。听我的话，别胡思乱想了。龙哥不在岛上，我应该去看看。你老老实实地在这里等着我，我很快就回来。"

看着常健消失在风雨交加、电闪雷鸣的夜幕之中，二妮越来越感到恐怖和孤独，她马上把小红喊了起来。

"姐，你慌里慌张的，发生什么事了？"小红急忙问。

二妮忐忑不安地说："刚才，夜明珠有人闹事，还打死了一个人。现在，你大哥已经去处理了，我很担心害怕。"

小红说："姐，常大哥不会有事，你不用担心。"

停了一会，二妮心神不定地说："这几天，我心里一直不踏实，老是担心龙哥会害我们。"

小红想了想，说："不会吧？再过两天，我们就要回国了。都到这个时候了，龙哥还能再算计我们吗？"

二妮忧心忡忡地说："龙哥是个老狐狸，心黑手辣，什么样的坏事都能干出来，我们不能掉以轻心。"

听二妮这么一说，小红也开始担心害怕起来。

电闪雷鸣的夜幕中，常健跌跌撞撞地向着夜明珠的方向奔跑着。

常健来到夜明珠大门口，向里面一看，空空荡荡，没有一个人影。他顿时大吃一惊：不好，上当受骗了！他出了一身冷汗，急忙转身往回跑。

还没有等常健跑出两步，前面突然窜出一个黑衣男子，对着常健开了一枪。常健肩部中弹，血流如注，倒在了地上。

紧接着，又是一声枪响，那一个黑衣男子应声倒地，直挺挺地躺在了常健的面前。

这时候，给常健打电话的那个保安部经理，不紧不慢地走了过来。他先看了看躺在地上的黑衣男子，阴阳怪气地说道："哈哈……你已经完成任务了，成了多余的人，你自己也快点上西天吧！嘿嘿……你死得还真痛快！"他一边说，一边踢了黑衣男子两脚。

第六十八章　准备回国　大祸临头

然后，保安部经理又不慌不忙地来到常健的身边，怪笑着说："哈哈……常老兄啊，对不起，龙哥要我送你上西天，我只能遵命。刚才那个臭小子枪法不行，没有击中你的要害，让你生不如死，活受罪。老弟我只好成全你，再送给你两颗子弹，送你快点上路。嘿嘿……"

"你……龙……"常健慢慢地睁开眼睛，艰难痛苦、断断续续地说出了这两个字。

保安部经理又是一阵怪笑："哈哈……常老兄啊，我们俩平时相处得不错，够哥们意思，老弟我很感谢你，祝你一路走好！嘿嘿……"

保安部经理一边说着，一边怪笑着，他随手拿起黑衣男子手中的枪，对准常健的胸部，连开了两枪，常健瞬间就昏迷了过去……

二妮心急如焚地等着常健快点回来。突然，电话铃声再次响起来。那个保安部经理说，常健受了重伤，要二妮马上到夜明珠。

二妮听了，一屁股瘫坐在了地上。

小红一边拉二妮，一边大声哭喊："姐，你怎么了？姐……你快说话啊，姐……"

听到小红的哭喊声，二妮渐渐地清醒过来。她哭喊着说："常健……他受伤了！"

"姐，我们快送常大哥去医院吧！"小红说着，拉起二妮就要向外跑。

此时此刻，二妮更加清醒了。她泪流满面，紧紧地抓住小红的手，说："小红，你不能去，你要在家照看好鸣鸣！姓龙的心黑手辣，什么伤天害理的事都能干出来，这可能是他的圈套。小红，我要是回不来，你一定要把鸣鸣带出这个小岛，去找齐大爷。小红啊，我……拜托你了！妹妹啊,我和常健求求你了！"

小红哭喊着说："姐，你的话，我记住了！姐，你放心吧！"

听完小红的话，二妮冲出房门，在狂风暴雨、电闪雷鸣的夜幕中，她哭喊着常健的名字，向夜明珠奔去……

来到夜明珠大门口，二妮扑到常健身上，紧紧地抱着浑身是血的常健，哭喊起来。

听到二妮的哭喊声音，常健慢慢地睁开眼睛，嘴唇哆哆嗦嗦，想说什么，却一个字也没说不出来，就闭上了眼睛。这时候，一道刺眼的闪电划过，紧接着一个惊天动地的霹雳在空中炸开，震得地动山摇！

……

第六十九章　康复出院　海边野炊

周末下午，三妮和卜小苗终于康复出院了。她俩一回到阔别三个多月的宿舍，就手忙脚乱地打扫卫生，整理床铺；紧接着，又高高兴兴地跑到教室里看了看，然后急急忙忙地到图书馆溜达了一圈；随后，又痛痛快快、舒舒服服地洗了一个澡。

到了傍晚，甄倩倩和叶子青外出，还没有回来，三妮、卜小苗、肖苹苹和马兰一块来到学校旁边的小饭店。她们先是一个人吃了一碗拉面,感觉不过瘾，又点了六个小凉菜，十斤鲜啤酒，慢悠悠、美滋滋地品尝起来……

当三妮她们回到宿舍的时候，已经是晚上九点多钟，甄倩倩和叶子青已经睡下。

卜小苗兴致正浓，哪能让嘴闲着。她刚刚进门，就开了腔："黄叶子，你真不懂礼貌。这么长时间了，你也不到医院慰问姑奶奶。现在，姑奶奶康复出院了，你连个屁都不放，什么玩意啊？"

听不到叶子青的动静，马兰也忍不住了，连讽带刺地说："黄叶子最近日理万机，是个大忙人，她哪里有闲工夫管你那点破事啊？"

卜小苗："她好逸恶劳，四体不勤，懒得好像一头大肥猪，能忙个狗屁啊？"

马兰："她和她的那个朴爷爷如胶似漆，难分难解，一日不见如隔三秋，她……"

没有等马兰说完,叶子青憋不住了："大洋马，快闭上你的臭嘴。你满嘴喷粪，我是在给我表哥帮忙。"

三妮："叶子青，怎么回事啊？"

叶子青："我表哥在观海开了一家韩国料理店，人手少忙不过来，让我去帮忙。"

马兰："黄叶子，你闭着眼睛说瞎话，想骗谁呀？你是成都人，姓朴的是韩国人，八竿子打不着，怎么成了你的亲戚了？再说，那个姓朴的都五十多岁了，给你当爷爷还差不多，怎么成了你的表哥了？我做梦也没有想到，你还是

第六十九章　康复出院　海边野炊

个重口味,喜欢爷孙恋。你……"

叶子青急忙打断马兰的话:"大洋马,你再胡诌八扯,老娘我撕烂你的臭嘴!"

三妮:"叶子青,不要影响学习啊。"

叶子青:"我有数。"

卜小苗:"真欠扁,你死过去了?"

见甄倩倩不搭理她,卜小苗有点着急上火:"真欠扁,你以为当缩头乌龟,老娘我就放过你啊?我现在警告你,你明天必须请我喝啤酒!"

见甄倩倩还是不理她,卜小苗心里的火苗子腾腾地向上蹿:"真欠扁,你这个人人喊打的过街老鼠,再不请我喝啤酒,给我赔礼道歉,姑奶奶我就撕烂你!"

那天夜里,甄倩倩不但被卜小苗她们捉奸在床,还被卜小苗她们痛打了一顿。甄倩倩是何等人物,哪里受得了这样的羞辱啊!她对卜小苗她们恨之入骨,发誓要进行报复。事后,在三妮的催促下,尽管卜小苗她们给她赔了礼,道了歉,但她一直耿耿于怀,仍然不肯放过卜小苗她们。她与陆鹏的奸情曝光以后,发现陆鹏要与她分道扬镳,她火冒三丈,每天纠缠和跟踪陆鹏,忙得焦头烂额,不可开交,一时顾不上报复卜小苗她们。再说,理在卜小苗她们手里,得道多助,失道寡助,况且卜小苗她们身边还有那么多好朋友。好汉不吃眼前亏。甄倩倩只能忍气吞声,等待着报复的机会。

刚才,听了卜小苗一番挑衅和谩骂的话,甄倩倩再也忍不住了,恶狠狠地骂道:"小不点,你太嚣张了,姑奶奶绝对不会放过你,要老账新账一起算!"

马兰:"真欠扁,你是一条疯狗啊,到处咬人!"

肖苹苹:"真欠扁,你敢动小不点一指头,我就扒了你的皮。"

三妮:"你们都给我闭上嘴!卜小苗、肖苹苹、马兰,你们三个不要再没事找事,惹是生非。甄倩倩,卜小苗她们已经给你赔礼道歉,你应该原谅她们,不要怀恨在心。大家同住一个寝室,应该和睦相处。"

卜小苗:"妮子,真欠扁抢走了你的男朋友,你怎么好坏不分,胳膊肘子向外弯啊?"

三妮:"选择男朋友是甄倩倩的自由,谁也没有权利进行干涉。我再次警告你们三个人,如果你们为了这事,再无理纠缠甄倩倩,我就向学校汇报,请求学校处分你们。"

甄倩倩做梦也没有想到,三妮如此宽宏大量,她感动得热泪盈眶:"三妮,我对不起你,你……真的不恨我吗?"

三妮:"青年人找对象,都有选择的权利,我为什么要恨你啊?再说了,如果是我的,你怎么抢也抢不走,如果不是我的,我怎么留也留不住。"

甄倩倩激动得不知说什么好:"三妮,谢谢你,我……真的谢谢你!"

卜小苗得意忘形地说："真欠扁，你以为陆鹏是个香饽饽啊，还抱在怀里，含在嘴里。其实，陆鹏是一摊那个，真是恶心死了！"

……

星期天，三妮和卜小苗、马兰、肖苹苹，再加上刘小帆和田禾青，在刘一鸣的带领下，来到了野炊的目的地。

在蓝莹莹的天空中，高高地悬挂着一轮火辣辣的太阳，有几朵变幻莫测的白云，在慢悠悠地、自由自在地飘荡着。温柔的暖风带着淡淡的花香和海腥味，徐徐吹来，令人有一种说不出来的温馨和惬意。

无边无际的大海上，风平浪静。远处，五颜六色的帆船，就好像一片片羽毛，在蓝幽幽的水面上轻轻地游荡着。在大海和蓝天之间，一群海鸥在兴高采烈地翩翩起舞。靠近海边的浅水里，熙熙攘攘的人们，穿着五彩缤纷的泳衣，尽情地嬉水玩耍着，处处水花四溅，欢声笑语。

一眼望不到边的洁白细腻的沙滩上，有数不清的大大小小、花花绿绿的帐篷和太阳伞。兴致勃勃的人们，有的在享受日光浴，有的围坐在一起做游戏，有的在做沙滩雕塑，有的在捡海螺，还有的在高高兴兴、大呼小叫地抓着小螃蟹……

沙滩的北面，是一座不大不小的山。山上，苍松翠柏，郁郁葱葱。那万紫千红的鲜花，漫山遍野。抬头一看，展现在眼前的是鲜花的世界。半山腰有一个瀑布，就好像一条白色的缎带悬挂在那里。山脚下有一条小溪，哗哗啦啦地唱着歌儿，向大海里流去。

三妮他们选择了在山脚下靠近小溪的沙滩上安营扎寨。这里，既干净，又十分僻静。大家支好帐篷和太阳伞，把一大块塑料布铺在沙滩上，然后又从车上搬下来啤酒以及大包小包的蔬菜和食品。田禾青打开她带来的收录机，播放起美妙的音乐。刘一鸣先点着了一个烧烤炉子，然后又点着一个酒精炉子，野炊活动正式开始。

三妮和另外几个女孩子虽然都会炒菜做饭，但在野外烧烤还是第一次。田禾青虽然参加过野炊活动，但对野外烧烤也是一知半解，基本上是跟着别人凑热闹。姑娘们兴致勃勃，人人跃跃欲试，个个摩拳擦掌。她们争先恐后地上阵表演，谁都想一试身手。但是，这野外烧烤与在厨房里炒菜做饭有很多不同。她们不得要领，手忙脚乱地上阵表演了一阵子，结果是洋相百出，弄得灰头灰脸，败下阵来。正当大家不知所措的时候，刘一鸣不慌不忙地给她们讲解演示起来。

刘一鸣像变戏法一样，不一会就烧烤出来十多样菜，摆了满满当当一大片，个个色香味俱全，令人看着就流口水。大家看得眼花缭乱，啧啧称奇。

三妮有点不敢相信自己的眼睛。她知道刘一鸣会炒菜做饭，但她没有想到，刘一鸣炒菜做饭的技术这么好，更没有想到刘一鸣还是个野外烧烤的行家里手。

第六十九章 康复出院 海边野炊

三妮微笑着说:"台上一分钟,台下十年功。老师,原来你是真人不露相啊。我认识你这么长时间,现在才发现你是个烹调和野外烧烤的高手。"

田禾青一边品尝,一边笑眯眯地说:"色香味俱全,看着就眼馋,味道好极了!手艺不错,专业水平,不愧是个行家里手。刘教授,你这手艺是跟谁学的啊?"

肖苹苹美滋滋吃着一条黄花鱼,笑眯眯地说:"真没有想到,刘教授不但学识渊博,还是野外烧烤的高手,令人佩服。"

刘一鸣不好意思地说:"各位,打住吧,你们别再吹捧我了。实话告诉你们,我这个人对什么事都囫囵吞枣,不求甚解,包括炒菜做饭和野外烧烤。另外,我这个人还特别懒,只要有人帮助我,油瓶子倒了我也不扶。不过,我从小就常常在野外烧烤,所以对此比较熟悉,略知一二。"

刘小帆听了,先是一愣,忙问:"爸爸,你从小就常常在野外烧烤,这是真的吗?我怎么从来没有听你说起过啊?不会是老王卖瓜自卖自夸吧?"

三妮说:"老师,你小的时候,肯定有很多有趣的事,能不能给我们讲一讲啊?"

卜小苗忙着递给刘一鸣一杯啤酒,说:"教授,我敬你一杯酒。先感谢你为我们烧烤出了这么多美味佳肴,再请你为我们讲一讲你小时候的有趣故事。"

刘一鸣若有所思,慢慢地喝着啤酒说:"我的老家在观海市郊区的一个渔村。在我六岁那年,爸爸和妈妈出海打鱼,遇上了大风,再也没有回来。从此,我的叔叔婶婶收留了我,含辛茹苦地把我抚养成人,并且让我读书,上了大学。我叔叔婶婶有四个孩子,年龄都没有我大。加上我,全家有七口人,全靠我叔叔婶婶打鱼为生。家里很穷,到了冰天雪地的冬天和青黄不接的春天,经常是吃了上顿没下顿……"

说到这里,刘一鸣沉思了很长时间,然后接着说道:"在我的少年时期,我印象最深的乐趣是,有空的时候,特别是饿肚子的时候,就叫上几个小伙伴,挖上一些野菜,或者捡一些海菜,到海边抓一些蛤蜊和小螃蟹,再钓上几条鱼,然后找个背风的地方烧烤。那个时候,饥肠辘辘的我,能痛痛快快地吃上一顿,解一解馋,过一过瘾,就好像是过大年,这是我最高兴的事。也正因为如此,我不但从小就学会了炒菜做饭,还学会了在野外烧烤。"

三妮第一次听刘一鸣说老家和少年的事,她联想到自己的老家和少年,顿时心里沉甸甸的,一种同病相怜的感觉油然而生。她情不自禁地问道:"老师,你是怎么考上的大学啊?"

刘一鸣再次陷入痛苦的回忆之中,心情沉重地说:"从八岁那年开始,一年四季,不管刮风下雨,还是冰天雪地,我每天的主要任务是必须到海边捡回一篮子海菜,顺便还要挖回一些蛤蜊和海蛎子。不然,全家人就会饿肚子。我年龄小，有很多次掉入深水之中，可能是我命大不该死，都被别人救了上来。我家隔壁就是村子里的小学，老师是我的二舅。我很渴望学习文化知识，也很羡慕别人家的孩子能上学。当时，我暗暗地下决心，一定要想方设法学习文化知识，将来当个文化人，好出人头地，光宗耀祖。那个时候，我每天除了捡海菜和干家务活外，一有空就跑到隔壁的小学里，偷偷地坐在最后面的角落里听老师讲课。有的时候，还偷偷地躲在窗子外面听。后来，我二舅发现我喜欢学习，就找到我叔叔婶婶商量我上学的事。当时，我叔叔婶婶答应，让我半天干活，半天去上学，那个时候叫半工半读。因为家里生活困难，没有钱上学，我曾经几次辍学。我之所以能够坚持上完大学，除了我叔叔婶婶的大力支持和我二舅的关心帮助，一个很重要的原因，就是我一直坚持自学。"

刘小帆听了，热泪盈眶，问："爸，这些事，你怎么从来都不告诉我啊？"

刘一鸣摇摇头，苦笑着说："傻丫头，都是一些令人伤心痛苦的事，你还是个孩子，我告诉你这些事干吗？再说，又不是什么光宗耀祖的事，我不愿意提这些事。"

三妮听了，心里一阵阵发酸，差一点流下眼泪来，说："老师，我没有想到，你这一路走来，很不容易。"

田禾青激动地说："刘教授，我没有想到你的经历这么坎坷，也没有想到你有这么多故事。"

刘一鸣大声说："不再说这些不痛快的事了，我们换个话题，大家都要说令人高兴的事。"

卜小苗说："刘教授，你从小在海边长大，肯定是个游泳高手，你现在就教我们游泳吧。"

马兰说："刘教授，学会游泳是我梦寐以求的事，你就给我当教练吧。"

刘一鸣爽快地答应道："没有问题。"

姑娘们在帐篷里换上泳装，嘻嘻哈哈来到海边的浅水区。

刘一鸣首先演示了一遍。他确确实实是个游泳高手，蛙泳、蝶泳、仰泳、自由泳，他样样都会，而且动作十分优美和潇洒。大家看得眼花缭乱，赞叹不已。

刘一鸣告诉大家："人一出生就会游泳，这是人的天性。后来不会游泳了，是因为远离了水。会游泳的人，大部分是在水里玩会的，其次才是学会的。我小的时候，我和那些小伙伴们，从来没有专门学习过游泳，都是在水里玩着玩着就不知不觉会游泳了。很多人之所以学不会游泳，主要有两个原因：一个是胆子小，害怕水，缩手缩脚；另外一个是不得要领，手忙脚乱，动作不协调。"

刘一鸣先从自由泳教起。他反复给大家讲解抬头、划臂、蹬腿的动作要领，然后给大家做示范，耐心帮助大家纠正错误动作。他讲得头头是道，做得挥洒自如。

第六十九章 康复出院 海边野炊

这些姑娘们中，除了田禾青会狗刨外，其他的几个人，基本上都是旱鸭子。她们虽然兴致很高，却出了不少洋相。

卜小苗和刘小帆早就等不及了，还没有等刘一鸣讲解完，就迫不及待地练习起来。她们俩争先恐后地冲上前去，一头扎进水里，四肢并用，就好像张牙舞爪的螃蟹，扑哧扑哧地打着水。她们俩折腾了半天，不但原地未动，还呛了几口海水，大呼小叫着鼻子酸、嗓子痛，狼狈极了，逗得大家哈哈大笑。

学习了两个小时游泳，刘一鸣带领大家来到一片礁石上，捡了很多海菜和海螺，还抓了不少蛤蜊、小鱼和螃蟹。

回到烧烤炉子前，刘一鸣仍然当大厨，三妮她们当助手，重新开始烧烤。不过，这次烧烤的东西，主要是刚刚捡回来的海菜、蛤蜊和螃蟹。

令人不可思议的是，一会工夫，刘一鸣就做出了烤蛤蜊、烤海螺、烤螃蟹、紫菜汤、海麦子、海白菜。他接着烧烤了几盘子肉串和小黄鱼，又摆了满满一大片。

姑娘们谁也没有想到，她们刚刚从礁石上捡回来的那些东西，经过刘一鸣的一番烧烤，转眼之间，就变成了美味佳肴，个个惊叹不已。

卜小苗把她买来的四箱子啤酒全都搬了过来，大呼小叫着说："各位，今天高兴，要开怀畅饮，一醉方休，喝不完这些啤酒，谁也不能离开。"

重新入席，二次开喝，大家都放开了，气氛十分热烈。在座的各位中，刘一鸣是唯一的男士，又年长位高，还是今天烧烤的有功之臣，大家自然就把矛头对准了他。

卜小苗说："刘教授，机会难得啊，我今天要连续敬你四杯酒。这第一杯酒是敬长辈，第二杯酒是敬师长，第三杯酒是感谢你当游泳教练，第四杯酒是表扬你对这次野外烧烤活动作出的特殊贡献。"

刘一鸣一听就乐了，笑呵呵地说："卜小苗，谢谢你。不过，这四杯酒也太多了，我能不能慢慢喝啊？"

"不行，必须连干四杯。"卜小苗回答得很干脆。

刘一鸣笑着问："能不能协商一下啊？"

"不可能。"卜小苗斩钉截铁，不留余地。

刘一鸣更乐了，哈哈大笑着说："恭敬不如从命，我肯定连干四杯。不过，我想问一下，这种敬酒法，你是跟谁学的啊？"

"男子汉大丈夫，顶天立地，哪能向几杯啤酒低头认罪啊？我敬我爸爸的时候，都是这样。不过，我可以陪你四杯。"卜小苗大大咧咧，满不在乎地说。

刘一鸣一愣，忙问："你能喝多少啤酒啊？"

"不知道，从来没有喝醉过。"卜小苗轻描淡写，毫不在乎。

刘一鸣听了，不敢相信，惊叹不已。

话已至此，刘一鸣和卜小苗高高兴兴地连干了四杯啤酒。不过，刘一鸣一直担心卜小苗喝多了，一再告诉她可以随意。

　　卜小苗开了头，大家就轮流着给刘一鸣敬酒。刘一鸣今天也放开了，基本上是来者不拒。给刘一鸣敬完酒，大家又开始互敬和对饮，气氛相当高涨，场面也十分热闹。田禾青、肖苹苹和刘小帆还跟着马兰学起了蒙古族歌曲和舞蹈。

　　卜小苗与大家喝了几圈下来，感觉不过瘾，又把矛头对上了刘一鸣。她大大咧咧地说："刘教授，她们这些丫头片子不堪一击，还是和男子汉大丈夫对饮来劲，我们俩再整几个。"

　　刘一鸣的酒量很大，不过，他平时很少表现出来。今天，他心情特别好，又碰上卜小苗老是叫阵，自然也就放开了。另外，他也想逗一下卜小苗，看看卜小苗的酒量到底有多大，他十分爽快地说："没问题、随便喝。"

　　"咱们俩来个三三不断。"卜小苗高兴地脱口而出。

　　刘一鸣满面春风，若无其事地回答："无所谓，我听你的。"

　　两个人又一口气连喝了三杯，卜小苗还是面不改色心不跳，意犹未尽地说："痛快，再来个三三不断！"

　　这时候，三妮再也坐不住了，她担心卜小苗喝醉酒出洋相，急忙劝阻："小不点，你悠着点吧，别喝醉了胡说八道。"

　　"妮子，我还早着哪，你别咸吃萝卜淡操心。"卜小苗眉开眼笑，满不在乎。

　　刘一鸣拿不准卜小苗的酒量到底有多大，再也不敢让她喝了，急忙说："卜小苗，我酒量不行，不能再喝了，甘拜下风，我向你投降。"

　　"没出息，男子汉大丈夫掉脑袋都不怕，哪能被几杯啤酒吓破胆，打退堂鼓，当逃兵啊！"卜小苗不依不饶。

　　刘一鸣再次告饶："卜小苗，我真的不能再喝了，对不起，我认罚。"

　　"好，认罚可以！当喝不喝，罚歌一首。"卜小苗坚决果断，落地有声。

　　刘一鸣左右为难。不唱吧，话已出口。唱吧，他已经很多年没有唱歌了，在大庭广众之下，有点不好意思和难为情。他琢磨了半天，突然提议："小帆，你能歌善舞，你代替爸爸唱一首歌吧。"

　　刘小帆火上浇油，哈哈大笑着说："哈哈……想要赖皮啊？哥们儿，我爸爸说话不算数，应该重罚。"

　　"言而无信，罪加一等，罚歌两首。"卜小苗理直气壮，毫不留情。

　　这时候，姑娘们全都乐了，大呼小叫着使劲为刘一鸣喝彩加油。

　　刘一鸣是个才子，他能歌善舞，而且还是一个高手。他上大学的时候，正是因为他在唱歌跳舞方面的出色表现，赢得了他前妻的芳心，终于抱得美人归。他的前妻与他分手以后，他精神上受到了沉重打击，发誓永远不再唱歌跳舞。

　　现在，刘一鸣退无可退，逃无可逃，被逼无奈，只好硬着头皮再次上阵。再说，

第六十九章 康复出院 海边野炊

他今天心情特别好，又喝了那么多啤酒，十分兴奋，酒壮英雄胆，自然彻底放开了。他清了清嗓子，先唱了一首《草原之夜》。在姑娘们的喝彩声中，他又唱一首《北国之春》。看到姑娘们还是不放过他，他又用汉语和俄语唱了一首《莫斯科郊外的晚上》。这三首深情、豪放的抒情歌曲，他唱得如痴如醉，柔肠寸断。歌声刚刚落下，田禾青和马兰又拉起刘一鸣，一块跳起了蒙古舞蹈。此时此刻，刘一鸣感觉全身充满了青春活力，仿佛一下子年轻了好多岁，又回到了那个生龙活虎、朝气蓬勃的年代。

刘一鸣那美妙动听的歌声和优美洒脱的舞姿，打动和征服了在座的每一个人。姑娘们谁都不敢相信，平时文质彬彬、不善于出头露面的刘一鸣，竟然是一个能歌善舞的高手。

卜小苗哈哈大笑着说："教授平时藏而不露，一出手就是国家级水平，技压群雄，不同凡响，高人一筹啊。"

刘小帆惊呆了，他还是那个板着冷冰冰的脸、盛气凌人、动不动就训人的爸爸吗？现在，她不得不对刘一鸣另眼相看。

三妮也惊呆了，他还是那个一本正经、少言寡语、不苟言笑的刘一鸣吗？现在，她不得不对刘一鸣刮目相看。

这时候，田禾青的手机响了起来，学院领导来电话说，甄倩倩和陆鹏在学校里打起来了，要田禾青马上回学校，处理这件事。

听了田禾青的说明，刘小帆大吃一惊："什么，甄倩倩和陆鹏打起来了？这是怎么回事啊？"

卜小苗气愤地说："他们俩是一对大流氓，男盗女娼，狼狈为奸，狗咬狗一嘴毛。"

刘小帆又大吃一惊，急忙问三妮："姐，陆鹏不是正在与你谈对象吗？他怎么和甄倩倩……"

卜小苗急忙说："陆鹏算个什么东西啊，他根本就配不上妮子。他是个花花公子，寻花问柳，流氓成性，与真欠扁搞在了一起，妮子早就与他拜拜了。"

刘小帆更加吃惊："啊，怎么会这样啊？"

……

第七十章　安家感恩　童月出生

　　距离预产期越来越近了,大妮的肚子越来越大,行动也越来越不方便,大妮召开了一个员工大会,宣布让倪大伟临时负责海鲜楼的全面工作。

　　在等待分娩的日子里,大妮除了经常到海鲜楼和大妮餐馆走一走看一看之外,大部分时间都用来帮助姜春娟照顾安磊和安小丫。为了生活方便和互相有个照应,大妮又一次住进了姜春娟的家里。以前,大妮和童军住的是堂屋西边那一间小平房。大妮这一次搬回来住,姜春娟怕大妮触景伤情,不让大妮住堂屋西边那一间小平房,而是让大妮住进了堂屋东边那一间大平房里。姜春娟把堂屋西边那一间小平房收拾了一下,打算让安磊出院以后居住。

　　自从姜春娟认大妮为干闺女以后,交往越来越多,又经历了那么多的风风雨雨,她和家人与大妮的感情越来越深厚,关系也越来越和谐、融洽和亲密,他们自然把大妮当成了自己的亲人和家庭成员。同样,大妮也把他们当成了自己的亲人,把这个家当成了自己的家。

　　已满四岁的安小丫,传承了爸爸妈妈的优点,天生聪明漂亮。白里透红的皮肤,娇嫩玉润,吹弹可破。又大又黑又会说话的眼睛,好像两颗黑葡萄,闪亮闪亮的。细细的眉毛,好像两个小月亮,弯弯的。娇俏秀气的小鼻子,挺挺的,翘翘的。玲珑可爱的小嘴,好像樱桃,鲜红鲜红的。圆圆的脸蛋,好像一个漂亮的大苹果,不笑也有两个可爱的小酒窝,一动一动的。一头黑亮的秀发上,扎着两个羊角辫,上面挂着两个花蝴蝶,一晃一晃的。似懂非懂的年龄,天真烂漫,童稚十足,十分逗人喜爱。

　　大妮喜欢孩子,更喜欢这个活泼可爱的安小丫。大妮每天把安小丫带在身边,朝夕相处,不由自主地就把安小丫当成了自己的孩子。

　　安小丫没有了妈妈,她渴望有个妈妈,渴望每天躺在妈妈的怀抱里。她和大妮相处的时间长了,自然而然就把大妮当成了自己的妈妈。开始的时候,安小丫只习惯叫妈妈,不习惯叫姑姑。大妮费了很多时间和口舌,总算教会了安小丫叫她姑姑。

第七十章 安家感恩 童月出生

安磊的伤势虽然很严重，但他身体素质好，康复得很快。三个多月以后，他就可以到户外自由活动了。他的左腿虽然残废了，走起路来有点瘸，但不用拄拐杖，对正常生活的影响也不是很大，不注意看不出来。

关于边蓉蓉洗钱的事，虽然大家有意瞒着安磊，但时间不长他就知道了。那一天，海鲜楼的几个部门经理来看安磊，他一再追问边蓉蓉干吗去了。知道再也瞒不下去了，倪大伟就把边蓉蓉洗钱和大妮接管海鲜楼的事，原原本本地告诉了他。

知道了边蓉蓉洗钱潜逃的事，知道了海鲜楼转危为安的事，安磊百感交集。他心如刀绞，痛哭流涕。

他恨边蓉蓉，恨得咬牙切齿。三年多来，他和辛婷婷对边蓉蓉是那么尊重和信任，是那样关心和帮助。他做梦也没有想到，到头来，换来的却是恩将仇报，过河拆桥，落井下石。他不敢相信，在他家破人亡、生命垂危的时候，边蓉蓉能下得了这样的毒手。什么是披着人皮的狼啊，什么叫狼心狗肺啊，什么是蛇蝎心肠啊，什么算吃人不吐骨头啊，通过这件事，他彻底领教了，真正弄明白了，也幡然醒悟了。他不但恨边蓉蓉，也恨他自己。他恨自己瞎了眼睛，恨自己糊里糊涂，竟然在自己的身边豢养着毒蛇和白眼狼。他仰天长叹。

他被大妮的人品和行动感动得心潮澎湃。他的爸爸妈妈虽然认大妮为干闺女，但毕竟没有血缘关系。在一切向钱看的当今社会，很少有人在乎这样一层人际关系。在他奄奄一息、妻子死亡、孩子年幼、海鲜楼面临破产倒闭的情况下，在他最危险、最困难、最没有希望、最没有前途的时候，大妮挺身而出，鼎力相助，挽救了他和他的家，也挽救了海鲜楼。

在那段令人揪心的日子里，大妮挺着大肚子，不但日日夜夜精心照顾他和安小丫，操办辛婷婷的丧事，还冒着血本无归、倾家荡产的风险，把多年来辛辛苦苦积攒的血汗钱全都拿了出来，给海鲜楼当运转资金。大妮为了贷到款，把她和童军用血汗换来的房子也进行了抵押。在大妮兢兢业业的经营和管理下，海鲜楼不但起死回生、转危为安，而且还有了新的发展，开拓了新的局面，更上了一层楼。在金钱至上、世态炎凉的社会风气影响下，在茫茫人海之中，能遇到大妮这样的好人，真是三生有幸啊。滴水之恩，当涌泉相报。他决心牢记大妮的恩情，用自己的实际行动来报答大妮。

现在，他的一条腿瘸了，成了一个残疾人。妻子撇下年幼的安小丫，永远离开了这个世界。他辛辛苦苦打拼来的唯一家业——海鲜楼，虽然转危为安，但是，从严格意义上来讲，自从边蓉蓉把其账户上的资金全部转移走那一刻开始，海鲜楼就已经破产倒闭了。从大妮开始投入运转资金那一刻起，海鲜楼的主人，应该变成了大妮。现在，他与海鲜楼已经没有多大关系了，也可以说海鲜楼已经不再属于他了。

他躺在病床上,翻来覆去,思前想后。对于今后的生活,他迷茫和彷徨过,也一度失去了继续活下去的勇气和信心。但是,他想来想去,终于鼓起了勇气,坚定了信心。他决心从头开始,奋力拼搏,再打拼出一个属于他自己的天地来。

……

一天,安磊的老战友甘明从广州来到观海,专程前来看望安磊。自从安磊住院以来,这是甘明第二次来看望他。

甘明比安磊小两岁,中等个子,浓眉大眼,性格开朗,待人热情,办事干净利落,他现在是广州一家五星级大酒店的老板。在部队服役时,安磊当连长,甘明当副连长。他和安磊的关系,一直亲如兄弟。

两个情同手足、心心相印的老战友相见,格外亲切,有说不完的话,谈不完的心。大妮和姜春娟全家人都很喜欢甘明,把他奉为贵宾。

这天中午,安东方借了一辆面包车,拉着甘明、大妮和全家人,到观光园游玩。他们来到小湖旁边,支上帐篷,一边喝着啤酒,一边观看风景。自从安磊住院以来,这是大妮和姜春娟一家人第一次出来游玩,也是第一次有这么好的心情。

观光园的南面就是一眼望不到边的大海,另外三面是连绵不断的群山,中间是一个不算很大的小湖。

南面的海湾里正在举行帆船比赛。随着裁判员一声令下,一条条帆船乘风破浪、扬帆起航。蔚蓝色的大海上,风和日丽,五颜六色的帆船,在阳光的映照下,就好像一根根五彩缤纷的羽毛,在波光粼粼的海面上,轻轻地、慢悠悠地漂荡着;也好像一只只色彩斑斓的蝴蝶,在远接天际、烟波浩渺的海面上,在碧海和蓝天之间,逍遥自在地翩翩起舞。

小湖的周围,柳绿成荫,鸟语花香。水面上,碧波荡漾,粼粼闪闪。一片片出水芙蓉,亭亭玉立,竞相绽放。一群群金鱼,在清澈见底的湖水之中,自由自在地游来游去。最有趣的是湖面上那些悠悠荡荡、奇形怪状的小游船,有的像鸭子,有的像企鹅,有的像条龙,有的像鲨鱼。孩子们在上面争先恐后地划着桨,不时传来一阵阵银铃般的欢声笑语。

周围的山坡上,百花齐放,万紫千红,花团锦簇。巧夺天工的园艺师们,用一盆盆鲜花,摆出了一个个奇思妙想、栩栩如生的造形,有的像大象,有的像章鱼,有的像海龟,有的像灯笼。更让人拍案叫绝的是,园艺师们用一盆盆鲜花,在正面的山腰中间,造出了五个巨型的大字——观海欢迎您。

郁郁葱葱、连绵不断的山梁上,有四座高耸入云的山峰,每一个山峰顶端有一个造型奇特的巨大建筑物,一个像灯塔,一个像火箭,一个像轮船,还有一个像飞天轮。四座山峰之间,盘旋着一条索道。那索道车的造型十分奇妙,有的像蝴蝶,有的像海鸥,有的像蜻蜓,有的像飞机,多姿多彩,目不暇接,

第七十章 安家感恩 童月出生

令人眼花缭乱。

"这个地方太美了,太漂亮了,真是美不胜收啊,我是第一次来这里玩。"大妮抱着安小丫,目不转睛地观看着眼前的美景,不停地赞叹着。

"观海如诗如画,美若天堂,我每次来到这座城市,都不想离开了。"甘明兴致勃勃观赏着美景,开心地说。

"甘明,这好办,我建议你在观海开个五星级大酒店,长期住在这里。"稍停片刻,安东方接着说:"甘明,我已经请了五天假,打算陪伴着你游玩,让你饱览观海的秀美风光。"

"安叔叔,你的建议我一定会认真考虑。你在百忙之中陪伴着我游玩,我很感动,谢谢你!"甘明高兴地说。

"住医院真的是度日如年啊,我总算是熬过来了。医生说,我很快就可以出院了。"安磊喜气洋洋,大口大口地喝着啤酒。

"大哥,你康复得这么快,真是可喜可贺。这下好了,我可以无牵无挂地把海鲜楼交还给你了,也可以无忧无虑地好好休息一下了。"大妮敬了安磊一杯酒。

说到海鲜楼,安磊心潮起伏,感慨万千。他沉默了很长时间,激动地说:"大妮,没有你的相助,就没有我的今天。我从内心里感激你,永远不会忘记你的恩情,也一定要报答你。关于海鲜楼的事,我必须再次跟你讲清楚,海鲜楼已经不是我的了,它现在已经是你的了,你成了它名正言顺的主人。从今以后,我绝对不会再接手海鲜楼,你也不要再提把海鲜楼交还给我这件事。"

大妮听了,心里一愣,急忙说:"大哥,你今天是怎么了?没有喝醉酒吧?你又是感激,又是报答,我可担当不起。我又不是外人,请你以后不要再这样说了。你和爸爸妈妈对我这么好,为我做了那么多事,难道我就不能为你们做点事吗?我接管海鲜楼,从来就没有想过要拥有海鲜楼。我这个人,从来都不占别人的便宜。不是我的东西,打死我也不会要。大哥啊,你把我当成什么人了?我接管海鲜楼,是因为我不能眼睁睁地看着它破产倒闭,是临时帮助你经营管理它。当初,我就和爸爸妈妈说过,等你康复出院以后,我就把海鲜楼交还给你。海鲜楼是你用血汗换来的,是你多年打拼的成果,也是你唯一的家业。海鲜楼永远属于你。什么你的我的啊,我都听迷糊了。大哥啊,我请你以后不要再说这样的糊涂话了。"

安磊微笑着说:"大妮,我刚才没有说明白,你误会了。严格来说,从边蓉蓉把海鲜楼的资金洗劫一空那一刻起,海鲜楼实际上就已经破产倒闭了,就已经不存在了,它剩下的只是一个空壳和债务。其实,当你向海鲜楼投入第一笔资金的时候,你就成了海鲜楼事实上的主人,它就自然而然地属于你了。大妮啊,我知道你没有想过要拥有海鲜楼,你也绝对不会这样想。因为,你是个好人，一心一意为我着想。你冒着那么大的风险接管海鲜楼，是想帮助我走出困境、渡过难关。我知道你的人品，你不会占别人的便宜，更不会占我的便宜。大妮啊，我现在没有喝醉酒，我是实话实说。你现在是海鲜楼事实上的主人，海鲜楼已经属于你，这也是板上钉钉的事实。"

大妮笑着说："大哥，你说的这些话，我听不明白，也不想弄明白。总之，天上掉馅饼，我不会要，因为不是我的。你要是过意不去，你就好好经营你的海鲜楼，尽快把我投入的钱如数还给我，尽快把银行的贷款还上。"

安东方清了清嗓子，说："大妮啊，刚才安磊说的都是实话，都是事实。商场如战场，一夜之间破产倒闭，更换主人，这样的事比比皆是。"

"大妮，你不但貌美如花，聪明伶俐，温柔贤惠，还心地善良，乐于助人，行侠仗义，真可谓女中豪杰，令人十分敬佩！"甘明感动地说。

大妮听了，不好意思地说："甘大哥，你别夸我了，我没有你说得那么好，我只是做了应该做的事。"

安磊心事重重地说："甘老弟，我现在已经家败人亡，是穷光蛋一个，必须从零做起。我打算出院以后，去给你打工，不知道你愿不愿收留我？"

甘明一愣，急忙说："安大哥，你是一个十分难得的人才，我当然求之不得。但是，你家里肯定离不开你。"

甘明的话音刚落，大妮急忙问："大哥，你怎么越说越离谱啊？爸妈年龄大了，小丫这么小，你的身体还没有完全康复，还有海鲜楼需要你经营管理，你能走得了吗？"

"孩子啊，伤筋动骨一百天，你出院以后，老老实实地在家静养，哪里也不能去。现在，我们家老的老，小的小，离不开你。"姜春娟擦了擦眼泪，继续说道："大妮啊，我的这一条老命，是你救下来的。你大哥遇到了天灾人祸，又是你出手相救。说实话，没有你，就没有我们的今天。能找到你这个干闺女，是我的福气，是我三生有幸。我不知道，我这一辈子还能不能报答你。"

大妮端起酒杯说："今天这是怎么了？你们老是翻老皇历，说那些让人伤心痛苦的事，弄得心里沉甸甸的。我们陪着甘大哥出来游玩，应该说开心的事。我提议，我们共同干杯，祝大哥早日康复。"

安东方高兴地说："大妮说得对，今天，我们应该说高兴的事。安磊的工作以及海鲜楼的事，以后再慢慢说。"

姜春娟慢悠悠地喝着啤酒说："大妮啊，我和你爸很快就有外孙子了，这是今年我们全家最大的喜事。"

"妈，你怎么知道是男孩啊？"大妮问。

"我和你爸喜欢男孩。"

"要是女孩怎么办？"大妮又问。

第七十章 安家感恩 童月出生

安东方笑呵呵地说:"大妮,你别听你妈胡咧咧,男孩女孩我们都喜欢。"

姜春娟说:"大妮啊,你已经快到预产期了,身子越来越不方便,应该好好休息。今后,你不能再看小丫了,也不要再抢着干家务活了,把这些事全都交给我。"

安小丫听了,马上对奶奶说:"不,我不愿意跟着你,我要跟着姑姑!"

姜春娟忙问:"小丫,你为什么不愿意跟着我啊?"

安小丫回答:"因为我不喜欢你。"逗得大家笑了起来。

……

一天下午,大妮的肚子疼起来,并且一阵比一阵厉害,还流出了一些羊水。姜春娟说,可能是快要生了。她们俩急急忙忙打了一辆出租车,来到了医院里。不一会,三妮、安东方和安磊也先后赶来了。做完检查,医生告诉大家,估计还需要几个小时才能生,让大家搀扶着大妮,去院子里散散步,活动一下身体,顺便放松一下心情。

三妮和姜春娟小心翼翼地搀扶着大妮,顺着花园里的一条小路,慢慢地散着步。

正是夕阳西斜的时分,晚霞映红了半个天空,大地上笼罩着色彩斑斓的面纱,天边的云朵,变得像火一般鲜红。风渐渐地小了,热浪也慢慢地退去了。那一群一群的蝴蝶和蜻蜓,正在抓紧利用天黑前的时光,尽情地玩耍着。

大妮对生孩子虽然有思想准备,但事到临头,心里还是七上八下,忐忑不安。她说:"妈,我心里慌慌的,很害怕,不知道怎么办才好。"

姜春娟安慰说:"大妮,你不要怕。你生孩子的时候,我们大家都会在产房外面守着,你尽管放心吧,我们都会给你加油鼓劲,不会有什么事。"

"妈,会不会很疼啊?人们都说,女人生孩子死里逃生,就好像过一次鬼门关。"大妮紧张兮兮地问。

姜春娟微笑着说:"女人生孩子,是理所当然、天经地义的事,就好像水到渠成,瓜熟蒂落。到要生的时候,你就一直想着,我的心肝宝贝就要来到人间了,我的小天使就要降临了,你就会信心百倍,产生无穷无尽、排山倒海的力量,自然就不会害怕了,也感觉不到疼了。"

大妮听了,不由地笑起来,说:"妈,你真幽默,说得真逗人,产生排山倒海的力量。"

她们有说有笑慢悠悠地走着,开心地聊着。大妮突然感到腹部一阵强烈的坠疼,疼得她全身都痉挛起来,姜春娟和三妮急忙搀扶着她进了产房。

接下来的时间里,一次次的宫缩和阵痛,越来越强烈,间歇也越来越短。羊水伴随着血液,流得也越来越多。

一阵一阵的疼痛,不停地折磨着她。她感到自己的身体好像就要被拆散和

撕碎了，五脏六腑也快被挤压出来了，这是一次脱胎换骨的经历和蜕变。

她咬紧牙关，不停地摇摆着头，双手紧紧地抓住被褥，汗水混合着泪水，哗哗地往嘴里流。

可怕的疼痛就要把她击倒了。她的意识慢慢地变得模糊起来，医生说的什么，她已经听不清楚了。迷迷糊糊、混混沌沌之中，童军的音容笑貌，活灵活现地出现在她的脑海里，还不停地给她加油鼓劲……

"姐，我们俩快点结婚吧，我想要个大胖小子！"

"太好了，我有孩子了，我当爸爸了！"

"亲爱的，我一直在你身边，你不要害怕！"

"老婆，为了我们的孩子，你一定要坚持住！"

"亲爱的，你是好样的。我相信你，你一定会顺顺利利把我们的宝宝生下来！"

"老婆，最后的时刻到了，加油……使劲！"

听着童军的声音，紧紧地抓着童军的手，大妮感到身上有了无穷无尽的力量。为了他们俩的孩子，她决心豁出性命。她凝聚全身的力气，拼命地用力。

迷迷瞪瞪之中，她感觉到一个巨大的物体哗的一下从她的下体排了出去，好像连五脏六腑也一起排出了体外。

这时候，医生大声说："恭喜你，宝宝生出来了，是个女孩，很健康。"紧接着就是婴儿的一声啼哭。

大妮听了，马上清醒过来，她欣喜若狂，大声喊道："快给我看看！"

大妮泪流满面，目不转睛地看着怀里的宝宝，在那粉嘟嘟的小脸蛋上，轻轻地亲吻着。她幸福地笑着，也幸福地哭着。

她抬头看了看窗子外面，那一轮圆圆的明月，感慨万千："啊，今天的月亮太漂亮啦，太美丽啦！"

三妮看着胖嘟嘟的宝宝，笑眯眯地问："大姐，这个小宝宝叫什么名字呀？"

大妮用手指了指空中的明月，笑盈盈地说："她叫童月，好像空中的明月一样，又光明又漂亮。"

三妮高兴地说："童月……这名字不错，有深意，很响亮，美丽漂亮，前途无量！"

大妮看着怀里的童月，幸福地微笑着，她笑得是那么美丽，笑得是那么开心，笑得是那么迷人和可爱。

……

第七十一章 雪上加霜 祸不单行

第七十一章 雪上加霜 祸不单行

  凌晨，狂风暴雨和电闪雷鸣中，常健和黑衣男子被抬上救护车，来到了轮渡码头，又改乘一条被紧急呼叫来的抢险救生船，向Q城驶去。
  来到Q城医院，经过检查，医院宣布，常健和黑衣男子已经死亡。
  常健死了，他永远地离开了这个世界，永远地离开了二妮，犹如五雷轰顶，一下子把二妮击垮了。二妮感到，天塌了下来，地陷了下去，人世间的一切，突然之间都不存在了。
  二妮心如刀绞，她紧紧地抱着常健的遗体，捶胸顿足，嚎天动地，一阵天旋地转，就昏了过去……
  二妮犹如万箭穿心，她刚刚苏醒过来，又紧紧地抱住常健的遗体，泣涕如雨，呼天抢地，号啕大哭起来。她哭的碎心裂胆，肝肠寸断。她哭着哭着，又一次昏了过去……
  昏昏沉沉、迷迷糊糊之中，二妮模模糊糊地听到，有人要把常健的遗体送到太平间去。她吓得一机灵，马上又苏醒了。她悲痛欲绝，再一次紧紧地抱住常健的遗体，痛不欲生地号啕大哭。不一会，她又一次昏了过去……
  这个时候的二妮，已经魂飞胆丧。在混混沌沌、糊糊涂涂之中，她恍恍惚惚听到，齐霞来到了她的身边。不知道过了多长时间，她又模模糊糊地听到，齐中华也来到了她的身边，还不断地劝说开导着她……
  不知道过了多长时间，二妮在迷迷糊糊之中，慢慢地睁开眼睛一看，她躺在一间小病房里，不但齐霞和齐中华坐在她的身边，齐强和齐盛也来到了她的床前。此时此刻，二妮好像在伸手不见五指的万丈深渊中看到了光明，也好像在水深火热的煎熬中找到了救星，她有满肚子的话要对他们说，但又不知道从哪里说起。她凄然泪下，紧紧地抱住身边的齐霞，又放声痛哭起来。
  齐霞劝说道："二妮啊，你不能再哭了。自从你来到医院里，已经哭得昏迷了三次了。你再这样哭下去，身体就会垮掉了。"
  二妮泣不成声地说："齐霞姐，常健已经死了，我活着还有什么意思啊！"

齐中华含着泪花，语重心长地说："二妮啊，常健已经走了，无论你怎么哭，他再也不会回来了。俗话说，月有阴晴圆缺，人有悲欢离合。人这一辈子，什么样的事都会遇到，就包括生老病死和天灾人祸，这都是命中注定的事，想躲也躲不过去。在人生的旅途之中，每一个人都会遇到一些伤心痛苦和磕磕绊绊的事，不可能一帆风顺。酸甜苦辣咸，五味杂陈，这就叫人生，这就叫生活。二妮啊，人死如灯灭，永远不会再回来了，活着的人还要继续生活下去。逝者安息，生者奋发，我们必须勇敢地面对和接受这个现实。二妮啊，失去了自己的亲人，是灵魂和心灵的伤痛，别人劝说和开导，有的时候也起不到多大作用，关键是自己劝说和开导自己，才能真正醒悟过来。我希望你尽快从悲伤痛苦中走出来，开始新的生活。"

二妮呜咽着说："齐大爷，我的命怎么这么苦啊！我想死，我不想活了！"

齐中华听了，心如刀绞，苦口婆心地说："二妮啊，你好糊涂啊！鸣鸣是常健留在这个世界上的唯一的亲生骨肉，她那么小，还不满一岁，嗷嗷待哺，你现在不活了，她怎么办啊？常健的在天之灵，能同意你这样做吗？常健希望你和鸣鸣平平安安、健健康康地活着。常健死得不明不白，他的在天之灵希望你尽快查明真相，为他报仇雪恨。你不活了，撒手不管了，常健能答应吗？你不活了，能对得起年龄幼小的鸣鸣吗？能对得起常健的在天之灵吗？"

二妮听了，犹如醍醐灌顶，她思前想后，慢慢地清醒起来，心里想道："是啊，我要是死了，鸣鸣怎么办啊？她还能活下去吗？鸣鸣是她和常健相亲相爱的结晶，也是常健留在这个世界上唯一的亲生骨肉。我不能死，我要把鸣鸣抚养成人，把她培养成一个有用的人。常健死得不明不白，我要查明真相，为他报仇雪恨，让他在九泉之下安息瞑目。"

二妮想到这里，犹如茅塞顿开，哭着说："齐大爷，齐霞姐，齐强哥，齐盛哥，谢谢你们！我背井离乡，漂泊在外，现在又大祸临头。在这个时候，你们全家人挺身而出，慷慨相助，我一辈子也不会忘记你们的大恩大德。"

看到二妮已经渐渐地清醒了，齐强："二妮，常健的死因是个刑事案件，我们警方已经开始立案调查。你能把案发前后的详细情况，跟我说一下吗？"

二妮抽泣着，把这一件事的来龙去脉详详细细地说了一遍。最后，她一口咬定："姓龙的心狠手辣，肯定是他害死了常健，我绝对不会放过他！"

齐强沉思了一会，心事重重地说："姓龙的与常健的案件有没有联系，我们警方还要调查取证。二妮，你放心，我们一定会尽快侦破此案，查明真相，将凶手绳之以法，为常健报仇雪恨。"稍停片刻，他又告诉二妮："常健的遗体暂时不能火化，警方还要进行尸检。"

齐盛忧心忡忡地说："常健的死，如果真与姓龙的有关系，事情就变得复杂了，也变得更加可怕起来。姓龙的这样做的目的是什么啊？难道是因为二妮

第七十一章 雪上加霜 祸不单行

和常健不听招呼，急着回国，姓龙的恼羞成怒，进行报复，出出心中的恶气？难道是姓龙的想逼着二妮留下来，继续在夜明珠唱歌，继续为他赚钱？我一直在想这个问题，到现在也没有想明白。"

齐霞琢磨了半天，说："常健和二妮，一个是摇钱树，一个是聚宝盆，姓龙的留不住他们俩，也不想让别人得到，所以就杀掉常健，逼迫二妮留下来。"

齐盛接着说："如果是这样，二妮如果不同意留下来，继续为姓龙的赚钱，姓龙的还是不会善罢甘休。他下一步，还会干些什么啊？我们应该怎么样对付他啊？"

二妮听了，说："齐盛哥，我现在迷迷糊糊，已经乱了方寸，不知道怎么办好。你快点告诉我，我现在应该怎么办呀？"

齐盛忙说："二妮，我也说不好，只是胡乱猜疑。不过，我认为应该尽快把鸣鸣和小红接出岛来，离开那个是非之地。"

二妮急忙说："齐盛哥，你说得很对，我现在就去双乳岛接鸣鸣和小红。"

齐强忙说："二妮啊，海上的风雨越来越大，轮渡已经停航，你怎么去啊？"

二妮听了，慌慌张张地问："齐大爷，这可怎么办啊？"

齐中华一直在分析思考这个案件，左思右想了半天，怎么也理不出个头绪来，听到二妮问他，急忙回答："二妮啊，我感到这个案子很蹊跷，很复杂。到底是怎么回事，我现在也没有想明白。不过，为了以防万一，现在，我们必须采取一些防范措施：第一，在这个案件没有侦破以前，我们都要注意自己的人身安全，特别是二妮，一定要小心行事；第二，轮渡通航以后，我们要马上把鸣鸣和小红接到Q城来；第三，齐强要督促警方尽快破案；第四，齐霞要照看好二妮，不能发生任何问题，以免节外生枝；第五，从现在开始，二妮不要再提回国的事，特别是跟姓龙的，更不要再提回国这件事，这样做的目的，是要稳住姓龙的；第六，二妮要尽快从悲痛中走出来，保持一个清醒的头脑，说话办事一定要小心谨慎，三思而行。"

二妮听了，热泪盈眶，激动地说："齐大爷，谢谢你，我一定按照你说的去做！"

……

小病房里，二妮转来转去，犹如热锅上的蚂蚁一般。她心急如焚地期待着狂风暴雨停下来，迫不及待地盼望着轮渡通航。墙上的那个钟表，好像是已经停止不动了，又好像慢慢腾腾半死不活地走着。二妮如坐针毡，心里越来越忐忑不安。

已经是深夜了，没完没了的狂风暴雨和电闪雷鸣，不但没有要停下来的意思，反而越来越暴躁和肆虐，越来越惊天动地，越来越令人胆战心惊。

二妮心里火烧火燎，泪流满面，她战战兢兢地站在窗子前面，在心中一遍

又一遍地对着夜空大声呐喊着，苦苦哀求着："苍天啊，老天爷啊，你让我怎么办啊？你能不能让风雨停一停？我好去把鸣鸣和小红接出来。苍天啊，老天爷啊，我求求你了，我现在给你磕头了，你发发慈悲行行好吧，快点让风雨停一停吧！"

一道道刺眼的闪电划过，紧接着就是一个个惊天动地的霹雳，不停地在窗子外面爆炸开来，震得大地一阵阵颤抖，震得窗子不停地哗哗乱响。二妮吓得连忙后退，一屁股坐在了地上，抽泣起来。

这时候，两个蒙面男子突然冲了进来，二话不说，蒙住二妮的头，抱起她就向外走。来到门外，他们俩把二妮塞进一辆黑色小轿车里，消失在狂风暴雨和电闪雷鸣的夜幕之中……

清晨，小病房里，齐中华暴跳如雷，指着齐霞大声问道："你是怎么搞的？我一再嘱咐你，一定要照看好二妮。怎么一夜之间，她就无影无踪了？"

齐霞哭着说："爸，昨天晚上，我遇到了一个危重病号，需要马上抢救。等我做完手术，回来一看，二妮已经消失得无影无踪。整个医院全都找遍了，也没有发现她的踪影。"

"爸，二妮会不会去双乳岛上找鸣鸣和小红啊？"齐盛志忐忑不安，急忙问道。

齐强说："风雨这么大，海上的轮渡一直没有通航，她怎么去啊？"

齐中华心急如焚，气呼呼地说："现在，我们要分头去找，重点是码头。齐强啊，你们警方要马上行动起来，尽快侦破此案。我现在很担心，二妮可能已经出事了。"

……

狂风暴雨、电闪雷鸣的夜幕中，那一辆黑色小轿车，冲出医院，风驰电掣一般急驶着……

小轿车七拐八拐，行驶了一个多小时，来到一个小院子里，停了下来。两个蒙面男子，把二妮拉下车，又推着她来到了一栋小别墅里，然后拿掉蒙在她头上的黑布。

龙哥见了，喜出望外，他乐呵呵地迎了上来，说道："弟妹啊，常老弟突然离去，使你遭受到如此沉重的打击，我感同身受，十分同情和理解你。"他一边说着，一边伸出手来，想和二妮握手，被二妮一把推开。

龙哥顿时一愣，十分尴尬，搓着手说："弟妹啊，我听到常老弟被人杀害的噩耗，就急急忙忙从昆明赶了回来。我和常老弟情同手足，亲如兄弟。常老弟为了我，献出了自己的宝贵生命，我深受感动。对常老弟的大恩大德，我永世不忘，一定要加倍报答。"

见二妮不理不睬，龙哥又滔滔不绝说起来："弟妹啊，害人之心不可有，防人之心不可无啊。杀害常老弟的罪犯虽然被击毙了，但他的同伙还没有抓到。

第七十一章 雪上加霜 祸不单行

他们既然要杀害常老弟，就不会放过你。医院里鱼龙混杂，你住在那里很不安全。人命关天，时间紧迫，来不及和你商量，我只好用这种方式，把你请到这里来。这里是我的别墅，十分隐秘，又有兄弟们守护着，十分安全，你尽管放心居住。为了确保你的安全，这几天你不能走出房门。这也是无奈之举啊，请弟妹一定要谅解。"

见二妮还是不搭理他，龙哥又喋喋不休地说起来："常言道，人死如灯灭，不可能再复活。万望弟妹节哀顺变，尽快从悲痛中走出来，开始新的生活。至于常老弟的后事，我会厚葬。我要按照泰国人的风俗，用七天时间，为常老弟举办葬礼，以慰藉常老弟的在天之灵。我一定查明真相，把杀害常老弟的人全都绳之以法，让常老弟在九泉之下安息瞑目。"

二妮一直坚信，龙哥就是杀害常健的幕后真凶。当那两个蒙面人绑架她的时候，她就意识到，龙哥就要对她下毒手了，她已经来不及营救鸣鸣和小红了。她不寒而栗，瞬间就出了一身冷汗。她担心和害怕的不是自己的安危，而是鸣鸣和小红。

二妮想到，这么大的风雨，轮渡已经停航，鸣鸣和小红就算是插上翅膀，也很难逃出双乳岛。龙哥对她下毒手，肯定会斩草除根，对双乳岛上的鸣鸣和小红也下毒手。想到这里，她万箭穿心，悲痛欲绝。

二妮被两个蒙面人推进小别墅里，当她看到了龙哥，满腔怒火腾地一下熊熊燃烧起来。她恨不得冲过去，把龙哥千刀万剐，然后剁成粉末，再烧成灰烬。当她看到龙哥嬉皮笑脸、厚颜无耻地上来迎接她时，她又马上意识到，龙哥还不想杀了她，起码不想马上杀了她。如果龙哥想马上杀了她，在医院里早就把她一刀毙命了，不会再把她绑架到这里。

刚才，听了龙哥那些言不由衷的甜言蜜语，二妮更加认定，龙哥不想马上杀了她，他还有别的目的和企图。既然是这样，说不定龙哥还没有杀死鸣鸣和小红，有可能鸣鸣和小红还活着，她很可能还有机会营救她们俩。为了鸣鸣和小红，她不得不强压住满腔怒火，继续与龙哥周旋下去。

为了弄清楚龙哥葫芦里卖的是什么药，二妮哭着说："龙大哥，我现在生不如死，脑子里就好像一盆子糨糊，心里也乱糟糟的，没有一点主意。我背井离乡，举目无亲，无依无靠。常健的后事，就拜托你了。"

龙哥见二妮终于开了口，心中一阵惊喜，急忙说："弟妹啊，你尽管放心吧。你和我都不是外人，你有什么要求，尽管说。只要能办到的，我义不容辞。"

二妮抽抽噎噎地说："龙大哥，我现在孤苦伶仃，很想鸣鸣，我想马上见到她，请你一定要帮帮我。"

龙哥信誓旦旦地说："区区小事，何足挂齿。现在，海上风大浪高，轮渡不通。等轮渡通了，我马上派人把鸣鸣送过来。不过，你不用担心，我已经给夜明珠的弟兄们打了电话,让他们好好地照看着鸣鸣。"

二妮听了,顿时一惊,马上认定鸣鸣和小红十有八九还活着。稍微镇静了一下,她又哭哭啼啼地哀求道:"龙大哥,没有鸣鸣在身边,我一刻也活不下去了。我求求你,你再想想别的办法吧!"

龙哥假惺惺地安慰道:"弟妹啊,狂风暴雨很快就会过去,轮渡很快就会通航,你再忍耐一下吧。"稍停片刻,他话题一转,接着说道:"弟妹啊,天有不测风云,人有旦夕祸福,世事难料,变化无常。我原来打算,从昆明回来以后,就送你和常老弟回观海。我做梦也没有想到,常老弟突然之间离你而去,我心如刀绞。弟妹啊,人生如梦,转眼即逝百年,你对今后的生活有什么打算啊?"

二妮不明就里,抽泣着说:"龙大哥,我现在脑子里一片空白,对今后的生活还没有考虑。常健已经走了,剩下我和鸣鸣,孤儿寡母,就算是回到了观海,也没有什么意思了。现在,我满脑子都是鸣鸣,恨不得马上把她抱在怀里,我求你帮帮我吧!"

龙哥怪笑着说:"请弟妹放心,我一定想方设法尽快让你和鸣鸣团聚。现在,时间已经很晚了,你肯定也很累了,好好地休息一下吧。我要出去办点事,明天再来看望你。"说完,他怪笑着头也不回地走了出去。

二妮急忙跟着龙哥往外走,想到院子里看看。刚刚走到门口,一名保镖跑了过来,急忙把二妮推回房间里,一把关上房门,又在外面上了一把大锁。

此时此刻,二妮明白了,她已经被龙哥囚禁在这个小别墅里了。她绝望了,眼巴巴地看着外面的狂风暴雨,大哭起来。

……

小红在别墅里抱着鸣鸣,一会看看窗子外面,一会看看墙上的闹钟。她心急火燎,如坐针毡,盼望着二妮能马上回来。

小别墅外面,狂风暴雨和电闪雷鸣的夜幕中,一个穿着雨衣的男子,围着小别墅转来转去。小红拿起电话,没有一点声音,电话线已经被掐断了。

小红大吃一惊:"不好,现在,我和鸣鸣被龙哥派人看管起来了,被囚禁在这个小别墅里了,已经成了笼中之鸟,插翅难飞!"

小红战战兢兢,在心里一遍又一遍地呼喊着:"姐,我好害怕,你快点回来吧!"

对于龙哥的阴险和残暴,小红心里明镜似的,一清二楚,而且有刻骨铭心的切身体会。她越来越预感到,二妮和常健凶多吉少,龙哥很可能已经对他们俩下了毒手。现在,龙哥的人又把鸣鸣和她看管起来,会不会要对鸣鸣和她下毒手啊?现在,鸣鸣和她在个海岛上举目无亲,无依无靠,孤苦伶仃,又被囚禁在这个小别墅里。如果不马上跳出这个火坑和虎口,很快就会大祸临头。怎么办啊?老天爷,你可怜可怜我们吧,你救救我们吧!小红叫天天不应,叫地

第七十一章 雪上加霜 祸不单行

地不灵。她越想越害怕，越想越不敢想。

二妮临走时说的话，一遍又一遍地在小红的耳边响起来。小红心想，二妮和常健都是好人，像对待自己的亲妹妹一样对待自己。现在，他们俩生死不明，自己一定要保护好他们俩的孩子。为了鸣鸣，哪怕是丢掉了自己的性命，也在所不惜。

时间好像凝固了，过得真慢啊，一分钟比一年还难熬。第一天总算是熬过去了，终于盼来了第二天，还是没有二妮和常健的一点音讯。小红更加心惊胆战，坐立不安。

到了第二天的傍晚，小红发现，负责看守鸣鸣和她的人，换成了阿山。阿山是龙哥的一名保镖，三十多岁。小红被龙哥囚禁了两年多，负责看守她的，正是这个阿山，小红与他没少打交道。阿山虽然不是什么好人，但对待小红还算可以。

小红急中生智，拿着一瓶法国名酒和一只烤鸡，来到阿山身边，亲切地说："阿山大叔，风雨这么大，你进房间里躲躲吧。我送给你一瓶酒，暖暖身子。"

阿山嗜酒如命，十分高兴，接过酒和烤鸡，躲进大门洞里，一边喝酒，一边警告小红："你赶快回到别墅里面去，从今以后，不许出房门半步。"

小红哭哭啼啼地说："大叔，我的男女主人都走了，留下了一个不满周岁的小孩子，还老是又哭又闹，风雨交加，电闪雷鸣，我一个人待在这么大的房子里，很害怕。"

阿山威胁道："小红，你要是乱跑，我不但砸断你的腿，还要让你掉脑袋！"

小红急忙说："大叔，现在风雨这么大，我还带着一个小孩子，你就是让我跑，我也没有办法跑呀。再说了，我来这里已经三年多了，从来就没有想过跑。现在，男女主人对我不错，我在这里有吃有喝，你让我跑，我也不愿意跑。"

阿山听了，冷笑着说："小红啊，龙哥不是怕你跑，他是怕把那个小丫头弄丢了。"

小红急忙问："大叔，我怎么越听越糊涂啊？小丫头？这是为什么啊？"

阿山美滋滋品尝着美酒，漫不经心地小声说："你的男主人早就被打死了，你的女主人嘛，嘿嘿……这个小丫头嘛，成了龙哥的一个砝码。"

小红一愣，急忙问："大叔，我的女主人怎么了？砝码是什么东西啊？"

阿山摇了摇头，怪笑着说："小红，你想找死啊？问这么多干吗？"

小红说："事不关己，我懒得管这些闲事。大叔啊，这家主人，有很多好酒。我不喜欢喝酒，送给你一些吧。"说完，小红提出来六瓶法国红酒。

阿山一看这六瓶法国名酒，兴奋得两眼放光。他咕咚咕咚喝完手中的那一瓶酒，一手提着六瓶法国红酒，一手提着一只烤鸡，兴高采烈、晃晃悠悠地向他的住处走去。

阿山回到自己的住处，高高兴兴地打开烤鸡和美酒，痛痛快快地品尝起来。他心里有数，小红不可能跑。再说，这样的鬼天气，又没有轮渡，她想跑也跑不了呀。阿山美滋滋地享用着，不知不觉就喝多了，然后又迷迷瞪瞪地睡着了。酒足饭饱的他，酣睡了整整一夜。

　　阿山一觉醒来，已经是第二天的早上，他睁开眼睛一看，狂风暴雨和电闪雷鸣全都不见了，外面风和日丽，晴空万里。他赶紧爬起来，匆匆忙忙地来找小红。他推开房门一看，没有了小红和鸣鸣的踪影，惊得目瞪口呆。他急急忙忙地翻箱倒柜，把小别墅的里里外外、上上下下彻彻底底地翻了个底朝天，还是没有小红和鸣鸣的踪影。不好，小红和鸣鸣出事了！阿山吓得魂飞胆丧，出了一身冷汗，一屁股蹲在了地上。

　　……

第七十二章　斗智斗勇　营救小帆

第七十二章　斗智斗勇　营救小帆

深夜，天气太闷热了，令人窒息。寝室里早就熄灯了，同学们已经进入了梦乡。三妮躺在床上，翻来覆去睡不着。

这一段时间，老天爷心情不好，说变脸就变脸。窗子外面，突然狂风大作，翻滚着的乌云一会儿就把天空笼罩了起来。紧接着，那一道道刺眼的闪电，划破了漆黑的夜幕。震耳欲聋的霹雳，一个接着一个地炸开，震得大地不停地晃动。片刻之间，天河就好像决了口子一样，凶猛地倾泻下来。不一会，院子里就变成了一片汪洋。

突然，三妮的手机震动起来。她急忙来到走廊上，打开一听，是刘一鸣打来的电话。

"三妮，小帆在你那里吗？"

"没有啊，小帆她……怎么了？"

"小帆没有回家，我一直在找她，到现在也没有找到，可能……又失踪了。"

"什么？小帆失踪了？这……不可能吧，她会不会去了同学家啊？"

"我已经问过她的老师和同学了，小帆今天没有去学校，都没有看见她。"

"啊！她……会不会出事啊？你……现在在哪里啊？"三妮急忙问道。

"我在小帆学校门口的公交车站。"刘一鸣心焦如焚，急忙回答。

"你在那里等着，我马上过去找你。"三妮说完挂了电话。

三妮回到宿舍，急忙穿上雨衣，慌慌张张来到马路上，打了一辆出租车，来到刘小帆学校门口的那个公交车站，看到刘一鸣既没有拿雨伞，也没有穿雨衣，早就变成了一个落汤鸡。

三妮和刘一鸣顶着狂风暴雨，找了整整一夜。车站、码头和附近的宾馆、饭店以及娱乐场所，全都找遍了，也没有发现刘小帆的踪影。

天亮了，狂风暴雨还是没有停下来的意思。他们俩又找了一天，还是没有发现刘小帆的踪影。无奈之下，他们俩去公安局报了案。在狂风暴雨中马不停蹄地奔波了一天一夜的刘一鸣，身体发起了高烧，被三妮送进了医院。

夜里，狂风暴雨终于停了下来。三妮看了看病床上挂着吊瓶、正在昏睡的刘一鸣，又看了看窗子外面黑洞洞的夜空，眼前不停地晃动着刘小帆的影子，心里七上八下，忐忑不安。

刘小帆，多么聪明漂亮、活泼可爱的女孩子啊。她应该拥有纯真甜美、无忧无虑、具有梦幻色彩的快乐时光。她的生活应该是绚丽多彩、充满阳光、充满欢乐。但是，她现在又一次被笼罩在了黑暗和恐怖之中。三妮在心里一遍遍呐喊着："小帆，我一定要找到你，你现在在哪里啊？"

深夜，病床上的刘一鸣醒了过来。他看到三妮坐着小凳子，趴在床头柜上睡着了，急忙爬起来，拿起床上的被子，轻轻地盖在了三妮身上。

三妮一惊，马上醒了，急忙问："老师，你在发高烧，怎么把被子盖在我的身上呀？"说着，她站起来，把被子放回到床上。

刘一鸣心疼地说："三妮，我已经退烧了，也不困了。你太疲劳了，快到床上睡一觉吧，到时候我会叫醒你。现在，我要到外面买点吃的东西。"

三妮急忙说："你刚刚退了烧，不能出去。你老老实实等着，我去买。"说着，她就匆匆忙忙向外走。

刘一鸣急忙把三妮拦住，说："我已经好了，没有事了。看你那疲惫不堪、昏昏欲睡的样子，快点去睡一会吧。"他不由分说地走了出去。

不一会，刘一鸣买回来两盒快餐、一只烧鸡、一提啤酒和一些小凉菜。

"三妮，你怎么还没有睡觉啊？"

"刚才，我已经迷糊了一会，困气早就没有了。"

"三妮，你先吃点东西，喝瓶啤酒，然后再去睡觉。从昨天晚上到现在，你觉没睡，饭没吃。看着你憔悴的样子，我心里感到不安。"

他们俩把吃的东西摆放在床头柜上，一边吃饭，一边喝啤酒，一边聊天。

"三妮，自从你来到我的家，我和小帆就老是给你添麻烦，让你跟着吃苦受累，整天担惊受怕，也不知道怎么样报答你，我心里一直过意不去。"

"老师，你以后就不要再提什么报答了。上一次，我摔伤在医院抢救，要不是你请来了你的老同学，亲自给我做手术，我早就死定了。请专家会诊做手术的十多万元钱，你全包了，一分钱也不让我拿。要说报答啊，我应该报答你和小帆。现在，找小帆要紧，迫在眉睫，你快点想想办法吧。"

"三妮，我感觉到，小帆这一次失踪，太突然了，太奇怪了，既找不到一点原因，也没有一点预兆，与前几次的离家出走，大不一样。"

"老师，我也有这种感觉。小帆戒毒和断绝与尹小强的联系，已经两年了。这两年中，小帆痛改前非，就好像变成了另外一个人。特别是小帆上高一以后，进步很快，还被评选为学生干部。她绝对不可能走回头路，再和尹小强搅和在一起。我预感到，小帆这次不像是离家出走，她很可能是遇到了坏人。"

第七十二章 斗智斗勇 营救小帆

"三妮，你的想法和我差不多。我也在考虑，小帆是不是被坏人绑架了？"

"老师，小帆要是真被坏人绑架了，那就太可怕了，我们应该怎么办呀？"

"如果小帆真被坏人绑架了，不但问题很严重，她现在也很危险，而且我们很难找到她。"

"老师，那怎么办啊？"

"不知道警方什么时间能破案，也不知道绑架小帆的是什么人，更不知道他们的目的是什么，这一件事很复杂很棘手。"

"老师，这一件事，会不会与尹小强有关系啊？"

"我感到这种可能性很大。明天，我们俩去查尹小强的下落。"

两个人慢慢地喝着啤酒，商量着寻找刘小帆的事，不知不觉，天就蒙蒙亮了。

刘一鸣和三妮去查找尹小强的下落，奔波了一上午，也没有找到有用的线索。下午，三妮的手机突然响起来，她打开一听，是尹小强的声音。三妮的心好像突然被人紧紧地捏了一把。

"臭婊子，两年不见，还知道老子是谁吗？"

"尹小强！你……想干什么？"

"嘿嘿……冤家路窄，不是冤家不聚头。你折腾老子这么多年，弄得老子很不爽快。现在，老子要修理修理你，出一出心中的恶气！"

"尹小强，你到底想干什么？"

"老子告诉你，小帆在我的手里。"

"小帆？她……现在怎么样了？"

"你少罗唆，你马上带上十万元现金，来交换小帆。老子警告你，只允许你一个人来，不能有第二人跟着，更不能报警。你要是故伎重演，敢耍滑头，我就立马杀了小帆，然后再送你上西天！臭婊子，以前打交道，让你占了不少便宜，算你狠。你记住，这一次，如果你不知好歹，那就等于飞蛾扑火自取灭亡，老子一定会成全你！"

"尹小强，你卑鄙，你无耻！你……"

"老子再次警告你，这一次，如果你他妈还想耍滑头，占便宜，便是白日做梦，痴心妄想，你和小帆的小命就彻底玩完了！"

"我……哪里有这么多钱啊？"

"这个我不管，你要是想让小帆活着，想保住你的小命，就必须按照老子说的去做！"

尹小强说完，立即挂断了电话。三妮打了过去，对方已经关机。

刘一鸣和三妮马上打了一辆出租车，来到公安局汇报情况。经过分析研究，公安局领导决定，答应尹小强提出的条件，让三妮一个人带着十万元钱去交换刘小帆，并再三叮咛三妮，交换人质的时候要尽量拖延时间，让警方有时间采

取行动。

已经是深夜了，老天爷好像是来凑热闹，突然间狂风大作，一阵电闪雷鸣过后，瓢泼大雨下了起来。

三妮一遍又一遍地拨打尹小强的手机，尹小强始终不开机。刘一鸣和三妮心急如焚。

突然，三妮的手机响了起来。三妮急忙打开一听，是尹小强的声音。

"臭婊子，十万元钱，你准备好了吗？"

"我准备好了，我去哪里找你？"

"臭婊子，你是个老狐狸，诡计多端。以前，你弄得老子多次上当受骗。告诉你，老子这两年没有白吃干饭。这一次，老子不得不防。老子再一次警告你，十万元现金，一分钱也不能少，只能你一个人来，更不能报警。如果你敢玩我，老子不但杀了小帆和你，你的姐姐和小帆的爸爸也甭想活着，孰轻孰重，你知道吗？"

"尹小强，你说的话，我都记住了。我一个人带着十万元现金去见你，我不敢让别人跟着去，更不敢去报警。因为我十分明白，你肯定做了充分的防备。我不能拿着小帆的性命开玩笑，我要让小帆好好地活着。你快点说吧，我到哪里去见你？"

"嘿嘿……你还算识相。你现在带上钱，马上到观海市公园大门口见我。"

"尹小强，你让小帆给我说句话，我要确认小帆还活着！"

"臭婊子，你太狡猾了。"

停了一会，电话中传来刘小帆的呼救声音："姐，你快来救救我！姐，你赶快来救救我吧！姐……"没有等刘小帆再喊叫下去，电话"啪"的一声就挂断了。

狂风暴雨中，三妮提着公安局交给她的钱箱子，坐着公安局安排的一辆出租车，来到了观海市公园大门口。

三妮战战兢兢地下车一看，周围没有一个人影，心里更加忐忑不安。正当她焦急万分时，手机突然响了起来。她打开一听，还是尹小强的声音。

"你现在去第一体育场大门口。那里有一辆出租车，在等着你。我警告你，你只能步行去，不能坐车。否则，我立马杀了小帆。"

"这么大的风雨，我要坐车去。"

"臭婊子，你要是想让小帆活着，就乖乖地按照老子说的去做。"说完，电话接着挂断了。

三妮犹豫了一下，心惊胆战地向第一体育场大门口走去。

三妮来到第一体育场大门口一看，那里果然停着一辆出租车。正当三妮考虑怎么办的时候，尹小强又打来了电话。

第七十二章 斗智斗勇 营救小帆

"臭婊子，你不乖乖地上眼前这辆出租车，老子现在就杀死小帆！"他恶狠狠地说完，就挂断了电话。

三妮稍微一愣，上了这一辆出租车。

这一辆出租车的司机，头上戴着头套，是一个青年男子。他见三妮上了车，一踩油门，车子好像弩箭离弦一般，向前方飞驰而去。来到第一海水浴场大门口，车子停了下来。他打开车门，探出身子，贼头贼脑地前后左右观察了一会，见没有什么异常情况，又风驰电掣一般向前方驶去。接下来，他拉着三妮，在市区里面拐弯抹角地兜圈子。这期间，他几次停下车，贼头贼脑地观察周围的情况。

开始的时候，三妮还能分辨出到了什么地方。时间不长，三妮就被转迷糊了。她已经分不清东西南北，更不知道到了什么地方。再后来，三妮借着闪电，看到车窗外面是一片片农田，知道已经来到了郊区。三妮几次追问到哪里去，那蒙面司机好像是一个聋哑人，一个字也不回答。

两年前，因为营救刘小帆，三妮和尹小强较量过多次。每一次，都是尹小强败下阵来。说实话，三妮一直没有把尹小强太当回事。在三妮眼里，尹小强是一个还没有成熟的愣头小子。以前，三妮一直认为，只要不掉以轻心，对付尹小强问题不大。这一次，她面临的情况，要比以前复杂危险得多。三妮没有想到，两年不见，尹小强变得这么老谋深算，诡计多端。现在，尹小强派来的这一辆出租车和这个蒙面司机，拉着三妮兜了这么一个大圈子，不但甩掉了警方的跟踪，也把三妮牢牢地控制了起来。尹小强来的这一手，太阴险了，三妮始料未及，心里更加忐忑不安。

三妮认为，她现在是孤军奋战，又被蒙面司机控制住了，处境十分凶险。三妮感到，前方等着她的就是虎口，就是雷区，就是万丈深渊。车子越向前行驶，三妮越提心吊胆，全身直冒冷汗。

突然，一道闪电过后，紧接着"咔嚓"一声，一个霹雳在车子前方炸开，震得车子剧烈晃动了一下。三妮一惊，脑子顿时清醒了许多。三妮心想，事到如今，已经没有退路。能不能救出小帆，自己能不能活着回去，成败在此一举。想到这些，三妮镇静了下来，感觉自己有了战胜尹小强的勇气和力量。

不知不觉，车子驶进了一个荒无人烟的山沟里。不一会，又来到一座大桥下面，大桥上的灯光，正好照亮了大桥的下面。这时候，蒙面司机按了两声喇叭，车子停了下来。还没有等车子停稳，三妮飞快地打开车门，提着钱箱子，窜了出来。

蒙面司机一愣，马上从车里钻出来，骂道："比兔子还快。我不着急，你急什么啊？快把钱箱子交给我，老子要验验货。"说着，他走上前来，伸手就抢钱箱子。

三妮急忙后退，又飞快地从腰间拔出来一把明晃晃的尖刀，指着蒙面司机吼叫道："不许靠近我，你胆敢往前一步，我就一刀杀了你！"

蒙面司机又是一愣，冷笑着说："嘿嘿，你懂不懂规矩啊？老子要验货，这是规矩，知道吗？"他说着又要往前走。

三妮又后退了几步，大声吼叫道："我警告你，这个钱箱子，是个特制的电子密码箱，别人打不开它。你要是把我逼急了，我一按密码，不但能把里面的钱全都化成灰烬，还能把你炸上天！"三妮自己也弄不明白，在这千钧一发的危急关头，她竟然能突发奇想，编造出来这么一套谎言。

蒙面司机一听，吓了一跳，急忙后退，骂道："你吓唬谁啊，老子还怕你这个！"

三妮吼叫道："你如果不想活了，你就过来试一试！"

这时候，几道闪电划过，紧接着就是"咔嚓咔嚓"两声霹雳，震得地动山摇。雷声响过，尹小强出现在前面。借着大桥上面照射下来的灯光，三妮看到，前面除了尹小强和刘小帆以外，旁边还有三个打手。

尹小强冷笑几声，气势汹汹地吼叫："哈哈……不是冤家不碰头啊。臭婊子，我们俩又见面了。快把你手中的钱箱子送过来吧，老子要亲自验货！"

蒙面司机说："强哥，她带来的钱箱子，是个特制的电子密码箱，能爆炸，威力很大！"

尹小强听了，愣了一下，又马上镇静下来，气急败坏地骂道："臭婊子，你装神弄鬼，又想耍我啊？没门！"他一边说一边往前走。

三妮威风凛凛，一手举着尖刀，一手举着钱箱子，大吼一声："不许动！尹小强，你睁大眼睛看好了。我手中的这个钱箱子，是一个货真价实的特制的电子密码箱，只要我按一下密码，它就会爆炸。它的爆炸威力，相当于一卡车TNT炸药。不但瞬间能把里面的十万元钱烧成灰烬，还能把周围几十米以内的东西全都送上天。尹小强，我们俩是老熟人，我的脾气性格你应该知道，我会说到做到。尹小强，你想想看，我要是不做点准备，能单枪匹马一个人来会你吗？我警告你，你要是把我逼急了，我就陪着你们上西天。不过，我合算，一个人换你们好几个人。"

尹小强一听，浑身直冒冷汗。他本来打算一举把三妮拿下，财色双收，现在看来有点困难。这几年，他为了弄钱买毒品，偷盗抢劫和坑蒙拐骗的事没少干，但绑架人质敲诈钱财的事，还是第一次，手段也不够老道。但是，他平时很少分析琢磨这一类案件，从中学了不少东西。他虽然听说过这种电子密码箱，但从来没有亲眼看见过，对这种钱箱子的功能和威力知道得也不多。他看着三妮手中的箱子，半信半疑，心里开始打鼓，歇斯底里地骂道："臭婊子，你以为还是两年前啊，想吓唬住老子？你拿着一个破箱子，就想欺骗

第七十二章 斗智斗勇 营救小帆

老子,你也太天真幼稚了。告诉你,老子早就算计好了,你今天逃不出老子的手心。老子指名道姓让你一个人来,就是要玩玩你。刘小帆这只破鞋,老子早就玩腻了。老子想换换口味,尝一尝你的味道,也出出多年的恶气。你要是识相,就乖乖地放下钱领着刘小帆走人,老子可以网开一面,放你们俩一条生路。你如果不识相,别怪老子大开杀戒,先杀了你和刘小帆,再杀了你姐姐和那个狗屁教授!"

三妮愤怒地大声说道:"尹小强,这两年,你有长进,我也没有闲着。我现在是个大学生,知识比你多,认识的人比你多,刘小帆的爸爸是大学教授,我们弄个高科技的箱子,不是多大的难事。我告诉你,我要是怕死,就不会带着这个危险可怕的钱箱子到这里来见你。"

尹小强虽然已经在社会上闯荡了很多年,也算得上见多识广,但毕竟还是嫩了点,竟然被三妮的一席话给唬住了,浑身直冒冷汗。他直勾勾地盯着三妮手中那个神秘又可怕的钱箱子,底气越来越不足。但他心里十分明白,在这个节骨眼上,绝对不能胆怯。他强打起精神,虚张声势,气势汹汹地骂道:"臭婊子,你现在已经是瓮中之鳖,再不把钱箱子扔过来,老子就一枪崩了你!"

三妮吼道:"尹小强,我今天是来交换刘小帆的,不想节外生枝,把事情闹大。你让这个蒙面司机回到你身边去,然后放了刘小帆,我就把十万元钱全给你!"

尹小强又大声骂道:"臭婊子,你不让验货,我怎么知道你的钱是真是假?"

三妮打开密码箱,拿出三捆钱,扔了过去,喊道:"尹小强,你看好了,这是三万块钱。"

尹小强急忙捡起眼前的三捆钱,仔细看了看,又掂量了掂量,美滋滋地笑起来。这一段时间,尹小强因为弄不到钱买毒品,犹如万针刺心,痛不欲生。他狗急跳墙,铤而走险,绑架了刘小帆。现在,他拿着这么多崭新的票子,高兴得差一点跳起来。他怪笑着说:"嘿嘿!臭婊子,你还算识相,货真价实。你痛快点,都给老子扔过来。"

三妮喊道:"尹小强,你也算是个男子汉大丈夫,要讲点信誉。你把刘小帆嘴上和手上的东西全都去掉,让她走到我们俩的中间位置,我要和她说几句话。"

尹小强考虑了一下,跟蒙面司机摆了摆手,蒙面司机屁滚尿流地回到他的身边。然后,他把封着刘小帆嘴巴的胶带扯掉,又把捆着刘小帆双手的绳子解开。他一手握着尖刀,一手抓住刘小帆,走到了中间位置,气急败坏地骂道:"臭婊子,你再啰唆,我一刀捅死刘小帆。"

三妮急忙大声问道:"小帆,你没有事吧?"

刘小帆哭喊起来:"姐……你快救救我……"

三妮又从钱箱子里拿出三捆钱,扔到尹小强脚下,大声喊道:"尹小强,

你把刘小帆放了,我把钱全都给你,我们俩互不欠账,两清了,然后各走各的道!"

尹小强急忙拿起三捆钱,见仍然货真价实,冷笑了几声,恶狠狠地骂道:"你还想欺骗老子啊?你赶快把所有的钱都扔过来……"

这时候,随着几道闪电过后,又是几声霹雳。蒙面司机慌慌张张地拼命喊叫起来:"强哥,不好了,警察来了,我们已经被包围了!"

尹小强听了,惊得魂飞胆丧。他自以为这次绑架行动安排得天衣无缝,没有想到又栽在了三妮手里,更没有想到警察来得这么快。他狗急跳墙,穷凶极恶地向三妮扑了过来。说时迟那时快,刘小帆冲上去,一把抱住了尹小强的后腰。尹小强被刘小帆死死地抱住,挣脱不开,急忙转过身子,向刘小帆背部刺了一刀。三妮一个箭步冲上去,一刀刺进了尹小强的背部。

……

第七十三章 喜上加喜 好事连连

第七十三章 喜上加喜 好事连连

大妮的女儿童月，转眼之间就一百天了。姜春娟和安东方提出，给童月过百岁，邀请的人要多一点，场面要搞得隆重一点。但是，大妮坚持越简单越好，最终只邀请了连奶奶和三妮两个人。

童月过百岁这天，大妮和姜春娟忙了大半天，做了一桌子很丰盛的美味佳肴，邀请连奶奶和三妮来喝百岁酒，吃百岁面。

童月继承了大妮和童军的优点，长得非常漂亮。圆圆的、红扑扑的、胖乎乎的脸蛋，好像一个大苹果。一双黑亮有神会说话的大眼睛，亮晶晶，黑黝黝，水汪汪，好像两颗圆圆的黑宝石，闪闪发光。两串黑亮的眉毛，就好像两只弯弯的新月。小巧玲珑的小鼻子，翘翘的，是那么笔挺秀气。樱桃小口，两个可爱的小酒窝，肉嘟嘟的小嘴巴，圆鼓鼓的双下巴，显得那么调皮可爱。

因为彼此都是熟人，大家都很随便。百岁酒喝得很痛快，百岁面吃得也很尽兴，你一言我一语，聊得十分开心。大家喝着祝福的酒，说着祝福的话，聊完童月又聊安小丫，聊完两个小孩子，又自然而然聊到了大人身上。

连奶奶是个快言快语的人，心里本来就藏不住话。今天，她受人之托忠人之事，急不可待地说道："大妮、安磊，我们都不是外人，没有必要拐弯抹角，应该开门见山，直来直去，有什么就说什么。关于你们俩的婚事，春娟已经跟你们俩说过了。前几天，我和春娟也商量了这件事。我们一致认为，你们俩很般配，很合适，我们一百个赞成。我打心眼里喜欢你们俩，很愿意给你们俩当红娘，不知道你们俩愿意不愿意。今天，我想听一听你们俩的意见。你们俩要打开天窗说亮话，怎么想的就怎么说，别不好意思。"

其实，关于大妮和安磊的婚事，姜春娟已经分别跟大妮和安磊提过很多次了。这一段时间，大妮和安磊也一直在反复考虑着这件事。由于姜春娟始终没有得到大妮和安磊的明确答复，她只好请连奶奶亲自出面，来撮合这门亲事。

大妮与安磊一家人，从相识相处，到相亲相爱，已经四年多了。这期间，他们互相帮助，同甘共苦，同舟共济，一起度过了风风雨雨的峥嵘岁月，一起走过了坎坎坷坷的艰难历程。这期间，发生了许多让人开心高兴的事，也发生了一些令人痛心疾首的事。尤其是童军和辛婷婷的去世，令人痛不欲生，在心灵上造成了巨大的创伤。常言道，路遥知马力，日久见人心，患难见真情。可以这样说，大妮与安磊一家人，不是亲人胜似亲人，他们之间的感情，跨越了友情，直达亲情。大妮与安磊一家人，并没有血缘关系，也没有亲戚关系，但他们却亲如手足，情逾骨肉。

大妮心里十分清楚，安磊一家人都是好人，很爱她，也很爱童月。如果她嫁给了安磊，不但她会很幸福，童月也会很幸福。并且，童军的在天之灵，也肯定会支持她嫁给安磊。

在大妮心目中，安磊是一个正直善良、聪明能干和潇洒帅气的美男子。安磊与童军一样，都是可亲可爱又可以托付终身的好男人。与童军相比，安磊显得更加成熟、老练和稳健。自从认识安磊以来，大妮一直把安磊当成可敬又可靠的大哥哥。有安磊在身边，大妮感到有依靠，心里很踏实。

大妮与童军在同甘苦共患难之中相识相爱，他们俩情投意合，心心相印，走到了一起。他们俩山盟海誓，相约忠贞不渝，白头到老。他们俩从相亲相爱到童军去世，共同生活了整整三年时间。这三年里，他们俩双宿双飞，形影不离，爱得如胶似漆，难分难解。由于童军突然去世，他们俩没有来得及举行婚礼，但是，他们俩有了爱情的结晶，有了他们俩的孩子——童月。大妮对童军的感情比山高，比海深，她心里始终装着童军，并且装得满满当当，难以再容得下另外一个人。每当夜深人静的时候，每当睡着做梦的时候，童军的音容笑貌就会栩栩如生地浮现在她的脑海里，还是那么亲切，还是那么甜蜜。由于回忆、怀念和梦境始终缠绕在大妮脑海里，她难以忘记童军，难以和童军说再见，也难以接受和容得下另外一个男人。除此之外，她始终认为自己是个打工妹，条件太差，配不上安磊，绝对不能拖累安磊一辈子。

大妮心里很清楚，姜春娟满腔热情、急不可待地促成她和安磊的婚事，除了为他们一家人考虑，也是为她和童月的幸福着想。安磊一家人个个都是好人，她没有道理和理由来拒绝这门婚事，也不知道如何回答姜春娟才好。所以，每当姜春娟提起她和安磊婚事的时候，大妮左右为难，又不便说什么，只能不置可否地笑一笑。

在这件事上，安磊的处境和心情与大妮差不多。每当姜春娟提起他与大妮婚事的时候，他都进退两难，有口难言，只能是支支吾吾，吞吞吐吐。

安磊与辛婷婷青梅竹马，从小玩到大。他们俩心心相印，情深似海。辛婷婷去世还不到半年时间，安磊还没有从悲伤痛苦中走出来。他满脑子都是辛婷婷，容不下别的女人，更无法接受与另外一个女人结婚。

在安磊的心目中，大妮除了是他们家的恩人以外，还是个心地善良、诚实

第七十三章 喜上加喜 好事连连

可爱、聪明伶俐、美丽漂亮的小妹妹。他很感激大妮救了他的妈妈。他念念不忘大妮慷慨解囊，出手相救，接管了海鲜楼，帮助他走出了困境。

安磊认为，大妮不仅美若天仙，还是个女中豪杰，应该嫁给一个超群出众的好男人。他现在已经变成了一个残疾人，又是一个穷光蛋，根本配不上大妮。

今天，看到连奶奶当着大家的面郑重其事地提这门亲事，大妮感到，她再也不能回避这件事了，必须有一个明确的说法和答复。她考虑了一会，羞羞答答地说："奶奶，你说的这件事，我妈已经跟我说过多次了，我也反复考虑过了。今天没有外人，我就直截了当，实话实说。我喜欢大哥，也很爱大哥，但是，我不能嫁给大哥。因为，我心里只有童军，容不下别人。还因为，我是个打工妹，没有什么社会地位和经济基础，还带着个孩子。大哥德才兼备，各方面的条件都很好，我配不上他，我不能连累他。"

大妮刚说完，安磊羞红着脸说："连奶奶，你说的这一件事，我妈也已经跟我说过很多次了，我也考虑过很多次了。大妮心地善良，温柔贤惠，才貌超群，应该找一个出类拔萃的好丈夫。我是个残疾人，穷光蛋一个，还带着个孩子，我配不上她，不能拖累她。"

连奶奶听了，笑哈哈地说："你们俩是不是已经商量好了，怎么说得几乎一模一样啊？依我看，你们俩是天作之合，天生的一对，地造的一双，十分般配。"

大妮羞答答地说："大哥，你太小瞧自己了。你一条腿受了点伤，怎么能算是残疾人啊？你有海鲜楼，怎么能说是个穷光蛋啊？你……"

安磊急忙打断大妮的话，说："大妮，我没有小瞧自己，我是实话实说。我的一条腿成了瘸子，这还能不算残疾人吗？海鲜楼是我唯一的家业，账户上的钱是我的全部积蓄，被边蓉蓉洗劫一空，这还不算穷光蛋吗？"

大妮急忙说："大哥，你现在身体已经康复了，海鲜楼也走上正轨了，我现在就把它还给你。"

安磊连忙说："大妮，海鲜楼已经属于你了，我绝对不能要。我……"

连奶奶打断安磊的话，说道："大妮啊，安磊啊，你们俩就不要再争论海鲜楼的事了。如果你们俩结为夫妻，海鲜楼就是你们俩的共同财产。你们俩若是能喜结良缘，肯定很美满幸福，对小丫和童月，对你们的爸爸妈妈，都是天大的喜事。你们可以算一算，这是几喜临门呀？"

连奶奶喝了口水，接着说道："大妮啊，安磊啊，这个世界上就没有十全十美的事，也没有十全十美的人。什么配得上配不上啊，什么拖累不拖累啊，这都不是什么大问题。你们俩都经历过风风雨雨，都遇到过天灾人祸，都是过来人，又都带着个孩子。你们俩能最终走到一起，结为夫妻，白头到老，这是缘分，这是命中注定的事。"

连奶奶语重心长地说道："大妮啊，我知道你与童军情深似海，难以忘怀。

　　安磊啊，我知道你很爱辛婷婷，忘不掉她。但是，童军和辛婷婷已经离开了这个世界，不可能再回到你们的身边。今后，你们要找一个自己喜欢的人生伴侣，重新组成一个新的家庭，带着自己的孩子好好地生活下去，而且要生活得美满幸福。只有这样，童军和辛婷婷在九泉之下，才会瞑目安息。这就是现实，你们必须勇敢地去面对。大妮啊，安磊啊，人不能在怀念、回忆和梦境中过一辈子。怀念、回忆和梦境虽然很美好，但是，也很痛苦，如果沉溺于此，时间长了不能自拔，只能让人萎靡不振和窒息。人的一生要经历许许多多的事，要学会放弃，学会从回忆和痛苦中走出来。要学会把过去埋在心里，要向前看，去开拓新的生活。我知道忘记一个深深相爱的人很难，也会很痛苦。这需要一段时间，也需要一个过程。但是，这段时间和这个过程，不能拖得太长。大妮啊，安磊啊，为了你们和孩子的幸福，你们必须这样做，这也是老人们的一片心意。"

　　连奶奶刚刚说完，姜春娟接着说道："大妮、安磊，你们的心情和处境，妈都知道，妈也很理解你们。过去的事都过去了，你们应该开始新的生活。我撮合你们俩的婚事，是希望你们俩和两个孩子生活得美满幸福，你们俩要体谅我的心情。大妮啊，你虽然是我的干闺女，但在我的心里，你比亲闺女还要亲。你们俩一个是我的干闺女，一个是我的儿子，我一碗水端平，不偏不倚，我感到你们俩很般配，很合适。从今以后，你们俩就不要再提什么配不配和拖累不拖累了。大妮啊，你要是不嫌弃安磊，成为我的儿媳妇，是我们全家人三生有幸。安磊啊，要是大妮愿意嫁给你，这是上苍赐给你的福气。说句心里话，大妮这么优秀，我真舍不得她嫁到别人家去，去给别人当儿媳妇。"

　　姜春娟说完，安东方接着说道："大妮、安磊，你们俩结为夫妻，我举双手赞成。如果你们俩没有意见，我提议，今天就把你们俩的婚事定下来。什么时间去领结婚证，什么时间举行婚礼，都不用急，你们俩商量着办。"

　　三妮高兴地说："大姐，刚才，连奶奶、姜阿姨和安叔叔说的话，情真意切，句句在理，我很感动，也完全同意。为了你和童月的美满幸福，你应该痛痛快快地答应这门婚事。"

　　大家说的话，情深义重，感人肺腑，句句都打动了大妮和安磊的心。

　　大妮面若桃花，她考虑了一会，羞羞答答地说："你们的心意我明白，都是为了我和童月好，谢谢你们！只要大哥不嫌弃我，我……同意！"

　　安磊羞红着脸说："大妮，我怎么能嫌弃你啊？能娶到你这样的好妻子，能给小丫找到这么好的后妈，这是上苍赐给我的良缘和福气，也是我求之不得和梦寐以求的事！我……"

　　连奶奶满面笑容，一锤子定音："大妮、安磊，你们俩的婚事就这么定下来了！今天，我们给童月过百岁，也算是你们俩的订婚仪式。"

　　姜春娟乐得合不上嘴，笑着说："太好了，我完全同意！你们俩结为夫妻，

第七十三章 喜上加喜 好事连连

是上苍赐予和命中注定的缘分。俗话说，十年修得同船渡，百年修得共枕眠。希望你们俩倍加珍惜、精心呵护这份百年修来的缘分，相约相守，心心相印，同甘共苦，百年好合！"

连奶奶兴高采烈地问："大妮、安磊，你们俩什么时间举行婚礼啊？我这个当红娘的盼着早一天参加你们俩的婚礼，喝你们俩的喜酒哪！"

大妮想了想，说："奶奶，童军去世不久，辛婷婷嫂子更是去世不久，我不想这么快就改嫁。结婚和举行婚礼的事，以后再商定吧。"

安磊急忙说："我完全同意大妮的想法。"

安东方高兴得一拍桌子，喜气洋洋地说："哈哈，今天给童月过百岁，又订下了大妮和安磊的婚事。好事成双，双喜临门，可喜可贺。你们俩订了婚就成了一家人，大妮成了我的儿媳妇，这真是天助我也，这是我们全家人的福气，也是我们老安家的一大幸事！等到你们俩结婚的时候，我一定把你们俩的婚礼办得热热闹闹、轰轰烈烈！现在，我提议，大家共同干杯，祝大妮和安磊喜结良缘，幸福美满！"

……

最近这一段时间，对大妮和安磊一家人来说，好事连连，喜庆的事儿一个接着一个来。先是安磊康复出院，接着是给童月过百岁，订下了大妮与安磊的婚事，再接着就是在观海市开展的特色美食评选活动中，不仅大妮餐馆和海鲜楼双双进入了前十名，大妮还被评选为观海市餐饮行业十佳先进个人，应邀参加了表彰大会，上了电视和报纸。

参加完表彰大会，大妮一进家门，姜春娟和安东方就摆上了满满一桌子美酒佳肴，吆喝着要好好庆祝一下。

席间，安东方特别开心，开怀畅饮。他高兴地品尝着美酒佳肴，春风得意地说："最近，我们家好事不断，喜事一个接着一个，真是大快人心，可喜可贺。观海市这次评选特色美食，我们家开的两个饭店都进入了前十名，大妮被评选为十佳先进个人。大妮啊，你现在是观海市餐饮行业的知名人物，也是我们家的有功之臣，我要敬你一杯酒。"

大妮急忙端起酒杯，高兴地说："爸，我一个人什么也干不成，这都是大家共同努力的结果。特别是与你和妈的关心帮助分不开，你和妈才是有功之臣。再说，我是晚辈，应该先给你们俩敬酒。"说完，她敬了安东方和姜春娟一杯酒。

安磊眉开眼笑地说："现在，市政府决定，对评选出来的特色美食，采取优惠政策，扶持它们做大做强。大妮，你应该充分利用市政府对特色美食的优惠政策，扩大大妮餐馆和海鲜楼的经营规模，办几个连锁店。我希望你抓住机遇，放开手脚，轰轰烈烈大干一场。你……"

姜春娟马上打断安磊的话，埋怨道："什么你呀我呀，我怎么听着这么别扭啊？安磊啊，你现在应该搞清楚，你和大妮已经订了婚。去领一张结婚证，就成合法夫妻了。都到这个时候了，你怎么还分得这么清楚啊？依我看啊，现在最急需要办的是，你们俩赶紧去领一张结婚证，我和你爸赶紧给你们俩举行一个热热闹闹的婚礼。"

大妮笑着说："爸、妈，我考虑过了，领结婚证的事不用急，等忙过这一阵子再说，举行婚礼的事更不用急。"

安磊急忙说："我完全同意大妮的想法。"

大妮胸有成竹地说："刚才，大哥说的扩大经营规模、办连锁店的事，我这几天也考虑过了，正想和你们商量。我想利用政府的优惠政策，抓住当前的大好机会，成立一个餐饮总公司，开办大妮餐馆和海鲜楼分店。这是我个人的初步想法，不知道合适不合适。"

安磊琢磨了一会，然后高兴地说："好主意，正合我意，我完全同意。"

安东方考虑了一会，满意地点着头说道："利用品牌效应，实行强强联合，扩大经营规模，方向正确，路子对头。大妮啊，资金、员工和房子，你是怎么考虑的啊？"

大妮信心满怀地回答说："我们现有的资金，完全可以正常运转。另外，我们还可以申请一部分优惠贷款。对现有的员工进行合理调配，再从社会上招聘一些新员工，以老带新，进行短期培训。我们可以自己联系租房子，也可以请求政府有关部门，帮助我们解决房子问题。"

安磊想了想，高兴地说："我看大妮的想法切实可行。"

大妮强调说："爸、妈，要办好这些事，一个人单枪匹马肯定不行，我们全家人必须齐心协力，共同上阵。"

安东方慢悠悠地品尝着美酒，考虑了半天，然后踌躇满志地说道："你们看这样行不行啊？我们成立一个大妮餐饮总公司，大妮任总经理，安磊任副总经理，下属大妮餐馆分店和海鲜楼分店。资金、员工和房子问题，就按照大妮的想法去办。现在，童月还小，离不开大妮，小丫也需要大妮照看。总公司的事务，由安磊具体负责，但是，如果遇到大事，安磊必须及时向大妮请示汇报。如果遇到困难，我会帮助你们俩进行解决。"

大妮笑眯眯地说："爸，你的想法很好，我同意。不过，我一个女人，一个打工妹，小学都没有毕业，怎么能当得了总经理啊？别人也会笑掉大牙。赶着鸭子上架，肯定不行。还是让大哥当总经理吧，让我干点具体的事。"

安磊摆着手说："不行……大妮，现有的大妮餐馆和海鲜楼都是你在经营管理，你当总经理是水到渠成，名正言顺，员工们也心服口服。让我当总经理，是名不正言不顺，理不直气不壮。我现在郑重宣布，我绝对不会当总经理！"

姜春娟听了，笑嘻嘻地说："什么总经理啊，什么副总经理啊？你们俩都成了两口子了，还分什么你呀我呀，还分什么你高我低啊？"

第七十三章 喜上加喜 好事连连

"妈,你说些什么呀。"大妮满面羞红,不好意思地说。

安东方开怀大笑,满怀信心地说:"妇女能顶半边天,花木兰能冲锋陷阵,穆桂英能统率三军。古今中外,许多学历不高的人,照样能建功立业,成了知名人物。依我看,大妮当这个总经理,是人尽其才,肯定能旗开得胜,马到成功。"

大妮急忙说:"爸,这事可不能开玩笑,我真当不了这个总经理,还是让大哥……"

姜春娟打断大妮的话,笑吟吟地说:"大妮啊,我觉得你当很合适,你就别再推辞了。你现在还没有走马上任,怎么就知道当不了啊?我看你爸说得很有道理,就按照你爸说的去办吧。"

大妮和安磊全家人,经过一段时间紧锣密鼓的准备,成立大妮餐饮总公司以及下属各分店的各项筹备工作,很快就全部就绪了。

这一次,大妮和安磊对员工进行了调整。原海鲜楼的员工,一分为二。倪大伟和冉冉,分别担任第一分店的店长和副店长。曾欣欣和左东强,分别担任第二分店的店长和副店长。原大妮餐馆的员工,一分为五。冷小静和吴涛,分别担任第一分店的店长和副店长。风玲玲和方小宁,分别担任第二分店的店长和副店长。郝慧慧和令媛媛,分别担任第三分店的店长和副店长。管丽丽担任第四分店的店长。来燕子担任第五分店的店长。

这一天,是个风和日丽的好日子,也是个欢乐喜庆的好日子。上午,大妮和安磊在海鲜楼大厅里隆重召开了大妮餐饮总公司成立大会。安磊的老同学海宁,现场进行了采访报道。

应邀参加这次大会的人员,除了大妮餐馆和海鲜楼的全体员工,还有大妮和安磊的家人及亲朋好友。市政府有关部门的领导,也应邀参加了这次大会。

这几天,大妮的心情一直很激动。她思前想后,心潮澎湃,浮想联翩……

四年前,为了逃避三狗蛋的逼婚,她带着两个妹妹,从穷山沟里逃了出来,来到观海打工。她做梦也没有想到,经过几年的努力和打拼,她从一个身无分文的打工妹,从一个小快餐店的服务员,变成了一个拥有七家饭店的大老板。这些年来,她呕心沥血,含辛茹苦,流了那么多的心血和汗水,终于迎来了这一天。为了这一天,童军还献出了自己的生命。现在,她终于成功了,她可以扬眉吐气地告慰童军的在天之灵了。

大妮坐上总经理这一把交椅时,百感交集,有点不敢相信这是真的,也感到心中沉甸甸的。她十分清楚,今天,是她人生旅途中的一个新的起点,她必须戒骄戒躁,加倍努力,再打造出一片新天地。

这一天,海鲜楼大门外的广场上,大妮餐馆对面的公园里,彩旗飘扬,锣鼓喧天,人们舞动龙狮,载歌载舞。当大妮宣布大妮餐饮总公司成立时,鞭炮齐鸣,五颜六色的烟花腾空而起,竞相绽放!

……

第七十四章　二妮被辱　齐盛被打

昨天深夜，二妮被绑架到了龙哥的小别墅里。龙哥口若悬河，滔滔不绝地说了一通，并且答应尽快让二妮与鸣鸣见面。说完，龙哥阴笑着走了。二妮顿时就明白了，她已经被龙哥囚禁在这个小别墅里了。她坐在床上，呆呆地看着外面的狂风暴雨，感到绝望了。哭着哭着，她感到一阵天旋地转，迷迷糊糊地昏迷了过去。

当二妮醒过来的时候，已经是第二天的中午。她急忙爬了起来，向外面看去。窗子外面，暴雨还在没完没了地下着，没有一点要停下来的意思。

这一栋小别墅，孤零零的，肯定地处城市的郊区。它的三面被郁郁葱葱的崇山峻岭环抱着，对面是一望无际的大海。小别墅的周围，是高高的围墙，围墙上面还有电网。院子不是很大，里面有几棵大树，黑色大铁门的左边，是两间平房，两个保镖日夜看守着。大铁门的右边，小棚子里蹲着一条又高又大的狼狗。它瞪着两个鸡蛋一般大的黑眼睛，眼睛里放射出凶残可怕的蓝光，张着血盆大口，耷拉着一条长长的红舌头，看上去令人毛骨悚然。

二妮被龙哥囚禁在这个牢笼一般、与世隔绝、插翅难飞的小别墅里，心急如焚，坐立不安。她一遍又一遍地问着自己："我该怎么办啊？怎么样才能把鸣鸣和小红救出来啊？"她绞尽脑汁，翻来覆去地冥思苦想着。

此时此刻，二妮已经认定，龙哥不想现在就杀了她。那么，龙哥把她囚禁在这里，想达到什么目的呢？以前，龙哥不放她和常健回国，目的是让她和常健为他挣钱。现在，龙哥已经把常健杀害了，却把她囚禁在这里，龙哥还想干什么啊？龙哥是不是想逼迫她留下来，继续在夜明珠唱歌，继续为他挣更多的钱啊？如果是这样，她应该怎么办？为了离开夜明珠这个虎狼窝，为了离开龙哥这个魔鬼，常健已经丢掉了性命。她绝对不能贪生怕死，向龙哥低头。哪怕是与常健一样，丢掉了性命，也在所不惜。如果她不肯低头就范，不肯乖乖地留下来为龙哥挣钱，龙哥绝对不会放过她，肯定会杀了她，只不过是时间早晚而已。难道就这样束手待毙，眼睁睁地等待着龙哥来杀害自己吗？

第七十四章 二妮被辱 齐盛被打

二妮分析来分析去，明确认识到，龙哥现在还没有对鸣鸣和小红下毒手，她们俩现在还活着。既然龙哥不想马上杀了她，就说明她还有时间和机会营救鸣鸣和小红。她必须想方设法拖延时间，千方百计寻找机会，把鸣鸣和小红营救出来，让她们俩好好地活下去。可是，龙哥老奸巨猾，阴险毒辣，能让她拖延时间吗？能给她营救鸣鸣和小红的机会吗？

现在，二妮已经失去了常健，她自己又被囚禁在这个几乎与世隔绝的小别墅里，插翅难逃，也没有办法和外面联系，叫天天不应，叫地地不灵。她感到是那么孤独、可怕和恐怖，是那么无可奈何和绝望！

二妮越想越心烦意乱，越想越胆战心惊。她犹如万箭穿心，跪在窗子前面，看着外面的狂风暴雨，不停地哭着，一遍又一遍地祈求老天爷可怜可怜她，让她把鸣鸣和小红营救出来。

从常健被杀害到今天中午，二妮没有吃一口饭，已经哭得昏迷了很多次。现在，她身心憔悴，筋疲力尽。她哭着哭着，又迷迷瞪瞪地睡着了。

当二妮再次醒过来的时候，已经是夜里八点多。她睁开眼睛一看，龙哥坐在对面的沙发上，正怪怪地看着她。

龙哥见二妮已经醒了过来，指着满满当当一桌子饭菜，问道："弟妹啊，我让弟兄们给你送来这么多饭菜，你怎么一口没吃，原封未动地放着呀？"见二妮不回答，他又接着说道："弟妹啊，你不吃不喝，身体受不了，这怎么能行啊？常老弟已经走了，人死不能复生。你应该节哀顺变，保重身体，开始新的生活。"说完，他给保镖们打了一个电话，让他们撤走桌子上的凉饭凉菜，又接着送上来一桌子热气腾腾的饭菜，还有啤酒、红酒。

保镖们退出以后，龙哥说："弟妹啊，今天晚上，我难得有空，要陪着你喝几杯酒，给你压压惊。"

二妮心想，为了营救鸣鸣和小红，她现在必须忍气吞声，继续和龙哥周旋下去，等弄清楚龙哥葫芦里卖的到底是什么药，然后再作打算。

"龙大哥，我现在什么也吃不下去，心里只有鸣鸣，我什么时间才能见到她呀？"二妮哭着问。

"弟妹，海上风雨交加，轮渡不通，没有办法去接鸣鸣。其实，我的心情和你一样，为了你和鸣鸣的事，心急如焚，坐立不安。今天，我又跟夜明珠的弟兄们打了电话，要他们一定要照看好鸣鸣。弟兄们说，鸣鸣现在很好，你尽管放心。"

"龙大哥，我现在一分钟也待不下去了，我要马上去见鸣鸣。"二妮泣不成声地说。

"弟妹啊，你别着急，狂风暴雨很快就会结束，轮渡很快就会通航，你很快就会和鸣鸣见面。"

二妮不再言语，又伤心痛苦地哭起来。

"弟妹啊，人是铁饭是钢，你不吃不喝，还不停地哭，很快就会死去。你死了，鸣鸣还怎么活下去啊？"

二妮听了，心脏就好像被抓了一把，顿时一惊。是啊，常健已经死了，如果她再死了，鸣鸣和小红怎么办啊？她们俩还能活下去吗？为了营救鸣鸣和小红，她现在绝对不能死，必须想方设法活下去。眼下，她必须保重自己的身体。留得青山在，不怕没柴烧，只有保重自己的身体，才能有时间和机会营救鸣鸣和小红。

龙哥心黑手辣，诡计多端，他一旦在酒和饭菜里下了药怎么办啊？事到如今，她已经顾不了那么多了，为了营救鸣鸣和小红，她全都豁出去了。

想到这里，二妮擦了擦泪水，说道："龙大哥，谢谢你，我敬你一杯酒！"说完，她倒了两杯啤酒，然后与龙哥碰杯，两个人一起干了。

龙哥心中一阵狂喜，连声说："痛快……"说完，他又急忙给二妮敬酒。

二妮慢慢地喝着啤酒，追问道："龙大哥，你真的能让我与鸣鸣见面吗？"

龙哥听了，呵呵一笑，信誓旦旦地说："弟妹啊，你这个人怎么疑神疑鬼，怀疑我言而无信啊？我是个男子汉大丈夫，闯荡江湖多少年，从来都是一言九鼎，说到做到。我在场面上混，讲究的就是个信誉。"

二妮一愣，她没有想到龙哥将了她一军。她摇了摇头，说："龙大哥，你弄误会了。我是思念鸣鸣心切，都快想疯了，心急如焚，请你谅解。"说完，她又敬了龙哥一杯酒。

龙哥兴奋地又是一阵怪笑："哈哈，痛快……真痛快！弟妹啊，你现在遇到了难处，我不能袖手旁观。常老弟仙去，还有我呢，我要像心肝宝贝一样疼爱你，让你活得更加潇洒和舒服，一辈子幸福快乐！"

二妮听了，心里咯噔一下，急忙问道："什么？我不明白，什么意思啊？"

龙哥美滋滋地品尝着美酒，皮笑肉不笑地说："常老弟走了，他的英灵肯定希望你早点成个家，生活得更加美满幸福。你这么年轻漂亮，仙女似的，应该早点嫁人，早点开始新的生活。常言道，人生如梦，转眼就是百年。人活在世，应该看破红尘，及时行乐。"稍停片刻，他又色眯眯地说："弟妹啊，你我都不是外人，应该打开窗户说亮话。其实，我早就喜欢上你了，希望你嫁给我。"

二妮一听，犹如五雷轰顶，目瞪口呆，瞬间就出了一身冷汗。

现在，狐狸尾巴露出了，已经真相大白了。原来，龙哥杀害常健的目的，不仅仅是要逼迫二妮留下来，继续为他挣钱，更为重要的是，他要霸占二妮。二妮知道龙哥阴险毒辣，但没有想到龙哥如此阴险毒辣。此时此刻，二妮怒火万丈，恨不得把龙哥千刀万剐，为常健报仇雪恨。但是，为了营救鸣鸣和小红，她不得不饮恨吞声，强压住满腔怒火。

第七十四章 二妮被辱 齐盛被打

冷静了一会,二妮说道:"龙大哥,你真会说笑话。常健刚刚去世,尸骨未寒,我不可能考虑再嫁人的事,也不想考虑这件事。现在,我只想快点见到呜呜。再说,我一个打工妹,还带着个孩子,根本就配不上你这个有钱有势的大人物。"

龙哥认为,二妮已经成了瓮中之鳖和煮熟的鸭子。刚才,他既然已经把话挑明了,就没有必要再藏着掖着了。他撕下假面具,露了真面目,色眯眯地盯着二妮,淫笑着说:"哈哈……二妮,你太漂亮了,仙女似的,我第一次看见你,就被你迷倒了!嘿嘿……小美人,我梦寐以求,恨不得马上把你据为己有!嘿嘿……"

龙哥以前说的话,往往都是骗人的鬼话。他刚才说的这些话,才真的是发自他的内心深处。

灯红酒绿和花天酒地的岁月再迷人,也有厌烦的时候。风花雪月和寻花问柳的时光再销魂,也有疲倦的时候。他想换一换口味,寻找新的刺激。岁月不饶人,转眼之间,龙哥已经是快要奔五十岁的人了。这几年,他一直在琢磨着找个"压寨夫人",再生上几个儿子,传宗接代,光宗耀祖。但是,他要找的"压寨夫人"可不是一般的人物,他寻寻觅觅,始终没有找到一个合适的人选。

二妮的出现,使龙哥眼前一亮。这个女孩子貌若天仙,不但是一只金凤凰,还是一棵摇钱树和一个聚宝盆。如果把这个女孩子据为己有,变成"压寨夫人",真可谓名利双收,这辈子也就功成名就、心满意足了。什么朋友妻不可欺啊,这是骗人的鬼话。人不为己,天诛地灭。为了达到自己的目的,管她是谁的妻子啊,该出手时就出手,绝对不能客气,绝对不能手软。

听完龙哥的话,二妮怒火万丈,她咬牙切齿地问道:"你为了得到我,一直不放常健和我回国,最终杀害了常健,我说得对吗?"

龙哥阴阳怪气地说:"嘿嘿……二妮啊,你误会了,这样的玩笑可不能随便开。不放你们俩回国,是舍不得失去人才。我和常老弟情同手足,亲如兄弟,我怎么能杀害他啊?杀害常老弟的是那个黑衣男子,被当场击毙,你已经亲眼看见了。"

二妮听了,知道龙哥又在撒谎,气得脸色发白,浑身颤抖,她再一次使劲压了压满腔怒火,愤怒地说:"你痴心妄想,白日做梦,我绝对不会嫁给你!"

龙哥怪笑几声,色眯眯地说:"嘿嘿……二妮,你只能同意,因为你已经没有别的选择!我的心肝宝贝,我有花不完的钱,你跟着我会荣华富贵一辈子。嘿嘿……"

此时此刻,二妮再也控制不住自己的情绪了,她声嘶力竭地骂道:"你这个畜生,你这个吃人不吐骨头的魔鬼,我宁可一头撞死,也不会嫁给你!"

龙哥又是一阵淫笑,然后恶狠狠地说:"想死?没那么容易。如果你不知好歹，给脸不要脸，别怪我不客气！"

这时候，二妮感到越来越困，越来越迷糊，她马上意识到，龙哥在酒菜里下了药。她怒火中烧，还想说些什么，最终什么也说不出来了。不一会，她就迷迷糊糊地趴在桌子上睡着了。

龙哥早已春心荡漾，欲火难耐，他得意忘形地淫笑着说："嘿嘿……你他妈给你老子玩心眼，还嫩了点。哈哈……"龙哥一边淫笑着，一边抱起二妮，放在那张大床上。

龙哥凶相毕露，那两只贪婪的燃烧着欲火的眼睛，直勾勾地盯在这个睡美人。他惊得目瞪口呆，这么超凡脱俗的漂亮美女，人间不可能有，她活脱脱是一个仙界下凡的仙女。那乌黑飘逸的秀发，那漂亮美丽的脸蛋，那白嫩细腻的皮肤，那恰到好处的身材……她身体上每一个部位，都搭配组合得那么巧夺天工，那么精美绝伦，那么浑然天成。他玩弄过数不清的美女，但与眼前的二妮相比，有天壤之别，根本就不在一个档次上。能吃樱桃一口，不吃烂杏一筐，这一句话真正的含义，他现在终于弄明白了。

睡梦中，二妮感觉到，大门口那一条可怕的大狼狗跑了进来，把她的躯体一点一点地吃掉了，把她的血液也一滴一滴地喝干了。当狼狗正要挖她的眼睛的时候，她一下子惊醒了。她睁开眼睛一看，龙哥正在强暴她，满腔怒火瞬间就爆发了出来，她在龙哥的胳膊上狠狠地咬了一口，又一把把龙哥推到一边，使劲踹了龙哥一脚，扑上去就是一顿耳光。

龙哥胳膊上被突然咬了一口，鲜血直流，眼睛被打得乱冒金星……

龙哥哪里受过这样的窝囊气啊，他恼羞成怒，再也顾不上斯文、伪装了，他那阴险毒辣、狰狞残暴和流氓成性的真实面目，一下子就全部暴露了出来。他捂着流血的胳膊，指着二妮破口大骂："臭婊子，你吃了豹子胆了，敢打老子，老子要弄死你！老子要……"他一边骂着，一边像弹簧一样跳起来，对着二妮就是一阵拳打脚踢。

二妮咬牙切齿地骂道："你这个豺狼，你这个流氓，你这个杀人不眨眼的刽子手！你杀了常健，又强暴侮辱了我，我一定要报仇雪恨，我一定要杀了你！我……"

龙哥恶狠狠地说："你和常健也太幼稚可笑了，愚蠢之极！你们俩不知道天高地厚，自以为是，不识抬举，给脸不要脸，自讨苦吃。你们俩把我当成什么人了，把我这里当成什么地方了，想来就来，想走就走啊？告诉你，我想得到的，就一定要得到，我得不到的，别人也别想得到！常健的死，是他自作自受，自取灭亡！"

二妮怒不可遏，声嘶力竭地骂道："你这个吃人不吐骨头的恶魔，你这个披着人皮的豺狼！你口口声声说，你和常健情同手足，亲如兄弟。常健为你做

第七十四章　二妮被辱　齐盛被打

了那么多事，挣了那么多钱，到头来你却杀害了他，强暴侮辱他的妻子。你不怕老天爷惩罚你吗？你不怕报应吗？你不怕天打五雷轰吗？"

龙哥气急败坏地吼道："你闭嘴！这个世界上只有金钱和美女是真的，根本就没有什么老天爷，根本就没有什么报应。什么友谊，什么情义，都是扯淡，狗屁不是。顺我者昌，逆我者亡。为我所用，便是兄弟，不为我用，便是仇敌。常健不自量力，与我作对，我杀了他，是他咎由自取。老子告诉你，你要是不知好歹，不听我的话，不乖乖地伺候老子，我不但杀了你，还要杀了你的呜呜！"

二妮大声骂道："你这个畜生，你这个败类，我要与你拼个鱼死网破！"

龙哥冷笑着说："嘿嘿……你又在白日做梦！就凭你这个半死不活的熊样子，还想与老子拼个鱼死网破，不自量力。你别以为耍小聪明，就能逃出老子的掌心！老子告诉你，你和齐中华一家人勾勾搭搭的事，老子早就了如指掌，一清二楚。你想和他们联合起来对付老子，更是痴心妄想。我现在杀你，就好像捏死一只蚂蚁。如果齐中华不知好歹，胆敢和我过不去，我就让他家破人亡，死无葬身之地。"

二妮怒火万丈，冲上去就和龙哥拼命。龙哥暴跳如雷，抓住二妮又是一阵拳打脚踢。二妮立刻口鼻流血，眼冒金星，天旋地转，昏了过去。

……

住在Q城医院里的二妮，一夜之间消失得无影无踪。齐中华一家人急得火烧火燎，到处寻找二妮的下落。他们找了整整一天，应该找的地方全找过了，都没有发现二妮的踪影。他们感到这件事十分蹊跷，分析来分析去，一致认为，二妮很可能是被龙哥的人绑架了。他们心里十分清楚，龙哥老谋深算，阴险狡诈，与黑社会势力盘根错节，手下有很多人，是个很难对付的老狐狸。为了不打草惊蛇，节外生枝，警方的调查侦破工作，只能在暗中悄悄地进行。

连续肆虐了两天两夜的狂风暴雨，终于停了下来。一大早，齐盛和两个随从人员，乔装打扮成观光旅游的客人，乘坐第一班轮渡来到了双乳岛。上一次，给二妮拍专题片的时候，齐盛他们曾经来过二妮和常健居住的小别墅。这一次，他们是轻车熟路，下了轮渡，避开夜明珠，直接来到了小别墅。

这个小别墅的大门，紧紧地关闭着。院子周围，戒备森严，有很多保镖，一个个气势汹汹，如临大敌。齐盛他们煞费苦心，几经周折，还是不能靠近小别墅。齐盛他们怕把事情闹大了，引起龙哥的怀疑和警惕，加害于呜呜和小红，不敢强行闯进去，只好作罢，返回到Q城。

当天下午，齐盛他们又乔装打扮成观光旅游客人，再次登上双乳岛，直接来到了这个小别墅的旁边。经过观察，齐盛他们发现，小别墅的大门敞开着。看守小别墅的保镖，现在只有三个人。他们坐在小别墅的大门口一边，无精打采，闷闷不乐地吸着烟。齐盛他们大摇大摆地来到小别墅的大门口，刚要往院子里走，被冲上来的三个保镖拦住。这三个保镖中，为首的正是阿山。

今天早晨，阿山一觉醒来，发现鸣鸣和小红不见了，他慌慌张张把小别墅翻了个底朝天，也没有发现鸣鸣和小红的踪影。阿山顿时吓得出了一身冷汗，一屁股蹲在了地上。

稍微一冷静，阿山马上带领着十多个弟兄，对北乳岛进行了一次拉网式搜查，还是没有发现鸣鸣和小红的影子。阿山更加心惊胆战，急忙跟龙哥打电话报告情况。龙哥听了，暴跳如雷，把阿山臭骂一顿，限阿山在两天之内找到鸣鸣和小红，活要见人，死要见尸。否则，就要砍掉阿山的脑袋。

阿山按照龙哥的指示，首先对双乳岛进行了封锁，严格排查进出人员。然后，又对北乳岛进行了三遍地毯式的搜查。对荒无人烟、没有道路、人们很少过去的南乳岛，阿山也不敢放过。他带领着弟兄们攀过悬崖峭壁，来到南乳岛，进行了两遍地毯式搜查。地面上搜查不到，阿山又带领弟兄们到双乳岛附近的海面上搜查。双乳岛就巴掌大的地方，应该搜查的都搜查过了，角角落落、旮旮旯旯都反反复复搜查了好多遍，还是没有发现鸣鸣和小红的踪影。

阿山带领着弟兄们，从早晨一直马不停蹄地忙到下午，没有一点收获。他心烦意乱，战战兢兢，围着这个小别墅转来转去。他苦思冥想，百思不得其解。地面上没有，附近海面上也没有，活不见人，死不见尸，事发时狂风暴雨，轮渡停航，鸣鸣和小红不可能逃到岛外去。难道她们俩插翅飞走了，难道她们俩在岛上"蒸发"了？

距离龙哥的期限越来越近，阿山垂头丧气，心里越来越苦恼，越来越忐忑不安。

眼看着太阳快要落山了，阿山更加心神不定，坐立不安。他愁眉苦脸地坐在小别墅的大门口旁边，心烦意乱地吸着烟。当他看到齐盛他们大摇大摆地往小别墅的院子里面走去，他的火气不打一处来，马上怒气冲冲地冲上前去，气急败坏地骂道："找死啊，快滚蛋爬开！"

齐盛一愣，马上赔着笑脸说："你好，打扰你了，实在对不起啊，我们来找个人。"

阿山气呼呼地问道："你他妈东张西望，贼头贼脑，一看就不是个好东西，你是干什么的？"

"我是泰中影视交流协会的秘书长，我们来找……"

没有等齐盛把话说完，阿山又气急败坏地骂道："少啰唆，老子正烦着哪，没有闲工夫听你瞎扯淡。你还想找人，老子搜索大半天了，连个人影都没有见到。你他妈吃饱撑得啊，不在家好好待着，跑到这里凑热闹找麻烦，是不是活得不耐烦了？"

齐盛强压着怒火，解释道："对不起，我们来找二妮。"

第七十四章　二妮被辱　齐盛被打

阿山听了，心里一惊，急忙问道："你们找二妮干吗？你们怎么认识她啊？"

齐盛不慌不忙地回答："二妮唱歌很好听，在 Q 城华人之中家喻户晓。我们今天来，就是要请二妮加入我们的影视交流协会。刚才，我们去夜明珠找她，没有找到。所以我们就来到了这里。"

阿山听了，火冒三丈，大声骂道："赶快滚蛋，这里没有你要找的人！"

齐盛心想，距离小别墅这么近，只要大声喊叫，小别墅里如果有人，听到喊叫的声音，说不定会自己走出来。想到这里，他大声喊道："你这个人是干什么的？为什么这么横行霸道？人们已经告诉我们了，都说二妮在家里，你为什么说二妮不在家里？你为什么要欺骗我们？这里是二妮的家，你为什么不让我们进去？你……"

看到齐盛不但不离开，反而大呼小叫着纠缠个没完没了，阿山大发雷霆，他打断齐盛的话，大声骂道："你他妈不想活了，老子教训教训你！"他叫骂着，举起拳头就要打齐盛，被齐盛的两个随从拦住。齐盛的这两个随从，都是练拳习武之人，武功不在阿山他们之下。

齐盛看到阿山他们被自己的两个随从拦住，更是大声叫骂："你们这些人，蛮不讲理，都是地痞流氓，我没有闲工夫给你们费口舌……"他一边叫骂着，一边冲进小别墅里，飞快地把每个房间都查看了一遍。每个房间里都是一片狼藉，根本就没有人。

阿山看到齐盛叫骂着冲进小别墅，他和两个弟兄却被齐盛的两个随从拦住，更是怒火万丈，他破口大骂："你们自己找死，怪不得老子！老子明天就要掉脑袋了，临死找个垫背的！"他一边叫骂着，一边抽出砍刀，向齐盛的两个随从砍去。他砍伤了齐盛的一名随从，又冲进小别墅里，挥刀向齐盛的头部砍去。在这千钧一发之际，齐盛急忙躲闪，被砍伤了一条胳膊，顿时血流如注。

……

第七十五章　照顾小帆　看望陆建

那天深夜，狂风暴雨，电闪雷鸣，在那个偏僻的山沟里，在大桥下面，尹小强突然听说警察来了，狗急跳墙，慌忙向三妮扑过去，被刘小帆从背后紧紧地抱住。尹小强转过身子，向刘小帆的背部刺了一刀。三妮冲过去，一刀刺进了尹小强的背部。尹小强拼命挣扎，挥刀向三妮刺来，被冲上来的警察一枪击毙。这时候，仓皇逃窜的四个歹徒，被警察们团团围住，只能束手就擒，全部落网。

背部受伤的刘小帆，被抬上警车，风驰电掣般向医院驶去。经过五个多小时的手术，刘小帆终于脱离了生命危险。

……

那一天早晨，刘小帆高高兴兴地去上学。走到僻静的山坡上，后面突然冲过来一辆出租车，挡在了她的前面。出租车上下来两个青年男子，突然冲过来，一把捂住刘小帆的嘴，紧接着把她推进出租车里。

出租车里，刘小帆的嘴巴被胶带封住，眼睛被头套蒙住，双手被绳子捆了起来，一边一个男青年紧紧地抓着她。刘小帆感觉就好像瞬间掉进了一个伸手不见五指的万丈深渊里，还飞快地向下坠落着。不知道颠簸了多长时间，出租车终于停了下来。刘小帆被带进了一个房子里，取下了头套。

这是一个农家小院，坐落在一个山沟里。这个小院孤零零的，附近没有一间房子。

"哈哈……小帆，亲爱的，我们俩又见面了！"尹小强阴笑着走了进来。

对于尹小强的出现，刘小帆并不感到奇怪。自从被推上出租车的那一刻起，她就预感到，很可能是尹小强一伙人把她绑架了。两年不见，尹小强不但没有长高长胖，反而面黄肌瘦，骨瘦如柴，一看就是个瘾君子。不过，在尹小强的眼神里，除了好色，又多了一些阴险、狠毒和狡诈。在刘小帆看来，现在的尹小强，已经变成了一个豺狼和魔鬼。

刘小帆两只眼睛冒着怒火，一眨不眨地瞪着尹小强。

"哈哈……心肝宝贝，一日不见，如隔三秋，两年不见，想死我了！小乖乖，

第七十五章 照顾小帆 看望陆建

你长得越来越丰满和性感了,越来越漂亮了,仙女似的,越来越迷人!"尹小强怪笑着走过来,一把扯掉刘小帆嘴巴上的胶带,又解开刘小帆双手上的绳子,抱住刘小帆就要亲。

"你这个畜生,你这个流氓,我要杀了你!"刘小帆暴跳如雷,声嘶力竭地叫骂着。她一把把尹小强推倒在地,冲上去狠狠地踹了两脚,又一把抓住尹小强的头发,接着就是一顿耳光。这突如其来的一顿暴打,一下子就把尹小强打蒙了。他的小兄弟们见势不妙,马上冲了进来,又把刘小帆捆了起来。

"臭婊子,两年不见,你他妈变成了一个疯子,已经活到头了!"尹小强没有想到刘小帆突然来这一手,他被打得头晕眼花,鼻子出血。他恼羞成怒,破口大骂着,急忙从地上爬起来,冲过去,恶狠狠地踹了刘小帆几脚。

"尹小强,你这个流氓,你要是不放了我,我变成鬼也不会放过你!尹小强,你狼心狗肺,作恶多端,丧尽天良,法律一定会惩罚你,老天爷不会放过你……"刘小帆怒火万丈,咬牙切齿,不停地叫骂着。

"嘿嘿……放了你?白日做梦!告诉你,老子把你弄到这里来,一是要和你叙叙旧情,二是要用你换十万元现金,三是乘机把三妮那个臭婊子弄到手,换一换口味,也出一出我心里的窝囊气。臭婊子,老子还要告诉你,最近这段时间,老子手头有点紧,没有钱买白粉,也没有钱玩女人,急得都快崩溃了。现在,你来了,给老子解决了一大堆难题。嘿嘿……哈哈……老子警告你,你要是不听话,老子就先灭了你,然后再灭了三妮和你那个臭爸爸!嘿嘿……哈哈……"尹小强好像一个可怕的魔鬼,阴森森地叫骂着。

刘小帆满腔怒火,不停地叫骂着,弄得尹小强和他的小兄弟们心烦意乱。一个小兄弟说:"强哥,这个臭婊子太烦人了,能不能给她打上一针啊,让她也染上毒瘾,乖乖地伺候你啊?"

尹小强瞪了他一眼,骂道:"什么?给她打上一针?你他妈猪脑子啊!现在,我们就剩下那么一点点货了。再弄不到钱进货,我们就要弹尽粮绝了,去喝西北风。笑话,我都舍不得打一针,哪能便宜了她啊?给她打上一针,她安静消停了,我的瘾上来怎么办?你让我用头去撞墙啊?"

另一个小兄弟问:"强哥,要是这个臭婊子没完没了地闹腾下去,那可怎么办啊?"

尹小强阴沉着脸,冷笑着说:"嘿嘿,这还不简单啊,给她吃安眠药!"说完,他和两个小兄弟掰开刘小帆的嘴,把几粒安眠药塞了进去。刘小帆不停地叫骂着,不一会就没了动静。

……

自从刘小帆住院以来,三妮每天都来医院里照顾她。病床上,刘小帆慢慢地睁开了眼睛。她看了看上方的吊瓶,又看了看病床旁边的刘一鸣,然后把目光停留在三妮的脸上。尹小强强暴她的那可怕一幕，三妮和尹小强较量时那惊心动魄的一幕，都浮现在她的脑海里。她顿时心潮澎湃，泪流满面。她想爬起来扑到三妮怀里，被三妮一把按住。她百感交集，有满肚子的委屈要诉说，但不知道从哪里说起。她哽咽了很长时间，放声大哭起来。

"姐，我不想死，我想活着！姐，我想你，我真的好想你啊！姐，我不能离开你……"

三妮给刘小帆擦着眼泪，劝说道："小帆，尹小强那个恶魔，已经被警察打死了。他的那几个同伙，也被警察一网打尽。从今以后，再也没有人纠缠和欺负你了，你可以无忧无虑、高高兴兴、幸福快乐地生活了！"

"姐，我离不开你，我不能没有你，我不能让你嫁给别人！姐，我想有个妈妈，你嫁给我爸爸吧，你给我当妈妈吧，我求求你了！姐，从今以后，我就叫你妈妈……"

刘一鸣听了，脸色一沉，马上打断刘小帆的话，大声呵斥道："小帆，你疯啦，快闭上嘴，别胡说八道！"

听了刘小帆的话，三妮顿时一愣，心里咯噔一下子，马上羞红着脸说："小帆，你胡说八道些什么呀，异想天开。你就放心吧，我不会离开你，我会永远陪伴在你的身边。"

刘小帆哭着说道："姐，我不是胡说八道，我是真心实意的。我不是异想天开，我已经考虑了很长时间。姐，我求求你嫁给我爸，我求求你给我当妈妈！爸，我不许你娶别的女人，我只许你娶我姐！我……"

刘一鸣又马上打断刘小帆的话，大声斥责道："闭嘴！我现在警告你，三妮是我们俩的救命恩人，不许你胡说八道，不许你侮辱她！"

三妮急忙问道："小帆，你这是怎么了？是不是被尹小强吓迷糊了？是不是脑子出了问题，神经有点不正常了？"

刘小帆听了，摇了摇头，泣不成声地说："姐、爸，我……脑子没有问题，神经也很正常。我……"她再也说不下去了，委屈地放声大哭起来。

……

这天傍晚，三妮听说陆鹏的爸爸被人打断了一条腿，住进了海蓝医院。她急忙到商场买了一些营养品和水果，然后匆匆忙忙来到了海蓝医院。

陆建住的是个单人病房。病床上的他，脸上乌云密布，十分苍白，满头黑发不见了，变成了灰白色，看上去苍老了许多。他的右腿上打着石膏，额头上也受了伤，包着一块纱布。他躺在病床上，正在打着点滴。他紧闭双目，不停地唉声叹气，还不时地摇摇头。

宋一平也病倒了，她躺在陆建旁边的一张小床上，也在打点滴。她那美丽漂亮的脸蛋，已经变得那么憔悴。一头乌黑发亮的秀发，突然间白了很多。以

第七十五章 照顾小帆 看望陆建

前那两只炯炯有神的美丽的大眼睛,现在布满了忧伤和血丝,也失去了灵气。她直勾勾地盯着天花板,不知道在思考着什么问题。

陆鹏蜷缩在沙发上,耷拉着脑袋,盯着地面发呆。三妮不敢相信自己的眼睛,一个多月不见,陆鹏就好像变成了另外一个人。昔日那个阳光帅气、活泼好动和衣冠楚楚的陆鹏不见了,现在变得不但目光呆滞,愁眉苦脸,萎靡不振,而且不修边幅,头发很凌乱,胡子拉碴的,看上去,他身上的衣服也应该换洗一下了,脚上的袜子散发出刺鼻的臭味。

看到眼前的情景,三妮心里不由得一阵发酸。病房的门开着,三妮轻轻地叫了一声:"叔叔、阿姨,我来看望你们啦。"说完,她悄悄地来到陆建和宋一平的面前。

看到三妮来到身边,陆建顿时精神了很多,连连致谢。陆鹏很高兴,急忙给三妮搬过来一个方凳子,又接着给她倒了一杯水。宋一平激动得半天说不出话来,含着泪花说:"三妮啊,学习那么紧张,你怎么来了?还拿来这么多东西。"

三妮急忙说:"阿姨,我听说叔叔住院了,就马上赶了过来。上半年,在我住院的时候,你们全家人拿着钱和东西,一次又一次到医院看我,我永远不会忘记。现在,你们住院了,我应该经常来看望你们。从今以后,有什么活需要干,你们不要客气,尽管告诉我。在医院陪床很累人,我一有空就来医院替换陆鹏。"

陆鹏听了,连声说:"谢谢你!"

这一段时间,陆建和宋一平早就窝了一肚子火,也憋了满肚子话,见到了三妮,就好像见到了久别重逢的亲人,你一言我一语地诉说起来。

……

甄倩倩绝对不是个省油的灯。别看她年龄不大,却是情场上的老手。她驰骋情场,阅人无数,见多识广,一直没有失过手。向来都是她玩腻了甩掉别人,还从来没有先被别人甩掉过。她看到陆鹏要甩掉她,气得咬牙切齿,火冒三丈。她哪里能咽得下这样的窝囊气啊,决心教训一下陆鹏,让陆鹏长长记性。她除了每天形影不离地跟踪陆鹏,还大肆张扬她和陆鹏的关系。

陆建和宋一平知道这件事以后,暴跳如雷,马上打电话把陆鹏叫回家。他们拍着桌子大骂陆鹏。陆建狠狠地打了陆鹏几个耳光。他们俩要求陆鹏当机立断,与甄倩倩一刀两断。

甄倩倩哪能善罢甘休,到此为止啊!她又向她的爸爸妈妈求援,让他们俩出面教训陆鹏,逼迫陆鹏就范。

甄倩倩的爸爸妈妈更不是善碴子,是出了名的惹不起。她的爸爸开着一家夜总会,与黑社会有一腿。她的妈妈开着一家美容院,也是黑白两道通吃。他们俩一个是大哥大,一个是大姐大,都是不同凡响的人物,堪称当地一霸,从来都是横行霸道，说一不二，哪能受得了被别人欺负！再说了，他们俩的宝贝女儿，长得如花似玉，算得上金枝玉叶，大家闺秀，一般人家都高攀不上，哪能让陆鹏这个不知天高地厚的浑小子想玩就玩，想甩就甩啊！

当天晚上，甄倩倩带领她的爸爸妈妈，主动登门拜访，到陆鹏家认亲家，商量甄倩倩和陆鹏举办结婚庆典的有关事宜。这哪里是认亲家和商量婚事，分明是明目张胆地威胁和恐吓。陆建和宋一平看到甄倩倩那阴险狡诈、妖里妖气的样子，又看到她的爸爸妈妈那盛气凌人、横行霸道的做派，顿时气得七窍生烟，差一点就当场吐血昏过去。甄倩倩和她的爸爸妈妈看到陆鹏一家人爱答不理、推三阻四的样子，火冒三丈，几乎蹦起来了。两家人针尖对麦芒，话不投机，不欢而散。

甄倩倩和她的爸爸妈妈刚刚走出陆家大门，陆建满腔怒火再也控制不住了，又冲上去狠狠地打了陆鹏几个耳光。他警告陆鹏，要不惜任何代价，马上断绝与甄倩倩的一切关系。否则，他就断绝与陆鹏的父子关系，把陆鹏赶出家门。

上门认亲过去一个星期后，看到陆鹏一家人还是既不领情，也不低头，甄倩倩和她的爸爸妈妈决定先修理修理陆建这个不知好歹的老混蛋，让他那糊糊涂涂的大脑清醒清醒，然后再教训教训陆鹏这个狂妄自大的愣头青，让他那发热膨胀的脑袋冷静冷静。

几天以后的一个晚上，陆建开车回家，被四个手持铁棍的蒙面人拦了下来。他们二话不说，抡起大铁棍子就砸陆建的车。

陆建心惊胆战，瞬间就出了一身冷汗。他大喊大叫："我与你们无冤无仇，你们为什么要砸我的车？"

一个蒙面人冷笑着说道："老不死的东西，你那个缺乏教养的混账儿子，拈花惹草，流氓成性，玩弄完黄花闺女，就想甩掉人家，禽兽不如，丧尽天良！老子警告你，如果你和你的孽种不知好歹，继续执迷不悟，不乖乖地娶了人家，老子下一次就要你和那个王八羔子的小命！"说完，一棍子砸断了陆建的右腿。陆建惨叫了一声，昏了过去。

陆建被砸断了右腿，住进了医院。宋一平又气又急又害怕，一病不起，也躺在了病床上。

……

听完陆建和宋一平的诉说，三妮一时不知道怎么样安慰劝说他们俩。她想了想，说道："叔叔、阿姨，事情已经发生了，你们再怎么生气，也于事无补了。现在，你们应该消消气，保重身体。依我看啊，这件事应该冷静处理。等过一段时间，双方都冷静了下来，心平气和地谈一谈，或者找一个中间人调解一下，效果可能会好一些。"

陆建愁眉苦脸地说："三妮啊，你的心意我明白，谢谢你。"愣了下，他气

第七十五章 照顾小帆 看望陆建

愤地说:"甄倩倩和她的爸爸妈妈,我过去听说过,但没有亲眼看见过。上次一见,果然蛮不讲理,太阴险、太霸道、太可怕了。如果陆鹏娶了甄倩倩,我们就等于引狼入室,引火烧身。我们的家业就会被他们霸占去,我们全家人就会变成他们的奴隶。如果我们不乖乖地给他们当牛做马,他们肯定会置我们于死地。所以,我考虑再三,决定与他们抗争到底。只要我有一口气,绝不会让甄倩倩进我的家门!"

陆建的话音还没有落,宋一平咬牙切齿地说:"三妮啊,我已经打听了甄倩倩和她爸爸妈妈的为人,人们都说,甄倩倩虽然年纪轻轻,但心黑手辣,就好像母老虎和狐狸精。她淫荡成性,从十三岁就走马灯一样更换男朋友。她的爸爸妈妈横行霸道,蛮不讲理,比黑社会上的地痞流氓还可怕。我绝对不能让甄倩倩毁掉我儿子的一生,我绝对不能让甄倩倩毁掉我的家!"

宋一平刚刚说完,陆建紧接着怒气冲冲道:"这都是陆鹏这个不争气、不长记性的混账东西,惹是生非,引火烧身。这一次,不但我被打断了一条腿,还搅和得四邻不安。世界上有那么多好女孩,他不去找,偏偏鬼迷心窍,招惹上甄倩倩这个扫把星。"

陆鹏泪流满面,可怜巴巴地畏缩在沙发上,垂头丧气地说:"爸、妈,我知道错了,你们俩就不要再说了。"

三妮耐心劝说道:"叔叔、阿姨,你们俩消消气吧。陆鹏已经知道错了,你们俩就不要再埋怨他了。俗话说,世界上没有十全十美的事,也没有十全十美的人。谁都会犯错误,年轻人更是如此。我与甄倩倩是同班同学,住在同一个宿舍里,我很了解她的为人。她要是想算计谁,谁就很难躲过去。常言道,一个巴掌拍不响。出了这种事,不能全怪罪陆鹏一个人,你们应该原谅他。"

宋一平忧心忡忡地说:"三妮啊,我们已经相识三年了,彼此都不是外人。我对你实话实说,我看不惯城市里的女孩子,一直不让陆鹏与城市里的女孩子谈对象,怕的就是发生现在这样的事。我没有想到,防不胜防啊,这样的事还是发生了。以前,陆鹏不争气,老是招惹是非,让我和你叔叔操碎了心。现在,他又招惹上了甄倩倩,让你叔叔变成了现在这个样子。甄倩倩和她的爸爸妈妈不会善罢甘休,还会继续纠缠下去。我心烦意乱,整天战战兢兢,这样的日子怎么熬呀……"

宋一平再也说不下去了,哭了一会,又接着说道:"三妮啊,你心地善良,聪明漂亮,通情达理,是一个十分难得的好女孩,打着灯笼没处找,我和你叔叔都很喜欢你。自从你与陆鹏谈对象,我和你叔叔高兴得合不上嘴,天天盼望着你们俩能早点谈成,把婚事定下来。我做梦都没有想到,半路杀出个程咬金,突然出了这样的事。三妮啊,我舍不得你嫁到别人家去,舍不得你成为别人的儿媳妇。我真诚地希望你能原谅陆鹏,给陆鹏一次悔过自新的机会。"

三妮没有想到，宋一平会在此时此地提出这个问题。她沉思一会，说："阿姨，城市里有很多心地善良、聪明漂亮、知书达理的好女孩。陆鹏的条件不错，年龄也不大，可以慢慢去找，肯定会找到一个令你们称心如意的好女孩。我的条件很差，还有很多毛病，没有你说得那么好。至于还能不能与陆鹏保持对象关系，我已经反复考虑过了。说实话，我对男女关系这种事，很传统，很保守，也很固执。别的事我都能原谅陆鹏，唯独这种事，我不能原谅他。阿姨，你以前跟我说过，如果我不能给你当儿媳妇，就给你当干闺女。现在，我愿意给你当干闺女，不知道你和叔叔是否同意。"

宋一平听了，先是一愣，然后又急忙说："三妮，有你这个干闺女，是我和你叔叔的福气，我们俩一百个愿意。等到你叔叔康复出院后，我们要在五星级大饭店举行一个隆重的认亲仪式，好好地庆贺一番。"

三妮高兴地说："阿姨，我不在乎什么仪式。不过，请叔叔和阿姨放心，我一定像亲闺女一样孝敬你们俩。"

陆建脸色凝重，气呼呼地说："三妮，你和陆鹏的事，变成现在这个样子，责任完全在陆鹏。是他不务正业，丢人现眼，配不上你。是他不检点，走歪门邪道，背叛了你。是他有眼无珠，好坏不分，没有这个福气。是我们陆家……"

此时此刻，陆鹏满脸尴尬、羞愧、无奈和迷茫，他低着头，呆呆地坐在那里。他打断陆建的话，哭着说："爸爸，我求求你了，别再说了！"

……

晚上八点多钟。宋一平让陆鹏陪着三妮回学校。三妮和陆鹏没有打车，顺着一条小道向学校走去，不一会就来到了海边。

陆鹏忐忑不安地说："三妮，我的脚有点痛，我们俩休息一会再走吧。"

三妮看了看手表，见时间不算很晚，随口答应道："那好吧。"

他们俩来到一块大礁石上，坐了下来。

海边的夜，是那么宁静。抬头仰望星空，飘荡着一片片一朵朵浮云。月亮就好像一个俏皮害羞的少女，在浮云中躲躲藏藏，时隐时现。一会儿，她扯过一朵薄如轻纱的浮云，慢慢地把自己的脸蛋遮盖起来。在浮云的后面，她那圆圆的白玉般羞羞答答的笑脸，带着一点点暗暗的嫣红，犹抱琵琶半遮面，显得更加楚楚动人。一会儿，她又钻进了一团乌云里，把自己藏得无影无踪。一会儿，她又羞答答地从乌云背后伸出半个脑袋，偷偷地窥探了一下，见没有什么动静，一扭身跳了出来。瞬间，夜空中就好像挂上了一盏圆圆的明灯，大地上被镀上了一层神秘的朦朦胧胧的银白色的光辉。

两个人默默不语。陆鹏再也憋不住了，他眼含泪水，心灰意冷地说："三妮，这几个月，我提心吊胆，心烦意乱，度日如年。甄倩倩和她的爸爸妈妈整天没完没了地纠缠和威胁我，我的爸爸妈妈整天没完没了地批评和训斥我。其实，

第七十五章　照顾小帆　看望陆建

我巴不得快刀斩乱麻，立马断绝与甄倩倩的一切关系。但是，事到如今，已经由不得我了。我骑虎难下，手里还捧着一个烫手的山芋，左右为难。我两头受气，里外不是人，有口难辩。我生不如死，真想一死了之……"

陆鹏再也说不下去了，哭了起来，哭得令人心酸。他哭了一会，又说道："三妮，我已经焦头烂额，陷入绝境，快要熬不下去了，快要顶不住了，也快要崩溃了。我应该怎么办啊？谁能帮帮我啊？谁能救救我啊？"

三妮虽然很理解陆鹏现在的心情和处境，但是，她不知道说什么好。她考虑了一会，问道："陆鹏，下一步，你打算怎么样处理你与甄倩倩的事啊？"

陆鹏哭着说："我酒后乱性，为了一时的痛快，结果铸成大错，后悔莫及，已经几次想到过去死。我根本就不爱甄倩倩，压根就没有想与她谈恋爱，更没有想过与她结婚。这段时间，我对她恨之入骨，一直在千方百计地疏远她、摆脱她，但是，徒劳无益，无济于事。现在，我已经无能为力了。"

三妮说："人无完人，金无足赤。其实，甄倩倩并没有你们说得那么可怕，那么一钱不值。她有她的长处和优点，你可以慢慢地去适应她，去感化引导和改造她。"

陆鹏斩钉截铁地说："我做不到，我就是去死，也不会与她再有任何关系！我恨她，恨不得马上杀了她！"

三妮沉思一会，说："陆鹏，我不知道怎么样开导劝说你。常言道，吃一堑，长一智。我相信你会接受教训，引以为戒，走好今后的路。"

刚才，在医院里，陆鹏听到三妮答应给他的爸爸妈妈当干闺女，他好像从黑暗中看到了一线光明。陆鹏认为，他和三妮的恋人关系，只要还有一线希望，他就要尽百分之百的努力。此时此刻，他诚惶诚恐，羞愧难当，脸红脖子粗，支支吾吾地说："三妮，我……鬼迷心窍，背叛了你，伤害了你，我一定痛改前非，重新做人。我……恳求你原谅我，再给我一次机会，给我活下去的信心和力量。我……"

三妮开门见山地说："陆鹏，我已经多次说过了，我们俩的恋人关系，几个月之前就不存在了。今后，更不会存在了。"

"这……"陆鹏刚刚看到的那一线希望又瞬间破灭了，心中就好像泼了一盆冷水，一下子凉了。他泪流满面，用手使劲撕扯着自己的头发。

稍停片刻，三妮又说："陆鹏，已经很晚了，我们回学校吧。"说完，她头也不回地走了。

……

第七十六章 广州一行 成果丰硕

这一天,安磊的老战友甘明打来电话,邀请安磊和大妮前去参加广州国际美食节。美食节从一九八七年开始以来,每年一届,国内外著名的美食商家都拿出自家的名牌参加评选,每届都评选出一百多款名菜、名点和名小吃。它以食为主,集餐饮、娱乐、商贸、旅游于一体,搞得十分隆重,闻名于海内外。现在,它不但已经成为一个国际性的著名节庆活动,还成了促进国内外餐饮行业发展、打造国内外餐饮行业优质品牌的一个有效平台。

大妮认为,这是一次参观学习、充实提高自己的极好机会,她当然很想去参加。但是,童月还小,她脱不开身。她自己不方便去,就积极支持安磊去参加。安东方和姜春娟考虑到机会难得,就决定把照看童月的事包下来,让大妮和安磊一块去参加。盛情难却,又考虑到来回才十多天时间,大妮决定与安磊一同前往。

大妮和安磊来到广州,下了飞机,已经是傍晚。甘明接上他们俩,直接来到了美食节开幕式现场。

美食节的开幕式,在气势宏伟的体育中心举行,美食街十多条。美食节的内容十分丰富,主要包括举办食雕面艺文化展、中外美食展卖、中外新食材推介、中外餐饮文化交流、评选年度特色小吃、召开发展餐饮行业研讨会、举办厨艺大赛和专场演唱会等活动。美食节的活动形式,集展示、售卖、促销、竞赛、宣传、大众参与于一体,达到了品牌化、国际化、大众化、多元化的标准。前来参展和销售的国内外著名美食品牌有二百多个,七百多款在这里集中亮相,场面十分壮观。

体育中心内,人山人海,熙熙攘攘。广场上,灯火辉煌,彩旗飘扬。当宣布美食节开幕时,锣鼓喧天,鞭炮齐鸣,五颜六色的烟花腾空而起,顿时变成了欢乐的海洋。

在甘明的陪同下,大妮和安磊参加完开幕式,兴致勃勃地来到了参展大棚和美食街。那一个个、一串串、一盘盘、一盆盆国内外著名美食和特色小吃,

第七十六章 广州一行 成果丰硕

精彩纷呈，闪亮登场，使人们进入了精美绝伦的美食世界，给人们带来了独一无二的色香味俱佳的美食盛宴。

大妮和安磊看得眼花缭乱，目不暇接，垂涎欲滴。国外的有马来西亚烤肉、印度咖喱、朝鲜打糕、日本章鱼丸、英国比目鱼、法国鸭胸、美国特大啃、德国黑森林火腿等，国内的有北京烤鸭、上海灌汤包、天津狗不理包子、重庆担担面、广东西关牛杂、陕西羊肉泡馍、山东德州扒鸡、黑龙江关东煮、四川酸辣粉、湖北精武烤鸭、湖南风味酱干、云南过桥米线、台湾红豆包等。

大妮和安磊在甘明的引导下，一边欣赏文艺节目和厨艺展示，一边观看和品尝各种特色小吃。

在新疆展棚里，几个潇洒帅气的维吾尔族小伙子在展示厨艺，一群美丽漂亮的维吾尔族少女在唱歌跳舞。大妮津津有味地品尝着辣味十足、香飘四溢的烤羊肉串，兴高采烈地观看着厨艺展示和歌舞表演，感觉心旷神怡，仿佛来到了美丽辽阔的新疆。

大妮马不停蹄地来到美味小笼包展台前，用筷子轻轻夹起一个小巧玲珑、形似宝塔、皮如白纸、晶莹剔透的小笼包，蘸上一点醋，先轻咬一个小洞，把里面的汤汁吸干，再咬一口又香又松又软的肉馅，感觉皮薄肉嫩，鲜美无比，满口留香，回味无穷。

大妮跟随着一股奇特无比的幽幽的香味，来到油炸臭豆腐展台前，看到那黑不溜秋的臭豆腐，和别的臭豆腐没有什么两样，但入锅一炸，变得金黄灿灿，香气扑鼻。再涂上一层辣椒酱，黄黄红红，煞是好看。她小心翼翼地夹起一块，轻轻地咬上一口，外黄内白，外酥内嫩，香辣刺激。她也顾不上斯文了，吃得满嘴通红，热汗直冒。

在摩肩接踵的人群中，大妮看到前面一个展棚，被人们围得水泄不通。她挤进去一看，是一位皮肤黑亮黑亮的印度大叔在表演做飞饼。只见这位大叔拿起一团揉好的面团，在空中甩来甩去，转来转去。那面团越甩越大，越转越薄，仿佛飞了起来。太神奇了，就好像在变魔术似的，令人赞叹不已。转好之后，抹上番茄酱，就好像在洁白的丝绸上绣上了两朵艳丽的梅花，好看极了。放进烤箱一烤，让人垂涎三尺、美味无比的飞饼就呈现在了眼前。品尝一次，欲罢不能，肯定成为回头客。

大千世界，无奇不有。大千世界，无食不有。在看到的特色小吃中，最令大妮感到不可思议和忐忑不安的是昆虫宴。在这一家展棚前，人们蜂拥而至，挤得满满当当。展棚里面，早已座无虚席。那一串串活蹦乱跳、张牙舞爪、龇牙咧嘴的蜈蚣、蜘蛛、蟑螂、蝎子、豆虫、蚂蚱、蝼蛄，放进油锅里一炸，顿时变得黄澄澄的，油光闪闪。那些勇敢的食客们，蘸着佐料，喝着啤酒，吃得津津有味，满口溢香。

大妮兴趣盎然、聚精会神地观看着每一个特色小吃，每离开一个展棚和展台，都意犹未尽，恋恋不舍。他们来到一个展棚里，找了一个最佳位置坐下来，开始慢慢地品尝刚刚挑选来的特色小吃。

甘明从旁边的米酒展台上买来了一大桶当地特产的著名米酒。他尽地主之谊，连连敬了安磊和大妮三杯米酒。作为答谢，安磊和大妮又回敬了三杯米酒。六大杯米酒下肚，气氛立马高涨起来。

甘明吃着一串炸蚕蛹，高兴地对大妮和安磊说："嫂子心地善良，温柔贤惠，貌若天仙，是名副其实的女中豪杰。大哥正直善良，聪明勇敢，英俊潇洒，是名副其实的男中豪杰。你们俩郎才女貌，我祝福你们百年好合，美满幸福！"说完，他又敬了一杯酒。

安磊喝着米酒，吃着一串炸知了，高兴地说："甘老弟，谢谢你！你这次邀请，让我和大妮既开了眼界，又饱了口福。"

甘明乐呵呵地说："安大哥，我们俩谁跟谁，你客气什么啊？等我下次去你们家时，让嫂子亲手给我做几个大妮餐馆的特色菜，我就心满意足了。"

大妮笑着说："甘老板，这个好办，只要你不嫌弃就行。不过，我们餐馆的菜，都是大众菜，不上档次。"

甘明忙说："嫂子过谦了，我是求之不得。"

大妮第一次喝这种米酒，她美滋滋地品尝着杯中的米酒，说："这种酒清澈透明，喝一口有一股甜丝丝的酒香，在慢慢地弥漫着，太美妙，太神奇了。我明天一定再来这个米酒展台，学习米酒的做法。"

甘明高兴地说："嫂子，这种米酒市面上很难买到，有家传秘方，一般不外传。不过，我跟这家米酒店的老板关系不错。明天，我好好求求他，让他们教教你。"

大妮听了，又急忙敬了甘明一杯酒。她慢慢地品尝美酒佳肴，若有所思，然后胸有成竹地说："我这次来，要把每一个特色小吃都看一遍，争取多学几手。回去以后，在店里多上几个特色小吃，来吸引顾客。"

安磊听了，兴奋地拍着桌子说："好……不错……我们俩不谋而合，就这么干！"

甘明忙说："大哥、嫂子，你们俩是贵客，这几天我全程陪同。你们俩想学习什么技术，我马上找名师辅导。等到我下次去观海时，你们俩肯定会做出很多特色小吃让我品尝。"

安磊激动地说："老弟啊，你日理万机，还专程陪同，谢谢你！现在，我们喝着美酒，听着优美动听的歌声，看着精彩纷呈的文艺节目，品尝着国内外著名的特色小吃，真乃神仙过的日子。俗话说，酒逢知己千杯少。今天，老战友聚会，我们俩要开怀畅饮，一醉方休。"

甘明兴致勃勃地说："好，痛快，正合我意，我十分敬佩大哥的豪爽！"

第七十六章　广州一行　成果丰硕

安磊和甘明山南海北地聊着，一杯接一杯地喝着米酒。大妮担心他们俩喝多了，笑嘻嘻地劝说道："老战友感情深，不在于多喝酒，更不能贪杯，身体要紧哪。"

甘明笑呵呵地说："这种米酒，酒精度数很低，不会醉人。它不但滋阴壮阳，强身壮体，延年益寿，还能养颜美容哪。嫂子，你就放心喝吧。"

……

晚上十一点钟。他们三个虽然意犹未尽，还是留恋不舍地离开了美食街，来到了甘明的大酒店，走进了一个套间里。

这是一家五星级的大酒店，高二十一层，大妮和安磊的房间在十六层，离美食节开幕式现场很近。甘明把大妮和安磊送进房间，稍坐片刻，就告辞回家了。

甘明离开以后，大妮和安磊开始仔细观看他们的住处。这套住房内，配有豪华高档的布艺、家具和设施，色调浓重而又活泼，线条自然优美，布局奔放大气。

一进门，是一间金碧辉煌、豪华漂亮的大会客厅，里面摆放着真皮沙发、红木家具、高档音响、巨大的液晶电视和电脑，上面是一个很大的圆形的水晶吊灯。最吸引人的是几乎占据了一面墙的落地玻璃，一进客厅就可以居高临下地欣赏这座城市迷人的美景。

客厅右边，是一间很大的卧室。最让大妮眼前一亮的是，一张圆形的特大号席梦思床，摆在房子中间。洁白的床单上，绣着一对活灵活现的鸳鸯。床的对面，是一对造型奇特的情趣椅子。右边是一个很大的酒柜，里面摆放国内外的名酒和滋阴壮阳的药酒。左边放着一个很大的玻璃橱子，里面摆放着性爱药品和稀奇古怪的性爱用具。墙上是两幅裸体帅哥美女相拥相抱的彩色照片，照片中间是一个很大的液晶电视。吊顶是圆形的特大镜子。不管从摆设还是装潢来看，都既彰显出豪华和大气，又透露着一股暧昧的情调和气息。

卧室的对面，是一间很大的浴室。浴室的墙，是精致前卫的半透明磨砂玻璃。里面洗澡的人，朦朦胧胧，若隐若现。

看完每一个房间，又回到客厅里的沙发上，大妮兴奋地说："大哥，这么豪华、高档、阔气和舒适的房子，我以前从来没有见过，更没有住过。"

"这样的豪华高档的房间，我在电视上看见过，但是也从来没有住过。"安磊兴致勃勃地说。

"大哥，这个套间好是好，不过……有点太那个，只有一间卧室，而且，只有……一张床，里面还放着那些乱七八糟的东西，浴室还是那个样子，这……怎么住啊？"大妮想到卧室和浴室，羞得面红耳赤，很难为情地说。

"大妮，我也不知道甘明为什么把我们俩安排在这样的房间里，感觉有点别扭，要不要我给甘明打个电话，请他再给安排一个套间？"安磊问道。

"大哥，不要再麻烦人家了。再说，这个大客厅也可以住人。"大妮回答道。

"甘明是南方人，思想观念很开放，他可能有意这样安排。"安磊羞红着脸说。

"什么？有意这样安排？"大妮急忙问。

"他很可能以为我们俩订婚这么长时间了，早就住在一起了，所以才这样安排。"安磊不好意思地说。

"这样吧，你去卧室里睡，我在客厅沙发上睡。"大妮想了想说。

"不行，还是你去卧室吧，我在客厅沙发上睡。"安磊斩钉截铁地说。

安磊想了想，接着说："大妮，我们俩都不是外人，你别想那么多。你已经劳累一整天了，又出了那么多汗，快去洗个热水澡，到卧室里休息吧。我现在一点也不困，还要看电视。"说着，他顺手打开了电视机。

"那好吧。等我洗完了，你也快去泡个热水澡。你也劳累一整天了，早点休息吧。"大妮说着向浴室走去。

大妮在浴缸里放满热水，怎么也不好意思脱衣服。她忸怩了半天，还是关了浴室里的灯，匆匆忙忙脱掉衣服，跑进了浴缸里。她在黑灯瞎火中洗完澡，穿上睡衣，又慌慌张张地跑进了卧室里。

大妮今天太兴奋了，躺在大床上，翻来覆去睡不着。安磊拖着一条伤腿，跑前跑后忙了一整天，怎么能让他在沙发上睡呢？她越想越感到过意不去。她听到安磊已经洗完澡，回到了客厅里。她拿着一条毛巾被，来到客厅里，说："大哥，你腿上有伤，还是你去卧室睡吧，我在沙发上睡。"

"那怎么行啊，我一个男子汉，怎么能让你……"安磊已经躺在了沙发上，又急忙坐了起来。

"大哥，你腿上有伤，怕着凉，我不能让你睡沙发！"大妮态度很坚决。

"大妮，明天还有很多事要做，需要早点休息，我们俩不要再为这件鸡毛蒜皮的小事争论了。我看卧室里的那个大床，睡五六个人都没有问题，我们俩都过去睡吧。"安磊说着站起来，拉着大妮的手，来到了卧室里。

关了卧室里的灯，他们俩一左一右躺在大床上。中间虽然隔着不小的距离，但距离再大也是躺在同一张大床上啊。他们俩感到有说不出的别扭和不舒服，不但没有了困意，还越来越清醒，越来越兴奋。

他们俩自从相识以来，一直把对方当成可亲可敬的人。订婚以后，虽然成了一对准夫妻，他们俩一直相敬如宾，从来没有过分的亲昵言行。孤男寡女，同居一室，又睡在同一张大床上，这是第一次。

今天晚上，他们俩喝了那么多米酒，又刚刚洗完热水澡，酒劲开始发作。此时此刻，他们俩心慌意乱，浑身燥热，身上好像有很多小虫子在爬……

黑暗中，他们俩都不停地翻来翻去……

"大哥，你睡着了吗？"大妮实在忍不住了，小声问道。

第七十六章 广州一行 成果丰硕

"没有，我睡不着。"

"我也是。"

"大妮，我们俩快点结婚吧。"

"这……等到忙完这一阵子再说吧。"

"我……快要等不及了。"

"大哥，我怎么一点睡意都没有啊，还很难受，说不出来的滋味，是不是那米酒的原因啊？"

"我听别人说过，这种米酒，虽然度数不是很高，但后劲特别大。"

"啊？你怎么不早说呀？我们今天晚上喝了那么多米酒，这可怎么办啊？"

"我也是第一次喝这种米酒，没有想到酒劲这么厉害。现在，我……也很难受，想喝水。"

"我去拿。"大妮说着，立马打开灯，拿来两瓶矿泉水，一人一瓶，坐在床上喝了起来。

安磊面红耳赤，喝着水，直勾勾地看着大妮。

她那美丽漂亮的脸蛋，红扑扑的，就好像盛开的桃花。薄如蝉翼的白色睡衣下面，凹凸有致的身材，亭亭玉立。两条修长的美腿，洁白如玉，嫩白的皮肤吹弹可破……她本来就很美，再加上羞羞答答、醉眼蒙眬的样子，更是美得没有办法来形容。安磊看呆了，看得两眼直冒火。

"大哥，你……怎么了？为什么……这样看我啊？"大妮羞怯地嗔怪道。

安磊再也控制不住自己了，没有等到大妮说完，迫不及待地把大妮抱在了怀里。

……

来到广州市的第二天，大妮和安磊在甘明的带领下，马不停蹄地参观学习各种特色小吃的制作方法。每一个特色小吃都是中华美食文化中的精品，具有悠久的历史，要熟练掌握它的制作方法，不是一朝一夕能做到的，他们俩只能走马观花。

首先，他们俩对各种特色小吃进行了考察，从中挑选出了适合自己发展的北京烤鸭、过桥米线、担担面、小笼包、德州扒鸡、羊肉泡馍等二十六个特色小吃。其次，他们俩集中时间和精力，对这二十六个特色小吃，进行了详细考察研究和参观学习。然后，他们俩针对每一个特色小吃的不同情况，分别制定出具体的落实方案。

大妮和安磊都是第一次来广州市，他们俩在集中精力和时间参观学习特色小吃制作方法的同时，想方设法挤时间游览广州市的美景……

夜幕降临，华灯齐放，在美食街上忙碌了一天的大妮和安磊，乘坐着一条张灯结彩、霓虹闪烁的旅游船，兴致勃勃地观赏珠江的夜景。缓缓流动的江面，倒映着岸上晶光闪耀的景物，泛着点点光芒，好像在夜空中闪烁的星星。游船慢慢驶去，给江面留下深深的痕迹。微风吹过，江面变幻莫测，时而波光粼粼，碧波荡漾；时而水花四溅，倒影微微晃动；时而翻起浪花，像沸腾的开水。两岸一栋栋拔地而起的高楼大厦，鲜艳夺目的灯饰，郁郁葱葱的大树……真乃火树银花不夜天。大妮和安磊望着五彩缤纷的珠江，如同在欣赏一颗璀璨的夜明珠，不禁陶醉在其中。羊城八景中的珠海丹心、东湖春晓、黄埔云樯、鹅潭月夜等，沿途的摩天大楼、西式洋房、百年古树和那雄伟壮观的海心沙尽收眼底，它们在五颜六色的灯光点缀下，金碧辉煌，变换莫测，显得尊贵而古朴，大妮和安磊仿佛进入了童话般的世界。更为神奇的是横跨在珠江两岸的海印大桥，流光溢彩，光彩夺目，犹如两只彩色的蝴蝶在翩翩起舞，也好像仙女的竖琴一样美妙绝伦，金光闪闪的琴弦，似乎正在演奏着美妙的旋律，赞美着珠江的美丽和迷人。

　　第五天，大妮和安磊吃完晚饭，已经是晚上七点多，他们俩兴高采烈地观赏广州塔。这是他们俩所见过的最漂亮，最新奇，最美丽的一座现代化建筑。它是全球最高的电视观光塔，总高度为六百多米。它的外身犹如美丽的岭南少女回望珠江，由于纤纤细腰，被人们称为"小蛮腰"。他们俩站在塔底，抬头仰望，塔顶像一把利剑直插云霄。它时而红色，时而绿色，时而蓝色，时而金光灿灿，时而半紫半红……五颜六色，绚丽多彩，变化多端，令他们俩目不暇接，眼花缭乱。他们俩站在塔顶往下看，整个广州市的夜景都映入眼帘。纵横交错的马路像五彩缤纷的蜘蛛网，来来往往的车子像一只只爬行的甲壳虫，一栋栋高楼大厦不停地变换着颜色和图案，美丽的珠江，漂亮的海心沙，迷人的白云山……满眼灯的世界，光的海洋，火树银花不夜天，如诗如画，如梦如幻，他们俩不由得陶醉了。

　　这天中午，大妮和安磊来到长隆野生动物园。这个动物园占地两千余亩，拥有五百余种二十多万只世界各地的珍稀野生动物，是全世界动物种群最多、最大的野生动物主题公园。由于园区太大，大妮和安磊决定，先乘坐无轨电动小火车，深入到丛林和草原，去体验与鸟兽们亲密接触的滋味。小火车共通过了八个站点，每一个都是具有世界地域特色的野生动物园区。首先映入眼帘的是澳洲森林园区。在充满澳洲特色的桉树林中，一群世界罕见的珍稀物种——大赤袋鼠欢快地立起身体蹦跳着，向他们俩张望着，有的甚至向他们俩跳跃而来。小火车通过美洲自由奔放的"印第安大门"后，就进入了美洲丛林园区。迎接他们俩的是一大群美洲体型最大的鸟类——"美洲鸵鸟"，有一种昂首阔步、气势不凡的"巨人"风度。小火车驶出美洲丛林，便来到了一望无际的中亚荒漠园区，这里可以看到一身雪白长毛的大牦牛，也可以看到珍稀的双峰骆驼，最为新奇的是在这里还可以发现一群中国的"四不像"——"灵兽麋鹿"！

第七十六章 广州一行 成果丰硕

小火车穿梭于茂盛的雨林中,他们俩感到已经进入到了神奇的亚洲象王国——气势庞大的亚洲大象群,它们一个个若无旁人、伸卷着长鼻觅食或慢悠悠地散步。最后他们俩穿越蜿蜒的高原大道,进入了东非大草原园区。一大群斑马在警惕的游逛着,它们是孩子们特喜欢的动物。湖畔边,一些高大的长颈鹿在悠然自得地吃着树叶……这样近距离的置身于各种动物世界中游览、观看,他们俩还是第一次,感到既有趣又惊险刺激,回味无穷,难以忘怀。

雨过天晴,大妮和安磊来到了白云山。白云山虽然没有泰山那样雄伟的峰峦,也没有香山那样似火的红叶,但它却有那么多的大树、小鸟和漫山遍野的野花……这些美景形成了白云山的自然美。步入山里,立刻传来鸟儿清脆的歌声。他们俩席地而坐,倾听了一会百鸟争鸣。再向上走,古木参天。头顶的大树好像为他们俩撑开的绿色大伞。山外烈日当空,热浪滚滚。山里古木参天,凉风习习。这里的山连绵不断,山间有连数不清的悬崖峭壁。乳白色的云烟弥漫在整座白云山上,飘飘摇摇,变幻无穷,美丽极了!飞流而下的瀑布冲进河流里,溅起一团团水花和水雾,在阳光照耀下,格外漂亮,让人看得眼花缭乱。白云山的花草树木也非常茂盛。大树遮天避日,枝干粗壮,枝叶茂密,个个挺得笔直,重重叠叠的枝丫,漏下斑斑点点细碎的日影。这的花儿更是艳极了,像织不完的锦缎那么绵延,像天边的霞光那么耀眼,像高空的彩虹那么绚丽。这里的草儿绿油油的,好像刚刚铺上的绿地毯。瓦蓝瓦蓝的天空中,飘荡着几朵变化多端的白云,小鸟在枝头叽叽喳喳地叫个不停,小松鼠在树枝上跳来跳去,成群结队的蜜蜂在花丛中来回穿梭,彩蝶扇动着美丽的翅膀在花瓣上翩翩起舞……给白云山带来了无限生机。

来到山顶,放眼望去,他们俩被四周的美景陶醉了。大妮心潮起伏,浮想联翩,她情不自禁地感叹道:"啊,广州一行,大开眼界,成果丰硕,不虚此行!"

……

第七十七章　如坐针毡　度日如年

那天夜里，龙哥给二妮下了迷药，强暴了她。二妮醒过来后，怒火万丈，狠狠地在龙哥的胳膊上咬了一口，紧接着又扑上去，狠狠地打了龙哥一顿耳光。龙哥恼羞成怒，抓住二妮就是一阵拳打脚踢。二妮口鼻流血，眼冒金星，天旋地转，又昏了过去。

窗子外面，风狂雨暴，电闪雷鸣。震耳欲聋的霹雳，把小别墅震得直打哆嗦。院子里一片汪洋，那几棵大树被吹得东倒西歪。小别墅后面的山坡上，那一大片高大的菩提树，被雷电齐刷刷地拦腰劈断。附近的山沟里，山洪不停地咆哮着，令人胆战心惊。

突然，一个震耳欲聋的霹雳，在窗子外面炸开，震得窗子哗哗乱响。这个霹雳好像把二妮惊醒了，也好像没有把她完全惊醒。她迷迷糊糊，似睡非睡，似醒非醒。她想爬起来，没有一点力气，浑身上下好像散了架，针扎一样疼痛。她想哭，已经没有了眼泪。她想喊，也已经喊不出声音了。她一丝不挂，直挺挺地躺在大床上。

她感到这个世界已经崩溃了，周围的一切都笼罩在黑暗之中。丈夫被龙哥杀害了，孩子被龙哥控制起来了，贞洁和名声被龙哥玷污了……她觉得自己已经跌入了漆黑漆黑的万丈深渊，没有光明，更没用前途，只有等待死神的来临。她再次绝望了，又一次想到了死。

迷迷瞪瞪之中，二妮又睡着了，还做了一个梦。梦中，常健呼喊着二妮的名字，腾云驾雾一般飞了过来。两个人紧紧地抱在一起，号啕大哭，哭得天昏地暗，山崩地裂。

"老婆，我对不起你！我上当受骗，铸成大错，不但自己丢掉了性命，还连累了你和孩子，让你们陷入了水深火热之中，让你蒙受了奇耻大辱！老婆，都是我不好，我该死，我求求你原谅我！"

"老公，不能怨你，都怨姓龙的这个阴险狡诈的老狐狸，都怨姓龙的这个吃人不吐骨头的魔鬼！老公，我不想活了，我想去死，我想和你在一起。"

第七十七章 如坐针毡 度日如年

"老婆，你好糊涂啊，你不能死，你一定要幸福快乐地活着。老婆，你死了，鸣鸣怎么办啊？鸣鸣是我们俩相亲相爱的结晶，也是我留在世上唯一的亲生骨肉，你一定要把她养大成人。老婆，我求求你了，我拜托你了！"

"老公，我听你的，为了我们俩的鸣鸣，我要活下去！"

"老婆，我死不瞑目啊！你一定要把姓龙的千刀万剐，为我们俩报仇雪恨！"

"老公，你放心吧，我一定要杀了姓龙的这个恶魔，为我们俩报仇雪恨！"

这时候，大门口那一只大狼狗，一阵狂叫，把二妮惊醒了。二妮急忙爬起来，向窗子外面一看，疯狂了两天两夜的狂风暴雨，不知道跑到哪里去了。外面，晴空万里，风和日丽。

"太好了……我可以去营救鸣鸣和小红了！"二妮顿时欣喜若狂，情不自禁地喊叫起来。她一边喊叫着，一边跑过去开房门。房门一动不动，因为外面上了一把大锁。二妮犹如被浇了一盆冰水，心里凉了半截，一下子蹲在了地上。

二妮心急如焚，泪流满面，眼睁睁地看着外面的艳阳天，一遍又一遍地冥思苦想着：我怎么样才能逃出去啊？我怎么样才能营救鸣鸣和小红啊？她想到了刚才做的那个梦，想到了梦中常健说的那些话。她突然茅塞顿开，豁然大悟。现在，鸣鸣已经成了龙哥用来威胁逼迫她的一张牌。如果她不心甘情愿地当龙哥的奴隶，龙哥就会随时随地用这张牌来要挟她，而且龙哥肯定会永远地、牢牢地把这张牌抓在手里。龙哥说的那些天花乱坠的甜言蜜语，都是骗人的鬼话。不杀了龙哥这个魔鬼，她就没有办法再活下去。不杀了龙哥这个魔鬼，她就没有办法逃出去，更没有办法去营救鸣鸣和小红。不杀了龙哥这个魔鬼，她和鸣鸣及小红就永远没有出头之日，而且早晚会被龙哥杀害。不杀了龙哥这个魔鬼，她就不能报仇雪恨，也没有办法告慰常健的在天之灵。不杀了龙哥这个魔鬼，齐中华一家人及许许多多的好人就永远得不到安宁！

打定了主意，二妮一骨碌从地上爬了起来，先到餐桌旁喝水吃饭。她现在身体极度虚弱和憔悴，要想杀死龙哥这个魔鬼，必须要有一定的体力。喝完了水，吃完了饭，她就开始寻找杀死龙哥的武器。

二妮把小别墅内的角角落落、旮旮旯旯儿都找遍了，没有找到一件能够用来杀死龙哥的东西。正当她犯愁的时候，突然眼前一亮，长沙发里面用来固定木头框架的长铁片，又薄又坚硬，加工一下，是个不错的复仇武器。她心里一阵惊喜，急忙把长铁片起了下来，躲到一个外面看不到的阴暗墙角里，在水泥地上使劲磨起来。她把那个长铁片磨得十分锋利，又在它的后端用布条缠了一个把手，准备停当，才小心翼翼地把它放在了枕头下面的垫子里。

这几天，二妮如坐针毡，度日如年，一直以泪洗面，在悲痛和绝望的大海里苦苦挣扎着。现在，她终于看到了前途和希望，感觉心情轻松了许多，身上也增添了力量。

......

轮渡通航的第一天傍晚，齐盛到双乳岛上打探鸣鸣和小红的下落，被阿山砍伤了一条胳膊，鲜血直流。正在这时，夜明珠保安部经理冲了进来，他气急败坏地大声喊道："都给我住手！"他看了看齐盛，又问道："你是什么人？来这里干什么？"

"我是泰中影视交流协会的秘书长齐盛，是来邀请二妮加入我们的协会。这几个人横行霸道，在光天化日之下动手砍人。"齐盛捂着正在流血的胳膊，气呼呼地说道。

保安部经理一听，吓了一跳。在Q城，齐盛是个大名鼎鼎的人物，齐盛的家人都不是等闲之辈，得罪不起啊。现在，齐盛被阿山砍伤了一条胳膊。要是节外生枝，把事情闹大了，龙哥怪罪下来，他作为保安部经理，肯定会吃不了兜着走。想到这里，他马上赔礼道歉，点头哈腰地说："齐老板啊，实在是对不起。大水冲了龙王庙，一家人不认识一家人，真的是误会了。我的弟兄有眼不识泰山，把您砍伤了，真是罪该万死，我一定会严加管教。您宰相肚里能撑船，大人有大量，不要和他们一般见识。现在，二妮已经去了Q城医院。我一定通知她，让她主动跟您联系。"说完，他瞪着阿山骂道："你这个有眼无珠、狗胆包天的东西，竟然敢砍伤齐老板。龙哥回来，绝对饶不了你！赶快去叫救护车，把齐老板送到医院去！"

齐盛被送进Q城医院，做完了手术，又清醒了过来，已经是深夜十二点钟。

齐霞给他擦了擦脸上的汗水，心痛地说："二哥，你总算醒过来了，吓死我了。"稍停片刻，她又说道："二哥，手术很成功，只要你不到处乱跑，安心养伤，很快就会康复。"

齐强埋怨道："齐盛，你胆子也太大了，竟敢去捅马蜂窝。二妮和常健居住的那个小别墅，是姓龙的重点看守的目标，你竟敢冒冒失失地往里闯。以后，不许你再冒风险。"

齐盛微笑着说："哥，谢谢你的提醒，我今后一定会注意自身安全。不过，不入虎穴，焉得虎子？"

齐霞若有所思，沉默一会，心事重重地说："二妮失踪已经两天多了，到现在没有一点消息。她一个活蹦乱跳的大活人，不可能突然消失，她现在到底在哪里呢？这两天，我坐立不安，翻来覆去想这个问题，越想越害怕，越想越感到二妮凶多吉少。"

齐中华问道："齐强，你们警方这几天有什么进展啊？"

齐强回答："经过警方初步调查，姓龙的在Q城涉及五六起人命案件，情况十分复杂，调查取证需要时间。现在，还不能对姓龙的采取强制措施，以免打草惊蛇。不过，对姓龙的在Q城的几个住所，警方已经进行了暗中监视。"

第七十七章　如坐针毡　度日如年

齐盛说："今天早上，轮渡通航以后，我坐第一班轮渡进了双乳岛，发现岛上戒备森严。保镖们如临大敌，全都出动了。他们对岛上每一个地方，都反复进行搜查。特别是二妮居住的那个小别墅，更是戒备森严，外人无法靠近。今天下午，我又去双乳岛。发现二妮居住的那个小别墅，仍然由三个保镖看守着。小别墅里面一片狼藉，肯定是被翻箱倒柜地搜查过，根本就没有人。我感到，姓龙的他们也在找人。他们要找的人，不可能是二妮，肯定是鸣鸣和小红。看来，到目前为止，姓龙的他们还没有找到鸣鸣和小红。"

齐强说："如果姓龙的他们在寻找鸣鸣和小红，目的只能有两个：一是杀人灭口，斩草除根；二是利用鸣鸣和小红来要挟二妮，让二妮为他做一些事情。如果是这样，说明二妮、鸣鸣和小红很可能都还活着。"

齐霞问道："姓龙的是不是想利用鸣鸣和小红来逼迫二妮留下来，继续为他唱歌挣钱啊？"

齐强回答："现在还说不准。"

齐盛说："我觉得二妮没有死，她还活着。"

齐霞问："她要是还活着，她在哪里啊？"

齐盛回答："我现在还不知道，她很可能被囚禁在Q城的某个地方。"

停了一会，齐盛又说道："可以肯定，鸣鸣和小红也失踪了。她们俩失踪的时间，是在轮渡通航之前。到目前为止，姓龙的他们一直在千方百计地寻找她们俩。据我看来，姓龙的他们既没有找到活人，也没有发现尸体。鸣鸣和小红失踪的时候，狂风暴雨，轮渡停航，她们俩不可能逃到岛外。如果她们俩已经死了，应该能发现尸体。找不到尸体，那就说明她们俩现在很可能还活着。双乳岛就那么一点点地方，保镖们一遍一遍地搜查，她们俩能躲藏在什么地方啊？"

沉思了很长时间，齐中华忧心忡忡地说："如果二妮、鸣鸣和小红还活着，她们很可能陷入了困境，随时都会有生命危险。齐强啊，这个时候，你们警方应该采取一切措施，确保她们三个人的生命安全。"

稍停片刻，齐中华又忧心忡忡地说："现在，我们一家人全都牵扯到这个案件中了。姓龙的阴险狡猾，肯定会觉察到了，他不会放过我们。姓龙的手下的人都是地痞流氓和亡命之徒，杀人不眨眼。我们与这些人交锋，一定要提高警惕，小心行事，确保自己的人身安全。这几天，我们如坐针毡，度日如年，心烦意乱，大家一定要保持头脑清醒，千万不能乱了方寸，再出差错！"

……

二妮离开鸣鸣和小红以后的第二天傍晚，狂风暴雨和电闪雷鸣中，小红找到阿山，送给他六瓶法国红酒和一只烤鸡。阿山见了，喜出望外，两只眼睛直放光。他一只手提着六瓶法国红酒，一只手提着一只烤鸡，晃晃悠悠地向他的住处走去。

阿山走了，他说的那些话，却一直回响在小红的耳边。小红认为，阿山说的那些话都是真的。现在，常健大哥已经被龙哥杀害了。二妮姐姐去了Q城医院，龙哥不可能再放她回来了。

从昨天凌晨二妮离开这个小别墅以后，小红一直胆战心惊，坐立不安。现在，她已经渐渐地平静下来，也不再那么害怕和惊慌失措了。小红一遍又一遍地自言自语地问自己："下一步，姓龙的会不会对鸣鸣和我下毒手啊？"

小红十分了解龙哥的脾气性格，他要杀谁，肯定是干净利落，斩草除根，不留后患。他既然已经对常健和二妮下了毒手，也一定会对鸣鸣和她下毒手。

"小红，我要是回不来，你一定要把鸣鸣带出小岛，去找齐大爷。妹妹啊，求求你了，拜托你了！"二妮临走时说的话，一遍又一遍地回响在小红的耳边。

小红心想："绝对不能坐以待毙，眼睁睁地等着姓龙的来杀害鸣鸣和我。我一定要带着鸣鸣逃出这个小岛，去找齐大爷！"怎么样才能逃出这个小岛啊？小红考虑来考虑去，决定带着鸣鸣，先躲藏到南乳岛上那个有泉水的小山洞里，然后再想办法与齐大爷联系。小红打定了主意，一边抓紧时间做准备工作，一边观看着外面的天气变化情况。

到了深夜，小别墅的外面，风雨越来越小。凌晨过后，天蒙蒙亮了，连续两天两夜的狂风暴雨，逃得无影无踪了。

小红欣喜若狂，先到院子外面观察了一番，见附近没有一个人影，然后回到小别墅里，慌慌张张背上包袱，抱着鸣鸣，急急忙忙地向着南乳岛的方向奔去……

南乳岛上，荒无人烟，到处是悬崖峭壁，没有道路，也很少有人过去。

三年前，小红来到双乳岛上，被龙哥囚禁在小别墅里。她孤独寂寞的时候，就想方设法找地方玩。北乳岛上不能玩，她就打起了南乳岛的主意。开始的时候，她找不到去南乳岛的路。一次偶然的机会，她终于找到了一条不为人知的特殊小路，不用攀登悬崖峭壁，就来到了南乳岛上。后来，她还带领着二妮，沿着这一条特殊的小路，去南乳岛上游玩过一次。

今天，小红怀里抱着鸣鸣，背上背着一个大包袱，在朦朦胧胧、如烟如云的雾气之中，忐忑不安地重新走在这一条特殊的小路上……

她沿着一条弯弯曲曲的小溪，来到悬崖峭壁下面，又钻过了两个阴暗潮湿的小山洞，然后，在犬牙交错的岩石丛中，顺着岩石间的缝隙，拐来拐去，转来转去……

小红心惊胆战，小心翼翼地行进着。她虽然累得汗流浃背，气喘吁吁，但是，她怕龙哥的人追上来，不敢停下来休息。为了尽快逃出虎口，她咬紧牙关，跌跌撞撞、摇摇晃晃地向前行进着……

经过七拐八拐，又经过七转八转，小红抱着鸣鸣，终于来到南乳岛上。紧接着，她又顺着一条山谷，来到了山脚下。她绕过水湾，最后来到了那个有泉水的小山洞里。

第七十七章　如坐针毡　度日如年

　　这个小山洞，面积有四十多平方米，里面放置着渔民们的一些用具。最里面的岩石缝隙里，滴滴答答地流着泉水。尝一尝，虽然有点咸味，但能够饮用。小山洞的洞口不大，只能容纳一个人进出。洞口的上面，是悬崖峭壁。悬崖峭壁上面，生长着郁郁葱葱的绿色植物。绿色植物的藤蔓枝条，密密麻麻地匍匐垂吊下来，就好像一块绿色的大挂毯，把洞口遮盖得严严实实。不熟悉情况的人，根本就发现不了里面的小山洞。

　　小山洞的外面，是一个天然的小水湾。小水湾的外面，是两块巨大的礁石。这两块礁石高高地耸立在海面上。礁石的中间，有一条可容纳渔船进出的水道。每逢刮风下雨的时候，渔民们就常常来这里避风和休息。

　　小红先把小山洞里面收拾了一下，放置好东西，然后喂饱了呜呜，又给呜呜吃了预防感冒和拉肚子的药。收拾停当，她抱着呜呜，坐在洞口里面，直勾勾地盯着外面的海面上，盼望着那几个渔民快点到来。

　　中午，小红突然听到，小山洞外面的悬崖上，有说话的声音。她的心脏一下子就提到了嗓子眼上，瞬间就出了一身冷汗。她怕呜呜哭闹，急忙用毛巾捂住呜呜的嘴。她屏住呼吸，心惊胆战地听着外面的动静。

　　阿山大呼小叫着："弟兄们，和搜查北乳岛的方法一样，一字排开，进行地毯式搜查。就是挖地三尺，也要把小红她们找出来！"

　　一个保镖说："阿山大哥，小红她们，一个是小丫头片子，一个是几个月的孩子，不可能攀过悬崖峭壁，来到这个荒无人烟的小岛上。"

　　阿山气势汹汹地骂道："你他妈闭上臭嘴，老老实实地给我搜查。就是放过了一只兔子，老子也要你脑袋搬家。我告诉你们，要是两天之内找不到她们俩，龙哥就会让我们掉脑袋！"

　　阿山一伙人在小山洞的附近和小水湾的旁边折腾了一个多小时，总算是骂骂咧咧地走了。

　　天慢慢地黑了下来，小红用几根木头把小山洞的洞口堵了起来，又在里面顶上了几块大石头。她还找到了一把砍刀，放在自己身边，准备随时应付突发事件。呜呜很听话，不哭也不闹。她吃饱了饭，躺在小红怀里睡着了。

　　山洞内，阴森森的，漆黑一片，伸手不见五指，令人毛骨悚然。周围寂静得太可怕了，掉一根银针都能听到落地的声音。凉风习习，寒气逼人，令人浑身都冒着凉气。

　　大地已经睡着了，天地之间的一切也都睡着了。小红透过几根木头和植物枝条之间的缝隙，向小山洞的外面望去……

　　看不到星星，也看不到月亮，只看到从空中抛洒下来的朦朦胧胧的月光，把外面的世界镀上了一层薄薄的水银，白煞煞的，凄惨，荒凉。

　　那诡异的山峦和悬崖峭壁上，好像晃动着模模糊糊的人影，也好像是阿山

一伙人在不停地游走着，仿佛随时都会过来抓她和鸣鸣。

在小水湾和海边，飘荡着虚无缥缈的雾气。那星星点点的蓝幽幽的磷火，就好像鬼火一般，晃晃悠悠，隐隐约约，时隐时现，忽明忽暗，令人头皮发麻，浑身起鸡皮疙瘩。

大地上静悄悄的，偶尔传来一阵阵猫头鹰和其他动物奇怪的叫声，就好像鬼哭狼嚎一般，令人不寒而栗。

突然，一只狼溜溜达达地来到了洞口外面。它好像是饿极了，发现小山洞里面有它的美味佳肴，两只眼睛放射着凶残的蓝光，张着血盆大口，耷拉着一条红红的长舌头，愤怒地嚎叫着，还不停地向洞口上扑，恨不得一头撞进来，把小红和鸣鸣一口吞下去。它那狰狞残暴的样子，令人魂飞胆丧。

已经是深夜了，一阵狂风过后，紧接着就是电闪雷鸣。瞬间，小山洞外面变得漆黑一片，倾盆大雨从夜空中倒了下来。不一会，山洪从小山洞上面的悬崖峭壁上飞奔而下，向着大海的方向冲去。

狂风在吼叫，暴雨在喧嚣，山洪在咆哮，大海在怒吼，刺眼的闪电一道道划过，惊天动地的霹雳一个接一个炸开，小山洞在不停地颤抖着……

小红被吓呆了，她迷迷糊糊地感觉到：突然之间，她被一个魔鬼一把推进了伸手不见五指的万丈深渊；一会儿，她又被另外一个魔鬼推着来到了一个群魔乱舞的魔鬼世界；又过了一会儿，她又被关进了恐怖可怕的地狱里。一个刽子手举着明晃晃的大刀，向着她的头砍了过来……

小红心惊胆战，心脏就好像要从嗓子里跳出来了，吓出了一身冷汗。她紧紧地把鸣鸣抱在怀里，蜷缩成一团，瑟瑟发抖。她一整夜都没有合眼，心焦火燎地盼望着新的一天快点到来。

时间好像已经凝固了，黑漆漆的夜好像已经定格了，黎明好像永远不会再回来了。小红在心里不停地呐喊着：老天爷啊，我求求您了！请您快快把这恐怖可怕、赖着不走黑夜赶跑吧，请您快快让黎明早点到来吧！

总算是熬到天亮了，小红又望眼欲穿地看着海面，心急如焚地盼望着那几个渔民快点到来。第一天总算是熬过去了，第二天也熬过去了。到了第三天，还是没有那几个渔民的踪影。尽管给鸣鸣定期吃预防感冒的药，鸣鸣还是开始发烧了，而且越烧越厉害。

如果那几个渔民一直不来怎么办？如果鸣鸣高烧不退怎么办？如果带来的食物和药品吃完了怎么办？如果阿山他们再找来怎么办？焦急、烦躁、忧愁、恐惧，一起涌上心头，小红更加焦躁不安。她嘴唇上裂开了一道道口子，起了一个个水泡。她如坐针毡，度日如年，在水深火热之中煎熬着，在望眼欲穿地期盼着！

……

第七十八章　小帆说媒　煞费苦心

刘小帆背部的刀伤，经过三个多月的治疗，终于痊愈了。她出院这天，刘一鸣正在学校开会，三妮把她接回了家。

刘小帆就像一只放飞的小鸟，高兴得手舞足蹈，又唱又跳。一进家门，她做的第一件事，就是要求三妮帮助她洗澡。

三妮放好热水，让刘小帆坐进了浴缸里。洗着洗着，刘小帆突然战战兢兢地哭起来。

三妮见了，急忙问道："小帆，你怎么像猴子变脸啊，说哭就哭了？"

"姐，我怕，我怕尹小强一伙人！"刘小帆受了惊吓和刺激，变得有点神经质，情绪时好时坏，很不稳定。她一想到尹小强就心惊胆战，烦躁不安。

"小帆，你不要怕！尹小强已经被警察打死了，他的那一伙人也都被警察一网打尽了。"三妮坐在浴缸旁边，一边给刘小帆搓着身子，一边安慰她。

"姐，我被尹小强一伙人糟蹋了，感觉浑身上下、从里到外都很肮脏，很恶心！"刘小帆哭着说。

"小帆，不要哭，姐帮助你洗干净。"三妮轻轻地给刘小帆搓着身子，劝说道："小帆，尹小强一伙人都受到了法律的惩罚，事情已经过去三个多月了，你就不要再想那些伤心痛苦的事了。从现在开始，你应该忘记过去，面向未来，振奋精神，谱写人生新篇章！"

"姐，现在，我爸爸不在家，你也没有事干，你就和我一块洗澡吧，好好地给我搓一搓。另外，我有一肚子的话，实在憋不住了，很想跟你说一说，希望你能仔细听一听。"刘小帆央求着。

"那好吧。"三妮想了想，答应道。说完，她脱了衣服，走进浴缸，坐到刘小帆身边，继续帮助她搓身子。

"姐，我离不开你，我不能没有你。你嫁给我爸爸吧，给我当妈妈吧，我求求你了！"刘小帆趴在三妮的怀里，哭哭啼啼地哀求道。

三妮听了一愣，瞬间就羞得满面通红，急忙问："小帆，你怎么又没头没脑地提这个莫名其妙的事？是不是脑子吓傻了，神经出问题了？"

"姐，我已经多次说过了，我的脑子很正常，我的神经也很正常。"

"小帆，既然你的脑子和神经都很正常，你为什么无缘无故地说这些不可思议的话啊？"停了下，她又说："小帆，从今以后，不许你再胡思乱想，不许你再胡说八道。"

"姐，我绝对不是胡思乱想，也绝对没有胡说八道，我说的都是心里的话。住院期间，我躺在病床上睡不着，思前想后，反反复复地考虑这个问题。想来想去，我终于下定了决心，我一定要想方设法让你嫁给我爸爸，我一定要千方百计让你当我的妈妈。不达目的，决不罢休！姐，我是认真的，我真心实意地恳求你答应我！"刘小帆抽抽泣泣地哀求道。

她做梦也没有想到，刘小帆会产生这样荒唐奇怪的想法。她有些生气地说："小帆，我警告你，你这是心血来潮，异想天开，也是胡乱弹琴，白日做梦！"

刘小帆听了，先是一愣，马上泣不成声地说："姐，你……不要生气，以后，我……再也不敢说了！"

见三妮不理不睬，刘小帆急忙抱住三妮的脖子，一边亲吻三妮的脸蛋，一边哭泣着说："我的好姐姐，你就当我在放狗屁、放猫屁、放猪屁，你什么也没有听到。你如果不解气，就狠狠地揍我一顿吧！"

看到刘小帆那梨花带雨、可怜兮兮的样子，三妮被逗得哭笑不得，她扑哧一笑，说："鬼丫头，你装神弄鬼，真真假假，喜怒无常，我真拿你没办法。"

看到三妮不生气了，刘小帆又破涕为笑，擦了擦眼泪说："姐，你聪明绝世，高瞻远瞩，眼观六路耳听八方，宰相肚里能撑船，绝对不会与我这个卑鄙小人一般见识。"

"你这是夸我，还是骂我啊？"

"常言道，笑一笑，十年少。姐，你应该允许我开玩笑，说笑话，让我把话说完，不应该鼠目寸光，小肚鸡肠，说生气就生气。再说啦，广开言路，听了我的金玉良言，不但天塌不下来，还会让你醍醐灌顶，茅塞顿开，飞黄腾达，功成名就，幸福……"

"停……你打住吧，什么意思啊？"

"姐，你是我最亲的人，我离不开你，我要永远和你在一起。但是，你已经到了谈婚论嫁的年龄，早晚要嫁人，这是人之常情，板上钉钉。你嫁人了，我怎么办啊？你不能只顾自己一时痛快，不管别人死活吧？你要……"

"住嘴，我不听你胡说八道！告诉你，你就把心放在肚子里吧，我嫁人也不会嫁到外国去，我会永远和你在一起。"

"吹牛皮，你丈夫肯定不同意，他会说我们俩搞同性恋。"

"胡诌八扯。"

第七十八章 小帆说媒 煞费苦心

"可惜啊,太可惜了!"

"可惜什么?"

"可惜你年龄太小了,我爸爸年龄太大了,相差十八岁。要不然,你就可以给我当妈妈了,我就可以与你一辈子在一起。所以说,太可惜了!"

"小帆,我算是服你了。这样吧,我一辈子不嫁人,也不给你当妈妈,永远陪伴着你,给你当姐姐,总算可以了吧。"

"那可不行,我怎么能把你拖累成剩女呀。男大当婚,女大当嫁,这是自然规律。姐,你现在应该学习我的班主任老师。"

"为什么?"

"我的班主任老师今年二十八岁,聪明漂亮,知书达理,是师范大学的校花,嫁给了一名五十六岁的科学家。"

"我没有你班主任老师那个思想境界,也没有那个特别嗜好,因为我不喜欢嫁给一个老头子。"

"姐,嫁给老头子有什么不好啊,我将来就嫁给一个老头子。老头子成熟,知道疼爱自己的老婆,感情专一,有社会地位和经济基础。这样的例子,不胜枚举,比比皆是。姐,你能说她们嫁错了人,生活得不幸福吗?"

"这……"三妮一时语塞,无言以对。

"姐,你年龄比我大,又是个大学生,懂的道理肯定比我多。古今中外,在爱情和婚姻方面,年龄的差距,从来都不是个主要问题。有很多伟人才女选择的人生伴侣,在年龄方面,都相差很大。但是,他们志同道合,幸福美满,为人类社会的发展,作出了重要贡献!姐,远的咱们不说,就说我们俩吧。我和尹小强年龄般配,又与他纠缠了这么多年。他想方设法害我,差一点把我推下万丈深渊。我与他之间能产生真正的爱情吗?我与他结为夫妻能美满幸福吗?姐,陆鹏年青潇洒,阳光帅气,你和他年龄很般配。但他拈花惹草,不珍惜你,背叛了你。你与他之间能产生真正的爱情吗?你与他结为夫妻能美满幸福吗?你如果嫁给了他,会毁掉你的一生。姐,我说的这些对不对啊?"

听了刘小帆的话,三妮有些吃惊。她没有想到,刘小帆小小的年纪,能说出这么富有哲理、感人肺腑的话。她轻轻地拍了拍刘小帆的头,笑嘻嘻地说:"鬼丫头,你真不简单呀,三日不见,刮目相看,你现在出息了,长见识了。什么古今中外呀,什么伟人才女呀,口若悬河,还出口成章,说得头头是道,一套一套的。我问你,你是不是处心积虑,绞尽脑汁,变着法儿哄骗和算计我啊?"

"姐,你聪明透顶,我可不敢在你面前班门弄斧。我说的这些事,都是客观事实,你心里明镜似的,肯定比谁都清楚。大千世界,人海茫茫,你和我爸相遇相识,这是缘分。为了教育挽救我,你和我爸同甘共苦、同舟共济,又相知相爱,这还是缘分。你们俩心心相印,志同道合,脾气性格和兴趣爱好都差不多，这更是缘分。我爸除了年龄大了一点，其他方面都不错。他人品好，正派老实。他学识渊博，事业有成。他稳重老练，感情专一。为了把我抚养成人，他一直没有再娶，没有拈花惹草。这么正直善良、重情重义的男人，打着灯笼没处找。我要是与他没有血缘关系，我就嫁给他。姐，他年龄比你大，知道珍惜你、疼爱你。你嫁给他，肯定会美满幸福。我觉得，你们俩是天生的一对，地造的一双。你们俩结为夫妻，是良缘绝配，乃人间之幸事，应该普天同庆。姐，你应该平心静气地想一想，琢磨一下我说的这些话有没有道理。"

"鬼丫头，你花言巧语，绕来绕去又绕到了我身上，说来说去还是在哄骗和算计我。告诉你，小朋友，你还嫩了点，我不会上当受骗，中你的圈套，你就不要枉费心机了。大人的事，小孩子不懂，你就别再瞎搅和了！"

"姐，我已经不是小孩子了，我是个大人了。而且，我几次从困境和生死关头挣扎过来，经历的事太多太复杂了。我从一个女孩变成了一个女人，从一个女人变成了一个卖淫吸毒的女犯人，又从一个女犯人变成了一个女中学生。我经历过的事，你没有经历过。我觉得，人这一生，平平淡淡、实实在在才是福。我爸朴实无华，脚踏实地。你嫁给他，心里踏实，也没有后顾之忧。实话实说，我之所以撮合这件事，既是为了你一辈子的幸福，当然也是为了我自己和我爸一辈子的幸福。天下没有十全十美的人，也没有十全十美的事。姐，你应该强化大局观念，个人利益服从全局利益。为了顾全大局，你应该大公无私，不计个人得失，无私奉献。为了这个家，你应该奋不顾身，勇往直前，牺牲自我。为了我们三个人一辈子美满幸福，你应该挺身而出，义无反顾，舍己救人。你……"

"闭嘴，胡诌八扯，乱七八糟！告诉你，你磨破嘴皮子，说得天花乱坠，我也不会相信你那一套。我看啊，你就歇歇吧，别再浪费口舌了。"

"思想僵化，观念陈旧，不可理喻，典型的榆木疙瘩不开窍。姐，我现在郑重警告你，你未老先衰，已经落伍了，十分危险。你必须悬崖勒马，解放思想，更新观念，跟上时代发展。"稍停片刻，她又笑嘻嘻地说："姐，我问你，你是不是很反感我爸，看见他就恶心呕吐啊？如果你很反感我爸，从今以后，我再也不提这件事，还会把他扫地出门。姐，这是一个原则性问题，你必须老老实实地告诉我。"

"扯淡，你爸是个好人，我为什么要反感他呀？"

"太好了……姐！既然你不反感我爸，那就说明你对我爸有好感。既然你对我爸有好感，那就说明我这个红娘当成了！姐，从今以后，我就叫你妈妈了！"刘小帆欣喜若狂，眉开眼笑，急忙在三妮脸上使劲亲吻了几口，还怪模怪样地嬉笑着。

"扯淡，你自作多情，我没有说要嫁给你爸！"

第七十八章 小帆说媒 煞费苦心

"姐,你慧眼识珠,伯乐相马,肯定会嫁给我爸。"

"小帆,你爸人品好,性格脾气好,又是个教授,长得也不错,有名有地位,什么样的好女人找不到啊。我条件这么差,要什么没什么,你何必老是死皮赖脸地纠缠着我啊?"

"姐,在我的心目中,你是全世界最美好的女人。我只要你给我当妈妈,别的女人再好我也不要。近水楼台先得月,肥水不流外人田。我一定想方设法把你弄成我的妈妈,绝对不会让你嫁给别人。姐……"

三妮急忙插言说:"臭丫头,我再次警告你,你这是异想天开,一厢情愿,胡搅蛮缠!什么叫肥水不流外人田啊,你把我当成什么了?小帆,你蛮不讲理,太霸道了。我明确告诉你,我绝对不会嫁给你爸,更不会给你这个年龄和我差不多的臭丫头当后妈,你就死了这条心吧。"

刘小帆怪笑着又在三妮脸上亲了一口,挤眉弄眼地说道:"姐,我敢保证,你肯定会嫁给我爸。因为我太了解你了,因为你舍不得离开我,因为你舍不得离开我爸,因为你舍不得离开这个家,还因为我爸不是个老头子,他是个阳刚帅气、老练成熟的男子汉。姐,难道你就没有感觉到,你早就成了这个家庭的女主人了,我们三个人的感情和命运,早就紧紧地联系在一起了,再也不可能分开了?姐,你知道现在世界上为什么流行老夫少妻吗?因为互补性强,婚姻稳定,幸福指数高,而且生的孩子特别聪明漂亮。"

"臭丫头,你还在自作多情,想入非非。我问你,你是从哪里学习来的这些歪理邪说啊?"

刘小帆靠到三妮怀里,抱着她的脖子,嬉皮笑脸地说:"姐,这不是歪理邪说,这是客观事实,这是高科技知识。姐,男大当婚,女大当嫁,这是人之常情,你不要害羞,也不要不好意思。到你们俩举行婚礼的时候,你别忘了给我多敬几杯酒,好好地谢谢我这个红娘。"

三妮急忙拍着刘小帆的头说:"一派胡言,我不可能嫁给一个老头子!"

刘小帆涎皮涎脸地问:"姐,你能不能答应我一个请求啊?"

三妮忙问:"什么请求?"

刘小帆抱住三妮的脖子,趴在她的耳朵上,神经兮兮地说:"姐,你快点给我生个小弟弟吧,我都快要想疯了!"

三妮羞得满脸通红,大声说道:"滚蛋,生你个头啊,狗嘴里吐不出象牙来!我很忙,没有闲工夫陪着你磨牙,你就异想天开,自己慢慢地享受和陶醉吧。"

……

三妮和刘小帆洗完澡,就开始忙着做晚饭。刘一鸣回到家,一桌子很丰盛的饭菜就摆满了餐桌。这是刘小帆康复出院以后,第一次在家里聚餐。他们心里很高兴,一边津津有味地品尝美酒佳肴,一边海阔天空地聊天,三个人兴致勃勃，谈笑风生，气氛十分融洽和热烈。

刘小帆一直想着撮合三妮与刘一鸣的婚事，不知道怎么开口好，也找不到合适的机会。快要酒足饭饱的时候，她再也憋不住了，突发奇想，郑重其事地宣布道："爸，我姐已经说了，她同意嫁给你，你就抓紧时间筹备婚礼吧。婚礼一定要搞得热热闹闹，轰轰烈烈，要……"

三妮一听，羞得面红耳赤，急忙打断刘小帆的话，说："小帆，你怎么又胡说八道，我什么时间说过啊？"

刘一鸣愣了，气呼呼地说："莫名其妙，不可思议，乱弹琴。小帆，你的脑子真的出了问题，神经不太正常。"

刘小帆马上沉下脸来，很不高兴地说："就算我脑子有问题，就算我是个神经病，就算我是在胡说八道，你们也不能剥夺我说话的权利，应该让我把话说完。"

刘一鸣脸色凝重地说："小帆，我以前多次跟你说过，三妮是我们俩的恩人，没有她，就没有我们这个家，就没有我们俩的今天。知恩图报，这是我们中华民族的传统美德。我们父女俩，不管到什么时候，都不能忘记三妮的大恩大德，都要想办法报答三妮。小帆啊，你已经长大了，也懂事了，应该尊敬三妮。你不应该异想天开，信口开河，胡言乱语，伤害和侮辱三妮。你这样做，有违传统美德，有违人之常情。"稍停片刻，他忧心忡忡说："小帆啊，现在看来，你的神经真的出了点问题，爸爸尽快送你去看病。但是，你以后不要再胡言乱语了，记住了吗？"

刘小帆听了，鼻子一酸，流下了两行眼泪，哭着说："爸，我没有病，我的神经很正常！你刚才说的话，我都牢记在心中了。要不是我姐，我早就死过多少次了，早就变成鬼了。我姐的恩情，我会永世不忘。爸，我已经十七岁了，是个高中生了，是个大人了。我走过的路弯弯曲曲，我经历过的事太复杂了。人生的酸甜苦辣咸，我都品尝过了。社会上的丑恶和阴暗，我也体验过了。现在，我脑子和神经很正常，思维也很清晰，没有一点问题。我刚才说的事，绝对不是异想天开、信口开河，更不是一时冲动、胡言乱语。我的这个想法，在一年之前就有了，也反反复复分析考虑过很多次了。爸，你是世界上最好的爸爸。你为了把我抚养大，含辛茹苦，牺牲了十多年的幸福。姐，你是世界上最好的女孩子。在我很小的时候，我的亲妈妈就弃我而去。你来到我家以后，临危不惧，冒着生命危险，多次救我。没有你，就没有我的今天。你的恩情，我一辈子也报答不完。姐、爸，你们俩是我最亲的人，我离不开你们俩，我想组成一个完整的新的家庭，让我永远和你们俩在一起。你们俩在人品素质、理想追求、脾气性格、兴趣爱好等方面，都很般配。美中不足的是年龄相差十八岁。婚姻大事，关键是志同道合，年龄的差距是个次要问题。古往今来，老夫少妻，

第七十八章 小帆说媒 煞费苦心

比比皆是，他们都生活得很美满幸福。世界上没有十全十美的人，也没有十全十美的事。我认为，你们俩结为夫妻很合适。爸，我姐是世界上最正直善良最聪明最漂亮的女孩子，又是一个大学生。她要是能嫁给你，那是你三生有幸，是上苍赐给你的缘分和福气，你一定要好好地珍惜她。姐，我爸虽然年龄大一点，但其他方面都很优秀，是个十分难得的好男人。你嫁给他，肯定会幸福美满。我……"

刘一鸣急忙打断刘小帆的话，大声训斥道："小帆，快闭上你的嘴巴，别再瞎胡闹了！我是个老头子，你姐年轻漂亮，这是绝对不可能的事，你不要想入非非了。你……"

刘小帆不依不饶，再次打断刘一鸣的话，气呼呼地说："爸、姐，我绝对不是瞎胡闹，我是在实话实说。我刚才说的，都是我心里的话。我是为你们俩好，也是为我好。你们俩怎么想，怎么做，那是你们俩的事，我管不了那么多。现在，我已经把憋在心里的话，全都说出来了。对不起，打扰你们俩喝酒聊天了。今天，我康复出院，要敬你们俩一杯酒，感谢你们俩对我的关心照顾！"说完，她与刘一鸣和三妮碰过杯，一口干了，然后，又给他们俩深深地鞠了一躬，头也不回地走了。

……

这天夜里，三妮失眠了，刘小帆吃晚饭时说的那些话，一直回响在她的耳边。这已经是刘小帆第三次提出要她嫁给刘一鸣。当刘小帆第一次提这件事的时候，三妮认为刘小帆受到惊吓，变得有点神经质，慌不择言，再加上一时心血来潮，想入非非，仅仅是随便说说而已，她没有往心里去。今天下午洗澡和吃晚饭时，听了刘小帆一席话，她豁然顿悟，刘小帆提出这个问题，是经过了长时间的深思熟虑。她说的那些话，都是肺腑之言，而且有一定的道理。现在，三妮不得不静下心来，认真考虑这件事了。

三妮躺在床上，翻来覆去睡不着。刘小帆的话，不停地在她耳边响起。刘一鸣的身影，老是在她眼前晃来晃去。这几年，她和刘一鸣同甘共苦，同舟共济，往事历历在目……

刘一鸣，瘦高个，白皙的皮肤，明亮有神的大眼睛上戴着一副精美的眼镜。他文质彬彬，成熟稳重。他虽然已经四十多岁了，但看上去要比实际年龄小很多，既很健康，又很阳刚潇洒。他人品好，正直善良，学识渊博，事业有成，感情专一，是个十分优秀的男子汉。他的前妻虽然离他而去，女儿虽然走了一些弯路，但主要责任并不在他。

三妮自然而然地把刘一鸣与陆鹏进行了一番比较。比较来比较去，得出的结论是，陆鹏虽然年轻潇洒，但嫁给他没有安全感，更不会美满幸福；刘一鸣虽然年龄比较大，但嫁给他安全可靠，心里踏实，会美满幸福。

自从来到刘一鸣家里当保姆，三妮一直很敬重刘一鸣，把他当成了自己的长辈，当成了可亲可爱的老师。她很喜欢刘一鸣，也很爱刘一鸣。这种喜欢和爱，是晚辈对父辈、学生对老师的喜欢和爱。在刘一鸣的身边，她感到很踏实，也很温暖和舒心。另外，她对刘一鸣，还有一种隐隐约约、朦朦胧胧、说不清道不明的好感。现在，刘小帆突然提出要她嫁给刘一鸣，她没有一点思想准备，有些不知所措和心慌意乱。

扪心自问，刘一鸣除了年龄大一些外，确确实实是一个十分优秀而又十分难得的好男人。刘小帆说得很对，选择人生伴侣，最重要的是志同道合，年龄的差距，是个次要问题。她和刘一鸣同甘共苦，已经朝夕相处了四年多，应该算得上是志同道合。一个打工妹，一个小保姆，一个没有父母、没有家的穷大学生，能嫁给一个才华横溢、学识渊博、功成名就的大学教授，应该是一个不错的选择。

但是，人言可畏啊。她要是嫁给刘一鸣，会面临方方面面的压力。一个黄花大闺女，一个风华正茂的大学生，找个年轻有为、英俊潇洒的小伙子不成问题。嫁给一个比自己大十八岁又离过婚的男人，给一个比自己小五岁的女孩子当后妈，图的是什么啊？人们肯定会说三道四。人们会不会说她神经有毛病，精神不正常啊？会不会说她贪图刘一鸣的地位和钱财啊？两个姐姐会怎么想啊？她们会不会坚决反对啊？刘一鸣会怎么想啊？他会看得上她吗？他会愿意娶她吗？

三妮脑子里就好像是一团乱麻，越想越睡不着，越想越心烦意乱。

……

这一夜，刘一鸣也失眠了，刘小帆吃晚饭时说的那些话，也一直回响在他的耳边。他翻来覆去睡不着，越想心里越烦躁。他与三妮一样，当刘小帆刚开始撮合这件事的时候，他认为刘小帆心血来潮，异想天开，胡言乱语，没有放在心上。后来，他又认为刘小帆的神经出了问题。今天吃晚饭时，刘小帆又郑重其事地说这件事，说得是那么真诚恳切，那么严肃认真，那么言之有理，那么富有感情。这显然不是心血来潮和异想天开，更不是神经出了问题以后的胡言乱语。现在，他不得不认真对待和慎重考虑这件事。

三妮刚来他家当保姆的时候，在他的心目中，三妮是一个比刘小帆大几岁的聪明漂亮的小女孩。后来，他和三妮共同经历了那么多的风风雨雨，他开始对三妮刮目相看。在他的心目中，三妮逐渐变成了一个机智勇敢的好女孩、正直善良的好心人、可以信赖的好朋友、他们父女俩的救命恩人。他很喜欢很尊重三妮，也很爱三妮。这种爱是朋友之爱，是长辈对晚辈之爱，没有半点非分之想和私心杂念，更没有想过要娶三妮为妻。刘小帆突然提出要三妮嫁给他，这是他做梦都不敢想也不能想的事。他认为，他与三妮年龄相差这么大，他结

第七十八章 小帆说媒 煞费苦心

过婚，又带着一个孩子，根本就配不上三妮。在他心目中，三妮是个仙女，只能敬仰，不敢亵渎。他还认为，三妮这么优秀，应该找一个出类拔萃和十分般配的白马王子。当听到刘小帆说三妮已经同意嫁给他时，他不敢相信自己耳朵，认为这是刘小帆在开玩笑，是痴人说梦和天方夜谭。

刘一鸣十分了解刘小帆不到黄河不死心、不达到目的不罢休的犟脾气。今后，要是刘小帆拿这件事没完没了地胡搅蛮缠下去怎么办啊？要是三妮一气之下，断绝与他们父女俩的一切关系怎么办啊？要是三妮架不住刘小帆的胡搅蛮缠，无可奈何地答应了刘小帆的无理要求怎么办啊？他决定，要分别找三妮和刘小帆好好地谈一谈，尽快打消误会，平息这场不大不小的风波。

刘一鸣一再警告自己，不管刘小帆怎么胡搅蛮缠，自己一定要保持清醒的头脑，绝对不能让人们指着脊梁骨耻笑他，说他忘恩负义，老牛吃嫩草，占三妮的便宜。

……

第七十九章 研发小吃 餐馆被砸

大妮和安磊参加广州国际美食节,在广州一共住了十天。他们俩除了游玩了三天,其余七天时间,全都用在了参观学习各种特色小吃的制作方法上。回来的时候,他们俩还高薪聘请来一名著名的美食大师。

回到观海,他们俩与安东方和姜春娟一合计,马上成立了一个特色小吃研发小组,在美食大师的指导下,紧锣密鼓地展开了工作。他们俩亲自挂帅,每天废寝忘食,加班加点,反复进行研究。时间不长,二十六个具有传统风味,又有当地特点的特色小吃,就研究制作成功了。

——北京烤鸭。鸭子入炉之前,先把处理后的鸭子灌进开水。鸭子进炉后,先烤鸭子被刀切了的右背侧,使热气从刀口处进入鸭膛,把鸭肚子里的水煮沸。当鸭子右背的鸭皮烤成橘黄色时,就翻过来,用火烤鸭子的左背。接照上面的步骤循环地烤,直到鸭肉全部上色熟透为止。这样烤出来的鸭子,鸭皮鲜黄松脆,肉质鲜嫩,令人垂涎三尺。烤鸭上桌后,把鸭肉切成薄薄的肉片,裹上葱白,蘸上甜酱,吃起来满口留香,异常鲜美。

——担担面。取猪腿肉剁成肉末,甜面酱用少许油解散;然后锅置火上,放少许油烧热,然后下肉末炒散,加料酒炒干水分,加盐、胡椒粉、味精调味,然后放入适量的甜面酱炒香,肉末呈现诱人的茶色。锅中放水烧开,将面条下锅煮熟,分捞碗中即可食用。主要佐料有红辣椒油、肉末、川冬菜、芽菜、花椒面、红酱油、蒜末、豌豆尖和葱花等,口味油香麻辣,十分爽口。

——过桥米线。先将米线、豆芽、豆腐皮等材料分别下锅焯烫,米线焯烫半分钟后捞出自然晾凉,豆芽、豆腐皮则焯烫至熟备用。将鸡放入砂锅中,用中火慢慢煲,直到鸡肉软烂即可,这就是过桥米线的原始汤,也可以加入火腿、老鸭一起煲。食时先将肉片烫至白色,下绿菜稍烫,再下米线、火腿片、豆腐皮等,撒少许葱花和香菜,拌匀后即可食用。

——羊肉泡馍。先把面粉揉成光滑的面团,擀成薄饼。平底锅预热后,将饼放进锅内,中小火烙制。烙得的两面微黄,有香味时即可。把烙好的饼,用

第七十九章　研发小吃　餐馆被砸

手掰成黄豆大小的块。锅开后，将血沫舀出，捞出羊肉洗净。将洗净的羊肉、调料、姜片放入高压锅中，压30分钟即可。熬好的羊肉汤放入锅内煮开，放入掰好的饼块煮制。当汤变稠，加入洗净的木耳、切片的羊肉稍微一煮。加入盐、味精、蒜苗、香菜即可，色香味俱全，令人垂涎欲滴。

……

光阴似箭，日月如梭，转眼之间，春节就快要来到了。这天夜里，大妮从海鲜楼回来，忙完家务，又哄睡了童月，才上床睡觉。她心事重重，在床上翻来覆去，没有一点睡意。

房子外面，大雪飞扬，呼啸着的狂风，一阵又一阵地扑打着窗子，发出恐怖的声音。

安磊凑上来，轻轻地把大妮揽在怀里，温柔地说："老婆，你劳累一整天了，快点睡觉吧。"

"我睡不着。"

"老婆，怎么了？有什么心事啊？"

"老公，你说说看，我们现在研发的这些特色小吃，真的能成功吗？"

"老婆，你放心吧，肯定能旗开得胜，马到成功。"

"但愿如此吧。"

"老婆，我们的生意现在已经很红火了。要是再把这些特色小吃拿出来，顾客就会挤破门，生意会更加红红火火，效益会更上一层楼。用不了多长时间，你就会成为一个大富婆。到那时候，你千万不要甩了我啊。"

"我现在就想让你滚蛋爬开。堂屋西边那个小房子，是你的住处，你去那里住吧。"

"老婆，为什么啊？那个小房子里很冷，我会被冻死的，你能忍心吗？"

"你躺在我身边，我不习惯，睡不着。"

"为什么啊？"

"你明知故问，哪里来这么多为什么呀？一个大色狼躺在身边，每时每刻都想占我的便宜。我时时刻刻都在提防着，怎么能睡得着啊。"

"嘿嘿……老婆，没有那么严重吧，那怎么办呀？"

"我刚才说过了，你到堂屋西边那个小房子里去住吧。"

"那怎么能行啊？这是我妈的安排。我们俩到广州参加美食节的时候，她就把我的东西全都搬到你这里来了。现在，那个小房子里空空的，冷得就像个冰窟窿。"

"你妈这是啥意思啊？"

"她说我们俩已经是两口子了，应该住在一起。"

"什么两口子啊，我们俩还没有结婚。"

"嘿嘿……亲爱的，我妈妈最近整天唠叨，催促我快点和你结婚，成为名正言顺的合法夫妻。"

"说来说去，你妈还是偏向自己的儿子。"

"老婆，你说得不对，我妈偏向的是你。你是她的干闺女，又是她的儿媳妇，她把你当成了心头肉。她老是担心我对你不好，整天扯着耳朵教训我。她还说……"

"她还说什么？"

"她……还说，男子汉大丈夫应该主动点，先下手为强，快刀斩乱麻，把生米做成熟饭，早点给她生个大胖孙子。"

"我的天啊，这老太太怎么这样教育自己的儿子啊？我真的没有想到，你们娘俩合伙算计我，欺负我。"

"小笨蛋，这怎么是欺负你啊？我妈这是对你好。"

"你这个坏家伙，又在胡说八道。你妈这样教育你，明摆着是让你吃我的豆腐，占我的便宜，把我套住。"

……

他们俩一直到深更半夜，才心满意足地酣然入睡。

正在酣睡的大妮和安磊，被一阵急促的手机呼叫声惊醒。大妮打开一听，是郝慧慧的声音："姐，不好了，出事了！刚才一伙蒙面人，把餐馆砸了，还把看守餐馆的两名男员工打伤了。姐，你快点过来吧……"

安磊急急忙忙穿上衣服，赶快去院子里发动车子。大妮抱起童月，来到隔壁堂屋里，把童月交给了姜春娟照看。

大街上，风雪交加。灰蒙蒙的夜空中，飘荡着一团团、一簇簇的雪花，时而像扯碎了的棉花和白纱，从空中翻滚而下；时而如柳絮和鹅毛，纷纷扬扬飘落下来；时而似白蝴蝶和梨花瓣，漫天飞舞着。大地上好像铺上了一层厚厚的白棉被，周围的房子和树木，全都笼罩在了雪花编织成的一个大网之中。

马路上，往日那种车水马龙的热闹景象不见了，变得静悄悄的，没有行人，也没有车辆，只有那呼啸而至的狂风暴雪。一个个路灯，就好像一只只暗淡的萤火虫。安磊小心翼翼地驾驶着车子，在已经结冰的路面上，一点一点地向前爬行着。

车子来到一座桥的上面，安磊既没有打转向，也没有踩刹车，更没有加速，车子无缘无故地来了个原地三百六十度大转圈。大妮和安磊吓了一大跳。

当车子行驶到一个下坡路段时，快速地向着路边滑去，怎么刹也刹不住。马路的下面，就是一个深不见底的悬崖。车子如果掉下去，后果不堪设想。在这千钧一发之际，多亏路边的一棵大树把车子挡住了，才转危为安。大妮和安磊战战兢兢地下车一看，出了一身冷汗。他们俩急忙找了几块大石头，把车轮

第七十九章 研发小吃 餐馆被砸

子固定好,然后顶风冒雪,步行向餐馆赶去。

郝慧慧和令媛媛负责的这个餐馆,位于观海第三海水浴场的旁边。她们俩虽然年龄不大,但肯吃苦,把这个餐馆经营得很红火,收益也不错。

海边的暴风雪,好像不停地变换着方向,吹得大妮和安磊东倒西歪。他们俩踏着厚厚的积雪,艰难地向餐馆行走着。当他们俩走到这个餐馆的时候,已经是凌晨两点钟。郝慧慧她们已经报了案,被打伤的两名男员工没有生命危险,被送到了附近的医院里。

餐馆内,满目疮痍,一片狼藉,所有能砸的东西,全都被砸坏了。大妮看到昔日那个井井有条、干干净净的餐馆变成了现在这个惨不忍睹的样子,她心如刀绞,泪流满面。郝慧慧和令媛媛见了大妮,不停地哭着。

"姐,餐馆变成了现在这个样子,造成了这么大的损失,这是我的失职,你撤了我的店长职务吧!姐,我对不起你,你打我吧,你骂我吧!"郝慧慧心里十分愧疚,哭着说。

令媛媛扑到大妮怀里,泣不成声地说:"姐,我不争气,当不了这个副店长,你撤我的职吧!姐,我很害怕,想离开这里,换一个新的工作!姐……"

大妮打断令媛媛的话,安慰道:"慧慧、媛媛,你们俩不要再内疚了,也不要再伤心了。发生这样的事,不能怨你们俩。你们俩尽心尽力,很负责任,干得很好。我不但不打不骂你们俩,不撤你们俩的职务,还要感谢和表扬你们俩。"

"姐,出了这么大的事,你怎么还这样说啊?"郝慧慧很惭愧地说。

大妮给令媛媛擦着眼泪说:"你们俩和大家一样,都不愿意看到发生这样的事,心里很难受。但是,事情已经发生了,我们只能面对现实。现在,我们应该振奋精神,努力工作,尽快使餐馆恢复营业。另外,我想知道你们得罪了什么人,为什么那几个蒙面人要砸这个餐馆啊?"

"姐,餐馆开业不久,就有几个小痞子经常来吃饭喝酒。他们不但不给钱,还故意找碴。我们没有忍气吞声,与他们大吵大闹过几次。这些人好像很有背景,可能与黑道上有关系。砸餐馆的那几个蒙面人,很可能和小痞子是一伙人。姐,那几个蒙面人还给你留下了一封信。"郝慧慧说着,把这封信递给了大妮。这封信用的是特快专递的信封,里面有一张红纸,上面写着"送钱十万,大妮明白"。

大妮感到蹊跷,仔细看了一会,又把这张红纸递给了安磊。她脸色凝重,沉思了很长时间,然后摇了摇头,自言自语地说:"奇怪,不可思议,这葫芦里卖的是什么药啊?"

安磊铁青着脸,看着这张红纸,琢磨了一会,心事重重地说:"大妮啊,据我分析,那几个蒙面人的背后,还有一个幕后人。这个幕后人想敲诈你十万

267

元钱,而且,这个幕后人很可能认识你,还可能是熟人。"

"这个幕后人,可能认识我?可能是熟人?他是谁啊?"大妮思考了半天,豁然大悟,心里顿时一惊,脱口而出:"我在观海市没有得罪什么人,他……是不是庄小军啊?"

安磊又沉思了一会,点了点头,说道:"很可能是他。"稍停片刻,他接着说:"现在,姓寇的一伙人已经公安局被抓了起来,就算有漏网之鱼,也不敢这么嚣张,明目张胆地敲诈我们。庄小军被开除学籍以后,肯定怀恨在心,进行报复。听说他把姓寇的一伙人的残渣余孽,以及黑社会上的地痞流氓全都收罗了起来,又形成了一个庞大的黑社会组织,继续干着罪恶的勾当,并且有过之而无不及。你和庄小军斗了那么长时间,还有那么多的过节和怨恨。我认为,庄小军不可能轻易放过你。砸餐馆这件事,很有可能是庄小军指示手下人干的。"

这时候,天已经蒙蒙亮了。公安局派来了两个人勘察现场,其中一个就是庄小军在派出所实习时的搭档丁海涛。

时间不长,冷小静、风玲玲、管丽丽和来燕子,以及吴涛和方小宁,也都陆陆续续赶来了。来燕子以她负责的分店离这里比较近为由,邀请大家到她的分店里吃早饭。大妮正想找个地方开个店长会,就很爽快地答应了她的邀请。

来燕子负责的餐馆,位于观海市海风广场附近,距离郝慧慧和令媛媛负责的餐馆,不到两公里。当大妮带领着大家来到来燕子负责的餐馆时,早餐已经做好了。

吃完早饭,大妮对大家说:"在座的各位都是各分店的店长或者副店长。我和安大哥早就想开个会,听一听你们有什么困难、打算和建议。大家要畅所欲言,有什么就说什么。现在,有人找我们的麻烦,不让我们开心。我看啊,天塌不下来,地也陷不下去。我们该吃就吃,该喝就喝,放开手脚大胆干。前一段时间,大家都很忙。我一直想请大家聚一聚,但没有找到合适的机会。今天机会难得,等开完了会,请来燕子给我们上菜上啤酒,大家在一起好好地聊一聊,乐一乐。"

大家开诚布公,既谈了目前面临的困难和今后的打算,又提出了很多建议。听完大家的汇报,大妮和安磊商量了一下,她当场宣布了五条决定:"一、郝慧慧和令媛媛继续担任该店的店长和副店长。二、该餐馆重新装修,施工和经费由总公司负责,争取三天以后恢复正常营业。三、此案由总公司牵头,配合公安部门尽快破案。四、总公司向每一个分店派遣两名保安人员。各分店要采取安保措施,确保人员和设施的安全。五、由总公司负责培训有关人员,提供有关设备,确保每个分店增加三个以上特色小吃。"

大妮宣布完决定,酒菜也在另外一个单间里摆好了。大家兴高采烈,一边喝酒,一边海阔天空地聊起来。

第七十九章　研发小吃　餐馆被砸

"姐，你为什么老是打着鸭子上架，非要让我当这个副店长啊？"令媛媛急不可待地问。

大妮笑眯眯地回答："我是想给你点压力，让你锻炼一下，多长点本事。"

"姐，我是那块料吗？"令媛媛接着问。

大妮回答道："我看你现在干得不错，还要再提拔你。"

"哎哟我的妈呀，我们家祖祖辈辈没有人当过官,现在祖坟上要冒青烟了！"令媛媛的话，逗得哄堂大笑。

"姐，餐馆被砸，如果幕后的人真的是庄小军，那就麻烦大了。他心黑手辣，诡计多端，吃人不吐骨头。你不给他钱，他能善罢甘休吗？"冷小静忧心忡忡地说。

"这是明目张胆的敲诈，庄小军也太猖狂、太霸道、太欺负人了！"风玲玲气愤地说。

"庄小军这个老奸巨猾、无恶不作的魔鬼，什么伤天害理的事，他都能干出来。我怀疑经常来餐馆闹事的小痞子与砸餐馆的那几个蒙面人都是他的人。他得不到好处，达不到目的，肯定还会派人来捣乱。"郝慧慧心有余悸地说。

"庄小军这个人，如同豺狼虎豹，既残暴又贪婪。他贪得无厌，欲壑难填。如果我们让了步，他就会得寸进尺，没完没了地敲诈我们，最后把我们折腾垮，再吃掉我们。我们绝对不能让他的阴谋得逞，一定要和他对着干！"管丽丽满腔怒火地说道。

来燕子放下酒杯，大声说道："大家静一静，别再七嘴八舌、叽叽喳喳、没完没了地说了。依我看呀，怎么样对付庄小军，大姐和安总肯定胸有成竹了，先让他们俩说说吧。姐，你打算怎么办啊？"

大妮神态凝重，说："我与庄小军打交道已经三年了，他是个什么样的东西，我心里一清二楚。他糟蹋了葛甜甜，把她折磨成了疯子。庄小军与姓寇的勾勾搭搭，童军惨死在乱刀之中，也与庄小军有一定关系。我恨他，恨不得马上杀了他。如果砸餐馆这件事真的与他有关系，我绝对不会向他低头，更不会给他一分钱。我要针锋相对地与他斗到底，为葛甜甜和童军报仇雪恨！"

稍停片刻，大妮愤怒地说："恶有恶报，善有善报，不是不报，时候未到。庄小军禽兽不如，走歪门邪道，干伤天害理的事，恶贯满盈，政府一定会惩罚他，老天爷也不会放过他。我们堂堂正正地做人，老老实实做事，走的是光明大道，为什么要害怕他呀！"

方小宁咬牙切齿地说："我一定要为童哥报仇，绝对不会放过庄小军！"

吴涛心事重重地说："我们绝对不能向庄小军妥协，一定要和他们斗争到底。但是，我们千万不要麻痹大意，以免吃亏上当。"

安磊听了，高兴地说道："吴师傅说得好，我完全同意！"

安磊的话音刚落，令媛媛抢着说道："各位，我听见这些打打杀杀的话，就吓得腿肚子抽筋。我们很长时间没有在一起喝酒了，能不能换个话题，说点喜庆的事，来助助酒兴，痛痛快快地喝几杯啊？"

来燕子端起酒杯说："你们老是说庄小军，弄得心情很沉重。媛媛说得对，从现在开始，大家要说高兴开心的事。今天，我是地主，我先敬大家一杯酒！"说完，她敬了大家一杯酒。

冷小静端起酒杯说："姐、安总，你们俩订婚时，我们这些人都没能参加。不过，我们都很高兴。今天，我们要敬你们俩一杯酒，祝福你们俩幸福美满，白头到老。"说完，大家共同敬了大妮和安磊一杯酒。

令媛媛喝干一杯酒，大大咧咧地噘着嘴说："姐、姐夫，我对你们俩很有意见！"

大妮一愣，羞红了脸，忙问："为什么？"

令媛媛一本正经地说："你们俩订婚，这么大的事也不提前跟我商量一下，更没有请我喝喜酒。这说明你们俩太不够意思了，我越想越生气！"

安磊急忙说："对不起，这是我的失误！我和大妮现在敬你们一杯酒，表示歉意！"说完，他和大妮与大家举杯干了。

令媛媛喝完安磊敬的酒，又噘着嘴说："姐夫，你刚才敬的那杯酒，不能算数，按照农村的风俗习惯，你们两口子应该一块儿敬我。"

大妮羞红满面，含嗔带羞地说："媛媛，你又在装神弄鬼，胡搅蛮缠，小心我修理你。我明确告诉你，我与安磊只是订婚，还没有领结婚证。什么姐夫两口子呀，弄得我很不好意思。"

令媛媛嘿嘿一笑，装模作样，鬼头蛤蟆眼地说："姐，这怎么是装神弄鬼、胡搅蛮缠啊？这是老祖宗传下来的礼数和规矩。在我的老家，订婚就成了两口子，领不领结婚证无所谓，有很多人已经子孙满堂，也没有领结婚证。姐，祖祖辈辈都是这样过来的，你害哪门子羞呀？"

令媛媛说完，她拿出六瓶啤酒，放在她和安磊面前，然后说道："姐夫，我姐活脱脱一个仙女，现在嫁给了你，你应该高兴，多喝几杯酒，更应该多敬我几杯酒。你们俩订婚时没有请我喝喜酒，我宽宏大量，不跟你计较。今天，我们俩把这六瓶啤酒干了，来个六六大顺，图个吉利和喜庆，你看怎么样啊？"

安磊没有想到这小丫头平时胆小怕事，没有主见，上了酒场却摇身一变，这么厉害。他先是一愣，然后又急忙问道："媛媛，你能行吗？难道你就不怕喝醉了？"

大妮扑哧一笑，急忙对安磊说："你别上当受骗，媛媛是个酒篓子，怎么喝都喝不醉。"

管丽丽跟着凑热闹，推波助澜地说："安总，你是个堂堂正正的男子汉大

第七十九章 研发小吃 餐馆被砸

丈夫，难道还喝不过一个小丫头片子吗？用不用我来帮你喝几杯啊？"

来燕子也跟着连声附和，说："安总，你尽管上。你要是顶不住，我来帮你！"

安磊很喜欢大妮的这些小姐妹，每当与她们在一起的时候，感觉自己好像年轻了十多岁。他刚才几杯酒下肚，又看到这些花枝招展的女孩子们在起哄，心情特别爽。他在酒场上很有数，从来没有喝多过。今天，他更不会让这些女孩子们喝多了。不过，看到令媛媛叫阵，他想开个玩笑，逗着她乐一乐。于是，他笑嘻嘻地说："媛媛，你是个酒仙，我喝不过你，自愧不如，甘拜下风。这样吧，你和我每人喝六瓶啤酒，加起来十二瓶啤酒，喝两个六六大顺，你看怎么样啊？"

令媛媛没有想到被将了一军，一愣，又马上又高兴地说："姐夫，痛快，一言为定！"说完，她端起一杯酒，一仰头就干了。

大妮笑盈盈地说："喝酒要适可而止，谁也不能喝多了。"

……

第八十章　小红得救　二妮疯了

　　自从小红带着呜呜来到南乳岛上这个小山洞里，她犹如热锅上的蚂蚁一般，度日如年，忍受着恐慌、焦虑和痛苦的煎熬。到了第四天中午，骄阳似火，炙烤得大地直冒烟。空气好像已经凝固了，连喘气都很困难。小山洞的外面，那一大片正在盛开的鲜花，变得无精打采，垂头丧气地弯下了腰。

　　身心憔悴、疲惫不堪、昏昏欲睡的小红，突然听到小水湾里有动静。她急忙睁开眼睛向外一看，两条小渔船已经驶进了小水湾。船上的四个渔民她都认识，为首的就是英望大叔。她顿时欣喜若狂，差一点就喊叫起来。稍微一冷静，她又仔细观察了一会，发现周围没有可疑的情况，急忙背上包袱，抱着呜呜，跑了过去。

　　小红抱着呜呜，来到英望大叔面前，扑通一下跪在了地上，哭喊着说："英望大叔，请你们行行好，救救我们俩！"

　　英望见了，大吃一惊，急忙上前扶起小红，十分惊讶地问道："小红，这是怎么回事啊？"

　　小红泣不成声地说："姓龙的把我的男主人和女主人都杀害了，还要杀害他们俩的孩子。我带着这个孩子逃到了这个小山洞里。请大叔把我们俩送到 Q 城，我要去找华人老乡会的会长齐中华、泰中影视交流协会的秘书长齐盛、Q 城的警察齐强，还有 Q 城医院的医生齐霞。"

　　小红连珠炮似的一口气说出来的这四个人的名字，英望他们以前都听说过。特别是齐中华，是 Q 城家喻户晓的知名人物，英望他们当然早有耳闻。对于小红的女主人二妮，英望他们不但早就听别人说起过，而且还在电视上看过二妮的专题片。但是，事情来得这样突然，英望他们一时不知所措。

　　英望问道："小红，你是怎么认识的齐中华一家人啊？"

　　小红急忙回答："大叔，我的男主人和女主人与齐中华是老乡，也是好朋友。他们前几天还在一块吃饭喝酒，商量回国的事。谁也没有想到，姓龙的突然对我的男女主人下了毒手。"说着，她把齐中华的名片交给了英望。

　　"这……"英望看着齐中华的名片，还是拿不定主意。

第八十章 小红得救 二妮疯了

小红见英望他们还是犹豫不决，她抱着鸣鸣，又扑通一下跪在了地上，哭喊着说："大叔，我和这个孩子，在这个小山洞里已经躲藏了四天。我们盼星星盼月亮，苦苦地盼望着你们的到来，现在总算把你们盼来了。这几天，这个孩子一直发着高烧，再不送到医院抢救，可能很快就会死掉。各位大叔，请你们发发善心，救救这个孩子吧，救救我们俩吧，我们俩一辈子不会忘记你们的大恩大德，一定会报答你们！"小红说着，从包袱里掏出一大把钱，要送给英望他们。

英望见了，急忙扶起小红，激动地说："小红，你这是干什么啊？我们都是熟人，哪能要你的钱啊。人命关天，我们不能袖手旁观，见死不救。小红，你快点上船吧，我现在就把你们俩送到 Q 城去。"说完，他把小红扶上小渔船，急急忙忙向 Q 城的方向驶去。

……

那天夜里，龙哥在饭菜里下了迷药，乘机强暴了二妮。二妮醒过来以后，咬伤了他一条胳膊。一连几天，龙哥胳膊上的伤口，一直疼痛难忍。

龙哥玩弄过无数的女人，从来没有失过手，更没有吃过这样的亏。这几天，他越想越上火，气得咬牙切齿，七窍生烟，恨不得马上就杀了二妮，消消心中的窝囊气。但是，冷静下来一考虑，他又舍不得杀了二妮。这个貌若天仙、年轻漂亮的女人，在他没有玩弄厌烦之前，绝对不会让她死去。

龙哥舍不得杀二妮，还有两个更为重要的原因：一是他舍不得丢掉二妮这个赚钱的工具。对于他来说，二妮就好像一棵摇钱树，一个聚宝盆，他怎么舍得杀了二妮呢。二是他仍然盘算着让二妮当"压寨夫人"。二妮美若天仙，又一个前途无量的青年歌星，找个这样的女人当"压寨夫人"，真可谓名利双收，功成名就，十全十美。

龙哥认为，虽然二妮是个既聪明又刚烈的女子，但制服她是小菜一盘。再聪明和难以对付的女人，也斗不过一个真正的男子汉。凡是败在女人手下的那些男人，都不是真正的男子汉。一个真正的男子汉，征服女人最有效的方法，那就是要有的放矢，点中女人两个最致命的"死穴"：一是要想方设法占有她的身体，打碎她的贞节和尊严；二是要把她的亲人抓在手里，打碎她的毅力和意志。他认为，从目前的情况来看，二妮的贞节、尊严、毅力和意志，全都被他打碎了。也可以说，二妮已经被他征服和搞定了，变成了他的囊中之物。再继续玩弄和欺骗二妮几天，把生米彻底煮成熟饭，二妮只能听天由命，顺其自然，乖乖地给他当赚钱的工具和压寨夫人。

这几天，龙哥虽然没有回双乳岛，但岛上发生的一切事情，他都了如指掌，一清二楚。他和阿山他们一样，对鸣鸣和小红突然消失得无影无踪，感到不可思议。经过一番分析，他认定鸣鸣和小红已经被淹死了，只是还没有发现尸体而已。因为按照当时的情况来看，她们俩插翅也飞不出双乳岛。

其实，龙哥并不很在乎鸣鸣和小红的死活。鸣鸣和小红活着，他可以用她们俩来要挟二妮，逼迫二妮就范，服服帖帖地当"压寨夫人"。鸣鸣和小红死了，只要能瞒住二妮一段时间，同样也可以达到逼迫二妮就范的目的。日后，就算是二妮知道鸣鸣和小红早已死了，她后悔和翻脸，也为时已晚，只能埋怨大海的残酷无情。

龙哥杀过人，而且杀过五个人。只要是他想得到而又得不到的人，只要是敢与他对着干的人，他就会毫不客气地把他们杀掉。他并不很在乎警方，甚至不把Q城的警方放在眼里。他没有把齐中华一家人太当一回事，因为，他认为齐中华一家人不具备与他较量的本事和能量。他闯荡江湖这么多年，在杀人方面只失过一次手，还为此坐过牢，不过，那只是一次偶然和例外。对于杀死常健这件事，他也没有过多地放在心上。因为，他认为常健不识抬举，不知好歹，而且碍手碍脚，成了他赚钱和找压寨夫人的绊脚石，理所当然要被铲除掉。他还认为杀死常健这件事做得天衣无缝，警方不可能侦破此案。

这几天，龙哥胳膊上的伤痛越来越轻了，他心中的对二妮的非分之想也越来越强烈了。他再也忍受不住这种折磨和煎熬了，又一次来到了小别墅里。

一进门，龙哥和上次一样，让保镖先送上来一桌子热气腾腾的饭菜，然后又送上来法国红酒和啤酒。

这几天，二妮真可谓生不如死、度日如年，好像热锅上的蚂蚁一般。因为常健被杀害，她心如刀绞，悲痛欲绝，整天痛哭流涕。因为鸣鸣和小红生死不明，她心急如焚，忐忑不安，整天如坐针毡。因为她打定主意要杀了龙哥，龙哥却迟迟不露面，她心烦意乱，焦急万分，坐立不安。

刚才，看到龙哥那流里流气和嬉皮笑脸的样子，二妮好像吃了一把苍蝇，恶心得想吐。她心中的满腔怒火，腾地一下就熊熊燃烧起来，恨不得冲上去，立刻把他千刀万剐。但是，为了给常健报仇雪恨，为了营救鸣鸣和小红，为了寻找机会杀了龙哥，她一再提醒和告诫自己：一定要保持冷静，一定要控制住自己的情绪。现在，她已经把自己的生死置之度外，心中只有一个念头：要杀了龙哥！

龙哥见二妮满脸怒气，对他不理不睬，就皮笑肉不笑地说："二妮，你还在生气啊？都是我不好，让你生这么大的气。我该死，我给你赔礼道歉。不过，我这样做，也是事出有因，无可奈何啊。你太漂亮了，太迷人了，你已经把我彻底征服了。我太喜欢你了，太爱你了。我实在控制不住了，就情不自禁地那样做了，请你一定要谅解我。"

龙哥见二妮还是不搭理他，他死猪不怕开水烫，死皮赖脸地说："二妮啊，你聪明伶俐，应该想开点，趁着年轻漂亮，及时行乐，不应该浪费光阴，虚度年华。人生如梦转眼即是百年，对酒当歌人生几何。二妮啊，你要……"

"闭上你的嘴，我不想听你胡说八道！我现在问你，你什么时间让我见到

第八十章 小红得救 二妮疯了

呜呜啊?"二妮忍无可忍,打断他的话,怒气冲冲地问道。

龙哥一愣,先是尴尬地苦笑了一下,接着又色眯眯地笑起来。他置若罔闻,若无其事、慢慢悠悠地品尝着啤酒。

"你这个畜生,你把呜呜弄到哪里去了?你必须马上把她还给我!"二妮声嘶力竭地吼叫道。

龙哥先是摇了摇头,又瞪了二妮一眼,然后不紧不慢地坏笑着说:"嘿嘿……小美人,这好办,你先答应嫁给我。"

"你这个浑蛋,你这个骗子,谎话连篇,谁敢相信你的鬼话啊!"二妮愤怒地骂道。

龙哥一脸的流氓无赖相,他满不在乎、悠闲自得地喝着啤酒,扬扬自得地说:"小美人,我说的话,信不信由你。我不着急,有得是时间。你就慢慢地考虑吧,什么时间考虑好了,就告诉我一声。"

此时此刻,二妮满腔怒火在熊熊燃烧,肺都快气炸了,眼泪哗哗地流淌着,但是,她不得不控制住自己的情绪。沉默了一会,她咬牙切齿地说:"你这个畜生,害死了我的丈夫,糟蹋了我的贞节,又控制了我的孩子。现在,我已经走投无路了。这几天,我翻来覆去考虑过了。呜呜是我的命根子,为了呜呜,我什么都不在乎,我什么都愿意去做,我什么都可以给你。只要你把呜呜还给我,我答应嫁给你,我愿意一辈子服服帖帖地伺候你!我……"她再也说不下去了,号啕大哭起来。

龙哥听了,感到大功已经告成,他惊喜万分,先是得意扬扬地怪笑了一阵子,接着就是几声流里流气的淫笑,然后色眯眯地追问道:"嘿嘿……呵呵……小美人,你真的已经考虑好了?你真的愿意嫁给我?"

二妮泣不成声地说:"这几天,我心烦意乱,坐立不安,一直在冥思苦想。想来想去,我终于想通了。我已经被你糟蹋了,别的男人不会愿意娶我。再说,我现在已经成了你的笼中之鸟,呜呜又被你控制着,我别无选择,只能嫁给你。这是天意,是我命该如此啊,我现在已经认命了。只要你把呜呜还给我,我愿意跟着你过一辈子,我愿意一辈子给你当牛做马。"

龙哥听了,兴奋得差一点跳起来,他使劲拍着桌子,大声说道:"好,一言为定!我明天就打电话,让岛上的弟兄们把呜呜送过来,让你们母女俩团聚。"

二妮急忙追问道:"这是真的?你是不是又在骗我啊?"

龙哥淫笑着说:"哈哈……我的小美人,我的心肝宝贝,你怎么还疑神疑鬼呀?现在,你已经答应嫁给我了,我们俩已经是夫妻了,我还有必要骗你吗?再说了,我是个堂堂正正的男子汉大丈夫,一言九鼎,没有必要骗你。"

二妮沉默了一会,说道:"但愿如此,我相信你。"

龙哥听了,欣喜若狂,马上倒上两杯啤酒,淫笑着说:"亲爱的,我们俩应该祝贺一下，共同干几杯！"说着，他把一杯啤酒举到了二妮面前。

"这……"二妮顿时一愣。

龙哥立马说："亲爱的，我们俩已经是夫妻了，从今以后，我绝对不会再给你下药了，你就放心喝吧。"说着，他一扬脖子，把这一杯啤酒喝了下去。

此时此刻，二妮已经把性命豁出去了，根本不在乎龙哥下不下药，她羞红着脸说："大哥，我已经是你的人了，你下不下药，对我来说，已经无所谓了。现在，我要敬你几杯酒。"说着，她端起酒杯，与龙哥碰杯，一口气就喝干了。

龙哥见了，大喜过望，连连叫好："小美人，好样的……痛快……"说着，他又急忙倒上酒，两个人推杯换盏，一杯接一杯地喝起来。

"亲爱的，为了我们俩和鸣鸣的美满幸福，从今以后，你要多吃饭，注意保重自己的身体。"龙哥乐不可支，春心荡漾。

"我心情不好，没有胃口。"二妮心不在焉地回答。

"我的心肝宝贝啊，看到你这憔悴的样子，我心疼死了。从今以后，不许你再糟蹋自己的容颜和身体了。"龙哥欲火中烧，装腔作势，虚情假意。

"没办法，我也不想这样。不过，我从今以后一定按照你说的去做。"二妮摇着头无可奈何地回答。

龙哥悠闲自得地喝着啤酒，两只冒着欲火的眼睛，一直盯在二妮的身上……

现在的二妮，那美妙绝伦的脸蛋上，少了一些乌云，有了一朵红云和一丝阳光。尽管这一朵红云和这一丝阳光来得是那么勉勉强强，但已经足以令龙哥神魂颠倒，欲火焚身。此时此刻，龙哥内心里自然而然又多了几分欣慰和成就感。因为，他征服女人的手段，在二妮这个美女和歌星身上，又一次得到了充分的体现和验证。

"小美人，我已经想好了，等我忙过这阵子，我就带着你和鸣鸣到美国、英国和法国旅游一次。一来让你换一换环境，散散心。二来我们俩度蜜月，好好地享受一番。"

二妮羞红着脸，故意忸怩了半天，装作不好意思地说："谢谢大哥的好意。不过……常健刚刚去世，这……多难为情啊。"

龙哥听了，心中立马阳光灿烂，乐开了花，哈哈大笑着说："亲爱的，我们俩都同床共枕了，你还害什么羞啊！来……喝啤酒，共同干杯！"

二妮还是故意低着头，红着脸，扭扭捏捏、羞羞答答地说："我和你已经这样了，今后，只要你对鸣鸣好，我什么事都听你的。"

龙哥听了，信誓旦旦地说道："亲爱的，从今以后，我一定把鸣鸣当成自己的孩子，尽一个当父亲的责任，把她培养成为一个大明星。亲爱的，从今以后，我一定要像珍惜自己的眼睛那样珍惜你，让你荣华富贵一辈子。你如果要天上的星星和月亮，我也要把它们摘下来送给你！"

第八十章　小红得救　二妮疯了

二妮看着龙哥那得意忘形的样子，说："谢谢你，我再敬你一杯啤酒！"说完，她和龙哥碰过杯，又一口干了。

龙哥兴奋得抓耳挠腮，不知所措，他色眯眯地盯着眼前的美人，两只眼睛放射着贪婪的蓝光，一杯接着一杯地品尝着啤酒，心中的欲火腾腾地往上蹿。

二妮故作媚态，一杯接着一杯地频频敬酒，撩拨得龙哥晕晕乎乎，似腾云驾雾一般。

这时候，二妮感到，心跳越来越快，肌肉里好像有无数个小虫子在撕咬。

二妮一惊，难道龙哥又下了药？她气喘吁吁地问道："你……"

龙哥阴笑着说："心肝宝贝，我在你喝的啤酒里下了一种新研制的药，看来效果还不错。"

刚才，她一直眼睁睁地盯着龙哥的一举一动，怎么就没有发现他下药啊？她再一次领教了他的阴险狡诈，更加体会到龙哥太可怕了。她愤怒地瞪着龙哥，不一会就昏迷了。

龙哥已经是快要奔五十岁的人了，由于他纵欲过度，身体每况愈下，一天不如一天，再加上长期服用春药，半年前，又引发出心脏病。医生提醒他，要节制房事。龙哥是个名副其实的大色魔，他嗜色如命，让他节制房事，就好比杀了他。再说，他感到自己的身体棒得很，根本不把医生的提醒放心上，我行我素，仍然肆无忌惮地寻花问柳。

龙哥早就春心荡漾了，看到二妮已经渐渐地昏迷了过去，他欲火焚身，急忙从衣服口袋里拿出几粒春药，一口吞了下去，然后抱起二妮，向那个大床走去。

……

到了后半夜，正在发泄兽欲的龙哥，突然感到心脏绞痛，并且越来越厉害，出了一身虚汗。他意识到心脏病又犯了，就拼命地爬起来，挣扎着到外面的酒柜里，拿治疗心脏病的药。此时此刻，他的手和脚已经不听使唤，一头栽到床下的地板上，顿时口鼻大量出血。他在地板上挣扎了一会，就停止了呼吸。

凌晨，二妮醒了过来，发现赤身裸体的龙哥，直挺挺地一动不动地躺在地板上，浑身上下都是血，变成了一个血人。她急忙下床一看，发现龙哥早就死了，已经变成了一具僵尸。二妮惊的目定口呆："这是怎么回事啊？我还没有动手，姓龙的怎么就死啦？"

二妮眼睁睁地看着仇人的尸体，眼睁睁地看着这惨不忍睹的恐怖场面，顿时魂飞胆丧，精神瞬间就错乱和崩溃了。

"哈哈……姓龙的死了！哈哈……姓龙的死了！哈哈……"二妮在房间里手舞足蹈，又唱又跳，一会儿傻乎乎地哈哈大笑，一会儿歇斯底里地大喊大叫。

住在大门口的那两个保镖被惊醒了，他们俩砸开房门，冲进来一看，顿时目瞪口呆：地板上，龙哥一丝不挂，浑身上下都是血，已经死了；房间里，二妮披头散发，赤身裸体，手舞足蹈，旁若无人地又唱又跳。他们俩马上认定，是二妮杀死了龙哥。

"臭婊子，你胆大包天，敢杀死龙哥，老子现在就送你上西天！"胖子保镖暴跳如雷，他一边愤怒地叫骂着，一边举起砍刀，向二妮砍去。这时候，瘦子保镖一把抓住了他的手臂。

"哈哈……姓龙的死了！哈哈……姓龙的死了！……"二妮麻木不仁，不理不睬，若无其事地喊叫着。

"这个女人已经疯了，你他妈的也疯了？你要是砍死这个疯女人，你自己的脑袋也会搬家！"瘦子保镖指着胖子保镖的鼻子，气急败坏地骂道。

胖子保镖火辣辣地问："你他妈的什么意思啊？龙哥待我们不薄，我们应该报答他。他现在被这个臭婊子杀死了，难道我们袖手旁观？"

瘦子保镖又骂道："你猪脑子啊？我警告你，你现在应该考虑的是，怎么才能保住你自己的脑袋。龙哥被杀了，龙哥的那些铁哥们肯定要报复。你现在把这个疯女人杀了，如果龙哥的那些铁哥们问你是谁杀死了龙哥，你能说得清楚吗？你能拿出证据来吗？"

胖子保镖说："这还用说吗？明摆着是这个疯女人。"

瘦子保镖气呼呼地说："扯淡，一个身强力壮的男子汉，被一个柔弱的小女子杀死了？鬼才相信你的话！他们肯定怀疑你贪图龙哥的钱财，又与这个女的有奸情，杀死了龙哥。"

"这……"胖子保镖张口结舌，无言以答。他愣了一下，又急忙问道："那怎么办？"

瘦子保镖急忙回答："不能杀这个疯女人，要让她活着，她是证明我们俩没有杀龙哥的唯一证据。保命要紧，我们俩必须赶快走人。"

胖子保镖听了，犹犹豫豫地问："这样做……能行吗？"

瘦子保镖说："笨蛋，龙哥被这个疯女人杀死了，是我们俩没有保护好龙哥。龙哥的那些铁哥们，肯定会怪罪我们俩。我们俩现在不跑，等于坐以待毙，白白送死。天下没有不散的筵席，三十六计走为上计。时不我待，我们俩必须赶快逃命！再说了，我们俩放过这个疯女人，就算被警方抓到，也会对我们俩宽大处理。"他一边说着，一边拉着胖子保镖向外面走去。

胖子保镖又问："怎么处理这个疯女人啊？"

瘦子保镖急忙说："我们俩现在是泥菩萨过河——自身难保，还管她干什么！"

凌晨，两个保镖拿上东西，开着龙哥的黑色轿车，仓皇逃窜……

大铁门四敞八开，那一条大狼狗狂叫着，向黑色轿车追去……

"哈哈……姓龙的死了！哈哈……姓龙的死了！……"二妮披头散发，一边喊叫着，一边疯疯癫癫地从小别墅里跑出来，又跌跌撞撞地向大铁门外面跑去。

……

第八十一章　志同道合　三妮定亲

这个春节，三妮过得很热闹，也很紧张。自从学校放寒假以后，她住在大姐和童军买的那个房子里。每天起床以后，就赶到姜春娟家里，帮助大姐和姜春娟忙家务活，照看童月和安小丫，有的时候还要去餐馆帮忙。像往年一样，刘小帆也没有放过三妮，她利用各种各样的借口，要三妮到她家里去，帮助她干家务活。三妮拿刘小帆没办法，只能来回跑，每天都忙得团团转。

正月初一，三妮忙完家务活，来到大姐的房间，抱起童月，逗着她玩起来。

"大姐，童月这小家伙，长得真快，越长越漂亮，越长越可爱。她长大了，肯定是个大美人。"三妮轻轻地亲吻着童月那白里透红的小脸蛋，又轻轻地亲了亲她那白白胖胖的小手，乐呵呵地说。

大姐看到三妮那么喜欢童月，高兴地说："小孩子长得快，一天一个样。看见小孩子长得快，也就看见了大人老得快。"停了会，她问道："三妮，你和陆鹏分手以后，他没有纠缠你吧？"

三妮回答："没有。陆鹏的爸爸被打断了一条腿，住进了医院。陆鹏的妈妈被气病了，也在医院挂吊瓶。"

大妮一惊，急忙问："怎么回事？是谁打的？"

"还能有谁啊，是甄倩倩的爸爸找黑社会上的小痞子打的。"

"甄倩倩的爸爸？为什么啊？"

"陆鹏的爸爸妈妈知道甄倩倩与陆鹏的事以后，十分恼火，逼着陆鹏与甄倩倩分手，陆鹏就想方设法甩掉甄倩倩。甄倩倩好不容易才找到了陆鹏这个'白马王子'，死活不同意分手，就向她的爸爸妈妈求助。她的爸爸是一家夜总会的大老板，与黑社会的关系不一般，就找黑社会上的小痞子教训陆鹏的爸爸，不但打断了陆鹏的爸爸一条腿，还扬言，如果陆鹏不娶甄倩倩为妻，就要陆鹏全家人的性命。"

"我的天啊，太可怕了！"大妮说。她沉思了一会，嘱咐道："看来，陆鹏与甄倩倩的事是个马蜂窝。三妮，你以后要离他们俩远着点，免得沾染上麻烦，

引火烧身。"

"大姐,我知道怎么做。"

"哎,大城市里这些公子哥、大小姐,一个比一个厉害,一个比一个难缠,个个都不是省油的灯。三妮啊,以后,你与她们打交道,要多个心眼,小心上当受骗。"

"大姐,你放心吧,我会处理好。"

"陆鹏不争气,还连累了他的爸爸妈妈,真是可怜天下父母心啊。陆鹏的爸爸和妈妈,都是好人。三妮啊,你住院的时候,他们带着钱带着东西去医院看你,你可不能忘记人家的恩情。你有空的时候,要经常去看看他们俩。明天,我也去医院看看他们俩。"

"我记住了。大姐,宋阿姨三番五次让我给她当干闺女,我已经答应了。"

"她以前让你给她当儿媳妇,现在,你和陆鹏分手了,她是不是还抱着一线希望,想让你和陆鹏重归于好啊?"

"可能是吧。"

"宋阿姨和陆叔叔人品不错,给他们俩当干闺女可以,当儿媳妇绝对不行。江山易改,本性难移。女的水性杨花,男的拈花惹草,这样的毛病很难改掉。陆鹏是个花花公子,嫁给他这样的男人,一辈子不得安生,更不可能幸福美满。三妮啊,你和陆鹏的恋人关系,要一刀两断,绝对不能藕断丝连,死灰复燃。"

"大姐,我就是这样做的。"

"三妮,你年龄不大,找对象的事不急,要慢慢来,优秀的男青年多得是。"

"大姐,你感觉刘一鸣这个人怎么样?"

"他人品不错,又是个教授,是个好人。"

"大姐,你能不能详细说说对他的看法啊?"

"三妮,你在他家当保姆,与他朝夕相处了这么多年,应该比我更了解他,为什么还要问我啊?"

"大姐,我就是想听听你对他的看法。"

"奇怪,你这是怎么了?难道他……对你做什么事了?"

"大姐,他对我很好,你……胡思乱想些什么啊。"

"哪是为什么啊?难道你对他有……"

"大姐,你不要胡乱猜了。是小帆,她……老是跟我提。我……不知道怎么办好,想让你给我拿个主意。"

"小帆……她老是跟你提什么?你老老实实跟姐说。"

"小帆她……恳求我嫁给她爸爸。"

"什么?小帆让你嫁给她爸爸?胡闹,这简直是瞎胡闹,乱点鸳鸯谱!"

"大姐,你不要着急,我一直没有答应她。"

第八十一章　志同道合　三妮定亲

"刘一鸣是个好人，他人品好，老实正直，长相不错，脾气性格也不错，又是个响当当的大学教授。你摔伤住院，生命垂危，是他请来了专家给你做手术，救了你一条命，没有让我们出一分钱，他是你的救命恩人，你应该知恩图报。但是，他的年龄太大了，比你大了十八岁，相差了一代人。再说，他结过婚，还带着小帆这么个大闺女。你们俩不般配，不合适，这是不可能的事。"

"大姐，我听你的。"

大妮语重心长地说："三妮啊，人言可畏，唾沫星子能淹死人。一个黄花闺女，一个大学生，嫁给一个和自己父亲年龄差不多的男人，给一个和自己年龄差不多的女孩子当后妈，各种闲话和风言风语肯定少不了。不是说你神经病，就会说你贪图人家的地位和钱财。被别人指着脊梁骨耻笑和说三道四，会抬不起头来，这样的日子不好过。所以，我绝对不能同意你嫁给刘一鸣。"

"大姐，你说的这些，我都反复考虑过了。"

大妮沉思了一会，问道："三妮，刘一鸣怎么说呀？"

"大姐，这是小帆异想天开，老是在提这件事。刘一鸣很生气，他一直在阻止小帆说这事，批评小帆乱弹琴。"

大妮郑重其事地说："三妮，我再重申一遍，我坚决不同意你嫁给刘一鸣。我想知道，你是怎么想的啊？"

三妮羞答答地说："我感到刘一鸣这个人不错，我很喜欢他，唯一不足的是年龄比我大十八岁。"

大妮听了，顿时一愣，她若有所思，沉默了很长时间，问道："三妮，你是不是与刘一鸣同甘共苦、朝夕相处的时间长了，日久生情，已经爱上了他？"

三妮羞红着脸，急忙回答："大姐，我与刘一鸣同甘共苦、朝夕相处五年多了，我感觉我与他意气相投，志同道合。我不想瞒着你，我确实很喜欢他，是不是已经爱上了他，我说不好。"

稍停片刻，三妮又心事重重地说："大姐，自从小帆第一次提这件事，已经过去半年多了。小帆郑重其事地提这件事，也过去两个多月了。开始的时候，我以为小帆异想天开，没有往心里去。后来，我感到小帆经过了深思熟虑，她说的话有一定道理。说心里话，我觉得刘一鸣这个人，除了年龄大以外，其他方面都不错。嫁给他，我迈不过年龄这道坎，下不了这个决心；不嫁给他，我心有不甘，也有点难以割舍。这段时间，我一直在反复考虑这件事，考虑得头都大了。越考虑越心烦意乱，坐立不安。越考虑越左右为难，拿不定主意。其实，我早就想跟你说这件事，让你给我拿主意，但是，我怕你知道了生气，怕你骂我不争气，嫁给一个老头子，所以一直拖到现在。"

"啊，原来是这样啊！"大妮听了，不知道说什么好。她沉思了很长时间，问道："三妮，要是让你嫁给刘一鸣，难道你就不感到吃亏，不感到后悔？"

"大姐，我也说不好。不过，我想……除了感觉年龄差距比较大以外，其他方面，我不会感到吃亏和后悔。"

"三妮，我想知道，你为什么感到不吃亏，为什么感到不后悔？"

"大姐，我感到与他志同道合，同舟共济一辈子，心里踏实。"

大妮又沉思了很长时间，然后语重心长地说："三妮啊，姐姐是过来人，知道得比你多。两个人能不能结为夫妻，讲究的是志同道合和缘分，其他都是次要的。缘分不到，把两个人捆绑在一块，也成不了夫妻。缘分到了，别人想拆散他们，也很困难。现在看来，你心里已经有了刘一鸣，也可以说，你已经不知不觉地爱上了刘一鸣。爱情这个东西，说不清道不明。爱上一个人不容易，要放弃和忘掉这个人，很困难很痛苦，我很理解你现在的心情和处境。婚姻大事，关系到你一辈子的幸福，来不得半点马虎，你还要慎重考虑。"

"大姐，你能不能说具体一点啊？"

"三妮啊，说心里话，你与刘一鸣年龄相差这么大，我一时很难面对和接受这个现实。我除了深思熟虑，还要征求连奶奶和安磊家的意见，听一听他们怎么说，让他们给拿个主意，然后再给你一个明确答复。"

"大姐，谢谢你！"

"三妮啊，你现在是大人了，又是个大学生，懂的道理比我多。鞋子合适不合适，只有你自己的脚知道。你的婚姻大事，你自己做主，姐尊重和支持你的选择。"

"大姐，我拿不定主意，所以才来问你。"

"你拿不定主意，说明你还没有真正考虑好，还没有真正想明白。看来，你还需要静下心来，平心静气地反复分析，反复思考。等你真正考虑好了，想明白了，你就会自然而然地拿定主意。这件事，你千万不要操之过急，草率行事。"

"姐，我都记住了。"

"三妮，刘一鸣是怎么想的啊？他同不同意这件事啊？"

"刘一鸣一直在阻止和批评小帆，劝说我不要生气和误会，其他方面看不出来。"

"三妮啊，你要稳住神，不要急着对这件事表态。小帆肯定还会再提这件事，你可以冷静观察，看一看刘一鸣是什么态度，等弄清楚他的真实想法，然后再做决定。"

"好吧，我听大姐的。"

……

纷纷扬扬的鹅毛大雪，下起来就没完没了。已经在家里憋了好几天的刘小帆，再也憋不住了，嚷嚷着要出去玩。地冻天寒，又下着大雪，能到哪里去玩呀？她突发奇想，要去八仙阁茶楼喝茶。她打电话把三妮叫了过来，和刘一鸣

第八十一章　志同道合　三妮定亲

一起，打了一辆出租车，来到了八仙阁。

八仙阁茶楼，坐落在半山腰上，南面是一望无际的大海，背后是蜿蜒曲折的高山。茶楼内，拱门回廊，曲径通幽，名人字画，古董古玩，花鸟鱼虫，古筝清幽，茶香淡淡，十分幽静典雅。茶客不多，他们或轻声闲聊，或安然品茶，整个茶楼充满着平和、祥瑞、优雅的气息。

三个人点了茶，又兴致勃勃地欣赏完茶艺师小姐精彩的茶艺表演，然后来到了一间紧靠大海又十分幽静的包间里。

三个人刚刚坐定，茶艺师小姐就把三杯极品龙井茶呈了上来。茶在杯中，上下浮动，香气清幽，汤嫩碧绿，清香宜人。品茶入口，那甘厚醇和的口感，柔滑爽口，滋味鲜美，陈香扑鼻，令人回甘生津，五脏涤荡。一颗浮躁的心，渐渐地平和、轻松下来，得到了休息和净化。品茶是一种心境和情调，使他们在喧嚣的大都市里，找到了一份安宁和享受。

窗子里面，茶香飘逸，沁入肺腑，杯中香茶由淡变浓，那浓浓的情意在杯中不断地升腾着。

窗子外面，纷纷扬扬的雪花，如鹅毛，似柳絮，更像是晶莹剔透的玉蝴蝶，似舞如醉，似飘如飞，忽聚忽散。杨柳树上挂满了毛茸茸、亮晶晶的银条，苍松翠柏上挂满了沉甸甸、蓬松松的雪球儿，那一大片灌木则变成了洁白的珊瑚丛。风平浪静的大海上，朦朦胧胧，白茫茫一片。岸边不时泛起一朵朵白浪花，传来动听的哗啦哗啦的声音。远处崇山峻岭，变成了连绵起伏的雪山。天地之间，银装素裹，仿佛来到了冰雕玉琢、千姿百态、扑朔迷离的童话世界。

刘一鸣慢慢品茶，仔细观赏着外面的美景，不由自主地赞叹道："忽如一夜春风来，千树万树梨花开。真美呀，如诗如画，太漂亮了！"

刘小帆称赞说："教授就是教授，满腹经纶，出口成章。"

刘一鸣微笑着说："小帆，不是我出口成章，这是唐代诗人岑参的一句诗。"

他们有说有笑地品尝着清香甘美的名茶，欣赏着美景，话题也就自然而然聊到了人生、幸福和快乐。

刘小帆美滋滋、慢悠悠地品尝着杯中的香茶，突然没头没脑地来了一句："姐、爸，你们俩什么时间举行婚礼啊？"

三妮和刘一鸣被问得哑口无言，一时不知道怎么样回答才好。

正月初一那天，三妮跟大妮说了刘小帆要她嫁给刘一鸣的事以后，大妮分别征求了连奶奶和安磊家的意见，又反反复复考虑了好几天，最后给三妮明确答复道：尊重和支持她的选择，她的终身大事，她自己做主。大妮这样答复，等于已经默认了三妮与刘一鸣的婚事。三妮聪明伶俐，说话办事一向干净利索。她经过一番深思熟虑，决定找机会摸一摸刘一鸣的真实想法，只要刘一鸣愿意娶她，她就同意嫁给刘一鸣。

刘小帆康复出院那天晚上，她不厌其烦撮合三妮与刘一鸣的婚事。刘一鸣除了批评和制止刘小帆以外，决定找个机会，分别找刘小帆和三妮谈一谈，以免引起不必要的误会。不过，还没有等到他找刘小帆谈，刘小帆却主动找上门。刘小帆反复告诉刘一鸣，三妮愿意嫁给他，只要他点点头，就大功告成了。开始的时候，刘一鸣当然不相信这是真的，认为刘小帆在添油加醋，故弄玄虚。后来，听刘小帆越说越有鼻子有眼儿，刘一鸣开始半信半疑，不由得反复琢磨起来。每当刘小帆提起这件事的时候，三妮为什么始终不明确表明自己的态度呢？她为什么总是表现得那么羞羞答答呢？刘一鸣经过反复分析，越来越感觉到，刘小帆说的话可能是真的，有可能三妮真的同意嫁给他。这是刘一鸣做梦都不敢想的事，他又为之激动得彻夜难眠。刘一鸣左思右想，决定静观其变，等到摸清楚三妮的真实想法以后，再作打算。

刚才，刘小帆看到三妮和刘一鸣置若罔闻，无言以答，又滔滔不绝地说起来："姐、爸，我们三个人，在一个家里朝夕相处，共同生活五年多了，可以说是同甘共苦同舟共济。我们虽然不是一家人，但比一家人还要亲。有些事，无论对不对，我们都应该开诚布公地说出来，集思广益。我知道，自从我给你们俩当红娘，你们俩就反感我，嫌弃我没事找事，多嘴多舌。但是，这件事关系到我们这个家能否兴旺发达，关系到我们三个人能否一辈子美满幸福。重任在肩，责任重大，我不得不说。男大当婚，女大当嫁，这是人之常情和自然规律。我们都不是外人，没有必要害羞和不好意思。五年多来，我们情同手足，无话不谈。对于这件事，我们也应该敞开心扉，畅所欲言，心平气和地商量一下，看看我说得有没有道理。"

刘小帆慢悠悠地品尝了一口茶，又偷偷地瞧一瞧三妮和刘一鸣，若无其事地微笑着，然后慢条斯理地说："依我看啊，你们俩也提不出什么反对意见来，这件事今天就算正式定下来了。你们俩的婚礼嘛，我也考虑过了，就在香格里拉大酒店举行，不要怕花钱，要搞得隆重点。然后，你们俩就去澳大利亚度蜜月。我也沾沾你们俩的喜气，跟着你们俩去澳大利亚大堡礁，再看看那些奇妙的珊瑚虫。我……"

刘一鸣急忙打断她的话，大声说道："小帆，你怎么又喋喋不休、没完没了地胡诌八扯啊？我再次警告你，我不同意这件事，你就不要再枉费心机和浪费口舌了！"

此时此刻，三妮说也不是，不说也不是，走也不是，不走也不是，她左右为难，只好低着头品茶。

刘小帆一愣，急忙问："爸，你为什么不同意啊？"

刘一鸣开门见山，直截了当地回答："因为我的年龄太大，就这么简单！"

刘小帆听了，有点着急上火，气呼呼地说："花岗岩脑袋，顽固不化，不

第八十一章 志同道合 三妮定亲

可救药。我问你，难道孙中山、鲁迅都不如你聪明伟大吗？难道他们都不如你高风亮节吗？你别自以为是，假装正经了，我十分鄙视你！"

"你……闭上嘴吧！"刘一鸣听了，无言以对，与刘小帆怒目相视。

三妮羞得满面通红，又不便插言，很尴尬地坐在一边。听到父女俩话不投机，越说越上火，她急忙说："小帆，跟你爸爸说话，要有礼貌。"

刘小帆不依不饶，穷追不舍地问："爸，你打开窗户说亮话，你是不是不喜欢我姐，不爱我姐啊？"

刘一鸣直来直去，气呼呼地说："我很喜欢你姐，也很爱你姐，但不能娶你姐，因为我比她大十八岁，仅此而已！"

刘小帆越想越生气，大声责问道："年龄大十八岁，算个什么狗屁问题呀？难道是翻不过去的高山，难道是蹚不过去的大河，难道就断送志同道合的好姻缘，难道就放弃一辈子的美满幸福？愚蠢至极，不可理喻，榆木疙瘩，不开窍。我现在开始怀疑，你这个大学教授，是不是个假冒伪劣产品啊？是不是靠请客送礼、弄虚作假才爬上去的啊？"

刘一鸣一听，更加火了，怒斥道："你信口雌黄！"

刘小帆寸步不让，怒气冲冲地说："你不知好歹，把我的好心当成了驴肝肺。我出力不讨好，感到十分窝囊。从今以后，你就是给我作揖磕头，我也不会再管你的事了，让你打八辈子光棍。"她话题一转，接着说道："姐，都怨我有眼无珠，没有看透他的庐山真面目，差一点铸成大错。从现在开始，我坚决反对你嫁给这个老顽固。姐，我一分钟也不想与这种人待在一起了，我要去同学家补习功课，拜拜了！"说完，她站起来，怒气冲冲地转身离去。

目送着刘小帆的背影，刘一鸣很尴尬，他摇着头唉声叹气，不好意思地说："三妮，对不起，让你生气了。小帆这孩子，从小就被我惯坏了，说话没大没小，没深没浅，你别往心里去。"

稍停片刻，刘一鸣又很难为情地说："小帆是个犟脾气，她认准的事，十头牛也拉不回来。这段时间，我一直担心小帆没完没了地纠缠你，给你添麻烦，让你下不来台。我一直想跟你解释一下，请你不要误会，但一直没有找到合适的机会。"

三妮羞答答地说："老师，我没有生气。其实，小帆说的那些话，也有一定道理。"

"什么？小帆说的话，有一定道理？"

"老师，你刚才说的那些话，都是你的心里话？"

"对啊，刚才我是实话实说。三妮，你放心，不管小帆怎么样胡搅蛮缠，我心中有一定之规，绝对不会让她一意孤行，更不会听她的胡言乱语，做对不起你的糊涂事。"

"老师，年龄相差十八岁，真的就那么重要吗？"

"当然很重要,这几乎是一代人的差距。"

与刘一鸣相对而坐,三妮有点心慌意乱,不知道接下来说点什么好,她沉默了一会,羞羞答答、模棱两可地重复了一句:"小帆说的有一定道理。"

"三妮,我必须再重复一遍,我绝不会让小帆一意孤行,绝不会让你吃亏,绝不会占你的便宜。我……"

三妮打断他的话:"我没有说吃亏,也没有说你占我的便宜。我……"她欲言又止。

刘一鸣听了,顿时一愣,沉思了一会,下意识地摇了摇头,唉声叹气地说:"可惜啊,太可惜了!"

三妮忙问:"老师,你可惜什么呀?"

此时此刻,刘一鸣有些动情,十分感慨地说道:"三妮啊,你我都不是外人,应该实话实说。你是个好人,也是我和小帆的救命恩人。在我的心中,你美丽漂亮得好像一个仙女,善良纯洁得好像一个圣女。我是个中年男人,也是个有七情六欲的男子汉。这么多年来,我梦寐以求娶一个称心如意的好妻子。但是,我做梦都不敢想娶你。因为,你太神圣太完美了,我的条件太差了,我只有尊敬和仰慕的份,不敢有半点非分之想。人如果真的有下一辈子,那该多好呀!下一辈子,我一定非你不娶。太可惜了,人没有下一辈子!"

三妮羞红着脸,高兴地问道:"老师,你是不是逗我开心啊?我有你说得那么好吗?"

刘一鸣激动地说:"三妮啊,我说的都是心里话。在我心中,你是世界上最美好的女孩子。我要是年轻十岁,一定会求你嫁给我,一定会拼命追求你。"

"老师,在你的心目中,年龄相差十八岁,难道真的是一条不可逾越的鸿沟吗?"

"当然不是!年龄相差十八岁,不是什么原则性的大问题。在现实生活中,老夫少妻,生活得很幸福美满,这样的例子比比皆是。"

"老师,既然是这样,你为什么一再批评和阻止小帆提这件事啊?"

"三妮,我们俩的情况与别人不太一样。"

"我不明白,有什么不一样呀?"

"三妮,你是我和小帆的救命恩人,我和小帆应该知恩图报,不能做忘恩负义的事。"

"老师,我从来都不认为我是你们俩的救命恩人,更不存在什么忘恩负义的事。"

"三妮,流言蜚语会害死人,别人会在背后指着我们俩的脊梁骨说三道四。说我……"他欲言又止。

"说你什么?"

第八十一章　志同道合　三妮定亲

"说我忘恩负义，老牛吃嫩草……"

"哎呀，你说些什么啊，乱七八糟。"

"对不起，我失言。我是说，我配不上你。"

三妮满脸通红，她沉默了一会，吞吞吐吐、羞羞答答地问："老师，我……要是愿意嫁给你，你……愿意娶我吗？"

刘一鸣不敢相信自己的耳朵，急忙问道："三妮，你说的是真的吗，我没有听错吧？"

三妮羞红满面，说："我说的……是真的。"

刘一鸣还是不敢相信这是真的，急匆匆地说："三妮，你条件这么好，应该找个年龄般配、漂亮潇洒的小伙子。我年龄这么大，结过婚，还带着小帆。你嫁给我，太委屈了，太吃亏了，对你太不公平！再说，你会后悔！"

三妮羞涩地说："我已经说过了，我并不感觉吃亏，也不会后悔。"

刘一鸣又急急忙忙地说："三妮，你姐姐肯定会坚决反对，你的朋友们也不会同意，别人也会说你的闲话。"

三妮面若桃花，羞答答地说："我已经跟大姐商量过了，也征求了朋友们的意见，他们让我自己拿主意，尊重和支持我的选择。"愣了一下，她又十分羞赧地说道："老师，自从小帆提出这件事，我一直在冥思苦想。年龄相差十八岁，一直在困惑着我。想来想去，我终于想通了，终于拿定了主意。我绝对不能让年龄的差距和别人的闲言碎语束缚捆绑住，我要走自己应该走的路。至于别人怎么想，怎么说，那是他们的事，我管不了那么多。我已经想好了，只要你同意，我就嫁给你！"

"三妮，你为什么要嫁给我？"刘一鸣情不自禁地追问道。

三妮听了，顿时一愣，然后十分坚定地说："这可能是志同道合！"

"啊……这……是真的吗？"喜从天降！刘一鸣情不自禁地站起来，在房间里走来走去。他热血沸腾，欣喜若狂，不停地搓着手。

见刘一鸣不停地走来走去，三妮满面桃花，羞郝地问道："老师，难道你不同意？"

此时此刻，刘一鸣喜出望外，心花怒放，兴奋得心脏就快要跳出来了。他两眼含着幸福的泪花，结结巴巴、语无伦次地说："三妮，我……同意，一万个同意！三妮，你……真好，我要……一辈子爱你，一辈子珍惜你！"他激动地接着说道："三妮，你不嫌弃我年龄大，我真诚地感谢你！十多年来，我一直期盼和渴望着能找到一个称心如意的好妻子。我不能想是你，也不敢想是你，就连做梦也没有想到是你。你心地善良，年轻漂亮，是世界上最美好的女孩子。能娶你为妻，是我三生有幸。我……"

……

第八十二章　节日盛会　酒店被烧

正月初六的中午，风和日丽。观海的大街小巷里，到处都散发着浓浓的年味。大妮和安磊，带着童月和安小丫，陪伴着安磊的老战友甘明一家人以及安东方和姜春娟，兴高采烈地逛萝卜会。

甘明一家三口人，是大妮和安磊专门邀请来的贵宾，正月初三就来到了观海。大妮和安磊已经陪同他们在观海游玩了三天，今天又陪同他们来逛萝卜会。

观海市的萝卜会，开始于明代，已经有五百多年历史。今年的萝卜会，规模大，游客多，时间长，成为春节以后，观海市第一个一年一度的节日盛会。

大妮他们一走进主会场，首先映入眼帘的是用萝卜雕刻而成的九龙壁。它长八米，高两米，上面有气势磅礴、活灵活现的九条龙，腾飞之势跃然壁上。两边的广场上，锣鼓喧天，彩旗飘扬，人们正在举行萝卜艺术雕刻大赛。一个个普普通通的萝卜，在参赛选手们的刻刀下，转眼之间就变成了一件件栩栩如生的艺术品。有《龙腾虎跃》《二龙戏珠》《鲤鱼跳龙门》《猴子捞月》，还有《雄鹰展翅》《群鹤争鸣》《百鸟朝凤》《百花盛开》等，构思巧妙，造型奇特，惟妙惟肖，晶莹剔透。大妮他们看得眼花缭乱，赞不绝口。

今年的萝卜会分为文化、商贸、美食三个区。大妮他们参观完主会场，来到了文化区。这里人山人海，欢声笑语，热闹非凡。踩高跷、耍龙灯、舞狮子，各种风格独特、豪迈粗犷的杂耍争相献艺，精彩纷呈。陕西腰鼓，吴桥杂技，东北二人转，四川变脸，一个个火爆的民间绝活，原汁原味，或气势恢宏，或阴柔唯美，交相辉映，堪称一绝，令人惊叹不已。由一百多名民间艺术工作者参加的剪纸、编织、泥塑、布贴画、纸贴画现场表演比赛，古朴典雅，韵味深厚，美妙绝伦，倍受青睐。还有京剧、豫剧、川剧、山东梆子，好戏连台，群星荟萃，为游客们奉上了一台台精彩的戏剧盛宴。大妮他们看得心旷神怡，久久不忍离去。

大妮他们恋恋不舍地告别了文化区，接着来到了商贸区。这里，人如潮涌，来自全国各地的商家和摊贩，摆出了四千多个摊位，聚集在几条大街上。各种

第八十二章 节日盛会 酒店被烧

土特产品、日用百货、民间工艺品,琳琅满目。在字画、盆景、奇石、雕塑、花鸟鱼虫、民间玩具、各类编织品以及旅游纪念品的摊位前,顾客云集,人头攒动。尤其是各种萝卜、元宵和灯笼,格外受到游客们的青睐。

大妮他们挑选了一些小商品,又买了几个大萝卜,提着几个大红灯笼,来到了美食区。这里,来自全国各地的餐饮商家和美食家,云集在一起,国内外三百多个著名的特色小吃,汇聚在三条大街上。大妮他们饶有兴趣地观看完厨艺绝活表演,又兴高采烈地观看特色小吃制作大赛。当他们来到自己的参展大棚前面时,不由得眼前一亮,高兴得差一点喊叫起来。

眼前,七个崭新的帆布大棚,整整齐齐地排列在大街上。每一个大棚的上面,都悬挂着"大妮餐饮特色小吃"的条幅。大棚里面,人声鼎沸,座无虚席。大棚外面,熙熙攘攘,摩肩接踵,有的还排起了长队。

为了能在今年的萝卜会上推出自己的特色小吃,大妮和安磊参加完广州国际美食节,回到观海以后,在著名美食专家的指导下,带领员工废寝忘食地研究各种特色小吃的制作技术,并为各分店培训厨师,提供设备。春节刚过,员工们就急急忙忙回到店里,紧锣密鼓地做准备工作。

看着眼前的景象,大妮心花怒放,喜出望外。她带领着大家,兴致勃勃地来到海鲜楼第二分店的大棚里。服务员好不容易挤出一个地方,安上了一张桌子,让大妮她们坐了下来。大妮先让一名服务员把海鲜楼分店的店长和副店长叫过来喝酒,又让另一名服务员把七个大棚里的特色小吃见样拿一些过来,让大家品尝。

观海新闻媒体的记者们听说大妮来了,都忙着过来采访。许多没有见过大妮的老板和游客,听说大妮在这里吃饭,也纷纷过来取经和一睹风采。

不一会,海鲜楼两个分店的负责人倪大伟、冉冉、曾欣欣和左东强都赶了过来。服务员把从七个大棚里拿来的特色小吃都端了上来,有印度飞饼、法国鸭胸、日本章鱼丸、朝鲜打糕,还有浙江臭豆腐、上海小笼包、新疆烤肉串、广东牛杂、武汉烤鸭脖、长沙风味酱干、台湾红豆包,真可谓琳琅满目,美不胜收。

甘明津津有味地品尝着各种小吃,高兴地说:"嫂子,安大哥,我没有想到你们俩去广州参加了一次美食节,回来以后,在这么短的时间内,研究加工出来这么多特色小吃,并且旗开得胜。你们俩真可谓兵贵神速,令人难以置信。我对你们俩这种敬业精神佩服得五体投地。"

人逢喜事精神爽。大妮笑逐颜开,与大家兴高采烈地喝着啤酒,津津有味地品尝着具有自己特点的、色香味俱佳的各种小吃。大家谈笑风生,赞不绝口。

"大妮老板,请问你今天有什么感想啊?"观海电视台的一名记者问道。

大妮忙把怀里的童月交给姜春娟照看,然后回答道:"逛萝卜会,学知识,看大戏，观绝活，购特产，饱口福，一举六得。我感觉很爽很开心，希望萝卜会越办越红火，越办越热闹。"

"大妮老板，你在今年的萝卜会上为什么推出这么多特色小吃啊？"观海一家报社的记者问道。

大妮想了想，回答道："俗话说，民以食为天。特色小吃，是美食文化的精华。美食文化，又是中华文化的一部分。举办萝卜会，是为了弘扬中华文化。把逛萝卜会和品尝特色小吃结合起来，我感到很和谐。再说了，我们餐饮工作者，要想吸引顾客，就必须去研究和发展特色小吃。"

"大妮老板，这么多大棚，这么多的特色小吃，都是你的吗？"一个从武汉来的男老板问道。

大妮回答道："我们餐饮总公司，旗下有七家分店。今天，七家分店一齐上阵，每家出一个大棚，每家出几个特色小吃。"

"大妮老板，你的这七个大棚，门庭若市，生意火爆。我既羡慕得不得了，也十分敬佩你的聪明才智。你抓住萝卜会这个商机，做足了广告，也赚足了银子，令人心服口服。"观海一家大酒店的老板由衷地赞叹道。

"彼此彼此，谢谢你的夸奖。我们还有很多不足之处，请你多多指教！"大妮很谦虚地说道。

来自北京的著名演员初之强，每次来观海，都在大妮餐馆吃饭。现在，他就坐在大妮对面的桌子上。他喝着啤酒，美滋滋地品尝着特色小吃。和他同桌的有三男四女，男的是曲中立、范永斌和仲小亮，女的是满一芝、鲁永姣、雷小丽和罗小华。他们几个人，不是著名影星，就是著名歌星。人们在电视上经常看到他们，都是响当当的大腕。

初之强端起酒杯，乐呵呵地对大妮说："大妮老板，恭喜你啊！今天，这么多人争先恐后地来给你送钱，真可谓日进斗金啊，你不想发财都不行，不想发家致富也不行。这滚滚而来的财富，你挡都挡不住啊。我身边的这几位朋友，早就听说观海有个大妮餐馆，也很想见见你这个美女老板。可是，一直没有找到机会。今天，我的这几位朋友是慕名而来，你能不能与我们合个影啊？"

大妮听了，喜出望外，急忙端着酒杯走过来，毕恭毕敬地对他们说："贵客驾到，我这里吉星高照，蓬荜生辉。欢迎你们，感谢你们，请你们经常光临我的小店！"大妮给他们敬完酒，又和他们合影留念。

一位来自重庆市一家大宾馆的女老板，来到大妮面前，高兴地对大妮说："我听很多人说起过你，今日一见，果然名不虚传。我想和你交个朋友，你能不能给我一张名片啊，以后好电话联系？"说着，她把自己的名片递给了大妮。

大妮马上拿了一个凳子，让她坐在身边，高兴地说："大姐，我很高兴认识你，也很高兴和你交朋友。我没有名片，我可以把我的电话号码写给你。"说完，

第八十二章 节日盛会 酒店被烧

大妮把电话号码写给了她，又和她合影留念，还和她干了两杯啤酒。

因为要照看两个孩子，姜春娟很长时间没有出家门了。今天逛萝卜会，心情格外爽。看到自己家的生意红红火火，心里更是乐开了花，她说："大妮啊，安磊啊，我知道你们最近一直在研究特色小吃。我没有想到，你们这么快就成功了，更没有想到一上市就这么火爆。"

大妮笑盈盈地说："妈、爸，多亏了你们俩，整天帮着我们俩看孩子。今天，我要敬你们俩一杯酒。"

安东方喝着大妮敬的酒，笑呵呵地说："大妮啊，有你这样的儿媳妇，我们老安家肯定会蒸蒸日上，兴旺发达，想不出名都不行。"

大妮被说得不好意思，马上拿起烤肉串，递给安东方，亲切地说："爸，你就别再夸我了，我哪里有你说的那么好啊！"

安磊高兴地说："春节前后，为了参加萝卜会，在座的各位都加班加点、废寝忘食地做筹备工作。为了表达谢意，我敬各位一杯酒。"

安磊的老同学倪大伟，连干了四杯啤酒，激动地说："浓浓的年的味道还没有化解开，我们就推出这些特色小吃，在这次萝卜会上一炮打响。这真是新年伊始，万象更新。我们在大妮和安磊的带领下，旗开得胜，迎来了开门红，真是可喜可贺啊。我提议，大家共同干杯！"

曾欣欣敬完酒，来到初之强的面前，笑盈盈地说："初老师，你和你的这些朋友，都是全国著名的大明星，能来到我的大棚里喝酒，我受宠若惊，欣喜若狂。为了表达我的心意，我要一心一意敬你们一杯酒！"说完，她和大家碰杯，一起干了。

这时候，冉冉也端着一杯酒走过来，喜气洋洋地说："初老师，我十分崇拜你和你的这几位朋友，也是你们的忠实粉丝。我想请你们表演个节目。"

初之强微笑着问："美女，你想让我们表演什么节目啊？"

冉冉马上回答："我想请几位著名歌星唱歌！为了表达我的心意，我敬你们一杯酒。我先干为敬，你们随意。"说完，她一口就干了一杯啤酒。

初之强乐呵呵地说："美女，爽快，好酒量啊！盛情难却，满大歌唱家，给点面子，来一首歌吧。"

初之强话音刚落，曾欣欣马上说："满老师，我们都很崇拜你，做梦都想听你唱歌。我再敬你一杯酒，你随意！"说着，她又一口干了一杯啤酒。

在大棚内外一阵阵热烈的掌声和欢呼声中，满一芝唱了一首《好日子》，鲁永姣唱了一首《在希望的田野上》，雷小丽唱了一首《十五的月亮》。特别是罗小华现场创作和演唱的那一首《大妮小吃》，引起了一阵阵雷鸣般的掌声和欢呼声……

夜幕降临，五颜六色的烟花腾空而起，竞相绽放。著名歌星们那优美动听、

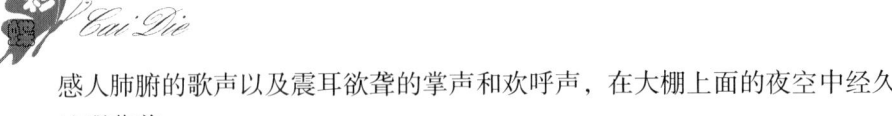

感人肺腑的歌声以及震耳欲聋的掌声和欢呼声，在大棚上面的夜空中经久不息地飘荡着。

……

萝卜会过后，第二天晚上，大妮忙完家务活，刚想上床睡觉，曾欣欣打来电话，她上气不接下气地说："大妮，不好了……出大事了！刚才，有人混进了海鲜楼，扔了两个燃烧瓶，烧伤了几个人！现在，大家正在灭火，你……快点来吧，你……"曾欣欣没有说完，就把电话挂断了。

大妮接完电话，与安磊和安东方一起打了一辆出租车，火急火燎地向海鲜楼第二分店赶去。

由于第二分店里备有灭火器材，再加上报警和扑救及时，当大妮赶到现场的时候，大火已经被扑灭，烧伤的人员也已经被送进了附近的医院。

这次大火，共造成了两名顾客、一名厨师和一名服务员被烧伤，整个厨房和附近的四个包间，全部被烧毁。

大妮看完现场，马上赶到医院，看望被烧伤的人员。医生告诉她，烧伤的这四个人，都脱离了生命危险。当大妮匆匆忙忙再次回到第二分店的时候，倪大伟和冉冉也已经等候在这里。大妮和大家来到店长办公室里坐下来，开始分析案情。

"大妮，造成了这么大的损失，我失职！我对不起你，你把我撤了吧！"曾欣欣满脸烟灰，哭着说。

左东强的裤腿和袖子被烧掉了一大块，半边脸也被火烤得红肿起来。他十分愧疚地说："我是副店长，专门负责店里的安全保卫工作。发生这次事故，与店长没有关系，责任完全在我。因为我的失职，酿成大祸，我请求撤销我的副店长职务！"

看到曾欣欣和左东强疲惫不堪的样子，大妮心疼地说："曾大姐，左师傅，你们俩辛苦了，谢谢你们俩！"停了一下，大妮面色凝重地问道："作案的是些什么人？他们的动机是什么？"

"犯罪分子十分狡猾，他们装扮成顾客混进了店里，扔了两个燃烧瓶，又乘混乱逃之夭夭。他们是几个人，长得是什么样子，现在还没有弄清楚。"左东强回答说。

大妮追问道："难道他们就没有留下一点蛛丝马迹？"

"有！事发后，有人在吧台上捡到一封信。我估计，很可能是犯罪分子故意留下的……"左东强说着，从衣服兜里掏出来一封信，递给了大妮。

这一封信的信封，用的是特快专递的信封，里面有一张红纸，上面写着"送钱二十万，大妮明白"。

大妮看了信，沉思了一会，咬牙切齿地骂道："很可能又是庄小军那个浑

第八十二章 节日盛会 酒店被烧

蛋干的！"

安东方看完信，琢磨了一会，问道："大妮，你能断定这是庄小军干的？"

大妮点点头说："爸，上一次餐馆被砸时，作案人留给我的那一封信，与这一封信几乎一模一样，都出自一个人之手。在观海，除了庄小军，我没有得罪别的人。如果是别的人作案，不可能用这种方式明目张胆地敲诈我。"

安磊急忙说："我同意大妮的判断。"

大妮问曾欣欣和左东强："你们向公安局报警了吗？"

"已经报警了，警察还没有来。"左东强回答。

大妮沉思了一会，然后激动地说："曾姐，左师傅，多亏了你们工作做得细，店里备有灭火器材。要不然，后果不堪设想。你们俩已经尽心尽力了，就不要再内疚和自责了。庄小军心黑手辣，诡计多端，又躲在暗处，我们很难防范。我不同意你们辞职，更不会撤你们的职务。你们要抓紧时间，把烧毁的房间装修好，尽快恢复营业。"

安磊心事重重地说："从明天开始，各分店都要对安全措施的落实情况，进行一次彻底检查，确实做到防患于未然，避免事故再次发生。"

倪大伟急忙说："我们分店在安全方面，有很多漏洞和薄弱环节。从现在起，我们要警钟长鸣，把安全工作落到实处。"

冉冉忧心忡忡地问："姐，要是庄小军不善罢甘休，继续找我们的麻烦，那怎么办啊？"

大妮沉思了一会，斩钉截铁地说："我绝对不会妥协，绝对不会给他一分钱！"稍停片刻，她又十分坚定和果断地说："庄小军老奸巨猾，不达目的，肯定不会善罢甘休。我要登门去会会他！"

安磊一愣，马上说道："大妮，你与庄小军有那么多过结，你去见他风险太大，还是让我去见他吧。"

"安磊，我陪着你去见庄小军。"安磊的话音刚落，倪大伟马上说道。

大妮微笑着说："我与庄小军的恩恩怨怨，应该有个了断。常言道，解铃还须系铃人。仇人是我得罪的，麻烦和乱子都是我惹起来的，庄小军指名道姓找的人是我，如果让别人去见他，恐怕庄小军不认可，不但解决不了问题，很可能会把事情弄得更加复杂。"

"大妮，庄小军一直在算计着你。你单枪匹马，自己送上门去，太危险了。你要是真的下决心去，我就陪着你去，给你做伴，好有个照应。"曾欣欣说道。

冉冉急忙说："姐，我也陪着你去！"

大妮微笑着说："我又不是去和庄小军打架，你们陪着我干吗啊？我是去摸摸庄小军的底，看看他葫芦里卖什么药，你们陪着，反而不方便。再说了，庄小军再阴险毒辣，胆大包天，他也不敢在光天化日之下对我下毒手。"

安东方沉思了一会，问道："大妮，你真的考虑好了，要去见庄小军？"

大妮回答："爸，我们店里最近接连出事，很奇怪。是不是庄小军干的，他葫芦里卖的什么药，我们必须尽快弄清楚，采取应对措施。这两起事都是对着我来的，要想弄个水落石出，我必须亲自走一趟。"

安磊说："大妮，你要是真的去见庄小军，就让曾欣欣和冉冉两个人陪着你去。她们俩陪着你去，只会助你一臂之力，不会碍手碍脚。"

大妮说："如果这两个案子都是庄小军干的，他的最终目的很可能是想敲诈我的钱。如果我们兴师动众，去这么多人，很可能会打草惊蛇，引起他的怀疑和警惕，说不定还会节外生枝，把事情弄得更加复杂和难办。"

安东方琢磨了一会，语重心长地说："大妮啊，咱们一家人中，得罪庄小军的人，不只是你一个人，还有我。其实，庄小军最恨的人，不是你，而是我。"

大妮迷惑不解，急忙问："爸，这是怎么回事啊？"

安东方说："今天在座的各位都不是外人，我就实话实说。前年，餐馆搬迁的时候，姓寇的和何小云到餐馆里闹事。庄小军自以为是，不问青红皂白，把餐馆的人抓走了。从那时起，我就感到庄小军这个人不地道，就注意上了他。他被开除学籍以后，自己开办公司，很快就成了暴发户。他靠的是腐蚀国家工作人员和非法经营，靠的是组织卖淫嫖娼和赌博。我一直在暗中调查他，也掌握了很多证据。他老奸巨猾，又有保护伞，他很可能已经有所察觉。如果是这样，他肯定恨不得马上把我除掉。大妮啊，从砸店到烧店，如果真的都是庄小军指使手下人干的，他要对付的人不光是你，很可能还会有我。"

大妮一愣，忙问："那怎么办啊？"

安东方说："不入虎穴，焉得虎子。大妮啊，我同意你的想法，也同意你一个人去见庄小军。你这次去，只是去探探底，摸一摸他的底牌。你不要抱什么希望，也不要急于求成，更不要幻想一挥而就，马到成功。因为庄小军这个人老谋深算，本性难移，他不会放下屠刀，立地成佛。至于庄小军见不见你，都关系不大。给不给他二十万元钱这件事，一定要留有余地，你千万不要把话说绝，把后路给堵死。大妮啊，我的意思，你听明白了吗？"

大妮激动地说："爸，你的意思我听明白了，我一定会按照你说的去做！"

安东方心事重重地说："安磊啊，你要在大妮去见庄小军之前，给你的老战友乔勇打个电话，说明我们的打算，征求他的意见。另外，你尽快把乔勇请到我们家里来，我要把庄小军的一些犯罪证据全都提供给他。"

安磊急忙说："爸，我明天就给他打电话。"

曾欣欣问："大妮，你打算什么时间去见庄小军啊？"

大妮回答："我明天上午就去！"

……

第八十三章　齐家相助　二妮康复

第八十三章　齐家相助　二妮康复

　　小红带着鸣鸣，在南乳岛上那个小山洞里熬了三昼夜。到了第四天中午，她们俩坐着英望大叔的小渔船，来到了 Q 城。小渔船一靠岸，小红匆匆忙忙跑进警所，给齐中华打了个电话。正在忧心忡忡、焦急不安的齐中华，突然接到小红的电话，惊喜万分。他马上开车赶了过来，把发着高烧的鸣鸣送进了医院。鸣鸣退烧以后，齐中华把小红和鸣鸣接到了家里。

　　齐中华的家，是一栋典雅精致的三层小别墅。它依山傍海，环境十分幽静。周围，翠绿高大的树木和竹林，把整个院子和小别墅隐秘在其中。欧式风格，白色外墙，绛红房顶，与周围的绿树翠竹浑然一体，在阳光的照射下，格外醒目、和谐、漂亮。

　　一走进那个高大气派的大门，首先映入眼帘的是一个不大不小的院子。院子里有八棵郁郁葱葱的大树，就好像八个又高又大的太阳伞，整整齐齐。院子左边有一个游泳池，右边是一个假山。院子的周围，是五颜六色、竞相绽放的奇花异草。院子的中间，是一条用鹅卵石铺成的小路。小路的两旁是一排石凳，石凳上摆放着形态各异的花木盆景。

　　顺着小路来到小别墅里，不由得为之赞叹不已。门廊和门厅向南北舒展，客厅和卧室都是六角形的观景凸窗，餐厅南北相通。室内室外情景交融，赏心悦目，显得那么自然、轻松和质朴，呈现出一种乡村生活的格调。置身其中，恍如远离了所有的都市尘嚣，那种宁静幽远的感觉，令人心旷神怡。

　　小红和鸣鸣来到家中，齐中华让用人做了一桌子热气腾腾的饭菜。不一会，他的子女都赶了回来。

　　自从二妮、鸣鸣和小红失踪以来，齐中华一家人火急火燎地四处寻找。正当他们一筹莫展的时候，小红和鸣鸣大难不死，奇迹一般逃出了虎口，又突然出现在了他们的面前。大家在兴高采烈的同时，也感到有点不可思议和难以置信。

　　齐盛乐不可支，一进门就迫不及待地问道："小红，你们俩是怎么逃出来的啊？这几天你们俩躲到哪里去了？"

小红声泪俱下，诉说完这几天的痛苦经历以后，又说："二妮姐姐临走的时候嘱咐我，让我一定要带着鸣鸣逃出双乳岛，来投奔你们。你们全家都是好人，谢谢你们收留我们俩！"

听了小红的诉说，齐盛赞不绝口，激动地说："小红，你太聪明了，也太勇敢了，你创造了一个奇迹！我一定要把这件事写进小说里去，有机会时再拍到电影里去。"

小红不好意思地笑了笑，接着说："不知道二妮姐姐现在怎么样了，鸣鸣和我，都很想她。"

提到了二妮，气氛顿时变得凝重起来。齐中华唉声叹气地对小红说："那天早晨，二妮送常健来到Q城医院。当时，常健已经死了。二妮哭得死去活来，住在了医院里。谁也没有想到，一夜之间，二妮突然消失得无影无踪。这些天，我们一直在到处寻找她，到现在也没有找到下落。"

小红哭着说："二妮姐失踪，肯定是姓龙的干的！姓龙的老奸巨猾，心黑手辣，什么伤天害理的事都能干出来。我求求你们，快点想办法救救二妮姐姐吧！"小红说着就要下跪磕头，被齐霞拉了起来。

齐霞急忙说："小红，我们的心情和你一样，一直在想方设法寻找二妮。"

齐中华语重心长地嘱咐道："小红啊，你和鸣鸣无依无靠，从今以后，你们俩就住在这里，把这里当成你们的家。你有什么困难，尽管跟我说，我会想方设法帮助你，你千万不要不好意思。现在，姓龙的一伙人还没有被抓起来，他们还在逍遥法外，我们要时时刻刻提防着他们。平时，你和鸣鸣可以到院子里去玩，但是，千万不要出大门，以免受到姓龙的一伙人的伤害。"

小红点点头说："我记住了！"

齐盛说："我胳膊上的伤已经康复得差不多了，今天晚上我就出院，回到家里来慢慢疗养。从今以后，我每天都在家里吃住，专门负责保护鸣鸣和小红。"

齐强说："你们就放心吧，警方已经安排了专人，负责这里的监护。"

齐中华沉思了很长时间，然后心事重重地说："现在，我越来越感觉到，二妮没有死，她可能被姓龙的囚禁在一个什么地方。齐强，你们警方一定要紧紧地盯住姓龙的行踪，看看他经常到哪里去。一旦发现蛛丝马迹，要采取果断措施营救二妮。"

齐强说："爸，你放心吧，我们警方已经采取了措施。到目前为止，我们发现，姓龙的在Q城有两个住所，已经进行了监控。他是不是还有其他住所，警方目前正在调查之中。姓龙的是个老狐狸，行踪飘忽不定，又常常是夜间活动，很难掌控。不过，警方已经对机场、车站和港口进行了管控。现在，姓龙的已经成了瓮中之鳖，很难逃出Q城。姓龙的在其他国家的犯罪活动，有关国家的警方正在侦破之中。"

……

第八十三章 齐家相助 二妮康复

"哈哈……姓龙的死了!哈哈……姓龙的死了!哈哈……"这天凌晨,二妮披头散发,大喊大叫着,疯疯癫癫地从龙哥的小别墅里跑了出来。她出了大铁门,顺着一条小道,在朦朦胧胧的晨雾中,跌跌撞撞地向前奔跑着……

后来,二妮来到了一条大马路上。大马路上车水马龙,人来人往,川流不息。人们看到这个疯疯癫癫、赤身裸体的年轻女子在大马路上横冲直撞,感到十分奇怪,急忙把她拦了下来,然后报警。有几个好心人,还拿出来两件衣服,穿在了二妮身上。二妮赖在大马路上不肯离开,看热闹的人越来越多,很快就把大马路堵了个水泄不通。

不一会,一辆警车鸣叫着开了过来。齐强从警车上下来,走近一看,顿时大吃一惊:这个疯疯癫癫的年轻女子,正是他苦苦寻找的二妮。齐强急急忙忙把二妮扶上警车,带到了警察局。

两个女警一边给二妮检查身体,一边询问情况。二妮的身体并没有受伤,她旁若无人,无动于衷,什么也不回答,不停地傻笑着,絮絮叨叨地说:"哈哈……姓龙的死了!哈哈……姓龙的死了!"

齐强据此判断,很可能龙哥真的死了。于是,他命令警察立即出动,封锁车站、港口和机场,搜查和查封夜明珠以及龙哥在Q城的所有住处,抓捕龙哥及其同伙。他下达完命令,又接着给齐中华打电话,把找到二妮的事告诉了他。

这时候,黎明前的黑暗终于过去了,新鲜而芳香的空气扑面而来,大地上的一切,从似醒非醒、迷迷瞪瞪的状态之中苏醒了过来。在东边的地平线上,不知不觉就泛起了一丝丝亮光,然后,慢慢地、小心翼翼地浸润着浅蓝色的天幕。啊,天亮了!新的一天,从遥远的东方,渐渐地走了过来。

听说找到了二妮,齐中华喜出望外,立即通知家人,带着鸣鸣和小红,来到了警察局接待室里。

这些天来,大家都为二妮的安危提心吊胆,坐立不安,马不停蹄地四处寻找。现在,喜从天降,终于看到了二妮。

小红抱着鸣鸣,一下子扑到二妮的怀里,放声大哭起来……

二妮呆若木鸡,视而不见,听而不闻。更令人吃惊的是,二妮谁都不认识了,就连鸣鸣也不认识了。她麻木不仁,一直莫名其妙、傻兮兮地笑着,不停地自言自语:"哈哈……姓龙的死了!哈哈……姓龙的死了!"

看到二妮变成了这个样子,大家心里就好像泼了一盆子冰水,一下子就凉了半截。

二妮受到了惊吓,精神失常了!大家不敢相信这个事实,也不愿接受和面对这个现实。

"姐,你这是怎么了?姐,你好好想想啊,我是小红……姐,你好好看看啊,这是鸣鸣……姐,她是鸣鸣,她是你的孩子……姐,你不能这样啊!姐,你变成这个样子,鸣鸣怎么办啊?姐……"小红抓着二妮的手,使劲摇晃着,不停地哭喊着。呜呜吓得大哭，二妮无动于衷，没有一点反应，还是傻笑着自言自语地重复那一句话。

看到二妮精神失常了，小红犹如万箭穿心，她抱着呜呜，扑通一下跪在了众人面前，大声哭喊着说："你们都是天下最好最好的人，我求求你们，救救我姐姐吧！我求求你们，可怜可怜这个无依无靠的呜呜吧！"

齐霞泪流满面，急忙把小红扶起来，说："小红，你放心，我们一定会想方设法治好二妮的病。"

看到二妮那疯疯癫癫的样子，齐盛心如刀绞，急忙问："二妮怎么变成了这个样子啊？"

齐强说："刚才，搜查姓龙的小别墅的人员打来电话说，已经找到了姓龙的尸体。经过鉴定，姓龙的是心肌梗死突然死去。从现场留下来的证据看，二妮肯定受到了惊吓和刺激，精神失常。"

齐盛又急忙问道："二妮的病能治好吗？"

齐霞回答说："从目前的状况来看，二妮很可能是受到惊吓和刺激以后精神失常了。她的病情到底严重到什么程度，我现在还说不准，需要到医院精神科去检查和确诊。不过，由于发病时间短，只要及时进行药物治疗，再加上一些心理方面的治疗，她可能很快就会变成一个正常的人。"

齐盛接着问道："哥，警方的抓捕行动怎么样了？"

齐强高兴地说："这次搜查和抓捕行动还在进行之中，具体情况还没有汇报上来。不过，到现在为止，已经搜查到了姓龙的尸体，抓获姓龙的同伙三十一人，查封了夜明珠和姓龙的在Q城的三处住所。有关国家的抓捕行动，也正在进行之中。我估计，通过这次行动，姓龙的在Q城和其他国家的黑社会势力，基本上被一网打尽了。"

齐盛想了想，又问道："下一步，我们应该怎么办啊？"

齐强回答："抓捕行动还没有结束，有没有漏网之鱼，现在还不好说，姓龙的案子还没有了结，二妮的治疗过程，只能在警方的监视和保护下进行。"

齐霞说："二妮患的这种病，应该先到医院精神科进行规范治疗，服一些抗精神病药物。另外，多运动，多休息，多安慰，营造一个安全、舒适、温馨的生活环境。"

齐中华沉思了很长时间，心情沉重地说："二妮祸不单行，多灾多难。她是一个心地善良的好女孩，也是一个十分难得的人才。她漂泊在外，无依无靠。我们应该慷慨相助。不管花多少钱，我们都要把她的病治好。齐霞，你们医院要派最好的医生，用最好的药，精心进行治疗。齐强，在二妮治疗期间，在姓龙的案子没有了结之前，你们警方一定要采取切实可行的措施，确保二妮的安全。"

二妮在Q城医院治疗了十多天时间，病情有了明显的好转。她不再傻笑

第八十三章　齐家相助　二妮康复

和自言自语了，慢慢地开始思考问题，与别人沟通交流。

一天中午，齐中华和齐盛把二妮接到了家里，按照医生的嘱咐，继续进行疗养。

这是一个星期天，齐中华的家人聚会，齐强的妻子和儿子，齐霞的丈夫和儿子，全都到齐了，再加上二妮、小红和鸣鸣，大家济济一堂，十分热闹。

齐霞带领着二妮，在游泳池里游了一会，便来到客厅喝啤酒。齐盛拿出上次给二妮录制的专题片，在大屏幕电视上播放起来。

专题片中，二妮演唱的这十六首歌曲，她不可能遗忘得一干二净。因为，每一首歌曲，每一个字，每一个音符，都凝聚着她的心血和汗水，都震撼和呼唤着她的精神和心灵。二妮慢慢地喝着啤酒，聚精会神地观看着专题片。看着看着，她突然泪流满面，哭了起来。

齐霞忙问："二妮，你怎么哭了？"

二妮擦着眼泪说："很好听。"

齐盛一听，高兴地问道："唱歌的这个人是谁啊？"

二妮盯着电视屏幕看了一会，又想了想，说："见过她，想不起来是谁。"

齐盛兴奋地说："二妮，你再想一想，她是谁啊？"

二妮又想了一会，然后摇了摇头说："想不起来了。"

齐盛急忙说："二妮，这个唱歌的人就是你，这些歌都是你唱的，这是我上一次给你拍的专题片。"

二妮想了想，然后微笑着说："她不是我，我没有这么好。"

齐盛接着问："二妮，你喜欢唱歌吗？"

二妮回答说："喜欢，我不会唱歌。"

小红很兴奋，急忙把鸣鸣送到二妮怀里，问："姐，你看看，这个孩子是谁啊？"

二妮看着鸣鸣，微笑着说："见过她，想不起来她是谁。"

小红急忙说："姐，她是鸣鸣，她是你的孩子。"

二妮仔细端详了一会，又在鸣鸣的脸蛋上轻轻地亲吻了一下，微笑着说："以前见过她，她很可爱。"

齐盛说："二妮，你再好好想一想，她是谁啊？"

二妮又亲吻了一下鸣鸣，然后微笑着摇了摇头。

齐中华喜不自胜，微笑着问："二妮，这里就是你的家，你要安心在这里住下来，知道吗？"

二妮点点头说："知道，谢谢你。"

齐霞激动地说："太好了，治疗效果不错。用不了多长时间，二妮就会康复了！"

齐盛兴奋地说："谢天谢地，总算是看到希望了！"

齐中华说："来……我们共同举杯，祝愿二妮早日康复！"

一天中午，齐盛带领着二妮、小红和鸣鸣，来到海边游玩。他们在沙滩上支撑好帐篷，换上泳装，一边观赏着风景，一边在沙滩上和浅水里玩耍。

昨天晚上，狂风暴雨肆虐了一整夜，到了今天早晨才结束。中午，雨过天晴，不但空气变得格外清新，阳光也变得分外温柔起来。瓦蓝瓦蓝的天空中，挂着几朵美妙的白云。月牙形的黄沙滩，在阳光的照耀下，金灿灿的，就好像是遍地黄金。

他们一会儿放风筝，一会儿做沙雕，一会儿抓沙滩上的小螃蟹。软绵绵的沙滩上，不时响起一阵阵开心爽朗的欢笑声，留下了一个个大大小小的脚印。玩累了，他们坐在帐篷里，一边喝啤酒，一边聊天和观赏风景。

"这里太漂亮了，太美丽了！"二妮不停地感叹着。沉思了一会，她又说："好奇怪啊，我以前好像来这里玩过。"

齐盛一阵惊喜，急忙问："二妮，你以前的时候，是不是经常来海边玩啊？"

二妮想了想，回答说："我喜欢大海，印象里经常来海边玩。但是，具体情况，我想不起来了。"

齐盛问："二妮，你知道观海市吗？那里有你的姐姐大妮，还有你的妹妹三妮，你能想起来吗？"

二妮想了一会，高兴地说："我能想起来，不过，迷迷糊糊的，不是很清楚。"

小红指着鸣鸣问："姐，她是谁啊？"

二妮微笑着回答说："我知道，她叫鸣鸣，是我的孩子。"

小红一听，激动地连忙说道："姐，你真好！你……终于认识鸣鸣了，你……太棒了！"

二妮又想了半天，心事重重地说："以前的很多事，我都模模糊糊地有一些印象。但是，详细情况，我想不清楚，也说不明白。我感到很奇怪，心里很别扭，也很苦恼，不知道这是为什么，也不知道怎么办才好。"

齐盛欣喜万分，鼓励道："二妮，你现在已经想起了很多事，进步很快，祝贺你！只要你继续努力，你肯定会把以前的事全都想起来。"

喝了一会啤酒，齐盛又带领着二妮、小红和鸣鸣来到滩涂上玩耍。

今天正巧赶上了退大潮，退出的滩涂一眼望不到边。他们沿着一条浅浅的海沟，一边玩水，一边抓螃蟹、海螺、海参、蛤蜊，时间不长，他们就抓了满满一水桶。

二妮高兴得就好像一个孩子，手舞足蹈，大呼小叫着说："好玩……太好玩了！以前的时候，我经常在海边抓这些东西。"

齐盛笑嘻嘻地说："只要你们喜欢，以后，我经常带领着你们来海边玩。"

又是一个星期天，齐中华一家人带领着二妮、小红和鸣鸣，来到了双乳岛。现在的双乳岛和夜明珠，已经被Q城市政府收为国有，成了休闲旅游胜地。

一登上双乳岛，一种生机勃勃和欣欣向荣的景象，迅即展现在了眼前。一

第八十三章 齐家相助 二妮康复

股清新的气息，也随之扑面而来。夜明珠内，过去那种乌烟瘴气和淫荡恐怖的氛围不见了，到处呈现出焕然一新和温馨祥和的新气象。天空变得更加蓝了，阳光变得更加明媚温柔了，空气中多了一些甜味和芳香，就连喜怒无常和波谲云诡的大海，也变得那么温顺和可爱了。

二妮满面春风，兴致勃勃地看完夜明珠，来到她住过的那个小别墅。她站在大门前的小池塘旁边，抚摸着那棵大树，沉思了一会，又跑进小别墅的院子里，高兴地连声大喊："这个地方我来过……"

二妮一边喊叫着，一边冲进了小别墅里。小别墅里，虽然被阿山他们翻箱倒柜地搜查过，一片狼藉。但是，二妮他们的生活物品，绝大部分都保存着。各种东西的摆放，也基本上保留着原来的样子。

看着那张大床，看着床上那一对绣着鸳鸯戏水图案的枕头，看着墙上她和常健结婚时的照片，看着窗台上她和常健与鸣鸣、小红的合影，二妮突然恍然大悟，往事历历在目。她如梦初醒，大声哭喊起来："这是我的家……常健呢？常健去哪里了？鸣鸣哪……我的孩子在哪里啊？小红哪……小红跑到哪里去了？"

小红热泪盈眶，她抱着鸣鸣，情不自禁扑到二妮的怀里，泣不成声地说："姐……我在这里，她就是鸣鸣……她就是你的孩子！"

二妮泪流满面，她端详了一会鸣鸣，又急急忙忙端详了一会小红，然后沉思了片刻，泣不成声地问："鸣鸣、小红，你们……都还活着？"

鸣鸣吓得紧紧抱住小红的脖子，哭了起来。

小红抽泣着回答："姐，鸣鸣和我都没事，都还活着！"

二妮想了想，又慌慌张张地问道："常健呢？常健跑到哪里去了？"

自从二妮精神失常以后，齐中华一家人和小红商量好了，为了不刺激二妮，在她的病情没有康复之前，不提常健被龙哥杀害这件事。现在，二妮突然这样问，大家一时不知道怎么样回答才好。

看到大家默默不语，二妮想了一会，突然大声哭喊起来："我想起来了，常健已经死了，他被姓龙的杀害了，他死得很冤枉啊！"稍停片刻，她又咬牙切齿地说："我一定要杀了姓龙的，为常健报仇雪恨！"

齐盛兴奋地大声说道："二妮，姓龙的已经死了，常健在九泉之下可以瞑目了！"

二妮听了，先是一愣，她想了想，然后又大声喊道："对，我现在想起来了，姓龙的已经死了，常健可以安息瞑目了！"

齐霞把二妮紧紧地抱在怀里，激动地说："二妮，恭喜你！你现在已经基本康复了，再疗养一段时间，你就会变成一个完全正常的人！"

齐中华高兴得使劲一拍大腿，喜气洋洋地大声说道："太好了，天大的喜事，我们要好好地庆贺一下。立说立行，我们现在就回Q城去，到华人餐馆里开怀畅饮！"

……

第八十四章　教授庆生　陆鹏杀人

最近这几个月，三妮因为是否嫁给刘一鸣这件事，心烦意乱，坐立不安。自从在八仙阁品茶时，与刘一鸣定亲以后，她感到自己的身心有了归属的港湾，心中的烦恼和不安顿时没有了，变得豁然开朗和轻松起来，难以形容的喜悦和幸福油然而生，是那么甜蜜、踏实和温暖。她暗暗告诫自己，从今以后，一定要用自己浓浓的爱来滋润刘一鸣。

三妮同意嫁给刘一鸣，这是刘一鸣做梦都不敢想的事，更是他求之不得的事。刘一鸣欣喜若狂，兴奋得彻夜难眠。最近这段时间，刘一鸣一直沉醉在如梦如幻、无与伦比的巨大喜悦和幸福之中。刘一鸣已经被三妮彻底融化和征服了，感到自己拥有了整个世界。刘一鸣还感到，他已经脱胎换骨和浴火重生，升华到了一个崭新的境界。同时，他决心要让三妮幸福快乐一辈子。

三妮和刘一鸣迅速坠入了爱河，真可谓一日不见如隔三秋，见了面有说不完的悄悄话。但是，因为有形影不离的刘小帆陪伴在身边，他们俩不得不压抑着那份感情，掩盖着那份思念和牵挂。

周末傍晚，三妮和刘一鸣一起动手，很快就做了满满当当一桌子饭菜。他们俩和刘小帆，一边津津有味地品尝美酒佳肴，一边欣赏电视上的文艺节目。

在八仙阁品茶时，刘小帆因为撮合三妮和刘一鸣的婚事，与刘一鸣吵了一架，气得拂袖而去，到现在还余气未消，耿耿于怀，发誓不再管这件事。打那以后，她对刘一鸣更加不屑一顾。不过，经过最近这段时间的察言观色，刘小帆越来越感到三妮与刘一鸣之间有点不对劲，两个人见面的次数多了，脸上的笑容多了，有意回避别人的时候多了，说悄悄话的时间长了，眼神中好像还有点含情脉脉……从这些蛛丝马迹中，刘小帆断定，三妮与刘一鸣之间肯定发生了小秘密。这小秘密到底是什么，刘小帆一时拿不准。

看到刘小帆闷闷不乐地喝啤酒，刘一鸣乐呵呵地说："小帆，陪着我喝几杯啤酒吧。"

刘小帆旁若无人，不屑一顾地说："嬉皮笑脸，不害臊，我懒得理你。"

第八十四章　教授庆生　陆鹏杀人

刘一鸣微笑着说:"小帆,你还在生气啊?小肚鸡肠,真没出息。我敬你一杯酒,跟你赔礼道歉。"

刘小帆不依不饶:"脸皮真厚,你巴结我也没有用。我已经发过誓,再也不管你的事,让你打八辈子光棍!"

三妮笑眯眯地说:"小帆,咱们俩一块喝杯啤酒吧。"

刘小帆冷嘲热讽地说:"狗咬吕洞宾,不识好人心。你们俩半斤八两,是一对老顽固,榆木疙瘩不开窍。我今天作业很多,也很忙,没有闲工夫陪着你们俩磨牙闲聊,拜拜啦。"说完,她气呼呼地站起来,头也不回地走了。

刘小帆回自己的房间里,哪里是写作业啊,分明是在暗中偷看。她把自己的房门留了一条缝,把三妮和刘一鸣的一举一动都尽收眼底:我的天啊,太阳从西边出来了!三妮和刘一鸣越喝越兴奋,越喝话越多……那语气,那动作,那眼神……就差拥抱和接吻了,活脱脱一对正在热恋的恋人。刘小帆见了,高兴得差一点喊叫出来,她急忙捂住了自己的嘴,又轻轻地、悄无声息地关上了房门。

……

寒假结束了,星期天中午,刘一鸣要过四十一岁生日。刘一鸣从来都不过生日,按照惯例,这次也不打算过。刘小帆态度异常坚决,她告诉刘一鸣,这个生日一定要过。刘一鸣架不住三妮和刘小帆的反复劝说,只好同意过生日。

为了给刘一鸣过生日,三妮又是采购东西,又是打扫卫生,忙了两三天。给刘一鸣送什么样的生日礼品呢?三妮想来想去,挑选来挑选去,最终选择了一个不大不小的花篮,里面插着四十一朵竞相绽放、娇艳欲滴的红玫瑰。

接到刘小帆的电话邀请,田禾青、马兰、肖苹苹和卜小苗都带着生日礼品赶来了。中午十一点十八分,在欢快甜美的音乐声中,刘一鸣的生日宴会正式开始。

刘一鸣许完愿,吹灭蜡烛,大家共同举杯,干了一杯祝福酒,气氛顿时热闹起来。

三妮同意嫁给刘一鸣,今天又给刘一鸣过生日,刘一鸣兴奋得心花怒放。他满面春风,就好像又回到了青年时代。他美滋滋地品尝着美酒,闻着淡淡的、沁人肺腑的花香,观赏着花篮里那四十一朵超凡脱俗、争芳斗艳的红玫瑰。

三妮想起了什么,急忙跑到自己的房间里,拿出来一个精美的心形大盒子,里面是用彩色玻璃纸扎成的千纸鹤、玫瑰花、风铃、小彩灯、小熊猫、小蝴蝶、小兔子,五颜六色,个个玲珑剔透、惟妙惟肖。她把这些手工艺品倒在茶几上,对刘一鸣说:"老师,今天是你的生日,我把这些礼品送给你,不知道你喜欢不喜欢。"

刘一鸣没有想到,三妮整天忙得团团转,还能做出这么多精美的手工艺品。

他既高兴又惊奇地观赏着，看得眼花缭乱，赞不绝口。他兴奋地拍着手说："三妮，我太喜欢这些礼品了，谢谢你！"稍停片刻，他又问道："三妮，你那么忙，是怎么做的这些礼物啊？"

三妮笑眯眯地说："每当有空时，我就做一个，已经坚持两年多了，今天拿出来送给你，希望你喜欢。"

刘小帆高兴地抱住三妮的脖子，又在她脸上亲了一下，笑盈盈地问道："姐，这些礼品叫什么名字啊？"

三妮解释说："这叫幸运之星，总共有三百六十五颗，代表着一年三百六十五天。老师，我祝福你天天幸运！"

这么纯情的祝福，每一颗都凝聚着深深的思念、无瑕的关爱和美好的希望，刘一鸣乐得合不上嘴。

卜小苗给刘一鸣敬完祝福酒，坐在花篮旁边，一边品尝着杯中的美酒，一边观赏着花篮中的红玫瑰，不停地摇头晃脑。她指着红玫瑰问刘小帆："哥们儿，我有点摸不着头脑，这是啥意思啊？"

刘小帆一愣，马上反应过来，急忙说："哥们儿，多亏你提醒我，我差一点把天大的事情给忘记了。"她清了清嗓子，装模作样地大声说道："各位，我今天把大家请来，一是给我老爸过生日，二是我要举行一个新闻发布会，把一个重大的爆炸性的国际新闻告诉大家。现在，我郑重宣布，刘一鸣先生和三妮小姐，经过友好协商，决定喜结良缘，白头到老。举行婚礼的时候，敬请大家光临！"

大家一听，都惊呆了，不敢相信自己的耳朵。卜小苗急忙问刘小帆："哥们儿，你开什么国际玩笑啊？你醒一醒，没有喝多吧？他们俩年龄相差这么大，不可能吧？"

刘小帆笑眯眯地说："哥们儿，这年月，摸着石头过河，还有改革开放的大潮冲击，什么样的新鲜事都会发生。你要解放思想，跟上时代发展。不过，我姐和我爸结为夫妻，有一定的历史必然性。我姐在我家已经住了五年多，她与我爸同甘共苦，志同道合。他们俩结为夫妻，是水到渠成，顺理成章，是众望所归，历史必然。再说，年龄差距算个什么东西呀，只要两个人对上眼，有了爱情，它狗屁不是。"她得意扬扬，很自豪地接着说："诸位，本小姐就是他们俩的红娘！我还要……"

刘一鸣担心刘小帆在众人面前胡言乱语，出洋相，急忙打断她的话，警告道："小帆，不许你胡说八道！"

刘小帆一听就火了，说道："爸，你弄虚作假，假装正经，想把我蒙在鼓里，我看不起你，我鄙视！"

刘一鸣气呼呼地说："小帆，你闭嘴！"

第八十四章　教授庆生　陆鹏杀人

卜小苗急忙说:"哥们儿,我怎么越听越糊涂啊?你别着急,也别听你爸爸瞎咋呼,你慢慢地说。"

刘小帆:"我爸和我姐是孤男寡女,我给他们俩当红娘,我爸不但不感谢我,还不知好歹,推三阻四,指责威胁我。"

卜小苗:"为什么?"

刘小帆:"他说年龄相差太大,还说不能知恩不报。"

卜小苗:"哥们儿,你把全世界最善良最漂亮的女孩子送给他,他还坐怀不乱,确实有点顽固不化,不可理喻。"

刘小帆:"更可恨的是他满嘴仁义道德,满肚子花花肠子,说一套做一套,竟敢背着我这个红娘,勾引我姐,与我姐谈情说爱,还私订终身……"

三妮羞红满面,急忙打断刘小帆的话,不好意思地说:"小帆,你怎么又要胡说八道啊?快闭上你的嘴!"

卜小苗:"哥们儿,你不要怕妮子的威胁,慢慢道来,天塌下来,我顶着。我问你,你怎么知道他们俩谈情说爱,私订终身啊?"

刘小帆:"要想人不知,除非己莫为,再狡猾的狐狸也斗不过好猎手。我火眼金睛,他们俩玩的那点小把戏,小儿科,早就被我看穿了,只是懒得揭穿他们俩。我……"

刘一鸣急忙打断刘小帆的话,气呼呼地说:"小帆,我再次警告你……"

卜小苗急忙打断刘一鸣的话,大声说:"教授,注意身份,保持冷静,天塌不下来,让人家把话说完!哥们儿,你继续说,他们俩玩的什么小把戏啊?"

刘小帆:"最近,他们俩好像捡到了聚宝盆和金娃娃,整天眉开眼笑,还时不时地挤眉弄眼,含情脉脉,幸福得就要冒泡泡。"

卜小苗:"还有吗?哥们儿,不要藏着掖着,为他们俩打掩护!"

刘小帆:"哥们儿,我发誓,就这些。"

卜小苗拍着桌子大声说道:"哎哟我的妈呀,我还以为今天发现了一个男盗女娼爆炸性的桃色新闻,结果是竹篮子打水一场空!"

马兰急忙问:"刘教授、妮子,这是真的吗?"

刘一鸣乐呵呵地说:"你们不要听小帆胡诌八扯,我与三妮谈到男婚女嫁,是最近的事,结局如何,还不一定哪。"

刘小帆急忙火辣辣地说:"谈什么谈,你们俩在一个屋檐下已经住了五年多了,在一个锅里抡勺子五年多了,谁是什么样的人,心里明镜似的,还用得着脱了裤子放屁,多此一举吗?"

肖苹苹高兴地说:"小帆说得有道理,我完全同意。妮子,你是怎么想的啊?"

三妮羞羞答答地说:"我为这件事冥思苦想了很长时间,最后终于想通了,我决定嫁给他。"

刘小帆笑逐颜开，抱着三妮亲了一口，激动地说："姐，你真伟大！从今以后，你就是这个家的女主人了，你应该从严治家，严格管理，绝对不能让我爸再乱说乱动。"

卜小苗趾高气扬地说："现在看来，男大当婚，女大当嫁，烈火干柴很危险，这话一点也不假啊。刘教授、妮子，你们俩打算什么时间结婚啊？"

刘一鸣满面红光，高兴地说："我听三妮安排！"

三妮面若桃花，羞涩地说："等到我毕业以后再说吧！"

田禾青高兴地说："关于这件事，三妮多次找我商量，征求我的意见，我完全同意。有缘千里来相会，有情人终成眷属，可喜可贺。我提议，我们共同举杯，祝贺刘老师和三妮喜结良缘，幸福美满，白头到老！"

卜小苗喝完一杯酒，大呼小叫着说："妮子，你真行啊！这么大的事，不但不跟我商量，一点风声也不透露，竟敢私定终身，真不够意思！"

三妮不好意思地说："小不点，对不起，我没有来得及告诉你们。"

大家兴致勃勃，轮流着给三妮和刘一鸣敬酒。卜小苗敬完酒，笑眯眯地说："我一开始就感觉这个大花篮送得很蹊跷，这红玫瑰更是有猫腻，原来是水中桥啊。妮子、刘教授，为了惩罚你们俩这种偷鸡摸狗、欺上瞒下的行为，我要惩罚你们俩喝交杯酒。"

刘小帆急忙说："哥们儿，我以我的人格担保，我姐和我爸没有偷鸡摸狗的事，咱们不能冤枉好人。他们俩的关系，绝对是小葱拌豆腐，一清二白。"

三妮羞得满脸通红，不好意思地说："小不点，你胡说八道些什么呀，小心我扒了你的皮！"

刘小帆打圆场，笑呵呵地说："哥们儿，你悠着点。看在我的面子上，就罚他们俩共同干杯吧。"

在大家的喝彩声中，三妮羞羞答答地与刘一鸣碰杯，共同干了一杯酒。

卜小苗说："刘教授，妮子是校花，也是我的闺蜜和最好的朋友，有成千上万的帅哥在打她的主意，都被我拒之门外了。现在，你终于大功告成，抱得美人归，应该心满意足了吧。我觉得，你是个正儿八经的男人，也很有潜力和发展前途。从目前的情况看，在这个世界上，也只有你能配得上妮子。今天，我把妮子交给你，也放心了，死也能瞑目了。"稍停片刻，她又接着说道："妮子的年龄比我大，我叫她姐姐。今后，我理所当然要叫你姐夫。姐夫与小姨子，更应该开怀畅饮。姐夫，今天是你和妮子大喜的日子，我们俩先喝个一路顺吧。"

刘一鸣乐呵呵地说："卜小苗，我们俩喝个一路顺没有问题。不过，我们俩应该放慢一下节奏，慢慢品尝，照顾一下大家的情绪和进度。"

卜小苗乐呵呵地说："教授就是教授，姐夫就是姐夫，说出话来滴水不漏。那好吧，我们俩就先喝个好事成双吧。"

第八十四章 教授庆生 陆鹏杀人

两杯酒下肚，卜小苗高兴地说："姐夫，我辛辛苦苦把妮子关心照顾这么大，花费了那么多心血和汗水，很不容易。今天，你除了陪我喝个痛快，还应该给我献上两首歌。"

人逢喜事精神爽，刘一鸣今天也放开了，高兴地说："没有问题！不过，你要和我一块唱。"

卜小苗连忙摆着手说："哪里还用得上我啊，让你老婆陪着你唱《天仙配》。"

三妮面红耳赤，举着拳头说："小不点，小心我揍你！"

接下来，刘一鸣为大家唱了两首歌。一首是《在那桃花盛开的地方》，另外一首是《知音》。在大家的喝彩声中，三妮和刘一鸣合唱了一首《天仙配》。

大家第一次听三妮唱歌，谁也没有想到，三妮的嗓音那么好，唱得是那么悦耳动听，感人肺腑。

这时候，田禾青的手机突然响起来。她接完电话，急忙说："不好了，出大事了，陆鹏把甄倩倩打死了！"

"啊！"大家听了，大吃一惊，不由得喊了起来。

……

这个春节，陆鹏一家人是在医院里度过的。陆建的伤腿还没有痊愈，医生不让他出院。宋一平的身体状况越来越差，除了经常感冒发烧，还患了严重的心脏病，整天病病歪歪，躺在病床上。陆鹏已经办理了休学手续，每天在医院陪床，照顾爸爸妈妈。别人家阖家欢乐、欢天喜地过大年，陆鹏全家人憋在病房里、心焦火燎地渡难关。

病痛的折磨还能忍受，最难忍受的是精神上的折磨。甄倩倩的爸爸妈妈找的那些黑社会小痞子，隔三岔五地给陆建和宋一平打电话、发短信，对他们俩进行威胁和漫骂侮辱，要陆鹏马上与甄倩倩结婚。甄倩倩更没有放过陆鹏，她除了打电话、发短信，每天对陆鹏进行狂轰滥炸以外，还时不时地来到病房里，追究陆鹏的父母教子不严、管教无方的责任。

这天中午，甄倩倩又来到了病房里。她趾高气扬地看了看躺在病床上的陆建和宋一平，又不屑一顾地瞧了瞧蓬头垢面的陆鹏，漫不经意地冷笑了一下，悠闲自得地坐在沙发上，然后从兜里拿出进口的掌上电脑，如痴如醉地欣赏一首外国歌曲。

这一首外国歌曲，声音太震撼了，太刺耳了。躺在病床的陆建，听得心烦意乱，越听越上火，不停地唉声叹气。躺在病床上的宋一平，听得心焦火燎，不停地翻来覆去。在房间里走来走去的陆鹏，听得脑袋都快要爆炸了。他看一看病床上的爸爸妈妈，又瞪一瞪正在玩掌上电脑的甄倩倩，心中五味杂陈，火苗子噌噌地往上蹿。

这半年多来，陆鹏被甄倩倩折腾得生不如死。他绞尽脑汁，费了九牛二虎之力，不但没有甩掉甄倩倩，反而被甄倩倩越缠越紧，只能坐以待毙。对陆鹏来说，甄倩倩就好像母老虎、扫把星和烫手的山芋，打不得，躲不开，也逃不掉。在这个病房里，在父母的面前，他已经与甄倩倩吵闹了好几次，每次都是他先败下阵来。原因很简单，他拈花惹草，偷尝禁果，玩弄了甄倩倩，又想甩掉甄倩倩。他做贼心虚，理屈词穷，只能哑巴吃黄连，有苦说不出。俗话说，请神容易送神难。他引火烧身，又无法逃避，只能度日如年地熬着。

自从甄倩倩盯上陆鹏，又把陆鹏勾引上床以后，她一直信心满满地认为，陆鹏已经成了她的囊中之物和笼中小鸟。除非她玩腻了，像丢垃圾一样把陆鹏随手抛弃掉。否则，陆鹏插翅难逃。看到陆鹏迫不及待、千方百计地想甩掉她，她怒火万丈，决心与陆鹏玩到底。

此时此刻，陆鹏就好像热锅上的蚂蚁，急得在病房里团团转。他心中的怒火越烧越旺，实在是忍无可忍了，突然对着甄倩倩大吼一声："你他妈滚蛋！"

甄倩倩旁若无人，抬起头来狠狠地瞪了陆鹏一眼，冷笑着问："陆鹏，你脑子不舒服啊，又在发神经？"

陆鹏气急败坏地说："甄倩倩，你不要欺人太甚，我要你马上滚蛋！"

甄倩倩阴阳怪气地说："哼哼，不知道天高地厚的东西，等到姑奶奶不想看见你的时候，你就到了阴曹地府。"

宋一平泪流满面，她挣扎着坐起来，哭着哀求道："我的姑奶奶，你大人有大量，请你高抬贵手，放过我儿子吧，放过我们全家人吧，你就行行好吧，我求求你了！"

甄倩倩冷笑着说："嘿嘿，放过你们，这好办，让你这个有人生没人管的流氓畜生和我结婚吧。"

陆鹏咬牙切齿地说："你他妈痴心妄想，白日做梦，我就是粉身碎骨，也不会与你这个狐狸精结婚！"

甄倩倩听了，又冷笑了两声，腾地一下跳起来，指着陆鹏咬牙切齿地说："陆鹏，咱们打开天窗说亮话，你要是活得不耐烦了，姑奶奶会成全你！"

陆建再也听不下去了，忽地一下坐起来，两只眼睛喷着怒火，指着陆鹏怒吼道："陆鹏，你马上把这个瘟神和魔鬼送走！"

陆鹏已经忍无可忍，又无可奈何，不得不忍气吞声地送甄倩倩。陆鹏已经被气糊涂了，他迷迷糊糊地跟随着甄倩倩出了医院，又浑浑噩噩地坐上了一辆出租车，鬼使神差地来到了甄倩倩租的小屋里。自从被三妮她们捉奸在床以后，这是陆鹏第一次回到这个小屋里。

甄倩倩窝了一肚子火，又口干舌燥，一进门就打开了一箱子啤酒。她随手打开一瓶，咕咚咕咚喝起来。陆鹏怒火中烧，又想借酒消愁，不由自主地随手拿过一瓶啤酒，咬开瓶盖，也咕噜咕噜地喝起来。

第八十四章　教授庆生　陆鹏杀人

甄倩倩满腔怒火，陆鹏怒火满腔，两个人谁也不搭理谁，都在默默地喝着闷酒。借酒消愁愁更愁，越是忧愁越喝酒。不知不觉，一箱啤酒就快要喝完了。

甄倩倩喝得晕晕乎乎，怒气冲冲地骂道："陆鹏，你这个无情无义的白眼狼，别他妈浪费老娘的啤酒！"

陆鹏喝得醉眼蒙眬，咬牙切齿地骂道："甄倩倩，你这个破鞋，你他妈要是再纠缠我，老子就杀了你！"

甄倩倩一听，腾地一下跳起来，指着陆鹏的鼻子破口大骂："陆鹏，就凭你这个熊样子，还想杀了老娘？老娘借给你几个胆，你也不敢动老娘一指头。我警告你，你要把老娘惹火了，我就像捏蚂蚁一样捏死你！"

陆鹏两眼冒火，恶狠狠地骂道："甄倩倩，不杀了你，老子就不得安宁！"

此时此刻，两个人都是一半清醒一半醉。他们俩怒气冲天，针尖对麦芒，越吵越凶。吵着吵着，两个人就动手打了起来。甄倩倩在陆鹏的胳膊上狠狠地咬了一口，陆鹏暴跳如雷，失去了理智，拿起一瓶啤酒，狠狠地向甄倩倩的头上砸去。顿时，甄倩倩的头上血流如注，倒在了血泊之中。

房东听到动静，急忙赶了过来，开门一看，大吃一惊，马上打电话报警。不一会，陆鹏被押上警车，甄倩倩被送到附近的海港医院。经过检查，医生宣布，甄倩倩已经死亡。

……

三妮和大家正在给刘一鸣过生日，突然听说陆鹏打死了甄倩倩，都惊得目瞪口呆。她马上和大家一起，打车来到了海港医院。

看着甄倩倩的遗体，三妮和大家心如刀绞。甄倩倩的爸爸妈妈暴跳如雷，对天发誓要杀了陆鹏全家人，为女儿报仇雪恨。一言一行，一举一动，都显示出大哥大和大姐大的威风和派头，令人不寒而栗。

安慰了一会甄倩倩的爸爸妈妈，三妮和大家一起，又打车来到海蓝医院，看望陆鹏的爸爸妈妈。

陆鹏的爸爸妈妈，听警察说陆鹏杀死了甄倩倩，已经被公安局抓了起来，当场就昏了过去。醒过来以后，他们俩哭得死去活来。宋一平看到三妮来到身边，急忙抱住三妮，又哭了起来。

三妮泪流满面，心疼地劝说道："阿姨，事情已经发生了，你想开点，保重自己的身体。"

"陆鹏这个畜生，伤天害理啊！我怎么生了这么个丢人现眼的败家子啊，我怎么培养教育出这么个大逆不道的败类啊，我是哪辈子丧过良心，遭到这样的报应啊！"宋一平一把鼻涕一把泪地哭着。

"阿姨，这件事也不能全怪罪陆鹏，你就不要再伤心了。"这种时候，三妮也不知道怎么样安慰她。

"杀人偿命,欠债还钱。陆鹏这个败家子,不但害了他自己,也把我坑苦了。将来我老了,走不动爬不动了,想喝口水都难啊。老天爷啊,我的命怎么这么苦啊!"宋一平捶胸顿足,泣不成声地说着。

三妮听了,心里发酸,动情地说:"阿姨、叔叔,你们俩不是想让我当干闺女吗?我现在已经考虑好了,愿意给你们俩当干闺女。我不贪图你们俩的地位,也不贪图你们俩的钱财。我和陆鹏虽然没有谈成对象,但是,我俩还是同学,我只想替他尽一点孝心。请你们俩放心,我一定像对待自己的亲爸爸妈妈那样,来对待你们俩。如果你们俩愿意,从现在开始,我就是你们俩的干闺女!"

宋一平泣不成声地说:"三妮,我和你叔叔,都很……愿意,一百个……愿意!过几天,我们就……举行一个认亲仪式。"

三妮激动地说:"没有必要搞什么认亲仪式。今天,我的老师和同学在场,都可以为我做证。从今以后,我有了爸爸妈妈,也多了一份责任和担当。"她说完,急忙跪在地上,给陆建和宋一平磕了一个头,叫了一声:"爸爸、妈妈!"

宋一平急忙下床,拉起三妮,哭喊着说:"三妮,我的好孩子,我的好女儿啊!"

陆建泪流满面,激动地说:"三妮,你是个好人,是个不贪图名誉地位和钱财的人。能认识你是缘分,能有你这样的干闺女,我三生有幸。现在,我可以放心了,等到我和老宋年老体弱、卧床不起的时候,你会照顾我们俩!"

……

第八十五章　谴责小云　寻找小丫

第八十五章　谴责小云　寻找小丫

　　那天夜里，海鲜楼第二分店，被犯罪分子放火焚烧，造成两名顾客、一名厨师和一名服务员被烧伤，厨房和附近的四个包间全部被烧毁。大妮认为，这一次酒店被烧和上一次餐馆被砸，都是庄小军指使手下人干的。不入虎穴，焉得虎子。大妮决定主动登门拜访，去会一会庄小军。

　　第二天，大妮吃过早饭，打了一辆出租车，来到了庄小军的公司。

　　庄小军开办的公司，从炒房地产开始，迅速发展起来。现在，他的旗下有一个房地产公司、两个游乐城、两个夜总会和一个歌舞厅，人员有三百多。除了经营房地产，主要从事娱乐、赌博、色情和敲诈勒索等活动。总公司坐落在观海的闹市区，是一栋十六层高的现代化大楼。

　　大妮一走进庄小军的办公大楼，除了有一种阴森森的感觉之外，也不由得眼前一亮。面前的大厅里，摆设和装潢用的都是皇宫里的格调，是那样的豪华和气派，用金碧辉煌来形容一点也不过分。

　　还没有等大妮回过神来，一位年轻漂亮、打扮时尚的小姐，热情地迎了上来。当大妮报完姓名和来意，这位小姐把大妮领进了会客室里。这位小姐先给大妮倒了一杯水，然后给庄小军办公室打电话。打完电话，这位小姐很客气地说："对不起，我们庄总很忙，没有时间亲自接待你。不过，他派他的秘书来接待你。你稍待片刻，庄总的秘书很快就到。"说完，这位小姐迈着不是很标准的猫步走了出去。

　　这是一间很大的会客室，装潢和摆设比大厅更高档豪华。坐在这里，大妮浮想联翩，让她感到有点不可思议的是，庄小军被开除学籍以后，在这么短的时间里，怎么一下子发了财，突然变成了暴发户呢？大妮不得不佩服庄小军聚敛钱财的本事和能力。

　　大妮坐在会客室里，左等右等，一直等了一个多小时，就是不见庄小军的秘书的踪影。刚才接待她的那位小姐，也躲得无影无踪了。大楼里虽然有很多房间，但她不方便到处走动。此时此刻，大妮心里很明白，她被庄小军晾了起来。

　　走也不是，不走也不是，大妮心烦意乱，坐立不安，左右为难。她一遍又一遍地看墙上的钟表,急得就好像热锅上的蚂蚁一般。已经等了整整两个小时,她忍无可忍了,打算打道回府。当她正要起身离去的时候,一个打扮怪异、袒胸露背的年轻女子,一扭一捏地走了进来。

这个年轻女子,打扮得也太另类和夸张了。彩色的头发,盘成了飞机头。长得有点过分的刘海,遮住了半边脸。一对吓人的熊猫眼上,架着一副又大又方的茶色眼镜。一张血红血红的嘴,看上去有点瘆人。超性感的红色的迷你裙,有点太暴露和短小精悍了。后面袒露着整个后背,前面一对波涛汹涌的大乳房摇摇欲坠,下面又大又圆的臀部和两条白晃晃的长腿,几乎毫无遮掩地暴露在光天化日之下……

这个盛气凌人的年轻女子,一言不发,看都不看大妮一眼,昂首挺胸、趾高气扬地坐在大妮对面的沙发上。她跷着二郎腿,旁若无人地慢慢地吐着烟圈……

看着眼前的这个年轻女子,大妮感到有点不可思议。我的天啊,办公楼里虽然温暖,但窗子外面毕竟是天寒地冻、冰天雪地,怎么能穿得这么单薄啊?办公楼里虽然不是人来人往的大街上,但毕竟是公共场所,怎么能穿得这么暴露啊?

大妮很疑惑,看了半天,忍不住问道:"你是……"

年轻女子旁若无人地吐着烟圈,漫不经心地甩出几个字:"什么事啊?"

大妮连忙说:"我想找一下庄总,有点事想请他……"

年轻女子打断大妮的话,很不耐烦地说:"庄老板日理万机,哪有闲工夫见你呀,你是什么人啊?"

大妮压了压心中不断上升的火气,说:"我和庄老板是熟人,我与他……"

年轻女子很蛮横地再次打断大妮的话,骂骂咧咧地说:"什么狗屁熟人啊!这年月,是个人就想攀龙附凤,太不自量力了!"

虽然这个年轻女子化了浓妆,又打扮得这样怪异和不伦不类,但是,从她一进门开始,从她的一举一动之中,大妮就感到有点面熟。刚才听她说了几句话,更是感到有点耳熟。这个人是谁啊?好像在哪里见过她,但一时又想不起来。大妮感到有点困惑不解,她再一次仔仔细细地端详起这个年轻女子来。

年轻女子被大妮看得很不自在,气呼呼地骂道:"看什么看,又不是第一次见面。有眼无珠,有眼不识泰山!"

大妮听了,顿时一愣,不由得脱口而出:"你……是小云啊?"

何小云气急败坏地使劲甩了甩手,很不耐烦地说:"真讨厌,什么小云啊,'小云'这两个字,是你能随便叫的吗?给我竖起耳朵听好了,我现在是庄小军老板的秘书,再过几天就是庄小军先生的夫人!嘿嘿……哈哈……大妮,你做梦也没有想到吧?"

大妮听了,有些吃惊。坐在对面的这个年轻女子,再过几天能不能成为庄小军先生的夫人,大妮不好断定。但是,她确确实实是何小云。何小云离开大

第八十五章　谴责小云　寻找小丫

妮以后，经过两年多的修炼，她眼睛里流露出来的那种放荡不羁、阴险毒辣、桀骜不驯的目光，变得更加恐怖可怕了。她的外貌和言谈举止，更是发生了天翻地覆的变化，变得让大妮都不敢相信了。

何小云很放荡，曾经是寇哥的情妇，庄小军知道得一清二楚，他们俩怎么勾结搅和在一起了呢？刚刚认出何小云的时候，大妮对这个问题有点想不通。但是，她马上就想明白了，这就是人们常常说的：物以类聚，人以群分；王八看绿豆，对上了眼。

何小云看到大妮不言不语，两只愤怒的眼睛一动不动地盯着自己看，心里开始一阵阵发虚。她稳定了一下情绪，又装模作样、慢悠悠地吐了几个烟圈，然后使劲甩了甩头，恶狠狠地说："大妮，你有话快说，有屁快放，姑奶奶没有闲工夫陪着你瞪眼！"

看着何小云这一副小人得志、狗仗人势的德行，看着何小云这一身令人别扭和反感的打扮，大妮心中的火苗子蹭蹭地往上蹿。大妮恶心得想呕吐，她感到再待下去，自己就会崩溃。她恨不得马上离开这个可恶的地方，马上离开这个令人讨厌又可怕的女人。

正当大妮起身要走的时候，何小云又恶狠狠地甩过来一句："大妮，你是不是吃饱了撑得，闲着没事到处乱跑，来这里瞎溜达啊？"

大妮听了，顿时一愣。她心里想，自己现在面临着一个很棘手很难办的问题，万般无奈，才铤而走险，下决心来找庄小军。既然已经来了，就不能半途而废，不了了之。必须控制住自己的情绪，摸一摸庄小军和何小云的底牌，看一看他们俩葫芦里卖的是什么药。想到这里，大妮又使劲压了压心中的火苗子，重新坐了下来。

为了对付庄小军，大妮昨天晚上想了整整一夜。哪一句话怎么说，哪一个词怎么用，她全都想好了。她没有想到，刚才被何小云这么一搅和，满肚子里都是怒火，脑子里一片空白，不知道说什么好。

"我开的饭店，一个被砸了，一个被烧了，想请庄老板帮帮忙！"大妮冷静了一下，直来直去地说。

何小云吐着烟圈，爱答不理、漫不经心地说："这屁事啊，庄老板早就知道了。"愣了会，她又不屑一顾地说："真他妈烦人，这么一点点芝麻小事，你出点钱摆平不就得了吗？还用得着麻烦庄老板吗？还用得着你跑到这里来磨磨叽叽吗？"

大妮没有想到何小云毫不避讳，明目张胆地进行讹诈，马上说道："我是小本生意，没有那么多钱。我想请庄老板出面，跟那些人打个招呼，让他们网开一面，别再为难我。当然，我会对庄老板感激不尽。"

"哈哈，你开什么玩笑啊，是不是想骗小孩子啊？谁不知道啊，你现在是拥有七家饭店的大老板,腰缠万贯,财大气粗,富得流油。就那么一点点小钱,对你来说,是九牛一毛。庄老板正忙着赚钱,日理万机,哪里有闲工夫管你这些破事啊!哈哈……嘿嘿……真他妈傻帽!"何小云放肆地嘲弄着大妮,阴阳怪气地大笑着。

"我现在刚刚起步,手头有点紧,请庄老板跟那些人打个招呼,能不能让他们少要一点啊?"大妮忍了再忍,又直截了当地问道。

"墙上挂帘子——没门,一分钱也不能少!已经便宜你了,你他妈还啰啰唆唆,不识抬举,给脸不要脸!"何小云越来越放肆,骂骂咧咧。

已经说到这个份上了,大妮不想再拐弯抹角兜圈子了,她直捣黄龙,问道:"何小云,我问你,砸我的店和烧我的店的那些人,是不是庄老板手下的人啊?"

何小云一愣,马上恶狠狠地说:"大妮,你信口雌黄,有证据吗?如果你没有证据,空口无凭,犯的是诽谤罪。我会告上法庭,让你吃不了兜着走!"

大妮紧追不舍,接着问:"何小云,照你这么说,庄老板与这些人没有一点关系?"

何小云又是一愣,猛吸了几口烟,吐了几个烟圈,阴笑着说:"哈哈,大妮,你别再揣着明白装糊涂了。打开窗户说亮话吧,这个年月,在社会上混,手下没有一帮打打杀杀的小兄弟,能吃得开吗?大妮,你别装疯卖傻了,破财免灾,你他妈应该懂得!哈哈……"

发生砸店和烧店这两起案件以后,大妮一直怀疑是庄小军指使人干的。现在,她的怀疑终于被证实了。她没有想到的是,何小云不打自招,是这么嚣张和猖狂,敲诈和威胁又是这么赤裸裸和明目张胆。此时此刻,她还是强压着满腔怒火,说道:"小云,我以前待你不薄,你应该讲点良心!"

何小云不以为然,冷笑着说:"哼哼……嘿嘿……良心是他妈什么东西啊?多少钱一斤呀?"

大妮心中的怒火,再也压抑不住了。她大发雷霆,使劲拍着桌子,咬牙切齿地说:"何小云,你们欺人太甚,我不会给你们一分钱!"

何小云阴笑着,恶狠狠地威胁道:"嘿嘿……大妮,我警告你,你如果不照单出钱,你就会整天鸡犬不宁、提心吊胆!哈哈……那样的日子不好过啊!"

大妮怒不可遏,愤怒地回敬了一句话:"何小云,我也警告你,法网恢恢,疏而不漏,善有善报,恶有恶报,你们好自为之吧!"说完,她怒气冲冲地站起来,愤怒地瞪了何小云一眼,头也不回地扬长而去。

大妮被气迷糊了,她已经记不清楚是怎么样回到家里的。一进门,她一头扑在床上,哭了起来。

安磊、安东方和姜春娟面面相觑,不知道怎么办好。

姜春娟抱着大妮,心痛地说:"大妮,孩子,你怎么了?发生什么事了?孩子,

第八十五章　谴责小云　寻找小丫

你跟妈说说啊！"

大妮哭了很长时间，然后坐了起来，泣不成声地说："妈、爸，我……遇到了何小云。她……和庄小军在一起，成了庄小军的秘书。他们丧心病狂，明目张胆地敲诈我们，威胁我们，欺负我们，要我们家的钱！"

听了大妮的哭诉，姜春娟说："大妮啊，孩子啊，你别哭了，妈心里不好受！我们家现在不缺钱，他们要多少，就给他们多少！"

大妮听了，马上清醒了几分，急忙说："妈，不能给他们钱！庄小军和何小云都是豺狼，张着个血盆大口，永远喂不饱，是填不满的无底洞。"

大妮喝了几口水，冷静了下来，一五一十地详细讲述了她和何小云见面谈话的经过。

听完大妮的讲述，安东方若有所思，他静静地坐在沙发上吸烟，沉默了很长时间，忧心忡忡地说："现在看来，庄小军和何小云是铁了心要与我们过不去。他们这样做，也太嚣张太疯狂了，根本不把法律当回事，更不把我们放在眼里。如果他们没完没了地纠缠我们，我们想甩也甩不掉，想躲也躲不开。难道我们只能束手无策，坐以待毙吗？"

安磊果断地说："爸，对付他们这样的人，来软的没有用，只能针锋相对。"

安东方又深思了半天，问道："安磊，乔勇怎么说啊？公安部门什么时间能破案啊？"

安磊回答："乔勇告诉我，庄小军可能在政府机关和公安部门都有保护伞。要想把他抓起来，现在还不是时候。不过，乔勇已经向上级有关部门进行了汇报。上级有关部门也已经着手调查庄小军的问题。"

姜春娟愤怒地说："难道就没有王法了吗？让庄小军这一伙人横行霸道，明目张胆地欺负我们家？"

大妮擦干眼泪，坚定地说："爸、妈，我反复想过了。在政府没有对庄小军一伙人采取抓捕行动以前，我们只能与他们硬碰硬，针锋相对地斗下去。"

安东方沉思了半天，点点头说："庄小军欺人太甚，逼着我们上梁山。自古华山一条路，狭路相逢勇者胜。我们既不能怕他，也要格外小心谨慎，免得再吃亏上当。安磊，你再跟乔勇打电话，把大妮见何小云的情况以及我们的想法，详细告诉他，请求公安部门马上采取一切必要措施，争取尽快破案。"

……

在整个正月里，观海市的民间节日盛会，一个接着一个。先是正月初一过大年，然后是正月初六的萝卜会。萝卜会刚刚结束，正月十五的元宵节又开始了。当人们喜气洋洋、高高兴兴地闹完元宵，紧跟着又是正月十九的糖球会。真可谓好戏连台，人们几乎天天享受高品位的节日盛宴。

在萝卜会上，大妮赚了个盆满钵满。现在，糖球会就要开始了，她岂能放

过挣钱的机会。有了上次参加萝卜会的经验，这一次参加糖球会，大妮做得更加出色，生意更加火爆。她在糖球会小吃街上搭起了七个帐篷，除了增加特色小吃的品种以外，在温馨服务上狠下功夫。前来品尝特色小吃的人们，每天都是摩肩接踵。

自从发生了庄小军和何小云敲诈钱财的事件以后，大妮和安磊一家人一举一动都格外小心，不给庄小军和何小云可乘之机，以免他们钻空子。

糖球会开幕以来，安小丫每天都哭闹着要去看糖球会。大家考虑到安全问题，决定不带她去看。安小丫活泼好动，好奇心特别强，越是不让她去，她越是非去不可，哭闹起来就没完没了。实在拿她没有办法，全家人一商量，决定带着她去看糖球会。

第二天正好是个星期天，中午，大妮、安磊、安东方和姜春娟带着安小丫和童月，兴高采烈地来到了糖球会现场。

观海市的糖球会，持续一周时间，规模比萝卜会还要大，吸引了国内外一百多万游客和商人前来参加。糖球会主会场在老码头，辐射到了周边很多街道、广场和花园。摊位三千多个，其中糖球摊点就有四百多个。

大妮他们来到糖球会广场上，兴致勃勃地观看着各种文娱节目。戏曲表演，有赏心悦目的京剧、豫剧、黄梅戏。民间艺术表演，有精彩绝伦的杂技、相声、踩高跷、跑旱船、舞狮子。民间工艺精品展览，有令人赞叹不已的黄河流域民间艺术展、湖南民间艺术展、民间版画展、民间彩塑展。

观看完文娱节目，大妮他们来到了糖球会小商品街上。这里，各种小日用品、玩具、奇石、根雕、书画、花草鱼虫、旅游纪念品，林林总总，看得眼花缭乱。

最吸引大妮他们的还是糖球。广场上、大街上、公园里，各种各样的糖球，琳琅满目，红红火火，十分好看。各地送来的参加糖球艺术大赛的作品，摆放在主会场的中央。有三米多高的中国龙、两米多高的中国结，还有龙争虎斗、凤凰展翅、百鸟争鸣、百花争艳、大熊猫。全国著名的糖球名家云集在这里，推出的糖球品种五花八门、形形色色、数不胜数。有北京的京都胖子、邯郸的李老太太、江苏的甜蜜蜜，还有本地的高家芝麻糖葫芦、梁家嘎嘣脆、赖家甜掉牙、刘家花样糖球串。制作糖球的原材料，更是多种多样，有山楂、甜枣、胡萝卜，还有山药、黄瓜、圣女果。

大妮他们拿着自己喜欢的糖球，一边品尝，一边游玩。当他们来到糖球皇后比赛和抽奖现场时，在安磊的旁边，有人突然点燃了爆竹。随着那噼里啪啦、震耳欲聋声音，水泄不通的人群顿时就好像炸开了锅。你挤我，我推你，人群中瞬间就乱成了一锅粥。一睁眼功夫，大妮他们全都被挤散了。

安磊紧紧地把安小丫抱在怀里，随着拥挤不堪的人群向外挪动。这时候，几个身高马大的男青年紧紧地把他包围在了中间。他们突然把安磊推倒在地，

第八十五章 谴责小云 寻找小丫

又狠狠地向他头上踢了几脚。安磊头晕眼花，昏了过去。

当安磊苏醒过来，睁开眼睛一看，人群已经散去，大妮、安东方和姜春娟围着他，大声喊叫着他。

安磊急忙摸了摸怀里，没有了安小丫，马上大声喊叫起来："小丫哪？我怀里的小丫哪？小丫……不好了，小丫没有了，小丫肯定被他们抢走了！大妮，快……赶快报警，赶快去找小丫！"

大妮他们听了，恍然大悟，大声呼喊着，四处寻安找安小丫。广场上，公园里，大街上，能找的地方全都找遍了，没有安小丫的踪影。

接到报案以后，警方马上封锁了糖球会现场周边的道路，对过往行人和车辆进行严格盘查，还是没有发现安小丫的踪影。

这天夜里，突然刮起了北风，天上飘起了雪花。到了下半夜，风越刮越大，雪也越下越大，渐渐地变成了狂风暴雪。地上白了，天空也被铺天盖地的鹅毛大雪笼罩了起来。本来严寒已经慢慢地离开了观海，春天的生机和气息也悄悄地回到了大地上。人们谁也没有想到，就在这一夜之间，又重新回到了天寒地冻、冰天雪地的日子。

这一夜，大妮、安磊、安东方及他们的亲朋好友兵分多路，顶着狂风暴雪，四处寻找安小丫。姜春娟抱着童月，守在家里，她心焦如焚，坐立不安，不停地给车站、码头、饭店、宾馆打电话，一遍又一遍地打听安小丫的下落。

天亮了，暴风雪变得越来越狂躁了。大妮和出去寻找安小丫的各路人马，陆陆续续回来了。他们把应该找和能够找的地方都仔仔细细地寻找了一遍，既没有发现安小丫的踪影，也没有找到有用的线索。

"那几个人竟敢在光天化日、众目睽睽之下，明目张胆的抢走小丫，如此胆大妄为，无法无天，他们是些什么人啊，难道吃了豹子胆啦？"姜春娟哭泣着问。

大妮愤怒地说："很可能又是庄小军和何小云一伙人干的！他们先是砸我们的店，以后又烧我们的店，何小云又当面明目张胆地威胁恐吓我，想敲诈我们的钱，我们不买他们的账，他们恼羞成怒，狗急跳墙，就绑架了小丫！"

"对我们下这样的毒手，只有庄小军和何小云一伙人能干得出来！"安磊气愤地说。

"怎么办呀……你们快想想办法呀……怎么办呀？"姜春娟火急火燎，不停地追问。

安东方摇了摇头，唉声叹气地说："这件事，很难办！"

姜春娟听了，痛不欲生，一屁股坐在地上，喊叫着安小丫的名字，号啕大哭起来。

……

第八十六章　水到渠成　除夕订婚

经过一个多月的精心治疗，二妮基本痊愈了。现在，她从灾难和痛苦的深渊之中终于挣扎了出来，踏上了新的征程，开始了新的生活。她有一种凤凰涅槃、浴火重生的感觉。

一个星期天的傍晚，二妮在 Q 城公园旁边的华人餐馆里举行宴会，答谢齐中华一家人和小红。

夜幕降临，华灯初放，一轮皎洁的明月好像少女的脸蛋，羞答答地从东方露了出来。清爽的空气中，送来了一阵子凉意，还夹杂着几分温馨。餐馆背后的小山上，苍松翠柏之中，有几栋新颖别致的建筑，仿佛晶莹剔透的宫殿，光彩绚丽。餐馆左边的 Q 城公园里，闪烁着五颜六色的灯光，飘荡出一曲曲天籁之音。餐馆脚下的海水浴场里，灯火通明，人头攒动。远处的海面上，霓虹灯闪烁的游艇往来穿梭，与岸上的景物交相辉映。餐馆仿佛漂浮在灯火通明、流光溢彩的海洋里，前来就餐的人们，都陶醉在了这迷人的夜色之中。

大家入席后，二妮激动地说："今天在座的各位，都是我和鸣鸣的救命恩人。在我和鸣鸣最困难、最危险的时候，你们不顾自己的安危，冒着生命危险挽救我们俩。齐盛哥和小红妹妹，为了救鸣鸣，差一点丢掉自己的性命。为了给我治病，你们花了那么多钱，每天无微不至地陪伴、照顾着我。没有你们挺身而出，出手相救，没有你们慷慨解囊，精心照顾，就没有我和鸣鸣的今天。你们的大恩大德，没有办法用金钱来衡量，我和鸣鸣一辈子也报答不完。今后，不论到什么时候，也不论走到什么地方，我会永远铭记，在异国他乡的 Q 城，我遇到了不是亲人胜似亲人的齐大爷一家人和小红妹妹。我……"她激动得泪流满面，再也说不下去了。

齐中华马上说："二妮啊，我们所做的，是每一个有良知的人都会做的，你不要老是感到过意不去。"稍停片刻，他深有感触地说："大千世界，人海茫茫，我们能相遇相知、相亲相爱，这是一种缘分。在今后的日子里，我们要倍加珍惜和精心呵护这份来之不易的缘分。"

第八十六章 水到渠成 除夕订婚

齐霞说:"二妮啊,你能躲过这次飞来横祸,是你命不该绝。大难不死必有后福。从今以后,你肯定会红运当头,好事连连,美满幸福。"

二妮擦了擦眼泪,哽咽着说:"我从内心里感激你们,我真诚地说一声谢谢你们!"她深深地给大家鞠了一躬,然后端起酒杯说:"为了表达我的谢意,我诚心诚意敬你们一杯酒!"说完,她和大家举杯,共同干了。

回首往事,二妮浮想联翩,激动地说:"一个人如果与黑社会沾上边,前面就是死路一条,就是万丈深渊。我和常健一直想与黑社会划清界限,常健为此搭上了生命,我落到了这个地步,教训十分深刻,我会永远铭记在心。"

齐中华语重心长地说:"这是常健用鲜血和生命换来的教训,我们每一个活着的人,都应该引以为戒!"

今天,大家都很高兴,气氛很热烈,时间不长,就喝了二十多瓶啤酒。

酒过数巡,齐中华满面红光,乐呵呵地问道:"二妮啊,你今后有什么打算啊?"

二妮急忙回答:"齐大爷,我正想跟你们商量这事呢。现在,我的病已经好了,我打算尽快回到观海去。"

齐盛高兴地说:"二妮啊,姓龙的已经死了,他在Q城的同伙也都被绳之以法了,今后,再也没有人找你的麻烦了,你能不能不回观海,留在这里工作啊?"

二妮马上回答:"我一直打算回到观海去,因为那里有我的姐姐和妹妹,还有我的家。再说,我在这里人生地不熟,只能给你们添更多的麻烦。"

齐盛笑嘻嘻地说:"二妮,你是一个难得的人才。说实话,我很想把你留下来,因为这里需要你。不过,人各有志,我会尊重你的选择。"

二妮激动地说:"齐盛哥,谢谢你的好意!现在,我决定正式参加泰中影视交流协会。回国以后,我先把小红送回家。然后,我去常健的老家,把他的骨灰盒埋葬在他爸爸、妈妈的坟墓旁边。回到观海以后,我会兢兢业业,高标准高质量地做好协会交办的各项工作。另外,我还要租用泰中影视交流基地的空余房子,在观海开办一个少儿艺术学校,教孩子们唱歌跳舞。"

齐盛高兴地说:"太好了,一言为定!"

小红急忙说:"姐,我回家看看我的妈妈,就跟着你走。我打算一辈子跟着你,永远不分离。"

二妮高兴地说:"小红,我完全同意,我会像对待亲妹妹一样对待你。你可以在我开办的学校里继续学习唱歌,继续学习文化知识。"

齐霞说:"二妮啊,我是医生,必须实话实说。你不能马上回国,因为你还没有完全康复,还需要恢复巩固一段时间,免得病情复发。"

齐强说:"二妮,姓龙的案子很复杂,涉及很多人,还涉及几个国家和地区,全部结案还需要一定的时间。你回国的事，还要再等一段时间，我希望你能理解和配合。"

二妮马上回答："齐霞姐、齐强哥，你们都是为我好，我听从你们的安排。"稍停片刻，她又接着说道："我这个人闲不住，在回国之前，我要找点事干。再说，我不能坐吃山空，光给你们添麻烦。"

齐霞微笑着说："多活动，多运动，适当参加一些力所能及的工作，对你完全康复有好处，我支持你。"

齐盛问道："二妮，我想请你帮个忙，不知你是否同意。"

二妮笑盈盈地回答："齐盛哥，从今以后，我已经是你的一名员工了，你已经是我的老板了，你有什么事，就直接给我下达指示，还客气什么呀。只要我能做到的，我肯定会尽最大努力去完成。"

齐盛说："Q城华语学校的校长，是我的好朋友，他多次找到我，让我给他找一名华语音乐老师，每个星期教五节音乐课，很轻松。我感觉，这个工作很适合你，不知道你是否同意。另外，我有几部影视作品，想请你配插曲。"

二妮爽快地说："齐盛哥，我同意去教音乐课，我也同意给影视作品配插曲。不过，我水平太低，担心胜任不了。"

齐盛乐呵呵地说："二妮，我是知人善任，保证你能胜任。如果你愿意，我就带领着你去面试。"

二妮高兴地回答："一言为定。"

齐中华沉思了一会，笑呵呵地说："时间过得真快啊，一转眼半年多就过去了，再过五个月，就要过春节了。二妮啊，我建议，你就在这里过春节吧，等过完春节以后，我让齐盛陪着你回国。原因有三个：一是你的身体还没有完全康复，需要恢复巩固；二是姓龙的案子还没有了结，还需要你配合；三是我们都舍不得和你分开，希望你和我的全家人一块过个热热闹闹、团团圆圆的春节。这样的安排，不知道你是否同意。"

二妮高兴地说："齐大爷，我完全同意！"

齐中华喜出望外，高兴地说："我们大家共同干杯，祝愿二妮早日完全康复，祝愿二妮面试马到成功！"

齐霞喝着啤酒，说："二妮，我们已经很长时间没有听你唱歌了，你给我们唱首歌吧。"她的话音未落，大家都热烈欢迎。

二妮今天晚上特别高兴，她先唱了一首《谢谢你》，又唱了一首《相逢是首歌》，然后又唱了一首《月亮代表我的心》。她激动得热泪盈眶，唱得动人心弦，荡人肺腑。大家听得心潮起伏，热血沸腾。

二妮那优美动听、感人肺腑的歌声，打动了餐馆里的每一个人，人们不约而同地围了过来。二妮的包间内外，被围过来听歌的人们挤得水泄不通。

第八十六章　水到渠成　除夕订婚

……

　　Q城的华语学校，位于Q城最繁华的地段，有五个班，学生都是少儿，大多数是华人华侨的孩子。原来的华语音乐老师，是一位六十多岁的老太太，身体常年有病，无法授课。因为找不到合适的华语音乐老师，学校已经半年多没有上华语音乐课了。

　　这天下午，齐盛带领二妮来到学校，进行面试。校长把二妮领进教室，让她现场给同学们教唱一首歌曲。这么年轻漂亮的老师站在讲台上，同学们眼前为之一亮，课堂上的气氛一下子就活跃起来。二妮先简单自我介绍，然后教唱的是《在希望的田野上》。她那优美动听的歌声，循序渐进的教学方法，诲人不倦的敬业精神，征服和打动了在场的每一个人，赢得了一阵阵掌声和喝彩声。

　　在Q城的华人中，二妮的名字几乎是家喻户晓，华语学校的校长自然早有耳闻。今日一见，又观摩了二妮教的这一堂别开生面的音乐课，果然名不虚传。他决定高薪聘请二妮，马上与二妮签订了合同。

　　从学校出来，天已经黑了。二妮和齐盛来到了观光塔上的旋转餐厅里，一块吃晚饭。这个观光塔三十六层高，旋转餐厅在最顶端，就好像是一个漂亮的大飞碟。

　　二妮和齐盛找了个安静的小单间，点了两份快餐，又点了几个精致的小凉菜，然后慢慢地品尝观海啤酒。

　　空中，高高地悬挂着一轮圆圆的明月，无数个亮晶晶的星星，不停地眨巴着眼睛。一阵阵温柔的海风扑面而来，送来了一丝丝清爽和芬芳，也飘荡来温馨悦耳的歌声。脚下，万家灯火，星星点点，五彩缤纷，仿佛是一眼望不到边的灯的海洋。远处的大海上，不时传来清脆悦耳的汽笛声音。

　　二妮旗开得胜，马到成功，心情特别爽。她端起酒杯，高兴地说："齐盛哥，谢谢你给我找了个好工作，我敬你一杯酒。"说完，两个人碰杯干了。

　　齐盛品尝着啤酒，仔细端详着二妮，笑盈盈地说："太可惜了，这份工作，你只能干五个月。"

　　"齐盛哥，说心里话，我很喜欢这个学校，很喜欢这些孩子们，也很想留在这里教课。"

　　"二妮，太好了，你就留在这里吧！"

　　"不行，我不能留在这里。我考虑再三，还是要回到观海去，开办我自己的学校。"

　　"二妮，我舍不得让你走，舍不得和你分开。"

　　"齐盛哥，观海有你的影视交流基地，你肯定会经常在那里工作。今后，我们俩不仅能经常见面，还能经常在一起工作，这怎么算是分开啊？"

　　"二妮，你是一个十分难得的人才，也是一个十分难得的好女孩。能遇上你，我感到十分欣慰，十分荣幸。我……"

"齐盛哥，你打住吧。你今天怎么老是吹捧我呀？弄得我很不好意思。告诉你，我是一个平平凡凡的小女子，在观海叫普普通通的打工妹，没有你说得那么好。"

"二妮，我不是吹捧你，我是实话实说，很多人都这样评价你。华语学校的校长很敬佩你，过几天他要请你吃饭，让我作陪。"

"我还没有走马上任，无功不受禄，实不敢当！"

齐盛眼睛直勾勾地盯着二妮看，看得二妮不好意思起来，她羞红着脸问道："齐盛哥，你今天为什么老是看我呀？"

齐盛马上回过神来，不好意思地说："二妮，你真漂亮，就好像仙女一样。我……"

二妮急忙打断他的话，说："齐盛哥，你不要拿我开玩笑好不好啊？"

齐盛犹豫了半天，羞红着脸，吞吞吐吐地说："二妮，我想求你一件事，但是……又怕……"

看到齐盛欲言又止的样子，二妮急忙说："齐盛哥，我们都是爽快人，只要我能做到的，你就尽管说。"

齐盛支支吾吾了半天，羞答答地说："二妮，我说出来，你……不能生气。"

二妮笑盈盈地说："齐盛哥，你搞得神经兮兮的，到底是什么事啊？你痛快点好不好啊？"

齐盛又忸怩了半天，终于鼓起勇气说："二妮，我们俩不是外人，又都是结过婚的人，说话应该直来直去。我……已经爱上你了，我……求你嫁给我！"

二妮听了，先是一愣，又马上笑吟吟地说："齐盛哥，你今天是不是真的喝醉了？怎么老是拿我开玩笑呀？"

齐盛急忙解释道："二妮，我不是开玩笑。这件事，我已经考虑了很长时间。因为怕你拒绝，我一直不敢告诉你。"

二妮想了想，还是不敢相信这是真的，急忙问："齐盛哥，你说的话，是真的吗？"

齐盛郑重其事地说："二妮，我不会拿这样的事开玩笑，我现在正式向你求婚！"

二妮顿时愣住了，她低着头沉思了很长时间，然后抬起头来，十分果断地说："齐盛哥，我不能嫁给你！"

"为什么？"

"齐盛哥，你诚实善良，人品好，又年轻帅气，英俊潇洒，还事业有成，是个大老板和知名人物。我是从穷山沟里逃出来的打工妹，要文化没文化，要金钱没金钱，要地位没地位，现在连个家都没有，还带着一个孩子。你的条件

第八十六章　水到渠成　除夕订婚

太好了，我的条件太差了，我配不上你。你和你的家人，是我和鸣鸣的救命恩人，我应该知恩图报，想方设法报答你们，而不应该连累你们。所以，我……"

齐盛打断二妮的话，急忙说："二妮，你别说了，你说的这些我都知道，我也反复考虑过了。我爱上你，是因为你人品好，年轻漂亮，聪明伶俐，是个难得的人才。我要是能娶到你这样的妻子，是我三生有幸，修来的福气。"

二妮沉思了半天，迷惑不解地问道："齐盛哥，你条件那么好，有那么多年轻漂亮的好女孩子，你为什么不去找啊？你为什么非要找我这个结过婚带着孩子的女人？你难道就不怕家人和亲朋好友鄙视嘲笑你吗？"

齐盛激动地说："二妮，在我的心里，你是世界上最好的女孩子。我不在乎什么条件，也不在乎你的过去，更不在乎别人会怎么说。我喜欢的是现在的你，我已经深深地爱上了你。只要你不讨厌和反感我，我就会一直追求你，直到你同意嫁给我。"稍停片刻，他又微笑着说："二妮，这件事，我已经与全家人都商量过了，也征求了亲朋好友们的意见，他们都支持我做出的这个决定。"

二妮顿时一愣，忙问："什么？他们都支持你？"

齐盛笑吟吟地回答："对啊，我的全家人和亲朋好友，都支持我娶你为妻！"

"啊，怎么会是这样啊？"这事来得太突然了，二妮一点思想准备也没有，不知道说什么好。她又考虑了半天，然后摇着头说："齐盛哥，我们俩的条件相差太大了，我不能答应你。再说，常健去世不久，我满脑子装的都是他。我没有想过再嫁人，更没有想过嫁给你！"

齐盛满怀信心地说："二妮，你可以慢慢地去考虑，我会耐心等着你！"

……

齐盛在Q城的泰中影视交流基地，位于山坡上，前面就是浩瀚无垠的大海。这是一栋九层高的现代化大楼，里面的软硬件设备都是一流的。泰中两国影视作品的翻译、制作和交流，都在这里进行。

这天中午，二妮在影视基地录制完电影插曲，和齐盛一起来到海边，在沙滩上散步。

"二妮，我向你求婚的事，你最近考虑得怎么样了？"

"齐盛哥，最近这一段时间，我翻来覆去考虑这件事。考虑来考虑去，我还是不能答应你。"

"难道你真的不喜欢我？"

"你是个好人，也是我和鸣鸣的恩人，我很感激你，也很喜欢你。但是，我配不上你。所以，我不能嫁给你。"

"二妮，你怎么又老调重弹呀？我再重复一遍，我不管什么配得上配不上。我已经爱上了你，我满脑子里都是你，我求求你嫁给我！"

"人言可畏啊，别人会说我高攀，说你低就。"

"二妮，我已经跟你说过了，我走自己的路，不在乎别人说什么，我希望你也这样做。"

"韶华易逝，容颜易老。等到我青春不再、人老珠黄的时候，你会不会后悔啊？你会不会不再爱我啊？"

"二妮，我比你大五岁，等到你人老珠黄的时候，我早就老态龙钟了。请你相信我，我是个重情重义、感情专一的人。我不会干那些喜新厌旧、朝三暮四、拈花惹草的事。我会永远珍惜你，我要牵着你的手走一辈子。"

"如果我与你结婚以后，再有了孩子，你会永远爱我的女儿鸣鸣吗？"

"我喜欢鸣鸣，我会把鸣鸣当成亲生女儿，永远爱着她，让她永远幸福快乐。"

"常健去世不久，我不想这么快就嫁人。"

"常健大哥的在天之灵，肯定会希望你尽快走出阴影，组建一个新的家庭，开始新的生活。"

"齐盛哥，这件事来得有点太突然，我还没有做好再嫁人的思想准备，你还是让我再慢慢考虑考虑吧。"

"二妮，这件事不着急，你可以慢慢考虑，我会一直等到你嫁给我！"

……

这几个月，二妮除了忙着到华语学校教音乐课，定期到影视基地为影视作品配插曲，空闲的时候，她一直在反复考虑齐盛求婚的事。考虑来考虑去，她还是左右为难，拿不定主意。

答应齐盛的求婚吧，二妮下不了这个决心。她认为，自己的条件太差，和齐盛不在一个档次上，根本就配不上齐盛。如果嫁给齐盛，会连累齐盛一辈子，她自己也会愧疚一辈子。

拒绝齐盛的求婚吧，二妮也下不了这个决心。她认为，能嫁给齐盛这么好的男人，是自己求之不得的事。如果拒之门外，失去这个机会，今后打着灯笼也没处找。

这天晚上，已经是深夜了，二妮躺在床上，翻来覆去睡不着。她满脑子都是齐盛求婚的事，挥之不去。她越想越心烦意乱，不知不觉就迷迷糊糊地睡着了。梦中，常健来到了她的身边。她扑到常健怀里，号啕大哭。

"老公，我一个人很孤单，我想你。"

"老婆，为了你和鸣鸣的幸福，你应该尽快找一个爱你的人，成立新的家庭，开始新的生活。"

"老公，我没有办法忘记你，我想永远和你在一起。"

"老婆，我不可能再回到你的身边了，你要尽快把我忘掉，去找一个爱你的人。老婆，祝你和鸣鸣永远幸福快乐，再见！"说完，常健一把推开二妮，头也不回地走了。

第八十六章　水到渠成　除夕订婚

二妮一惊，醒了过来。她睁开眼睛一看，才凌晨一点多钟。她想再睡一会，却怎么也闭不上眼睛。

……

转眼之间，春节到了。除夕之夜，齐中华家张灯结彩，欢声笑语。他的全家人和二妮、小红、鸣鸣，济济一堂，喜笑颜开。大家在院子里尽情地燃放烟花爆竹，观赏夜空中那一朵朵竞相绽放、五彩缤纷的烟花。回到客厅里，大家围坐在一起，品尝美酒佳肴和各种点心水果，观看华语电视节目。大家欢天喜地，互相赠送礼品，互相敬酒，互致祝福，其乐融融，兴高采烈地迎接新年的到来。

齐霞喝着美酒，笑眯眯地问："二妮，你春节以后就要回国了。我二哥向你求婚的事，你考虑得怎么样了？"

二妮羞答答地说："齐霞姐，你们全家都是好人，又是我和鸣鸣的恩人，能嫁到你们家，是我的福气，我求之不得。但是，齐盛哥的个人条件和家庭条件太好了，我的条件太差了。我配不上他，更不能连累他。所以，我不能答应他的求婚。"

齐强听了，哈哈大笑着说："什么条件不条件啊，我看你们俩很合适。"

齐霞说："路遥知马力，日久见人心。你们俩心心相印，情投意合，如果结为夫妻，真可谓良缘绝配。我很想给你们俩当红娘，不知道你们俩同意不同意。"

齐盛大声说道："我完全同意！"

二妮羞得满面通红，扭扭捏捏地说不出话来："齐霞姐，你……"

齐中华满面笑容，高兴地说："二妮啊，我们全家人早就商量过了，都同意你和齐盛的婚事。常言道，旁观者清，当局者迷。我是一碗水端平，不偏不向。我感到你们俩很般配，有夫妻的缘分。你们俩喜结连理，是天作地和，水到渠成。如果你们俩没有意见，可以先把婚事定下来，至于什么时间举行婚礼，你们俩可以慢慢商量。"

小红兴高采烈地说："姐，齐盛哥是个好人，你应该同意！"

二妮又忸怩了半天，羞羞答答地说："齐大爷，你们……都是为了我好。只要你们确实考虑好了，不嫌弃我，我……同意！"稍停片刻，她接着说："常健去世不久，我忘不掉他，不想这么快就再嫁人。举行婚礼的时间，我想以后再商定。"

齐盛高兴得差一点就跳起来，大声说道："二妮，我同意你的想法！"

齐中华高兴地拍着桌子说："有缘千里来相会，我家飞来一只金凤凰。二妮嫁给齐盛，是齐盛的福气，也是我们老齐家的荣耀。今天晚上是除夕之夜，是辞旧迎新、普天同庆的大喜日子，也算是二妮和齐盛正式订婚的日子。春节以后，齐盛要陪同二妮回到祖国去。从今以后，齐盛要定居在观海，我要在Q城和观海之间来回跑，在两个儿子家里轮流着住。"

齐强喜气洋洋地说:"今天双喜临门啊,可喜可贺,我们要开怀畅饮,好好地庆贺一下!"

齐霞笑眯眯地说:"二妮,今后你就是我的嫂子了。二嫂,今天是个大喜的日子,请你给我们唱一首歌吧。"

二妮羞得满面桃花,她忸怩了一会,然后放开嗓子,激动地唱了一首《难忘今宵》……

难忘今宵 难忘今宵
无论天涯与海角
神州万里同怀抱
共祝愿祖国好 祖国好
……

第八十七章 珠联璧合 春节探监

第八十七章 珠联璧合 春节探监

自从陆鹏入狱以后,三妮除了上课,一有空就到医院看望陆建和宋一平。看到三妮整天忙忙碌碌、马不停蹄地来回跑,刘一鸣和刘小帆就商量着要找个机会让三妮放松一下。这天晚上,刘一鸣和刘小帆提议,去小西湖看灯会。

小西湖的面积虽然不算很大,但它三面环山,坐落在观海最大的公园内。今天,小西湖的周围和水面上,张灯结彩,灯火通明,到处是五颜六色、新颖别致、造型精美的灯饰。走进小西湖,就仿佛置身于光的海洋,走进了灯的世界。

湖边上"双龙戏珠""龙腾虎跃""万马奔腾""火树银花""动物园"和"孙悟空大闹天宫",栩栩如生,惟妙惟肖。湖面上"四面观音""仙女散花""清明上河图""鲤鱼跳龙门""美人鱼"和"百花园",活灵活现,流光溢彩。小西湖本来就环境优雅,美丽如画,现在,灯照亮了景,景衬托着灯,把小西湖装扮得比天堂还美,令人心醉。

三妮、刘一鸣和刘小帆,划着一条漂亮的小游船,在千姿百态、五彩缤纷的灯饰之中,在波光粼粼、五光十色的水面上,穿梭着,陶醉着……

"妈咪,你什么时间和我爸爸举行婚礼啊?"刘小帆突然在三妮脸上亲了一口,没头没脑地问道。

三妮一愣,羞得满面通红,急忙问道:"小帆,你……"

刘小帆挤眉弄眼地说:"你已经和我爸爸定亲了,早晚要举行婚礼,洞房花烛。从今以后,我就叫你妈咪,这个天经地义,理所当然。不过,我会区分场合,不会让你难为情。"

"这……"三妮一时不知道怎么回答,刘一鸣只是乐呵呵地笑。这时候,刘小帆的手机响了起来,原来是她的老师打来电话,要她去补习功课,她只好恋恋不舍地走了。

三妮和刘一鸣在千姿百态、精彩漂亮的灯饰间流连忘返。他们俩看得眼花缭乱,赞叹不已。来到牡丹亭前,观赏着那一对深深相爱的恋人深夜相会、恋恋不舍的情景,他们俩心旷神怡,久久不能平静。

夜深人静了，三妮和刘一鸣也有点累了，他们俩把小船划到了一个十分僻静的地方休息。小船碰到了岸边，突然剧烈地晃动了一下。三妮站立不稳，差一点摔倒。刘一鸣见状，急忙上前把三妮揽在了怀里。

今晚，三妮玩得十分开心和高兴，美若天仙的脸上，充满了迷人的笑容。她肩上披着乌黑油亮的长发，上身穿一件紧身保暖衣，下身穿一条紧身保暖裤，更加衬托出她修长的美腿，细软柔美的腰。精美坚挺的胸部，好像两只乳鸽，在衣服下展翅欲飞……

岸上和湖面上闪烁着五彩缤纷的灯光，四周波光粼粼，鸦雀无声。

刘一鸣看着怀里的三妮，难以控制自己。他的两条非常有力的胳膊，紧紧地把三妮揽住。三妮挣脱不开，只能顺从地靠在他的肩膀上。三妮看着他那热切的眼神，听着他那不断加速的心跳声，感到他身上那一股灼人的热力。三妮知道有些事情就要发生，明白她一直期待又无法逃避的那一刻就要来临，这时的她既羞怯又紧张。在湖面上漂浮的小船里无处躲藏，她只好转过脸去，看着岸边的灯火和那一片树林。

"三妮，我爱你，我……太爱你了！三妮，我要娶你，我……恨不得现在就娶你！"

"我……终于等到你这句话了！"三妮羞羞答答、吞吞吐吐地说着，顺从地转过身来，脸对着脸，眼睛对着眼睛，静静地看了一会，又羞怯地把头钻进了他的怀里。

"三妮，对我来说，这是做梦都不敢想的事，我真的不敢相信这是真的！"

"我也有这种感觉！"

"大千世界，人海茫茫。我们俩能相识、相知、相亲、相爱，太神奇了。这是不是人们常说的命中注定？是不是有缘千里来相会，有情人终成眷属啊？"

"我想，可能是吧！"

"对，应该是！"

"老师，我们俩的关系，是不是发展得有点太快了？"

"不快，一点也不快。小帆说得对，我们俩在一个屋檐下住着，在一个锅里抢勺子，已经五年了，谁是什么样的人，心里明镜似的，用不着再互相了解、互相磨合和互相适应。我们俩能发展到今天，这是顺其自然，水到渠成。"

"我也有这种感觉。"

"三妮，你太美了，太漂亮了，就好像是个仙女，我恨不得一口把你吞下去！"

"你真会说笑话，我一个大活人，你能吞得下去吗？"

"怎么不能啊？我现在就想吞了你！"

"你……真坏！"

刘一鸣压抑了多年的渴望和欲念，好像火山爆发一样喷涌而出。他紧紧地

第八十七章 珠联璧合 春节探监

抱住三妮。

……

寒假期间,三妮参加了全国大学生文学作品竞赛,她写的小说《小保姆》,获得了全国一等奖,颁奖仪式在陕西省西安市某大学举行。临行前,刘小帆要跟着三妮去西安市游玩。三妮无奈,只好带着她来到了西安市。参加完颁奖仪式,已经是夜间,她们俩住进了一家宾馆里。

三妮做梦也没有想到,她这个从深山沟里走出来的女孩子,一个普普通通的打工妹,能站上全国大学生文学作品竞赛的领奖台,并且获得了全国一等奖。她心潮起伏,久久不能平静。她躺在床上,辗转反侧,怎么也睡不着。

"小帆,你困啦?"

"妈咪,我一点也不困,高兴地睡不着。"

"小帆,我做梦也没有想到,我还能有这个本事。"

"妈咪,我真为你高兴。以前,我没有把大学生当回事,还有点看不起大学生,不打算考大学,想早点去经商赚钱。看到你拿到那么多名次和大奖,活得那么潇洒,那么给力,那么有价值,我羡慕得不得了,也想了很多。我决心也要报考大学,当一名大学生。"

"小帆,太好啦!你终于想明白啦,你打算报考哪个大学啊?"

"我打算报考北京电影学院,将来当一名电影演员。"

"不错,很好!你聪明漂亮,肯定能心想事成,马到成功,我提前祝贺你!"

"我现在越来越敬佩你,越来越喜欢你,越来越为能拥有你这样一个好妈咪,感到自豪和骄傲。"

"小帆,你老是吹捧我干吗,你将来肯定要比我强一百倍。"

"妈咪,你打算什么时间和我爸爸举行婚礼啊,我急等着抱小弟弟哪。"

"抱你个头!我大学还没有毕业哪,我还没有准备好哪!"

"妈咪,咱们一家人不说两家话,我怕夜长梦多,红杏出墙。我跟着你来西安市,就是为了监督你。你和我爸爸是不是应该先偷吃禁果,生米煮成熟饭啊?"

"滚蛋,你又在胡说八道,狗嘴里吐不出象牙来!小帆,我再次警告你,以后不能再叫我妈咪,我感到别扭!"

"我有分寸,有外人时叫你姐,没有外人时叫你妈咪。"……

第二天,三妮和刘小帆兴致勃勃地游览西安城。她们俩第一站来到了秦始皇兵马俑博物馆,先参观铜车马陈列厅,接着参观兵马俑一、二、三号坑。

兵马俑坑,发现于一九七四年,被誉为"世界第八大奇迹""二十世纪考古史上的伟大发现之一"。三个兵马俑坑成品字形排列,总面积两万多平方米,坑内放置着与真人真马一般大小的陶俑、陶马七千余件,具有很高的艺术价值。

兵马俑的塑造，是以现实生活为基础创作的，艺术手法细腻、明快，陶俑装束、神态各异，具有鲜明的个性和强烈的时代特征。俑坑内出土的青铜兵器有剑、铍、矛、戈、戟、殳、弩机以及大量的箭镞等。大部分兵器历经两千多年依然锋刃锐利，表明当时已经有了很高的冶金技术。一九八零年，在秦始皇陵西侧，还出土了两乘大型彩绘铜车马，每乘车前驾有四马，车上各有一御官俑。铜车马造型逼真，装饰华美，大量使用金银为饰品和构件，制作非常精巧，被誉为"青铜之冠"。

三妮和刘小帆一边参观，一边惊叹不已，刘小帆还不时地提出一些稀奇古怪的问题。

中午，三妮和刘小帆从历史博物馆出来，吃了臊子面，步行来到大慈恩寺。之所以称之为大慈恩寺，是因为唐代著名的玄奘法师从西天取经归来，为了感谢母亲的养育之恩，请求唐玄宗李隆基为母亲建了这个寺，取名大慈恩寺。

三妮和刘小帆走进大慈恩寺，首先映入眼帘的是两栋小楼。东边是钟楼，里面悬挂着明代嘉靖年间铸造的一口铁钟，重十五吨。西边是鼓楼，里面有一面大鼓。长久以来，人们都把"雁塔晨钟"作为关中八景之一，广为流传。刘小帆十分好奇，前去摸了摸钟鼓，感受了一下千古存留的钟声鼓乐。

三妮和刘小帆走出钟鼓楼，抬头一看，矗立在眼前的就是古朴雄伟的大雁塔。它是西安现存最著名的古塔，被视为古城的象征。大慈恩寺的第一任主持方丈玄奘法师，从印度归来，带回大量梵文经典和佛像舍利，为了供奉和储藏这些宝物，亲自设计并指导施工，建成了这座塔。它高六十四米，共七层，塔内有楼梯，可以盘旋而上。塔的底层四面皆有石门，门楣上均有精美的线刻佛像，相传为唐代大画家阎立本的手笔。塔南门两侧的砖龛内，嵌有唐初四大书法家之一的褚遂良所书的《大唐三藏圣教序》和《述三藏圣教序记》两块著名的石碑。塔内有许多拱门，第一层的拱门非常多，进入拱门内，可以看到石壁上刻着许多字。以前有些参加科举考试的考生，如果能够得中进士，就能在石壁上刻上自己的名字，这就是著名的"雁塔题名"。

三妮和刘小帆往里走，看到一个方形的石壁，上面刻着玄奘法师正在念经的情形，他眉头紧锁，双眼闭目，好像在思索着什么。二层塔内，供奉着一尊铜质金身的佛祖释迦牟尼佛像，是大雁塔中的"镇塔之宝"。三层塔内，安置一木座，座上存有大雁塔的模型。四层塔内，有一个巨大的金塔，塔内存有珍贵的舍利子。五层塔内，陈列着一通释迦如来足迹碑，同时还收集有玄奘法师鲜为人知的数首诗词。

三妮和刘小帆来到大雁塔的最高层，也就是第七层，放眼望去，四周的景色一览无余，整个西安城尽收眼底，漂亮极了，顿时心旷神怡……

吃过早饭，三妮和刘小帆来到了华清池。进入大门，只见湖的中央有一尊

第八十七章　珠联璧合　春节探监

雕塑。不用问，这就是此处的主人公杨贵妃了。这尊雕塑和《杨玉环奉诏温泉宫》壁画一样，在突出华清池文化内涵上起到了特定作用，成为大家观赏留影的热点。

在华清池的正门，是一字排开的五间仿唐建筑，房檐下悬挂的是"华清池"金字匾额，是一代文豪郭沫若先生所写。据史书记载，天宝年间，唐玄宗偕杨贵妃驾临华清池达四十三次之多，可见华清池的出名和唐玄宗、杨贵妃的"长恨歌"有千丝万缕的关系。唐代的华清池，背靠骊山，面向渭水，倚骊峰山势构筑，规模宏大，建筑壮丽，楼台馆殿，遍布于骊山上下。

三妮和刘小帆来到九龙宫景区，展现在眼前的是五百三十平方米的九龙湖。此湖分成上下两个湖，中间有长堤东西横贯。堤上东为晨旭亭，西为晚霞亭，相互对应。堤壁间已有八龙吐水，与大龙头合为九龙之数，故此而得名。唐玄宗和杨贵妃视华清池为第二帝宫，在这里建有演绎浪漫爱情的宫殿，亭亭玉立在湖岸四周的那一片飞檐翘角、红墙绿瓦的唐式建筑，就是他们的爱巢寝殿——飞霜殿。唐玄宗每年十月至年底，都偕杨贵妃沐浴华清池，住在这座充满神秘色彩的飞霜殿中。这里红柱挺立，回廊环绕，雕梁画栋，富丽堂皇，东西两殿即"沉香""宜春"，主次井然，错落有致，加上门前石龙盘阶，石狮和石牛相衬，再配以龙凤大缸及花木点缀，更显皇家气派。

三妮和刘小帆来到华清池的南区，展现在她们俩眼前的是御汤遗址博物馆，里面保存着五座从地下挖掘出来的大小不一的古浴池，即海棠汤、莲花汤、星辰汤、尚食汤和太子汤。这些一千多年以前遗留下来的无与伦比的浴池，绝不是普普通通的浴池。其中的海棠汤，是唐玄宗送给杨贵妃的一件珍贵的爱情礼物。浴池被设计成一朵正在慢慢盛开的海棠，那六片绽放的花瓣轻轻地拥美人于一池。浴池中间有一块条石，上面刻着一个"杨"字。

三妮和刘小帆观赏完骊山温泉的源头，来到了五间厅。八国联军进攻北京时，慈禧西逃时就住过这里。著名的西安事变，也发生在这小小的五间厅中。看到当年激战时在玻璃上留下的子弹孔，看到蒋介石从这里翻窗逃出后躲到俪山上的痕迹，三妮和刘小帆顿时心潮澎湃，感慨万千。

……

春节前，一天傍晚，风和日丽。三妮、刘一鸣和刘小帆早早地吃过晚饭，来到海边的沙滩上打羽毛球。

三妮喜欢打羽毛球，上了大学以后，经常和同学一块打羽毛球，球技也不错。刘一鸣虽然很少打羽毛球，但他在上大学时，是学校羽毛球队的运动员，经常代表学校参加比赛，多次拿到奖牌。刘小帆也喜欢打羽毛球，但她和刘一鸣对阵时，除非刘一鸣有意让着她，她从来就没有赢过。

今天，他们采取的是一局淘汰制，竞争异常激烈。首先上场的是刘一鸣对刘小帆。刘小帆是刘一鸣的手下败将，她早就想报一箭之仇。今天，有三妮在场观战，刘小帆更想给自己挽回一些面子。一开局，刘小帆就全神贯注，生龙活虎，一蹦三尺高，拼命厮杀。刘一鸣有点大意轻敌，再加上长时间没有打羽毛球，身体没有活动开，一时难以适应和招架，节节败退，连连丢分，形势十分危急。在即将要出局的危急关头，刘一鸣拿出了自己的看家本领。他先是来了个远球和近球的完美组合，突然又变成扣球和吊球相配合，紧接着就是高球和低球相结合。他不停地变阵，不但稳住了阵脚，还扭转了乾坤，转败为胜。正在沾沾自喜、得意扬扬的刘小帆，没有想到刘一鸣接连使出撒手锏。她难以招架，乱了阵脚，节节败退，最后溃不成军、垂头丧气地败下阵来。

　　刘一鸣和刘小帆打得酣畅淋漓，三妮看得惊心动魄，她手里捏了一把冷汗。场上的刘一鸣，动作是那么敏捷，身手是那么矫健。她没有想到，刘一鸣打羽毛球的技术，是那么专业。

　　轮到三妮上场了，她和刘一鸣棋逢对手，分数交替上升，打得难分难解。那白色的羽毛球，就好像一只欢乐的小鸟，在空中划着漂亮的弧线，不停地飞来飞去。两个人一直打到二十八分，刘一鸣又出奇招，连得两分，最后险胜。

　　这场球打得汗流浃背，回到家里，刘小帆就急急忙忙拉着三妮一块儿去洗澡。

　　这一次，刘小帆没有磨磨蹭蹭。她手忙脚乱地洗完身子，匆匆忙忙穿上衣服，出了浴室。她临走时还在三妮脸上亲了一口，鬼头鬼脑地笑着说："妈咪，你慢慢洗，我先去打个电话。过一会，我就回来给你搓背。"

　　刘小帆乘三妮不注意，把三妮放在浴室里的衣服全都拿了出来。然后，刘小帆又分别到她的房间和三妮的房间里，把她和三妮的衣服全都找了出来，藏在了储藏室里一个很难找到的角落里。然后，刘小帆把一张纸放在了茶几上，上面写着："爸爸、妈咪，我同学让我去她家补习功课，今天晚上我不回来了，就住在她的家里。祝福你们俩开心快乐，爱你们的小帆！"结尾是三个大大的感叹号，后面还画着两颗大大的心形图像。

　　收拾完毕，刘小帆摇头晃脑地看了看纸条，得意扬扬地怪笑着，从家里跑了出去。

　　浴室里，三妮不慌不忙、舒舒服服地洗完澡，发现自己的衣服全都没有了，心里很纳闷。她把浴室的门拉开一条缝，低声呼喊着刘小帆。喊了一会，没有刘小帆的动静。她心里想，刘小帆可能在看电视，也可能是睡着了，听不见喊声。于是，她就大声呼喊刘小帆。

　　正在书房看书的刘一鸣，听到三妮大声呼喊刘小帆，以为出了什么事，急急忙忙从书房里走出来，一把推开浴室的门，走了进来。

　　"啊！你……"一瞬间，三妮和刘一鸣几乎同时惊呆了，异口同声地喊叫了一声。

第八十七章　珠联璧合　春节探监

三妮做梦也没有想到，进来的不是刘小帆，而是刘一鸣。她一丝不挂地站在刘一鸣面前，羞得无地自容，恨不得钻到地下去。

刘一鸣做梦也没有想到，站在他面前的三妮，竟然赤身裸体，一丝不挂。他目瞪口呆，语无伦次地说："三妮，对不起！我不知道你正在洗澡。我……以为你有什么事，所以，就急急忙忙……"

三妮羞得满面桃花，急忙蹲下身体。她打断刘一鸣的话，羞怯地说："我的衣服……被小帆拿走了！你……快让小帆，给我拿衣服来！"

刘一鸣急忙退出浴室，慌慌张张去找刘小帆。家里哪里还有刘小帆的踪影啊，只找到了刘小帆留在茶几上的那张纸。刘一鸣拿起来看了一遍，又慌慌张张地来到浴室门口外，对三妮说："小帆去同学家了，她留下了这一张纸。"说着，他把这张纸从浴室门缝里递给了三妮。

三妮看了，哭笑不得，急忙对门外的刘一鸣说："你……快去给我找衣服！"

刘一鸣听了，急急忙忙走进三妮和刘小帆的房间里，翻箱倒柜，没有找到一件能穿的衣服。他无可奈何，又回到浴室门口外，百般无奈地说："三妮，我已经把你的房间和小帆的房间全都找遍了，没有发现一件能穿的衣服。"

"那……这可怎么办啊？"三妮问。

现在，三妮和刘一鸣都豁然顿悟，这是刘小帆故意搞的一场恶作剧。

"胡闹……瞎胡闹……小帆怎么能这样做啊！"刘一鸣气呼呼地说着。

"该死的小帆，她怎么能做出这种事啊？她怎么能这样对待我啊？"三妮又气又恨，怒气冲冲地说。

此时此刻，面对此情此景，刘一鸣满脑子都是三妮那美丽诱人的胴体，心中瞬间燃烧起熊熊大火，再也控制不住自己了。他一把推开浴室的门，迫不及待地冲上去，紧紧地把三妮抱在怀里……

刘一鸣这突如其来的举动，令三妮非常惊讶。她羞红满面，十分胆怯，不停地颤抖着……

第二天凌晨，三妮和刘一鸣被手机短信的声音惊醒。打开一看，是刘小帆分别给他俩发来的内容相同的短信息："爸爸、妈咪，祝贺你们俩昨天夜里洞房花烛，喜结良缘！祝福你们俩心想事成，美满幸福，白头到老！爸爸、妈咪，你们俩不要埋怨我，我这样做是为了你们俩好！爸爸、妈咪，我把衣服全都藏在储藏室里了，你们自己去拿吧。"短信息的最后，是两枝鲜花、两杯啤酒、两个飞吻和两个人拥抱的图像。

三妮看着刘小帆的短信息，不由得微笑起来，笑得是那么甜蜜，那么开心，那么妩媚，那么迷人……她羞怯地把桃花脸蛋埋进了刘一鸣的怀抱里。

……

陆鹏犯了故意杀人罪，被判了无期徒刑。

大年初一,中午,三妮陪伴着陆建和宋一平前去探监。

在崇山峻岭之中,车子在弯弯曲曲、高低不平的小路上颠簸着。车子内,三个人愁眉苦脸,忧心忡忡,心烦意乱。车子外面,一阵阵寒风,吹着口哨,不停地吼叫着。纷纷扬扬的雪花,在灰蒙蒙的天地之间轻舞飘扬着。路两边和山崖上的枯树和干草,在狂风暴雪的肆虐中瑟瑟发抖,好像在不停地哭着。在经过一个大山谷的时候,偶尔听到了几只乌鸦撕心裂肺地哭叫着……

当三妮搀扶着宋一平和陆建走进探监室的时候,看到陆鹏已经在玻璃墙的那一面焦急不安地等待着。他两眼含着泪花,直勾勾地盯着从大门口进来的人。

陆鹏好像变成了另外一个人,憔悴和苍老了许多。一头漂亮的短发不见了,以前那种阳光和帅气也不见了,变得有些呆滞和暮气。眼神里那种聪明睿智和自信傲气也不见了,多了几分恐慌、忧伤和迷茫。

当陆鹏看到从大门口走进来的爸爸妈妈时,他简直不敢相信自己的眼睛。以前那个健壮潇洒的爸爸,现在变得头发花白,满脸忧伤,弯腰驼背,走路还一瘸一拐的,转眼之间就苍老成了这个样子。以前那个美丽漂亮和自信开朗的妈妈也不见了,现在变得满头白发,忧容满面,诚惶诚恐,走路摇摇晃晃,消瘦憔悴得不像个样子……

父子、母子相见,隔着一层玻璃墙,失声痛哭了很长时间。哭累了,又诉说着心中的千言万语。

陆鹏痛哭流涕地说:"爸、妈,儿子不孝,害苦了你们俩,也毁了我们的家。我该死,我……对不起你们俩!我今生今世没有办法报答你们俩,我……来生来世一定要报答你们俩!"

宋一平有满肚子的话,但哭得说不出来。陆建流着浑浊的眼泪,说:"孩子啊,你现在想这些,说这些,还有什么用啊?事已至此,我们只能面对现实。孩子啊,我和你妈已经原谅你了,你也不要再胡思乱想了。我们俩希望你好好改造,重新做人!"

宋一平哭喊着说:"我的孩子啊,我的陆鹏啊,我的心肝宝贝啊……妈希望你戴罪立功,妈盼望着你早点出来,回到妈的身边!陆鹏啊,三妮就像对待亲爸、亲妈一样,对待你爸爸和我,你不要挂念着我们俩。孩子啊,你要保重自己的身体。我……"她哭得再也说不下去了,要不是三妮抱着她,她早就哭倒在地上了。

陆鹏哭喊着说:"爸、妈,我知道了,我一定按照你们俩说的去做!"

陆鹏抹了一把泪水,对三妮说道:"三妮,我不争气,不但害了我自己和我的爸爸妈妈,还给你添了这么多麻烦。我对不起你,请你一定要原谅我!"

三妮流着眼泪说:"陆鹏,虽然我们俩没有谈成对象,但是,我们俩还是同学。我们认识以来,你的爸爸妈妈多次提出要我做他们俩的干闺女。你被捕以后，我已经答应了他们俩，成了他们俩的干闺女。我能和你们一家人相识相爱，是一种巧合，更是一种缘分，我一直倍加珍惜。陆鹏，你放心，我一定像对待自己的亲爸、亲妈一样，来对待你的爸爸、妈妈！"

陆鹏感动得泪流满面，说："三妮，我的好妹妹，你是个心地善良的好人，我相信你，真诚地谢谢你！三妮，我的好妹妹，我把我的爸爸、妈妈托付给你，希望你经常去看望他们俩，拜托你了！"说完，陆鹏站了起来，深深地、恭恭敬敬地给三妮鞠了一躬。

……

第八十八章　小丫获救　罪犯被惩

安小丫已经失踪两天了。

这两天，暴风雪一直不停。这两天，大妮和大家一起，顶风冒雪，马不停蹄地寻找安小丫。观海的大街小巷找遍了，观海附近的城市和乡村也找遍了，还在电视台和报纸上刊登了寻人启事。应该找的地方都找了，应该采取的措施都采取了，还是没有发现安小丫的踪影。

这两天，大妮心如刀绞。安小丫聪明伶俐，活泼可爱，大妮太喜欢她了。安小丫的一颦一笑，始终浮现在大妮的脑海里。安小丫突然不见了，大妮如坐针毡，就好像丢了魂一样，睡不着觉，吃不下饭。

这两天，姜春娟犹如万箭穿心，整天以泪洗面。

安小丫怎么就突然消失得无影无踪了呢？她现在能在哪里啊？正当大家心急如焚、束手无策、一筹莫展的时候，邮政局给大妮送来了一封特快专递。大妮急忙打开一看，里面有一张红纸，上面写着"要钱四十万，大妮懂得"。

大妮看了，豁然省悟，安小丫被庄小军绑架了！

这两天，对于安小丫的突然失踪，大妮一直怀疑是庄小军搞的鬼，但是没有证据。现在证据在手，她的怀疑被证实了，大妮气得面色蜡黄，浑身颤抖。她咬牙切齿地说："又是庄小军这个畜生干的！他明目张胆地讹诈我们，接二连三地威胁我们，太嚣张了，太猖狂了，难道他就不怕我们去报案，把他抓起来？"

安东方怒火满腔，他拍着桌子，气愤地说："庄小军胆大妄为，无法无天，依仗的是他的那些保护伞。他以为我们软弱可欺，拿他没有办法！"

安磊看了看信，怒火万丈，愤怒地说："庄小军这个狼心狗肺的东西，春节前砸了我们的店，春节后烧了我们的店，现在又绑架了小丫，他要价一再翻番。他现在已经丧心病狂。不除掉他，我们永无宁日！"

现在，庄小军一伙人已经迫不及待地自己跳了出来，他们的作案目的也已经交代得明明白白。下一步，应该怎么样对付庄小军一伙人，尽快把安小丫营

第八十八章 小丫获救 罪犯被惩

救出来啊？此时此刻，大家都在思考着这个问题。

大妮忧愁满面，她首先打破了沉默，心事重重地说："爸、妈、安磊，我与庄小军和何小云有解不开的死疙瘩。我恨他们，决心针锋相对地与他们斗争下去。哪怕是粉身碎骨，我也心甘情愿，在所不惜。我一直坚信，他们做了那么多伤天害理的事，法律一定会惩罚他们。但是，事到如今，他们还在逍遥法外。小丫是我们一家人的命根子和心头肉，比什么都珍贵。这两天，我们的心都快要碎了。现在，我们度日如年，已经快熬不下去了。常言道，人在屋檐下，不得不低头。我刚才想过了，为了小丫，我们必须向他们妥协和低头。这样做，虽然我们很不情愿，但我们必须面对和接受这个残酷的现实。所以，我打算送给他们四十万元钱，把小丫赎回来。"

大妮刚说完，姜春娟无可奈何地哭着说："大妮、安磊，我再也等不下去了，再也受不了了，我要马上见到小丫。你们俩赶快拿上钱，把小丫给我换回来！"

安磊沉默了很长时间，忧心忡忡地说："小丫是我的女儿，是我的心肝宝贝。我把她弄丢了，心如刀绞。这两天，我一直在自责，悔恨自己没有保护好小丫。我恨不得拿自己性命去把小丫换回来。为了小丫，我不怕花钱，哪怕是倾家荡产，也在所不惜。但是，庄小军老奸巨猾，诡计多端。我们把钱送给他以后，他能不能痛痛快快地把小丫还给我们，会不会再搞什么阴谋诡计，我心里没有底。庄小军贪得无厌，是一个填不满的无底洞。他就像一条永远喂不饱的饿狼，随时都会咬我们一口。"

安东方脸色铁青，坐在沙发上不停地抽着烟，内心里翻江倒海。他使劲抽了几口烟，感叹道："蛟龙落水任虾戏，虎落平阳被犬欺。形势比人强啊，我们改变不了现实，没有别的选择，只能接受现实。庄小军和何小云，现在是小人得势，我们又拿他们没有办法，迫不得已，只能向他们低头。留得青山在，不愁没柴烧。人是最重要的，只要有了人，我们就会拥有一切。为了营救小丫，我们什么都不在乎。"

大妮急忙问："爸，你同意了？"

安东方又使劲抽了几口烟，说道："大妮啊，我同意你的打算。不过，你先给庄小军办公室打个电话，答应给他们四十万元钱，看他们怎么说。"

大妮把手机设定为免提和最高音，打通了庄小军办公室的电话，接电话的是一位娇滴滴的小姐。当大妮报明身份，请庄小军接电话时，这位小姐马上回答："对不起，庄老板不在，请你稍候再电话联系。"说完，这位小姐就挂断了电话。

不到十分钟时间，大妮的手机响起来。她马上按下免提，手机发出了声音："你是谁啊？"说话的人是个青年男子，还是一个公鸭嗓。

"我是大妮，请问你是哪位？"

"告诉你，安小丫在老子手里！"

"你是谁啊?"

"臭婊子,你他妈装什么啊,老子已经给你发过一封特快专递。"

"我想好了,答应你们的条件,给你们四十万元钱。"

"嘿嘿……你他妈终于学乖了!嘿嘿……你和安东方那个老狗,提上四十万元现金,一块来见老子。"

"你们指名道姓要见的人一直是我,与安东方没有关系。再说,安东方现在已经病倒在床,不能行走,只能我一个人前去见你们!"

"你他妈闭上嘴,老子信不过你!我手里的这个小丫头,又不是你亲生的孩子。鬼也不相信,你能舍得为别人的孩子出四十万元钱。实话告诉你,老子也信不过安东方这个老狐狸,他诡计多端,太狡猾了。这一次,老子把这个小丫头、安东方和你捆绑在一块。你们要是敢耍花招,老子就送你们三个人一块上西天!你他妈听清楚,你与安东方一起来,多一个不行,少一个也不行。老子再次警告你们,要是敢报警,要是敢耍我,老子就先杀了这个小丫头,然后再割下你们全家人的狗头!"

"我不敢报警,也不敢骗你,因为我要的是安小丫。我现在就把钱送给你,不过,要一手交钱,一手交人!"

"嘿嘿……你他妈还算识相,痛快!"

"我现在要听一听安小丫的声音,你让她接电话。"

"你他妈真啰唆!"

"我必须先确认安小丫还活着,才能给你钱。"

"姑姑……我怕……"

"小丫……是你吗?我是姑姑……你是小丫吗?"

"姑姑……我怕……姑姑……你快来吧!我怕……我要回家!姑姑……"

没有等到安小丫哭喊完,公鸭嗓恶狠狠地说:"你他妈赶快去准备钱,乖乖地等着老子的电话!"说完,他接着就关了手机。

大妮又马上给庄小军办公室打电话,没有人接听。

放下电话,大妮忧心忡忡地说:"爸,庄小军这一伙人,太阴险毒辣了,什么样的坏事都能干出来。你调查举报他们,他们肯定怀恨在心。你去见他们,危险太大,我不能让你去。"

"爸,你年龄大了,又是他们的仇人,你去太危险了。我想好了,你不能去,我和大妮一块去。"

"大妮、安磊,你们俩好糊涂啊。都到这个时候了,还为这件事争论。你们的心意我明白,谢谢你们。现在,小丫在他们手里,他们指名道姓地要我去,我不去能行吗?箭在弦上,不得不发。不入虎穴,焉得虎子。为了小丫的安全,我必须去。这件事,我说了算,没有商量的余地。"

第八十八章　小丫获救　罪犯被惩

"爸，你去确实太危险了，我坚决不同意你去！"

"大妮啊，难道你就不是庄小军的仇人吗？难道你去就没有危险吗？"

"爸，我是女人，他们不会拿我怎么样。"

"庄小军这些人都是疯狗和魔鬼，如果红了眼，不管男女老幼，都照杀不误。大妮啊，你和小丫都是我的孩子，都是我的心肝宝贝。说心里话，我不愿让你去冒这个险。但是，他们指名道姓让你去，你不得不去，我是无可奈何啊。大妮啊，我是你爸，经历的事比你多。在这次营救行动中，你千万不要轻举妄动，一定要老老实实地按照我说的话去做。"

"爸，我记住了。"

"大妮啊，你抱到小丫以后，就赶快往回跑。跑得越快越好，跑得越远越好，一直跑到安全的地方为止。千万不要让他们追上你，也不要让他们找到你。不管我发生什么事，你千万不要管我。如果你不按照我说的去做，你不但帮不了我，反而害了我，也害了你和小丫，后果不堪设想！"

"爸，我记住了！"

"大妮啊，妈也不愿意让你去冒险，这是被逼无奈啊。孩子啊，你去了以后，一定要按照你爸说的去做，千万不要自作主张，盲目行动。我在家里给你们祈祷，保佑你们平平安安，快点回来。"

"爸、妈，你们的话，我都记住了！"

安东方使劲吸着烟，忧心忡忡地说："安磊，你现在就给乔勇打电话，把现在发生的情况和我们的打算详详细细告诉他，听听他有什么意见和说法。"

安磊拨通了乔勇的电话，汇报完情况，乔勇说马上向上级有关部门汇报，让安磊等他回电话。一个小时后，乔勇给安磊回了电话。

安磊接完乔勇的电话，紧张得浑身颤抖，激动地说："乔勇告诉我，同意我们的打算。现在，上级有关部门，已经命令武警部队，随时准备参加这次抓捕行动。乔勇还提醒我们，抓捕行动开始以后，庄小军的保护伞肯定会有所察觉，给庄小军通风报信。乔勇要求我们一定要注意安全，提防罪犯狗急跳墙，破罐子破摔！"

安东方听了，激动地一拍桌子，大声说道："好，我们现在抓紧做准备工作！"

做完准备工作，大家心急如焚、忐忑不安地等待着公鸭嗓的电话。大妮不停地拨打公鸭嗓的手机，他一直在关机。大妮又不停地拨打庄小军办公室的电话，已经断线。一直等到晚上九点多钟，大妮的手机才响了起来。大妮按下免提键，正是公鸭嗓的声音。

"臭娘们，准备好钱了吗？"

"四十万元现金，一分也不少！"

"痛快！你和安东方那个老狗，现在就去打一辆出租车，到第二海水浴场大门口见我。老子再次警告你们俩,如果敢报警,敢耍滑头,老子就立马杀了这个小丫头。"他刚刚说完,又马上关了手机。

大妮和安东方坐在乔勇为他们俩安排的一辆出租车上,向第二海水浴场驶去。

车子外面,越来越猖獗的狂风,携带着纷纷扬扬的鹅毛大雪,像鞭子一样,不停地抽打在车窗上。地面上,铺上了一层厚厚的积雪。朦朦胧胧、混混沌沌的夜空,笼罩在用雪花织成的大网之中。

车子里面,大妮怀里抱着装满四十万元现金的手提箱。她心神不定,忐忑不安,紧张得瑟瑟发抖。安东方脸色凝重,两只眼睛一眨不眨地盯着前方。

车子来到第二海水浴场大门口,停了下来。前面的海边上,大浪撞击在礁石上,发出一阵阵可怕的轰鸣声音。

大妮和安东方全神贯注地盯着外面,没有发现一个人影。大妮又拨打公鸭嗓的手机,一直关着机。他们俩如坐针毡,焦急不安地等待着。

半个小时后,大妮的手机响起来,来电话的正是公鸭嗓。他太狡猾了,给大妮打一次电话,就更换一个电话号码。

"臭娘们,老子在海宁路立交桥下面,你和安东方那个老家伙,马上过来见我。"

"你变来变去,讲不讲诚信啊?"

"闭嘴,你他妈少啰唆!"他骂完,又关了手机。

大妮和安东方无可奈何地来到海宁路立交桥的下面,还是没有公鸭嗓的身影。他们俩又一次焦急不安地等起来。

大妮看着黑森森的车窗外面,哆哆嗦嗦地说:"爸,这鬼地方太瘆人了,我很害怕!"

安东方心里惴惴不安,他思绪万千,稍微镇静了一下,说道:"大妮,有我在,你不要怕。"

"爸,我感到公鸭嗓的言行很诡异,他会不会已经听到风声了?"

"他们有保护伞,很可能有人给他们通风报信。"

"那怎么办啊?"

"开弓没有回头箭,我们只能见机行事。孩子啊,有我在,你不用担心。你千万记住我说的话,不要给我添乱!"

"爸,你放心吧,我记住了!"

半个多小时后,大妮的手机又响了起来。公鸭嗓在电话中说:"臭娘们,你和安东方那个老东西马上下车,顺着马路一直向前走。前面有一辆黑色小轿车,在等待着你们俩。"说完,他又关了手机。

夜幕中,大妮和安东方顶着狂风暴雪向前走着。不一会,他们俩来到了黑

第八十八章　小丫获救　罪犯被惩

色小轿车的旁边。司机是一个蒙面男子，中等个子，胖乎乎的。他打开车门，恶狠狠地说："别他妈磨磨蹭蹭的，赶快上车！"

大妮一听他那沙哑的声音，就知道他就是公鸭嗓。她和安东方犹豫了一下，上了车。还没有等他们俩坐稳，车子就飞快地向前冲去。

在狂风暴雪的深夜，小轿车拐来拐去，转来转去。时间不长，大妮和安东方就迷失了方向，再也分辨不出东西南北，更不知道到了什么地方。

小轿车先是在平平坦坦的大马路上行驶，然后来到了崎岖不平的小路上。它穿过两片树林，驶过三座桥，又翻过一个山头，来到一个荒无人烟的海湾里，停了下来。

这里，三面环山，一面是大海，进出只有一条高低不平的小道。肆无忌惮而又越来越暴躁的狂风，像狼嚎一般呼啸着，把小道两边的树吹得东倒西歪。迎面扑来的暴雪，使人抬不起头来。惊涛骇浪不停地撞击着海岸，发出震耳欲聋的轰鸣声。四周黑洞洞、阴森森的，十分瘆人和恐怖。

安东方心里暗暗叫苦，这伙人太狡猾了，他们选择的这个地方，武警很难知道，就算是知道，也很难冲进来。他现在唯一能做的，就是尽量拖延时间。

大妮和安东方刚刚从车上下来，前方不远处一辆黑色的越野车，突然打开了车子前面的大灯，两束刺眼的强光照射过来。顿时，两个车子之间，亮如白昼。紧接着，从越野车上下来四个蒙面人，其中一个抱着安小丫。

"姑姑……爷爷……我怕……"安小丫看到大妮和安东方，碎心裂胆地哭叫着，被蒙面人捂上了嘴。

"小丫，你不要怕，我马上抱着你回家！"大妮喊叫道。

"胖子，验货！"对面那个为首的蒙面人喊道。

大妮紧紧地把钱箱子抱在怀里，打开了盖子。公鸭嗓仔仔细细验完货，高兴地大声喊道："三哥，我验过了，货真价实，分文不少！"

原来，为首的那个蒙面人叫三哥，他怪笑着说："嘿嘿……安东方，你他妈还算知趣。嘿嘿……你现在拿着钱箱子往前走，一直走到我们俩的中间位置！"

"你他妈还磨蹭什么，找死啊，快拿上钱往前走！"公鸭嗓见安东方站着不动，大声骂道。

说时迟，那时快。安东方一个箭步冲上去，一把抓住公鸭嗓的衣服领子，从腰间抽出一把明晃晃的尖刀，顶在他的喉咙上，威风凛凛地说道："兄弟，我不能不给自己留下一条后路，麻烦你陪着我向前走几步。你要是不听话，我立马就刺穿你的喉咙！"

看到安东方抽出了尖刀，大妮也立马从腰间拔出来一把明晃晃的尖刀，紧紧地抓在了手里。

341

公鸭嗓顿时被吓破了胆，如杀猪一般，声嘶力竭地号叫着："三哥，他的尖刀……顶在了我的喉咙上，你……千万别轻举妄动！"

"安东方，你他妈找死啊？"三哥吼叫道。

安东方哈哈大笑着说："哈哈……我来这个地方，就没有打算活着回去！"

安东方抓着公鸭嗓，一边往前走，一边大声喊道："兄弟们，我安东方有得是钱，也不怕花钱，很想与你们交个朋友。谁要是为难我，我马上就送这位兄弟上西天！"

安东方向前走了几步，停了下来，大声喊道："兄弟们，我不会再向前走了，我也不允许你们向前走半步。要不然，我就对这位兄弟不客气。你们把我的孙女放过来，我就把钱箱子放在地上，各走各的路！"

"安东方，你马上把钱箱子送过来。要不然，我立马杀了这个小丫头！"三哥恶狠狠地说。

安东方冷笑道："嘿嘿，我手里的这个人也会活不成，一个换一个，我不吃亏！"稍停片刻，他接着大声说道："我这个人讲义气，只要你们放过我孙女，以后定有重谢。大妮，你把钱箱子放在地上。"

刚才，大妮紧张得浑身直冒冷汗，心脏都快要从嗓子里跳出来了。现在，她反而渐渐地冷静下来，不紧不慢地把钱箱子放在了地上。

安东方暗中调查和举报庄小军，庄小军的保护伞早就给他通风报信了。庄小军对安东方恨之入骨，想除掉这个心腹大患。这一次，庄小军要求三哥要一箭双雕，既要把四十万元现金弄到手，更要乘机干掉安东方。至于大妮和安小丫，庄小军说留着还有用处。

三哥不敢违抗庄小军的命令，他恨不得马上把安东方杀死。但是，令他没有想到的是，他的铁哥们公鸭嗓，落在了安东方手里，命悬一线。他左右为难，不敢轻举妄动。他向抱着安小丫的那个蒙面人摆了摆手，那个蒙面人马上给安小丫松了绑。

"姑姑……爷爷……"安小丫哭喊着跑了过来。

大妮冲上前去，一把抱起安小丫，又急忙转过身来，拼命地向前方奔去，很快就消失在黑洞洞的夜幕之中……

看到大妮抱着安小丫跑走了，安东方大声喊道："弟兄们，够义气。除了地上这四十万元以外，我还要重谢各位，你们说个数吧。我安东方一言九鼎，绝不食言！"

三哥被气得七窍生烟，咬牙切齿地骂道："安东方，你这条老疯狗。我已经把你孙女放了，你再不放我的弟兄，别怪我手下无情！"

安东方大笑着说："哈哈……这位兄弟，你着什么急啊。我现在已经插翅难逃，只能束手就擒，坐以待毙。到了这个地步，我已经想开了，不会再逃跑

第八十八章　小丫获救　罪犯被惩

了。我只想问问你，我们俩为什么不能交个好朋友啊。多个朋友多条路，多个仇人多堵墙。朋友多了，人生之路才会越走越宽广，金钱才能……"

"安东方，闭上你的臭嘴！什么他妈的狗屁朋友啊，老子没工夫听你胡说八道。你老是找我们的麻烦，还向警方举报我们，老子早就想除掉你了。老子现在就送你去见海龙王，你他妈去跟鲨鱼交朋友吧！"三哥打断安东方的话，一边骂着，一边向安东方走过来。

安东方想到，此时此刻，大妮和安小丫已经跑得差不多了，就一边和他们调侃着，一边抓着公鸭嗓往后撤退。

这时候，突然有人喊叫起来："不好了……武警来了……"接着，武警的车辆呼啸着飞驰而来……

三哥大吃一惊，他恼羞成怒，急忙拔出手枪，向安东方连开五枪。安东方和公鸭嗓都中了枪弹，双双倒在了血泊之中……

三哥抱头鼠窜，被武警当场击毙。另外三个歹徒仓皇逃命，一个被击毙，两个被擒获。

已经逃到了半山腰的大妮和安小丫，被武警救了下来，送回到家中。

身负重伤的安东方，被武警送进了医院，医生宣布，安东方身中三枪，已经身亡！

武警在营救安小丫的同时，兵分多路，对庄小军和何小云一伙人进行了抓捕，先后抓获二十一人。庄小军和何小云负隅顽抗，被武警当场击毙。到此为止，庄小军和何小云一伙人，已经被一网打尽。

……

结 局

阳春三月，春暖花开，二妮带着鸣鸣和小红，在齐盛的陪同下，告别了齐中华及其家人，告别了泰国Q城，回到了祖国。他们首先来到了小红的老家，云南省一个偏僻的边陲小山村，看望小红的妈妈。他们在小红的老家游玩了十天时间，然后带着小红一路北上，来到了常健的老家，黑龙江省一个边远的小县城。二妮把常健的骨灰盒埋葬在他爸爸、妈妈的坟墓旁边，并按照当地的风俗，对常健家祖的陵墓进行了整修。在这期间，二妮多次看望已经瘫痪在床的兰凤，临别的时候，二妮给她留下了十万元钱。

回到观海以后，二妮来到霞光寺，看望出家为尼的柳叶。随后，她举行了一个盛大的宴会，宴请亲朋好友。她在齐盛的帮助下，利用泰中影视交流基地的空余房子和场地，经过一番紧张筹备，开办了观海市白浪花少年儿童艺术学校。学校设有唱歌、跳舞、绘画、书法、节目主持人五个班，聘请的老师都十分专业，地理位置处在观海市开发区的繁华地段。学校蒸蒸日上，日新月异，教学质量和知名度越来越高。

二妮除了办学以外，定期为泰中影视作品配插曲，还经常参加观海的文娱活动，整天忙得不可开交。

齐盛在观海买了一栋小别墅，定居在了观海。平时，他经常在泰国的Q城和中国的观海来回奔波。他负责的泰中影视交流活动，规模越来越大。

小红除了照看鸣鸣以外，还在二妮开办的少年儿童艺术学校里学习唱歌跳舞。她聪明伶俐，勤奋好学，进步非常快，很快成了观海小有名气的少儿歌手。

海浪洗浴城被查封，老板郭姐恶贯满盈，被判处死刑。白花跳海自杀后，小老头李保柱畏罪潜逃，半年后被警方抓获，被判处死刑。

……

三妮品学兼优，被保送上了研究生。平时，她除了上课以外，一有空就帮助大姐照看童月和安小丫，到刘一鸣家忙家务活，照顾体弱多病的陆建和宋一平。研究生毕业以后，她参加了教师资格考试，被观海市一所重点中学录取，

成了语文老师。她与两个姐姐一起,在老家半棵树出资兴建了一所小学,取名"三姊妹小学"。

刘小帆聪明伶俐,进步很快,以优异的成绩考上了北京电影学院,成了一名电影演员。卜小苗毕业以后,先是在观海市一家房地产公司打工,后来又自己开办了一家酒店,取名"卜小苗大酒店"。马兰毕业以后回到了老家,先是当了一名小学老师,后来又当了小学校长。肖苹苹毕业以后,去英国剑桥大学读研究生,后来留校当了教师,嫁给了一名英国商人。叶子青大学没有毕业就去了韩国,与那个五十多岁的韩国人结了婚,生了一个女孩子。两年以后,她与那个韩国人离了婚,然后去了美国,嫁给了一名美国黑人。尹小强的堂妹小翠,虽然以优异的成绩考上了高中,但因为家里经济困难,没有办法供她继续上学。她来到观海投奔三妮,一边在大妮餐馆打工,一边坚持自学,终于考上了观海大学。

……

为了营救安小丫,安东方身中三枪,倒在血泊之中,被送到医院的时候,已经死亡。大妮、安磊和姜春娟悲痛欲绝,为安东方举行了隆重的葬礼。

办理完安东方的丧事以后,大妮和安磊来到童军的老家,出高价钱买回了童军家的宅基地,在上面建了一所童家祠堂。然后,他们俩出资在童军的村子里建了一所小学,取名为"童军小学"。

在大妮和安磊的精心经营下,大妮餐馆和海鲜楼的生意越来越红火。为了进一步扩大规模,提高效益,他们俩又在广州市和上海市分别开办了两家餐馆。

冷小静和吴涛一直在大妮餐饮公司工作,在观海市买了房子,安了家。风玲玲和方小宁结婚以后,也一直在大妮餐饮公司工作,并且在观海市安家立业。郝慧慧在大妮餐馆干了六年,后来嫁给了一名台湾商人,跟着丈夫去了台湾。来燕子回到老家开办了两家大酒店,生意十分火爆,成了当地有名的女强人。管丽丽回老家开了一家餐馆,生意红红火火,令人想不到的是,她在一次车祸中不幸身亡。令媛媛一直跟着大妮,她先后在两家大妮餐馆分店当店长,后来嫁给了海鲜楼分店的店长左东强,也在观海市扎下了根。葛甜甜回到老家以后,经过治疗,病情有所好转,嫁给了一个四十多岁的光棍汉,两年后自杀身亡。

寇哥罪大恶极,被判了死刑,他的同伙歪脖子、公鸡头、罗圈腿被判了无期徒刑,其他同伙也都被一网打尽,受到了法律的严惩。

……

这是一个烈日炎炎的夏天。

七月下旬,一年一度的为期二十天的观海市啤酒节,在世纪广场隆重开幕。它融旅游休闲、文化娱乐、经贸展示于一体,二十多个世界知名啤酒厂商参加,三百多万海内外游客举杯相聚,在国内外具有广泛的知名度和影响力。

大妮和安磊在广场内搭建了一个"大妮特色小吃"大棚,非常壮观和漂亮,

格外引人注目。他们俩精心准备了二十多个特色小吃，供客人和游人们品尝。

开幕式这天，广场内人山人海，锣鼓喧天，彩旗飘扬，酒香四溢，激情荡漾。

中午十一点十八分，大妮与安磊，二妮与齐盛，三妮与刘一鸣，在"大妮特色小吃"大棚里，举行了隆重热烈、别开生面的结婚典礼。三对新人的亲朋好友以及全家人，全都应邀参加。

大家坐在漂亮的大棚里，观看着三姊妹的结婚仪式，品尝着观海啤酒，享受着精美绝伦的特色小吃，欣赏着各种比赛和歌舞表演……

舞台上，三姊妹心花怒放，笑逐颜开。她们身穿洁白的婚纱，国色天香，闭月羞花，亭亭玉立，就好像三只光彩照人的彩色蝴蝶，也好像三个仙女下凡到了人间，成了一道亮丽的风景线。

连奶奶神采奕奕地走上舞台，高兴地说："今天，我受六位新人的重托，担任他们的证婚人，感到十分荣幸！似水流年，日月如梭，三姊妹背井离乡，来到城里打工，转眼之间，已经五年有余。五年多来，三姊妹就好像三只平凡不起眼的蛹，经过痛苦和煎熬，经过挣扎和拼搏，终于破茧而出，羽化成三只美丽的翩翩起舞的彩色蝴蝶。她们在追求梦想、成就事业的旅途中，与自己心中的白马王子相识相恋，相亲相爱，结为夫妻。这是天赐良缘，珠联璧合，喜结连理。常言道，十年修得同船渡，百年修得共枕眠。借此良辰吉日，我衷心祝福三对新人，在今后的岁月中，同甘共苦，心心相印，美满幸福，白头到老！"

舞台下，三对新人眉开眼笑，喜气洋洋，不停地给客人敬酒。客人们兴高采烈，频频举杯，给三对新人送上诚挚美好的祝福！

酒不醉人人自醉，花不迷人人自迷。大棚内外，被前来祝贺和观看的人们挤得水泄不通，歌声、掌声和欢呼声震耳欲聋！

此时此刻，二妮心潮澎湃，热血沸腾，泪流满面。回顾自己在打工路上的坎坷经历，酸甜苦辣咸一起涌向心头。她一展那美妙动听的歌喉，激动地为大家演唱了一首《两只蝴蝶》……

亲爱的 你慢慢飞
小心前面带刺的玫瑰
亲爱的 你张张嘴
风中花香会让你沉醉
亲爱的 你跟我飞
穿过丛林去看小溪水
亲爱的 来跳个舞
爱的春天不会有天黑
……